Yilin Classics

MARGARET MITCHELL

经/典/译/林

Gone with the Wind

# 飘（上）

[美国] 玛格丽特·米切尔 著

李美华 译

译林出版社

**图书在版编目（CIP）数据**

飘/（美）玛格丽特·米切尔（Margaret Mitchell）著；李美华译．—南京：译林出版社，2019.7（2024.9重印）
（经典译林）
ISBN 978-7-5447-7740-7

Ⅰ.①飘… Ⅱ.①玛… ②李… Ⅲ.①长篇小说－美国－现代 Ⅳ.①I712.45

中国版本图书馆 CIP 数据核字（2019）第 078927 号

**飘 ［美国］玛格丽特·米切尔 ／ 著　李美华 ／ 译**

责任编辑　韩继坤
装帧设计　陈天岷
责任印制　颜　亮

原文出版　The MacMillan Company, 1947
出版发行　译林出版社
地　　址　南京市湖南路 1 号 A 楼
邮　　箱　yilin@yilin.com
网　　址　www.yilin.com
市场热线　025-86633278
排　　版　南京展望文化发展有限公司
印　　刷　南京爱德印刷有限公司
开　　本　880 毫米 × 1240 毫米 1/32
印　　张　33.5
插　　页　8
版　　次　2019 年 7 月第 1 版
印　　次　2024 年 9 月第 16 次印刷
书　　号　ISBN 978-7-5447-7740-7
定　　价　88.00 元（上、下册）

# 明天又是另外一天了
## （代译序）

仅仅写了一部作品就名扬天下并在文坛上占有一席之地的作家是绝无仅有的。而美国女作家玛格丽特·米切尔便是这样一位绝无仅有的作家。她唯一的作品《飘》一经问世便成了美国小说中最畅销的作品。自一九三六年出版之日起，《飘》这部美国内战时期的罗曼史便打破了所有的出版纪录。一九三七年，小说获得普利策奖。三年后它被改编成电影，连电影也成了美国电影史上的经典之作。

作者玛格丽特出生在美国南方城市亚特兰大，是个典型的南方姑娘。出生于一九〇〇年的她并没有经历过美国南北战争，但是，由于亚特兰大在美国内战期间曾经被北方军攻陷，落入北方军将领舍曼之手，所以，这段历史成了亚特兰大市民十分热衷的话题。玛格丽特从小听到许多有关这段历史的谈论，这使她萌发了创作一部以美国南北战争为题材的小说的想法。一经作出决定，亚特兰大也就理所当然地被作者定为小说的创作背景。小说初稿早在一九二九年就已经完成，但玛格丽特并未马上将它出版，而是几经修改，终于使小说成了一本举足轻重的世界名著，魅力经久不衰。正如有的出版商所说，《飘》的读者群是一代接一代的。老一辈读者有之，中年一代亦不乏其人，年轻读者的数量更是大得惊人。

《飘》是一部有关战争的小说，但作者玛格丽特没有把着眼点放在战场上。除了亚特兰大失陷前五角场上躺满伤病员那悲壮的一幕外，其他战争场景并没有花费作者过多的笔墨。作为第一部从南方女性角度来叙述美国内战的小说，《飘》着重描写了留在后方家里的妇女饱受战乱之苦的体验和感受，从战争伊始对战争怀有的崇敬心理、对战争全然的支持，到因战争而带来的失去亲人的痛苦、不得不屈服于失败的命运以及战后立志重建家园的艰辛历程。战争失败了，有的人因此而意志消沉，失去了原有的斗志，无法调整好自己的心态面对战后支离破碎的生活。反之，另外一些人则克服了失败的心理，凛然面对严酷的现实，成了生活中不畏困难、重新前进在生活旅途上的强者。

这其中就有女主人公郝思嘉。应该说，小说中最具吸引力的人物非她莫属。出身种植园主家庭的思嘉年轻漂亮，个性鲜明。然而，不幸的是，在她尚属青春年少的十六岁花季时，思嘉就遭遇了情场失意的痛苦。她爱上了风度翩翩的邻居卫希礼，可卫希礼却娶了善解人意的表妹媚兰。使思嘉更加不幸的是，战乱接踵而至，整个南方社会不得不投身战争岁月。在残酷的战争和艰辛的生活这双重重压之下，历经磨难的郝思嘉成了一位二十八岁的成熟女性。

郝思嘉的父亲郝嘉乐是个爱尔兰移民，身无分文的他只身来到美国，通过玩一手好牌和喝酒的海量赢得了一片红色的土地，几经创业把其发展成一个收入颇丰的种植园。思嘉的母亲出身于海滨城市萨凡纳的名门望族，因为情场失意赌气嫁给了比她大将近二十岁的郝嘉乐。作为他们的大女儿，思嘉既遗传了父亲豪爽、粗犷、不拘小节、脾气暴躁的性格，又自小受到母亲良好家教和道德观念的教诲。所以，她的性格是个矛盾的统一体。她既想做个像她妈妈那样有大家闺秀风范的淑女，骨子里又有背叛妈妈的道德框框的反骨。正是血管里流着的这种充满矛盾的血液造就了思嘉敢爱敢恨、认定自己的目标便勇往直前、不择手段的性格特点。

小说《飘》出版后，美国评论界对郝思嘉的性格莫衷一是。有人把郝思嘉说成是一个毫不足取的女性。美国诗人约翰·P. 毕晓普曾经说过："在任何情况下，郝思嘉都是毫不足取的。她吝啬迷信，还自私自利，简直无人可比。她显然属于她那一阶层的一员，但她只有在少女时代才在表面上有点该阶层的言谈举止；至于他们的情感，她却从来没有共享过。人是要有精神的，这一点于她是不可理解的。至于说思想，她知道得最多的就是那种属于小农意识的卑劣的狡诈伎俩。基于这一点，除了她那珍贵的皮肤、土地和钱财以外，她什么也不看重。而这些正是使她的狡诈伎俩可以永远延续下去的东西。她手里抓着这个，眼里又觊觎另一个，为此，她杀了一个前来偷盗的北方士兵，洗劫了他的尸体，结了好几次婚，购买锯木厂，剥削囚犯的劳动，行使欺骗术，无情地把好几个人送上了西天。"

可以说，毕晓普用洗练的概述把郝思嘉为人鄙视的一面作了精确的描述。然而，作为纷繁复杂的社会的一员，人的性格绝对不可能是单一的。所以，既没有绝对的好人，也没有全然的坏人。人只能是个多面体，人的性格也只能是多种性格特点的总和。主人公郝思嘉就是这样的多面体之一。在郝思嘉身上，我们可以很清楚地看到传统与反传统的冲突在她身上的体现。毋庸置疑，她的性格有不足取的一面，但同样也有为人欣赏的一面。尽管她有这样那样的缺点，但她还是受到广大读者的欢迎，而使这一点成为可能的正是她性格中为人欣赏的那一面。

郝思嘉虽出生于南方种植园主家庭，但她从小就是个与众不同的女孩，对南方上流社会那些条条框框有着天生的反感。她讲究实惠，认准了自己的目标就不顾一切地去实现它，根本不管她采用的方法和她置身其中的社会准则相符不相符。所以，她和媚兰、希礼以及亚特兰大上流社会的那些"老卫兵"们格格不入，招致了"老卫兵"们的颇多指责和评判。可是，思嘉的信条没有改变，这就是：不管战争把原有的美好生活变得多么面目全非，不管社会发生了什么样的变化，她还是要不惜一切代价生存下去，她必须竭尽全力保住塔拉——那是在她陷入困境时会给予她力量的土地。而在她为生存而奋斗的过程中，她性格中为人称道的一面也就凸显了出来。

玛格丽特在书中刻画了诸多南方妇女形象。通过对比，郝思嘉毫不虚伪、充分表现"真我"的性格特点便在读者面前一览无遗。在故事发生的那个年代，上流社会对妇女的要求是颇为苛刻的。女孩子要让先生们欣赏，很大的一面就是要伪装自己，把真正的自我隐藏起来。不管这个女孩多么聪明，多么有主见，她在先生们面前都要表现得很柔弱，很无知。她们最好是胆小如鼠的懦弱女子，一见到老鼠就跳到凳子上；一听见令人惊愕的事就要晕过去；在别人家吃东西要像小鸟一样少，哪怕是别人的宴会上有许多美味佳肴而自己也很想品尝；对先生们说话要表现得尽量无知，即使她们认为先生们其实很愚蠢，她们也还得假装崇拜他们的样子，要不时违心地对先生们夸上几句。这么做的目的无非是为了能合乎上流社会的习惯和所谓的美德，为了能找一个体面、尊贵、有钱的丈夫；而一旦结了婚，她便成了男人的附庸，成了生儿育女的机器，而结了婚的女人自己亲自打点生意，就算她的丈夫是个很不精明的生意人，那也是离经叛道的行为，是绝对行不通的。然而，郝思嘉对这些做法嗤之以鼻，对所有这一切发起了义无反顾的挑战。

作者对思嘉的反叛行为最集中的描述就是她怂恿卫希礼和她私奔以及她婚后自己经营锯木厂这两件事情上。年方二八的郝思嘉爱上了貌似风流倜傥的邻居卫希礼。遗憾的是,卫希礼却要和他的表妹媚兰结婚了。思嘉为了得到自己的所爱,采取了大胆的行动。在宣布卫希礼和媚兰要结婚的野餐会上,思嘉想办法单独面见希礼,坦言自己对他的爱情,怂恿他和自己私奔。遭到拒绝后,思嘉毫不犹豫地给了他一巴掌。而后,为了报复,她不假思索地嫁给了媚兰的哥哥查理。读者可以想象,在当时传统习俗根深蒂固的美国南方,一个女孩子要作出这样的举动要有多大的勇气。郝思嘉在这个问题上表现了她敢爱敢恨的个性,一如她一开始对白瑞德的恨意。她不像别的女孩,把爱深埋在心里,不敢对自己所爱的人言明。在她看来,哪怕有一线希望,也应该争取得到自己的幸福。

作者对郝思嘉表现真我的个性刻画还体现在另外一件事情上。那就是,郝思嘉在嫁给第二任丈夫弗兰克后,自己借钱买下一家锯木厂。让全体亚特兰大人目瞪口呆的是,她居然自己亲自经营锯木厂,根本不理睬对她此举持反对意见的弗兰克。按照亚特兰大传统的思想,嫁给弗兰克后的思嘉应该安分守己,让开店的弗兰克养活自己,自己在家里当个相夫教子的太太。可是,思嘉的举动却使亚特兰大人瞠目结舌。她不但在弗兰克生病时接管了店铺的生意,让弗兰克在邻里乡亲面前抬不起头来,而且私自买下了锯木厂,当上了名副其实的女商人。这个举动虽然算不上大逆不道,可对于女人来说也是非常出格的。更令亚特兰大人气愤的是,她凭着自己的姿色和独特的经营方式,挤垮了同行中的男性竞争对手,成了木材行业里的佼佼者。思嘉的举动成了别人议论的中心,闲言碎语、造谣中伤铺天盖地而来。然而,思嘉对这一切置之不理,照样我行我素,朝自己认准的目标前进。其实,思嘉在这一点上的做法正是现代社会中商场竞争的写照。竞争应该对每个人都是平等的,男人也罢,女人也罢。强者存,弱者汰。从这点上说,十九世纪的郝思嘉倒是有了超前的竞争意识和竞争能力。

思嘉性格为人称道的另外一点是她的责任心。尽管她不喜欢她的妹妹,尽管她对自己的孩子照顾不周,尽管她对黑人态度严厉,但她在最困难的时候并没有抛下大家不顾,而是千方百计统筹安排,带领大家咬紧牙关,挺过饥饿交加的最艰难的时期。她义无反顾地把一切承揽在自己的肩上,而这负荷本来是要有两个男人才负担得了的。可她父亲傻了，母亲去世了，身为大女儿的她成了一家之主，她有责任承担这一义务，而她也确实义不容辞地履行了这一职责。为了避免失去家园、无家可归的悲惨命运，她违心地嫁给了她一点都不爱的弗兰克，用自己的幸福为代价换来了挽救塔拉的三百美元。她后来处心积虑地经营锯木厂，千方百计地赚钱，一方面是为了自己不再会有挨饿受冻的威胁，另一方面也是为了塔拉能够维持下去，为了有朝一日塔拉能够恢复过去的风采，也为了家里人能够安安稳稳地生活。她虽然也暗暗诅咒这种职责，恨不得能把这些负荷通通甩掉，但是，正如希礼所说的，她永远也做不到这一点。

她的责任心不但表现在她对自己亲人的照顾上，同样也表现在她对媚兰的态度上。媚兰是查理的妹妹，也就是思嘉的小姑。希礼参军后撇下媚兰孤身一人面对没有男人保护的孤寂，面对生孩子的痛苦，面对战争带来的恐惧。在这样的时刻，陪伴她的只有思嘉。其实，媚兰代替自己占据了希礼的妻子这个位置，思嘉有足够的理由不去关照她。她虽然打心眼里不喜欢媚兰，甚至暗暗诅咒她死，但她答应过希礼要照顾媚兰。为了履行自己的诺言，她不顾自己的生命危险保护她，陪伴她。因为她不仅仅是希礼的妻子，而且还是她的小姑。从思嘉对媚兰的态度，读者似乎也能预见到媚兰死后，思嘉肯定又会承担起照顾希礼和他的儿子的责任，因为她已经在媚兰临终前答应了她。

如果说思嘉对媚兰的照顾完全是因为顾及希礼的情面，是为了她所爱的人的话，那思嘉对白蝶姑妈的照顾就跟爱情没有任何瓜葛了。白蝶是查理的姑妈，思嘉自从来到亚特兰大后就已经把照顾白蝶当成自己的责任了。媚兰怀孕后，按理留下来帮助媚兰的应该是上了年纪的白蝶姑妈，可白蝶姑妈老早就扔下媚兰逃难去了。因为她没有能力照顾媚兰，也没有勇气面对北方军的来临。而在思嘉嫁给白瑞德后，白蝶姑妈的生活来源也全都靠思嘉。没有思嘉，她根本没有能力生存下去。因为她的产业全被战争给毁了，而身为侄女和侄女婿的媚兰和希礼自顾不暇，根本没有经济能力来资助她。所以，总的说，思嘉是一个很有责任心的人。姑且不管她这么做时乐意不乐意，但她毕竟做了，尽了一份责任。所以，她在这方面为人称道的一面是不应该被抹杀的。

思嘉的性格中最能给人鼓舞的一点还是她面对现实、不畏困难的精神。综观郝思嘉的一生,从故事开篇情场失意开始,打击一个连着一个。如果不是能够面对现实这一点支撑着她,她早就会被挫折、困难打倒了。年仅十六岁的郝思嘉就经历了失恋的痛苦,紧接着是丧夫的伤痛。年仅十七岁的她就已经成了有一个儿子的寡妇。如果说这一切都还只是个人生活上的不幸的话,那席卷整个南方的战乱给她带来的痛苦就是人所共知的了。我们来看看这么一幕:亚特兰大失陷前夕,郝思嘉拖着刚刚生过孩子的奄奄一息的媚兰和自己被炮火及北方军吓坏的孩子逃离亚特兰大,历经千辛万苦回到塔拉。思嘉从小崇拜妈妈,一有困难就去寻求妈妈的保护伞。此时的她之所以一心要回家,是因为她认为到了家就可以卸下自己肩头的担子,天塌下来自有爸爸妈妈去顶住,回到家后的她又可以过上少女般无忧无虑的日子。殊不知,正当思嘉为塔拉没有被无情的战火摧毁感到庆幸时,一场更大的灾难正等着她。回到家的她愕然发现,妈妈在前一天刚刚去世,爸爸因为妈妈的辞世已经傻了。家里十来张嘴要吃饭,而塔拉种植园里留给她的却几乎一无所有。

注视着默默望着她的一双双眼睛,面对一张张面黄肌瘦的脸,思嘉没有绝望,没有气馁,她既没有沉溺在过去美好的岁月中,也没有自暴自弃,得过且过。她下决心要让塔拉存在下去,要让塔拉的人挺过这个艰难时世。她亲自下地摘棉花;拎着篮子在烈日下到邻居废弃的果园里挖剩下的菜蔬;骑着唯一的一匹孱弱的小马到邻居家借种子,了解外界的情况;甚至杀了一个前来偷盗的北方士兵。在塔拉受到要挟,大家面临无家可归的威胁时,她带着嬷嬷来到亚特兰大,想利用自己的魅力从白瑞德手中借钱挽救塔拉。此计不成,她转而向小有资财的弗兰克展开攻势,终于让他拜倒在她的石榴裙下。虽然思嘉把她妹妹的男朋友夺了过来,而这也招致了许多人的指责和非难,但是,她不畏困难、敢于面对困难、想尽方法克服困难的勇气着实令人钦佩。

我们再来看看小说的结尾。真心爱慕思嘉的白瑞德最终因为失望而决定离开思嘉,而此时的思嘉才刚刚意识到自己真正爱的人其实不是卫希礼,而是白瑞德,只是自己一直不知道而已。她希望他们能够重新开始,从此幸福美满地生活在一起。可是,白瑞德觉得自己虽然与思嘉生活在一起,但两人的心从来没有合二为一过。爱女的夭折更是使他产生了绝望心理。面对瑞德的离她而去，思嘉虽然也感到伤心、难过，但她没有撒泼耍赖，而是坚强地接受了这一令人难以接受的事实。“我明天再想这事好了，到塔拉去想。那时我就承受得了了。明天，我要想个办法重新得到他。毕竟，明天又是另外一天了。”这就是思嘉在碰到困难时屡试不爽的法宝。

“明天又是另外一天了。”这是思嘉的座右铭。她相信，所有的痛苦和挫折都将成为过去，明天将会是另一个开始。只要自己付出努力，一切都会好起来的。思嘉一生坎坷，历经磨难，支撑她挺过一道道难关、克服一个个困难的就是这一信条。小说作者原来是要用“明天又是另外一天了”作为小说的书名的。据有关资料记载，作者写本书时最先写好的即是最后一章。可见，作者着重要表现的就是思嘉的这一精神。

有人认为，《飘》出版的年代是三十年代，正是美国历史上的大萧条时期。由于经济滑坡，全国人口失业率激增，许多人生活没有保障，过着艰难的日子。人们于是很想逃避现实，试图回到过去的岁月当中去。他们发现自己正在为生存打一场恶仗，这场恶仗和内战以后重建时期郝思嘉为生活而打的战役如出一辙。它们同样艰辛，同样困难。虽然郝思嘉采取的作战方式并不是全都合乎道德规范的，但是她至少没有躺下等死，而是竭尽全力去拼搏，去奋斗。人们从郝思嘉身上多少获得了面对现实、克服困难的勇气。这是该小说一出版就成了畅销书的原因之一。此种想法不无道理。其实，郝思嘉不畏困难、面对现实的精神和勇气也正是小说历经一个多世纪而魅力仍经久不衰的原因所在。

面对现实、克服困难这一信条不但适用于大萧条时期，而且适用于任何年代。生活对每个时代的每个人来说都是不易的。谁要是在困难面前低头，那他就是生活的弱者；而如若他不畏困难，勇敢地面对现实，想办法解决困难，那他就是生活的强者。写到这里，我不禁想起翻译本书过程中发生的一件事。纯粹是出于偶然，在我翻到郝思嘉从亚特兰大长途跋涉回家后却面临母逝父傻的不幸时，我的生活中也遭遇了丧母的创痛。母亲在一九九八年年底被病魔夺去了生命。当时的感觉一如郝思嘉的感觉，我深切体会到失去亲人的切肤之痛。母亲病重、住院及去世期间，我曾一度中断了本书的翻译工作。而一段时间后使我重坐案头埋头翻译的不是别的，正是郝思嘉克服困难的这种勇气。记得我当时经常翻到小说的最后，默默诵读思嘉克服困难的法宝，把丧母之痛深深埋在心底，重新投入自己的工作、生活中去。我想，九泉之下的母亲要是知道我能化悲痛为力量，一定会感到欣慰的。

一晃一年又过去了，如今《飘》终于要付印出版了。我心里除了高兴，亦有不少感慨。记得结束最后一遍修改时正是深秋时节一个凉风习习的夜晚。历时两年的工作终于告一段落，我不禁从胸腔里舒出一口长气，顿时感到一种从未有过的轻松感，一阵喜悦弥漫了我的周身。我信步来到阳台上，举目四望。城市的这一角华灯点点，霓虹灯五颜六色。远处的街道上，车流、人流影影绰绰。更远处的大海上，点点渔火漂荡在海面上。停泊在厦门港的大客轮上灯火闪烁，把条鹭江点缀得分外妖娆。我仰头遥望天空，无数星辰眨着眼睛回望着我，似乎在告诉我：明天又是一个大晴天。不知怎的，小说最后那句话又在我耳际回响："明天又是另外一天了。"是呀，今天即将过去，不管有过什么成绩，或是有过什么痛楚，一切都只属于过去。而明天，已经是另外一天了！只有把每一个明天当做新的起点，为实现自己的目标更加努力奋斗的人才算得上是智者。

**李美华**
**于厦门大学凌峰楼**

# CONTENTS · 目录

## 第　一　部



## 第　二　部

## 第 三 部

## 第 四 部

## 第 五 部

# 第　一　部

# 第一章

郝思嘉其实长得并不漂亮。然而，男人们被她的魅力迷住时，却极少意识到这一点。塔尔顿家那一对孪生兄弟就是如此。她的脸上显然融合了她的母亲（沿海一位法兰西血统的贵族）和她的父亲（爱尔兰后裔）的特点，既标致娇柔，又红润粗犷。这张脸实在迷人，非常引人注目，尖尖的下巴，方形的下颚，双眼则呈淡绿色，一点茶褐色也没有。黑黑的睫毛圈在眼睛周围，尾部还微微有点翘，带着点欢快俏皮的模样。眼睛上方，两道墨黑的浓眉向上翘起，在她那像木兰花一样洁白的皮肤上画出两道颇为抢眼的斜线。南方的太太小姐们都非常珍视这种肤色。她们总是戴着帽子、围着面纱、戴着露指长手套，小心地呵护着自己的皮肤，以免让佐治亚州炎热的太阳光晒黑。

一八六一年四月一个阳光明媚的下午，在她父亲的塔拉种植园里，郝思嘉和斯图尔特·塔尔顿、布伦特·塔尔顿兄弟俩一块坐在阴凉的游廊里，坐态显得优美极了。她身穿一件簇新的绿色花布长裙，裙环撑开了宽极十二码的飘曳裙摆。这和她脚上的绿色摩洛哥皮平跟拖鞋极为相配，鞋子是不久前她父亲在亚特兰大给她买的。裙子完美地衬出她那仅有十七英寸的腰身，这也是三个县的女孩中最纤细的了。合体的紧身胸衣托出她虽只有十六岁却已发育成熟、丰满隆起的乳房。虽然她那宽大飘曳的长裙显得端庄朴素，头发也平滑地梳在脑后，挽成一个发髻，一双白皙而小巧的手规矩地叠放在大腿上，但是，她真正的性情并未得到很好的掩饰。在那张极其恬美的脸上，她那绿色的双眸显得骚动不宁，狡黠任性，而且生气勃勃，与她那副似乎很有教养的行为举止极为不符。她那副仪态纯粹是平日里在她母亲的温和训导以及她的黑人嬷嬷的严厉管教之下形成的，而这一切都是别人强加给她的。只有她的双眸才是与生俱来、能显示她本性的地方。

塔尔顿家的斯图尔特和布伦特兄弟俩一边一个，懒洋洋地躺在放在她两边的躺椅上。他们肆意谈笑着，眼睛透过有薄荷属植物装点的高大玻璃窗斜睨着太阳光。他们随意地跷着二郎腿，修长的双腿穿着长及膝盖的长统靴，腿部肌肉因长期骑马而异常发达。兄弟俩都是年方十九，身高六英尺二英寸，身材高挑，肌肉发达，脸膛被太阳晒得黝黑，头发则是茶褐色的。他们眼神欢快，目光傲慢，身穿一样的蓝色上装、芥末色马裤，像足了棉花丛中的两株棉桃。

屋外，午后的阳光斜照在院子里，把山茱萸的树影投射到忽隐忽现的亮光中。虽然大自然刚泛出一片新绿，这些山茱萸却已结满了一团团、一簇簇洁白的花蕾。兄弟俩的马拴在车道边。马儿高大剽悍，毛色和它们主人的头发一样呈暗红色。马的脚边围着一群身子瘦长、颇不安分的猎犬，它们正在吵吵闹闹，狂吠不已。不管斯图尔特和布伦特兄弟俩走到哪里，这群猎犬总是伴随他们左右。较远处还躺着一只有着黑色斑点的随车狗。它似已成了一名贵族，鼻子凑在前爪上，耐心地等着兄弟俩回家吃饭。

在猎犬、马儿和哥儿俩之间，除了他们一贯的交情外，似乎还有更深一层的血缘关系。猎犬和马儿同样都是身体健康、没有思想的年轻动物。它们毛发光滑、壮健漂亮、勇猛活跃。而哥儿俩跟他们的坐骑一样骁勇而顽皮，顽皮得甚至到了危险的地步。但是，谁要是摸清了他们的脾气，知道如何驾驭他们，他们的性情却又会好得出奇。

尽管一生下来就在种植园里过着安逸的生活，从娘胎里一落地便由别人从头到脚伺候着，可是，游廊上三个人的面孔并不像是娇生惯养、无精打采的。相反，倒是像那些长年累月在室外劳作、很少费神去思考书本中的无聊之事的乡下农人，既精力充沛，又警觉活跃。在佐治亚北部的克莱顿县，生活还处于起始阶段。若用奥古斯塔、萨凡纳和查尔斯顿的标准来衡量的话，还多少有点原始。在南部开发较早的地方，那些老成持重的人对身居内陆的佐治亚人老大瞧不起。但在佐治亚北部，只要一个人在重要的事情上精明能干，那么，就算他没有受过一流的教育，也不是什么丢脸的事。而这些重要的事无非就是:棉花种得好,骑马骑得棒,枪法准确,舞步轻盈,对女士们表现得举止优雅、态度殷勤,还有喝起酒来像个男人。

在这些事情上,兄弟俩自然是出类拔萃的,可他们在学习书本知识方面表现出来的无能也同样远近闻名。在县里,他们家比任何人都更有钱,拥有的马匹和黑奴也更多。可要说到肚里的墨水,那么,他们那些穷苦的白人邻居当中,大多数人都比这哥儿俩要强得多。

这个四月的下午,斯图尔特和布伦特兄弟俩之所以能够悠闲地躺在塔拉种植园的游廊上,原因正出于此。他们刚刚被佐治亚大学开除出门。这已经是两年中第四所把他们逐出校门的大学了。他们的两个哥哥——汤姆和博伊德也跟他们一块打道回府了。既然这所学校不欢迎他们的两个孪生弟弟,他们也就不愿意再留在那了。斯图尔特和布伦特把这次被校方开除当做绝棒的笑话,而思嘉小姐也跟他们一样觉得有趣极了。自从一年前离开了费耶特维尔女子学院,她就再也没有心甘情愿地打开过一本书。

"我知道你们俩根本不会把被开除当回事的,汤姆当然也不在乎,"她说,"可是博伊德呢? 他一心想让自己接受良好的教育,可你们俩却一而再、再而三地把他也从大学里拖了出来,先是弗吉尼亚大学,接着是亚拉巴马大学,再是南卡罗来纳大学,现在又是佐治亚大学。他这个愿望是再也实现不了啦。"

"噢,他可以到费耶特维尔的帕马利法官那里去学法律,"布伦特漫不经心地回答说,"再说,这也没多大关系。不管怎么样,我们都得在学期结束之前回家来的。"

"为什么?"

"因为战争呀,傻瓜! 战争随时都可能爆发。你总不至于认为烽火四起的时候我们还会待在学校里吧?"

"你们知道的,哪会有什么战争呀。"思嘉说着,感到有点心烦,"都只是说说罢了。上星期卫希礼和他父亲还跟我爸爸说,我们在华盛顿的委员们就南部邦联事宜和林肯先生达成了——哦——令人欣慰的一致意见。无论怎么说,北方佬也害怕我们会跟他们打起来。不会有什么战争的,我可不想再听到这些言论了,烦死人了。"

"不会有什么战争!"兄弟俩愤愤不平地叫了起来,就好像被别人骗了一样。

“哦，亲爱的，当然会爆发战争的，”斯图尔特说，“也许北方佬真的怕我们，但是，前天博勒加德将军用炮火把他们从萨姆特堡给轰跑了，这样，他们就不得不应战，否则，他们在世人面前就成了懦夫。哦，南部邦联——”

思嘉做了个鬼脸，显出极不耐烦的样子。

“如果你们再提‘战争’这两个字，我就马上进屋去把门关上。这辈子我还从来没有对哪个词像对‘战争’这么厌恶过，令我更厌恶的两个字就只有‘脱盟’了。爸爸从早到晚都在谈论战争，来我们家看他的所有先生也都在大声叫嚷着什么萨姆特堡、州权、亚伯·林肯①，我已经烦透了，烦得我几乎要尖叫起来。而所有的男孩也都在谈论这件事，谈论他们那个老骑兵连。就因为所有的男孩除了此事就不会谈点别的，自今春以来的晚会从来没有过什么乐趣。我很高兴佐治亚州是等到圣诞节过后才退出联邦政府的，要不它就把那些圣诞晚会都给毁了。假如你们再提‘战争’这两个字，我就马上进屋去。”

她是认真的，不是说着玩的。对于不是以她为中心的谈话，她从来就不会忍受太久。但说这些话时，她脸上却挂着微笑，还刻意使脸上的酒窝显得深些。她飞快地眨着眼睛，那欢快俏皮的黑睫毛便一张一合的，就像蝴蝶在扇动着美丽的翅膀一样。她这么做，存心是要让两个男孩对她着迷，而他们也确实被她迷住了。他们赶紧向她道歉，说自己让她心烦了。他们并不因为她对战争毫无兴趣就看不起她，反而把她看得更重。战争毕竟是男人的事，不是女人的事。他们认为，她的这种态度只不过证明她更有女人味罢了。

思嘉略施小计，成功地使他们停止谈论战争这令她厌烦的话题，而后便又饶有兴趣地谈起眼前的事来。

“你们俩被开除了，你们的妈妈有什么看法?”

三个月前，兄弟俩被弗吉尼亚大学勒令退学。一想起当时他们回到家时他们母亲的态度，两个男孩看上去便显得很不安。

“哦，”斯图尔特说，“她还没有机会对此说什么。今天早上她还没起身，汤姆和我们就溜出来了。他到方丹家去，我们就上这来了。”

---

① 亚伯拉罕·林肯的昵称。

“你们昨晚到家时,她难道没说什么吗?”

“昨晚我们可是交上好运了。我们还没到家,妈妈上个月在肯塔基新买定的那匹种马被送了过来。家里简直闹翻天了。那是一匹雄健的好马,思嘉,你该叫你父亲马上到我们家去看看。在被送到这来的路上,那高大的畜生竟然把马夫的肉给咬掉了一块,还把我妈妈派到琼斯伯勒火车站去接车的两个黑鬼给踩了。就在我们到家前,它正试图把马厩踢翻呢,我妈妈原有的那匹叫草莓的种马也被它折腾得半死。我们到家时,妈妈正在马厩里拿着一袋糖试图哄它安静下来。她做得好极了。可黑奴们都躲得远远的,眼睛瞪得老大,他们都被吓坏了。可妈妈却跟马说着话,好像它和人一样,正从她手里吃东西呢。对马呀,还真没有人像我妈妈这么有办法的。她一看到我们就说:‘我的天哪,你们四个人又回家来干什么?你们简直比埃及的祸患还糟糕!’[①]这时,马又开始喷着鼻息又嘶又叫的,还用后腿站了起来。她赶忙说:‘快离开这!没看到这个高大的宝贝正躁动不安吗?我明早再跟你们四个算账!’我们就全都上床睡觉去了。今天一大早,还没等她逮住我们,我们就开溜了,只剩下博伊德去应付她。”

“你们认为她会不会打博伊德呀?”像县里其他人一样,思嘉也看不惯个子矮小的塔尔顿太太对待她那些已经长大成人的儿子们的方式。她不但会打骂他们,有机会竟然还会用马鞭抽他们。

比阿特丽斯·塔尔顿是个很忙碌的女人。她手里不但有一片很大的棉花种植园、上百个黑奴以及八个孩子,而且还拥有全州最大的马匹饲养场。她脾气非常暴躁,动不动就被她四个经常惹是生非的儿子搞得苦恼不堪。她虽然不允许别人鞭打马匹或是黑奴,可是对她这些儿子,她倒觉得,不时给他们来那么一两下绝对不会伤着他们什么。

“她当然不会打博伊德。他是老大,又是我们这伙人中个子最小的,她从来就没有真正打过他。”斯图尔特说,说话间对自己六英尺二英寸的高个头颇为得意。“所以我们才留下他去向她解释一切。见鬼,妈妈不该再打我们的!我们都已经十九岁了,汤姆也已经二十一了,可她却还把我们当成只

---

① 根据《圣经·旧约》“出埃及记”的记载,由于上帝将一连串的祸害降到了埃及人的头上,埃及法老不得不允许受奴役的以色列人离开埃及。

有六岁的孩子。"

"明天卫家的野餐会,你妈妈会不会骑着那匹新买的马去参加呢?"

"她当然想骑着它去,可是爸爸说这太危险了。再说,我们家那些女孩子也不会让她这么做。她们说,至少她们得让她像个贵妇人那样,坐着马车去参加晚会。"

"希望明天不会下雨,"思嘉说,"这一整个星期几乎天天都在下。若是野餐变成室内聚餐,那就太扫兴了。"

"噢,明天会天晴的,一定会热得像六月天一样,"斯图尔特说,"你瞧那轮落日,我还没见过比这更红的呢。我们总是可以通过落日来判断天气的。"

他们望着郝家那一片绵延不断、新犁过的棉花地,一直延伸到被落日映红的天边。太阳正徐徐落向弗林特河对岸的山峦后面,把那一片天空照得通红。四月的暖意也随着太阳的降落而退为一种让人感到颇为舒服的微微的凉意。

这一年的春天来得特别早。温暖急骤的春雨潇潇而下,粉红的桃花和雪白的山茱萸便竞相怒放,把墨黑的河流两岸及远处的山峦装点得分外漂亮。春耕已经接近尾声。佐治亚州的土壤本来就是红色的,上面新犁出的垄沟便被那轮血红的落日映照得更加绚丽夺目。翻起的潮湿的泥土正焦急地等着棉花种子投入它的怀抱。一条条垄沟映着落日,顶部的凸处呈现出粉红和浅红,沟底的凹处则是朱红、猩红和赭红。种植园里白色的砖房恰如宽广无垠的红色大海上的一座岛屿。海面波涛起伏,汹涌澎湃,翻腾的巨浪和那顶部呈粉色的波涛撞到一起,旋即变成拍岸浪花,四散开去。这里的垄沟既不太长,也不很直,而在平坦的佐治亚州中部那土壤呈黄色的田野上,或是沿海种植园里那芬芳的黑色土地上,你就能看到既长且直的垄沟了。可在佐治亚北部绵延起伏的丘陵地带,田地则被犁成无数弯弯曲曲的垄沟,以防肥沃的土壤被雨水冲到低处的河底去。

这是一片原始的红土地。大雨过后是一片猩红,干旱期间则砖屑飞扬。这里是世界上最适合棉花生长的地方。这块土地上,白色的房屋星星点点,犁过的田地静穆安详,黄色的河流流速缓慢,一派令人愉悦的景象。但这也是一片对比强烈的土地,既有最烈的太阳光,也有最阴凉的所在。种植园里的开阔地和绵延数英里的棉花地对着和煦的阳光点头微笑，一副平和、满足的样子。它们的边沿则是一片片未开垦的林地。即使在最热的中午，那里也是既阴暗又凉爽的，而且还带着某种神秘感和些许邪恶感。古老的松树飒飒作响，似乎在耐心地等待着什么，同时叹息着对人们发出威胁："当心！当心！你们曾经属于我们。我们一定能再把你们夺回来。"

在田地里忙活的人们和骡子日暮归来了，游廊上三个人的耳边便回荡着脚步声、马具上链条的叮当声以及黑人毫无顾忌的尖声谈笑声。屋里传来思嘉的母亲埃伦轻柔的话语，她正在呼唤给她提放钥匙的篮子的黑人小女孩。小女孩尖声的童音回答着："是，夫人。"脚步声便朝着后面熏肉房的方向渐渐远去，那里是埃伦给归来的人手分发食物的地方。而后又是一阵陶瓷及银制餐具的响声传来，塔拉的男管家波克已经在摆桌子准备用餐了。

听到这些声音，兄弟俩意识到他们该动身回家了。但他们不愿意回去面对他们的母亲，于是一直逗留在塔拉的游廊上，心里盼望着思嘉会邀请他们留在那吃饭。

"我说思嘉，我们说说明天的事，"布伦特说，"因为我们一直不在，不知道野餐会和舞会的事，明天晚上我们没有理由不跳个够。你还没有答应别人吧？"

"哦，我当然已经答应别人了。我怎么知道你们都会回来呢？我才不想为了只伺候你们俩而把自己变成舞会上受冷落的小可怜虫。"

"你会成为受冷落的小可怜虫！"两个男孩乐得捧腹大笑。

"我说宝贝，你得答应跟我跳第一支华尔兹，跟斯图跳最后一支。你还得跟我们一起吃晚饭。我们再坐在楼梯平台上，就像上次舞会时那样。再让吉西嬷嬷来给我们算命。"

"我可不喜欢吉西嬷嬷算命。你们知道的，上次她说我会和一个头发乌黑发亮、胡子又长又黑的先生结婚。我才不喜欢黑头发的先生呢。"

"你喜欢红头发的，对不对，宝贝？"布伦特咧嘴笑了，"来吧，答应我们，跟我们跳所有的华尔兹舞曲，并且和我们一起吃晚饭。"

"如果你答应我们，我们就告诉你一个秘密。"斯图尔特说。

"什么秘密？"思嘉听到这话，像小孩一样兴奋地叫了起来。

"是不是我们昨天在亚特兰大听到的，斯图？如果是的话，你知道我们答应过不说出去的。”

“不错，是白蝶小姐告诉我们的。”

“什么小姐？”

“就是卫希礼的远房亲戚，住在亚特兰大的韩白蝶——也就是韩查理和韩媚兰的姑妈。”

“我知道的，她是个傻乎乎的老太太，我一辈子也没见过第二个。”

“我们昨天在亚特兰大等火车回家，她的马车正巧经过车站，她就停下来和我们说话。她告诉我们，明天晚上卫家的舞会上要宣布一个人订婚的消息。”

“噢，这个我知道。”思嘉失望地说。“就是她那个傻侄儿——韩查理和卫哈尼的事。他们迟早要结婚的，这事大家都知道好几年了，虽然查理自己似乎对此事兴致不高。”

“你觉得他很傻吗？”布伦特问道，“去年圣诞节时，你可是尽让他围着你转呢。”

“他要缠着我，我也没办法呀，”思嘉不屑地耸耸肩，“我认为他女人气太足了，婆婆妈妈的。”

“再说，也不是要宣布他要订婚，”斯图尔特得意洋洋地说，“而是希礼和查理的妹妹媚兰小姐！”

思嘉虽然脸上不动声色，嘴唇却刷地变白了——就像是毫无防备被人猛击了一拳似的。刹那间，她只是惊异万分，根本反应不过来究竟发生了什么事。她一动不动地盯着斯图尔特，从来不动脑筋的他便想当然地认为她只是对此事颇感吃惊，并且觉得很有趣罢了。

“白蝶小姐告诉我们，由于媚兰小姐身体一直不太好，他们本来打算明年再宣布的。可是现在到处都在谈论战争，他们两家人都认为还是趁早结婚的好。所以决定在明天晚餐时宣布。好了，思嘉，我们已经把秘密告诉你了，你得答应明天晚上和我们一块吃饭。”

“我当然会答应的。”思嘉机械地回答说。

“还要跟我们跳所有的华尔兹舞。”

“行。”

“你真是太好了！我敢打赌，其他男孩一定会气得跳起来的。”

“让他们去气好了，”布伦特说，“我们俩可以对付他们的。哦，思嘉，早晨的野餐也跟我们坐一块吧。”

“什么？”

斯图尔特重复了他的请求。

“当然。”

兄弟俩你看看我，我看看你，高兴极了，可又觉得有点奇怪。虽然他们自认为是思嘉心目中喜爱的意中人，可他们从来没有像今天这样轻而易举地得到这份殊荣。通常，她总是要他们一再请求，她则一再搪塞，既不说行，也不说不行。他们若不高兴，她就乐得哈哈大笑；而一旦他们生气，她就故意冷落他们。可是现在，她却几乎答应明天一整天都跟他们待在一起——野餐和他们坐在一起，所有的华尔兹舞曲都跟他们一起跳（他们当然会安排好所有的舞曲都播华尔兹！），晚宴的时间也归他们所有。能够这样，那么，被大学开除也是值得的。

他们的成功使他们兴致大增。他们继续逗留在那儿，谈论着野餐和舞会、卫希礼和韩媚兰，还不时打断对方的话，说说笑话，相互逗乐，同时明显地暗示思嘉邀请他们吃晚饭。过了好一阵，他们才觉察到思嘉已经没什么话可说了。不知怎么的，谈话气氛已经变了。到底是怎么回事，这哥儿俩也是丈二和尚摸不着头脑，反正一整个下午的欢快气氛已经悄然而逝，无影无踪了。对他们所说的话，思嘉似乎并不很在意，虽然她还能明白无误地回答他们。这其中一定有什么他们不明白的东西，兄弟俩觉察到这一点，感到颇为不解和不安。但他们还是在那儿又赖了好一会，可最终还是看了看手表，很不情愿地站起身来。

从新犁过的田地望过去，太阳已经渐渐西沉，马上要落到山后面去了。河那边高大的树木隐隐现出黑魆魆的轮廓。家燕在院子里急速地冲来冲去，一群群鸡、鸭、土鸡等踱着方步，大摇大摆地从田野里四散归来。

斯图尔特大叫了一声：“吉姆斯！”过了一会，一个和他们年龄相仿、身材高大的黑人小伙子气喘吁吁地从屋子边上应声跑了过来，向车道边拴着的马跑去。吉姆斯是他们的贴身男仆，就像他们的狗一样，不管他们走到哪里，他都跟到哪里。自孩童时代起，他就是他们的玩伴。他们十岁生日那年，他就被送给兄弟俩做贴身仆人了。一见到他，塔尔顿家的猎狗便从一片红色的尘土中立起身来,等候着它们的主人。兄弟俩弯腰行了行礼,和思嘉握手道别,告诉她,明天一大早他们就会到卫家去等她。然后,他们匆匆忙忙走上人行道,飞身上马,沿着两旁栽满雪松的车道飞驰而去,一边还摘下帽子回头挥舞着向她道别。吉姆斯则尾随其后。

他们在尘土飞扬的马路上拐了一个弯,塔拉便从视野里消失了。布伦特在一丛山茱萸树下停了下来。斯图尔特也驻马不走了。黑人男孩在离他们几步远处也跟着停了下来。缰绳一松,马儿乘机伸长脖子去吃春天嫩绿的青草,那耐心十足的猎狗又在松软赤红的尘土中重新躺下来,看着渐渐降临的暮色中盘旋飞翔的家燕,眼里露出渴望的神情。布伦特那张天真的宽脸庞上一脸的困惑不解,并且颇有点愤愤不平的样子。

“我说,”他说,“你不认为她应该留我们吃饭吗?”

“我原以为她会这么做的,”斯图尔特说,“我一直在等她开口,可她却没有。你说这是怎么回事?”

“我也不知道是怎么回事。我只是觉得她似乎应该留我们吃饭的。毕竟今天是我们回家后的第一天,她也好一阵子没看到我们了。我们还有一大堆事要告诉她呢。”

“我认为,我们来的时候,她倒是很高兴看到我们的。”

“我也这么认为。”

“后来,也就是半小时前,她就有点变沉默了,就像得了头痛一样。”

“我也觉察到这一点了,但我当时没在意。你认为是什么使她感到不高兴呢?”

“我也不知道。你说,会不会是我们说了什么话让她生气了?”

他们都低头想了一会。

“我可想不出什么来。再说,思嘉生气的时候可是大家都看得出来的。她不像有些女孩子那样全藏在心里。”

“是的,这正是我喜欢她的地方。她生气的时候也不会冷落你或是怀恨在心——她会直接告诉你。但是,应该是我们做错了什么或是说错了什么才使她闭口不言的。她看上去就像生病了一样。我敢发誓,我们来的时候她是很高兴看到我们的,而且还有留我们吃饭的意思。”

“你认为会不会是因为我们被开除的缘故呢?”

“见鬼,决不会的！别傻了。我们告诉她的时候,她还笑得不亦乐乎呢。再说,思嘉并不比我们俩更看重念书。”

布伦特在马鞍上转过身来,对他的男仆吆喝了一声。

“吉姆斯!”

“少爷,什么事?”

“你有没有听到我们和思嘉小姐的谈话?”

“没呢,布伦特少爷！你怎么会认为俺敢偷听白人老爷的谈话呢?”

“偷听,我的天哪！你们这些黑鬼,没有什么事是你们不知道的,你分明是在撒谎。我亲眼看见你在游廊的拐角处鬼鬼祟祟的,还蹲在墙边的茉莉花丛的阴影下。说吧,你有没有听到我们说过什么话使思嘉小姐不高兴了——或是什么会伤她感情的话?”

被这么一问,吉姆斯便不再找借口申辩自己没听到他们的对话了。他皱着眉头。

“没呢,少爷。俺没听到你们说过什么会让她生气的话。俺觉得她是很高兴见到你们的,而且好像也想见到你们,她高兴得就像小鸟一样呢。但是,你们和她谈起卫希礼先生和媚兰小姐要结亲时,她就开始不出声了,就像一只看到空中有老鹰在盘旋的小鸟一样。”

兄弟俩互相对视了一眼,点了点头。可还是百思不得其解。

“吉姆斯是对的。可我还是不明白为什么,”斯图尔特说,“上帝！卫希礼只不过是她的一个朋友罢了。她并不喜欢他,她喜欢的是我们。”

布伦特点头表示同意。

“你会不会认为,”他说,“也许希礼还没有告诉她他明天晚上要宣布订婚的事,作为老朋友,他却没有在告诉别人以前先告诉她,所以她不高兴了。女孩子对比别人先知道这类事情是挺在乎的。”

“噢,也许吧。可是,就算他没告诉她是明天要宣布,那又怎么样呢?他们本来就要保守这个秘密,好给人们来个惊喜。而且,一个男人总有权保守自己订婚的秘密的,对不对?要不是媚兰小姐的姑妈把这事泄露给我们,我们也不会知道的。但思嘉也不是现在才知道他要和媚兰小姐结婚呀。我们都知道好几年了。卫家和韩家的人总爱跟他们的表亲通婚。人人都知道他十有八九要和她结婚的,就像卫哈尼要和媚兰小姐的哥哥查理结婚一样。”

“好吧，我同意这样解释不通。但她没有留我们吃晚饭，我感到很遗憾。老实说，我不想回家去听妈妈就我们被开除的事瞎唠叨。这可不是第一次了。”

“也许博伊德这时候已经使她心平气和了呢。你知道，那个小狐狸可是个了不起的说客。他总是能够使她平心静气的。”

“不错，博伊德的确能做到这点，但也得给他时间。他得绕很多圈子，一直到把妈妈给弄糊涂了，她才会让他好好保护嗓子，留待以后上法庭辩护时用。可他还没有时间来开始好好地唱这出戏呢。我敢打赌，妈妈一定还在忙乎那匹新买的马，她甚至根本没意识到我们又回家来了。今晚她坐下来吃饭看到博伊德时才会注意到这一点。而且晚饭还没吃完，她就会越想越气，火冒三丈的。一定要等到十点，博伊德才能找到机会告诉她，校长用那种方式跟你我谈过话后，我们中间不管是谁再留在学校里都是很没面子的。一直要到半夜，他才能设法让她把怒气转移到校长身上。那时，她就会问博伊德干吗不一枪把他毙了。不行，我们得等到子夜过后再回家。”

兄弟俩你看看我，我看看你，闷闷不乐的。对降服野马、打架闹事以及邻居们对他们的满腔愤慨，他们一点也不害怕。可是，对他们那红头发的母亲直言不讳的数落以及毫不犹豫地往他们屁股上抽的马鞭，他们俩却颇为发怵。

“哎，我说，”布伦特说，“我们干脆到卫家去算了。希礼和那些女孩子一定会很乐意请我们吃饭的。”

斯图尔特看上去显得有点不安。

“不，我们还是别上那去。他们正急着准备明天的野餐会呢。再说——”

“噢，我把这给忘了，”布伦特急忙说，“那我们就别上那去了。”

他们对马吆喝了一声，一言不发地往前骑了一阵。斯图尔特褐色的双颊泛起了一片尴尬的红晕。直到去年夏天，斯图尔特还在追求卫家的英蒂，双方家人以至全县的人都已认可了这件事。县里人都认为，或许冷静而有自制力的卫英蒂对他会起到一种镇静的作用。至少，他们非常希望如此。斯图尔特兴许是找对了对象，可布伦特对此却很不满意。虽然布伦特也喜欢英蒂，但他认为她太普通，太温顺了，他根本无法使自己也爱上她，好和斯图尔特做伴。兄弟俩第一次趣味不投。自己的兄弟居然会看上一个在他看来一点也不出众的女孩，布伦特对此颇有怨气。

去年夏天，在琼斯伯勒橡树丛中的一次政治演讲会上，他俩突然注意到了郝思嘉。其实他们认识她已经有好些年头了。从孩提时代起，她就是个招人喜欢的玩伴。因为，不论是骑马还是爬树，她都几乎跟他们不相上下。可现在，他们都惊奇地发现，她已经出落成一个妙龄少女了，而且可以说是所有人中最有魅力的一个。

他们第一次注意到，她那绿色的双眸秋波粼粼的，一笑起来便现出深深的酒窝。手脚既小巧又娇嫩，腰肢更是纤细动人。他们的花言巧语使她不时发出一串串银铃般的笑声。一想到她兴许会把他们视为出色的一对，他们更是使尽浑身解数表现自己。

这是兄弟俩一生中都无法忘怀的日子。自此以后，每当谈起这事，他们都感到很纳闷，怎么过去从来没有注意到思嘉这么有魅力呢？其实，他们自己绝对无法找到正确的答案，因为那天思嘉是存心要引起他们注意的。她的本性根本无法容忍一个男人爱上别的女人而不是她自己。在演讲会上，看到卫英蒂和斯图尔特在一起，这是她那要征服男人的本性决不能容忍的。可是，吸引了斯图尔特一人后她还不满足，于是又去勾引布伦特，结果还真的完完全全把他们给俘获了。

现在他们俩都深深爱上了她。过去，布伦特曾半真半假地追过拉夫乔伊的芒罗。可现在，卫英蒂和莱蒂·芒罗都早已被抛到脑后了。如果思嘉接受了他们中的一个，那被拒绝的另一个又该怎么办，兄弟俩从来没想过这个问题。反正，船到桥头自然直。目前，他们都对同一个女孩产生了爱意，为此他们感到很满足，因为他们之间不存在任何妒忌心理。这种情况，他们的邻居们都感到很有趣，可他们的母亲却为此颇为烦恼，因为她一点也不喜欢郝思嘉。

“如果那个狡猾的小妖精真的接受了你们中的一个，那也是你们罪有应得，”她说，“她兴许还会同时接受你们俩，那样的话，你们就得搬到犹他州去。或许那里的摩门教徒会收留你们——但我很怀疑他们会不会这么做……[1]我担心的是，你们很快就会为了那个狡黠奸诈、双眼泛绿的小尤物而喝得烂醉如泥，因争风吃醋而大打出手，甚至会用枪瞄准对方，让他脑袋开花。不过，这也许并不是什么坏事。”

自那次演讲会后，斯图尔特在英蒂面前便感到很不自在。这并不是因为英蒂曾经指责过他，或是用眼神或手势暗示过她已经知道他突然间就已经移情别恋了。她是个颇有教养的淑女。但斯图尔特还是觉得愧对于她，跟她在一起便万分不自在。他知道，他已经使英蒂爱上自己了。在内心深处，他觉得自己太没有绅士风度。他至今还是特别喜欢她，因她冷静、良好的教养，她的博学多识以及她身上具备的所有优点而敬重她。但是，真见鬼，她老是让人觉得兴味索然，毫无生气，而且老是一成不变的。不像思嘉，不但欢快活跃，而且连魅力也是千变万化的。跟英蒂在一起，你决不会忘记自己在什么地方，可跟思嘉在一起却一点这种感觉也没有。这就足以驱使一个男人意乱情迷了。再说，这其中也有无尽的魅力呢。

“哎，那我们到凯德·卡尔弗特家去，在那吃晚饭得了。思嘉说凯思琳从查尔斯顿回家来了。也许她会带回一些我们还没听到过的有关萨姆特堡的消息。”

“凯思琳可不会。我敢和你打赌，她甚至连萨姆特堡就在那港湾里都不知道呢，更不用说那里曾经驻扎着北方佬，直到我们用炮火把他们给轰跑。她就只知道她要去参加的那些舞会和她招引的那些花花公子。”

“哦，去听她唠叨唠叨也挺有趣的。这也是能避开妈妈的好去处，等她上床睡觉以后再说。”

“哦，见鬼！我倒挺喜欢凯思琳，她蛮有趣的，我也想去听听卡罗·雷特和其他查尔斯顿人说说话；但是，如果我还能容忍和她那北方佬的继母坐在一起再吃一餐饭，我就不是人。”

“别对她太苛刻了，斯图尔特。她人挺好的。”

“我没有对她太苛刻。我只是为她感到难过，可我不喜欢让我为其感到

---

① 摩门教是19世纪30年代创立于美国的一个教派，初期实行一夫多妻制。美国犹他州是摩门教徒聚居地。

难过的人。她老是大惊小怪，小题大做的，总想把事情做好，让你有宾至如归的感觉，可最终总是话也说不对，事也做不好。她老让我烦躁不安！她还认为南方人都是野蛮人，居然还这么对妈妈说了。她怕南方人。我们一在场，她看上去就怕得要死。她让我想起蹲在椅子上的瘦骨嶙峋的老母鸡，虽然双眼还有光泽，但是目光呆滞，充满恐惧，一有动静就会扇动翅膀，咯咯大叫。”

“噢，这你不能怪她。你确实把凯德的腿给打伤了。”

“咳，我那时喝醉了，要不然我也不会开枪的，”斯图尔特说，“再说凯德并没有记恨我。凯思琳、雷福特和卡尔弗特先生也没有。只有他那个北方佬的继母哭哭啼啼的，说我是个野蛮人，还说体面人跟我们这些未开化的南方人在一起一点也不安全。”

“这你不能怪她。她是个北方佬，礼貌举止方面并不周全，而且你也确实用枪打伤了她丈夫和前妻生的儿子。”

“哦，去她的！那也没有理由侮辱我！你是妈妈的亲生儿子，那次托尼·方丹开枪打伤你的腿时，她有没有大为光火呢？没有，她只是派人去把老方丹医生请来给你包扎伤口，问医生是什么使托尼把枪打偏了。还说她猜想是醉酒使他的枪法不准了。你记得吗？这话简直把托尼气疯了。”

两个男孩不禁哈哈大笑。

“妈妈真是个人物！”布伦特赞赏地说，言语中流露出对母亲的敬爱之情。“你若希望她把事情做对，她就不会让你的希望落空，而且决不会让你在别人面前难堪。”

“不错，可今晚我们回家时，她却很可能会在爸爸和那些女孩子面前说出令我们难堪的话来，”斯图尔特闷闷不乐地说，“我说，布伦特，我想，这就意味着我们去不成欧洲了。你知道的，妈妈说过，如果我们再被大学开除的话，我们就不能去欧洲观光了。”

“让它见鬼去吧！我们才不在乎呢，对不对？欧洲有什么好看的？我敢打赌，那些外国佬根本拿不出一件我们佐治亚州没有的东西来。我敢说，他们的马决不会比我们的跑得快，女孩子也不会比我们这儿的漂亮。我知道得很清楚，他们的黑麦威士忌酒绝对没有爸爸的够味。”

“卫希礼说，那里景色优美的地方很多，音乐也非常动听。希礼喜欢欧洲。他老谈论它呢。”

“咳——你知道卫家的人是怎么回事的。他们好像对音乐、书本和自然风光挺着迷的。妈妈说，这都是因为他们的祖父是从弗吉尼亚来的缘故。她说，弗吉尼亚人挺看重这些东西的。”

“让他们去迷这些东西好了。我嘛，只要有好马骑，有好酒喝，有好姑娘让我追，再有一个不起眼的姑娘供我取乐，这就行了。谁能够去欧洲游玩，我才不管呢……不能遍游欧洲，那又怎么样？假设我们现在在欧洲，那这里打起仗来怎么办？我们就不能马上赶回来了。我宁愿去打仗而不去欧洲。”

“我也是，不定哪天……哦，布伦特！我知道我们可以到哪儿吃饭了。我们骑马穿过沼泽地到埃布尔·温德那里去，告诉他我们兄弟四个都回来了，随时准备参加集训。”

“这主意不错！”布伦特兴奋地叫起来，“我们还能听到有关骑兵连的所有消息，知道他们最后决定用什么颜色的布料来做制服。”

“如果是那种华丽的服装，我是绝对不会去参加骑兵连的。穿着那种宽大的红裤子，我感觉自己像个傻瓜似的。它们看起来就像红法兰绒布做的女人内裤一样。”

“你们都打算去温德先生家吗？如果是，那晚饭你们就吃不舒服了，”吉姆斯说，“他们的厨子死了，又没有再买新的。他们叫了个干农活的黑奴做饭，那些黑鬼告诉俺，她是全州最糟糕的厨子了。”

“老天！他们干吗不另外买个厨子呢？”

“那些白人穷鬼能买几个黑鬼呢？他们拥有的黑奴最多不会超过四个呢。”

吉姆斯的声音里明显带着瞧不起人的口气。塔尔顿家有一百个黑奴，所以吉姆斯的社会地位很稳固。像所有大种植园主拥有的黑奴一样，他也看不起只有少数几个黑奴的小农场主。

“就凭你这样，我就该剥了你的皮，”斯图尔特厉声喝道，“你不能把埃布尔·温德称为‘白人穷鬼’。当然，他并不富有，但他不是什么穷鬼；我决不允许任何人，不管是黑人还是白人，说他的坏话。这县里没有比他更合适的人了，要不骑兵连怎么会选他当中尉呢？”

“俺也一直想不通呢，少爷。”吉姆斯回答着，并不因为主人生气而感到不安,"俺觉得他们应该从有钱的白人老爷中选长官,而不是从住在沼泽地的白人穷鬼中选。"

"他不是白人穷鬼！你是不是有意要把他和斯莱特里一家那样真正的白人穷鬼比较呢？埃布尔只是不富有而已。他是个小农场主,不是大种植园主。但是,如果所有小伙子都看重他,选他当中尉,那么,任何黑人都不能说他的坏话。骑兵连是知道它在做些什么的。"

骑兵连是三个月前组建的,成立那天正好是佐治亚州退出联邦政府的同一天。从那时起,新兵们就一直在待命参战。骑兵连的名称还没定下来,虽然已有了不少提议。在这点上,每个人都有自己的看法,而且不愿意放弃,在制服的颜色和样式上也一样。"克莱顿野猫"、"火焰食者"、"北佐治亚轻骑"、"义勇军"、"内陆步枪队"(虽然骑兵连的武器装备只有手枪、马刀和长猎刀而没有步枪),还有"克莱顿灰衣连"、"血光霹雳"、"豪爽精英"等,每个名称都有一帮人拥护。在名称还没最后确定以前,大家只是把这一组织称为骑兵连,尽管最后采用了夸大其词的名称,他们一直都以与他们组建初衷有关的"骑兵连"而闻名。

军官是由其成员选出来的,因为全县除了几个参加过墨西哥战争①和森密诺尔战争②的老兵以外,再也没有别人有作战经验。再说,骑兵连也不屑于起用一个老兵来当头,除非他们个人特别喜欢他而且信任他。虽然大家都喜欢塔尔顿家的四个男孩以及方丹家的三个男孩,但是很遗憾,他们都不能选这些人,因为塔尔顿家的男孩动不动就喝醉,而且爱开玩笑。方丹家的呢,性情又太易怒,太暴躁。卫希礼被选为上尉,因为他是全县最出色的骑手,而且他头脑冷静,可以指望他来维持点军纪。雷福德·卡尔弗特被任命为第一中尉,因为大家都喜欢雷福德。而沼泽地一位猎人的儿子、身为小农场主的埃布尔·温德则被选为第二中尉。

埃布尔是个精明、严肃的大块头,他丁字不识,心肠却很好。他比其他

---

① 1846 年为购买新墨西哥地区而进行的美墨谈判破产,美国军队进入有争议的地区,并正式对墨西哥宣战。1848 年美墨战争结束,美国以一笔补偿费从墨西哥获得了得克萨斯、新墨西哥、加利福尼亚、犹他、内华达、亚利桑那和科罗拉多及怀俄明的部分地区。

② 森密诺尔人为美国印第安人中得摩斯科格人的一部分,后从印第安人的政治组织——克瑞克联盟中退出,并迁离佐治亚州。

男孩年纪更大,在太太小姐们面前,他的举止并不比其他男孩逊色,甚至还略胜一筹。骑兵连的人并不势利,他们中太多人的父辈和祖辈也都是从小农场主阶层发展而来的富户。再说,埃布尔还是骑兵连中最好的射手。他在七十五码远处还能射中松鼠的眼睛。除此以外,他对野外宿营知道得很多,雨天怎么生火、如何追踪猎物以及用何方法才能找到水源等等。骑兵连队员对他真的是心悦诚服,而且,还因为大家都喜欢他,所以就选他当了军官。他极为慎重地接受了这一殊荣,一点也不自高自大,就好像这是他的职责一样。可是,他并不是一生下来就是个绅士的,这一事实就算种植园主家的先生们能够忽略,可太太小姐们和黑奴们却做不到。

起初,骑兵连只招募种植园主的儿子,算是一支乡绅队伍。每人都得提供自己的坐骑、武器、装备、制服及贴身男仆。但在克莱顿这样开发历史不长的县里,有钱的种植园主并不多。为了组建一个战斗力强的骑兵连,有必要从小农场主、偏僻丛林的猎人、沼泽地的狩猎户、家境贫寒的山地白人中招募队员;个别情况下还招穷苦白人,只要他们的家境在他们那个阶层中处于中上水平就行了。

如果战争来临,后面这些年轻人也跟他们富有的白人邻居一样急于跟北方佬干上一仗;可是钱这一微妙的问题便随之而来。很少有农人拥有马匹,他们农场里的农活是用骡子应付的,而且没有多余的骡子,至多不超过四头。即使骡子为骑兵连所接受,它们也腾不出时间去参战,更何况骑兵连根本不接受骡子。至于穷苦的白人,他们有一头骡子就觉得自己很富有了。偏僻丛林的猎户和沼泽地的狩猎人既没有马也没有骡子。他们完全靠地里的庄稼和沼泽地的猎获物过活,商业行为基本上是物物交换,一年里连五块钱现金都很少看到。马和制服根本就是他们可望而不可及的东西。可他们对自己的贫穷却傲气十足,就像种植园主对自己的财富感到无比自豪一样。他们的白人邻居略带慈善性质的捐助,他们从来都不接受。所以,为了顾及所有人的情绪,并且把骑兵连建成强有力的部队,郝思嘉的父亲、卫约翰、巴克·芒罗、吉姆·塔尔顿、休·卡尔弗特,事实上,全县除了安格斯·麦金托什以外,所有的大种植园主都出钱以便全面装备骑兵连,包括人和马匹。结果是,每个种植园主都同意出钱给自己的儿子以及一定数量的其他人买装备。一经这么处理,较不富有的骑兵连队员便可以坦然接受捐助的马匹和制服，自尊心又不会受到伤害。

骑兵连在琼斯伯勒每两周集训一次，期盼着战争打起来。还没完全安排好弄到足够的马匹，但有马的人已经在县政府后面的空地上表演他们想象中的骑术动作。马蹄扬起了一大片尘土，他们虽然喊哑了嗓子却还在大喊大叫，手里挥舞着从起居室墙上取下来的革命战争时期用过的马刀。那些还没有马匹的人则坐在布拉德铺子前面的街沿石上，一边观看骑在马上的战友们表演，一边嚼着烟草谈天说地，或者干脆进行射击比赛。大多数南方人出生后就手不离枪的，狩猎生活更是使他们个个都成了神枪手。

一堆堆各式各样的武器被从种植园主的家及沼泽地的小木屋里拿了出来。它们是:第一批移民翻过阿勒根尼山脉时还是簇新的打松鼠用过的长杆枪、佐治亚州刚开发时曾经打过许多印第安人的前装枪、一八一二年桑密诺尔及墨西哥战争中服务过的马枪、决斗用的镶银手枪、袖珍大口径短筒小手枪、双管猎枪，以及亮闪闪的、上好木头制作的漂亮崭新的英式步枪。

训练总是以在琼斯伯勒的沙龙聚会而告终。傍晚时分，斗殴事件频繁发生，军官们不得不加强警戒，以防在和北方佬交战以前造成人员伤亡。就是在一次这类吵架事件中，斯图尔特·塔尔顿用枪打伤了凯德·卡尔弗特，托尼·方丹则打伤了布伦特。那时兄弟俩刚从弗吉尼亚大学被开除回家，正好在组建骑兵连，他们便兴致勃勃地参加了。枪伤事件发生以后，就在两个月前，他们的母亲帮他们打点好行装，打发他们到州立大学去求学，责令他们待在那里。因不在家错过了军训，他们感到很痛心。只要他们能和朋友们一起骑马、叫喊、用步枪射击，那么，即使失去了受教育的机会也是值得的。

“我们穿过乡野到埃布尔家去好了，”布伦特建议说，“我们可以从郝家的河床和方家的牧地穿过去，很快就可以到的。”

“除了负鼠和蔬菜，俺们不会有啥吃的呢。”吉姆斯争辩说。

“你不用有什么吃了，”斯图尔特咧嘴笑了，“因为你要回家去告诉妈妈，我们俩不回家吃饭了。”

“不，俺才不去呢!”吉姆斯惊恐地叫了起来，“不，俺不去！俺才不想为你们所做的事让比阿特丽斯小姐打我呢，这可不是好玩的。首先，她会问俺，俺是咋的让你们俩被开除的。其次，她会问俺，为啥今晚不把你们带回家去好让她揍你们一顿。然后她就会把火发到俺身上，就像鸭子扑在绿花金龟上一样。俺知道的头一件事就是，这啥事都要怪俺。如果你们不带俺到温德先生那去，那俺就一整夜躺在树林里，也许巡逻队会把俺抓去。可俺宁愿让巡逻队抓住也不愿在比阿特丽斯小姐生气时被她逮住。"

兄弟俩茫然不解、怒气冲天地看着这个一脸倔强的黑人小伙子。

"这个傻瓜，竟然宁愿被巡逻队抓去，这又会给妈妈留下好几星期的话柄了。我敢发誓，黑人是越来越麻烦了。有时我都会想，废奴主义者的观点兴许是对的。"

"可让吉姆斯去面对我们自己不想面对的局势也是不对的。我们只好带他走了。可是，你给我听着，你这厚颜无耻的黑蠢货，你如果在温德先生家的黑奴面前端架子，或者提到我们家总是有炸鸡、火腿什么的，而他们除了兔子和负鼠外什么也没有，我就——我就告诉妈妈，而且也不让你跟着我们去打仗了。"

"架子？俺会在那些便宜买来的黑鬼面前端架子？不呢，少爷，俺的举止比他们高明多了。在行为举止方面，比阿特丽斯小姐难道不是用教你们的同样的方式教俺的吗？"

"在我们任何一个人身上，她的教法都没达到目的。"斯图尔特说，"好啦，我们上路吧。"

他让他那高大、赤红的马后退了几步，双腿一夹马肚子，马儿便带着他轻松地越过围栏，进入郝家种植园松软的田地里。布伦特的马也越了过去，然后是吉姆斯的，他还紧紧贴着马鞍的前桥和马的鬃毛呢。吉姆斯不喜欢骑马跳越围栏，但为了跟上主人，比这更高的他都跳过。

夜色越来越浓了，他们在垄沟里择道而行，顺着山坡向河床走去。布伦特对他兄弟叫道：

"哎，斯图！你难道不觉得思嘉本来是要请我们吃饭的吗？"

"我也一直在想她本来是会这么做的，"斯图尔特也叫道，"你认为为什么……"

## 第二章

兄弟俩离去时，思嘉仍站在塔拉的游廊上。等到飞驰而去的马蹄声渐渐消失之后，她才像个夜游的人一样回到椅子上坐下。内心的痛苦使她紧绷着脸，嘴巴也因强装微笑而感到不适，因为她不想让这孪生兄弟俩看透她心中的秘密。她疲惫不堪地坐下来，盘起一条腿，内心涌起一阵阵悲苦。这悲苦愈演愈烈，直至她那颗心再也无法承受。她的心不时地在微微抽痛，双手发冷，一种即将被毁灭的感觉压迫着她，脸上便现出一副痛苦不已却又茫然无措的神情，就像一个娇生惯养的孩子，从来就是想要什么就有什么的，可现在，生活中第一次遇到了不顺心的事，于是就表现出这种茫然不知所措的神情来。

希礼要和韩媚兰结婚！

噢，这不可能是真的！兄弟俩一定是弄错了。他们又跟往常一样在跟她开玩笑吧。希礼不可能、绝不可能爱上她的。媚兰那小个子女人像耗子一样，谁也不可能爱上她。思嘉带着鄙夷想着媚兰单薄瘦弱、孩子气十足的身材以及正儿八经的心形脸孔，这副尊容普通极了，简直到了难看的地步。而且希礼应该也有好几个月没跟她见面了。自去年在十二棵橡树举办家庭晚会以来，希礼到亚特兰大去的次数总共不会超过两次。不，希礼不可能在爱着媚兰，因为——噢，她不可能搞错的！——因为他在爱着她！她，郝思嘉，才是他爱着的人——她知道这一点！

思嘉听到嬷嬷笨重的脚步声传来，把过道的地板也震得直摇晃，她赶紧把压在腿下的那只脚放下来，重新调整脸部表情，使之显得更平静一些。让嬷嬷怀疑出了什么事,那是绝对不行的。嬷嬷总是认为,郝家的人从外表到内心全都属于她,他们的秘密也就是她的秘密;哪怕只有一丁点疑点也足以使她像猎犬一样紧追不放。从以往的经验,思嘉知道,如果嬷嬷的好奇心没有马上得到满足,她就会把事情捅到埃伦那,到时候思嘉就只好被迫向她妈妈供述一切,或是编造一个能自圆其说的谎言。

嬷嬷从过道里出现了。她是个身材高大的老妇人,却和大象一样有双精明的小眼睛。她黑色的皮肤亮闪闪的,是个地地道道的非洲人。她为郝家尽心尽力,是埃伦的左右手,却是她三个女儿的眼中钉,也是屋里其他仆人眼里的母老虎。嬷嬷是个黑人,但她的行为准则和自尊心跟她的主人们相比并不逊色,甚至准则还更高,自尊心还更强。她是在埃伦的母亲索兰格·罗比亚尔的闺房里长大的,而埃伦的母亲是个举止优雅、冷静严肃、鼻子高挺的法国太太,不论是她的孩子还是家里的仆人,只要他们礼仪不周,就绝对逃脱不了公正的惩罚。嬷嬷原是埃伦的奶妈,埃伦出嫁后随她从萨凡纳来到内地。只要是嬷嬷所爱的人,她都要加以调教。由于她对思嘉的爱特别深,又为思嘉感到无比自豪,所以,她对思嘉的调教实际上从来就没有中断过。

"那两个先生回家去啦?你为啥没留他们吃晚饭呢,思嘉小姐?俺已经告诉波克给他们多摆两副刀叉了。你的礼貌都到哪儿去了?"

"哦,我太讨厌听他们谈论战争了。若晚饭期间他们还要继续谈论此事,特别是爸爸也会来凑热闹,大喊大叫什么林肯先生,那我怎么受得了?"

"虽然俺和埃伦小姐在你身上花了不少工夫,可你的礼仪并没比一个干农活的人好多少。你怎的没披披巾坐在这呢?夜风正当面吹过来!俺不是跟你说过,肩上没披东西,夜里的凉意会让你受凉发烧的。进屋去吧,思嘉小姐。"

思嘉故意无动于衷地转过身去,不看嬷嬷。嬷嬷一心想着披巾的事,没注意到思嘉的脸,思嘉为此感到很庆幸。

"不,我想坐在这看夕阳。夕阳太美了。你去把我的披巾拿来吧。求求你了,嬷嬷,我要坐在这儿等爸爸回来。"

"你的声音听上去像是着凉了。"嬷嬷怀疑地说。

"哦,没这回事,"思嘉不耐烦地说,"你去帮我拿披巾吧。"

嬷嬷一摇一摆地走进过道，思嘉耳边便响起她在楼梯口轻声呼唤楼上的女仆的声音。

"喂，罗莎！把思嘉小姐的披巾扔下来给俺。"之后，她又更大声地叫道："没良心的黑鬼！简直一点用也没有。看来俺得自己爬上去拿了。"

思嘉听到楼梯一阵吱呀作响，便轻轻地站起身来。嬷嬷回来时又会对她待人接物方面的失礼唠叨个不停的，思嘉觉得，在她痛苦得几乎心碎欲裂的时候还有人为这种小事唠叨个没完，这于她是无法容忍的。她犹犹豫豫地站起来，心里想着该到哪里去躲避一下，以便让内心的痛苦得到一点缓解。恰在此时，她心头忽然掠过一个想法，心里不禁升起了一线希望。她父亲下午骑马到卫家的种植园——十二棵橡树去了。他是去提议购买迪尔西的。迪尔西是他的贴身男仆波克的妻子，可还属于其他主人。她是十二棵橡树的女仆总管和接生婆，六个月前两人结婚后，波克不论白天还是黑夜都在缠着他的主人，要他去买迪尔西，好让他们两人生活在同一个种植园里。郝嘉乐被他缠得实在没有办法，那天下午只好出门去办此事了。

思嘉寻思着，爸爸一定会知道这个可怕的消息是真的还是假的。就算今天下午他实际上并没有听说什么，他也会注意到某些苗头，比如说觉察到卫家的喜悦之情呀什么的。只要晚饭前我能单独见到他，我就能知道事实真相——发现这只不过是那孪生兄弟俩一个令人讨厌的恶作剧罢了。

该是嘉乐回来的时候了，而假如思嘉想单独见到他，她就只能到车道拐上马路的地方去接他。她一边轻轻地缓步走下房子前面的台阶，一边小心翼翼地转过头往后看，以确保嬷嬷没有从楼上的窗户监视她。还好，从飘动的窗帘缝里，她没看到那张戴着雪白的头巾式帽子的宽大的黑脸庞带着不以为然的神情在窥视她，于是，她大胆地提起绿色的花裙子，顺着小路飞快地向车道跑去。她脚上穿着小巧、用缎带镶边的鞋子，这鞋能让她跑多快，她就尽量跑多快。

砾石铺设的车道两边，墨黑的雪松枝条纵横交错，在上方形成了一个拱形，偌长的车道便变成了一条光线暗淡的隧道。一跑到雪松那长满节瘤的枝条下面，她就知道自己已经不用担心屋子那边会有人看见她了。于是，她放慢了脚步。此时的她已是气喘吁吁的，因为她的紧身胸衣束得太紧了，她不能跑太远的路。但她还是尽可能快地往前走。很快她便来到车道尽头，拐上马路。但她并没有停下脚步,而是拐过一个弯,让一大片树林把她挡住,使自己和房子完全隔了开来。

她满脸泛红,喘着粗气,在一个树桩上坐下来等她父亲。已经过了父亲该回家的时间了,但他今天推迟了反而使她很高兴。这一耽搁便让她有时间缓口气,让脸上的表情复归平静,这样她父亲就不会产生怀疑了。她时刻都在期待着听到他哒哒的马蹄声,看到他像平时那样危险地飞速冲上山坡急驰而来。可是,时间一分一秒地过去,嘉乐还是没有露面。她顺着路线寻视着她父亲的身影,与此同时,心里的痛苦又重新涌上心头。

"噢,这不可能是真的!"她心里想着,"他怎么还不回来呢?"

她顺着弯弯曲曲的马路望去,早上下过雨后,马路上呈现一片猩红色。她的思绪已经沿着蜿蜒曲折的路径飘下山坡,直至流速缓慢的弗林特河,再穿过杂草灌木盘根错节、土壤潮湿而松软的河床,飘上下一道山坡,来到希礼住的十二棵橡树。现在这一整条路径也就剩下这个含义了——这条路可通向希礼以及他那座房子,房子就像希腊神庙一样坐落在一座小山上,白色的柱子高高耸立着,漂亮极了。

"噢,希礼! 希礼!"她心里想着,连心跳也加快了。

自从塔尔顿家的男孩告诉了她无意中听来的消息后,一种令人寒心、茫然无措、大难临头的感觉一直压迫着她,而现在,这种感觉被抛到脑后去了,代之而起的是已经在她心里燃烧了两年的那股爱火。

现在想起来还真觉得有点奇怪。在她的成长过程中,希礼对她似乎从来没有产生过什么吸引力。孩童时代,她看着他来来去去,但对他从来没有过什么想法。可是,两年前的一天,希礼刚从欧洲旅游观光回来后到她家作礼节性拜访。自那天起,她便爱上了他。事情就这么简单。

那天,他骑着马沿着长长的车道走过来时,她正好在前门的游廊上。他身着灰色的绒面呢上衣,系着黑色的领带,镶有饰边的衬衫被衬托得完美极了。即使现在,她也还能想起那天他服饰的每个细节,靴子闪闪发亮,领带夹有个浮雕宝石做成的希腊美女美杜莎的头像,还有他一看到她就脱下来拿在手里的巴拿马式帽子。他飞身下了马,把马缰扔给一个黑人小孩,站在那抬头对着她微笑,一双慵懒的灰眼睛睁得大大的。灿烂的阳光照在他淡黄色的头发上,好似给他戴上了一顶银白发亮的帽子。他开口说道:"哦,你都长大了,思嘉。”他轻步走上台阶,吻了吻她的手。哦,还有他那声音!她永远也无法忘记,听到他的声音时自己的心跳得有多快,就好像是第一次听到了这种不紧不慢、浑厚洪亮、悦耳动听的声音一样。

就在那一刹那,她就很想要他,就像她要食物吃、要马儿骑、要一张柔软的床好让自己躺在上面一样,既简单明了,又不可理喻。

两年来,他伴着她在全县四处活动,参加舞会、炸鱼野餐、郊游,还到法院去看审案。虽然不像塔尔顿家的孪生兄弟俩或是凯德·卡尔弗特那么频繁,也没有像方丹家年轻的男孩那样对她纠缠不清,但是,希礼没有哪个星期不来塔拉拜访的。

诚然,他从未向她求过爱,那双清澈的灰眼睛也从来没有思嘉在其他男人眼里司空见惯的那种热切的光芒。然而——然而——她知道他爱她。这一点,她决不可能弄错的。知觉强于理性,况且,从经验获得的学识告诉她,他是爱她的。她经常会出其不意地发现,他的眼睛并没有露出无精打采或是远不可及的神色,而是带着一种令她费解的渴望和忧伤看着她。他为什么不告诉她呢?她也不明白这一点。但在他身上,她不明白的事情还多着呢。

他一直都很殷勤礼貌,但又深不可测,远不可及。没人知道他心里到底在想什么,思嘉就更不用说了。在这一带,人们总是想到什么就马上说出来的,所以,希礼这种含蓄的个性总是令人感到很恼怒。在县里平常的娱乐活动中,如打猎、赌博、跳舞和关心政治等等,他都不比别的年轻人逊色,还是他们中最出色的骑手;但是他和其他所有人都不一样,他并不把这些愉快的活动当做生活的终结和人生的目的。他爱好书本和音乐,喜欢写诗,在这些兴趣爱好方面,他是茕茕孑立、无人可及的。

噢,他那一头金发为什么那么漂亮?他看似高高在上,为什么又那么殷勤有礼?他老爱谈论欧洲、书本、音乐、诗歌以及她一点也不感兴趣的东西,这令她烦得要死,却又偏偏很想听,这又到底是为什么?无数个夜晚,当思嘉在房子前面半明半暗的游廊上和他闲坐之后,躺在床上总是辗转反侧,好几小时都无法入眠,只好用这一想法自我安慰:下一次他看到她时,他一定会开口求爱的。可是下一次来了又走了,结果还是什么也没有——什么也没有,只有她心里的那股爱火越燃越旺,愈烧愈热。

她爱他,她要他,但她却不理解他。她性格直率,头脑简单,就像每天吹过塔拉的清风以及绕之流过的黄色小河一样纯朴自然，至死也无法把一件复杂的事情弄明白。可是现在，她生平第一次遇上了一个性格复杂、高深莫测的人。

希礼天生就不是那种把闲暇时间用来做事情的人，一旦有空，他就把时间用来思考问题。他会用这种时间来编织与现实世界没有任何关联的色彩斑斓的梦想。他会沉溺于一个比佐治亚州更加美妙的内心世界，极不情愿回到现实生活中来。他冷眼旁观着世间的生灵，既谈不上喜欢他们，也谈不上讨厌他们。他漠然观察着凡间生活，既说不上激动振奋，也说不上伤心失望。他按照这个世界原有的样子接受了这个世界以及他在其中所处的位置，而后耸耸肩，转而沉浸在他喜好的音乐、书本以及他那更美好的世界当中去了。

他的心灵世界对思嘉来说是完全陌生的，可他为什么偏偏就能俘获她的心呢？这她自己也不明白。他这个谜一般的人物激起了她的好奇心，就像一扇既没有门锁也没有钥匙的门一样。他身上她无法理解的东西却使她更加爱他，而他那奇特、有节制的求爱只是更加坚定了她要把他完全占为己有的决心。她从来就没有怀疑过，总有一天他会向她求爱的，这是因为她不但年轻气盛，家里人又对她溺爱有加，为此，她从来就没尝过失败的滋味。可现在却传来了这个可怕的消息，真像是晴天霹雳。希礼要跟媚兰结婚了！这决不可能是真的！

怎么说呢，就在上星期，他们俩在日暮时分一起从费尔希尔骑马回家时，他曾对她说过："思嘉，我有些重要的事情要告诉你，可我真不知道该怎么开口。"

她拘谨地垂下眼睑，内心却是一阵狂喜，心想这一幸福的时刻终于来临了。可接着他又说："现在不行！我们都快到家了，没时间说了。噢，思嘉，我真是个胆小鬼！"他用马刺驱了马一下，便跟她一起策马上了山坡回到了塔拉。

思嘉坐在树桩上，回想着这些曾使她感到无比幸福的话，突然间联想到另外一层意思，一层令人感到可怕的意思。他要告诉她的也许就是他即将要订婚的消息！

噢，要是爸爸现在回家来该有多好啊！她一刻也忍受不了这种忧虑不安、吊在半空中的感觉了。她极不耐烦地再次朝路上望去,可光秃秃的路面还是再次使她的希望落空了。

太阳已经落到地平线下了,天边那一抹红霞已经渐渐退为粉色。头顶上的天空也慢慢地由原来的天蓝色变成了像知更鸟的蛋一样柔和的青绿色,乡间那种神秘、寂静的夜色便悄悄地降临了,把她笼罩在其中。整片乡野已是一派朦朦胧胧的景致。红色的垄沟以及开裂的路面已经看不出原有的带神秘色彩的猩红色,变成了普普通通的褐土。路对过的牧场里,马匹、骡子和牛群把头伸出围栏,安安静静地站在那,等着人们把它们赶回牲口棚里去进食。它们一点也不喜欢把牧场和小溪隔开的灌木丛那黑魆魆的影子,于是都对着思嘉抽动耳朵,似乎很感激这人的陪伴。

在这种奇特的半明半暗之中,长在河边沼泽地里的高大的松树在昏暗的天空映衬下已是一片漆黑。尽管在阳光下它们是令人备感温暖的绿油油的植物,现在却好似一堵由黑糊糊的巨人组成的无法穿越的人墙,把它们脚下那条黄色的小河流给藏匿得无影无踪。河对面的小山上,卫家那些高大的白色烟囱渐渐隐没在房子周围橡树丛的浓密阴影里,只有远处星星点点的晚餐灯光告诉人们那里有一座房子。春天温暖、潮湿的气息一阵阵袭来,带来了新犁过的土地微湿的气味以及所有新泛绿的植物散发到空气中的香味,她便全然置身于这一片温暖的气息当中了。

对思嘉来说,日落、春天及新绿都不是什么奇迹。她漫不经心地接受了这些东西所蕴含的美,就像她平常呼吸空气及喝水一样。除了女人的脸蛋、马匹、丝绸服饰及看得见、摸得着的东西以外,她从来没有在别的事情上意识到美的存在。然而,此时此刻,塔拉种植园精心耕耘的田地上这种安详寂静、半明半暗的景致却给她忧虑不安的心灵带来了某种宁静。她深爱着这片土地,就像她爱她母亲在祈祷时灯光映照下的那张脸一样,可她甚至从来都没有意识到自己内心有这份爱。

寂静、蜿蜒的路上还是没有嘉乐的身影。如果她再等下去,嬷嬷一定会来找她,把她硬拉回屋去的。正当她瞪大眼睛朝越来越暗的路面上望去时,她听见从牧场的小山脚下传来一阵马蹄声,接着看见马匹和牛群因受惊而四散开来。郝嘉乐回家来了,他正纵马穿过乡野飞驰而来。

他骑着那匹膘肥体壮、马腿修长的猎马,正往山坡急驰而上,远远看去就像一个小男孩骑在一匹高大的马上一样。他那长长的白发被风吹到脑后,他一边挥着鞭子,一边还大声吆喝着驱马前行。

虽然她心里充满了焦虑与不安,但此时还是带着无比的自豪深情地望着父亲,因为嘉乐是个出色的骑手。

“我真的弄不明白,为什么他喝了一点酒后就老爱纵马跳过围栏,”她心里寻思着,“即使去年在此处摔破了膝盖以后也还是不改。你总认为他该吸取教训的。更何况他还对妈妈发过誓,说再也不跳了。”

思嘉一点也不怕她的父亲,甚至认为他还比她那些妹妹们更像她的同龄人。因为他经常跳越围栏,而且保守这个秘密不让他妻子知道,这给了他一种小男孩般的得意及做了坏事后得到的快乐。而这与她智斗嬷嬷得胜后的快乐如出一辙。她于是站起身来望着他。

高大的马到了围栏边,略鼓鼓劲,便毫不费力地一跃而过,就像鸟儿在空中掠过一样轻松,马背上的骑手也兴高采烈地大声叫喊着。他在空中挥舞着鞭子,白色的鬈发在脑后飘动。嘉乐并没看见在树影中的女儿,他在路上勒住马缰,满意地拍了拍马脖子。

“这县里没有哪匹马比得上你了,就是全州也没有。”他自豪地对他的坐骑说。虽然在美国已经待了三十九年,可是,他讲话时爱尔兰米斯郡的口音还很重。然后,他匆匆忙忙用手抚平头发,弄平皱巴巴的衬衣,整理好已经歪到耳朵后面的领带。思嘉知道,这些匆忙的整装都是为了有副绅士的仪容去面对他的妻子,让她认为,他拜访完邻居后是稳稳当当地骑马回家来的。思嘉还知道,这无疑给了她一个极好的机会上前跟他搭话,又不必暴露她的真正目的。

她于是故意放声大笑起来。果然不出她所料,嘉乐被这笑声吓了一大跳;等到认出是她,红润的脸上便浮上一种局促不安的神情及充满挑战的意味。因为他的膝盖僵硬了,下马时颇为费劲。他让马缰滑到手臂上,脚步沉重地向她走去。

“哦,小宝贝,”他说着便在她脸上拧了一把,“这么说,你就像上星期你妹妹苏埃伦那样一直在监视我,而且要到你妈妈那去告发我,对吗?”

他嘶哑、低沉的声音里带着点愤愤不平,但也有点连哄带骗的口吻。思嘉伸出手去把他的领带理好,同时开玩笑地啧啧舌头。他呼到她脸上的气息夹杂着波旁威士忌味和淡淡的薄荷香味，身上还发出嚼嚼烟草味、上了油的皮具味及马匹的气味——她一贯是把这些混合在一起的气味和她父亲联系在一起的，而且也本能地喜欢上别的男人身上的这些气味。

“不，爸爸，我才不像苏埃伦那样爱打小报告呢。”她向他保证着，退后一步用审慎的目光打量着他整理好的服饰。

嘉乐个子不高，身高只有五英尺多一点，但是膀阔腰圆、脖颈粗壮，他坐着时，不知道的人还会认为他是个大块头呢。他体格健壮，双腿却又粗又短，总是穿着能买到的最好的皮靴，而且站着时总爱两腿分立，就像个狂妄自大的小男孩。大多数严肃认真、个子矮小的人都会显得有点可笑；可在场院里，矮小而好斗的公鸡总是受人尊重的，嘉乐的情形也一样。谁也不会莽撞地把郝嘉乐当成滑稽可笑的小个子。

他已年届六十，满头鬈发已是一片银白。可他那张精明的脸上一条皱纹也没有，严厉、蓝色的小眼睛充满青春的活力，就像一个除了打扑克时要抓几张牌以外，从不费心去考虑比这更抽象的问题的年轻人一样，无忧无虑的。他的脸型极富爱尔兰人的特点，这种脸型在他很久以前就已离开的祖国到处可见——圆脸，面色红润，鼻子短小，嘴巴宽大，一副生性好斗的样子。

郝嘉乐表面上易怒暴躁，其实心地却是最好的。连黑奴受到训斥不高兴时，他也会看不下去，即使这黑奴是罪有应得也是如此。他还不忍听见小猫叫唤或是孩子啼哭。但他又很害怕自己的这些弱点会被别人发现。其实，不管是谁，遇见他五分钟之后就会发现他心地善良，可他自己对这一点却一无所知；要是他知道这一点，他的虚荣心就一定会受不了，因为他喜欢认为，自己高声发号施令的时候，每个人都会胆战心惊，唯命是从。他从来就没有意识到，偌大的种植园里，只有一个声音是违背不得的——那就是他妻子埃伦柔和的声音。这是个他永远也无法知道的秘密，因为每个人——上至埃伦，下至最笨的干农活的黑奴都出于好意串通一气——让他相信他的话就是法律。

思嘉对他的脾气和吼声比谁都更不会害怕。她是他最大的孩子。嘉乐知道，继那三个已躺在家庭墓地里的儿子之后，他已不可能再有别的儿子了，为此，他不知不觉地养成了一种习惯，用非常坦率的态度对待她，而她竟也觉得,这使她快乐极了。她比她的妹妹们都更像她父亲,因为原名叫卡罗琳·艾琳的卡丽恩生性娇弱,成天想入非非,而教名为苏珊·埃利诺的苏埃伦却总爱为自己所谓的优雅举止和淑女风范自鸣得意。

再说,思嘉和她父亲还各自遵守着一项无形中订立的秘密和约。如果嘉乐发现她懒得走半英里路从大门进去而图省事从围栏上爬过去,或是跟男性朋友在屋前的台阶上待得太迟的话,他虽然会私下严厉地训斥她一番,但不会对埃伦或是嬷嬷提及此事。而一旦思嘉发现他在对妻子发过誓后还跳越围栏,或是知道他打牌时输掉了多少钱(她总是可以从别人的闲聊中知道这些),她也不会在吃晚饭时像苏埃伦那样傻乎乎地说出来。思嘉和父亲心照不宣,都认为把这些事说给埃伦听只会让她伤心,而他们是说什么也不会去伤害她那温柔的心肠的。

思嘉在渐渐暗淡的微光中看着她的父亲,不知为什么,在他面前,她便觉得得到了某种安慰。他身上所具有的活力及朴实、粗鲁的气质深深吸引着她。她是个最不善于分析问题的人,所以她并未意识到她自己在某种程度上也拥有同样的气质,尽管埃伦和嬷嬷十六年来一直在努力去除这些特点。

“你现在看上去倒是挺像样的,”她说,“我想,除非你自己吹牛皮,要不没有人会怀疑你又玩了你那些把戏的。但我确实觉得,自你去年在此跳越同样的围栏摔伤膝盖后——”

“得了,我才不要我自己的女儿来教训我什么该跳,什么不该跳呢。”他大声嚷嚷着,又在她脸上拧了一把,“反正是我自己的脖子,你管它呢。再说,我的小宝贝,你没围披巾跑到这来干什么?”

看到他正用这种惯用的伎俩来逃避令人不快的谈话,她便悄悄地把一只手臂伸到他的臂弯里,说:“我在等你呢。我不知道你会这么迟回来。我正在想,买迪尔西的买卖有没有做成。”

“买是买成了,可那价格简直要让我倾家荡产。我买下了她和她的小女孩普里西。卫约翰几乎想白送给我们,可我郝嘉乐做买卖从来不用交情来占便宜,买她们俩,我硬是让他收下三千块钱。”

“我的天哪,爸爸,三千块哪!再说,你也没必要买普里西的!”

“哦,难道轮到我的女儿来对我评头论足了?”嘉乐大声辩解道,“普里西是个漂亮的小女孩,所以——"

"我知道她的。她是个又淘气又愚笨的小黑鬼。"思嘉平静地说,并未受他高声嚷嚷的影响,"你买下她的唯一的原因是迪尔西求你买下她。"

嘉乐看上去垂头丧气的,非常尴尬,每当别人发现他做了软心肠的事时,他总是如此。思嘉看到他轻易就被别人识破真相,不禁哈哈大笑起来。

"情况的确如此,那又怎么样呢?如果迪尔西老是惦记着孩子,那买了她又有什么用?哦,我决不会再让一个黑奴和别处的女人结婚了,这代价太高啦。请吧,我们进去吃饭吧。"

夜色越来越浓了,空中最后一抹淡绿也已退去,一股微微的凉意代替了春天的暖意。可思嘉磨蹭着,不知怎样挑起希礼这个话题又不让嘉乐怀疑她的动机。这并非易事,因为思嘉骨子里就没有思维敏锐的特质;而嘉乐这方面跟她极为相像,他从来就能看穿她那些苍白无力的托词,就像她能看穿他的一样。而且,在揭穿别人的托词方面,他极少时候能够做得圆滑得体。

"十二棵橡树那边的人全都好吧?"

"还好。凯德·卡尔弗特也在那。谈妥了迪尔西的事后,我们大家便在游廊上坐下来喝棕榈酒。凯德刚从亚特兰大回来,他们那都在谈论战争,简直闹翻天了。而且——"

思嘉叹了口气。一旦嘉乐谈起战争和脱盟的话题,他就一定会一连谈好几个小时也不歇嘴的。她赶紧用别的话把话题岔开。

"他们有没有谈起明天的野餐会呢?"

"我想,他们谈起过的。哦——她叫什么来着——去年也在那里的那个可爱的小东西,你知道她的,就是希礼的表妹——噢,对了,叫韩媚兰,就叫这个名字——她和她哥哥查理已经从亚特兰大到这来了,而且——"

"噢,这么说她真的来啦?"

"是来了,她是个可爱文静的姑娘,从来不标榜自己,很守妇道的。走吧,我的女儿,别拖拖拉拉的。你妈妈会找我们的。"

听到这个消息,思嘉的心直往下沉。她曾一再希望住在亚特兰大的韩媚兰会被什么事给耽搁住。她那可爱、文静的性情跟自己的截然不同,可连自己的父亲都在称赞她,这逼得她只好把话说白了。

"希礼也在家吗?"

“在的。”嘉乐放开女儿的手臂，转过身用锐利的目光看着她的脸，“如果你到这来等我就为了这个，你干吗不直说而绕这么大的圈子呢？”

思嘉想不出来该说些什么，她感到自己的脸因不安而刷地变红了。

“哦，说吧。”

她还是什么也没说，真恨不得能摇着父亲撒娇，让他闭嘴。可这又是不允许的。

“他在家，还非常友好地问你是否安好。他的妹妹们也一样，他们说，希望明天不会有什么事阻住你，令你参加不了野餐会。我能保证不会有什么事的，”他机灵地说着，“告诉我，女儿，你和希礼之间到底是怎么回事？”

“没什么。”她简短地回答着，拉了拉他的胳膊，“我们进去吧，爸爸。”

“这下是你催我要进去了，”他说，“可我打算站在这，直到把你的事弄明白再说。我看近来你有点奇怪，他没玩弄你吧？他有没有向你求婚呢？”

“没有。”她简短地回答着。

“他也不会的。”嘉乐说。

她不禁怒火中烧，但嘉乐挥挥手，让她安静。

“别说了，小姐！今天下午我从卫约翰那听到了绝密消息，希礼要和韩媚兰结婚了。明天就要宣布。”

思嘉的手从他的胳膊上滑落了下来。这么说，这是真的了！

一阵痛苦袭上心头，她的心似被一只野兽的尖牙利齿无情地撕咬着一样难受。这期间，她感觉到父亲正用怜爱、焦虑不安的目光注视着她，因为他现在正面临着一个他根本无法回答的问题。他爱思嘉，但她老是问他一些孩子气的问题，逼他说出答案，这使他非常不舒服。埃伦什么答案都知道，思嘉应该把碰到的麻烦向她诉说才是。

“你这不是在让自己出丑——也让我们大家出洋相吗？”他大声叫起来，连音调也提高了。他激动时就免不了会这样。“你难道一直在追一个并不爱你的人吗？县里哪个男孩子你不能嫁？”

思嘉心里非常气愤，自尊心又受到了伤害，这多少抵消了一些痛苦。

“我没有追他。这——这只是使我感到奇怪罢了。”

“你在说谎！”嘉乐说。之后，他凝视着她那张受到打击的脸，声音里又掺进了无限慈爱，说道：“对不起，我的女儿。可你毕竟还是个孩子，再说，好的男孩多得是。”

“妈妈跟你结婚时才十五岁呢,我已经十六了。”思嘉说着,连声音也哽咽了。

“你妈妈的情况不一样,”嘉乐说,“她可不像你一会风一会雨的。来吧,我的女儿,振作起来。下星期我带你到查尔斯顿去看你的尤拉莉姨妈,去听听他们那有关萨姆特堡的高谈阔论,一星期后你就会把希礼忘得一干二净了。”

“他总把我当小孩看,”思嘉心里想着,痛苦和愤怒使她连话都说不出来了,“好像只要他拿个新的玩具在我面前晃来晃去,我就会把摔肿的伤痛忘掉一样。”

“别对我撅着嘴了,”嘉乐警告道,“假如你明理一些,你早该嫁给斯图尔特·塔尔顿或是布伦特·塔尔顿了。好好想想吧。和双胞胎中的任何一个结婚,我们两个种植园就能连在一起了。吉姆·塔尔顿和我会给你们盖一座漂亮的房子,就在那片松树林里,两个种植园相连的地方——”

“你不要再把我当小孩看了行不行！我不想去查尔斯顿,也不要什么房子,更不想和孪生兄弟中的任何一个结婚。我只要——”她虽然打住了,可已经太迟了。

嘉乐的声音平静得出奇,他说得很慢,就像从一个极少使用的词库里挑着词用一样。

“你要的只有希礼,可你不会得到他了。即使他有想和你结婚的意思,凭着我和卫约翰之间的交情,我虽然会同意,可也还会担着一份心。”看到她一脸的惊愕不解,他又接着说:“我要让我的女儿幸福,可你和他在一起不会幸福的。”

“噢,我会的！我会的!”

“你不会的,我的女儿。只有性格相近的人结为伉俪才会幸福。”

思嘉心头突然掠过一个危险的念头,她很想大声喊出来:“可你不是一直都很幸福吗？但你和妈妈的性格并不相近啊。”但她忍住了,担心自己的鲁莽会招来父亲的耳光。

“我们家的人和卫家的人是不一样的。”他斟酌着词句慢慢地接着说下去,“卫家的人和我们的邻居也都不一样——跟我所知道的所有家庭都不一样。他们都是些奇怪的人,所以他们老和他们的表亲结亲,把这种怪异行为局限在他们家族内部,那是再好不过的了。”

“可是,爸爸,希礼一点也不——”

“你别急嘛,小姑娘!我不是说他不好,因为我也喜欢他。我说怪异,意思并不是说他们疯疯癫癫的。他这种古怪跟其他人不一样,既不像卡尔弗特家的人那样为了一匹马可以把全部家当都赌掉,也不像塔尔顿家的人那样一喝酒就醉得一塌糊涂,更不像方丹家的人都是些头脑发热的小畜生,想到别人怠慢他们就会要人家的命。这种古怪行为当然是很容易理解的。要不是上帝仁慈,郝嘉乐也会有这些毛病的!我也不是说你成了希礼的妻子以后,他会和别的女人私奔,或是会对你施以暴力。他若果真如此的话,你也许还会更幸福,因为至少你就能逐步理解他了。但是他的怪异是在其他方面,是根本无法理解的。我是喜欢他,可对他说的话,十句有八句我都摸不着头脑。好了,小姑娘,跟我说实话,他对书本、诗歌、音乐、油画以及诸如此类荒唐可笑的东西如此狂热,对此你能理解吗?”

“噢,爸爸,”思嘉不耐烦地叫了起来,“如果我跟他结了婚,我会改变这一切的!”

“噢,你会,你现在行吗?”嘉乐很恼火,严厉地看了她一眼,“你对男人的生活了解得太少了,更不用说希礼了。没有哪个妻子能改变丈夫的,哪怕是一丁点也不行,你可别忘了这一点。至于改变一个卫家的人——那简直是痴心妄想,我的女儿!他们全家都是那样的,从来就是如此。而且很可能永远都会如此。我告诉你,他们天生就是怪人。你瞧瞧他们那个样子,一会奔到纽约,一会又跑到波士顿,就为了去听歌剧,去看油画。还从北方佬那里成箱成箱地订购法国书和德国书!他们成天坐在那读书、做梦,谁知道他们在搞什么名堂!他们就不能跟其他规规矩矩的人一样,把时间花在打猎和玩扑克牌上吗?这样岂不是更好?”

“县里可再也没有哪个人骑马骑得比希礼更好的了,”思嘉说,为这种诋毁希礼太女人气的话感到很愤怒,“或许,除了他父亲,再没有别人了。说到玩牌,上星期在琼斯伯勒,你不是还输给希礼两百美元?”

“卡尔弗特家的男孩又在瞎说了,”嘉乐不置可否地说,“要不你不会知道这个数目的。希礼可以跟最好的骑手赛马,也能和一流的扑克玩家玩牌——那也就是我了,小姑娘!我也并不否认,真喝起酒来,他甚至能把塔尔顿家的灌倒在桌子底下。这些事他通通都会,可他并没把心放在上面。我为什么会说他怪呢,原因就在这。"

思嘉不吱声了,可心却在往下沉。对父亲最后说的这一点,她根本想不出什么理由来反驳,因为她知道嘉乐是对的。这些寻欢作乐的事情,希礼都做得很出色,可他的心却根本不放在这些事情上。对这些别人都特别感兴趣的事,他从来都只是出于礼貌才装出点兴趣来。

嘉乐即刻看透了她沉默的原因,他拍拍她的胳膊,得意地说:"好了,思嘉!你也承认我说的这点是对的吧?若嫁了个像希礼这样的丈夫,你又能做些什么呢?他们全都是神经错乱的人,卫家所有的人都一样。"然后,他又哄着她说:"刚才我提到塔尔顿家的人,我并不是在推销他们。他们都是挺不错的小伙子,但是你如果对凯德·卡尔弗特有意的话,这于我并没有什么不一样。卡尔弗特家的也都是好人,全家人都是,尽管老头儿娶了个北方佬。在我离开这个世界以后——你别说话,亲爱的,先听我说!我会把塔拉留给你和凯德——"

"你要把凯德放在银盘上送给我,我才不要呢。"思嘉愤怒地大叫起来,"我希望你不要再把他推销给我了!我才不要塔拉或是什么老旧的种植园呢。种植园有什么大不了的,特别是在——"

她正想说"在你得不到你想要的男人之后",可嘉乐却早被她对自己提供的礼物如此轻慢给激怒了,在这世界上,除了埃伦以外,种植园就是他的最爱。他不禁大吼起来。

"郝思嘉,你站在那就是要告诉我塔拉——那片土地——没什么大不了的吗?"

思嘉固执地点点头。她太伤心了,根本顾不上会不会惹爸爸生气。

"土地是这世界上唯一了不起的东西,"他大声叫喊着,短而粗壮的胳膊奋力挥舞着,显得愤怒极了,"它是这世间唯一永恒的东西,这点你千万别忘了!它是唯一值得为之工作、为之奋斗——为之献身的东西。"

"噢,爸爸,"思嘉厌恶地说,"你就像个爱尔兰人一样在说教!"

"难道我曾为此感到不光彩过吗?不,我为此感到非常骄傲。你可别忘了,你也是半个爱尔兰人,小姐!对每个哪怕只有一丁点爱尔兰血统的人来说，他们赖以生存的土地就像他们的母亲一样。此时此刻，我倒是为你感到羞耻。我要把世界上最美的土地送给你——除了老家的米斯县，就数它漂亮了——可你都做了些什么？你竟然对它嗤之以鼻！”

嘉乐大喊大叫着发泄怒气，正说得来劲，这时，思嘉愁眉不展的脸上那种悲苦的神情使他停了下来。

“当然，你还年轻。但是你会慢慢爱上土地的。如果你是爱尔兰人，你就无法摆脱这种爱。你还只是个孩子，只会为你那些男朋友而烦恼。等你更大一些，你就会明白这……好了，你能不能打定主意跟凯德或是塔尔顿家那两个孪生兄弟，亦或是埃文·芒罗家的少爷呢，瞧我怎样把你风风光光地嫁出去！”

“噢，爸爸！”

到了这时候，嘉乐对这谈话已经完全感到厌烦了，而且这个问题居然落到他肩上，他也为此极端地烦恼。再说，他把县里最出色的男孩都提出来了，还要把塔拉送给思嘉，可她看上去还是悲悲凄凄的，他为此感到很愤愤不平。嘉乐喜欢别人拍着双手、用亲吻来接受他的礼物。

“好了，别再撅着嘴了，小姐。你跟谁结婚，这并不重要，只要他跟你情投意合，是个上等人，又是南方人，而且又体面，这就行了。女人都是先结婚然后才有爱情的。”

“噢，爸爸，那是爱尔兰的老观念了！”

“可这是个相当不错的观念！你瞧瞧这里的人，尽在忙乎什么为爱而结婚这类美国的玩意儿，就像那些下人和北方佬一样！最美满的婚姻就是那些父母做主为女儿选择的婚姻。因为像你这样的傻孩子怎么能够把好人和坏蛋区分开来呢？你看看卫家的人，到底是什么使他们能够几代相传，赫赫扬扬呢？不就是因为他们总跟他们的同类人结婚，老跟他们家一向相中的表亲通婚吗？”

“噢。”思嘉叫出声来，嘉乐的话使她认识到，这一可怕的事实是在所难免的了。痛苦又重新袭上她的心头。嘉乐看她低着头难过的样子，不安地把脚在地上蹭来蹭去。

“你不会是在哭吧？”他笨拙地摸着她的下巴，想把她的脸扬起来，自己也愁眉紧锁，满脸充满怜爱。

“不。”她愤愤然地叫起来，把脸扭向一边。

“你这是在说谎，可我为此感到很自豪。我很高兴，你身上还有股傲气，小姑娘。明天的野餐会上，我也想看到你这股傲气。我可不想让全县的人都议论你，嘲笑你，说你钟情于一个除了友情对你别无他想的男人。”

“他当然是对我有所想的。”思嘉心里想着，内心痛苦极了。“噢，他对我所想可多了！我知道他确实对我有意。这我感觉得到。如果我再有一点点时间，我知道我就可能使他对我说——噢，假如卫家的人不是老觉得他们必须跟他们的表亲结婚，那该多好！”

嘉乐拉起她的胳膊，挽在自己的手臂上。

“现在我们要进去吃晚饭了，这些事就只有你知我知。我不会把这些告诉你妈妈，让她担忧的——你也不会这么做的。我的女儿，把鼻子揩一揩。”

思嘉用她那块破手帕揩了揩鼻子，他们手挽着手迈步向昏暗的车道走去，马在后面慢慢地跟着。快进家门时，思嘉正想开口说话，忽然看见她妈妈站在游廊上的阴影中。她戴着帽子，围着披巾，还戴着露指长手套。嬷嬷站在她后面，阴沉着脸，就像马上要下雷雨一样。她手里拿着一个黑色皮袋，那是郝埃伦用来放置救护黑奴时用的绷带和药品的。嬷嬷的嘴唇又厚又大，往下垂着。她生气的时候，下唇就可以拉得两倍长。而现在下唇就被拉长了，思嘉知道，嬷嬷又碰上什么不顺心的事，心里正窝着火呢。

“郝先生。”看到他们俩从车道上走过来，埃伦叫了起来——埃伦属于非常正统的那代人，即使在结婚十七年、生了六个孩子之后也还是一样——“郝先生，斯莱特里家有人病了，艾米产下了一个婴儿，可小孩却快咽气了，必须给它受洗。我和嬷嬷正要到那去，看看能帮什么忙。”

她提高了自己的声调，似乎是在征求意见，等着嘉乐同意她去实施自己的计划似的。这纯粹是客套，却让嘉乐心里很受用。

“我的上帝！”嘉乐怒气冲冲地说，“那些白人穷鬼干吗偏偏在吃晚饭的时候就把你叫走？我还要告诉你亚特兰大那里发生的有关战争的高论呢。去吧，郝太太。如果外面出了什么麻烦，而你又没有在场帮忙的话，晚上你躺在枕头上也会睡不安稳的。”

“夜里她老是东奔西跑地去照顾那些自己也可以照顾自己的黑鬼和白人穷鬼，她从来就没有睡安稳过。”嬷嬷一边用一种单调的声音嘟哝着，一边走下台阶,朝等在边道上的马车走去。

“吃饭时替我照看一下吧,亲爱的。”埃伦说,用戴着连指手套的手轻轻拍了拍思嘉的面颊。

虽然思嘉在拼命抑制着眼泪,但是她妈妈这种从来就带着某种魔力的触摸,以及她那沙沙作响的丝绸衣裙上装着马鞭草的小香袋里散发出来的淡淡的薄荷香味,还是使思嘉激动不已。对思嘉来说,郝埃伦身上有一种使人激动、令人讶异的东西,和她住在同一个屋檐下,既让思嘉对她感到敬畏,又为她的魅力所倾倒,并且还让她的心灵得到些许安慰。

嘉乐帮助妻子上了马车,嘱咐车夫驾车小心点。已经照管了嘉乐的马匹达二十年之久的托比嘟着嘴生着闷气,自己的本行活儿还要别人对他指手画脚告诉他该怎么做,他心里不受用呢。马车上路了,嬷嬷坐在托比旁边,两人都是一副非洲人遇到不顺心的事时生着闷气的嘴脸。

“如果我没有帮斯莱特里这家穷鬼这么多忙,他们就得在其他地方花钱,”嘉乐怒气冲冲地说,“他们也许就会愿意把他们那几顷贫瘠的河滩地卖给我,然后只好搬离这个县了。”可接着他又变得兴高采烈的,满心期待着来个他驾轻就熟的恶作剧:“来吧,我的女儿,我们去告诉波克,我没有把迪尔西买回来,反而把他卖给卫家了。”

他把马缰扔给站在附近的一个黑人小孩,然后沿着台阶拾级而上。他早把思嘉那颗悲痛欲碎的心抛到九霄云外去了,一心就想着要去折磨他的贴身仆人。思嘉跟在他后面,慢慢走上台阶,两脚却像灌了铅一样步履维艰。她寻思着,其实她和希礼的结合未必就会比她父亲和郝埃伦的结合更别扭。她父亲总是大叫大嚷,而且一点也不敏感,怎么就偏偏和像她母亲那样的女人结婚,对此她总是百思不得其解。因为不论在出身、教养还是性格方面,绝对没有比他们两人更截然不同的了。

## 第三章

郝埃伦虽然只有三十二岁，可用她那个年代的标准来衡量的话，她已经是个中年妇女，一个生过六个孩子却已安葬过其中三个的母亲了。她身材高挑，站着比她那脾气火暴的小个子丈夫足足高出一个头。但她总穿着带裙环的飘曳长裙，走起路来又是那么轻巧，那么优雅，所以她的高个头并不特别显眼。她穿着黑色的塔夫绸紧身上衣，上方露出的脖颈皮肤呈米色，既圆润又颀长。她的头发很多，挽在脑后，罩在一个头发网里。脖子似乎也因头发的影响而微微地往后仰。她母亲是法国人，外祖父母是在一七九一年的革命中逃离海地的①。从母亲那里，她继承了向上斜行的黑眼睛、墨黑的睫毛及乌黑的头发；她父亲曾是拿破仑手下的一名士兵，她那又长又直的鼻子和棱角分明的方形下巴就是从她父亲身上遗传来的。但她脸颊的线条非常柔和，这使她下巴的棱角显得不会那么生硬。埃伦脸上还有一股傲气，但她并不会目中无人。此外，她还有宽厚仁慈、庄重忧郁及不苟言笑等特点，这一切却都是从生活中获得的了。

要是她的眼里再有一些光彩，微笑时带有相应的热情，或是自自然然地发出轻柔、动听的声音，让它萦绕在家人和仆人耳边，那她就是个绝色美人了。她讲话带有佐治亚州沿海人的特点，轻柔但有点模糊不清，元音发声流

① 1791 年，原为法国殖民地的海地自由有色人首先发动武装起义，赢得了大批黑人奴隶的拥护。在黑人领袖杜桑 · 卢维杜尔的领导下，起义军赶走了法国、西班牙和英国的殖民者，于 1801 年宣布独立。

畅，辅音发音也很亲切，只有一点点法国口音。她吩咐仆人做事或训斥孩子时，从来不提高嗓门，但在塔拉，她的话总是马上就会被服从，而大家对她丈夫的咆哮、吼叫却老是默不作声地不予理睬。

从思嘉能记事时起，她母亲就一直是这个样子。不论是赞扬人或是训斥人，她的声音总是既温柔又悦耳。尽管嘉乐那乱糟糟的家里每天都有这样那样的急事，可她处理起事情来总是有条不紊，效率很高。她总是头脑冷静，背从来就没弯过，甚至在她三个儿子还在襁褓中就夭折时也是如此。思嘉从来没见过她母亲坐着时靠在椅背上，也从未见过她坐下来的时候手里没拿着针线活，只有吃饭或照顾病人的时候，或者为种植园理账的时候才例外。有客人的时候，她手里忙活的是精美的刺绣，没客人的时候，则是嘉乐皱巴巴的衬衫、女儿的衣裙或是给黑奴做的衣服。她妈妈的手指上总是套着顶针，衣裙响过之处，总见她身边跟着一个黑人小女孩，小女孩这辈子唯一的职责就是拆掉疏缝针脚，拿着青龙木做成的针线盒从一个房间走到另一个房间。埃伦要在屋子里走来走去，指挥仆人烹饪、打扫房屋以及为种植园所有的人缝制衣服，只要她走到哪里，小女孩就跟到哪里。

她妈妈总是那么稳重、平静，思嘉从未见过她这种心境被扰乱过。不管是在白天还是黑夜，她全身上下总是装扮得整整齐齐的。埃伦着装去参加舞会，或是会客，亦或是到琼斯伯勒去听审案的时候，常常要两个女仆和嬷嬷花两个小时才能把她打扮得合自己的意。可在情况紧急的时候，她打扮的速度之快也是令人暗暗称奇的。

思嘉的卧室就在过道对过，她妈妈的房间对面。从婴儿时期起，思嘉对这类声音就极为熟悉：凌晨时分黑人光着脚轻声在硬木地板上匆匆走过，在妈妈的房门上急促地敲几下，然后传来了惊恐万分的黑人压低嗓子说话的耳语声——他们总是在禀报那一长排白色的小屋里谁又生病啦，谁又生下孩子啦，谁又撒手人寰啦等等。小时候，她经常蹑手蹑脚溜到门边，从最小的门缝里往外偷看。她会看见埃伦从那黑黢黢的房间里出来，黑人举着一根蜡烛，埃伦便出现在闪烁不定的烛光中，而嘉乐却还在节奏分明地鼾声大作，一点也没有受到惊扰。埃伦腋下夹着药箱，头发整洁地梳成惯有的发式，紧身上衣的扣子也扣得整整齐齐。

埃伦轻手轻脚走过过道时，总是语气坚决又充满同情地低声说道：“嘘，别这么大声。你会吵醒郝先生的。他们的病并不重，一时半刻不会死的。”每当听到她妈妈这样的低语声，思嘉心里便受到莫大的抚慰。

然后她再小心翼翼地回到床上，知道埃伦晚上不在家而一切又还是那么井然有序，这种感觉好极了。

有时候，老方丹医生和小方丹医生都出诊去了，没法找到他们来帮忙。在一整夜照顾了刚生下孩子的产妇和婴儿或是料理后事之后，到了早晨，她还是像往常一样坐在餐桌的主人席上照料一切。虽然她那黑色的眼睛周围有了一圈倦容，但声音和举止一点也不会露出劳累过度的样子。她那高贵、温柔的外表下有种钢铁般的意志，而正是这种意志使全屋子的人感到敬畏。嘉乐和女儿们一样也不例外，虽然他是宁死也不承认这一点的。

有的晚上，思嘉会蹑手蹑脚地走到妈妈身边，去亲吻她那高个子妈妈的脸蛋。她端详着妈妈的嘴巴，那稍稍嫌短的上唇柔嫩极了，这么一张嘴是极易受到外界的伤害的。她真不知道妈妈是否曾经有过女孩子那样的咯咯傻笑，或是对要好的女朋友通宵达旦地低声倾诉心中的秘密。哦，不，这是不可能的。妈妈一直就是这个样子，是力量的支柱、智慧的源泉。不管是什么问题的答案，她都是无所不知的。

可思嘉在这点上却错了。多年以前，在景色迷人的滨海城市萨凡纳，埃伦也像任何一个年仅十五岁的少女一样莫名其妙地发笑，和朋友彻夜长谈，低声说着知心话，向好友倾吐所有的秘密。可是，有一个秘密她是缄口不言的。那就是比她大二十八岁的郝嘉乐闯入她生活的那一年——也就是她那年轻潇洒、眼珠乌黑的表哥菲利普·罗比亚尔从她的生活中消失的同一年。菲利普长着一双会勾人的眼睛，行为方式放荡豪爽。自他永远离开了萨凡纳以后，他也把埃伦心中所有的激情给带走了。而当罗圈腿的小个子爱尔兰人跟她结婚时，她留给他的就只剩下一副温柔的躯壳了。

但对嘉乐来说，这已经足够了。他实实在在地成了她的丈夫，这种幸运简直令人不可思议，更令他激动不已。若说她身上什么东西没有了，他也从未觉察到。他是个精明的人，他知道，像他这样一无门第、二无钱财的爱尔兰人，能够娶上沿海最富有、最显赫的家族之一的千金为妻，这本身就已经是个奇迹。因为嘉乐全是靠白手起家的。

嘉乐是二十一岁那年从爱尔兰来到美国的。和许多境况比他好或是比他差、比他先来或是比他后到的爱尔兰人一样,他是匆促起程的。他背上的行囊里只有几件换洗衣服,付过船费后,身上也就剩下两个先令。他还是个被悬赏捉拿的要犯,而他认为他所犯的罪根本就不值这个价。在地球这边的地狱里,可没有什么对英国政府或是对魔鬼本人来说值一百英镑的奥兰治党人[①]。但是,假如政府对死了一个为英国在外的地主代收租金的人那么在乎的话,那也就是郝嘉乐该离家远行而且必须是突然离开的时候了。千真万确,他曾骂那个租金代收人是"奥兰治党人的狗杂种",但据嘉乐看来,那人也并不因此而有权利用口哨吹出《博恩河[②]水》这首曲子的开头几小节来侮辱他。

博恩战役是早在一百多年前就已发生过的事,可对郝家和他们的邻居来说,就好像发生在昨天一样。惊恐万状的斯图亚特王朝[③]的王子仓皇出逃,他们的希望也变成了失望,梦想也化为泡影,随之同去的还有他们的土地和财富。只剩下奥兰治的威廉及其戴着橘黄色帽章的令人憎恶的军队大肆砍杀爱尔兰斯图亚特王朝的追随者的人头。

就因为这及其他一些原因,这次吵架只是被控应负责严重的后果而已,嘉乐的家人并没有把他这次吵架的不幸后果看得特别严重。多年来,在英国军事警察眼里,郝家的名声一直不好,因为郝家人涉嫌在进行反政府的秘密活动。嘉乐并不是郝家第一个半夜三更起程离开爱尔兰的人。他的两个哥哥——詹姆斯和安德鲁,他对他们已经没有什么印象了,只记得他们都是沉默寡言的人,老是在夜里颇不寻常的时刻来来往往,秘密执行任务,有时还会一连好几个星期不见踪影,让他们的母亲为他们担忧不已。好几年前,郝家的猪圈里埋藏着步枪,这个小小的军火库被发现之后,他们便到了美国。现在,他们已是萨凡纳成功的商人。一提到她最年长的两个儿子,他母亲就会插话:"只有亲爱的上帝才知道那可能在哪里。"年轻的嘉乐就是被

---

① 奥兰治党人是1795年成立于北爱尔兰的拥护新教及英国王权的秘密社团成员。

② 博恩河:爱尔兰米斯郡东北部河流,1690年英王威廉三世在博恩河战役中击败苏格兰国王詹姆斯二世。

③ 斯图亚特王朝:斯图亚特家族在苏格兰(1371年起)和英格兰(1603年起)建立的封建王朝。1649年被英国资产阶级革命推翻。1660年复辟。1714年英格兰王位传给汉诺威王室,斯图亚特王室告终。

派去投奔他们的。

离别时，他母亲匆匆吻了吻他的面颊，在他耳边热切地说些天主教徒的祝福之词。他父亲则温和地告诫他："记住你是谁，千万不要学人家的样。"他五个身材高大的哥哥也都含笑跟他道别，那笑容里虽满含羡慕之情，可也颇有点神气之态，因为在这个其他成员全都身强力壮的家庭中，嘉乐简直就像个婴儿，只有他是个小个子。

他的五个哥哥和他父亲的身高都超过六英尺，块头也很大，可是，年已二十一岁但身材却很矮小的嘉乐自己也明白，凭上帝的才智，至多也只能让他长到五英尺四英寸半。他从来也不为自己身材矮小而无谓地长吁短叹，也从来没发现这在他争取得到自己想要的东西的过程中是个障碍，而这正是嘉乐的特点。更确切地说，嘉乐这副结实、矮小的体格正是使嘉乐之所以成为嘉乐的原因。他很早就知道，置身于身材高大的人群中，小个子的人要生存就得吃苦耐劳。而嘉乐就是个很能吃苦耐劳的人。

他那些身材高大的哥哥们都是些坚强不屈却又文静温和的人，家里世代相传的往昔的荣耀已经一去不复返，这激起了他们内心的怨恨，但他们并没有说出来，而是用一种苦涩的幽默来表达不满。假如嘉乐也是个身材高大的人的话，他也会和郝家其他人走同一条路，暗中悄悄地参与反政府的活动。他妈妈满含爱意地称他是"多嘴多舌的顽固分子"。嘉乐正是这样的人，火暴的性子一触即怒，动不动就摩拳擦掌，既易怒又好斗，这点几乎人人都看得出来。他在高大的郝家人中昂首阔步，狂妄自大，就像在场院里大摇大摆地走在一群交趾大公鸡当中的矮脚鸡一样。他们也很爱他，总是充满温情地引诱他上钩，好听他大喊大叫，还会用他们的大拳头捶他几下。当然，他们一旦使小弟弟老实规矩了就罢手，决不多动他一根毫毛。

嘉乐来到美国前所受的教育极少，可他自己根本就不知道。就算有人告诉他，他也不会在意的。他妈妈曾教过他读写。他的字倒写得很清楚，计算也相当出色，可他的书本知识也就到此为止了。拉丁文他只知道望弥撒时吟唱的祈祷文，历史知识也就是爱尔兰所受的各种各样的冤屈。除了摩尔①的诗歌外，他对其他诗歌一无所知，懂的音乐也只有爱尔兰年复一年传

① 摩尔：即托马斯·摩尔（1779—1852），爱尔兰诗人。

下来的歌谣。他对那些书本学识比他强的人万分尊重,但他从来都没有感觉到自己在这方面非常薄弱。是呀,他要这些干什么呢?在这个新的国家,不是连最无知的爱尔兰人都已经发了大财吗?在这个国家,不是只要求一个人身强力壮,不怕辛劳吗?

詹姆斯和安德鲁把他收留在他们在萨凡纳的店里。他虽然所受的教育不多,可他们并不觉得这有什么好遗憾的。他清晰的笔迹、精确的账目及讨价还价的精明劲赢得了他们的尊敬。假如年轻的嘉乐文学知识渊博,对音乐又有很高的鉴赏力的话,反倒会使他们对他嗤之以鼻。本世纪初期,美国对爱尔兰人还是很友善的。詹姆斯和安德鲁最初只是把装在有帆布篷顶的大马车里的货物从萨凡纳拉到佐治亚内地城镇去而已,可现在也发达了,开了自己的店铺,嘉乐也就跟着他们一起发达。

他喜欢南方,而且据他自己看来,很快便变成了南方人。南方——南方人,这个中的含义是很深的,他永远也无法理解;但是有他这种凡事都全身心投入的天性,他于是就根据自己理解的方式接受了这里的观点和习俗,并且把它们变成了自己的东西。对他来说,就是打牌、赛马、最新的新闻以及决斗的全部规则、州权、对所有北方佬的诅咒、蓄奴制和棉花大王、对白人穷鬼的鄙夷以及对太太小姐们过分的殷勤。他甚至学会了嚼食烟草。他是完全没有必要刻意训练自己喝威士忌的酒量的,因为他天生就是海量。

可是,嘉乐还是嘉乐。他的生活习惯和观念变了,但他的行为举止却没有改变。就算他有能力去改变,他也不会这么做。他很羡慕那些有钱的粮棉种植园主们那种不紧不慢的高雅举止。他们从自己那长满青苔的王国里纵马来到萨凡纳,自己骑在受过严格训练的良种马上,尾随其后的是坐着举止同样优雅的太太小姐们的马车及黑奴乘坐的马车。可嘉乐跟这种高雅是无缘的。那种慵懒、含糊的话语他听起来很入耳,可他舌头转出的总是自己的土腔。他也喜欢他们处理重大事情时的那份随意——把财产、种植园或是黑奴压在一张牌上,若无其事、情绪极好地注销赌输的赌注,就像他们把分币散发给黑人小孩一样干脆。但嘉乐体验过贫穷,他永远也学不会情绪极好、大大方方地输钱。这些沿海的佐治亚人确实是令人愉悦的一类人,他们虽然也容易发脾气,但在气头上说话也还是轻声慢语的。他们还会自相矛盾,可这也同样令人着迷。嘉乐喜欢他们。但这年轻的爱尔兰人身上有一股生气勃勃、烦躁不满的活力。他初来乍到,在自己的祖国,刮的风既潮湿又寒冷,薄雾笼罩的沼泽地一点也无法令人兴奋起来。这把他和这些生活在地处亚热带、空气污浊的沼泽地里的慵懒、出身高贵的上流人士完全区分了开来。

他向他们学习他认为有用的东西,其余的他就置之不理了。他发现打扑克是所有南方习俗中最有用的,打扑克,还有喝威士忌的酒量。正是嘉乐打扑克和喝琥珀色酒的天赋为他赢得了他最珍视的三样财产中的两样——他的贴身男仆和种植园。第三样就是他的夫人了,能得到她,他只能归功于上帝仁慈的恩赐。

名叫波克的男仆皮肤黝黑发亮,仪表堂堂,在着装上如何才能得体这方面受过严格训练。他是嘉乐和一个来自圣西门斯岛的种植园主赌了一夜扑克后赢来的。此人那虚张声势的勇气倒是可以和嘉乐相匹敌,可喝新奥尔良酒却喝不过嘉乐。尽管波克原来的主人事后要用双倍的价钱把他买回去,但嘉乐固执地拒绝了,因为这是他拥有的第一个黑奴,而这黑奴是"沿海该死的最好的男仆",这是他向自己心中的目标迈出的第一步。嘉乐想成为拥有黑奴的主人及有地产的绅士。

他已下定决心,决不像詹姆斯和安德鲁那样,所有的白日就在讨价还价中度过,而所有的夜晚则就着烛光跟账本上一列列长长的数字打交道。他深切地感受到和"做生意"联系在一起的来自社会的污辱,而他的兄弟们却一点感觉也没有。嘉乐要做个种植园主。他曾是个佃农,他的国人曾经拥有过那片土地并曾苦苦追寻过那片土地。带着这种爱尔兰人对土地的渴望,他想亲眼目睹自己拥有的郁郁葱葱的田地绵延伸展到远方。这就是他几近无情的专一目标,他希望有自己的房子、自己的种植园、自己的马匹和黑奴。在他已经离开的那片国土上,购置地产有两重风险:一是苛捐杂税会使有地之人变得跟颗粒无收没什么两样;二是土地随时都可能会被突然没收。而在这新兴的国度就没有这些风险。所以,他打算置办地产。但是,随着时间的推移,他发现有这种抱负和把它变为现实是两码事。佐治亚州沿海被一个根深蒂固的贵族阶层牢牢地控制着。他想要得到自己想要的东西,希望非常渺茫。

后来,命运之神和一手纸牌联手把一座种植园拱手送到了他面前。他后来把它叫做塔拉，与此同时，这也让他从沿海迁移到佐治亚内陆。

那是春天里一个炎热的夜晚，在萨凡纳一个沙龙里，坐在旁边的一个陌生人偶然的谈话使嘉乐竖起了耳朵。这个陌生人是萨凡纳本地人，他在内地乡村地带住了十二年后刚回来。这片土地是嘉乐来美国的前一年从印第安人手里割让过来的。当时州政府正针对佐治亚中部辽阔地区发行土地彩票，此人碰巧中了彩。他便到那去建了一座种植园；可现在房子被烧毁了，他也已经厌倦了那个可恶的地方，极乐意把种植园及早脱手。

嘉乐的心里从来没有停止过想拥有种植园的念头。他于是托人介绍，和这人进行洽谈。听陌生人说本州的北部地区挤满了来自卡罗来纳及弗吉尼亚州的新来者时，他的兴趣就越来越浓了。嘉乐在萨凡纳生活的日子足以让他知道沿海人的观点——州里其他所有地区都是落后的丛林地带，每一丛灌木后都躲藏着印第安人。在为郝家兄弟打点生意的时候，他曾到过从萨凡纳河逆流而上到一百英里远的奥古斯塔，他还继续往内陆地区旅行，到过从该城往西的一些老城镇。他知道那个地区跟沿海一样有很多人定居，但从陌生人的描述中，他得知他的种植园在萨凡纳西北部内陆两百五十英里处，离查特胡奇河也没多少路了。嘉乐知道，那条河以北的土地还掌握在柴罗基族①人手里，但别人提到会有印第安人骚扰时，陌生人对此予以嘲笑，他还大肆描述着在这片新兴的土地上，繁荣的城镇正在发展，种植园也不断涌现。听到这些，嘉乐大为惊奇。

一个小时后，谈话渐渐少了。嘉乐提议打牌，这一诡计与他那双天真无邪、明亮湛蓝的大眼睛是极为不符的。夜渐渐深了，酒也喝得差不多了，其他人都已歇手不打，最后只剩下嘉乐和陌生人两人在赌。陌生人压上所有的筹码，接着又压上了种植园。嘉乐也推出所有筹码，把钱包放在筹码上。假如钱包里的钱正巧是属于郝氏兄弟商行的话，嘉乐的良心也不会太不安，不至于第二天一早在望弥撒前就得向上帝忏悔。他知道他想要什么，而每当嘉乐想要什么东西时，他总是采用最直接的方法来得到它。再说，他就是这么相信命运，相信自己手里四张两点的牌。他一刻也没有想过，如果桌子对面坐着的是一个比他更高明的高手，那他该怎么去偿还输掉的钱。

---

① 柴罗基族：美国东南部最大的一支印第安部族。

“你也并没有占到什么大便宜，我很高兴不用再为这个地方上税了。”那人手里拿着的全是一点。他叫人拿来笔和墨水，叹了口气：“大房子一年前被烧毁了，田地里长满了灌木丛和松树苗。但已经是你的了。”

“除非你已经不喝爱尔兰威士忌酒了，要不，决不要一边打牌，一边喝酒。”同一天晚上，波克伺候他上床睡觉时，他严肃地对波克说。这个男仆人出于对新主人的敬慕，已经开始努力用爱尔兰的土音对主人的问题做出必要的回答。他的土音是一种吉契口音和米斯郡口音的混合，这种口音谁听了都会感到困惑不解，只有这两个人不会。

浑浊的弗林特河静静地流淌着，两岸是松树形成的松墙，水边有被藤蔓缠绕着的橡树。河流像一条弯曲的臂膀，把嘉乐新得到的土地从两边环绕住。对嘉乐来说，站在房子原来所在的小山上，这道高高的绿色屏障是他拥有这片土地的证据，这是有目共睹、令人愉悦的，就像是他自己亲手立起的标明自己领地的围栏一样。房子被烧毁的地方，地基石已经是漆黑一片。他站在那，俯视着直达路边的长长的林荫道，兴奋地赌咒发誓，心灵深处的喜悦使他连感谢上帝的祷告也顾不上说了。这两排幽暗的树木是他的了，这片荒废的草坪也是他的了，虽然草坪上只零零落落地长着一些开着白花的小木兰树，树下的杂草已经有齐腰高了。还有那荒芜的田地，田里散布着许多小松树和矮树丛，红色的地面起伏可见，向四面伸展开去，直至远处，而这一切都已经属于郝嘉乐——这一切之所以都成了他的财产，是因为他有一颗清醒的爱尔兰人的头脑，有勇气把一切都压在一手纸牌上。

嘉乐闭上了眼睛，在这未开垦的土地的静寂中，他感觉像回到家一样。就在他的脚下，将建起一栋刷成白色的砖房。路对过则要竖起崭新的围栏，把肥硕的牛群和纯种马匹圈在里面。在太阳光照射下，沿着山坡顺势而下直至河床的肥沃土地将像绒鸭的绒毛一样泛着白光——那是棉花，绵延数百英亩的棉花！郝家的家运又要再次兴盛了。

嘉乐自己还有一小笔赌金，又从他那对此一点也不热心的两个哥哥那里借了些钱，以土地为抵押又贷了一笔款，他用这些钱买来了第一批干农活的黑奴。来到塔拉后，他在只有四个房间的监工房里独自一人住了下来，直到塔拉立起了雪白的高墙。

他把田地清理干净，种上棉花，又从詹姆斯和安德鲁那里再借了些钱买来更多的黑奴。郝家是个大宗族,不管是家道兴旺还是家道中落,他们都互相支持。这并不是为了夸大那份家人中存在的亲情,而是无情的岁月使他们认识到,要在世上求生存,一个家族就必须在世人面前紧紧抱成一团。他们借钱给嘉乐,接下来的几年,这钱就连本带利都收了回来。渐渐地,嘉乐又买下近旁更多的土地,种植园不断扩大。最后,白色的房子由梦想变成了现实。

房子是由黑奴动手建造的。这是一座外表笨拙、毫无规划、随意扩延的建筑,耸立于山顶上,俯瞰着斜坡上郁郁葱葱的牧场,另一侧顺坡延伸至河边。嘉乐高兴极了,因为房子簇新时已经有了一副历经多年沧桑的样子。老橡树曾经亲眼目睹过印第安人在它们的枝蔓下路过,现在则用它们粗大的树干紧紧环抱着屋子,枝条垂挂在屋顶上方,形成了浓密的树荫。草坪从杂草手里收回了主权,苜蓿草和百慕大草正长得厚密而青翠,嘉乐总是关照人好好保养草坪。从两旁长满雪松的林荫道到黑奴居住的那排白色的小屋,整个塔拉上空弥漫着一种浑然一体、稳定坚固、恒远持久的祥和气氛。每次嘉乐纵马转过路上那道弯,看见从青翠的枝条中隐现出来的自家屋顶时,心里的自豪感便油然而生,每次看到都好像是第一次看到时一样。

这一切都是他一手操办的,就是这个个子矮小、头脑冷静、脾气暴躁的嘉乐干的。

嘉乐和县里所有的邻里乡亲关系都相当不错,只有麦金托什一家和斯莱特里一家例外。麦金托什家的土地和嘉乐田地的左侧接壤,斯莱特里家的三英亩贫瘠的土地则在他土地的右侧沿着河床的沼泽地向前延伸,处于河流和卫约翰的种植园之间。

麦金托什一家兼有苏格兰和爱尔兰血统,他们还是奥兰治党人。在嘉乐看来,就算他们拥有天主教徒所有的高尚品德,就凭这血统也会让他们在地狱里永世不得翻身。千真万确,他们是在佐治亚生活了七十年,在这以前,还在卡罗来纳住了整整一代人,但家族中第一个踏上美国国土的人是从阿尔斯特①来的,这对嘉乐来说已经足够了。

这家人个个沉默寡言,还顽固得要命。他们固步自封,很少跟别人来

① 阿尔斯特曾是奥兰治党成立地。

往，只跟他们在卡罗来纳的亲戚通婚。不喜欢他们的人并非只有嘉乐一人，因为县里的人都友善待人，友好来往，对缺少这些品德的人，没有人会受得了。曾经有传闻说他们同情废奴主义者，可这也并未使麦金托什一家更受人欢迎一些。老奥格斯一个黑奴也没释放过，而且还犯了不可饶恕的违反社会约定的错误，他把一些黑奴卖给了途经此地到路易斯安那州的甘蔗地去的奴隶贩子。可是，传闻并未因此而消失。

"毫无疑问，他是个废奴主义分子，"嘉乐对卫约翰说，"但是对奥兰治党人来说，当原则和苏格兰人的吝啬相冲突时，原则就无用武之地了。"

斯莱特里一家则是另一回事。因为他们是穷苦白人，奥格斯·麦金托什的倔强不屈、与人格格不入的脾性倒是硬从邻里家庭中赢得了些许勉勉强强的尊重，可斯莱特里一家连这点尊重也没有。老斯莱特里既懒惰无能，又总是牢骚满腹。尽管嘉乐和卫约翰一再提议要购买他那几英亩薄地，他却死抓着不放。他的妻子成天蓬头垢面的，总是一脸病容、无精打采的样子，却生了一群总是苦着脸、看上去像兔子一样的孩子——这个群体的数目却还在每年一个地增加。汤姆·斯莱特里没有黑奴，他和最年长的两个男孩伺弄着那几英亩棉花地，他的太太和其余的孩子则照管着那个所谓的菜园子。但是，不知怎么回事，棉花总是歉收；菜园子呢，由于斯莱特里太太不停地生孩子，也很少时候能够满足她那一大群孩子的需要。

汤姆·斯莱特里在邻居家的游廊上磨磨蹭蹭，讨棉花种子或是一块咸肋肉以"周济他一下"，这早已是司空见惯的事。斯莱特里没什么本事，可就是这样，他也恨透了他的那些邻居，尤其痛恨那些"财主们盛气凌人的黑鬼们"。县里大户人家的黑鬼们把自己看成是比穷苦白人更上等的人，他们那不加掩饰的蔑视刺痛了他，而他们生活中更为稳固的地位更激起了他的嫉妒。跟他自己悲惨的境遇相比，他们不愁吃、不愁穿，病了、老了还有人照顾。他们为自己主人的好名声感到无比自豪，多半还为自己属于这些本身就是身份和地位的象征的人感到很骄傲。可他呢，却被所有的人瞧不起。

汤姆·斯莱特里本可以以三倍的价钱把他的农场卖给县里任何一个种植园主，他们只会权当花钱为本地区清除碍人耳目的一家人而已。但他很满足于留在此地，靠每年一包棉花的收入和邻里的施舍苦撑着过日子。

嘉乐和县里其余的人都保持着和睦亲密的关系。每当骑在高大的白马上的小个子纵马沿车道奔驰而来时，卫家、卡尔弗特家、塔尔顿家及方丹家，全都对他微笑致意，还招手让人拿来高玻璃酒杯，杯子底部放上一茶匙糖，还有一小片捣碎的薄荷叶，再往里倒上波旁威士忌酒。嘉乐很有人缘，孩子们、黑奴和狗都能一眼断定，在他大吼大叫、举止粗暴的外表下面藏着一颗善良的心。他是个极好的倾诉对象，又富有同情心，乐意掏腰包帮助别人。邻居们天长日久也都发现了这一点。

他每到一家，猎狗们都狂吠不已；黑人小孩则欢叫着跑过去迎接他，为争得为他牵马的特权而争吵不休，并在他善意的辱骂中蠕动不安，再则咧嘴而笑。白人小孩则吵闹着要坐在他的大腿上玩骑马；他则在大人们面前对北方政客的狼藉声明大加谴责；他朋友们的女儿则把他当成知己，把自己的恋爱都告诉他；这一地区的小伙子们，不敢跪在地上向父亲承认欠下的赌债，但也发现他是个能帮忙的朋友。

“这么说，这笔赌债你已经欠了一个月了，你这个小无赖！”他会这么大吼道，“我的老天，你干吗不早点向我要钱呢？”

他那粗鲁的说话方式是人所共知的，决不会冒犯别人，只会使那些年轻人忸怩作态地笑着回答说：“喔，先生，我实在不想麻烦你，可我父亲——”

“你父亲是个好人，但挺严厉，这一点不可否认。那就把钱拿去吧，不要再提这件事了。”

种植园主的夫人们是最后认可嘉乐人品的人。嘉乐曾把卫太太描述成“一个具有沉默寡言的非凡天赋的贵妇人”。一天晚上，当嘉乐骑马的马蹄声在车道上渐渐远去时，她告诉她丈夫说：“他虽言谈粗鲁，可却是个绅士。”直至此时，嘉乐的绅士地位才最终得到承认。

他一点也不知道这种认可花了他将近十年工夫，因为他从来都没想到，起先邻居们都是斜睨着眼瞧他的。他自己心里可从来没有怀疑过，从他来到塔拉的那一刻起，他就已经是个绅士了。

嘉乐四十三岁的时候，体格结实，面色红润，看上去就像一个狩猎图中的乡绅。这时，他意识到，尽管塔拉很可贵，县里的人们也都心旌坦荡，全都对他敞开门户表示欢迎，但总还是美中不足。他需要一个妻子。

塔拉急需一个女主人。由于厨房需要，他从场院里忙活的黑奴中提升了一个胖厨娘，可她从来没有准时开过饭。侍女原是干农活的，总是让家具堆满灰尘，家里似乎从来都没有现成的干净被单。一有客人上门，家里总是大呼小叫，一派忙乱。波克是唯一受过训练的供屋里使唤的黑奴，由他总管着其他黑奴。可是，这么多年来见识了嘉乐这种乐天派的生活方式后，连他也变得懒散马虎，粗心大意了。作为贴身男仆，他把嘉乐的卧室拾掇得井井有条；作为男管家，他端庄而体面地在饭桌上伺候主人。可在其他事情上，他却极少过问，任其自流。

凭着非洲人那万无一失的本能，黑奴们全都发现嘉乐是个光打雷不下雨的角色，他们竟然毫无廉耻地利用他。他总是威胁着要把黑奴卖到南方去以及要把某人狠狠地抽一顿，但从来就没有一个黑奴从塔拉被卖出去过，鞭打也只发生过一次，那是因为嘉乐心爱的马在狩猎了一整天后竟然没人给它好好洗刷，为此才执行鞭打的。

嘉乐蓝色的眼睛目光锐利，他当然注意到了他的邻居们的屋子理得多么井然有序，穿着沙沙作响的裙装、头发梳得一丝不乱的女主人轻松适然地管理着仆人们。他哪里知道，这些女人从早上一睁眼直到子夜时分马不停蹄地照管着煮饭、喂孩子、做针线、洗衣服，忙得不可开交。他只看到了外表的结果，而这些结果却给他留下了深刻的印象。

一天早晨，他正着装准备骑马到镇里去看审案。波克拿来了他最喜欢的褶边衬衫，但是侍女缝补得太蹩脚了，以致除了他的贴身男仆外谁也穿不出去。这时他已经很明白，他急需一位太太。

"嘉乐先生，"波克见嘉乐发火，一边毕恭毕敬地帮他卷起衬衫的袖子，一边说，"你需要个太太，一个有很多供屋里使唤的黑奴作陪嫁的太太。"

嘉乐嘴里骂着波克放肆，心里却知道他是对的。他需要个妻子，需要孩子，而如果他不能很快娶妻生子的话，那就会为时太晚了。可他不想随便和某个人结婚，就像卡尔弗特先生那样，居然把教他那些没娘的孩子的北方女家庭教师变成了自己的太太。他的太太必须是个小姐，而且必须是出身名门的小姐，应该像卫太太那样有高贵的神态和优雅的举止，而且应该有能力打理好塔拉这个家，就像卫太太那样，把自己的家管理得井然有序。

但是，要娶上县里名门望族的小姐为妻有两个困难。首先是已到结婚年龄的小姐不多；其次，也是更为重要的一个，尽管嘉乐在此地已经住了将近十年，但还只是个"新来的客户"，而且还是个外国人。没有人知道他的家庭背景。在佐治亚内陆地区，虽然上流社会不像沿海贵族阶层那样坚不可摧，但也没有人会愿意把女儿嫁给一个没人知道其祖上背景的人。

嘉乐知道，县里的绅士们确实很喜欢他，他成天跟他们一起打猎、喝酒、谈政治。可是尽管如此，几乎没有一个人的女儿是他可以与之成婚的。他可不打算让自己成为别人餐桌上的笑料谈资，说某某某又遗憾地拒绝了郝嘉乐向他的女儿求爱。知道这一点并没有使嘉乐觉得自己比邻居们矮一截。什么也无法使嘉乐觉得自己不如别人，无论是在什么方面。县里的人只会让女儿和名门望族的公子结婚，这只是一种怪习俗。这种名门望族必须在南方住了二十二年以上，而且应该是拥有地产和黑奴、沉迷于当时风靡一时的恶习的家族。

"收拾一下，我们要到萨凡纳去，"他对波克说，"只要我听到你说一声'嘘'或'呸'，我就把你给卖了，因为这些话我自己也很少说了。"

在婚姻问题上，詹姆斯和安德鲁兴许能提些建议，也许他们的老朋友当中有些人的千金能符合他的要求，而又能接受他作为丈夫。詹姆斯和安德鲁耐心地听完他的打算，可并没给他多少鼓励。他们在萨凡纳没有亲戚可帮他们的忙，因为在他们来美国时，他们都早已成家了。他们那些老朋友的女儿也都早已结婚成家，生儿育女了。

"你又不是很富有的人，再说，你也不是出生于名门望族。"詹姆斯说。

"我已经赚到钱了，我也有能力成为大户人家。我可不想随便娶个太太。"

"你的心也未免太高了。"安德鲁干巴巴地说。

但他们还是尽力帮助嘉乐。詹姆斯和安德鲁都已年过花甲，在萨凡纳混得还不错。他们有很多朋友，于是整个月领着嘉乐一家一家登门造访，参加宴会、舞会及野餐会。

"只有一个我看得上眼的，"嘉乐最后说，"可我来到此地落脚时，她甚至还没出生呢。"

"你看得上眼的是谁呀？"

"埃伦·罗比亚尔小姐。"嘉乐尽量随意地说着，因为埃伦·罗比亚尔那微微上斜的黑眼睛早已令他心旌摇荡了。尽管她有无数令人费解的举止，而且对一个年仅十五岁的少女来说，这些举止是令人觉得颇为奇怪的，但她还是把他迷住了。此外，她身上还有一种令人难以忘怀的绝望之情，他看在眼里，记在心上，不禁格外温柔地待她，而他对世界上任何人都没这么温柔过。

“可你的年纪已经可以做她的父亲了！”

“可我正当壮年呢！”嘉乐被刺痛了，大声叫起来。

詹姆斯说话很平静。

“嘉乐，在萨凡纳，你跟任何女孩结婚都比跟她结婚的可能性更大。她父亲是罗比亚尔家族的，那些法国人都傲慢得不得了。她的母亲呢——愿上帝保佑她的灵魂——也是个出身名门的大家闺秀。”

“我才不管那么多呢，”嘉乐激动地说，“再说，她妈妈已经去世了，罗比亚尔老先生又喜欢我。”

“他是喜欢你，但做他的女婿，那就不一样了。”

“那姑娘也不会接受你的。”安德鲁插话说，“她一直爱着她的表兄，行为放荡的纨绔子弟菲利普·罗比亚尔。这事已经一年了，虽然她家里人日夜劝她算了，可她还是不听。”

“这个月他应该到路易斯安那去了。”嘉乐说。

“你怎么知道？”

“我当然知道。”嘉乐回答说。把这一有价值的信息提供给他的是波克，而菲利普则是应他自己家里人的特别要求才出发到西部去的。但嘉乐不肯透露这些消息。“我认为她爱他并没有到忘不了他的地步。十五岁毕竟太年轻了，对于爱知道得并不多。”

“可他们宁愿为她选择她那危险的表兄，而不会要你。”

所以，当消息传出来，说皮埃尔·罗比亚尔的千金将嫁给从内地来的小个子爱尔兰人时，詹姆斯和安德鲁的吃惊程度并不亚于任何人。萨凡纳家家户户都在议论纷纷，推测着已到西部去的菲利普·罗比亚尔到底怎么啦，可这种闲言碎语根本得不出什么结论。为什么罗比亚尔最可爱的女儿会嫁给一个大嗓门、红脸庞、个子几乎刚够得着她耳际的小个子男人，这对大家来说都是个解不开的谜。

嘉乐自己也不太明白到底是怎么回事。他只知道这是奇迹发生了。那天，皮肤白皙、外表冷静的埃伦把手挽在他手臂上，对他说：“我愿意嫁给你，郝先生。”此时此刻，他是完完全全感到自己很卑微了，这也是他一生中唯一的一次。

大吃一惊的罗比亚尔一家多少知道这是怎么回事，但只有埃伦和她的黑人嬷嬷才知道整件事情的来龙去脉。那天晚上，姑娘像个伤心欲碎的孩子一样一直哭到天亮，早上起床后却已成了个主意已定的女人。

嬷嬷给她年轻的女主人送来一个包裹，此时她已经预感到大事不妙。包裹是从新奥尔良寄来的，写地址的字迹很陌生。包裹里有一张埃伦的小画像，埃伦当即哭着把它扔到地上。还有四封她写给菲利普·罗比亚尔的亲笔信，新奥尔良一个牧师写来的一封短信，告知她的表哥已在一次酒吧闹事中不幸亡故了。

“是他们把他赶走的，是爸爸、波琳和尤拉莉把他赶走的。是他们把他赶走的。我恨他们。我恨他们所有的人。我再也不想看见他们了。我要离开他们。我要走，到一个我再也看不到他们的地方去，一个见不到这个城市或是会让我想起——想起——他的任何人的地方去。”

嬷嬷一整个晚上也在黑暗中陪着她年轻的女主人掉了一夜眼泪。天快亮的时候，她提出反对意见：“可是，亲爱的，你不能这么做。”

“我要这么做。他是个好人。我要这么做，要不然我就到查尔斯顿的女修道院去。”

也就是进修道院的威胁最终赢得了茫然失措、心碎欲裂的皮埃尔·罗比亚尔的首肯。虽然他家里人都信天主教，他却是个虔诚的基督教长老会教徒。他的女儿竟要变成修女，这甚至比让她嫁给郝嘉乐还更糟。毕竟，除了没有门第之外，此人还是挺合他的意的。

就这样，埃伦从罗比亚尔家嫁出去了。她义无反顾地离开萨凡纳，并且再也不想见到它。她和她那年已中年的丈夫、嬷嬷以及二十个“屋里的黑奴”起程来到了塔拉。

第二年，他们的大孩子出世了，他们用嘉乐母亲的名字给她起名叫思嘉。嘉乐颇感失望，因为他想要个男孩。但看着他那头发乌黑的小不点女儿，他也够高兴的了。他在塔拉大宴黑奴，自己也喝得酩酊大醉，醉得大喊大叫，却也幸福无比。

如果埃伦曾为自己突然决定嫁给他而后悔过，那也没有人会知道。嘉乐当然也不会知道。每次嘉乐看着她时，心里几乎都会有一种自豪感油然而生。离开萨凡纳那座风尚高雅的海滨城市时，她已经把它及有关它的一切记忆都抛至脑后。从她到达县里的那一刻起，佐治亚北部就已经是她的家了。

当她离开了她父亲的房子时，她也就永远离开了那个家。这座房子流线型的线条就像女性的胴体一样美丽，也像张满帆全速前进的船只一样气势宏伟。房子被刷成淡淡的粉色，建成法国殖民地的样式，墙基离地很高，样子极为精致。屋前有盘旋而上的台阶通向屋子，两边是锻铁制成的栏杆，雅致得就像镶上了花边一样。这是一座色调暗淡但却富丽堂皇的房子，漂亮雅致，但却高高在上，可望而不可及。

她不仅离开了这座高雅精致的住所，也告别了这幢建筑背后所代表的所有文明。她发现自己置身于一个完全陌生、迥然不同的世界，就像是到了一个新大陆一样。

佐治亚北部地区岩石丛生，崎岖不平，住在这里的是些勤劳勇敢、吃苦耐劳的人们。这里地处高原地带，正好坐落在蓝岭山脉脚下。埃伦从这里举目四望，周围尽是绵延起伏的红色小山包，还到处耸立着浅黑色的裸露在外的花岗岩石峰及长得不甚茂密的松林。这一切对已经看惯了沿海景色的她来说，似乎都是粗野荒芜、尚未开化的。在沿海地区，海岛上的丛林静穆漂亮，岛上覆盖着灰色的青苔和缠绕不清的绿色植物。白色的沙滩沿着海岸向前伸展，沐浴在亚热带炎热的阳光下。房屋与房屋之间，平坦、狭长的沙质空地上，星星点点地散布着矮棕榈树及棕榈树。

而在这个地区，冬天寒冷彻骨，夏天酷热逼人。而这里的人身上都有一股生机和活力，这是颇让她感到奇怪的。这些人善良友好，殷勤有礼，慷慨大方，心眼实在是好极了。他们健康强健，极富男子气概，但很容易发怒。她已经离开了沿海地带，那里的人们总是用不经意的态度对待所有的事情，甚至对决斗和世代结仇的冤家也是如此，而且为这一点感到无比自豪；可这些居住在佐治亚北部的人们却有一点粗暴。在沿海地带，生活显得安详宁馨。可在此地，生活却充满朝气，生机勃勃，同时还富有新意。

埃伦在萨凡纳认识的所有人似乎都是一个模子印出来的，他们的观点和传统都极为相似，可这里的人们却多种多样，各不相同。佐治亚北部地区的居民来自不同的地方——佐治亚其他地区、卡罗来纳和弗吉尼亚以及欧洲和北方。他们中有些人才刚来不久，是到此地寻找契机以发财致富的，正像嘉乐一样；有些人则像埃伦一样出身于世家，可发现原先家里的生活令人无法容忍，于是到这边远地带来寻求一个避难所；有很多人迁居来此却什么原因也没有，只是血管里从拓荒者祖先那里继承下来的不安分的血液流速加快的结果。

这些来自不同地方、有着不同背景的人们，给县里的整体生活汇入了一种不拘礼节的特质，这对埃伦来说是全新的一面，她从来就无法使自己习惯这种不拘礼节。凭本能，她知道沿海的人们在各种境况中是如何行事的。可佐治亚北部的人会怎么做，从来是无法预先知道的。

加速了这一地区所有事物的进程的正是当时席卷整个南方的繁荣昌盛的浪潮。整个世界都急需棉花，而县里新开垦的土地非但不贫瘠，而是肥沃极了，成了盛产棉花之地。棉花是这个地区的心脏命脉，下种和摘棉是这片红土地的两件大事，就像是心脏的一张一弛一样。财富来源于那弯弯曲曲的垄沟，与之俱来的也就是傲慢自大了——这种傲慢自大就是建立在葱翠碧绿的灌木和一亩亩雪白的棉花上的。如果棉花能使他们这一代人富起来，那他们的下一代又会变得何等富有！

确信明天会更美好，这使他们对生活兴趣顿涨，热情大增。县里的人们都在尽心尽力地享受生活，这一点是埃伦永远也无法理解的。他们有足够的钱和黑奴，这使得他们有时间玩乐，而他们也喜欢玩乐。他们从来就没有忙得放不下手头活计的时候，总是有时间举行炸鱼野餐会、打猎、赛马，几乎每个星期都要举行野餐会和舞会。

埃伦从来没有想过要成为他们的一员，也无法成为他们的一员——她把自己的绝大部分都留在萨凡纳了——但她尊重他们，渐渐地还学会去欣赏这些人身上直来直去、坦率真诚的个性，他们对自己几乎毫无保留，并且能用实事求是的眼光去看待别人。

她成了县里最受爱戴的邻居。她是个生活节俭、心地善良的女主人，一个称职的好妈妈，一个尽职尽责的好太太。她本要把自己的整个身心献给教堂，但现在却把一切用于照顾孩子、料理家务及伺候丈夫上。也就是这个男人带她离开了萨凡纳，使她远离与那里有关的所有记忆，但他从来没有问过任何问题。

思嘉一岁的时候，用嬷嬷的话说，她比任何同龄的小女孩都更健康，更活泼。这时，埃伦的第二个女孩出世了。她被命名为苏珊·埃莉诺，但大家总是叫她苏埃伦。又过了一年，卡丽恩也来到了世上，在家谱上，她的名字是卡罗琳·艾琳。接着是三个男孩，可全都在没学会走路以前就夭折了——他们都被安葬在离房子一百码远的墓地里。在那弯弯曲曲的雪松下面，坟上各自立着一块墓碑，上面刻的字全是"小郝嘉乐"。

从埃伦来到塔拉的第一天起，这地方就开始发生变化了。虽然她还只有十五岁，可已经能够担负起种植园女主人的全部责任。婚前，女孩子最重要的是要可爱、温柔、漂亮、会打扮，而婚后，人们却希望她们能够掌管黑人白人加在一起有上百号人口甚至还更多的大家庭里大大小小一应事物。在这方面，她们也是受过训练的。

埃伦和所有有过良好教养的年轻小姐一样，也曾为结婚作过这方面的准备。更何况她还有嬷嬷、这个能使最懒惰的黑奴也变得有劲起来的帮手。很快，她便使嘉乐的家变得井然有序，尊贵体面，高雅漂亮，使塔拉有了一种从来没有过的美感。

建这房子时本来就没有什么建筑计划，方便的时候就随时在任何一角加盖房间。但在埃伦的精心料理下，房子有了一种魅力，足以弥补设计方面的不足。从大路通向房子的那两排雪松既阴暗又清凉——而没有这两排雪松，任何佐治亚种植园主的家都不能算是完美的——但是和别的树木的暗绿相比，它们的色调又更为明快些。垂挂到阳台上来的紫藤，在刷成白色的砖墙映衬下显得生气勃勃，紫藤和门边绉绸似的粉色长春花丛交杂在一起，加上院子里白花怒放的木兰花，把房子一些难看碍眼的线条给遮掩起来了。

在春夏两季，草坪上的百慕大草和苜蓿草翠绿得诱人极了，本应在屋后空地上闲荡漫步的火鸡和白鹅都禁不住诱惑跑到这来。鸡鹅群中的老者受碧绿青草及甘美的栀子花蕾和白日草苗圃的引诱，不时领着同伙偷偷溜到前院来。为了防止草坪受它们的蹂躏，游廊上安排了一个黑人小孩当哨兵。他手里拿着一块破破烂烂的毛巾，坐在台阶上履行职责，这也成了塔拉整幅画面的一个部分——可他却是极为不幸的，因为他不许用石头或棍子扔这些家禽，也不能大声吓唬它们，只能用毛巾和嘘声驱赶它们。

埃伦派了好几十个黑人小孩做这项工作,这是塔拉男性黑奴必须履行的第一个职责。十岁以后,他们就被送到种植园里的皮匠老爹爹那去学手艺,或到造车人兼木匠的艾莫斯那去,有的被送到照管牛群的菲利普那里,要不就到管骡子的卡菲那里。如果在这些手艺方面全都没有什么天分的话,他们就只好去干农活了,而在黑奴看来,他们也就因此而完全丧失了社会地位。

埃伦的生活并不安逸,也谈不上幸福,但她从来不指望生活过得安逸。而如果不幸福的话,那也是女人的命。这个世界是男人的世界,她接受了这一点。是男人拥有财产,由女人来管理而已;管好了是男人的功劳,女人还得称赞他的聪明能干。男人手上扎了一根刺便大喊大叫,像只公牛一样;而女人连生小孩的时候也得拼命忍住呻吟,生怕会搅扰男人。男人说话粗鲁,肆无忌惮,还经常喝得烂醉如泥;女人只能对他的言语不慎毫不在意,还得把醉鬼弄到床上去,同时不能有半句怨言。男人粗暴无礼,说话没遮没拦;女人却总是宽厚善良,通情达理,还老要原谅别人。

她是在有着大户人家淑女风范的传统中长大的,良好的家教教会了她如何忍辱负重,同时又能魅力犹存。她打算把三个女儿也调教成出身名门的大家闺秀。在两个小女儿身上,她倒是成功了,因为苏埃伦急于使自己柔情万种,魅力十足,所以对她妈妈的教诲总是颇为用心,言听计从。卡丽恩生性羞涩,也极易引导。但是脾气个性极像嘉乐的思嘉却觉得,通往大家闺秀的路简直荆棘丛生,乱石密布,难走极了。

使嬷嬷颇为生气的是,思嘉喜欢的玩伴既不是她那两个娴静拘谨的妹妹,也不是家教极好的卫家的女孩,而是种植园里的黑人小孩和左邻右舍的小男孩。她爬树、扔石头的本领一点也不比那些男孩差。埃伦的女儿居然会玩弄这些把戏,这使嬷嬷极为不安,她经常恳求她"行事要像个小姐"。但埃伦对此忍耐有加,并且用长远的观点看待这件事。从孩提时代起她就知道,小时候的玩伴会变成日后的男友,而女孩子的首要任务就是结婚。她于是告诉自己,这孩子只是生性活泼、精力充沛罢了,以后还是有时间教会她如何吸引男人的技巧和优雅举止的。

为达到这个目的,埃伦和嬷嬷全力以赴。随着思嘉渐渐长大,在这方面成了出色的学生。可在其他方面,她学到的东西就很少了。虽然家里请过几任家庭教师,她在附近的费耶特维尔女子学院也待过两年,但她所受的教育还是很少。然而,县里的所有女孩中,没有哪个人的舞姿比她更优美的了。她知道怎样微笑才能使脸上的酒窝上下跳动,怎么脚尖略朝里走才能使宽大且带裙环的裙子飘曳迷人,怎么抬头看着男人的面孔,然后垂下眼睑,飞快地眨着眼睛,好像她因情感细腻而感忧虑不安似的。最重要的是,她知道用一张像婴儿一样恬静、柔和的脸掩饰骨子里绝顶的聪明与才智。

埃伦总是轻声细语地告诫她,嬷嬷则没完没了地对她百般挑剔,她们齐心协力,把那些能使她成为真正为人所求的妻子的优良品质灌输到她脑海里去。

"你必须更温柔些,亲爱的,还要更稳重些。"埃伦告诉她的女儿,"先生们说话的时候,你不能打断他们,即使你确确实实认为你比他们懂得多也不行。先生们不喜欢锋芒毕露的女孩。"

"老是愁眉苦脸,拉长着下巴,而且总是说'我偏要'、'我偏不'的年轻小姐经常是找不到老公的。"嬷嬷闷闷不乐地预言,"年轻小姐应该垂下眼睛,说'噢,先生,我知道啦'或是'先生,听你吩咐好了'。"

她们把一个大家闺秀应该知道的一应事宜都教给她了,可她只学会了表面彬彬有礼的举止。至于应该和这些表面举止联系在一起的内在的优雅素质,她却没有学到家,她也不明白为什么要学这些东西。有外表的东西就足够了,因为有名门小姐气质的长相,这使她大受欢迎,而这就是她所要的一切了。嘉乐吹牛说,她是五个县中数一数二的美女,但这话也并非毫无根据,因为这一带的街坊邻居当中,几乎所有的小伙子都向她求过婚,还有许多远至亚特兰大和萨凡纳的求婚者。

现在思嘉已经十六岁了,她看上去既可爱迷人又风骚轻佻,这都是嬷嬷和埃伦的功劳。可是实际上,她却固执任性,爱慕虚荣,个性强硬。她继承了她那爱尔兰父亲的极易激动的性情,从母亲那却没遗传到什么东西,埃伦那毫不自私、宽容忍耐的品德,她也只继承了最表层的一丁点而已。埃伦从未意识到她只是表面上如此表现罢了,因为在她妈妈面前,思嘉总是把她最完美的一面表露出来。埃伦在场的时候,她总是把一应越轨行为都掩盖起来,而且尽力控制自己的脾气,尽可能表现得性情很好。要不然的话,妈妈责备的目光就足以使她羞愧得掉眼泪。

但是嬷嬷对她可丝毫不存什么幻想，一直留神看揭开她虚饰的外表露出真面目。嬷嬷的眼睛比埃伦的厉害多了，从小时候到现在，思嘉还从来不记得有哪一次能够欺骗嬷嬷很久却不被发现的。

这两个慈爱的良师对思嘉的情绪饱满、生机勃勃及迷人的魅力倒不发愁。这些都是南方的太太小姐们感到无比自豪的特点。她们担心的是她身上表现出来的嘉乐那种刚愎自用、性急鲁莽的个性。有时候，她们还担心，在找到合意可心的丈夫以前，她无法把那些有破坏性的特点很好地掩饰起来。但是，思嘉打定主意要结婚——而且要和希礼结婚——她也愿意表现得娴静、顺从、浮躁，只要这些都是能吸引男人的个性特点就行了。她不知道男人为什么会这样。她只知道这些方法行得通。她从来就没有多大兴趣试图去弄清这个中的原由，因为她根本不知道人的头脑里是怎么想的，连她自己的都弄不清楚。她只知道，如果她这么做，这么说了，男人们也都会准确无误地继续做得更多，说得更远。这就像一个数学公式，一点也不难，因为在学生时代，数学是她比较拿手的一门科目。

如果说她对男人的心灵世界知道得不多，那她对女人的就了解得更少了，因为她对她们的兴趣更小。她从来都没有女性的朋友，也从来不觉得需要这方面的朋友。对她来说，所有的女人，包括她的妹妹，都是她在追逐同样的猎物——男人中的自然对手。

所有的女人都是，只有她妈妈是个例外。

郝埃伦是与众不同的，思嘉把她尊为圣物，是和其他人截然不同的。思嘉还是孩子的时候，她就把她妈妈和圣母玛利亚混在一起。现在，思嘉已经长大了，但她觉得没有理由改变这种看法。对她来说，埃伦代表着绝对的安全感，而这是只有上帝和母亲才有能力给予的。她知道她妈妈是正义、真理、慈爱温柔和广博智慧的化身——是个了不起的贵妇人。

思嘉很想学她妈妈的样子。唯一的困难就是，要做到公正、真诚、温柔及无私，人就得错过很多生活乐趣，无疑还有很多男朋友。但是人的一生也太短促了，丢不起这些令人愉快的事。她跟希礼结婚后，当她上了年纪有时间的时候，总有一天她会打算做埃伦那样的女人的。可是，到那时候……

# 第四章

当晚吃饭的时候，因为母亲不在，思嘉在饭桌上打点着，但她只是装装样子而已。她听说的有关希礼和媚兰的可怕消息使她的心绪躁动不宁。她非常希望她妈妈能从斯莱特里家回来，因为，家里要是没有她，思嘉就感到茫然若失，孤独无助。斯莱特里一家及他们那没完没了的疾病有什么权利让埃伦离开自己的家呢？而此时此刻的她，思嘉，又是多么需要她。

餐桌上气氛沉闷，毫无生气。嘉乐如打雷般的大嗓门在她耳边响个不停，最后，她觉得自己再也无法忍受了。他已把下午跟她的谈话忘到九霄云外去了，一个人滔滔不绝地讲着从萨姆特堡传来的最新消息，还不时在桌上擂着拳头，在空中挥舞着手臂以示强调。嘉乐已经养成习惯，在饭桌上总是他在唱主角。思嘉则常常想着自己的心事，很少听进他的话。可是今晚，她却无论如何也无法抵御住他的声音，虽然她尽力竖起耳朵，想听见能说明埃伦已归来的车轮声。

当然，她不打算告诉妈妈她的满腹心事，因为如果埃伦知道自己的女儿居然会想要一个已经跟另一个女孩订婚的男人，她一定会大吃一惊，伤心不已的。但是，置身于她生平碰到的第一个悲剧当中，她需要她妈妈在她身边，这能带给她安慰。只要埃伦在她身边，她总是感到很安全，因为事情再糟，只要埃伦在那，她总能使事情好转起来。

一听到车道上传来车轮转动的吱嘎声，她马上从椅子上站起身来，可车轮声却绕过屋子直往后院去了，她只好重新坐下。这不可能是埃伦，因为她总是从房子前面的台阶那里下车的。接着，从黑漆漆的后院传来黑人的说话声和尖笑声。从窗户看出去，思嘉看见几分钟前离开饭厅的波克手里高举着一个燃烧着的松节，有人正从车上下来，但只看得见模糊的身影。笑声和谈话声在黑夜中此伏彼起，听上去欢快亲切，无忧无虑，轻声细语如温柔的喉音，尖声喊叫则像乐声。接着就听见脚步声走上后面游廊的台阶，进了通往主房的过道，停在餐厅外的过道里。一小阵耳语声之后，波克走了进来，他身上惯有的一本正经的模样不见了，双眼不停地转动着，露出了洁白的牙齿。

"嘉乐先生，"他上气不接下气地说，满脸放光，一副当新郎官的得意之态，"您新买的女奴到了。"

"新买的女奴？我没新买什么女奴呀。"嘉乐说着，瞪着眼睛佯装不知。

"有的，您买了，嘉乐先生！哦，她现在正等在外面想和您说话呢。"波克回答着，一边笑，一边还激动地搓着双手。

"那就把你的新娘带进来吧。"嘉乐说，波克于是转身叫他的妻子进来。她刚从卫家的种植园来到这里，成为塔拉这个大家庭的一员。她走了进来，后面跟着她十二岁的女儿，瑟瑟缩缩地伏在她妈妈的身边，几乎被她妈妈宽大的花布裙给完全挡住了。

迪尔西身材高大，身板挺直。她古铜色的脸一动不动，没有皱纹，年龄在三十到六十岁之间。从相貌上看，她显然有印第安人的血统，这比黑人的特点还更突出。她那红色的皮肤、高而窄的前额、高耸的颧骨、底部扁平的鹰钩鼻梁，还有下面黑人所特有的厚嘴唇，一切都表明了她是两种血统的混血儿。她沉着冷静，走起路来有一种高贵气质，甚至超过了嬷嬷的，因为嬷嬷的气质是后天学来的，而迪尔西的则是与生俱来的。

她说话的时候，声音并不像大多数黑人那样含糊不清，措辞也较为谨慎。

"小姐们，晚上好。嘉乐先生，对不起，打扰您了。但我还是要到这来再次谢谢您买下了我和我的孩子。很多先生曾经想买我，但他们不想连我的孩子也一同买下。就为了您使我不用忍受和孩子分离的痛苦，我也得谢谢您。我一定全心全意地为您效劳，让您看看我不是个忘恩负义的人。"

"哦——哦。"嘉乐尴尬地清清喉咙。在大庭广众之下，自己的慈善之举被别人说穿了，他为此感到颇不好意思。

迪尔西转身面对着思嘉，一种看似微笑的表情使她眼角现出了一些皱纹。“思嘉小姐，波克告诉过我，您曾叫嘉乐先生把我买下来，所以，我打算把我的普里西给你做贴身侍女。”

她把手伸到身后，把那小女孩拉到前面来。她是个皮肤呈褐色的小不点，双腿骨瘦如柴，就像小鸟一样，头上用细绳绑着无数的小辫子，硬邦邦地直竖起来。她的目光锐利，机敏，不会漏过任何东西，脸上则是一副装傻的模样。

“谢谢你，迪尔西，”思嘉回答道，“但恐怕嬷嬷会有意见的。自我出生起，她就是我的贴身女仆了。”

“嬷嬷年纪大了。”迪尔西说，那副平静的神态一定会使嬷嬷大发雷霆的，“她是个好嬷嬷，可你现在是个年轻小姐了，需要一个好的侍女，而我的普里西已经伺候英蒂小姐有一年了。她的针线活和梳头的本领都不比成年人差。”

在母亲的督促下，普里西突然行了个屈膝礼，对思嘉咧嘴笑了，搞得别人禁不住也要对她报以回笑。

“真是个伶俐的小女孩。”思嘉想着，然后大声说道，“谢谢，迪尔西，妈妈回来后再谈这件事好了。”

“谢谢小姐。晚安。”迪尔西说完，转身和孩子一起离开了餐厅，波克讨好地跟在后面。

饭后的杯盘碗盏收拾完后，嘉乐又重新开始演说，可就连他自己也不甚满意，他的听众对他的言辞就更无赞赏可言了。他大扯着喉咙预言战争即将爆发，老用反问句问别人诸如南方是不是还能再容忍北方佬的侮辱这类问题，可只是得到了略显无聊的“是的，爸爸”或“不，爸爸”这类回答。卡丽恩正坐在大灯下的一块跪垫上全神贯注地看一本爱情小说，书中的女主人公自情人死后就做了修女。卡丽恩沉浸在小说中，不禁潸然泪下，眼前似乎出现了她自己头戴白色修女帽的模样，免不了有些兴奋。苏埃伦一边在绣她笑称为“嫁妆箱”的刺绣品，一边寻思着明天的野餐会上有没有可能把斯图尔特·塔尔顿从她姐姐身边引开，用她所具有而思嘉却没有的女性魅力来迷住他。而思嘉呢，则在为希礼而心烦意乱。

爸爸明明知道她伤心欲碎，他怎么还能够没完没了地谈论萨姆特堡和北方佬呢？正如许多年轻人一样，她认为人们竟然如此自私，居然全然不顾她内心的痛苦，而且，在她几乎心碎时，世界却一如既往，毫无变化，这简直使她吃惊极了。

她心里已经像是刮过了一阵旋风，很奇怪，他们坐在其中的餐厅居然还是平静如水，一无二致。过去是什么样子，现在还是什么样子。沉重的红木桌子和餐具柜、既大又重的实心银器、光亮的地板上铺着的鲜艳的碎毡小地毯，所有的一切都还原地不动，就像什么也没发生过一样。这个餐厅既亲切又舒适。通常，思嘉很喜欢晚饭后和家人聚在那里的颇为宁静的几个小时。可是今天晚上，她看到它就厌恶。要不是害怕她父亲会大声质问她，她早就开溜了。她要从黑暗的过道溜到埃伦的小办公室去，坐在那张旧沙发上，把心里的痛苦都给哭出来。

屋里所有的房间中，思嘉最喜欢那间。每天早晨，埃伦就在那个房间里，坐在高高的写字台前，一边理着种植园里所有的账目，一边听着监工乔纳斯·威尔克森的汇报。有时候，一家人还在那里悠闲地消磨时间。埃伦手拿鹅毛笔在账簿上记着账，嘉乐坐在那把旧摇椅上，姑娘们则赖在那张坐垫已经凹陷进去的沙发上。沙发太破旧了，没法摆在屋子前面。思嘉很希望自己现在能和埃伦一起待在那里，这样她就可以把头伏在妈妈的腿上，安安静静地哭上一阵。妈妈难道就此不回来了吗？

就在这时，砾石车道上传来了车轮碾过路面的刺耳的声音，接着，埃伦柔声遣退车夫的低语声飘进房来。埃伦快步走进餐厅时，所有人都热切地抬头看着她。她的裙摆款款飘动，脸上现出疲惫而忧伤的神情。随着她走进房间，一阵美人樱香囊的淡淡香味扑鼻而来。这香味似乎总是从她裙子的褶皱处散发出来，思嘉的意念里总是把这种香味和她妈妈联系在一起。嬷嬷跟在后面几步远处，手里拿着皮袋子，下嘴唇拉得老长，前额往下耷拉着。嬷嬷边摇摇摆摆地往前走，边唧唧咕咕地自顾自唠叨着，但还会注意不让自己的嘀咕太大声，以免被别人听懂，但又要有一定的音量，以表示自己心里是绝对持不赞成态度的。

“我这么迟才回来，真对不起。”埃伦说着便把斜削的肩膀上的方格披巾拉下来，递给思嘉，走过她身边时，还拍了拍她的脸蛋。

她的归来使嘉乐像着了魔一样脸上大放异彩。

“小孩受洗了吗?”他问。

“受洗是受洗了,但他死了,可怜的孩子。”埃伦说,“我曾担心艾米也活不成,可我现在认为她能活下去了。”

姑娘们把脸转向她,既吃惊又迷惑不解,只有嘉乐达观地摇摇头。

“哦,小孩还是死了好,不用说,可怜的没有父——”

“时间不早了,我们现在最好还是祈祷吧。”埃伦打断嘉乐的话,语气非常自然。要不是思嘉很了解她妈妈,她就不会注意到这句插话的用意了。

要能知道艾米·斯莱特里的孩子父亲是谁,那倒是件挺有趣的事。但是思嘉知道,如果等着从她妈妈那里听到这件事的话,那她是永远也无法知道真相的。思嘉怀疑是乔纳斯·威尔克森,因为她经常看见他和艾米黄昏时沿着大路散步。乔纳斯是个北方佬,至今还孤身一人。他只是个监工,这个事实使他永远无法步入县里上流社会的生活圈。只要有点社会地位的家庭,就不会让女儿跟他结婚。他所能交往的人就只有斯莱特里一家以及和他们一样地位低贱的人。因为在受教育方面比斯莱特里一家高出好几个级别,他不想和艾米结婚也是很自然的事,不管他在黄昏时有多经常跟她一起散步。

思嘉叹了口气,因为她的好奇心强着呢。许多事情就发生在她妈妈的眼皮底下,可对她来说,却好像根本没发生过一样。只要是埃伦认为不正当的事,她就对它们不屑一顾。她试图把思嘉也调教成这样,但并没有成功。

埃伦已走到壁炉架边去取念珠,它们总是放在炉架上的镂花小首饰盒里。这时,嬷嬷语气强硬地说话了。

“埃伦小姐,祈祷前你得先吃些晚饭。”

“谢谢,嬷嬷,可我不饿。”

“俺得亲自去给你弄饭,你必须先把饭吃了。”嬷嬷说。她的前额因生气现出不少皱纹。她开始走向过道到厨房去。“波克!”她大声叫道,“叫厨娘生火。埃伦小姐回来了。”

地板在她肥胖的身体重压下吱呀作响。她在前面过道里的自言自语也越来越大声,餐厅里所有的人都能听得清清楚楚。

“俺已经说了不止一次了,给那些白人穷鬼帮忙没半点好处。他们都是些懒惰虫、忘恩负义的窝囊废、没出息的贱骨头。埃伦小姐犯不着自己累死累活地去伺候他们,他们不配。要不然的话,他们就会有黑奴伺奉他们了。俺早说过——”

她顺着那长长的露天过道走去,声音也慢慢远去。这露天过道上面有顶篷,直通向厨房。要让主人知道在所有的事情中,她持的是什么立场,在这方面,嬷嬷很有自己的一套。她知道,如果白人对在嘟哝自语的黑人哪怕表示一点点在意,那也是有失体面的。她也知道,白人主人为了维护面子,就必须对她说什么置之不理,就算她在隔壁房间近乎大喊大叫也是白搭。仅此一点就可以使她免受责骂,无疑别人也会对她对事情所持的看法留有印象。

波克走进餐厅,手里端着一个托盘、银制餐具及餐巾。他后面紧跟着年仅十岁的黑人男孩杰克。他一只手在匆匆忙忙地扣白麻布上衣的扣子,另一手拿着一根拂尘。这拂尘是用报纸剪成的细纸条绑在一根比他人还高的芦苇秆上制成的。埃伦原有一根用漂亮的孔雀毛制成的拂尘,但只在特殊场合才动用。由于波克、厨娘和嬷嬷都固执地迷信孔雀毛不吉利,所以每次动用前都要先在家里进行好一番争执。

嘉乐为埃伦拉开椅子。埃伦一坐下来,四个声音立即在她耳边回响。

“妈妈,我新舞裙上的花边松了,可明晚在十二棵橡树的舞会上我要穿,你能不能给我缝缝呀?”

“妈妈,思嘉的新裙子比我的漂亮,我穿粉红色的就像丑八怪一样。干吗不让她穿我粉色的那件,我来穿她绿色的裙子呢?她穿粉色的也不错。”

“妈妈,明天晚上我能不能也待到舞会结束呢?我都已经十三岁了——”

“郝太太,你信不信——嘘,孩子们,别闹了,要不我得去拿鞭子抽你们一顿了!凯德·卡尔弗特今晨去了亚特兰大,他说——你们能不能安静点,好让我能听到我自己的声音?——他说那里都闹翻天了,人们的话题总离不开战争、民兵训练、组建骑兵部队。他还说,从查尔斯顿传来的消息说,他们对北方佬的侮辱已经再也无法容忍了。”

埃伦一脸倦容,听着这一片吵闹声,埃伦嘴角泛起一丝微笑。她首先对丈夫说话,就像身为妻子应该做的那样。

“如果查尔斯顿那些好人们都这么认为,我敢说,我们很快也会有同样的看法的。”她说，因为她有个根深蒂固的观念，除了萨凡纳以外，整个美洲大陆大多数名门望族都出在那座不大的海滨城市查尔斯顿，而这一观念正是查尔斯顿人普遍的共识。

“不，卡丽恩，明年才行，亲爱的。那时你就能待着参加舞会，也能穿大人的衣服了。到那时，我这粉色脸蛋的小家伙会多么快活啊！别把嘴翘得老高的，亲爱的，你可以去参加野餐会，记住，你也可以待到晚餐结束，但要等到十四岁以后才能参加舞会。

“把你的衣服给我，思嘉。祈祷完我会把花边缝好。

“苏埃伦，我可不喜欢你说话的口气，亲爱的。你粉色的衣服很漂亮，配你的肤色很合适，就像思嘉的衣服也很配她的肤色一样。不过，明晚你可以戴我的石榴石项链。”

站在她妈妈身后的苏埃伦得意地对思嘉皱了皱鼻子，因为思嘉也正盘算着请妈妈把项链借给她。思嘉对她伸了伸舌头。苏埃伦是个牢骚满腹、自私自利、令人讨厌的妹妹，要不是有埃伦管束，思嘉肯定会经常刮她耳光。

“我说，郝先生，再跟我谈谈卡尔弗特先生说的有关查尔斯顿的消息吧。”埃伦说。

思嘉知道，她妈妈一点也不关心战争和政治，认为它们都是男人的事，聪明的女人决不会关心这些事的。但这能让嘉乐发表自己的观点，也就能使他高兴，埃伦对丈夫的兴致总是考虑得很周到的。

嘉乐也就接着谈他的新闻。嬷嬷把一道道菜放在主人面前，有顶端烤得金黄的松饼、油炸鸡脯肉，还有一盘切开的黄澄澄的红薯，不但在冒着热气，融化的黄油还在往下滴。嬷嬷拧了小杰克一把，他便赶忙去履行自己的职责，站在埃伦背后慢慢地前后摇动着那纸条绑成的拂尘。嬷嬷站在桌边，看着食物一叉一叉地从盘子里被送到嘴里，仿佛一旦看到什么懈怠的迹象，她就打算把食物硬塞进埃伦嘴里似的。埃伦也在很用心地吃着，但思嘉可以看出，她太累了，根本就不知道她在吃什么，只是嬷嬷那张毫不宽容的脸迫使她不得不吃下去而已。

埃伦吃完了所有的食物，站起身来。此时嘉乐才谈到一半呢。他正对北方佬的不光彩行径发表看法，说他们要解放黑奴，却又不肯为黑奴的自由花一个子儿。

“我们要祈祷了吗?”他问,口气颇为不情愿。

“是的。已经这么迟了——哦,实际上已经十点了。”正好钟在嘤嘤嗡嗡地报着时。“平时卡丽恩到这时早该睡着了。波克,把灯拉下来,嬷嬷,把我的祈祷书拿来。”

在嬷嬷沙哑的低语声催促下,杰克把拂尘放在角落里,着手收拾桌上的盘子。嬷嬷则在餐具柜的抽屉里摸着寻找埃伦那本用旧了的祈祷书。波克踮起脚尖,抓住灯链上的环,把灯慢慢拉下来,直到桌子上方都笼罩在灯光中,而屋顶退为一片片暗影。埃伦弄好裙子,双膝跪在地上,把祈祷书打开放在面前的桌面上,十指交叉放在书上。嘉乐跪在她身边,思嘉和苏埃伦跪在桌子对面,那是她们祈祷时一贯跪的位置。她们把多褶的衬裙折了好几层垫在膝下,这样,跪在硬地板上就更不会痛了。卡丽恩年纪太小,跪在桌边不舒服,她于是跪在一把椅子前面,肘部放在椅子上。她喜欢这种姿势,因为祈祷时她很少不睡着的,而这种姿势可以躲开她妈妈的注意。

一阵脚步和衣裙沙沙作响的声音,屋里的黑奴们都在门边跪了下来。嬷嬷边跪下嘴里边大声嘟哝着,波克直挺挺地跪在地上,侍女罗莎和蒂娜穿着宽大、亮丽的印花布裙,显得优雅极了,厨娘虽戴着雪白的帽子,可满脸憔悴,脸色蜡黄,杰克哈欠连天,一脸蠢相,尽可能躲得远远的,不让嬷嬷的手指够着他,怕她掐他。他们的黑眼睛都发出期待的亮光,因为和家里的白人一起祈祷是一天中的一件大事。应答祈祷中那古老而生动的词句及带着东方色彩的比喻对他们来说没有什么意义,但这使他们心中的某种欲望得到了满足,所以他们吟唱着应答词的时候总是摇头摆脑的:“上帝,怜悯怜悯我们吧。”“主啊,怜悯怜悯我们吧。”

埃伦闭上眼睛开始祈祷,她的声音抑扬顿挫的,既像在催眠,又像在抚慰。埃伦感谢上帝给她的家、家人及黑奴带来健康和幸福的时候,黄色的光圈中人人都低着头。

在她为住在塔拉屋檐下的所有人以及她父亲、母亲、姐妹、三个夭折的孩子及“所有在炼狱中可怜的灵魂”都祈祷完以后,她把白色的念珠放在修长的十指之间,然后双手交叉地捻着念珠,开始念《玫瑰经》。这就像吹过了一阵和风,白人和黑人的喉咙里同时作出了应答:

“圣母玛利亚,上帝之母,为我们这些罪人祈祷吧,不论是现在,还是将来我们临终的时刻。”

思嘉虽然伤心痛苦，强忍眼泪，但她还是深深地感受到一种宁静与安详，就像往日这种时候给她带来的感觉一样。白天的失望之情及对明天的恐惧心理减退了一些，留下了一种希望的感觉。这种安慰剂并不是因为她的心灵飞到上帝身边给她带来的，因为宗教对她来说只是一种口头上的信仰，而是她看到了妈妈脸上的那种安详的神情。她妈妈正抬头看着上帝的神座及上帝的圣者和天使，祈求上帝为所有她所爱的人祝福。每次埃伦对天说话的时候，思嘉总是确确实实感觉到天是听得见的。

埃伦祷告完后，总是找不到念珠的嘉乐偷偷摸摸地用手指数着遍数开始祷告。他的声音单调低沉，索然无味，思嘉的思绪也随着他嘤嘤嗡嗡的声音而四散开去。她知道她必须好好审视审视自己的良心。埃伦教导过她，每天结束时，她都有责任认认真真地审视自己的良心，承认自己所犯的无数错误，祈求上帝原谅自己，并给予自己不再重复这些错误的力量。但此时的思嘉却在审视自己的心灵。

她低下头，把头靠在十指交叉的双手上，这样她妈妈就看不到她的脸了。她的思绪便又伤感地回到希礼身上。他真正爱的其实是她，思嘉，可他怎么可能计划和媚兰结婚呢？而且他还知道她爱他爱得有多深，他怎么能够刻意伤她的心呢？

紧接着，她的脑际突然掠过一个新颖的念头，这个念头就像流星一样闪闪发亮，在她脑际一晃而过。

“哦，希礼一点也不知道我在爱着他！”

这意外的念头让她大吃一惊，她几乎喘出口大气来。有好一会，她喘气不匀，脑袋瓜都僵化了，就像瘫痪了一样，但紧接着思绪又接着向前驰骋。

“他怎么会知道呢？他在身边时，我总是表现得很拘谨，一副正统的淑女样，大有拒人于千里之外的神态。他很可能会认为我根本不在乎他，只把他当成一个朋友。没错，所以他从来不说什么！他觉得他的爱是毫无希望的。这就是为什么他看上去如此——”

她的思绪迅速回到往昔的岁月，那时她曾发现他用那种奇怪的神情望着她，他那灰色的眼睛完全遮盖了他内心的想法，就像他心灵之窗的窗帘一样。可有时候，他的眼睛大睁着，没遮没拦的，清澈坦然，眼里还有一种痛苦而绝望的神情。

“他一定伤透了心,因为他认为我爱的是布伦特,或是斯图尔特,亦或是凯德。他很可能是这么想的。假如他得不到我,那还不如和媚兰结婚,好让他的家里人高兴。可是,如果他知道我真的爱他的话——”

她那变化无常的情绪从悲哀的最低谷一下飞登到幸福的顶峰。这就是希礼沉默不语、行为古怪的原因。原来他不知道!她极愿意去相信这一点,而虚荣心也促使她相信这一点,进而把相信变成确信。如果他知道她爱他,他一定会奔到她身边来的。她只要——

“噢!”她不由得心花怒放,手指抠着低垂的前额,“我有多傻呀,直到现在才想到这一点!我必须想法让他知道。如果他知道我爱他,他就不会和她结婚了!他怎么可能和她结婚呢?”

她突然意识到嘉乐已经祈祷完毕,她妈妈正看着她呢。她不禁吃了一惊,赶忙开始祈祷,机械地数着念珠,声音里融入了很深的感情。这使嬷嬷睁开眼睛,探究似的瞥了她一眼。她祈祷完后,轮到苏埃伦,接着是卡丽恩,也都开始祈祷,可她的思绪因那令人着魔的新想法而继续向前驰骋。

就是现在也还不算太迟!县里私奔之事太经常发生了,已经订婚的男方或女方却突然和另外一个人出现在圣坛前结为夫妇。而希礼的订婚甚至都还没宣布!是的,时间还有的是!

如果希礼和媚兰之间没有爱,只是很久以前的一个约定的话,那他违约和她结婚怎么就没有可能呢?假如他知道她,思嘉,爱他的话,他一定会这么做的。她得想个法子让他知道。她一定会想出办法的!然后——

思嘉突然从兴致勃勃的梦想中回到现实中来,因为她竟然疏忽了应答祷文,她妈妈正责备地看着她。她一边重新加入祷告行列,一边却睁开眼睛飞快地扫了一眼整个房间。跪着祷告的人影、柔和的灯光、黑奴们在昏暗的阴影处摇头晃脑,即便是一小时前她看到就恨之入骨的那些熟悉的东西,转瞬间又都蒙上了她的感情色彩,房间似乎又重新变成个可爱的地方。此时此刻的此情此景,她是永远也无法忘怀的!

“至诚的圣母玛利亚。”她妈妈吟颂道。歌颂圣母的《玫瑰经》开始了。思嘉乖乖地应答道:“为我们祈祷吧。”同时,埃伦便用温柔的女低音歌颂着圣母的美德。

从孩提时代起，对思嘉来说，这一刻便是敬慕她妈妈的时刻，而不是敬慕圣母的时刻。也许这是对圣母的亵渎，但大家重复着那些古老的词句时，思嘉虽闭着眼睛，但似乎还能透过眼睛看见埃伦仰头朝上的面孔，而不是神圣的圣母玛利亚的面孔。“病人的康复之神”、“智慧的源泉”、“罪人的庇护人”、“神秘的玫瑰”——它们都是无比美丽的词句，因为它们都是埃伦所具有的美德。可是今晚，由于思嘉兴奋异常，她便在这整个仪式中，从被他们轻声念颂的词句中，从应答祷文的囔囔声中，感受到一种她以往从未体验过的美感。她的心里在真诚地感谢上帝，因为在她的脚下已经开辟好一条道路——可以使她从她悲哀的境地中走出来，直通希礼的臂弯。

最后一声“阿门”念完时，大家都站起身来，身体多少都有点僵硬了。蒂娜和罗莎一起把嬷嬷从地上拉起来。波克从壁炉架上拿下一个长长的点火纸捻，在灯火上点燃，走进过道。在蜿蜒而上的楼梯对面有个胡桃木餐具柜，因为太大而不便放在餐厅里用，只好放在这里。它宽大的柜顶放着好几盏灯，还有一排插满蜡烛的烛台。波克带着一种夸大的尊贵神情点燃一盏灯和三根蜡烛，就像是国王寝宫的第一内侍在为国王和王后点灯照明，让他们入寝室就寝。他把灯高举过头顶，领着这队人马走上楼梯。埃伦挽着嘉乐的手臂跟在波克后面，姑娘们各自拿着一根蜡烛，跟在他们后面上了楼。

思嘉进了房间，把蜡烛放在抽斗柜上，用手在黑暗的衣橱里摸着寻找要缝的舞裙。她把裙子搭在手臂上，悄悄地穿过走道。父母的卧室门微微开启着，还不等她敲门，埃伦的声音便传到她耳里，声音很低，但很坚定。

“郝先生，你必须解雇乔纳斯·威尔克森。”

嘉乐却大声叫起来：“可我上哪去再找一个不会欺骗我的监工呢？”

“必须解雇他，马上，明天早晨就得让他走人。大个子萨姆是个不错的工头，他可以接管监工的职责，直到你雇到另外一个监工为止。”

“啊，哈！”嘉乐的声音又响了，“这么说，我可是明白了！是那可敬的乔纳斯睡了——”

“一定要解雇他。”

“这么说，他就是艾米·斯莱特里生的孩子的父亲，”思嘉寻思着，“噢，原来如此。你还能指望一个北方佬男人和一个白人穷鬼的女儿做出什么别的事情来呢？”

接着，她特意停了一会，让父亲那唾沫乱溅的话有时间慢慢消失，然后敲了敲门，把裙子递给她妈妈。

到思嘉脱了衣服，吹灭蜡烛躺在床上时，明天如何行动也已经详详细细地计划好了。这个计划并不复杂，她像嘉乐一样，头脑里只有要达到的目标，于是，她的双眼就只盯着这个目标，也只考虑能达到目标的最直接的几个步骤。

首先，她得表现得“傲气十足”，就像嘉乐所要求的那样。从她到十二棵橡树时起，她将表现出快活且最富有生气的自我。不要引起任何人怀疑她曾因希礼和媚兰订婚之事而消沉沮丧过。而且，她将和在场的每一个男人调情逗乐。这对希礼是很残酷，但这会增加他对她的渴望之情。她不会疏忽每一个已到婚龄的男人，老到苏埃伦的男友、长着姜黄色胡须的老弗兰克·肯尼迪，小到媚兰的哥哥，腼腆、内向、爱脸红的韩查理。他们都将蜂拥在她身边，就像蜜蜂围着蜂巢转一样。希礼也一定会从媚兰身边被吸引到她的崇拜者这个圈子中来。然后，她将设法摆脱众人，单独和他在一起待几分钟。她希望一切将按计划进展，要不然的话，事情就麻烦多了。假如希礼没有走那第一步，那她就只能亲自迈出这一步了。

最后，当他们终于单独待在一起时，其他男人围着她转的那一幕在他脑海里还历历在目，他就会得到一个新的印象，那就是，那群人中的每个人都想要她，于是，他的眼里又会现出那种忧伤而绝望的神情。接着，她就会让他知道，尽管她很受欢迎，可全世界所有的男人中，她还是会选择他，这样她就能让他重新高兴起来。她羞涩、甜蜜地承认这点时，在他心里，她的地位就会比原先高出一千倍。当然，她这么做时应该表现出大家闺秀的风范。她连做梦都没有想过，自己会大胆地对他说她爱他的话——那是绝对不行的。但是怎么告诉他，这只是个细节，她一点也不为此而心烦。她曾经对付过这种情形，现在也能够再次获得成功。

她躺在床上，朦胧的月光洒在她身上，她想象着整个场景。当他意识到她确确实实是爱他时，脸上就会现出惊喜的神情。此时此刻，她似乎看到了他的这种表情，而且还听到了他叫她嫁给他的话语。

自然，她得说，嫁给一个已经和另一个姑娘订婚的男人，这种事情她连想都不敢想。但他会一再坚持，最后，她就会让自己被他说服。然后，他们就会决定，当天下午就逃到琼斯伯勒去，并且——

噢，明天这个时候，她可能就已经成为卫希礼太太了！

她从床上坐起身来，双手抱着膝。有好一会，她陶醉在身为卫希礼太太——希礼的新娘的幸福中！可紧接着，她的心里掠过一丝凉意。如果事情没有按此计划发生呢？假如希礼没有恳求她跟他一块私奔呢？但她坚决地把这种想法硬从脑海中赶走了。

“现在我可不考虑这一点。”她坚定地说，“假如我现在考虑这一点，这会使我感到沮丧的。如果他爱我，事情就没有理由不按我想让它们发生的方式进行。而且，我知道他是爱我的！”

她扬起下巴，长着一圈黑睫毛的淡绿色的眼睛在月光下闪闪发亮。埃伦从没告诉过她，希望和让希望变成现实是完全不同的两码事；生活也还没教会她捷足未必先登的道理。生活如此美好，失败是不可能的，漂亮的衣裙和清秀的面孔便是征服命运的武器，这个年方二八的少女躺在银色的月影之中，抱了无比的勇气盘算着。

# 第五章

已是早上十点了。对四月天来说,这天已经算是暖和的了。金色的阳光透过宽大的窗户上蓝色的窗帘洒入思嘉的房间,显得特别耀眼。米白的墙壁闪闪发亮,深色的红木家具在阳光中呈现出深红色,就像葡萄酒一样。地板像玻璃似的反射出白光,只有铺着碎毡小地毯的地方显现出鲜明的色彩。

夏天的脚步已经款款移近,这是佐治亚州夏日来临的第一个迹象。春之高潮虽不情愿,却也只好让位给夏之酷暑了。一股怡人的暖意漫进房里,夹杂着各种怡人的香气,有各种各样的花香、已泛新绿的树香及新翻过的红土潮湿的气味。从窗户看出去,思嘉可以看到砾石车道两边的黄水仙正开得绚丽夺目,黄茉莉花团锦簇,花束四处散开,却又谦恭地垂向地面,就像内有裙环的飘曳长裙一样。反舌鸟和樫鸟为争夺她窗下那棵木兰树的所有权,又在进行那场旷日持久的争夺战了。它们叽叽喳喳地争吵着,樫鸟声音刺耳,态度蛮横,反舌鸟声音甜美,鸣声哀戚。

这么一个阳光明媚的早晨,思嘉常常会被吸引到窗前,把手支在宽大的窗台上,呼吸着塔拉各种芳香的气息,聆听着塔拉的各种声音。可是今天,她无心欣赏这灿烂的阳光和蔚蓝的天空,头脑中只掠过这么一个想法:"感谢上帝,还好没下雨。"床上放着那件苹果绿波纹绸舞裙,叠得整整齐齐的放在一个大纸盒里,淡褐色的花边从中间往下垂着。舞裙已经准备好送到十二棵橡树去,以便舞会开始前好换上。可思嘉看到它却耸了耸肩。如果她的计划获得成功,今晚她就用不着穿它了。等舞会开始,她和希礼早就上路到琼斯伯勒结婚去了。麻烦的问题是——野餐会上，她穿什么衣服好呢？

什么衣服最能衬出她的妩媚，使她对希礼产生不可抗拒的魅力呢？从八点开始，她就一直在试穿衣服，可没一件令她感到满意的。此刻的她正穿着花边长裤、亚麻紧身胸衣和有三层波浪形花边的亚麻衬裙站在房里满心沮丧，烦躁不安呢。衣服扔得到处都是，散落在她周围。地上、床上、椅子上，全是一堆堆色彩鲜艳的衣服和零零落落的缎带。

那件玫瑰色的玻璃纱裙子配粉红腰带挺合适，但去年媚兰到十二棵橡树来的时候，她已经穿过了，媚兰一定会记得的。她还可能会不怀好意地把这一点说出来。这件黑色的毛葛细斜纹裙，袖子蓬松，配着公主花边领，倒是能极好地衬出她那雪白的肌肤，但会使她看上去稍显老气一些。思嘉急切地在镜子中端详着自己年方二八的脸孔，就像是想找出皱纹或下巴已经松弛的赘肉似的。在媚兰那张孩子气十足的可爱的脸孔面前，若是自己显得稳重，老气，那是绝对不行的。那件淡紫色条纹的薄纱裙，镶着宽大的花边，边上还有镂网状小孔，漂亮倒是蛮漂亮，但和她这种体形不相配。卡丽恩身材小巧，脸上无甚表情，这件裙子倒是蛮适合她的。但若思嘉穿起来就会使她看上去像个小女生。在沉着冷静的媚兰面前，她看上去却像个小女生，那也是万万行不通的。这件绿色的方格塔夫绸裙镶着荷叶边，每片荷叶边末梢还用绿色的天鹅绒滚边，应当是最合适的了。实际上，这是她最喜欢的裙子，因为穿着它会让她的眼睛颜色显得更深，成了祖母绿的颜色。但是它的胸前有一块显眼的油污。当然，她可以把胸针别在这点油污上，可是万一媚兰眼睛很尖呢？剩下的就是五颜六色的棉布裙了，思嘉觉得它们都不是这种场合能穿的节日盛装。还有就是舞裙以及昨天穿过的有枝叶花型的平纹布绿裙子。可这是下午穿的裙子，不适合穿去参加野餐会，因为它只有一点蓬袖，而且领口开得很低，都可以在舞会上穿了。但除此之外也毫无办法，只好穿它了。即使在早晨就光着脖颈、袒胸露臂的，可她终究也不会为此而难为情的。

她站在镜子前面，一边扭过身子看自己的侧面，一边想着，她的身材绝对没有哪一部分会让她感到见不得人的。她的脖子虽短，但浑圆柔润，胳膊丰满迷人。她的胸部在紧身胸衣的衬托下高高隆起，漂亮极了。她从来就不用像许多十六岁的女孩那样，要在紧身胸衣的衬垫上缝上一排排小小的丝褶边,以使身材现出理想的曲线和丰满的体形。她遗传了埃伦细长、白皙的双手和小巧的双脚,为此她很高兴。她也希望能有埃伦那样的身高,但自己的身高已经令她很满意了。可惜腿不能露出来,她边寻思着,边拉起衬裙遗憾地看着双腿,它们在长裤里面同样现出丰满而匀称的线条。这双腿确实漂亮极了。连费耶特维尔女子学院的姑娘们都承认这一点。至于腰肢——费耶特维尔、琼斯伯勒乃至三县中也没有人的腰肢能如此纤细的。

想到腰身,她的思绪也就回到实际问题上来。绿色的平纹布裙子腰部是十七英寸,而嬷嬷给她束腰时是让她穿腰部十八英寸的毛葛细斜纹布裙的。嬷嬷应该把她的腰部束得更紧些。她推开门,侧耳听了听,听到嬷嬷在楼下过道里沉重的脚步声。她知道,自己可以提高嗓门而不会受到责备,因为埃伦正在熏肉房里给厨娘分派今天的食物呢。于是她不耐烦地大声叫嬷嬷。

"有些人认为俺会飞呢。"嬷嬷嘟哝着拖着脚步走上楼来。气喘吁吁的走进房间,一副时刻准备战斗的表情。她那双黑色的大手上端着一个熏肉盘,上面有两个涂满黄油的甘薯,一堆还在滴着汁液的荞麦饼,还有一大块涂满肉卤的火腿。看到嬷嬷手里拿着这些东西,思嘉脸上微微烦躁的神情变成了准备坚定不移地交战的神色。思嘉只顾着激动地试穿衣服,倒把嬷嬷那条雷打不动的规矩给忘了。那就是,郝家的姑娘们去参加任何聚会以前必须先在家里吃得饱饱的,这样,在聚会上就没法再吃点心了。

"你端来也没用。我不吃。你可以拿回厨房去。"

嬷嬷把盘子放在桌子上,两手插腰站在那里。

"不,你必须吃!俺可忘不了上次野餐会发生的事。俺那时病了,你去之前没有给你端来食盘。今天你可得把每一样东西都给俺吃下去。"

"我不吃!来吧,帮我把腰束紧些,我们已经迟了。我听到马车已经被赶到屋子前面去了。"

嬷嬷换上了哄人的口吻。

"来吧,思嘉小姐,你最好还是吃一点。卡丽恩小姐和苏埃伦小姐都把她们那份全部吃完了。"

"她们当然会吃完的,"思嘉轻蔑地说,"她们就像兔子一样没什么主见。我才不吃呢!我对这些食盘里的食物讨厌透了。我可不会忘记上次去卡尔弗特家之前,我吃了满满一盘东西,等到他们端出大老远从萨凡纳带来的冰淇淋时,我却一勺也吃不下了。我今天要玩个痛快,想吃多少就吃多少。"

听到这些极富挑战性的左道邪说,嬷嬷气得低头皱起了眉头。一位年轻小姐能做什么,不能做什么,在嬷嬷看来,这其中的差别就像是黑人和白人之间的差别一样非常明显,中间是没有缓和余地的。苏埃伦和卡丽恩就像是她那强有力的手里的泥土一样,都会恭恭敬敬地听从她的劝诫。但想教导思嘉,让她知道她有很多心血来潮的冲动是与大家闺秀的风范格格不入的,这却总是像进行一场艰苦的战斗一样颇废口舌。嬷嬷制服思嘉总是来之不易,而且总是用上了一些阴谋诡计,而这些诡计是没有一个白人会知道的。

"你如果不在乎别人怎么议论咱们这个家,俺还在乎呢,"她声音低沉地说道,"俺可不想站在旁边,听着野餐会上每个人都在谈论你如何没教养。俺一再告诉你,从一个人像小鸟那样吃东西的方式就能知道她是位出身名门的小姐。俺可不打算让你在卫先生家像个做农活的下人那样狼吞虎咽。"

"妈妈也是个贵妇人,可她也吃的。"思嘉反驳说。

"你要是结婚了,你也可以吃。"嬷嬷也针锋相对,"埃伦小姐像你这把年纪的时候,出去从来不吃东西的,你姨妈波琳和尤拉莉也一样。但她们婚后就都吃了。大吃特吃的姑娘家往往嫁不出去。"

"我才不信呢。上次野餐会你病了,我事先也没吃东西,卫希礼还对我说,他喜欢看见一个姑娘有这么个好胃口。"

嬷嬷摇摇头,表示不吉利。

"先生们说的和心里想的可不是一回事。俺就没看见希礼先生向你求过婚。"

思嘉一下便怒容满面的,正想说几句厉害的话,却又忍住了。嬷嬷击中了她的要害,她已无话可说了。看到思嘉满脸执拗倔强的表情,嬷嬷端起食盘,改变了战术,转用黑人那种软的一套伎俩。她边起脚向门边走去,边叹着气。

"那好吧。厨娘装这盘食物时俺还告诉她,'从一个人的吃相,你就可以判断她是不是大家闺秀。'俺还对厨娘说,'俺还从来没见过哪个白人小姐比韩媚兰上次来拜访希礼先生时吃得更少的了。'——俺是说,她来拜访英蒂小姐的时候。”

思嘉满脸狐疑，飞快地看了她一眼，但嬷嬷宽大的脸上只有一副无辜和遗憾的神情，好像为思嘉不是像韩媚兰那样的大家闺秀感到很可惜似的。

“把食盘放下，过来把我的腰再束紧些，”思嘉烦躁地说，“然后我会试着吃一些，如果我现在先吃，我的腰就会束得不够紧了。”

嬷嬷把一副胜利者的得意姿态掩盖起来，将食盘放下。

“俺的小羊羔要穿哪件裙子？”

“那件。”思嘉回答着，用手指着那堆蓬松的绿色平纹布花裙子。嬷嬷马上又进入状态准备战斗了。

“不行，你不能穿那件。早晨穿它不合适。下午三点钟以前决不能露出胸部。再说，那件裙子既没领子也没袖子，你一定会生出痱子来的。去年你到萨凡纳的海滩去，就长了一身痱子回来。俺可没忘记，这一整个冬天俺都在用酸奶给你擦，好不容易才好了。你再要穿那件，俺就去告诉你妈妈。”

“如果我穿戴好以前你去对妈妈说一个字，我就一点东西也不吃了。”思嘉冷冷地说，“只要我穿好了，妈妈要让我回来换衣服也来不及了。”

嬷嬷看到自己这一招不灵，只好叹了口气表示放弃。虽然两样都不是什么好事，但既然两者只能取其一，那与其让她像猪那样狼吞虎咽地大吃大喝，还不如让她在早晨的野餐会上穿下午装来得好。

“抓住什么东西，吸一口气。”她命令道。

思嘉照办了，她摆正姿势，两手紧紧抓牢床架杆。嬷嬷用力往后拉着、扯着，束着鲸骨腰带的腰围便越发纤细了。嬷嬷眼里露出了又骄傲又喜欢的神情。

“再没有人的腰能像我的小羊羔这般细的了。”她赞赏地说，“每回俺给苏埃伦小姐束腰时，一束到细于二十英寸一点点，她就像是要晕过去了。”

“噗！”思嘉喘了口气，说话有些费劲了，“我这辈子还没晕过去过呢。”

“噢，有时晕那么一两回也不打紧。”嬷嬷劝她说，“有时你也真不懂分寸，思嘉小姐。俺一再告诉你，看见蛇呀、老鼠呀什么的，你不晕过去就不太好。俺不是说你在家里也要这样，而是你和别人一起出去的时候。俺已经告诉过你——”

“噢，快点！别啰唆了。我会找到丈夫的。即使我不尖叫，不晕过去，你瞧瞧我是不是就找不到丈夫。天哪，我的腰束得太紧了！帮我穿上裙子吧。”

嬷嬷把下摆宽及十二码的绿色枝叶花型平纹布裙子小心地放下，罩住像山一般的衬裙，然后把绷紧、低胸的上衣的背钩钩上。

“在太阳底下，你得把披巾披在肩上，太热时也不要把帽子脱掉。”她用命令的口吻说，“要不然的话，你回家来的时候就会变得跟老斯莱特里太太一样，看上去像棕色人种了。来吧，过来吃吧，宝贝，可别吃得太快了。再重新束腰可就不管用了。”

思嘉听话地在食盘前坐下，心里想着，她往胃里咽下一些食物后，到底还能不能呼吸。嬷嬷从脸盆架上拉下一块大毛巾，小心地系在思嘉脖子上，抖开折叠的部分铺在她的腿上。思嘉先吃火腿，硬把它咽下，因为她喜欢火腿。

“我真恨不得已经结婚了。”她一边厌恶地对付着吃甘薯，一边不满地说，“老是要矫揉造作的，从来就不能做我自己想要做的事，我简直烦透了。我得装出吃得不会比小鸟多一点点，想跑时却又只能走路，刚跳完一支华尔兹舞曲，就得说我感觉快晕过去了。实际上，我还能连跳两天两夜却一点也不会累。对这一切，我都厌烦透了。还有，对一个见识还不如我一半的男人，却必须对他说‘你真了不起！’去欺骗他，还得假装我啥都不懂，好让男人告诉我这，告诉我那，让他这么做时感觉到他自己很重要，所有这些都使我讨厌极了……我实在是一口也吃不下了。”

“再吃一块热饼吧。”嬷嬷毫不宽容地说。

“为什么女孩子要找个丈夫就得表现得这么愚蠢呢？”

“俺觉得，是因为先生们不知道他们想要的是什么。他们只知道他们认为想要的东西。把他们认为想要的东西给了他们也就省了很多事，不至于做一辈子老姑娘。而他们认为，他们想要的就是胆小得像耗子一般、胃口又像小鸟一样、一点儿见识也没有的姑娘。如果一位先生怀疑哪位小姐见识比他多的话，他是不会想跟她结婚的。”

“如果婚后男人发现他们的妻子比他们更有见识的话，你想想，他们难道不会感到吃惊吗？”

“哦，那已经太迟了。他们已经结了婚。再说，先生们也希望他们的太太有见识。”

“总有一天,我要做所有我想做的事,说我想要说的话,就算别人不喜欢,我也不会在乎的。”

“不,那可不行,”嬷嬷严厉地说,“只要俺还有一口气,你就不能那么做。你吃饼吧。用卤汁泡一泡,宝贝。”

“我想,北方的女孩子就不用像这样表现得如同傻瓜一样。去年在萨拉托加的时候,我就注意到很多女孩子都表现得非常有见识,在男人面前也一样。”

嬷嬷哼了一声。

“北方的女孩子!是的,俺也认为她们会直截了当地说出她们的想法,但俺可没发现在萨拉托加有多少人向她们求婚。”

“可北方佬也得结婚哪,”思嘉争辩道,“她们也不是光长大就好了。她们也得结婚生子。她们的数量可多啦。”

“男人跟她们结婚是为了她们的钱。”嬷嬷肯定地说。

思嘉把麦饼放在卤汁里浸了浸,然后放到嘴里。也许嬷嬷说的话也有一定的道理。一定是有一定的道理的,因为埃伦也用不同但更委婉的词句说过类似的话。实际上,她所有女伴的妈妈都让她们的女儿们记住,必须做个柔弱无助、依赖性强、有着小鹿般眼睛的可人儿。确实,要培养并保持这么一种姿态得花很多精力。也许她真的是太鲁莽了。她偶尔也会和希礼辩论,坦率地发表自己的看法。或许这一点以及她那些健康的乐趣,诸如散步呀,骑马呀什么的,导致他把注意力从她身上转移到脆弱温顺的媚兰那里去了。也许,如果她改变一下自己的策略的话——但是她觉得,要是希礼也屈从于这些预先谋划好的女人家的花招的话,她就再也不会像现在这样敬重他了。如果一个男人居然傻到会拜倒在这样一个咯咯傻笑、胆小得会晕过去、会说“噢,你真了不起!”的女孩子的石榴裙下的话,这样的男人是不值得要的。可他们所有的人似乎都喜欢这一套。

如果说她过去对希礼采用的策略用错了——哦,那也只是过去的事,都已经结束了。今天,她可是要采用迥然不同的策略,正确的策略。她要他,而她只有几个小时的时间来得到他。如果晕过去,或假装晕过去能成为获得成功的诀窍的话,那她也会采用晕过去这一招的。如果咯咯傻笑、卖弄风情或没有头脑能吸引他,她也会愉快地打情卖俏,甚至表现得比凯思琳·卡尔弗特更没有头脑。如果有必要采取更大胆的措施的话,她也会采用的。今天可是时候了。

没有人告诉思嘉,她自己生气勃勃的个性尽管令人吃惊,但这比她可能采用的任何伪装都更吸引人。如果有人告诉她这一点的话,她一定会很高兴的,但又会觉得不可置信。而且,她置身其中的文明社会也会觉得不可置信的,因为,从古至今,以至从今往后,从来没有一个时候会对女性的自然风范加以奖赏的,哪怕是极小的奖赏也没有过。

马车载着思嘉,沿着红土大路向卫家的种植园驶去。她母亲和嬷嬷都没有随行,思嘉因此而觉得很快乐,但也因这快乐而感到有点内疚。野餐会上就不会有人微微皱起眉头或拉长下嘴唇来影响她把计划付诸实施了。当然,明天苏埃伦是一定会大讲特讲的,但如果一切都如思嘉所希望的那样进展顺利的话,她和希礼订婚,或是同他私奔,给家里人带来的刺激一定会超过原来的不快心情。是的,埃伦不得不待在家里,这使她很高兴。

一大早,嘉乐喝够了白兰地后,便把乔纳斯·威尔克森给解雇了。埃伦留在塔拉,要在他走以前把种植园的账目理清楚。思嘉吻别她母亲时,她正坐在小办公室里的宽大写字台前,上面放着插满了票据、账单的分类文件架。乔纳斯·威尔克森手里拿着帽子站在她旁边,紧绷着灰黄色的脸,对心里的愤怒几乎不加什么掩饰。这么随随便便地就失去了县里最好的监工工作,他感到气愤极了。而这一切只不过是因为一次无足轻重的风流韵事。他已经跟嘉乐反复说明,艾米·斯莱特里的孩子也可能是其他一打男人中任何一个人的孩子,这于她是很容易的事,就像可能怀上他的孩子一样容易——这点嘉乐也同意,但就埃伦来说,这并无法改变他的境遇。乔纳斯恨所有的南方人。他们对他虽客客气气的,但这种客气极为冷淡,并且表露出对他低微的社会地位的轻视,根本没有对此加以很好的掩饰。他最恨的就是埃伦了,因为她是他痛恨的南方人身上所有特点的集中体现。

嬷嬷作为种植园的总管,也留下给埃伦帮忙。坐在车夫托比旁边一起随行的是迪尔西,姑娘们的舞裙装在一个长盒子里,放在她腿上。嘉乐骑着他那高大的猎马走在马车旁边。他喝过酒后很兴奋,而且对自己这么快就解决了威尔克森这件令人不快的事感到很高兴。他把所有的责任都推给了埃伦，至于她因此没法去参加野餐会以及不能和朋友们相聚而感到很失望，他头脑里可没有一点谱。这是一个和煦的春日，他的田地漂亮极了，鸟儿也在欢唱，他觉得自己生气勃勃的，恣意玩笑，就像年轻人一样，根本就不会想到别人。不时地，他就会蹦出一首《低靠背车上的假腿人》或其他爱尔兰小调，或是哀悼罗伯特·埃米特的忧伤歌曲《她已经远离了她那年轻的英雄长眠的土地》。

他非常高兴，想到他可以花上一整天时间大谈特谈北方佬和战争，他就兴奋非凡。他也为三个漂亮的女儿感到骄傲，此时此刻，她们正穿着带裙环的靓丽、飘曳的长裙坐在马车上，打着可笑的镶着花边的阳伞。他根本就没有想起他前一天和思嘉的谈话，因为他已经把这忘到九霄云外去了。他只想到她很漂亮，是他的一种荣誉，而且今天，她的眼睛绿得就像爱尔兰的青山。这想法使他的自我感觉也好了许多，因为这比喻还很有诗意呢，于是他便对女儿们大声唱起了稍稍走调的《绿衣裳》。

思嘉带着爱意轻蔑地看着他，就像母亲瞧着自鸣得意的小儿子一样。她知道，天黑以前，他又将喝得烂醉如泥了。乘着夜色回家的路上，他又将像往常一样，试图跳越十二棵橡树和塔拉之间的每一道围栏。她不禁希望，凭着上帝的仁慈及他那匹马的好悟性，他不会因此而折断自己的脖子。他将放弃过桥的方法，让马游过河，大喊大叫着回到家，让波克把他弄到小办公室的沙发上躺下。在这种时刻，波克总是掌着灯在前面的过道里等着他。

他将会把他的绒面呢新衣服弄得一团糟，第二天早晨便破口大骂，对埃伦详细地叙述他的马如何在黑夜中摔到河里去了——这种一听便知的谎言瞒不了任何人，但大家都会接受，这使他觉得自己很聪明。

“爸爸是个可爱、自私、不负责任的可人儿。”思嘉心里想着，涌起了一股对他的爱意。今天早上，她既兴奋又高兴，以致把整个世界包括嘉乐都包容进她爱的行列中。她很漂亮，她深知这一点。今天还没过完，她就要把希礼占为己有了。太阳温暖，阳光柔和，佐治亚春日的景色展示在她眼前。路两旁的黑莓以其最柔软的新绿掩盖住了被冬天的雨水冲刷出来的一道道红色、突兀的冲沟。耸立于红土之上的光秃秃的花岗岩巨石上覆盖着星星点点的金樱子，周围点缀着只有丁点紫色的野生紫罗兰。河边树木葱郁的小山上,洁白耀眼的山茱萸争相怒放,好像白雪还残留在绿叶上一样。正开着花的酸苹果树花团锦簇的,从嫩白色逐渐变成最深的粉色。树下,阳光把松树点缀得斑斑点点的,野生的忍冬青形成了一块夹杂着猩红、橘黄和玫瑰色的多色地毯。微风中夹着一丝灌木发出的淡淡的甜香味,所有东西的气味都好极了,使人食欲大开。

"我死也不会忘记今天有多么美丽。"思嘉心里想着,"也许今天就是我结婚的日子呢!"

她心里一阵激动,想着就在今天下午,或是今晚月色当空时,自己就可能和希礼一块骑着马飞快地穿越这鲜花绽放的美丽景致,到琼斯伯勒去找牧师。当然,以后她也得由一个亚特兰大的牧师重新举行结婚仪式,但这应该是埃伦和嘉乐要操心的事了。埃伦乍一听到自己的女儿居然会和另一个女孩的未婚夫私奔这消息时,一定会羞愧得脸色惨白的。想到这点,她心里不禁有点心虚。但她知道,埃伦看到她幸福快乐时,一定会原谅她的。嘉乐也会声嘶力竭地大声叫骂,因为他昨天还表示不想让她和希礼结婚,不过,如果自己的家庭能和卫家联姻,他也会高兴得不知说什么好。

"可这已经是我结婚以后要考虑的问题了。"她一边想,一边甩甩头,把这一重忧虑从脑海中抹去。

十二棵橡树的烟囱刚刚从河对过的小山上冒出头来,在这样一个春天里和煦的阳光下,除了令人心动的快乐,是不可能感受到别的什么的。

"我一辈子都将住在那,将会看到五十个像这样的春天,也许还会更多。我要告诉我的孩子们以及孙子孙女们,这个春天有多美,比他们将要看到的任何一个春天都更可爱。"这最后一个想法使她快乐至极,不禁和嘉乐一起唱起了《绿衣裳》的最后一段,并博得了嘉乐的大声喝彩。

"我真不明白你今天为什么这么高兴。"苏埃伦生气地说,因为她心里还在想着,她若穿上思嘉绿色的绸舞裙,一定比它的合法主人看上去漂亮得多。对出借自己的衣服和帽子,思嘉为什么总是那么小气自私呢?妈妈又为什么老护着她,说绿色不是适合苏埃伦的颜色呢?"你和我一样清楚,希礼订婚的事今晚就要宣布了。今天早晨爸爸就已经说过了。我知道,你已经对他倾心好几个月啦。"

"你也就只知道这些罢了。"思嘉说着伸了伸舌头,并不因此而放弃自己的好心情。明天早晨这个时候，苏埃伦小姐还不定会有多惊奇呢！

“苏西，你知道不是这样的。”卡丽恩吃了一惊，不禁申辩道，“思嘉中意的是布伦特。”

思嘉转过身，绿色的双眸含笑看着她的小妹妹，真弄不明白为什么每个人都这么可爱。全家人都知道，十三岁的卡丽恩那颗心已经放在布伦特身上了，可布伦特除了把她看成是思嘉的小妹妹外，从来就没有对她动过一丝念头。埃伦不在跟前时，郝家的人总会开她的玩笑，甚至把她气哭。

“亲爱的，我一点也不在乎布伦特。”思嘉宣布说，为自己的慷慨感到很高兴，“他对我同样不在乎。我说，他正在等你长大呢！”

卡丽恩圆圆的小脸变得通红，心里既高兴又不太相信。

“噢，思嘉，是真的吗？”

“思嘉，你知道的，妈妈说过，卡丽恩还太小，不能想男朋友的事，可你却在给她灌输这种思想。”

“行，那你去告密好了，看看我会不会在乎。”思嘉回答说，“你要阻止西西，因为你知道再过一两年，她就要长得比你漂亮啦。”

“今天你们说话可得给我小心点，否则我就要抽你们鞭子了。”嘉乐警告道，“好了，别出声！我听到的是不是车子的声音？那应该是塔尔顿家的或是方丹家的了。”

他们快到通往含羞草庄园和费尔希尔的那条岔路了，这条路从一座丛林茂密的小山上沿坡而下。这时，马蹄声和车轮声越来越清楚，树丛后还传来女性说话的声音，吵吵嚷嚷的，正在愉快地争论着什么。嘉乐骑马走在前面，在两条路交叉处勒住马缰，示意托比把马车停下来。

“这是塔尔顿家的太太小姐们。”他告诉他的女儿们，红润的脸上神采飞扬的。因为除了埃伦，县里的太太中他最喜欢的就是红头发的塔尔顿太太了。“又是她亲自赶车。哦，她真是个会弄马的好手！她手的动作像羽毛一样轻柔，却又像牛皮鞭一样有力，就为这些，就漂亮得令人禁不住想吻一下了。更可惜的是，你们没有一个人有这么一双好手。”他带着慈爱而责备的眼神看了女儿们几眼，继续说道，“卡丽恩害怕那些可怜的动物；苏呢，手一抓住马缰就像熨斗一样硬邦邦的；你呢，小姑娘——”

“哦，不管怎么说，我还从来没被马掀翻过。”思嘉愤愤不平地说，“再说，塔尔顿太太每次打猎时都被马摔下来。”

“而且像男人一样把锁骨都给折断啦，”嘉乐说，“但是既没有昏过去，也不会大惊小怪的。好了，别再说了，她已经来啦。”

看到塔尔顿家的马车时，他站在马镫上，利索地挥手脱下帽子致意。车上坐满了姑娘们，她们身着靓丽的服装，撑着阳伞，围着飘曳的面纱。正如嘉乐所说的那样，塔尔顿太太亲自坐在驾驶座上驾车。她的四个女孩，还有她们的嬷嬷及放舞裙的长纸盒全都挤在车上，根本就没有车夫的位子了。再说，只要自己手里没有缰绳，比阿特丽斯就决不乐意别人驾车的，不管是白人还是黑人。她看似脆弱，但骨架极好，皮肤雪白，好像那火红的头发把她脸上的颜色都给弄到生气勃勃、红得发亮的一堆堆发丝里去了，然而，她不但非常健康，而且还有不知疲倦的精力。她一共生了八个孩子，个个都像她一样有着火红的头发和勃勃的生气。县里的人都说，她把她的孩子们抚育成人的方式是最成功的，因为她对她的孩子们就像对她养的小马驹一样，既加之以慈爱的纵容，又施之以严格的纪律。塔尔顿太太的座右铭是：“既要约束他们，又不要对他们管得过死。”

她很爱马，总是把马挂在嘴边。她比县里任何男人都更了解马匹，驭马的才能比他们任何人都好。马儿从围场上蜂拥到屋前的草场上，就像她的八个孩子们从她那杂乱无章的房子里拥到小山上一样。她在种植园里走动时，马匹、儿子、女儿以及猎狗都紧紧跟在她后面。她相信她的马，特别是她那匹通人性的红色母马内利。如果屋里的事情让她忙得超过了她每天骑马的时间，她就会把糖碗塞到一个黑人男孩的手里，对他说：“给内利一把糖吧，告诉她我马上就来。”

除了少数的场合以外，她总是穿着骑马装，因为不管她有没有骑马，她总是希望能骑一骑，因此一起床就穿上骑马装。每天早晨，内利总是被配上马鞍，在屋子前面走来走去，等着塔尔顿太太能从家务活中抽出一小时来。可费尔希尔是个不易管理的种植园，她几乎没法抽出时间来。时间一小时又一小时地过去，内利也没有人骑，只好在那走来走去。塔尔顿太太则把骑马装的下摆捋到齐手臂处，连骑马装的式样也看不出来了，只在底下露出六英寸长的亮闪闪的靴子。

今天，她穿着已经不流行的窄裙环的暗黑色丝绸裙子，看上去好像还穿着骑马装似的,那是因为裙子的裁剪极为朴素。插着黑色长羽毛的黑色小帽斜扣在头上,遮住了一只热情洋溢、不断闪烁的棕眼睛。而这帽子也只不过是她打猎时用的破旧不堪的帽子的翻版。

看到嘉乐,她挥了一下鞭子,把她那两匹正踏着舞步前进的红马停了下来。车后座上的四个姑娘探出身子,大声打着招呼,使马队也吃了一惊。过路人看到,一定会觉得塔尔顿家的人好像是好几年没见到郝家的人了,其实他们仅仅分开了两天。但他们两家都是友善可亲的家庭,又都喜欢他们的邻居,特别是郝家的姑娘们。准确地说,他们喜欢苏埃伦和卡丽恩。在县里,除了没有头脑的凯思琳·卡尔弗特,没有一个姑娘会真正喜欢思嘉的。

夏天,县里几乎平均一星期就会举办一次野餐会或舞会。对红头发的塔尔顿家的人来说,他们有足够的能力来让自己尽兴。每次野餐会和舞会都会令他们激动万分,好像他们是第一次参加一样。她们漂亮而丰满,一齐挤在马车里,于是裙环和裙子的荷叶边便交叠在一起,阳伞在她们头顶上互相碰来碰去。她们戴着意大利太阳帽,上面围着一圈玫瑰花,就像花冠一样,还垂挂着黑色的天鹅绒帽带。她们红色头发的细微差别都由这些帽子代表了,赫蒂是纯粹的红色,卡米拉是草莓般的白里透红,兰达则是像铜一样的茶褐色,还有小贝齐,她的是像胡萝卜长在地面部分的颜色。

"真是一群出色的姑娘,太太。"嘉乐献着殷勤,策马和邻家的马车一道前行,"但要超过她们的妈妈,那就差得远啦。"

塔尔顿太太转动红棕色的眼珠,咂了咂嘴,做出一副滑稽的感激状。姑娘们大叫起来:"妈妈,别再飞媚眼了,不然我们要去告诉爸爸了!""我敢起誓,郝先生,有你这么一个英俊的美男子在身边,她从来就没给过我们露脸的机会!"

思嘉也和其他人一样,被这些俏皮话逗笑了,然而,一贯如此,塔尔顿家的人对他们的妈妈这种自由自在的态度总是使她颇为吃惊。她们的所作所为似乎只把妈妈看成是她们中的一员,是个年仅十六岁的姑娘。对思嘉来说,对自己的妈妈说这种话,几乎是一种亵渎。然而——然而——塔尔顿家的姑娘们和她们妈妈的关系中有一种令人愉快的和谐气氛,尽管她们批评她,指责她,取笑她,她们还是很敬慕她。但是思嘉忠诚地赶快告诉自己,这并不是说自己更喜欢像塔尔顿太太这样的妈妈,而不喜欢埃伦,但是,能和妈妈打闹笑骂也挺有趣的。她知道,即使有这种想法也是对埃伦的不敬,不禁为此感到很内疚。她知道,坐在车里的四个被火红头发覆盖着的脑袋瓜,从来不会被这类令人讨厌的想法弄得心绪不宁的。像以往一样,每当感到自己和邻居们不一样时,她心里便会涌起一股令人恼怒的慌乱情绪。

虽然她思维敏捷,但不善分析。但她隐隐觉得,尽管塔尔顿家的姑娘们像马儿一样难以驾驭,像发情的野兔一样野性十足,但是她们头脑简单,无忧无虑,而这也是她们从父母那遗传来的一种特性。她们的父母都是佐治亚人,是佐治亚北部人,和拓荒者那辈只隔了一代人。他们对自己和周边环境都有非常确定的信念。他们凭本能就能知道自己是怎么样的人,卫家的人也是如此,虽然方式完全不一样。在他们身上,没有时常使思嘉心里气愤不平的这种冲突,也就是说话柔声细气、教养过分良好的沿海贵族血统和精明朴实的爱尔兰农民血统混合在一起的冲突。思嘉既想如同崇拜偶像一样敬重、爱慕她的妈妈,也想去拨弄她的头发,跟她开开玩笑。她知道,她必须想方设法把两者统一起来。同样缘于这种相互冲突的情感,使她既想在男孩子面前表现得像个温文尔雅、出身高贵的大家闺秀,又想做个不在乎跟别人亲几个吻的孟浪女郎。

“今早埃伦上哪去啦?”塔尔顿太太问道。

“我们刚解雇了我们的监工,她留在家里跟他理清账目呢。塔尔顿先生和小伙子们呢?”

“噢,他们早在几小时前就骑马到十二棵橡树去了——要去尝尝那种用果汁呀,酒呀混合在一起的甜饮料,看看酒的成分够不够,我敢说,就好像是他们从现在起直到明天早晨都不会沾一口似的!我要叫卫约翰留他们在这过夜,就算他只能让他们睡马厩也没关系。五个喝得烂醉的人,我可没办法应付。三个我还能应付自如,但是——”

嘉乐赶忙打断她,换个话题。他能够感觉到自己的女儿在身后窃笑,因为她们都会记得,去年秋天从卫家办的上一次野餐会回来时自己是什么样子的。

“你今天为什么不骑马呀,塔尔顿太太?真的,没有内利,你看上去就不太像以往的你了。你真是斯坦特①。”

“斯坦特,真是个无知的男子汉!”塔尔顿太太模仿着他那爱尔兰土腔大叫道,“你是要说森特②吧。斯坦特是个嗓门像铜锣的人。”

“是斯坦特或是森特问题都不大。”嘉乐回答说,对自己的错误仿佛若无其事,“你也是有这种像铜锣一样的嗓子的,太太,你催赶猎狗的时候,有的就是这种声音。”

“真是你的声音,妈妈。”赫蒂说,“我告诉过你,你每次一看到狐狸,你就叫得像个科曼契人③似的。”

“但是,不像嬷嬷给你洗耳朵时你叫的那么大声,”塔尔顿太太回嘴道,“而你已经——十六岁呢!哦,说到我今天没有骑马,内利今早产崽啦。”

“它真的产崽啦!”嘉乐叫了起来,兴趣十足,眼里闪耀着爱尔兰人对马的热情。思嘉重新把她妈妈和塔尔顿太太相比,不免又大吃一惊。对埃伦来说,母马从不产小马,母牛也不会生小牛。事实上,母鸡也几乎不会下蛋。埃伦完全不管这些事情。塔尔顿太太可没有这些节制。

“是匹小母马,对不对?”

“不,是匹蛮不错的小公马,双腿有两码长呢。你得骑上马去看看它,郝先生。它真是匹塔尔顿家的马。毛发就像赫蒂的鬈发一样红。”

“长得也很像赫蒂呢。”卡米拉说,接着就尖叫着躲进一大堆裙子、裤子和颤动着的帽子中不见了。原来赫蒂确实长着一张长脸,听到这话便开始拧她了。

“我的这群小母马,今天早晨可高兴啦。”塔尔顿太太说,“自从今天早晨听到关于希礼和他那亚特兰大的小表妹的消息后,她们就给乐坏了。她叫什么名字来着?媚兰?上帝保佑这孩子,她真是个可爱的小东西,但我从来就记不住她的名字,也记不清她长什么样。我们家的厨娘是卫家管家的老婆。昨晚他上我们家来,带来了这个消息,说是今晚要宣布这桩婚事。厨

---

① “斯坦特”是希腊神话里特洛伊战争中的传令官,声音非常洪亮,相当于五十个人同时喊叫的音量。

② “森特”是希腊神话里半人半马的怪兽,但又有骑术高明之人的意思。嘉乐把两者弄混了。

③ 科曼契人是居住在美国西南部的印第安人的一个分支。

娘今天早晨把这消息告诉我们了。姑娘们都为此激动万分,可我不明白为了什么。这事大家都知道好几年了,也就是说,如果他没有和梅肯县的伯尔家族的表亲联姻的话,他就会跟她结婚的。就像卫哈尼会和媚兰的哥哥查理成婚一样。对了,郝先生,你告诉我,卫家的人如果和本家族以外的人结婚,是不是就不合法呢？因为——"

其余的笑谈思嘉可没听进去。有一瞬间,就好像太阳避到了云层后面,把整个世界留在了阴影中一样,把一切的一切的色彩都给抹去了。刚刚泛出新绿的草地看上去一副病容,山茱萸苍白无力,刚刚还美丽非凡的开着粉色红花的酸苹果树,现在则色泽暗淡,毫无生气。思嘉的手指抠着马车的内壁,有一刻,连手里的阳伞也因拿不稳而晃动起来。知道希礼订婚是一回事,可听到别人这么随便地谈论此事又是另一回事。紧接着,她那十足的勇气又回到身上来了,于是太阳重新露脸,景色又欣然怡人。她知道希礼爱她。那是确定无疑的事。想到今晚根本就不会宣布什么订婚时塔尔顿太太会有多惊奇——私奔事件发生时她又会如何地吃惊,思嘉不禁露出快慰的微笑。她一定会告诉邻居们,思嘉是个多么顽皮的家伙,居然能若无其事地坐在那听着她谈论媚兰,而她和希礼一直就在——想到这里,她现出了深深的酒窝。赫蒂一直在热切地观察着她妈妈的话会有什么效果,此时却往靠背上一靠,不解地微微蹙起了眉头。

"我可不在乎你怎么说,郝先生。"塔尔顿太太强调说,"老是和自己的表亲结婚是不好的。希礼要和韩家的孩子结婚简直糟透了,但哈尼嫁给脸色苍白的韩查理倒是——"

"哈尼若不和查理结婚,她就抓不住其他人了。"兰达不留情面地说,因自己很受欢迎感到有恃无恐,"除了他,她从来没有过别的男朋友。虽然他们订婚了,他也不是特别喜欢她。思嘉,你记得去年圣诞节时他是怎么追你的吗——"

"别这么刻薄,小姐。"她妈妈说,"表亲不应该结婚,即使是父母的堂表兄妹的孩子也不行。这会削弱血统的。这跟马儿可不一样。你可以让一匹母马和自己的同胞兄弟交配,或是让种马和自己生的母马交配,而且只要你知道马种,结果就不错,但对人可不合适。血统也许很好,但精力不济——"

"得了,太太,这点上我倒想跟你辩一下了！你能不能跟我说说比卫家更出色的家族呢？他们可是自布赖恩·博鲁还是孩子的时候就开始互相通婚了。”

“应该是他们停止的时候了，因为已经有了不好的迹象。噢，希礼倒看不出多少问题，因为他是个英俊漂亮、精力充沛的小伙子，尽管他——但看看卫家那两个面色苍白的可怜的姑娘吧！当然，她们是好姑娘，但面色太苍白了。再看看瘦小的媚兰。骨瘦如柴，弱不禁风，无精打采的，自己一点见解都没有。‘不，太太！’‘是的，太太！’她就只会说这些。明白我的意思吗？那家人需要新鲜的血液呢，像我的红头发姑娘或你家思嘉这样富有朝气的良好血统。哦，请不要误会我的意思。照他们自己的生活方式，卫家人倒是好人。你知道，坦率地说，我很喜欢他们！可他们生养过密，又总是近亲结婚，对不对？在干燥的跑道上，在结实的跑道上还能走得不错。但请注意，我相信，卫家在泥泞的跑道上就动弹不得了。我相信，他们的精力在繁殖过程中都耗尽啦。有紧急情况时，我可不相信他们能够应变不测。他们是个只能在好天气里跑的家族。至于我，我可要一匹在任何天气情况下都能跑的好马！他们总是近亲通婚，这也已经使他们跟这里其他人不一样了。他们总是爱拨弄钢琴，还一头埋进书本里。我确实相信，希礼是宁愿读书而不愿去打猎的！是的，我确确实实相信这一点，郝先生！只要看看他们的骨架就行了，太瘦小啦。他们需要的是力大无穷的母马和种马——”

“啊——啊——哦。”嘉乐嘴里说着，突然意识到，这么一个最最有趣且于他完全对味的话题对埃伦来说可是完全不同的，他不禁感到颇为内疚。事实上，他知道，如果埃伦知道他们当着她的女儿们的面谈论这么坦率的话题，她就再也不会泰然自若了。但塔尔顿太太还跟往常一样，讲到她最喜欢的话题，也就是繁殖问题时，对其他话题就充耳不闻了，不管是马的繁殖还是人的繁殖。

“我知道我在说些什么，因为我有几个近亲结婚的表亲。我告诉你吧，他们的孩子全都像牛蛙一样个个都是暴眼睛，可怜的孩子。所以，我家要我和一个远房表兄结婚时，我就像小马一样奋起反抗。我说：‘不，妈妈，我可不干。我的孩子会得跗骨内肿和喘息病的。’噢，我妈妈听我说到跗骨内肿时晕了过去，但我坚持我的立场，我奶奶也支持我。你知道，她对马匹交配知道的很多，说我是对的。她还帮我和塔尔顿先生一块逃跑呢。呶，你看看我这些孩子们！全都又高大又健康，他们中没有一个病恹恹或是发育不全的，虽然博伊德只有五英尺十英寸高。可卫家——”

“我不是故意要改变话题的，太太。”嘉乐赶紧打断她的话，因为他已经注意到卡丽恩现出了一副困惑不解的神情，苏埃伦脸上则表现出极强的好奇心。他害怕她们会问埃伦一些令人尴尬的问题，那就会露馅，显出他这个护送者是多么不称职了。他注意到，他的思嘉倒像个淑女似的想着其他事情，心里颇为高兴。

赫蒂·塔尔顿解了他的围。

“天哪，妈妈，我们还是赶路吧！”她不耐烦地叫起来，“太阳正烤着我呢，我都可以感觉到脖子上的痱子冒出来了。”

“等等，太太，再打扰你一会。”嘉乐说，“关于卖马给骑兵连的事，你决定怎么办？现在战争随时可能爆发，小伙子们都想把事情定下来。这是克莱顿县的骑兵连，我们也想给他们配备克莱顿县的马。可你太固执了，还是不愿把你的好马卖给我们。”

“也许根本就不会有什么战争。”塔尔顿太太敷衍着说，她的思路已经完全从卫家古怪的结婚习惯中转移了。

“哦，太太，你不能——”

“妈妈，”赫蒂又插话了，“你和郝先生不能到十二棵橡树再谈马的事吗？”

“你说对了，赫蒂小姐，”嘉乐说，“我只耽搁你一分钟。我们一会就能到十二棵橡树，那里，所有男人，老老少少都想知道马的事。啊，看到像你妈妈这样出色、漂亮的太太对她的马匹这么小气，真让我痛心！我说，你的爱国心哪去了，塔尔顿太太？南部邦联对你来说难道一点意义也没有吗？”

“妈妈，”小贝齐说，“兰达坐在我的裙子上，把裙子都弄皱了。”

“好了，把兰达推开，别插嘴。哦，听我说，嘉乐先生，”她反驳道，眼睛变得咄咄逼人，“别拿南部邦联来压我！我想南部邦联对我和对你意义是一样的。我有四个儿子在骑兵连，而你一个也没有。但我的儿子们会自己照顾自己，而我的马却不会。如果我知道要骑我的马的人是我认识的小伙子，也就是那些有良好教养的绅士的话，我会很乐意无偿献出马匹的。不会的，我一秒钟也不会犹豫的。但是，让我漂亮的马儿给那些只习惯骑骡子的乡巴佬和白人穷鬼骑！那可没门，先生！想到它们被人骑得鞍部有擦伤和肿痛，却又没有被好好饲养，我就会做噩梦。你想想，我会让那些无知的傻瓜们骑我这些娇生惯养的宝贝，马嘴给勒得一道一道的，还不住地抽打它们直到它们垂头丧气、一点生气也没有吗？哦，想到这些，我现在浑身都起鸡皮疙瘩了！不，郝先生，你想要我的马也是一片好意，但你最好到亚特兰大去买些年迈的老马给你那些乡巴佬用吧。他们死也不会知道这会有什么差别的。”

“妈妈，我们难道不能继续上路吗？”卡米拉问道，加入了不耐烦的行列，“你知道得很清楚，不管怎么样，你最终都会把你的宝贝给他们的。爸爸和男孩们谈论一番南部邦联需要它们等等道理后，你就会大哭一场，然后让它们走。”

塔尔顿太太咧嘴笑了，抖了抖缰绳。

“我才不会做这种事呢。”她说着用马鞭轻轻碰了碰马。马车便轻快地跑了起来。

“真是个好样的女人。”嘉乐说。他戴上帽子，在自己的马车旁站好位置。“继续上路吧，托比。我们会慢慢说服她，把马匹弄到手的。当然，她是对的。她是对的。一个男人如果不是绅士，那他就没有资格骑马。步兵连才是他该去的地方。但更遗憾的是，这县里种植园主的儿子不多，不够组建步兵连。你说呢，小姑娘？”

“爸爸，请你骑在我们后面或是前面吧。你扬起了一片尘土，我们都被呛死了。”思嘉说，她觉得再也无法忍受说话声了。这搅扰了她的思绪，她正急于让自己的思绪和脸部表情在到达十二棵橡树以前现出迷人的模样呢。嘉乐顺从地用靴刺踢了踢马肚子，转眼消失在一片红色的尘土中，追随塔尔顿家的马车去了。在那里，他又可以继续有关马的话题了。

# 第六章

他们过了河，马车上了山坡。尽管十二棵橡树还没映入眼帘，但思嘉已经可以看见高高的树顶上空悠悠然缭绕着一股清烟，飘来一阵阵燃烧着的山核桃木块和烤猪肉和羊肉混杂在一起的香味。

从昨晚就开始生火慢慢让其燃烧的烧烤坑，此时已吐出玫瑰红般长长的火舌。上方转动着的烧烤架上烤着肉，肉汁滴落到炭火上，发出嘶嘶的声音。思嘉知道，由微风吹过来的芳香是从大房子后边高大的橡树林里传过来的。卫约翰总是在那里举办野餐会，那是一个缓缓下行的山坡，直通到玫瑰花园里。这是个舒服、阴凉的所在，比别人的，比如说，卡尔弗特家举办野餐会的那个地点舒服多了。卡尔弗特太太不喜欢烧烤的食物，声称那烧烤味几天几夜都还萦绕着屋子，所以她的客人们只好在离房子有四分之一英里远的一个平坦、不遮阴的地方烧烤，备受酷暑的煎熬。至于在全州以热情好客闻名的卫约翰一家，当然知道该如何举办野餐会。

餐桌是由桌面搁在支架上而搭成的。长长的野餐桌总是放置在树木最浓密的树荫下，上面铺着卫家上好的台布，没有靠背的长凳子摆在两边。周围空地上还零零星星放着椅子、跪垫和坐垫，这是给那些不喜欢长凳子的人准备的。长长的烧烤坑离这还有一段距离，烧烤的浓烟不会飘到这里来。烤坑里烤着肉，大铁锅里是调味汁和不伦瑞克炖菜，香味扑鼻，令人垂涎欲滴。卫先生总是让至少十二个黑人端着托盘穿梭于烧烤坑和餐桌之间，伺候客人。在仓房后面，往往还有另外一个烧烤坑，这里是客人的仆人、车夫和侍女用餐的地方。他们吃的是玉米饼、甘薯，还有黑人都很喜欢的那道猪内脏——猪小肠。如果时令碰巧,还会有西瓜供他们一饱口福。

鲜嫩的肉香扑鼻而来,思嘉不禁皱了皱鼻子,吸进这诱人的香味。她希望等肉烤好时,自己多少会有些食欲。像以往一样,她吃得这么饱,束腰的带子又系得这么紧,她真担心自己随时都可能会打嗝。那就糟透了,因为只有老头老太们打嗝才不用担心会引起众人的反感。

他们到了坡顶,白色的房子便以完美、和谐的姿态展示在她面前。高大的柱子、宽敞的走廊、平缓的屋顶,美得就像一个靓丽的妇人。她对自己的魅力信心十足,因而对所有人都慷慨大方,宽厚仁慈。思嘉甚至比喜欢塔拉还更喜欢十二棵橡树,因为她有一种高贵的美,持重而尊贵,而这是嘉乐的房子所没有的。

宽大、弯曲的车道上停满了上着鞍的马和马车,正在下马或下车的客人跟朋友们打着招呼。每逢聚会,黑人们都会激动非常。他们笑容满面,把马儿牵到场院去卸车下鞍。一群群孩子,有黑人也有白人,在刚冒出新绿的草地上大喊大叫,跑来跑去。有玩跳格子游戏的,有玩捉人游戏的,还有的在吹牛皮说自己今天能吃多少东西。从房子前面直通到后院的过道里挤满了人。郝家的马车在屋子前面的台阶前面停了下来。思嘉看见穿着用裙环撑开的裙子的姑娘们像花枝招展的蝴蝶一样,在一楼到二楼的楼梯上上上下下,飞来飞去的,不时还停下来倚在精致的楼梯扶手上,笑着对那些在底下过道里的年轻男子叫喊着。

从敞开的法式窗户看进去,她可以看见年纪较大的太太们坐在客厅里,穿着黑色的绸布裙,一副稳重肃穆的样子。她们坐在那里,一边摇着扇子,一边聊着孩子,病痛以及谁又和谁结婚了,为了什么而结婚等等。卫家的管家汤姆手里端着一个银制托盘,正在过道里快速穿行着。他一边笑着弯腰行礼,一边把杯子递给穿着浅黄褐色和灰色长裤、质地良好的褶边亚麻布衬衫的年轻小伙子们。

阳光灿烂的屋前游廊上也挤满了客人。是呀,整个县的人都来了,思嘉心想。塔尔顿家的四个男孩和他们的父亲一块斜靠在高大的柱子上。和往常一样,双胞胎兄弟斯图尔特和布伦特没有分开,肩并肩地站在一起,博伊德和汤姆则和他们的父亲在一块。卡尔弗特先生在近旁站在他那北方佬妻子的身边。她就是在佐治亚待了十五年之后,似乎也还是不属于这里。大家都对她很礼貌,也很客气,因为他们都为她感到难过,但没有一个人会忘记,她不但投胎投错了地方,还当过卡尔弗特先生的孩子们的家庭教师,这就错上加错了。卡尔弗特家的两个男孩雷福德和凯德,正和他们打扮得花枝招展的金发妹妹凯思琳在一起,拿脸盘黝黑的乔·方丹及他那漂亮的未来新娘萨莉·芒罗开着玩笑。亚历克斯·方丹和托尼·方丹正跟迪米蒂·芒罗低声耳语着,逗得她发出一阵阵银铃般的笑声。还有远至十英里外的拉夫乔伊及费耶特维尔和琼斯伯勒来的家庭,也有一些来自亚特兰大和梅肯的客人。房子被人群挤得水泄不通,谈话声、笑闹声、女人的尖叫声此起彼伏,不绝于耳。

游廊的台阶上站着卫约翰,他满头银发,身板挺直,浑身散发出安详的魅力和热情,就像佐治亚夏天的阳光一样,永不缺乏怡人的温暖。他身边站着卫哈尼[①],人们这么叫她是因为她对谁都冠之以"宝贝儿"这一称呼,对她父亲这么叫,对干农活的黑人也这么叫。此时她正烦躁地笑着和刚到的客人打招呼。

哈尼神情不安却明显想吸引在场的每个人的注意力。她那样子和她父亲泰然自若的神情形成了鲜明的对比。思嘉便寻思着,也许塔尔顿太太说的话毕竟是有些道理的。卫家的男人继承了祖上的容貌,这一点也没错。卫约翰和卫希礼灰色的眼睛上方睫毛浓密,呈深金色,但哈尼和她姐姐英蒂的脸上,睫毛既稀疏又毫无色彩。哈尼没几根睫毛的长相很奇怪,就像一只兔子似的,而英蒂呢,就只好用相貌平平来形容她了。

英蒂此时连人影都看不见,思嘉知道,她很可能正在厨房给仆人作最后的指示呢。"可怜的英蒂,"思嘉想,"自从她妈妈去世后,她就被家务缠身,以致除了斯图尔特·塔尔顿外,一直没有机会去交别的男朋友。可要是他认为我比她漂亮,那也决不是我的过错。"

卫约翰走下台阶,把手臂伸给思嘉。她下车时,看到苏埃伦在傻笑。思嘉便知道,她是在人群中看到了弗兰克·肯尼迪了。

---

① 英语 Honey 一词有"宝贝儿"的意思,这里用以指哈尼嘴巴很甜,把谁都叫成"宝贝儿"。

“我要是找不到比那穿着裤子的老处女[①]更好的男朋友,那才怪呢!”思嘉轻蔑地想着。她双脚着地时,微笑着向卫约翰致谢。

弗兰克·肯尼迪赶忙跑到马车边,帮助苏埃伦下车。苏埃伦拼命抑制住自己的感情,思嘉看了那模样简直想甩她一巴掌。弗兰克·肯尼迪可能比县里任何人拥有的土地都多,也可能心地非常善良,但与他自身的条件相比,这些东西便显得无足轻重了。他年已四十,身材瘦小,整日惴惴不安的,留着稀疏、姜黄色的胡子,还像个老处女那样爱大惊小怪的。然而,想到自己的计划,思嘉掩饰了轻蔑之情,对他莞尔一笑,跟他打着招呼,搞得手里挽着苏埃伦的他愣了一会神,两眼瞪着思嘉,一副高兴而茫然的神情。

思嘉的眼睛在人群中搜寻着希礼的身影,甚至在和卫约翰愉快地进行简短的交谈时也没有停止搜寻,但他不在游廊上。十几个声音同时叫着跟她打招呼,斯图尔特和布伦特也向她走了过来。芒罗家的姑娘们冲过来,对她的衣服评头论足的,她很快便成了一大片声音的中心。声音越来越大,似乎要努力盖过喧闹声。可希礼在哪里呢?还有媚兰和查理?她环顾周围,视线往过道里那群笑闹着的人群望过去,可又尽量不露出找人的样子。

她一边谈笑,一边飞快地打量着屋子和院子。这时,她的视线落在了一个陌生人的身上。他独自一人站在过道里,用一种冷淡而不礼貌的神情看着她。这使她陡然升起一股强烈的复杂感受,一方面是因自己吸引了这个男人而带来的女性的快意,另一方面是自己衣服领口太低而产生的尴尬之情。他看上去已有了一定的年纪,至少有三十五岁。他个子很高,身段结实。思嘉心里想,自己从来没看见过肩膀这么宽、肌肉这么发达的男人,对上流社会的人来说,几乎是发达得过分了。当他们的目光对视时,他对她笑了笑,修剪得很密的黑胡子下面露出像动物一样洁白的牙齿。他脸盘黝黑,黑得像个海盗一样,双眼又大胆又乌黑,就像个海盗在判定是否要放弃劫掠一艘西班牙大帆船的行动或是糟蹋少女的举动时的眼睛一样。他对她展露笑容时,脸上有种冷淡而满不在乎的神情,嘴角却露出玩世不恭的样子,思嘉不禁倒吸了一口冷气。她觉得她应该感到自己被这样的一种表情冒犯了,可她却没有这种感觉,不禁对自己颇为恼火。她不知道他是谁,但不可

---

① 因弗兰克年已四十,又像老处女般婆婆妈妈,所以思嘉戏称他为“穿裤子的老处女”。

否认,他那黝黑的脸上有良好血统的迹象。这从他丰满、红润的嘴唇上方的鹰钩鼻以及高高的额头和分得很开的眼睛就看得出来。

思嘉硬是把目光从他身上移开,并且没有对他报以回笑。这时,有人在叫他,他于是转过身去。

“瑞德！白瑞德！快上这儿来,我要让你见见佐治亚州心肠最硬的姑娘。”

白瑞德？这名字听起来挺熟悉,似乎和某种令人愉快的谣传有联系,但她全部心思都在希礼身上,便把这个想法从脑海中抹去了。

“我得上楼去梳梳头发。”她对斯图尔特和布伦特说。他们正想把她从人群中带走,让她脱不开身。“你们俩等着我,别跟别的女孩跑了,要不我会很生气的。”

她看得出来,今天她若和任何别的人打情骂俏,那就没人管得住斯图尔特了。他一直在喝酒,一副傲慢无比、蓄意打架的神情。她从经验知道,这就意味着挑衅生事了。她在过道里停了一会,跟朋友们说话,和英蒂打招呼。英蒂刚从房子后面过来,头发凌乱,额头上还挂着小小粒的汗珠。可怜的英蒂！头发淡而无色,睫毛也毫无色彩,突出的下巴意味着脾气固执,这已经是够糟的了。此外,她虽还不到二十岁,却已经像个老处女一样。她不知道,如果她把斯图尔特从她身边抢过来,英蒂是不是会非常不满。很多人都说,她还在爱着他,可是卫家的人到底在想什么,这是从来都不会有人知道的。即使她对此不满,她也从来不会露出什么迹象,还是用她惯常对思嘉的那种有点冷淡却又和善客气的态度对待她。

思嘉愉快地跟她说着话,开始沿着宽大的楼梯往上走。这时,她听到背后有个羞答答的声音在叫她,她转过身,看到叫她的是韩查理。他长得满英俊的,皮肤白皙的前额上留着一绺蓬松的淡棕色鬈发。双眼呈深棕色,清澈而温和,就像大牧羊犬的眼睛一样。他穿着芥末色裤子,黑色上衣和褶状衬衫,衬衫最上方是最宽最时髦的黑色领带。这身打扮把他的体形衬托得极好。她转过身来时,他脸上现出一片淡淡的红晕,因为和女孩子在一起,他总是很腼腆。像许多腼腆的男人一样,他对像思嘉这样性情活泼、生气勃勃、总是无拘无束的女孩大为赞赏。过去她都只是客客气气地敷衍他,所以,她跟他打招呼时那种快乐、粲然的微笑以及伸到他面前的一双手,几乎使他的心脏都停止了跳动。

“哎呀，韩查理，你这潇洒的家伙！我敢打赌，你从亚特兰大一路到这来，就是为了让我伤心的吧！”

查理激动得连说话都几乎结巴起来。他把她那温暖的小手握在自己手里，眼睛直视着那双欢呼雀跃的绿色眸子。女孩子老用这种方式和别的男孩子说话，可从来没对他说过。他一直都不知道这是为什么，可女孩子总是把他当小弟弟看待，对他很友好，但从来不费心去跟他调笑。他总是希望有女孩子和他打情骂俏，就像她们和那些不如他英俊、不及他富有的男孩玩闹那样。但这种情况偶尔发生在他身上时，他总是想不出来该说些什么，于是因自己哑口无言困窘得痛苦不堪。接着他就会彻夜不眠地想着自己本可以使用的生动迷人的言辞，但他极少能再获机会，因为女孩子们试过一两次之后就不再理他了。

甚至和哈尼在一起，他也是与众不同、沉默寡言的，虽然没有明说他也知道，明年秋天他继承了财产时，他就要跟她结婚了。有时，他甚至有种有失风度的感觉，认为哈尼那卖弄风情和主人姿态并不完全是因为他的缘故才做出来的，因为她想男朋友都想疯了。他想，对任何给她机会的男人，她都会使出这套本事的。查理对和她结婚的前景并不感到激动，因为她激不起他身上任何爱得死去活来的浪漫情感，而他那些酷爱的书籍却使他确信，这些情感对一个爱人来说是恰如其分的。他一直在渴望着爱慕他的是个美丽漂亮、精神抖擞而又充满活力、调皮捣蛋的尤物。

现在，郝思嘉居然跟他逗乐，说他让她伤心了！

他试图想出些话来说，但什么话也想不出来，只好默默地暗自感谢思嘉，因为她一直叽叽喳喳地说个不停，这使他大为宽慰，因为他根本就没有必要说话了。这简直太令人不可思议了。

“哎，你就在这等我回来好了，我要跟你一块去吃烧烤。你可别跟别的姑娘去瞎混了，我的妒忌心可强得很呢。”这些令人不可置信的话从那两片鲜红的嘴唇里飞出来，飘到他耳里；说话时那张脸蛋现出两个酒窝，绿色双眸上墨黑的睫毛欢快而娴静地眨巴着。

“我不会的。”他终于设法透过气来，做梦都没想到她心里想的其实是，他看上去就像一头等着屠夫来屠宰的小牛犊一样。

她用折扇轻轻敲了敲他的手臂,转过身走上楼梯,目光又一次落在那个叫白瑞德的人身上,他正独自一人站在离查理几英尺远的地方。显然他已经听到了全部对话,因为他正像只公猫一样对她邪恶地咧嘴笑着。他的视线也重新落在她身上,目光里完全没有她通常熟悉的那种淡漠之情。

"真是活见鬼!"思嘉愤愤不平地对自己说,用上了嘉乐最喜欢的诅咒词,"他看上去好像——好像他知道我没穿衬衫是什么样子的。"她甩甩头,走上楼梯。

在卧室里放外衣披巾等东西的地方,她看到凯思琳·卡尔弗特正坐在镜子前打扮,咬着嘴唇以使嘴唇看上去更红润。她的腰带上别着新鲜的玫瑰花,这和她的脸颊非常相配,矢车菊般蓝色的眼睛因激动而眨巴着,就像在跳舞似的。

"凯思琳,"思嘉一边说着,一边试着把自己裙子的胸部拉上一些,"楼下那个叫白瑞德的讨厌的家伙是谁呀?"

"亲爱的,难道你不知道吗?"凯思琳兴奋地低声说道,一面留神着隔壁房间。因为迪尔西和卫家的嬷嬷们正在那聊天呢。"我简直无法想象有他在这,卫先生有何感想。他是到琼斯伯勒去拜访肯尼迪先生的——是有关买棉花的事——当然,肯尼迪先生只好把他带到这来了。他不能自己离开而扔下他不管。"

"他出了什么事了吗?"

"亲爱的,他一点也不受欢迎!"

"这是真的吗?"

"是真的。"思嘉默默琢磨着这些话,因为她过去从来没有和一个不受欢迎的人在同一个屋檐下待过呢。这确实令人兴奋。

"他做错什么了吗?"

"噢,思嘉,他的名声是坏到极点啦。他名叫白瑞德,从查尔斯顿来的。他那些亲戚们倒都是为人极好的人,但他们连话都不跟他说。卡罗·瑞德去年夏天把有关他的事告诉我了。他跟她家没有任何亲戚关系,但他的什么事她都知道,其实每个人都知道。他曾被西点军校开除出来。真难以想象!那是由于做了什么坏事,连卡罗也不知道。后来又出了他不肯跟一个女孩结婚的事。"

“请你跟我说说吧!”

“亲爱的,难道你一点都不知道吗?卡罗去年夏天全都告诉我了,如果卡罗的妈妈知道卡罗知道这事,她妈妈一定会没命的。是这样,这个白先生带了查尔斯顿的一个女孩坐着轻便马车出去兜风。我一直不知道这个女孩是谁,但我已经怀疑上某个人了。她不可能是个好姑娘,要不她不会在没人陪伴的情况下在下午很迟的时候还跟他出去。哦,亲爱的,他们几乎在外面待了一整夜,最后却走着回家来了,说是马跑了,并且把轻便马车给毁了,他们在树林里迷了路。嗯,你猜猜——”

“我不会猜。告诉我吧。”思嘉饶有兴致地说,希望听到最糟糕的结果。

“第二天他就拒绝跟她结婚!”

“哦。”思嘉说道,希望落空了。

“他说他没对她——哦——做过什么事,他不明白他为什么要跟她结婚。当然,她哥哥把他叫了出来,白先生说,他宁愿挨枪子也不愿和一个傻瓜结婚。他们于是进行了一场决斗,白先生把那女孩的哥哥打死了。白先生只好离开查尔斯顿,现在谁都不欢迎他。”凯思琳得意洋洋地结束了叙述,也结束得正是时候,因为迪尔西回到房间来查看她看管的衣服来了。

“她有没有怀上孩子呢?”思嘉在凯思琳耳边低声问道。

凯思琳拼命摇头。“但她还是一样被毁了。”她倒吸了一口气。

“真希望我已经和希礼达成了一致意见。”思嘉突然想道,“他若不和我结婚,就不是个绅士。”但不知怎么的,对白瑞德拒绝和一个傻瓜结婚,她隐隐对他产生了尊重感。

在屋子后面一丛高大的橡树的树荫里,思嘉坐在一张红木制成的高脚凳上,裙子如云的荷叶边和褶边把她包围在其中,脚上露出两英寸长的绿色摩洛哥舞鞋——一个淑女所能向别人显示的最大限度——在裙子底下若隐若现。烧烤野餐已经进入了高潮,温暖的空气中到处弥漫着谈笑声,银器和瓷器的碰撞声,还飘荡着烤肉浓浓的香味和卤汁的芳香味。时不时地,由于微风的风向改变,从长长的烤坑里吹来一股股烟,飘到人群中来,太太小姐们叫着假装表示很沮丧,用力扇着棕榈叶做的扇子。

大多数年轻小姐都和男伴们坐在面朝桌子的长凳上,但思嘉意识到,在那里，一个姑娘只有两边可分别让一个男子就坐，所以选择坐在旁边，这样她就可以让尽可能多的男人围在她身边了。

那些已婚妇女坐在树枝搭成的凉亭里，她们黑色的衣裙在周围的色彩和欢快气氛中是礼貌而有教养的象征。主妇们不分年龄，总是和目光炯炯有神的姑娘们、小伙子们及周围的笑闹声分开，自成一群，因为在南方是没有老处女的。方家的老祖母自恃年高，明目张胆地打着饱嗝。年仅十七岁的艾丽斯·芒罗正拼命抑制着第一次怀孕带来的恶心反应。她们这群人从老到少，凑在一起没完没了地讨论家谱及助产问题，而这些问题便形成了这类聚会的极为令人愉悦有益的话题。

思嘉对她们投去蔑视的目光，觉得她们真像一群肥胖的乌鸦。结过婚的女人一点情趣也没有。她一点也没意识到，如果她和希礼结了婚，她就会自然而然地被归到凉亭里和走廊上，和那些稳重的主妇们坐在一起，穿着单调乏味的丝绸衣裙，这些衣裙就像她们本人一样既稳重又乏味，一点情趣和嬉闹劲都没有。就像许多女孩一样，她的想象力只能把她带到圣坛前，再也不往前走一步了。再说，她现在心里很不痛快，没心情去胡思乱想。

她垂下眼睛，看着盘子里的食物，一点一点、动作优雅地嚼着一块已被敲扁的饼干，可一点食欲也没有。嬷嬷见了肯定会赞不绝口的。尽管她男朋友多得过剩，可她从来没有像现在这样难受过。连她也不明白是怎么回事，她昨晚的计划，在希礼这方面是完全失败了。她吸引了成打成打的男孩子，但没有把希礼吸引过来。昨天下午的恐惧又重卷而来，使她的心一会狂跳不已，一会又慢下来，脸色也一会红一会白的。

希礼并没有试图加入围着她的这群人的行列。事实上，自从来到这以后，她就没有单独跟他说过一句话，除了第一次碰面时打个招呼外，连跟他说话的机会都没有。她走进后花园时，他走上前来欢迎她，但当时媚兰正挽着他的手臂，她的个头还不及他的肩膀高呢。

她身材瘦小，体格虚弱，外表看上去就像个穿着母亲宽大、带裙环的裙子的孩子一样——她那羞涩、几乎可以说是害怕的神情，配上那双大而棕色的眼睛，又加强了这种印象的效果。她一头拳曲的黑发，被一丝不苟地梳平罩在发罩里，一根散发也没露出来，这堆黑色的头发加上长长的寡妇式的发髻，更衬出她那张心型的脸。她的颧骨太宽，下巴太尖，这是一张可爱但却又怯生生的脸,而且是普普通通、毫无特色的脸。再说,她又没有女性吸引人的那套技巧,好让看到她的人忘掉她的大众化脸谱。她看上去——哦——像泥土一样简单平凡,像面包一样没什么害处,像泉水一样透明无色。然而,尽管她相貌平平,身材瘦小,但她的举止有种稳重端庄的样子,一般比她年长得多的人才会有这种神情,而它在年仅十七岁的她身上出现则是极为奇怪的。

她穿着灰色的玻璃纱裙子,扎着樱桃色锦缎腰带,裙子翻卷的褶边掩饰了她那孩子般未发育成熟的身子。黄色的帽子配着长长的樱桃色帽带,把她米色的皮肤衬得闪闪发亮。镶着长长金边的略重的耳环从梳得整整齐齐、网在发罩里的头发边上垂挂下来,在她棕色的眼睛边晃来晃去。她的眼睛发出的光亮,就像是冬日里森林深处的池塘上,棕色的树叶从平静的水中发出的那种静止的光亮一样。

她跟思嘉打招呼时,露出了羞涩的微笑。她恭维思嘉那绿色的裙子有多漂亮。思嘉因为太渴望单独和希礼说话,好不容易才勉强报以礼貌的回答。自那时起,希礼就一直坐在媚兰脚边的一张凳子上,和其他客人分开,静静地和媚兰说话,露出那种思嘉喜欢的、慢条斯理而慵懒的微笑。更糟糕的是,在他的微笑之下,媚兰的眼里露出了一丝亮光,以致连思嘉也只好承认,她看上去几乎可以说是很漂亮了。媚兰抬头望着希礼时,她那平淡的脸上神采奕奕的,就像内心燃着一团火似的。如果说一颗正在恋爱的心会从脸上表现出来的话,那韩媚兰此时此刻就把自己的心迹展露无遗了。

思嘉试图把视线从这两人身上移开,可是她做不到。每看完他们一眼,她便加倍地和身边对她献殷勤的骑士们嬉笑打闹,放声大笑,说些莽撞的话,戏弄取笑别人,对他们的赞美之词摇头否认,直至耳环晃动不停,跳起舞来。她多次重复"胡说"这词,宣称他们说的话里没有一句是真话,发誓说她再也不相信男人们告诉她的任何话了。但希礼似乎一点也没注意到她。他只是抬头看着媚兰,继续说着话,媚兰则低头瞧着他,那表情流露出这么一个事实:她是属于他的。

所以,思嘉非常难过。

从外表看来,她是最没有理由难过的女孩了。无疑,她是野餐会上的王后,是大家注意力的中心。她在男人当中引起的轰动,加上其他女孩内心的怒火,若是在别的时候,那是会使她欣喜若狂的。

韩查理因思嘉对自己的注意,胆子变得大了起来。他稳稳地坐在她右边,塔尔顿家的孪生兄弟俩合力要把他支开,他却不肯离开。他一手拿着她的扇子,另一手端着一盘连动都没动过的烧烤食物,固执地不和哈尼四目相对,而哈尼似乎都快要哭出来了。凯德懒洋洋地斜靠在她的左边,拉着她的裙子吸引她的注意力,眼里满含怒意地盯着斯图尔特。他和孪生兄弟俩的关系已经非常紧张,有了一触即燃的势头,双方已经言语粗鲁地口角过了。弗兰克·肯尼迪咋咋呼呼的,像是一只带鸡崽的母鸡,在橡树的树荫和桌子之间跑来跑去,取来美味可口的食物吸引思嘉,就好像是干这活的十几个仆人不在场似的。结果,苏埃伦的愠怒终于达到了极限,再也不能淑女般尽力掩饰了,不禁对思嘉怒目而视。小卡丽恩可能都已经哭过了,尽管那天早晨思嘉用话语鼓励了她,可布伦特除了对她说"你好,西西"并拉了拉她的发带外啥也没做,把注意力全集中在思嘉身上了。平常,他极为和善,会用一种随意的敬重对待卡丽恩,让她感到自己好像长大了。卡丽恩暗地里梦想着有那么一天,自己能挽起头发,穿着长裙,把他当成正式男朋友来接待。可现在,似乎是思嘉已经拥有他了。芒罗家的姑娘们正掩饰着皮肤黝黑的方家男孩对她们的背叛带来的懊恼,可她们对托尼和亚力克斯站在那群人边上那副模样大为恼火。因为他们都在等候着,一旦有其他人站起来离开原位,他们便想千方百计去占一个靠近思嘉的位置。

她们微微耸了耸眉毛,把对思嘉行为的不满传给海蒂·塔尔顿。给思嘉的评价也就只有"放荡"这个词了。三位年轻的小姐同时举起花边阳伞,说她们已经吃饱了,谢谢,然后挽着离她们最近的男人的手臂,娇嗔地吵着要去看玫瑰园、春天的景色及凉亭。这种适时的战略撤退被在场的一位女士和先生看在眼里。

看到三个男人被拖离了仰慕她的魅力的行列,被迫去查看那些女孩子们从孩提时代起就再熟悉不过的界石,思嘉不禁笑出声来。她目光锐利地扫了希礼一眼,想看看他是否注意到了这一点。但他正把弄着媚兰腰带的末梢,抬头对着她微笑呢。痛苦折磨着思嘉的心灵。她觉得自己恨不得把媚兰那乳白色的皮肤抓出血来,从中得到快乐。

当她把目光从媚兰身上移开时,她和白瑞德的目光对视了。他此时没有和别人混在一起,只是站在一边和卫约翰说着话。他一直在看她,当她看到他时,他放声大笑。思嘉有个颇为不安的感觉,觉得这个不受欢迎的男人是在场的人中唯一一个知道她野性十足的外表下隐藏着其他想法的人,而且,这使他可以讥讽她以获得快乐。她也可以带着快感把他的皮肤抓破呢。

"只要我能应付到下午,等这烧烤野餐结束的话,"思嘉想着,"那时所有姑娘们都得上楼去小睡一会,好在晚上能够精力充沛地起舞。我便待在楼下,和希礼说话。他一定已经注意到我今天有多吸引人了。"她又用另一个希望来抚慰自己:"当然,他得殷勤礼貌地对待媚兰,因为,她毕竟是他的表妹,而且她一点也不招人喜欢。如果他再不关照她,她就会成为受冷落的可怜虫了。"

想到这里,她又重新鼓起勇气,加倍努力地引诱查理,他那发亮的棕色眼睛正热切地望着她呢。对查理来说,今天可是非同寻常的一天,就像梦境中的日子一样,他毫不费劲就爱上了思嘉。在这种新的情感面前,哈尼已经退到一片模糊不清的雾霾中去了。哈尼是只声音尖利的麻雀,而思嘉则是晶莹亮丽的蜂鸟。她取笑他,偏袒他,问他问题却又自己回答,这样,他什么话也不用说,却反倒显得很聪明。其他男孩都感到困惑不解,因她明显对他感兴趣而懊恼不已。因为他们都知道查理生性腼腆,就算连续说两个词都做不到。气氛分外紧张,仅仅出于礼貌,他们才没有把越来越大的火气发出来。每个人都是一肚子火,要不是希礼,这就该是思嘉明白无误的胜利了。

最后一叉猪肉、鸡肉和羊肉都被吃完了,思嘉希望,该是英蒂站起身来建议太太小姐们到屋里去休息的时候了。已经下午两点了,太阳温暖地当空照着。但是,花了三天时间准备烧烤野餐的英蒂已经精疲力竭,此时,她正高高兴兴地坐在凉亭里,对着一个从费耶特维尔来的耳背的老绅士大声说着话呢。

人们都露出了一种慵懒的困倦状。黑人们荡来荡去,拾掇着放食物的长桌。谈笑声已不及先前活跃了,这里一群、那里一堆的人们渐渐静下来。大家都在等着女主人宣布上午的活动到此结束。棕榈扇摇得越来越慢了,有几个老先生因天气闷热,再加上吃得太饱,已经在打盹。烧烤已经结束,正值天最热的时候,大家都愿意去休息休息。

在上午的聚会和晚上的舞会之间这段空隙,他们似乎成了一个平静的群体。只有年轻的小伙子们还有那静不下来的精力，而不久前，他们就是把这种精力灌注到人群当中去的。他们在人群中从这里逛到那里，用软软的声音慢吞吞地说话，就像纯种雄马一样既漂亮又危险。大中午的，大家都感到很倦怠，可暗地里却隐藏着足以在一秒钟内坏到想杀人的那种脾气，而且那坏脾气很快便能发出来。男人和女人，他们都是既漂亮又野性十足，在他们愉悦的外表下都有点狂暴，只是较驯服而已。

又过了些时候，太阳越来越热了，思嘉和其他人都再次把目光投向英蒂。谈话渐渐停止，在这间歇时，树林里的每个人突然都听到嘉乐用狂怒的口音说话的声音。他站在离野餐桌稍远的地方，正和卫约翰争得热火朝天。

“真是活见鬼，老兄！祈求能和北方佬和平解决吗？在我们炮轰了萨姆特堡的无赖以后？还能和平解决？南方必须用武力证明，它是不能被侮辱的，而且，它脱盟不是因为联邦政府的友善，而是出于它自身的力量！”

“噢，我的天哪！”思嘉想着，“他真这么做了！现在我们大家只好坐到半夜了。”

一瞬间，懒洋洋的人群中那种困倦之态稍纵即逝，某种东西像电一样，在空气中迅速传播开来。先生们从长凳和椅子上一跃而起，用力地挥舞着手臂，大声嘶叫着以争得自己的声音能够盖过别人声音的权利。由于卫先生怕太太小姐们会厌烦，所以一整个早上都没谈论起政治和即将发生的战争。可现在嘉乐已经嚷出了“萨姆特堡”这几个字，在场的每个男人便都忘记了主人的告诫。

“当然，我们要打的——”“北方佬这些贼人——”“我们一个月内就能把他们消灭掉——”“哎，一个南方人可以消灭二十个北方佬——”“给他们一个教训，让他们不要忘得太快——”“和平解决？他们不会让我们和平的——”“不会的，看看林肯先生是怎么侮辱我们的特派员的！”“是的，他让他们闲荡了好几个星期——发誓说他要让萨姆特堡的军队撤离！”“他们要打仗；我们会让他们讨厌战争的——”在所有的声音中，嘉乐叫得最响。思嘉能听到的就只有被一遍又一遍叫嚷的“州权、上帝！”嘉乐过得可是愉快极了，但他的女儿可不愉快。

脱盟，战争——这些字眼由于一再重复，思嘉早就对它们厌烦透顶了，但现在她恨透了说到这些字眼的声音，因为这些字眼就意味着男人们要几个小时站在那高谈阔论，而她就没有机会和希礼面谈了。当然，不会发生战争的，这些男人都知道这一点。他们只是喜欢谈话，喜欢听自己谈话而已。

韩查理没有和其他人一起站起来。他发现自己相对来说是单独和思嘉待在一起，便把身体靠近些，低声向思嘉承认自己大着胆子新燃起来的爱情之火。

"郝小姐——我——我已经决定，如果我们真的打起仗来，我就到南卡罗来纳州去，参加那里的部队。听说韦德·汉普顿先生正在那里组织骑兵部队，当然我要去和他在一起。他是个非常出色的人，又是我父亲最好的朋友。"

思嘉寻思着："我该怎么做呢——欢呼三声吗？"因为查理的表情说明，他正向她透露他心中的秘密呢。她想不出来该说些什么，所以只是看着他，心想男人们怎么会这么蠢，居然会认为女人们会对这些事情感兴趣。他把她的表情当成是颇为吃惊之后又感到满意的表现，于是很快地大胆地接着说下去——

"如果我去了——你——你会不会难过，郝小姐？"

"我一定会每天晚上把头埋在枕头里哭泣的。"思嘉说，意思是想让自己显得能说会道，但他只理解了这话的表层意思，高兴得脸都红了。她的手是藏在裙子的褶边里的，可他小心翼翼地把自己的手移到她的手上，抓住了它，完全被自己的大胆和她的默许给征服了。

"你会为我祈祷吗？"

"真是个傻瓜！"思嘉尖刻地想着，偷偷地向周围瞄了一眼，希望自己能从这种谈话中被解救出来。

"你会吗？"

"哦——会的，是真的，韩先生。至少每天晚上念三遍《玫瑰经》！"

查理飞快地向周围看了一眼，倒吸了一口冷气，腹部的肌肉都僵硬了。他们几乎就是单独在一起了，他可能永远也不会再有这种机会的。即使上帝再送给他这么一个机会，可他也许会失去勇气的。

"郝小姐——我得告诉你些事。我——我爱你！"

"嗯？"思嘉心不在焉地说着，却试图透过争论不休的男人们看到希礼坐在媚兰脚边和她说话的地方。

“是的!”查理低声说着,心里一阵狂喜,可她既没笑出声来,也没有尖叫或晕过去,他总是想象年轻的姑娘们在这种境况下是会这么做的。“我爱你!你是最——最——”他生平第一次有了说话的能力,“漂亮的女孩。在我认识的人中,你是最可爱、最善良的,你的举止是最可爱的,我全心全意地爱你。我不指望你会爱上像我这样的人,我亲爱的郝小姐。如果你能给我一些鼓励,我会做这世界上任何事来使你爱上我。我会——”

查理停了下来,因为他想不出什么事情是很难完成的,可以真正向思嘉证明他对她的感情有多深,所以他只简单地说:“我要跟你结婚。”

听到“结婚”这两个字,思嘉猛然回到现实中来。她一直在想着结婚,想着希礼,她恼怒地看着查理,并没有把恼怒很好地掩饰起来。这个像小牛般的傻瓜为什么偏偏要在这个特别的日子把他的感情硬挤进来呢?今天她可是忧虑交加,都快要发疯了。她朝那棕色、恳求的眼睛望进去,却看不到一个初恋的男孩应有的风采、理想实现后的那种崇敬之情以及正像火焰一样从他身上一掠而过的幸福和温情。思嘉对男人们向她求婚的事已经习以为常了,这些人都比韩查理有魅力得多,而且也比他更有手腕,不会在这野餐会上提出求婚,此时的她心里有更重要的事情要做呢。她只看到一个二十岁的男孩,脸红得像甜菜根一样,看上去傻里傻气的。她真希望自己能够告诉他,他看上去有多傻。但是埃伦教她在这种紧急场合要说的话自动地溜到嘴边,长久以来的习惯培养的力量使她垂下眼睑,囔囔自语地说:“韩先生,你要我做你的妻子,你给我的这种荣幸我不是不知道,但这太突然了,我都不知道说什么好。”

要消除男人的虚荣心,又让他对此留有希望,这方法是太好了。查理上钩了,好像这是个新的诱饵,他成了第一个吞食这诱饵的人。

“我会永远等下去的!除非你已经很确定,要不我不会要你跟我结婚的。郝小姐,请你告诉我,我至少可以有这种希望!”

“嗯。”思嘉说着,锐利的目光却注意到,没有加入谈论战争的人的行列的希礼正抬头对着媚兰微笑呢。只要这个抓着她的手的傻瓜安静一会,也许她就可以听到他们在说些什么了。她必须听到他们在说些什么。媚兰到底跟他说了些什么,使他眼里露出了感兴趣的神情呢?

她虽竖起耳朵,极力想听清楚他们的话,但查理的话却使她听不清楚了。

“哦,别出声!”她用嘘声制止他,捏了捏他的手,连看都不看他一眼。

思嘉的冷淡使查理吃了一惊,起先也为此感到很不好意思,可后来看到她双眼盯着的是他的妹妹,不由得笑了。思嘉是担心别人会听到他的话。她生性害羞,怕难为情,万一这些话被别人听到,她会很苦恼的。查理感到心中陡然升起一股男性的激情,这是他从未体验过的,因为这是他平生第一次使一个女孩感到难为情。这是股令人陶醉的激情。他调整了一下脸上的表情,露出他想象中认为是漫不经心、根本无所谓的神情,只谨慎地回捏了思嘉的手一下,表明他早已是个老于世故的人,可以理解并且接受她的责备。

她甚至连他捏了她一下都没感觉到,因为她可以清楚地听到媚兰那甜甜的声音,而这也是她最大的魅力所在:“恐怕我不能同意你对萨克雷先生作品的看法。他是个愤世嫉俗的人。恐怕他不是像狄更斯先生那样的绅士。”

对男人说这种话,真是傻透了。思嘉心里想着,不禁松了一口气,几乎要笑出声来。咳,她至多不过是个女学者,而谁都知道,男人们对女学者是怎么看的……要想让一个男人感兴趣,并且使他一直都有兴趣,办法就是谈论有关他的事情,然后慢慢把话题引到自己身上——接着便不改话题,一直谈下去。如果思嘉发现媚兰说这类话,她倒是有理由感到恐慌的,比如“你真是太了不起了!”或者“你怎么会想到这些事的呢?换了我,哪怕我想试着想一想,我的小脑袋瓜也会爆炸的!”可坐在那里的她,在身边坐着一个男士的时候,谈话却如此严肃,就像在教堂里一样。对思嘉来说,前途似乎更光明了。实际上,这光明的前途甚至使她神采飞扬的眼睛转向查理,纯粹是出于快乐地微笑着。看到她明显表示出对他的爱意,他不禁欣喜若狂,抓起她的扇子热情地替她大扇起来,把她的头发都扇得凌乱地飘舞着。

“希礼,你还没发表你的高见呢。”吉姆·塔尔顿从大叫大嚷的男人堆中转过身来说道。希礼对媚兰说了声对不起,然后站起身来。那里的男人中谁都没有他那么英俊潇洒,思嘉看到他那若无其事的优美姿态,被阳光照得闪闪发亮的金发和胡子,心里不禁这么想。连更年长的人此时也都停下来听他说话。

“我说，先生们，如果佐治亚要参战，我一定会和它一起并肩作战的。要不我干吗要参加骑兵连呢？”他说。他灰色的眼睛睁得大大的，眼里懒洋洋的神情不见了，取而代之的是全神贯注的样子，这是思嘉从来没有见过的。“但是，和我父亲一样，我也希望北方佬能让我们和平解决，那就不会有什么战争了——”他笑着举起手，因为方丹家和塔尔顿家的男孩已经开始发出一片喧哗声了。“是的，是的，我知道我们被侮辱了，也被骗了——但是，如果我们处在北方佬的处境，而要脱离联邦的是他们，那我们会怎么做呢？很可能也会这么做。我们也不可能喜欢这种情形的。”

“他又来了，”思嘉想，“老是把自己置于别人的境地。”对她来说，每个争论都只有一方是正确的。有时候，真是没法理解希礼。

“我们都别太头脑发热，也别打什么仗。世上大多数的痛苦都是战争引起的。而战争一旦结束，谁也不知道这些战争是怎么回事。”

思嘉吸了吸鼻子。很幸运，在勇敢方面，希礼的名声是不可辩驳的，要不就有麻烦了。她正这么想的时候，响起了一连串不同意希礼的声音，既愤愤不平，又火冒三丈。

凉亭底下，那位从费耶特维尔来的耳背的老先生用力打了英蒂一下。

“在吵什么呀？他们都在说些什么？”

“战争！”英蒂把两手捧成杯状凑在他耳边大声喊道，“他们要和北方佬打仗！”

“打仗，真的吗？”他大叫起来，手摸寻着手杖，猛地从椅子上站起身来。这么充沛的精力在他身上已经有好几年没见过了。“我来告诉他们有关战争的事吧。我参加过战争。”麦克雷先生不是经常有机会谈战争的事的，他的女性街坊邻里就是这么谐谑他的。

他笨拙而快速地走到人群中，一边挥舞着手杖，一边大声叫嚷着。因为他听不见周围的声音，毫无疑问，他的声音很快便占有了整个领地。

“你们这些好战的年轻小伙子们，听我说。你们不会想打仗的。我打过仗，我知道这一点。我曾去参加过森密诺尔战争，还像个大傻瓜似的去参加了墨西哥战争。你们都不知道战争是什么样子的。你们以为战争就是骑着一匹漂亮的马儿，还有女孩子向你们直扔鲜花，像个英雄似的凯旋归来。可是，不是这样的。不是的，先生！打仗得挨饿，因在潮湿的地方睡觉，还要得麻疹和肺炎。如果没得麻疹和肺炎,那也会得肠胃病。是的,先生,战争使人得的肠胃病就是——痢疾以及诸如此类的——”

太太小姐们都涨红了脸。麦克雷先生是个会使人想起较粗野的那个年代的人,就像方丹家的老奶奶和她那令人感到不好意思的大声打嗝的毛病一样,那是个大家都想忘记的年代。

“快去把你爷爷带回来。”老人的一个女儿对站在附近的一个年轻姑娘嘘声说道。“我说,”她对周围焦躁不安的主妇们低声说道,“他现在是日见日糟了。你信不信,就在今天早晨,他对玛丽说——而她还只有十六岁呢:‘我说,小姐……’”声音越来越小,变成了低语声。此时,那个孙女已经悄悄溜了出去,试图劝诱麦克雷先生回到树荫下的座位上。

在树下瞎转的人群中,女孩子们激动地微笑着,先生们热情地谈论着,只有一个人似乎是平静如常的。思嘉的视线转到白瑞德身上,他正倚靠在一棵树上,双手深深地插在裤袋里。他单独一人站着,因为卫约翰已经离开他身边了。谈话越来越热烈,他却一言不发。剪得短短的胡子下,两片红润的嘴唇撅着,黑色的眼里隐隐现出一丝因感到有趣而露出的轻蔑之态——轻蔑,就像他是在听孩子们的自吹自擂一样。这是一种表示意见非常不一致的微笑。他静静地听着别人说话。此时,有着一头乱蓬蓬的红头发、两眼却炯炯有神的斯图尔特·塔尔顿正一再重复着下面的话:“我说,我们一个月内就能把他们全消灭掉!绅士们打起仗来总是比乌合之众更出色的。一个月——我说,打一仗——”

“先生们。”白瑞德用一种平平的声调慢吞吞地说道,这声音便证明了他是查尔斯顿人。他仍然倚靠在树上,没有改变姿势,也没有把手从裤袋里拿出来。“我可以说句话吗?”

他的举止和他的眼睛一样带有某种轻蔑神态,这种轻蔑神态被一种礼貌神情掩盖着,不知怎的,也给他自身的举止蒙上了一丝嘲讽意味。

人群都转过身去看着他,用一种对待外人所惯有的礼貌迎候他的话。

“你们这些先生们有没有人想过,梅森—迪克森线以南,一座大炮工厂都没有?南方的铸铁厂也少得可怜?还有毛纺厂、棉纺厂或是制革厂都一样?你们有没有想过,我们一艘战舰也没有,而北方佬的舰队一个星期内就可以把我们的港口轰得底朝天,我们也就没有办法把棉花卖到国外去?但是——当然——你们这些绅士们已经想到这些事了。”

“哦,他意思是说,这些男孩子都是一群傻瓜!”思嘉愤愤不平地想,一股热血涌上心头,使她双颊涨得通红。

显然,她并不是唯一一个想到这一点的人,因为有几个男孩的下巴已经开始扬起来了。卫约翰随意却是迅速地回到说话的人身旁,似乎要让在场的所有人知道,这个人是他的客人,而且,在场的还有太太小姐们。

“我们大多数南方人的麻烦就在于,”白瑞德继续说下去,“我们要不就是走的地方不够多,要不就是从我们的旅行中获益不够多。哦,当然,你们这些绅士们走的地方都很多。可你们都看到了什么呢?欧洲、纽约和费城。当然,太太小姐们也去过萨拉托加。”他向凉亭下的那群人微微行了个礼,“你们看到了旅馆、博物馆、舞会以及赌场。你们回到家里来,相信没有一个地方像南方这样。至于我,我生在查尔斯顿,但过去的几年中我一直待在北方。”他咧嘴笑了,露出洁白的牙齿,似乎他已意识到在场的每个人都知道他为什么不再住在查尔斯顿,而且,即使他们知道这一点,他也一点都不在乎。“我看到了许多你们全都没看到的东西。为了食物和几个美金,成千上万的移民都很乐意为北方佬打仗,而且,工厂、铸造厂、铁矿和煤矿——这些东西我们都没有。唉,我们就只有棉花、黑奴和傲气。他们一个月内就能把我们杀得精光。”

有一会工夫,气氛极为紧张,但大家都沉默不语,一片寂然无声。白瑞德从上衣口袋里掏出一块上好的亚麻布手帕,悠闲地抽打着袖子上的灰尘。接着人群中响起了一片不祥的嘟哝声,凉亭底下也传来一阵嗡嗡声,非常清楚明白,就像是一个刚受到骚扰的蜂窝一样。尽管思嘉觉得双颊上还流动着愤怒的热血,但她注重实际的头脑里却萌生出这样一个想法:这个人说的话是对的,听起来也颇为在理。不错,她从来没见过工厂,或是知道有哪个人见过工厂。但是,即使这是对的,他说这样的话也太没有绅士风度了——居然在大家都玩得很尽兴的聚会上这么说。

低头垂眉的斯图尔特走上前来,身后跟着布伦特。当然,孪生兄弟俩很有教养,即使被激得气愤非凡,也不至于在烧烤野餐会上当众大吵大闹。同样,所有的太太小姐们也都很激动,也很高兴,因为她们能真正亲眼目睹某个场景或是吵架场面的机会太少了。通常,她们都是从第三者那里听来的。

“先生，”斯图尔特闷声闷气地说，“你这是什么意思？”

瑞德礼貌地看着他，眼里却带着讥讽的神情。

“我意思是说，”他回答道，“拿破仑说的——也许你听说过他吧？——有一次他说过：‘上帝是站在最强大的军队那一边的！’”说着他转身面对着卫约翰，真诚、礼貌地对他说：“你答应过要让我参观参观你的藏书的，先生。如果我现在要你带我去看，是不是太过分了？恐怕今天下午我就得早点赶回琼斯伯勒去，有点生意要我去打点。”

他转过身来，面对人群，双脚咔嚓一声立正，像个知名舞蹈家一样鞠了一躬。对他这样一个身材高大的人来说，这样的举动显得优雅极了，但也显得傲慢极了，就像是打了别人一记耳光似的。然后他和卫约翰一起穿过草坪，一头黑发的脑袋在空中移动着，令人不安的笑声飘了过来，桌子边的人群都听见了。

大家都吃了一惊，人群中一片寂静，接着便又响起了嘤嘤嗡嗡的声音。凉亭底下，英蒂有气无力地从座位上站起来，向正在生气的斯图尔特·塔尔顿走去。思嘉听不见她在说些什么，但她直看进他低垂着的脸的眼神给了思嘉某种像是受良心谴责的刺痛感。媚兰看着希礼的时候同样也有这种神情，只是此刻的斯图尔特没看到罢了。这么说，英蒂确实爱他。有一会，思嘉心想，一年前的政治集会上，她若没有公然和斯图尔特调情，他也许早就和英蒂结婚了。但是，紧接着那刺痛感便消失了，取而代之的是一种慰藉感。要是其他女孩没法留住自己的男朋友，那也不是她的过错。

斯图尔特终于低头对英蒂笑了，这是一种非常勉强的笑，他还对她点了点头。很可能英蒂刚才一直在请求他不要跟着白瑞德去生事。树底下响起了一阵礼貌的骚动，客人们纷纷站起身来，拍着屁股上沾着的碎屑。已婚妇女们呼叫着奶妈和小孩，把成群的孩子召到一块，准备离开。一群群姑娘们也谈笑着开始向屋子走去，要到楼上卧室里聊聊天，睡个午觉。

除了塔尔顿太太，所有的太太们都离开了后院，把橡树下的树荫和凉亭留给男人。她是被嘉乐、卡尔弗特先生和其他想从她那里得到给骑兵连的马匹的人留住的。

希礼闲荡到思嘉和查理坐的地方，脸上露出若有所思又颇感有趣的微笑。

“他是个傲慢的魔鬼,对不对?”他朝白瑞德走去的方向看过去,说道,“他看上去像是波吉亚的一员①。”

思嘉迅速思考着,但记不起县里、亚特兰大或是萨凡纳有哪一家叫这个名字的。

“我不知道这些人。他是他们的亲戚吗?他们是谁?”

查理脸上现出了奇怪的表情,他感到不可置信,同时又感到很不好意思,这些情感和心里的爱在打架。当他意识到对一个姑娘来说,可爱、温柔、漂亮就已足够,教育多少并不影响她的魅力时,爱便占了上风。他于是简练地回答说:“波吉亚一家是意大利人。”

“噢,”思嘉说着,失去了兴趣,“外国人。”

她漾着一脸最迷人的微笑转而面对希礼,但出于某种原因,他并没有看她。他在看着查理,脸上既有理解的成分,又有些微的怜悯。

思嘉站在楼梯平台上,小心翼翼地从楼梯扶手上往下面的过道里窥视着。过道里空无一人。楼上的卧室里传来没完没了的低声说话的嗡嗡声,此起彼伏的,不时被一阵阵笑声以及“哎,你没那么做,真的!”和“接下来他怎么说?”之类的话所打断。在六个大卧室里,姑娘们躺在床上和长沙发椅上休息。她们脱了衣服,退下紧身胸衣,放下头发,垂至腰际。下午小睡一会是乡间的习惯,而在从一大早就开始直至以晚上的舞会告终的全天聚会中,这种休息就特别有必要。姑娘们会谈笑半个小时,然后仆人们会来把百叶窗关好。在温暖怡人、半明半暗的氛围中,谈话会渐渐变成低语声,最后归于一片宁静,只听得见轻柔、均匀的呼吸声。

思嘉确定媚兰已经和哈尼及赫蒂·塔尔顿一起躺在床上后,她才一个人悄悄地溜到过道里,迈步走下楼梯。从楼梯平台上的窗户望出去,可以看到一群男人坐在凉亭下,端着高脚杯在喝酒。她知道他们会一直在那待到傍晚。她在人群中搜寻着希礼的身影,可他没跟他们在一起。然后她侧耳听了听,听到了他的声音。正如她所希望的,他还在前面的车道上和要离开的太太和孩子们告别呢。

---

① 意大利一显赫家族。

她的心跳到了嗓子眼里,迅速走下楼梯。要是她遇上卫约翰先生,那该怎么办呢?别的姑娘们都在睡午觉,好使自己晚上看上去更漂亮些,她却在屋里溜来溜去。她有什么借口来解释自己的行为呢?哎,那也还是得冒冒险。

她走到最底下一级楼梯时,听到仆人们在管家的吩咐下正在餐厅里走来走去忙活着,他们正把桌了和椅子移出去,为舞会作准备。宽大的过道对过是藏书室,门正开着,她悄无声息地快步走了进去。她可以在那一直等到希礼跟那些人道完别,在他进屋时把他叫住。

藏书室的光线半明半暗的,因为窗帘已经拉上好挡住太阳光。这个昏暗的房间里,四周高高的墙上摆满了黑压压的书籍,这使她感到很沮丧。这不是一个她会选择来约会的地点,她原希望这次约会不会在这样的地方。这么多的书籍总是使她感到很沮丧,就像喜欢读很多书的人会令她感到同样沮丧一样。也就是说,所有这样的人——只有希礼除外。半明半暗中,沉重的家具耸立在她身边:座位很深、扶手宽大的高背椅,这是特为卫约翰家的男人们订制的,它们前面放着带天鹅绒跪垫的天鹅绒矮椅,这是给姑娘们坐的。长长的房间另一头的壁炉前面,放着一张有七条腿的沙发,那是希礼最喜欢的位子。它的靠背很高,就像一只高大的动物在睡觉一样。

她关上门,只留下一条缝,努力使自己的心跳速度慢下来。她想确确切切地回忆起昨晚计划好要对希礼说的话,可却什么也想不起来。她是不是曾经想得好好的,现在却把它忘了呢——还是说,她只计划好让希礼对她说些什么呢?她记不起来了,不禁打了一个寒噤,心里吓了一大跳。如果心跳声不是在她耳朵里响个不停的话,她兴许能想出来要说些什么。但当她听到他最后道完别后走进前面的过道里时,她那已经跳得很快的心却跳得更快了。

她所能记得的一切就是她爱他——爱他的一切,从他那满头金发、傲慢地扬着的头,到他修长的黑靴子,爱他的笑声,甚至在他的笑使她感到迷惑不解的时候也一样,还爱他令人茫然不解的沉默。噢,要是他此刻能走到她这儿来拥抱她,那该多好啊,这样,她就什么也不用说了。他应该爱她的——"也许,如果我祈祷的话——"她紧紧地闭着双眼,开始对自己嘀咕起来,"万福马利亚,无限仁慈——"

“哎呀，思嘉！”响起了希礼的声音，他的声音直传过来，在她耳边回响着，弄得她慌乱不已。他正站在过道里透过半开着的门往里窥视着，脸上带着疑惑的微笑。

“你在躲谁呀——查理还是塔尔顿兄弟？”

她喘了一口大气。这么说，他已经注意到围着她转的那些男人了！他站在那眨着眼睛，全然不知她内心的激动，那可爱劲真是无法用言语来形容。她什么话也说不出来，伸出一只手把他拉进房间。他走了进来，感到困惑不解，但兴味十足的。她身上有种紧张感，眼里的神采是他过去从未见过的，即使在昏暗的光线下，他还能看到她双颊泛着两片玫瑰红晕。他顺手带上门，拉住她的手。

“什么事？”他说，几乎是在囔囔低语。

一接触到他的手，她便浑身颤抖起来。现在就要发生了，正如她所梦想的一样。上千种互不连贯的念头掠过脑际，可她却一个也抓不住，没法把它用言语表达出来。她只能浑身发抖，注视着他的脸。他干吗不开口呢？

“什么事？”他重复了一遍，“有秘密要告诉我？”

突然，她又有了说话的能力。埃伦几年来的教诲似乎突然一扫而空，嘉乐那爱尔兰血统里直截了当的个性从他女儿的嘴里表现出来了。

“是的——一个秘密。我爱你。”

有一刻，他们都沉默不语，空气极为紧张，似乎两人都停止了呼吸。然后，她不再颤抖了，幸福和骄傲感贯穿了全身的血脉。她过去为什么没这么做呢？这比她所接受的教育——如何要弄淑女般的花招要简单多了。接着，她的目光便捕捉住了他的视线。

他的眼里有种大为惊愕的神情，既有不可置信，又有些别的东西——那是什么呢？对了，那天嘉乐心爱的猎马摔断了腿，他不得不要把它杀掉时，嘉乐也是这副样子的。她现在干吗要想到这些呢？多么傻气的想法。为什么希礼看上去这么怪，而且什么也不说？接着，他脸上就像是戴上一副训练有素的面具似的，很有风度地笑了。

“你今天在这里已经把每一个男人的心都收去了，你还觉得不够吗？”他说，声音里带着惯有的调笑、奉承的意味，“你是不是要把所有人的心都收去？行了，你一直就拥有我的心，你知道的。你已经开始懂事了。”

一定有什么弄错了——全都弄错了！这不是她计划中的那种方式。她脑海里一再浮现的那些疯狂且支离破碎的想法中，有一个开始成形了。不知怎的——出于某种原因——希礼的表现似乎觉得她也只是跟他调情呢。但他知道不是这样的。她知道他是明白这一点的。

“希礼——希礼——告诉我——你应该——噢，你现在别取笑我了！我拥有了你的心了吗？噢，亲爱的，我爱——”

他的手迅速盖住了她的嘴巴。面具被脱去了。

“你不该说这些话的，思嘉！你不该的。你不是认真的。你会为说了这些话而恨自己的，而且你也会因为我听了这些话而恨我！”

她把头一扭，看着别的地方。一股暖流迅速流遍了她的全身。

“我不可能恨你的。我告诉你，我爱你，我也知道你一定在乎我的，因为——”她停下不说了。她从来没有在一个人的脸上看到过比这更痛苦的神情。“希礼，你在乎吗——你在乎的，对不对？”

“是的，”他阴沉着脸说，“我在乎。”

假如他说他讨厌她，她也不会比听到这更惊恐。她拉了拉他的袖子，一句话也不说。

“思嘉，”他说，“我们不能离开这，忘掉我们曾经说过这些话吗？”

“不，”她低声说道，“我忘不了的。你这是什么意思？你难道不想跟我——跟我结婚吗？”

他回答道：“我要跟媚兰结婚了。”

不知怎的，她发现自己坐在低矮的天鹅绒椅子上，希礼则坐在她脚边的跪垫上，把她的两手紧紧地握在自己的手里。他在说话——可这些话却是毫无意义的字句。她的大脑一片空白，仅仅几分钟前还在她脑海里翻江倒海的所有想法，此刻却无影无踪了。他的话什么印象也没给她留下来，就像打在玻璃上的雨一样。这些话直往这根本听不进任何东西的耳朵里灌，语速很快，温柔体贴，又充满怜悯，就像个父亲对受伤的孩子说的话。

媚兰的名字唤回了她的意识，她定定地看着他那水晶般的灰色眼睛。她从这双眼里看到了一直使她感到困惑不解的那种冷漠神情——和自己恨自己的神态。

“父亲今晚就要宣布订婚的事了。我们很快就会结婚。我应该早点告诉你的,但我以为你知道呢。我以为每个人都知道——知道好几年了。我做梦也没想到你——你有这么多男朋友。我以为斯图尔特——”

她身上慢慢开始恢复了生气、感情和理解力。“但你刚才还说你在乎我的。”

他温暖的双手把她的手都握痛了。

“亲爱的,你要让我说出些会伤害你的话来吗?”

她的沉默逼着他说下去。

“我怎么才能让你明白这些事呢,亲爱的?你又年轻又不爱动脑筋,你不知道结婚意味着什么。”

“我知道我爱你。”

“像我们这样很不一样的人,要使婚姻成功,光有爱是不够的。你会想要一个男人的全部,思嘉,他的身体、他的心、他的灵魂以及他的思想。而如果你得不到这些,你就会很痛苦。而我不能给你我的一切。我也不能给任何人我的一切。我也不想要你的所有思想和灵魂。那样你就会受到伤害,然后你就会渐渐地转而恨我——非常非常地恨我!你会恨我读的书和我喜爱的音乐,因为它们使我离开了你,可你是一刻也不会答应的。而我——也许我——”

“你爱她吗?”

“她很像我,我们有部分血统是一样的,而且我们能互相理解。思嘉!思嘉!我难道不能使你明白,除非两个人是同类人,要不婚姻是不可能平安无事的?”

也有其他人说过这句话:“一个人应该和同类人结婚,否则不会幸福。”谁说过呢?她听到这句话以后,似乎已经过去上百万年了,但这话还是没什么意义。

“但你说过你在乎的。”

“我不该这么说的。”

她头脑里有一股火慢慢腾起,愤怒开始把其他任何事都抛置脑后。

“哦,可你说了,你真是无赖到家了——”

他的脸都白了。

“我说了,我当时真是个无赖,因为我要跟媚兰结婚了。我对你做错了事，对媚兰错得更厉害。我不该说的，因为我知道你不会明白的。我怎么能够做到不在乎你呢——你对生活充满激情，而这正是我没有的？你敢爱敢恨，爱得疯狂，恨得切齿，而这些于我是不可能的？哦，你就像火、风和一切野性十足的东西一样有力，而我——”

她想到了媚兰，似乎突然间看见了她静静的棕色眼睛，带着那种远离现实的神情，戴着镶黑色花边的露指长手套的那双安分的小手，还有她那温和而默不吭声的性格。接着，她的愤怒爆发了，这股愤怒和驱使嘉乐去杀人、促使其他爱尔兰祖先去做使他们掉脑袋的事情的愤怒同出一辙。罗比亚尔家族的人能够以全然的沉默来忍受这个世界可能出现的任何情形，可现在，她却没有一丝这种良好血统的特质。

“你干吗不早说，你这胆小鬼！你害怕跟我结婚！你宁愿和那个愚蠢的小傻瓜生活在一起，她除了会说‘是的’或‘不是’外就根本开不了口，还只会养一群像她一样说话拐弯抹角的小鬼头！为什么——”

“你不该这么说媚兰！”

“‘我不该’操你妈！你是谁，要你来告诉我我不该？你这懦夫，你这无赖，你这——你使我相信你会跟我结婚——”

“公平一点，”他申辩着，“我曾——”

她可不要什么公平，虽然她知道他说的是事实。他从来未跨越过跟她的友情界限。想到这一点，她心里又升起了新的怒意，这是自尊心和女性的虚荣心受到伤害而引起的怒意。她在追他，而他却一点都不接受。他居然更喜欢一个像媚兰那样脸色苍白的小傻瓜，而不要她。噢，要是她接受了埃伦和嬷嬷的训诲，一点也不向他透露她喜欢他，那就好多了——任何事情都比面对着这令人难堪的羞耻要强得多！

她一跃而起，双手紧握着。他也站起身来，身材比她高出许多，脸上满是无声的苦痛，就像一个被迫面对痛苦现实的人一样。

“我到死也会恨你的，你这无赖——你这卑鄙小人——卑鄙小人——”她要说的是什么字眼呢？她想不出足够粗鲁的字眼来了。

“思嘉——请——”

他向她伸出手去，可就在他这么做时，她却用尽全力甩了他一巴掌。啪的一声，在这平静的房间里就像鞭子的声音一样。突然间，她的愤怒消失了，心里只有孤寂和凄凉。

她的巴掌在他苍白、疲倦的脸上留下了鲜红的手指印。他什么也没说，把她软弱无力的手放到嘴边吻了吻，然后，没等她重新开口说话便离开了，随手轻轻地关上门。

她颓然坐下，盛怒之下做出的举动使她双膝发软。他走了，可他那张被打的脸至死也会留在她的记忆里，使她不得安宁。

她听见他轻轻却又沉闷的脚步声由近而远，渐渐消失在长长的过道里，她所有举动的后果也展现在她面前。她永远永远地失去他了。他从现在起就会恨她了。每次一见到她，他就会想起，在他一点鼓励也没给她的情况下，她是怎么主动向他示爱的。

“我的境遇跟卫哈尼的一样糟。”她突然这么想到，一边还想起每一个人（尤其是她自己）是如何带着轻蔑的态度嘲笑哈尼先前的行径的。她好像看见了哈尼挽着男孩们的胳膊时别扭地扭动着的身子，听到了她咯咯的傻笑声。这一想法刺激着她，使她重新生起气来，气自己，气希礼，气整个世界。因为她恨自己，所以她也恨他们所有的人，带着十六岁时的初恋遭到挫败和羞辱的怒意去恨他们。她的爱里只融进了一丝真正的温柔。大多数时候，这都是出于虚荣以及对自己的魅力充满自信、洋洋自得时才融进去的。现在，她已经失去了，比这种失落感更甚的是另一种恐惧感，她担心自己当众出了洋相。她的洋相会不会比哈尼的更明显呢？大家都在嘲笑她吗？想到这里，她浑身不禁开始发起抖来。

她的手放下时碰到了在旁边的一张小桌子，手指摸到了一个陶瓷玫瑰花钵，上面有两个小天使在傻笑着。房间里静如止水，她几乎要尖叫出来，打破这种沉静。她得做些什么，要不她就要疯了。她一把抓起花钵，恶狠狠地朝房间对过的壁炉摔过去。花钵擦过高高的沙发椅背，摔在壁炉架上。随着一小声脆响，花钵四分五裂。

“这，”沙发深处传来了一个声音，“太过分了。”

从来没有什么东西比这声音更令她吃惊，更令她害怕的了。她顿时嗓子眼发干，一句话也说不出来。她抓住椅背，双膝却在发软。这时，躺在沙发上的白瑞德站起身来，用夸张的礼貌态度向她鞠了一躬。

“我的午睡居然被这被迫洗耳恭听的插曲打扰了，这已经糟透了，可为什么我的生命还得受到威胁呢?"

他是活人。不是鬼魂。但是,圣人保佑我们,他什么都听到了! 她使足浑身的力气,装出一副尊贵的样子来。

"先生,你应该让别人知道你在这里。"

"真的吗?"他露出洁白的牙齿,大胆的黑眼睛看着她直笑,"可你才是入侵者呢。我被迫留下来等肯尼迪先生,因为我感到自己在后院也许不受欢迎,我便考虑得周到一些,让不受欢迎的自己到这来。我还以为在这不会有人打扰我呢。可是,唉!"他耸了耸肩,轻声笑了起来。

一想到这个粗鲁、傲慢的男人听到了一切——听到所有那些话,而现在的她是宁愿死也不愿把它们说出口的。想到这里,她的情绪又开始坏起来。

"偷听者——"

"偷听者经常听到非常有趣、非常有启发性的话。"他咧嘴笑了,"从长期偷听的经验中,我——"

"先生,"她说,"你真不是个君子!"

"非常恰当的说法,"他轻松地回答说,"而你,小姐,你也不是淑女。"他似乎觉得她很有趣,因为他又低声笑了起来。"在说过我刚才无意听到的话,做过我无意看到的事后,谁也没法再做个淑女了。然而,对我来说,很少淑女是富有魅力的。我知道她们在想些什么,但她们从来就没有勇气或教养说出她们在想的东西来。这样,久而久之,就成了令人厌烦的人了。可你,我亲爱的思嘉小姐,却是个富有罕见的活力的女孩,这活力很是令人钦佩,我在此向你致敬了。我无法理解那儒雅的希礼先生究竟有什么魅力能吸引你这么一个性情暴躁的女孩。他应该跪下双膝感谢上帝,能有你这么一个有——他是怎么说的来着? ——'生活激情'的女孩,可是他是个没什么活力的可怜虫——"

"你连给他擦靴子都不配!"她愤怒地大叫起来。

"你这一辈子都要恨他了!"他在沙发上坐下,她又听到了他的笑声。

如果她能把他杀了,她也会这么做的。可与此相反,她尽可能地收罗起自己的尊严,走出房间,随手把厚重的门砰的一声带上了。

她飞快地走上楼梯,来到楼梯平台时,她觉得自己都要晕过去了。她停了下来,两手抓住扶手,由于愤怒、羞辱、劳累,心跳得特别快,好像都要绷破紧身胸衣跳出来一般。她试图深吸几口气,但嬷嬷给她系得太紧了。如果她真晕倒了,他们在这平台上发现了她,他们会怎么想呢?噢,他们什么都想得出来,希礼、那可恶的白瑞德,还有那群妒忌心强得很的讨厌的姑娘们!她生平第一次希望自己也就像其他女孩一样随身带着嗅盐[①],可她从来就没有过一个嗅盐盒。她总是为自己从不感到头晕而引以为荣的。现在,她绝对不能让自己晕倒!

慢慢地,不适感开始消失了。再过一会,她就会没事的,然后她就可以悄悄地溜进紧连着英蒂的房间的小梳妆室,解开紧身胸衣,轻手轻脚地到正在睡觉的女孩们身边的一张床上躺下来。她努力使心平静下来,使脸上的表情更加镇定自若,因为她知道,她现在看上去一定像个疯女人。如果哪个女孩还没睡着的话,她们就会知道有什么事不对劲了。可谁也不能,不能知道曾发生过什么事。

从平台上宽大的凸窗望出去,她可以看到,在树底下和凉亭里的阴凉处,先生们还在椅子上懒洋洋地或躺或坐。她多嫉妒他们哪!做个男人多好,从来就不用去经受她刚刚经历过的痛苦!在她两眼发热、头昏眼花地站在那看着他们时,她听到屋子前面的车道上传来一阵急促的马蹄声、沙砾飞溅的声音以及有人激动地向一个黑奴问话的声音。沙砾声又响了起来,一个男人骑着马的身影出现在她视线里。他穿过碧绿的草坪,直向树底下慵懒的人群奔去。

是个迟到的客人,可他为什么骑着马穿过草坪呢?这可是英蒂引以为荣的东西呢。她认不出这人是谁,但他飞身下马,一把抓住卫约翰的胳膊时,她可以看出,他身上到处洋溢着激动之情。人群向他围拢过去,高脚杯和棕榈叶扇子被扔在椅子上和地上。尽管离得很远,她还能听到喧闹声、问话声、叫喊声,感觉到男人们身上有一种狂热的紧张感。接着,在混乱的嘈杂声中响起了斯图尔特·塔尔顿兴高采烈的叫喊声:“噢——哎——喂!”就好像他在猎场上一样。她第一次听到了南方反叛者的呼喊声,可她却不知道。

---

① 碳酸铵和香料的混合物,可用来治疗昏厥和头痛等症。

她正观望着,看到塔尔顿家的四个男孩,接着是方丹家的男孩离开了人群,开始奔向马厩。一边跑,一边还叫喊着:“吉姆斯! 你,吉姆斯! 快给马上好鞍!”

“有人的家起火了。”思嘉想。可不管有没有起火,她的事便是在被别人发现以前回到卧室去。

她的心现在已经平静些了。她蹑手蹑脚地走上楼梯,来到静悄悄的过道里。一股宜人的困倦笼罩着屋子,好像它也跟姑娘们一样在轻松适然地睡大觉一样,到了晚上才会音乐弥漫,烛光点点,把美丽全然展示在人们面前。她小心翼翼地把梳妆室的门推开,悄悄溜了进去。她手背在身后,还抓着门把,却听到卫哈尼的声音从对面通往卧室的门缝里传了出来。声音很低,几乎就是耳语声。

“今天,思嘉的行为已经放荡到一个姑娘所能表现的极限了。”

思嘉觉得自己的心又开始狂跳起来,她无意识地把手捂住心窝,就好像她要抓住它,使它平静下来似的。“偷听者经常听到非常有趣、非常有启发性的话”,记忆中的话冒了出来。她要不要再溜出去呢? 还是让她们知道她在这里,好让哈尼尴尬万分呢? 因为这也是她罪有应得。但接下来的声音却使她停了下来。听到媚兰的声音,就是一队骡子也没法把她拉走了。

“哦,哈尼,别这样! 别这么不友好。她只是生气勃勃、性情活泼罢了。我当时倒觉得她极有魅力呢。”

“噢,”思嘉心里想着,指甲都抠进紧身上衣里去了,“那个说话拐弯抹角的小傻瓜还为我说话呢!”

这比哈尼那明目张胆的恶毒还难以忍受。除了她的母亲以外,思嘉从未信任过别的女人,也不相信她们除了私心之外还能有别的动机。媚兰知道她已经安全稳妥地拥有希礼了,所以能够表现出这样的基督精神。思嘉觉得,这正是媚兰夸耀自己胜利的方式,同时又能赢得心眼好的美誉。思嘉和男人谈论别的女孩时也经常使用同样的伎俩,要让愚蠢的男人相信她心地善良,毫无私心,这方法从来就没有失败过。

“哎,小姐,”哈尼刻薄地说,声音也提高了,“你一定是眼瞎了。”

“别说了,哈尼,”萨莉·芒罗嘘声说道,“全屋子的人都会听到你说话的!”

哈尼放低了声音,却还继续说下去。

“我说,你看到她是怎样和能到手的每一个男人调情的吗——连肯尼迪先生也不放过,而他是她亲妹妹的男朋友。我从没见过像她这样的人!毫无疑问,她还在追查理。”哈尼不自然地咯咯笑出声来,“你知道,查理和我——”

“你是认真的?”几个声音在激动地低声问道。

“哦,别告诉任何人,姑娘们——还没呢!”

咯咯咯的笑声更多了,有人在挤哈尼,弄得床上的弹簧叽叽作响。媚兰在嘟嘟哝哝地说,哈尼若能成为她的嫂嫂,她不知会有多高兴。

“哎,思嘉要是成了我的嫂嫂,我就会不高兴了。要说我曾经见识过放荡的女孩的话,她就是一个。”传来了赫蒂·塔尔顿痛心的声音,“但她实际上就等于和斯图尔特订婚了。布伦特说她根本不在乎他,可是,当然,布伦特也迷恋她呢。”

“如果你们问我的话,”哈尼神秘兮兮地强调说,“她真正在乎的人只有一个。那就是希礼!”

低语声顿时混杂在一起,有询问的,有打断别人说话的,思嘉因恐惧和羞辱而感到全身发冷。哈尼是个笨蛋,对于男人,她只是个傻瓜、蠢蛋,但她对其他女人有一种女性的本能,这点思嘉低估她了。在藏书室里跟希礼和白瑞德在一起时所蒙受的屈辱和受伤的自尊都是令人烦恼的事。男人在严守秘密方面是值得信赖的,即使像白瑞德这样的人也一样,但有卫哈尼像猎犬一样在猎场上狂吠不已,六点以前,全县的人就都会知道这件事了。就在昨天晚上,嘉乐还说过,他不想让全县的人嘲笑他的女儿呢。现在他们会怎样嘲笑她呀!冷汗从她的腋窝顺着肋骨往下直流。

媚兰很有分寸、平静而略带责备的声音盖过了其他人的声音。

“哈尼,你知道不是这样的。这也太不友好了。”

“真是这样的,梅利。你总是忙着在人们身上寻找优点,而他们实际上却是没有这些优点的。要是你没有这么做的话,你就会看明白了。若确实是这样,我也很高兴。这是她活该。郝思嘉所做过的事无非就是制造事端,试图把别人的男朋友抢过来。你知道得很清楚,她从英蒂手里抢走了斯图尔特,自己却不想要他。而今天,她还试图抢走肯尼迪先生,还有希礼和查理——”

“我得回家去!”思嘉想,“我得回家去!”

要是她能像变戏法似的被送回塔拉,回到安全之地去,那该多好啊。要是她只跟埃伦在一起,只要看着她,拉着她的裙子,伏在她的膝上哭着把一切都告诉她,那又有多好啊。如果她再听到一个字,她就会冲进去,把哈尼那凌乱而苍白的头发成把成把地扯下来,并且当面啐韩媚兰一口,就为了她显示了她那自以为是的宽厚仁慈。但她今天已经表现得够普通的了,甚至像白人穷鬼一样——这也正是她的所有烦恼所在。

她把手紧紧地压在裙子上,这样它就不会发出窸窣的声音了,然后像头动物一样悄悄退出去。“家,”她一边想着,一边飞快穿过过道,经过紧闭着的门和静悄悄的房间门口,“我必须回家去。”

她已经到了前面的游廊上,这时,一个新的想法突然使她停了下来——她不能回家去!她不能逃跑!她必须熬过这一切,忍受姑娘们的恶意和怨恨以及她自己的屈辱和伤心。逃跑只会给她们徒添向她进攻的弹药。

她握紧拳头,一拳砸在身旁高大、白色的柱子上,希望自己是大力士参孙,这样她便能够推倒十二棵橡树的所有建筑,毁灭里面的每一个人。她要让他们后悔。她要给他们点颜色瞧瞧。她还不太清楚该怎样给他们点颜色瞧瞧,但不管怎样,她得这么做。他们伤害了她,她要把他们伤得更深。

这一刻,本来的希礼已经被抛至脑后。他已经不是她爱着的高挑、慵懒的男孩,而是卫约翰一家的一个部分、一群人中的一个。十二棵橡树,全县的人——她恨他们所有的人,因为他们会嘲笑她。年方十六的人,虚荣心比爱还更强,在她的胸腔里满是仇恨,再也没有其他情感的位置了。

“我不回家,”她寻思着,“我要待在这,我要让他们后悔。而且我决不告诉妈妈。不,我谁也不告诉。”她鼓起勇气回到屋里,打算重新爬上楼梯,到另外一间卧室去。

她转过身时,看到查理从长长的过道另一头走进屋子。看到她,他快步朝她走来。他头发蓬乱,激动得整张脸就像天竺葵一样。

“你知道发生什么事了吗?”还没走到她面前,他就大叫起来,“你听说了吗?保罗·威尔逊刚刚从琼斯伯勒骑马带来的消息!”

他顿了顿,走到她面前,上气不接下气的。她一言不发,只是盯着他看。

“林肯先生已经招募人了,士兵——我指的是自愿者——他们已有七万五千人了!”

又是林肯先生!男人们难道从来不考虑考虑真正重要的事情吗?这里这个傻瓜居然指望她在伤心欲碎、简直是声败名裂的时候会对林肯先生的胡闹激动万分。

查理凝视着她。她的脸像白纸一般白,眯着的眼睛像祖母绿一样闪着光。他从来没在任何女孩的脸上看到这么大的火气,也没见过谁的眼里发出过这种光彩。

“我太笨了,”他说,“我应该委婉一些告诉你的。我忘了太太小姐们是很脆弱的。对不起,我让你不开心了。你不会晕倒吧,对不?要不要我给你拿杯水来?”

“不用。”她说,硬挤出一丝别扭的微笑。

“我们到长凳上坐下好吗?”他问,挽住她的胳膊。

她点了点头。他小心地扶着她走下屋前的台阶,领着她穿过草地,来到前院那棵最大的橡树下的铁制长凳边。“女人真是又脆弱又娇嫩,”他心里想,“只要一提到战争和艰难境况,就能使她们晕过去。”这个想法使他觉得自己男子汉气概十足,扶着她坐下时也就加倍地轻柔。她神情古怪地看着周围,苍白的脸上有一种野性的美,这使他的心跳都加快了。会不会是他可能去参战这个想法导致她这么悲痛呢?这可能吗?不可能,相信这点也未免太自负了。但她干吗这么奇怪地看着他呢?她找绣花手帕时双手又为什么会颤抖呢?还有她那浓密乌黑的睫毛——它们正不停地一张一合的,就像他读过的浪漫故事中女孩子的眼睛一样,带着羞怯和爱意在眨动着。

他清了三次喉咙想说话,但每次都没说出口。他垂下了眼睛,因为她绿色的双眸跟他的眼睛对视时目光非常锐利,就好像她没有在看他似的。

“他很有钱,”她迅速思考着,一个想法和计划掠过她的脑际,“他也没有父母亲会烦我,又住在亚特兰大。如果我马上和他结婚,这会让希礼看到我一点也不在乎他——我只是跟他调情而已。这还会使哈尼寻死觅活的。她再也找不到别的男朋友,大家会当着她的面笑得死过去。而这也会伤到媚兰,因为她太爱查理了。这还会使斯图尔特和布伦特伤心——”她并不太明了自己为什么想伤害他们,只知道他们有恶毒的妹妹,这是原因之一。

“我可以坐着豪华的马车回到这来做客,又能有很多漂亮的衣服和自己的房子。到时候他们全都会难过的。他们就再也不会笑话我了。”

“当然,这也就意味着战争了,”又尴尬地努力过几次后,查理终于说出话来,“但你别发愁,思嘉小姐,一个月内就会结束的。我们要打得他们鬼哭狼嚎的。真的,小姐!鬼哭狼嚎!说什么我也不会错过这次机会的。恐怕今晚不会开什么舞会了,因为骑兵连要在琼斯伯勒集合。塔尔顿家的男孩已经去传递消息了。我知道太太小姐们会感到失望的。”

她说:“噢。”还想他说些更好的消息,但这已经够了。

她开始平静下来,慢慢恢复了理智。她所有的情感都似蒙上了一层严霜,她认为自己再也不会感受到任何温暖的东西了。干吗不接受这个英俊、羞涩的男孩呢?他并不比别的人差,何况她也不在乎。不,她再也不会在乎什么事了,就算她活到九十岁,她也不会在乎什么了。

“我现在还不能决定,是去参加韦德·汉普顿先生的南卡罗来纳军团呢,还是去参加亚特兰大城卫队。”

她又说了声:“噢。”他们的眼睛又对视了,她那眨动的睫毛成了毁灭他的祸根。

“你会等我吗,思嘉小姐?只要知道你在等着我,直到我们把他们彻底消灭掉,这——这简直是太棒了!”他屏住呼吸等着她说话。看着她嘴角两片嘴唇撅着的样子,他第一次注意到了这嘴角通常看不到的部分,心想要是能吻吻它,那将意味着什么呀。她那因汗湿而变得黏糊糊的手掌悄悄地伸到他手里。

“我不想等。”她说,眼睛似蒙上了一层面纱。

他坐在那抓着她的手,嘴巴张得老大。思嘉的眼睛从睫毛下向上看着他,心里很超脱,心想他看上去就像一只被鱼叉叉住的青蛙。他结结巴巴地开口说了好几次,却又闭上嘴不说了,然后又张嘴欲说点什么,脸上又泛起了天竺葵般的色彩。

“你会爱我,这可能吗?”

她一句话也没说,只是低头看着自己的大腿,查理再次又狂喜又尴尬的。也许男人是不应该对女孩问这样的问题的。也许要她这么一个少女回答这样的问题是不合适的。查理过去从来没有过这种勇气,能使自己处于这样的境地,所以一时不知所措,不知该怎么做才好。他真想大喊大叫,放声歌唱,去亲吻她,在草地上欢呼雀跃,然后跑去告诉每一个人,不管是黑人还是白人,告诉他们,她爱他。但他只是紧紧握着她的手,直到把她的戒指压进肉里去。

“你会很快跟我结婚,对吗,思嘉小姐?”

“嗯。”她说,手指拨弄着裙子上的一个褶皱。

“我们要不要和媚兰的婚礼同时举行——”

“不。”她很快说道,眼睛望着他,一副不祥的神情,发出隐隐约约的光。查理又一次意识到自己又犯了一个错误。当然,女孩子总是想自己单独举行婚礼的——不愿跟别人分享这种荣耀。她对他的严重错误忽略不顾,真是太仁慈了!要是现在是晚上,他能受到黑夜的鼓舞吻她的手,说些他早就想说的话,那该多好啊。

“我什么时候可以去跟你的父亲提亲呢?”

“越快越好。”她说,同时希望他会松手,把似要把她的戒指压碎的压力解除,而不用等她开口叫他这么做。

他跳了起来,有一会,她都认为他会不顾身份欢蹦乱跳呢。他容光焕发地看着她,一颗纯洁无邪的心从眼里显露无遗。她过去从来没见过别人用这种眼神看过她,而且再也不会有别的男人这么看她了,但在她这种心不在焉的奇怪心境下,她只认为他看上去像头小牛犊。

“我现在就去找你的父亲。”他说,满脸都是笑,“我没法再等了。你能让我对你说声抱歉吗——亲爱的?”这爱称说出来很不容易,但一旦说出口,他便高兴地又重复了一遍。

“可以,”她说,“我就在这等着。这里很凉快,舒服极了。”

他穿过草坪,在房子周围不见了。她则独自一人坐在沙沙作响的橡树下。男人们骑着马从马厩里鱼贯而出,黑人奴仆紧紧跟在他们的主人身后。芒罗家的男孩飞奔而过,手里挥着帽子,方丹家和卡尔弗特家的则叫喊着向路上飞奔而去。塔尔顿家的四个男孩在草坪对过纵马经过她面前,布伦特大声喊道:“妈妈要把马给我们了!噢——哎——喂!”草皮被马蹄卷起,他们离开了,又把她独自一人留在那。

白色的屋子前,高高的柱子耸立在她面前,似乎要带着尊贵、冷淡的态度离她而去。现在这里再也不会是她的房子了。希礼永远不会把当新娘的她抱过门槛了。噢,希礼,希礼!我都做了些什么呢?在心灵深处,她的心受到受伤的自尊和冷漠的实用心理的层层重压,那里有某种东西在撕咬着她痛苦的心。一种成人的情感正在生成,这比她的虚荣心和固执的自私心理还更强烈。她爱希礼,她知道她爱他。此时此刻,看到查理消失在弯弯曲曲的砾石铺筑的人行小路上,她觉得自己从来没有像现在这样在乎过。

# 第七章

不到两个星期，思嘉便成了一位妻子，又过了不到两个月，她已成了寡妇。她曾经如此匆匆忙忙，这般不费心思便承担起这些契约上所规定的义务，如今很快就又解脱了。但她再也无法体验未婚时那种无忧无虑的自由了。寡妇身份倒是紧接着婚姻接踵而至，但使她感到沮丧的是，当妈妈的日子也跟随而来了。

在以后的岁月里，当思嘉回想起一八六一年四月最后那些日子时，对那些细节，她的记忆从来就不是太清楚。时间和所发生的事重叠交叉，像一场并非现实、没有理性的梦魇一样，混杂在一起。到她去世的那一天，对那些日子的记忆一定会有空白点的。对她接受查理和举行婚礼之间的那段时间的记忆，更是特别模糊。两个星期！订婚时间这么短，这在和平时期是绝对不可能的。那时本来应该有一年半载的礼节性的间隔期。但是南方已经燃起了战火，各种事件就像被一股劲风刮过似的以迅雷不及掩耳之势相继发生，过去日子里那种不紧不慢的步调一去不复返了。埃伦双手绞在一起，建议往后推一推，好让思嘉或许能够更加慎重地把这件事再考虑考虑。但思嘉对她的恳求充耳不闻，满脸不高兴。她要结婚！而且必须快点，两个星期内就得结婚。

希礼的婚礼已从秋天提前到五月一日，这样，只要骑兵连一旦被召参战，他便可以随军开拔。知道这一点后，思嘉把她的婚礼定在他的婚礼前一天。埃伦表示反对，但查理以新近才发现的口才恳求她同意，因为他急于要到南卡罗来纳去参加韦德·汉普顿的团队。嘉乐也站在两个年轻人这一边。他因战争热已是激动万分，对思嘉找了这么一个如意佳婿感到很高兴。战争在进行当中，他还站在一对年轻恋人的爱情之路上碍手碍脚的，他成什么人了？埃伦被搞得心烦意乱的，最后也只好和南方其他的妈妈们一样让步了。她们从容不迫的世界被搅得乱七八糟的，而在把他们裹胁向前的强大力量面前，她们的恳求、祈祷和建议根本无济于事。

整个南方都陶醉在一股热情和激动的情绪当中。每个人都知道，只要打一仗就可以结束战争，而每个年轻小伙子都赶在战争结束以前去报名参军——而且在冲到弗吉尼亚去给北方佬痛击一番以前，赶紧跟自己心爱的人结婚。县里有几十对新人借战争之机举行了婚礼，但也没什么时间可用来为分别痛苦一番，因为每个人都太忙了，也太激动了，无暇顾及那些一本正经的思想和眼泪。女人们在做制服，织袜子，卷绷带，男人们则忙着军训和练射击。每天都有一火车一火车的士兵经过琼斯伯勒到北部的亚特兰大和弗吉尼亚去。有些支队穿着猩红、浅蓝或浅绿的制服，是社会一民兵连队中精选出来，看上去非常令人赏心悦目；有些小股部队却穿着家纺的衣服，戴着浣熊皮帽；还有其他没穿制服的，他们只穿绒面呢和上好的亚麻布做的衣服。全都是未经过全面的严格训练的半拉子，武器装备也不全，可都激动得发狂，大喊大叫的，好像是在去野餐的路上一样。看到这些人的样子，县里的男孩全都着慌了，害怕还没等他们到达弗吉尼亚战争就会结束，所以，为骑兵连出发参战的准备便也紧锣密鼓地加速进行着。

在这一片混乱当中，思嘉的婚礼也在准备过程中。还没等她明白是怎么回事，她已经穿上埃伦的婚纱，戴上她的面纱，挽着父亲的手臂，顺着塔拉宽大的楼梯拾级而下，去面对一座挤满宾客的房子了。后来，她就像回忆梦境中的情景一样，还记得墙上几百支蜡烛烛光点点，她妈妈的脸上带着慈爱，有点迷惑不解的样子，嘴唇无声地嚅动着，在为女儿的幸福祈祷。嘉乐满脸通红，一是喝了白兰地的缘故，二则是为女儿和一个既有钱，名声又好而且是个世家大户的人结婚而感到很自豪——希礼手里挽着媚兰正在台阶底部站着。

她看见他脸上的表情时，心想："这不可能是真的！不可能的。这只是一场噩梦。我会醒过来，发现这全都只是一场噩梦。现在，我可不能想，要不我会在这么多人面前尖叫出来的。现在我可不能想，我要在以后能忍受的时候再想这件事——在我看不到他的眼睛的时候。”

一切都好像在梦境中一样。通道两旁站满了满脸是笑的人们,查理猩红色的脸和结结巴巴的声音,还有她自己的回答,都清晰得令人吃惊,但又显得非常冷淡。还有后来人们对他们的祝贺、亲吻、祝酒以及舞会——一切,一切的一切都像做梦一样。连希礼吻她面颊的感觉以及媚兰温柔的低语“现在我们成了真正的姐妹了”都是那么的不真实。那令人神魂颠倒的魅力使查理那丰满而易动感情的姑妈韩白蝶小姐目瞪口呆。可就是这引起的激动之情也带上了一丝梦魇的意味。

但是,当舞会和祝酒终于结束,当黄昏最后到来时,来自亚特兰大的宾客能挤就全都挤进塔拉和监工房里,睡在床上、沙发上及地上的地铺上。所有的邻居也都回家去休息了,准备第二天去忙活在十二棵橡树举行的婚礼。这时,那梦境般的恍惚在现实面前便像水晶玻璃一样破碎了。这个现实便是,面露羞赧之色的查理穿着睡衣从她的梳妆室里出现了,他躲避着她向他投来的诧异的目光。此时的她正躺在床上,床单拉得很高。

当然,她知道结过婚的人是共睡一张床的,但她过去从来没有想过这件事。这于她的母亲和父亲似乎是很自然的事,可她从未把这条规则用在自己身上。现在,她突然意识到自己都为自己做了些什么,这从烧烤野餐会以来还是头一次。这个她从来没真正想跟他结婚的陌生男人要和她一起睡在同一张床上,而她的心却因为自己匆促的行动和永远失去希礼而痛苦得快要碎了。想到这一点,她觉得这一切太令人无法忍受了。当他犹犹豫豫地向床边走去时,她用沙哑的声音低声说道:

“如果你走近我,我就大声叫起来。我会的!我会的——用我最大的声音叫起来!从我这滚开!你不要碰我!”

这样,查理的新婚之夜便在角落里的一张扶手椅上度过了,但他并没有感到特别的不高兴,因为他理解,或者说,他认为他理解他的新娘羞涩和微妙的情感。他愿意等她的畏惧感慢慢减退,只是——只是——他叹了口气,一边挪动身子以找到一个舒适的睡姿,因为他很快就要离开家参加战争去了。

尽管她自己的婚礼犹如梦魇一般,但希礼的还更糟。在几百支蜡烛的烛光映照下,思嘉身着婚礼后第二天穿的苹果绿裙装,站在十二棵橡树的游廊上,身边挤着和前一天晚上一样的那群人,看着韩媚兰那张普通的小脸蛋在变成希礼太太的过程中大放异彩,成了美人。现在,永远失去希礼了。她的希礼。不,现在不是她的希礼了。他曾经是她的吗?这一切在她脑子里全混在一起了,而她的头脑又是如此疲倦,如此迷茫。他曾经说过他爱她,但又是什么把他们分开了呢?要是她能记得就好了。通过和查理结婚,她堵住了县里爱传播流言飞语的人们的嘴,可对于现在,那又有什么要紧的呢?有一度似乎是很重要的,可现在却好像一点也不重要了。唯一重要的是希礼。现在他走了,而她却已经和一个她不但不爱他,而且打心眼里就瞧不起他的人结了婚。

噢,她有多后悔呀。她经常听说有人总跟自己过不去,但迄今为止她还把这只当做一种修辞手法。现在,她终于知道这个说法的含义了。她疯狂地希望自己能摆脱查理,安全地回到塔拉,重新做一个未婚姑娘。和这愿望混杂在一起的想法便是:她知道这只能怨自己一个人。埃伦曾试图阻止她,可她不听她的。

这样,在希礼举行婚礼的那天,她整个晚上都茫然地跳舞,机械地说话,脸上还带着微笑,还为这个毫不相干的问题感到纳闷:人们怎么就这么傻,会认为她是个幸福的新娘子,却看不出她的心其实都要碎了?哦,感谢上帝,他们看不出来!

那天晚上,嬷嬷帮她脱了衣服,然后向她告别离开后,查理害羞地从梳妆室出现了,心里还在想着自己是否要在马毛椅上度过第二个夜晚。这时,她不禁放声大哭起来。查理爬上床,坐在她身边,想去安慰她。她一言不发地哭着,直哭到眼泪干了,最后才躺在他肩膀上无声地啜泣着。

要不是发生了战争,那就会有一星期时间让他们在全县拜访客人,还会有为这两对新人举办的舞会和烧烤野餐,然后他们就会出发到萨拉托加或白硫磺泉去蜜月旅行。如果没有战争,思嘉还得穿上婚礼后第三天、第四天及第五天穿的衣服到方丹家、卡尔弗特家及塔尔顿家去参加为庆祝她的婚礼而举办的晚会。但现在既没有晚会也没有蜜月旅行了。婚礼举行后一个星期,查理出发去参加韦德·汉普顿上校的部队去了,而两个星期以后,希礼和骑兵连也出发了,使整个县犹如丧失亲人一般。

在那两个星期中,思嘉从来没有单独见过希礼,也没有私下和他说过一句话。他在前往火车站的路上，曾在塔拉稍作停留，和他们告别。即使在这个可怕的时刻，她也没有私下和他谈过话。媚兰戴着帽子，围着披巾，有了一种新近才有的主妇般的尊贵神情，挽着他的手臂，稳重而严肃。塔拉的所有成员，不管是黑人还是白人，全都出来送希礼去参战。

媚兰说："你应该吻吻思嘉，希礼。她现在是我嫂嫂了。"于是希礼弯下腰，用冰凉的嘴唇吻了吻她的面颊。他拉长着脸，一副严峻的样子。思嘉从这一吻中几乎没有得到什么快乐，因这一吻是在媚兰的怂恿下才有的，所以，她心里闷闷不乐。媚兰分别时紧紧拥抱了她，几乎让她透不过气来。

"你会到亚特兰大来看我和白蝶姑妈的，对不对？噢，亲爱的，我们太想你来了！我们想对查理的妻子了解得多一些。"

又过了五个星期。这期间，查理从南卡罗来纳寄来了羞羞答答、欣喜若狂、充满爱意的信件，诉说他的爱，战争结束后对未来的计划，为了她要成为战斗英雄的理想以及对他的上司——韦德·汉普顿的崇拜。到第七个星期，来了一封由汉普顿上校亲自发来的电报，而后是一封信，一封善意、尊贵的慰问信。查理死了。上校本来早就要拍电报的，但是查理认为自己的病只是小毛病，不想让他的家人担心。这个不幸的男孩不但被他认为自己已经得到的爱欺骗了，而且也被他想在战场上获得荣誉的极大希望欺骗了。他得了麻疹，又并发了肺炎，只到了南卡罗来纳的营地，连北方佬的影子都没看见，便无声无息地迅速离开了人世。

到了产期，查理的儿子出世了，因为当时很时髦把男孩的名字用父亲的指挥官的名字来命名，所以孩子被叫做韦德·汉普顿。思嘉知道自己怀孕时曾经绝望地哭过，并且希望自己也死去算了。但在她的十月怀胎期，身体不适的时候很少，而且不怎么痛苦就生下了他，恢复得也很快。嬷嬷私下曾告诉她，这是极为正常的——女人们应该多受罪。她对孩子并没多少爱，虽然她可以掩饰这一实情。她本不想要他，所以不喜欢他的到来，可现在他还是来到了人间，但他似乎不可能是她的孩子，不可能是她的骨肉。

生下韦德后，她的身体恢复得很快，时间短得让人感到很丢脸。虽然如此，她在精神上却觉得神情恍惚，像生了病一样。充满活力的她变得萎靡不振的，即使整个种植园的人都努力想让她恢复过来也无济于事。埃伦成日里皱着眉头，忧心忡忡的。嘉乐比往日更会诅咒发誓了，还从琼斯伯勒给她带来毫无用处的礼物。连老方丹医生在他的硫磺补剂、糖浆及药草都没法使她振作起来之后，也只好承认连他都感到困惑不解了。他私下告诉埃伦，思嘉一会烦躁不安，一会无精打采，是因为她伤透了心。但是，如果思嘉想说话的话，她就会告诉他们，这其中的烦恼与此大相径庭，而且比这复杂得多。她没有告诉他们，这是因为生活太无聊了，而且，确确实实当了妈妈以后，她感到很茫然，最重要的是，由于希礼不在，这才使她看上去有这么一副愁眉苦脸的样子。

她感到非常无聊，而且这种无聊的心境从来就没有消失过。自从骑兵连去参战之后，县里就不再有什么娱乐和社交活动。所有有趣的年轻小伙子都走了——塔尔顿家四个男孩，卡尔弗特家两个，方丹家的，芒罗家的，还有从琼斯伯勒、费耶特维尔及拉夫乔伊来的每个年轻而有魅力的男子。只有老人、残疾人和妇人才留了下来，她们成天就只是编织，做针线，为部队种植更多的棉花和玉米，饲养更多的猪呀羊呀牛呀什么的。除了苏埃伦年届中年的男朋友弗兰克·肯尼迪带领的军需部队每个月打这经过去收集供给外，从来就看不到一个真正的男人。军需部队的男人并不是会令人非常激动的人，而弗兰克那羞怯的讨好奉承使她更加烦恼，最终发现自己很难对他礼貌相待。要是他和苏埃伦能早日完婚就好了！

就算军需部队的人有趣得多，这对她的心境也无济于事。她是个寡妇，心已经进了坟墓。至少，大家都认为她的心已进了坟墓，并且希望她能有相应的举动。这使得她很烦躁不安，尽管她努力去做，但她还是回忆不起任何有关查理的事，唯一记得的就是她告诉他要和他结婚时他脸上现出的那副死前的小牛犊的神情。可即使是这幅画面也在慢慢地被淡忘。但她是个寡妇，她得注意自己的行为举止。未婚女孩的快乐于她是不合适的。她非得庄重肃穆、冷淡孤傲不可。埃伦看到弗兰克手下的中尉在花园里给思嘉荡秋千并使她尖声大笑之后，特别详细地强调了这一点。埃伦非常苦恼地告诉她，一个寡妇要成为别人闲言碎语的对象，别提有多容易了。和一个普通妇人相比，寡妇的言谈举止要加倍地谨慎。

"只有上帝知道，"思嘉一边乖乖地听着她妈妈温柔的声音，一边想，"婚后的女人根本没什么乐趣可言。所以，寡妇还不如死了的好。"

寡妇还得穿着可怕的黑衣裙，连镶上一点点镶边使它看上去更有生气一些都不行，还不能戴鲜花，扎缎带，配花边，甚至首饰也不能戴，只有用亡夫的头发做的缟玛瑙胸针和项链才行。帽子上的黑绉面纱必须长达膝部，只有守寡三年以后，才能缩短至肩部。寡妇从来就不能快快乐乐地说话，肆无忌惮地大笑。即使微笑的时候也必须是忧伤且带悲剧色彩的微笑。而且，最可怕的是，无论如何，她们都不能对有绅士陪伴表现出一点点兴趣。如果哪位绅士如此没教养，敢暗示对她感兴趣，她也必须以一种尊贵且经过斟酌的词句提到自己的丈夫，好让他死心。"哦，是的，"思嘉消沉地想，"有些寡妇最后在人老珠黄、青筋凸现的时候也有再婚的。虽然，只有老天才知道，她们在邻居的众目睽睽之下是如何应付的。而且，这一般都是一些拥有一个大种植园和一打孩子的绝望的老寡妇。"

结婚就已经够糟的了，但成了寡妇——噢，那生活就永远结束了！人们谈到查理走后，小韦德·汉普顿给了她多大的安慰时，他们有多傻啊！他们说，现在她活下去就有奔头了，他们真是太傻了！大家都在说，她有了这个遗腹子，留下了爱情的印记，这真是太好了。她自然也不想去纠正他们的想法。但这一想法离她自己的心思是相距最远的。她对韦德的兴趣很少，有时还很难记得他确确实实是她的骨肉。

每天早晨醒来后，在睡眼惺忪的那一刻，她会重新成为郝思嘉。屋外阳光灿烂，照在她窗外的木兰花上，反舌鸟在欢唱，煎咸肉的好闻的香味悄悄地飘入鼻腔。她便无忧无虑，年轻快乐了。接着她便会听到因肚子饿而躁动不安的号啕大哭，这总是——总是使她大吃一惊，一边还想："哦，屋里有个婴儿呢！"这以后，她才会记得这是她的孩子。这太令人茫然不解了。

而希礼！噢，最重要的是希礼！她平生第一次对塔拉心怀恨意，恨那从小山坡上往下通到河边的长长的红土路，恨那栽满泛出新绿的棉花丛的红色的田地。这里的每一寸土地、每一棵树木、每一条小溪、每一条小路、每一条马道都使她想起他。他已属于另一个女人，而且已经去打仗了。但垂暮时分，他的幽灵还在困扰着她，还站在走廊的阴影中用慵懒的灰色目光对着她微笑。每次听到从十二棵橡树沿着河边的道路迤逦而来的马蹄声，她无不忘情地想起——希礼！

她现在恨透了十二棵橡树，而她一度曾爱过它。她恨它，但又总被它吸引到那去，这样她就能听到卫约翰和姑娘们谈论他了——听他们读他从弗吉尼亚寄来的信。它们令她伤心,但她还得听。她不喜欢脖子僵硬的英蒂和又愚蠢又爱唠叨的哈尼,也知道她们同样不喜欢她。但她无法不接近她们。每次从十二棵橡树回来后,她便闷闷不乐地躺在床上,连晚饭也不起来吃。

她拒绝吃东西,这比任何别的事都令埃伦和嬷嬷更担心。嬷嬷端来了令人看了垂涎欲滴的食盘,暗示说现在她已经是寡妇了,高兴吃多少就可以吃多少。但思嘉却一点食欲也没有。

当方丹医生严肃地告知埃伦,伤心常常会导致体质衰弱,而妇女因衰弱消瘦会引发死亡时,埃伦脸都白了,因为她心里也有这种担心。

“没什么法子了吗,医生?”

“换个环境,在这个世界上,这对她是最好的办法了。”医生说,心里急于摆脱一个他无法医治的病人。

这样,毫无兴致的思嘉便带着她的孩子出发了,先去萨凡纳拜访了她郝家及罗比亚尔家的亲戚,然后又去查尔斯顿埃伦的姐妹波琳和尤拉莉家。但她比埃伦预计的提早一个月便回到了塔拉,对她的提早归来也未作任何解释。萨凡纳的亲戚对她都很好,但詹姆斯和安德鲁及他们的妻子都已上了年纪,成天只满足于安安静静地坐着谈论往昔的日子,这思嘉一点也不感兴趣。罗比亚尔家也是一样,而查尔斯顿更是一团糟,思嘉这么想。

波琳姨妈和她的丈夫住在河边的一个种植园里,那里比塔拉偏僻多了。她丈夫是个小个子老头,有一套正规而冷淡的礼数和一副生活在往昔岁月里的神情,看上去漫不经心的。他们最近的邻居也在二十英里外,通往那里的是一条黑漆漆的路,从还是丛林的柏树沼泽地和橡树林里穿过去。橡树上幕状的灰色苔藓摇摆不定,给了思嘉一种毛骨悚然的感觉,而且总是令她想起嘉乐讲的有关爱尔兰的鬼魂在闪着微光的灰色雾霭中游荡的故事。那里什么事也没有,成天就只是编织,晚上则听凯里姨夫大声朗读布尔沃—利顿开导人的作品。

尤拉莉幽居在查尔斯顿炮台处的一座大房子里。前面是一座围墙很高的花园,而她的生活更是兴味索然。思嘉习惯了绵延起伏的红色山丘那宽广无边的景色,在这里觉得就像在蹲监狱一样。这里比波琳姨妈那多一些社交活动,但思嘉不喜欢登门拜访的人,他们那神态、传统及对家世的注重都让思嘉反感。她知道,他们全都认为她父母的婚姻是门不当户不对的,不知道罗比亚尔家的人怎么会嫁给一个新来乍到的爱尔兰人。思嘉感觉到尤拉莉姨妈背地里为她辩解。这使她火冒三丈,因为她和她父亲一样并不在乎家世。她对嘉乐及他所获得的成功感到很自豪,因为那是在没有人帮助,只靠他自己精明的爱尔兰头脑获得的。

查尔斯顿人还动不动就把炮轰萨姆特堡的事引以为荣！老天,他们难道没有意识到,就算他们没有傻乎乎地开枪燃起战火,其他一些傻瓜也照样会去做的吗？听惯了佐治亚山地人们欢快的声音后,平原地带人平平的慢吞吞说话的声音在她看来似乎很造作。她觉得,如果她再听到把"棕榈树"说成"棕哦榈树","房子"说成"房——子","不"说成"不哦——","妈妈和爸爸"说成"妈啊妈和爸啊爸"这类声音,她就会叫喊起来。这使她极为烦躁,以致在一次正式的拜访中,她模仿了嘉乐的爱尔兰土腔,使得她姨妈很苦恼。这以后,她便回到了塔拉。与其让查尔斯顿的口音弄得痛苦不堪,还不如被对希礼的思念折磨来得好。

埃伦日夜忙活着,让塔拉生产出双倍的产品来支援南部邦联。当她的大女儿从查尔斯顿回到家里时,看到她身体瘦弱,面色苍白,说话尖刻,她不禁吓坏了。她自己也体验过伤心的痛苦,夜复一夜,她躺在鼾声大作的嘉乐身边,试图想出能让思嘉减轻苦恼的办法。查理的姑姑——韩白蝶小姐给她写了好几封信,敦促她让思嘉到亚特兰大去长住一阵,现在埃伦第一次慎重地考虑起这个问题来。

她和媚兰两人孤零零地住在一所大房子里。"既然连查理也走了,她们便没有了男性的保护。"白蝶小姐在信中写道,"当然,还有我的哥哥亨利,但他不跟我们住在一起。但也许思嘉已经告诉过你有关亨利的情况。我身体不好,不能在信中写更多有关他的情况了。如果思嘉能到这来跟我们住在一起,梅利和我会感觉更自在,更安全的。三个寂寞的女人在一起总比只有两个强。而且,也许亲爱的思嘉能发现什么能减轻她的悲伤的东西,就像梅利在做的,到医院里去照料我们的勇敢的孩子们——当然,梅利和我也很想看看亲爱的小宝贝……"

这样,思嘉的箱子连同她的丧服又重新被打点一番,和韩韦德及他的保姆普里西一道,带着满脑子埃伦和嬷嬷对她行为准则的告诫及嘉乐给她的换成南部邦联纸币的一百美元,出发到亚特兰大去了。她并不特别想去亚特兰大。她认为白蝶姑妈是老太太中最愚蠢的人,而且,要和希礼的妻子住在同一个屋檐下,这个念头就已经够令人厌恶了。但是县里能勾起她回忆的事太多了,现在已不可能再待下去,所以,换一换环境总是受欢迎的。

# 第 二 部

# 第八章

一八六二年五月的一天早晨，思嘉乘着列车北上时，心里还在想，亚特兰大可能不至于像查尔斯顿和萨凡纳那样单调乏味。所以，虽然她不喜欢白蝶小姐和媚兰，但还是好奇心十足，想知道自从上次到过亚特兰大后，这个城镇又有了哪些新变化。那还是去年冬天的事，那时战争还没开始呢。

和其他城镇相比，她对亚特兰大的兴趣总是更大一些，因为，在她还是个孩子的时候，嘉乐就告诉过她，她和亚特兰大刚好是同年。她年龄再大一些后，发现嘉乐其实多少夸大了事实，而这正是他的习惯，只要这种夸大能形成一个故事；但亚特兰大只比她大九岁，和她所听说过的任何一个城镇相比，这个地方还是年轻得令人咋舌。萨凡纳和查尔斯顿因为有了些年头而颇显尊贵，一个正在第二个世纪之路上挺进，另一个正迈入第三个世纪。在她年轻的眼里，它们就像上了年纪的老祖母一样，总是在阳光下心平气和地摇着扇子。可亚特兰大和她却是属于同一个年代的，因为不成熟而显得很粗鲁，而且和她自己一样任性而急躁。

嘉乐告诉她的故事也并非没有根据，即她和亚特兰大是在同一年受洗命名的。在思嘉出生前的九年中，这个城市先是被叫做特米纳斯，然后又被叫做马撒斯维尔，直到思嘉出生的这一年，才改叫亚特兰大。

嘉乐刚搬到佐治亚北部时，亚特兰大根本就不存在，甚至连个小村子也不像。这地方全是茫茫的荒野。但在第二年，也就是一八三六年，州里授权修建一条西北走向的铁路，横穿柴拉基几族人新近退出的领地。计划中的铁路目的地为田纳西和西部，这是毋庸置疑的，但在佐治亚的起点却不知怎的还没定。直到一年过后，一位工程师在红土上立了一根桩，标出了铁路线的最南端，由此也就有了前身为特米纳斯的亚特兰大。

当时佐治亚北部还没有铁路，在其他地方也极为罕见。但在嘉乐和埃伦结婚前的那些年中，这个塔拉以北二十五英里远的小拓荒地慢慢发展成一个小村庄，铁路也渐渐向北延伸。后来，铁路建设的年代真正开始了。从老城镇奥古斯塔修了第二条向西延伸横跨全州的铁路，和通往田纳西的新路连接。从老城市萨凡纳则修了第三条铁路，起先只通到佐治亚的中心地带梅肯，后来再向北延伸，穿过嘉乐所在的县到亚特兰大，和另外两条路相连接，为萨凡纳的港口提供了一条通往西部的交通干线。从年轻的亚特兰大这个连接点，又建了第四条西南走向的铁路，通到蒙哥马利和莫比尔。

亚特兰大因铁路而诞生，也随着铁路的发展而发展。四条铁路修好后，亚特兰大便跟西部、南部、沿海，经由奥古斯塔又和北部和东部相连了。它成了可通往四面八方的十字路口，这个小村子顿时充满了勃勃生机。

在一段时间内——比思嘉度过的十七年长不了多少——亚特兰大从只有打入地下的一根标桩发展成了一个拥有一万人口的繁荣的小城市，成了全州关注的中心。更加古老、宁静的城市总是用母鸡孵出了小鸭那种惊奇感看待喧闹繁忙的新兴城镇。为什么这个地方和佐治亚其他城镇都不一样呢？为什么它会发展得这么快？他们终究还是认为，这个城镇根本没什么可值得推荐给别人的——只有铁路和一群干劲冲天的人们。

最早在这个相继叫做特米纳斯、马撒斯维尔及亚特兰大的镇子定居下来的人们是一群干劲冲天的人。颇不安分但精力充沛的人们从佐治亚其他较古老的地区及更边远的州被吸引到这个城市里来。它的中心便是铁路连接点，再向四周蔓延开来。他们满怀热情而来，在那五条在车站附近交叉在一起的泥泞不堪的红土路周围建起了商店。他们在怀特霍尔和华盛顿大街两边建起了温馨的家园，沿着那被几代印第安人穿着鹿皮鞋的脚踩出一条叫做桃树街的高高的山脊上安家落户。他们为这地方感到很骄傲，也为它的发展感到很自豪，更为他们自己使它向前发展而感到很荣耀。那些老城镇把亚特兰大叫做什么都行，他们爱怎么叫就怎么叫。亚特兰大才不在乎呢。

思嘉喜欢亚特兰大的原因正是萨凡纳、奥古斯塔和梅肯谴责它的原因。

正如她自己一样，这是个佐治亚州新旧混合的城镇，而在旧势力与固执任性、朝气蓬勃的新势力的冲突中，旧势力总是退居第二。再说，在这个在她受洗的同一年诞生——或者至少是受洗命名——的城镇中，还有一些个人的令人激动的东西。

前一天晚上，狂风肆虐，大雨倾盆。但当思嘉到亚特兰大的时候，温暖的太阳又重新露出了笑脸。街上满是沟沟壑壑，就像是积满红色泥泞的弯弯曲曲的小河。可太阳却勇敢地试图把它们晒干。车站周围的开阔地上，进进出出、连续不断的人流和车辆把那松软的泥土碾出了点点脚印、道道车辙，地面被搅得一塌糊涂，看上去就像猪打过滚的泥沼。这里那里，不时有车辆陷入车辙和凹槽中。源源不断的军用马车和救护车从火车上装卸物资和伤员，它们费尽艰辛地进来，再千辛万苦地挣扎着出去，使这片泥地和混乱状态更加惨不忍睹。司机大声咒骂，骡子陷入泥泞，泥浆飞溅，一直溅到几码开外。

思嘉站在火车上较低的台阶上，黑色的孝服衬出她那脸色苍白、身材漂亮的身影，黑色的绉绸面纱几乎飘至她的脚后跟。她极不甘愿把便鞋和褶边弄得泥迹斑斑的，所以犹豫着不敢迈步。她在喧闹混杂的马车和货车声中举目四望，寻找着白蝶小姐，可连那丰满、脸蛋粉红的老太太的影子也没看见。但当思嘉的目光焦急地四处搜寻时，有个上了年纪、面容清癯的黑人穿过泥泞地向她走来。他看上去焦虑不安，手里拿着帽子，模样颇为体面，一副很权威的样子。

"你是思嘉小姐，对吗？俺是彼德，白蝶小姐的车夫。别在那泥浆里走。"思嘉拉起裙子，准备往下走时，他严肃地命令道，"你真是跟白蝶小姐一样坏，她就像个孩子一样，老把双脚弄得湿漉漉的。俺来抱你吧。"

虽然他看上去身体瘦弱，又上了年纪，但他还是轻而易举地把思嘉抱了起来。看到普里西手里抱着小孩站在火车的平台上，他停下脚步："那孩子是你的保姆吧？思嘉小姐，她太年轻了，没法伺候查理唯一的孩子！咱们还是以后再说这件事吧。你这孩子，跟我来吧，可别把孩子摔着了。"

思嘉乖乖地依言而行，让自己被抱到马车上去，也接受了彼德大叔批评她和普里西的独断的方式。他们穿过泥泞地，普里西则板着脸踩着泥浆跟在后面。这时,思嘉想起了查理说过的有关彼德大叔的事。

“他和爸爸一起经历了墨西哥的所有战役。爸爸受伤时,他便看护他——事实上,是他救了爸爸的命。彼德大叔实际上抚养了媚兰和我,因为爸爸妈妈去世时,我们还很小。差不多那时候,白蝶姑妈和她哥哥,也就是亨利叔叔吵了一架,所以也来和我们住在一起,照顾我们。她是个最没用的人了——就像个可爱、老长不大的大小孩一样,彼德大叔就是这样看待她的。为了保住一条命,她对什么事都下不了决心,所以彼德只好帮她拿主意。决定我十五岁时应该有笔数目更大的津贴的就是他。他还坚持我大学四年级必须去上哈佛,彼德大叔想让我在这所大学拿学位。梅利到了可以梳起头发去参加晚会的年龄时,也是他的决定。他还告诉白蝶姑妈,什么时候天气太冷,不宜出门访客,什么时候该披上披巾……他是我见过的最精明的老黑人,而且差不多是最忠诚的了。他唯一的麻烦是他拥有我们三个人,从肉体到灵魂,他也知道这一点。”

彼德爬上车座,拿起马鞭时,查理的话就进一步得到了证实。

“白蝶小姐不太舒服,所以才没来接你。她还担心你会不理解,但我告诉她,她和梅利小姐会弄得满身是泥,把新衣服也给毁掉了。还告诉她我会向你解释的。思嘉小姐,你最好把孩子抱过来,那个黑人小孩会把孩子摔着的。”

思嘉看了看普里西,叹了口气。普里西并不是最胜任的保姆。她新近才从一个穿着简单的裙子、扎着硬邦邦的辫子的瘦骨嶙峋的黑人小孩变成一个穿着长长的女式衣裙、戴着上过浆的白色无檐女帽的尊贵的成年人,这种等级的升越是件令人陶醉的事。要不是战事紧急,军需部对塔拉的要求使埃伦不可能让嬷嬷或迪尔西闲下来,甚至连罗莎和蒂娜也分不开身,她是决不会这么快就升到这种显赫的地位的。普里西过去从未到过离十二棵橡树或是塔拉超过一英里的地方,坐火车的旅程加上她升为保姆的喜悦,这些几乎使她那颗小小的黑人脑壳无法承受。从琼斯伯勒到亚特兰大的全长二十英里的旅程使她激动万分,思嘉不得不要一路自己抱着孩子。现在,看到这么多建筑物和人,普里西完全陷入了混乱心态。她从一边转到另一边,指东指西,动来动去,把孩子颠得痛苦地号啕大哭起来。

思嘉太希望嬷嬷那肥胖、苍老的手臂能在跟前了。嬷嬷的手只要一触到孩子,孩子便会止住哭声。但嬷嬷人在塔拉,思嘉自己则对此无能为力。就算她从普里西手里抱过韦德,那也不会有什么用的,他还是会像在普里西抱他时一样大声哭闹。此外,他还会用力拉扯她帽子上的丝带,无疑还会弄皱她的衣服。所以她假装没有听到彼德大叔的建议。

“也许什么时候我得学些有关孩子的知识,”马车颠簸着摇摇晃晃驶出车站周围那片泥沼时,思嘉烦躁不安地想着,“但我决不会喜欢哄孩子的。”韦德的脸因哭闹而变成青紫时,她生气地厉声说道:“把你口袋里那个糖水奶头给他,普里西。只要能让他安静下来,什么都行。我知道他饿了,可我现在什么事也做不了。”

普里西拿出那天早晨嬷嬷给她的糖水奶头,孩子的哭声渐渐止住了。重新恢复了平静后,再加上看到了新的东西,思嘉的情绪开始慢慢好起来。彼德大叔最终把马车顺利地赶出坑坑洼洼的泥泞地,上了桃树街。她感到几个月以来的兴致终于涌上心头。这个城镇发展多快啊！离她上次到这里来只不过才一年多一点,可她所知道的小小的亚特兰大居然变化这么大,这简直是不可能的。

在过去的一年中,她的心思全放在自己的不幸上去了。别人一提到战争,她就感到厌烦透顶。她不知道,从开战的那一刻起,亚特兰大就被改变了。和平时期,那些铁路使这个城市成了商业贸易的十字路口,而在战时,同样的这些铁路便被赋予了重要的战略地位。虽然远离前线,这个城市及它所拥有的铁路连接了南部邦联的两支部队——在弗吉尼亚的一支及在田纳西和西部的一支。亚特兰大同样也成了联系这两支部队以及南部物资供给区的连接点。现在,为了适应战争的需要,亚特兰大已经变成一个制造中心、医疗基地以及南部供给品的主要仓库之一。

思嘉环顾四周,想找到自己如此熟悉的那个小镇。可那早已无影无踪了。她现在看见的这个城市就像是一个婴儿在一夜之间猛长,突然就长成了一个忙忙碌碌、四肢伸展着的巨人。

亚特兰大喧闹忙乱,犹如蜂窝一般。它自知自己对南部邦联很重要,为此感到无比自豪。各项工作正在紧锣密鼓、日夜不停地进行着,要把农业区变成工业区。战前,马里兰州以南没什么棉纺厂、毛纺厂、兵工厂及机械商店——所有的南方人都曾为这一点感到无比自豪。南方会出政治家和士兵,种植园主和医生,律师和诗人,但没有工程师和机械师,那是当然的。让北方佬去享有这些低档的头衔吧。可是现在,南部邦联的港口都被北方佬的炮舰封锁住了,只有一点点从欧洲来的物资才偷偷越过封锁线被运进来。南方正竭尽全力试图生产出自己的战争物资。北方可以号召全世界为它提供物资和士兵,而受北方优厚报酬的诱惑,成千上万的爱尔兰人和德国人蜂拥而至,纷纷参加了联邦军队。而南方只能依靠自己的力量。

在亚特兰大,也有一些工厂老牛拉破车似的生产出能制造战争物资的机器——说它老牛拉破车,是因为在南方没什么机器可供他们模仿制造,几乎每一个轮子和嵌齿都得按照从英国越过封锁线弄进来的图纸来生产。现在,亚特兰大的街上便有了一些陌生的面孔。一年前,有些当地人听到哪怕是西部的口音也会警觉地竖起耳朵,现在,就是对来自欧洲的外国口音也毫不在意了。这些欧洲人都是穿过封锁线到这来制造机器并生产出南部邦联所需的军需品的。这些都是些有技术的人,没有他们,南部邦联就很难生产出手枪、步枪、大炮及炸药。

工作在日夜不停地进行着,把战争物资装上铁路干线,运到两个作战前线。人们似乎可以感觉到这个城市的心脏跳动的脉搏声。每时每刻都有火车飞奔着进出车站。新建工厂的烟灰铺天盖地而来,粘在一座座白色的房屋上。到了晚上,市民们上床睡觉后,很久了都还能看见火炉的火光,听到铁锤敲击的铿锵声。一年前还是空地的地方,现在呢,有的已经变成了生产马具、马鞍和马掌的工厂,有的成了制造步枪和大炮的兵工厂,还有的成了生产用以代替被北方佬毁坏的铁轨和火车车厢的轧钢厂和铸造厂,还出现了各种各样制造马刺、马勒的小部件、带扣、帐篷、扣子、手枪和刺刀的行业。铸造厂已经开始感到铁的供应吃紧了,因为能越过封锁线进来的没有多少,或根本就没有,而在亚拉巴马州的矿山却几乎就在闲置着,因为矿工们都到前线去了。现在,亚特兰大的所有草坪上,根本看不到铁栅栏、铁制凉亭和铁门,甚至连铁的雕塑也没有,因为它们早就被送到轧钢厂的炼钢炉里去熔化了。

桃树街及附近的大街上,沿街全是部队各个部门的总部,每个办公室都挤满了穿着军服的人。军需部、通信部、邮寄部、铁路运输部及宪兵司令部。市郊是马匹的补给点,宽大的畜栏里一群群马匹和骡子在转来转去,旁边的街道则是医院。彼德大叔向思嘉介绍这些情况时,她总感到亚特兰大是座充斥着伤病员的城市,因为既有不计其数的普通医院,又有传染病院和疗养院。每天,列车开到五角场便又吐出大批伤病员。

小镇已经不见了,这个城市快速发展的新面孔被赋予了永远使不完的精力和活跃气氛。思嘉刚从乡下那种悠闲、安静的环境中来,看到这里一派繁忙景象,几乎透不过气来,但她喜欢这样。这个地方这种令人激动的气氛使她感到振奋。她似乎实实在在地感觉到,这个城市正在稳步加快的心脏搏动正和自己的一块跳动。

在市里的主要街道上,他们穿过坑坑洼洼的路面慢慢前行。这时,她饶有兴趣地注意到所有新的建筑物和新面孔。人行道上挤满了穿着制服的男人,戴着各种军衔和服役兵团的徽章;窄小的街道挤满了各种车辆——马车、小货车、救护车,还有部队的有篷运货车,骡子碾过车辙凹槽在艰难地前进,好咒骂的司机则在不停地漫骂;穿着灰色制服的信使在飞溅的泥浆中带着货单和电报急件从一个总部冲到另一个总部;正在康复的士兵拄着拐杖一瘸一拐地走着,通常两边还各有一个满心焦虑的女士;军训场上传来军号声、擂鼓声和喊口令的叫声,刚入伍的新兵正在那里被训练成士兵。思嘉第一次看到北方佬的军服时,心都跳到嗓子眼里了。彼德大叔用马鞭指着一队穿着蓝色制服的神情沮丧的人给她看,一小队南方部队的士兵正端着上好刺刀的枪押送他们到车站去,再让他们坐火车到战俘营去。

“噢。”思嘉心里涌起了一股真正的愉快之情。自野餐会以来,这还是第一次呢。“我会喜欢这里的!这里太有生气,太令人激动了!”

这个城市甚至比她所意识到的还要有生气,因为,新的酒吧几十家几十家地不断开张,紧接着部队而来的是妓女的蜂拥而至,妓院里的女人生意兴隆,使常上教堂的信徒们目瞪口呆。每家旅馆、供膳寄宿处和私人住宅都挤满了客人,他们到这来是为了更接近住在亚特兰大各大医院里受伤的亲戚的。这里每星期都举办晚会、舞会和义卖会,还有数不清的战时婚礼。新郎是正在休假的军人,穿着色泽明亮、有灰色和金色镶边的制服,新娘则穿着偷越封锁线带进来的华丽衣服,通道上放着交叉在一起的军刀,大家喝着同样遭封锁的香槟酒为他们祝福,却又要含泪告别。晚上,两旁整齐地栽着树木的阴沉沉的街道上回响着跳舞的脚步声,大厅里回荡着钢琴声,女高音混杂着做客的士兵悦耳却忧郁的声音在唱着《军号吹响了停战声》及《你的信到了,但到得太迟了》——这些哀怨的民谣引得那些对真正痛苦的眼泪还一无所知的心软的人们流下了激动的泪水。

他们穿过老往下陷的泥泞,沿街继续前进时,思嘉嘴里不断冒出许多问题来,彼德一一为她解答,用马鞭指指这,指指那,为能展示自己的所知而感到无比荣耀。

"那是军火库。是的,小姐,他们把枪呀什么的都放在那。不,小姐,那不是商店,它们是封锁办事处。法律,思嘉小姐,你不知道封锁办事处是什么吗?那是那些外国人待的地方。他们从我们南部邦联手里买走棉花,用船运到查尔斯顿和威尔明顿出口,再把军火给我们运进来。不,小姐,俺也不敢肯定他们是哪一国的外国人。白蝶小姐说他们是英国人,但他们说的话没一个人听得懂。是的,小姐,烟雾灰尘太大了,尘土穿过白蝶小姐的丝绸窗帘往里钻。这是从铸造厂和轧钢厂飘来的。还有晚上从那传来的声音!简直吵得人没法睡觉。不,小姐,俺不能停下来让你看一看。俺已经向白蝶小姐答应过把你直接带回家的……思嘉小姐,向她们回个礼,那是梅里韦瑟小姐和埃尔辛小姐在向你点头致意呢。"

思嘉依稀记得,曾有两个叫梅里韦瑟和埃尔辛的太太从亚特兰大到塔拉来参加她的婚礼,她还记得她们是白蝶小姐的好朋友。所以她很快转过身,对着彼德大叔指的方向点头致意。那两人正坐在一家干货店外面的马车里。店主和两个伙计站在人行道上,手里抱着一匹匹棉布在推销。梅里韦瑟太太是个高大结实的女人,她的紧身胸衣束得很紧,以至胸部向前突起,就像是船头一样。她那铁灰色的头发被一绺拳曲的假刘海装饰着,褐色的刘海傲气十足,似乎不屑与她的其余头发相配。埃尔辛太太较为年轻,是个单薄瘦弱的女人,过去曾经是个美人,所以,在她身上还残留着一丝已经淡化的青春活力,还有一种挑剔专横的神情。

这两位太太,加上怀廷太太这第三位,是亚特兰大的三根顶梁柱。她们掌管着三座教堂、牧师、唱诗班和教民,而她们自己也是教民之一。她们组织义卖会,主持针线组的活动,还在舞会和野餐会上陪伴未婚少女。她们知道谁跟谁很般配,谁和谁则配不来,谁又暗地里喝酒了,谁又怀孕了,连什么时候生她们都知道。凡在佐治亚、南卡罗来纳及弗吉尼亚三个州有点头脸的人的家谱，她们三个都是权威，而对其他州，她们根本就不予费心，因为她们相信，有点头脸的人物没有一个是从这三个州以外的其他州来的。她们知道什么才是有教养的行为举止，什么不是，而且从来都能让她们的观点为别人所知——梅里韦瑟太太利用她那最高的嗓门，埃尔辛太太则用讲究的慢吞吞的渐渐消失的声音；怀廷太太用的是忧伤的耳语；显示出她很讨厌谈及这类事情。这三位太太打心眼里互相不喜欢，也互相不信任，就像古罗马的第一任三位执政官庞贝、恺撒和克拉瑟斯一样，而她们紧密的联盟很可能也出于同样的原因。

“我告诉过白蝶，我得把你要到我的医院里来。”梅里韦瑟太太笑着说，“你可别答应米德太太和怀廷太太哟！”

“我不会的。”思嘉说。她根本不知道梅里韦瑟太太在说些什么，但有人欢迎自己，需要自己，她心里感到了一丝温暖。“我希望很快就能再见到你。”

马车继续向前跋涉。中途停了一会，让两位手臂上挎着一篮子绷带的太太踏着满是泥泞的街上摆放的几块踏脚石摇摇晃晃地穿街而过。就在同一时候，思嘉的视线被人行道上一个身穿鲜艳服饰的人影吸引住了——那服饰穿在街上显得太艳丽了——她披着佩兹利细毛披巾，流苏直垂到脚后跟。她转过身，看到一个高个子漂亮女人，有着一张大胆而显冒失的脸，一头蓬乱的红头发，红得像是假的。这是她第一次看到她敢肯定“做过头发”的女人。于是她注视着她，完全被迷住了。

“彼德大叔，那是谁呀？”她低声问道。

“俺不知道。”

“你知道的。这我看得出来。她是谁？”

“她名叫贝尔·沃特琳。”彼德大叔说，他的下嘴唇开始拉长了。

思嘉马上注意到他没有在名字后加上“小姐”或“太太”两个字。

“她是谁？”

“思嘉小姐，”彼德阴沉着脸说，马鞭在马身上抽了一鞭，把马吓了一跳，“你问这些跟我们毫无关系的问题，白蝶小姐会不高兴的。她是这城里不值一提的贱货，说了也没用的。”

“天哪！”思嘉心里想着，却已被训斥得哑口无言，“那一定是个坏女人!”

她过去从没见过坏女人,所以她扭过头,盯着她的背影看,直至她消失在人群中。

商店和新建的战时建筑连得不那么紧密了,建筑与建筑之间有了一些空地。最后,商业区被甩在后面了,居住区映入眼帘。思嘉像是老朋友一样把它们一一认了出来:莱登家的房子,既尊贵又雄伟;有小小的白色柱子和绿色百叶窗的邦内尔家的房子;麦克卢尔家族那幽深的佐治亚红砖房伫立在低矮的箱状树篱后面。他们现在走得更慢了,因为游廊上、花园里及人行道上都有太太向她打招呼。有些人她只知道一点,其他的她记不太清楚了,但大多数她根本就不认识。白蝶一定是到处广播了她即将到来的消息。小韦德只好一次又一次被抱起来,以便敢冒险越过淤泥走到他们的马车车厢前的太太们可以对着他惊叫。她们全都对她叫着,说她必须参加她们的编织组、针线组或是护理会,不能参加别人的,她则漫不经心地左右答应着。

他们经过一座有凌乱不堪的绿色护墙板的房子时,坐在门前台阶上的一个黑人小女孩叫了起来:“她来了。”米德医生和他太太,连同年仅十三岁的小菲尔便出现了,他们跟她打着招呼。思嘉想起来了,他们也来参加过她的婚礼。米德太太登上马车车厢,伸长脖子看孩子,但医生却不顾烂泥,跋涉到马车边上。他又高又瘦,留着铁灰色的尖胡子,衣服挂在消瘦的身体上,好像是被飓风刮到那似的。亚特兰大把他当成所有力量和智慧的源泉,而他多少具有他们所相信的某些优点,这是一点也不奇怪的。要不是他那发表神谕式的说话习惯和稍带浮夸式的举止的话,他倒是个好人。

医生和她握了握手,并用手指在韦德肚子上戳了戳,逗着他,接着便宣布,白蝶姑妈已经发过誓,答应思嘉只到米德太太的医院和卷绷带组去帮忙。

“噢,天哪,可我已经答应了有上千个太太了!”思嘉说。

“梅里韦瑟太太,一定是她!”米德太太愤愤不平地叫了起来,“这个讨厌的婆娘!我相信,她每次火车来时都去接车!”

“我答应是因为我一点也不知道这是怎么回事。”思嘉承认道,“医院护理会到底是什么呀?”

医生和他太太都对她的无知感到有点惊讶。

“当然,你一直待在乡下,被埋没了,自然不会知道,”米德太太为她辩解说,“我们有为不同的医院和不同时间服务的护理会。我们护理伤病员,给医生帮忙,制作绷带,缝制衣服。当他们治疗到可以出院时,我们便把他们接到自己家里,好让他们恢复健康,直到他们能够回部队去。我们还照看穷苦伤病员的妻子和孩子——是的,比穷苦还糟。米德医生就在我的护理会的学院医院里做事,每个人都说他太出色了,而且——”

“行啦,行啦,米德太太,”医生嗔怪地说,“别在人前夸我了。我能做的实在是太少了,而你又不让我去参军。”

“不让!”她愤愤不平地叫了起来,“我?是这个城市不让你去,你自己知道得很清楚。听我说,思嘉,当人们听说他打算去弗吉尼亚当军医时,所有的太太都签名请愿,要求他留在这。这个城市不能没有你,那是当然的。”

“好了,好了,米德太太,”医生说,显然听了这表扬感到很舒服,“也许有了个儿子在前线,目前来说就已经够了。”

“我明年也要去的!”小菲尔叫道,激动得跳来跳去,“去当鼓手。我现在正在学习如何击鼓。你想听我击鼓吗?我跑去把鼓拿来。”

“不,现在不用。”米德太太说,把他往身边拉了拉,脸上突然现出一种紧张的神情,“明年不行,亲爱的,也许后年吧。”

“但那时战争就已经结束了!”他耍着性子喊了起来,从她身边挣扎开去,“你答应过的!”

在他头顶上,他父母亲的目光对视了一下,思嘉看到了这一幕。很显然,达西·米德正在弗吉尼亚,因此他们对留下的这个小儿子格外依恋。

彼德大叔清了清嗓子。

“俺离开家里时,白蝶小姐正不舒服。如果俺不赶快回去,她会晕过去的。”

“再见。我下午过去看你。”米德太太叫道,“你帮我转告白蝶,如果你不到我的护理会,她的日子会更不好过。”

马车继续起程,沿着泥泞的路向前滑行。思嘉靠在坐垫上,脸上露出了微笑。她现在的感觉比几个月来的感觉都更好。在亚特兰大,人头攒动,步履匆匆,还有一股促人激动的潜流,这太令人高兴,令人振奋了,所以比远在查尔斯顿郊外的那孤单寂寞的种植园好多了,那里只有短尾鳄的叫声才会打破夜晚的宁静。这里也比查尔斯顿更好,那里的人们只会躲在高高的院墙后面的花园里做梦;这里甚至比宽大的街道两旁种满棕榈树、濒临泥泞浑浊的河流的萨凡纳还要好。是的,短时间内甚至比塔拉还好,虽然塔拉也很可爱。

这个街道泥泞窄小、位于起伏的红色山峦之间的城市有着某种令人激动的东西,某种天然的粗野的东西,这和她隐藏在埃伦和嬷嬷教给她的优雅外表下的某种天生的粗野天性正好吻合。她突然感到,这里正是自己应该归属的地方,自己不属于濒临黄色的河流边上的安详、宁静、平坦的老城市。

房子与房子之间隔得越来越开了,思嘉探出头,看到了白蝶小姐那石板屋顶的红砖房。这几乎是这城镇北边的最后一座房子了。再过去,桃树街便越来越窄,在大树下蜿蜒远去,消失在浓密而宁静的森林中。整洁的木片栅栏刚刚漆过,雪白雪白的。栅栏围着的前院里,点缀着已要过季的最后几朵黄色的长寿花。屋前的台阶上站着两位一袭黑衣的女人。她们身后还有一个大个子黄皮肤女人,她双手放在围裙下,一脸粲然的微笑,露出了洁白的牙齿。丰满的白蝶小姐正激动地迈着小脚摇摇晃晃地向前走来,一只手放在丰满的胸部,以让那跳动不安的心平静下来。思嘉看到媚兰站在她身边,心里涌起了一股厌恶感。她于是意识到,亚特兰大的美中不足之处就是这个穿着黑色丧服的小个子女人。她那茂密的鬈发硬是被平平地梳在脑后,显出一副沉稳的模样,心形的脸上挂着表示欢迎且充满爱意的幸福微笑。

南方人不嫌麻烦地收拾好箱子,来到二十英里外去探亲访友时,待在那的时间很少不超过一个月的,通常都比一个月更长。南方人去走亲戚时,热情得就像是他们才是主人一样,亲友们来过圣诞节,可自此后却一直待到七月份,这一点也不奇怪。经常,新婚夫妇作例行的巡回探亲访友时,会在某个温馨的家庭一直待到第二个孩子出世才离开。而上了年纪的姑姑、姨姨、叔叔、伯伯本是来赴星期天的晚宴的,却一待好几年,直至他们入土,这也是经常的事。客人来访并不会有什么麻烦,因为房子宽大,仆人成群,多加几张吃饭的嘴,在那富裕的地方真乃小事一桩。男女老幼都爱去探亲访友:度蜜月的新婚夫妇,为炫耀新生婴儿的年轻妈妈,正在康复的病人,丧失了亲人的人，还有的是年轻姑娘们，有的是父母亲急于把她们支走，以免落入不明智的婚姻的危险中去，有的则是已到了步入老姑娘的危险年龄却还没有说上亲事，希望在其他地方亲友的指导下，找到合适的婆家。来访的客人给南方慢吞吞的生活步调注入了一股令人激动的新鲜感，所以他们总是受欢迎的。

同样，思嘉到亚特兰大来，对自己要在这待多久，心里一点谱也没有。如果这里也证明跟萨凡纳和查尔斯顿一样无聊乏味，那她一个月后就回家去。如果在这待得还愉快，她就将无限期地留在这。但是她刚到达，白蝶姑妈和媚兰就发起了一场战役，劝她永远和她们待在一起，把这里当成自己的家。她们把一切可能的论据都提出来了。为她们自己起见，她们也需要她，因为她们爱她。在这所大房子里，她们感到又孤单又寂寞，晚上常常感到很害怕，而她是这么勇敢，可以给她们勇气。她又是这么美丽迷人，在她们如此悲伤的时候，可以让她们振作起来。既然查理死了，她和她儿子的住所就该和他的亲人们在一起。再说，根据查理的遗嘱，现在这房子的一半已经属于她了。最后，南部邦联也需要每一双能为其做针线、编织、卷绷带和护理伤病员的手。

查理的叔叔亨利是个单身汉，住在车站附近的亚特兰大旅馆里。他也就这个话题跟她严肃地谈了话。亨利叔叔五短身材，大腹便便，是个性情暴躁的老绅士。他脸色粉红，留着银白色的长发，让人看了颇感吃惊；他完全没有耐心，却又有女人般的羞涩胆怯和自卖自夸的特点。正是这后一个原因使他和他妹妹白蝶小姐关系不太好。从孩提时代起，他们的性情就截然相反，而他对她抚养查理的方式持反对态度，这便使他们更加疏远——他认为她“把一个军人的儿子培养成了一个该死的女人气十足的胆小鬼！”多年以前，他便这样侮辱过她，以致现在白蝶小姐从来都不提他，只是有时才谨慎地小声嘀咕着，而且说得极有保留，不知道的人还以为，这个诚实的老律师至少是个杀人犯呢。那次侮辱事件是在这种情况下发生的：白蝶小姐想从她的个人财产中取出五百美元去投资一座并不存在的金矿。由于他是她财产的受托管理人，所以不允许她支取，还言辞激烈地说她不会比一只绿花金龟更有头脑，说他若和她在一起再待上五分钟以上，他就会烦躁不安。从那天起，她便只跟他正式会面，每月一次，由彼德大叔赶着马车送她到他的办公室去取家用钱。每次这种短暂的会面之后，白蝶总是躺倒在床上，那天的剩余时间便是泪眼汪汪、闻着鼻盐在床上度过的。媚兰和查理跟他们叔叔的关系都好得不得了。他们也曾经不时主动提出来要减轻她所受的这种折磨，但白蝶总是紧闭她那张婴儿般的小嘴，拒绝接受。亨利是她的灾星，但她得忍着他。从这点上，查理和媚兰只能推断，她从这种偶尔才有的激动状态中能得到深深的快乐，而这激动也是她被人庇护的生活中唯一的激动。

亨利叔叔马上便喜欢上了思嘉。他说，这是因为他看得出来，尽管她也傻乎乎地故作姿态，但还多少有点头脑。他不但是白蝶和媚兰财产的受托管理人，也是查理留给思嘉的财产的受托管理人。思嘉现在已是个富有的年轻女人，这对思嘉来说是个颇为令人高兴的惊喜。因为查理不但把白蝶姑妈的房子的一半留给了她，还留给了她田产和城里的产业。车站附近铁路沿线的商店和仓库也是她所继承的遗产的一部分，自开战争以来，它们就已升值了三倍。就在亨利叔叔把她财产的账目交给她时，他也提出来要她把亚特兰大作为永久住所。

"韦德到年龄的时候，他就会成为富有的年轻人。"他说，"根据亚特兰大的发展趋势，他的产业二十年后会增值十倍。孩子必须在他产业的所在地被抚养成人，这才是对的，这样，他就能够学会如何管理他的财产了——是的，还有白蝶的和媚兰的财产。不久以后，他就要成为韩姓家族留在这的唯一的男人，因为我不会永远待在这。"

至于彼德大叔，他则想当然地认为，思嘉来了是会长住下去的。在他看来，查理唯一的儿子在自己无法监督的地方抚养成人，这是令人难以相信的。对所有这些理由，思嘉只是笑而不答。在弄清楚自己对亚特兰大和夫家亲属长期相处到底喜欢到何种程度以前，她不愿表态。她也知道，先得说服嘉乐和埃伦。再说，她一旦离开塔拉，心里便想得厉害，想那红色的田野，生长茂密的绿油油的棉花以及晨曦中舒心怡人的宁静气氛。嘉乐曾说，她对土地的爱是从血统中带来的。她现在才第一次隐隐约约地意识到这句话的含义。

所以，对她要住多久这个问题，眼下她总是巧妙地避开，不给确切的答复，而是颇为轻松地融入这座红砖房里的生活中去，融入这所位于桃树街宁静的末端的房子的生活中去。

跟查理的亲属生活在一起,看着他生于斯长于斯的家,思嘉现在对这个在短期内接二连三地把她变成妻子、寡妇和母亲的年轻人的了解多了一些。很容易便可以看出他为什么如此害羞,不懂世故,却又如此理想主义。如果说查理继承了他父亲——一位勇敢坚强、大胆无畏、脾气暴躁的士兵——的某些个性的话,那在孩提时代也早被把他抚养成人的女性氛围给扼杀了。他对孩子气的白蝶很衷心,跟媚兰也很亲近,比通常哥哥对妹妹的态度还亲,而这世界上又再也找不到比这两位女士更温柔可爱、更不谙世事的人了。

六十年前,白蝶姑妈受洗时被命名为萨拉·简,但在很久很久以前的一天,因为她那双脚步轻盈、永不安定、嗒嗒乱跑的小脚,她那溺爱孩子的父亲便把这一绰号安在她身上[1]。自那以后,便没有人叫过她别的名字。这第二次命名以后的岁月里,她身上却发生了很多变化,使这一爱称变得不太合适。原来那个步履轻快、蹦蹦跳跳的小姑娘不见了,如今只有那两只与她现在的体重极不相称的小脚和欢快天真、漫无目的的说话声还有原来的样子。她身材矮胖,面色粉红,头发银白。由于紧身胸衣束得太紧,总是有点气喘吁吁的。她把两只小脚硬塞进过小的便鞋中,走路顶多能走一个街区远。她那颗心一激动便跳得飞快,而她也总是随它去,一点也不会觉得不好意思。稍受刺激,她便会晕过去。大家都知道,她的昏厥一般情况下都只是小姐般的装模作样而已,但他们太爱她了,肯定不会这么说出来。每个人都很爱她,像孩子一样惯着她,不愿跟她认真——大家都这样,只有她的哥哥亨利除外。

在这世界上,她喜欢闲聊胜过任何事,甚至超过对餐桌上食物的喜爱。她可以一连好几个小时用一种对人无害的友好方式谈论别人的事情。她对人名、日期和地点根本记不住,常常把亚特兰大上演的一出剧里的演员和另一出剧里的演员混为一谈,而这也不会造成任何人因此而被误导,没有人会蠢到把她说的话当真,也没有人告诉过她真正骇人听闻或是羞耻可恶之事,因为,虽然年已六十,她那老处女的心态还是应该受到保护的。她的朋友们于是都好心地联合起来,对她就好像对一个需要保护和爱抚的孩子一样。

① Pittypat 英语里有小脚丫的意思。

媚兰很多方面都很像她的姑妈。她像她那样生性羞怯，会突然脸红，还很谦虚，但她确确实实“有点见识——这我得承认”，思嘉心里不甘愿地这么想。像白蝶姑妈一样，媚兰有着一张受着保护的孩儿脸，从来就只知道单纯和善良，真理和爱心。她像个孩子，即使看到艰苦和邪恶的东西，她也辨别不出来。因为她总是非常幸福，非常快乐，所以她想要她周围的每个人也都幸福快乐，至少是想让他们对自己感到满意。为了这一点，她总是看到别人最好的一面，而且会很善意地说出来。在再笨的仆人身上，她也能发现一点忠诚的品德以作补偿。相貌再丑陋、再不可爱的女孩，她也能在她身上发现礼数上的优雅举止和高贵的气质。再没用、再无聊的男人，她也会从他可能有的潜在能力看待他，而不从其现在的样子去看待他。

因为她那颗慷慨善良的心真诚、自然地表现出这些品德，所以大家都聚集在她周围。若一个人总能在别人身上发现一些令人仰慕的优点，而这些优点就连他们自己也都是做梦都不敢想的，那么，有谁能抵挡这样一个人的魅力呢？因为她不具备那种用以俘获男人的心所需要的存心与私心，所以没什么男朋友。可是，她在城里的女性朋友和男性朋友比任何人都多。

媚兰所做的只不过是所有南方姑娘都接受了教育应该去做的——使她们周围的那些人感觉自在，并对自己感到满意。正是这种令人愉悦的女性整体风范，使得南方社会如此令人愉快。女人们知道，男人们若拥有一块土地，对此又感到心满意足，毫无抵触，安全稳妥，又能满足未被揭穿的虚荣心，那这块土地就很可能成为女人们非常令人愉快的居所。为此，从躺在摇篮中起直到走入坟墓为止，女人总是努力使男人满意，而心满意足的男人则用殷勤和爱意慷慨地回报她们。事实上，男人愿意把世间所有的一切都给予他们的太太，只有聪明这点荣誉除外。思嘉其实是在施展着和媚兰一无二致的魅力，只不过加上了精心研究过的艺术技巧和完美无缺的技艺罢了。两个姑娘的区别在于，媚兰对人说善意讨好的话是出于使别人感到快乐的目的，哪怕是暂时的也成，而思嘉这么做，从来都是为了达到自己的目的。

从他最爱的两个人身上，查理没有受到任何能使他变得坚强的影响，从艰苦境遇或说现实社会也没有学到一星半点的知识，抚养他长大成人的家就像鸟窝一样温暖。和塔拉相比，这个家是如此宁静、老式、温和。对思嘉来说，这座房子在大声呼喊着需要白兰地、烟草和马卡油①这些雄性的气味，需要粗哑的声音和不时的诅咒叫骂声，需要枪支、威士忌，需要马鞍、马勒和趴在脚边的猎狗。她很想念在塔拉总能听到的吵架声。只要埃伦一转身，这些声音便会响起来——嬷嬷和波克争吵，罗莎和蒂娜拌嘴，还有她自己和苏埃伦的尖刻争论以及嘉乐大声威胁的声音。难怪从这么一个家中长大的查理会成了个女人气十足的胆小鬼。在这里，从来不会有什么激动，也从来不会有人提高说话的嗓门，每个人的意见都只是和别人的意见稍微有点不一样而已，而最后，厨房里那个灰白头发的黑人独裁者便随心所欲，为所欲为了。思嘉曾希望逃离了嬷嬷的监督后可以把马缰放松些，结果却伤心地发现，彼德大叔有关淑女风范的行为标准比嬷嬷的还更严格，对主人查尔斯的遗孀就更是如此。

在这样一个家庭中，思嘉恢复了原来的样子，几乎是连她自己都还没意识到，她的精神就已经恢复正常了。她才只有十七岁，她有的是健康的体魄和旺盛的精力，而查理的家人又竭尽全力使她快乐。如果他们觉得这还不太够，那也不是他们的过错。因为，每当有人提到希礼的名字，她的心就在颤动，谁也无法驱除她心中的这种痛苦。而媚兰又是这么经常地提起他！但媚兰和白蝶都在不辞辛劳地计划着如何抚慰她的悲伤。她们认为，她正受着这种悲伤的折磨呢。她们把自己的悲痛藏起来，好转移她的注意力。她们为她的食物，下午午睡要睡多长时间以及坐马车外出兜风等事情忙个不停。她们不但对她崇拜得过分，崇拜她的满身活力、苗条的身材、小巧的手和脚，白皙的皮肤，而且还经常说出来，用轻拍、拥抱和亲吻来加强她们的亲昵。

思嘉并不在乎拥抱和爱抚，但她对那些恭维倒是感到很舒服。在塔拉，没有人对她说过这么多好话。实际上，嬷嬷老是要杀杀她那自负的气焰。小韦德不再是个烦人的小家伙，因为全家人，包括黑人和白人，还有邻居都很爱他，大家不停地争着让他坐在膝上。媚兰特别溺爱他。即使在他尖叫号哭最厉害的时候，媚兰还是认为他很可爱，而且会说出来，还会加上一句："噢，你这亲爱的小宝贝！我真希望你是我自己的孩子！"

---

① 一种发油。

有的时候,思嘉发现很难掩饰自己的情感,因为她还是认为白蝶姑妈是那些老太太中最为愚蠢的,她的模糊不清和愚蠢的空想使她烦得受不了。她对媚兰的不喜欢则是一种带着妒意的不喜欢,这种不喜欢的程度与日俱增。有时候,当媚兰满脸微笑,带着充满爱意的自豪感谈到希礼或是大声读着他的来信时,她只得突然离开房间。但总的说,这种情况下的生活已经相当快乐了。亚特兰大比萨凡纳或是查尔斯顿和塔拉都更有趣,它还为人们提供了这么多的战时工作,她根本就无暇去思想或是忧郁不乐。可是,有时候,当她吹灭蜡烛,把头埋进枕头中时,她也会叹息着想:“要是希礼还没结婚就好了!要是我不用到那瘟疫般的医院去做护理工作,那又有多好!噢,要是我有几个男朋友就好了!”

她很快就厌恶了护理工作,但她无法逃脱这一职责,因为她同时属于米德太太和梅里韦瑟太太的护理会。这就意味着她一星期得有四天要待在闷热难耐、臭气熏天的医院里,把头发包在一块毛巾里,从脖子到脚则被一块闷热的围裙围起来。亚特兰大的每个妇女,年老的也罢,年轻的也罢,全都参加护理工作,而且干得热情洋溢,这对思嘉来说,简直可以说是一种狂热。她们想当然地认为,她也像她们一样充满爱国热情。要是知道她对战争根本没什么兴趣,她们一定会大吃一惊的。希礼可能会阵亡,这是一直在折磨她的念头。除此以外,战争引不起她丝毫的兴趣。至于护理工作,那是因为她不知如何摆脱才去做的。

确实,护理工作一点也不浪漫。对她来说,这只意味着痛苦的呻吟、神智不清、死亡和难闻的气味。医院里挤满了污迹斑斑、胡子拉碴、虫蝇围绕的男人。他们散发出难闻的气味,身上带的伤惊恐骇人,足以使一个基督徒翻胃想呕。医院里发出坏疽的恶臭,臭气直冲她的鼻孔,离门很远便能闻到。一种难闻又带点甜丝丝的气味萦绕在她手上、头发上,连在梦中都困扰着她。苍蝇、蚊子和小虫子成群结队地盘旋在病房上空,嘤嘤嗡嗡地唱着歌,把病人们折磨得诅咒漫骂,无力地呻吟着。思嘉抓着自己被蚊子叮咬的地方,摇着棕榈扇,直到肩膀发疼。于是,她真恨不得所有的男人都死光才好。

然而,媚兰似乎对那些气味、伤口和上身赤裸的男人们毫不在意。思嘉觉得,这对一个最胆小、最羞怯的女人简直奇怪极了。有时候,米德医生切除长了坏疽的肌肉时，媚兰端着脸盆和手术器械站在旁边，脸色也会发白。有一次，做完一次这样的手术后，思嘉发现媚兰在用亚麻布围起来的盥洗室里悄悄地往一块毛巾里呕吐。但是，只要她出现在伤员面前，她便显得极为和蔼，富有同情心，而且很快活，医院里的男人们都叫她慈善天使。思嘉本来也很喜欢这个头衔，但这就意味着要去动那些身上爬满虱子的男人，在烟草块被吞下去时，把手指伸到那些不省人事的病人口里，看看他们是否哽住了，给他们的腿缠上绷带，还要从溃烂的肌肉里往外抓蛆。不，她不喜欢护理！

如果允许她对那些正在康复的男人施展魅力的话，那也许还能忍受，因为他们很多人也很吸引人，出身也很好。但她正在守寡，不能这么做。城里的年轻姑娘们负责康复病区，因为不允许她们去做护理工作，生怕她们会看到不适于少女看到的情景。她们不受已婚或是守寡的遏制，向康复病人发起猛攻。思嘉黯然神伤地注意到，即使是最不吸引人的姑娘，也能轻而易举地使自己跟别人订婚。

除了那些病入膏肓和伤势特重的男人外，思嘉的世界全然是个女性世界，这使她恼怒到极点。她既不喜欢自己的同性，也不相信她们，更糟的是，她总是被女性世界搞得很厌倦。可每星期有三个下午，她还得参加媚兰的朋友们的针线组和卷绷带组。这些姑娘们全都认识查理，在这些聚会上对她都很友好，很有礼貌，特别是范妮·埃尔辛和梅贝尔·梅里韦瑟，城里两位贵妇人的女儿。但她们都对她毕恭毕敬，好像她已是个老妇人，这辈子已经完了。她们不断谈论舞会和男朋友，这使她既妒忌她们的快乐，又为自己的寡妇身份妨碍了自己参加这类活动感到怨恨不已。这是为什么呢？她比范妮和梅贝尔迷人三倍呢！噢，生活多么不公平呀！每个人都认为她的心已经进了坟墓，而事实上一点也没有，这又有多不公平啊！她的心在弗吉尼亚和希礼在一起呢！

然而，虽然有这些不痛快，亚特兰大还是使她很高兴。随着一星期一星期悄悄地过去，她在这儿耽搁的时间也越来越长了。

# 第九章

那个仲夏日的早晨，思嘉坐在卧室的窗口，郁郁不乐地看着窗前经过的货车和马车。车上坐满了姑娘、士兵和作伴的年长妇女。他们高高兴兴地沿桃树街向郊外驶去。那天晚上要为医院举行义卖会，他们是去林区寻找枝叶装点会场。红色的路上，阴影和强烈的阳光交相辉映，上方是搭成拱形的树枝。众多马蹄过处，扬起了一小片红色的尘土。走在其他马车前面的一辆货车，上面坐着四个身强力壮的黑人，他们带着斧头，要去砍冬青树，扯回一些藤蔓植物。货车的后部，高高堆着一些盖着餐巾的大篮子、橡树条篓筐，里面装着野餐用的午餐，还有十几个西瓜。两个黑人还带着班卓琴和口琴，他们正唱着一首经过修改的激动人心的乐曲——《如果你想过得快活，就去参加骑兵》。在他们后面，欢快的车队鱼贯而行：姑娘们穿着凉快的花布裙子，披着精美的披巾，戴着无边女帽和露指长手套以保护她们的肌肤，头顶还遮着小巧的阳伞；在一片欢笑声、马车与马车之间的叫喊声及玩笑声中，上了年纪的妇女们心平气和地微笑着；康复病人挤在身体健壮的陪伴妇女和身材苗条的姑娘们中间，搞得女士们对他们大呼小叫，喧闹不休；骑马的军官们则在马车旁让马悠闲地像蜗牛一样缓缓前行——车轮咕噜响，马蹄嗒嗒嗒，金色的饰带熠熠生光，小巧的阳伞摇来摆去；扇子沙沙响，黑人在歌唱。每个人都驶出桃树街去采集青枝绿叶，还要在那野餐、吃西瓜。“每个人，”思嘉愁眉不展地想着，“只有我除外。”

他们经过时全都向她挥着手，叫喊着打着招呼。她也试图举止优雅地回礼，但是太费劲了。一丝隐隐的痛楚从她心中涌起，慢慢传到了她的喉咙口,在这便会变成一块硬块,而这硬块很快便会化作眼泪。除了她,每个人都去野餐了。而每个人都要去参加今晚的义卖会和舞会,只有她不行。也就是说,除了她、白蝶、梅利和城里其他正在服丧的不幸的人们。可梅利和白蝶似乎并不在乎。她们甚至连想都没想到要去。思嘉可想到了。而她也确实很想去,特别地想去。

这真是太不公平了。跟城里的姑娘相比,她比谁都加倍努力地工作,为义卖会准备东西。她也织袜子、婴儿帽、软毛毯和围巾,编织了成码成码的花边,在毛发盘和髭须杯上画过画。她还在半打沙发枕套上绣上了南部邦联旗帜(星星绣的有点不像了,确实,有些几乎成了圆形的,其他的则有六个角,甚至七个角。但总体效果还是好的)。昨天,她在一个军械库的旧库房里用黄色、粉色和绿色的干酪包布①装饰排列在墙边的货摊,直到干得筋疲力尽。在妇女医院护理会的监督下,这显然是苦差事,而且一点乐趣也没有。在梅里韦瑟太太、埃尔辛太太和怀廷太太旁边,由她们来指挥你干这干那,就好像你是个黑人一样,那是绝对不会有什么乐趣的,还得听她们吹嘘她们的女儿有多受人欢迎。最糟的是,在帮助白蝶和厨娘制作抽彩用的多层蛋糕时,她的手指还被烫了两个泡。

可是现在,像个做农活的黑人般干完活后,她只得有教养地退回家中,而那里的乐趣才刚刚开始。噢,她就得有个死去的丈夫,隔壁房间里还有个呀呀乱叫的婴儿,还得远离一切令人快乐的事,这太不公平了。仅仅在一年多以前,她还在大尽舞兴,穿着靓丽的衣服,而不是这黑糊糊的丧服,而且,实际上等于和三个男孩订了终身。她现在还只有十七岁,还有许多舞曲等着她去跳。噢,这太不公平了!真正的生活就在她眼皮底下、在夏日炎热的气候中一条阴凉的路面上与她擦身而过——一种伴随着灰色制服、嗒嗒的马蹄声、带花的玻璃纱衣裙和班卓琴声的生活。对那些她最熟识的男人,也就是她在医院护理过的男人,她对他们报以微笑,跟他们招着手,但这么做时却要努力使自己不至于太热情,可很难使自己不把酒窝露出来,很难使自己看上去整颗心已经进入坟墓——因为实际上并非如此。

她正对外面的人点着头,招着手,这时,白蝶突然走进房间打断了她。

---

① 干酪包布是一种粗布。

白蝶像往常一样，由于爬楼梯而气喘吁吁的，她唐突地把思嘉从窗边拉了回来。

“你疯了吗，宝贝，居然在你的卧室窗口对外面的男人招手？我宣布，思嘉，我是太吃惊了！你妈妈会怎么说呢？”

“哦，他们不知道这是我的卧室。”

“但他们会怀疑这是你的卧室的，那也同样很糟糕。宝贝，你不能做这种事。大家会说闲话，会说你放荡的——不管怎么说，梅里韦瑟太太知道这是你的卧室。”

“我想，她会把这告诉所有的男孩的，这只老母猫。”

“宝贝，别说了！多利·梅里韦瑟是我最好的朋友。”

“哦，那她也同样是只猫——噢，我很抱歉，姑妈，你别哭！我一时忘了这是我卧室的窗口了。我以后不这样了——我——我只是想看看他们经过。我希望我也能去。”

“宝贝！”

“是的，我希望如此。坐在家里简直腻味透了。”

“思嘉，答应我以后别再说这种话了。人们会说闲话的。他们会说你对可怜的查理连应有的尊重都没有——”

“噢，姑妈，你别哭！”

“噢，现在我把你也弄哭了。”白蝶啜泣着，那样子却似乎是高兴的，一边还把手伸到裙子口袋里去掏手帕。

那一丝隐隐的痛楚终于传到了思嘉的喉咙口，她大声哭了起来——并不是像白蝶所想的是为可怜的查理而哭泣，而是街上那最后的车轮声和欢笑声已渐渐远去了。一阵衣裙的沙沙声响处，媚兰从她的房间里匆匆走了进来，眉头紧锁，一副担忧的样子，手里还拿着一把梳子，平常梳得整整齐齐的黑头发从发罩里放了下来，微微拳曲的头发波浪般披散在脸颊周围。

“亲爱的！怎么回事？”

“查理！”白蝶哭泣着，完全陷入因痛苦所带来的快感中，把头埋在梅利的肩膀上。

“噢，”梅利说着，提到她哥哥的名字，她的嘴唇也抖动了，“坚强些，亲爱的。别哭。哦，思嘉！”

思嘉已经扑倒在床上放声大哭，为她逝去的青春而哭，为青春所能带来的快乐而她却被拒之门外而哭。她带着孩子般的愤愤不平和伤心绝望大声哭着。孩提时她曾经用哭泣就能得到自己想要的东西，而现在，她知道，哭泣再也帮不了她了。她把头埋在枕头里，一边哭泣，一边还用脚踢着有绒毛的床罩。

“我还是死了的好！”她极动情地哭着。在思嘉发泄这些痛苦以前，白蝶那易落的眼泪已经止住了，梅利于是飞奔到床边去安慰她的嫂嫂。

“亲爱的，别哭了！你想想查理有多爱你，你就可以得到安慰了！想想你那亲爱的宝贝吧。”

思嘉因被误解而感到愤恨不已，这和自己被一切事情排斥在外的那种凄凉感掺杂在一起，使她哽咽得说不出话来。这反倒是一种幸运，因为如果她能说出话来的话，她就会像嘉乐那样直截了当地把真心话哭叫出来。媚兰拍着她的肩膀，白蝶则踮起脚尖，却又脚步沉重地在房里走来走去，把窗帘拉了下来。

“别拉！”思嘉从枕头上抬起一张涨得通红的脸，大声叫道，“我还没断气呢，那才要你把窗帘拉下来呢——可我最好还是死掉的好。噢，请你们都出去吧，让我独自待着！”

她又重新把头埋进枕头里。站在她身边的两个人低声商量了一会，蹑手蹑脚地出去了。她们下楼梯时，她听到媚兰低声对白蝶说：

“白蝶姑妈，我希望你以后不要再对她提起查理了。你知道的，这对她的影响总是很大。可怜的思嘉，她脸上的表情很怪，我知道她是拼命想忍住不哭的。我们不该使她更难过的。”

思嘉愤恨万分，无力地踢着床罩，想骂几句脏话来发泄发泄。

“去他娘的！”她终于说了出来，多少感到好受了一些。媚兰怎么能够心满意足地待在毫无乐趣可言的家里，为她哥哥戴着黑绉纱呢？她才只有十八岁呀。媚兰似乎根本不知道，或者根本就不在乎，生活正踏着嗒嗒的马蹄声匆匆而过呢。

“可她只是根芦柴棒，”思嘉心里想着，用拳捶打着枕头，“她从来没有像我那样受欢迎过，所以她不会想要我想要的东西。而且——而且她得到了希礼，而我——我谁也没有得到！”想到这一新的悲哀，她不禁又重新放声大哭起来。

她忧郁哀伤地待在房间里，一直待到下午。后来，她看到了野餐归来的人们，马拉货车上堆满了松树枝、藤类和蕨类植物。但这并没有使她快活起来。每个人都是一副倦容，但都很高兴。他们又向她招手打招呼，她闷闷不乐地回着礼。生活毫无希望，当然就不值得过下去。

解脱终于降临了，这是她根本没有预料到的。午饭后午睡的时候，梅里韦瑟太太和埃尔辛太太坐着马车来了。在这种时候有人来访，媚兰、思嘉和白蝶都感到很吃惊。她们赶忙起床，匆匆忙忙钩上紧身胸衣的背钩，梳理好头发，下楼来到客厅里。

"邦内尔太太的孩子们得了麻疹。"梅里韦瑟太太出其不意地说，显然是在说明，她认为邦内尔太太居然让这种事发生，那她本人就得为此负全部责任。

"而麦克卢尔家的姑娘们又被叫到弗吉尼亚去了。"埃尔辛太太用她那慢吞吞的声音说道。她忧虑地摇着扇子，好像不管是这件事，还是别的事都无关紧要似的。"达拉斯·麦克卢尔受伤了。"

"太可怕了！"主人们一齐叫道，"可怜的达拉斯他——"

"不。子弹只是穿过了肩膀。"梅里韦瑟太太欢快地说，"可这事发生在这种时候，没有比这更糟的了。姑娘们要到北边去把他接回家来。但是，老天在上，我们可没有时间坐在这聊天。我们得赶紧回到军械库去把装饰工作做完。白蝶，我们今晚需要你和媚兰来代替邦内尔太太和麦克卢尔家姑娘们。"

"噢，可是，多利，我们不能去的。"

"别对我说'不能'，韩白蝶。"梅里韦瑟太太厉声说道，"我们需要你去看管着那些负责点心饮料的黑人们。那原来是邦内尔太太做的。媚兰，你就去照顾麦克卢尔家姑娘们的摊子。"

"噢，我们只是不能——可怜的查理死了才一——"

"我知道你们是怎么想的，但是，为了我们的事业，做出再大的牺牲也不为过。"埃尔辛太太用一种软绵绵但却是一锤定音的声音插话说。

"噢，我们是很愿意帮忙，但是——你们为什么不找些可爱漂亮的姑娘去照顾摊子呢？"

梅里韦瑟太太大声地哼了一声，就像在吹号一样。

“我真不知道，这些日子姑娘们脑袋瓜里想的是什么。她们一点责任感都没有。所有还没有答应看管货摊的姑娘们都有数不清的借口。噢，她们骗不了我！她们只是不想被阻碍，好去接近那些军官，原因无非就是这个。她们还担心她们那些新衣服在货摊后面没人看得见。但愿那个闯封锁线的人——他叫什么名字来着？”

“白船长。”埃尔辛补充说。

“我希望他多带些医院器械过来，少带些有裙环的裙子和花边来。如果今天我看到一件裙子，我肯定要看到他弄进来的二十件裙子。白船长——我听到这个名字就不舒服。好了，白蝶，我没有时间跟你争了。你必须来。大家都会理解的。再说你在后边的房间里，没有人会看见你的，而梅利也不会太引人注目的。可怜的麦克卢尔家的姑娘们的摊子在通道的尽头，也不很漂亮，没人会注意到你的。”

“我认为我们必须去。”思嘉说，尽量掩饰着自己的急迫心情，脸上则露出一副真诚、单纯的样子，“我们也只能为医院做这点事了。”

两个来访的太太都没提到她的名字。她们转过身，目光锐利地看着她。即使在她们人手最紧的时候，她们也没有考虑过要让一个守寡才一年的寡妇在社交场合露面。思嘉大睁着眼睛，带着一副孩子般的神情迎视着她们的目光。

“我想，我们应该去帮忙，把这次义卖会搞成功，我们大家都得去。我认为我必须和梅利一起去看管货摊，因为——哦，我觉得我们两人出现在那比只有一个人看上去会好一些。你不这样认为吗，梅利？”

“哦。”梅利无助地说道。还在服丧的时候就在公开的社交集会上抛头露面，这种事她连听都没听说过，所以觉得茫然失措的。

“思嘉是对的。”梅里韦瑟太太看到媚兰有退让的迹象，便这么说道。她站了起来，把裙环整理好。“你们俩——你们大家都得来。好了，白蝶，别又开始摆你的借口了。想想医院多需要钱买新的病床和药品吧。我知道查理会喜欢你们为他已经为之献身的事业出力的。”

“那好吧，”白蝶说，在一个比她个性更强的人面前，她总是感到毫无办法，“假如你认为大家能理解的话。”

“这太棒了,简直是真的！太棒了,太让人无法相信了!”思嘉不引人注意地悄悄走进那被装饰成粉黄两色的货摊时,心里在欢唱着。这货摊原是属于麦克卢尔家的姑娘们的。她实际上就等于在参加晚会了。在被隔离了一年之后,在过了一年戴着黑绉纱,连话也不敢大声说的日子之后,在她烦闷得几乎要发疯的时候,她实际上又在参加晚会了,而且是亚特兰大举办过的最大型的晚会。她可以看到许多人、许多灯,可以听音乐,还能亲眼见识那个出名的白船长上次闯封锁线弄进来的漂亮的花边、女上衣和褶边。

她在货摊柜台后边的一张小凳子上坐下来,上下打量着这长长的大厅。直到今天下午为止,这里还只是个空荡荡的丑陋难看的操练场呢。那些太太小姐们把它打扮成现在这副美丽的模样,今天她们做了多少工作呀。它看上去漂亮极了。今晚,亚特兰大的每一根蜡烛、每一个烛台全都集中到这里来了吧,她暗自思忖着。有可以插十二根蜡烛的银烛台;烛台座上围着可爱迷人的小雕像的瓷烛台;还有老式的铜制蜡烛架,它们直立在那儿,一副颇为尊贵的样子。上面放满了形色各异的蜡烛,散发着月桂果的芳香,长长地排列在大厅里的枪架上有,装饰着鲜花的桌子上有,货摊柜台上也有,就连大开的窗户上的窗台上也有。一阵阵夏日温暖的和风不大不小,正好把烛光吹得闪闪烁烁的。

在大厅的中央,那盏又大又难看的吊灯原来是由锈迹斑斑的链条从屋顶倒挂下来的,现在已经被缠绕在一起的常春藤和野葡萄藤完全给改变了。受灯光的映照,叶子已经软恹恹的。墙边排着松树板凳,散发出阵阵香味,把大厅的角落变成供年长妇女和上了年纪的老太太闲坐的好去处。到处挂满常春藤、葡萄藤和菝葜藤缠绕在一起的雅致的藤条,挂在墙上环形的彩饰架上,装饰在窗户上,还缠绕在色彩明快的干酪布搭成的货摊的扇状彩饰上。而在青枝绿叶丛中,在旗帜和旗布上,到处闪烁着南部邦联那点缀在红蓝背景下的星星。

为乐师们准备的高出地面的平台特别艺术化。它被一排排青枝绿叶及装点着星星的旗布遮住,完全看不见了。思嘉知道,城里每盆盆景都搬到这来了:锦紫苏、天竺葵、八仙花、夹竹桃、秋海棠——连埃尔辛太太视若珍宝的四盆橡胶植物也被摆在了四角尊贵的位置上。

从平台看过去，在大厅的另一头，太太们已经把自己隐蔽起来了。这面墙上挂着戴维斯总统和南部邦联的副总统史蒂芬斯的巨幅画像，佐治亚人称斯蒂芬斯为我们自己的“小亚历克”。画像上方是一面很大的旗帜，画像下方的长桌上则是从城里的花园里“劫掠”来的鲜花：有凤尾草，成排的玫瑰，有红的、黄的和白的，还有剑兰那傲气十足、像剑一般的叶片，一簇簇五颜六色的旱金莲，笔直高挺的蜀葵那深紫和米色的花朵从其他花后探出头来。在它们中间，蜡烛就像祭坛里的火苗一样安详地燃烧着。那画像上的两张脸往下俯视这一场景，对两个掌握着如此伟业的男人，没有比这两张脸的差别更大的了。戴维斯脸颊扁平，目光冷酷，像个苦行僧一样，两片傲气的薄嘴唇紧抿着；斯蒂芬斯则两眼凹陷，黑色的眼睛炯炯有神，似乎除了疾病与痛苦外，什么也不知道，而且已经用诙谐和火焰征服了它们——这是两张深受爱戴的脸。

整场义卖会的责任就落在护理会那些上了年纪的太太手里。她们像装备齐全的船一样，庄重地开了进来，催着那些迟到的年轻太太和笑声吟吟的姑娘们到各自的货摊上去。然后，她们便一阵风似的走进后面的房间里去了，那里正在摆放点心饮料呢。白蝶姑妈气喘吁吁地跟在她们后面。

乐师们爬上平台，他们都是黑人，满脸漾着笑，胖胖的脸上因出汗已经闪闪发亮了。他们开始调试小提琴，郑重其事地提早用弓在琴上拉着、拨着。梅里韦瑟太太的车夫老利瓦伊此刻正拨着琴弓以引起其他乐手的注意。自亚特兰大被命名为马撒斯维尔起，他就一直是每场义卖会、舞会和婚礼晚会的乐队指挥。除了主持义卖会的太太外，来的人还不多。尽管如此，所有的眼睛都朝利瓦伊望过去。接着，小提琴、低音大提琴、手风琴、班卓琴和骨片琴一齐低声演奏起《洛雷纳》来——音乐声太低，不适合跳舞。舞会要等货摊上的东西都卖光后才开始。优美、抑郁的华尔兹舞曲传到思嘉耳里，她觉得自己的心跳都加快了。

“时间年复一年慢慢地流逝，洛雷纳！
草地上又落满了洁白的雪花。
太阳早已西斜落山，洛雷纳……”

一——二——三，一——二——三，下蹲——摆——三，转——二——三。多美的华尔兹舞曲啊！她微微伸出双手，闭上眼睛，和着那伤感、萦绕在脑际的节奏摆动起来。悲哀的旋律里，某种东西和洛雷纳失去的爱情及她自己的激动心情纠缠在一起，使她喉咙里似被一块硬块堵住似的。

接着，就像被华尔兹乐曲吸引来的一样，从被月光照得斑斑驳驳的街上，各种声响飘了进来，马蹄声、车轮声、馨香的空气中飘荡的笑声以及黑人那虽然柔和却刻薄的争吵声，他们正在争拴马的地方呢。楼梯上一派忙乱而欢快适然的景象。姑娘们肆意的说话声和陪伴她们的男人低沉的声音夹杂在一起。虽然那天下午才刚刚分手，可认出朋友时，姑娘们还是欢快地叫喊着打招呼，兴高采烈地尖叫着。

转瞬间，大厅便生气盎然了。厅里挤满了姑娘们——姑娘们拥了进来。她们穿着像蝴蝶一样靓丽的衣裙，裙环把下摆撑得宽宽的，镶着花边的长裤在裙子底下若隐若现；她们裸露着浑圆、小巧又白皙的双肩，镶着花边的荷叶边上方，柔软、小巧的乳房的轮廓隐约可见；带花边的披巾随意地从手臂上垂挂下来；用金属片装饰和绘着画的扇子，用天鹅绒毛和孔雀羽毛做的扇子，被姑娘们用细细的丝绒缎带系在腰间，摇摇晃晃的。满头黑发的姑娘们则把头发从耳际平滑地梳在脑后，挽成颇有分量的发髻，使得她们的头也稍稍后仰，一副傲慢无礼的样子；有着一头金色鬈发的姑娘们则任由头发披散在脖颈周围，带有饰物的金色耳坠荡来荡去的，和金色的鬈发一起翩翩起舞。花边、丝绸、镶边和缎带全都是穿过封锁线暗地里运进来的，因此也就更加珍贵，穿戴起来便更加神气。花枝招展的华丽服饰被加进了一种傲气，人们把这也当做对北方佬的一种附加的刻意冒犯。

并不是城里所有的鲜花都被放在南部邦联的领袖面前当贡品。最小巧、最芳香的花成了姑娘们身上的饰物。茶玫瑰被夹在粉红的耳朵后，栀子花和含苞欲放的玫瑰花蕾被串成小小的花环，戴在如瀑布般从两侧垂下来的发丝上，还有优雅地插在锦缎腰带上的鲜花，不等天亮，这些花就会作为珍贵的纪念品，成为灰色军服胸袋里的物件。

人群中军服攒动，不计其数——这么多思嘉认识的人都穿着军服，有她在医院里的吊床上遇见过的，有在街上遇见过的，还有在操练场上遇见过的。这些军服如此华丽，显出勇敢的气度，纽扣闪闪发亮，袖口和领口上缠绕在一起的金色镶边令人目眩，裤子上有红黄蓝三色条纹用以区别军队中不同的军种，把灰色的制服衬托得完美无瑕。深红和金色的腰带闪来闪去，军刀熠熠生辉，碰到亮闪闪的靴子，使上面的靴刺咯咯作响。

这么多英俊的男人，思嘉想着，心里一股骄傲感油然而生。他们互相打着招呼，向朋友们招手致意，弯腰亲吻着上了年纪的太太们的手。他们看上去全都那么年轻，虽然他们留着弯弯的髭须及黑色和棕褐色的连鬓胡子，但还是那么英俊，那么鲁莽妄为。他们手臂还吊着悬带，头上缠着的绷带在被太阳晒得棕褐色的脸上白得令人讶异。有些人还拄着拐杖，姑娘们只好小心地放慢脚步，好和她们跳跃着前进的陪伴者合拍。那些姑娘们多自豪啊！军服中还有一种炫目的色彩使姑娘们的华丽服饰黯然失色，在人群中分外醒目，就像热带地区的一只小鸟一样——那是个路易斯安那义勇军。他穿着宽大的蓝白相间的条纹裤，米色有绑腿的高统靴，红色紧身小上衣，是个脸色黝黑、满脸是笑、像个小猴子似的人，一只手臂还吊在黑色的丝悬带里。他是梅贝尔·梅里韦瑟的专任男朋友——勒内·皮卡德。全医院的人都出动了，至少是能走动的每个人，还有所有在休假和休病假的人、铁路部门和邮政部门的每个人、医院和军需部的所有的人，只要是这里和梅肯之间的，全都来了。太太们会多高兴呀！医院今晚一定可以筹到一笔巨款。

下面的街上传来轻声敲着的鼓声、沉重的脚步声，还有马车夫羡慕的叫喊声。军号响过，一个低沉的声音叫着口令，解散了队列。转瞬间，穿着色彩明快的制服的城卫队和民兵的队员们拥进了房间，把狭窄的楼梯挤得直摇晃。他们弯腰鞠躬，向人们打招呼，和别人握着手。他们都是城卫队员，为在战争时期能够参加城卫队而感到无比自豪。他们向自己许诺，只要战争能打到明年，明年这个时候他们就要到弗吉尼亚去参战。花白胡须的老头子，穿着沾了在前线浴血奋战的儿子辈的官兵们的光的制服，也在队列里行进，同样感到无比自豪，只希望自己能更年轻一些。在民兵中，也有许多中年人和一些年纪更大一些的人，但零零星星也有一些适合参军年龄的人，他们就不像比他们年长或年幼的人那么神气活现了。已经有人在窃窃私语，询问他们为什么没和李将军①一起作战。

---

① 指罗伯特·李(1807—1870)，美国内战中南部邦联弗吉尼亚军总司令。

他们这么多人怎么可能都挤进大厅里去呢！几分钟以前看上去还是偌大的地方，如今已挤得水泄不通了。夏夜的空气中散发着香囊、科隆香水及发油的香味，加上燃烧的月桂香蜡烛味，温馨而宜人。花香阵阵，由于众多脚步踩踏在训练用的老旧的地板上，还微微扬起了一片尘土。吵闹声和喧哗声使人们几乎什么也听不见。老利瓦伊似乎也感觉到这一时刻的兴奋和激动，《洛雷纳》演奏到半途中便被他停了下来。他用弓尖利地敲击了一下，然后拼命一拉，乐队便一齐奏起了《美丽的蓝旗》。

上百个声音一齐随乐曲唱了起来，唱得很大声，就像是在欢呼一样。城卫队的号手爬上平台，正好在合唱开始时跟上了音乐的节拍。高昂、清越的颤音盖过了众人的合唱，使人们裸露的胳膊上顿时起了鸡皮疙瘩，一股铭心刻骨的情绪给人们带来了一阵阵寒冷彻骨的寒意：

“万岁！万岁！南方的权利万岁！
只有一颗星的
美丽的蓝旗万岁！”

他们又一齐唱起了第二段。思嘉正和别人一块唱着，突然听到身后响起了媚兰高亢、甜美的女高音，声音既清晰又真诚，就像号声一样令人心旌摇荡。思嘉转过身，看到梅利双手交叉着放在胸前。她站在那，双目紧闭，眼角渗出了泪花。音乐结束时，她神情古怪地微笑着望着思嘉，一边用手帕轻轻拭泪，一边撅着嘴表示歉疚。

“我太高兴了，”她低声嘟哝着，“为士兵们感到无比自豪，我便情不自禁地流泪了。”

她眼里有一种深沉，几乎是不可思议的神采。有一刻，把她那张毫无特色的小脸蛋映照得熠熠生辉，使它看上去变得挺漂亮。

歌曲结束时，所有女人的脸上都带着同样的表情。她们的脸上挂着骄傲的泪花，粉嫩的脸蛋如此，满布皱纹的老脸也不例外。她们嘴角挂着微笑，眼里则闪着深沉且热情洋溢的光芒。女人们转而面对她们的男人，姑娘们面向她们的心上人，母亲面对她们的儿子，妻子面对她们的丈夫。她们全都因为那看不见的美而显得很漂亮，而当一个女人受到全然的保护和被全心全意地爱着，并且以上千倍的热情回报这种爱时，这种看不见的美甚至能使最普通的脸也变得漂亮起来。

她们爱自己的男人，她们相信他们，她们便信任他们，至死不渝。有这么一支穿着灰色军服的坚强的部队屹立在她们和北方佬之间，灾难怎么可能落到她们头上呢？有史以来，什么时候有过像他们这样的男人呢？他们英勇崇高，不甘寂寞，风度翩翩，却又温情无限。他们所从事的事业如此公正、正义，这项事业除了战无不胜之外还可能会有什么别的结果吗？她们热爱这项事业，就像爱她们的男人一样。她们用自己的双手全心全意地为这种事业服务，她们谈论这一事业，思考这一事业，做梦也想着这一事业——如果需要的话，她们会为它牺牲她们的男人，而且会为这种损失感到无比自豪，就像男人们自豪地举着战旗一样。

在她们内心深处，这正是献身的高潮，骄傲的高潮，是南部邦联的高潮，因为最后的胜利马上就要到来了。石墙杰克逊①在山谷的胜利和里士满附近发生的"七天战役"②中，北方佬的挫败已经清楚地说明了这一点。有像李和杰克逊这样的领导，除了这样的结果，还可能是别的结果吗？再来一次胜利，北方佬就会跪在地上要求投降，男人们就可以骑着马回家，接下来就是接吻和欢笑了。再来一次胜利，战争就永远结束了！

当然，一些家庭会空着一些椅子没人坐，还有的孩子永远也见不着父亲的面孔了。弗吉尼亚的寂寞的小溪边和田纳西宁静的高山上会留下一些没有墓碑的坟墓。但是，为了这样一个事业，这种代价难道会太大吗？太太小姐们的丝绸，还有茶、糖等不容易买到，但那只是笑料谈资了。再说，那些冲劲十足的偷闯封锁线的人正从北方佬满脸不高兴的鼻子底下把这些东西带进来呢，这使得买这些东西的价钱贵了好几倍。但很快，拉斐尔·西麦斯和南部邦联的海军就会去收拾北方佬的炮舰，各港口就会门户大开的。英国也会来帮南部邦联赢得战争的胜利的，因为英国的棉纺厂正无事可干，等着南方的棉花呢。自然，英国贵族是同情南部邦联的，这正如贵族会同情贵族

---

① 指汤姆森·杰克逊（1824—1863），内战期间为南部邦联的重要将领之一。1861年他组建了著名的"石墙旅"。后来，"石墙"成了杰克逊的绰号。

② 指1862年6月25日至7月1日间在弗吉尼亚首府查门德地区南北双方的一场恶战。此次战役中南部邦联损失惨重，但罗伯特·李却在此战后声名大噪。

一样，他们也不喜欢像北方佬那类只爱美元的人。

这样，女人们便把丝绸衣裙弄得窸窣作响，笑出声来，心里充满自豪地看着她们的男人。她们知道，面临危险和死亡而成的姻缘总是和奇妙的激情同时并存的，而因了这种激情，这种爱就加倍地美妙。

起初，思嘉望着人群，心也在怦怦乱跳。因为身临晚会现场，浑身也有了种不习惯的激动情绪。但是，当她半明不白地看到周围的脸上那心高气盛的神情时，她的高兴劲渐渐消失了。在场的每个女人都因某种情感而神采奕奕的，而这种情感她却毫无感觉。这使她茫然失措，心情沮丧。不知怎的，大厅似乎不那么漂亮了，姑娘们打扮得也没有那么美丽了，而还在每张脸上熠熠生辉的那股献身事业、已达白热化程度的热情似乎——哦，这似乎只是太傻了！

她突然意识到，她并没有像其他女人一样，享有无上的自豪感、牺牲自己的愿望以及她们为事业所拥有的一切，这不禁使她因吃惊而张大了嘴巴。万分恐惧之下，她不禁想到："不——不！我不能想这些事！它们是错误的——有罪的。"她知道，这事业对她来说一点意义也没有。听到其他人眼里闪耀着那种不可思议的神情谈论它，她感到厌烦极了。对她来说，这事业好像根本就不神圣。战争似乎不是神圣的事，而是令人讨厌的事。它不仅毫无理性地杀戮男人，而且花费钱财，还容易使高档物品紧缺。她明白，对没完没了的编织、卷绷带及捡棉绒等差事，她已经厌烦透了，它们使她指甲的表层都变粗了。还有，噢，她对医院也讨厌透了！对那正在恶化的坏疽的味道和没完没了的呻吟，她真是既讨厌又烦心，厌恶透顶，那些情绪低落的脸上将死的神情也使她感到害怕。

这些背叛性、亵渎性的思绪掠过她脑际的时候，她偷偷地看了看周围，担心有人会发现她这些想法正明白无误地写在她的脸上。噢，为什么她就没有这些女人那样的感觉！她们献身事业的热情发自内心，全心全意，情感真挚。她们所说的话和所做的事都是认真的。而如果有谁怀疑她——不，没有人会知道的！虽然她对事业毫无感觉，她还是必须继续装出满腔的热情和自豪感，还得扮演一个勇敢承受痛苦的南部邦联军官的遗孀，一个心已进入坟墓的女人。如果丈夫的死为事业的胜利出了一份力，她还得有他死而无憾的感觉。

噢,为什么她和这些充满爱心的女人格格不入,一点也不一样呢?她从来就无法像她们一样无私地热爱任何东西或任何人。这种感觉多么孤单无助啊——而不论从身体或是情感上说,她过去可都是从来没感到孤单寂寞的呀。起先,她试图把这种想法遏制住,然而,她骨子里包含的那股固执的诚实个性不允许她这么做。所以,在义卖会进行过程中,当她和媚兰为光顾她们货摊的顾客服务时,她的思想却在不停地忙活着,试图对自己证明自己是对的——对付这种差事,她极少时候会感到很困难的。

其他女人都在傻乎乎、歇斯底里地谈论着爱国主义和事业,男人们也好不到哪里去,他们正在谈论着关键的问题和州权。只有她,郝思嘉,才有良好、冷静的爱尔兰人的理性。她不会为了这事业把自己变成傻瓜,也不会去承认自己的真实想法而让自己变成傻瓜。她很冷静,在这种情况下,她会讲求实际,谁也不会知道她是怎么想的。如果他们知道她的真实想法,那参加义卖会的人会感到多么震惊呀!如果她突然爬上音乐台,宣布她认为战争必须停止,这样每个人就都可以回家去照看棉田,而且重新开办晚会,重新有男朋友和许许多多浅绿色的衣裙,那人们又会多么惊恐啊!

有一会,她的自我辩解使她振作了一些,但她还是厌恶地环顾着大厅。正如梅里韦瑟太太说过的,麦克卢尔家姑娘们的货摊一点也不显眼,而且有时很长时间都没有人走到她们这个角落来。这样,思嘉便无所事事,只是妒忌地看着快乐的人群。媚兰感觉到她忧郁的心情,但是认为她是在思念查理,所以并不跟她说话。媚兰自己忙着在货摊上摆弄着物品,让它们看起来更诱人一些。思嘉却坐在那,闷闷不乐地环视着大厅。就连戴维斯先生和斯蒂芬斯先生画像底下摆成一排一排的鲜花也没有使她高兴起来。

"它看上去就像个祭坛。"她对之嗤之以鼻,"瞧他们对那两个人的热乎劲,他们最好还是把他们当成是上帝和他的儿子!"接着,她突然被自己的大不敬吓了一大跳,急忙在自己身上画十字表示歉疚,恰到好处地恢复了正常的神态。

"哦,这是真的。"她和自己的良心争辩着,"大家都对他们奉若神明,可他们什么都不是,只是普普通通的人,而且相貌一点也不吸引人。"

当然,对自己看上去相貌如何,斯蒂芬斯先生是无能为力的,因为他一辈子都是个残废,可戴维斯先生——她抬头看着那张浮雕刻就的整洁、骄傲的脸。最使她不安的就是他的山羊胡子了。男人要不就把胡子剃干净，留着上唇的髭须，要不就留络腮胡子。

“那一小束胡子看上去是他唯一能做的了。”她心想，看不出他那张脸上带有冷静、不容怀疑的智慧，而这智慧正承受着一个新国家的负荷。

不，她现在一点也不快乐，而起先她还为能置身于人群中而欢呼雀跃呢。现在看来，仅仅在场是不够的。她在义卖会现场，但她并不是其中的一员。没有人注意到她，她是在场的唯一一个既没有男朋友又没有丈夫的年轻女性。她这一辈子曾经是舞场的中心。这太不公平了！她还只有十七岁，双脚正在地上踏着拍子呢，她想跳舞。她只有十七岁，却有个躺在奥克兰墓地中的丈夫和躺在白蝶姑妈家的摇篮里的婴儿，而且，每个人都认为她必须认命。她的酥胸比在场的任何一个姑娘的都更白，腰也更细，脚也更小巧，但他们大家都认为，她最好是躺在查理身边，墓地上刻着“某某某的爱妻”。

她既不是一个能去跳舞、和男人调情的姑娘，也不是个能和其他太太坐在一起、对跳舞和姑娘们的调情说三道四的妻子。而她年纪并不大，还没有老到当寡妇的年龄。寡妇应该是年纪很大的妇人——非常非常老，老到不想跳舞，不想跟人调情，也不想被别人仰慕。噢，她还只有十七岁，却不得不一本正经地坐在这，做个有尊严、合礼数的寡妇的典范，这是不公平的。有男人，还有有魅力的男人来到她们的货摊时，她就得把声音放低，谦逊地垂下眼睑，这是不公平的。

亚特兰大的每个姑娘都被男人里三层外三层地包围着。即使是最普通的女孩都很有市场，就像漂亮姑娘一样——而且，噢，最糟糕的是，她们都穿着如此漂亮、如此好看的衣服！

她像只乌鸦似的坐在这，穿着闷热、乌黑、袖子长及手腕的塔夫绸衣服，扣子直扣到下巴，连一点花边和镶边都没有，什么首饰也不能戴，只有埃伦服丧用的缟玛瑙胸针，只能眼睁睁地看着俗气的姑娘们吊着英俊男人们的膀子。这一切都是因为查理得了麻疹。他居然没死在战斗中英勇奋战的时候。若是那样的话，她还可以对此吹吹牛皮。

她抗议似的把胳膊肘撑在货柜上，望着熙熙攘攘的人群，心里嘲笑着嬷嬷经常重复的告诫，说是不能撑着胳膊肘，要不会把胳膊肘弄难看的，还会起皱纹。胳膊肘变丑了又有什么关系呢？她也许再也没有机会把它们露出来炫耀了。她热切地望着来来往往的人群：带着玫瑰花苞的花环；黄色的波纹绸；有十八片荷叶边、边沿饰有小巧、黑色的天鹅绒缎带的粉色缎子；淡蓝色的塔夫绸，裙摆有十码宽，瀑布般的花边如水花飞溅；若隐若现的酥胸；魅力十足的鲜花。梅贝尔·梅里韦瑟挽着那义勇军的胳膊，朝隔壁的货摊走去。她穿着苹果绿的薄纱裙，裙摆很宽，把她的腰衬得如此纤细，就像小得没有了似的。裙子上镶满了奶油色的香蒂叶荷叶[①]花边，这是最近一次偷闯封锁线的人从查尔斯顿弄进来的。梅贝尔穿着它如此招摇，就好像偷闯封锁线的是她，而不是那个著名的白船长。

"要是我穿着那衣服，那会有多漂亮啊！"思嘉想着，心里妒忌得要命，"她的腰像头牛一样粗。那种绿色是最适合我的颜色，它能使我的眼睛看上去——为什么金发女人要试着穿这种颜色的衣服呢？她的皮肤看上去就像是陈奶酪一样发绿。想想看，我再也不能穿这种颜色的衣服，即使出了服丧期也不能穿了。不，即使我想法再嫁了也穿不了了。那时我就只好穿难看的灰色、褐色和淡紫色的了。"

有一瞬间，她想到了所有的一切都不公平。寻欢作乐、穿漂亮衣服、跳舞、卖弄风情的时间真是太短暂了！只有几年时间，太短暂了！接着你便结婚了，穿着色彩灰暗的衣服，还生儿育女，这便毁了你的腰身。这以后，舞会上你就只有和有节制的已婚妇女一起坐在角落里，只能跟你的丈夫跳舞，或是和会踩你脚的老先生们跳舞。如果你不这么做，其他妇人就会对你评头论足，接着你的名声就被毁了，你的家庭也会蒙受耻辱。把做姑娘时的全部时间都花在学习如何表现得迷人而有魅力上面，花在如何抓住男人的心上面，然后却只有一两年时间用来应用这些知识，这真是太浪费了。她想起在埃伦和嬷嬷手里受训的时候，知道对她的训练很彻底，效果也很好，因为总是硕果累累。是有一套规则要遵守，而一旦你依规则而行的话，你的努力就会被冠之以成功的花环。

对付老太太，你就得温柔坦率，尽量表现得天真无邪，因为老太太待人尖刻，她们就像猫一样妒意十足地望着姑娘们。只要姑娘们的言语或眼神

---

① 法国北部一小镇，以生产花边出名。

稍有不慎,她们马上就会扑过去。对付老先生,女孩子就得冒冒失失,天真活泼,几乎要有点轻佻,但又不能太过分,这样,那些老傻瓜们的虚荣心就会被逗得痒痒的。这会使他们觉得自己精力充沛,还像年轻人一样,他们便会在你的脸上拧一把,声称你是个调皮鬼。当然,在这种情况下,你总是要面泛红晕,要不他们就会更加没有分寸,更加高兴地拧你,然后就会告诉他们的儿子,说你很放荡。

对年轻姑娘和少妇们,你就得满口甜言蜜语的。每次见到她们都得去吻她们,即使是一天十次也得如此。你得用手环抱着她们的腰肢,还得忍受她们也如此对待你,不管你多么的不喜欢。你得不分青红皂白地对她们的衣服和孩子表示羡慕,开诸如男朋友之类的玩笑,称赞她们的丈夫,咯咯发笑也得有节制,还得矢口否认你的魅力比她们强。此外,最重要的是,你决不能说出你对某件事情的真正看法,她们若告诉你她们真正是怎么想的,你也就只能说这么多,决不能说得更多。

对其他女人的丈夫,你就得正正经经地对他们不予理睬,就连你自己抛弃过的男朋友也不行,就算他们再吸引人也白搭。如果你对这些年轻的丈夫们太好的话,他们的太太就会说你很放荡,你因此就会名声不好,再也找不到自己的男朋友。

但是对年轻的单身汉——那就不一样了!你可以对他们柔声大笑,他们就会飞奔到你身边,想弄明白你为什么发笑。你呢,可以不告诉他们,而且笑得更厉害,让他们围在你身边,一心想找出你笑的原因。你可以用眼神向他们许诺无数件令人激动的事,让一个男人设法跟你单独在一起。而一旦和你单独在一起,并且试图吻你时,你可以表现得受了很深、很深的伤害,或是非常非常生气的样子。你可以让他因为自己的卑鄙行径而向你道歉。因为你如此可爱地原谅了他,他就会试图再次吻你。有时候,当然不能太经常,你确实也可以让他吻你。(埃伦和嬷嬷没有教她这一招,但她知道这很有效。)接着你就哭起来,声称自己也不知道这是怎么啦,而他再也不会尊重你了。然后他就会给你擦干眼泪,通常还会向你求婚,以显示他有多尊重你。接下来还有——噢,能对单身汉做的事太多了,她全都知道:斜目而视的细微差别,用扇子遮遮掩掩的似笑非笑,把屁股扭来扭去好让裙子像铃铛一样摆来摆去,还有眼泪、笑声、奉承和亲切感人的同情心。噢,所有的技巧从来都没有失效过——除了对希礼。

不,学会了所有这些精明的技巧,又只用了这么短时间,然后就得永远永远地把它们丢在一边,这似乎是不对的。若是永远不结婚,就这么穿着淡绿色的裙子,一辈子这么活泼可爱下去,而且一直有英俊的男人求婚,那该有多好啊！但是,如果你耽搁太久的话,你就会像英蒂那样变成老姑娘,大家都用暗自窃喜、充满敌意的样子对你说"可怜的人儿"。不,即使不能再有什么乐趣,毕竟还是去结婚以保持自尊来得更好。

噢,生活真犹如一团乱麻！在所有的人当中,她干吗这么傻,偏偏要嫁给查理,以致才十六岁就把美好的生活给断送了呢?

人群开始往墙边靠,她愤愤不平、毫无希望的思绪也被打断了。太太们小心地托着裙环,以免别人不小心把裙环碰翻起来,不合适地露出太多的长裤。思嘉踮起脚尖,从人群头顶上望过去,看到民兵队长登上乐台。他大声喊着口令,一半民兵成员很快排成了一列。有一会工夫,他们表演了生气勃勃的操练,这使他们的额头上都冒出了汗珠,也赢得了观众们的欢呼声和掌声。思嘉也和其他人一道责无旁贷地鼓着掌。队员们解散后,向前奔往卖甜饮料和柠檬汁的摊点。她转向媚兰,觉得最好还是尽快开始装出自己对事业充满热情的样子来。

"他们看上去棒极了,不是吗?"她说。

媚兰正忙活着柜台上的编织品。

"他们中大多数人要是穿着灰色的军装,身在弗吉尼亚,那会棒得多。"她说,根本没有费心去压低声音。

有几个民兵队员的母亲正满心自豪感地站在附近,无意中听到了这些话。吉南太太脸刷地红了,接着又转白,因为她二十五岁的儿子威利也在民兵队伍中。

这些话从大家都喜欢的媚兰嘴里说出来,思嘉简直惊呆了。

"噢,梅利!"

"你知道的,这一点也没错,思嘉。我并不是指那些小男孩和老先生。但许多民兵队员是完全能够去扛枪打仗的,那正是他们此刻本该做的事。"

"可是——可是——"思嘉支吾着,她过去从没考虑过这个问题,"总该有人留在家乡——"威利·吉南解释他之所以留在亚特兰大时是怎么告诉她的呢？“总得有人留在家乡保护这个州，使它免受侵略。”

“没有人在侵略我们，也没有人会来侵略我们。”梅利冷淡地说，两眼朝一群民兵队员望过去，“阻挠侵略者入侵的最好办法就是到弗吉尼亚去，到那去打北方佬。至于说民兵留在这防止黑人们造反的论调——唉，那是我听到过的最愚蠢的事了。我们的人为什么要造反呢？这只是懦夫们的好借口罢了。如果各州所有的民兵都到弗吉尼亚去的话，我敢打赌，北方佬一个月就会被打败的。就是这样！”

“哦，梅利！”思嘉再次叫起来，目瞪口呆的。

梅利温柔的黑眼睛因生气而亮闪闪的。“我的丈夫并不害怕到那去，你的丈夫也没有害怕。我宁愿他俩都牺牲在那，而不愿他们待在家里——哦，亲爱的，真对不起。我是多么考虑不周，多么残忍啊！”

她动情地抚摩着思嘉的胳膊，思嘉则盯视着她。但她想的不是死去的查理。而是希礼。假设他也会牺牲呢？她马上转过身，米德医生走到她们的货摊时，她机械地微笑着。

“哦，姑娘们，”他向她们打着招呼，“你们能来真是太好了。我知道，你们今晚出来一定是做出了很大的牺牲。但这都是为了事业的缘故。我要告诉你们一个秘密。我有个令人吃惊的办法，能在今晚为医院筹到更多的钱，但是恐怕有些太太小姐们会因此大为震惊。”

他停下不说了，一手捋着山羊胡子，一边笑出声来。

“噢，什么办法？快告诉我们！”

“我再一想，我相信我也会让你们捉摸不透的。但如果教会会员要把我逐出城去的话，你们这些姑娘们得站出来为我说话。不管怎样，这也是为了医院。你们会明白的。过去从来没有人做过这种事。”

他自鸣得意地朝一群年长妇女走去了。两位姑娘刚转过身想谈谈这个秘密可能会是什么时，有两位老先生在她们的货摊上弯腰看着东西，大声宣布要买十英里长的梭织花边。唉，有老先生来毕竟也比根本没有先生来更好，思嘉边这么想着，边量着花边，然后一本正经地把花边夹在下巴下折好。两个上了年纪的浮荡之人付了钱，朝卖柠檬汁的货摊走去了，又有其他客人取而代之，来到货摊前。她们的货摊不如别的货摊客人那么多，因为别的货摊有的回荡着梅贝尔·梅里韦瑟的尖声大笑，有的因范妮·埃尔辛的咯咯笑声和怀廷家姑娘们的智言妙语而有一片欢快景象。梅利像个售货员一样静静地、安详地把毫无用处的东西卖给先生们,而这些先生们根本就不可能会去用这些东西,思嘉也学着梅利的样子照样做着。

其他人的货摊前全都围着一群一群的人,只有她们的没有。在其他货摊前,女孩子在叽叽喳喳说着话,男人们则在买东西。有几个到她们这来的人跟她们讲的是他们怎样和希礼一起上的大学,他是个多出色的士兵,或是用尊敬的语气谈到查理,说他的死对亚特兰大来说是个多大的损失。

接着乐队突然演奏起《约翰尼·布克,帮帮这黑人》这首旋律欢快的歌曲,思嘉觉得她都要尖叫起来了。她想跳舞。她太想跳舞了。她从地上望过去,脚和着音乐踏着步点,绿色的双眸因十分热切而熠熠生辉。在大厅的另一头,一个刚来的人站在门口,他看到了她们,开始想把她们认出来。他目不转睛地注视着那张闷闷不乐、颇有反抗精神的脸上那双斜行的眼睛。当他认出了那种对别人传递出的邀请时,他不禁对自己笑了,这一点任何男人都看得出来的。

他穿着黑色绒面呢布料做的衣服,个子很高,比站在他身边的军官们都高出一截。他肩膀很宽,从肩部到腰间渐渐变窄,腰却挺细,脚更是小得可笑,脚上的靴子擦得蹭亮。他那身肃穆的黑西装,配上上好的有褶边的衬衫和潇洒地绑在高帮鞋面里的裤子,看上去怪怪的,跟他的身材和脸型显得极不协调,因为他打扮得像个纨绔子弟,而高大魁梧的身材穿着一身花花公子的衣服,看似懒散雅致,其实这其中潜伏着危险。他的头发乌黑发亮,黑色的髭须不宽,修剪得很短,和近旁那些骑兵们修剪得漂漂亮亮、如飞鹰般的胡须相比,看上去几乎有点外国气派。他看上去像是个欲望十足、毫无廉耻的人,而实际上也确实如此。他一副狂妄自大的神态,那傲慢无礼的样子令人感到颇为不快。他盯着思嘉看时,大胆的眼里闪耀着一丝邪恶的光芒。最后,思嘉感觉到了他的注视,也朝他看去。

在她的头脑里,记忆之河开始流淌,但此时此刻,她还记不起来他是何许人。可他是几个月来第一个对她有兴趣的男人,她于是对他嫣然一笑。他点头致意时,她微微回了个礼。但当他挺直腰板,迈着特别轻巧自如的印第安人般的步态向她走来时,她惊恐地用手遮住了嘴巴,因为她知道这人是谁了。

她就像被雷击中似的,站在那动弹不得,而他正穿过人群朝她走来。她茫然地转过身,弯下身子想逃到点心房去,但她的裙子被货摊上的一个钉子给钩住了。她愤怒地猛地一拉,用力扯着。可转瞬间,他已经站在她身边了。

"让我来吧,"他说,弯下身子解开荷叶边,"我决没想到你会记得我,郝小姐。"

他的声音出奇地悦耳,像位绅士那样抑扬顿挫的,既洪亮又带有查尔斯顿人那种平平的、慢吞吞的长音。

她抬头哀求似的看着他,上次见面时的羞辱使她涨红了脸。她看到了一双她所见过的人中最乌黑的眼睛,眉飞色舞的,既欢快又毫无怜悯心。在这出现的世界上所有的人中,只有这个可怕的人曾亲眼目睹了她和希礼的那一幕,这至今还让她做噩梦呢;这个可恶可耻的人曾毁了女孩子的名声,好人都不愿接受他;就是这个卑鄙小人曾经说过她不是个淑女,而且还很有理由。

听到他的声音,媚兰转过身来。思嘉平生第一次因为她小姑的存在而真诚地感谢上帝。

"哦——是——是白瑞德先生,对吗?"媚兰淡淡地一笑,把手伸给他,"我见过你——"

"在宣布你订婚的那个幸福的时刻。"他接着她的话说下去,弯腰吻她的手,"你还记得我,真是太谢谢了。"

"大老远从查尔斯顿到这来,来做什么呢,白瑞德先生?"

"生意上一件烦人的事,卫太太。从现在起我得经常进出你们这个城市了。我发现我不但要把货物弄进来,还得负责把它们卖掉。"

"弄进来——"梅利开口说道,眉头皱了起来,接着便高兴地笑了,"哦,你一定是我们经常听说的那位声名远扬的白船长吧——闯封锁线的人。噢,这里的每个姑娘都在穿你弄进来的衣服呢。思嘉,你难道不为此感到高兴——怎么啦,亲爱的?你是不是要晕倒了?快坐下。"

思嘉一屁股坐在凳子上,呼吸非常急促,她甚至担心紧身胸衣的系带会绷断。噢,发生这种事有多可怕啊!她从来没想到会再碰到这个人。他从货柜上抓起她黑色的扇子,开始满心焦虑地给她扇着,非常非常的焦虑。他一脸严肃,可眼睛却还是欢呼雀跃着的。

“这里面很热,”他说,“难怪郝小姐会发晕。我能不能送你到窗户边去?”

“不用。”思嘉说,口气很不礼貌,梅利不禁盯着她看。

“她不再是郝小姐了,”梅利说,“她现在是韩太太。她是我嫂嫂了。”梅利疼爱地微微瞟了她一眼。思嘉觉得,白船长那黝黑、海盗般的表情真要使她窒息了。

“我敢肯定,这对两个漂亮的太太来说都是莫大的收获。”他说,微微鞠了一躬。这是所有男人都会说的话,可他这么说时,她似乎觉得他的所指恰恰相反。

“我相信,在今晚这幸福的时刻,你们的丈夫都在这吧?和熟人再见见面是件令人高兴的事。”

“我丈夫在弗吉尼亚,”梅利说着自豪地扬起了头,“但查理——”她的声音哽住了。

“他死在军营中了。”思嘉平淡地说。她几乎是尖刻地说出这些话的。这个家伙再也不走开了吗?梅利吃惊地看着她,船长做个手势,表示自责。

“亲爱的太太——我怎么能这样!你们得原谅我。请允许一个陌生人说句安慰的话,为自己的国家而死就是永远活着。”

媚兰透过泪眼向他微笑着。思嘉却觉得有只盛怒且充满恨意的狐狸在撕咬着她的五脏六腑,可她对此却无能为力。他又说了一句漂亮话,也就是任何先生在这种情况下都会说的那种恭维话,但他根本不是在说真心话。他是在嘲笑她。他知道她根本不爱查理。梅利看不透他,真是天大的傻瓜。噢,上帝,别再让别的人看透他了,她心里惊恐地想着。他会不会把他知道的说出来呢?当然,他不是什么正人君子。如果人们不是正人君子的话,那谁也不知道他们会做出什么事情来。没有什么标准可以衡量他们的。她抬起头看着他,看到他即使在摇着扇子时嘴角也瘪着,一副嘲弄的同情样。他那副表情里有某些东西挑起了她的情绪,心里一阵厌恶之感使她重新聚起了力量。她突然从他手里夺过扇子。

“我没事,”她尖刻地说,“没有必要把我的头发扇得乱七八糟的。”

“思嘉,亲爱的!白船长,你得原谅她。她——她一听到有人提到可怜的查理的名字就会失态——也许,我们今晚根本就不该到这来。你知道的,我们还在服丧,这让她的头脑绷得太紧了——这种欢快场面和音乐,可怜的孩子。"

"我很能理解。"他说话的语气特别重,转身面对着媚兰,探询似的看了她一眼,直望到她那可爱、焦虑的眼睛深处去。这时,他的表情变了,黑色的面孔上换上了颇不情愿的尊重和温情。"我认为你真是个勇敢的年轻贵妇人,卫太太。"

"他对我就不说这些话!"思嘉气愤地想。梅利不解地笑了,回答道:

"我的天哪,白船长!医院护理会非要我们来照看这个货摊,因为最后时刻——要个枕头套?这有个挺漂亮的,上面绣有一面旗。"

有三个骑兵出现在她的柜台前,她转身去应付他们了。有一刻,媚兰都在想,白船长真是太好了。然后,她又希望在她的裙子和放在货摊外面的痰盂之间能有比干酪包布更坚固的东西,因为那些满嘴琥珀色烟草汁的骑兵吐痰时可不像他们打长马枪时瞄得那么准。再下来,更多的客人挤到她的货摊前,她就把船长、思嘉和痰盂统统忘到脑后去了。

思嘉一言不发地坐在凳子上扇着扇子,头也不敢抬,她心里真希望白船长回到他船上的甲板上去。

"你丈夫去世很久了吗?"

"哦,是的,很久了。差不多一年了。"

"那真的是千古了。"

思嘉也说不准千古是什么意思,但他的声音里有诱惑的成分,这点是错不了的。于是,她不说话。

"他死时你结婚很久了吗?请原谅我问这些问题,我已经很久没有来这个地方了。"

"才两个月。"思嘉说。心里老大不情愿。

"简直是个悲剧。"他继续用轻松的语调说道。

"噢,去他妈的,"她心里狂怒地想着,"如果他是别的什么人,我就可以拉下脸来叫他滚开。但是,他知道有关希礼的事,知道我不爱查理。这样的话,我的手脚就被捆住了。"她还是不说话,低头看着扇子。

"这是你第一次在社交场合露面吗?"

“我知道这似乎很荒唐,”她赶快解释,“但要照看这个货摊的麦克卢尔家的姑娘们临时被叫走了,又没有其他人来顶替,所以媚兰和我——”

“为了事业,再大的牺牲也是值得的。”

怎么,这不是埃尔辛太太说过的话吗?但她说的时候,不是用这种口气说的。思嘉生气的话刚想出口,但又强忍住了。毕竟她到这来不是为了事业,只是因为她在家里坐腻了。

“我一直在想,”他若有所思地说,“服丧这种制度,把妇女下半辈子的生活禁锢在黑绉纱里,禁止她们享有正常的乐趣,这和印度自焚一样野蛮。”

“自焚?”

他笑了,她则因自己的无知涨红了脸。她恨那些使用她不懂的字眼说话的人们。

“在印度,一个男人死后实行火葬,而不是土葬,死者的妻子总是爬上火葬用的柴堆,跟尸体一块烧死。”

“那多可怕啊!他们干吗要这么做呢?警察对此也不管吗?”

“当然不会管。不把自己烧死的寡妇会成为社会的渣滓。所有那些受人尊敬的太太们都会因为她没有像个有教养的大家闺秀那样行事而对她说三道四——假如你今晚穿着红裙子,在舞会上领舞,坐在角落里的那些太太们也会这样对你评头论足的。我个人意见,随夫自焚也比我们南方这种活埋寡妇的可爱习俗仁慈多了。”

“你怎么敢说我被活埋了呢?”

“妇女们把捆束她们的锁链抓得多紧啊!你认为印度的习俗野蛮——但是,如果不是南部邦联需要你,今晚你敢在此露面吗?”

这种关于性格特点的讨论总是令思嘉感到很困惑。而他的话就更是令她感到加倍不解了,因为她隐隐觉得,他的话里也有对的地方。但现在应该是把他驳倒的时候了。

“当然,我不会来的。要不就可能会——哦,对……不尊重——那就像是我不爱——”

他的眼神在等着她说下去,含着玩世不恭的嘲弄意味。她不能说下去了。他知道她没爱过查理,他也不让她装出她应该表现出来的那种礼貌的情绪来。跟这么一个不是正人君子的人打交道是多么多么可怕的事啊。若是正人君子的话,他就总是会表现得完全相信一个淑女太太的话,就算他知道她明明在说谎也是如此。这就是南方人的骑士风度。一位绅士总是遵守一切规则,说适宜的话,想方设法使生活对一个淑女太太来说更容易一些。可这个人似乎根本就不在乎规则,而且,对没人谈过的事,他显然却津津乐道。

"我正屏住呼吸等着你说下去呢。"

"我觉得你太可恶了。"她说,无助地垂下了眼睛。

他从柜台上倾过身来,直到他的嘴巴凑近了她的耳朵边嘶嘶发声。他模仿着雅典娜大厅里经常出现的舞台上那种反面人物的样子,模仿得像极了:"不用怕,好太太!你那有罪的秘密在我这非常安全!"

"噢,"她低声说道,情绪非常激动,"你怎么能说这种话!"

"我只是想放松一下你那紧张的神经。你要我说什么呢?'做我的女人吧,漂亮的小姐,要不我就把一切都抖出来'?"

她颇不情愿地迎视着他的目光,看到他的眼神就像个小男孩在戏弄人似的。她突然放声大笑起来。毕竟这种情势太可笑了。他也笑了,笑得很大声,以致角落里几个年长妇女都朝他们这边看。看到韩查理的寡妇和一个完全陌生的人相处得如此快乐,她们把头凑在一起,不以为然地议论开了。

一阵鼓声响起,接着是一片"嘘"声。米德医生登上平台,挥着手让大家安静。

"我们大家都应该真诚地感谢这些迷人的太太小姐们,她们那坚持不懈的爱国之举不但使这次义卖会在捐款方面获得了极大的成功,"他开始说道,"而且把这个乱糟糟的大厅变成了怡人的居家之所,变成了一个在我周围到处可见迷人的玫瑰花蕾的美丽花园。"

每个人都鼓掌表示赞同。

"太太小姐们都做出了最大努力。她们不但花了时间,而且用自己的双手付出了劳动。货摊上的漂亮物品更是加倍地漂亮,它们正是经由我们南方妇女的巧手制造出来的。"

又有了更多的喊声表示赞同。白瑞德此时正毫不经意地斜靠在思嘉身边的柜台上,低声嘀咕着:“他是只浮华的山羊,对不对?”

她吃了一惊,起先简直是惊呆了,这是对亚特兰大最受爱戴的公民的大不敬,她责备地盯视着他。但医生那灰白的下巴上的小胡子正晃动得厉害,看上去确实像只山羊,她拼命忍住才没笑出声来。

“但仅有这些是不够的。医院护理会的太太小姐们曾用她们的妙手抚平了许多因备受折磨而皱起的眉头,还从死神嘴里挽回了我们在战斗中受伤的勇敢的官兵们的生命,而这些战斗是我们所有事业中最英勇的。她们是知道我们的需要的。我在此不一一举例了。我们需要更多的钱以购买从英国来的医疗器械和药品。今天晚上,和我们在一起的还有已成功地闯越封锁线达一年之久,而且,为了给我们带来我们需要的药品,还将继续这么做的英勇无畏的船长,白瑞德船长!”

虽然因自己的名字被突然提到而措手不及,这个闯封锁线的人还是优雅地鞠了一躬——太优雅了,思嘉这么想着,试图对他的举动加以评价。几乎可以这么说,因为他对在场的每个人都如此蔑视,所以他似乎是礼貌得过头了。他这么鞠躬时,人群爆发出一阵掌声,角落里的太太们纷纷探头观望。这么说,和可怜的韩查理的寡妇厮混在一起的就是这个男人了!而查理死了还不到一年!

“我们需要更多的金子,我只好向你们要了。”医生继续说下去,“我要求你们作出牺牲,可这种牺牲跟我们穿着灰色制服的勇敢的战士作出的牺牲比起来,简直太微不足道了,小得似乎令人觉得很可笑。太太小姐们,我要你们的珠宝首饰。是我要你们的珠宝首饰吗?不,是南部邦联需要你们的珠宝首饰。南部邦联号召你们献出来,我也知道决没有人会不愿意的。可爱的手腕上戴着个闪亮的珠宝镯子有多漂亮啊!我们爱国的太太小姐们胸前戴着发亮的金制胸针又有多漂亮啊!然而,比起印第安纳州所有的金子和珠宝来,牺牲来得还更漂亮!金子要被熔化,宝石被出售,所得的钱便用来购买药品和其他医疗器械。小姐太太们,有两个勇敢的伤员将提着篮子走过你们面前,而——”可他余下的话已经被暴风雨般的掌声、欢呼声和喧哗声盖掉了。

思嘉的第一个念头就是感到庆幸,因为在服丧期间,她不能戴她那珍贵的耳环和那条挺重的金项链,那都曾是外祖母罗比亚尔的饰物。也不能戴那金黑两色的珐琅质手镯及石榴红胸针。她看见那个小个子义勇兵，那只没有受伤的胳膊上挎着一个橡木条编织的篮子，在她边上的大厅里的人群中转来转去，还看见妇女们，年长的也罢，年轻的也罢，嘻嘻哈哈却又迫不及待地卸下手镯，从穿了耳洞的耳朵上解下耳环，同时还假装痛得叫出声来。她们互相帮忙着解开项链的钩子，从胸口上解下胸针。不时的有金属碰撞金属的叮当声和叫喊声，喊着“等等——等等！我现在已经解下来了，喏！”梅贝尔·梅里韦瑟正把戴在胳膊肘上的一对可爱的手镯取下来。范妮·埃尔辛叫着：“妈妈，我可以吗？”也把别在鬈发上的小粒珍珠头饰取下来，这头饰在这家已经传了好几代人了。每有一件赠品放入篮子里，就响起一阵掌声和欢呼声。

满脸是笑的小个子男人现在正朝她们的货摊走来，他胳膊上挎着沉重的篮子，走过白瑞德身边时，一个漂亮的金烟盒被随意地扔进了篮子。他走到思嘉面前时，把篮子放在柜台上稍事休息。她摇了摇头，双手摊开，示意她没什么好给他的。成了在场的人中唯一一个没东西可给的人，确实令人难堪。这时，她看到了大大的结婚戒指在闪着光。

有一刻，她颇感困惑地试图回忆一下查理的脸——他把戒指戴在她手上时表情是怎么样的。但记忆模糊了，被一时的恼怒情绪弄模糊了，而对他的回忆总是给她带来这种恼怒的情绪。查理——正是他使她的生活就此结束，使她成为像老妇人般的女人。

她猛地想卸下戒指，但被卡住了。义勇兵已向媚兰走去了。

“等一等！”思嘉叫道，“我有东西要给你！”戒指被卸下来了。正当她要把戒指扔进堆满手链、手表、戒指、胸针和手镯的篮子时，她注意到白瑞德的目光。他嘴角露出了一丝淡淡的微笑。她示威似的把戒指扔到那堆物件的顶部。

“噢，亲爱的！”梅利低声叫道，抓住了她的手臂，眼里闪耀着爱和自豪的光芒，“你真是很勇敢、很勇敢的姑娘！等一等——请等一下，皮卡德中尉！我也有东西要给你！”

她在卸自己的结婚戒指。思嘉知道，自从希礼把它戴上去之后，它就从来没有离开过那个手指。其他人不知道，但思嘉知道，这戒指对她来说意味着什么。戒指好不容易被卸了下来，有一刻，它被紧紧地握在她小小的手心里。接着,它被小心地放在那堆首饰上面。两个姑娘站在那目送着义勇兵向角落里那群上了年纪的老妇人走去,思嘉满心对抗,媚兰的目光里满含同情,比眼泪所能表达的同情还更多。这两种表情都没有逃过站在她们身边的那个男人的眼睛。

"如果你没有勇气这么做,我也决不会有勇气这么做的。"梅利说着,把手环在思嘉的腰上,轻轻地按了按。思嘉突然想把她的手甩掉,尽力大喊一声"上帝保佑!"就像嘉乐被弄得烦躁不安时那样。但她看到白瑞德的目光,只好挤出一丝辛酸的微笑。梅利总是误解她行事的动机,这真令人不安——但若让她怀疑这是否是真的,那还不如让她误解好了。

"多美的姿态啊!"白瑞德轻声说道,"正是你们的这种牺牲精神在激励着我们那些穿灰色军服的小伙子们。"

她嘴里激烈的言辞欲脱口而出,好不容易才把它们硬吞回去。他不管说什么都带着嘲讽的意味。她打心眼里不喜欢他,瞧他靠在货摊上那一副懒洋洋的样子。但他身上有一股激人向上的东西,这东西温馨,有活力,令人惊心动魄。她身上所有爱尔兰人的个性特点促使她起来向他那乌黑的眼睛挑战。她决定要把这人打下一两个台阶来。他知道她的秘密,这确实令人气恼,所以,为了改变这一点,她得让他处于某种不利的境地。她很想告诉他她对他的真实看法,但硬压下这股冲动。正像嬷嬷常说的,糖总是比醋更能吸引苍蝇,她决定要抓住这只苍蝇并使他屈服,这样,他就再也不能对她表示怜悯了。

"谢谢,"她柔声说道,故意曲解他的嘲讽,"从白船长这样的名人嘴里说出来的赞扬话确实值得感激。"

他把头朝后一仰,放声笑了起来——简直是在狂吠,思嘉盛怒之下是这么想的,她的脸又一次涨得绯红。

"你干吗不把真实想法说出来?"他问道,放低了声音,使这话在嘈杂而激动的人群中只有她一个人能听清,"你干吗不说我是个该死的无赖、小人,我必须从这滚开,要不你就要叫这些穿灰色制服的勇敢的小伙子中的一个来把我赶出去?"

她很想刻薄地加以反击,可话到嘴边又极力忍了回去,改口说道:"哦,白船长!你真是喋喋不休个没完!好像没人知道你有多出名,有多勇敢,是个——是个——”

“我对你太失望了。”他说。

“失望?”

“是的。在我们头一次重大会晤中,我还认为我终于碰到一个不只是漂亮而且还很勇敢的姑娘。可现在我才发现,你只是漂亮罢了。”

“你意思是说我是个胆小鬼?”她气得就像是只正在发怒的母鸡。

“一点也不错。你没有勇气说出你的真实想法。我初次见到你时,我就想:这姑娘真是个一百万个里难寻一个的姑娘。她不像其他这些傻里傻气的小傻瓜一样,相信她们的嬷嬷告诉她们的所有事,并且依样而行,却不管自己感觉如何。她们把所有的情感、欲望和微小却令人伤心的事用许多好听的话掩饰起来。我曾想:郝小姐这个姑娘有着令人罕见的活力。她知道她自己想要的是什么,根本不在乎把自己的想法说出来——或是摔花瓶。”

“噢,”她说,已经义愤填膺了,“那我现在就把我的真实想法说出来。哪怕你稍有一点教养的话,你就不该走到这来跟我说话!你该知道我再也不想见到你!可你不是个正人君子!你是个肮脏龌龊的杂种!你以为你那朽烂的小船能够逃脱北方佬的防线,你就有权利到这来嘲笑这些勇敢的男人和为事业作出一切牺牲的女人吗——”

“停下,停下——”他笑着制止她,“你的开场白说得好极了,而且说出了你的真实想法。但是,请不要跟我谈这事业,我对这些论调已经厌烦透顶了。我敢打赌,你也一样——”

“怎么,你怎么——”她又开口道,情绪很不稳定,接着她很快地控制了一下情绪,为自己陷入了他的圈套气得七窍生烟。

“你还没看见我,我就站在门口看着你了。”他说,“我也看了其他姑娘。她们的脸看上去全都像是从一个模子铸出来的。你的却不是。你的脸很容易让人家看透。你对你做的事并不用心,我敢打赌,你根本没有想着我们的事业和医院。你想跳舞,想玩个痛快,可你又不能这么做,这全都在你的脸上写着呢。你被看穿了,所以恼羞成怒。跟我说实话,我说的对不对?”

“我跟你没什么可说的了,白船长。”她尽力正经八百地说,努力把自己身上残余的自尊碎片拼凑起来,“就因为你是‘伟大的偷越封锁线的人’,你就备受欢迎,但这一点并没有赋予你侮辱妇女的权利。”

“伟大的偷越封锁线的人！真会开玩笑。请把你宝贵的时间再匀一点给我吧，要不你就让我冤死了。我不想让一个这么迷人的小爱国者对我对南部邦联的事业作出的贡献产生误解。”

“我并不在乎听你吹吹牛皮。”

“我是在做偷闯封锁线的生意，也确实在从中赚钱。一旦我不能从中赚钱的话，我就会停止不做的。你对此怎么看？”

“我觉得你是个唯利是图的无赖——就像北方佬一样。”

“说得太对了，”他咧嘴笑了，“北方佬也帮着我赚钱呢。嗯，上个月我把船直开到纽约港去，装了满满一船货物。”

“什么！”思嘉不禁饶有兴趣、激动万分地叫了起来，“他们没用炮把你轰成灰呀？”

“可怜的小天真！当然没有。北部联邦也有许多坚定的爱国者并不反对向南部邦联出售物品以从中赚钱。我把船开到纽约港，从北方佬的公司购买货物，当然是暗地里的交易，然后我便离开。要是有了一点危险，我就到拿骚去，还是这些北部联邦坚定的爱国者在那会给我弄到火药、炮弹和有裙环的裙子。这比到英国去方便多了。有时候，闯到查尔斯顿或威尔明顿去有点困难——可是，你要是知道金子用处到底有多大，你一定会惊诧不已的。”

“噢，我知道北方佬很卑鄙，但我不知道——”

“干吗对北方佬出卖联邦、诚实地赚取一分钱吹毛求疵呢？一百年后就根本没关系了。结果还是一样的。他们知道，南部邦联最终是会被打败的，这样的话，他们为什么不从中赚取钱财呢？”

“打败——我们？”

“当然。”

“能不能请你离开我呢——或者说，有没有必要我去把马车叫来，回家去，好甩掉你？”

“好个恼怒的南方小叛兵。”他说，又突然笑了一下。他鞠了一躬，逍遥自在地走开了，把她留在那，胸部因白白地生气冒火而剧烈地起伏着。她心中填满了失望之感，自己却无法辨别，就像是一个孩子看到虚幻的东西消失之后有的那种失望之情一样。他怎么敢美化那些偷闯封锁线的人！他又怎么敢说南部邦联会被打败！他真该为此被枪毙——像个叛国者那样被枪毙。她环顾整个大厅，看着那些熟悉的面孔，他们对成功如此信心百倍，看上去如此勇敢，如此衷心。不知怎么的，她心里不禁掠过了一丝淡淡的寒意。被打败？这些人——哦，当然不会的！这个想法本身就是不可能的，不忠诚的。

"你们俩在嘀咕什么呀？"媚兰问道，转身面对着思嘉，因为她的客人都陆续走了，"我忍不住看了梅里韦瑟太太一下，注意到她始终都把眼睛盯在你身上。亲爱的，你知道她的嘴巴有多厉害。"

"噢，这个男人不可能——他是个没有教养的乡巴佬。"思嘉说道，"至于梅里韦瑟这个老太太，让她去嚼舌根好了。就为了她的缘故，我的行为举止就得像个傻瓜似的，对此我简直厌恶透了。"

"怎么啦，思嘉！"媚兰叫了起来，惊异极了。

"嘘——嘘，"思嘉说，"米德医生又有事情要宣布了。"

医生提高了嗓门，人群又一次静了下来。医生先是对太太小姐们自愿献出自己的首饰表示谢意。

"现在，女士们，先生们，我要提一个令人吃惊的建议——这项改革可能会使你们中的一些人感到震惊，但我恳请你们记住，这一切都是为了医院及躺在医院里的伤病员。"

大家都满心希望地慢慢往前挤，心里揣摩着这个严肃的医生会提出什么令人震惊的提议来。

"舞会马上就要开始。第一支舞曲当然是弗吉尼亚舞，紧接着是华尔兹，接下来是波尔卡舞、苏格兰舞和波兰舞，前面都由短短的弗吉尼亚舞开始。我知道得很清楚，领跳弗吉尼亚舞的人选还有点小小的竞争，所以——"医生擦了一把额上的汗水，嘲弄似的扫了墙角一眼，他的太太正跟其他上了年纪的女人一起坐在那呢。"先生们，如果你想和你中意的太太或小姐领跳弗吉尼亚舞，你得竞价才行。我来充任拍卖商，所得收入归医院。"

许多正在扇着的扇子都突然停了下来，大厅里一片激动的低语声。老太太们所在的角落哗声大作，打心眼里不同意却又急于支持她丈夫的举动的米德太太也就处于极为不利的境地。埃尔辛太太、梅里韦瑟太太和怀廷太太气得满脸通红。可城卫队却突然发出了一片欢呼声，其他穿着制服的客人也高声附和着。年轻姑娘们拍手赞成,激动得欢呼雀跃的。

“你不觉得这是——这像是——有点像是黑奴拍卖会?”媚兰低声问道,心里没底地注视着跃跃欲试的医生。迄今为止,他在她心目中的形象一向是完美无缺的。

思嘉什么也没说,但两眼发亮,可心里却因隐隐的痛楚在一阵阵抽紧。要是她不是寡妇就好了,要是她还是从前的郝思嘉,穿着苹果绿的裙子,胸前垂挂着深绿色的天鹅绒缎带,乌黑的头发上别着晚香玉,亭亭玉立地站在舞池里——她就能领跳弗吉尼亚舞了。是的,一定会那样的。肯定会有一打的男人争相为她竞价,把越来越高的钱付给医生。噢,可她现在却必须无奈地坐在这,违背自己的意愿,在舞会上做个受人冷落的小可怜,眼睁睁地看着范妮或梅贝尔作为亚特兰大的美女领跳弗吉尼亚舞!

一片嘈杂的声音中传来了小个子义勇兵的声音,他的克里奥尔[①]口音非常明显:“可以的话——我为梅贝尔·梅里韦瑟小姐出二十美元。”

梅贝尔红着脸倚靠在范妮的肩上,两个姑娘把脸埋在对方的颈项里,咯咯直笑。这时,又有其他的声音叫着其他人的名字,出其他的价格。米德医生只得又面带微笑,对角落里传来的护理会的妇女们愤慨的嘀咕声完全置之不理。

起先,梅里韦瑟太太态度冷淡,大声声明她的梅贝尔决不参加这种活动;可随着梅贝尔的名字被叫到的次数越来越多,价钱也渐渐升到七十五美元,她的抗议声便开始减弱了。思嘉双肘支在柜台上,对那些蜂拥在乐台周围、手里满是南部邦联发行的纸币、满心激动而欢笑的人群几乎可以说是怒目而视。

现在他们全都可以跳舞了——只有她和那些老太太除外。每个人都可以玩得尽兴,只有她不行。她看到白瑞德刚好站在医生的下方,她还来不及调整她脸上的表情,他便看到她了。他嘴角一撇,一边的眉毛扬了起来。她下巴一扬,把头扭开。突然,她听到有人在叫她的名字——那人的口音毫无疑问是查尔斯顿口音,声音盖过了其他人叫别人名字的声音。

---

① 克里奥尔人常指下面几种人:生于拉丁美洲的欧洲人后裔;美国墨西哥湾沿岸各州早期法国或西班牙殖民者的后裔;上述两种人与黑人或印第安人所生的混血儿等。

“韩查理太太——一百五十块——金币。”

人群中突然鸦雀无声，因为这个价钱，也因为这个名字。思嘉惊呆了，顿时僵在那里。她双手捧着下巴，原封不动地坐在那，眼睛因吃惊而睁得大大的。每个人都转头看着她。她看到医生从乐台上俯身对白瑞德低声说着什么。大概在告诉他她还在服丧，让她出现在舞池里是不可能的。她看到白瑞德懒洋洋地耸了耸肩。

“另找一个漂亮妞吧，可以吗？”医生问道。

“不行，”瑞德清晰地说，目光漫不经心地扫视着人群，“韩太太。”

“我告诉你，这是不可能的，”医生恼火地说，“韩太太不会愿意——”

思嘉耳边响起了一个声音，起先，她还没意识到是自己的声音。

“不，我愿意！”

她一跃而起，心怦怦跳得厉害极了，连她自己都担心会受不了。她的心之所以怦怦直跳，是因为自己又成了大家关注的中心，成了在场的所有姑娘中有人最想要的人，噢，最好的一点是，她又有可以跳舞的希望了。

“噢，我才不在乎呢！我根本不在乎他们会说什么！”她喃喃自语着，一阵甜蜜的狂热劲流遍了她的全身。她甩了甩头，快步走到货摊外边，像敲着响板似的用脚跟点着地，刷地打开黑色的丝绸扇子，大扇特扇起来。刹那间，她看到了媚兰满脸狐疑的面孔、上了年纪的妇人脸上的表情、使性子的姑娘及士兵们表示赞许的热情洋溢的神情。

后来她便来到了舞池，白瑞德正穿过人群中的通道向她走来，脸上还挂着那丝令人讨厌的嘲讽似的微笑。但她不在乎——就算他是亚伯·林肯本人，她也不会在乎的！她又能跳舞了。她要领舞了。她拉开裙摆，向他微微行了一个屈膝礼，给了他一个粲然的微笑。他把一只手放在有褶边的衣服胸口上，鞠了一躬。利瓦伊先是吓了一跳，但马上掩饰了这一情形，高声叫道：“快找好舞伴，跳弗吉尼亚舞吧！”

乐队便奏起了最好的弗吉尼亚舞曲《迪克西》①。

“你怎么敢让我这么引人注目，白船长？”

---

① 1895 年美国南北战争时期一首歌颂南方的流行曲。

"可是,我亲爱的韩太太,你想引人注目的愿望是如此的明显!"

"你怎么能在这么多人面前叫我的名字?"

"你本可以拒绝的呀。"

"但是——我这是为了事业——我——你出这么多金币,我就不能想着自己了。别笑,大家都在看着我们呢。"

"不管怎样,他们都会看我们的。别想着向我推销事业这个无聊的话题。你想跳舞,我给了你机会。这是弗吉尼亚舞中最后的舞步,对吗?"

"不错——确实如此,我现在得停下来坐一会了。"

"为什么?我踩了你的脚了吗?"

"没有——可他们会议论我。"

"你真的很在乎吗——打心眼里在乎?"

"哦——"

"你并没犯什么罪,对不对?干吗不和我跳华尔兹?"

"可是,要是妈妈——"

"还绑在妈妈的围裙带上呢。"

"噢,你总用恶劣的话贬低美德,使它们听起来如此愚蠢。"

"可美德就是愚蠢的。如果人们议论你,你在乎吗?"

"不——可是——哦,我们还是别说这些吧。感谢上帝,华尔兹舞曲开始了。弗吉尼亚舞总是使我跳得喘不过气来。"

"别回避我的问题。别的女人说什么对你重要吗?"

"噢,如果你硬逼我回答的话——不重要!但人们会认为一个姑娘应该在乎的。不过今晚我不在乎。"

"妙极了!你现在开始为自己着想了,而不是让别人来为你着想。这是变聪明的开始。"

"噢,可是——"

"如果你也像我一样被别人大讲特讲的话,你就会意识到,这根本微不足道。想想看,查尔斯顿没有一家人会欢迎我。即使我对我们正义神圣的事业作出贡献,也没有对我开禁。"

"多可怕呀!"

"哦,一点也不。直到你失去了名声,你才会意识到,这是怎样的一个负担,或是什么才是真正的自由。”

“你真是在恶意毁谤!”

“是恶意毁谤,可却千真万确。假设你一直有足够的勇气——或是足够的钱财——那你没有名声也不打紧。”

“不是什么都能用钱来买的。”

“肯定是有人告诉过你这话。你自己决想不出这种陈词滥调的。钱不能买什么呢?”

“哦,这个,我不知道——怎么说,幸福和爱是买不来的。”

“一般说是可以的。买不来的时候,它也可以买一些最出色的替代品。”

“你是不是真有这么多的钱呢,白船长?”

“问这问题多没教养呀,韩太太!我太吃惊了。可是,我是有。对一个刚步入青年时期、被切断供给、身无分文的年轻人来说,我已经做得相当不错了。而且我相信,我可以从闯封锁线中赚够一百万。”

“噢,不可能!”

“哦,当然可能!大多数人似乎还没意识到这一点,从一种文明的废墟中所能赚的钱和从建立一种文明中所能赚的钱是可以画等号的。”

“这都是什么意思呀?”

“你的家庭,我的家庭以及今晚在这里的所有的人曾经从把荒野变成文明的过程中赚到了钱。那是在兴建帝国。兴建帝国时有很多钱。可是,毁灭帝国时有更多的钱。”

“你在讲什么帝国呢?”

“我们生活在其中的帝国——南方——南部邦联——棉花王国——它正在我们脚底下土崩瓦解。只是大多数傻瓜没有看到,不会利用这种倒塌而产生的有利形势。我正从这废墟上发财呢。”

“这么说,你真的认为我们会被打败?”

“是的,干吗要当鸵鸟呢?”

“噢,天哪,讲这些太让我厌烦了。你难道不会说些漂亮话吗,白船长?”

“如果我说你的眼睛是一对金鱼缸,盛满了最清澈的绿水,而每当鱼游到顶部时,就像现在这样,那你就迷人得像魔鬼一般。那你会高兴吗?”

“噢,我不喜欢那样……这音乐不是很美吗?哦,华尔兹我可以没完没了地跳下去!原来我还不知道自己这么想跳华尔兹呢!”

“你是和我跳过舞的舞伴中最漂亮的。”

“白船长,你不能把我搂得这么紧。大家都在瞧着呢。”

“如果没有人在看,你会在乎吗?”

“白船长,你真是忘乎所以了。”

“我一刻也没有。双手搂着你,我怎么会呢?……那是什么乐曲?不是支新的吗?”

“是的。这支挺神圣的,对不对?这是我们从北方佬那学来的。”

“这乐曲叫什么名字?”

“《这残酷的战争结束以后》。”

“歌词是什么?给我唱一下吧。”

“亲爱的,你记得我们
上次相见的时候吗?
你跪在我脚边,
告诉我你有多爱我,
噢,你穿着灰军服站在我面前,
显得有多骄傲。
你发誓决不
从我和我们的国家身边迷途他往。
伤心的哭泣,寂寞的哀鸣,
无谓的叹息和悲伤的眼泪,
一切的一切都无济于事!
这残酷的战争结束以后,
祈祷吧,让我们再次相会!”

“当然,原来的歌词是‘蓝军服’,可我们把它改成‘灰军服’了。噢,白船长,你华尔兹跳得好极了。你知道,大多数块头大的人都跳不好。想想看，到我能再跳舞以前，又不知过了多少年、多少年了。”

“只会是几分钟而已。我要再出价让你跳下一曲弗吉尼亚舞——还有下一曲，再下一曲。”

“噢，不行，我不能跳！你不该这么做！我的名声会被毁掉的。”

“它已经被裹在裹尸布里了，那再跳一曲又有什么关系呢？也许我跳了五六曲后会给别的小伙子一个机会，但我得跳最后一曲。”

“哦，好吧。我知道我是疯了，但我不在乎。我根本不在乎别人会说些什么。老是坐在家里，我简直腻透了。我要跳舞，跳舞……”

“不穿黑色孝服了？我讨厌黑绉纱孝服。”

“噢，我不能脱下丧服——白船长，你不该把我搂得这么紧。你再这样的话，我就生气了。”

“你生气时看上去美极了。我要再次搂紧你了——你瞧——就想看看你是不是真的会生气。那天在十二棵橡树时，你又生气，又扔东西，你根本不知道你当时有多迷人。”

“噢，请你别说了——你就不能把这忘了吗？”

“不能，这是我最珍贵的记忆之一——一个得到精心培养的南方美人，带有爱尔兰反——你很有爱尔兰人的个性，你知道。”

“噢，天哪，音乐结束了，白蝶姑妈正从后面的房间里走出来呢。我知道，梅里韦瑟太太肯定已经告诉她了。哦，看在上帝分上，我们还是走到窗户那边去看看窗外的景色吧。我不想让她现在就把我逮住。她的眼睛正瞪得像茶碟一样大呢。”

# 第十章

第二天早晨吃蛋奶饼时，白蝶泪流满面，媚兰沉默不语，思嘉则心存对抗。

“他们真要说闲话的话，我也不在乎。我敢打赌，我比在那的哪个女孩为医院募到的钱都多——也比我们卖的所有那些乱七八糟的老旧玩意挣来的钱多。”

“噢，亲爱的，钱有什么关系呢？”白蝶呜咽着，十指绞在一起，“我只是无法相信我的眼睛，可怜的查理死了还不到一年……而那可恶的白船长把你弄得如此引人注目。他是个很可怕、很可怕的男人，思嘉。怀廷太太的表妹科尔曼太太的丈夫是查尔斯顿人，她告诉了我有关白瑞德的一些事。他是一家相当不错的家庭中的害群之马——噢，白家怎么会生出这种人来？他在查尔斯顿根本不受欢迎，有最放荡的坏名声，还有涉及一个姑娘的事——这件事太糟了，连科尔曼太太都不知道这是——”

“哦，我不相信他有这么坏。”梅利柔声说道，“他似乎是个十足的绅士，想想他一直在闯封锁线，那多勇敢——”

“他并不勇敢，”思嘉违背情理地说，吃蛋奶饼时倒了有半罐果汁，“他这么做只是为了钱。是他这么告诉我的。他对南部邦联的什么事都不关心，还说我们会被打败。可他的舞跳得好极了。”

听的人都被惊得哑口无言。

“我待在家里待腻了，我再也不干了。如果他们就昨晚的事说我闲话，那我的名声已经被毁了，那他们再说什么也就无所谓了。”

她根本没有意识到这个观点是白瑞德的。这想法来得很是时候，和她头脑里想的太符合了。

“噢，你妈妈听到这些时，她会怎么说呢？她会怎么看我呢？”

埃伦要是知道她女儿的这种可耻行为，一定会惊恐万状的。思嘉想到这点，一股寒意袭上心头，感到负疚而不安。但一想到亚特兰大和塔拉之间隔了二十五英里，她不禁又振作起来。白蝶小姐不会告诉埃伦的。这会使她这个年长的陪伴者立于不利的境地。而只要白蝶不饶舌，她就会安然无事。

“我想——”白蝶说，“是的，我想我最好还是就这件事给亨利写封信——我太痛恨这么做了——可他是我们唯一的男性亲戚，让他去责骂白瑞德——噢，亲爱的，要是查理还在世就好了——你再也、再也不能和那个人说话了，思嘉。”

媚兰一直默默地坐着，她双手放在膝上，让盘子里的蛋奶饼凉一些。她站起身，走到思嘉身后，双臂抱住思嘉的脖子。

“亲爱的，”她说，“别丧气。我能理解。你昨晚做的事是件勇敢之举，这一定对医院帮助很大。如果有人敢对你说三道四，我会去对付他们的。……白蝶姑妈，别哭了。思嘉哪都不能去，这对她太苛刻了。她还是个孩子。”她手指把玩着思嘉乌黑的头发。“如果我们偶尔出去参加一些晚会，或许我们都会好受一些。也许我们都太自私了，只是悲伤地待在这里。战争时期不比平时。我一想到城里所有这些远离家园、晚上又没有朋友造访的战士们——还有那些已经能够走下病床却还不能重返部队的战士们——哦，我们太自私了。我们应该像其他人一样，此时应该有三个正在康复的病人在我们家，每星期天请几个士兵出来吃饭。好了，思嘉，别发愁了。人们一旦理解了，就不会说闲话的。我们都知道你爱查理。”

思嘉其实根本就没发愁，媚兰轻柔的手拨弄着她的头发，使她感到很不痛快。她很想把头扭开，说：“噢，去你的！”因为昨晚城卫队和民兵的队员及医院出来的战士们争着和她跳舞的那种温馨感至今还记忆犹新。全世界的所有人中，她最不需要的就是梅利这个庇护人。她可以保护自己，谢谢，如果那些老猫们真想嚼舌根——哦，没有这些老猫，她也能活得好好的。世界上有这么多军官，她才没时间去在意那些老太婆会说些什么呢。

在媚兰温柔的话语抚慰下，白蝶在轻轻地拭泪。这时，普里西手里拿着一个大信封走了进来。

“梅利小姐，这是给你的。一个黑人小孩送来的。”

“给我的？”梅利说着撕开信封，心里感到很纳闷。

思嘉埋头吃着蛋奶饼，起先没注意到什么，后来她听到梅利叫出声来，而且看到她泪水夺眶而出。她抬起头，看到白蝶姑妈的手又要捂住胸口了。

“希礼牺牲了！”白蝶尖叫起来，头往后一仰，双臂便软了下来。

“噢，我的天哪！”思嘉也叫了起来，体内的血液似乎已经凝固成冰了。

“不！不！”媚兰叫道，“快！快把她的嗅盐拿来，思嘉！在那，在那，亲爱的，你好点了吗？深呼吸。不是的，不是希礼。真对不起，我吓着你了。我哭是因为我太高兴了。”她突然张开紧握的手掌，用力吻着手里的东西。“我太高兴了。”她又热泪盈眶了。

思嘉飞快地看了一眼，见是一个大大的金戒指。

“你读读。”梅利说，指着地上的信，“噢，他真是太好、太善良了！”

思嘉茫然地捡起那只有一页的信，看到上面黑色的字体刚劲有力：“南部邦联也许需要热血男儿为之抛头颅、洒热血，但还没有要求妇女们献出自己的生命。亲爱的太太，请接受这个礼物作为我对你的勇敢行为的敬意吧。千万不要认为你的牺牲是徒劳无功的，因为这个戒指是用十倍于它的价值的价格赎回来的。白瑞德船长。”

媚兰把戒指戴在手上，深情地注视着。

“我告诉过你他是个正人君子的，对不对？”她转身对着白蝶说，脸上虽然还泪珠点点，笑得却很粲然，“只有感情细腻、考虑周到的绅士才会想到当时我有多伤心——我会把金手链送去的。白蝶姑妈，你得写信给他，邀请他星期天晚上到我们家来吃饭，好让我谢谢他。”

她们俩都很激动，似乎谁也没有想到，白船长没有把思嘉的戒指也赎回来。但她自己想到了，心里颇为不安。她知道，并不是白船长感情细腻才促使他做出如此有风度的举动，而是他在设法得到白蝶家的邀请，而且他也很明白该怎样达到目的。

“听到你最近的行为，我大为不安，”埃伦在信中写道。思嘉坐在桌边读着，眉头紧锁。坏消息当然传得更快。在查尔斯顿和萨凡纳，她经常听说亚特兰大人比南方其他地方的人都更会说闲言碎语，也比其他地方的人更爱管别人的闲事。现在她终于相信了。义卖会是星期一晚上举行的，今天才星期四。哪一只老猫居然自告奋勇写信给埃伦呢？有一刻，她曾怀疑是白蝶，但很快便否定了这种想法。可怜的白蝶穿着她那三号鞋，一直都在瑟瑟发抖呢，她害怕由于思嘉前面的行为而招致对自己的责备，所以决不会把她自己对思嘉疏于教导的事告知埃伦。很可能是梅里韦瑟太太。

"你居然这么不顾自己的教养而忘乎所以，这太令我难以相信了。你在服丧期间在公开场合露面，这种不合时宜的举动，我也就不追究了，因为我意识到，你是出于帮助医院的热望才这么做的。可你还跳了舞，而且是跟白船长这样的人！他的事我听得够多了（谁没听说过呢？）。波琳姨妈刚刚在上星期还写信给我，说他是个名声不好的人，连他自己在查尔斯顿的家人都不欢迎他，当然他那伤心欲碎的妈妈除外。他是个彻头彻尾的坏蛋，利用你的年轻和无知，让你引人注目，在大庭广众之下辱没你和你的家庭。在你这样的事情上，白蝶小姐怎么能如此失职呢？"

思嘉看着桌子对过坐着的姑妈。老太太已经认出了埃伦的笔迹，胖嘟嘟的小嘴因害怕而撅着，就像一个害怕挨批评的小孩一样，希望能用眼泪来逃脱这一责罚。

"想到你这么快就忘了自己的出身和教养，我的心都碎了。我想过让你马上回家来，但那要由你父亲来定夺。他星期五会到亚特兰大去，去和白船长谈谈，再护送你回家来。虽然我从中调停，但我担心他对你会很严厉。我希望，但愿促成你过往行为的只是你的年轻和考虑不周。没有人能比我更希望为事业服务的了，我也希望我的女儿们能和我一样，但是辱没——"

还有挺多大同小异的话，但思嘉没有继续把信读完。她第一次着着实实感到害怕了。现在，她再也不会感到可以不顾一切，可以有逆反心理了。她感到自己又年轻又负疚，就像十岁那年把一块沾了黄油的饼干扔到坐在桌边的苏埃伦身上时一样。想到她性情温和的妈妈这么严厉地谴责她，她爸爸也要到城里来和白船长谈话，她这才越来越意识到这件事的严重性。嘉乐也要对她严厉了。这次，她知道自己不能靠坐在他的膝上，表现出一副可爱、冒失的样子来逃避对自己的惩罚了。

“不是——不是坏消息吧?”白蝶颤着声问道。

“爸爸明天要来,来责罚我,就像鸭子猛啄绿花金龟一样。”思嘉郁郁不乐地说。

“普里西,把我的嗅盐找来。”白蝶饭刚吃了一半,她把椅子往后一推,颤着声音说,“我——我好像要晕倒了。”

“在你的裙子口袋里呐。”普里西说,她正在思嘉身后晃荡着,陶醉在这轰动一时的闹剧当中。发着脾气的嘉乐先生只要不是冲着她头发拳曲的脑壳发火,总是挺有趣的。白蝶在她的裙子里摸找着嗅盐,然后把这命根子凑到鼻子边。

“你们大家都得站在我这一边,不要让我单独和他在一起,一分钟也不行。”思嘉大叫着,“他很喜欢你们俩,只要你们和我在一起,他就不会对我大动肝火。”

“我不行,”白蝶站起身来,软弱无力地说,“我——我好像要病了。我要去躺一下。明天我一整天都得卧床。你得替我向他说抱歉。”

“胆小鬼!”思嘉心里想着,目光犀利地看着她。

要面对性子火暴的郝先生,梅利虽然也吓得脸色苍白,但她还是振作起来卫护思嘉。“我会——我会帮你解释你是怎么为医院出力的。他一定会理解的。”

“不,他不会的。”思嘉说,“噢,如果像妈妈威胁的那样,我得含羞蒙辱地回塔拉去,那我一定会羞死的!”

“噢,你不能回家去。”白蝶大哭起来,“如果你走了,我就非得要——是的,要叫亨利来和我们住在一起。你知道的,我根本不能和亨利住在同一个屋檐下。晚上只有梅利在屋里,而城里又有这么多陌生的男人,我会很不安的。你这么勇敢,我就不在乎这里没有男人了!”

“噢,他不能把你带回塔拉去!”梅利说,看上去好像也要马上哭出来了,“这里现在是你的家了。没有你,我们怎么办呢?”

“如果你知道我对你是怎么看的,我不在你就会很高兴了。”思嘉愠怒地想,希望还有别人而不是媚兰来帮她避开嘉乐的怒火。被一个你如此不喜欢的人卫护,真让人恶心。

“也许我们得收回对白船长的邀请——”白蝶开口说道。

"哦,我们不能这么做! 这样就不礼貌到极点了!"梅利苦恼地叫了起来。

"扶我到床上去。我要病倒了。"白蝶呻吟着,"噢,思嘉,你怎么能把这一切带到我的头上?"

第二天下午嘉乐到的时候,白蝶已经病卧在床了。她从紧闭着门的卧室里传了许多表示抱歉的口信出来,让两个惊慌失措的姑娘招待客人吃晚饭。虽然嘉乐吻了思嘉,还赞许地在媚兰的脸上拧了一把,叫她"梅利表妹",但他沉默不语,预示着不祥。思嘉倒宁愿他大喊大骂,对她加以责备。媚兰很守信用,像个窸窣作响的小影子一样紧跟在思嘉身边。嘉乐好歹还是个绅士,不便当着她的面申斥自己的女儿。思嘉不得不承认,媚兰应付得很好,就好像她根本不知道出了什么岔子似的。晚饭上了以后,她实际上一直成功地让嘉乐不停地说话。

"我很想了解县里发生的事。"她粲然地对他微笑着说,"英蒂和哈尼太懒怠写信了。我知道,你知道县里发生的所有事情。把乔·方丹的婚礼给我们说说吧。"

嘉乐被奉承一番,心里顿时感到飘飘然的。他说婚礼是悄悄进行的,"不像你们的婚礼",因为乔只有几天的休假。萨莉,芒罗家的那个毛头姑娘,看上去很漂亮。不,他记不起她穿什么衣服了,但他确实听说了,她没有第二天穿的衣服。

"她没有!"姑娘们叫了起来,吃了一惊。

"当然,因为她根本就没有过第二天。"嘉乐解释说,他还没想起兴许不该跟女人讲这些话,就已经高声大笑起来。思嘉的情绪因他的笑声而高涨起来,她不由得感激媚兰的机智。

"第二天乔就回弗吉尼亚去了,"嘉乐又很快补充道,"没有对邻里街坊、亲戚朋友的探访,也没有后来的舞会。塔尔顿家的孪生兄弟也回家来了。"

"我们听说了。他们康复了吗?"

"他们伤得并不重。斯图尔特膝部受了伤,一粒小弹丸则打穿了布伦特的肩膀。他们都因英勇作战在战地快讯上受了表彰,你们也听说了吗?"

"没有呢! 跟我们说说看!"

“他们真是太莽撞了——他们俩都是。我相信他们有爱尔兰血统。”嘉乐自鸣得意地说，“我忘了他们立的是什么功，但布伦特现在是中尉了。”

听到他们的英勇行为，思嘉感到很高兴，就像一个业主那样感到很高兴。一个男人若曾经是她的男朋友，她就总是相信他是属于她的，而他的所有好行为都将为她增光。

“我还有你们俩都感兴趣的消息呢。”嘉乐说，“他们说，斯图又到十二棵橡树求婚了。”

“哈尼还是英蒂？”梅利激动地问，而思嘉则几乎是愤怒地盯视着她。

“噢，肯定是英蒂小姐。我这个包袱对他挤眉弄眼以前，她不是曾经把他牢牢地吸引住的吗？”

“噢。”梅利说着，嘉乐直率的话使她感到有点不好意思。

“还有呢，年轻的布伦特又开始在塔拉转悠了。就是现在！”

思嘉连话也说不出来了。她的男朋友背信弃义，这简直就是对她的侮辱。特别是，她回想起她告诉他们说要和查理结婚时，孪生兄弟俩那暴跳如雷的样子。斯图尔特甚至威胁说要用枪打死查理，或是思嘉，或是他自己，或者干脆把他们三个都干掉。那真是最最令人激动的场面。

“是苏埃伦？”梅利问道，高兴得突然笑了起来。“但我认为肯尼迪先生——”

“噢，他呀？”嘉乐说，“弗兰克·肯尼迪还是没有表态，胆小得不得了。如果他还不开口说明他的意图的话，我很快会去问他的。不是他，是我的小宝贝。”

“卡丽恩？”

“她还是个孩子呢！”思嘉又能开口说话了，她尖刻地说。

“小姐，她只比你结婚时小一岁多罢了。”嘉乐反驳说，“你是不是在妒忌你原来的男朋友追你的妹妹呀？”

梅利脸涨得通红，她不习惯这么坦率的话，便打手势要彼德把甜薯饼送上来。她狂乱地在头脑中搜寻着不会去谈论这些个人私事又能把郝先生此行的目的转移掉的话题。可她什么也想不出来。而嘉乐一旦打开了话匣子，便除了听众之外什么鼓励也不用了。他继续谈到军需部的营私舞弊行为，每个月的供给都在增加，还谈到杰弗逊·戴维斯不正直的傻冒行径，受丰厚酬金诱惑而参加了北方佬军队的爱尔兰人的卑劣举动等等。

酒摆上来时，两位姑娘起身准备离开。嘉乐眉头紧锁，抬眼严厉地看了女儿一眼，要求她单独留下来几分钟。思嘉绝望地看了梅利一眼，梅利无奈地扭弄着手帕，走了出去，轻轻地把活动拉门拉上。

“好了，我的小姐，这是怎么回事！”嘉乐给自己倒了一杯葡萄酒，大声叫喊起来，“这举止可是太优雅了！你是不是在试图再找一个丈夫，而你当寡妇才当了多久？”

“别这么大声，爸爸，仆人们——”

“他们肯定全都知道了，大家都知道我们的面子全丢光了。你可怜的妈妈为此卧床不起，而我也没法抬起头来。真丢人。不行，小姑娘，你这次休想用眼泪来使我心软下来。”因为思嘉的眼睑已经开始眨巴眨巴的，嘴角也撅了起来，他赶紧这么说，声音显得有点慌乱。“我了解你。就在你丈夫的眼皮底下，你也一直在跟别人调情。不要哭。得了，今晚我也不多说了，因为我要去见这个大好人白船长，他居然这么不注重我女儿的声誉。但到了早晨——好了好了，别哭了。这对你也没有半点好处。我已下定决心，明天你得跟我回塔拉去，免得你又让我们丢脸。别哭了，小宝贝。看看我给你带什么来啦！这个礼物不是很漂亮吗？来，看看！你怎么能给我惹这么多麻烦，让我这么一个大忙人专程赶到这来？别哭了！”

媚兰和白蝶几小时前就已经睡着了，思嘉在温暖的暗夜里却无法入眠。她的心情很沉重，心里感到很害怕。生活才刚刚开始，却要离开亚特兰大，回家去面对母亲！她宁愿去死也不愿去面对她妈妈。此时此刻，她巴不得自己死了才好，那样，每个人都会因自己如此可恶而感到难过的。她翻了个身，在闷热的枕头上辗转反侧，直到她听到从静寂的街道尽头传来一种声响。奇怪的是，虽然这声音有点含糊不清，听起来却很熟悉。她悄悄溜下床，走到窗边。在星空密布、光线暗淡的夜色中，上面覆盖着拱形树枝的街道柔情无限，漆黑一片。声音渐渐近了，有车辙声、马蹄声和马叫声。突然，她咧嘴笑了，因为她听到了爱尔兰土音很重、喝过威士忌后的声音在提高嗓门唱《低靠背车上的假腿人》，她很熟悉这个声音。这也许不是琼斯伯勒的听审日，但嘉乐此时的境况跟那时的是相同的。他正回家来呢。

她看到一辆轻便马车黑糊糊的车身停在屋子前面，还有模糊不清的人下了车。有人跟他在一起。两个人影在大门边停了一会，她便听到了门插响动的声音，嘉乐的声音清清楚楚地传了过来。

“现在我要给你唱《哀悼罗伯特·埃米特》了。你应该知道这支歌，我的小伙子。我来教你。”

“我很愿意学，”他的伙伴回答说，平平的慢吞吞的声音里强忍住笑，“但现在不行，郝先生。”

“噢，我的天哪，是那个可恨的姓白的家伙！”思嘉心里想着，起先还感到很不安。接着她便放下心来。至少他们没有朝对方开枪。他们在这个时辰这般模样一起回家来，那一定关系很好。

“我要唱的，你也要听，要不然我会把你这奥兰治党人枪毙掉。”

“不是奥兰治党人——是查尔斯顿人。”

“那也好不到哪里去。反而更糟糕。我在查尔斯顿有两个嫂嫂，我知道的。”

“他是不是要让全部街坊邻里都知道呀？”思嘉心想，不禁大为惊慌，伸手去拿晨衣。可她能做些什么呢？她总不能在这种三更半夜的时候下楼去把她父亲硬拉进屋来吧。

倚在大门边的嘉乐没有再受到阻挠，头往后一仰，用男低音大声唱起了《哀悼》这支歌。思嘉双肘支在窗台上，极不情愿地笑了。如果她父亲不会唱变调，那一定是支很优美的歌。这也是她最喜欢的歌曲之一。有一会，她禁不住跟着那优美忧伤的歌词开始唱了起来：

“她离她年轻的英雄长眠的地方很远很远，
她周围的情人们围着她叹息。”

歌声延续着，她听到了白蝶的屋里和梅利的屋里都有了声响。可怜的人哪，她们一定心情很沮丧。歌声停时，两个人影合二为一，走过人行小道，上了台阶。然后传来了一阵谨慎的敲门声。

“我想，我得下去看看。”思嘉寻思着，“他毕竟是我父亲，而可怜的白蝶宁愿死也不愿去的。”再说，她也不想让仆人们看到嘉乐现在这副模样。就算彼德试图把他弄上床去，他也会不守规矩的。只有波克知道怎么应付他。

她把晨衣靠颈项边的别针别好，点燃了床边的蜡烛，匆匆走下黑漆漆的楼梯，来到前面的过道里。她先把蜡烛放到烛台上，开了锁，打开门。在闪烁的烛光中，她看到了白瑞德。他衣服的褶边纹丝不乱，正搀扶着个子矮小、体格却很结实的父亲。那支歌显然是嘉乐最后能发出的声音，就像天鹅临死时发出的美妙歌声一样，他正坦然地依靠在同伴的手臂上。他的帽子不见了，拳曲的头发乱糟糟的，就像一头白色的鬃毛，领带歪到了耳朵边，胸前的衬衫还有点点酒迹。

"我说，这是你父亲吧？"白船长说，黝黑的脸上眼神很有趣。他看了一眼穿着睡衣的她，似乎能透过晨衣看到她的身体里面去。

"把他搀进来吧。"她简短地说，自己这副打扮使她感到很不好意思，同时也因嘉乐使她处于如此境地，让这个男人笑话她而感到很生气。

瑞德向前推着嘉乐。"要不要我帮你把他弄上楼去？你无法应付他。他挺重的。"

他大胆的建议使她惊得张大了嘴巴。如果白船长上了楼，光想想缩在床上发抖的白蝶和梅利会怎么想就够呛！

"我的圣母呀，不行！就在这，把他弄到客厅里的沙发上就得了。"

"你是说殉夫吗？"

"你脑袋里若能想着说话要有礼貌，我就会对你感激不尽的。就在这，现在让他躺下来。"

"要我把他的靴子脱下来吗？"

"不用了。他过去也曾穿着靴子睡过。"

她为自己的失言真恨不得把舌头咬掉，因为他把嘉乐的腿放到另一只腿上时，轻声笑了起来。

"现在请你走吧。"

他走出去，进了昏暗的过道，捡起掉在门槛边的帽子。

"我星期天晚餐时再见。"他说着走了出去，随手悄无声息地关上门。

思嘉五点半就起身了，后院的仆人们都还没起来准备早点。她悄悄走下楼梯，来到静静的楼下。嘉乐已经醒了，正坐在沙发上，双手紧抓着圆圆的脑壳，好像要把它捏碎在两个手掌之间似的。她走进来的时候，他偷偷瞧了她一眼。抬眼看她也使他痛得难以忍受，他不禁呻吟起来。

“唉哟哟！”

“你干的好事，爸爸，”她用气愤的低语开始数落他，“在那个时辰回来，还用歌声把街坊邻里都吵醒。”

“我唱歌了？”

“唱了！你唱了《哀悼》，声音还特大。”

“我不记得了！”

“邻居至死也会记得的，白蝶小姐和媚兰也会忘不了的。”

“我的老天哪，”嘉乐呻吟着，伸出舌苔厚厚的舌头舔着干燥的嘴唇，“牌局开始后我记得的就不多了。”

“牌局？”

“那个花花公子白瑞德吹牛说他是最棒的扑克玩家——”

“你输了多少钱？”

“啊，我赢了，这是自然的。喝一两杯就能帮我赢钱。”

“你看看你的钱包。”

就好像每个动作都使他很痛苦一样，嘉乐从上衣口袋里取出钱包，打了开来。钱包空无分文，他茫然无措、可怜巴巴地看着钱包。

“五百美元，”他说，“这是用来给郝太太从偷越封锁线的人那买东西的，现在连回塔拉的车费都没有了。”

思嘉怒气冲天地看着空空如也的钱包时，头脑里便有了一个主意，随即迅速明了起来。

“我也没法在这城里抬起头来了。”她开口说道，“你把我们大家的脸面都丢尽了。”

“住嘴，小姑娘。你没看到我的头都要炸了吗？”

“喝得醉醺醺地和白船长这样的人一起回家来，还扯嗓门唱歌，好让每个人都听见。不仅如此，还把钱也输光了。”

“这个人太精于玩牌了，根本就不是个绅士。他——”

“妈妈听说这件事会怎么说？”

他痛苦万分、忧虑如焚地抬头看着她。

“你一个字也不会告诉你妈妈让她伤心的，对不对？”

思嘉什么也没说,紧抿着嘴唇。

“想想看,这会使她多伤心,而她又是这么温柔。”

“你想想,爸爸,就在昨天晚上,你还说我把我们家的脸丢尽了!我,只不过是可怜兮兮地跳了会舞,为那些士兵捐款罢了。噢,我真想哭。”

“哦,别这样,”嘉乐请求着,“我可怜的脑袋简直受不了了,无疑现在已经在崩裂了。”

“可你说我——”

“好了,小姑娘,好了好了,小姑娘。别为你可怜的父亲说过的话伤心了。我不是认真的,我不了解情况!没错,我敢肯定,你本意是好的。”

“你却要带我回家去丢人。”

“啊,亲爱的,我不会那么做的。那是跟你开玩笑。你不要和你妈妈提起钱的事吧?她已经被家里的开销搞得焦头烂额了。”

“不会,”思嘉坦率地说,“我不会的,只要你让我待在这儿,告诉妈妈根本没什么,是那些老猫在说三道四罢了。”

嘉乐沮丧地看着自己的女儿。

“这和敲诈没什么两样。”

“昨天晚上和造谣也没什么两样。”

“我说,”他开始哄骗她,“我们会把这一切都给忘掉的。你觉得,像白蝶小姐这样漂亮的好好女士家里会有白兰地吗?再喝一口——”

思嘉转过身,蹑手蹑脚地走过过道,来到餐厅,去取白兰地酒瓶。她和梅利背地里把这叫做“昏厥瓶”,因为白蝶跳动不规则的心脏使她晕倒——或是好像要晕倒时,她总是从这酒瓶里小抿一口。她的脸上现出胜利者的姿态,一点也没有对嘉乐不孝引起的羞愧感。如果再有爱管闲事的人写信给埃伦,谎话就可以抚慰她了。现在她又可以待在亚特兰大了。现在她几乎就可以随心所欲了,白蝶本来就是个无能的人。她开了酒柜门的锁,把酒瓶和杯子紧按在胸前站了好一会。

她眼里浮现出在水花飞溅的桃树溪边举行的一连串野餐及石头山上的烧烤野餐,还有招待会和舞会,下午的舞会,乘轻便马车出去兜风以及星期天晚上的自助晚餐。她到时都能在场,置身于全部活动的正中间,成为男人们的中心。你若在医院为男人们做了哪怕是一丁点事,他们就很容易爱上你。她现在对医院不那么反感了。男人们生病的时候是很容易被挑逗得心旌摇荡的。他们会落入聪明的姑娘手里,就像在塔拉的桃树被轻轻摇动时,熟透的桃子就会掉下来一样。

她拿着能恢复精力的酒回头向父亲走去,心里在感谢上帝,因为著名的郝家头脑也没有能在昨晚的较量中获胜。猛然间,她不禁纳闷,不知白瑞德和这件事有没有关系。

# 第十一章

接下来这个星期，有一天下午，思嘉从医院回到家，一副疲惫不堪的样子，心里感到愤愤不平的。一整个早上，她一直站着，累得筋疲力尽，而梅里韦瑟太太却因为她给一个士兵的手臂缠绷带时坐在士兵的床上而严厉地批评了她，所以她心里很烦。白蝶姑妈和媚兰戴着最漂亮的帽子正跟韦德和普里西一起待在游廊上，已经准备好每周例行的访客活动。思嘉请求她们原谅，说自己不能陪她们了，然后便回到楼上自己的房间里。

马车车轮的最后一丝声响渐渐远去。她知道自己已经很安全，全家人都看不到她了，她便悄悄溜到媚兰的房间门口，转动插在锁孔里的钥匙。这是个整齐、洁净的小房间，下午四点的阳光斜照进来，给了它一副宁静、温暖的神态。地板熠熠生辉，除了几块色彩明快的小地毯外，没铺别的地毯。洁白的墙壁毫无装饰，只有一个角落除外，那里是媚兰用来做临时圣坛的。

在这个角落，上方挂着一面南部邦联的旗帜，旗帜下面挂着一柄金柄马刀。媚兰的父亲曾带着这把刀参加墨西哥战争，查理也曾佩着同一把刀投身战场。查理的饰带和手枪子弹带也挂在那，还有放在手枪皮套里的左轮手枪。马刀和手枪之间，是查理本人的一张达盖尔银版[①]照片，他穿着灰色的军服，显得非常挺拔、自豪，褐色的大眼睛亮闪闪的，光芒似乎溢出了镜框，嘴唇上则挂着羞涩的微笑。

思嘉对照片看都不看一眼，而是径直走过房间，来到放在窄窄的床边桌

---

① 1839 年发明的、现已废弃不用的照相法。

子上的一个方形的青龙木信件盒前。她从里面拿出一捆用蓝色丝带绑在一起的信件,都是希礼亲笔写给媚兰的。最上面一封就是那天早晨刚到的,她打开的正是这封信。

思嘉第一次偷读这些信件时,良心受到了强烈的谴责,又很担心被发现,手便哆嗦得厉害,以致连信封都几乎打不开来。可现在,由于屡次重犯,她对名誉问题已经麻木了,而她本来就没有对这问题考虑过多的。不仅如此,连担心被发现的恐惧感也渐渐消失了。偶尔想到这些时,她的心也会往下沉:“如果妈妈知道了,那会怎么样呢?”她知道,埃伦是宁愿看到她死也不愿知道她的这种不光彩的犯罪行为的。这起先也使思嘉很担心,因为她还是想在各个方面都能效仿她的母亲。但想读信的诱惑太大了,她只好把埃伦可能的想法抛至脑后。这些日子以来,她已习惯于把不痛快的事抛到脑后。她已经学会说:“我现在不去想烦人的这个那个事情。我明天再想吧。”一般说,明天到来时,要不就是她根本就没想到,要不就是因为时间的推延,烦恼程度已经得到了缓解,变得不那么沉重了。所以,偷看希礼的信件并没有给她造成太大的心理压力。

媚兰对信件总是很慷慨,会把其中的一些部分读给白蝶姑妈和思嘉听。但是,使思嘉痛苦的正是她没有读出来的那部分,这也是促使她偷偷摸摸地读她小姑子的信件的原因。她必须知道,和媚兰结婚以后,希礼是不是已经爱上他的妻子了。她必须知道,他是不是在假装着爱她。他有没有给她写一些充满柔情的甜言蜜语呢?他表达的是怎样的情感,又用了怎样的温情呢?

她小心地展开信纸。

希礼纤细、均匀的笔迹跃入她的眼帘,她一读到“我亲爱的妻子”,便宽慰地松了口气。他还没有称她为“亲爱的”或是“宝贝”。

“我亲爱的妻子:你给我的来信中说到,你很吃惊,担心我会对你隐瞒我真正的想法。你问我这些日子里我头脑里想的是什么——”

“我的天哪!”思嘉想着,因负疚而感到一阵恐慌,“隐瞒他的真正想法。梅利是不是看透了他的心思?或是我的心思?她是不是怀疑他和我——”

她的手因害怕而颤抖起来,于是把信纸更靠近一些。但读到下一段时,她又放心了。

“亲爱的妻子，如果我对你隐瞒了什么事的话，那也是因为我不想在你的双肩上再增加一副重担，让你为我的身体安全和情绪而担心。但我无法对你隐瞒任何事，因为你太了解我了。别惊慌。我没有受伤，也没有生病。我不但吃得够多，偶尔还能有床铺睡觉。一个士兵也只能要求这些了。但是，媚兰，我心里背负着沉重的思想负担。我这就向你袒露心迹。

“就在这些夏日的夜晚，兵营里的人们早已入睡，我却辗转难眠。我抬头望着星空，一遍又一遍地问自己：‘你干吗到这来，卫希礼？你在为什么而战呢？’

“当然不是为了名誉和荣誉。战争是件肮脏的勾当，而我不喜欢肮脏的东西。我不是职业军人，根本就不想去寻求那种泡沫名誉，即便是从大炮的嘴里寻求也不想。然而，我却来参战了——上帝的本意从来没有打算把我创造成别的什么人，只是一个勤学、热心的乡绅。媚兰，因为战斗的号角并没有使我热血沸腾，战鼓也没有促使我奋勇前进。我看得太清楚了，我们都被出卖了，被我们自己目空一切的南方人的自我出卖了。我们相信，我们一个人就能干掉一打北方佬，相信棉花大王可以统治整个世界。我们还被那些高高在上、那些我们尊重和崇敬的人嘴里说出来的话和引人注意的言辞以及偏见和仇视出卖了——什么‘棉花大王、蓄奴制、州权和去他的北方佬’等等。

“所以，当我躺在毯子上望着天上的星星，问自己‘你为什么而战’时，我想到了州权、棉花、黑奴和我们从小就被教育要去痛恨的北方佬。可我知道，这当中哪一个都不是我来打仗的原因。我反而好像看到了十二棵橡树，记起了月光是怎样斜照过白色的柱子的，还有在月光下怒放的木兰花那超凡脱俗的样子。攀缘而上的玫瑰即使在最炎热的中午也把边上的游廊遮蔽得阴凉无比。我看到了妈妈在那做针线，还同我是个小男孩时一样。我还听到了黑人傍晚从田地里日落归来的声响。他们虽已筋疲力尽，却还唱着歌，准备吃晚饭。水桶被放到清凉的井里打水，轱辘的声响也回萦在耳际。还有通往河边的那条长路的沿路景观，一望无际的棉田，黎明时分从河边洼地腾腾升起的雾气。这就是为什么我人在此处却不爱牺牲，不爱受苦，不爱荣誉，也不痛恨任何人的原因。也许，热爱家园和乡间，这就是所谓的爱国主义吧。但是，媚兰，这个中含义比这深得多。因为，媚兰，我所说的这些东西只是我为之冒着生命危险去战斗的事情的象征，是我喜欢的那种生活的象征。因为我在为逝去的岁月而战，我太喜欢那逝去的岁月了。但是，我担心，不管死亡以何种方式光顾我，那种日子都已经一去不复返了。因为无论赢还是输，我们同样地都已经输了。

“如果我们赢了这场战争，拥有了我们梦想的棉花王国，我们也还是输了，因为我们将变成另一个民族，而往昔宁静的日子却已经一去不复返。整个世界将围在我们的门前叫嚷着要买棉花，我们也就可以控制价格。我担心，接下来我们就会变成像北方佬一样，埋头赚钱，追求财富，利润至上，也就是我们现在嘲笑他们的东西。可如果我们输了呢，媚兰，如果我们输了呢！

“我并不害怕危险，被捕，或是受伤。甚至连死亡我也不怕，如果死亡真的来临的话。但我害怕，一旦战争结束，我们便再也无法回到旧时光里去。而我是属于旧时光的人，我与现在这种厮杀的疯狂场面格格不入。我担心我无法适应未来的社会，就算我会努力也白搭。你也不会适应的，亲爱的，因为你我是一脉相承的。我不知道未来会给我们带来什么，但它肯定不会像过去那样美好而宜人。

“我躺在这，看着睡在身边的小伙子们，我不知道这孪生兄弟俩，或是亚历克斯和凯德会不会跟我有一样的想法。我不知道他们是否知道，他们为之而战的事业在打响第一枪的那一刻就已经输了，因为我们的事业其实就是我们的生活方式，而那已经不复存在了。但我认为，他们不会去想这些事情的，他们是幸运的。

“我向你求婚时没有为我们俩想到这一点。我只想到生活会一如既往、宁静安详、轻松适然、一成不变地在十二棵橡树延续下去。我们是一样的，媚兰，我们都喜欢同样宁静的东西。我只看到我们面前有数十年漫长的岁月，我们可以读书，听音乐，憧憬着美好的东西。但决不是这个！从来就没想到这个！没想到此事会发生在我们大家头上，旧有的方式遭到了毁灭，还有这血腥屠杀和满腔的仇视！媚兰，没有什么值得我们去这么做——不管是州权、黑奴，还是棉花，都不值得我们去这么做。没有什么值得我们去承受正在发生或可能发生在我们头上的事，因为，如果北方佬打败了我们，那未来便会可怕得令人难以置信。而且，亲爱的，他们还是可能打败我们的。

“我不该写这些的。我甚至连想都不该去想。但你问我心里想的是什么,我心里就有担心被打败的恐惧。你还记得吗?在烧烤野餐会上,也就是宣布我们订婚的那一天,有个叫白先生的人,听口音是查尔斯顿人,他因为说了一些有关南方人无知的话而几乎引起了一场争斗。你记得吗?因为他说我们没什么铸造厂和工厂、制造厂和船只、兵工厂和金工车间,塔尔顿家的孪生兄弟俩要用枪结果他的性命。你记不记得他曾说过,北方佬的舰队可以把我们团团围困住,使我们的棉花运不出去?他是对的。我们是在用革命战争时期的滑膛枪和北方佬的新式步枪在打仗。封锁线很快就会严密得连医疗用品都进不来。我们应该对像白瑞德这样心里明白、玩世不恭的人加以注意,而不是对那些凭感觉——和空谈看待事情的人予以重视。他说,实际上,南方除了棉花和骄傲自大之外根本没有别的东西可能用来参加战争的。我们的棉花已一钱不值,而他称之为的骄傲自大也便成了我们唯一剩下的东西了。但我把那骄傲自大叫做无可匹敌的勇敢。如果——”

但思嘉还没看完就把信纸折了起来塞进信封,她觉得太无聊了,不想再往下读。再说,信里谈到被打败的蠢话,这种口吻使她感到隐隐的不快。她读媚兰的信毕竟不是要知道希礼困惑不解、毫无兴趣的想法的。过去他坐在塔拉的游廊上时,她已经听够了这些论调。

她想知道的只是,他是不是给他的妻子写感情炽热的信件。到目前为止,他还没有。她读过信件盒里的每一封信,它们中没有一封不像是一个哥哥写给妹妹的信。每封信都充满深情,富含幽默感,话题漫无边际,但却不是情书。思嘉曾收到过太多的感情炽热的情书,读到这类信时不会辨认不出感情的真正口吻。可她感觉不到这种口吻。因此就像她每次偷看完信件后一样,一种沾沾自喜的满足感油然而生,围绕着她,因为她很肯定地觉得,希礼还爱着她。她总是轻蔑地想,媚兰为什么总是没有意识到希礼只是把她当成一个朋友在爱着呢。媚兰显然没有发现她丈夫的信里少了某些东西,媚兰从来就没有收到过其他人写给她的情书,没法把它们和希礼的信作一比较。

“他写这种污七八糟的信。”思嘉想,“如果我的丈夫给我写这种废话连篇的信,他肯定会受到我的斥责!哟,连查理的信写得都比他的好。”

她捏着信纸的边沿，往回翻到第一页，看了看日期[①]，并且把信的内容记住。信里不像达西·米德写给他父母的信或是达拉斯·麦克卢尔写给他的老处女姐姐费思小姐和霍普小姐的信那样，并没有一段段描写露营和进攻的文字。米德家和麦克卢尔家在全街区到处宣读这些信件。思嘉常常暗地里感到一种耻辱感，因为媚兰没有从希礼那收到这样的信，可以拿到针线组里大声朗读。

希礼在给媚兰写信时似乎试图全然不顾战争，刻意要在他们周围画一个永恒的魔圈，把自从萨姆特堡成了当日要闻以来所发生的事都给圈到外面去。他几乎好像是试图去相信根本就没有战争发生。他写到他和媚兰都读过的书和一起唱过的歌，他们认识的老朋友，以及他环游欧洲时去过的地方。字里行间流露出一种向往着回到十二棵橡树的家的渴望。他整页整页地写到打猎，在有霜冻的秋夜，在星光下骑马走过宁静的森林小路的情景，还有烧烤野餐会、油煎食品野餐会、宁静的月夜及古老的房子那种安详的迷人的美。

她琢磨着刚才读过的信里的话："决不是这个！从来就没想到会是这个！"它们似乎是一个备受折磨的灵魂因要面对他无法面对却又不得不要去面对的事情时发出的呐喊。这使她颇为不解，因为他并不害怕受伤和死亡，那他害怕什么呢？不善分析的她不禁费尽心思去思考起这些复杂的思绪来。

"战争打扰了他，而他——他不喜欢会打扰他的事情……比如说我……他爱我，但他害怕跟我结婚，因为——担心我会搅乱他的思维和生活方式。不，这并不是他真正害怕的事。希礼不是胆小鬼。他不可能是的，战地快讯上有提到他的名字，斯隆上校也给梅利写信，告知希礼在带领部队冲锋时的英勇行为。一旦他对某事下定了决心，那就不会有别的人比他更勇敢，或是决心更大，可是——他生活在他自己的幻想世界里，而不是走出来活在这个人世间，他痛恨走到这个人世间来，而且——噢，我也不知道是什么！如果我几年前就能理解有关他的这件事，我知道，他就一定会和我结婚了。"

---

① 英文书信的日期写在第一页。

她把信放在胸前，站在那热切地想着希礼，想了好一会。自从她爱上他的那一天起，她对他的感情就没有变过。十四岁那一年，那一天，她站在塔拉的游廊上，看到希礼满脸微笑地骑着马走过来，头发在早晨的阳光下银光闪闪的，那情景使她连话也说不出来。而她此时对他的感情还跟那时的感情一模一样。她的爱还是一个年轻姑娘对一个她不了解的男人的敬慕之情，这个男人有着她自己所没有的素质，但她却仰慕这些素质。他还是一个年轻姑娘梦想中完美的白马王子，而她的梦想无非就是让他承认爱她，希望能得到一个吻，此外别无所求。

读过信后，她觉得他肯定还是爱她思嘉的，虽然他和媚兰结婚了也是一样，而这种确信便是她想要的一切了。她还是那个年轻、未被男人碰过的姑娘。就算查理笨手笨脚的举动和窘迫的亲近行为叩到了她体内深处那根富含激情的弦，她对希礼的梦想也不会以一个吻就结束的。何况和查理单独在一起的不多的几个月夜并没有激起她的感情，或说使她变成成熟的女人。到底什么才是激情，查理没有唤醒她的这个概念，也没有使她明白什么是柔情，或是什么是肉体和灵魂合二为一的真正亲近行为。

对她来说，那种激情就意味着对说不清楚、女性无法分享的男性的疯狂苦役，是一种痛苦和令人尴尬的过程，而这不可避免地又会导致生孩子这一更加痛苦的过程。结婚就是像这样的，这她一点也不会感到惊奇。婚礼举行之前，埃伦就向她提到过，结婚是女人应该带着尊严和毅力忍受的事，而她守寡后，其他年长妇女的低声议论也证实了这一点。思嘉很高兴摆脱了激情和婚姻。

她的婚姻结束了，但爱情并没有完结，因为她对希礼的爱是不一样的，这和激情及结婚没有任何联系，而是某种神圣、美得令人喘不过气来的东西。这种感情在她被迫保持沉默的漫长岁月中悄悄增长，在她经常回味的记忆和渴望当中汲取养分。

她叹了口气，小心地用丝带绑好那捆信件，不下千次地感到纳闷，不知希礼身上的什么东西使她无法理解他。她试图把这件事情想出一个令人满意的结论来。但是，就像往常一样，她那简单的头脑不能帮她做出结论。她把信放回折叠式的写字台里，盖上盖子。接着她却皱起了眉头，因为她的思绪又回到了她读过的信的最后一部分，那里提到了白船长。希礼居然会对一年前那个无赖说过的话印象这么深,这有多奇怪呀!不能否认,白船长是个无赖,虽然他舞跳得很好。只有无赖才会说出像他上次在烧烤野餐会上说的有关南部邦联的那些话来。

她走过房间来到镜子前,自我欣赏地轻轻拍着柔顺的头发。她的情绪又好起来了。每次一看到她白皙的皮肤和上斜的绿眼睛时,她总是如此。然后她便微笑着,好让酒窝现出来。接着她便把白船长忘到脑后去了,因为她记起了希礼有多喜欢她的酒窝。爱上别人的丈夫或偷看这个男人的妻子的信件,她在良心上并不感到痛苦。年纪轻轻、魅力十足的她并未受到搅扰。她又一次确证了希礼对自己的爱,这种心情也没有受到丝毫损坏。

她开了门,心情轻松地走下昏暗而盘旋而下的楼梯。下了一半时,她竟然开始唱起《这残酷的战争结束以后》这首歌来。

# 第十二章

战争在继续。大多数时候打的都是胜仗，但人们已经不再说“再打一次胜仗，战争就会结束”了，就像他们已经不说北方佬是懦夫一样。显然，现在大家都明白，北方佬远非胆小鬼，要战胜他们，光打一个胜仗是解决不了问题的。然而，在田纳西州，摩根将军和福里斯特将军带领的南部邦联的军队打了几次胜仗，布尔河第二次战役的胜利悬在人们的脑际，就像是看得见的北方佬的头皮一样，挂在那供人们心满意足地观赏。但为这些头皮付出的代价是惨重的。亚特兰大的医院和各个家庭里，伤病员人满为患，穿黑色丧服的妇女也越来越多了。奥克兰墓地里，阵亡者的一排排单调的坟墓每天都在向前延伸。

南部邦联的货币令人惊恐地大幅度贬值，食品和衣物的价格相应大幅度上涨。军需部征收粮食的比例很重，以致亚特兰大的餐桌上也开始遭罪了。白面粉已经很少见，价格又贵，玉米粉面包已经代替饼干、面包卷和蛋奶饼，成了普通食品。肉店几乎没有牛肉出售，羊肉也很少，而且羊肉价格很贵，只有富人才买得起。但还是有很多猪肉，还有鸡肉和蔬菜。

北方佬对南部邦联港口的封锁越来越严密。像茶叶、咖啡、丝绸、鲸骨紧身胸衣、科隆香水、时装杂志和书籍等奢侈品非常稀少，而且价格昂贵，连最便宜的棉制品的价格也往上猛涨，太太小姐们只得遗憾地用旧衣服再对付一个季节。堆了好几年灰尘的织布机也从阁楼里拿了下来，几乎每个客厅里都出现了家纺的织物。每个人都开始穿家织衣服，包括士兵、贫民、妇女、儿童和黑人。南部邦联军服的颜色——灰色几乎已经绝迹，已经被家纺布的灰胡桃暗色所取代。

医院已经为奎宁、甘汞、麻醉剂、氯仿和碘的匮乏而感到担忧。现在，亚麻布和棉制绷带太珍贵了，用过后不能扔掉。在医院护理的每位女士都把一篮篮血迹斑斑的绷带带回家来清洗，熨好之后再送回医院给其他受伤的人使用。

但对刚刚从守寡的蝶蛹里冒出头来的思嘉来说，战争只是意味着快乐和激动的时光。即使衣物和食品极端匮乏也没有使她感到不安。重新融入这个世界，她感到太幸福了。

当她想起过去的一年中日复一日、毫无二致的无聊日子时，生活的步伐似乎就加快到令人不可置信的地步。每一个早晨的到来都是一次激动人心的冒险。在这一天中，她可以见到过去不认识的男人，他们会要求拜访她，告诉她她有多漂亮，为她而战，或许是为她而死是多么特别的一种荣幸。她还是可以，而且确实是爱希礼的，直到她生命的最后一刻也还是如此，但这并不能阻止她诱骗其他男人向她求婚。

战争一直存在着，只不过是在幕后进行着罢了，但这使人们在社会交往时采取了一种不拘礼节的令人愉快的方式。上了年纪的人用惊恐万分的态度看待这种不拘礼节的方式。妈妈们发现时有陌生男人来拜访她们的女儿。他们没有用介绍信就擅自上门了，而他们的祖先是谁，谁也不知道。令妈妈们感到震惊的是，自己的女儿居然和这些男人手拉手。等到举行完婚礼才吻过她丈夫的梅里韦瑟太太，看到梅贝尔亲吻小个子义勇兵勒内·皮卡德时，她简直不相信自己的眼睛。而当梅贝尔并未对此事感到害臊时，她更是惊愕不已。连勒内马上向她求婚这个事实也没有使事情好转起来。梅里韦瑟太太觉得，南方正在朝一个道德全线崩溃的时代迈进，而且还经常这么说。其他的母亲们从心底里有同感，把这一切的罪责全推到战争身上。

要等上一年才能请求允许他们称呼姑娘的名字，当然后面得加上"小姐"两个字，男人们自然是等不及的，因为他们都指望能在一星期或一个月后就为国捐躯。他们也不愿去采用战前良好规矩要求的那种正规、冗长的求婚方式。他们很可能在三四个月后就求婚。姑娘们虽然很清楚，名门闺秀总是对头三次求婚表示拒绝的，现在却在头一次就迫不及待地冲上前去欣然接受了。

这种不拘礼节使战争给了思嘉许多乐趣。除了护理工作中那些脏兮兮的事和烦人的卷绷带的活儿之外，她根本不在乎战争是否会永远打下去。事实上，她已经能够心平气和地容忍医院，因为这是个快乐的狩猎场。那些无助的伤病员轻而易举地就屈从于她的魅力之下。给他们换绷带，为他们洗脸，拍着他们的枕头以示抚慰，还有为他们扇扇子，他们便堕入爱河了。噢，经历了去年那难熬的岁月之后，她现在已经进入了天堂！

思嘉又回到了她和查理结婚前的那个样子，就好像她从来没有和查理结过婚，从未因他的死受过打击，从来没有生过韦德似的。战争、结婚和生孩子全都已经过去了，从来没有拨动过她内心深处的心弦，她还是一点都没变。她是有个孩子，但他在红砖房里被别人照顾得很好，她几乎可以把他遗忘掉。在她的脑海里及内心深处，她又是郝思嘉了，又是县里的美女了。她的思想和活动和她在过去的日子里时没什么两样，只是活动的领域比过去宽得多罢了。白蝶姑妈的朋友们对她很不以为然，但她对此持漫不经心的态度。她的行为举止还跟她没结婚时一样——去参加晚会，去跳舞，和士兵们出去骑马兜风，打情骂俏，还是姑娘时做过的事，她现在都做，只是没有停止穿丧服而已。她知道，这将会是白蝶和媚兰绝对无法忍受的最后一击。她做寡妇时和她还是姑娘时同样有魅力。她因能够我行我素而感到异常愉快。只要顺她的心，她便满心快乐，更为自己的相貌和受欢迎的程度感到很自负。

几个星期前，她还是挺痛苦的，可现在的她很幸福，因和她的男朋友在一块而感到幸福，也为他们一再肯定她的魅力而感到幸福，就好像是能跟已经与媚兰结过婚的希礼冒险地待在一起一样。但是，希礼远离此地时，不知怎的，希礼属于另一个女人这个想法便更容易忍受一些。有了亚特兰大和弗吉尼亚之间的数百英里路途，有时候他似乎也是属于她的，就像他属于媚兰一样。

就这样，一八六二年秋天的几个月飞逝而去。护理、跳舞、兜风和卷绷带占据了所有的时间，只有到塔拉去作短期逗留的时间除外。可这些拜访却使她很失望，因为她没什么机会能和她妈妈一起安安静静地长谈，她在亚特兰大时可是对此颇为向往的。她没有时间在埃伦做针线时坐在她身边，闻着她裙声响处从她的马鞭草香囊里散发出来的淡淡的柠檬香味，感受她柔软的手在她的面颊上轻轻抚摸的感觉。

埃伦现在越发消瘦了，成天心事重重的，从早晨到整个种植园入眠后很久，她还在忙个不歇。南部邦联军需部所要求的东西一月一月地在增加，她的任务就是使塔拉生产出物品来。连嘉乐也变忙了，这在许多年来还是第一次，因为他无法找到可以代替乔纳斯·威尔克森位置的监工，只得亲自骑马管理他的田地。埃伦太忙了，只能在晚上给思嘉一个吻，道声晚安。嘉乐又整天待在田里，为此思嘉感到很没劲。连她的妹妹们也都被自己的事占据了所有的时间。苏埃伦现在已经和弗兰克·肯尼迪达成了"共识"，用一种狡黠的意味唱《这残酷的战争结束以后》，思嘉发现，这几乎使人无法忍受。卡丽恩成天把自己裹在对布伦特·塔尔顿的梦想当中，根本不是有趣的同伴。

尽管思嘉每次总是带着愉快的心情回到塔拉的家中去，但白蝶和媚兰照老一套给她来信，请求她回去时，她从来都不会感到遗憾。埃伦这种时候总是唉声叹气的，好像突然才想到她的大女儿和唯一的外孙又要离开她了。

"但我不能太自私，要把你留在这。亚特兰大需要你去做护理工作。"她说，"只是——只是，亲爱的，在你走以前，我好像从来都没有时间和你谈谈，让我感觉一下你还是我的小姑娘。"

"我永远是你的小姑娘。"思嘉会这么说，把头埋在埃伦的胸前，负疚感陡然从心中升起，谴责着她。她没有告诉她妈妈，把她拉回亚特兰大去的不是为南部邦联服务，而是跳舞和交友。这些日子以来，她有很多事情都瞒着她妈妈。但最重要的是，她一直保守着白瑞德经常造访白蝶姑妈家这个秘密。

在义卖会过后接下来的几个月中，瑞德一到城里便登门拜访，带思嘉去坐着他的马车兜风，陪她去参加下午的舞会和义卖会，在医院外面等她，好驱车送她回家。她不再担心他会出卖她，把她的秘密说出去，但她心灵深处还是潜伏着一丝使她不安的记忆：他看到过她脾气最坏的时候的样子，并且知道和希礼有关的真实情况。正是因为知道这一点，这才使她在他惹恼她的时候缄口不言。而他又经常惹她生气。

他三十五岁左右，比她过去的所有男朋友年纪都大。要控制他、对付他，像她对付跟她差不多同龄的男朋友那样，她却感到像个孩子一样孤独无助。他看上去总是一副什么都不会使他感到吃惊，可又有很多事情使他感到很有趣的样子。而当他把她弄得哑口无言、怒气冲冲时，她又觉得自己比世界上任何东西都让他感到更有趣。她经常在他娴熟老练的引诱下公然火冒三丈，因为她不但有嘉乐的爱尔兰人的脾气，脸上又有从埃伦那遗传来的极富欺骗性的可爱神态。到日前为止，除了埃伦在场，她从来就不费心去控制自己的脾气。现在，因为害怕他那感到有趣的笑容而要吞回想说的话，真是太痛苦了。要是他也发发脾气，那她就不会觉得自己处于如此不利的境地了。

和他的争论中，她很少获胜。争论过后，她就赌咒发誓，说他不可与之相交，他教养不好，不是正人君子，她将不再和他有任何来往。但他或迟或早地又回到亚特兰大，登门拜访，表面上好像是拜访白蝶姑妈，却又殷勤过头地送给思嘉一盒从拿骚带来的夹心糖；或是在音乐会上预先买得坐在她身边的权利，或者在舞会上声称要和她跳舞。她常常被他那冒失无礼却又无动于衷的神情弄得很开心，不禁哈哈大笑，便又原谅了他以往的不端行为，直到下一次为止。

虽然他有这些使人气恼的特点，渐渐地，她却变得期待着他的来访了。他身上有些令人激动的东西，她对此无法进行分析。这种东西是和她认识的所有男人截然不同的。这种东西寓于他那高大身材的优雅举止中，令人透不过气来。这使得他一走进房间来，就像是房里突然被施加了物理学上的冲力似的。他乌黑的眼里那傲慢无礼却又无动于衷的嘲弄意味，挑起了她要征服他的欲望。

“这差不多就像是我爱上他了！”她茫然地想着，“但我没有，我真是弄不明白。”

可那令人激动的感觉还在继续。他来访时，他十足的阳刚之气使白蝶姑妈那像淑女般有教养的房子显得窄小，苍白，且有点古板。思嘉并不是家里唯一一个对他的在场反应古怪、不自在的人，因为他也使白蝶姑妈处于不安和激动的情绪之中。

白蝶知道，埃伦会反对他来拜访她的女儿，也知道查尔斯顿已经取缔了他在文明礼貌的社会里的地位，这是个不能轻易忽视的问题。但她无法抵御他刻意的奉承和亲吻她的手,就像苍蝇无法抵御蜜罐一样。再说,他还常常从拿骚带些小礼物给她,向她保证说他是特意为她买的,而且还冒着生命危险闯过封锁线带了进来——别在纸上的别针、缝衣针、扣子、银线轴和发卡。现在,要得到这些东西几乎是不可能的——太太小姐们戴的都是手削的木制发卡,用布包着橡树子代替扣子——白蝶缺乏道德毅力来拒绝它们。再说,她总是像孩子一样对出其不意地收到的礼包非常喜爱,抵御不住打开礼物的诱惑。而一旦打开后,她就觉得自己没法拒绝了。接受了礼物后,她也就鼓不起足够的勇气,对他说他的名声使他不合适来拜访三个没有男性保护的孤独的女人。白瑞德在屋里时,白蝶姑妈总是觉得她需要个男性保护人。

"我也不知道他是怎么回事,"她会无助地叹着气说,"可是——哦,我确确实实认为,如果我能够感觉到——哦,在他的内心深处,他是尊重妇女的话,那他倒是个很好、很吸引人的男人。"

自从她的戒指被送回来后,媚兰发现瑞德是个举止优雅、心细得少有的绅士。察觉到这一点,她感到颇为吃惊。他一直对她很礼貌,但她跟他在一起总有点害羞,这大多是因为,跟不是自小就跟她认识的人在一起,她都会感到害羞。她暗地里为他感到难过,要是他知道她的这种感觉的话,一定会觉得很有趣的。她肯定地认为,他的生活中一定发生过与罗曼史有关的令人悲伤的事,这才使他变得难于对付,爱挖苦人。她觉得他需要的就是个好女人的爱。在她受到保护的一生中,她从没见识过什么是邪恶,几乎就不相信它的存在。有人在说瑞德和查尔斯顿那个姑娘的闲话时,她大为吃惊,根本不相信。所以,她不但没有站在他的对立面,反而使她对他羞羞答答地表示出更多的宽宏大量,因为她认为,这是对他的极大的冤枉,为此还颇为气愤。

思嘉内心跟白蝶姑妈的看法一致。她也认为他对任何女人都不尊重,也许只有媚兰除外。每次他的眼睛在她身上上下打量时,她还是会觉得自己就像没穿衣服一样。这并不是说他曾说过什么。那样的话,她就可以用尖刻的言辞挖苦他了。可他黝黑的脸上那对眼睛带着令人不快的侮辱神情看人的方式,就好像所有的女人都是他心境好的时候供他享受的私有物品似的。只有和媚兰在一起时,他的这种神情才会无影无踪。他看媚兰的时候，从来就不会有那种冷漠的评判似的表情，眼里也没有嘲弄的意味。跟她说话时，他的声音里也有一种特别的语气，礼貌、尊重、急于表现自己。

"我真弄不明白，你为什么对她比对我要好得多。"一天下午，媚兰和白蝶都回房睡午觉了，只有思嘉和他单独待在一起，思嘉使着性子说道。

在过去的一小时中，媚兰在卷编织用的纱线，而瑞德一直为她举着，思嘉把这一切全看在眼里。她还注意到媚兰详细、自豪地谈论希礼的晋升时，他脸上那种茫然而莫测高深的神情。思嘉知道，瑞德对希礼没有那种崇敬心理，根本不在乎他已经被提升为少校这个事实。然而，他还是很礼貌地回答着，对希礼的英勇行为嘟嘟哝哝说着肯定的意见。

"如果我像这样老提希礼的名字，"她烦躁不安地想，"他就横眉竖眼的，发出那种恶劣的、知晓一切的微笑。"

"我比她漂亮多了。"她继续说道，"我不明白，你为什么对她比对我更好。"

"我敢不敢希望你这是在嫉妒？"

"噢，别乱猜！"

"又一个希望破灭了。如果我对卫太太'更好'，那是因为她值得我这么做。我认识的人中，善良、真诚、无私的人不多，而她是其中的一个。可是你也许没有注意到这些品德。再说，虽然她还很年轻，她是我有幸认识的不多的几个贵妇人中的一个。"

"你意思是不是说，你认为我不是个贵妇人？"

"我想，我们第一次见面时就已经达成共识，你根本就不是什么贵妇人。"

"噢，看你再敢满怀恶意、粗鲁透顶地提那件事！你怎么能老用那孩子般发脾气的事来跟我作对？那是很久以前的事了。自那以后，我已经长大了。如果你不是老在唠叨、暗示这件事的话，我早把它忘得一干二净了。"

"我认为这不是什么孩子式的发脾气，我也不相信你已经变了。如果不能依自己的方式行事的话，你还是和那时一样会摔花瓶的。但通常情况下，你还是能够依自己的方式行事的，所以也就没有必要去摔小——摆——设了。"

"噢，你是——我真希望我是个男人！我要叫你滚出去，而且——"

“而且为了你的痛苦把我杀了。我可以在五十码开外把一个一角银币打穿。你还是使用你自己的武器更好——酒窝啦，花瓶啦这一类的东西。”

“你只不过是个无赖。”

“你指望我听到这会大发雷霆吗？很抱歉，我只好让你失望了。你用这些名副其实的骂名骂我，我不会生气的。我当然是个无赖，为什么不呢？这是个自由的国家，只要有人愿意，他就可以做个无赖。像你这样的人，我的夫人，只能是伪君子。就像是心里很黑却又千方百计遮掩的人一样。当被别人用名副其实的骂名称呼的时候，就会恼羞成怒。”

在他平静的微笑和慢吞吞说话的态度面前，她感到孤独无助，因为她从来没碰到过像这样完完全全坚不可摧的人。她奚落、冷淡和谩骂的武器变钝了，因为她说什么都无法使他感到羞耻。经验告诉她，说谎者是最会为自己的诚实辩护的，同样，胆小鬼辩护的是他的勇气，没有教养的人为自己辩护的是自己的绅士风度，无赖为自己辩护的是自己的名誉。可瑞德不是这样的人。他承认一切，大笑着促使她继续说下去。

这几个月来，他在此来来往往，来的时候没有事先通报一下，走的时候连声再见也不说。思嘉从来不知道，到底是什么生意促使他到亚特兰大来，因为很少有其他偷闯封锁线的人觉得有必要到离海岸这么远的地方来的。他们都是把货物卸在威尔明顿或查尔斯顿，那里便有来自南方各地的成群的商人和投机商等着他们，集中在那以拍卖的方式竞买走私物品。如果认为他到这来就是为了来看她，那倒会使她高兴，但连她那不非凡的虚荣心都使她不愿相信这一点。若是他曾经向她示过爱，哪怕是一次，或是对蜂拥在她周围的男人表示出嫉妒，甚至想握握她的手，或是求她送给他一张照片或是手帕让他珍藏的话，她就会得意洋洋地认为他被她的魅力逮住了。但他还是那么令人讨厌，一点也不像情人的样子。最糟的是，他似乎能看穿她试图让他拜倒在石榴裙下的所有花招和伎俩。

每次他一来，就会在女人群中引起一阵骚动不安。这不但是因为他身上有一种英勇无畏偷闯封锁线的人的浪漫色彩，而且有种不怀好意、必须禁止的素质。他的名声太坏了！每次，亚特兰大的老太太们都要聚在一起说三道四，他的名声便越来越坏，而这只会使他在年轻姑娘的心目中变得更加富有魅力。由于她们中大多数人都很天真无邪，听到的不会比“他对女人相当随便”这种言论更多的东西——至于男人到底是怎么样和女人“随便”的,她们就一无所知了。她们还听到人们低声议论,说没有姑娘跟他在一起是安全的。他虽有这样的坏名声,可自他第一次到亚特兰大来以后,却从未吻过哪个还没结婚的姑娘的手,这就令人颇为奇怪了。可这也只是使他更加神秘,越发令人激动而已。

除了军中的英雄好汉,在亚特兰大,他是人们议论最多的人了。每个人都知道得很详细,他是怎样因为醉酒和“与女人有关的事”而被西点军校逐出校门的。有关查尔斯顿那个姑娘以及她被他杀害的哥哥那令人发指的传闻也是众所周知的事。和查尔斯顿的朋友通信又得到了更多的信息。他父亲,一位为人极好、有着钢铁般意志和骨气的老绅士,在他二十岁那一年起就一个子儿也不供应他了,甚至把他的名字从族谱中划掉。后来,在一八四九年的淘金热中,他闲荡到了加利福尼亚,然后又去了南美和古巴。对他在这些地方的活动,那报告也只会是趣味无穷的:与女人的艳史、几次持枪决斗、把枪支卖给中美洲的革命者。最糟的是,正如亚特兰大人所听说的,职业性赌博也包括其中。

在佐治亚州,令人伤心的是,几乎每个家庭都至少有一个男性家庭成员或是亲戚会赌博,把钱、房子、土地和黑奴都给输掉了。但那是不一样的。一个男人可以因赌博而输掉一切,把自己变成个穷光蛋,可他还是个绅士。但专职赌博的人什么也不是,只能是个流浪汉。

要不是战争造成的这种令人沮丧的局面和他对南部邦联政府的贡献,白瑞德是永远也不会被亚特兰大人接受的。可是现在,即使胸衣束得最紧的人也觉得,爱国主义要求他们要大度一些。比较多愁善感的人则倾向于这种观点:白家的这个害群之马已经为他邪恶的行为方式感到后悔,并且正在努力赎罪。所以,太太们觉得有责任破例作出让步,特别是对这个英勇无畏偷闯封锁线的英雄应该这样。现在大家都知道,南部邦联的命运要依靠偷闯封锁线的小船避开北方佬舰队的技术,就像它同样要依靠前线浴血奋战的士兵们一样。

有传闻说,白船长是南方最好的舵手之一,他毫无畏惧,全不慌张,由于在查尔斯顿长大,他知道那个港口附近的卡罗来纳海岸的每一个水湾、每一条小溪、每一片沙洲和每一块岩石。在威尔明顿水域,他熟悉得就像在家里一样。他从来没有失去过一条船只,也从没被迫扔掉过货物。战争一开始,他就从默默无闻中一跃而起,用足够的钱买了一条小快艇。现在,当偷闯封锁线的每一船货物可以获得二十倍的利润时,他已经拥有四条船。他雇用好舵手,付给他们丰厚的报酬。他们在黑漆漆的晚上溜出查尔斯顿和威尔明顿,把棉花运到拿骚、英国和加拿大去。英国的棉纺厂正停工待产,工人们都快饿死了。每个偷闯封锁线的人只要能在和北方佬舰队的斗智中取胜,就可以在利物浦漫天要价。偏偏瑞德的船只很幸运,既能为南部邦联把棉花运出去,又能把南方急需的战争物资运进来。是的,夫人们都觉得,为了这么一个勇敢的人,她们可以原谅他,并且忘记有关他的好多事情。

他是个英勇无畏的人物,并赢得了极高的回头率。他花起钱来很潇洒,骑着一匹黑色的种马,穿的衣服式样和裁剪总是上乘的。这后一条本身就足以吸引人们的注意,因为士兵们的制服现在已是褛褴破旧,毫无光泽,而普通百姓呢,即使穿着最好的衣服出现,上面也有补得颇为精巧的补丁和用织针编补的地方。思嘉心想,她从来没见过像他穿的那么漂亮的裤子,是浅黄褐色的格子布做的。至于说他的马甲,简直漂亮得难以形容,特别是那件绣着小朵小朵的粉色玫瑰花蕾的白色波纹绸马甲。他带着比这些服饰还更优雅的神态穿着这些衣服,就好像他自己根本不知道穿着它们有多荣耀似的。

如果他要对谁刻意施展魅力的话,很少太太小姐能够加以抵御。最后,连梅里韦瑟太太也屈服了,邀请他星期天到她家去吃晚饭。

在梅贝尔·梅里韦瑟的小个子义勇兵下一次休假时,她就要跟他结婚了。每次一想到这,她就伤心得放声大哭,因为她已打定主意,结婚时要穿着白色的缎子婚纱举行婚礼,可南部邦联没有白色的缎子。她也没法去借一条,因为过去几年中的缎子婚纱都已经拿去做战旗了。爱国的梅里韦瑟太太严厉斥责了她的女儿,并且指出,家纺布对一个南部邦联的新娘来说是最合适的新娘盛装,可这也没用。梅贝尔要缎子。为了事业,即使没有发夹、扣子、漂亮的鞋子、喜糖和茶,她也愿意去举行婚礼,甚至是带着自豪感去举行婚礼,但是,她想要缎子婚纱。

瑞德从媚兰那听到这件事后,从英国带进来成码成码的白色缎子和花边面纱,并且把它们送给她作为结婚礼物。他送得非常巧妙,甚至让人觉得无法提付钱的事。梅贝尔高兴极了，差一点去亲吻他。梅里韦瑟太太知道，这么贵重的礼物——而且是用衣服作为礼物——是很不合适的。但是，瑞德用最华丽的言词告诉她，对一个我们最勇敢的英雄的新娘来说，用再好的服饰来打扮她也不过分。梅里韦瑟太太也想不出什么表示拒绝的方法来了。所以，梅里韦瑟太太邀请他吃晚饭，觉得这个让步比该付给他的礼物的价值还高出许多。

他不但给梅贝尔送来了缎子，而且还就制作婚纱提出了非常好的建议。这个季节，巴黎的裙环比过去的宽，裙子则比过去的短。它们不再做褶边，而是集中在一块做成扇形的花采，底下露出镶边的衬裙。他还说，他在街上没看到人穿宽大的长裤，所以他想大概是已经“过时”了。后来，梅里韦瑟太太告诉埃尔辛太太说，如果她唆使他说下去的话，恐怕他就会具体地告诉她巴黎人在穿什么样的内裤了。

如果不是他天生一副阳刚外型，那他对衣服、帽子和发型的不凡记忆便足以把他贬成个十足女性化的角色。太太小姐们围着他问有关流行式样的问题时，总是感到有点怪怪的，但她们还是一如既往地这么做。她们就像船只失事后的海员一样，已经和时髦的世界隔绝开来，因为很少有时尚书籍通过封锁线被运进来。尽管她们也知道，法国的太太小姐们可能已经把头发剪掉，戴浣熊皮帽子，然而瑞德对裙饰的记忆极好地代替了《戈戴伊式女性时尚》。他能够并且确实注意到了女性心里非常珍视的细节。每次从国外回来后，他都会被一群太太小姐围在中间，告诉她们今年的帽子更小了，但是帽顶很高，把头部的绝大部分都给盖住了；用来点缀的已经不是鲜花，而是羽毛；法兰西皇后的晚装已经不再梳成发髻，而是几乎把头发全部盘在头顶上，露出全部耳朵，还有晚礼服的领子又开得很低啦，低得令人吃惊啦什么的。

尽管他过去名声不好，尽管隐隐约约有传闻说他不但在偷闯封锁线，而且在做食品投机生意，但是，他还是成了城里众人皆知的最受欢迎、最具浪漫色彩的人物，这种情况延续了好几个月之久。不喜欢他的人说，每次他来过亚特兰大之后，这里的物价就会猛涨五块钱。但是，即使暗地里有流言飞语不时传出来，但只要他愿意，他照样能保证自己普受欢迎。可事实却相反，在试探过沉着稳重、颇为爱国的公民们的心理，而且赢得了他们的尊重和勉勉强强的喜欢之后，他身上某种邪恶任性的东西似乎又使他特意去冒犯他们，向他们显示他的行为只不过是一种伪装，而且他对此已不再感到有趣了。

他好像对南方的每个人、每件事，特别是南部邦联，都有一种不受个人情绪影响的蔑视心理，而且根本不费心去加以掩饰。正是他对南部邦联发表的言论使得亚特兰大人先是茫然不解地看着他，接着便是冷淡，再下来就是义愤填膺了。即使在一八六二年，男人们就已经故意用冷漠的态度对他行礼，女人们则开始在晚会现场把女儿拉到自己身边。

他不但在冒犯亚特兰大人那真诚而炽热的衷心中获得乐趣，而且还在最不适宜的情况下表现自己，并为此自得其乐。当善意的人们称赞他偷闯封锁线时的英勇行为时，他淡淡地回答说，处于危险境地时，他一直都很害怕，就像前线那些勇敢的士兵们一样害怕。每个人都知道，南部邦联的士兵没有一个是懦夫，显然他的这种说法使人特别恼火。他总是把士兵叫做“我们勇敢的小伙子”或是“我们穿灰色军服的英雄们”，同时却表示出对他们的极大侮辱。一些年轻太太希望他能和她们调情，称他是为她们而战的英雄之一，并向他致谢。他却会向她们行礼，而后宣称说这不是真的，因为只要能有相同的利润，他也会为北方佬妇女做同样的事的。

自从义卖会那个晚上思嘉第一次见到他以来，他就一直以这种方式跟她说话。可是现在，他跟每个人说话都用一种稍加掩饰的嘲弄口吻。当别人表扬他对南部邦联作出贡献时，他总是回答说，偷闯封锁线不过是他手头的一笔生意。如果他能够从政府的合同中赚到同样多的钱，那他就肯定会放弃去冒偷闯封锁线的危险，而去卖假冒伪劣的衣服、掺沙的糖、变质的面粉和腐烂的皮革给南部邦联。他一边说，一边还用眼光扫视那些手里有政府合同的人。

他的大多数话都是令人无法回答的，只会使他们感觉更糟。人们对那些手里有政府合同的人已经颇有微词。前线的人写信回来，一直在抱怨不到一星期就穿破的鞋子、点不燃的火药、一拉就断的马具、腐烂的肉类和长满象鼻虫的面粉。亚特兰大人尽量去相信，把这类东西卖给政府的人是从亚拉巴马、弗吉尼亚和田纳西州来的商人，而不是佐治亚州的。因为，难道佐治亚州的商人不是包括了那些最显赫的家族中的人吗？难道他们不是最先为医院的资金捐款,并且向士兵们的遗孤捐助的吗？难道他们不是最先为“迪克西”欢呼,并且最积极地要向北方佬讨还血债,至少在言辞上是如此的吗？反对从政府合同中牟取暴利的愤怒高潮还没有兴起,瑞德的话只是被当成缺乏教养的证明罢了。

他不但通过暗讽高官的受贿行为和污辱战士的勇气来冒犯城里人,而且诱骗尊贵体面的公民陷入尴尬境地,自己从中取乐。他总是忍不住去刺痛周围的人那自高自大、虚伪透顶和浮华虚夸的爱国热情,就像一个小男孩忍不住用针去刺气球一样。他巧妙地撕下浮夸自负的人的假面具,揭露那些无知顽固的人,但他采用的方式极为巧妙,总是用似乎是极为礼貌的关心言辞把他的受害者引出来,使他们自己也不知道发生了什么事,直到他们傻呆呆地站在那,把自己的夸夸其谈、浮华自负和种种可笑之处暴露无遗。

在城里人接受他的那几个月,思嘉对他不存半点幻想。她知道,他刻意的殷勤和华丽的言辞全都是假心假意的。她也知道,他扮演勇敢爱国的偷闯封锁线者的角色只是因为他觉得这很有趣。有时候,她好像觉得,他就像那些和她一起长大的同县的小伙子一样:热衷恶作剧、狂野不拘的塔尔顿家的孪生兄弟;有着邪恶灵感的方丹家的男孩,调皮淘气,爱戏弄人;可以熬通宵盘算耍弄别人的卡尔弗特家的小伙子们。但还是有区别的,因为在瑞德似乎轻松适然的外表下,在稍显温和的残忍之中有某种恶毒,几乎近于邪恶的东西。

虽然她对他的虚伪知道得很清楚,但她还是喜欢他扮演带浪漫色彩的偷闯封锁线的人的角色。至少这会使她和他交往比先前容易得多。所以,当他撕下伪装,公然对亚特兰大人宣战,疏远他们的好意时,她感到极为不安。她不安是因为这似乎很愚蠢,而且某些针对他的严厉的评判还会落在她的头上。

就在埃尔辛太太家为康复病人举办的银币捐助音乐晚会上,瑞德最终遭到了彻底的排斥。那天下午,埃尔辛家挤满了休假的士兵、医院的伤病员、城卫队队员和民兵成员,还有老太太、寡妇和年轻姑娘。每张凳子都坐满了人,连盘旋的长楼梯上都挤满了客人。门边站着埃尔辛的管家,他手里的雕玻璃碗承受不了银币的重负,已经被倒空两次了。这已足以可见音乐晚会的成功,因为现在值一美元的银币已经相当于六十块南部邦联的纸币。

自以为有才华的每个姑娘都唱了歌,或弹了钢琴,以真人为背景的画也赢得了恭维的掌声。思嘉颇为洋洋自得,她不但和媚兰一起表演了一曲感人的二重唱《露珠出现在花瓣上的时候》,接着又唱了一首更为轻快的《噢,女士们,别去在意斯蒂芬!》,而且,她还被选为在最后一幅画上作为背景人物,代表南部邦联的精神。

她看上去迷人极了,穿着一件只是稍加装饰的白色粗布晨衣,希腊长袍,系着红蓝相间的腰带,一只手里拿着星星和彩带,另一只手里拿着曾经属于查理和他父亲的金柄马刀,正把它递给跪在面前的亚拉巴马州的凯里·阿什伯恩上尉。

演完之后,她忍不住去搜寻瑞德的视线,看看他是不是欣赏她的美姿。可她却恼怒地看到,他正跟别人争论不休,很可能根本没注意到她。从他周围的人脸上,思嘉可以看出,他们都被他的话给激怒了。

她向他走去,这时出现了有时在聚会上会出现的那种令人奇怪的冷场。她听到全副武装的民兵队员威利·吉南直率地说:"我能不能这么理解,先生,你意思是说,我们这么多英雄已经为之捐躯的事业不是神圣的事业?"

"如果你被火车碾了,你的死并不会使铁路公司变得神圣起来,对不对?"瑞德问道,他的声音让人听起来就好像是在谦虚地征求意见似的。

"先生,"威利说,声音都发抖了,"如果我们不在这屋里——"

"想到会发生什么,我不禁全身发抖,"瑞德说,"因为,当然喽,你的勇猛是无人不知的。"

威利脸涨得通红,所有的谈话都戛然而止。大家都很尴尬。威利身材健壮,身体健康,已到了参军年龄,可他并没有上前线。当然,他是他妈妈唯一的儿子。而且,毕竟要有人留在民兵队伍里保卫家园。但瑞德提到勇猛一词时,几个正在康复的傲慢的军官中,已经有人在窃笑了。

"噢,他干吗不闭嘴呢!"思嘉气鼓鼓地想,"他这是在毁掉整个晚会!"

米德医生的眉头紧锁,可怕极了。

"对你来说,没什么东西是神圣的,年轻人,"他用演讲时常用的声调说,"但对南方的爱国者和女士们来说,有很多东西都是神圣的。把我们的国土从侵略者手里解救出来就是其中之一,州权又是一个,还有——"

瑞德看上去懒洋洋的，声音听起来有讨好的意味，但几乎是无聊乏味的。

"所有战争都是神圣的，"他说，"对那些只好去参战的人来说是这样。如果挑起战争的人不把它们弄得神圣起来，谁会那么愚蠢去打仗呢？但是，不管那些雄辩家如何煽动那些打仗的白痴们，也不管他们给战争冠之以如何高贵的目的，战争的原因从来就只会有一个。那就是钱。所有的战争实际上都是为了争钱。可没多少人意识到这一点。他们的耳朵里充斥着齐鸣的号角声，冲天的战鼓声以及待在家里的雄辩家的满口好话。有时候，煽动性的呼吁是'不让异教徒涉足基督的坟墓！'，有时又是'打倒教皇制度！'，有时是'自由！'，而有时又成了'棉花，蓄奴制和州权！'"

"这教皇到底跟我们有什么关系呢？"思嘉想，"基督的坟墓跟我们又有什么关系？"

但当她朝怒气冲天的人群走去时，她看到瑞德潇洒地行了个礼，开始穿过人群朝门口走去。她也跟着他朝门口走，但是埃尔辛太太拉住她的裙子，挡住了她。

"让他走，"她说，清晰的声音传遍了安静得有些紧张的房间，"让他走。他是个叛国者，是个投机商！他是我们捂在胸口抚育出来的毒蛇！"

瑞德站在过道里，一手托着帽子。他听到了他预料中会听到的话，于是转过身，打量了整个房间一会。他目光锐利地看了埃尔辛扁平的胸脯一眼，突然咧嘴笑了，而后才走了出去。

梅里韦瑟太太坐着白蝶姑妈的马车回家，不等四个女士坐好，她就爆发了。

"这下好了，韩白蝶！我希望你这下该满意了！"

"满意什么？"白蝶忧心忡忡地叫道。

"满意那个你一直包庇的讨厌的姓白的家伙。"

白蝶坐立不安，这种指责太让她感到难过了。她一时想不起来，其实梅里韦瑟太太也有好几次招待过白瑞德。思嘉和媚兰虽然想到了这一点，但自小就被教育要对年长者有礼貌的她们，对此事也不敢吱声，反而故意低头看着戴着连指手套的手。

“他侮辱了我们大家,也侮辱了南部邦联。”梅里韦瑟太太说道,结实的胸脯在华丽夺目的胸衣饰物下急剧地起伏着,“说我们是为钱而战！说我们的领袖骗了我们！他应该被扔进监狱去。是的,应该。我要和米德医生谈谈这件事。如果梅里韦瑟先生还活在人世的话,他一定会去收拾他的！好了,韩白蝶,你听着,你不能再让那个坏蛋进你的家门了！”

“噢。”白蝶无助地嘟哝着,一副不如死了好的样子。她恳求似的看着两个眼睛朝下看的姑娘,然后又满怀希望地朝彼德大叔笔直的后背看去。她知道他在用心地听着每一个字,希望他会转过身来插话,就像他经常做的那样。她希望他会说:“我说,多利小姐,你别烦白蝶小姐了。”但彼德连动也没动。他从心底里不喜欢白瑞德,可怜的白蝶也知道这一点。她叹了口气,说:“哦,多利,如果你认为——”

“我确实认为的。”梅里韦瑟太太坚定地说,“我真无法想象,原先是什么令你对他表示欢迎的。自今天下午以后,城里任何一个体面的家庭都不会再欢迎他了。请千万拿出点勇气来,禁止他再上你家的门。”

她又目光锐利地扫了姑娘们一眼。“我希望你们俩记住我的话,”她接着说,“因为这其中也有你们的过错,你们都对他那么好。只要礼貌而坚决地告诉他,他的出现和不忠诚的言论在你们家显然不受欢迎就行了。”

这时思嘉已经怒火中烧了,就像一匹马一样,只要有只陌生而粗暴的手一触到缰绳就会愤怒地用后腿直立起来。但她害怕开口。梅里韦瑟太太又会写信去给她妈妈的,她可不敢去冒险。

“你这头老水牛！”她心里想着,脸上因拼命忍住怒气而涨得通红。“要是能告诉你我对你和你那专横霸道的方式是怎么想的,那该多好啊！”

“我从来没想到,在我的有生之年,我还会听到对我们的事业如此不忠的话。”梅里韦瑟太太继续说着,现在的她已经陷入了由正义感激起的无比愤怒的激动当中,“谁要是认为我们的事业是非正义的,是不神圣的,那他就得被绞死！我不想再听说你们两个姑娘再跟他说话的事——我的天哪,梅利,是什么使你这么痛苦呢?”

媚兰脸色苍白,双眼瞪得老大。

“我还是会再和他说话的。”她低声说道,“我不会对他无礼。我不会禁止他进我的家门。”

梅里韦瑟太太吐出一口大气,用的力气如此之大,就好像她被人用力猛击过一样。白蝶姑妈两片肥嘟嘟的嘴唇也张开了。彼德大叔转过身来,目瞪口呆。

“哦,我为什么就没有勇气说这话呢?”思嘉想,又嫉妒又羡慕,“那只小兔子怎么就有勇气跟梅里韦瑟这个老太太作对呢?”

媚兰的手在发抖,但她赶紧接着说下去,好像担心一旦停下来就会失去勇气似的。

“我不会因为他说的话而对他无礼相待,因为——他把这话大声说出来,确实太不礼貌了——那是最愚蠢的行为——可这是——这正是希礼所想的。我不能禁止一个和我的丈夫有同样想法的人进我的家门。这太不公平了。”

梅里韦瑟太太缓过气来后,对此加以指责。

“韩梅利,我这辈子还没听到过这样的谎话!卫家可从来没有出过胆小鬼——”

“我从没说过希礼是胆小鬼。”媚兰说,眼睛又开始发亮了,“我是说他想的和白船长想的一样,只是他用不同的话把它表达出来而已。他不会在音乐晚会上到处乱说,我希望如此。但他把这想法写信告诉我了。”

思嘉的良心被刺痛了一下。她试图回忆起希礼到底写了些什么,会使媚兰说出这些话来。可她一看完信,信的大部分内容就被忘记了。她认为媚兰只是发疯了。

“希礼写信跟我说,我们不该去和北方佬打仗的。我们都是受了那些满嘴大话和持有偏见的政客和雄辩家的蒙骗而去打仗的。”梅利说得很快,“他说,这世界上什么也不值得我们去承受这战争会给我们带来的一切。他说荣誉根本就是什么也不是——只有痛苦和污秽。”

“噢!那封信,”思嘉想,“那是他所指的意思吗?”

“我不相信,”梅里韦瑟太太坚定地说,“你误解他的意思了。”

“我从来没有误解过希礼的意思。”媚兰虽然嘴唇在发抖,但还是平静地说,“我非常了解他。他的意思确确实实就是白船长所指的意思,只是他没有无礼地说出来而已。”

“你把卫希礼这样出色的人物和白船长这样的恶棍相比较,真该为你自己感到害臊才是！我想，你也认为这事业什么也不是吧！”

“我——我也不知道我是怎么想的。”媚兰拿不定主意，开口说道，她勃勃的生气没有了，因直言坦率而引起的恐慌抓住了她的心，“我——我愿意为事业而死，就像希礼那样。但是——我意思是说——我意思是说，我会让这些先生们去思考，因为他们精明多了。”

“我从没听说过这样的话。”梅里韦瑟太太从鼻子里哼了一声，“停车，彼德大叔，你已经驶过我家门口了！”

彼德大叔一心在听着身后的谈话，不知不觉地，马车已超过了梅里韦瑟家的马车停车处。他把马车倒了回去。梅里韦瑟太太下了车，帽子上的丝带飘动着，就像暴风雨中的帆船一样。

“你会后悔的。”她说。

彼德大叔挥了一下鞭子，马车跑了起来。

“你们这些年轻的小姐真该感到羞耻，你们让白蝶小姐过分紧张了。”他责备说。

“我没有过分紧张。”白蝶回答说，自己也感到吃惊，因为比这更不会紧张的情形都常常会使她昏厥过去，“梅利，亲爱的，我知道你这么做只是为我说话。真的，我很高兴看到有人杀杀多利的威风。她太飞扬跋扈了。你怎么会有那么大的勇气呢？可是，你真的认为你得对希礼说那样的话吗？”

“可这是真的。”媚兰回答说，开始轻声地哭了起来，“他那么想，我一点都不感到羞耻。他认为战争全错了，可他甘愿去打仗，去牺牲，而那比你认为是对的事情而战需要更大的勇气。”

“我的天，梅利小姐，别在桃树街上哭鼻子。”彼德大叔嘟哝着，加快了马车的步伐，“大家会说闲话的。等我们到家再哭吧。”

思嘉什么也没说。媚兰把手伸到她的手心里寻求安慰，可她连握一下都没有。她读希礼的信只有一个目的——那就是让自己确信他还爱她。现在，媚兰给了信中写的内容一个全新的意思，这是她思嘉所没有看到的。她颇为吃惊地意识到，像希礼这样绝对完美的人，居然也会和白瑞德这样的恶棍有共同的想法。她寻思着：“他们俩都看到了战争的实质，可希礼愿意为之而死，瑞德却不愿意。我认为，那也说明了瑞德出色的理性。”她的思绪停顿了一下，为自己对希礼有这种想法感到惊恐极了。“他们俩都看到了令人不快的事实真相，可瑞德喜欢从表面上去看待它，用谈论它来激怒人们——而希礼几乎就无法去正视它。”

这太令人茫然不解了。

# 第十三章

在梅里韦瑟太太的唆使下，米德医生采取行动了。他给报社写了封信，信里的意思虽然很明显，但没有提到瑞德的名字。编辑感觉到这封信在社会上的戏剧性效果，把它登在了报纸的第二版。这本身已经是个创举了，因为这家报纸的头两版总是用来登有关黑奴、骡子、耕地、棺材、供出售或出租的房屋、性病的治疗方法、堕胎药及壮阳补品等等的广告的。

整个南方已经开始响起了一片怨言，对投机商、牟取暴利之人及商人感到愤愤不平，而米德医生的信便是这一片怨言声中的第一声。自查尔斯顿港实际上被北方佬的炮舰封锁了以后，威尔明顿便成了主要走私大港，可这里的情况已经成了公开的丑闻。投机商们拥到威尔明顿，用现金买下整船整船的货物，然后囤积起来等候提价。价格总是会提高的，因为随着生活必需品越来越稀少，价格逐月在上升。普通百姓要不在一无所有的情况下克服着过日子，要不只好用投机商定的价格购买，而穷人和那些境况中等的人日子则越来越难过。随着价格上扬，南部邦联的钱币相应贬值，而这形成了一种疯狂购买奢侈品的狂热劲。偷闯封锁线的人受命运进生活必需品来，只允许他们顺便运些奢侈品进来。可现在，装满他们的船只的是价格更高的奢侈品，把南部邦联急需的东西都排斥在外了。人们因为担心明天价格会更高，钱会更没价值，于是用今天手里有的现钱狂热地购买奢侈豪华的物品。

使事情更糟的是，从威尔明顿到里士满只有一条铁路线。当成千上万桶的面粉和整箱整箱的咸肉因等着运输而在路边的车站里腐烂变质的时候,有葡萄酒、塔夫绸和咖啡出售的投机商们却似乎总是能在货物到达威尔明顿的第三天就把它们运到里士满。

原来在暗地里传来传去的流言飞语现在已经公开,谈得沸沸扬扬的,说白瑞德不但掌管着他自己的四条船,以闻所未闻的价格出售物品,而且把别人船上的货物全部买断,囤积起来等候价格上扬。听说他还是一个资产达上百万美元的集团的头目,总部设在威尔明顿,目的就是在码头上购买走私物品。他们在该城市和里士满有几十个仓库,人们这么传说,仓库里堆满了囤积起来好卖更高价格的食品和衣物。士兵们和普通百姓都已经感到日子过得很紧巴,对他和他的同伙——投机商的行为已是怨声载道。

"南部邦联的海军中也有偷闯封锁线的一部,他们中不乏勇敢而爱国的人。"医生的信中最后写道,"他们都是些无私的人,不惜冒着生命危险,牺牲自己的所有财富,南部邦联也许就能因此而幸免于难。他们会被所有忠诚的南方人铭记在心。他们因所冒的危险而获取些微金钱上的回报,那是没有人会有怨言的。他们是无私的人,我们尊敬他们。这些人并不是我要说的人。

"但是,还有其他一些人,一些披着偷闯封锁线者的外衣却为自己谋私利的恶棍们。我恳请正在为最正义的事业而战斗的人严阵以待,对这些人类社会的秃鹫、贪得无厌的人予以公正的愤慨和报复。在我们的人因需要奎宁而死去的时候,他们运进来的却是缎子和花边;在我们的英雄因缺少吗啡而痛苦不堪的时候,他们的船却装满了茶和葡萄酒。这些人在吸吮追随罗伯特·李的人们的鲜血。我诅咒这些吸血鬼——这些在爱国将士们的眼皮底下把偷闯封锁线者这个名称变成臭水沟的人们。在我们的小伙子们光着双脚跋涉着去战斗的时候,我们如何能容忍这些食腐动物穿着蹭亮的靴子,在我们中间走来走去?在我们的士兵们就着营火被冻得瑟瑟发抖,啃着发霉变质的咸肉的时候,我们又怎能忍受这些人喝着香槟酒,吃着斯特拉斯堡产的馅饼呢?我呼吁每个忠诚的南部邦联的公民行动起来,把他们驱逐出去。"

亚特兰大人读了报纸,知道大智者已经说话了,于是,作为忠诚的南部邦联公民,他们都忙不迭地去把瑞德驱逐出去。

在一八六二年秋天接待过他的所有家庭中,到一八六三年几乎只剩白蝶小姐家是他可以走进家门的了。而且,要不是媚兰,他很可能也不会在那受欢迎。每次他一到城里来,白蝶姑妈就特别紧张。她知道得很清楚,她若允许他登门拜访的话,她的朋友们都会怎么议论,但她还是没有勇气告诉他他在此不受欢迎。每次他到亚特兰大的时候,她就嘟着她那肥嘟嘟的嘴巴跟姑娘们说,她要到门口去见他,不让他进来。而每次他手里拿着一个小包,嘴里说着她既有魅力又漂亮的好话时,她又做不出来了。

"我只是不知道该怎么办,"她悲悲凄凄地说,"他就那么看着我,而我——如果我把话跟他明说了,他会做出什么事来呢?我真是怕得要死。他的名声这么坏。你认为他会不会揍我呀——或是——或是——噢,亲爱的,要是查理还活着就好了!思嘉,你必须告诉他,叫他不要再登门拜访了——用一种很礼貌的方式告诉他。噢,我!我确实认为是你在激励他,全城人都在说闲话呢。如果你妈妈知道了,她会对我说些什么呢?梅利,你不该对他那么好。对他冷淡些,疏远些,他就会明白了。噢,梅利,你觉得我是不是最好给亨利写张条子,叫他去和白船长说说?"

"不,我不这么认为,"媚兰说,"我也不会对他无礼的。我认为,在有关白船长的事情上,人们的行为就像那些没头没脑的小鸡一样。我相信,他不可能像米德医生和梅里韦瑟太太所说的那样做了那么多坏事。他不会不顾饿肚子的人而把粮食囤积起来的。对了,他甚至给了我一百美元捐给孤儿呢。我敢肯定,他跟我们任何人一样忠诚,爱国,他只是太傲慢了,不为自己辩护而已。你知道男人们发怒的时候有多固执。"

白蝶姑妈对男人的事一无所知。他们发怒也罢,没发怒也罢,她都只会无可奈何地摇着她那胖胖的小手。至于思嘉,她早已顺从了媚兰那只看到每个人好的一面的习惯。媚兰是个傻瓜,但谁都对此无能为力。

思嘉知道,瑞德一点也不爱国。虽然她宁死也不愿承认这一点,但她并不在乎。他从拿骚给她带来的小礼物,那些太太小姐们能够得体地接受的小饰物,对她才是最重要的东西。物价如此之高,如果她禁止他进这个家门,她到哪能弄到针啦、糖果啦、发夹啦什么的?不,毕竟白蝶姑妈是这屋里的家长,是长辈,是道德的仲裁人,把责任推到她身上,那可容易多了。思嘉知道,城里人都在谈论瑞德的来访,也在谈论她;但她同样知道,在亚特兰大人眼里,媚兰是不会做错事的,而如果媚兰都为瑞德辩护的话,那他的来访就还带着可敬的一面。

然而,要是瑞德能够放弃他那异端邪说的话,生活就会更美好了。她和他一起在桃树街上走时,也就不用忍受看着他在公开场合遭人白眼的尴尬情形了。

"就算你是这么想的,可你干吗说出来呢?"她责备说,"你爱想什么就想什么好了,但不要说出来,那一切都会好得多。"

"那是你的方法,对不对,我绿眼睛的伪君子?思嘉,思嘉!我希望你能拿出些更有勇气的行动来。我原以为爱尔兰人怎么想就怎么说的,根本不会顾及后果。跟我说实话,有时候,你难道不是因要闭嘴不言而几乎要爆发了吗?"

"哦——是的。"思嘉颇不情愿地承认道,"他们谈起事业的时候,我确实感到很无聊。他们老是从早谈到晚,连中午也不例外。可是我的天,白瑞德,如果我承认的话,那谁也不会跟我说话了,小伙子们一个也不会跟我跳舞了!"

"啊,对了,一个人应该有人跟他跳舞,不惜一切代价。哦,我佩服你的自制力。可我发现,自己并不合适拥有它。不管这样会有多方便,我都不能让自己披着浪漫和爱国的外衣。已经有够多愚蠢的爱国者了,他们把每一分钱都拿到封锁线那去冒险。战争结束时,他们就要变成穷光蛋了。他们不需要我去凑数,不管是光耀爱国主义的纪录,还是增加穷光蛋的花名册。让他们去戴那光环好了。他们应该受用的——就这一次我是真诚的——再说,再过一年半载,他们所有的一切也就只剩下光环了。"

"你知道得很清楚,英国和法国马上就会来支援我们。你说的这些话是很卑鄙的,而且——"

"怎么,思嘉!你一定在看报纸吧?你真让我感到吃惊。别再这么做了。这会使女人的头脑糊涂的。至于你的消息,我不到一个月前还在英国呢,我来告诉你是怎么回事吧。英国决不会给南部邦联提供帮助的。英国决不会把赌注压在处于劣势的一方,这就是英国之所以是英国的原因。再说,那个坐在王位上的胖胖的荷兰女人是个虔诚敬神的人,她不赞成蓄奴制。她宁肯让英国棉纺厂的工人们因为得不到我们的棉花而饿死,但决不会,决不会为拥护蓄奴制而战。至于法国,那个效仿拿破仑的意志薄弱者正在为在墨西哥建立法国殖民地而忙得一塌糊涂,根本没有时间来烦我们。事实上,他对战争表示欢迎,因为这样一来,我们就会忙得焦头烂额的,没有时间去把他的军队赶出墨西哥……不,思嘉,外来援助只是报纸杜撰出来以维护南方的信念的。南部邦联注定要失败。它现在就像骆驼一样,已经在以驼峰里的能量为生了,而即使是最大的驼峰也不是取之不尽、用之不竭的。我决定再做六个月偷闯封锁线的生意,然后就要洗手不干了。那以后再做就太冒险了。我要把船只卖给某个认为他能顺利过关的愚蠢的英国佬。但是这样也好,那样也罢,这都不会使我烦恼。我已经赚够了钱,全都以纯金存在英国的银行里。对我来说,那可不是毫无价值的纸币。"

正像他往常的议论一样,这番话听起来似乎很有道理。其他人可能会把他的话称为叛国言论,可是对思嘉来说,他的话里总是带有某些常识和真理。而她也知道这是完全错误的,知道自己本该感到惊恐和气愤。实际上,她既不惊恐,也不气愤,但她可以装出来。这会使她觉得自己更受人尊重,更像个名门闺秀。

"我认为米德医生写的有关你的事是对的,白船长。唯一能拯救你的办法就是,把船卖掉,然后去参军。你是个西点军校的学生,而且——"

"你说话就像个在作巡回演讲的浸礼会牧师。要是我不想拯救自己呢?我干吗要去为维护一个要把我驱逐出去的体制而战呢?我倒是要看着它毁灭,从中取乐呢。"

"我从没听说过什么体制。"她生气地说。

"没有?可你还是其中的一分子,就像我过去一样。我敢打赌,你不会比我更喜欢这个体制的。哦,我为什么成了白家的害群之马?不为别的,就为这个——我没有和查尔斯顿人保持一致,我也做不到。而查尔斯顿就是整个南方,只不过成了缩影罢了。不知道你有没有意识到,这有多无聊?有许多事情,就因为人们总是这么做的,你也就必须这么做。又有许多毫无害处的事情,出于同样的原因,你就不能做。还有许多毫无意义的事情也使我颇为烦恼。没有跟你很可能已经听说过的那个年轻小姐结婚,这只是最后一记重击罢了。我为什么要和一个令人乏味的傻瓜结婚呢?就因为出了事,使我没法在天黑之前把她送回家?为什么我的枪法比她那暴怒的哥哥还准却要让他把我打死?如果我是个绅士,当然,我会让他把我杀了,那样就可以为我们白家洗去名誉上的污点了。但是——我喜欢活下去。于是我便活了下来，而且活得很好……每当我想起我哥哥，想起他生活在查尔斯顿那群神圣的母牛当中，对她们特别尊敬，想起他庸俗乏味的妻子，他举办的圣塞西莉亚舞会，还有他一成不变的水稻田——那时我就明白与这体制决裂所能得到的补偿了。思嘉，我们的生活方式就跟中世纪的封建制度一样古老而过时。令人费解的是，它居然延续至今！它不得不要消亡，现在也正在消亡。而你却指望我会去听像米德医生那样的雄辩家的话，让他告诉我我们的事业是正义而神圣的？一听到战鼓响就抓起滑膛枪，冲到弗吉尼亚去为马尔斯·罗伯特抛头颅洒热血？你认为我是怎样的一个傻瓜呢？甘心受罚可不是我的特长。南方和我现在打成平手了。南方曾经挤兑我，要让我饿死。我没有饿死，反而从南方将死的痛苦中赚够了钱，补偿我已失去的生来就有的权利。”

“我认为你真是卑鄙无耻，唯利是图。”思嘉说道，但这话只是下意识地评价。他的大部分言论只在她的头脑里一掠而过，就像任何与她个人无关的谈话内容一样。但部分还是有道理的。在上等人的生活中，有这么多愚蠢透顶的事。得假装着她的心已经死了，进入坟墓了，而实际上却没有，这就是其中之一。她在义卖会上跳舞时，在场的每个人有多吃惊呀。每次，只要她说的和其他年轻妇女说的不一样，或是做的和其他年轻妇女做的不一样，哪怕是有些微的不同，人们就会气愤得横眉竖眼的。但听到他抨击她最为厌倦的传统，还是引起了她的不快。她在这种人中生活得太久了，他们听到自己的想法被别人说出来时，还是会礼貌地装出一副没有受到打扰的样子来。

“唯利是图？不，我只是有远见罢了。虽然说那也许只是唯利是图的代名词。至少，不如我有远见的人会那么说。在一八六一年手里有一千块现金的人都可以做我做过的事，但极少人能够唯利是图到好好利用机会的地步！比如说，萨姆特堡一沦陷，但封锁线还没有设立以前，我用便宜得不能再便宜的价格买了几千桶棉花，把它们运到英国。他们现在还放在利物浦的仓库里。我一直没有卖掉。我要一直留着，等到英国棉纺厂不得不要买棉花的时候，那我开什么价，他们也就只好给我什么价了。如果我能卖一块美元一磅，我也一点也不会吃惊的。”

“除非大象能上树,你才能卖一美元一磅呢!”

“我相信我能做到的。棉花现在已经卖七十二美分一磅了。战争结束后,我就会成为有钱人了,思嘉,因为我有远见——对不起,是唯利是图。过去我曾经告诉过你,有两个时机是可以赚大钱的,一个是兴建国家的时候,另一个是在国家毁灭的时候。兴建时赚得慢,毁灭时赚得快。记住我的话,也许有一天会对你有用的。”

“我确实对你的建议很感激,”思嘉用极其挖苦的口气说道,“可我不需要你的建议。你认为我爸爸是个穷光蛋吗?我不管需要什么花费,他都有。再说,我还有查理的遗产呢。”

“我能想象,法国的贵族们在被送上处决死刑犯的囚车的那一刻也是这么想的。”

瑞德常常指出,思嘉穿着黑色的丧服参加所有的社交活动很不协调。他喜欢明快的色彩,而思嘉的丧服和从帽子上垂挂到脚后跟的黑绉纱面纱使他感到很有趣,也使他感到很生气。但她还是固执地穿着黑衣服,戴着黑面纱。她知道,如果不再多等几年,而是现在就换成艳丽的衣服的话,城里人就更会说三道四了,说得肯定会比现在还厉害。再说,她又怎么向她的母亲交代呢?

瑞德直率地说,黑绉纱面纱使她看上去像只乌鸦,而黑衣服则使她看上去老了十岁。这个有失风度的说法使她飞奔到镜子前,看看十八岁的自己是不是真的看上去像二十八岁的人。

“我想,你应该更有自尊,不会试图让自己看上去像梅里韦瑟太太那样。”他奚落她,“最好去尝尝那种痛苦,而不是戴着面纱去给这种痛苦做广告。何况,我敢肯定,你从来就不曾有过这种痛苦。我来和你打个赌。不出两个月,我要让你从头上取下那帽子和面纱,换上巴黎的新款式。”

“真的不行,我们别再讨论这个了。”思嘉说着,因他提到查理而颇为生气。瑞德正准备出发去威尔明顿,从那再到国外去,于是满脸带笑地告辞了。

几星期后,一个阳光明媚的夏日的早晨,他又重新出现了,手里拿着一个装饰亮丽的帽盒。看见屋里只有思嘉一人,他把帽盒打开了。帽子被一层层的棉纸包着,那新颖的款式令她不由得大叫起来:“噢,太可爱了!”说着手就伸过去拿。因为极少看见新衣服,更不用说能亲手触摸了。于是,这帽子似乎就成了她所见过的帽子中最漂亮的。它是用绿色的塔夫绸制的,镶着淡绿色的波纹绸。系在下巴下的丝带和她的手一样宽,也是淡绿色的。这个时髦物的边沿拳曲着神气活现的绿色鸵鸟羽毛。

“把它戴上。”瑞德笑着说。

她飞快地走过房间,来到镜子前,把帽子戴在头上,同时把头发往后扫,露出耳环,把帽带绑在下巴下。

“我看上去怎么样?”她大叫道。为了给他看,她转动着身子,摇着头好让羽毛颤动着。然而,还没看到他眼里肯定的神情,她就已经知道自己看上去很漂亮了。她看上去时髦得非常迷人,绿色的饰边使她的眼睛成了深黑色的祖母绿,而且闪闪发亮。

“噢,瑞德,这是谁的帽子呀?我要把它买下来。我会把每一分钱都给你的。”

“这是你的帽子。”他说,“还有谁可以戴这种绿色的帽子呢?难道你不觉得我会把你双眼的颜色记在脑海里吗?”

“你真是为我配的吗?”

“是的,盒子上还有‘和平街’的法文字样,那对你有没有什么意义呢?”

这对她根本没有意义。她正微笑着看着镜子里自己的形象。这一刻,什么对她都不重要,而唯一对她重要的只是,这是她两年来戴上的第一顶帽子,戴着它她看上去迷人极了。有了这顶帽子,她还有什么不能做呢!可慢慢的,她的笑容就消失了。

“你不喜欢吗?”

“噢,这真像做梦一样,可是——噢,要用黑绉纱把这可爱的绿色遮起来,把羽毛变成黑色,我真是恨死了。”

他马上走到她身边,用灵巧的手指解下她下巴上的宽帽带。转瞬间,帽子已经放回盒子里了。

“你在干什么呀?你说过这是我的。”

“可不能把它变成服丧用的帽子。我会找到其他能够欣赏我的品位又有绿色眼睛的迷人小姐的。”

“噢,你不能这样!要是不能拥有这顶帽子,我会死的!噢,别这样,瑞德,别这么小气!把它给我吧。”

“而且要把它变成像你其他的帽子那样令人害怕的东西?不行。”

她抓着盒子。要把这顶使她看上去又年轻又迷人的可爱的帽子给别的姑娘?噢,绝对不行!有一刻,她似乎看见了白蝶和媚兰惊恐的神情。她还想到埃伦和她会说些什么,不禁打了个寒噤。但虚荣心还是占了上风。

“我不会改变它的。我保证。好了,请你把它给我吧。”

他略带讥讽地微笑着把盒子递给她,看着她重新戴上帽子,自顾自欣赏着。

“多少钱哪?”她突然问道,脸拉长了,“我只有五十美元,但下个月——”

“大约得两千块,南部邦联的钱币。”看着她愁眉苦脸的表情,他笑着说。

“噢,天哪——哦,要不现在我给你五十美元,然后,等我——”

“我不想要你的钱,”他说,“这是礼物。”

思嘉的嘴都张大了。在男人送礼物这个问题上,那界限是得很准确,很小心的。

“糖果和花,亲爱的,”埃伦一再说明,“也许一本诗集,或是相册,亦或是一小瓶香水,这些才是一个名门闺秀能从一个绅士手里接受的礼物。决不能,决不能接受任何贵重的礼物,即使从你的未婚夫那里也不行。绝对不能接受珠宝或是衣服之类的礼物,连手套或是手帕也不行。如果你接受了这样的礼物,男人们就会知道你不是什么名门闺秀,就会想放肆地占便宜了。”

“噢,天哪。”思嘉想着,先看了看镜子里的自己,再看看瑞德脸上令人不解的神情,“我真是无法告诉他我不能接受这个礼物。这太漂亮了。我——我几乎是宁愿他放肆地占点便宜,只要这只是个小便宜。”紧接着,她便为自己有这种想法感到很吃惊,脸一下涨得绯红。

“我会——我会给你五十美元——”

“你要是给我,我就把它扔到臭水沟里去。或者,更好的办法是,为你的灵魂买台弥撒。我相信,你的灵魂还是忍受得了弥撒的。”

她勉强地笑了，绿色帽檐下自己含笑的身影使她迅速作出了决定。

“你到底想对我做些什么？”

“我在用上好的礼物引诱你，直到你那孩子气的理想消失殆尽，而你则任由我摆布为止。”他说，“‘只能从男人那里接受糖果和花，亲爱的。’”他模仿着说，而她则不禁笑出声来。

“你真是个聪明、黑心肝、卑鄙无耻的人，白瑞德。你知道得很清楚，这顶帽子太漂亮了，我根本无法拒绝。”

他的眼里带着嘲弄意味，同时也在欣赏着她的美丽。

“当然，你可以告诉白蝶小姐，说你给了我一顶由塔夫绸和绿色丝绸做的样品，画出了帽子的样子，而我从你这敲诈了五十美元。”

“不。我要说一百美元，她就会去告诉城里所有的人，而每个人都会嫉妒我，对我的奢侈说三道四。可是，瑞德，你不能再给我带这么贵重的东西了。你真是太好了，可我真的不能接受别的东西了。”

“真的吗？哦，只要这会让我高兴，能让我看到这些东西能够使你更加迷人，我就会继续带礼物给你。我要给你带深绿色的波纹绸，做件上衣来配这顶帽子。我还要警告你，我并没那么好。我在用帽子和手镯来引诱你，把你领入一个深渊。你得一直把这记在脑子里：我从来不会毫无理由地做什么事，也从来不会给别人东西而不希望得到什么来作为回报。我总是要获取报酬的。”

他乌黑的眼睛在她的脸上搜寻着，慢慢转向她的嘴唇。思嘉垂下了眼睑，心里一阵激动。现在，他要试图占点便宜了，就像埃伦所预料的那样。他要吻她，或说试图去吻她了。慌乱中她也无法确定会是哪一种情形。如果她拒绝，他就会从她头上扯下这顶帽子，送给别的姑娘。从另一方面来说，如果她第一次让他匆匆忙忙吻一下，那他就可能会给她带其他漂亮的礼物，希望能再次吻她。男人们对吻看得很重，只有天知道这都是为了什么。有很多时候，一个吻便能使他们全身心爱上一个姑娘，而如果这个姑娘很聪明，被吻了一次后便不再让他亲吻的话，就会闹出很多有趣的笑话来。让白瑞德爱上她，并且承认这一点，哀求她让他吻一下或是给他一个微笑，那是多令人激动的事啊。是的，她还是让他去吻她吧。

但他并没有去吻她。她低垂眼睑从旁扫了他一眼，小声嘀咕着怂恿他。

“这么说，你总是要获取报酬的，是吗？那你希望我给你什么报酬呢？”

“那得等着瞧。”

“如果你认为我会用和你结婚来为这顶帽子付账，那我是不会这么做的。”她放胆说道，还摆摆头做出一副漂亮的挑逗模样，使上面的羽毛欢快地动来动去。

他露出了小胡子下面洁白的牙齿。

“夫人，你真是自以为是。我并不想和你结婚，也不想和别的人结婚。我不是个适合结婚的人。”

“真的呀！”她叫了起来，吃了一惊，现在便能确定他是要占便宜了，“我也没打算吻你呢。”

“那你干吗撅着嘴，做出那一副可笑的样子来？”

“噢！”她瞟了镜子里的自己一眼，看到自己红红的嘴唇确实作出了待吻的样子，便叫了起来。“噢！”她又叫了一声，不禁怒从中来，脚也跺起来了。“你是我见过的最讨厌的人，就算我从此再也见不到你，我也根本不在乎！”

“如果你真的这么认为，你最好把帽子也踩了。哎呀，你现在是什么情绪呀？很可能你也知道，这挺合适。来吧，思嘉，把帽子踩了，让我看看你对我和我的礼物是怎么想的。”

“看你敢动这顶帽子。”她说着，抓着帽檐，往后退去。他跟着她，轻声笑了，把她的手握在手里。

“噢，思嘉，你这么年轻，真让我心痛。”他说，“我会吻你的，正如你期待的那样。”他随意地倾下身子，胡子擦着了她的面颊。“现在你是不是觉得，你该甩我一记耳光好维护你那礼仪？”

她的嘴唇保持不了原有的姿势了。她抬起头看着他的眼睛，看到他乌黑深邃的眼里似乎趣味十足的，不禁哈哈大笑起来。他真是个爱戏弄人的人，这多令人气恼啊！如果他不想跟她结婚，甚至都不想吻她的话，那他干吗还这么经常来访，还给她带礼物？

“这样更好，”他说，“思嘉，对你来说，我是不良影响。若是你稍有理性，你就该让我收拾东西滚蛋——如果你做得到的话。我是很难摆脱的。可我对你来说太坏了。”

“是吗?”

“你看不出来吗?自从我在义卖会上遇见你,你的举止便变得骇人听闻,而大多数责任都在我。是谁鼓励你去跳舞的?又是谁迫使你承认你认为我们光荣的事业既不光荣也不神圣的?是谁唆使你承认,为那些堂而皇之的主义而献身的男人们都是傻瓜的?让你有那么多事让那些老太太们说三道四,又是谁的怂恿?是谁让你提早好几年,过快地摆脱了服丧的日子?最后,又是谁引诱你接受一件哪个名门闺秀也不会接受的礼物,同时又使你还保持着名门闺秀的身份?”

“你对自己自视过高了,白船长。我并没做什么会引起这么多闲话的事,而且,你提到的每件事,我都是在没有你帮忙的情况下完成的。”

“我对此表示怀疑。”他说,脸上突然现出宁静而忧郁的神情,“你到现在还会是韩查理伤心欲碎的寡妇,而且因你为受伤将士做的好事而名声在外。然而,最终——”

但她并没有听他说,正在高兴地欣赏着镜子里的自己,心想下午就可以戴着这顶帽子到医院去给那些正在康复的军官送花。

她根本没意识到,他最后那些话是很有道理的。她根本没有意识到,瑞德用尽办法撬开了她守寡这座监狱的大门,还了她自由之身,在她的少女时代本该早已消逝的时候,反而让她在未婚姑娘当中成为王后。她同样没有意识到,在他的影响下,她早已偏离了埃伦对她的教育。这个变化是逐渐的,她觉得藐视一种小小的习俗似乎和藐视另一种习俗毫无关系,而这一切似乎也都跟瑞德没有关系。她没有意识到,在他的怂恿下,她已经不顾她妈妈那许多有关礼仪的最严厉的禁令,忘记了端庄淑女的那些难学的课程。

她只知道,这顶帽子是她有过的帽子中最合适的一顶,而它却没花她半分钱。而且瑞德一定在爱着她,不管他承认不承认。她肯定要找个办法让他承认这一点。

第二天,思嘉站在镜子前,手里拿着一把梳子,嘴里咬着好几个发夹,正在试图梳出一种发型。梅贝尔刚到里士满去看过她的丈夫,说这种发型正在首都风行一时。它就叫做“猫、硕鼠和老鼠”,梳起来非常费劲。头发要从中间分开,在两边各梳成三卷等级不同的发卷,最大的一卷,也是最靠近中分线的一卷,叫做“猫”。“猫”和“硕鼠”都很容易梳,但是“老鼠”老是从她的发夹里滑出来,令她颇为恼怒。然而,她还是下决心要把发型梳好,因为瑞德要来吃晚饭,而他总是会注意到衣服或发型的新式样,并且总会对这些评头论足的。

她费劲地梳着那浓密而又顽固的发卷,额头上已经汗珠点点。这时,她听到楼下过道里传来轻轻的跑步声,知道媚兰从医院回家来了。她听到她飞奔上楼,两级两级地上,不禁停下了手头的动作,发夹正举到半空。她意识到一定是出了什么差错,因为媚兰走路总是像个年长而有钱的贵妇人那样很有教养的。她走到门边,猛地打开门。媚兰跑了进来,脸涨得通红,一副惊恐的样子,看上去就像个自感内疚的孩子。

她脸上挂着泪珠,帽带挂在脖子上,帽子则挂在背后,裙环摆动得很厉害。她手里紧紧抓着什么东西,一股浓重的廉价香水味随她一块飘进房间。

"噢,思嘉!"她哭叫着,关好门,一屁股坐在床上,"姑妈回家了没有?还没有?噢,感谢上帝!思嘉,我感到屈辱极了,宁愿去死!我几乎晕了过去。思嘉,彼德大叔威胁说,他要去告诉白蝶姑妈!"

"告诉什么?"

"说我和那个——和什么小姐——什么太太——说话来着。"媚兰用手帕使劲扇着闷热的脸,"那红头发的女人,叫贝尔·沃特琳的!"

"哦,梅利!"思嘉叫了起来,惊得大眼瞪小眼的。

贝尔·沃特琳是她到亚特兰大来的第一天在街上见到的那个红头发女人。至今为止,毫无疑问,她是城里名声最臭的女人。许多妓女成群结队地来到亚特兰大,追着士兵们转,但由于贝尔火红色的头发和她那华丽俗气、过分时髦的衣服,她在妓女中还是鹤立鸡群。她很少出现在桃树街或是别的上等街区,但一旦她出现了,有身份的妇女都会忙不迭地横过马路,躲开她。可媚兰却和她说话。难怪彼德大叔会气愤不已了。

"要是白蝶姑妈知道了,我宁愿去死!你知道的,她会哭着告诉全城的人,那我的脸面也就丢光了。"媚兰抽泣着说,"这也不是我的错。我——我没法避开她。那样就太不礼貌了,思嘉,我——我很可怜她。你觉得我那样认为不好吗?"

可思嘉并不关心其中的道德问题。像大多数单纯而有教养的年轻妇女一样,她对妓女有着极强的好奇心。

“她想干什么呢？她说了些什么呢？”

“噢，她的语法糟极了，但我看得出来，她是在尽力表现得讲究些，可怜的人哪。我从医院出来，可彼德大叔和马车没在门口等我，所以我就想走着回家。经过爱默森家的院子时，她就躲在篱笆后面！噢，谢天谢地，爱默森一家到梅肯去了！她说：‘求你了，卫太太，让我跟你说会话吧。’我也不知道她是怎么知道我的姓名的。我明白我得尽快跑开，可是——哦，思嘉，她看上去很忧伤，而且——哦，简直是在哀求。她穿着黑衣服，戴着黑帽子，也没有上妆。要不是那头红头发，看起来倒真是挺正派的。还没等我回答，她就接着说：‘我知道我不该和你说话，可我曾试着和那个雌孔雀——埃尔辛太太谈谈，她却把我从医院里赶了出来。’”

“她真的把她称为雌孔雀吗？”思嘉兴致勃勃地问，大笑起来。

“噢，别笑。这并不是什么好玩的事。似乎是——小姐，这个女人也想为医院做点事——这你想象得出来吗？她提出可以每天早晨到医院来护理，当然，埃尔辛太太是死也不会接受这点的，便把她赶出了医院。接着她又说：‘我也想做点事。难道我不是南部邦联的好公民吗，就像你一样？’思嘉，她也想帮忙，这打动了我。你知道，如果她也想为事业出力，她就不可能坏得一无是处。你觉得我这么想不对吗？”

“我的天，梅利，真要是不对，谁又在乎呢？她还说了些什么？”

“她说，她一直在观察着到医院去的太太们，认为我有——一张——一张善良的脸，所以便把我叫住。她有些钱，想让我拿到医院里去用，而且不要告诉任何人这钱是哪里来的。她说，如果埃尔辛太太知道这是什么钱的话，她肯定不会让这钱派用场的。什么样的钱！就是那时候，我认为我快晕过去了！我心情很沮丧，急于脱身，便说道：‘噢，好的，真的，你真是太好了。’或者是说了些傻话。她于是微笑着说：‘你才是名副其实的基督徒啊。’便把这脏兮兮的手帕硬塞在我手里。哦，你闻得到香水味了吗？”

媚兰递过一块男人用的手帕来，脏脏的，香水味特别浓，里面包着一些硬币。

“她正说着感谢我之类的话，说每星期她都会给我一些钱，就在这时，彼德大叔赶着车过来，看见了我！”梅利泪流满面，把头伏在枕头上，“当他看见我跟谁在一起时，他——思嘉，他对我大吼大叫的！他说：‘你马上给我上车!'当然,我只好从命。回家的路上,他一直在责备我,根本不让我解释,还扬言要告诉白蝶姑妈。思嘉,请你下楼去,请求他不要去告诉她。或许他会听你的。如果姑妈知道,哪怕是我正面瞧了那女人一眼,这也会要她的命的。行吗?"

"行,我会去的。我们还是先看看这里面有多少钱吧。感觉挺重的。"

她解开打的结,一把金币滚到床上。

"思嘉,有五十块美元呢!而且是金币!"媚兰叫了起来,吓了一跳,手里数着明晃晃的金币,"告诉我,你认为用这个善良的——哦,钱行不行呢——哦,用——哦——把用这种方式赚的钱用在士兵们身上?你不认为也许上帝会理解她也想帮忙的一片苦心,即使钱不干净也不在乎吗?我一想到医院里需要那么多东西——"

但是,思嘉已经没有注意听她说了。她正看着那块脏兮兮的手帕,心里充满了蒙受耻辱之情和满腔的怒火。手帕的一角有几个交织着的字母,是姓名的首字母"R. K. B."。她最顶层的抽屉里也有一块跟这一样的手帕,是昨天白瑞德刚借给她用来包他们采的野花花茎的。她已经打算好,今晚他来吃饭时就把它还给他。

这么说,瑞德居然和可耻的沃特琳这个骚货混在一起,而且还给她钱。给医院捐的钱就是从这来的。偷闯封锁线得来的金币。想想瑞德和那个骚货鬼混以后,居然还有脸正视一个正派的女人!想想她居然还认为他在爱着她!这足已证明,他并没有爱上她。

坏女人以及与她们有关的一切,对她来说是既神秘又令人作呕的事情。她知道,男人们光顾这些女人是因为太太淑女们无法启齿的原因——或者说,就算她提到,也只是低声耳语或是间接、委婉地提出来。她一直认为,只有平凡、粗俗的男人才会光顾这种女人。这以前,她从来没想到上等男人——也就是她在上等人的家里碰到的并且和她跳过舞的男人——居然也可能做这种事。这给她的思路开拓了一个全新的领域,而且是个可怕的领域。也许所有的男人都会做这种事!他们强迫自己的妻子做这种不光彩的行径,而实际上又去寻找下等女人,而且还付钱给她们!噢,男人都是这么卑鄙无耻的,而白瑞德是所有男人中最糟糕的一个!

她要拿上这块手帕,当面摔到他脸上去,指着门让他滚蛋,并且永远永远不再跟他说话。可是,不行,她当然不能这么做。她应该永远永远都不让他知道,她居然知道有坏女人存在,更不知道他跟她们有瓜葛。名门闺秀是不会这么做的。

"噢,"她怒气冲冲地想,"要不是我是个名门闺秀的话,看我不把什么都告诉那个禽兽!"

她把手帕揉成一团,然后下楼到厨房去找彼德大叔。经过火炉时,她把手帕扔进炉火中,看着它化成火焰,站在一旁徒劳地生着闷气。

# 第十四章

一八六三年夏天到来的时候，希望在每个南方人的心中又膨胀起来。尽管生活必需品匮乏，生活艰苦，尽管有投机商和类似的给大家带来灾难的人，尽管死亡、疾病和痛苦几乎在每个家庭中都留下了印记，可南方人还是在说："再打一次胜仗，战争就会结束。"说的口气比过去那些夏天还更愉快，更肯定。事实证明，北方佬确实很难对付，但他们最终还是开始瓦解了。

对亚特兰大，对整个南方来说，一八六二年的圣诞节都是个愉快的节日。南部邦联在弗雷德里克斯堡的一次胜战，给了北方军队毁灭性的打击，北方佬的军队死伤数以千计。那个节日期间，到处笼罩着喜庆气氛，因为局势在转变，所以大家充满了喜悦和感激的情绪。穿灰胡桃色军服的部队，如今已是得到锻炼的生力军，他们的将军都已证明了他们的英勇气概。大家都知道，来年春天战事再开始时，北方佬就会被彻底击败的。

春天来了，战事重新开始。五月，南部邦联在钱瑟勒斯维尔又取得了一次重大胜利。整个南方都兴高采烈的。

在离家更近些的地方，一队北部联邦的骑兵冲进佐治亚，被南部邦联的军队打得一败涂地。人们还在大笑着，互相拍着对方的后背说："对了，先生！老内森·贝德福德·福里斯特一跟上他们，他们就有得受啦！"四月底，斯特雷特上校和一千八百名北方骑兵来了次突袭，进入佐治亚地界，目的是要进攻亚特兰大北部六十英里的罗马。他们雄心勃勃，计划要切断亚特兰大和田纳西之间至关重要的铁路线，然后飞军南下，进入亚特兰大，摧毁南部邦联这个关键城市里的工厂和战争供给。

要不是福里斯特，这次大胆的攻击一定会给南方造成惨重的损失。他虽只有对方三分之一的人马——可那是怎样的人马，怎样的骑兵呀！——他挥军迎战，不等他们到达罗马就截住他们，日夜苦战，最后活捉了全部人马！

这一消息几乎和钱瑟勒斯维尔胜利的消息同时传到亚特兰大，全城好似成了喜悦和欢笑的海洋。钱瑟勒斯维尔的胜利可能更为重要，但俘虏了斯特雷特的骑兵无疑使北方佬显得滑稽可笑。

“不，先生，他们最好还是别跟老福里斯特胡来。”亚特兰大人喜笑颜开地说，这消息也一再地被重复来重复去。

现在，局势对南部邦联的命运来说越来越好，人们顺势也被喜气洋洋地推向前去。诚然，自五月中旬以来，格兰特率领的北方军一直在围困维克斯堡。不错，当斯通沃尔·杰克逊在钱瑟勒斯维尔受了重伤时，南方遭受了令人厌恶的损失。不错，当T. R. R.科布将军在弗雷德里克斯堡被杀时，佐治亚失去了她最勇敢、最优秀的儿子之一。但是，北方佬再也承受不了像弗雷德里克斯堡和钱瑟勒斯维尔这样的惨败了。他们只好让步，然后这残酷的战争也就会结束了。

七月到了，随之而来的是这么一则流言，说李正在向宾夕法尼亚进军。这消息后来在战报上得到了证实。李已经到了敌军的领地！李在逼他们战斗！这是这次战争最后的战役了！

亚特兰大沸腾了，激动、兴奋，还有一种报复的迫切心情。现在北方佬该知道，战争在他们自己的土地上打意味着什么。现在他们该明白，肥沃的良田变成荒野、马匹和牛群被盗、房屋被烧毁、老人和小伙子们被拖去蹲监狱以及妇女和儿童被赶出来挨冻受饿是怎么回事了。

每个人都知道，北方佬在密苏里、肯塔基、田纳西和弗吉尼亚等州都做了些什么。就连小孩都能满怀痛恨、一脸恐怖地详述北方佬在占领地的所作所为。亚特兰大已经挤满了从田纳西东部逃难过来的难民，全城人都从他们那里听到他们经受痛苦的第一手资料。在那个地区，南部邦联的支持者只占少数，而且战争的魔爪紧紧抓住了他们，就像在所有的边界各州一样，邻居告邻居的密，骨肉兄弟也自相残杀。这些难民大叫着要看到宾夕法尼亚变成一片固态的火海，连最慈善的老太太也一脸幸灾乐祸的冷酷神情。

可是，消息一点一点地传来，说李发布了命令，不准动宾夕法尼亚州的所有私人财产，掠夺财物以死罪问斩，部队征用的每一物件都由部队付费——这样，这个将军若要保持其受人爱戴的地位，就得用他已经得到的所有威望来作为代价了。不要让官兵在那个繁荣的州中富足的仓库里变得松散懒散吗？李将军到底在想些什么呢？可我们的小伙子们正在挨饿，急需鞋子、衣服和马匹呢？

一张达西·米德寄给医生的匆忙写就的便条在人们手中传来传去，这是七月初亚特兰大人得到的唯一的第一手材料。人们心里的愤怒感越来越强了。

“爸爸，你能不能设法给我弄一双靴子来？我已经光着脚两周了，而且我并不指望能再领到一双靴子。如果我的脚没有这么大的话，我也可以像其他人一样，从死去的北方佬脚上脱下一双来穿。可我至今未发现哪个北方佬的脚跟我差不多大的。如果你能给我找到一双，也别用邮寄的方式。路上会被人偷走的，这我也不怪他们。让菲尔坐上火车，带上鞋一块过来。我们会到哪里，我会很快写信给你的。现在我还不知道，只知道我们还要北上。我们现在在马里兰，大家都说我们要去宾夕法尼亚了……

“爸爸，我以为我们可以让北方佬也尝尝他们自己种下的苦果，可是将军说不行。就我本人来说，从烧毁北方佬的房屋中可以得到乐趣，就算因此而被枪毙，我也不会在乎的。爸爸，今天我们行军经过了你所见过的最大片的玉米地。我们家没有这样的玉米。哦，我得承认，我们在那片玉米地里暗地里抢了些玉米，因为我们都饿极了。何况，将军不知道的事也不会令他伤心。可那绿油油的玉米并未给我们带来半点好处。所有的小伙子都已得了痢疾，那玉米使得病情更加恶化。拖着一条伤腿走路也比患痢疾容易多了。爸爸，一定要设法给我弄双靴子来。我现在是上尉了，即使没有新军服或肩章，上尉也是应该有靴子的。”

但是，部队已经进入宾夕法尼亚——那才是最重要的事。再打一次胜仗，战争就会结束，到时达西·米德想要多少靴子，就能有多少靴子，小伙子们可以开回家来，每个人又将既幸福又快乐。米德太太想象着她当兵的儿子最终回了家、待在家里时，连眼睛都湿润了。

七月三日，连接北方的电报系统突然一片死寂，直到四日中午才有一些支离破碎、零零星星的消息慢慢传到亚特兰大的总部。在宾夕法尼亚一个叫做葛底斯堡的小镇附近，打了一场硬战，李所有的部队都参加了这场大战役。消息不太确定，来得也很慢，因为是在敌人的地盘上打仗。消息首先是从马里兰传过来，再传到里士满，最后才到亚特兰大。

忧虑与不安越来越强烈，恐惧心理占据了全城人的心。没有什么比不明白正在发生的事情更糟的了。有儿子在前线的家庭真挚地祈祷他们的儿子不在宾夕法尼亚，但那些知道自己的亲属是和达西·米德在同一团队的人则咬牙切齿地说，他们能参加这场能够一劳永逸地消灭北方佬的战斗，那是他们无上的光荣。

在白蝶姑妈家，三个女人面面相觑，掩饰不了内心的恐惧。希礼就在达西所在的团队里。

五日，传来了不好的消息，但不是从北部传来的，而是从西部传来的。维克斯堡沦陷了，在受到长期而艰苦的围攻之后沦陷了。实际上，从圣路易斯到新奥尔良的整个密西西比河流域都落到了北方佬的手里。南部邦联被一分为二。在其他任何时候，这个灾难性的消息都会给亚特兰大带来担心和悲伤。可现在，他们没有心情去管维克斯堡。他们在想着在宾夕法尼亚主动进攻的李。如果李在东部打了胜仗，那维克斯堡的损失根本就不算什么灾难。东部有费城、纽约和华盛顿，占领它们就会使北方陷入瘫痪，不但抵消了密西西比河流域的失败，而且得到的还要多。

时间一小时一小时慢慢地过去了，灾难性的阴影笼罩着城市上空，连太阳也黯然失色。人们猛一抬头望向天空时，便会大吃一惊，好像对这本该乌云密布、飘忽而行的天空居然又晴朗又湛蓝感到不可置信似的。到处都有女士们三五成群地汇集在一起，屋前的游廊上、小径上，甚至大街的中央都站满了人群，互相谈论着说，没有消息就是好消息，试图安慰对方，显出一副勇敢的面孔。可是，还是有可怕的传闻，说李被杀害了，仗打输了，大量死伤人员的名单拥了进来，就像穿梭飞行的蝙蝠一样，在静静的大街上传来传去。虽然他们尽力不去相信这些传闻，可被恐慌抓住了心的全城人都冲到城中心、报社和总部，请求他们告知消息。什么消息都行，哪怕是坏消息也好。

车站上集结了一群群人，希望从进站的火车那里听到一些消息。电报局、被人不断骚扰的总部前面,以及报社紧锁的门外都站满了人。这些人群安静得令人奇怪,而且还在悄悄地越聚越多。没有人说话。偶尔才有个老人颤抖着声音请求别人告知他消息。他们只听到一再重复的话:"除了还在战斗,电报上没有从北方来的消息。"这不但没有使人群相互耳语,反而使人群更是一片死寂。走路或坐着马车的妇女身上的流苏越现越多,拥挤的人群散发出的热气和烦躁不安的脚步扬起的灰尘使人感到窒息。女士们都没有说话,但她们苍白、紧绷着的脸上有一种无言的话语在恳求着,这比失声痛哭还更有力。

几乎每个家庭都送了一个儿子、兄弟、父亲、情人或是丈夫去参战。他们全都在等着听到死亡已经降临他们家的消息。他们在等待着死亡的消息。他们并不是在等待被打败的消息,他们摒弃这"失败"的念头。即使现在他们的家人也许正在宾夕法尼亚山区被太阳烤干的草地上慢慢死去,即使现在南方的军队或许正在像冰雹侵袭时的稻子一样倒下去,但他们为之战斗的事业永远也不会倒。他们也许正在成千上万地牺牲,但是,就像相互争斗结成的果子一样,成千上万穿着灰色军服和灰胡桃色军服的新人,嘴里喊着复仇的口号,又会从地上冒出来去代替他们。这些人从哪儿来,谁也不知道。他们只知道,李是能创造奇迹的,弗吉尼亚的军队是战无不胜的。他们确信这一点,就像他们确信天上有个公正而妒忌的上帝一样。

思嘉、媚兰和白蝶小姐坐在高背马车里,等在《每日观察》报社前面,打着阳伞遮着太阳。思嘉双手直发抖,头顶上的阳伞也晃来晃去的。白蝶很激动,圆脸上的鼻子一动一动,像个小兔子似的。可媚兰却坐在那像石雕一样,随着时间一分一秒地过去,她的眼睛也越睁越大。两个小时中,她只说过一句话,那是在她从她的网格拎包里拿出一小瓶嗅盐递给她姑妈的时候,这也是她一生中唯一一次带着最温柔的情感在跟她说话。

"拿着,姑妈,你若觉得要晕过去,那就用得上了。我得先告诉你,如果你晕过去了——你反正一定会晕过去的——就让彼德大叔送你回家,因为我不会离开这个地方,直到我听到——直到我听到消息为止。我也不想让思嘉离开我。"

思嘉根本也不打算离开,不打算到她不能最早听到有关希礼消息的其他任何地方去。不,就算白蝶小姐死了,她也不会离开此地。希礼正在某个地方打仗,也许正在死去,而报社是她能知道确切消息的唯一地方。

她环顾了一下人群,认出一些朋友和邻居。米德太太斜戴着帽子,手挽着十五岁的菲尔的手;麦克卢尔家的小姐们在尽力用颤抖的嘴唇盖住龅牙。埃尔辛太太坐得挺直,像个斯巴达式的妈妈一样,只有从她发髻旁垂挂下来的头发才流露出她内心的不安。范妮·埃尔辛脸色惨白,像个死鬼一样。(范妮当然不是在担忧她的兄弟休,她是不是真的像人们所相信的那样,在前线有个男朋友?)梅里韦瑟太太坐在马车里,轻轻拍着梅贝尔的手。梅贝尔看上去肚子已经很大了,即使她真的是小心地披着披巾,那她在大庭广众之下露面也是很不雅观的。她干吗要这么担心呢?没人听说过在路易斯安那的部队转到了宾夕法尼亚呀。这时候,她那粗鲁的小个子义勇兵在里士满安全着呢。

人群边上有了骚动。白瑞德骑着马小心地穿过人群,朝白蝶姑妈的马车走来,站着的人们纷纷给他让路。思嘉想:"他真有勇气,这时候还到这儿来,因为他没有参军,这群暴民很可能会把他撕成碎片的。"他走近些时,她心想,自己很可能是第一个去撕扯他的人。希礼和其他小伙子们正在和北方佬浴血奋战,光着双脚,在炎热、饥饿中煎熬,腹部因疾病而发炎腐烂。这种时候,他怎么就敢坐在一匹好马上,穿着锃亮的靴子和白色的亚麻布套装,这么时髦阔气,保养得又这么好,还抽着上好的雪茄呢?

他穿过人群慢慢走过来时,人们向他投去了怨恨的目光。老年人胡子盖着的嘴巴发出了号叫。天不怕地不怕的梅里韦瑟太太稍稍从马车里欠起身子,清晰地喊了一声"投机商!"那说话的语气把这个词变成了所有的称呼中最肮脏、最恶毒的词语。他根本不管别人,只对梅利和白蝶姑妈举了举帽子致意,骑马来到思嘉边上,倾下身子低声说道:"这个时候,你不认为米德医生应该像一只栖息在我们的旗帜上尖叫着的雄鹰一样,给我们作一场有关胜利的老掉牙的演讲吗?"

因为忧虑不安,她的神经绷得紧紧的。她像只盛怒中的猫一样,飞快地转身面对着他。辛辣的言辞涌到了嘴边,但他摆摆手制止了她。

"我是来告诉你们这些女士们,"他大声说道,"我已经去过总部了,第一批伤亡名单已经到了。"

听到这句话,那些近得能够听清他的话的人群中响起了一阵嗡嗡声,人群沸腾了,准备转身顺着白厅大街冲到总部去。

“别走,”他大叫道,在马鞍上坐直身子,把手举起来,“名单已经送到两家报社,正在印。就待在这好了!”

“噢,白船长,”梅利哭了起来,泪眼汪汪地转向他,“你来告诉我们真是太好了!他们什么时候会公布呀?”

“马上就会出来的,夫人。消息送到报社已经有半小时了。负责此事的少校不想在印好以前先泄露出来,担心想得到消息的人会把报社给拆掉。哦!看!”

报社边上的一扇窗户开了,一只手伸了出来,拿着一捆细长细长的长条校样,上面墨汁未干,密密麻麻地印着许多名字。人群奋力争夺着,把校样一撕两半,拿到的人试图从人群中退出来阅读,后面的人往前直挤,叫着:“让我过去!”

“抓住缰绳。”瑞德简短地说道,飞身跳到地上,把缰绳扔给彼德大叔。他们看到,他往前挤时,厚实的双肩在人群中清晰可见,不断野蛮地推着挤着。一会儿他就回来了,手里拿着六份。他扔了一份给媚兰,再把其他的分发给最近的几辆马车上坐着的几位小姐太太,有麦克卢尔家的小姐、米德太太、梅里韦瑟太太和埃尔辛太太。

“快点,梅利。”思嘉叫道,心都跳到了嗓子眼里。她看到梅利的手抖得厉害,根本拿不稳来读时,真是气恼极了。

“你拿去读吧。”梅利小声说道。思嘉从她手里一把抓了过来。姓氏 W 开头的。W 开头的在哪里呢?噢,它们全在底下,都被弄脏了。“怀特,”她边读声音边颤抖着,“威尔金斯……温……泽布伦……哦,梅利,他不在名单上!他不在上面!噢,上帝,姑妈!梅利,把嗅盐拿来!把她扶起来,梅利。”

梅利高兴得公然哭出声来,边安抚着白蝶小姐起伏不停的头,边把嗅盐放在她鼻子底下。思嘉在另一边撑着这位胖胖的老太太,她的心因快乐而在歌唱。希礼还活着。他连受伤都没有。上帝放了他一马,这有多好呀!这——

她听到一声低声的呜咽,便转过身,看到范妮·埃尔辛把头埋在她妈妈的怀里,伤亡名单飘到了马车座底下。埃尔辛太太用双臂搂着女儿时,薄薄的嘴唇直发抖,悄悄对马车夫说:“回家,快点。”思嘉飞快地扫了一眼名单。休·埃尔辛不在名单上。范妮一定是有了个男朋友,而他现在已经死了。人群默默地、同情地为埃尔辛家的马车让道,跟在他们后面离开的是麦克卢尔姑娘们的柳条小马车。费思小姐在赶车,她紧绷着脸,像块石头一样,双唇第一次盖住了牙齿。霍普小姐一脸死灰,笔直地坐在她身边,紧紧抓着她姐姐的裙子。她们看上去像老太太一样。她们年轻的弟弟达拉斯是她们的至爱,也是这一对老处女在这世上唯一的亲人。达拉斯也走了。

“梅利!梅利!”梅贝尔在叫,声音里满是喜悦,“勒内没事!希礼也是!噢,感谢上帝!”披巾从她肩上滑落下来,她大腹便便的模样再明显不过了,可她和梅里韦瑟太太都破天荒第一次对此毫不在乎。“噢,米德太太!勒内——”她的声音马上变了,“梅利,快看!——米德太太,快告诉我!达西没有——?”

米德太太低头看着大腿,听到有人叫她的名字也没有抬起头来。可坐在她身边的小菲尔的脸就像一本打开的书一样,大家都看得再明白不过了。

“哎,哎,妈妈。”他无能为力地说。米德太太抬起头来,跟媚兰的眼睛对视着。

“他现在不会需要那些靴子了。”她说。

“噢,亲爱的!”梅利叫了起来,又哭开了。她把白蝶小姐推开,让她靠到思嘉肩上,爬下马车,朝医生的夫人走去。

“妈妈,你还有我呢。”菲尔说道,无望地试图安慰他身边这个脸色惨白的妇人,“如果你能让我去,我就去杀掉所有的北方佬——”

米德太太紧紧抓住他的手臂,好像永远不会放手似的,说道:“不!”闷声闷气的,好像被哽住了。

“菲尔·米德,你住嘴吧!”媚兰嘘声说道,爬上马车坐在米德太太身边,双臂抱住她,“你以为你也去被枪杀对你妈妈会有什么帮助吗?我从来没听过这么愚蠢的话。送我们回家,快点!”

菲尔抓起缰绳,她转身对思嘉说道:

“你一把姑妈送回家就到米德太太的家里来。白船长,你能不能捎个话给医生?他在医院里。”

马车穿过四散的人群离开了。有些女人高兴得直哭,但大多数看上去都茫然失措的,似乎意识不过来落在她们身上的沉重打击。思嘉低头看着模糊不清的名单,快速浏览着,想看看有没有朋友们的名字。既然希礼安然无恙,她也可以想想别人了。噢,这名单有多长啊!亚特兰大的损失、整个佐治亚州的损失又有多惨重啊!

天哪!“卡尔弗特——雷福德,中尉。”雷福!她突然记起了很久很久以前的那一天,他们一块离家出走,可黄昏时又回家来了,因为他们都饿了,而且害怕天黑。

“方丹——约瑟夫·K,列兵。”坏脾气的小个子乔!而萨莉的孕期还没过呢!

“芒罗——拉斐特,上尉。”拉斐特已经和凯思琳·卡尔弗特订婚了。可怜的凯思琳!她的损失是双重的,既失去了一个兄弟,又失去了心爱的人。可萨莉的损失更大——一个兄弟和一个丈夫。

噢,这太可怕了。她几乎不敢再往下看。白蝶姑妈靠在她肩膀上,气喘吁吁,唉声叹气的。思嘉不客气地把她推到马车的一角,继续往下看。

肯定,肯定——名单上不可能有三个姓“塔尔顿”的人。也许——也许印刷工匆忙间弄错了。可是没有。他们都在那。“塔尔顿——布伦特,中尉。”“塔尔顿——斯图尔特,下士。”“塔尔顿——托马斯,列兵。”而博伊德在战争开始那一年就死了,埋在弗吉尼亚的一个只有上帝才知道的地方。塔尔顿家所有的男孩都走了。汤姆,还有慵懒、双腿修长的双胞胎,以及他们热衷的闲聊、荒唐的恶作剧,还有优雅得像个舞蹈教练、说话像黄蜂般刻毒的博伊德。

她再也读不下去了。她不知道是不是还有其他和她一起长大、一块跳过舞、互相调过情、和她接过吻的小伙子的名字也在名单上。她真希望自己能哭出来,能做些什么以减轻正在向她的喉咙深处抠挖的铁爪带来的痛苦。

“对不起,思嘉。”瑞德说。她抬头看着他。她已经忘了他还在那待着。“有很多你的朋友吗?”

她点了点头,挣扎着说:“县里几乎每一家都有人——还有——塔尔顿家的三个男孩。”

他一脸肃穆,几乎是一脸忧郁,眼里也没有了嘲弄的意味。

“这还没完呢,”他说,“这只是第一批名单,而且不全。明天的名单还会更长。”他放低声音，好让坐在附近的马车上的人听不见他说的话，“思嘉，李将军一定是打输了。我在总部听说，他已经撤到马里兰了。”

她抬起头，一双惊恐的眼睛看着他，可她恐惧的心理并不是李将军的失败引起的。明天还会有更长的名单！明天。起先，希礼的名字不在名单上，她太高兴了，还没想到明天呢。明天。哦，此时此刻，他也许就已经死了，而她要等到明天才会知道，或许是从明天起一星期后才会知道。

“噢，瑞德，为什么要打仗呢？让北方佬出钱买黑奴不是好多了——或者我们干脆无偿地把黑奴送给他们，也比发生这一切好多了呀。”

“这不是黑奴的问题，思嘉。这只是借口而已。因为男人喜欢打仗，所以总是会有战争的。女人不喜欢，可男人喜欢——是的，比对女人的爱还更胜一筹。”

他嘴角撇着，又挂上了他惯有的笑容，脸上严肃的表情不见了。他举了举他宽大的巴拿马草帽。

“再见了。我要去找米德医生了。我想，由我来告诉他他儿子的死讯，他一定感觉不到这其中的讽刺意味，但只是暂时的。以后，想到一个投机商给他捎去了一个英雄的死讯，他很可能会很痛恨的。”

思嘉给白蝶小姐喝了些棕榈酒，让她躺到床上，叫普里西和厨娘照看她，自己下楼来到街上，到米德家去。米德太太和菲尔待在楼上，等着她丈夫回来。媚兰坐在客厅里，和一群充满同情心的邻居一起低声交谈着。她手里拿着针线和剪刀，正忙着改制一件埃尔辛太太借给米德太太的丧服。屋里已经充满了一种家制黑色染料味道，因为在厨房里，抽泣不止的厨娘正在大大的洗锅中搅着米德太太的所有衣服。

“她现在怎么样？”思嘉轻声问道。

“一滴眼泪也没有。”媚兰说，“女人要是哭不出来，那是很可怕的。我真不知道男人不哭出来是怎么承受一切打击的。我想，大概是因为他们比女人更坚强，更勇敢吧。她说她要亲自到宾夕法尼亚去把他的遗体运回来。医生是不能离开医院的。”

“这于她是太痛苦了！干吗不让菲尔去？”

“她担心，他一离开她的视线就会去参军。你知道，对他那个年龄的孩子来说，他个头挺大的，他们现在已经在招募十六岁的男孩了。”

邻居们一个个悄悄地走了，不愿意在医生回家来的时候还在场。只有思嘉和媚兰还留在那，坐在厅里做着针线。媚兰看上去很伤心，但很平静，虽然眼泪还在不停地往下落，滴到她手里拿着的布料上。显然，她根本没有意识到，战争还在继续，而此时此刻，希礼也许已经牺牲了。思嘉心里一片慌乱，她不知道该不该告诉媚兰瑞德的话，让她也难过难过，以使自己得到安慰，还是自己知道就好了。最后，她决定还是不说为好。让媚兰认为她太担心希礼，那是绝对不行的。那天早晨，每个人，包括梅利和白蝶，都对自己的担忧太专注了，没有人注意到她的行为。她为此不禁对上帝大大感激一番。

她们静静地缝了一会，听到外面有了声响。她们从窗帘里往外窥视着，看到米德医生正在下马。他双肩松垂，低着头，灰白的胡须像扇子一样散落在胸前。他慢慢走进屋来，放下帽子和包，默默地吻了吻两个姑娘，然后步履蹒跚地走上楼。一会儿，菲尔下来了，人又瘦又长的，一脸懊丧之情。两个姑娘用眼神表示出欢迎他加入她们的邀请，但他径直走到前面的游廊上，坐在最上面一级台阶上，把头埋在两个手掌之间。

梅利叹了口气。

“他都要疯了，因为他们不让他去打北方佬。已经十五岁！噢，思嘉，有这么一个儿子真是太好了！”

“而且让他被杀死?”思嘉想的是达西，唐突地说。

“有了个儿子，即使他被杀了，也比从来没有儿子要好得多。”媚兰哽咽着说，“你不理解的，思嘉，因为你已经有了小韦德，可我——噢，思嘉，我太想要个孩子了！我知道，你一定会认为，我把这说出来真是太可怕了，可是这是真的，这也是每个女人想要的，你是知道这一点的。”

思嘉硬忍住，不露出蔑视的神情来。

“如果上帝有意愿，希礼要被——被召唤走，我觉得我是可以承受得了的，虽然说如果他死了，我也宁愿去死。可上帝会给我力量承受这一点的。可若他死了，却没有——没有他留下的孩子来安慰我，那我就受不了了。噢，思嘉，你太幸运了！虽然你失去了查理，可你有他的儿子。可如果希礼走了，我就什么也没有了。思嘉，原谅我，可有时我确实很嫉妒你——”

“嫉妒——我?”思嘉叫了起来,心里愧疚不已。

“因为你有个儿子,而我没有。有时候,我甚至假装着韦德是我自己的儿子,因为没有孩子太可怕了。”

“胡——说——八——道!”思嘉松了口气。她瞟了一眼红着脸低头做针线的小个子女人。媚兰也许是想要孩子,可她肯定没有能怀孩子的身材。她只比一个十二岁的孩子高出一点点,臀部窄得像个孩子的一样,胸部也很扁平。媚兰有孩子,这个念头本身就使思嘉很反感。这勾起了太多她无法承受的思绪。如果媚兰有了希礼的孩子,这就像是从思嘉这里拿走了本该属于她的什么东西一样。

“请原谅我说了那些有关韦德的话。你知道,我太爱他了。你不生我的气吧,不会吧?”

“别傻了。”思嘉简短地说,“到游廊上去,帮帮菲尔。他在哭呢。”

## 第十五章

被敌军逼回弗吉尼亚的部队驻扎在拉皮丹的冬季营房——自葛底斯堡被打败之后,这支军队已是筋疲力尽了——因为圣诞节要到了,希礼休假回到家中。思嘉已有两年多没见到他了,这一见面,不禁为自己强烈的感情吃了一惊。她站在十二棵橡树的游廊上看着他和媚兰结婚时,她认为自己再也不会像在那一刻那样带着一颗伤心欲碎的心爱着他了。可是现在,她意识到已经远去的那个夜晚,那种感情只不过是一个被宠坏的孩子得不到玩具时会有的感情罢了。现在,她的感情因长期的相思而急剧增强,况且,她还不得不保持沉默,这种压抑反而使她对他的爱意越来越深。

卫希礼穿着已经退色、打着补丁的军装,淡黄色的头发已被夏日的艳阳晒成了亚麻色,跟战前她曾经爱得死去活来的那个随和、眼神慵懒的小伙子相比,他整个儿跟换了个人似的。他更是比她激动一千倍。现在的他脸色黝黑、身材瘦弱,过去的他可是面色白皙、身材颀长的。现在,他嘴边垂挂着长长的金色胡须,修剪成骑兵的式样,十足一个完美士兵的形象。

他穿着老旧的军服,极具军人风度地站得笔直,手枪套在破旧的枪套里,已磨损的刀鞘在他高帮的靴子上一碰一碰的,潇洒极了,已黯然失色的马刺闪着暗淡的微光——他已是南部邦联的卫希礼少校了。他现在已有了命令人的习惯,颇有自立和权威的安然神态,嘴角已经出现了岁月刻下的无情的皱纹。宽宽的肩膀和眼里冷酷明亮的光芒都有了某些陌生的新东西。过去懒洋洋、无精打采的他,现在就像正在四处觅食的猫一样警觉,那警觉程度就犹如神经一直绷得像小提琴的琴弦一样紧似的。他眼里有种疲倦、鬼魂般的神情,脸上的颧骨依然很好看,被太阳晒得黝黑的皮肤绷得紧紧的——依然是她那英俊的希礼,却又变得很不一样了。

思嘉曾计划到塔拉去过圣诞节,但自收到希礼的电报后,这世上就再也没有什么力量可以把她从亚特兰大拉走了,即使是大失所望的埃伦直接命令她也不顶事了。如果希礼打算去十二棵橡树,她倒是会忙不迭地到塔拉去,好离他近些的;但他却写信叫他的家人到亚特兰大来和他团聚。卫先生、哈尼和英蒂已经来到城里了。回塔拉的家中去?分别了两年时间却要错过和他见面的机会?错过听他那使人的心跳都会加快的声音,错过从他的眼神里看出他还没有忘记她?绝对不行!不要说为了自己的妈妈,就算是为了世界上所有的妈妈也不行。

希礼是圣诞节前四天回家来的,同行的还有同样在休假的一群同县的小伙子。自葛底斯堡战役后,这个群体的人数已经令人伤心地减少了。他们中有凯德·卡尔弗特,他既瘦削又憔悴,而且还不停地咳嗽;芒罗家的两个男孩,这是他们一八六一年以来的第一次休假,激动得话说个没完;还有亚历克斯·方丹和托尼·方丹,醉得够水平的,吵吵嚷嚷的,动不动就吵架。这群人转车得等两个小时,因为这群人中没喝醉的人总得废口舌使方丹家的这两个活宝不会互相打架,或是在车站和陌生人打架,希礼便把他们全都带到白蝶家来了。

"你们会认为他们在弗吉尼亚已经打够了。"凯德看着那两个活宝挖苦地说。他们正在为谁先吻焦急不安、受宠若惊的白蝶姑妈而像斗鸡一样争个不休。"可是没有。自我们到里士满后,他们就一直喝得烂醉,寻衅闹事。纠察队把他们逮住了,要不是希礼的花言巧语起了作用,他们就得到监狱里去过圣诞了。"

可是,他说的话思嘉几乎一个字也没听进去。又和希礼待在同一个屋里,她简直是欣喜若狂了。这两年中,她怎么可能认为还有其他英俊、令人激动的好男人呢?希礼还在人世的时候,她怎么可能容忍得了和别人调情说爱呢?他又回家来了,隔开他俩的只是客厅里的小地毯。他坐在沙发上,一边坐着梅利,另一边是英蒂,哈尼则勾着他的肩膀。每次她一看到他坐在那,就得使尽全身的力气憋住,不让自己高兴得哭出来。要是她也有权利坐在他身边,手挽着他的手臂就好了!要是她可以每隔几分钟就能拍拍他的袖子,拉着他的手,用他的手帕擦去高兴的泪水,那就太美了。因为媚兰就在毫不害臊地做着这些事呢。她太幸福了,根本顾不上感到害羞或是应该含蓄一些。她挽着丈夫的胳膊,用眼神、微笑和泪水公然表示出无限柔情蜜意。思嘉也太高兴了,对此也并没有愤愤不平,她高兴得顾不上妒忌了。希礼终于回家来了!

她不时用手摸摸他吻过的面颊,重新回味着他嘴唇印在上面时的激动心情,并且对他微笑着。当然,他第一个吻的不是她。梅利一下就扑入他的怀里,哭得语无伦次的,一直抱着他,好像再也不让他走似的。接着,英蒂和哈尼也拥抱了他,简直是把他从媚兰手里硬拉出来的。接着他又吻了他父亲,体面而极富爱意地拥抱了他,使他们之间那种强烈而无须言语表达的感情显露无遗。然后是白蝶姑妈,她一双发育不全的小脚正激动得上上下下跳个不停呢。最后,他才转向她,此时的她正被所有的小伙子包围着,都声称要吻她呢。他说:"噢,思嘉!你这无比漂亮、无比漂亮的小东西!"然后在她面颊上吻了一下。

这一吻把她准备好要说的欢迎词都吻得飘到九霄云外去了。好几个小时以后,她才记起来他没有吻她的嘴唇。接着,她就头脑发热地想,要是他单独跟她见面的话,他就会吻她的嘴唇了。他肯定会弯下颀长的身躯,俯视着她,把她拉起来,让她踮着脚尖,久久地、久久地抱着她。就因为这么想使她很高兴,所以她就相信他是会那么做的。然而,还是有时间做所有的事情的,有一整个星期呢!她一定能够想办法让他单独和她待在一起,对他说:"你还记得我们俩过去经常沿着我们秘密的马道骑马的事吗?""你还记得那天晚上我们坐在塔拉最高的台阶上,你朗诵那首诗歌时,月亮是什么样子的吗?"(我的天!那首诗歌的题目到底叫什么来着?)"你记得那天下午我扭伤了脚,你在黄昏时抱着我回家的情景吗?"

噢,还有这么多事情她可以用"你记得吗?"来开头的。还有这么多珍贵的记忆可以把他带回到往昔那些美好的岁月。当时他们就像无忧无虑的孩子似的在县里闲逛,这么多事情都能使他回忆起韩媚兰插足以前的那些日子。而他们谈话的时候,或许她能从他的眼里看出越来越强烈的感情,暗示着在他对媚兰的那种丈夫对妻子的感情这道樊篱之后,他还在乎她,就像那天野餐会上他突然把真情说出来时那么动情地在乎她。她还没有想到去计划一下,如果希礼用明白无误的话语向她宣称对她的爱的话,他们又该怎么办。知道他确确实实在乎她,这就够了……是的,她能等,可以让媚兰先享用能抓着他的胳膊痛哭的幸福时刻。她的机会也会到来的。说穿了,像媚兰这样的姑娘怎么会知道什么才是爱情呢?

"亲爱的,你真像个叫花子。"媚兰说道,归家带来的第一阵激动已经过去了,"谁给你补的军服?他们干吗用蓝色的补丁呢?"

"我还以为我看上去潇洒得很呢。"希礼审视着自己的外表,这么说道,"你只要把我和那边那些乌合之众比一比,你就会对我更加欣赏了。是莫斯给我补的军服,考虑到他战前从未拿过缝衣针,我认为他补得真是好极了。至于蓝色的补丁嘛,如果要你作一选择,要么裤子上有洞,要么用一个被抓住的北方佬军服上的布片当补丁把洞补住——哦,那其实根本就无所谓选择了。至于说看上去像叫花子,你的丈夫没有光着脚回家来,你就应该谢天谢地了。上星期,我那双旧靴子完全破了,要不是我们运气好,打死了北方佬的两个侦察员,我们就只好把睡袋绑在脚上回家来了。他们中有一个的靴子我穿着倒是相当合适。"

他伸出修长的腿让他们欣赏,高统靴上满是划破的痕迹。

"另一个侦察兵的靴子我穿不合脚,"凯德说,"它们比我的小了两号,就这时候还使我痛得要死呢。但我还是要体面地回家去。"

"这只自私的猪不肯把它们给我们。"托尼说,"它们穿在我们小巧、贵族型的方丹家的人脚上一定非常合适。见他妈的鬼,我真没脸穿着这种粗劣的靴子去面对妈妈。战前,连我们家的黑奴穿这个,她也不允许的。"

"别担心了,"亚历克斯说道,眼睛瞟着凯德的靴子,"我们坐火车回家时可以在火车上从他脚上脱下来。我倒不怕去面对妈妈,可我他妈——我是说,我可不打算让迪米蒂·芒罗看见我的脚趾都露出外面来了。"

"哟,它们是我的靴子了,我最先说我要的。"托尼说,开始对他的兄弟怒目而视。媚兰担心可能又会发生一次著名的方丹家族式的争吵,赶紧出来调停。

"我本来可以让你们姑娘们看看我的大胡子的。"希礼可怜兮兮地摩搓着自己的脸,上面还未痊愈的剃刀留下的疤痕还清晰可见,"那胡子可真够漂亮的。要我自己来说的话,不论是杰布·斯图尔特还是内森·贝德福德·福里斯特都没有比我更漂亮的胡子了。可我们到了里士满时,那两个无赖,”指的是方丹家的两个男孩,“认为,他们俩都把胡子剃掉了。我的也必须剃掉。他们把我按倒,给我剃掉了。我的头没有和胡子一起掉下来,那可真是奇迹啊。要不是埃文和凯德前来干预,连我的髭须也保不住了。”

“真是毒蛇!卫太太!你还得感谢我们哪。要不然你决不可能认出他,让他进屋来的。”亚历克斯说,“我们这么做是为了感谢他说服了纠察队,没把我们送进监狱去。如果你这么说话,我们现在就马上把你的髭须也剃掉。”

“噢,不,谢谢你们了!”媚兰赶紧这么说,紧紧抓住希礼,一副害怕的神情,因为这两个皮肤黝黑的小个子男人看上去什么暴行都做得出来,“我觉得这髭须漂亮极了。”

“这就是爱。”方丹兄弟俩说,互相郑重地点了点头。

希礼走到寒风中送小伙子们,他们坐着白蝶姑妈的马车到车站去了。媚兰抓住思嘉的手臂。

“他那军服是不是太可怕了?我做的上衣是不是会给他一个惊喜?噢,要是我还有足够的布料做条裤子就好了!”

对思嘉来说,给希礼做上衣是个令她痛苦的话题,因为她非常热切地希望,送这件圣诞礼物的是她自己,而不是媚兰。几乎可以毫不夸张地说,做军服的灰色呢绒现在可是比红宝石还更价值连城,希礼穿的已是大家熟识的家纺布。连灰胡桃色布现在也不多了,许多士兵都穿着从被俘的北方佬身上剥下来的衣服,只是用胡桃壳染料把它们染成一种深褐色而已。可是媚兰真是碰到了少有的运气,居然弄到足够做件上衣的绒面呢布料——上衣有点短,可好歹还是件上衣。她曾在医院护理过一位查尔斯顿的小伙子。他去世后,她从他头上剪下了一绺头发,寄给了他妈妈。一道寄去的还有他口袋里不多的几件物品以及一封安慰性地描述他度过一生最后几个小时的信,信中没有提到他死前所遭受的痛苦。于是,她们之间开始了通信来往。知道媚兰也有个丈夫在前线后,那位妈妈给她寄来了一段灰色的布料和铜纽扣,这本是她为她已经死去的儿子买的。这块布料很漂亮,又厚又暖和,还闪耀着微暗的光泽。毫无疑问,这是偷闯封锁线运进来的货物,无疑也是非常昂贵的东西。现在布料已经在裁缝手里了,媚兰正在催他,要他圣诞节早晨要做好。思嘉要能提供做军服所需要的其他东西,她一定是很乐意给的,只是所需要的材料在亚特兰大根本买不到。

她也有件圣诞礼物要送给希礼,但在媚兰的灰色上衣的光彩映照下,她的礼物在意义上就逊色多了。这是个小小的“针线盒”,用法兰绒做的,里面装有一整包珍贵的缝衣针,是瑞德从拿骚买来送她的。还有三条亚麻布手帕,也是瑞德送她的。还有两团线以及一把小剪刀。但她想给他一些私人物品,一些一个妻子能够送给丈夫的东西,一件衬衫、一副长手套,或是一顶帽子什么的。噢,一定要一顶帽子。希礼戴的那顶平顶军便帽看上去可笑极了。思嘉一直就很讨厌这种帽子。如果石墙杰克逊没有戴着阔软边毡帽而戴着这种军便帽,那会是什么样子?那就会使他们一点尊贵的样子也没有。可在亚特兰大,能买到的帽子都是做得很粗劣的羊毛帽,而它们比那圆顶无边的军便帽还要俗气。

她想到帽子的时候便想到了白瑞德。他的帽子太多了,夏天戴的宽边巴拿马帽,正式场合戴的海狸毛皮帽,打猎时戴的帽子,褐色、黑色和蓝色的阔软边呢帽。他有什么必要有这么多帽子呢?而她的希礼却要骑着马冒雨行进,雨水从帽子后面直滴到他的领口里。

“我要让瑞德把他那顶黑色的新毡帽给我。”她下了这个决心,“我要在边上缝一条灰色的缎带,缝上希礼的饰环,那看上去一定漂亮极了。”

她的思绪稍停了停,心想如果不找个理由,可能很难得到那帽子。她当然不能让瑞德知道帽子是要给希礼的。哪怕是她只提到希礼的名字,他也会那样令人讨厌地耸起眉毛,他一贯如此,而且很可能会拒绝。哦,她得编造一个哀婉动人的故事,说是医院里有个士兵需要这顶帽子,而永远也不必让瑞德知道事实真相。

那一整个下午,她想方设法和希礼单独待在一起,哪怕是几分钟也好。可是媚兰总是跟在他身边,还有英蒂和哈尼。她们那苍白、睫毛稀疏的眼里放着光,跟着他在屋里转来转去。看得出来,卫约翰为自己的儿子感到骄傲无比,但连他也没有机会和他静静地谈谈心。

吃晚饭时也一样,他们全都缠着他,问他有关战争的问题。战争!谁在乎战争呢?思嘉认为,希礼对这一话题也并不是很在乎的。他详详细细地谈着,不时发出一阵大笑。他完全控制了整个谈话的局面,比以往任何时候都更像个主讲,可他似乎说得并不多。他告诉他们朋友们的一些笑话和有趣的故事,欢快地谈着那些临时凑合的代用品,把饥饿、冒雨长途行军看成是微不足道的事,还详细描述了在从葛底斯堡撤退时李将军骑马经过时的样子,他问道:"先生们,你们是佐治亚的军队吗?哦,没有佐治亚人,我们就没法打下去啦!"

思嘉隐约感到,他谈兴很浓只是为了不让他们问一些他不想回答的问题。每当她看到他的目光里露出犹豫之色,并且在他父亲久久的、忧虑的目光注视下垂下眼睑时,她心里便有了一丝担心和茫然之感。希礼心里到底藏着什么呢?可这感觉一晃就过去了,因为她心里已经装不下别的东西,只有无尽的幸福感和想单独跟他在一起的热望。

这种喜悦之感一直延续着,最后,围着一圈坐在未加盖的炉火前的每一个人都开始打哈欠了。卫先生和姑娘们告辞到旅馆去过夜。接着,希礼、媚兰、白蝶和思嘉在彼德大叔举灯照明下上了楼,这时思嘉才感到一丝寒意掠过心头。直到他们站在楼上的过道里的那一刻,希礼都还是她的,只是她一个人的,即使她整个下午都没有和他私下说过一句话,那也一样。可是现在,她跟他道了晚安,看见媚兰的脸上突然泛上一片红晕,浑身打颤,两眼望着地毯,虽然某种可怕的情感似乎攫住了她的心,但她还是露出羞答答的幸福样。希礼打开房间门时,媚兰连头都没抬起来,只是快步走了进去。希礼也匆匆忙忙道了声晚安,都没看上思嘉一眼。

门在他们身后关上了,留下思嘉站在那目瞪口呆的,顿感孤独寂寞。希礼不再是她的。他是媚兰的了。只要媚兰还活着,她就可以走进房间,把门关上——把世上其余的一切都关在门外。

现在,希礼马上要走了,要回到弗吉尼亚去,回到雨雪中去长途行军,回到雪地里的露营地去忍冻受饿,回到痛苦而艰难的军营中去。他那一头金黄色的头发漂亮而有光泽,颀长的身材令人骄傲。如今却要去冒险,兴许转瞬间就会失去生命,就像一只蚂蚁被粗心的脚后跟踩在脚下一样。过去的一周恍恍惚惚的,美妙得像梦境一般,充实的每一小时有多幸福啊,如今却都已经过去了。

一个星期飞快地过去了,如同一场梦。梦里散发着松枝和圣诞树的芬芳，小巧的蜡烛和家制的金银丝织品闪闪发亮。这场梦里的每一分钟，过得就像心跳的频率那么快。在这令人激动得透不过气来的一周里，内心有某些东西促使思嘉痛苦而快乐地把每一分钟都浓缩起来，把发生的一切留在记忆深处，好等他走后好好回味回味。未来的几个月中，她可以在闲暇时细细品味这些发生的事——跳舞，唱歌，欢笑，去给希礼拿东西，猜测他想要的东西，他笑的时候跟着他笑，他说话的时候则侧耳静听，目光追随着他的身影，好让他挺直的身体的每一条线条、眉毛的每一次耸动、嘴角的一撇一动都永久地印在你的脑子里——因为，一个星期过得是这么快，而战争却永无止期。

她坐在客厅里的沙发上，腿上放着临走前要送给他的礼物，在等着他。他正在跟媚兰告别。思嘉祈祷着他下楼来时只有自己一个人，那上帝就是赐给她能单独和他待在一起的宝贵的几分钟了。她竖起耳朵，紧张地听着从楼上传来的声响。可是屋里静得出奇，静得连她自己的呼吸声听起来都很大声。白蝶姑妈已经在自己的房里埋在枕头里大哭特哭，因为希礼半小时前就已经跟她告别过了。媚兰卧室房门紧闭，既没有嚷嚷低语声，也没有哽咽的说话声。对思嘉来说，他已经在那房里待了好几个小时了。对他待在那里和媚兰告别的每一秒钟，她都反感到极点，因为一分一秒正在飞逝而去，而他的时间又是如此匆促。

她想起了一星期中本打算对他说的所有的话，可一直都没有机会说。她也知道，或许她永远都不会有机会把这些话说出来的。

这些傻乎乎的话，诸如："希礼，你会很小心的，对不对？""别湿了脚。你会很容易感冒的。""别忘了在衬衫底下铺一张报纸在胸前。这挡风的效果挺好的。"可是还有别的话，她想要说的更重要的话，还有她想要听他说的话，那来得更加重要。即使他没有直接说出来，她也想从他眼神里意会到。

有这么多话要说，而现在却没有时间了！如果媚兰跟着他到门口，到上马车的地方，那连剩下的不多的几分钟也会从她手里被夺走的。这过去的一星期中，她怎么没有找找机会呢？可是媚兰总是在他身边，两眼深情地望着他，屋里还总是有朋友、邻居和亲戚。从早到晚，希礼从来就没有独自一人待着的时候。到了晚上，卧室的门便关上了，只有他和媚兰独自待在一起。在过去的几天中，他一次也没有向思嘉传递过一个眼神，或是透露过一个字,只有一个哥哥对妹妹或是对朋友——终生的朋友显示的友爱。还不知道他是不是还爱着她,她是不能让他走的,而且也许是永远离开不再回来。那样的话,即使他死了,她也可以从他默默的爱中得到些暖人的安慰,直到她生命的最后一刻。

似乎经过漫长的等待之后,她听到了楼上卧室里他的靴子的声音,还有开门和关门的声音。她听到他走下楼梯。独自一人!谢天谢地!媚兰一定是被离别的悲伤击倒了,没法离开房间。现在,在这宝贵的几分钟里,她可以单独和他待在一起了。

他慢慢走下楼梯,踢马刺叮当作响。她还能听到他的马刀碰到高统靴的隐隐约约的啪啪声。他来到客厅时,眼里现出忧郁之情。他想笑一笑,可他拉长着脸,脸色苍白,就像个体内有个伤口正在流血的人一样。他走进来时,她站起身来,带着她特有的那种傲慢之态,心想他是她见过的最英俊的军人了。在彼德大叔的精心擦拭下,他长长的手枪皮套和皮带闪闪发亮,银白色的踢马刺和刀鞘也熠熠生辉。新的上衣并不很合身,因为裁缝一直在赶活,有些针脚也太粗糙。灰色的新上衣明快的色彩和破旧、打着补丁的灰胡桃色裤子及刮痕累累的靴子极不协调,令人败兴。但在她看来,即使他没有银色的盔甲,他依旧是个神采奕奕的骑士。

"希礼,"她突然问道,"我能不能送你到火车站去?"

"请你别送了。我父亲和妹妹在那呢。不管怎么说,我宁愿记住你在这和我告别的情景,而不是在车站那令人心惧的地方。要留在记忆中的事情太多了。"

她马上打消了这个念头。如果不喜欢她的英蒂和哈尼在离别的现场,她就不会有机会私下和他说话了。

"那我就不去了。"她说,"你瞧,希礼!我还有件礼物要给你。"

到了把礼物给他的时候,她倒有点害羞了。她打开一个小包。这是条黄色的长饰带,是用中国丝绸做的,边上缘饰很多。几个月前,白瑞德从哈瓦那给她带来了一件黄色的披巾,上面华丽地绣着品红和蓝色的花鸟图案。这过去的一星期中,她耐心地拆下了所有的绣花,把方形的丝绸剪了下来,缝成了长条的饰带。

"思嘉,这太漂亮了!是你自己做的吗?那我会更加珍惜的。给我戴上,亲爱的。小伙子们看到我这么光彩的上衣和饰带,一定会眼红的。”

她把色彩明快的饰带围在他细长的腰际,皮带的上方,在尾部打了个情人结。媚兰当然可以送给他新的上衣,但这条饰带是她的礼物,是她自己给他带到战场上去的秘密酬劳,这会使他每次一看到它便想起她。她退后一步,自豪地审视着他,心想,就连杰布·斯图尔特戴着他那炫目的饰带和羽饰,看起来也没有她的骑士那么英俊漂亮。

“这太漂亮了,”他再次说道,用手指摸着缘饰,“可我知道,你是用一件衣服或是披巾改制的。你不该这么做的,思嘉。现在漂亮的东西太难弄到手了。”

“噢,希礼,我——”

她本想说:“如果你想要的话,我愿意把我的心剜出来让你带去的。”可她说出口的是:“我愿意为你做任何事!”

“真的吗?”他问道,脸上的忧郁之情少了一些,“那你确实可以为我做件事,思嘉。我不在的时候,这会使我更安心一些。”

“什么事?”她高兴地问道,准备什么奇事都答应他。

“思嘉,你能不能帮我照顾媚兰?”

“照顾梅利?”

她的心往下一沉,一阵失望之感袭上心头,她痛苦极了。这么说,这就是他对她的最后要求了,而她却期盼他能对她允诺一些美好、惊人的事!接着,她便怒火中烧了。这一刻是她和希礼待在一起的时刻,是她独自和他待在一起的时刻。然而,虽然媚兰不在这,可她苍白的身影却还横在他们中间。他怎么能在他们告别的时刻提起她的名字呢?他怎么能要求她做这种事情呢?

他并没有注意到她脸上的失望之情。他的眼光像过去一样从她身上穿过去,看到了她以外的别的东西,根本没在看她。

“是的,关照她一下,照顾照顾她。她太脆弱了,可她根本没意识到。她会让护理和缝制衣服这些事情把她自己累垮的。而她又是这么善良、胆怯。除了白蝶姑妈、亨利叔叔和你之外,她没有更亲近的亲戚,只有梅肯的伯尔家,可他们已是隔了两层的姑表亲。而白蝶姑妈——思嘉,你知道的,她就像个孩子。亨利叔叔又已是个风烛残年的人了。媚兰这么爱你,不仅仅是因为你是查理的妻子,而且是因为——哦,因为你就是你。她爱你就像爱一个妹妹一样。思嘉,如果我被杀了,她又没有人可以帮她,那她会发生什么事呢?一想到这点,我便一直做噩梦。你答应我吗?”

她甚至连他最后的要求也没听见,那些预示凶兆的话“如果我被杀了”使她感到可怕极了。

每天她都在读伤亡名单,心都提到嗓子眼里。她知道,一旦他出了什么事,那世界末日也就到了。可她总是,总是有一种内心的感觉在告诉她,就算南部邦联所有的部队都被歼灭了,希礼也会平安无事的。可现在他却说出了最可怕的话!她浑身都起了鸡皮疙瘩,恐惧之感袭上她的心头,这是她无法用理性与之抗衡的迷信式的恐惧。她身上的爱尔兰血统足以让她相信预见力,特别是预见死亡的时候。在他大大的灰色眼睛里,她看到了一种深深的忧伤,这她只能解释为一个感到冰冷的手指在他肩膀上触摸、已经听到彭西[①]的哀哭的男人才有的忧伤。

“你千万不能这么说!你想都不能这么想的。提起死,运气会不好的!噢,赶快祈祷吧,快点!”

“你为我祈祷吧,再点燃些蜡烛。”他说,听到她声音里惊恐万分、迫不及待的口吻,他笑了。

她已经不会回答了,脑海里已经出现一幕幕可怕的画面,把她给惊懵了。希礼躺在弗吉尼亚的雪地里死去,离她远远的。他在继续说着,他的声音里有一种语气、一种忧伤、一种无可奈何的口气,这更增加了她的恐惧,使她把刚才的愤怒和失望全都忘掉了。

“我是因为这个原因请求你的,思嘉。我也说不准我会发生什么事或是我们任何一个人会发生什么事。可是最终结束时,我会离此很远,就算我还活着,也会离此太远,无法照顾媚兰。”

“结——结束?”

“战争结束——也是世界的末日。”

“可是,希礼,你当然不会认为北方佬会打败我们的,对不?这一整个星

---

① 彭西为苏格兰及爱尔兰一带传说中的一个报丧女妖。谁家听到她的哀哭,谁家就会死人。

期里,你都在讲李将军有多么强大——”

“这一整个星期我都在说谎,就像所有在休假的人一样。现在还没有必要让媚兰和白蝶姑妈担惊受怕,我干吗要让她们担惊受怕呢?是的,思嘉。我认为北方佬会打败我们。葛底斯堡是末日来临的开端。家里的人们不知道而已。他们无法意识到我们的境况现在是怎么样的,可是——思嘉,现在我手下的一些官兵已经是赤着双脚在作战,而弗吉尼亚的雪又下得很厚。每当我看到他们受冻的双脚包在破布和破旧的袜子里,看到他们留在雪地里的带血的脚印,而又明白自己却穿着一双靴子——哦,我总觉得我应该把自己的送掉,也光着脚才好。”

“噢,希礼,答应我,别把它们送掉!”

“我一看到那种情形,再看看北方佬的情况——我就看到了结果。哦,思嘉,北方佬用钱从欧洲几千几千地雇用士兵!我们最近抓住的大多数俘虏甚至连英语都不会讲。他们都是德国人、波兰人和讲盖尔语的野蛮爱尔兰人。可我们一旦少了一个人,就没有人来代替他了。我们的鞋子穿破之后,就再也没有别的鞋子了。我们已经被逼入绝境了,思嘉。我们总不能跟整个世界打吧。”

她的思绪很乱:“让整个南部邦联在尘土中灭亡吧。让世界末日来临吧,但你不能死!如果你死了,我也没法活了!”

“我希望你不会把我说的话告诉别人,思嘉。我不想让别人惊恐不安。哦,亲爱的,要不是我得向你解释我为什么要叫你照顾媚兰的话,我也不会说这些话让你担惊受怕的。她是这么脆弱,而你是如此坚强,思嘉。如果我出了什么事,只要知道你们俩在一起,那对我就是个安慰。你会答应的,对吗?”

“噢,是的!”她叫了起来。此时此刻,看到死亡的威胁近在咫尺,她什么都会答应的,“希礼,希礼!我不能让你走!我不够坚强,无法面对这一切!”

“你必须坚强,”他说,声音变得难以捉摸,有共鸣感,更加深沉,话说得很急,好像内心的急迫感促使他这么说似的,“你必须坚强。要不然我怎么受得了?”

她的目光飞快地在他脸上搜寻着什么,同时感到很高兴,不知道他的意思是不是说，要离开她使他心都碎了，甚至就像使她心碎一样。他的脸照样拉长着，就像他和媚兰告别完下楼来的时候一样。可从他眼里，她什么也看不出来。他弯下身子，把她的手握在自己的手里，轻轻地在她额头上吻了一下。

“思嘉！思嘉！你这么善良，这么坚强，这么好。还这么漂亮，不单是你美丽的面孔，亲爱的，而是你的一切，你的身体、你的思想和你的心灵。”

“噢，希礼，”她幸福地囔囔低语，他的话和他触到她脸上的手使她激动不已，“只有你才——”

“我喜欢这么认为，也许我比大多数人都更了解你，我能够看见埋藏在你心灵深处的美，其他人都太粗心，或是匆匆忙忙的，没有注意到。”

他停下不说了，手从她脸上垂了下来，但他的眼睛还在和她的眼睛对视着。她等了一会，屏住呼吸等他继续说下去，踮着脚等着听他说那三个有魔力的字眼。可她没有听到。她狂乱地打量着他的脸，嘴唇颤抖着，因为她看出，他已经把话说完了。

希望再次遭到挫败，这是她的心无法承受的。她不禁用孩子式的低语叫了声“噢！”然后颓然坐了下来。泪水浸湿了她的双眼，刺得她眼睛生疼。接着，她听到了车道上传来了不祥的声音，就在窗户外边，这声音更给她带来了希礼要离开的紧迫感。异教徒听到卡戎①的小船周围冥河水的流淌声时，也不可能有像现在这么凄凉寂寞的感觉。彼德大叔把自己裹在一床被子里，正在把马车赶出来，好送希礼到火车站去。

希礼轻轻说了声“再见”，从桌上抓起她从瑞德那里花言巧语骗来的宽宽的毡帽，走进黑漆漆的前过道。他手已抓着门把，又转过身来久久地、绝望地凝视着她，好像要把她的脸和身体的每一个细微部分都装在脑海里带走似的。泪水模糊了她的视线，透过模糊的泪眼，她还是看到了他的脸。她喉咙里似被什么东西堵住似的，痛苦极了。她知道他就要走了，不能再得到她的关心，要离开这所房子这安全的避风港，远离她的生活，也许是永远地离她而去，可他却没有说出她如此渴望听到的话。时间正像推动水车的水流一样一分一秒地过去，现在已经太迟了。她跌跌撞撞地跑过客厅，跑进过

① 卡戎是希腊神话中渡亡魂过冥河去的阴间的神。

道，抓住他饰带的末梢。

“吻我一下，”她囔囔而语，“给我来个吻别。”

他双手温柔地抱住她，低下头凑近她的脸。他的嘴唇刚触到她的嘴唇，她便双臂紧紧勾住他的脖子，似乎都要窒息了。在飞逝而过、无法估量的转瞬间，他用力把她的身体靠在自己身上。接着，她便感到他全身的肌肉突然都紧张起来。他迅速把帽子扔到地上，伸手把她的双手从脖子上掰开。

“不行，思嘉，不行。”他低语，把她交叉着的双腕握在手里，直握得她发疼。

“我爱你，”她哽咽着说，“我一直在爱着你。我从来没有爱过别人。我和查理结婚只是为了——为了气你。噢，希礼，我太爱你了，我可以一路步行到弗吉尼亚去，只是为了能离你近一些！我可以给你做饭，给你擦鞋，为你饲养马——希礼，说你爱我！这可以让我下半辈子就靠这活下去！”

他突然弯下腰拾起帽子，她扫视了一眼他的脸。这是她所见过的最最不快乐的脸了。那脸上所有的孤傲已经荡然无存。写在脸上的是他对她的爱和因她爱他而感到的喜悦，可是，与之抗争的却是屈辱和绝望。

“再见。”他哑着嗓子说道。

门嘎吱一声开了。一阵冷风吹进屋子，把窗帘吹得飘动不已。思嘉看着他沿着人行小路朝马车跑去。马刀在冬日微弱的阳光下闪着微光，饰带的缘饰则逍遥自得地跳动不已。看到这里，她不禁浑身颤抖起来。

# 第十六章

一八六四年，心情阴郁、意气消沉、满是凄风冷雨的一月和二月悄然逝去了。南部邦联不仅在葛底斯堡和维克斯堡战役中遭到惨败，而且整个南方的战线也已经崩溃。艰苦鏖战之后，几乎整个田纳西州都已经被北部联邦的军队占领了。然而，即使又遭受了这一惨重的损失，南方人的精神并没有崩溃。千真万确，坚强不屈的决心已经代替了心高气盛的希望，可人们仍然可以在乌云笼罩下找到云朵边缘的银光。这原因之一就是，北方佬在田纳西取得胜利之后，于九月份想乘胜追击，向佐治亚挺进，却遭到了沉重的挫败。

在该州西北角的奇克莫加打了一场恶战，这是开战以来在佐治亚的土地上进行的第一次战役。北方佬占领了查塔努加后，接着就穿过山上的关口，向佐治亚前进。然而，他们却被赶了回去，而且损失很惨重。

南方在奇克莫加获得的这一大胜利，亚特兰大和它的铁路线起了举足轻重的作用。在从弗吉尼亚通往亚特兰大而后再往北通往田纳西的铁路线上，朗斯特里特将军的部队火速开赴战场。全程几百英里的路上，铁轨被清扫得一干二净，为了这次行动，东南部所有可用的车辆全都征集在一块了。

亚特兰大亲眼目睹了一辆又一辆的火车从城里奔驰而过，一辆辆客车、棚车、平板车，满载着高声呼喊着的人们开赴前线。他们没带食物、没有睡觉就来了；没有马匹、救护车和供应物资的火车，等不及休息一会就来了；他们从火车上跳下来就加入了战斗的行列。北方佬便被赶出了佐治亚，退回田纳西。

这是这场战争最伟大的业绩。一想到是自己的铁路线使这胜利成为可能,亚特兰大便自豪无比,扬扬得意。

来自奇克莫加的这条好消息非常鼓舞人心。一整个冬天,南方都需要它来鼓舞人们的士气。现在,没有人否认北方佬都是勇敢善战的斗士,而他们终于也有了不错的将军。格兰特是个屠夫,根本不管取得一次战斗的胜利要杀戮多少人,可他就是能取胜。谢里登则是个会给南方人带来恐惧的名字。还有个叫舍曼的人,他的名字也越来越经常被人们提到。他是在田纳西和西部的战役中声名鹊起的,作为一名坚决而残忍的斗士,这一名声也越来越响。

当然,他们中谁也无法和李将军相比。对将军和军队的信念还是很强。最终一定会胜利的信心从来就没有动摇过。可是战争拖得太久了。已经死了这么多人,伤了这么多人,还有这么多人或瘸或残的,这么多人成了寡妇,这么多人成了孤儿。而等在前面的依然是一场持久而艰苦的战斗,这又意味着更多的人会死去,更多的人会受伤,会有更多的寡妇和孤儿。

使事情更糟的是,一种对那些身居高位的人隐隐约约的不信任渐渐在贫民百姓中蔓延开来。许多报纸直言不讳地谴责戴维斯总统本人及他领导作战的方式。南部邦联内阁内部也存在分歧,戴维斯总统和他的将军们之间意见也不一致。货币迅速贬值。供给部队的鞋子和衣物非常紧缺,军械和药品供应就更少了。铁路也需要新的车厢以取代老旧的车厢,需要新的铁轨替换那些被北方佬的炮火炸坏的铁轨。战场上的将军们大嚷着要补充新的兵员,可新的兵员却越来越少。最糟的是,某些州的州长拒绝把自己州的民兵和武器送出自己州的州界,佐治亚的布朗州长也是其中之一。州里的队伍里有成千上万的健康男儿,前方军队想得都要疯了,可政府征用他们的请求却未能满足。

随着货币再次贬值,价格又猛涨起来。牛排、猪肉和黄油都要三十五美元一磅,面粉一千四百美元一桶,苏打一百美元一磅,茶叶五百美元一磅。保暖的衣服即使有货,价格也贵得使人不敢问津。亚特兰大的太太小姐们已经在用破布做旧衣服的镶边,用报纸给衣服加厚用来挡风。一双鞋的价格从两百到八百美元不等,要看是用“纸板”做的还是用真皮做的。太太小姐们已经在穿用旧羊毛披巾和剪下来的毯子做的高帮松紧鞋,后跟是用木头做的。

实际情况是，北方已经对南方进行了真正的围攻，虽然很多人还没有意识到这一点。北方佬的炮舰正在缩紧港口的封锁线，能偷偷闯过封锁线的船只已经很少很少了。

南方一贯是靠出售棉花，购买它自己不能生产的东西过活的，可现在，它既没法卖也没法买。郝嘉乐在塔拉轧棉厂附近的小棚屋里已经存储了三年的棉花，可这对他没有半点好处。在利物浦，这可以带来十五万五千美元的收入，可根本没有希望把棉花弄到利物浦去。嘉乐已经从一个富有的人变成个还不知道怎样让全家及黑奴们过冬的人了。

在整个南方，大多数棉花种植园主都陷入了同样的困境。随着封锁线越缩越紧，根本没有办法把南方专供出售的棉花运到英国市场，也没有办法像以往数十年中那样，把用出售棉花的钱购买的必需品运进来。以农业为主的南方和以工业为主的北方作战，现在需要的东西太多了，这些东西在和平时期是从来没有人想到要买的。

这种形势下必然会出现投机商和牟取暴利的人，而且利用这种机会的人大有人在。由于食品和衣物越来越匮乏，价格又越涨越高，人们强烈反对投机商的呼声越来越高，恶意越来越盛。一八六四年初的那些日子里，一打开报纸就会看到痛斥投机商、称他们为掠夺成性的吸血鬼的社论，还号召政府要用强硬的手段镇压他们。政府作出了最大的努力，可结果却一无所获，因为困扰政府的事情太多了。

人们对谁也没有像对白瑞德那样恨之入骨。偷闯封锁线渐渐变得太危险时，他卖掉了船只，现在公然做起食品投机买卖来了。从里士满和威尔明顿传回亚特兰大的有关他的事情，使那些在其他日子里接待过他的人羞悔得苦恼不安。

尽管有这些痛苦和磨难，亚特兰大原有的一万人口在战争期间却翻了一番。连封锁线也使亚特兰大的威望提高了。自古以来，滨海城市在南方就一直占统治地位，商业上如此，其他方面也是如此。可是，现在港口都被封锁了，许多港口城市或被占领或被围攻，南方只能自己救自己了。如果南方最后会取得战争的胜利，重要的还是内陆地区，而亚特兰大现在成了万事的中心。和南部邦联其他地区一样，城里的人们正在遭受艰难困苦、物资匮乏、疾病和死亡带来的痛苦。可是,亚特兰大这个城市因为战争,得到的比失去的多。南部邦联的心脏——亚特兰大还在健全而有力地跳动着,铁路就是它的大动脉,运载着没完没了的人、弹药和供给。

在其他日子里,思嘉对自己破烂的衣服和打着补丁的鞋子一定会感到很痛苦,可现在她却不在乎了,因为要紧的那个人不在这,看不到她。那两个月里,她很幸福,比以往任何时候都更幸福。当她双手环绕着希礼的脖颈时,她难道没有感觉到他心脏的跳动吗?难道没有看到他脸上那绝望的神情吗?这种神情比什么话都更能说明一切。他爱她。现在她敢肯定了,并且深信这一点。这使她非常快乐,甚至对媚兰更友好,她也能做到了。现在,她可得为媚兰感到难过了,媚兰既盲目又愚笨,思嘉不禁带着些微的鄙夷为她感到难过。

"在战争结束以后!"她想,"战争结束——然后……"

有时候想着想着,有些恐惧感会刺痛着她:"那又怎么样呢?"但她把这种想法硬从脑海里赶走了。战争结束以后,不管怎样,一切都会安定下来的。如果希礼爱她,他当然不能继续和媚兰一起生活下去。

可是,接下来呢,离婚是想都不能想的;埃伦和嘉乐都是虔诚的天主教徒,决不会让她和一个离过婚的男人结婚。这就意味着要离开教堂!思嘉认真思考过后决定,要在教堂和希礼之间作个选择的话,她会选择希礼。可是,噢,这样就会引起很多流言飞语!离过婚的人不但会遭到教堂的摒弃,而且会遭到社会的摒弃。没有一个离过婚的人会受到欢迎的。然而,为了希礼,她愿意这么去冒险。为了希礼,她可以牺牲一切。

不管怎样,战争结束时,一切都会好的。如果希礼这么爱她,他会找到解决办法的。她会想办法让他找到解决办法的。随着日子一天天过去,她心里越来越确信他对她的衷心,更加肯定北方佬最后被打败时,他一定会令人满意地安排好一切。当然,他说过北方佬会击败他们,但思嘉认为,那样想太愚蠢了。他这么说的时候,她不但不喜欢,而且很沮丧。但她几乎不在乎北方佬会赢还是会输。重要的是战争快点结束,希礼早点回家。

三月的雨夹雪把每个人都阻在屋里时,最可怕的一击终于降临了。媚兰两眼兴奋得发亮,骄傲得不好意思地低着头,告诉思嘉她怀上孩子了。

“米德医生说，孩子八月底或九月份就会出世。”她说，“我已经想过——但我至今还不太肯定。噢，思嘉，这岂不是太好了？我一直妒忌你有韦德，也很想要个孩子。我曾经担心我不能有孩子，亲爱的，我真想要一打孩子！”

媚兰这么说时，思嘉正在梳头准备睡觉。这时，她停了下来，梳子还举在半空。

“我的天！”她这么说，有一瞬间，她的意识是空白的。突然，媚兰紧闭的房门跃入她的脑海，一阵刀割般的痛苦传遍了她的全身，就像是希礼是她自己的丈夫却背叛了她所带来的那种痛苦一样。孩子。希礼的孩子。噢，他怎么能这样？他爱的是她而不是媚兰。

“我知道你一定会很吃惊的。”媚兰喋喋不休、上气不接下气地说下去，“这难道不是很好吗？噢，思嘉，我真不知道该怎么告诉希礼！我如果告诉他，也没什么不好意思的，或者——或者，哦，什么也不说，让他自己慢慢发现好了，你知道——”

“我的天哪！”思嘉说着，几乎哭了起来，头梳掉到地上去了。她手抓着大理石梳妆台的顶部，好不让自己摔倒。

“亲爱的，别这样！你知道的，有个孩子并不坏。你自己这么说的。你没必要为我担心的，虽然你看上去这么不开心是好心。当然，米德医生说我是——是，”媚兰脸红了，“太窄了，但是，也许我不会有什么麻烦的，而且——思嘉，你发现怀了韦德时，有没有写信告诉查理，还是说你妈妈或者也许是郝先生这么做了？噢，亲爱的，要是我也还有个妈妈这么做就好了！我只是不明白怎么——”

“别说了！”思嘉粗暴地说，“别说了！”

“噢，思嘉，我真是太笨了！对不起。我想，所有幸福的人都很自私。我忘了查理了，刚才——”

“别说了！”思嘉又重复了一遍。她在极力控制着自己的面部表情，使自己的心情平静下来。决不能让媚兰看出或是怀疑她是怎么想的。

媚兰是最得体老练的女性了，自己的残忍行为使她眼里溢满了泪水。可怜的查理去世后几个月，韦德才出生，她怎么能勾起思嘉这些可怕的记忆呢？她怎么能这样没有头脑呢？

“我来帮你脱衣服吧，亲爱的。”她低声下气地说，“我来给你擦擦头。”

“你让我自己待着吧。”思嘉说着，脸绷得像块石头。媚兰因自责而放声大哭，逃离了房间，剩下思嘉自己一人面对床铺，一滴眼泪也流不出来，夹杂着受挫的傲气、幻想的破灭以及对伙伴的妒忌。

她想，她再也无法和一个怀着希礼的孩子的女人住在同一个屋檐下了，她得回到塔拉去，回到那属于她的家中去。她不知道，自己如何才能再次面对媚兰，又不让她从她脸上看出她的秘密。第二天早上起床时，心里便有了要在早饭后马上收拾箱子回家的打算。她们坐在餐桌边，思嘉默默无语，心情郁郁，白蝶茫然若无，媚兰则可怜兮兮的，可是恰在这时，来了封电报。

这是希礼的贴身卫士莫斯发给媚兰的。

“我到处都找过了，可还是找不到他。我要不要回家来？”

没有人知道这指的是什么，可三个女人却面面相觑，惊恐得瞪大了眼睛。思嘉把回家的所有想法全忘到九霄云外去了。不等吃完早饭，她们就驾车到城里去给希礼的上校发电报，可就在她们走进电报局时，他的电报倒先来了。

“很抱歉地通知你，自三天前希礼少校去执行侦察任务以后，他便失踪了。我们会继续和你联系。”

这一路回家真是一次可怕的旅程。白蝶姑妈脸埋在手帕里号啕大哭；媚兰直挺挺地坐着，脸色苍白；思嘉萎靡不振的，缩在马车的角落里不知所措。一回到家里，思嘉跌跌撞撞地走上楼梯，来到自己的卧室，从桌上一把抓起《玫瑰经》，跪在地上想祈祷。可是祈祷词却说不出来。她只感到一种深不可测的恐惧感，知道上帝因为她罪孽深重已经不垂青于她了。她爱上了一个已经结婚的人，还想从他妻子那里把他夺过来，上帝就把他杀了，用以惩罚她。她很想祈祷，但她无法抬起头来让眼睛面对着上帝。她很想哭，但却欲哭无泪。眼泪似乎填满了她的胸腔，它们热得滚烫，在她的胸部燃烧着，可就是流不出来。

房门开了，媚兰走了进来。她的脸就像是个从白纸上剪下来的心形似的，边沿嵌着黑色的头发，两眼瞪得大大的，就像个迷失在黑暗中的惊恐万状的孩子。

“思嘉，”她说着伸出了双手，“我昨天说了那些话，你得原谅我，因为你是——现在是我的一切了。噢,思嘉,我知道,我所爱的人已经死了!”

不知怎的,她便扑在思嘉怀里了。她小小的乳房哭得一起一伏的,也不知怎么的,她们都躺到了床上,互相紧抱着。思嘉也在哭,哭得脸紧挨着媚兰的,双方的眼泪都润湿了对方的面颊。哭泣确实伤人伤得很厉害,但还是比哭不出来要好得多。“希礼死了——死了,”她这么想着,“我因爱他却害了他!”她再次悲从中来,从她的眼泪中得到安慰的媚兰则用双臂搂紧了她的脖子。

“至少,”她自言自语地说,“至少——我有了这个孩子。”

“我呢,”思嘉想着,由于受的打击太大,已无法顾及像妒忌这样的小事了,“我什么也没有了——什么也没有——什么也没有,只有他跟我说再见时脸上的那种神情。”

最先的报告是“失踪——认为阵亡”,伤亡名单上也是这样说的。媚兰给斯隆上校发了一打电报,终于收到了一封信,信里充满了同情,解释说希礼和一个班的人马骑马出去执行侦察任务,结果没有回来。有报告说,北方佬的阵线内有过小规模的作战。莫斯悲痛得都快要疯了,他冒着生命危险去搜寻希礼的尸体,可是什么也没找到。媚兰现在平静得出奇,把钱电汇给他,叫他回家来。

当伤亡名单上出现“失踪——认为被捕”的字样时,伤心欲绝的家里又重新燃起了快乐和希望。媚兰天天都到电报局,几乎拉都拉不走。她去接每辆火车,希望会收到来信。她现在已经恶心想吐了,但她拒绝服从米德医生的命令,没有卧床休息。她的精力极度旺盛,不让自己平静下来;晚上,思嘉早已上床之后,还能听到隔壁房间里她走路的声音。一天下午,她从城里回家来,赶车送她回来的是惊恐万状的彼德大叔,扶着她的是白瑞德。她在电报局晕过去了。瑞德正好经过,看到那里一阵骚动,便护送她回家来。他把她抱上楼梯,送到卧室里。当惊恐万状的屋里人东跑西跑找热砖、毯子和威士忌时,他把她放到床上,让她躺在枕头上。

“卫太太,”他突然问道,“你怀孕了,对不对?”

要是媚兰不是这么虚弱、这么难受、这么悲伤的话,听到他的问话,她一定会崩溃的。即使和女性朋友在一起,一有人提到她的状况,她也会窘迫不堪,而去米德医生那就诊也是痛苦的经历。而一个男人,特别是像白瑞德这样的男人,居然问这种问题,简直连想都没人敢想。可是,她虚弱而凄凉地躺在床上,于是只好点点头。她点过头之后,似乎就没这么可怕了,因为他看上去是这么善良,又这么关心她。

"那你就得更好地照顾自己了。你到处乱跑,担心忧虑,这对你没有半点好处,也许反而会伤了孩子。如果得到你的允许的话,卫太太,我将动用我在华盛顿所有的关系去打听卫先生的下落。如果他当了俘虏,他的名字就会在北部联邦的名单上;如果不在——哦,那没有什么比不能确知更糟的了。可你得先向我保证,好好照顾自己,否则的话,上帝在上,我一点也不愿插手的。"

"噢,你真是太好了。"媚兰哭了起来,"人们怎么能说你那么多可怕的事?"接着,她马上意识到自己的得体与老练,也害怕自己居然和一个男人谈论自己的情况,于是无力地哭开了。思嘉手里拿着一块用法兰绒包着的热砖飞奔上楼,看到瑞德正在拍她的手。

他果真守信。她们决不会知道他动用了哪些关系。她们也不敢问,知道一问可能会要使他承认和北方佬有过分密切的交往。得到消息已经是一个月以后的事了。她们乍一听到这消息,一下就升到了快乐的顶峰。可后来,心里却又被令人痛苦的担心忧虑占据了。

希礼没有死!他受了伤,当了俘虏。记录表明,他在罗克艾兰,在伊利诺伊州的一个战俘营。他们最初大喜过望,只想到他还活着。可是开始平静下来以后,她们面面相觑,异口同声地说出"罗克艾兰"这个词,就好像本来是要说"在地狱里!"一样。就像安德森维尔在北方是个臭名远扬的地名一样,罗克艾兰也是个会给任何有亲属关押在那里的南方人带来恐惧的地方。

林肯拒绝交换俘虏,认为这么做可以加重南部邦联的负担,因为他们得给北部联邦的俘虏吃饭,还得看管他们,这样便可以促使战争早日结束。佐治亚的安德森维尔已经有成千上万穿蓝色军服的人。南部邦联的人缺乏配给,实际上连自己的伤病员都没有药和绷带用。他们就没什么东西可以和俘虏们一起共享了。他们给俘虏们吃的是前线的士兵们吃的东西,肥猪肉和干豌豆,这种食谱使得北方佬像苍蝇一样纷纷死去,有时一天就死了一百人。北方军被这类报告激得火冒三丈,也越发苛刻地对待南部邦联的俘虏。而条件最糟的就是罗克艾兰了。食物匮乏,三个人合用一条毯子,天花、肺炎和伤寒大肆流行,给这个地方赢得了传染病院的称号。有四分之三的人是活着进去却再也没有出来的。

希礼就在那个鬼地方！希礼是还活着,可他受伤了,被送到罗克艾兰去。他被押送到那时,伊利诺伊州的雪一定也已经下得很厚了。自瑞德打听到他的消息以后,他是不是因为伤痛而死去了呢？他是不是也成了天花的牺牲品？他是不是也得了肺炎却连盖的毯子都没有呢？

"噢,白船长,是不是有什么办法——你不能动用你的关系让他和别人交换回来吗?"媚兰哭着说。

"为比克斯比太太的五个男孩,那个宽厚仁慈、行为公正的林肯先生可以哭得悲痛欲绝,但对在安德森维尔正在死去的成千上万的北方佬,他却一滴眼泪也不洒。"瑞德说着,嘴角又翘了起来,"即使他们全死了,他也根本不在乎。命令已经发出去了。不能交换战俘。我——我过去没告诉你,卫太太,你丈夫本来有个机会出来的,可他拒绝了。"

"噢,不!"媚兰不相信地叫了起来。

"是的,这是真的。北方佬在征兵去打印第安人,从南部邦联的俘虏中征兵。每个宣誓要忠诚的俘虏可以入伍两年去打印第安人,然后就会被释放,送到西部去。卫先生拒绝了。"

"噢,他怎么能拒绝呢?"思嘉叫了起来,"他干吗不宣誓,然后一离开监狱就逃回家来?"

媚兰像个复仇小女神似的转身面对着她。

"亏你想得出来,他会做这种事？先宣那卑鄙的誓,背叛南部邦联,然后再背叛对北方佬的诺言！我宁愿听到他死在罗克艾兰,而不愿听到他宣那种誓。他若死在监狱里,我倒觉得很自豪。可是,他要做那种事,我就再也不见他了。永远不见！他当然会拒绝的。"

思嘉送瑞德到门口时,愤愤不平地问道:"要是你的话,你难道不加入北方佬的部队,然后再逃走,免得死在那个地方吗?"

"当然会的。"瑞德说,露出了髭须下面的牙齿。

"那希礼干吗不这么做呢?"

“他是个绅士。”瑞德说。思嘉茫然不解的，这个高尚的词怎么可能传递出玩世不恭和鄙夷的意味呢？

# 第 三 部

# 第十七章

一八六四年五月到了——这个五月炎热，干燥，鲜花刚结出花蕾，就已经枯萎了——舍曼将军率领下的北方军再次进军佐治亚，开到了离亚特兰大西北部一百英里远的多尔顿。有传言说，佐治亚和田纳西的州界附近会发生恶战。北方军正集结部队，要对西部和亚特兰大的铁路线发起攻势。这条铁路线是连接亚特兰大和田纳西及西部的干线。去年秋天，就是这条干线运载南方部队开到前线，取得了奇克莫加战役的胜利。

然而，总的说来，虽然多尔顿附近要开战，但亚特兰大并没有受到干扰。北方佬就集中在奇克莫加战役的战场东南部几英里远处。他们过去曾经试图穿过那一地区的山口关隘，但被赶了回去。他们还会被赶跑的。

亚特兰大——及至整个佐治亚州——明白这个州对南部邦联来说太重要了，乔·约翰斯顿将军不能让北方军在州界内待太长时间。乔老将军和他的部队不会让北方佬到多尔顿以南的地方，一个也不会放他们过来。因为太多事情都要靠佐治亚来运作，而现在它还未受到太多的干扰。这个未遭蹂躏的州是南部邦联的大粮仓、军工车间和仓库。部队所需的大部分火药和武器以及大多数棉制品和毛制品都是这里生产的。亚特兰大和多尔顿之间是罗马，一个有炮厂和其他产业的城市，埃托瓦和阿拉图纳则有里士满以南最大的铁制品基地。亚特兰大不但有制造手枪和马鞍、帐篷和弹药的工厂，而且有南方规模最大的轧钢厂、主要铁路站及大医院。亚特兰大还是南部邦联赖以生存的四条铁路干线的交汇处。

所以，并没有人为此特别担忧。多尔顿毕竟离此很远，在接近田纳西州界的地方。田纳西已经打了三年仗,人们已经习惯,总认为那个州是个遥远的战场,几乎和弗吉尼亚和密西西比河一样远。再说,乔老将军和他的部队又挡在北方佬和亚特兰大之间,而大家都知道,除李将军外,再也没有哪位将军比约翰斯顿将军更棒的了,因为石墙杰克逊已经离开人世。

五月一个暖意袭人的晚上,在白蝶姑妈家的游廊上,米德医生把普通民众对这一问题的看法作了个总结。他说,亚特兰大根本没什么好怕的,因为约翰斯顿将军正像铜墙铁壁一样坚守在山上呢。大家听着他说话内心感觉却各不相同。在越来越浓的暮色中,人们静静地躺在摇椅里摇动着,看着本季节第一批萤火虫在黄昏中飞来飞去,觉得颇为不可思议。大家都心事重重的。米德太太把手放在菲尔的手臂上,希望医生说的话会是真的。她知道,如果战事更紧的话,菲尔就非得去参战了。他已年满十六,参加了城卫队。自葛底斯堡战役后,范妮·埃尔辛一直都是脸色苍白,两眼凹陷的。几个月以来,那幅折磨人的画面已经在她那业已疲惫不堪的心里刻上了深深的印痕——部队撤往马里兰时,在一次艰难的冒雨长途跋涉中,达拉斯·麦克卢尔死在一辆颠簸不停的牛车上。现在,她正试图摆脱这一痛苦的画面。

凯里·阿什伯恩上尉伤残的手臂又发痛了,何况一想到他追求思嘉的举动毫无进展,他就更是万分沮丧。自从知道卫希礼被捕的消息后,他就陷入了这种境地,虽然他还不知道这两件事之间有什么联系。思嘉和媚兰都在思念希礼,像往常一样,除非有紧急任务或者一直跟她们谈话才会使她们分心,要不她们每时每刻都在思念他。思嘉想他想得很苦,也很伤心:“他一定是已经死了,要不我们早就应该有他的消息了。”媚兰则时刻都在反复地克服着恐惧心理,不断对自己说:“他不可能死的。要不我会知道的——要是他死了,我会感觉到的。”夜幕中,白瑞德半倚半靠地站着。他穿着做工精致的靴子,双腿随意交叉着,黑黝黝的脸上一副茫然的神色,谁也看不出来那是什么样的表情。韦德在他怀里熟睡着,一副心满意足的样子,手里抓着一个很干净的如愿骨[①]。瑞德来访时,思嘉总是让韦德很迟才去睡觉,因为这个腼腆的孩子很喜欢他。奇怪的是,瑞德似乎也喜欢韦德。通常,孩子在场时,思嘉总感到很烦,但韦德在瑞德面前表现却非常出色。至于白蝶姑妈

① 鸟胸的叉骨。西方迷信说两人同扯此骨时,扯到长的一段的人可以有求必应。

呢，她心神不定的试图止住打嗝，因为他们晚餐时吃的公鸡是只咬不动的老公鸡。

那天早晨，白蝶姑妈作了个决定，可这决定后来却让她后悔不迭。那就是，她最好在这老鸡王老死以前把它杀了，免得它思念它那些老早以前就已经被吃掉的鸡眷们。它一连好几天垂头丧气地徘徊在空空如也的鸡窝旁，萎靡不振的，也不打鸣了。彼德大叔扭住它的脖子后，一想到只有自己一家人独自享用，白蝶姑妈便良心不安了。由于她的许多朋友都有好几个星期没尝过鸡肉的滋味了，所以，她建议伙伴们到她家来吃晚饭。媚兰怀孕已有五个月，也有好几个星期没有在公共场合露面或是接待客人了。听到这种想法，把她给吓坏了。可是这一次，白蝶姑妈非常坚决。自己一家人独自享用这只公鸡，那太自私了。如果媚兰把裙环往上移一些，那谁也不会注意到什么，不管怎么说，她的胸部不是也很平嘛。

"噢，姑妈，可我不想见人，希礼他——"

"希礼他并没有——走。"白蝶姑妈说着，声音都发抖了，因为在她心里，她已经很确定希礼已经死了，"他跟你一样还活蹦乱跳地活在世上，有人做伴对你也有好处。我还要请范妮·埃尔辛。埃尔辛太太曾经求我想办法调动她的情绪，让她见见别人——"

"噢，姑妈，可是这么逼她太残忍了，可怜的达拉斯死了才——"

"好了，梅利，你要是和我争辩的话，我会苦恼得哭出来的。我想，我是你姑妈，我知道分寸的。我要开一次宴会。"

这样，白蝶姑妈便开了个宴会。马上要开宴时，却来了个她意想不到、也不愿见到的客人。就在满屋子飘荡着烤鸡的香味时，刚刚结束一次神秘旅行的白瑞德敲响了门。他腋下夹着一大盒用纸花边包着的夹心糖，已准备好满口模棱两可的奉承话要对她讲。虽然白蝶姑妈知道医生和米德太太对此人的看法，而范妮对没参军的人又会多么反感，但也没有别的法子，只好邀他入席。在街上米德夫妇和埃尔辛一家是不会和他说话的，但在朋友家里，他们当然也会对他以礼相待。再说，柔弱的媚兰对他的保护比以往任何时候都更坚定，自从他帮她打听希礼的消息后，她已公开宣称，只要他还活在人世，不管别人怎么说他，她的家门都永远对他敞开。

看到瑞德举止颇为得体，白蝶姑妈心里的石头才落了地。他一直和范妮说话,既同情她又尊重她,甚至令她对他露出了笑脸,晚宴则非常顺利。这真是一次王公盛宴。凯里·阿什伯恩带来了一点茶叶,这是他在去安德森维尔的路上从一个被捕的北方军的烟袋里找到的。于是,每个人都喝了一杯散发着淡淡的烟草味的茶,还分了一点很难咬烂的老鸡肉,用玉米粉加洋葱做的足量的调味品,一碗干豌豆,不少米饭和肉卤。肉卤有点湿糊糊的,因为没有面粉,无法把它拌得稠一些。甜点有甜苹果派,再就是瑞德带来的夹心糖。先生们喝黑莓酒时,瑞德拿出正宗的哈瓦那雪茄跟他们共享。这时,所有人都承认这确是一次盛宴。

女士们都在屋前的游廊上,先生们过来加入了她们的行列,话题又回到战争上来。现在,话题总会转到战争上来,所有话题都从战争谈开,或者最后回到战争——有时令人伤感,大多数时候却令人高兴,但总是离不开战争。战争罗曼史、战争期间的婚礼、医院或是阵亡、露营、作战和行军中发生的事、勇猛、懦弱、幽默、伤心、损失和希望。希望总是有的,总是有的。虽然入夏以前有过许多失利,但对胜利的信心还是坚定而不可动摇。

阿什伯恩上尉宣布说,他已经申请从亚特兰大转到多尔顿的部队去,并且已经获得批准。女士们用眼神默默地亲吻着他那僵硬的胳膊,极力掩饰着骄傲之情,声称他不能去。如果他走了,那谁来跟她们相处呢?

听到这些话,年轻的凯里一脸困惑,但也非常高兴。说这些话的人中,有米德太太、媚兰、白蝶姑妈和范妮这样的已婚妇女和老处女,他倒很希望思嘉说的是心里话。

"哦,他很快就会回来的。"医生说着,一只手搂着凯里的肩膀,"只要打一场小仗,北方佬就会连滚带爬地逃回田纳西去。到那以后,福里斯特将军会关照他们的。诸位女士们没有必要因为北方佬靠近了我们而惊慌失措,约翰斯顿将军和他的部队正像铜墙铁壁一样立在山上等着他们呢。是的,铜墙铁壁。"他又重复了一次以示强调,"舍曼绝对无法过来。他永远也无法把乔老将军赶走。"

女士们笑着表示同意,因为他话说得如此轻松,当是不容置疑的真理。男人毕竟比女人更懂这些事,如果他说约翰斯顿将军是铜墙铁壁,那他就一定是铜墙铁壁。现在只有瑞德一个人在说话了。吃完晚饭到现在,他一直没有吭声,嘴角撇着坐在夜幕中,听着有关战争的谈话,手里抱着熟睡的孩子,让他靠在自己肩上。

“我相信,有传闻说舍曼的援军已经到来了,他现在有十万大军?”

医生的回答很简短。一踏进这个家门,医生就发现餐桌上有一个是他打心里不喜欢的人。自那以后,他就一直很紧张。碍于他对白蝶小姐的尊敬,自己又是她家的客人,他这才克制住自己,不让自己真正的感觉表露得太明显。

“你说什么,先生?”医生大声反问道。

“我相信,阿什伯恩上尉刚刚说过,约翰斯顿将军大约只有四万军队,连受上次胜利的鼓舞又回到连队去的逃兵也算在内了。”

“先生,”米德太太气愤地说,“南部邦联的军队里是没有逃兵的。”

“请原谅,”瑞德带着嘲弄的意味说,“我指的是那几千在休假却忘了回到连队中去的人,还有那些养了六个月的伤却还留在家里,像过去一样做事或者正在春耕的人。”

他的两眼炯炯有神,米德太太却怒气冲冲地咬着嘴唇。她遭到这样的反驳,思嘉真想笑出声来,显然瑞德触到了她的痛处。成千上万人逃避职责,躲在沼泽地里和山里,纠察队也无法把他们拖回部队去。他们声称,这是“富人的战争,穷人的战役”,他们已经受够了。但是,数量更多的还是这样的一些人。他们的姓名还留在开小差的名册上,但又不想永远离开部队。他们白白等了三年想得到休假,收到的却是家里的坏消息:“我们在挨饿。”“今年不会有好收成了——这里没有人种庄稼。我们在挨饿。”“军需部连小猪都拿走了。我们已经好几个月没有收到你们的钱。我们正在靠干豌豆过活。”

合唱曲的声音总是越来越嘹亮:“我们在挨饿,你的妻子、孩子和父母。什么时候才有个尽头呢?你什么时候回家?我们在挨饿,在挨饿。”由于部队人数在迅速减少,他们的休假申请被否决了。于是,这些士兵没有得到允许便擅自回家,去耕种田地、种植庄稼、修补房屋、修建围栏。部队军官很清楚形势,看到不久便有一场恶战,他们写信给这些士兵,要求他们归队,什么问题都好办。通常情况下,士兵们若看到家里还能支持几个月才会挨饿,便会返回连队。“耕种假”不会被看成是面对敌人时的临阵脱逃,但同样削弱了部队的战斗力。

这一瞬间着实令人难堪，米德医生赶紧开口说话。他的声音很冷淡："白船长，我们的部队和北方佬的军队之间那些数也数不清的差异并不重要。一个南部邦联的士兵比得上一打北方军。"

女士们都点点头。大家都明白这一点。

"战争刚开始时是这样。"瑞德说，"如果南部邦联的战士们有子弹上枪膛，脚上有鞋穿，胃里有食物的话，现在兴许也还是这样。哎，阿什伯恩上尉，你说对不对呀？"

他的声音还是很轻柔，有种特别谦卑的意味。凯里·阿什伯恩看上去很不高兴，因为他也特别讨厌瑞德。如果可能，他本很乐于站在医生这一边，可他不能撒谎。他虽然手臂残废了，但还申请转到前线去，那是他意识到形势严峻，这是普通百姓还没有意识到的。还有很多人，有的拄着木制拐杖跌跌撞撞地走路，有的只剩下一只眼睛，有的手指已不见踪影，有的已经失去一只胳膊，但他们都在悄悄地从军需部、医院、邮政和铁路系统转回原来的战斗团队去。他们知道，乔老将军需要每一个人手。

他没有说话。米德医生却大发雷霆了，他大吼道："过去，我们的士兵没有鞋穿，没有饭吃，却打了胜仗。他们还将继续参战，并且获得胜利！我告诉你，约翰斯顿将军是动不了的！自古以来，山上的要塞从来就是被侵略民族的避难所和坚固的堡垒。想想——想想瑟莫比利！①"

思嘉绞尽脑汁思索着，但瑟莫比利对她来说什么意义也没有。

"他们在瑟莫比利一直打到最后一个人也战死为止，对不，医生？"瑞德问道。他嘴角抽动着，强忍住笑。

"你是不是故意在侮辱人，年轻人？"

"医生！请别这样！你误解我了！我只是在问一些情况。古代历史我记不太清了。"

"如果需要的话，我们的部队也会战死到最后一个人，不然北方佬别想向佐治亚内陆挺进。"医生严厉地说，"但情况决不会是这样。只要一场小规模的仗，他们就会把北方佬赶出佐治亚。"

白蝶姑妈赶紧站起来，叫思嘉弹琴唱歌给他们听。她看得出来，这么谈

---

① 古希腊战场之一。公元前480年，波斯人在此击败了斯巴达人的一支军队。

下去，马上就会出现大吵特吵的场面。她也很清楚，只要她邀请瑞德吃晚饭，就一定会有麻烦。但凡他在场的时候总少不了有麻烦。但他到底是怎么惹的麻烦，她从来就弄不清楚。天哪！天哪！思嘉到底看中了他什么呢？亲爱的梅利又怎么能这么护着他？

思嘉顺从地走进客厅，游廊上顿时鸦雀无声，这沉寂中充斥着对瑞德的怨恨。居然有人不完全地相信约翰斯顿将军和他的部队会战无不胜，这怎么可能呢？相信也是神圣的职责，那些不忠之人即便不相信的话，至少也得闭嘴不言吧。

思嘉弹了几小节和弦，她的歌声从客厅里直飘到他们的耳际。歌声甜美，忧伤，唱的是一首流行歌曲：

“在刷得雪白的病室里
躺着已经死去和行将死去的人——
刺刀、弹片和子弹伤——
有个人的心上人全都遇上。

有个人的心上人如此年轻，如此勇敢！
他苍白、可爱的脸上还残留着——
孩提时代优雅举止的踪迹——
可很快又要被墓穴的尘土掩去。”

“金色的鬈发潮湿地缠结在一起。”思嘉的女高音并非无可挑剔，她继续哀唱着。范妮欠了欠身，用微弱、哽咽的声音说：“唱点别的吧！”

思嘉又惊又窘，琴声戛然而止。接着，她又手忙脚乱地弹起了《灰色的上衣》的开头几小节，却又很不自然地停了下来。她想起来了，那首歌同样使人肝肠欲断。琴声再次停了下来，因为她真的是不知所措了。所有的歌都涉及到死亡、分离和悲伤。

瑞德迅速站起身来，把韦德放在范妮的腿上，走进了客厅。

“弹《我的老家肯塔基》。”他平静地建议道。思嘉很感激他，马上弹了起来。瑞德出色的男低音和她一块唱了起来。他们唱到第二段时，游廊上的人们才松了口气,可只有老天才知道,这根本不是什么欢快的歌曲。

"再背几天这沉重的包袱!
尽管这包袱永远不会变轻!
只要再过几天,我们便可以在路上蹒跚前行!
那时,我的肯塔基老家,再对你道声晚安!"

米德医生的预测没有错——至少到目前为止是这样。约翰斯顿确实像座铜墙铁壁一样屹立在一百英里外多尔顿的山峦间。他屹立在那里,稳如泰山,和想穿过山谷、进军亚特兰大的舍曼进行着艰苦卓绝的斗争。最后,北方军只好退了回去,另作打算。由于无法通过正面进攻突破南部邦联的防线,所以,他们只能在夜幕笼罩下采取迂回战术,绕过山上的关隘,希望能进攻约翰斯顿的后部,在离多尔顿十五英里远的里萨卡切断他背后的铁路线。

那两条宝贵的铁路犹如两个孪生兄弟,既然它们已身临险境,南方军便离开了他们死守的散兵壕,在星光映照下,抄近路急行军到里萨卡。当北方军从山峦间蜂拥而出,与南方军遭遇时,南方军已经严阵以待。他们掩藏在胸墙后面,准备好炮火,上好的刺刀熠熠生辉,准备工作做得很充分,足以和在多尔顿时相比。

多尔顿的伤员断断续续带来消息,说乔老将军已经撤往里萨卡。听到这消息,亚特兰大人全都震惊了,心里隐隐地感到很不安,就像是西北部的天空中飘着一小片乌云似的,这是夏天雷雨到来时最先出现的云朵。将军到底是怎么想的,居然让北方佬往佐治亚腹地又前进了十八英里?山峰是天然屏障,连米德医生也这么说过。乔老将军为什么不把北方佬阻在那儿呢?

约翰斯顿在里萨卡拼死奋战,再次击退了北方军。但是舍曼采用了同样的侧面进攻战术,指挥大军从另一侧渡过乌斯塔诺拉河,再次进攻南方军后部的铁路线。南方军又从红色的壕沟里被火速召回来保护铁路。他们困乏不堪,行军和打仗使他们精疲力竭,折磨他们的还有一直填不饱的肚子,但他们还是又来了一次急行军,朝山谷进发。他们抵达离里萨卡六英里远的小镇卡尔洪，赶在北方佬前边建好了掩体，再次严阵以待，等北方军一到，就给他们来个迎头痛击。进攻开始了，打了些小规模的硬仗，北方军再次被击退。疲惫不堪的南方军躺倒在武器上，祈祷着能暂时缓一缓，休息休息。可是，这根本不可能。舍曼不屈不挠，一步步前进，指挥大军又来了个更大的迂回包抄，南方军不得不要再次撤到后方去保护铁路。

南方军在半睡半醒的状态中前进，绝大多数都累得脑子也没法转了。然而，只要他们还有思想，他们就信任乔老将军。他们知道自己是在撤退，但同样也明白他们还没有被打败。他们只是没有足够的兵力坚守防御工事，也无法击败舍曼的侧面进攻。只要北方佬停下来和他们交战，他们就可以打败北方佬，而且也一定能打败北方佬。这次撤退的结果会怎么样，他们也不知道。但是，乔老将军知道自己在做什么，这对他们来说已经足够了。他指挥撤退的方式真是漂亮极了，因为他们没损失什么兵力，而北方军战死和被捕的数量却不计其数。他们没有损失一辆火车，只损失了四门大炮。后方的铁路也安然无恙。舍曼所有的正面进攻、骑兵突袭和侧翼进攻都没有伤到铁路一根毫毛。

铁路。那条迂回穿行在阳光灿烂的山谷间、通往亚特兰大的细长的铁路还是他们的。士兵们在看得见铁轨的地方躺下睡觉，铁路则在星光下闪着微光。而士兵们躺倒魂归西天时，他们茫然的眼睛最后看到的也是在无情的烈日下闪闪发亮的铁轨，光亮中还散发出热量。

他们退回山谷时，一大批难民比他们还先来一步。种植园主和穷苦白人，富人和穷人，黑人和白人，妇女和儿童，年老的、瘸腿的、受伤的、早已有孕在身的，挤满了通往亚特兰大的通道。坐火车的、步行的、骑马的、坐在箱子和家庭用品堆得高高的马车上的，比比皆是。撤退的大军前面五英里远处便是这些难民。他们在里萨卡、卡尔洪和金斯顿都稍作停留，在每个地方都希望能听到北方佬已被打退的消息，他们好回家去。可那艳阳高照的路上就是没有返回的人流。南方军经过之处尽是空荡荡的房子、废弃的农场、门户半启的孤零零的小屋。各处可见一些独自留守家园的妇女和惊恐万状的黑奴。他们来到路边，为战士们欢呼，拎着一桶桶井水给焦渴的士兵们解渴，为伤兵们包扎伤口，还把死去的士兵埋在自家的墓地里。但大体上说，整个阳光灿烂的山谷已经被弃置不用，一片荒凉，只有没人伺弄的庄稼孑然挺立在焦干的田地中。

约翰斯顿在卡尔洪又受到迂回攻击，只好回到阿代尔斯维尔。这里发生了激烈的遭遇战，然后又到卡斯维尔，再到卡特斯维尔。而敌人此时已经从多尔顿又前进了五十五英里。再往后十五英里的纽霍普教堂，南方军在此挖壕固守，决心站稳脚跟。北方军的战线开了过来，一点也不放松，就像一条大蛇盘绕着身子，恶狠狠地进攻着。虽然它受了伤会往后退，但总是会发起新的攻势。双方在纽霍普教堂决一死战，连续打了十一天，北方佬的每次进攻都被南方军以鲜血为代价打退了。南方军再次受到迂回攻击的约翰斯顿，只得把战斗力越来越弱的战线又往后退了几英里。

在纽霍普教堂，南方军的死伤不计其数。伤员整火车整火车地拥入亚特兰大，整个城市都惊呆了。即使奇克莫加战役之后，这个城市也从没见过这么多的伤员。医院人满为患，伤员只好躺在空闲商店的地上及仓库里的棉花包上。每家旅馆、寄宿处和私宅都挤满了不幸的伤员。白蝶姑妈也分到了几个，她曾提出抗议，说媚兰目前的情况比较难办，房子里有陌生男人，那是极不合适的。看到可怕的场面，她可能会早产。可她的抗议等于白搭。媚兰把她的裙环往上提了一点点，掩饰一下她越来越大的肚子，伤员便进驻这所砖房了。没完没了的烧煮、搀扶、帮助翻身、给伤员扇扇子，连续不断的清洗、卷绷带和捡棉绒。多少个温暖的夜晚，隔壁房间传来喋喋不休的胡话，使人整个晚上彻夜难眠。最后，整个城市被塞得满满的，再也无法照顾更多的伤员了，过剩的伤员只好被送到梅肯和奥古斯塔的医院去。

这股伤员的大回流带来了互相矛盾的消息，惊恐万分的难民又越来越多地拥入已经很拥挤的亚特兰大，整个城市一片嘈杂。天边那一小片云朵迅速变成一大片阴沉的暴风云，从中好像还隐隐约约刮出了一股凉风。

谁也没有对部队的战无不胜失去信心，但每个人，至少是普通老百姓，都已经对将军失去信心了。纽霍普教堂离亚特兰大只有三十五英里！仅仅三个星期，将军就已经让北方佬把他往后推了六十五英里！他干吗不阻住北方佬，却一而再，再而三地撤退呢？他真是个傻瓜，而且比傻瓜还更傻。城卫队身在亚特兰大，一点危险也没有。队里的白胡子老人和州里的民兵队员们坚持说，连他们也可以把这一仗打得更漂亮，还在白色的台布上画出地图，证明自己的论点。由于战线越发疏松，将军又被迫一直后撤，他便拼命向布朗州长要求，要这些队员也去参战，可是，这些州属部队总是觉得他们很安全，这么想其实也非常合乎情理。杰夫·戴维斯也曾要求过要调用这些人马，可州长毕竟还是拒绝了。他现在干吗要答应约翰斯顿将军呢？

战斗然后撤退！再打，再撤退！在过去的二十五天里，在已经退出的七十英里土地上，南方军几乎每天都在战斗。纽霍普教堂现在已经被穿灰色军服的南方军远远抛在后面，对那里的记忆掺杂着一系列模模糊糊的记忆，闷热难当、尘土飞扬、饥饿难忍、疲惫不堪、在车辙道道的红土路上跋涉、在红色的泥泞中践踏、撤退、挖沟、作战——撤退、挖沟、作战。纽霍普是一场梦魇，那是属于另外一种生活的。比格尚蒂也是这样，他们在此掉转方向，像守护神似的和北方佬开战。可是，虽然战场上海蓝蓝的一片，全是战死的北方军，但北方佬却源源不断，全是新入伍的士兵。东南方那条蓝色战线正向南方军后部、向铁路——向亚特兰大包抄，那条邪恶不幸的弧线总是还存在！

从比格尚蒂，筋疲力尽、缺乏睡眠的南方军继续沿着通往肯纳索山的道路撤退。这里离小镇玛丽埃塔很近，他们在这里布下了一条十英里长的弧形战线。在山两边陡峭的山麓上，他们挖好了散兵壕，在高高的山峰上也布好了炮兵。因为骡子无法爬坡，士兵们一边谩骂不停，一边挥汗如雨，把重型武器沿着险峻的山坡拖上山去。到亚特兰大的信使和伤员一再给惊恐万分的城里人带来消息，要他们放心。肯纳索的山峰是坚不可摧的。附近的派恩山和洛斯特山也一样，也都修筑了防御工事。北方佬动不了乔老将军的人马，他们现在也很难再采取迂回战术了，因为山顶上的大炮控制了方圆几英里的路口。亚特兰大的呼吸轻松了，但是——

但是，肯纳索山仅仅在二十二英里以外！

肯纳索山来的第一个伤员到的那天，清早七点钟，梅里韦瑟太太的马车就停在了白蝶姑妈的门外，这在过去是从来没有听说过的。黑人利瓦伊大叔捎来口信，思嘉必须马上穿好衣服到医院去。范妮·埃尔辛和邦内尔家的姑娘们坐在车后座上，她们也是一大早就被从酣睡中被叫醒的，此时正连连打着哈欠。埃尔辛家的嬷嬷气鼓鼓地坐在驾驶座上，腿上放着一篮刚洗过的绷带。思嘉心里老大不乐意，因为前一天城卫队举办了一场晚会，她跳舞跳了个通宵，双脚一点力气也没有。她暗暗诅咒效率很高、不知疲倦的梅里韦瑟太太，诅咒伤员和整个南部邦联。此时，她穿上那件最旧的印花上衣，普里西正在给她扣扣子。这件衣服是她专门穿去医院做护理工作的。她三口两口吞下代替咖啡的用烤玉米和地瓜干做的苦饮料，出去加入了姑娘们的行列。

这些护理工作真是让她烦透了。就在这一天，她告诉梅里韦瑟太太，埃伦已经给她来信，让她回家小住几天。可这下她就有好果子吃啦。那个令人尊敬的老太太袖子卷得老高，粗壮的身体围着一块大围裙，严厉地看了她一眼，说："别让我再听到这种蠢话了，思嘉。我今天就给你妈妈写信，告诉她我们有多需要你。我相信她能理解，会让你留下来的。好了，系上围裙，跑到米德医生那里去。他需要人帮他给伤员敷药。"

"噢，上帝，"思嘉闷闷不乐地想，"麻烦就在这。妈妈会要我留下来的。我要是非得再闻这些恶臭味，那我就只有死路一条了！我真希望自己也是个老太太，这样我就可以欺负年轻姑娘，而不是被人欺负了——而且还能叫像梅里韦瑟这样的老猫见鬼去！"

是的，她对医院简直是讨厌极了，恶臭的气味、虱子、伤痛、没洗澡的身体。若说护理工作有什么新鲜感和浪漫情调的话，一年前也已经消失殆尽了。再说，撤退中受伤的这些人并不像过去的伤员那么吸引人。他们对她根本没有兴趣，也没什么话说，只会说："仗打得怎么样了？乔老将军现在在做些什么？这个乔老将军真是了不起的聪明人。"她觉得乔老将军根本不是什么了不起的聪明人。他就只会让北方佬开进佐治亚腹地八十八英里远处。不，他们一点魅力也没有。再说，他们中许多人离死神已经很近，死起来很快，悄没声息的，没剩下什么力气和血中毒、坏疽、伤寒和肺炎作斗争，而这些病在他们抵达亚特兰大找到医生前早就已经患上了。

这天天气很热，成群结队的苍蝇从敞开的窗户飞进来。疼痛没有摧毁这些士兵们的意志，这些又肥又懒的苍蝇却做到了。一股股臭味和一阵阵痛苦在她周围此起彼伏。她端着一个脸盆跟着米德医生走来走去，汗水湿透了她刚刚浆硬的衣服。

噢，站在医生旁边就有那种恶心感。他锋利的手术刀割开生坏疽的肌肉时，那感觉是想吐又不敢吐出来！噢，听到手术室里进行截肢手术时传来的尖叫声，那又有多恐怖！看到等着医生来医治的战士们那一张张紧张、惨白的脸,心里便会产生懊丧、可怕却无可奈何的同情心。还有的战士们耳边充斥的是尖叫声,有的则等着听这些恐怖的话:"对不起,我的孩子,可那只手只得切除了。是的,是的,我知道;可是你瞧,看到那些红色的条纹了吗?只得切除了。"

现在氯仿很紧缺,只有最厉害的截肢手术才能用。鸦片也珍贵得不得了。它只被用来为弥留之际的人减轻痛苦,让他离开这个世界,尚有一口气的人是不能用的。奎宁和碘根本就没有。是的,思嘉对这一切都厌烦透了。那天早晨,她真希望自己像媚兰一样能有怀孕这样的借口。那大概是现在既不参加护理,又能为公众所接受的唯一借口了。

中午,她脱下围裙。梅里韦瑟太太正忙着给一个瘦长难看又不识字的山里人写信,她偷偷溜了出来。思嘉觉得自己再也无法忍受了。这是强加给她的职责。她还知道,中午到站的列车再送来伤员时,那就会够她忙到晚上的——而且很可能要饿肚子。

她快步穿过两个距离不长的街区,向桃树街走去,大口呼吸着新鲜空气,束得很紧的紧身胸衣能让她吸多大口,她就吸多大口。她站在街角,犹豫着不知下一步该怎么办,既不好意思回白蝶姑妈家去,又下定决心不回医院去。这时,白瑞德正好驾车从此经过。

"你看上去就像个捡破烂的小孩。"他说,两眼打量她打着补丁的淡紫色印花上衣。衣服已被汗水印得东一道西一道,脸盆里溅出来的水更是把它弄得污迹斑斑。思嘉又窘又气,不禁怒火中烧。他干吗老是要注意女人的服饰呢?还居然敢如此无礼地对她现在毫不整洁的穿着妄加评论?

"我一句话也不想听你说。你下来,扶我上车,带我到没人看得见的地方去。就算他们绞死我,我也不回医院了!我的天,我可没有发动这场战争。我根本不明白,我为什么就得做到死,而且——"

"真是我们光荣事业的叛徒!"

"真是责人严而利己宽。你扶我上车去。我不在乎你到哪儿。你现在得载我兜兜风。"

他敏捷地跳下车来。她突发奇想,看到个身心健全的男人真是太好了。他不缺眼睛,不缺胳膊短腿,也没有因痛苦而脸色苍白,或是因疟疾而脸色发黄。他看上去营养丰富,身体健康。他的穿戴也很体面,上衣和裤子都是同一种面料做的，穿在身上非常合适，既不会太宽松，也不会紧得几乎动不了。它们还是簇新的，不会破洞百出，露出脏兮兮、光秃秃的肌肉及毛茸茸的大腿。他看起来就像是在这世界上了无牵挂似的，而在这种世道，这一点本身就已经够令人吃惊的了。因为其他人全都在担心忧虑，心事重重，一脸严肃的神情。他褐色的脸上无动于衷，红润的嘴巴线条分明，像女人的一样，显得很性感。他把她抱上车去，爽朗地大笑起来。

他身材高大，肌肉擦着他裁剪很好的衣服，发出窸窸窣窣的声音。他上了车，坐在她身边。像以往一样，她感觉到他强健的体魄，心里被触动了，就像是被人猛击了一记似的。她看着他衣服下隆起的有力的双肩，心里涌起一股迷恋之情。这使她颇为不安，还有点害怕。他的身体似乎很健康，很强壮，健康、强壮得就像他敏锐的思维一样。他的力量是一种轻松适然、优雅得体的力量，慵懒得就像一头在阳光下伸展四肢的美洲狮，而这美洲狮却又警觉得很，随时都准备好扑上前去展开进攻。

"你这个小骗子。"他边唤着马，边这么说，"你和士兵们跳舞跳了个通宵，还送给他们玫瑰花和丝带，告诉他们说你是多么希望为事业献出自己的生命。可一要你去包扎几个伤口，抓几个虱子，你就连滚带爬，逃之夭夭了。"

"你就不能说点别的，把车赶快一点？只要梅里韦瑟老爷爷不要碰巧从他商店里出来看见我，并且告诉那个老太婆，那就是我的万幸了——我是指梅里韦瑟太太。"

他用鞭子碰了碰骡子，骡子脚步轻快地跑过五角场，穿过把这城市一分为二的铁轨。载着伤员的列车已经进站了。在炎热的阳光下，抬担架的人正快手快脚地忙活着，把伤员移到救护车和有篷的军用货车上。看着他们，思嘉心里没有一丝不安的感觉，只是为自己成功地逃避了差事而感到莫大的安慰。

"我对那破医院厌烦极了，讨厌极了。"她说，用手抚平下摆宽大的裙子，还把下巴上帽带绑成的蝴蝶结绑牢些，"每天都有越来越多的伤员进来。这都是约翰斯顿将军的错。如果他在多尔顿勇敢地阻击北方佬的话，他们就已经——"

"可他确实勇敢地阻击过，你这啥事也不懂的小姑娘。但如果他一直艰守在那的话,舍曼就可以从侧面包抄他,把他卡死在两翼的部队之间。而且,他很可能就把铁路丢了,而约翰斯顿正是为铁路而战。”

“噢,那,”思嘉支吾着,她对军事战略一无所知,“不管怎么说,还是他的错。他应该对此采取行动才是,我认为他应该被免职。他为什么不站稳脚跟好好打仗而要撤退呢?”

“你跟其他人一样,大肆叫嚷着要‘把他头砍了’,就因为他无法做到不可能办到的事。在多尔顿,他是耶稣救世主,而现在在肯纳索山,他却成了叛徒犹大。而这一切就发生在六个星期内。可是,若让他把北方佬赶回二十英里去,他就又变成耶稣了。我的孩子,舍曼的兵力是约翰斯顿的两倍。他可以用两个士兵的生命来换一个我们勇敢的小伙子。而约翰斯顿连一个士兵都丢不起。他急需新的兵员,可他得到的是什么呢?‘乔·布朗的宠物们。’他们会帮什么忙呀!”

“民兵是不是真的要被叫去参战啊?还有城卫队?我还没听说呢。你是怎么知道的?”

“有传言在说,也就知道了。传言是今天早晨从米利奇维尔来的火车上传出来的。民兵和城卫队都要被派去补充约翰斯顿将军的部队。是的,布朗州长心爱的队员们最后也很可能要去闻闻火药味了。我想,大多数人都会大吃一惊的。他们肯定从来都没想到会要开拔。实际上,州长等于曾向他们许诺过,他们是不要开拔的。哦,简直是跟他们开了个天大的玩笑。他们以为他们已经有了防弹衣,因为州长甚至跟杰夫·戴维斯对着干,拒绝派他们去弗吉尼亚,说是需要他们保卫这个州。谁又曾想到,战争真的打到他们自家的后院来了,而他们也真的非得保卫自己的州不可了。”

“噢,你怎么还笑得出来,你这冷酷无情的家伙!想想城卫队里那些老先生们和小男孩吧!哦,小菲尔·米德非去不可了,还有梅里韦瑟老爷爷及韩亨利叔叔。”

“我不是说那些小男孩和墨西哥战争的老兵们。我是在说像威利·吉南那样勇敢的年轻人。他们喜欢穿着漂亮的军服,舞刀弄剑的——”

“还有你自己呢!”

“亲爱的,这一点也不会使我难堪!我不穿军服,不舞刀弄剑,南部邦联的命运与我毫无关系。再说,就此而言,我不会死在城卫队或是任何部队里。我在西点军校受过足够的训练,能让我享用终身……哦,我希望乔老将军交好运。李将军无法给他提供任何帮助,因为在弗吉尼亚,北方佬已经够他忙的了。所以,佐治亚州的部队是约翰斯顿能得到的唯一补充了。他本该得到更好的兵力,因为他是个伟大的战略家。他总是能想办法在北方佬到达之前抵达某个地方。可他如果想保护铁路,他就不得不要往后撤。你听着,如果北方佬把他赶下山来,到较平的地段时,他会被碎尸万段的。"

"到这里的时候?"思嘉叫了起来,"你知道得很清楚,北方佬决不会进到这么远的地方来!"

"肯纳索离这只有二十二英里,我敢打赌,你——"

"瑞德,你看,路那头!那群人!他们不是士兵。到底是什么……哦,他们是黑奴!"

街那头扬起一大片红色的尘土,由远而近。尘土中传来一片脚步声及上百个或是更多的黑人的声音,喉音很重,在随意地唱着一首曲子。瑞德把马车赶到街边停下,思嘉好奇地看着满身大汗的黑人。他们肩上扛着凿镐和铁锹,由一个军官和一小队戴着工兵徽章的人带领着。

"到底是什么……?"她又开口了。

接着,她的目光便落到了走在前排的一个正唱着歌的大个子黑人身上。他大约有六英尺半高,身材高大,皮肤漆黑,迈着剽悍的动物般轻巧自如的步伐,领着整帮人唱着《下去,摩西》,洁白的牙齿一露一露的。当然,在这世界上,再也没有比大个子萨姆(塔拉的工头)个头更高、声音更大的人了。可大个子萨姆在离家这么远的地方干什么呢?特别是现在,种植园里没有监工,而他就是嘉乐的左膀右臂呢。

她从座位上欠起身,想看仔细些。这时大个子看到她,认出她来了,漆黑的脸上绽开了欢快的笑容。他停下脚步,放下铁锹,朝她走来,一边还对他近旁的黑人大叫道:"见鬼!这是思嘉小姐!你们,伊莱贾、阿波斯特尔、普罗菲特!那是思嘉小姐!"

队伍中一阵忙乱。人群犹犹豫豫地停了下来,咧嘴笑着。大个子萨姆身后跟着另外三个大块头黑人。他们穿过马路朝马车跑来,紧跟在后面的是困惑不解、大喊大叫的军官。

"回到队伍中去,你们这些家伙!回去,我在叫你们哪,要不我就——

哦,是韩太太。早晨好,夫人,早晨好,先生。你们要到哪儿去,要煽动兵变和不服管束?天知道,今天早晨,这些小伙子已经给我添够多麻烦了。”

“噢,兰德尔上尉,别怪他们!他们是我们家的人。这是萨姆,我们的工头,还有塔拉庄园的伊莱贾、阿波斯特尔和普罗菲特。当然,他们得跟我说说话。你们好吗,小伙子们?”

她跟他们一一握手,雪白的小手都被他们宽大的黑色手掌全给盖住了。这次见面使这四个人高兴得欢呼雀跃的。这下可以向同伴炫耀一下自己家有个多么漂亮的年轻小姐了,他们脸上一脸得意的神色。

“你们到离塔拉这么远的地方来干什么?我敢肯定你们一定是逃出来的。难道你们不知道巡逻队是一定能抓住你们的?”

他们被这玩笑逗乐了,高兴得哇哇大叫。

“逃出来?”大个子萨姆回答说,“不,我们没有逃出来。他们派人来叫我们来的,因为我们比塔拉其他人个子更大,身体更壮。”他白色的牙齿得意得老露出来,“他们特别指名要俺,因为俺歌唱得好。是的,是弗兰克·肯尼迪先生,他经过的时候把我们带走的。”

“可为什么呢,大个子萨姆?”

“我的天,思嘉小姐!你难道没听说?我们要去给白人先生挖沟,好让他们在北方佬来的时候藏起来。”

这种对散兵壕的天真解释使兰德尔上尉和马车上坐的人都忍不住笑了起来。

“当然,他们要俺走时,嘉乐先生自然很不高兴。他说,没有俺,他没法弄好塔拉。可是埃伦小姐说:‘把他带走吧,肯尼迪先生。南部邦联比我们更需要大个子萨姆。’她给了俺一块钱,要俺照白人先生吩咐的去做。这样,我们就到这里来了。”

“这都是怎么回事,兰德尔上尉?”

“噢,这很简单。我们得加固亚特兰大的防御工事,要多挖几英里长的散兵壕。将军没有办法从前线的兵员中抽调兵力去做这件事。所以我们就强行征用乡下强壮的黑人来干了。”

“可是——”

一丝恐惧掠过思嘉的心头,令她不寒而栗。挖更多的散兵壕!他们为什么需要更多的散兵壕呢？过去的一年中，亚特兰大周围已经建了一系列大型的土筑多面堡，里面还安了大炮，从城中心起方圆一英里都有。这些大型的土木工事都和散兵壕相连，一英里又一英里，直到把整个城市环绕住。现在却还要更多的散兵壕！

“可是——我们已经修筑好防御工事，为什么还要修筑更多的工事呢？我们连现有的都用不上了。将军肯定不会让——”

“我们只有环城一英里的地方才有防御工事，”兰德尔上尉唐突地打断她，“想舒舒服服——或说安然无恙，这防御工事离城就太近了。这些新的工事会延伸得远一些。你知道，再撤退一次，我们的队伍就退到亚特兰大了。”

他马上对自己最后这句话感到后悔了，因为她的眼睛因为恐惧而瞪得大大的。

“当然，不会再撤退的。”他赶忙补充说，“肯纳索山上的防线是坚不可摧的。大炮都布在山麓两侧，可以控制所有的道路，北方佬不可能通过的。”

但是思嘉注意到，在瑞德懒散而锐利的目光注视下，他垂下了眼睛。她害怕了。她想起了瑞德的话：“如果北方佬把他赶下山来，到较平的地段时，他会被碎尸万段的。”

“噢，上尉，你认为——”

“哦，当然不会！你连一秒钟也没必要担心的。乔老将军比较相信预先防御。这是我们挖更多战壕的唯一理由……可我得走了。和你说话，真是令人愉快……和你们的主人告别吧，小伙子们，我们得走了。”

“再见了，小伙子们。哎，如果你们病了，受伤了或是遇到麻烦了，就告诉我。我就住在桃树街，就在那，差不多是城尽头的最后一所房子。等等——”她在包里摸找着，“噢，天哪，我一个子儿也没有。瑞德，给我一点钱。喏，大个子萨姆，给自己和小伙子们买些烟抽。好好干，照兰德尔上尉吩咐的去做。”

乱糟糟的队伍重新排好队，路上又扬起了一片红色的尘土。他们走了，大个子萨姆又领头唱起歌来。

“走吧，摩西！到遥远的埃及去！

去告诉法老

把我们的人放掉!”

“瑞德,兰德尔上尉在对我撒谎,其他所有的男人也一样——他们不想让我们女人知道事实真相,怕我们会晕倒。还说他没撒谎?噢,瑞德,若是没有危险,他们干吗要挖这些新的胸墙?部队真的这么缺人手,居然到要用这些黑人的地步了吗?”

瑞德唤着骡子。

“部队太缺人手了。要不然城卫队为什么要被调出来呢?至于挖壕沟,嗯,万一城被围了,防御工事就被认为是很有用的。将军准备在此决一死战。”

“围城!哦,掉转马头。我要回家去,回到塔拉的家里去,马上就走。”

“是什么使你这么苦恼呀?”

“围城!我的上帝,围城!我听说过围城!爸爸曾经经历过,或者是他的爸爸曾经经历过。爸爸告诉我……”

“什么时候的围城?”

“德罗达赫的围城,克伦威尔占领爱尔兰的时候。他们连吃的都没有。爸爸说,他们全都饿死在街上,最后他们就吃猫、老鼠,甚至吃蟑螂这样的东西。他还说他们投降之前,有过人吃人的现象。我从来就不知道该不该相信这一点。克伦威尔占领了该城之后,所有的妇女都——围城!圣母玛利亚呀!”

“你是我见过的最最无知的年轻人了。德罗达赫大概是在十六世纪发生的事,那时郝先生根本就还没出生。再说,舍曼也不是克伦威尔。”

“当然不是,但比他还更糟糕!他们说——”

“至于说那些爱尔兰人围城时吃的奇怪的食物——就我个人来说,我也会欣然吃下一只美味可口的多汁老鼠,就像吃下旅馆里最近提供的一些食物一样。我想,我只得回里士满去啦。那里总是有美味佳肴等着你,只要你有钱付账就行。”看到她脸上那副惊恐万分的神情,他眼里露出了嘲弄意味。

她为自己露出了慌乱之情感到很不好受,便大叫道:“我真不明白你在这待这么长时间干什么！你想的只不过就是过得舒服，吃得痛快以及——以及那一类事情。”

“我真不知道还有什么比吃呀——哦——那一类事情更令人愉快的过日子的方式了。”他说，“至于说我为什么待在这——哦，我读过很多有关围城、被围攻的城市以及类似的书，可我从来没有亲眼见识过。所以，我想待在这亲眼目睹一下。我不会受到伤害的，因为我是个平民百姓，不是战斗人员，再说，我需要这种经历。千万别错过新的经历，思嘉。它们会使你的大脑更发达。”

“我的大脑已经够发达了。”

“也许这一点你是知道得最清楚的，可我要说——那样就太没风度了。或许，我待在这是为了围城真的开始时能救救你。我还从来没有救过危难中的小姐呢。那也是一种新的经历。”

她知道，他又在取笑她了，可她还是从他的话里感觉出某种认真的意味。她摇了摇头。

“我不需要你来救我。我会照顾好自己的，谢谢。”

“别这么说，思嘉！如果你愿意，想想就行了，但千万别对男人说这种话。北方姑娘们的麻烦就出在这。如果她们不是老跟你说她们会照顾好自己、谢谢你这些话，她们就会是最迷人的了。一般说，她们说的也是实话，上帝保佑她们。所以，男人们便让她们自己照顾自己去了。”

“瞧你，说起来没完没了的。”她冷冷地说，自己被说成像个北方姑娘，这种侮辱比什么都厉害，“我相信，关于围城的事是你在撒谎。你知道的，北方佬决不能到达亚特兰大。”

“我跟你打赌，一个月内他们就会抵达这里。我跟你赌一盒夹心糖，赢的话——”他乌黑的眼睛移到了她的嘴唇上，“你让我吻一下。”

有一瞬间，害怕北方佬侵入的恐惧感紧紧抓住了她的心，但一听到“吻”这个字，恐惧感便烟消云散了。这可是熟门熟路的，比军事行动有趣多了。她好不容易才控制住自己，不让自己因高兴而笑出声来。自他送给她那顶帽子那天起，瑞德便再也没有什么进一步的举动了，也就是说，不管在什么方面都可以被认为是情人之举的举动。他从来就不会上当受骗，去谈论一些私下里的话题，就算她一直努力也白搭。可是现在，她丝毫没有施展什么诡计，他却在谈“接吻”了。

“我才不在乎这类私下里的话题呢。”她冷冰冰地说，设法挤出了一个皱眉的动作，“再说，对一头猪，我也同样会送上一个香吻的。”

“人各有所好，我经常听说，爱尔兰人对猪有偏爱——实际上是把猪养在床铺底下。可是，思嘉，你太需要接吻了。这就是你不对劲的地方。你的所有男朋友都太尊重你了，天知道这是为什么，或者说他们太怕你，在你身边就老是出错。结果，你变得傲慢得很令人难以忍受。你应该被人吻，而且这个人应该知道如何接吻。”

谈话并没有像她希望的那样进行。她和他在一起的时候，从来就没有像她希望的那样。历来都是这样，这是场决斗，而她被击败了。

“我想，你自以为是最合适的人吧？”她挖苦地说，拼命控制自己，不让自己发脾气。

“噢，是的，如果我刻意去找这个麻烦的话，”他漫不经心地说，“别人都说我接吻吻得很好。”

“噢，”她爆发了，自己的魅力受到了蔑视，她为此愤愤不平。“哦，你……”可她的眼睛突然却又一片茫然。他在微笑，但在他乌黑的眼睛深处，有一丝微弱的亮光闪了一下，就像是一抹不太旺的火焰。

“当然，你很可能会纳闷，我为什么没有在高雅地碰了你一下后乘胜追击，就是我送给你那顶帽子的那天——”

“我从来没有——”

“那你就不是个好姑娘了，思嘉，很遗憾听到这话。男人不吻她们的时候，所有真正的好姑娘都会想想为什么的。她们知道，不应该要求他们这么做，如果他们真这么做了，她们就得表现出受到侮辱的样子来，可是还是一样，她们都希望男人会……哦，亲爱的，振作起来。总有一天，我会吻你的，你也会喜欢的。但不是现在，所以，我请求你不要太不耐烦了。”

她知道他在取笑她，可是，和以往一样，他的取笑总是使她很恼火。他说的话总是有很多是真的。哦，也就是这点毁了他。他若是如此没有教养，想对她很放肆的话，她就会给他点颜色看看。

“能不能请你掉个头，白船长？我想回医院去了。”

“你真的这么想吗，我的护理天使？那么，虱子和污秽还是比我的谈话更可取了？我决不会阻止一双情愿为我们光荣的事业劳作的手。”他掉转马头，回头朝五角场驶去。

“说到我为什么没有采取进一步的行动，”他无动于衷地说，就好像她并没有表明谈话已经结束似的，“我在等你再长大一些。你知道，我现在吻你不怎么好玩。对我自己的乐趣，我是很自私的。我从来没想过要去吻个孩子。”

他忍住笑，因为从眼角的余光中，他看到她的胸部起伏不停，虽然默默无言，可显然非常愤怒。

“还有，”他继续轻声说着，“我在等你对那值得尊敬的卫希礼的记忆慢慢淡忘掉。”

一提到希礼的名字，她的心里突然涌起一阵痛楚，眼睑也一阵刺痛，忽然很想痛哭一场。淡忘？对希礼的记忆永远也不会淡忘，即使他死了一千年，也决不会淡忘。她想到希礼受了伤，被关在遥远的北方佬的监狱里。他已在弥留之际，身上没有毯子盖，没有一个爱他的人在握着他的手。想到这里，她心里顿时痛恨起身边这个保养得极好的人来，他那慢吞吞的声音总是在嘲笑人。

她愤恨交加，一句话也说不出来。他们默默地向前走了一段路。

“实际上我对你和希礼的什么事都很了解。”瑞德重拾起话题，“一开始就看到了十二棵橡树你那不雅的一幕。自那以后，我两眼睁着就看到了许多事情。什么事情呢？噢，你对他还保留着一个女学生式的浪漫情怀，他也在他那尊贵的个性允许的范围内给你些回报。卫太太却对此一无所知，而在你们之间，你对她要了漂亮的一招。我实际上了解所有的一切，只有一件事不太明白，而这激起了我的好奇心。那个高尚的希礼有没有吻过你，给自己不朽的灵魂抹黑呢？”

他得到的回答是面无表情的沉默，她还把头扭了过去。

“啊，哦，这么说，他真的吻过你了。我猜是他在这里休假的时候吧。可现在，他很可能已经死了，你则把这永远珍藏在心里。但我敢肯定，你会慢慢淡忘的。当你把他的吻忘掉后，我会——”

她气势汹汹地转过身来。

“你——见鬼去吧。”她绷着脸说，绿色的眼睛愤怒得眯成了一条缝，

“让我下车,要不我就要跳下去了。我再也不想和你说话了。”

他把马车停了下来。还没等他下车扶她,她已经跳下车。她的裙环被车轮钩住了,那一瞬间,五角场的人流都能瞥见她的衬裙和长裤。接着,瑞德俯下身,很快地松开了钩住的地方。她一言不发地掉头离去,连回头看一眼都没有,而他却轻声笑了,嘴里还呼唤着马匹。

# 第十八章

自开战以来,亚特兰大第一次听到了战争的声音。一大清早,城市的喧嚣还没有开始,肯纳索山上的炮声便从远处飘然而至,声音沉闷,隐隐约约的,但极有可能转化成夏天的雷电声。有时候,甚至在交通嘈杂的大中午也能听到。人们装着不去听它,尽量和往日一样交谈,欢笑,做着自己的事,仿佛离他们只有二十二英里远的地方并没有北方佬。可是,耳朵总是会不由自主地竖起来去听那里传来的声音。整个城市罩上了一层忧心忡忡的面纱。不管人们的手里在忙活什么,耳朵却都在聆听着,聆听着,心跳便会突然加快,这种情况一天会有一百次之多。声音是不是变大了?还是说是他们自己认为变大了呢?约翰斯顿将军这次能不能阻住他们呢?他做得到吗?

只要表层的薄纸一捅破,底下的恐慌就露出来了。撤退把大家的神经绷得一天比一天紧,已经接近崩溃的边缘。谁也不说害怕这个字眼。这个话题是个禁忌,可是紧张的神经却通过大肆攻击将军表现了出来。公众的感觉就像在发高烧一样。舍曼已经到了亚特兰大的大门口。再撤退一次,南方军就要退进城里来了。

给我们一个不再往后撤的将军!给我们一个能站住脚跟、拼死奋战的人!

耳边回响着远处传来的隆隆炮声,州里的民兵,即"乔·布朗的宠物们",还有城卫队,离开了亚特兰大,去保卫约翰斯顿背后查特胡奇河上的桥梁和渡口。这是个灰蒙蒙、阴沉沉的日子,他们穿过五角场,拐上了到玛丽埃塔的路。天下起了蒙蒙细雨。全城人都出来欢送他们。桃树街上,他们在商店前面的木制遮篷下,一个挨着一个站着,尽力表现出高兴的样子来。

思嘉和梅贝尔·梅里韦瑟·皮卡德获准离开医院去送那些人出征,因为亨利叔叔和梅里韦瑟爷爷都在城卫队。她们和米德太太站在一起,挤在人群中,踮起脚尖,好看得清楚些。虽然思嘉心里也装满了南方人共同的心愿,相信战争进程中只有最令人振奋、最使人放心的事,可看着这一排排走过去的杂牌军,心里不禁打了个寒噤。如果这群本该蹲防空洞的乌合之众,这些老人和童子军都被召出来的话,局势一定是到了孤注一掷的地步!当然,队伍中也有身强力壮的年轻人,他们穿着靓丽的城卫队制服,头上的羽毛摇来摆去,饰带还在跳动不停。那制服式样是经过共同筛选后才定下来的。可是,队伍中有这么多的老人和少年,看到他们,她的心一阵紧似一阵,既怜惜他们,又感到很害怕。在淅淅沥沥的小雨中,一些比她父亲年纪还大的老翁尽量跟着横笛和鼓乐队的节奏,扬扬得意地向前走着。梅里韦瑟老爷爷肩上披着梅里韦瑟太太最好的格子披巾挡着雨,站在第一排。他用一个粲然的微笑向姑娘们致意。她们挥着手帕,对他喊着祝福的道别话;可梅贝尔却紧紧抓住思嘉的胳膊,囔囔低语:"噢,可怜的老爷爷!一场真正的暴风雨差不多就能要了他的命!他的腰部风湿痛——"

亨利叔叔走在梅里韦瑟老爷爷后面一排。他黑色的长大衣领口直竖到耳际,皮带上别着两把墨西哥战争时用的手枪,手里还拎着一个毛毡制的手提包。旁边走着的是和亨利叔叔年龄几乎相仿的黑仆,他举着一把雨伞为自己和主人遮着雨。和长辈们肩并肩走着的是少年童子军。他们没有一个看上去超过十六岁。许多人都是从学校跑出来参军的,不时还可看到穿着制服的军校学员,已经被雨淋湿的灰色军帽紧紧扣在头上,帽子上插着黑色的公鸡羽毛,干净的白色帆布皮带交叉着系在湿漉漉的胸部。菲尔·米德就在他们中间。他佩戴着他死去的哥哥的马刀和马枪,看上去非常骄傲。他的帽子还用针别在一边,一副勇敢无畏的样子。米德太太尽力挤出一丝微笑,不停挥着手,直到他从面前走了过去,接着便把头靠在思嘉的背上。那一刻,她全身的力气似乎突然消失了,人变得瘫软无力。

这些人中,许多人完全没有配备武器,因为南部邦联既没法给他们发枪支,也没法给他们发弹药。他们希望能从被杀死或是被捕的北方佬手里缴获武器武装自己。许多人靴子上插着长猎刀,手里拿的是又长又粗的棒子,顶部有尖尖的铁尖头,人们把它们称作"乔·布朗长矛"。幸运些的,肩上便扛着老旧的燧发式步枪,皮带上别着火药筒。

撤退中,约翰斯顿已经损失了大约一万兵力。他需要一万多新的兵员。"可这,"思嘉害怕地想,"就是他所能得到的!"

大炮隆隆驶过,溅起的泥浆洒到了欢送的人身上。这时,一个骑着骡子走在大炮旁边的黑人吸引了她的视线。这是个一脸严肃、脸色像马鞍的颜色一样的年轻黑人。看到他,思嘉叫了起来:"是莫斯!希礼的莫斯!他到底在这干什么呀?"她挤过人群,来到街沿石边上,大叫道:"莫斯!停一下!"

看到她后,小伙子勒住缰绳,漾开了粲然的笑容,飞身下了骡子。骑马走在他身后的一个浑身湿漉漉的中士叫了起来:"别下骡子,小伙子,要不我就开枪啦!我们得准时赶到山上。"

莫斯不知所措地看看中士,又看看思嘉。她踏着泥泞的泥浆,走近经过的车旁边,拉住了莫斯马镫的皮带。

"噢,一会工夫就行,中士!你别下来,莫斯。你到底到这来干什么?"

"俺又要去打仗了,思嘉小姐。这次不是和希礼先生,而是和约翰老先生一起去。"

"卫先生!"思嘉不禁目瞪口呆。卫先生已经快七十岁了。"他在哪?"

"在大炮后面,思嘉小姐。在那后面!"

"对不起,夫人。走吧,小伙子!"

思嘉在那站了好一会,大炮过处,泥浆没到了她的脚踝。"噢,不!"她心想,"不可能的。他年纪太大了。他也不喜欢打仗,就像希礼一样!"她退后几步,退到街沿石边,扫视着经过的每一张面孔。最后一门大炮也开过去了,拉着弹药箱的前车吱吱呀呀地驶了过来,溅起了一片泥浆。这时,她看到了他,高高瘦瘦的身材,身板挺直,银白的长发披散在脖颈周围。他骑着一匹草莓色的小母马,这匹马在泥浆飞溅、坑坑洼洼的路上择路而行,姿态极为轻巧,仿佛是个穿着缎子裙子的夫人。哦——那是内利!塔尔顿太太的内利!比阿特丽斯·塔尔顿最宝贝的母马!

看到她站在泥泞中,卫先生高兴地笑了。他勒住马缰,下了马,朝她走来。

“我一直希望会看到你，思嘉。你家里人要我传递的口信太多了。但时间来不及了。我们今天早晨才到这，他们就催着我们马上出城，你都看到了。”

“噢，卫先生，”她抓着他的手，拼命叫着，“别走！你为什么也要去呢？”

“呵，这么说，你也认为我太老啦！”他笑了，这简直就是希礼的微笑，只不过出现在一张更苍老的脸上而已，“也许我年纪大了，行军虽然不行，但骑马射击还算可以。塔尔顿太太真是太好了，她把内利借给了我，所以我的马是挺不错的。我希望内利不会出什么事。如果她出事的话，我就无颜面对塔尔顿太太了。内利是她剩下的最后一匹马。”现在的他在放声大笑，把她的恐惧也给赶跑了。“你妈妈、爸爸和妹妹都很好，他们叫我转达他们对你的爱。你爸爸今天差一点就和我们一块来了！”

“哦，爸爸不行！”思嘉害怕极了，叫了起来，“爸爸不行！他不会去打仗吧，对不对？”

“不，但他原来是想去的。当然，他膝盖不能弯曲，走不了远路，但他要骑马跟我们一起走。你妈妈提出，他要是能跳过牧场的围栏，她就同意，她说部队里会有很多难骑的路段。你爸爸认为这太容易了，可是——你相信吗？他的马跑到围栏跟前时，却死死地停下不跳了，你爸爸就从它头顶上摔了下来！他没扭断脖子就是奇迹了！你知道他有多固执的。他爬了起来，又试了一次。哦，思嘉，他总共摔了三次。最后郝太太和波克把他抬到床上去了。此事弄得他心烦意乱地赌咒发誓说肯定是你妈妈‘在那畜生的耳边嘀咕了什么话’。他还不能起来自行走动，思嘉。你没必要因此感到很丢脸。毕竟得有人留在家里为部队种庄稼。”

思嘉根本不会觉得丢脸，只是感到非常庆幸。

“我把英蒂和哈尼送到梅肯，去和伯尔一家住在一起，让郝先生看管塔拉的同时，照管一下十二棵橡树……我得走了，亲爱的。让我吻吻你漂亮的脸蛋吧。”

思嘉嘴巴扬了起来，喉咙里一阵堵塞，心里感到很痛苦。她太喜欢卫先生了。很久很久以前，她还指望过能做他的儿媳妇呢。

“你还得把这一吻带给白蝶和媚兰。”他说着，又轻轻吻了她两次，“媚兰怎么样?”

“她很好。”

“啊!”他注视着她,却又看穿了她,像希礼曾经做过的那样,越过她,灰色的眼睛里目光飘忽不定,直看到另外一个世界去,“我本来是很想看看我第一个孙子的。再见了,亲爱的。”

他翻身骑上内利,慢吞吞地走了,手里还拿着帽子,银发暴露在细雨中。思嘉重新加入梅贝尔和米德太太的行列,这时才猛然意识到他最后说的话的含义。迷信使她心里一阵恐惧。她画着十字,试图祈祷一番。他提到了死亡,就像希礼过去那样,而现在希礼他——谁也不能提到死的!这会引诱上帝也提及死亡。三个女人在雨中默默地往医院走去,思嘉心里祈祷着:“也不能是他,上帝。不能是他和希礼!”

从多尔顿撤到肯纳索山是五月初到六月中旬发生的事。六月炎热而多雨。日子一天天过去,舍曼又无法使南方军从那些陡峭、滑溜的山坡上撤走,希望便再次抬起头来。大家又变得兴高采烈的,对约翰斯顿将军的言辞也更为友善了。潮湿的六月渐渐转入了越发潮湿的七月,南方军在那壕沟纵横的制高点拼死奋战,牵制着舍曼,亚特兰大因此而欢欣鼓舞。希望就像香槟酒一样涌入了大家的头脑。好哇!好哇!我们阻住他们了!晚会和舞会盛行一时。一有士兵从前线来城里过夜,有人就会为他们开宴会,之后便是舞会。姑娘们和先生们的比例已经是十比一了,所以舞会上大多数人都是女的,她们都争着和士兵们跳舞。

亚特兰大挤满了人,有来访者、难民、医院里伤兵的家属们、在山上打仗的士兵们的妻子和母亲,她们都希望他们受伤时能离他们近些。除此以外,由于乡下只剩下十六岁以下的孩子和六十岁以上的老头,一群群姑娘也都来到城里。白蝶姑妈最不赞成这最后一种人了,她认为她们到亚特兰大来没有别的原因,只是为了找个丈夫。她们这么厚颜无耻,这使她感到很纳闷,不知这个世界到底会变成什么样子。思嘉对她们也持不赞成态度。这些十六岁的姑娘们有着红红的脸蛋,粲然的笑容,能使人忘记她们改过两次的上衣和打着补丁的鞋子。但她倒不在乎她们带来的激烈竞争。她自己的衣服比她们大多数人的都更漂亮,更新,这还得感谢白瑞德最后偷闯封锁线的那艘船给她带来的面料。但是,她毕竟已经十九岁,而且年纪还会越来越大,而男人总是习惯追求傻乎乎的年轻姑娘。

和这些漂亮的年轻姑娘比起来,一个拖着一个孩子的寡妇毕竟处于劣势,她心想。但在这些令人激动的日子里,守寡和当了妈妈这两件事比以往任何时候给她造成的压力都来得轻。白天在医院护理,晚上又参加晚会,其间的间隙,她几乎连韦德的面都见不上。有时候,在相当长的一段时间内,她真的忘了自己还有个孩子。

温暖、潮湿的夏夜,亚特兰大的家门大开,欢迎保卫城市的战士们。从华盛顿街到桃树街,所有大房子灯火点点,招待着从散兵壕归来的泥迹斑斑的勇士们。班卓琴声、小提琴声和跳舞的脚步声、轻松愉快的欢笑声,在夜色中传得很远。一群群人围在钢琴边,用欢快的声音唱着忧伤的歌曲《你的信来了却来晚了》。衣衫褴褛的勇士们深情地望着躲在火鸡羽毛做的扇子后面咯咯直笑的姑娘,请求她们别再等下去了,要不然会来不及的。可只要她们做得到,没有一个姑娘会干等的。歇斯底里式的快乐和激动的狂潮淹没了整个城市,他们闪电式地结婚了。约翰斯顿把敌人挡在肯纳索山的那个月中,结婚的人不计其数。新娘红着脸,一脸幸福地出现在人们面前,华丽的服饰是从多至一打的朋友那匆匆忙忙借来的。新郎则佩戴着马刀,马刀碰撞着打着补丁的膝盖。这么令人激动,这么多的晚会,这么多激动人心的事!好哇!约翰斯顿正把北方佬挡在二十二英里以外的地方呢!

不错,肯纳索山的防线是坚不可摧的。打了二十五天后,连舍曼将军也相信了这一点,因为他的损失太大了。他不再采取正面进攻的方式,又挥师进行了一次大范围的包抄,想占领南方军和亚特兰大之间的地段。这个战略又一次奏效了。为了保护后方,约翰斯顿只得放弃了他防守很好的山峰。在那次战斗中,他已经失去了三分之一的兵力,余下的部队步履艰难地在雨中跋涉,穿过乡间地带,朝查特胡奇河开去。南方军已经不能指望有更多新的兵员了,而从田纳西以南到战场之间这一线铁路,现在却掌握在北方佬手里,它每天都在源源不断地给舍曼送来新的兵员和装备。就这样,穿灰军服的部队的战线便穿过泥泞的田地向后退去,向后朝亚特兰大退去。

被认为不可攻克的阵地最终失守了,新的恐惧席卷了整个城市。在二十五天狂欢、幸福的日子里,每个人都向别人保证,这是不可能发生的。可现在却真的发生了！然而，将军肯定能把北方佬阻在河对岸。虽然说只有天才知道到底办得到办不到，因为河流离这里太近了，只有七英里远！

但是舍曼又从侧翼采取行动，在他们的上游渡过河。疲惫不堪的南方军被迫急急忙忙蹚过浑浊的河水，驻守在侵略者和亚特兰大之间。他们在城北面的桃树溪河谷里匆匆挖掘浅浅的掩体，亚特兰大则陷入痛苦和恐慌之中。

战斗，然后撤退！战斗，然后撤退！每次撤退都使北方佬离城更近一些。桃树溪离城只有五英里了！将军到底是怎么想的？

"给我们一个能站住脚浴血奋战的人！"这一呼声甚至传到了里士满。里士满也知道，一旦亚特兰大失守，战争也就完结了。部队渡过查特胡奇河后，约翰斯顿将军被免职了。他属下的一个指挥官——胡德将军接管了部队，整个城市的呼吸才轻松了一些。胡德不会撤退的。那个胡须飘动、双眼炯炯有神的高个子肯塔基人是不会撤退的！他还以"大炮"的绰号而闻名呢。他会把北方佬从河边赶回去的，是的，赶回多尔顿去。可是，部队却呼喊着："把乔老将军还给我们！"因为他们从多尔顿一路跟随乔老将军转战至此，疲惫不堪地走过了不知多少路途。他们也知道他们面临的局势，而普通百姓是不会知道的。

不等胡德准备好，舍曼就发起了进攻。在指挥权变更后的那一天，北方军的将军以迅雷不及掩耳之势，袭击了离亚特兰大六英里远的小镇迪凯特，并且占领了该镇，在那里切断了铁路。这条铁路连接着亚特兰大和奥古斯塔、查尔斯顿、威尔明顿和弗吉尼亚。舍曼给了南部邦联极为致命的一击。已经到了采取行动的时候了！亚特兰大强烈要求采取行动！

接下来的七月，一个热得冒汗的下午，亚特兰大的愿望终于实现了。胡德将军所做的远远不只是站住脚浴血奋战。他在桃树溪对北方军发起了猛烈的攻势，命令他的属下从散兵壕里冲出来，向比他们多一倍的穿蓝色军服的北方军战线发起进攻。

每个人心里都很害怕，都在祈祷着胡德的进攻会把北方佬赶走。他们听着沉闷的炮声及成千上万步枪的射击声。虽然离城中心有五英里远，但声音很大，听起来几乎就像是从隔壁街区传过来的。他们听得见大炮的隆隆声，看得见滚滚的硝烟在树林的上空翻卷着，就像挂在低空的云朵。可是，一连好几个小时都没人知道战况如何。

快到傍晚的时候，传来了第一条消息，可是消息很不确定，互相矛盾，令人感到很害怕。消息是由战斗刚开始那几个小时中受伤的伤员带来的。这些人开始鱼贯而来，有的独自一人，有的成群结队，伤势较轻的搀扶着那些一瘸一拐、步履蹒跚的。他们很快就形成了一条稳定的人流，痛苦万状地朝医院走去。他们的脸被硝烟炮火熏得黑糊糊的，就像黑人一样，浑身上下都是尘土和汗水，伤口没有包扎，血已经凝固，成群的苍蝇围着他们直转。

从城北面挣扎着走过来的伤兵们最早到达的房子之一便是白蝶姑妈的房子。他们一个接一个迈着蹒跚的脚步来到门口，一屁股坐在绿油油的草地上，哇哇乱叫：

"水！"

一整个艳阳似火的下午，白蝶姑妈和她的家人，黑人也罢，白人也罢，全都站在烈日下，提着水桶，拿着绷带，舀水给伤兵们喝，为他们包扎伤口，直到绷带全部用完，连撕开的床单和毛巾也全部用尽为止。白蝶姑妈是个看见血就会晕过去的人，现在却把这点全给忘了，跑上跑下忙活着，那双小脚穿的鞋又太小，走得小脚都肿了起来，再也支撑不了她。连挺着大肚子的媚兰也忘了羞怯，兴奋地和普里西、厨娘及思嘉一起忙活着，脸上的紧张神情不亚于任何一个伤员。最后，她晕倒了，可连个让她躺的地方都没有，只好让她躺在厨房的桌子上，因为屋里的每张床铺、每把椅子和每张沙发都挤满了伤员。

在这一片忙乱中，小韦德完全被遗忘了。他蹲在前面游廊的栏杆后面，像个关在笼子里的惊恐万状的小兔子一样，眼睛因恐惧而瞪得大大的，边吮着大拇指，边打着嗝。有一次，思嘉看到他，便厉声对他说："到后院玩去，韦德！"但眼前这幅惨景令他又害怕又着迷，他便没有照母亲说的话去做。

草地上满是疲乏沮丧的人。他们太累了，无法再往前走。由于受伤，他们都已经太虚弱，根本无法动弹。彼德大叔便把这些人弄上马车，载到医院去，一趟一趟地载，直到老马都累得大汗淋漓。米德太太和梅里韦瑟太太也把她们的马车派来了。马车上路时，连弹簧都被伤员的体重压弯了。

后来，在漫长、炎热的夏日黄昏，从战场上开过来的救护车隆隆驶过，还有盖着帆布篷的军需货车。接着就是农场货车、牛车，甚至还有私人马车，这些都是被医疗队征用的车辆。它们从白蝶姑妈的屋子前面经过，在崎岖不平的路上颠簸着，里面载满了伤员和濒临死亡的士兵，一滴滴鲜血滴落到红色的尘土中。看到提着水桶、拿着勺子的女人，车辆都停了下来，响起了一片低语声：

"水！"

思嘉托着那些摇晃不已的头，让那些焦渴的嘴唇能喝到水；把成桶的水泼在那些满身尘土、正在发烧的士兵身上，还把水泼在开裂的伤口上，好让那些人的疼痛能得到暂时的缓解。她踮着脚尖，把勺子递给救护车司机，心都跳到了喉咙口，对每个司机发问："有什么消息没有？有什么消息没有？"

大家都这么回答她："具体情况还不知道，夫人。现在说还为时尚早。"

夜幕降临了，气候闷热难当。天空中一丝风也没有，黑人举着燃烧的松节，使天气更加闷热。尘土塞满了思嘉的鼻孔，嘴唇也直发干。那天早晨刚刚洗得干干净净、浆得硬硬的淡紫色印花裙子已被血水、尘土和汗水弄得斑迹点点的。希礼写信时说过，战争不是什么光荣的事，而是污秽和痛苦。这么说，这就是希礼所指的意思了。

劳累给这整个画面蒙上了一层不真实的梦幻般的色彩。这不可能是真的——如果这是真的，那这世界就乱套了。如果不是真的，那她为什么要站在白蝶姑妈这宁静安详的前院里，站在这闪闪烁烁的火光中，把水泼向这些即将死去的朋友们呢？有这么多人都曾经是她的朋友。他们看到她时，都尽力挤出一丝微笑。这么多她很熟悉的人沿着这黑糊糊、尘土飞扬的道路颠簸着。这么多人死在她的眼皮底下，成群的蚊子和小昆虫伏在他们流着鲜血的脸上。她曾经和这些人一起跳舞，一起欢笑。她曾为他们弹过琴、唱过歌。她曾取笑过他们，安慰过他们，爱过他们——一点点。

她在一辆牛车最下面一层的伤员中看到了凯里·阿什伯恩。他头部中弹，已经剩下最后一口气了。可她要想弄他出来，就得烦扰另外六个伤员，所以她就只好让他上医院去了。后来，她听说，不等医生来看他，他就死了，后来被埋在某个地方，谁也不知道具体在哪里。那一个月里安葬的人太多了，都是被埋在奥克兰墓地里匆匆掘出的浅浅墓穴里。媚兰感到很伤心，因为无法拿到凯里的一绺头发，好送给他在亚拉巴马的妈妈。

闷热的夜晚在慢慢地过去，她们累得腰酸背痛，连膝盖也直不起来了。

思嘉和白蝶向一个又一个人发问:"有什么消息没有?有什么消息没有?"

随着漫漫长夜一分一秒地过去,她们终于听到了回答,可这回答却令她们脸色惨白,面面相觑。

"我们在撤退。""我们只好撤退了。""他们的人数比我们多出好几千人。""惠勒带领的骑兵在迪凯特被切断了,北方佬袭击了他们。我们得增援他们。""我们的部队马上会全部撤到城里来。"

思嘉和白蝶紧紧抓住对方的手臂,不让自己摔倒。

"北方佬——北方佬真的要来了吗?"

"是的,夫人,他们是会来,但他们不会来这么远的地方。""别发愁,小姐,他们无法占领亚特兰大的。""不,夫人,我们在城四周有上百英里的防御工事呢。""我亲耳听到乔老将军说过:'我可以永远守住亚特兰大。'""可我们现在没有乔老将军了。我们有——""住嘴,你这个白痴!你想吓唬太太小姐们吗?""北方佬永远无法占领这个地方的,夫人。""你们这些太太小姐们为什么不到梅肯或是别的更安全的地方去呢?你们在那没有亲戚吗?""北方佬不会占领亚特兰大的,但他们既然想占领它,这对太太小姐们便不太好。""会有一次很猛烈的炮轰。"

第二天,下了一场温暖的透雨,天空中雾气蒙蒙的。成千上万吃了败仗的部队拥进亚特兰大,要从这里经过。他们疲惫不堪,又饿又累,连续七十五天的战斗和撤退,搞得他们筋疲力尽。他们的战马饿得只剩皮包骨,大炮和弹药箱上绑着残缺不全的绳索和牛皮条。但他们走来的时候并不像毫无次序的乱民和乌合之众。他们有条不紊地走着,穿着褴褛的衣衫却还扬扬自得,破损的红色战旗在雨中高高飘扬。在乔老将军的领导下,他们学会了该怎样撤退,乔老将军可是把撤退也当成同进军一样的战略的。一排排胡子拉碴、衣衫褴褛的士兵和着《马里兰!我的马里兰!》的音乐,沿着桃树街前进,全城人都出来为他们欢呼。不管是打了胜仗还是吃了败仗,他们同样都是他们的战士。

不久以前还穿着华丽簇新的军服出征的州里的民兵,现在走在受过战火洗礼的队伍中,已经很难认出来了。他们太肮脏,太邋遢,但眼里有了一种新的神采。他们道歉了三年,一再解释为什么没有上前线,现在这些已经是几辈子以前的事了。他们已经放弃了后方的安全,换来了战斗的艰辛。

许多人都已经用悠闲自在的生活换来了痛苦不堪的死亡。他们现在是老兵了,只服了很短时间兵役的老兵,但还是算老兵,而且他们表现得很出色。他们在人群中搜寻着朋友的面孔,骄傲、挑战似的注视着他们。他们现在可以昂首挺胸了。

城卫队的老人和男孩走了过来。白发苍苍的老人累得连脚都几乎抬不起来了,男孩的脸上是一副过早面对大人的问题而感到疲倦的表情。思嘉看到了菲尔·米德,几乎认不出他来了。炮灰和尘垢把他的脸弄得漆黑,严峻的考验和过度的疲乏使他神经极为紧张。亨利叔叔一瘸一拐地走了过去。在雨中,他没有戴帽子,身上披着一块老旧的油布,中间穿了一个洞,头从洞里伸了出来。梅里韦瑟老爷爷坐在一个炮架上,光着的脚裹着被子的破布片。虽然她尽力寻找着,可连卫约翰的影子也没见到。

然而,约翰斯顿的老部下们还是迈着毫不疲倦、无忧无虑的步伐走了过来。三年以来,他们一直都是这样。他们还有余力对漂亮的姑娘们咧嘴而笑,向没有参军的男人开着粗鲁的玩笑。他们正在开赴环绕全城的战壕——不是匆匆忙忙挖成的浅浅的战壕,而是齐胸深的、用沙袋加固过的土木工事,顶部还插着削尖的木棒。这些战壕环绕了全城,一英里又一英里,红色的沟壑上面盖上了红色的土堆,等着人来填满它。

人群向队伍欢呼着,就像他们是凯旋归来的勇士一样。每个人心里都怀有恐惧,可是,既然现在已经知道了事实真相,既然最糟的事情已经发生,既然战争已经打到家门口,全城人反倒变了。现在不再恐慌,不再歇斯底里了。心里所想并不会在脸上表现出来。每个人看上去都很快乐,虽然说这种快乐伴随着紧张感。每个人都尽力向部队展示一副勇敢、自信的面孔。每个人都在重复着乔老将军在被免职前不久说过的话:“我可以永远守住亚特兰大。”

现在,胡德也不得不撤退了,很多人便和战士们一样,希望乔老将军能够官复原职,可是他们强忍着不说出来,只从乔老将军的话中获得勇气。

“我可以永远守住亚特兰大!”

约翰斯顿将军采用的是谨慎的战术,这可不是胡德的作风。他一会从东面袭击北方军,一会又从西面袭击北方军。舍曼把全城团团围住,就像个摔跤运动员，试图从对手的身上找到一个抓手的地方。胡德没有待在散兵壕里等着北方军来向他们进攻。他大胆地出去迎击他们，向他们猛扑过去。仅仅几天工夫，亚特兰大战役和埃泽拉教堂战役都打完了。这两个地方都是规模较大的交战，这反倒使桃树街的交战变成是小打小闹了。

可是，北方佬总是会回来再次开战。他们的损失惨重，但他们输得起。他们的炮兵一直在猛轰亚特兰大，待在家里命也不保，屋顶被掀翻了，街上被炸出一个个大弹坑。城里人在地下室、在坑道里、在铁路沟渠里挖出的浅浅的隧道中尽可能地躲避着炮火。亚特兰大被包围了。

在胡德将军接管指挥权后的十一天内，他损失的兵力几乎和约翰斯顿七十四天中打仗和撤退时损失的兵力一样多。亚特兰大已经三面受敌。

亚特兰大到田纳西的铁路全线现在都落到了舍曼的手里。他的军队穿过铁路到了东部，切断了往西南方向通往亚拉巴马的铁路。只有往南的一条铁路，就是通往梅肯和萨凡纳的还在通行。城里挤满了士兵、伤员和难民。这唯一的一条铁路线已经满足不了这个水深火热的城市迫切的需要了。但只要这条铁路还掌握在手中，亚特兰大就能够坚持下去。

这条铁路太重要了，思嘉意识到这一点时，她害怕极了。为了控制这条铁路，舍曼一定会奋勇作战，而胡德也会拼死保住它。因为这条铁路贯穿全县，而且经过琼斯伯勒。而塔拉离琼斯伯勒只有五英里！比起亚特兰大这个尖叫声不断的地狱来，塔拉倒像是个避难所。可是，塔拉离琼斯伯勒只有五英里！

亚特兰大战役打响那天，思嘉和其他太太小姐们坐在商店的平屋顶上，打着小巧的阳伞遮着太阳，坐在那观战。但是，第一发炮弹落到街上时，她们便赶紧逃到地下室去了。就在那天晚上，妇女、儿童和老人组成的撤退大军开始从城里出发了。他们的目的地是梅肯。那天晚上乘火车走的人当中，有许多人在约翰斯顿从多尔顿撤退时就已经逃难过五六次了。和到亚特兰大时的旅程相比，他们现在的旅程可是轻松多了。许多人只带着一个毛毡袋和包在印花大手帕里的简陋的午餐。到处可见一脸惊恐的仆从们拿着银水罐、刀叉及在第一次开仗时抢救出来的家庭画像。

梅里韦瑟太太和埃尔辛太太都不肯走。医院需要她们。她们还自豪地说，她们一点都不害怕，哪个北方佬也无法把她们从自己的家里赶走。但梅贝尔和她的孩子及范妮·埃尔辛都去了梅肯。自结婚以来，米德太太第一次采取了反叛的行动。医生命令她坐火车到安全的地方去，可她断然拒绝了。她说，医生需要她，再说，菲尔就在战壕里，她想离他近些，万一……

但怀廷太太和思嘉圈子里的许多太太小姐都走了。白蝶姑妈是最早对乔老将军的撤退策略提出非难的人，现在也是最早收拾行李的人之一。她说，她的神经很脆弱，受不了噪音。她担心一有爆炸就会晕过去，连想走到地下室去也办不到。不，她可不是害怕。她孩子般的小嘴很想装出一副英勇的神情来，但是办不到。她要到梅肯去，和她的表妹伯尔老太太住在一起，姑娘们得跟她一块去。

思嘉可不愿去梅肯。她虽然也被炮弹吓坏了，但她宁愿待在亚特兰大而不愿到梅肯去，因为她打心里讨厌伯尔老太太。多年以前，在卫家举行的一次晚会上，思嘉和伯尔太太的儿子威利接吻时，被她当场逮住，伯尔太太便说她很"放荡"。"不，"她对白蝶姑妈说，"我要回塔拉去。让梅利跟你一起去梅肯吧。"

一听到这话，媚兰便伤心、害怕地哭了起来。白蝶姑妈飞奔去找米德医生时，媚兰抓住思嘉的手恳求道：

"亲爱的，别到塔拉去，别离开我！没有你我就太孤单了。噢，思嘉，孩子出生时，没有你在我身边，我会死的！是的——是的，我知道我有白蝶姑妈在身边，她是很好。但她毕竟从来没生过孩子。有时候，她还会使我神经很紧张，紧张得想尖叫出来。别抛弃我，亲爱的。对我来说，你一直像是我的妹妹一样，再说，"她惨淡地笑了笑，"你答应过希礼要照顾我的。他对我说过，他会恳求你这么做的。"

思嘉不解地盯着她。她这么讨厌这个女人，几乎都无法掩饰这一点，梅利怎么可能还如此爱她呢？梅利怎么会这么傻，猜不出她在默默地爱着希礼这个秘密呢？这几个月中，她在痛苦的煎熬中等着有关他的消息，已经不下百次地泄露了自己的秘密。可媚兰什么也没有看到，媚兰什么也看不到，只看到她所爱的人身上的优点……不错，她是答应过希礼她会照顾媚兰。"噢，希礼！希礼！过了这么多个月，你一定已经死了！可是现在，你这诺言反倒伸出手来把我抓住了！"

“哦，”她唐突地说，“我确实答应过他，我也不会毁约。可我不想去梅肯和伯尔那只老猫待在一起。只要五分钟我就会把她的眼珠子都抓出来的。我要回塔拉的家中去，你可以和我一块去。你去了，妈妈一定会很高兴的。”

“噢，我也赞成这个主意！你妈妈人也很好。可是你知道的，孩子出生时，姑妈要是没跟我在一起，她非死不可。我知道她不会到塔拉去。那里离打仗的地方太近，姑妈想要安全些。”

米德医生上气不接下气地赶来了。白蝶惊恐万状地去叫他，他还以为媚兰至少是要早产了。他非常生气，发了一大通牢骚。知道她不舒服的原因后，他开口说话了。他的话便把事情定了下来，一点商量的余地也没有。

“你去梅肯是不可能的，梅利小姐。你要离开此地，我可不能答应。火车又挤又没个准。如果需要火车运送伤员或是部队和装备，乘客随时有可能在森林里被叫下车去。像你这种情况——”

“如果我和思嘉一起到塔拉去——”

“我跟你说吧，我不会让你走的。去塔拉的火车也就是去梅肯的火车，情况是一样的。再说，现在谁也不知道北方军在哪里，可他们无处不在。你坐的火车甚至有可能被拦截。就算你安全抵达琼斯伯勒，到塔拉也还有五英里，路很不好走。行动不方便的妇女是走不了那种路的。再说，方丹老医生参军以后，县里一个医生也没有了。”

“可还有接生婆呢——”

“我说的是医生。”他粗暴地说，目光无意识地落到她小巧的身架上，“我不会让你走的。这很危险。你不会想让孩子在火车上或是马车上出生吧，对不对？”

从医学角度如此坦率的话使夫人们脸窘得通红，不再吱声了。

“你只能待在这里，这样我就能关照你。你还必须卧床休息。不能在楼梯上走上走下，到地下室去。那是绝对不行的，即使炮弹从窗口飞进来也不行。这里的危险毕竟也没那么大。我们很快就能把北方佬打回去的……好了，白蝶小姐，你马上到梅肯去，让年轻姑娘们待在这里。”

“没有年长的人陪伴？”她大叫起来，一脸愕然。

“她们都已经结过婚了。”医生烦躁地说，“米德太太家离这只隔了两座房子。梅利小姐这种情况,她们不会再在家里接待男性客人了。我的天,白蝶小姐!这是在战时。我们现在没法顾及礼节了。我们得为梅利小姐着想。"

他步履沉重地走出房间,等在前面的游廊上,直到思嘉走了过去。

"我得把实话告诉你,思嘉小姐。"他开口说道,用手捋着胡子,"你似乎是个懂得一些常识的年轻姑娘,所以你也不必脸红了。我不想再听到诸如梅利小姐要走的话。我很怀疑她能否经受得了这种旅途。往最好处想,她生的时候也会非常困难——你知道,她的臀部太窄,生的时候很可能需要用产钳,所以,我不想让任何无知的黑人接生婆给她瞎弄。像她那样的女人是不该生孩子的,可是——不管怎样,你把白蝶小姐的箱子收拾好,送她去梅肯。她老是吓得半死,只会使梅利小姐心里难受,对她半点好处也没有。好了,小姐,"他目光锐利地瞥了她一眼,直看到她的心里去,"我也不想听到你要回家的话。你跟梅利小姐待在一起,等她把孩子生下来。你不会害怕吧,对不对?"

"噢,不会!"思嘉在撒谎,但很坚定。

"那才是个勇敢的姑娘。你们需要的话,米德太太会来陪伴你们的。如果白蝶小姐把她的仆人带走了,我会叫老贝齐来给你们做饭。不会要很久的。再过五个星期,孩子就会出世。可是头胎孩子都很难说,再加上这隆隆的炮声,孩子随时都可能会出生。"

这样,白蝶姑妈泪流满面地去了梅肯,把彼德大叔和厨娘也带走了。她出于爱国热情,一时冲动把马车捐给了医院,可马上就后悔了,这又使她流了更多的眼泪。思嘉、梅利和韦德及普里西留了下来。虽然炮轰还在继续,这屋子已经安静了许多。

# 第十九章

围城的头几天，北方军不时突破守城的防线，一会这里被撕了个口子，一会那里又被打开了缺口。炮弹到处开花，思嘉被吓坏了，只能孤独无助地打着哆嗦，双手捂住耳朵，随时准备着被炸成灰烬。一听到象征炮弹来临的呼啸声，她就冲到媚兰的卧室去，颓然倒在她身边。于是两个人紧紧拥抱着，把头埋在枕头里，“噢！噢！”地尖叫着。普里西和韦德则急急忙忙跑到地下室去，蹲在布满蛛网的黑暗中。普里西尖声高叫着，韦德则低声饮泣，还打着嗝。

头顶上呼啸而过的是死亡的威胁，埋在羽毛枕里又几乎透不过气来，思嘉暗暗诅咒媚兰。正是为了她，她才无法跑到楼梯底下的地下室去。可医生不许媚兰走动，思嘉只得跟她待在一起。除了担心会被炸得粉身碎骨外，媚兰的孩子随时都可能出世，这也同样使她感到害怕。每次一想到这点，思嘉浑身都会冒出黏糊糊的冷汗。如果孩子要出生了，她该怎么办？她知道，现在的炮弹就像四月里下雨一样满街乱落，要她在这种时候出去找医生，那她宁愿让媚兰死。她也知道，普里西是宁愿被打死也不会去冒这个险的。如果孩子要出生了，她该怎么办？

一天晚上，她和普里西正在为媚兰准备晚餐，她们低声讨论了这些事情。令思嘉大为吃惊的是，普里西居然消除了她的恐惧。

“思嘉小姐，俺想，梅利小姐要生孩子的时候，如果我们找不到医生，你也不用担心。俺能对付。生孩子的事，俺什么都知道。难道俺妈不是接生婆吗？她不是把俺也教成接生婆了吗？把这事交给俺行了。”

知道有经验的帮手在身边,思嘉心里的石头落了地,呼吸也更轻松了。但她还是渴望着这一痛苦早点结束,快快过去。她急于远离爆炸的炸弹,渴望回到塔拉家中那宁静的氛围中去。于是,每天晚上,她都在祈祷着孩子第二天就能出世,这样,她就可以从诺言中解脱出来,可以离开亚特兰大。塔拉远离所有的痛苦,好像很安全。

思嘉很想家,很想她的妈妈。她这辈子还从来没有这么热切地想念过别的什么呢。如果她在埃伦身边,那不管发生什么,她都不会害怕的。在尖声呼啸、震耳欲聋的炮声中又过了一天之后,每天晚上上床睡觉时,她都下定决心要告诉媚兰,她在亚特兰大一天也无法再忍受下去了,她要回家去。媚兰就只好到米德太太家里去。可是,她头一碰到枕头,脑海里便浮现出她和希礼最后一次见面时他脸上的神情。他因内心的痛苦而拉长着脸,嘴角却挂着一丝笑容:"你会照顾媚兰的,是不是?你这么坚强……答应我。"她也就答应了。希礼已经不知在什么地方在地下长眠了。但不管在哪里,他都在注视着她,要她守约。不管自己还活在人世或长眠地下,她都不能有负于他,不管要付出多大的代价。就这样,她又一天天地留下来了。

埃伦来信极力要求她回家去。她在回信中把围城的危险缩小到最低的程度,解释了媚兰危险的处境,答应孩子一出生就回家去。埃伦对亲戚关系非常敏感,血缘关系也罢,姻亲关系也罢。她又回了信,勉强同意她待在那,但要求说必须马上先送韦德和普里西回家。普里西举双手赞成这个建议。现在的普里西一听到什么异常的声响,就会变成一个吓得牙齿直打颤的白痴。她很多时间都蹲在地下室里。要不是米德太太的呆头呆脑的老贝齐,姑娘们过得可就惨了。

思嘉和她妈妈一样,急于把韦德从亚特兰大送走。这不但是为了孩子的安全,而且是因为他老是害怕,那样子使她心烦。韦德已经被炮弹吓得不敢说话了。即使轰炸暂停的时候,他也老是拉着思嘉的裙子,吓得连哭都哭不出来。晚上他不敢去睡觉,怕黑,怕睡着了北方佬会来把他抓走。晚上,他紧张不安、抽抽搭搭的哭声刺得她的神经都受不了。她心里其实也和他一样害怕,可他紧张、拉长的脸每时每刻都在提醒她这一点。为此,她非常生气。是的,塔拉才是适合韦德待的地方。普里西得把他带到那去,然后再马上回来。孩子出生时,她得在场。

然而，思嘉还没来得及送他们两人踏上回家的旅程，就传来了这样的消息，说北方军开到了南面，在亚特兰大和琼斯伯勒之间的铁路沿线到处骚扰，小打小闹。假如北方佬拦截了韦德和普里西坐的火车呢——想到这点，思嘉和媚兰脸都白了。大家都知道，北方军对孤独无助的孩子所施的暴行比对妇女的还更恐怖。所以她又害怕送他回家了。他也就留在了亚特兰大，像个惊恐万状、默默无言的小鬼魂，拼命跟着他妈妈，手里一时半刻没有抓住他妈妈的裙子，他就会感到害怕。

七月的天气非常炎热，围城在继续。夜晚阴沉、宁静，伴有不祥之感。夜晚过去了，炮声隆隆的白天又开始了。可这个城市开始调整自己了。事情好像是这样的，既然最糟的事情都已经发生，他们便再也没有什么可害怕的了。他们曾经害怕围城，而现在围城已经发生，而且毕竟还不算太糟。日子照旧可以过下去，而且也确实和往常几乎没什么两样。他们知道，他们正坐在一座火山上。可火山若要爆发，他们也无能为力。那为什么现在就要担心呢？何况火山很可能根本就不会爆发。就看看胡德将军是怎样把北方军挡在城外的就行了！看看骑兵部队是怎样把到梅肯的铁路控制在手里的！舍曼永远也不会得到它！

尽管面对落下的炮弹和越来越不足的配给，但他们表面上显得很不在乎；尽管北方军离他们只有半英里远，但他们却只当没看见；尽管对散兵壕里穿着褴褛的灰色军服的部队有无限的信心，可是，亚特兰大这个城市的表皮下面，流动着一股狂野的情绪，不知道第二天会发生什么。悬而未决，担心忧虑，痛苦，饥饿和一会充满希望，一会又伤心失望带来的痛苦，正在使这表皮一天薄过一天。

渐渐的，思嘉从朋友们一张张勇敢的脸上获得了勇气。无法治愈的就必须忍受，大自然也在宽厚仁慈地调整着自己。思嘉也从其中获得了力量。……当然，听到爆炸声她还是会跳起来，但她不再尖叫着跑去把头埋在媚兰的枕头底下了。现在，她也能够一边大口吃着东西，一边无力地说："那颗炮弹挺近的，对不对？"

她现在不怎么害怕了，这还因为生活已经蒙上了一层梦幻般的色彩，这是场可怕的噩梦，可怕得一点真实感也没有。她，郝思嘉，不可能处于这么危险的境地当中，每时每刻都受到死亡的威胁。生活那种安宁的进程，不可能在这么短的时间内就变得面目全非。

这太不真实了，不真实到了荒唐的地步。天亮时还是色彩柔和的蓝蓝的天空，后来就被炮火的硝烟玷污了，烟雾就像挂在低空的雷云一样笼罩着整个城市；温暖的中午曾经到处飘荡着一簇簇忍冬属植物和爬藤玫瑰的恬淡的幽香，现在却变得如此可怕。炮弹呼啸着落在街上炸裂开来，仿佛世界末日来临。弹片飞到了几百码开外，人和动物被炸得粉身碎骨。

下午的午睡已经不再安静，慵懒，战争的喧闹时不时或有停息，可桃树街却每时每刻都生气勃勃，忙乱热闹——大炮和救护车隆隆驶过；伤员从散兵壕里蹒跚而来；部队匆匆忙忙跑步而过，被指挥官从城这边的壕沟里调到城那边的工事去，因为那里敌人的攻势很强；传令兵们沿街冲向司令部，好像南部邦联的命运全都掌握在他们的手里。

炎热的夜晚带来了些许安宁，可这安宁却伴随着一种不祥之感。静谧的夜晚降临时，那是太过安静了——似乎雨蛙、昆虫和打着瞌睡的反舌鸟也都害怕过头了，它们在夏夜的常规合唱中，好像连音调都不敢提高。最后一道防线中的旧式步枪不时发出尖利的噼啪声，打破了这种宁静。

在夜深人静、灯火尽熄的时候，媚兰也已酣然入睡，整个城市一片死静。思嘉在辗转难眠之时，经常会听到前门门插的咔嗒声和轻柔、急迫的敲门声。

总是有士兵站在前面的游廊上，黑暗中看不清他们的脸，但许多不同的声音异口同声地从黑暗中传来，跟她说话。有时候是阴影中某个斯文的声音："夫人，非常抱歉打扰了你，你能不能给我和我的战马一些水喝？"有时候是山地人那种生硬的喉音。有时候又是最南端长满狗牙草的平坦的乡间那怪怪的鼻音。偶尔，沿海地带那慢吞吞的声音也会在她心里打个激灵，这使她想起了埃伦的声音。

"小姐，我有个伙伴本是要到医院去的，可他好像到不了那里了。你能不能把他收下来？"

"夫人，我喝点水就行了。如果有的话，我也想要块玉米饼。"

"夫人，请原谅打搅了你——我能不能在你的游廊上过夜？我看到那有玫瑰，还闻到了忍冬青的香味，这里太像家里了，所以我斗胆——"

不，这些夜晚不是真的！它们都只是一场梦魇，这些人全都是梦魇的一部分。她看不见他们的身体和脸庞，温煦的暗夜里只传来他们跟她说话的疲惫不堪的声音。提水，招待饭菜，在房子前面的游廊上放好枕头，包扎伤口及抱着生命垂危的士兵那脏兮兮的头。不，这些事不可能发生在她身上！

七月底的一天晚上，来敲门的却是亨利叔叔。亨利叔叔身上少了雨伞和毛毡旅行袋，连肥胖的大肚皮也不见了。他粉红色的胖脸上皮肤松弛，一褶一皱的，就像是斗牛犬颈部下垂的皮肉，长长的白发脏得简直无法形容。他几乎可以说是光着双脚，脚上还爬有虱子。他饥饿交加，可他那暴躁的脾气却丝毫也没有改变。

他说："这真是场愚蠢透顶的战争，连我这样的老头也得去端枪打仗。"虽然他这么说，可给姑娘们的印象却是，亨利叔叔在自鸣得意呢。他也像年轻人一样派上用场了，他正在做着和年轻人一样的事。再说，他还能赶得上年轻人，比梅里韦瑟老爷爷强多了。他跟她们说起这些时，显得很高兴。老爷爷的腰部风湿病又犯了，而且很厉害，上尉想免去他的兵役。可老人不愿回家。他坦率地说，他宁愿听上尉的咒骂和凌辱，也不愿回去忍受儿媳妇的悉心照料。她总是不停地要求他不要嚼食烟草，还要他每天洗胡子。

亨利叔叔只待了一会儿，因为他只请了四小时的假，可有一半的时间得花在从防御工事到家里的路上。

"姑娘们，我得有一阵子不能来看你们了。"他正坐在媚兰的卧室里。思嘉提来一桶凉水放在他面前，他起疱的双脚正在水里舒舒服服地蠕动着。"我们的连队早上就要开拔了。"

"到哪去？"媚兰害怕得抓住了他的手臂问道。

"别把手放在我身上，"亨利叔叔烦躁地说，"我身上有虱子在爬呢。要不是有虱子和痢疾，战争就会像野餐一样有趣了。我要到哪去？咳，我也没有人告诉我，可我倒有个相当不错的预感。我们早晨就要朝南往琼斯伯勒去，除非我错得太离谱才不是这样。"

"噢，为什么要往琼斯伯勒去呢？"

"因为那里要打一场大战，小姑娘。如果可能的话，北方佬正想把那里的铁路夺过去呢。如果他们成功了，那就得跟亚特兰大说再见了！"

"噢，亨利叔叔，你觉得他们会成功吗？"

"哪会这样，姑娘们！不会的！有我在那，他们怎么可能成功呢？"亨利叔叔望着她们一脸害怕的样子,咧嘴笑了,可紧接着又一脸严肃,"那会是场硬战,姑娘们。我们得打赢。你们当然知道,北方佬已经占领了所有的铁路线,只有到梅肯的那条除外,但他们占领的远不止这些。也许你们姑娘们还不知道,他们也占领了每一条公路、马车道和马道,只剩下麦克多诺路了。亚特兰大就像被装进了袋子,而拉紧袋口的绳子就在琼斯伯勒。如果北方佬占领了那里的铁路,他们就可以拉紧绳子,把我们闷在里面,就像在小袋中的负鼠一样。所以,我们的目标就是不让他们占领那条铁路……我可能要离开一阵子了,姑娘们。我就是来向你们大家告别的,同时证实一下思嘉还跟你在一起,梅利。"

"她当然还跟我在一起。"媚兰娇嗔地说,"别为我们担心,亨利叔叔,千万要保重。"

亨利叔叔在破地毯上擦干湿漉漉的脚,再穿上破烂不堪的鞋,嘴里嘟哝着。

"我得走了,"他说,"我还要走五英里路呢。思嘉,你给我装些午饭让我带走。什么都行。"

他吻别了媚兰,下楼来到厨房。思嘉正把一块玉米饼和几个苹果包在餐巾里。

"亨利叔叔——真的——真的这么严重吗?"

"严重? 见鬼,是的! 别傻了。我们已经退到最后一道壕沟了。"

"你认为他们会到塔拉吗?"

"哦——"亨利叔叔开口说道。大事当前,女人还只会考虑自己的事,这使他很恼怒。可是看到她一副担惊受怕、愁眉苦脸的样子,他又心软了。

"当然不会。塔拉离铁路线还有五英里,那条铁路才是北方佬想要的。你真的还不如绿花金龟有头脑,小姑娘。"他突然停下不说了,"我今晚走了这么多路,不单是为了来跟你们告别的。我是来告诉梅利一些不好的消息的,可我刚想开口,却又不忍心对她说了。所以,我想让你来告诉她。"

"希礼没有——你没听说什么吧——他——死啦?"

"得啦,我一直站在散兵壕里,烂泥没到了屁股上,我怎么可能听到希礼的消息呢?"老先生烦躁地反问,"不。是他父亲的事。卫约翰死了。"

思嘉颓然坐了下去,手里还抓着包了一半的午饭。

“我是来告诉梅利的——可我开不了口。这得由你来办了。再把这些东西交给她。”

他从口袋里掏出一块挺沉的金表，表带还在晃悠着，还有久已辞世的卫太太的一幅袖珍画像和一对袖口的大扣子。思嘉曾经无数次看到卫约翰手上戴着这块手表，现在猛一看到它，这才着着实实明白过来，希礼的父亲真的死了。她惊愕极了，既哭不出来，也说不出话来。亨利叔叔坐立不安地在一边咳嗽，不敢看她，怕看到她流眼泪，那会使他自己也感到很难过。

“他很勇敢，思嘉。把这告诉梅利。叫她写信跟他家的姑娘们说说。就他的年龄来说，他不愧是个好战士。一发炮弹打中了他，正巧落在他和他的马身上。把马都炸伤了——我亲自开枪把马打死的，可怜的东西。它真是匹出色的小母马。你最好也给塔尔顿太太写封信，告知她这一点。她非常珍视这匹马。把我的午饭包起来吧，孩子。我得走了。好了，亲爱的，别太往心里去。对一个老人来说，在年轻人的事业中死去，没有什么比这更好的方式了吧？”

“哦，他不该死的！他不该去打仗。他本该好好活着，看着他的孙子长大，平静地死在床上。噢，他干吗要去呢？他不赞成脱盟，他也痛恨战争——”

“我们很多人都这么想，可又有什么用呢？”亨利叔叔烦躁地吸着鼻子，“我都一把年纪了，你以为我会乐意让北方佬的步枪手把我当靶子吗？可现在，作为一个绅士，已经没有别的选择了。和我吻别吧，孩子。别为我担心，我会平安无事地度过这战争年月的。”

思嘉吻了吻他，听着他的脚步声下了台阶，消失在黑暗中。她还听到前面大门门插打开的声音。她站在那里端详着手里的纪念品，看了好一会，然后才上楼去告诉媚兰。

七月底传来了不受欢迎的消息，正如亨利叔叔所预料的，北方军再次挥师琼斯伯勒。他们在离城四英里处切断了铁路线，可却被南部邦联的骑兵部队打败了；工兵部队头顶烈日，挥汗如雨，修复了铁路线。

思嘉都快急疯了。她等了整整三天，心里越等越害怕。后来嘉乐来了一封信，这才使她放下心来。敌人没有到塔拉。他们能听到战争的声音，但北方军的影也没见着。

嘉乐的信里说到北方佬是怎样从铁路线上被赶跑的。信里大话连篇，牛皮吹得震天响，不知道的人还以为，这是他独自一人亲自创下的丰功伟绩呢。有关部队的勇敢行径，他写了满满三大页，在信末才简单地提到卡丽恩生病了，郝太太说是伤寒。她的病不太重，思嘉不用为她担心，可她现在是无论如何也回不了家了，即使铁路很安全也白搭。围城开始时，思嘉和韦德没有回家，这倒使郝太太很高兴。郝太太说，思嘉必须上教堂去念些玫瑰经，好让卡丽恩早日恢复。

最后这件事倒是使思嘉良心不安，因为她已经有好几个月没有上教堂去了。她曾经也认为这一疏忽是极大的罪过，但是，不知怎的，现在没去教堂似乎并不像过去那样觉得罪孽深重了。但她还是听她妈妈的话，到房间去跪在地上急匆匆地咕噜了一段《玫瑰经》。她站起身，感到祈祷后并不像过去那样能得到心理安慰。有一段时间，她甚至还觉得，虽然每天有几百万、几千万人向上帝祈祷，但上帝并没有垂顾她、南部邦联或是整个南方。

那天晚上，她坐在屋前的游廊上，把嘉乐的信放在胸前，这样，她就可以不时地摸一摸，感觉塔拉和埃伦离她近一些。客厅里的灯光透过窗户，在被葡萄藤覆盖着的黑暗的游廊上投下金色的影子。缠结在一起的黄色爬藤玫瑰和忍冬青在她周围形成了一堵香味纷杂的围墙。夜宁静极了。从太阳落山到现在，连声枪响也没有，整个世界似乎离她很远。思嘉躺在躺椅上，前后摇动着。自从听到塔拉来的消息后，她一直感到很寂寞，很难受，希望能有人跟她在一起，谁都可以，连梅里韦瑟太太也行。可是，梅里韦瑟太太在医院值夜班，米德太太则在家里给从前线回家来的菲尔准备晚宴，媚兰又睡着了。甚至连碰巧有客人来访的希望也没有。过去这个星期中，一个客人都没有，因为每个能走的人都在散兵壕里，要不就在琼斯伯勒附近的乡间追击北方军。

像现在这样独自一人待着，这对她来说并不是很经常的事，她不喜欢这样。独自一人时就得想事情，而这些日子里，所想的东西都令人不快。像其他人一样，她也养成了一个习惯，老是想起过去，想起死去的人。

今晚，亚特兰大的夜如此宁静，她可以闭上眼睛，想象着自己回到了塔拉乡间那安详的岁月，生活没有变化，也不会变化。可是她知道，县里的生活永远也不会像过去一样了。她想起塔尔顿家的四个男孩,红头发的双胞胎和汤姆及博伊德,一股伤心之情涌到了喉咙口。咳,斯图尔特和布伦特本来哪一个都可能成为她的丈夫的。现在,等战争结束,她倒是可以回到塔拉去住,但她再也无法听到他们从雪松车道上冲过来时粗野的"喂""嗨"的叫喊声了。还有舞跳得绝棒的雷福德·卡尔弗特,他再也不会选她做舞伴了。还有芒罗家的男孩,小乔·方丹及——

"噢,希礼!"她啜泣着,把头埋在手里,"我永远也不会习惯你的离去!"

她听到前门咔哒响了一声,赶紧抬起头来,飞快地用手擦着泪眼。她站起身来,看到白瑞德从小径上走了过来,手里拿着他那顶巴拿马大帽子。自那天在五角场匆匆忙忙地从他的马车上下来以后,她至今也没有见过他。那一次,她可是明说了不想再见到他的。可现在如果有人跟她说说话,把她的思绪从希礼身上转移开,她也会很高兴。她马上便把这些思绪从脑海中赶走了。他显然已经忘了那次不快,或者说假装已经忘了。他坐在她脚边最高的一级台阶上,提都不提他们上次的分歧。

"这么说你没有逃难到梅肯去!我听说白蝶小姐已经撤退了。我自然也认为你也走了。所以,我看到你这有灯光时,我便到这来看一下。你干吗留在这里呢?"

"留下来陪媚兰。你知道,她——哦,她现在不能逃难。"

"呀!"他说道,灯光中,她看到他皱紧了眉头,"你不是要告诉我卫太太还在这吧?我还从来没听过有这么蠢的事。她那种情况太危险了。"

思嘉默默无言,窘得不行,因为媚兰的情况不是她可以和一个男人讨论的话题。瑞德居然知道这对媚兰很危险,这也使她很难堪。一个单身汉知道这点,说明这人很坏。

"你就不想想我也可能会受伤的,你太没有风度了。"她尖刻地说。

他双眼发亮,觉得很有趣。

"我敢打赌,你随时都能跟北方佬斗争的。"

"我还不敢肯定这是不是恭维话呢。"她说,心里拿不准他说这话是什么意思。

"不是,"他回答说,"你什么时候才会停止从男人最随意的话里寻找恭维话呢?"

“等我死到临头的时候。”她这么回答着,心里却在想,即使瑞德从来不恭维她,也总是有男人恭维她的,她不禁笑了。

“虚荣,虚荣。”他说,“至少,你对这点还是很坦率的。”

他打开烟盒,抽出一根黑色的雪茄,凑到鼻子下闻了一会。他划燃火柴,往后靠在一根柱子上,双手握着放在膝盖附近,默默地抽了一会烟。思嘉重新摇动躺椅,温煦的夜晚无形的黑暗包围着他们。在玫瑰和忍冬青丛中做窝的反舌鸟从酣睡中醒来,发出了怯生生的柔和的叫声。接着,好像又慎重考虑了一下,又不吭声了。

游廊上,瑞德的影子突然爆发出一阵笑声,笑声很轻,声音不大。

“这么说,你和卫太太待在一起!这是我遇到过的最最奇怪的怪事了!”

“我倒觉得一点也不奇怪。”她不安地回答说,马上警觉起来。

“不奇怪?若这样你就没有个性了。一段时间以来,我有这样的印象,你几乎容忍不了卫太太。你认为她又傻又笨,你对她的爱国热情也感到很厌烦。只要能够用言语诋毁她,你是极少会放弃这种机会的。所以,你居然会在这种炮轰时期作出这么无私的选择,跟她待在一起,我自然就会觉得奇怪啰。好了,跟我说说,你为什么要这么做?”

“因为她是查理的姐姐——对我也像个姐姐一样。”思嘉这么回答他,尽量维护着自己的尊严,虽然双颊已经在微微发红了。

“你意思是说,是因为她是卫希礼的寡妇?”

思嘉猛地站起身来,尽力克制着自己的愤怒。

“我本来差点就要原谅你原来的粗鲁行为了,可现在我做不到了。如果我不是心情不好的话,我本来是不会让你站在这游廊上的,而且——”

“坐下坐下,把你那弄皱的皮衣弄平整一些。”他说,声音变了。他伸手,拉住她的手,把她拉回椅子上坐下。“你干吗这么闷闷不乐呢?”

“噢,我今天收到塔拉来的一封信。北方佬离我家已经很近了,我小妹又患了伤寒,而且——而且——所以,现在的情况是,即使我能回家,说真的,我也真想回家,但我妈妈也不会让我回了,她担心我也会患上伤寒。噢,天哪,我真的是太想回家了!”

“好了,别为这哭了,”他说,可声音友善多了,“即使北方佬真的来了,你在亚特兰大也比在塔拉安全得多。北方佬不会伤害你,而伤寒却会伤害你。”

“北方佬不会伤害我!你怎么能说这种谎话呢?”

“我亲爱的姑娘,北方佬不是魔鬼。他们不像你认为的那样头上长角身上长刺。他们和南方人也很相像——只是言谈举止更差一些而已。当然,口音也很可怕。”

“可是,北方佬会——”

“强奸你?我认为不会。当然,他们也想这么做。”

“你再说这么难听的话,我就要进屋去了。”她叫了起来,暗影掩饰了她发红的双颊,她为此颇为欣慰。

“坦率一点。那难道不是你刚才在想的吗?”

“噢,当然不是!”

“噢,可是偏偏就是!我看透你的心思,你却对我生气,那没用的。那正是我们这些娇生惯养、心灵纯洁的南方夫人小姐们所想的。她们头脑里一直有这种念头。我敢打赌,连梅里韦瑟太太这样的寡妇……”

思嘉无声地张大了嘴巴。她记得,在这非常时期,只要两三个年长妇女聚在一起,她们就在嘀咕这种事,总是在弗吉尼亚、田纳西或是路易斯安那,离家近的地方倒从来没听说过。北方佬强奸妇女,用刺刀挑开孩子的肚子,在老人的头顶上放火烧房子。虽然她们没有在街头巷尾大喊大叫,但每个人都知道这些事是真的。如果瑞德还算个正派人,他就应该意识到这些事都是真的,而且不该谈这些。这根本就不是什么好笑的事。

她听见他在轻声发笑。有时候他真是可恶。其实,大多数时候他都很可恶。一个男人知道女人真正在想什么,说什么,那是太可怕了。这会使一个姑娘觉得自己好像被剥光衣服、赤身裸体一样。从好女人那里,男人是绝对不会知道这些东西的。他看穿了她的心思,她很生气。她喜欢认为自己对男人来说是个谜。可她知道,瑞德却认为她就像玻璃一样透明。

“说到这些事,”他继续说下去,“你屋里有没有保护人或是年长妇女什么的?令人钦佩的梅里韦瑟太太或是米德太太?她们老是看着我,好像我到这来就是没安好心似的。”

“米德太太晚上经常过来,”思嘉回答着,话题改变了,她感到很高兴,

"可她今晚来不了了。她的儿子菲尔回家了。"

"这太幸运了,"他轻声说道,"只有你一个人在这!"

他声音里有某种东西使她的心跳都加快了,为此也感到很兴奋。她觉得自己脸红了。她经常听到男人声音里的这种口吻,知道这就意味着要宣布对她的爱了。噢,这多有趣啊!只要他说出他爱她,那就等着瞧,看她怎么收拾他。这过去的三年中,他对她说过那么多讽刺挖苦的话,她现在可以和他算算总账了。她要诱使他对她展开攻势,却让他徒劳无功,陷入困境。那天,他看到她甩了希礼一耳光,她甚至要为那一幕雪耻。然后,她再柔情地告诉他,她只能做他的妹妹,再用战争这些冠冕堂皇的理由作为借口,抽身而出。她不安地笑了,心里却在欢唱,在期待。

"别笑。"说着,他拉过她的手,把它翻过来,双唇便紧紧地吻在手掌上。他温暖的嘴唇一吻上她的手,某种充满活力、电流般的感觉便从他体内传到她身上,她周身都被这种令人战栗的感觉环抱住了。他的嘴唇移到了她的手腕上,她知道,随着她心跳的加快,他一定感觉到了她脉搏的跳动。她试图抽出自己的手,但她没有成功——这股危险而温馨的感觉使她直想用手捋着他的头发,感觉一下他的嘴唇吻在自己嘴上的感觉。

她并没有爱上他,她慌乱地对自己说。她爱的是希礼。可又如何解释这种使她双手发抖、肚脐发凉的感觉呢?

他轻声笑了。

"别把手抽出去!我不会伤害你的!"

"伤害我?我可不怕你,白瑞德,也不怕任何穿皮鞋的男人!"她叫了起来,声音发颤,双手发抖,她为此感到很恼怒。

"多令人钦佩的观点呀,可还是请你小点声。卫太太会听见的。请你稳定一下自己的情绪。"听上去他对她的慌乱感到很高兴。

"思嘉,你是喜欢我的,对不对?"

这倒更像是她所期待的。

"哦,有时候是,"她小心翼翼地回答着,"在你的举止不像流氓的时候。"

他又笑了,把她的手心放在自己硬邦邦的面颊上。

"我认为,你喜欢我,正是因为我是个流氓。在你备受呵护的生活中,你认识的十足的流氓太少了,所以这点差别对你有着神奇的魅力。”

这可不是她所期待的话。她又试图抽出自己的手,却没有成功。

“那不是真的！我喜欢好人——你可以指望他永远是绅士的男人。”

“你指的是可以永远让你欺负的男人。这只是定义不同,但不是什么问题。”

他又吻了吻她的手心,她脖子后背的皮肤又激动地颤栗了。

“可你确实喜欢我。你能不能爱我呢,思嘉?”

“啊!”她得意洋洋地想,“现在我可逮住他了!”她考虑了一下,冷淡地回答说:“真的不行。就是说——除非你彻底改变一下你的行为举止,否则不行。”

“可我不打算改。这么说你就不能爱我啰?那正是我所希望的。因为,虽然我非常喜欢你,可我不爱你。若让你两次为这种没有回报的爱受罪,那确实也太可悲了,对不对,亲爱的?我能叫你‘亲爱的’吗,韩太太?不管你喜欢不喜欢,我都要叫你‘亲爱的’,所以这不是什么问题,可还是要得体一点。”

“你不爱我吗?”

“不,确实不爱。你希望我爱你吗?”

“别这么自以为是!”

“你希望过！哎呀,让你的希望破灭了！我应该爱你的,因为你很迷人,在很多毫无用处的方面中又很有才能。可许多女人也都有魅力,也创下了很多伟业,可还是跟你一样没用。不,我不爱你。可我确实非常非常喜欢你——因为你的良心有弹性,因为你很少费心去掩饰你的私心,还因为你身上那种精明的实用主义,恐怕这点你是从某个辞世不久的爱尔兰农民祖先那继承下来的。”

农民！好呀,他在侮辱她！她气急败坏地张嘴要说什么,却一个字也说不出来。

“别打断我,”他请求道,捏了捏她的手,“我喜欢你,是因为我自己身上也同样有那些特点,相同的特点就导致了喜欢。我发现你对神圣的、有着木鱼脑袋的卫先生仍然保留着美好的回忆,而他这六个月中很可能已经躺在坟墓里了。可你的心里也应该有我的位置。思嘉,别再动来动去了！我向你声明，自第一次在十二棵橡树看到你，我就一直想要你。那时你正在对可怜的韩查理施展魅力呢。我想要你的欲望比想要任何女人的欲望都更强——而我等你的时间也比等任何女人的时间都更长。”

他最后说的话使她大吃一惊，连气也喘不过来了。虽然他一再侮辱她，可他确实很爱她，然而他却采取了截然相反的举动，不想坦率地用言语表达出来，因为担心她会笑话他。得，她得教教他，马上报复他一下。

“你是在求我跟你结婚吗？”

他放开她的手，大笑起来，搞得坐在椅子上的她不禁往后缩了缩身子。

“我的上帝，决不是！我不是告诉过你，我不是个适合结婚的人吗？”

“可是——可是——什么——”

他站起身来，手放在胸口，滑稽地鞠了一躬。

“亲爱的，”他平静地说，“我一次也没有引诱过你，在这种情况下，我要你做我的情妇，借此赞美一下你的聪明才智。”

情妇！

她从心里喊出了这个字眼，呐喊着自己被卑鄙地侮辱了。但她虽然万分惊讶，但在最初一刹那，她并没有感到受了侮辱。他居然认为她是个傻瓜，她只觉得愤怒得不得了。如果他给她提供的是这样的位置，而不是她所期待的求婚，那他一定认为她是个傻瓜。愤怒、被挫败的虚荣心和破灭的希望使她的头脑一片混乱。还没想好用哪些合乎道德的理由来申斥他，她便脱口而出：

“情妇！那除了变成那群贱货，我还能变成什么？”

接着，她意识到自己说了什么，不禁惊愕地拉长了脸。他笑得都噎住了，偷偷窥视着坐在暗影中的她。她已经惊得哑口无言，用手帕盖住了嘴巴。

“这就是我为什么喜欢你的缘故！你是我认识的女人中唯一一个坦率的人，唯一一个用实用的眼光看问题而不会用有关有罪和道德这些大话来遮盖问题实质的女人。其他任何一个女人都会晕过去，然后让我走人。”

思嘉跳了起来，羞得满脸通红。她怎么能说出这种话来呢！她，埃伦的女儿，是有教养的人，她怎么能坐在那听着这种贬低人的话，接着又做出如此不知廉耻的回答呢？她应该尖叫出来。她应该昏厥过去。她应该默默地、冷淡地转过身,迅速从游廊上跑掉。可现在来不及了!

“我会让你走人的。”她叫了起来,也顾不上媚兰或是街那头的米德一家是否能听到她的叫声了,“滚出去!你怎么敢对我说这种话!我做了什么怂恿你这么做了吗——让你以为——滚出去,别再到这来了。这次我是认真的。别再拿着你那些没用的饰针和丝带到这来,以为我会原谅你。我要——我要告诉我父亲,他会宰了你!”

他抓起帽子,行了个礼。在灯光中,她看到他在笑,髭须下的牙齿也露了出来。他一点也不会不好意思,她说的话只让他觉得很有趣,他正兴趣盎然地看着她呢。

噢,他简直太可恶了!她猛地转过身,朝屋里走去。她抓住门把,很想砰的一声把门关上,可让门固定开着的门钩太沉了,她拉不动。她用力拉着,弄得气喘吁吁的。

“要我帮忙吗?”他问道。

她觉得,自己要是再在此地待一分钟,她的某根血管就会破裂。她匆匆忙忙冲上楼去。到了楼上,她还听到他礼貌地为她关上了门。

# 第二十章

八月炎热、喧嚣的日子已进入尾声，炮击也突然停止了。降临在城市上空的这种宁静真是令人大吃一惊。邻居们在街上碰面时面面相觑，心里都极为不安，不敢肯定会发生什么事。在喧哗吵闹的日子过后，这种宁静并没有使紧张的神经松弛下来，反而是一有可能就使神经变得更加紧张。谁也不知道为什么北方佬的炮火停息下来了。也没有部队的消息，只知道他们大批撤出城周围的防御工事，开到南部去保护铁路。谁也不知道仗在什么地方打，也不知道是不是真的在打仗，如果有战争，那战争又是怎么打的。

现如今，只有口头传来传去的消息。由于纸张、墨水和人手都很缺，自围城开始以后，报纸已经暂时停止发行了。而那些传得最快的小道消息也不知是从哪里冒出来的，迅速传遍了全城。现在，在这令人焦虑的宁静当中，人群聚集在胡德将军的司令部前，要求知道消息。还有大量的人集中在电报局和车站，希望得到消息，得到好的消息。因为每个人都希望，舍曼的大炮沉默下来意味着北方军已经全线撤退，南方军正在把他们沿路赶回多尔顿去。可是，什么消息也没有。电报线静悄悄的，唯一残存的铁路是通往南部的，可那铁路线上也没有火车来，邮电服务已经中断了。

尘土飞扬、热得令人透不过气来的秋天悄悄来临了，突然安静下来的城市像要窒息了一样。天气干燥得令人气喘吁吁，这种负担又压在了人们疲惫不堪、焦虑万千的心灵上。思嘉很希望能收到塔拉的来信，想得都快要疯了，却还要撑着一副勇敢的面孔。自围城开始以来她一直生活在隆隆的炮声中，这似乎已经永恒不变，直到这不祥的宁静降临为止。然而，离围城开始的日子仅仅才三十天。围城围了三十天！城周围挖了一圈圈的红土散兵壕，大炮那单调的隆隆声从不停息，救护车和牛车排成长龙，朝医院开去，鲜血一滴滴滴落在尘土飞扬的街上。掩埋队的工作已经超负荷，不等死去的士兵尸体凉透，他们就把尸体拖出来，像扔木头一样把他们扔进一排排望不到尽头的浅浅的沟里去。仅仅才过了三十天！

从北方军从多尔顿往南进军开始算，仅仅才四个月！仅仅四个月！思嘉回想着那遥远的日子，心想那是发生在另一种生活中的事。噢，不！当然不止四个月。简直像过了一辈子。

四个月前！哦，四个月前，多尔顿、里萨卡和肯纳索山对她来说都还只是铁路沿线的地名。可现在都是战役名了——是约翰斯顿往亚特兰大撤退途中拼死作战却徒劳无功的战役。现在，桃树溪、迪凯特、埃泽拉教堂及尤托伊溪也不再是令人赏心悦目的地方，不再是令人愉悦的地名。它们曾经是宁静的小山村，那里挤满了热情好客的朋友们。她曾经和英俊的军官们在溪水缓缓而流的溪岸上野餐，那里土质松软，绿树成荫。可是现在，她再也不会把它们当成美好之处，这些地名也都成了战役名，她曾经坐过的松软碧绿的草地已被大炮轮子碾得粉碎，被短兵相接、刺刀相见的士兵们拼死作战时踩得稀巴烂，也被枪弹打得痛苦不堪的尸体压扁了……现在，慵懒的河水更红了，佐治亚的红土曾经使它成了红色的河流，但现在比以往任何时候都更红。人们都说，自从北方佬渡过桃树溪后，溪水便变成猩红色的了。桃树溪、迪凯特、埃泽拉教堂、尤托伊溪，它们不再是地名了，而是埋着友人的坟墓，在乱丛林和浓密的树荫下，未被掩埋的尸体在那里腐烂发臭，它们也成了亚特兰大城的四条边线。舍曼曾试图强攻进来，但胡德的部队顽强地把他们击退了。

终于，南部传来消息，传到这紧张兮兮的城里来，可这消息却使人惊恐万分，对思嘉来说更是这样。舍曼将军又在试着进攻该城的第四条边线了，正在攻打琼斯伯勒的铁路线。现在，北方军大量集结在该城的第四条边线上，不再是小打小闹的部队或是特遣骑兵部队，而是大规模的北方部队。成千上万的南方军只得从城附近的防线撤走，准备迎头抵抗。这就是为什么炮火突然停息的原因。

"为什么是琼斯伯勒呢？"一想到塔拉离琼斯伯勒那么近，恐怖便抓住了思嘉的心。“他们为什么总要攻打琼斯伯勒呢？他们为什么不找个别的地方去攻打铁路线呢？”

她已经有一个星期没有收到塔拉的来信了，而嘉乐上次捎给她的简短字条更是增添了她的恐惧。卡丽恩的病情已经恶化，现在已是病入膏肓了。可现在等邮件来还得好几天，要过好几天，她才能知道卡丽恩到底是活着还是已经离开人世。噢，要是她在围城一开始时就回家就好了，管他有没有媚兰！

琼斯伯勒在打仗——这是大多数亚特兰大人都知道的，可仗打得怎么样，那就没有一个人能说得出来了。最最没有根据的传闻噬咬着全城人的心。终于，一个从琼斯伯勒来的传令兵带来了令人放心的消息，说是北方军被击退了。但是琼斯伯勒被打开了一个缺口。他们撤退前焚烧了车站，切断了电报线，破坏了三英里长的铁轨。工兵部队疯也似的忙着修复铁路，但这得花好一段时间，因为北方军拆了枕木，用它们堆营火，把扭曲的铁轨横在火上烧，烧得通红滚烫的，再把它们缠在电线杆上，最后，它们看上去就像是一个个巨型的开塞钻。现在，要重铺铁轨是非常困难的，其实，修复任何铁制品都很困难。

不，北方军还没有到塔拉。给胡德将军送快讯的是同一个传令兵，他对思嘉肯定了这一点。仗打完后，他在琼斯伯勒遇见嘉乐，那时他正要起程到亚特兰大来。嘉乐请他带一封信给她。

可爸爸在琼斯伯勒干什么呢？年轻的传令兵在回答时显得颇为不安。嘉乐想找个部队军医和他一块到塔拉去。

思嘉站在屋前的游廊上，沐浴在阳光下，一边向年轻人道谢，说让他费心了，一边便觉得双膝软了下去。如果埃伦的医术治不好卡丽恩，那她一定是快要死了，嘉乐才要去找医生！传令兵走了，扬起了一小片红色的尘土。思嘉颤抖着双手撕开信封，打开嘉乐的信。现在，南部邦联的纸张太短缺了，嘉乐的信是写在她上次给他的信的夹缝里的，读起来颇为费劲。

“亲爱的女儿，你妈妈和两个姑娘都得了伤寒。她们病得都很重，可我们还是要抱最大的希望。你妈妈躺倒在床上时叫我写信给你，叫你无论如何也不能回家来，以免你和韦德染上这种病。她向你转达她对你的爱意，叫你为她祈祷。”

“为她祈祷!”思嘉飞奔上楼,来到自己的房间,跪在床边祈祷着,比以往任何时候都更虔诚。此刻的她不念正规的《玫瑰经》了,只是一直重复这些话:“圣母啊,别让她死!如果你让她活下去,我一定做个好人!求你了,别让她死!”

接下来整整一个星期,思嘉像只被奴役的动物一样在屋里走来走去,等着消息,一听到马蹄声便惊跳起来,晚上有士兵来敲门时便冲下暗黑的楼梯,可没有任何从塔拉来的消息。横在她和家里的似乎不是区区二十五英里尘土路,而是整块大陆。

邮电系统还是被破坏了,没有人知道南方军在哪里,也没有人知道北方军想干什么。什么也不知道,只知道成千上万的部队,穿灰色军服的也罢,穿蓝色军服的也罢,正在亚特兰大和琼斯伯勒之间的某个地方。整整一个星期,从塔拉没有传来一个字的音信。

思嘉在亚特兰大的医院里见过很多伤寒病人,知道要是得了这种可怕的病,那一个星期意味着什么。埃伦病了,也许正在死去,而思嘉却在亚特兰大孤独无助地守着一个孕妇,在她和自己的家之间还横着两支军队。埃伦病了——也许正在死去。可埃伦不可能生病的!她从来没有生过病。单单生病这个想法就是令人不可置信的,这已威胁到思嘉安稳生活的根基。每个人都会生病,但埃伦从来不生病。埃伦照看别的病人,使他们重新康复。她不可能生病的。思嘉太想回家了。她想回塔拉,那种极度渴望的心情,就像是一个惊恐万分的孩子,疯也似的想到他所知道的唯一一个避难所去。

家!那座不规则地朝四周扩建的白色房子,窗口飘动着白色的窗帘,草坪上长着浓密的苜蓿草,蜜蜂飞来飞去忙活着。屋前台阶上,黑人小孩“嘘嘘”地把鸭子和火鸡从花圃里赶走。宁静的红土地及在阳光下泛着白光的一英里又一英里的棉花!家!

“噢,去他妈的媚兰!”她不下千次地想,“她干吗不跟白蝶姑妈一起去梅肯呢?那才是她该去的地方,去和她的亲戚在一起,而不是和我在一起。我跟她没有血缘关系。她干吗这么死拖着我?要是她能去梅肯,我早就回家去和妈妈在一起了。即使现在——即使现在,要不是这孩子的话,尽管有北方佬,我还是会找机会回家去的。也许胡德将军会派卫队护送我去。他是个好人,胡德将军,我知道我能让他派卫队护送我去,还会给我一面停战旗,让我通过防线。可我得等这个孩子出生!……噢,妈妈!妈妈!你别死!……为什么这个孩子还不出世呢?我今天得去找找米德医生,问问他有没有什么催生的办法,这样我就可以回家了——如果我能有卫队护送就好了。米德医生说她会难产。亲爱的上帝!假如她死了!媚兰死了。媚兰死了。而希礼——不,我不能这么想,这样不好。但是希礼——不,我不能这么想,因为不管怎么说,他很可能也已经死了。可他要我答应会照顾她。可是——如果我不照顾她,她死了,而希礼却还活着——不,我不能这么想。这是有罪的。我已经向上帝许诺,如果他不让妈妈死,我要做个好人。噢,要是孩子马上出生就好了。要是我能离开此地就好了——回家——到任何地方去,就是不要待在这里。"

这个城市宁静得令人感觉有不祥之兆,思嘉现在恨透了它,可她曾一度喜欢过它。亚特兰大不再是她喜欢过的欢快且欢快得要命的地方。它就像被瘟疫袭击过一样可怕,如此宁静,在围城的喧嚣声过后,变得宁静得很恐怖。噪音当中有兴奋,炮轰当中有危险。可在接下来的宁静中却只有恐怖。整个城市似乎已经魔鬼附身,害怕、忐忑不安及回忆纠缠着它。人们的面孔看上去全都消瘦了。人们能看见的士兵本来就没几个,而思嘉看到的也全都是一脸疲倦,就像是赛跑运动员在已经毫无希望获胜的情况下还在坚持跑完最后一圈似的。

转眼到了八月的最后一天,随之而来的是令人信服的传闻,说是自亚特兰大战役以来最猛烈的战役打响了。是在南边的什么地方。亚特兰大在等着战役的转机,嬉闹、玩笑都停止了。保护亚特兰大的已经只剩下最后一道壕沟。士兵们早在两个星期前就已经知道这个消息,但城里的每个人到现在才知道。如果梅肯的铁路沦陷,亚特兰大也将沦陷。

九月初的一天清晨,思嘉一醒来便被一种恐惧感包围住了,这使她几乎透不过气来。这种恐惧在她前一天晚上上床睡觉时就已经有了。睡觉睡得她都有点迟钝了:"昨天晚上我上床睡觉时担心的是什么呢?噢,对了,是战争。某个地方在开战,昨天!噢,谁赢了呢?"她迅速翻身而起,揉着眼睛,忧虑的心里重新背上了昨天的负荷。

即使在大清早,空气也很闷热。灼热的天气预示着有个赤日炎炎的中午和明晃晃的蓝天,还有古铜色的太阳无情地当空而照。外边的路上静悄悄的,没有马车经过,也没有部队沉重的脚步走过时扬起的红尘。邻居家的厨房里没有了黑人懒洋洋的声音,也没有了早餐准备好的欢快叫声,因为除了米德太太和梅里韦瑟太太,所有的邻居都逃到梅肯去了。米德太太和梅里韦瑟太太的家里也没有传来任何声响。沿街下去,一度繁忙的商业区悄无声息,许多商店和办公场所都锁了门,关上了门板。它们的主人都在乡下的什么地方,手里还端着步枪呢。

过去的一星期中,每个早晨都宁静得出奇,可今天早晨迎接她的这种宁静,似乎比过去一星期中任何一个早晨都更不吉利。她赶紧起身,不再像往日那样还要先翻来翻去,伸伸懒腰什么的。她来到窗边,希望看到一张邻居的面孔,看到能够鼓舞人心的场面。可路上空荡荡的。她注意到,树上的叶子虽然还是墨绿色的,但很干燥,蒙上了一层厚厚的红色尘土。前院没人伺弄的花草也都枯萎了,一副令人伤心的样子。

她正站在窗前向窗外望去,远处一种声响传到了她的耳朵里,声音很微弱,很沉闷,就像是即将到来的雷雨从远处发出的第一声声响。

"雨,"这是她心里闪过的第一个念头,在乡间长大的她接着就想,"我们当然很需要下雨。"可转瞬间,又想,"雨？不！不是雨！是大炮!"

她的心跳加快了,身子探出窗户,竖起耳朵听着远方的隆隆声,试图辨清是从哪个方向传来的。可传来微弱炮声的地方离这太远了,有一会她都没法辨别。"让它从玛丽埃塔传来吧,上帝!"她祈祷着,"或是迪凯特,桃树溪也行。但不要从南面传来！不要从南面传来!"她更紧地抓住窗台,竖起耳朵凝神听着,远方的声响似乎更大声了。是从南面传来的。

南面在开炮！而南面有琼斯伯勒和塔拉——还有埃伦。

此时此刻,北方佬也许已经在塔拉了,就现在！她又侧耳听了听,可耳朵里的血管怦怦直跳,只感觉得到远处的炮火声。不,他们不可能在琼斯伯勒。如果他们到了那么远的地方,声音应该更微弱、更模糊才对。但他们至少应该在离琼斯伯勒十英里远的路上。很可能在拉夫雷迪这些小村落附近。可琼斯伯勒就在拉夫雷迪再过去一点,仅仅十英里多一点。

南面在开炮,炮声很可能就敲响了亚特兰大的丧钟。可对为妈妈的安危忧虑万千的思嘉来说,南面开战就意味着在塔拉附近开战。她在地上走来走去，双手绞在一起，头脑里第一次闪过穿灰色军服的部队可能战败的念头，还有与此相关的一些念头。她之所以会有这个念头，是因为想到舍曼的千军万马离塔拉这么近，这把对战争的所有恐惧都带到她眼前。虽然围城的枪炮震得窗玻璃噼啪作响，虽然缺乏吃的和穿的，但她从来没有过这种恐惧，即使是那一排排没有尽头的垂死的士兵也没有使她如此恐惧过。舍曼的部队离塔拉只有几英里远！即使北方军被打败了，他们也可能沿着到塔拉的路上撤退。而嘉乐手头放着三个生病的女人，他是决不可能逃走的。

噢，要是她现在在那里就好了，管他有没有北方军。她光着脚在地上走着，睡袍裹着双腿。她走得越久，就越发觉得那是凶兆。她很想回家。她想待在埃伦身边。

她听到从下面的厨房里传来嘎嘎的瓷器声，是普里西在准备早餐，可是没有米德太太的黑奴贝齐的声音。普里西尖声唱着忧郁的小调："只要再过几天，背着那令人疲惫的包袱……"歌声激怒了思嘉，歌词悲伤的含义使她感到很害怕。她套上一件轻便晨衣，啪嗒啪嗒走进过道，来到后门楼梯口，大喊道："别再唱了，普里西！"

"是的，夫人。"普里西闷闷不乐的声音传到她耳边。她深吸了口气，突然觉得很不好意思。

"贝齐到哪去啦？"

"俺不知道。她没来。"

思嘉走到媚兰的门边，开了一条缝，向里窥视着。房间里阳光灿烂。媚兰穿着睡衣躺在床上，眼睛闭着，眼圈发黑，心形的脸蛋浮肿，细长的身体可怕地扭曲着。思嘉不怀好意地希望希礼能看到她现在这个样子。她看上去比她所见过的任何孕妇的情况都更糟。她正看着时，媚兰睁开了眼睛，脸上绽开轻柔、温馨的微笑。

"进来吧。"她邀请道，笨拙地侧过身来，"太阳一出来我就醒了，一直在想事情。思嘉，我有些事要问你。"

她走进房间，刺目的阳光把床铺照得透亮，她在床边坐了下来。

媚兰伸出手，拉起思嘉的手，温柔地、信任地握着。

"亲爱的，"她说，"又开炮了，我很难过。是琼斯伯勒的方向，对不对？"

思嘉"嗯"了一声，那种想法重新出现在脑海里，她的心跳又加快了。

“我知道你有多担心。我知道，要不是我的话，上星期你听说你妈妈生病时就会回家了。对不对？”

“是的。”思嘉不礼貌地回答说。

“思嘉，亲爱的。你对我太好了。没有一个姐妹能像你这么善良，这么勇敢。为此，我爱你。真对不起，我给你添麻烦了。”

思嘉目瞪口呆。爱她，真的吗？这个傻瓜！

“思嘉，我一直躺在这想事情，我要请你帮个大忙。”她的手握得更紧了，“如果我死了，你能不能收养我的孩子？”

媚兰的眼睛瞪大了。她声音轻柔，热切地恳求着，两眼炯炯有神。

“你会吗？”

思嘉用力抽回自己的手，恐惧袭遍了她的全身，她说话的声音都变粗了。

“噢，别傻了，梅利。你不会死的。每个女人在生头胎的时候都以为自己会死。我知道我那时也一样。”

“不，你不会的。你从来没害怕过什么事。你这么说只是为了让我振作起来罢了。我倒不怕死，我只是害怕丢下孩子。如果希礼——思嘉，答应我，如果我死了，你会收养我的孩子。那我就不害怕了。白蝶姑妈年纪太大了，不能抚养孩子成人。哈尼和英蒂虽然很好，可是——我想要你抚养我的孩子。答应我，思嘉。如果是个男孩，把他抚养成希礼那样的人，而如果是女孩——亲爱的，我希望她会像你一样。”

“真见鬼！”思嘉大叫一声，从床上跳了起来，“事情已经够糟的了，你还在说死？”

“对不起，亲爱的。可是，答应我。我想就在今天了。我敢肯定会是今天。请你答应我。”

“噢，好的，我答应你。”思嘉说着，茫然不解地低头看着她。

媚兰真的这么傻，真的不知道她有多在乎希礼？还是说她什么都知道，觉得就因为这份爱，思嘉就会好好照顾希礼的孩子？思嘉心里一冲动，真想把这些疑问喊出来，可话到嘴边又忍住了。媚兰这时拉起她的手，在自己的面颊上放了一会。她眼里又恢复了平静的神情。

“你为什么认为会是今天呢，梅利？”

“从黎明开始,我就有阵痛了——但不是很厉害。”

“有阵痛了?哦,你干吗不叫我?我叫普里西去找米德医生。”

“不要,还没有必要那么做,思嘉。你知道他有多忙的。他们大家都很忙。只要给他捎个口信,就说我们今天说不定什么时候会需要他就行了。叫人去叫米德太太,告诉她,叫她到这来,坐在我身边。她会知道什么时候才真的要去找他。”

“噢,别再这么大公无私了。你知道你和医院里任何人一样需要医生。我马上叫人去找他。”

“不,请别这样。有时候要一整天才能生下来,我只是不想让医生在这瞎坐几小时,而所有那些可怜的小伙子又那么需要他。去叫米德太太就行了。她知道的。”

“噢,那好吧。”思嘉说。

## 第二十一章

叫普里西把媚兰的食盘送上去后，思嘉打发她去找米德太太，自己和韦德一起坐下来吃早餐。可这次她却一点食欲也没有。想到媚兰即将临产，她又担心又不安。此外，她又总是情不自禁地竖起耳朵去听炮声，所以，她几乎什么东西也吃不下。她的心跳也非常奇怪，正常跳动几分钟后却会突然怦怦乱跳，跳得又响又快，使她差点要反胃。黏稠的玉米粥像胶水一样粘在喉咙里，用来代替咖啡的用烤玉米和磨碎的甘薯制成的饮料也从来没有像现在这样令人恶心。没有糖和奶油，这种东西苦得就像胆汁一样。高粱糖浆虽然是用来使东西"长久发甜"的，但也根本没法使它的味道变得更好一些。思嘉才喝了一口，就把杯子推开了。就算没有别的原因，就为了北方佬使她没法喝上真正的加了糖和浓奶油的咖啡这一点，她也要恨他们。

韦德比往常更安静，也没有像每天早晨那样抱怨他不喜欢的玉米粥。他默默地吃着她往他嘴里塞的一匙又一匙的食物，就着水咕噜咕噜地吞下去。他柔和、棕色的眼睛每时每刻都追随着她，眼睛又大又圆，就像一元硬币似的，眼神里有一种孩子气的茫然不解的神情，仿佛她自己几乎不加掩饰的恐惧已经传到了他的身上。他吃完后，她打发他去后院玩，目送着他晃晃悠悠走过四处滋生的草地到游戏室去后，她这才放宽了心。

她站起身，犹豫不决地站在楼梯脚下。她应该上楼去，坐在媚兰身边，分散她的注意力，好让她不要老想着即将到来的痛苦。可她觉得自己没有这份平静的心情。世界上时日这么多，媚兰为什么偏偏要选这一天来生孩子呢！而在所有的日子里，偏偏又选这一天来谈论死亡！

她坐在最下面一级楼梯上,尽量让自己平静下来。她又想到了战争,不知道昨天打得怎么样,也不知道今天的仗又打到什么程度了。真是奇怪,几英里外就在打一场大仗,可什么消息都没有！城里这个遭人遗弃的角落安静得很。这和那天在桃树溪战斗时形成了鲜明的对照,这也太奇怪了！白蝶姑妈的房子是亚特兰大北边最边上的一座,而战斗发生在尽南端。没有增援部队跑步经过,也没有救护车和蹒跚而行的伤兵队伍走回来。她想,不知道这种场景是不是会出现在城的南边。自己不在那里,她为此暗暗感谢上帝。桃树街北边的这个角落里,如果不只是剩下米德一家和梅里韦瑟一家,而是大家都没有逃跑就好了！这一跑使她觉得自己遭到遗弃,孤苦伶仃的。她非常非常希望彼德大叔现在跟她在一起,这样他就可以到司令部去打探消息了。要不是媚兰的话,她自己此刻也会亲自去打探消息的。可米德太太到这以前,她不能离开。米德太太。她怎么还不来？普里西又到哪去了呢？

她站起身,走到屋前的游廊上,心急如焚地搜寻着她们的身影。可米德家的房子坐落在一个绿树成荫的拐角,她谁也看不见。过了好一会,普里西的身影出现了。她独自一人慢悠悠地走着,好像还有一整天闲工夫似的。她走路一扭一扭的,让裙子左右晃动着,还侧着头从肩上往边上注视着,看看效果怎么样。

"你简直像蜗牛爬一样,磨磨蹭蹭的。"普里西开门时,思嘉厉声说道,"米德太太怎么说？她要多久才能到这来？"

"她不在。"普里西说。

"她在哪？她什么时候会回家？"

"哦,夫人,"普里西兴高采烈、一字一顿地回答着,以突出她的消息的分量,"他们的厨娘说,米德太太一大早就不舒服。菲尔先生受伤了,米德太太坐着马车和老塔尔博特和贝齐一起,要去把他运回家来。米德太太不会考虑到这来了。"

思嘉两眼盯着她,真想用手摇她一番。黑鬼们带来坏消息时,总是这样傲气十足的。

"别站在那像个傻瓜似的。到梅里韦瑟太太家去,让她上这来,或是叫她的嬷嬷来。就现在,快点。"

“她们也不在,思嘉小姐。回家的路上我顺便上她家去和嬷嬷打个招呼。她们都走了。房子上了锁。她们可能在医院里。”

“难怪你去了这么久! 我叫你去哪里,你就去哪里,别停下来跟什么人打招呼了。快去——”

她停下不说了,绞尽脑汁地思索着。他们的朋友当中,还有谁留在城里帮得上忙的呢? 埃尔辛太太。当然,埃尔辛太太一直不喜欢她,但她倒是一直很喜欢媚兰的。

“去找埃尔辛太太,详细向她解释一下,请她到这来。普里西,听我说。梅利小姐就要生了,现在随时都可能要你帮忙。你赶快去,快去快回。”

“是的,夫人。”普里西说着转过身,仍像蜗牛爬一样,慢悠悠地沿着人行小道走去。

“快点,你这懒婆娘!”

“是的,夫人。”

普里西加快了脚步,可步子小得可怜。思嘉回到房里。上楼去找媚兰以前,她又犹豫了一阵。她得向她解释为什么米德太太没来,而一让她知道菲尔·米德受了重伤,她心情又会不好。哦,她还是撒个谎吧。

她走进媚兰的房间,看到食盘根本没被动过。媚兰侧身躺着,脸色惨白。

“米德太太到医院去了,”思嘉说,“但埃尔辛太太会来。你感觉还好吧?”

“还不算太糟,”媚兰也在撒谎,“思嘉,韦德出生时用了多长时间?”

“没用多长时间。”思嘉故作快活地回答着,自己却一点也没有高兴的感觉,“我当时在院子里,几乎连回到房里的时间都没有。嬷嬷说这太没面子了——就像个黑人一样。”

“我希望我也能像个黑人一样。”媚兰说着,硬挤出一丝微笑,可笑容马上便消失了,阵痛使她的脸都扭曲了。

思嘉根本不抱希望,低头望着媚兰小小的嘴唇,但还是宽慰她说:“噢,真的没那么可怕。”

“噢,我知道没那么可怕。恐怕我是个胆小鬼。埃——埃尔辛太太马上就会来吗?”

“是的,马上就来。”思嘉说,“我要下楼去拿些干净的水来,用海绵给你擦一擦。今天太热了。”

拿水时,她尽量拖时间,每两分钟就跑到前门去看看普里西有没有回来。可连普里西的影子也没看到。她只好回到楼上,用海绵擦着媚兰汗渍渍的身体,帮她梳着乌黑的长发。

又过了一小时,她听到从街上传来黑人拖着脚走路的声音,于是从窗户看出去,看到普里西慢吞吞地回来了,还像先前那样扭来扭去的,头也装模作样地摇晃着,就好像她面前有一大群对她很感兴趣的观众。

“总有一天,我要用皮带好好抽那小娼妇一顿。”思嘉狂怒地想,心急火燎地冲下楼梯迎向她。

“埃尔辛太太在医院。他们的厨娘说,早班火车运了一大堆伤员进来,厨娘正在准备汤水送到那里去。她说——”

“别管她说什么了。”思嘉打断她,心已经沉了下去,“穿上一条干净的围裙,我要你到医院去。我给你一张字条,你送去给米德医生。如果他不在那里,就把它给琼斯医生或是别的医生也行。这次你要是不赶快回来,我就活活剥了你的皮。”

“是的,夫人。”

“再随便向哪个先生打听一下战事。如果他们不知道,那就到车站旁边去问把伤员送进来的工兵。问问看他们是不是在琼斯伯勒或是附近打仗。”

“我的天哪,思嘉小姐!”普里西黑色的脸上突然一脸骇然的神色,“北方佬没有到塔拉吧,对不对?”

“我也不知道。我叫你去打听消息呢。”

“我的天,思嘉小姐!他们会对妈妈怎么样呢?”

普里西突然开始大叫大嚷的,叫得思嘉心里更加不安。

“别嚷了!媚兰小姐会听到的。你现在快去换围裙,快去。”

普里西受了刺激,飞快地向屋子后面跑去。思嘉赶紧在嘉乐上一封信的边上空白处匆匆写了个字条——这是屋里唯一的一张纸了。她把字条折起来,好让她写的字在外边,这时她又看到了嘉乐的字:“你妈妈——伤寒——无论如何——回家——”她差点要哭出声来。要不是媚兰的话,她此时此刻就已经起程回家了,就算她要一步一个脚印走完全程,她也要去。

普里西手里抓着字条，一路小跑着走了。思嘉回到楼上，拼命想编出一个似乎合理的谎言来解释为什么埃尔辛太太也没来。可媚兰什么问题也没问。她仰面朝天躺着，脸上一片安详、恬静的神色。看到她这副模样，思嘉的心也稍稍平静了一会。

她坐下来，想想一些无关紧要的事。可塔拉以及可能被北方军打败这些思绪总在残忍地刺痛她。她想到埃伦就要死了，北方军就要来到亚特兰大，放火焚烧一切，大肆屠杀每一个人。远方沉闷的炮声还在透过这一切不停地传过来，直灌入她的耳朵，带给她一阵又一阵的恐惧。最后，她连话也说不出来了，只是双眼紧盯着窗外。街上骄阳似火，寂然无声。积满尘土的树叶一动不动地挂在树上。媚兰也是一声不响的，可她安静的脸不时的被阵痛扭曲了。

每次痛过之后，她都会说："痛得不是很厉害，真的。"可思嘉知道她在说谎。她倒不喜欢默默地忍受，更喜欢大声尖叫出来。她知道她应该同情媚兰，可不知怎的，媚兰就是勾不起她的同情心，一点点也没有。她的思绪已经被自己的痛苦弄得纷乱不堪。有一次，她目光锐利地看着那张因阵痛而扭曲的面孔，心里在纳闷，为什么世界上所有的人中，偏偏是她而不是别人在这一特殊的时刻跟媚兰待在一起——跟她没有任何共同点的她，恨她的她，乐意幸灾乐祸地看着她死去的她。哦，或许她的愿望在天黑以前就能实现。想到这里，一阵有关迷信的恐惧感袭上她的心头。希望某人死去是会倒霉的，几乎和诅咒人一样会倒霉。嬷嬷说，对别人的诅咒最后会落在自己头上。她赶紧祈祷不要让媚兰死，嘴里疯狂地念叨着，可几乎不知道自己在说些什么。终于，媚兰把一只滚烫的手放在她的手腕上。

"不必费心说什么了，亲爱的。我知道你有多担心。真对不起，我给你添麻烦了。"

思嘉又陷入了沉默，可她没法坐着不动。如果医生和普里西都没有及时赶到，那该怎么办呢？她走到窗户边，往下面的街道望去，再走回来，重新坐下。然后她又站起来，从房间另一边的窗户往外看。

一个小时过去了，又一个小时过去了。已经到了中午，太阳高高地挂在空中，热得不得了，一丝风也没有，满是尘土的树叶一动不动。现在媚兰的阵痛更厉害了。长长的头发已被汗水湿透，睡衣上尽是一块一块的湿斑，紧紧贴在身上。思嘉默默地用海绵擦拭着她的脸,可是,恐惧在噬咬着她的心。上帝在上,假设医生还没到,而孩子出世了呢！她该怎么办？她对接生一无所知。这正是她几个星期来害怕的紧急时刻。如果找不到医生,她就只能指望普里西来处理这种情况了。普里西懂得全部接生常识,她已经说过不止一次了。可普里西在哪儿呢？她怎么还没来？医生又为什么还不来？她又走到窗前去看,仔细倾听着,一瞬间竟会感到纳闷,远处的炮声是不是她凭空想象出来的呢,还是说炮声已经停止了？如果声音更远的话,那就意味着战是在琼斯伯勒附近打的,而那也就是说——

她终于看见普里西一路小跑着从街上飞快地跑过来。她于是把头探出窗外。普里西抬起头看到她,嘴一张就要喊出来。看到那张小黑脸上写着一脸的惊慌,思嘉担心她把坏消息喊出来会吓着媚兰,赶紧把手指放到嘴唇上示意她不要叫,离开了窗户。

"我去弄些更凉些的水来。"她说,低头看着媚兰乌黑、深陷的眼睛,硬挤出一丝微笑。然后,她赶紧离开房间,小心地在身后关上门。

普里西坐在过道里最底下一级台阶上,气喘吁吁的。

"琼斯伯勒在打着呢,思嘉小姐！他们说,我们的人被打败了。噢,上帝,思嘉小姐！妈妈和波克会出什么事呀？噢,上帝,思嘉小姐！北方佬到了这里以后,那我们会怎么样呢？噢,上帝——"

思嘉用手捂住正在哭诉的嘴巴。

"看在上帝分上,别出声了！"

是的,如果北方佬来了,那她们会出什么事呢——塔拉又会怎么样？她硬把这个想法推至脑后,先尽力解决更加迫切的紧急情况再说。如果她再想这些事的话,她也会和普里西一样开始大叫大嚷的。

"米德医生在哪里？他什么时候会来？"

"呵,俺没看到他,思嘉小姐。"

"天哪！"

"没有,夫人,他不在医院。梅里韦瑟太太和埃尔辛太太也不在那里。有个人告诉俺,医生在车站的棚屋里和刚从琼斯伯勒来的受伤士兵在一起,可是思嘉小姐,俺很害怕到那棚屋去——那里有人正在死去呢。俺很害怕死人——"

“那别的医生呢?”

“思嘉小姐,看在上帝分上,俺根本找不到医生来看你的字条。他们在医院忙得像要发疯一样。有个医生对俺说:‘去你的厚脸皮的人!我们这有一大堆人都快要死了,你还到这来用孩子的事来烦我们。叫个女人去帮你吧。’后来俺就像你告诉俺的那样,到处去打听消息。他们全都说:‘在琼斯伯勒打仗。’俺——”

“你说米德医生在车站?”

“是的,夫人。他——”

“好了,你好好给我听着。我去找米德医生,我要你坐在媚兰小姐身边,她叫你做什么,你就做什么。你如果太过分,把在哪打仗的事向她透露一个字,那我一定要把你卖到南边去。你也不能告诉她别的医生来不了。听到没有?”

“听到了,夫人。”

“把眼泪擦一下,拿一罐干净的水上楼去。用海绵给她擦一擦。告诉她我去找米德医生了。”

“她要生了吗,思嘉小姐?”

“我不知道。恐怕是到了,可我不知道。你应该知道的。上去吧。”

思嘉从壁台上抓起宽边大草帽扣在头上。她照着镜子,机械地把松散的头发塞进帽子,可她根本没看见自己的影像。尽管她身上一直在流汗,但是,令人不寒而栗的丝丝恐惧从她的胃部开始,慢慢向外扩散,直到碰着面颊的手指都冰凉冰凉的。她匆匆忙忙冲出屋子,融入了艳阳的炎热中。太阳明晃晃的,很刺眼。她沿着桃树街急匆匆地走着,太阳穴也热得跳动起来。她听见街道尽头有许多声响,此起彼伏的。到看得见莱登家的房子时,她已经开始喘气。因为她的紧身胸衣束得很紧,但她并没有放慢脚步。各种声音的喧闹声越来越大了。

从莱登家一直到五角场,整条街道闹哄哄的,就像刚被捣毁的蚂蚁窝一样。黑人在街上跑来跑去,一脸惊慌;游廊上,白人小孩坐着大哭也没有人管。街上挤满了部队的货车、坐满伤员的救护车,以及旅行袋和家具堆得高高的马车。骑马的人急匆匆地从旁边的街道冲到桃树街,朝胡德的司令部冲去。邦内尔家门前,艾莫斯手拉着马车的头马,眼睛骨碌碌转着和思嘉打着招呼。

“你还没走呀,思嘉小姐?我们现在正准备走呢。老太太正在收拾行李。”

“走?到哪去?”

“上帝才知道呢,小姐。到某个地方去吧。北方佬要来了!”

她继续赶路,甚至连再见也没说。北方佬要来了!在韦尔塞教堂,她停下来喘口气,让自己怦怦跳的心稍微平静一下。要是不平静一下,她一定会晕过去的。她正扶着一根电线杆支撑着自己,看见一个军官骑着马从五角场沿街冲过来。她一时冲动,跑到街上,对他挥了挥手。

“噢,停一下!请停一下!”

他突然勒住马缰,马前腿腾空,直立了起来。他脸上布满疲惫的皱纹,神情很急,破烂的灰帽已经被风吹下来了。

“夫人?”

“告诉我,这是不是真的?北方佬真的要来了吗?”

“恐怕是的。”

“你知道?”

“是的,夫人。我知道。半小时前,从琼斯伯勒战场送了份急件到司令部。”

“琼斯伯勒?你敢肯定吗?”

“我敢肯定。说漂亮谎话是没用的,夫人。消息是哈迪将军送来的,上面说:‘我打败了,正在全线撤退。’”

“噢,我的上帝!”

这个疲惫不堪的人面孔黝黑,面无表情地向下望着她,重新拉好马缰,戴上帽子。

“噢,先生,请等一下。那我们该怎么办?”

“夫人,我也说不好。部队很快就要从亚特兰大撤走了。”

“一走了之,把我们留给北方佬吗?”

“恐怕是这样。”

马被踢马刺刺了一下,像装了弹簧似的疾驰而去。思嘉站在街道中央,脚踝蒙上了一层厚厚的红色尘土。

北方佬要来了。而部队却在撤退。北方佬要来了。她该怎么办？她该跑到哪儿去？不，她不能跑。媚兰还躺在床上等着孩子出生呢。噢，女人为什么要生孩子呢？如果不是媚兰，她就可以带上韦德和普里西藏在森林里，北方佬绝对找不到他们的。可她不能把媚兰也带到森林里。不，现在不行。噢，她要是早点生下来就好了，哪怕是昨天也行，那样的话，或许他们就可以找到一辆救护车，把她弄走，藏在什么地方。可现在——她得找到米德医生，让他跟她一起回家。或许他有办法让婴儿早点出生。

她拉起裙子沿街跑去，和着她的脚步的节奏就是："北方佬要来了！北方佬要来了！"五角场挤满了人，大家都在横冲直撞，对别人视而不见。到处停着装满伤员的货车、救护车、牛车和马车。人群中响起了一阵喧闹声，就像是浪涛拍岸的声音。

接着，一副极不协调、令人奇怪的景象映入了她的眼帘。成群结队的妇女肩扛着火腿从铁轨的方向走来，一桶桶糖浆还在不停地往下滴。小孩子步履蹒跚、匆匆忙忙地跟在旁边，大男孩还拖着一袋袋玉米和马铃薯。一个老人用手推车推着一小桶面粉艰难前行。男女老幼，黑人白人，全都板着面孔急急忙忙地赶路，拖着包裹，拎着袋子和一盒盒食物——比她在一年中所见到的食物还要多。人群突然让出一条小路，一辆歪歪斜斜的马车向前疾驰而过，驾车的是身材纤弱、穿着讲究的埃尔辛太太。她站在敞篷马车的前部，一手抓着缰绳，另一只手拿着鞭子。她没戴帽子，脸色苍白，斑白的长发披在背上，像复仇女神一样死命抽着拉车的马。马车后座上一颠一颠地坐着的是她的黑人嬷嬷梅利西，她一手紧紧抓着一块油腻腻的咸肉，另一只手和双脚并用，尽力扶着堆在她周围的箱子和袋子。有一袋干豌豆裂了口，豌豆直漏到街上。思嘉尖声叫她，可人群的喧嚣淹没了她的叫声。马车急剧地晃动着，疯也似的驶过去了。

那一瞬间，她简直弄不明白这一切是怎么回事。后来，她想起军需部的仓库就在铁轨边上。她这才意识到，一定是部队对人们开放仓库了，让他们在北方佬到来以前去捞捞看有什么可要的。

她迅速挤过人群，穿过五角场空旷处那群拥挤不堪、歇斯底里的民众，尽快向通往车站的街区跑去。这街区的距离并不长，在混乱不堪的救护车和扬起的一片片尘土中，可以看见医生和抬担架的人一会弯腰，一会起身，匆匆忙忙地奔来奔去。谢天谢地,她很快就可以找到米德医生了。拐过亚特兰大旅馆,车站和铁路的全景尽收眼底。她停下脚步,那情景使她吃惊得目瞪口呆。

在无情的阳光下,许许多多的伤员肩并肩、头对脚地躺着。铁轨边、人行道上的车厢棚屋里,伤员们伸开四肢平躺着,一排排的望不到尽头。有一些躺在那直挺挺的,一动不动,但许多却在炎热的阳光下扭动着,呻吟着。成群的苍蝇无处不在,盘旋在这些人的头顶上,在他们脸上爬着,嗡嗡直叫。到处都是鲜血、脏兮兮的绷带。呻吟声及担架被抬起时伤员痛得尖叫出来的叫骂声不绝于耳。汗臭味、鲜血味、没洗澡的身体发出的体臭味及粪便味,在能把人晒起泡来的热浪中一阵阵袭来。这种恶臭差点把她熏得呕吐出来。伤员们平卧在地上,救护人员在其间奔来奔去,经常踩到伤员。一排排伤员挨得很紧,那些被踩着的,眼睁睁地朝上看着,等着看什么时候才能轮到自己。

思嘉缩回脚,手捂住嘴巴,觉得自己快要吐出来了,再也无法往前走了。她看过医院里的伤员,桃树溪之战后也在白蝶姑妈的草坪上看到过,但从来没见过这种阵势。从来没见过这么多散发着恶臭、鲜血直流的身体在刺目的阳光下被烘烤着。这是一个人间地狱,充满痛苦、恶臭、噪音和忙乱——忙乱——忙乱!北方佬要来了!北方佬要来了!

她挺直肩膀,从他们中间走过去,瞪大双眼寻视着站着的人,想把米德医生认出来。可她发现这根本不行,因为,如果她不小心举步的话,就会踩在某个可怜的士兵身上。她拉起裙子,试图择路朝一小群指挥抬担架的人走去。

她正走着,一只热乎乎的手拉住她的裙子,嘶哑的声音在叫唤着:"夫人——水!求你了,夫人,水!看在上帝分上,水!"

她汗流满面,从紧紧拉着她的手里把裙子硬扯了回来。要是她踩在这些人中的哪一个身上,她一定会尖叫起来晕过去的。她跨过尸体,也跨过活人——那些目光呆滞地躺在地上,双手抓着腹部伤处,凝固的鲜血已经把褴褛的军服粘连在伤口上的士兵,跨过胡子已经被鲜血凝固得僵直的士兵们,这些人受伤的下巴发出的声音一定是在说:

"水!水!"

如果不能马上找到米德医生，她会歇斯底里尖叫的。她朝车厢棚屋下的一群人看过去，然后尽可能大声地叫道："米德医生！米德医生在那吗？"

人群中闪出一个人，朝她这个方向看过来。是医生。他没穿外套，衬衫袖子挽到了肩膀处。衬衫和裤子已被鲜血染得通红，就像个屠夫似的，连他铁灰色的胡子末端也被血粘在一起了。他一脸疲惫，因为无能为力，满脸还满是怒意，同时又带着强烈的同情。他脸色发灰，尘土满面，面颊上汗水流成了一道道长长的线条。可他向她叫喊的时候，声音又平静又坚决。

"谢天谢地，你来了。我这什么人手都用得上。"

有好一会，她茫然地盯着他，沮丧地放下裙摆。裙摆落在一个伤兵的脸上，他无力地试图把头转开，好避开那令人窒息的裙褶。医生说的是什么意思？救护车卷起的尘土扑在她的脸上，干燥得令人气闷，而腐烂的气味就像发臭的液体，在她鼻腔里流动着。

"快点，孩子！到这来。"

她提起裙子，尽快绕过一排排士兵向他走去。她把手放在他的手臂上，感觉到他的手臂累得直发抖，可他脸上没有一丝懦弱的神情。

"噢，医生！"她大叫道，"你必须来。媚兰要生孩子了。"

他看着她，好像并没有听进她的话。一个头枕在水壶上、躺在她脚边的男人听了她的话，抬起头友好地笑了笑。

"她们能应付的。"他欢快地说。

她连看都没往下看，摇着医生的手臂。

"是媚兰。孩子。医生，你必须来。她——哦——"现在没有时间斟酌词句了，但有这么多只陌生男人的耳朵听着，话确实很难说出口。

"阵痛越来越厉害了。求你了，医生！"

"孩子？上帝！"医生大吼了一声，他又恨又气，转眼间连脸都扭曲了，这怒气不是针对她的，也不是针对任何人的，而是针对一个发生了这么多事的世界的。"你疯了吗？我不能离开这些人。他们正在死去，几百几千人哪。我不能因为他妈的一个孩子而离开他们。找个女人去帮你吧。去找我的太太。"

她张口正想告诉他为什么米德太太不能来，可话到嘴边又赶忙收了回去。他还不知道自己的儿子也受伤了！她在纳闷，如果他真知道的话，是不是也还会待在这里。某种感觉告诉她,即使菲尔要死了,他也还是会站在这里,帮助许许多多的人,而不会只去帮一个人。

“不,你必须来,医生。你知道,你说过她会难产——”这真的是她思嘉吗?居然站在这酷热难当、一片呻吟声的地狱中用她的最大音量说出这些有失文雅的话?“你如果不来,她会死的!”

他粗鲁地甩开她的手,好像没有听懂她的话,不知道她说的是什么,然后说道:

“死?是的,他们全都会死的——所有这些人。没有绷带,没有止痛药,没有奎宁,没有氯仿。噢,上帝,只要些吗啡!一点点就行,给那些最急需的人。只要些氯仿。他妈的北方佬!去他娘的北方佬!”

“让他们下地狱去!”躺在地上的那个人说,牙齿从胡子间露了出来。

思嘉浑身开始颤抖,恐惧的泪水烧得她两眼灼痛。医生不会跟她走了。媚兰会死的,而她曾经希望她死。医生不会来了。

“看在上帝分上,医生!求你了!”

米德医生咬着嘴唇,脸上冷静下来,下颌也变坚定了。

“孩子,我试试看。我不能向你保证。但我会试试。在我们照料好这些人以后。北方佬要来了,部队要撤出城去。我也不知道他们怎么处理伤员们。没有火车。梅肯的铁路线也被占领了……可我会试试。快跑回去吧。别麻烦我了。接生一个孩子没什么大不了的。不过是剪断脐带而已……”

一个护理员碰了碰他的手臂,他于是转过身,开始发号施令,指点工作,一会指指这个伤员,一会又点点那个伤员。躺在思嘉脚边的人同情地看着她。她转过身,因为医生已经把她忘了。

她穿过伤员们择路而行,飞快地回到桃树街上。医生不会来了。她得自己处理。谢天谢地,普里西知道接生的所有事宜。她的头热得发痛,感到被汗水浸透的紧身胸衣紧紧地粘在身上。她头脑发麻,双腿也麻木了,就像在噩梦中想跑却迈不动双脚一样。她想着那条通往屋子的长长的人行小道,觉得那小道似乎永远没有尽头。

接着,“北方佬要来了!”这个一再重复的句子又在她脑海里响起来。她的心怦怦直跳,四肢重新有了活力。她匆匆忙忙地走着融入了五角场的人群中。现在人更多了,狭窄的人行道上已经没有空间,她只得走在街上。

士兵们排成长队走了过去，一个个尘土满面，疲乏不堪，无精打采。他们似乎有好几千人，胡子拉碴，肮脏透顶，肩上扛着枪，迈着军人的步伐快步走了过去。大炮驶过，司机们正在费劲地剥那些瘦弱的骡子的生骡皮。军需部的货车盖着破烂不堪的帆布篷，在满是车辙印的路上颠簸前行。骑兵部队卷起了一片片使人感到窒息的尘土飞驰而去，没完没了。她过去从来没见过数量这么多的士兵。撤退！撤退！部队要撤离了。

匆匆前进的队伍又使她退回到拥挤的人行道上。她闻到一股廉价的玉米威士忌气味。迪凯特街上，杂乱的人群中混杂着一些女人。她们打扮得花枝招展，衣着华丽，脸上化着妆，显出一派极不协调的节日气氛。她们中大多数都已经烂醉如泥，而扶着她们的士兵也都成了醉鬼。她飞快地瞥了一眼一个长着红色鬈发的女人，便看见了那个贱货，贝尔·沃特琳。她扶着一个只有一只胳膊的士兵，好让自己不致摔倒，还听得见她在醉醺醺地尖声大笑。那士兵则一边唧唧叫，一边踉踉跄跄地往前走。

她推推搡搡地走过杂乱的人群，来到了五角场隔壁的一个街区，人群才稀疏了一些。她提起裙子，又重新跑起来。来到韦尔塞教堂时，她已经是上气不接下气，头昏眼花，恶心想吐。她的紧身胸衣仿佛要把她的肋骨撕成两半。她一屁股坐在教堂的台阶上，双手捧住头，等着让自己的呼吸平缓一些。要是她的心跳不会这么快，不会像击鼓似的要从嗓子眼里跳出来，那就好了。要是这鬼地方有个能帮她的人就好了。

哦，她这辈子还从来没有自己动手做过什么事。总是有别人为她做事，照顾她，呵护她，保护她，宠着她。她居然也陷入了困境，这真是不可思议。没有朋友和邻居来帮她的忙。过去却总是有朋友、邻居和能干的乐意帮忙的黑人。可现在这最需要帮忙的时刻，却一个人也没有。她居然如此孤独无助，惊恐害怕，远离家门，这真是令人难以置信。

家！要是她能在家就好了，管他有没有北方佬。若在家的话，就算埃伦病了也不打紧。她渴望看到埃伦那张恬美的脸，渴望着嬷嬷那双强有力的双臂。

她头晕目眩地站起身，重新举步往前走。房子映入眼帘时，她看到韦德在前门上荡来荡去的。一看到她，他小脸一皱，大哭起来，举起一只肮脏、青肿的手指。

“痛!”他抽泣着,“痛!”

“别哭了! 别哭了! 别哭了! 要不我会打你屁股的。到后院去做泥饼,别走远了。”

“韦德饿了。”他抽泣着,把受伤的手指伸进嘴里。

“我管不了了。到后院去——”

她抬头看到普里西从楼上的窗口探出身子,一脸害怕和担忧的神情;可一看到女主人,她的害怕和担忧转眼间便云开雾散了。思嘉打手势叫她下来,然后走进屋子。过道里多凉快呀! 她解开帽子,把它扔在桌子上,用前臂擦着前额。她听见楼上的房门开了,一声发自痛苦深渊的微弱悲鸣声传到她耳里。普里西一步三级地奔下楼梯。

“医生来了吗?”

“没有。他来不了。”

“上帝,思嘉小姐! 梅利小姐情况很不好!”

“医生来不了。谁也来不了。得你来接生了,我给你打下手。”

普里西张大了嘴巴,舌头打转,说不出话来。她斜眼歪瞅着思嘉,脚在地上搓着,瘦骨嶙峋的身子扭动着。

“别看上去这么笨头笨脑的!”思嘉大叫一声,她那傻乎乎的表情把思嘉给激怒了,“怎么回事?”

普里西侧着身子往楼梯口退去。

“看在上帝分上,思嘉小姐——”她滴溜溜的眼里流露出害怕和羞辱的神情。

“怎么?”

“看在上帝分上,思嘉小姐! 我们得有医生。俺——俺——思嘉小姐,俺对接生什么也不懂。有人生孩子时,妈妈从来不让俺在旁边。”

思嘉从肺部吐出一口长气,惊骇万分,接着便大发雷霆。普里西从她身边冲过去,弯腰想逃走,可思嘉已经抓住她。

“你这撒谎的黑鬼——你这话是什么意思? 你一直在说你知道生孩子的所有事情。实际上呢? 你给我说清楚!”她不停地摇着她,直到她满是鬈发的头晃动不已。

“是俺撒了谎,思嘉小姐! 俺也不知道俺怎么会撒这种谎的。俺只见过一个孩子出生。妈妈通常把俺赶走,不让俺看。”

思嘉眼里冒火,紧瞪着她,普里西蜷缩着身子想挣脱开。有一瞬间,她的大脑不愿意接受这个事实,但她最终意识到,普里西知道的接生知识不会比她自己更多,此时的她不禁怒火中烧。她长这么大还从来没打过黑人,可现在的她虽然很疲惫,但还是用手上余下的所有力气往那张黑色的小脸上扇了过去。普里西尖声叫了起来,与其说是因为痛,还不如说是因为害怕才尖叫的。她跳来跳去的,扭动着想挣脱思嘉抓住她的手。

她正叫着时,二楼的呻吟声停止了。过了一会,传来媚兰微弱、发颤的声音:“思嘉?是你吗?请到这来!求你了!”

思嘉松开普里西的手臂,那小娼妇抽泣着一屁股坐在楼梯上。思嘉有好一会站着没动,仰头往楼上看着,听着重新响起来的微弱呻吟声。她站在那里,似乎有一副牛轭重重地落到了她的脖颈上。那感觉就好像有沉重的货物被装上牛车,她一举步就会感觉到那重物压在了她的身上。

她绞尽脑汁,回忆韦德出生时嬷嬷和埃伦为她所做的一切。可当时多亏上帝保佑,分娩时的阵痛使她处在迷糊之中,几乎把一切都隐在云里雾里。但她还是记起了几件事,便赶快以命令的口吻吩咐着普里西。

“把火炉的火生起来,水壶里要一直有水开着。把能找到的毛巾都拿上楼去,还有那捆细线。把剪刀拿给我。别来告诉我说你找不到。一定要找到它们,得赶快找到。好了,快点。”

她一把把普里西拉起来,把她向厨房方向猛推了一把。然后她挺直肩膀,迈步向楼上走去。要告诉媚兰得由她和普里西来给孩子接生,这真不好开口啊。

# 第二十二章

再也没有哪个下午比这个下午更漫长了，也再也没有哪个下午比这个下午更热，苍蝇更多。这些苍蝇慵懒怠惰，目中无人，虽然思嘉不停地给媚兰打着扇子，可它们还是纷纷扑向目标。思嘉摇着宽大的矮棕榈树叶子，手臂弯成了拱形。可她所有的努力似乎都白费了，因为她刚从媚兰湿漉漉的脸上把苍蝇赶跑，它们又爬到她黏糊糊的脚上和腿上。她只好无力地挪动双脚，叫道："请帮我一下！在我脚上！"

房间里半明半暗的，因为思嘉拉下了百叶窗来遮光挡热。星星点点的阳光透过百叶窗的小孔和边缘照进来。房间里犹如一个火炉，思嘉的衣服被汗水浸透了，一直就没干过。时间一小时一小时地过去，衣服变得越来越湿，越来越黏。普里西蹲在一个角落里，也是满头大汗的，身上的气味实在难闻。一离开思嘉的视线，她肯定会逃得无影无踪。要不是担心这一点，思嘉早就把她从房间里赶出去了。媚兰躺在床上，汗水把床单染得黑糊糊的，床单上还有一块块湿斑，那是思嘉弄水时洒上的。她一直不停地扭动着，一会翻到左侧，一会翻到右侧，接着又翻回来。

有时候，她很想坐起来，但又无奈地躺下去，再次开始扭动不停。起先，她拼命忍住不叫出来，把嘴唇都咬破了。思嘉的神经也和她的嘴唇一样在发痛。她沙哑着嗓子说："梅利，看在上帝分上，别充好汉了。你想叫就叫出来吧。除了我们，没有人会听见的。"

下午的时间一分一秒地过去，不管想不想充好汉，媚兰都只有呻吟不已了，有时候还尖叫出来。每次她一叫，思嘉就双手捧着头，用手捂住耳朵，浑身发抖,觉得自己还不如死了好。无论做什么,总比无奈地看着别人忍受这种痛苦要好得多;无论干什么,绝对比被绑在这等着一个要这么长时间才能出生的婴儿来到人世要强得多。等呀,等呀,尽管她知道北方佬实际上已经到了五角场了。

她非常非常希望过去自己对那些年长妇女们有关生孩子这个话题的窃窃低语能够多加注意一些。要是她那样就好了!要是她对这些问题更感兴趣的话,就会知道,媚兰这次是不是要花很长时间。她依稀记得白蝶姑妈讲过的一个故事,说她一个朋友生孩子时用了整整两天时间,最终还没等孩子生下来,自己就已经魂归西天了。要是媚兰也要这样痛两天呢!可媚兰又这么娇嫩。她受不了两天的疼痛的。如果孩子不快点出生,她很快就会命丧黄泉的。万一希礼还活着,她怎么去面对希礼,告诉他说媚兰已经死了呢——她可是答应过他要照顾她的呀。

起先,疼痛厉害时,媚兰便拉着思嘉的手,可她却很用劲地掐进去,几乎把她的骨头都掐碎了。这样过了一小时,思嘉的手已经又肿又青,几乎连弯都弯不起来了。于是,她把两条长长的毛巾打个结,绑在床脚,把打结的一头放在媚兰手里。媚兰紧紧拽着,就像握着生命线一样。她拼命拉着,用力扯着,有时放开,有时又紧抓不放。整个下午,她仿佛是只在陷阱里垂死挣扎的野兽,嗷嗷乱叫。偶尔,她会放开毛巾,无力地擦着双手,因阵痛而睁得大大的眼睛注视着思嘉。

“跟我说说话。请你跟我说说话吧。”她囔囔低语着。思嘉便支支吾吾地随便乱扯,直到媚兰又抓着毛巾打成的结,又一次痛得扭曲着身子。

房间里光线暗淡,又闷又热,痛苦不堪,还有很多嗡嗡直叫的苍蝇。时间老人拖着步子不紧不慢地走着,连早晨的事都几乎没给思嘉留下什么印象。她觉得自己似乎已经在这冒着热气和汗味的黑黢黢的地方待了一辈子。每次媚兰一叫,她也很想尖叫起来。这使她很恼火,只好死命咬着嘴唇,控制住自己,把歇斯底里的感觉赶走。

有一次,韦德偷偷摸摸地溜上楼来,站在门外号啕大哭。

“韦德饿了!”思嘉起身向他走去,但媚兰低声说道:“别离开我,求你了。有你在这我才能忍受下去。”

这样,思嘉只好打发普里西下楼去,把早饭吃剩的玉米粥热一热,再喂他吃。她自己呢，她觉得经历了这个下午之后，她再也吃不下什么东西了。

壁炉架上的钟停了，她没法知道时间。可房间里不再像先前那么热了，阳光照亮的斑斑点点越来越暗淡。她拉开了百叶窗，发现已是下午迟些时候了。太阳像一轮火球，已经挂在西边天上，她不禁大吃一惊。不知怎的，她原以为那个炎热的下午永远也没有结束的时候呢。

她满怀激情地寻思着，不知城里都发生了什么事情。所有的部队都撤出城去了吗？北方佬来了吗？南方军连仗都不打一场就撤走啦？接着，她想起了舍曼有多少部队，他们的给养有多么充足，心不禁往下一沉。舍曼！她怕撒旦，但那害怕程度还不如怕舍曼的一半。可现在没时间考虑了，因为媚兰一会要水，一会要块凉毛巾放在额头上，一会要打扇子，一会又要人把脸上的苍蝇拂去。

黄昏来临了。普里西像幽灵一样手忙脚乱地点燃一盏灯。媚兰更虚弱了。她开始一遍遍地叫着希礼的名字，就像在说胡话一样。那可怕、单调的声音勾起了思嘉一种极强烈的欲望，很想用枕头压住她，把她的声音闷住。也许医生最后会来的。要是他能很快来就好了！她心里重新燃起了希望的火苗，便转向普里西，命令她赶快跑到米德家去，看看米德医生或是米德太太在不在。

“如果他不在的话，问问米德太太或是厨娘该怎么办。求她们来一趟！”

普里西啪嗒啪嗒地走了。思嘉目送着她冲到街上，跑得飞快。思嘉做梦也没想到，这个没用的孩子动作居然能这么快。拖了很长时间，她独自一人回来了。

“医生一整天都不在家。他们说，他一定是跟士兵们一起走了。思嘉小姐，菲尔先生死掉了。”

“死了？”

“是的，夫人，”普里西说，洋洋得意地添油加醋，“他们的车夫塔尔博特告诉我的。他被枪打——”

“不要管这些了。”

“俺没看见米德太太。厨娘说，米德太太要乘北方佬没到以前，亲自为他擦洗尸体，装在棺材里埋掉。厨娘说，阵痛非常厉害时，你放一把刀子在梅利小姐的床铺底下,这就会把疼痛一分两半。”

叫她去求助,得到的却是这种信息,思嘉真想掴她一记耳光。她看见媚兰张大了眼睛低声说道:“亲爱的——北方佬要来了吗?”

“没有,”思嘉坚定地说,“普里西在撒谎。”

“是的,夫人,俺是在撒谎。”普里西赶紧附和。

“他们来了。”媚兰低声说着这些话,并没有瞒住她。她把头埋在枕头里,发出了闷声闷气的声音。

“我可怜的孩子。我可怜的孩子。”间隔了很长一段时间,她又说:“噢,思嘉,你不该待在这里。你得走,把韦德带走。”

媚兰说的也正是思嘉一直在想的,可听到这种话被说出口来,她又很恼火,同时也感到很不好意思,好像她内心的胆怯已经明白无误地写在脸上。

“别傻了。我才不怕呢。你知道我不会离开你的。”

“你最好还是走吧。我要死了。”她又开始呻吟起来。

思嘉慢吞吞地走下黑糊糊的楼梯,像个老太太一样,一边摸索着往下走,一边抓着楼梯扶手以防摔倒。她的双腿像灌了铅一样沉重,劳累和紧张使她双腿发抖。汗水湿透了她的全身,黏糊糊的,一阵阵发凉,使她不禁打了个寒噤。她浑身无力地摸索着走到屋前的游廊上,一屁股坐在最上面一级台阶上,伸开手脚,往后倚靠在游廊上的一根柱子上,颤着手解开紧身上衣,直到胸部。当晚夜色温柔,她躺着盯视着柔情的夜色,呆呆的就像一头公牛。

一切都结束了。媚兰并没有死,生下的男孩哭声像只小猫。现在普里西正在给他洗平生第一次澡。媚兰睡着了。经历了那一场痛苦得叫唤不已的梦魇之后,她怎么睡得着?思嘉根本不懂接生,硬着头皮给她助产。这不但帮不上她什么忙,却给了她更大的伤害。可她怎么还睡得着呢?她为什么没有死呢?思嘉知道,若换了她自己那非死不可。可是,一切都结束之后,媚兰甚至还会低声说:“谢谢。”声音很弱,她只能弯下身子才听得见。接着她就睡着了。她怎么睡得着呢?思嘉忘了,韦德出生后,她同样也是安然入睡了。她什么都忘记了。她的大脑就像是个真空;世界也是个真空。在这漫长、没有尽头的一天之前没有过生命,这以后也不会有——只有一个热得沉闷的晚上，只有她粗重、疲惫的喘息声，只有冰凉的汗水一滴滴地从腋下流到腰际，从臀部流到膝盖，又滑，又黏，又冷。

她听见自己大声、平稳的呼吸声慢慢变成了抽泣声，但两眼发干，像要冒火一样，好像从此往后再也流不出眼泪来了。她慢慢地、艰难地伸出手，把厚重的裙子拉到大腿部。她同时感到又暖又冷又黏。夜晚的气息拂在四肢上，使她感觉非常清爽。她闷闷不乐地想，要是白蝶姑妈看见她伸开四肢躺在屋前的游廊上，拉起裙子，连内裤也露了出来，不知她会怎么说，可她才不在乎呢。她什么都不在乎了。时间进入了静止状态。也可能是刚过黄昏，也可能是午夜时分。她不知道，也不在乎。

她听见楼上走动的脚步声，心想："愿上帝惩罚普里西。"她眼睛还没闭上，但已经有了一种昏昏欲睡的感觉。在黑暗中迷迷糊糊地过了一段时间，普里西来到她身边，兴高采烈、叽叽喳喳地叫着。

"我们干得太棒了，思嘉小姐。俺想，连妈妈也没法做得更好了。"

思嘉在阴影中注视着她，两眼发亮，累得都不想去骂她了。她既不想去责备她，也不想去列举她的过错——她大吹牛皮，说她有经验，事实上却一点也没有。她的害怕心理，她因笨拙而犯的错，特别紧急的时候毫无效率，剪刀放错了地方，脸盆里的水洒到了床上，刚出生的婴儿也被她摔了一下。可现在，她又在吹牛皮说自己做得有多好了。

可北方佬还要解放黑奴！难怪他们欢迎北方佬。

她默默无言地往后靠在柱子上。普里西知道她此时的情绪，蹑手蹑脚地走开，消失在游廊上的黑暗当中。过了好长时间，思嘉的呼吸终于平稳下来，情绪也比较稳定了。她听到路上传来了微弱的声响，是从北边传来的许许多多脚步声。士兵！她慢慢坐起身来，拉下裙子，尽管她知道在黑暗中没有人看得见她。这些不知数量、像影子一样走过去的人走到屋子旁边时，她朝他们叫道：

"噢，请停一下！"

一个人影从人群中闪了出来，来到门口。

"你们要走吗？你们要离我们而去吗？"

人影似乎脱下了帽子，黑暗中传来了轻轻的声音。

"是的，夫人。我们正在离开。我们是最后一批了，是从离此一英里的北部工事里撤走的部队。"

"你们是——部队真的在撤退吗?"

"是的,夫人。你知道的,北方佬就要来了。"

北方佬就要来了!她把这给忘了。她的喉咙突然卡住了,再也说不出话来。人影离开了,淹没在其他人影当中,脚步声也渐渐消失在黑暗当中。"北方佬要来了!北方佬要来了!"这就是他们脚步的节奏所代表的意思,那也就是怦怦跳动的心每次跳动蹦出来的心声。北方佬要来了!

"北方佬就要来了!"普里西在她身边尖声大叫着,"噢,思嘉小姐,他们会把我们全杀掉的!他们会用刺刀捅破我们的肚子的!他们会——"

"噢,住嘴!"无需把这些话用令人发抖的词句说出来,只要想想就已经够令人恐怖了。恐惧感重新袭遍了她的全身。她能怎么办呢?她怎么样才能逃跑呢?她能去向谁求助呢?每个朋友都已经令她失望了。

猛然间,她想起了白瑞德,心便平静下来,恐惧也被赶跑了。今天早晨,她像一只无头小鸡一样被五马分尸的时候,她怎么就没想到他呢?她是很恨他,但他身强力壮,精明机警,而且不怕北方佬。况且他也还在城里。当然,她还在生他的气。上次见到他时,他说了一些叫人无法原谅的话。可此时此刻,她是可以不顾这些话的。他还有一匹马和马车。噢,她过去怎么没想到他呢?他可以把她们从这个末日已经来临的鬼地方带走,离开北方佬到什么地方去,任何地方都行。

她转向普里西,非常迫切地说道:

"你知道白船长住在哪里——在亚特兰大旅馆?"

"是的,夫人,可是——"

"好了,现在就到那去。你能跑多快就跑多快,告诉他我需要他。我要他马上到这来,带上他的马、马车或是救护车,如果他能弄到的话。告诉他孩子的事。跟他说我要他把我们都从这带走。去吧,就现在,快点!"

她坐直身子,推了普里西一把,好让她快点。

"见鬼,思嘉小姐!俺很怕自己一个人在黑暗中到处乱跑!假如北方佬抓住俺呢?"

"你要跑得快的话,就可以赶上那些士兵,他们不会让北方佬抓住你的。快点!"

"俺怕极了！假如白船长不在旅馆呢?"

"那就问问他在哪里。你就不能聪明一些？要是他不在旅馆,那就到迪凯特街上的酒吧去看看,去找找他。到贝尔·沃特琳家去找他。你这傻瓜,你难道不明白,如果你不赶快去找到他的话,北方佬就绝对会把我们逮住的吗?"

"思嘉小姐,要是俺到酒吧或是妓院去的话,妈妈一定会用棉花梗把俺活活打死的。"

思嘉忽地站起来。

"得了,你如果不去,那我也会把你打死的。你可以站在街上,大声喊他,不行吗？或者问问别人他有没有在里面。快去。"

普里西还在磨磨蹭蹭的,拖着脚慢吞吞地不肯走,还做着鬼脸。思嘉又推了她一把,差点把她头朝下推下台阶去。

"你走不走？要不我就把你卖到河下游去。你就再也看不到你妈妈和你认识的任何人了,我还得把你卖去干农活。快去!"

"见鬼,思嘉小姐——"

在女主人的一再逼迫下,她开始沿着台阶往下走。前门咔哒一声,思嘉大叫道:"快跑,你这白痴!"

她听见普里西转成小跑的脚步声,接着脚步声就渐渐远去,消失在松软的泥土之间了。

# 第二十三章

普里西走后，思嘉拖着疲惫的脚步走进楼下的过道，点亮了一盏灯。屋子里热得像蒸笼似的，好像墙壁里存留了大中午留下的所有热量一样。她阴郁的心情现在稍好一些了，肚子倒饿得咕咕直叫。她终于想起来，自昨晚到现在，她什么都没吃，只喝了一汤匙玉米粥。于是，她端着灯走进厨房。炉灶里的火已经灭了，但厨房里闷热得很。她在平底煎锅里找到半块硬邦邦的玉米饼，狼吞虎咽地吃起来，边吃边四处寻找其他食物。锅里还有些玉米粥，她不等盛在盘子里，就用一把煮饭用的大汤匙吃起来。玉米粥很淡，但她太饿了，根本等不及去找盐巴。吃了四汤匙后，因厨房里太热，她便一手端着灯，一手拿着玉米饼的碎片，走出厨房，来到过道里。

她知道，自己得上楼去坐在媚兰身边。万一有什么不对劲，媚兰虚弱的身子是叫不出来的。可她已经在那房间里待了这么长的时光，犹如待在梦魇里一般，一想到要再回到那里去，她就感到很反感。即使媚兰要死了，她也不会回到那里去的。她再也不想看见那个房间了。她把灯放在窗户边的烛台上，又回到屋前的游廊上。尽管夜晚被一种暖热的气息笼罩着，但这里凉快多了。她在台阶上坐下，身影笼罩在灯照射出来的微弱光线中，继续啃着那块玉米饼。

吃完以后，她感到身上有了点力气。随着力气的恢复，刺痛般的恐惧也重卷而来。她听见街上较远处有嗡嗡的声响，可这预示着什么，她也不知道。她听得出有忽大忽小的声音，其他什么也辨不出来。她倾身向前，竖起耳朵倾听着，可很快就发现自己很紧张，全身肌肉都在发疼。此时此刻，在这世界上，她最渴望听到的就是马蹄声，最渴望看到瑞德用那漫不经心、信心十足的眼神嘲笑她的恐惧心理。瑞德会带她们走的，到某个地方去。她也不知道哪儿。她才不在乎呢。

她坐在那里，竖起耳朵听着城中心的动静。这时，树顶上出现了一缕微弱的亮光，这使她感到困惑不解。她定睛一看，看到亮光越来越亮。黑暗的夜空先是变成了粉色，然后又变成了暗红色。转瞬间，她已看见树顶上一条巨大的火舌腾空而起。她跳起身来，心又开始怦怦跳个不停，像要生病了一样。

北方佬已经来了！她知道他们已经来了，正在城里杀人放火。火焰似乎是从城中心以东的地方出现的。在她面前呈现出一幅令人惊恐万状的场面。它们越升越高，迅速扩大成一个巨大的火球，把天空照得通红一片。一定是整个街区都着火了。刮来的一丝微弱的热风把烟火味也吹到了她这里。

她飞也似的跑上楼，来到自己的房间，身子探出窗台想看个究竟。天空现在火红一片，十分可怕。一团团黑色的浓烟翻卷着升向天空，在火焰上方形成了一股股巨浪般的乌云。烟味越来越浓了。她思绪繁杂，飘东飘西，想着火焰过多久就会蔓延到桃树街，把这所房子烧毁；过多久北方佬就会向她冲过来；她得往哪儿跑；她会做些什么等等。似乎地狱里所有的恶魔都在她耳边发出尖叫。她的头脑乱成一团，不禁惊慌失措，只好抓住窗台，以免摔倒。

"我得好好想想，"她一遍又一遍地对自己说，"我得好好想想。"

可她的思想却有悖于她，就像惊恐万状的蜂鸟一样，在她的头脑里飞进飞出。她正抓着窗台站着，耳边突然响起了一阵震耳欲聋的爆炸声，比她听到过的任何炮声都更响。天空被巨型的火球烧得四分五裂。接着又是阵阵爆炸声，震得地动山摇的。她头顶上的窗玻璃也被震得噼啪作响，掉落到她身边。

震耳欲聋的爆炸声一阵接一阵，整个世界成了个地狱，满是噪音、火焰，连大地也在震动。一团团火花迸向天空，再慢慢地、懒散地穿过血红色的烟雾云团散落下来。她好像听见隔壁房间里传来一声微弱的叫声，可她不去睬它。她现在可没有时间管媚兰。什么事情都没时间管了，只有恐惧迅速流遍了她全身的血管，就像她刚才看到的火焰迅速蔓延开来一样。她就像个小孩一样，害怕极了，只想把头埋在妈妈的腿上，闭上眼睛不看这情景。要是她在家，那有多好！在家和妈妈在一起。

又传来一片声响，使她的神经直发颤。她从中听到了另外一种声音，是心怀恐惧的双脚一步三级上楼梯的声音，还有像只迷途的猎犬叫唤的声音。普里西破门而入，奔向思嘉，紧紧抓住她的手臂，似乎要把她的肉也抠出来。

"北方佬——"思嘉叫了起来。

"不，夫人，是我们的老爷们！"普里西上气不接下气地说，指甲更深地掐进思嘉的手臂。"他们在放火烧兵工厂、军需品仓库和其他仓库。见鬼，思嘉小姐，他们烧了七十车皮的炮弹和火药，上帝，我们都会被烧死的！"

她又开始尖叫起来，用力掐着思嘉。思嘉痛得大叫起来，愤怒地把她的手甩掉了。

北方佬还没来！还有时间逃走！她虽然害怕，但还是鼓起了勇气。

"如果我自己把握不住自己，"她心想，"我就会像只被烫伤的猫一样尖叫起来！"看到普里西那可怜兮兮的害怕样，她反倒镇定下来。她抓住她的肩膀，拼命摇着她。

"别再大喊大叫了，说些头脑清醒的话。北方佬还没来，你这傻瓜！你见到白船长了吗？他怎么说？他会来吗？"

普里西停止了叫喊，但牙齿还在打颤。

"是的，夫人，俺最终找到他了。就像你告诉俺的，是在一所酒吧里。他——"

"别管你在哪里找到他的。他会来吗？你有没有让他把马带来？"

"上帝，思嘉小姐，他说我们的老爷们把他的马和马车都拿去当救护车用了。"

"我的老天哪！"

"但他来——"

"他怎么说？"

普里西缓过气来了，有了一些自制力，可她的眼睛还在滴溜溜乱转。

"哦，正像你对俺说的，俺在一所酒吧里找到他了。俺站在外面喊他，他便出来了。他看见了俺，俺便开始告诉他。士兵们在迪凯特街烧毁了一间仓库,火焰满天。他说来吧,他拉着俺,我们跑到五角场,他就说,怎么回事?快说。俺就说,你说,白船长,快来吧,把你的马和马车带来。梅利小姐已经生了一个孩子,你急着逃出城去。他就说,她想逃到哪儿去?俺说,俺不知道,先生,可你已经打定主意要走,因为北方佬要来了,你还要他跟你们一起走。他笑了,说他们已经把他的马带走了。"

最后一线希望也破灭了,思嘉的心里像灌了铅似的沉重。她真是个傻瓜,怎么就没想到撤退中的部队自然会把城里剩下的每一辆运输工具和每一头动物都带走呢?有一刻,她都惊呆了,根本没听见普里西在说些什么。但她还是集中注意力,把余下的话听完。

"后来他说,告诉思嘉小姐别着急。如果部队还有留下的,俺会去给她偷一匹出来。告诉她,即使我被打死了也会给她弄一匹马来。接着他又笑了,说,快从小路跑回家去。俺还没起步向克布卢姆跑去,这时听到一个声音,俺正想趴到地上,他告诉俺说那没什么,是我们的老爷们在炸弹药,不让北方佬得到它们——"

"他会来?他要带一匹马来?"

"他是这么说的。"

她松了口气感到很欣慰。只要有什么办法能弄到马,白瑞德就弄得到。真是个精明人,这个瑞德。如果他能带她们离开这乱七八糟的场面,她什么都可以原谅他。逃跑!而和瑞德在一起,她就不害怕了。瑞德会保护她们的。谢天谢地,就为了瑞德!有希望得到安全的保护之后,她就现实起来了。

"把韦德叫醒,给他穿好衣服,也给我们大家打点些穿的。把它们放进一个小箱子。别告诉媚兰我们要走。还不到时候。要用几条厚毛巾把婴儿包好,一定要把孩子的衣服也整理好。"

普里西还在拉着她的裙子翻着白眼。思嘉推了她一把,她这才把手松开。

"快点。"她叫道。普里西于是像只兔子似的跳走了。

思嘉知道,她得进去,让媚兰害怕的心理平静下来。她知道,媚兰一定被那连续不断、音量未减的雷鸣般的响声以及把天空照得通明的火光吓得魂不附体了。那情景不论是看上去还是听上去,都好像是世界末日到来了一样。

但她还是无法说服自己走回那个房间去。她跑下楼梯，想把白蝶小姐逃到梅肯去时留下的瓷器和小件银器收拾打包。可她来到餐厅时，双手却抖得厉害，三个盘子被她打在地上，摔得粉碎。她跑到游廊上，侧耳听着，再回到餐厅，把银器啪的摔到地上。她拿到什么就摔什么。匆忙中，她踩到小地毯，滑了一下，吃了一惊，摔到地上。但她很快就跳起身，连痛都也没感觉到了。她听见普里西在楼上像个野兽似的跑来跑去，这声音都快把她逼疯了，因为她自己也在漫无目的地乱跑。

她已经是第十二次跑出去，来到游廊上，可这次她没有回去收拾东西，那一点用也没有。她坐了下来，不可能去收拾什么了，什么事都做不了，只能带着一颗怦怦跳动的心坐着等瑞德。似乎要再过好几个小时才能把他等来。终于，在路的尽头，她听到了没上油的车轴似乎在抗议的尖叫声以及若隐若现的马蹄声。他干吗不快一点呢？他干吗不让马一路小跑过来呢？

声音越来越近了，她一跃而起，呼喊着瑞德的名字。接着，她隐隐约约看见他从一辆小小的运货马车上爬下来，听见了大门开门的咔哒声，他正朝她这边走来。看得见他的身影了，灯光清晰地照出他的轮廓。他的衣服整洁体面，就好像要去参加舞会一样。他穿着裁剪很好的亚麻布白上衣和白裤子，灰色波纹绸绣花马甲，衬衫胸口处有一点褶边。他宽大的巴拿马帽子漂亮地歪在一边，裤子的皮带上别着两把象牙柄长筒决斗手枪，上衣口袋都被重重的火药压得直往下坠。

他像个粗人一样，迈着轻快的步伐大步流星地从人行小路上走来。他那漂亮的头高昂着，仿佛是个不信教的王子。这个晚上危险四伏，把思嘉弄得惊慌失措。这像麻醉剂一样也影响了他。他黝黑的脸庞上有一种残忍的神情，但被小心翼翼地掩饰着，可只要她有理智，还是看得出来的。这种残忍的神情一定会让她感到害怕的。

他黑色的瞳仁欢呼雀跃着，好像被这一切给逗乐了，似乎那山崩地裂的声响和可怕的火光只是吓唬孩子的东西。他走上台阶时，她迎向他，脸色发白，绿色的双眸就像在冒火。

“晚上好。”他慢条斯理地说，一边挥手摘下帽子，“我们真是赶上好天气了。我听说你要去远行。”

"如果你再开玩笑，我就再也不跟你说话了。"她颤着声音说。

"可别告诉我你害怕了！"他装出一副吃惊的样子，脸上绽开了笑容。看到他那样子，她真想把他沿着陡峭的台阶推回去。

"是的，我是害怕了！我怕得要死。只要你有上帝赐予山羊的理性，你也会害怕的。可我们没时间说话了，我们得离开这。"

"愿为你效劳，夫人。可你打算往哪儿走呢？我到这来就是因为好奇，想看看你打算往哪儿走。东南西北四个方向你都走不了。到处都有北方佬。出城的路只有一条还没有被北方佬占领，部队正是从这条路撤军的。那条路也不会通很久。史蒂夫·李将军的骑兵正在拉夫雷迪进行断后战斗，让这条路能畅通无阻，好让部队有时间撤走。如果你跟着部队走麦克多诺路，他们会把你的马夺走。它虽然算不上匹好马，可我确实费了好些劲才把它偷到手。只是，你要到哪儿去呢？"

她站在那听他说话，不禁浑身发抖，几乎没听进他在说些什么。可被他一问，她突然明白自己要到哪儿去了。这惨惨淡淡的一整天，她一直都知道自己要到哪儿去。那是唯一的一个地方。

"我要回家去。"她说。

"回家？你是说到塔拉去？"

"是的，是的！到塔拉去！噢，瑞德，我们得赶紧动身！"

他看着她，似乎她已经失去理智。

"塔拉？我万能的上帝啊，思嘉！你难道不知道吗？他们在琼斯伯勒打了一整天了，从拉夫雷迪一路沿线十英里都在打，甚至打到琼斯伯勒的街上去了。也许现在塔拉到处都是北方佬了，全县都已经有了。谁也不知道他们具体在哪里，但他们就在那个地区。你不能回家了！你不能直接穿过北方佬的部队回家去！"

"我要回家！"她叫喊着，"我要！我要！"

"你这小傻瓜，"他说得很快，语气很粗暴，"你不能往那个方向去。即使你没碰上北方军，树林里也满是双方军队中掉队的人和逃兵。我们也还有很多部队正从琼斯伯勒撤退。他们也会毫不犹豫把马从你手里夺走，下手决不会比北方佬慢。你唯一的机会就是跟着部队沿着麦克多诺路走，还得求上帝保佑，不要让他们在黑暗中看见你。你不能去塔拉。即使你到了那里,很可能也会发现它已经被烧毁了。我不会让你回家的。这简直是愚蠢透顶。"

"我要回家!"她叫喊着,嗓子都喊破了,音调也提高了,变成了尖叫。"我要回家!你不能阻止我!我要回家!我要我妈妈!你若要阻止我,我就把你杀了!我要回家!"

因为害怕和歇斯底里地呼喊,她两眼满是泪水,眼泪顺着脸颊流了下来,长时间的紧张终于使她崩溃了。她用拳捶着他的胸脯,又尖叫起来:"我要!我要!哪怕是我得一步一个脚印走回去!"

转眼间,他已拥她入怀中。她湿润的脸庞擦着他衬衫上浆过的褶皱,捶他的双手也靠在他身上不动了。他双手轻柔地抚摸着她蓬乱的头发安慰着她,声音温柔极了。这么轻柔,这么悄然无声,如此没有嘲弄意味,这似乎根本就不像是白瑞德的声音,而是某个坚强的陌生人的声音。这人散发出白兰地、烟草和马的味道,这些气味使她感到安慰,因为它们使她想起了嘉乐。

"好了,好了,亲爱的,"他轻声说道,"别哭了。你会回家的,我勇敢的小姑娘。你会回家的。别哭了。"

她感觉到有什么东西在蹭着她的头发,慌乱当中,她模模糊糊地想,那会不会是他的嘴唇呢?他是这么温柔,这么能给人以无限的安慰,她真想永远依偎在他怀抱里。有这么强壮有力的胳膊抱着她,当然,那什么也不能伤害她了。

他在口袋里摸找着,掏出一块手帕,替她擦眼泪。

"好了,像个乖孩子一样把鼻子擤一下。"他命令道,眼里含着一丝笑意,"告诉我要做些什么。我们得快点行动。"

她乖乖地擤了一下鼻子,可浑身还在发抖,但她也想不出来该告诉他做些什么。看到她的嘴唇在哆嗦,眼睛无助地望着他,他便发号施令了。

"卫太太生下孩子了吧?要把她带走太危险了——让她坐着那摇晃不停的小货车走二十五英里,那是很危险的。我们最好让她跟米德太太待在一起。"

"米德家没人。我不能把她留下。"

"很好。让她坐进马车。那个没头没脑的小女孩在哪里?"

"在楼上收拾箱子。"

“箱子？那小小的运货马车上没法放任何箱子。坐你们都差不多坐不下了，而且即使车轮没动，它也随时可能散架。叫她一声，告诉她把屋里最小的羽毛褥垫拿来放进车里去。”

可思嘉还是一动不动。他用力抓住她的胳膊，他那股生气勃勃的活力似乎就流进了她的体内。要是她也能够像他那样冷静、从容就好了！他把她推进过道，可她还是站着无助地望着他。他的嘴角嘲弄似的撇了下来：“这位女士可能是那个使我相信她既不怕上帝也不怕任何男人的年轻女英雄吗？”

他突然放声大笑，松开了她的胳膊。她被刺痛了，瞪着他，对他厌恶极了。

“我才不怕呢。”她说。

“不，你怕。再过一会，你就会晕倒，我可没带嗅盐。”

她气急败坏地跺着脚，因为她想不出来该做些别的什么事——她一声不响地端起灯，抬脚向楼上走去。他紧紧跟在她身后。她听见他在低声窃笑，笑得她脊背都挺直了。她走进韦德的婴儿室，发现他被普里西抱在怀里，衣服刚穿了一半，不声不响地打着嗝。普里西在啜泣。韦德床上的羽毛褥子很小，她吩咐普里西把它拖下楼去，放进马车。普里西放下孩子，照吩咐做了。韦德跟着她下了楼。他对这些活动很感兴趣，打嗝也停止了。

“来吧。”思嘉说着，转身朝媚兰的房门走去。瑞德跟在她身后，手里拿着帽子。

媚兰静静地躺着，被单盖到下巴上。她的脸色惨白，像死人一般，两眼凹陷，眼圈发黑，但很平静。看到瑞德出现在她房间里，她并没有感到吃惊，似乎把这当成了理所当然的事。她试图挤出一丝微笑，可笑容还不到嘴角就消失了。

“我们要回家，到塔拉去。”思嘉很快地解释着，“北方佬要来了。瑞德要带我们走。只能这么办了，梅利。”

媚兰用尽力气微微点了点头，做手势指着孩子。思嘉抱起婴儿，麻利地用一块厚毛巾包住他。瑞德走到床边。

“我会尽量不伤着你。”他平静地说，塞紧她的被单，“看看你能不能把手臂吊住我的脖子。”

媚兰试了试,但又无力地躺了回去。他弯下腰,一只手臂伸到她肩膀下,另一只手臂托起她的膝盖,轻轻地把她抱起来。她没有叫出声来,但是思嘉看到她咬着嘴唇,脸色更白了。思嘉把灯举得高高的,给瑞德照着路,开始向房门口走去。这时,媚兰无力地朝墙上做了个手势。

"是什么?"瑞德轻声问道。

"有劳你了。"媚兰低语着,试图用手指一下,"查理。"

瑞德低头看着她,似乎觉得她是在说胡话。但思嘉明白她的意思,心里便很恼火。她知道,媚兰是要查理的银版照片,它就挂在墙上,在查理的剑和手枪下面。

"有劳你了。"媚兰又低声说道,"剑。"

"噢,好的。"思嘉答应着。她举着灯,让瑞德小心翼翼地走下台阶,然后又回去把剑和手枪皮带取了下来。居然要把它们和婴儿、灯一并带走,那简直太别扭了。这就是媚兰,自己快要死了倒一点也不在乎,也不担心北方佬要接踵而来,反而为查理的东西费心。

她取下银版照片,瞥了一眼查理那张脸。他那棕色的大眼睛和她的对视了。她停了一会,好奇地看着这张照片。这个男人曾经是她的丈夫,曾经在她身边躺了几个晚上,还和她生了一个孩子,孩子的眼睛就像他的一样温柔,同样是棕色的。而她差不多已经把他给忘了。

她手里抱着的孩子挥舞着小小的拳头,轻轻地咪咪叫着。她低头看着他,头一次意识到这就是希礼的孩子。突然间,还残存在她身上的每一个细胞都在希望这是她自己的孩子,是她和希礼的孩子。

普里西蹦跳着上楼来了,思嘉把小孩递给她。她们飞快下了楼,灯光在墙上投下了飘忽不定的影子。在过道里,思嘉看见一顶帽子,不管三七二十一把它戴上,在下巴上绑好帽带。这是媚兰服丧时戴的黑帽子,思嘉戴着大小不合适,但她想不起来自己的帽子放在哪儿了。

她出了屋子,下了屋前的台阶,手里举着灯,尽量不让那马刀撞在她腿上。媚兰在运货马车后部伸开四肢躺着,韦德和用毛巾裹着的婴儿就在她身边。普里西爬了上去,把婴儿抱在手里。

马车很小,车两边的挡板也很低。车轮向里倾斜着,好像一转动就会散架似的。她看了马一眼,心直往下沉。这是一匹瘦弱的小马,它站在那无精打采地耷拉着头,头几乎都垂到两条前腿之间了。它的背上满是伤口和挽具擦破的痕迹,皮肉露了出来,呼吸的声音也不像好马发出的声音。

“不是一匹好马,对不对?”瑞德咧嘴笑了,“看起来好像一让它拉车,它就会倒地丧命。可我只能做到这样了。有一天我会详详细细告诉你,我是从哪儿,又是怎样把它偷到手的,我又是怎样险些中弹丧命九泉的。在我的事业发展到这个阶段的时候,只有我对你的忠心才会使我变成盗马贼——而且是偷这样的一匹马。我扶你上车吧。”

他从她手里拿过灯,把它放到地上。前座位只是一块横搭在运货马车两边的窄窄的厚板。瑞德用双手把思嘉整个举起来,把她抱上马车。做个男人,而且像瑞德这么强壮,那有多棒呀,她一边想,一边把宽大的裙子塞在身子底下。有瑞德在她身边,她什么也不怕,不怕火,不怕声响,也不怕北方佬。

他爬上座位,坐在她身边,抓起马缰。

“噢,等等!”她叫道,“我忘了锁前门了。”

他爆发出一阵大笑,马缰甩在马背上。

“你笑什么?”

“笑你呢——要把北方佬锁在门外呀。”他说,马车启动了,走得很慢,很勉强。人行小路上的灯在继续亮着,形成一个小小的黄色光圈。随着他们渐渐远去,光圈也越变越小。

马拖着脚步慢吞吞地走着,瑞德从桃树街把马车朝西赶去。摇晃不停的马车颠簸着,突然拐进一条车辙遍布的小路,颠得媚兰突然发出一声似要窒息的呻吟。在他们头顶上,黑糊糊的树枝纵横交错,两边暗昏昏、静悄悄的屋子隐隐绰绰地从两旁一晃而过,白色的木栅栏像一排墓碑一样闪着微光。窄窄的街道像条昏暗的隧道,但是透过浓密的树丛,天空中那可怕的红色火光还穿了过来,隐约可见。黑暗的街上,一个个人影像发疯的鬼魂一样你追我赶。烟味越来越重了,灼热的微风中带来一股从城中心方向传来的大吵大闹的声音——叫喊声、重型的部队货车碾过时单调的隆隆声以及人们行进时从容的脚步声。瑞德勒住马头,转向另一条街。这时,又一阵震耳欲聋的爆炸声撕破天空,西边天上升起一团巨型的火焰和烟雾。

“那肯定是最后一批运送弹药的火车了。”瑞德平静地说，“他们今天早晨干吗不把它们弄走呢？这些傻瓜！时间足够的。哦，这对我们可太糟了。我还以为绕着城中心走可以避开大火和迪凯特街上那群醉鬼，顺顺利利、平安无事地到达城的西南部。但我们得在什么地方穿过玛丽埃塔街，而那爆炸声就是在玛丽埃塔街附近传来的，要不只能是我判断失误了。”

“我们——我们必须穿过火海吗？”思嘉颤着声音问道。

“如果我们加紧行动，那就不要。”瑞德说着，从马车上跳下去，消失在一座庭院的黑暗当中。他回来时，手里拿着一根细树枝。他残忍地把树枝在马背上抽了一下。马拖着步子小跑起来，气喘吁吁、无比艰难地前进着，马车一顿，她们便像爆玉米花的爆筒里的玉米花一样乱颤。婴儿哭了，普里西和韦德被马车的两边擦痛了，也叫出声来。可媚兰却一声不响。

他们靠近玛丽埃塔街时，树木稀疏了，升得比楼房还高的火焰把街道和房子照得比白天还亮，印出扭曲、变形的巨影，就像一艘即将沉没的轮船在强风中被折断了船帆，在海上漂来漂去的样子。

思嘉连牙根都在打颤，可她太害怕了，根本没意识到。虽然火焰的热气已经扑到了他们脸上，但她感到浑身发冷，冷得直发抖。这是个地狱，而她却身在其中，要是她能使双膝不发抖的话，她一定会从马车上跳下来，尖叫着沿着来时的黑漆漆的路往回跑，跑回那个避难所——白蝶姑妈的家里去。她缩在瑞德旁边，靠得更紧了，用颤抖的手指抓住他的手臂，抬头看着他，寻求着话语，寻求着安慰，寻求着能使她安心的什么东西。他们沐浴在那邪恶的红光中，他黝黑的脸部轮廓非常清晰，就像古钱币上的头像一样，漂亮，冷酷，颓废。她一碰到他，他便转向她，两眼炯炯有神，目光就像火焰一样令人感到害怕。对思嘉来说，他似乎很兴奋，很傲慢，好像从这种境遇中获得了无穷的快乐，而且好像也很欢迎他们即将遇到的恐怖景象。

“这，”他说着把一只手放在腰间别着的一把长筒手枪上，“如果有人，不管黑人还是白人，走到你那一边，想把马勒住，你就向他开枪，我们以后再问为什么。可是，看在上帝分上，你在慌乱中千万别把马打死了。”

“我——我有手枪。”她低声说着，紧紧抓住腿上的武器。她非常肯定，如果她面对死神，她一定会因为害怕而扣不动扳机的。

“你有？从哪弄来的？”

“是查理的。”

“查理?”

“是的,查理——我的丈夫。”

“你真的曾经有过丈夫吗,亲爱的?”他低声问着,轻声笑了。

要是他能正经点就好了！要是他赶紧赶路就好了！

“那你认为我的孩子是怎么来的?”她义愤填膺地叫喊着。

“噢,还有其他方式,不一定要丈夫——”

“你就不能闭上嘴赶快赶路吗?”

可他却突然勒住马缰,他们差不多已经到了玛丽埃塔街了,正在一所还没有被烧着的仓库的阴影中。

“快点!”这是她头脑中唯一的念头。快点！快点！

“士兵。”他说。

分遣队沿着玛丽埃塔街,以行军的步伐在燃烧的建筑物之间走了过去。士兵们疲惫不堪的,步枪随随便便地扛在肩上,头耷拉着,累得都走不快了。左右两边有木头倒塌下来,烟雾在他们周围翻腾着,可他们什么都顾不上了。他们全都衣衫褴褛的,连士兵和军官的徽章都辨别不出来,只是偶尔才看得见有顶破烂不堪的帽边用针缝成一圈的“C. S. A.”的字样。许多人都打着赤脚,这里那里还能看到脏兮兮的绷带缠着的头或是吊着的手臂。他们鱼贯而过,目不斜视,默默无语,要不是他们平稳的脚步,他们便与鬼魂无异了。

“好好看看他们,”传来了瑞德嘲笑的声音,“以后好告诉你的子孙们,这一光荣事业的后卫部队在撤退时你曾经亲眼见识过。”

转眼间,她突然恨起他来了,满腔的恨意压倒了她的恐惧,使恐惧显得很渺小,很微不足道。她知道,自己和马车后座里的其他人是否安全,全都得靠他,靠他一个人,可她还是因他嘲笑那些衣衫褴褛的军人而恨透了他。她想起了死去的查理,还有很可能也已经死去的希礼,所有那些在窄小的墓穴里化成土化成灰的曾经快乐无比、勇猛顽强的年轻人。她居然也忘了,她自己也曾经认为他们全都是傻瓜。她一句话也说不出来,只是愤怒地盯着他,两眼燃烧着痛恨和厌恶的烈火。

最后一批士兵过去之后,后面一排一个小个子停了下来,注视着其他人的背影。他的步枪枪托拖在地上直摇晃，一张肮脏的脸蛋累得无精打采的，看上去就像个梦游的人。他个子和思嘉一样小，连步枪都跟他差不多高了，沾满尘垢的脸上还没长出胡子。他最多只有十六岁——虽然与己无关，思嘉还是这么想——一定是城卫队的成员或是逃跑出来的学生。

她正看着，那男孩的膝盖慢慢弯了下去，一屁股坐到了尘土中。最后一排有两个人一声不响地退出来，朝他走来。其中一个又高又瘦，留着齐及枪带的黑色胡子。他默默地把他自己的步枪和那男孩的一起递给另外一个人。接着，他弯腰抓住男孩的肩膀，像变魔术一样轻巧地一把扛起男孩，抬脚慢慢地跟在撤退的大军后面，肩膀由于负重而躬了起来。那个男孩呢，软弱无力的，像个被大人激怒的孩子一样尖叫道："把我放下，去你妈的！把我放下！我自己能走！"

留胡子的人什么也没说，步履艰难地继续往前走，直到转过街角，再也看不见了。

瑞德一动不动地坐着，手里的缰绳放松了。他注视着他们的背影，黝黑的脸上有一种奇怪而郁郁不乐的表情。接着，附近有木头掉落下来，思嘉看见一条小小的火舌蹿上了仓库的屋顶，而他们正是躲在这仓库的阴影中的。紧接着，火苗形成了三角旗和战旗一般的火焰，得意扬扬地在他们头顶的天空中欢腾着。烟雾呛着她的鼻孔，韦德和普里西都咳嗽起来。婴儿也发出了轻微的喘息声。

"噢，看在上帝分上，瑞德！你疯了吗？快走！快走呀！"

瑞德没有答话，却残忍地把树枝用劲在马背上抽了一下，马便向前跳了出去。它竭尽全力全速跑着，一颠一蹦地跑过玛丽埃塔街。他们前面是一条燃烧着的隧道，窄小的街道两边，建筑物燃着熊熊的烈焰，这条路是通往铁路的。他们陷入一片火海当中。一道强光闪过，那亮度比一打太阳照出的亮光还要强。他们感到头昏目眩，炎热灼痛了他们的肌肤，喧嚣声、龟裂声、倒塌声在他们耳边形成了一波波令人感到刺痛的声浪。那段时间似乎永远没有尽头，他们好像置身于烈焰熊熊的炼狱，一转眼间又重新置身于半明半暗的世界中。

他们沿街猛冲，颠簸着穿过铁路，瑞德则机械地挥着鞭子。他脸上的表情似乎凝固了，心不在焉的，好像忘了自己身在何处。他肩膀向前倾着，下巴突了出来,仿佛心里正想着不愉快的事情。炎热的火光照着他,汗水从额头和脸颊上流了下来,可他连擦都没擦一下。

他们拐进一条边道,接着又转入另外一条,再掉转头,从一条窄小的街道转到另一条。思嘉完全迷失了方向,火焰的喧嚣声也在身后渐渐消失了。瑞德还是一言不发。他只是有节奏地挥着鞭子。现在,天空中那红色的火光也渐渐消退了,路上又变得暗暗的,令人害怕。思嘉宁愿他说说话,什么话都行,哪怕是嘲笑、侮辱或是伤感情的话也行。可他什么也没说。

不管说不说话,她还是为他在身边给她带来的安慰而感谢上帝。在她身边有个男人,可以靠近他,触摸他手臂上隆起的肌肉,知道有他挡在她和不可名状的恐怖当中,这真是太好了。尽管他只是坐在那儿呆看着也不错。

"噢,瑞德,"她低声说道,抓住他的手臂,"要是没有你,我们该怎么办呀?你没去参军,我真是太高兴了!"

他转过头,看了她一眼。这一眼看得她放开了他的手臂,手缩了回来。现在,他眼神里没有了嘲弄的意味。两眼坦然直率的,一副愤怒和某种茫然无措的神情。他的嘴唇往下一撇,把头扭开了。好长一段时间里,他们默默地颠簸着前进,只有婴儿的呜咽声和普里西抽鼻子的声音打破这种沉默。当思嘉再也受不了那抽鼻子的声音时,她转过身,恶狠狠地拧了她一把,拧得普里西痛得尖叫起来,然后又害怕得赶紧住嘴,不敢吱声。

瑞德终于让马来了个九十度的转弯,过了一会,他们来到了一条更宽、更平的路上。屋子影影绰绰的影子间隔越来越大,连续不断的树木像两堵墙一样分立在两旁。

"我们现在已经出了城了,"瑞德突然勒住马缰,"正在通往拉夫雷迪的大路上。"

"快赶路。别停下!"

"让马喘口气。"接着,他转身面对着她,慢条斯理地说,"思嘉,你还是决意要做这种发疯似的事吗?"

"做什么?"

"你还是想设法回到塔拉去吗?这等于自杀。史蒂夫·李将军的骑兵和北方军正在你和塔拉之间大战呢。"

噢,我亲爱的上帝!他是不是不想带她回家了呢?好歹她已经过了这可怕的一天了呀!

"噢,是的!是的!求你了,瑞德,我们还是赶路吧。马还不累。"

"请等一会。你不能顺着这条路到琼斯伯勒去,不能沿着铁路走。他们已经从拉夫雷迪一路往南打了一整天了。你知不知道其他的路,小型运货马车走的路或是小路,不用通过拉夫雷迪或者琼斯伯勒的?"

"噢,知道。"思嘉叫了起来,顿感欣慰,"如果我们能到靠近拉夫雷迪的地方,我知道有一条运货马车走的路,从琼斯伯勒的主干道七拐八拐地蜿蜒好几英里。爸爸和我过去常常骑马经过。它正好从麦金托什那个地方出来,从那离塔拉就只有一英里了。"

"那好。也许你可以顺利绕过拉夫雷迪,史蒂夫·李将军下午还在那里掩护部队撤退呢。也许北方佬还没到那里。假如史蒂夫·李的部下没有把你们的马夺走的话,也许你可以顺利通过那里。"

"我——我能顺利通过?"

"是的,你。"他的声音很生硬。

"可是瑞德——你——你不带我们走啦?"

"不,我要在这和你们分手。"

她急切地看了看周围,看了看他们身后青灰色的天空,看了看像监狱的围墙一样把他们紧紧围在里面的两边的树木,看了看马车后部坐着的一脸恐惧的人——最后才把目光落在他身上。她难道疯了吗?她是不是听错了?

现在,他正咧嘴笑着。微光中,她只看得见他洁白的牙齿,过去那种嘲弄的意味又在他眼里出现了。

"和我们分手?你——你要到哪儿去?"

"我要,亲爱的小姐,跟部队一起走。"

她宽慰地叹了口气,与此同时又感到很懊恼。他什么时候不开玩笑,为什么偏偏在这种时候开玩笑呢?瑞德去参军!他说过,那些都是蠢笨的傻瓜,一阵鼓声和雄辩家们的华丽辞藻就能引诱他们去送命——傻瓜才会去送命,聪明的人却可能会赚钱!他不是老这么说的吗?

"噢,凭你这么吓我,我就该掐死你!我们走吧。"

"我不是开玩笑,亲爱的。思嘉,你没有用更崇高的精神来理解我这种英勇的牺牲,我很伤心。你的爱国精神哪去了？你对我们光荣事业的那股热爱之心呢？现在轮到你来告诉我了,我到底是会举着盾牌回来呢,还是会躺在上面被抬回来？但是,你得说快点,因为,出发上战场之前,我需要时间作一次精彩的演说。”

他慢条斯理的声音在她耳边嘲笑着她。他在嘲笑她,她也知道,在某种程度上,他同样也在嘲笑他自己。他在说些什么呢？爱国主义、盾牌、精彩的演说？他的真正意思不可能是他说的话中所指的意思。他如此轻率地说要在这离开她,把她留在这黑漆漆的路上,和一个也许正濒临死亡的女人、一个刚刚出生的婴儿、一个愚蠢透顶的黑人小女孩以及一个惊恐害怕的孩子在一起,让她带着他们去穿越长达数英里长的战场,穿过落伍的散兵、北方佬、熊熊烈焰,以及只有上帝才知道的什么东西。

有一次,她从树上摔了下来,那时她还只有六岁,正好摔了个嘴啃泥。她还记得,她缓过气来以前的那一刹那,只觉得恶心想吐。现在,看着瑞德,她又有那时有过的那种感觉了,透不过气来,目瞪口呆,恶心想吐。

“瑞德,你是在开玩笑吧!”

她一把抓住他的手臂,感觉到自己害怕的泪水已经潸然而下,滴落到手腕上。他抓起她的手,高兴地吻着。

“你真是自私到头了,是不是,亲爱的？只想到你自己那宝贵的藏身处,不想想伟大的南部邦联。想想看,我若在最危急的时刻出现在军营,我们的部队会受到多大的鼓舞。”他的声音里有刻意表现出来的温情。

“噢,瑞德,”她呜咽着,“你怎么能对我这样？你为什么要离开我？”

“为什么？”他得意扬扬地笑了,“也许是因为我们所有的南方人都有一种伤感情绪,那是一种藏而不露的叛逆心理。也许——也许是因为我自己感到没脸见人了。谁知道呢？”

“没脸见人？你该为这羞耻的行为去死才对。把我们丢在这,孤独无助的——”

“亲爱的思嘉！你并不会孤独无助。像你这样自私、这么坚定的人,谁都不会孤独无助的。要是北方佬抓住你们,那是上帝在保佑北方佬。”

他突然步下马车,绕到她这一边。她则看着他,目瞪口呆,茫然失措。

“下来吧。”他用命令的口吻说道。

她凝视着他。他粗鲁地伸出手，双手放在她腋下，把她抱下地来，放在他身边。他用力抓住她的手，把她拉离马车几步远。她感到脚下的灰尘和便鞋里的砾石弄痛了她的脚。闷热的黑夜紧紧包围着她，就像在一场梦境当中。

“我并不是要你理解我或是原谅我。你理解我也罢，原谅我也罢，我都不在乎，因为，连我自己也决不会理解或是原谅我自己这种极端愚蠢的行为。我发现自己身上还有这种堂吉诃德式的行为，自己也感到很不安。可我们这漂亮的南方领土需要每一个人。我们勇敢的布朗州长不就是这么说的吗？不管怎么样，我要去参战了。”他突然放声大笑起来，发出一阵银铃般的、放肆的笑声，在黑黢黢的树林中引起了回响。

“‘如果不是荣誉对我更可贵，亲爱的，我就不会爱你这么深。’正是这话，对不对？此时此刻，这话比我能想到的什么话都更强。因为我确实在爱着你，思嘉，尽管上个月那个晚上我在游廊上说了那些话。”

他慢条斯理的话里满含爱抚之情，两手抚摸着她裸露的双臂，那是双温暖而有力的手。“我爱你，思嘉，因为我们太相像了。我们俩都是叛逆者，亲爱的，是自私的卑鄙小人。只要我们安然无恙，舒服自在，那么，就算整个世界毁灭了，我们也一点都不会在乎。”

他的声音在暗夜里飘荡着，她听到了他说的每一个字，可却不知其所云。她一门子心思都在满心厌恶地试图接受这个严酷的事实，那就是，他要离开她，让她自己独自去面对北方佬。她的大脑在说的是：“他要离开我了。他要离开我了。”可别的情感倒没被激起来。

接着，他双臂环住她的肩膀，手放在她腰际，她感到他腿部硬邦邦的肌肉挤压着她的身体，上衣上的扣子压进了她的胸脯。一种温馨之感袭遍了她的全身，她茫然失措，惊恐万分，忘记了现在是何时，此地是何处，自己又身处怎样的境地。她觉得自己像个布娃娃一样，软绵绵的，温暖，虚弱，无助，他支撑着她的双臂令她感到快乐极了。

“对我上个月说的话，你不想改变主意吗？要促进事情发展，没有什么比得上危险和死亡了。要爱国，思嘉。想想看，你要怎样送一个上前线去献身国家的战士，从而留下美好的回忆？”

他现在在吻她了，胡子刺得她的嘴巴痒痒的。他灼热的嘴唇慢慢地吻着她，从容自在的，好像他拥有整晚的时间。现在的她被吻得忽冷忽热，浑身发抖，查理从来没有像这样吻过她。塔尔顿家和卡尔弗特家的小伙子们的吻也从来没有使她有过这样的感觉。他把她的身体往后仰，嘴唇顺着她的脖颈一直吻到她紧身上衣的浮雕宝石上。

"可爱极了，"他囔囔低语，"可爱极了。"

她隐隐看到了黑暗中的马车，听到了韦德颤抖着声音在叫嚷。

"妈妈！韦德害怕！"

她顿时从飘忽不定、暗淡无光的思绪中回过神来，恢复了理性，冷静下来。她记起了刚才忘到脑后的事了——那就是她也很害怕，瑞德要离开她，离开她，这个狗娘养的无赖。最糟糕的是，他居然还老道地厚着脸皮，站在这大路上，用他那见不得人的建议来侮辱她。她不禁又气又恨。气恼和恨意使她挺直脊背，猛一挣扎，从他的怀抱中挣脱出来。

"噢，你这无赖！"她叫喊着，思想顿时活跃起来，试图想出什么话来痛骂他，那些她听到嘉乐骂林肯先生、麦金托什一家及执拗的骡子的话，可她却一句也想不起来，"你这个卑鄙、胆小、可恶、讨厌的畜生！"由于她想不出什么足以让她解气的话，她便抽回手臂，用尽全身的力气，朝着他的嘴巴甩了一巴掌。他往后退了一步，抬起手摸着脸。

"啊。"他悄声叫着，他们在黑暗中面对面站了好一会。思嘉听得见他粗重的喘息声，她自己也气喘吁吁的，好像刚刚跑步跑得很辛苦似的。

"他们说的没错！大家都没错！你不是一个正人君子！"

"我亲爱的姑娘，"他说，"这还不够！"

她知道他在发笑，这一想法激怒了她。

"走吧！现在就走！我要你马上滚蛋。我再也不想见到你了。我希望炮弹就落到你身上。我希望炮弹把你炸得粉身碎骨。我——"

"不用再说下去了。我知道你的意思。我死在国家的祭坛上时，我希望你会受到良心的谴责。"

他转过身，回头向马车走去。她听到他在笑。她看着他站在马车旁，听到他在说话。他的声音变了，殷勤有礼，满是尊敬，就像他一贯对媚兰说话时那样。

"卫太太？"

马车上普里西胆怯地回答着。

“见鬼，白船长！梅利小姐晕过去了。”

“她没死吧？她还有气吗？”

“有的，她还有气。”

“那她这样可能还更好。如果她醒着，我很怀疑她是否能忍受这些痛苦。好好照顾她，普里西。这钱给你。千万不要再犯傻了。”

“好的，先生。谢谢，先生。”

“再见，思嘉。”

她知道他转过身来面对着她，但她什么也没说。她气得什么话都说不出来了。他的脚踩着路上的石子，有好一会，她就这样站着，眼睁睁地看着他宽大的双肩在黑暗中若隐若现，接着他便无影无踪了。有几分钟，她还听得见他的脚步声，可后来就渐渐远去。她慢吞吞地走回到马车这边来，双膝都在打颤。

他为什么要走？走入无尽的黑暗中，去参战，去参加那业已失败的事业，去置身于那个疯狂的世界？他为什么要走呢？这个喜欢女人和酒给他带来快乐的瑞德，喜欢好吃可口的食物和松软舒适的床铺的瑞德，喜欢上好亚麻布料和好皮革的瑞德，这个恨透了南方，嘲笑为之奋战的那些傻瓜的瑞德？现在，他穿着锃亮的靴子，走在一条要忍饥受饿、艰苦难行的路上。路上遍布的是伤痛、疲惫和心碎欲裂的事，就像嗥叫的狼群一样恐怖，而在路的尽头就是死亡。他没必要走的。他又安全，又富有，又舒适。可他还是走了，把她独自留在这黑得就像盲人眼里的世界一样的暗夜中，而把她和自己的家隔开的又是北方佬。

此时此刻，她倒是把所有想骂他的话都想起来了，但已经无济于事了。她把头靠在低垂的马脖子上，不禁失声痛哭。

## 第二十四章

清晨,明亮炫目的阳光透过头顶上的树荫照进来,照醒了思嘉。有一刻,睡觉的姿势使得她全身麻痹,身子发僵。她一时想不起自己身在何处。阳光刺得她睁不开眼睛,身子底下,马车那硬木板硬邦邦地顶在她身上,腿上也横着一个重物。她试图坐起来,发现压在她腿上的原来是韦德,他头枕在她的膝上躺在那睡着了。媚兰的光脚丫几乎凑到了她脸上,马车座位底下,普里西蜷成一团,像只黑猫似的,挤在她和韦德之间的是刚出生的小男孩。

接着她便想起了一切。她猛然坐了起来,飞快地看了看周围。谢天谢地,没看到北方佬!他们躲藏的地方昨晚没被发现。现在一切都回到她脑海里了:瑞德的脚步声远去之后那梦魇般的旅程;那漫漫长夜;布满车辙和砾石的黑漆漆的路,而她们正沿着这条路颠簸前行;马车滑进了路两旁的深沟,她和普里西怕得都要疯了,使出了吃奶的力气,把车轮推出了深沟。她还想起来每当听到有士兵在走近的声音,也不管他们到底是朋友还是敌人,她便把马赶到田野里和树林里,马虽然不情愿但也没办法——也想起来她曾经担心只要一声咳嗽、一个喷嚏或是韦德打个嗝就会使她们暴露,被前进中的部队发现,为此她感到很痛苦。想起这一切,她不禁不寒而栗。

噢,那条黑糊糊的路上,士兵们像鬼魂一样从路上走过,那时候万籁俱静,只有脚踩在松软的泥土上的沉闷的脚步声,马勒微弱的咔哒声和皮具紧张的吱嘎声!噢,还有那可怕的一刻,那头病恹恹的小马畏缩不前,而暗夜里骑兵部队飞奔而过,轻型大炮也隆隆驶过。她们屏住呼吸坐在那里,它们就从旁边经过，靠得太近了，她几乎伸手可及，连士兵们身上那股汗臭味她都闻得到。

她们终于靠近了拉夫雷迪。那里有几堆营火还在燃烧着，那是史迪夫·李的最后一批后卫部队在等着撤退的命令。她绕着一片犁过的田地走了一英里，直到火光被远远甩在身后。可在黑暗中她却迷了路，找不到她非常熟悉的那条马车可行的小路了，她急得直掉眼泪。后来终于找到路时，马又一屁股坐在车辙沟里，再也不想动了。她和普里西拼命去拉马勒，但也不顶事。

她只好给马卸下挽具，此时的她已经累得汗水淋漓，浑身湿透，只好爬到马车后部，伸直疼痛的双腿。眼睛还没合上时，她还依稀记得媚兰说过话，那虚弱的声音虽然是在恳求，听起来却像在道歉："思嘉，能不能给我喝点水？"

她说："没有水。"可话还没出口，她已经酣然入睡了。

现在已经是大清早了，整个世界既宁静又安详，到处郁郁葱葱的。斑驳的阳光给大地抹上了一层金光，四处也不见士兵。她又饥又渴，渴得嗓子冒烟，全身痉挛发痛。她不禁暗暗称奇：只有盖着亚麻布床单、躺在最柔软的羽毛垫床上才休息得好的她，郝思嘉，居然像个干农活的粗人一样，在硬木板上睡着了。

她在阳光下睁开睡眼惺忪的眼睛，目光落到媚兰身上，一时吓得连气也透不过来。媚兰一动不动地躺着，脸色煞白。思嘉心想，她一定是已经死了，她看上去像是死了，就像一个已经死去的老太太，脸上一副备受折磨的神情，乌黑的头发乱七八糟的，缠结在一块，披散在脸上。接着，思嘉看到她一上一下还在轻微地呼吸，心里松了一口气。她知道，媚兰已经挺过了那个晚上。

思嘉用手挡着阳光，环顾着四周。显然，他们是在别人前院的树丛下度过了一个晚上，因为她面前有一条沙子和砾石铺设的人行小路，在一条雪松覆盖的林荫道上蜿蜒远去。

"啊，这是马洛里家！"一想到朋友和有人能帮忙，她高兴得心怦怦直跳。

可种植园里一片死寂。由于被马蹄、车轮和人脚来回疯也似的践踏过，灌木丛和草地已经支离破碎,不成样子,连土都翻起来了。她朝屋子看去,她非常熟悉的白色楔行板建的房子,如今只剩下黑糊糊的长方形花岗岩墙基和两座高高的烟囱。被烟熏得脏兮兮的砖砌烟囱高高耸立着,直伸到宁静的树丛中那被烧焦的树叶中去。

她深吸了口气,不禁浑身颤抖。她会不会发现塔拉也成了这副样子呢?房屋被履成了平地,整个地方一片死寂。

“现在我可不能想这些,”她赶紧对自己说,“不能让自己想这些。我若这么想,只会又把自己吓坏的。”可尽管她这么想,她的心跳还是加快了,每一次跳动都在轰鸣:“家!快点!家!快点!”

他们得继续上路回家去。可他们首先得找些东西吃,找些水来喝,特别是水。她捅了捅普里西,把她叫醒。普里西看着她,眼睛滴溜溜乱转。

“俺的天,思嘉小姐。俺只希望在希望之乡①醒来呢。”

“还远着呢。”思嘉说着,尽量把凌乱不堪的头发往后捋平。她一脸湿漉漉的,身上已被汗水湿透了。她感到全身又脏又乱又黏,几乎就要发出臭味来。因为和衣而睡,她的衣服已经被压得皱巴巴的。长这么大,她还从来没有感到过如此的疲惫不堪,全身酸痛。由于不习惯,那个晚上出了大力使得她肌肉疼痛不已,就连动一下都会钻心般地疼痛。而她原来都还没意识到自己身上有这些肌肉呢。

她低头看着媚兰,看到她乌黑的眼睛睁开了。那是双带病容的眼睛,明亮得像火烧似的,下面突起了黑黑的一圈眼袋。她张开干裂的嘴唇,低声恳求道:“水。”

“起来,普里西,”思嘉命令道,“我们到井边去打些水回来。”

“可是思嘉小姐!那里一定有鬼。要是有人死在那里呢?”

“你如果不下马车,我就把你变成鬼。”思嘉说,她根本无心争吵,一瘸一拐地爬下马车。

接着,她想起马来了。上帝呀!要是马在晚上死了呢!她给它卸下挽具时,它好像随时会死的。她跑步绕过马车,看到马侧身躺着。要是它死了,那她就只好诅咒上帝,然后再去死了。《圣经》里有人就是这么做的。

① 基督教教义中,上帝赐给亚伯拉罕和他的后裔的“希望之乡”。

诅咒上帝，再去死。她现在知道那个人的感觉是怎么样的了。可马还活着——它喘着粗气，一副病态的眼睛半睁半闭的，但好歹还活着。哦，喝些水也会对它有好处的。

普里西不甘愿地从马车上爬下来，嘴里不住地嘟哝着，胆小畏怯地跟在思嘉后面，朝林荫道走去。一片废墟后面，有一排黑奴住的刷成白色的小屋，寂然无声地挺立在倒挂的树枝下，但一个人也看不到。她们在黑奴的住处和烧焦的基石之间找到了水井。水井的顶篷还在，水桶则在水井深处。她们卷起绳子，从黑漆漆的水井深处，拎起装满清凉井水的水桶，水溅得到处都是。思嘉把水桶凑到自己嘴边，咕噜咕噜地大口喝着，水泼了她一身。

她埋头猛喝，直到普里西使起性子来："哦，俺也很渴，思嘉小姐。"她这才想起别人也同样需要水。

"把结解开，把桶拎到马车上去，让他们都喝一点。剩下的给马喝。你不觉得梅利小姐该给婴儿喂奶了吗？他会饿死的。"

"上帝，思嘉小姐，梅利小姐没有奶水——也不会有奶水了。"

"你怎么知道？"

"俺见过很多像她那样的人。"

"别给我摆架子了。昨天，你知道的有关婴儿的事还少得可怜呢。好了，快点。我要去找些吃的来。"

思嘉的觅食徒劳无获，只在花园里找到几个苹果。在她之前，士兵早就来过这了，树上的苹果已经一个不剩。她在地上找到的那些也都快烂了。她挑最好的装了一裙兜，从松软的土路上往回走，便鞋里又跑进了一些小砂石。她昨晚为什么没想到穿双更结实的鞋呢？为什么没把太阳帽带来？为什么没带些吃的出来？她简直像个傻瓜一样。可是，当然啰，她原以为瑞德会照顾他们的。

瑞德！她往地上啐了一口，这个名字就使她感觉很不好。她有多恨他呀！他又是多么的厚颜无耻！而她居然站在路上让他吻她——几乎还很喜欢他的吻。她昨晚一定是疯了。他多卑鄙呀！

她回到马车边，把苹果分了一下，把剩下的全扔到马车后部去。马现在站起来了，可水似乎并没有使它恢复太多的体力。现在是大白天，它看上去比昨晚还糟，髋骨突起，像头老牛的，肋骨像块洗衣板一样，背上则伤痕累累。她给它上挽具时都不敢去碰它。当她把马嚼子塞进它的嘴巴时,这才发现它实际上已经没有牙齿了。真是老掉牙了!瑞德偷马时,干吗不偷匹好马呢?

她坐到赶车位上,用山核桃枝在它背上抽了一下。它呼哧呼哧地喘着气,开始向前走去。她把马赶到知道的小路时,马走得慢极了,她自己就算不费什么劲也走得比它快。噢,要是没有媚兰、韦德、婴儿和普里西给她添麻烦就好了!那她走回家别提有多快了!哦,她可以跑回家,沿着这条使她离塔拉和妈妈越来越近的路一步一步地跑回家。

他们离家不会超过十五英里了,但以这匹老马的速度,得走整整一天时间,因为她得经常停下来让它休息休息。整整一天哪!她低头看着这条耀眼的红土路。曾经从这里经过的大炮和救护车,在路上留下了一道道深沟。还得再过几个小时,她才能知道塔拉是否还存在,埃伦是否还活着。还得再过几个小时,她才能结束这九月灼热的阳光照射下的旅途。

她回头看了看媚兰。她躺在那,一副病容的眼睛闭着躲避阳光。思嘉拉开帽带,把帽子递给普里西。

“把这遮在她脸上。这能让她的眼睛避开太阳光。”阳光直射到她没戴帽子的头上,她接着想:“不等今天过去,我就会满脸长满雀斑,就像珍珠鸡蛋一样。”

长这么大,她还从来没有不戴帽子或是面纱就在太阳底下晒过,赶马车时,从来都是戴手套,以保护她手上略微凹陷的洁白肌肤。可现在,她却坐在一辆快要散架的马车上,由一匹快要累垮的老马拉着,整个人暴露在阳光下,脏兮兮,汗淋淋,饿得饥肠辘辘的,什么事也做不了,只能在一片荒无人烟的土地上,像蜗牛一样一步一步地向前爬。她原来过的是安全可靠、无忧无虑的日子,那些时日离现在仅仅隔了短短的几个星期!原来她和每个人都认为,亚特兰大是决不会沦陷的,佐治亚也决不会被侵入的,而现在,离有那种想法的时候也只有一眨眼的工夫。可四个月前在西北天空出现的那一小朵乌云,现在已经发展成猛烈的暴风雨,接着又变成呼啸不已的龙卷风,席卷了她的整个世界,把她从有人遮风挡雨的生活中刮了出来,扔在这寂然无声、常有鬼魂出没的荒野中。

塔拉还赫然耸立在那吗?还是说塔拉已经随着席卷整个佐治亚州的风

暴飘然而去了呢?

她用鞭子在疲乏不堪的马背上抽了一下,敦促它继续前行。来回摇动的车轮把他们颠得忽左忽右,晃动不已。

空气中也有了死亡的气息。已是下午晚些时候,阳光下,每一片非常熟悉的田地和树丛都葱翠碧绿,寂然无声。那神秘的宁静触动了思嘉心里的恐惧心理。他们那天经过的每一所空荡荡的房子都是弹坑遍布,伤痕累累;每一座像哨兵一样耸立在废墟上的烟囱都已被硝烟熏得漆黑,一片荒凉。所有这些越发增加了她的恐惧。从昨天晚上开始,他们就没见过一个活人或是活着的动物。死人、死马,那倒是有的,还有死骡子,就躺在路边,尸体肿胀,苍蝇成堆。但活着的什么也没有。没有远处传来的牛叫声和鸟的欢唱声,也没有风摇动树枝的声音。只有马吭哧吭哧、艰难前进的马蹄声和媚兰的孩子微弱的呜咽声打破了周围的宁静。

整片乡野似乎被施了什么魔法。或许比这还更糟,思嘉心里想着,不免不寒而栗。这片乡野好像是一位母亲熟悉而可亲的面孔,在承受了死亡的痛苦之后,终于变得漂亮而安宁了。她觉得,从前熟悉的树林,如今却是鬼魂遍布。成千上万人死在琼斯伯勒附近的战役中。他们全躺在这些鬼神出没的树林中,下午的斜阳透过纹丝不动的树叶,在树林里发出吓人的亮光。这些人中有朋友,也有敌人,鲜血和红色的尘土模糊了他们的双眼,但他们还是在偷偷地打量着坐在摇摇晃晃的马车上的她——那是一双双炯炯有神、令人害怕的眼睛。

"妈妈!妈妈!"她低声呼唤着。要是她能顺利回到埃伦身边,那该多好啊!要是凭借上帝的神力,塔拉还赫然耸立在原地,她可以沿着长长的林荫道把车赶到屋前,走进屋子,看到妈妈那慈祥、温柔的面孔,再次抚摸那双能驱除恐惧的柔软、能干的手,可以紧紧拉住埃伦的裙摆,把脸埋在裙摆中间,那有多好啊。妈妈会知道该怎么办的。她不会眼睁睁地看着媚兰和她的孩子死掉。她只要说上"别出声,别出声"就能把所有的鬼魂和恐惧赶走。可妈妈却病倒了,也许正处于死亡的边缘。

马已经累得疲惫不堪,但思嘉还是在马屁股上抽了一鞭。他们得走快点!这漫长、炎热的一整天,他们一直在这似乎永远没有尽头的路上踯躅而行。天很快就要黑了,他们又会被孤零零地扔在这死一般的荒野中。她用起泡的双手更紧地拉着缰绳,再用力把缰绳甩在马背上,这一甩,她的手臂便钻心般地发痛。

要是她能够顺利到达,投入塔拉和埃伦的怀抱,把这些重得她那柔弱的双肩无法承受的负担卸下来,那该有多好啊——病势垂危的女人、奄奄一息的婴儿、她那饿得发慌的小男孩以及那惊恐害怕的黑人,他们全都要从她这汲取力量,得到指示,全要从她挺直的脊背上获取勇气。可她并没有这种勇气,而原有的力量也早已荡然无存了。

筋疲力尽的老马对鞭子和马缰没什么反应,还是慢吞吞往前走,拖着脚步踩在小块岩石上蹒跚而行,摇摇晃晃,好像随时都可能跪到地上。黄昏时分,漫长的旅途终于进入了最后阶段。他们绕过马车道拐了一个弯,转到了大路上。离塔拉只有一英里了!

这里,一大片黑压压的桑橙篱笆依稀可见,这标志着从这里开始便是麦金托什家的土地了。又走了一会,在通往老奥格斯·麦金托什家的橡树林荫道上,思嘉勒住马缰。她透过渐渐收拢的暮色,顺着那两排古树窥视着。只有黑糊糊的一片,房子和黑人住的小屋里一点亮光也没有。她在黑暗中睁大眼睛,隐隐辨别出一幅很熟悉的情景。这令人可怕的一天中,这情景她已经见得多了——两座高高的烟囱像两座巨型的墓穴,高耸于二楼那一片废墟中,残缺不全、一片漆黑的窗口衬出脏兮兮的墙壁,好像一只只一动不动、已经失明的眼睛。

"喂!"她使出全身力气大喊着,"喂!"

普里西惊恐万状地抓住她,思嘉转过身,看到她在翻着白眼。

"别叫,思嘉小姐!求你了,别再叫了!"她低声恳求着,声音直发抖,"谁也不知道有谁会回答你呢!"

"亲爱的上帝!"思嘉想着,不免不寒而栗,"亲爱的上帝!她说的没错。那里什么都可能会出现!"

她甩了甩缰绳,敦促着马向前走。麦金托什家的这幅情景,使残留在她心里的最后一线希望也破灭了。跟她那天经过的所有种植园一样,这地方也已经被烧成一片废墟,惨遭遗弃。塔拉离此只有半英里,在同一条路上,正好在部队途经的路上。塔拉也被夷为平地了!星光透过已经没有屋顶的墙垣照在地上,她只会看到烧黑的砖头。埃伦和嘉乐不知去向,姑娘们也了无踪影,嬷嬷没了,黑奴们也走了,只有上帝才知道到哪儿去了,只有这可怕的宁静笼罩着一切。

她干吗要违反常理,做这种徒劳无功的事呢?还拖着媚兰和她的孩子?受了这一整天艳阳高照、被马车颠来颠去的折磨,再死在塔拉这寂静无声的废墟中,那还不如死在亚特兰大的好。

可希礼却委托她照顾媚兰。"好好照顾她。"噢,那既美妙又令人心碎的一天。就在那一天,希礼吻别了她,然后就永远地离去了!"你会好好照顾她的,对不对?答应我!"她也就答应了。她为什么要用这么一个诺言来束缚自己呢?既然希礼已经走了,这诺言就有了双倍的束缚力。即使在她筋疲力尽的时候,她也恨媚兰,恨她的孩子那越来越弱的叫声,那叫声打破了一片宁静。可她已经答应过,现在他们就属于她了,甚至像韦德和普里西属于她一个样。只要她还有一口气,她就必须为他们而奋斗。她本可以把他们留在亚特兰大,把媚兰扔在医院里,把她抛弃掉。但是,如果那么做的话,那不管是在今生还是在来世,她就再也无颜面对希礼,告诉他说她把他的妻儿扔下不管,让他们死在陌生人当中。

噢,希礼!今天晚上,当她和他的妻儿在这条鬼神出没的路上艰难跋涉的时候,他在哪儿呢?他还活着吗?他在罗克艾兰的铁窗后面躺着时,有没有想起她来呢?或者,他早在几个月前死于天花,正和成百上千的南方军一起,躺在一道长长的沟里腐烂着?

附近一堆灌木丛里突然发出了声响,思嘉绷紧的神经几乎都要崩溃了。普里西大声尖叫着,趴在马车底板上,把婴儿压在下面。媚兰微微动了动,手在摸索着孩子。韦德则用手捂住耳朵,直打哆嗦,吓得哭不出来了。接着,灌木丛窸窸窣窣地分开了,伴随而来的是沉重的脚步声和一声低沉的牛叫声,直冲他们的耳朵。

"只是一头牛而已。"思嘉说,声音粗粗的,充满恐惧,"别傻了,普里西。你要把婴儿压扁了,还吓着了梅利小姐和韦德。"

"是鬼。"普里西呻吟着,脸继续往车底板上钻。

思嘉不慌不忙地转过身,把用做鞭子的树枝放在普里西的背上。因为害怕,她又累又虚弱,根本无法忍受别人的软弱行为。

“坐起来，你这傻瓜，”她说，“要不我就用这抽你。”

普里西叫着抬起头来，往马车旁边偷眼一瞧，看到果真是一头牛。这头动物身上的斑纹呈红白两色，它正瞪着惊恐不安的大眼睛，哀诉似的看着他们。它张开嘴，接着又痛苦地低下头去。

“它受伤了吗？那声音听起来不太正常。”

“俺觉得是它的奶胀了，很想有人给它挤奶。”普里西说，恢复了一些自制力，“也许这是麦金托什家的奶牛，黑人们把它赶到树林里，北方佬没抓住它。”

“我们把它带走好了，”思嘉很快便决定，“那样我们就有奶给婴儿喝了。”

“我们带着牛怎么走呀，思嘉小姐？我们不能带着牛走的。牛最近要是没有挤过奶，决不好对付的。它的乳房已经肿起来了，要爆炸了。这就是它叫的原因。”

“既然你知道得这么多，那你把衬裙脱下来，撕开，把它绑在马车后面。”

“思嘉小姐，你知道，俺已经有一个月没有穿衬裙了。即使俺有，俺也不会无缘无故给它的。俺从来没弄过牛。俺怕牛。”

思嘉放下马缰，拉起裙子。底下镶着花边的衬裙是她所拥有的最后一件漂亮的服饰了——也是全部所有了。她解下腰间的带子，从脚上退了出来，用双手把那软绵绵的亚麻布褶皱揉皱。在最后一次偷闯封锁线时，瑞德从拿骚给她带来了这块亚麻布和花边，她花了一星期时间做成了这件衬裙。她坚决地拎起衬裙的边缘扯着，放在嘴里咬着，终于把裙子扯开了一个裂口，撕开一长条。她用劲咬着，再用双手撕，衬裙终于在她手里成了碎布条。她再用手指把尾部打成结。由于起泡，她的双手已经在流血，人也累得浑身发抖。

“把这绑在牛角上。”她指点着。可普里西畏缩着，不肯前去。

“俺怕牛，思嘉小姐。俺从来没和牛打过交道。俺不是院子里干活的黑人。俺是屋里干活的。”

“你是个笨黑鬼，爸爸买下你是他做的最糟的一件事。”思嘉慢条斯理地说，累得连气也生不起来了，“如果我的手臂还有力气，我就用这鞭子抽你。”

“哦，”她想，“我叫她‘黑鬼’，妈妈决不会喜欢我这样叫的。”

普里西眼珠乱转，先偷眼看看女主人板着的面孔，再看看哀怨地大声叫着的牛。人和牛之间，更危险的似乎不是思嘉，所以普里西紧紧抓住马车边沿，连身子都不挪一下。

思嘉全身僵硬，但也只好爬下马车，每动一下都引起肌肉钻心般的疼痛。普里西并不是唯一一个“怕”牛的人，思嘉一直都很怕牛，连最温和的牛对她来说都很凶，很邪恶，可现在没有时间来应付这些微不足道的恐惧了，因为她头脑里已经堆了那么多比这可怕得多的事。幸运的是，这头牛很温和。疼痛时，它也在寻求有人和它做伴帮帮它的忙。她把撕破的衬裙布条一端套在牛角上，牛没有做出有威胁的举动。她把另一头绑在马车后面，笨拙的手指能让她绑多紧就绑多紧。当她往回走要坐到赶车座上时，一阵压倒一切的疲乏感席卷了她全身。她摇摇晃晃，头晕目眩的，只得抓住马车边，使自己不致摔倒。

媚兰睁开眼睛，看到思嘉站在她身边，便低声问道：“亲爱的——我们到家了吗？”

家！一听到这话，思嘉的泪水夺眶而出。家。媚兰还不知道已经没有家了，他们正孤零零地流落在一个疯狂而荒芜的世界里。

“还没有，”她把声音压低，尽量温柔地说，“可我们会到家的，很快就能到。我刚刚找到了一头奶牛，不久我们就可以给你和孩子喝牛奶了。”

“可怜的孩子。”媚兰囔囔低语着。她的手无力地摸找着孩子，可够不着。

再爬回马车上，思嘉使出了所有力气，但她最终还是成功了。她抓起缰绳。马低垂着头，沮丧地站在那，不肯起步。思嘉残忍地抽了它一鞭。她希望上帝会原谅她，居然这样伤害一个疲惫不堪的动物。可如果上帝不原谅她，她也无可奈何了。塔拉毕竟就在前面，再走四分之一英里就到了。马要喜欢的话，到时大可以躺在井台上休息。

马终于慢吞吞地开始走了，马车嘎吱嘎吱直响。每走一步，奶牛就哀叫一声。这动物那痛苦的哀叫声刺激着思嘉的神经，她很想停下来，把它放掉。要是塔拉一个人都没有的话，奶牛对他们又有什么用呢？她不会给它挤奶,就算她会的话,一有人碰到它那疼痛的乳房,它很可能就会一脚把人踢开。但她已经有了这头奶牛,她最好还是留住它。现在,她在这世界上拥有的东西已经不多了。

终于,他们来到了一道缓缓的斜坡底部,只要一上了坡就是塔拉了！思嘉的视线模糊了。可接着,她的心便直往下沉。那四年迈的老马决不可能把马车拉上坡。过去她骑着骡子冲上山坡时,这道坡似乎总是那么平缓,只是渐渐升高而已。自她上次看到以后,这坡似乎不可能这么快便变得这么陡的。拉着这么重的负荷,马绝对上不了坡的。

她疲乏地下了马车,从马勒处拉住马。

"下来,普里西,"她下了命令,"把韦德带上。抱他走或是让他自己走。把婴儿放在媚兰小姐旁边。"

韦德失声抽泣着,思嘉从中只能听得清:"暗——暗——韦德害怕!"

"思嘉小姐,俺走不了。俺的脚都起泡了,都从鞋里露出来了。再说,韦德和俺并不重——"

"下来！下来,要不我就要拉你下来了！等到要我拉你,我就把你扔在这,让你自己待在这黑暗中。快点,马上下来!"

普里西呜咽着,偷眼看着路两边围着他们的黑漆漆的树——如果她离开马车的保护,那些树一定会伸出手把她抓住的。但她还是把婴儿放在媚兰身边,跌跌撞撞地爬下马车,再伸手把韦德抱了下来。小男孩哭泣着,紧紧偎依在保姆身边。

"哄哄他,别让他出声。我受不了。"思嘉说,抓住马勒,拉着马硬让它上路,"做个小男子汉,韦德,别哭了,要不我会揍你的。"

上帝为什么要造小孩出来呢?她抬脚上路时,残忍、狂怒地想——他们毫无用处,是爱哭、讨厌的东西,总是要人照顾,又总是碍手碍脚的。她筋疲力尽时,心里可没有空间来同情这胆小的孩子。他在普里西身边一路小跑着,拉着她的手,不停地吸着鼻子——她生下他只是一个累赘。她居然和韩查理结婚,这真是个奇迹,但却令人厌烦。

"思嘉小姐,"普里西抓住女主人的手臂,低声说道,"我们还是别去塔拉吧。那里已经没有了。也许他们都死了——妈妈和所有的人。"

自己的想法被说了出来,这使思嘉很恼怒。她甩掉紧抓着她的手。

“那就把韦德的手给我。你可以坐在原地,待在这不走。”

“不,夫人!不,夫人!”

“那就住嘴好了!”

马走得多慢啊!它嘴里流下来的唾沫滴到了她的手上。她脑海里想起了和瑞德一起唱过的一首歌的歌词——她记不起别的歌词了:

“只要再在这艰难的路上跋涉几天——”

“再走几步,”她的大脑哼唱着,一次次地重复着,“只要再在这艰难的路上跋涉几步。”

他们终于到了坡顶。塔拉的橡树映入他们的眼帘,那是一片参天大树,直耸入暗淡的天空中。思嘉赶忙看看是不是有亮光。可什么也没有。

“他们走了!”她心想,心里像灌了铅一样沉重,“走了!”

她把马头转到车道上,头顶上纵横交错的雪松把他们的身影投映在午夜的黑暗中。她睁大眼睛,沿着暗乎乎的长车道向前望去——她是不是真的在用眼睛看呢?她疲乏的眼睛是不是在捉弄她?——塔拉白色的砖墙模模糊糊,若隐若现。家!家!可亲的白墙壁、窗户上飘动着窗帘、宽大的走廊——它们是不是都还在她面前朦朦胧胧的视野里呢?还是说黑暗仁慈地把那幅可怕的场景遮掩起来了,就像麦金托什家一样?

林荫道好像长达好几英里似的,而马被她的手拉着,极不情愿地往前走,越走越慢,越走越慢。她两眼在黑暗中搜寻着。屋顶似乎完好无损。这可能吗——这可能吗——?不,不可能。战争不会出于某种原因就停下不打。塔拉建好后,它的主人虽然想让它持续五百年,但战争不会因为塔拉而停下来。它不可能让塔拉幸免于难。

接着,模模糊糊的轮廓更加清楚了。她拉着马加快了脚步。黑暗中看得见白色的墙了。墙并没有被烟雾熏黑。塔拉幸免于难了!家!她扔下马勒,最后几步干脆跑了起来,冲动地跑上前去,用自己的双臂拥抱那墙垣。后来,她便看见从模糊不清的背景中现出了一个人影,他从屋前走廊上的黑暗中闪了出来,站在最高一级台阶上。塔拉没有被遗弃。有人在家!

她一时高兴得想叫出来,可话到嘴边又吞了回去。屋子漆黑一片,寂然无声，那人影也一动不动，没有叫她。出什么事了？出什么事了？塔拉完好无损地耸立在那，可同样被令人恐怖的宁静包围着，这种宁静也笼罩着整个被炮火轰得满目疮痍的乡间。接着，人影移动了。他慢慢地、直挺挺地走下台阶。

"爸爸？"她沙哑着嗓子低声问道，几乎怀疑那不是他，"是我——思嘉。我回家来了。"

嘉乐向她走来，沉默不语的，好像在梦游一样。他拖着那只僵硬的腿向前走着，来到她身边，用一种茫然的神态看着她，好像他认为她只是在梦中出现似的。他伸出手，放到她肩膀上。思嘉感觉到一阵战栗，好像他刚从一场梦魇里醒过来，还处在半梦半醒之间，还没完全清醒，还没回到现实中来。

"女儿，"他使出全身力气叫着，"女儿。"

接下来，他又沉默不语了。

"哦——他已经是个老人了！"思嘉想着。

嘉乐肩膀下垂，依稀可辨的脸庞上，已经没有了刚强有力的男子气概，没有了嘉乐特有的那种使不完的充沛的精力，而那双直看到她心里去的眼睛，和小韦德的眼睛里那种被恐惧惊呆的神情几乎是一样的。他成了个小个子老头，而且精神已经全垮了。

现在，还不知道的事情使她感到很害怕，这恐惧感紧紧揪住了她的心，从黑暗中向她猛扑过来，可她只能站在那凝视着他，数不清的问题全涌到嘴边，一时却开不了口。

马车上传来微弱的悲鸣声，嘉乐似乎在努力让自己振作起来。

"是媚兰和她的孩子。"思嘉很快地低声说道，"她情况很不好——我把她带回家来了。"

嘉乐把手从她手臂上放下，挺直肩膀，慢慢向马车走去，塔拉的老主人迎接客人时的情景鬼魂般逼真地重现在面前。嘉乐说的好像是从模糊的记忆中搜寻出来的话。

"媚兰表妹！"

媚兰的声音不清不楚地嘟哝着。

"媚兰表妹，这就是你的家了。十二棵橡树已经被烧毁了。你得和我们待在一起。"

想到媚兰还有痛苦要承受,思嘉立即采取了行动。她又回到现实面前,必须把媚兰和她的孩子放在一张松软的床上,尽可能为她做些力所能及的小事。

"得抱着她走。她走不了。"

一阵拖着脚走路的脚步声传来,一个黑影出现在前面的过道里。波克跑下台阶。

"思嘉小姐!思嘉小姐!"他叫喊着。

思嘉抓住他的双臂。波克是塔拉的一部分,是塔拉的一分子,他跟砖墙和凉快的走廊一样可亲!她感觉到他的泪珠从脸上滚落下来,直滴到她的手上。他笨拙地拍着她,叫着:"你回来真让人高兴!你——"

普里西放声大哭,语无伦次地嘟哝着:"波克!波克,亲爱的!"大人的懦弱反倒使小韦德大受鼓舞。他吸着鼻子说:"韦德口渴!"

思嘉把他们全拥入怀中。

"媚兰小姐在马车上,还有她的孩子。波克,你得小心地把她抱上楼去,把她抱到后面那个客房里。普里西,把婴儿和韦德也带进去,给韦德喝些水。嬷嬷在吗,波克?跟她说,我很需要她。"

思嘉发号施令的口吻激励着波克。他走近马车,在后部摸索着。媚兰已经在那羽毛褥子上一连躺了好几个小时。波克半抱半拖地把她弄下马车时,她发出了呻吟声。接着,她便躺在波克有力的双臂中,头像个孩子似的垂在他肩膀上。普里西一手抱着婴儿,一手牵着韦德的手,跟着他们,沿着宽宽的台阶走上去,消失在过道的黑暗中。

思嘉流着血的手急迫地寻找着父亲的手。

"她们好了吗,爸爸?"

"姑娘们正在康复。"

又是一阵沉默。沉默中,一个极可怕的念头在她脑海里闪过。她不能、不能强行让自己说出来。她把话硬吞回去,吞回去,可突然喉咙里一阵干渴,好像把喉咙两边都黏在一起了。塔拉寂然无声,这个可怕的谜的谜底是不是就是这个呢?好像是回答她脑海里的问题似的,嘉乐开口说话了。

"你妈妈——"他欲言又止。

"哦——妈妈?"

“你妈妈昨天去世了。”

思嘉紧紧抓住父亲的手臂，摸索着走进又宽又暗的过道。过道虽然很黑，她还是像熟悉自己的心思一样熟悉它。她绕过高背椅、空空如也的枪架、四脚凸出来的餐具柜，她感到自己被一种本能牵引着，朝屋子后面那间埃伦常坐着理账的小办公室走去。她走进房间时，妈妈当然还是坐在写字台前，然后抬起头，手里拿着羽毛笔，带着满身好闻的香味，托着沙沙作响的裙环，站起来迎接她那疲惫不堪的女儿。埃伦不可能死的，即使爸爸说了也不会的，爸爸的声音好像一只只会说一句话的鹦鹉一样，不停地重复着：“她昨天去世了——她昨天去世了——她昨天去世了。”

很奇怪，她现在什么感觉也没有，只有疲乏感和饥饿感。她累得好像手脚被沉重的铁链锁住了一样，饿得双膝直发抖。她得把思念妈妈的事往后推一推。现在得把妈妈暂时放置脑后，要不然她就会像嘉乐一样，走都走不稳，会像韦德一样，机械地哭泣。

波克沿着宽大、黑暗的台阶向他们走来。他匆匆忙忙走近思嘉，好像一只很冷的动物向火光靠拢。

“灯呢?”她问，“屋里为什么这么暗，波克？拿些蜡烛来。”

“他们把蜡烛都拿走了，思嘉小姐，只留下一根。我们一直用它来在黑暗中找东西，也快用完了。嬷嬷一直把破布放在一盘油里，点起来照料卡丽恩和苏埃伦小姐。”

“把剩下的蜡烛拿来，”她命令道，“把它拿到妈妈的房间——到那小办公室去。”

波克嗒嗒嗒地走进餐厅去了。思嘉摸索着来到漆黑一片的小房间，在沙发上颓然坐下。她父亲的手还挽着她的手臂，无可奈何、哀诉恳求似的，而且充满信任，只有孩子和老人的手才有这样的感觉。

“他是个老人了，是个疲乏不堪的老人了。”她又一次这么想，隐隐还感到有点奇怪，自己为什么不在乎了呢?

波克高高举着一根已经烧了一半的蜡烛，摇摇晃晃地走进房间，把蜡烛插在一个盘子里。黑洞似的房间顿时有了生气：他们坐的凹陷的沙发，附在写字桌上的书橱高高挺立着，直冲屋顶，妈妈那张不结实的雕花椅子放在前面，文件架上还塞满了写有她娟秀的字体的文件，还有已破损的地毯——一切，一切的一切都还照旧不变，只是埃伦已经不在那里了，那个马鞭草香囊散发出淡淡的柠檬香、眼角翘起的眼里含着温情的埃伦。思嘉感到心里有一丝痛苦，仿佛受了重伤已经麻木的神经正挣扎着想让自己重新活跃起来。现在，她不能让神经恢复知觉。她前面的人生道路上还会有很多痛苦。但不是现在！求你了，上帝，不能是现在！

她看着嘉乐那沾了一层烟尘的脸庞，平生第一次看到他没有刮脸，从前红润的脸上长满了银白色的胡子。波克把蜡烛放到烛台上，走到她身边。思嘉觉得，要是他是只狗的话，他一定会把嘴伏在她腿上，哀鸣着要她用慈爱的手去抚摩他的头部。

“波克，这里有多少黑人？”

“思嘉小姐，那些狗日的黑鬼都跑了，有一些跟着北方佬走了——”

“还剩下几个？”

“只有我，思嘉小姐，和嬷嬷。她整天都在照料年轻姑娘们。还有迪尔西，她现在也在照料姑娘们。就我们三个，思嘉小姐。”

“就我们三个”，可原来却有上百个的。思嘉艰难地抬起头，脖子还在痛。她知道，她得使自己的声音平稳，冷静。令她吃惊的是，她说出口的话冷静，自然，好像从来没有发生过战争一样，只要她一挥手，就能把十个屋里使唤的仆人叫到身边。

“波克，我饿了。有什么吃的吗？”

“没有。全被他们拿走了。”

“花园里呢？”

“他们把马放在那，让它们自由溜达。”

“连地瓜地里的也没有了？”

他厚厚的嘴唇现出了一丝近乎高兴的微笑。

“思嘉小姐，俺把甘薯给忘了。俺认为它们还在那里。北方佬没种过甘薯，他们以为那只是一堆堆根呢——”

“月亮很快就会升起来了。你出去给我们挖一些来烤熟。没有玉米粉了吗？或是干豌豆？鸡呢？”

“没有，没有。没吃掉的鸡被他们绑在马鞍上带走了。”

他们——他们——他们——难道“他们”做的事就没完没了了吗？他们又烧又杀还不够吗？他们就必须让妇女、儿童和无助的黑人在他们劫掠过的土地上活活饿死吗？

“思嘉小姐，俺还有些苹果，嬷嬷把它们埋在屋里了。今天我们全在吃苹果。”

“先拿些苹果来，然后再去挖甘薯。波克——我——我觉得快晕过去了。酒窖里有没有葡萄酒？黑莓酒也行。”

“噢，思嘉小姐，酒窖是他们最先去的地方。”

饥饿交加，缺少睡眠，筋疲力尽及突如其来的沉重打击交织在一起，使她感到一阵昏厥，她顺势抓住手下的玫瑰花雕。

“没有葡萄酒。”她神色黯然地说，同时想起了过去酒窖里一排排似乎没有尽头的酒瓶。她突然想起了什么。

“波克，那爸爸埋在葡萄架下的用橡木桶装的玉米威士忌呢？”

那张黑脸上又掠过一丝鬼魂般的微笑，微笑中既有高兴的成分，也有尊敬的成分。

“思嘉小姐，你真是最聪明的孩子！俺怎么就把那给忘了？可是，思嘉小姐，那威士忌不好。埋在那才一年，而且，太太小姐们喝威士忌不好。”

黑人们多蠢啊！除非告诉他们，要不他们从来就想不起什么事情来。可北方佬却要解放他们。

“对我这个小姐和爸爸来说，已经够好了。快点，波克，把它挖出来，给我们拿两杯来，还有薄荷和糖，我要把它调成冷饮。”

他的脸上露出责备的神情。

“思嘉小姐，你知道的，塔拉已经很长时间都没有糖用了。他们的马把薄荷全吃光了，杯子也全被他们打碎了。”

“他要再说一遍‘他们’这个词，我就会尖叫起来了，我忍不住的。”她心里想，然后大声说道：“好了，赶快去把威士忌拿来，快点。我们要喝不掺水的威士忌。”他刚要转身，她又叫道：“等等，波克。太多事要做了，我好像都没法思考了……噢，对了，我带了一匹马和一头奶牛回来了，奶牛等着要挤奶。把马的挽具卸下来，给它喝些水。去叫嬷嬷照料一下奶牛。跟她说，不管怎么样，她得把奶牛安顿下来。媚兰小姐的婴儿如果没有东西吃，他会饿死的——”

“梅利小姐她——不能——?”波克欲言又止,非常尴尬。

“媚兰小姐没有奶水。”亲爱的上帝呀,妈妈要是听到这话,一定会晕过去的!

“哦,思嘉小姐,俺的迪尔西可以照料梅利小姐的孩子。俺的迪尔西刚生了个孩子,奶水喂两个孩子都足够了。”

“你又有了个孩子,波克?”

孩子,孩子,孩子。上帝为什么创造了这么多孩子呢?可是,非也,不是上帝创造了他们,而是愚笨的人类创造了他们。

“是的,一个又大又胖的黑男孩。他——”

“去告诉迪尔西,叫她离开姑娘们。我会去照料她们。叫她去给媚兰小姐的孩子喂奶,尽可能为媚兰小姐做些事。叫嬷嬷去照料奶牛,把那可怜的马关到马厩里。”

“没有马厩了,思嘉小姐。他们把它当柴火烧了。”

“别再告诉我‘他们’做的其他事情了。叫迪尔西去照料他们。你呢,波克,去把威士忌挖出来,再去挖些甘薯来。”

“可是,思嘉小姐,没有灯光,俺怎么挖呀?”

“你可以用柴,不行吗?”

“没有柴了——他们——”

“想想办法……怎么办都行,我不在乎。可是得把那些东西挖出来,动作快点。好了,赶快去吧。”思嘉的口气变硬了,波克急匆匆地离开房间。屋里只剩下思嘉独自和嘉乐待在一起。她轻轻地拍着他的大腿,注意到从前大腿上因骑马而凸起的肌肉,现在已萎缩了很多。她必须做些什么,把他从毫无感觉中唤回到眼前的世界里来——可她不能问妈妈的事。那得以后再说,等她承受得了的时候再说。

“他们为什么没把塔拉烧了呢?”

嘉乐盯着她看了一会,好像没听到她说什么。她又问了一遍。

“为什么——”他寻找着词句,“他们把房子用做司令部了。”

“北方佬——在这房子里?”

她深爱着的墙垣被玷污的感觉又在她心头涌起。因为埃伦曾住在其中，这座房子是非常神圣的，还因为那些——那些——在屋里的东西。

"是这样的，女儿。他们还没来时，我们看到十二棵橡树浓烟滚滚，漫过河来。但哈尼小姐和英蒂小姐，还有他们家的一些黑人都逃到梅肯去了，我们也就不为他们担忧了。可我们不能逃到梅肯去。姑娘们病得这么厉害——还有你的妈妈——我们不可能走的。我们家的黑人跑了——我也不知道他们跑到哪儿去了。他们把马车和骡子都偷走了。嬷嬷、迪尔西和波克——他们没跑。姑娘们——还有你妈妈——我们不能带她们走。"

"是的，是的。"他不能谈起妈妈，别的什么都行。哪怕是说舍曼将军本人都用过这间房间——妈妈的办公室，作为他的指挥部。谈点别的，什么都行。

"北方佬要到琼斯伯勒去切断铁路线。他们是从河那边那条路来的——成千上万——还有大炮和马——成千上万。我在屋前游廊上和他们打了个照面。"

"噢，勇敢的小个子嘉乐！"思嘉想着，心里情绪高涨起来——嘉乐和敌人在塔拉门前的台阶上打照面，就好像他身后有一支部队在支持他，而不是他前面有一支敌人的部队一样。

"他们说，我得离开，说他们要把房子放火烧掉。我就说，他们大可以在我头顶上放火烧房子。我们没法离开——姑娘们——你妈妈——都——"

"后来呢？"难道他说什么最终都要回到埃伦身上吗？

"我告诉他们，屋里有人在生病，是伤寒，带她们走就等于让她们去送死。他们大可以在我们头上把屋顶都烧掉。不管怎样，我也不想走——不想离开塔拉——"

他心不在焉地看着塔拉的墙，声音慢慢变小，最后陷入了沉默。思嘉理解他。嘉乐身后挤满了许多爱尔兰祖先，他们死在极有限的土地上，宁愿搏斗至死也不愿离开他们曾经居住、耕作、繁衍后代、真心钟爱的土地。

"我说，他们若要烧房子，其实是在三个生命垂危的女人头顶上放火，可我们不会走。那年轻的军官是个——是个绅士。"

"一个北方佬会是绅士？为什么，爸爸！"

"一个绅士。他骑着马走了，很快领着一个上尉和一个医生回来了，他给姑娘们看病——还有你妈妈。"

“你让一个该死的北方佬进她们的房间了?”

“他有鸦片。我们没有。他救了你两个妹妹。苏埃伦当时正在流血。他很善良,知道该怎么办。他向上面报告说她们在——生病——时,他们就不烧房子了。他们搬了进来,是一个将军,还有他的部下,全挤进来了。每个房间都住满了他们的人,只有病室除外。士兵们——”

他又停了停,好像是太累了,说不下去。他长满胡子的下巴沉重地垂在胸部松弛的肌肉上,接着又艰难地开口说下去。

“他们在房子周围安营扎寨,到处都是他们的人,棉花地里是,玉米地里也是。牧场都被他们变成蓝色的海洋了。那天晚上,足有一千堆营火。他们把栅栏拔下来生火煮饭,谷仓、马厩和熏肉房全拆掉烧了。他们杀了奶牛、猪和鸡——连我的火鸡都没放过。”嘉乐珍爱的火鸡,它们就这样没了。“他们把东西全拿走了,连画像也拿走了——还有一些家具和瓷器——”

“银器呢?”

“波克和嬷嬷做了些手脚,把它们藏在井里了——可我现在也记不清了。”嘉乐的声音听起来很烦躁,“然后,他们就从这一路打过去——从塔拉这——声音太嘈杂了,人们骑马奔来奔去,步兵跑来跑去。后来就听到了琼斯伯勒的炮声——听起来像打雷一样——连生病的姑娘们都听见了。她们一直重复着这句话:‘爸爸,让那吼声停下来吧。’”

“那——那妈妈呢?她知道北方佬就在屋里吗?”

“她——什么都不知道。”

“谢天谢地。”思嘉说道。妈妈逃避了这种痛苦。妈妈一直不知道,一直没有听到敌人就在楼下的房间里,一直没有听到琼斯伯勒的炮声,一直不知道她的土地已被北方佬践踏在脚下,而土地曾是她心脏的一部分。

“我见他们的机会也不多,因为我一直待在楼上,和姑娘们以及你妈妈在一起。我见得最多的就是那个年轻医生。他很善良,非常善良,思嘉。他给伤员们医治了一整天后,还来陪她们。他甚至留了一些药。他对我说,他们开拔以后,姑娘们会慢慢康复,可你妈妈——她太虚弱了——虚弱得无法承受这一切。他说,她已经逐渐耗尽了力气……”

接下来是一阵沉默。思嘉似乎看到了妈妈在最后那些日子里的样子。她是塔拉一座将要倒塌的力量之塔,护理、劳作、废寝忘食地忙活着,好让其他人休息、吃饭。

“后来,他们就继续前进了。后来,他们就继续前进了。”

他沉默了好长时间,然后摸索着找她的手。

“你回家了,我真高兴。”他轻描淡写地说。

后面游廊上传来一阵摩擦声。可怜的波克,进门之前还没忘记擦鞋,这是他四十年来被训练出来的习惯,甚至在此时也没忘记。他走了进来,手里拿着两个葫芦,浓烈的酒味早已飘然而至。

“淹洒了好些了,思嘉小姐。从桶口把酒倒进葫芦太困难了。”

“没关系的,波克,谢谢你。”她接过他手里湿漉漉的葫芦柄。闻到这酒的味道,她的鼻子厌恶地皱了起来。

“把这喝了,爸爸。”她说。她把用这奇怪的容器装的威士忌推到他手里,再从波克手里把第二个装着水的葫芦接过来。嘉乐举起葫芦,像个孩子那般听话,咕噜咕噜地喝了一大口。她把水递给他,但他摇了摇头。

她从他手里接过威士忌送到嘴边时,看到他的视线在追随着她,眼神里隐隐有不赞成的成分。

“我知道,淑女是不喝烈性酒的,”她唐突地说,“可今天我不是什么淑女。爸爸,今晚有事要做。”

她把葫芦斜倾,深吸了一口气,迅速地喝起来。烈性酒火一般的从她的喉咙直通到胃里,把她的眼泪都呛出来了。她又吸了口气,再次举起葫芦。

“思嘉,”嘉乐说,思嘉回来后,从他嘴里第一次听到了有命令口吻的话,“够了。你不懂烈性酒,它们会使你有醉意的。”

“有醉意?”她笑得很难看,“有醉意?我希望会使我大醉一场。我宁愿大醉一场,把一切都忘记掉。”

她又喝了一口,一股热流温暖了她的血管,慢慢传遍了周身,最后连她的指尖也有了灼热感。这股宜人的热流让人感觉多痛快呀!它似乎穿越了她那冷若冰霜、被冰雪覆盖的心脏,使她体内恢复了充沛的精力。看到嘉乐困惑不解、受到伤害的那张脸,她又拍了拍他的膝盖,尽力装出嘉乐所喜欢的那种活泼的微笑。

“这怎么能使我有醉意呢,爸爸?我是你女儿。我难道没有继承全克莱顿县最镇静的头脑吗?”

他差一点就对着她那疲惫的脸笑出来。威士忌也使他兴奋起来了。她又把酒递还给他。

“现在你再喝一口,然后我就要送你到楼上去,在床上躺下休息。”

她突然打住了。怎么,这是她跟韦德说话的口吻——她不能用这种口气跟她爸爸说话。这是不敬之举。但他还等着听下去。

“对,在床上躺下休息,”她又轻轻说道,“再给你喝一口——也许一整葫芦,好让你去睡觉。你需要睡眠,思嘉在这,所以你不必担心什么。喝吧。”

他又听话地喝了一口。她挽着他的胳膊,拉着他站了起来。

“波克……”

波克一手拿着葫芦,另一手搀着嘉乐。思嘉端起闪烁不定的蜡烛,三个人慢慢走进黑暗的过道,沿着弯弯曲曲的楼梯向嘉乐的房间走去。

苏埃伦和卡丽恩躺在同一张床上,翻来翻去,说着胡话,一团破布绞在一起,放在一碟咸肥肉上燃烧着,发出令人作呕的气味,可这是房间里唯一的照明用具。思嘉第一次推开房门时,屋里沉闷的空气几乎使她晕过去。所有的窗户都关着,空气中弥漫着病室的气味、药味和臭不可闻的动物油的味道。医生也许会说,让新鲜空气吹进病室会致命的,可如果要她坐在那,她就必须呼吸新鲜空气,不然就会闷死。她打开三扇窗户,橡树叶子的清香和泥土的气息扑鼻而来,可这间窗门紧闭的房间里,令人厌恶的气味已经积聚了几个星期之久,所以,清新的空气也起不了什么作用。

卡丽恩和苏埃伦身体消瘦,脸色苍白,虚弱地躺在那张有四条腿的高脚床上,醒过来时就眼睛瞪得大大的说胡话。在过去那些美好、幸福的岁月里,她们曾窝在这张床上窃窃私语。房间的一角有一张空床,这是一张窄窄的法国宫廷式小床,床头和床脚是弯曲的。这张床是埃伦从萨凡纳带来的。这就是埃伦躺过的地方。

思嘉坐在两个姑娘旁边,呆呆地看着她们。饿了很长时间的胃乍一喝下威士忌,现在已经在她身上起作用了。有时候,她妹妹好像是在很遥远的地方,还很小,她们断断续续的声音传到她耳里,就像昆虫嗡嗡的叫声一样。可接着,它们便悄悄地变得越来越大声,以闪电般的速度向她冲过来。她太累了，累得连骨头也散架了。她一躺下便可以一连睡它好几天。

要是她能够躺下睡觉，醒过来便感觉到埃伦在轻轻地摇着她的手臂，说："已经很迟了，思嘉。你不能这么懒。"那该有多好啊。可她再也不会那么做了。要是埃伦还在，要是有个比她年长、比她更明智并且永远不知疲倦的人，她可以从他那得到帮助，那就好了！要是有这么一个人，她可以把头伏在他大腿上，可以把她的负担卸在他的双肩上，那就好了！

门被轻轻推开了，迪尔西走了进来，胸前抱着媚兰的孩子，手里还拿着那一葫芦威士忌。在烟雾缭绕、闪烁不定的光线中，她似乎比思嘉上次看到时更瘦了，脸上的印第安血统也更明显了。高耸的颧骨更加突出，鹰钩鼻更尖了，古铜色的皮肤也更亮了。退色的印花裙子的胸口裸露到腰际，硕大的古铜色乳房袒露无遗。她把媚兰的孩子紧紧抱在胸前，孩子玫瑰花苞似的苍白的小嘴含着那黑色的乳头，贪婪地吮吸着，握紧的小拳头靠着那软软的肌肉，就像小猫偎依在猫妈妈腹部温暖的毛发里一样。

思嘉摇摇晃晃地站起来，一只手放在迪尔西的胳膊上。

"你留下来了，你真是太好了，迪尔西。"

"我怎么能跟那些垃圾般的黑人一起走呢？思嘉小姐，你爸爸这么好，把我和小普里西一起买过来，你妈妈又这么善良。"

"坐下，迪尔西。这么说，孩子吃得很正常，是不是？那媚兰小姐呢？"

"孩子没什么问题，只是饿了，饿肚子的孩子要吃的东西我这正好有。哦，媚兰小姐很好。她不会死的，思嘉小姐。你别担心了。我见过很多像她这样的人，白人也有，黑人也有。她太累了，又为这孩子担惊受怕。我让她别出声，给她喝了葫芦里剩下的酒，她睡着了。"

这么说，这玉米威士忌全家都在用！思嘉歇斯底里地想，也许她最好也给小韦德喝一口，看看能不能把他的打嗝止住——媚兰也不会死了。希礼回家时——如果他真的回来的话……不，这件事得留待以后再想。有这么多事情要想——以后！有这么多事情要解决——要决定。要是她能把想问题的日子往后一推再推就好了！"吱嘎——吱嘎——"一阵有节奏的吱嘎声打破了外面的宁静，她突然吃了一惊。

"那是嬷嬷在打水给两个小姐擦身。她们得经常洗。"迪尔西解释着，把葫芦放在桌上的药瓶和玻璃杯之间。

思嘉突然放声大笑起来。在她早年的记忆里,井台上卷扬机的声音已经是根深蒂固的了。如果这都能使她害怕的话,她的神经一定是已经崩溃了。迪尔西定睛看着她笑,脸上极有尊严地不动声色,但思嘉感觉到迪尔西是理解她的。她一屁股跌坐在椅子里。要是她能脱去紧身胸衣,使她透不气来的领子以及满是沙子和砾石、把她的脚都磨起泡来的便鞋,那有多好啊。

卷扬机慢吞吞地吱嘎响着,绳子被一圈圈地卷起来,每吱嘎一声,水桶就离井面近一些。嬷嬷很快就能和她在一起了——埃伦的嬷嬷,她的嬷嬷。她默默地坐着,心不在焉的。孩子已经喂饱了奶,因为没有含着舒适的乳头而呀呀叫着。迪尔西也默默无语的,把乳头重新塞进孩子的小嘴巴,抱着他,哄着他,让他安静下来。思嘉听着嬷嬷慢吞吞的脚步声从后院走进来。这夜晚多宁静啊!哪怕是很小的声音,在她耳边听起来却像轰鸣声一样。

嬷嬷笨重的身子向门这边走来,楼上的过道好像都在摇动。接着,嬷嬷便出现在房间里了,她的双肩被两木桶沉重的水拉了下去,那张和蔼的黑脸满是忧伤,就像猴子脸上那种不可言喻的忧伤神情一样。

看到思嘉,她的眼睛都发亮了,洁白的牙齿也露了一下。她把水桶放下,思嘉便向她跑去,把头埋在那宽厚、下垂的胸口。这怀里曾抱过多少人的头啊,黑人也有,白人也有。这里有种稳定感,思嘉想,某种意味着过去的生活还没变化的感觉。可嬷嬷一开口就把这种幻觉粉碎了。

"嬷嬷的孩子回家了!噢,思嘉小姐,现在埃伦小姐已经入土了,我们该怎么办呢?噢,思嘉小姐,俺觉得俺真该和埃伦小姐一起去死!没有埃伦小姐,俺也没法活了。现在,除了悲哀和麻烦,什么也没有了。只有沉重的包袱,小乖乖,只有沉重的包袱。"

思嘉把头更深地埋进嬷嬷的胸口,这几个字引起了她的注意:"沉重的包袱"。那天下午,这几个字一直在她脑海里单调地哼哼唧唧的,使她难受极了。现在,她记起了余下的歌词,是心情沉重地想起来的:

"再背几天这沉重的包袱!
尽管这包袱决不会变轻!
再在这路上跋涉几天——"

“尽管包袱决不会变轻”——这些话便铭刻在她疲乏的头脑中了。她的包袱也决不会变轻吗？回到塔拉的家中来，难道上天不但不会保佑她卸掉包袱，却意味着要背上更沉重的包袱吗？她从嬷嬷的怀抱里抬起头来，举起手拍了拍那张满脸皱纹的黑脸。

“小乖乖，你的手！”嬷嬷拉起她那起泡、起茧的手，一脸惊恐，极不赞成地端详着，“思嘉小姐，俺一再告诉你，从一个人的手就可以看出她是不是名门闺秀——你的脸也被太阳晒黑了！”

可怜的嬷嬷，即使战争和死神刚从她头顶掠过，她对这些无足轻重的小事还是这么严格！再过一会，她就会说，手起了泡、皮肤上有雀斑的年轻小姐一般是找不到丈夫的。思嘉于是先发制人地说道：

“嬷嬷，我要你告诉我有关妈妈的事。听爸爸谈她的事，我受不了。”

嬷嬷弯下腰拎起水桶，眼泪顺着面颊流了下来。她默默无言地把水桶提到床边，拉下床单，动手拉起苏埃伦和卡丽恩的睡衣。在昏暗不明、闪闪烁烁的光亮中，思嘉看着她的两个妹妹，看到卡丽恩穿着干净却破破烂烂的睡衣，苏埃伦裹着一件旧的长睡衣，是一件棕色的亚麻布衣服，底部坠满了爱尔兰花边。嬷嬷默默地流着眼泪，用一块旧围裙剩下的布料做擦布，擦拭着那瘦削的身体。

“思嘉小姐，都是斯莱特里一家作的孽，那家穷鬼，坏透的、下贱的白人穷鬼要了埃伦小姐的命。俺一再告诉她，为那些白人穷鬼做事没什么好处的，可埃伦小姐一贯做事就是这样。她的心肠太软了，别人需要她时，她决不会说个不字。”

“斯莱特里一家？”思嘉茫然不解地问道，“怎么扯上他们了？”

“他们染上伤寒病了。”嬷嬷拿着破布做个手势，指着两个脱光衣服的姑娘，她们身上的水还在往湿漉漉的床单上滴。“老斯莱特里小姐的女儿，艾米，得了伤寒，斯莱特里小姐急匆匆地来找埃伦小姐。每次一出了什么事，她都是这样的。她自己干吗不给她护理呢？埃伦小姐要做的事还多着呢。可埃伦小姐还是到那去护理艾米。埃伦小姐自己身体也不好，思嘉小姐。你妈妈身体不好已经很长时间了。军需部把我们种的任何东西都偷走了，我们这能吃的都不多了。而埃伦小姐又吃得极少，像小鸟一样。俺一再告诉她,不要去管那些白人穷鬼,可她不听。好了,等艾米病情好转时,卡丽恩小姐得上了,后来苏埃伦小姐也得上了。这样,埃伦小姐自己又去护理她们。

"路上在打仗,北方佬都过了河了。我们谁都不知道到底会发生什么事。每天晚上都有干农活的黑人逃跑,俺都快疯了。可埃伦小姐非常冷静。只是她为小姐们的病急坏了,我们什么药也没有。一天晚上,我们给小姐们擦了不下十次身后,她说:'嬷嬷,我觉得我都愿意用我的灵魂来换取一些冰块,好放在姑娘们头上。'

"她不让嘉乐先生上这来,也不让罗莎和蒂娜到这来,谁也不让,只有俺能进来,因为俺患过伤寒。后来她也染上了,思嘉小姐,俺马上就看出来,没什么办法了。"

嬷嬷坐直身子,拉起围裙,拭干眼泪。

"她走得很快,思嘉小姐,连那个好心的北方佬医生对她也没有办法了。她什么事都不知道。俺叫她,跟她说话,可她连自己的嬷嬷都不认得了。"

"她——她有没有提起我——叫我呢?"

"没有,宝贝。她认为她还是在萨凡纳的一个小女孩。她没有叫任何人的名字。"

迪尔西动了动,把睡着的婴儿放在腿上。

"有的,她在叫。她在叫一个人的名字。"

"住嘴,你这印第安黑鬼!"嬷嬷转向迪尔西,愤怒地威胁道。

"你别说了,嬷嬷!她叫谁的名字啦,迪尔西?是爸爸吗?"

"不是,不是你爸爸。是在棉花被烧的那个晚上——"

"棉花被烧了吗——快告诉我!"

"是的,被烧了。士兵们把棉花滚到后院,大叫着'这是佐治亚最大的营火',就放火烧了。"

存了三年的棉花——十五万美元哪,一把火就烧了!

"火光把这地方照得像大白天一样——我们都担心房子也会被烧掉,这个房间也被照得通亮,亮得在地上找针都找得到。火光照亮了窗户时,似乎吵醒了埃伦小姐,她径直在床上坐了起来,一遍又一遍地大声喊着:'菲利普!菲利普!'我从来没听说过这个名字,但这是个人名,她叫的就是他。"

嬷嬷站在那,好像变成了石头,怒视着迪尔西,但思嘉却把头埋进了双手里。菲利普——他是谁,他到底对妈妈来说意味着什么,使得她临死还叫他的名字?

从亚特兰大到塔拉的漫长旅途结束了。尽头本来应该是埃伦的双臂的,现在却成了一扇没门也没窗的墙。思嘉再也不能像个孩子一样躺下来,躲在她父亲的屋顶下,有妈妈的爱像一床鸭绒被一样紧裹着她,保护着她。可现在,她再也没有可以寻求避难的安全地或避难所了。没有别的路口或途径可以使她走出已经到达的这条死路。没有人可以卸下她的负担,放在自己肩上。她父亲老了,茫然不知所措;妹妹在生病;媚兰又虚又弱;孩子们又孤弱无助;黑人们像孩子一样忠诚地看着她,依附着她的裙裾,知道埃伦的女儿会像埃伦一贯所做的那样,成为他们的避难所。

从窗户看出去,月亮正在冉冉升起。微弱的亮光中,塔拉在她眼前往远处延伸。黑人跑了,成顷的田地荒芜着,谷仓也被毁了,就像一个在她眼前血流如注的人体一样,正如她自己的身体,血在缓慢地汩汩而流。这就是路的尽头,发抖的老人、患病的病人、饥饿的嘴巴、拉着她裙裾的无助的手。而在路的尽头,什么也没有——什么也没有,只有年仅十九岁的郝思嘉,一个有个孩子的寡妇。

对所有这一切,她该怎么办?梅肯的白蝶姑妈和伯尔家可以收留媚兰母子。如果姑娘们痊愈了,埃伦的娘家不管喜欢不喜欢,也只好收留她们。而她和嘉乐可以向詹姆斯和安德鲁求助。

她看着在她眼前辗转反侧的瘦弱的身子,因为水滴落下来,周围的床单已经又潮又黑。她不喜欢苏埃伦。现在她突然搞清楚了,她从来就没有喜欢过她。她也并不特别爱卡丽恩——她不可能爱弱小的人。可她们是她的同胞妹妹,是塔拉的一部分。不行,她不能让她们像穷亲戚一样在她们的姑妈家过一辈子。郝家的人成了穷亲戚,靠施舍的面包过活,去受那种罪!噢,绝对不行!

这条死路难道就没有别的出路了吗?她疲惫的大脑转得太慢了。她无力地把手放在头上,好像空气就是水流,在阻碍着她奋力挣扎的双臂。她从镜子和药瓶之间拿起葫芦,往里面瞧了瞧。葫芦底还有点威士忌,到底有多少,在闪烁的亮光中,她也看不清楚。很奇怪,现在那浓烈的酒味不会使她的鼻孔难受了。她慢慢地饮着,可这次喝酒并没有让她有烧灼感,随之而来的只有一种隐隐约约的暖意。

她放下空空的葫芦,环顾着四周。这全是一场梦,这烟雾弥漫、光线暗淡的房间,骨瘦如柴的姑娘们,嬷嬷不匀称的庞大的身躯蹲在床边,迪尔西更是一幅古铜色的影像,黑糊糊的胸脯上抱着熟睡的粉色的婴儿——这全是一场梦。她会从梦中醒来的,醒来闻厨房里煎咸肉的香味,聆听喉音很重的黑人们的笑声和准备到田里去的运货马车的吱嘎声,感觉埃伦温柔的手触摸着她,坚持要她起床。

接着,她发现自己回到了自己的房间,躺在自己的床上。微弱的月光刺透了黑暗,嬷嬷和迪尔西在给她脱衣服。折磨人的紧身胸衣不再夹痛她的腰部,她可以深深地呼吸,静静地呼吸了,一直吸到肺和腹部的深处去。她感到自己的长统袜被轻轻脱了下来,嬷嬷在给她洗起泡的双脚,一边还在嘟哝着含糊不清的安慰话。水多凉呀！像个孩子似的躺在这松软的床上,感觉又有多好啊！她叹了口气,放松地伸展四肢。过了一段时间,也许是一年,也许是一秒钟,房间里就只剩下她一个人了。月光如洗,照到床边,房间显得更亮了。

她并不知道她醉了,因为疲劳和喝了威士忌而醉了。她只知道,她的灵魂离开了疲乏的身体,飘了起来,飘到没有痛苦、不用受累的地方。在那里,她的头脑有着超人的洞察力。

她现在已经用全新的眼光来看问题了。在来塔拉的路上,她已经把少女时代远远地抛在身后。她不再是可塑性很强的泥土,对每一个新的体验都只好留在脑海里。泥土已经变硬了,就是在这似乎延续了上千年、什么事都不确定的一天当中变硬的。今晚是她最后一次像孩子一样被照料着。她现在已经是个成年女人,青春已经一去不复返。

不行,她不能,也不会向嘉乐或是埃伦的家人求助。郝家的人是不需要施舍的。郝家人自己能照顾好自己。她的负担是她自己的,而这负担是要用坚强的双肩来承担的。她把视线移到肩膀上,心想自己的双肩是够坚强的,居然承受了所发生过的最糟的事,现在可以承受任何负荷了。有这种想法,她一点也不觉得奇怪。她不能抛弃塔拉;与其说这些红色的土地属于她，还不如说她属于这片土地。她的根就像棉花一样，深深地扎进那血红色的泥土中，汲取着养分。她要待在塔拉，继续拥有它，养活她父亲、妹妹、媚兰和她的孩子以及黑人们。明天——噢，明天！明天，她就要把枷锁套在自己的脖子上。明天有很多事要做。到十二棵橡树和麦金托什家去看看，废弃的花园里还剩下什么东西；到河边的沼泽地里去到处敲一敲、打一打，找找有没有走散的猪或是鸡呀什么的；拿着埃伦的首饰到琼斯伯勒和拉夫乔伊去——那里肯定有剩下的什么人会出售吃的东西的。明天——明天——她的大脑像一只越走越慢的钟一样，滴答滴答地缓慢地走着，但思维却一直是非常清晰的。

她从小就经常听到有关家族的故事，那时听起来有点厌烦，很没有耐心，半懂不懂的。现在，她却豁然开窍，理解得非常透彻。身无分文的嘉乐创建了塔拉；埃伦从某种神秘的悲伤中振作起来了；外祖父罗比亚尔从拿破仑帝国的废墟中存活下来，在佐治亚肥沃的沿海地带发财致富；外曾祖父普鲁多姆曾在海地黑暗的丛林里开辟出一个小小的王国，虽然后来失去了，但却在萨凡纳看着自己的名姓成了有名望的姓氏。还有为了一片自由的土地而和爱尔兰志愿者一起奋斗却因此而被绞死的姓思嘉的人，还有至死为自己的东西而奋斗、最终死在博因的郝家人。

所有这些人都经历过毁灭性的灾难，但却没被摧毁。他们没有被帝国的倾覆摧毁，没有被造反奴隶的大砍刀摧毁，没有被战争、叛乱、放逐和财产充公摧毁。也许不幸的命运折断了他们的脖子，但从来没有征服他们的心灵。他们没有发牢骚，只是艰苦卓绝地奋斗。死的时候已经筋疲力尽，但并不满足。这些人的血统都在她的血管里流淌着，这些影影绰绰的身影似乎在这月光如洗的房间里静悄悄地走来走去。看到他们，思嘉一点也不觉得奇怪。这些亲人把命运中最不幸的全都变成了最美好的。塔拉就是她的命运，她奋斗的所在，她必须攻克它。

她昏昏沉沉地侧过身，黑暗慢慢吞噬了她的思绪。他们是不是真的在那，低声对她说着无声的鼓励之词呢，还是说这一切都只是一场梦？

"不管你们在不在那，"她睡意蒙眬地囔囔低语着，"晚安——再见。"

# 第二十五章

第二天早晨，由于经历了长达数英里的跋涉和在马车上的颠簸，思嘉的身体又僵硬又酸痛，每动一下都痛得钻心。她的脸被太阳晒得通红，起泡的手掌擦破皮后，露出了白生生的肉。她的舌头积了一层舌苔，喉咙干得要命，好像被火烧过似的，喝多少水也解不了渴。她头昏脑涨的，连转动一下眼睛都会抽痛。一种想呕吐的感觉使她想起刚刚怀孕的那些日子，早餐桌上的甘薯令她觉得不可忍受，连闻到都很难受。嘉乐本来可以告诉她，她这是在受第一次喝酒喝过头后的罪，这是正常的，可嘉乐什么也没有注意到。他坐在桌子的主席上，是个头发斑白的老人，无神的眼睛心不在焉地盯着门看，头微微偏着，似在倾听埃伦的裙子的窸窣声，闻着柠檬香型的马鞭草香囊的味道。

思嘉坐下后，他嘟哝着："我们要等等郝太太，她迟到了。"她抬起痛得像要爆炸的头，吃惊地望着他，觉得这不可置信。她的视线和嬷嬷恳求的目光对视了，她正站在嘉乐的椅子边上。她一手摸着喉咙，摇摇晃晃地站起来，在早晨的阳光中，看着她的父亲。他茫然地抬头窥视着她，她看到他的手在发抖，头也在微微打颤。

直到这一刻，她才猛然意识到，过去她依赖嘉乐都依赖到什么程度了。她过去总是依赖嘉乐发号施令，依赖他告诉她该怎么办。而现在——怎么搞的，昨晚他似乎还很正常呢。虽然他不再像往常那样大声威胁人，不再像往日那样生机勃勃的，可至少他能讲出连贯的事，可现在——现在，他甚至连埃伦已经死了都不记得了。北方佬的到来和埃伦离世这两件事合在一起，使他惊呆了。她开口要说话，可嬷嬷拼命摇头，掀起围裙擦拭着红红的眼睛。

“噢，爸爸会不会是疯了呢？”思嘉想着，现在又增加了这一心理负担，头脑里的神经原本就抽动不停，现在觉得头似乎都要炸了。“不可能，不可能。他只是被这一切弄昏了头，就像是病了一样。他会好的。他必须好起来。要是他不会好，我该怎么办呢？——现在我可不能考虑这个。我现在不能想到他、妈妈或其他可怕的事。不行，等到我受得了的时候再说。还有太多别的事要考虑——帮得上忙的事——不能去想我帮不了忙的事。”

她饭也没吃就离开了餐厅，走到屋后的游廊上。她在这里看到波克。他光着脚，穿着褴褛不堪但已经算是最好的仆人制服，坐在台阶上剥花生。她头上的神经在抽动，灿烂的阳光刺得她眼睛生疼。她费了好大的劲才让自己站直，这需要些意志力才行。她尽量简短地说着话，省去了她妈妈过去一直教她如何对黑人说话的那些惯有的客套。

她开始粗暴地问问题，果断地下命令。波克的眉毛耸了起来，感到茫然不解。埃伦小姐从来没有这么简明扼要地和任何人说过话，连当场抓住他们偷小母鸡和西瓜时，也没有这样说话。她又一次询问了有关农田、果园、牲畜的情况，绿色的双眸里闪着坚定的亮光。波克过去从来没见过她眼睛里有过这种亮光。

“是的，那匹马死了。俺把它绑在那里，让它的鼻子凑到水桶里，可它把桶拱翻了。不，牛没有死。你还不知道吗？昨晚它产崽了。这就是它为什么一直叫唤的原因。”

“你的普里西会成为出色的接生婆的。”思嘉漫不经心地说道，“她说，它叫是因为它要挤奶。”

“哦，普里西不会做牛的接生婆，思嘉小姐，”波克圆滑地说，“出了幸运的事，吵是没用的。因为那头小牛犊就会长成大奶牛，年轻小姐们就会有足够的提去奶油的酸乳喝了，那个北方佬的年轻医生说，她们正需要这些。”

“好了，说下去吧。还有什么牲畜吗？”

“没有。什么也没有，只有一头老母猪和它的猪崽。北方佬来的那天，俺把它们赶到沼泽地里去了，可只有上帝才知道，我们怎样才能找到它们。那老母猪很麻烦的。”

“我们能找到它们的。你和普里西现在就出发去找它们。”

波克惊讶极了,非常生气。

“思嘉小姐,那是干农活的人的事。俺一直就是个屋里使唤的黑人。”

一个小魔鬼带着一把火热的镊子在思嘉的眼球后面夹了一下。

“你们两个去把老母猪找回来——要不就离开这里,就像那些干农活的人一样。”

波克受到伤害,眼里眼泪直打转。噢,要是埃伦小姐在这就好了!她明白这些细微的差别,能意识到干农活的黑人和屋里使唤的黑人之间那道鸿沟。

“离开这,思嘉小姐?那俺要到哪儿去呢,思嘉小姐?”

“我不知道,我也不在乎。但是,在塔拉的任何一个人要是不干活,那就去追北方佬好了。你可以把这话告诉别人。”

“好的。”

“好了,玉米和棉花怎么样,波克?”

“玉米?上帝,思嘉小姐,他们把马放到玉米地里去吃,马没吃掉的都被运走了,要不就毁了。他们还让大炮和马车碾过棉花地,全都给毁了,只剩下河床边的几英亩地,他们没注意到。可那棉花不值得伺弄,因为那里大概只有三包棉花。”

三包。想起塔拉通常都能收好几十包棉花,思嘉的头痛得更厉害了。三包。那比无能的斯莱特里家种的多不了多少。更糟的是,还有纳税的问题。南部邦联政府是用棉花代替钱交税的,可三包棉花连纳税都不够。现在干农活的人全跑了,没人去收棉花,对她来说,那棉花就无关紧要了,对南部邦联也无关紧要了。

“哦,我也不能去想这些,”她对自己说,“纳税不是女人的事。爸爸应该管这些事的,可爸爸他——现在我也不能去想爸爸的事。南部邦联尽可以吹着口哨要求纳税。我们现在需要的是填肚子的东西。”

“波克,你们有没有去过十二棵橡树或是麦金托什家,看看那里的果园有没有剩下什么东西?”

“没有,夫人!我们没有离开塔拉。北方佬会把我们抓去的。”

“我要叫迪尔西到麦金托什家去。也许她在那能找到什么。我自己到十二棵橡树去。”

“和谁一起去,孩子?”

“我自己去。嬷嬷得和姑娘们待在一起,嘉乐先生又不能——”

波克强烈反对,她感到很恼火。十二棵橡树也许还有北方佬或是卑鄙的黑人。她不能单独一个人去。

“够了,波克。叫迪尔西马上动身。你和普里西去把老母猪和它的猪崽找回来。”她简短地说完,转身就走。

嬷嬷那顶旧的太阳帽已经退了色,但还很干净,它就挂在屋后的游廊上。思嘉取下来戴在头上。这令她想起了瑞德从巴黎给她带来的那顶有卷曲的绿色羽毛装饰的帽子,那似乎已是另一个世界的事了。她拿了一个橡树条编的大篮子,起步走下屋后的台阶。每下一级,头就颠一下,从脊椎骨直到头盖骨似乎都要碎裂了一样。

被毁的棉花田之间,那条通往河边的路红得仿佛被烧焦了一样。路上没有树能够遮阴,太阳直射下来,透过嬷嬷的太阳帽烤着她,就好像那帽子不是用厚实的棉质花布做的,而是用薄纱做的。飞扬的尘土钻进她的鼻孔和喉咙,她觉得自己要是开口说话,那黏膜都会干裂的。路上,马曾经拉着沉重的大炮碾过,留下了深深的车辙和沟壑,路两边的集水沟也被车轮碾出了深深的裂口。棉花田已被践踏得一塌糊涂,当时骑兵和步兵都被炮兵挤出了窄小的路面,只好在那绿色的棉花丛里行进,把棉花都踩到地上去了。路上和田地里,不时看见水桶和支离破碎的马具皮带、被马蹄踏平的饭盒和弹药车的轮子、纽扣、蓝帽子、破袜子、血染红的破布等,全都是行军中的部队留下的杂七杂八的东西。

她经过那片雪松林及那堵标志着家庭墓地的低矮的砖墙,尽量不去想她三个小弟弟的三座小土堆旁边的那座新坟。噢,埃伦——她艰难地走下那尘土飞扬的小山包,经过斯莱特里家。那原址上只剩下了一堆灰烬和粗短的烟囱。她在心里颇为残酷地希望他们整个家族也都成为灰烬的一部分。要不是斯莱特里一家——要不是为了那个下贱的艾米,那个被他们的监工搞大肚子并生了个杂种的艾米——埃伦就不会死了。

一块尖利的石子扎了她起泡的脚,她呻吟了一声。她到这干什么呢?郝思嘉,这个全县的美女,塔拉深闺中的骄傲,为什么得在这难走的路上跋涉呢？而且差不多就等于光着脚在走。她的一双小脚是生来跳舞的,不是用来一瘸一拐地走路的;那双小巧的便鞋是为了从亮丽的丝绸衣物下端偷偷地、大胆地露一露脸的,不是用来收集尖利的石块和尘土的。她生来就是要被纵容溺爱,被人好生伺候着的,可她现在走在这,病容满面,衣衫褴褛,饥饿迫使她到邻居的果园里去寻找食物。

长长的坡下就是河流,树枝垂挂在水面上,相互缠结在一起,这里多么凉快,多么宁静啊！她一屁股坐在低矮的河岸上,脱下破损不全的便鞋和长统袜,把火热的双脚浸在冰凉的河水里。要是能一整天坐在这,那该多好呀。这里看不见塔拉那些无助的眼睛,只有树叶的沙沙声和河水缓慢、汩汩而流的声音打破周围的宁静。可她还是极不情愿地穿上鞋子和袜子,沿着长满青苔的河岸,在阴凉的树下艰难地前行。北方佬烧毁了桥梁,但她知道,下游一百码处河面较窄的地方,有一座圆木搭的独木桥。她小心翼翼地过了桥,艰难地走着剩下的半英里酷热难当的上坡路,向十二棵橡树走去。

十二棵橡树依然耸立在那,自印第安人生活的年代起,它们就已经耸立在那了,可现在,它们的叶子枯黄了,枝条或被烧毁,或被烧焦。被它们围在其中的是卫约翰家的断壁残垣。那一度宏伟堂皇的房子,如今只剩下烧焦的残骸,而过去,这座房子就像是给小山包戴上了一顶皇冠似的,白色的柱子显示着家族的尊严。曾经是地下室的那个深坑、黑糊糊的粗石地基及两座巨大的烟囱表明了它的原址。一根被烧了一半的长柱子倒下来,横在草坪上,把茉莉花丛压得粉碎。

思嘉坐在柱子上,这情景使她难受得无法再往前走了。这一片荒凉景象在她心里留下了深刻的印象,她过去从来没有经历过这种事情。在她脚下的尘土中,埋葬了卫家的骄傲。这所和气、彬彬有礼的房子曾经一直对她伸出欢迎的双臂,可现在,这就是它的最终命运。她还曾经徒劳地梦想过要成为这里的女主人呢。她在这里跳过舞,吃过饭,调过情,她还在这里带着一颗受伤的心,妒忌地看着媚兰面带微笑看着希礼。也是在这里,在这凉快的树荫下,当她告诉韩查理她要和他结婚时,他喜出望外地按紧了她的手。

"噢,希礼,"她心里想,"我真希望你死掉的好！让你看见这一切,我真受不了。"

希礼在这和他的新娘结了婚,但他的儿子,他儿子的儿子却再也不能把他们的新娘带进这所房子来了。她曾经深爱过这房子,渴望着能掌管这里的一切,可是现在,在这屋顶下,再也不会有人在这里成婚,在这里生儿育女了。对思嘉来说,房子已经死了,而卫家所有的人好像也和它一起长眠于那堆灰烬当中了。

“我现在不能想这些事。我现在无法承受。我以后再想好了。”她大声说着,把视线移开了。

她在果园里搜寻着,在废墟周围一瘸一拐地走着,走过被践踏得一塌糊涂的玫瑰花圃,卫家的姑娘们曾经非常用心地伺弄过这花圃。她走过后院,穿过被烧成灰烬的熏制房、谷仓和鸡棚。厨房边的花园周围,木片围栏已经被拆得精光。一度整整齐齐的一排排绿色植物和塔拉的植物一样,遭到了同样的厄运。松软的泥土被马蹄和重型运输工具的轮子碾得遍体鳞伤。蔬菜被踩得粉碎,踩进土里去了。这里没有她所要的东西。

她回头走过后院,择路向黑人住的小屋走去。那是一排刷得雪白却杳无声息的房子。她边走边喊着“喂!”可没有人应答,连狗叫声也没有。显然,卫家的黑奴也跑了,或是跟着北方佬走了。她知道每个黑人都有自己的果园包干区。走到小屋前时,她希望这些小块土地上的东西能够幸免于难。

她的搜寻还是有收获的。但是她太累了,看到那些东西也没使她感到很高兴。萝卜和卷心菜由于缺水有点恹恹的,但还挺立着。四处蔓延的肾形豆和蹦豆虽然已经枯黄,但还可以吃。她坐在垄沟里,用颤抖的双手在土里挖着,慢慢地把篮子填满了。虽然没有腌猪肉和这些蔬菜一起煮,今晚塔拉也可以好好吃一顿了。或许迪尔西用来照明的咸肥肉可以用做作料。她必须记住,要吩咐迪尔西用松节来照明,把动物油节省下来煮菜用。

靠近一间小屋后门台阶处,她发现了短短的一排红萝卜,顿时,一阵饥饿感向她袭来。味道辛辣的红萝卜正对她的胃口。她几乎等不及在裙子上把土擦去,就狼吞虎咽地嚼了半根。萝卜又老又粗,而且还很辣,把她的眼泪都辣出来了。萝卜一下肚,她那备受煎熬、里面什么也没有的胃就反抗了。她躺在松软的泥土中,难受地呕吐起来。

从小屋传来淡淡的黑人的味道,这更增加了她的恶心感。她没有力气去遏止这种感觉,只好一直难受地吐下去,吐得连小屋和树木都好像在周围迅速旋转起来。

过了很长时间，她还脸朝下虚弱地躺在那里。泥土又松软又舒服，就像羽毛枕似的，她的思绪也飘忽不定的，一会想到这，一会想到那。她，郝思嘉，正躺在黑人小屋的后面，躺在一片废墟当中，身体不舒服，虚弱得连动都动不了。世界上没有人知道，也没有人在乎。即使他们知道，也不会在乎的，因为每个人自己都有太多麻烦，顾不上来为她担心。这一切就发生在她——郝思嘉头上了，过去的她可是连袜子丢在地上也从来没去捡过，连鞋带也没有系过的呀——思嘉，动辄有点头痛，还经常耍性子，这些可是自小到大就一直被娇惯纵容着的。

她俯卧着躺在地上，虚弱得不得了，连想避开往事和担心的事、不去想它们都办不到。它们向她涌来，像等着人死的虫儿似的把她围住。她一点力气也没有，虽然想对自己说："我以后再想妈妈、爸爸、希礼和所有这些废墟——是的，以后，等我承受得了的时候。"可她连说这些话的力气也没有。她现在是承受不了，可不管她愿不愿意，她现在都在想着这些人、这些事。这些思绪围绕着她，向她猛扑过来，带着尖嘴和利爪冲下来，直挖到她的思想深处去。时间似乎静止不动了，她静静地躺在那，脸埋在土里，任如火的骄阳照在身上。她想起了许多事和已经去世的人，想起了已经一去不复返的生活方式——想从暗淡的前景中看出一线希望，哪怕这希望并不乐观。

她终于站了起来，又一次看到十二棵橡树成了一片黑糊糊的废墟。她头抬得高高的，但那种意味着年轻、美丽和潜在的温柔的神情却从她的脸上永远永远地消失了。过去的已经过去。死去的也已经死去。过去那种慵懒的豪华生活也已逝去，一去而不复返。思嘉把重重的篮子挎到手臂上时，她也已经下定决心，确定了自己的生活方向。

没有回头路可走，她要继续勇往直前。

在南方，五十年以来，一直有些怨气满腹的妇女一再回忆过去，回忆已经逝去的岁月、已经去世的人，重新召回那令人伤心而又徒劳无益的往事，带着苦涩的傲气忍受着贫穷，因为她们有那些记忆。但思嘉是决不会往回看的。

她注视着黑漆漆的石头，十二棵橡树最后一次在她的眼前重现，它一如既往地耸立着，富丽而骄傲，是一个家族和一种生活方式的象征。然后，她开始下坡朝塔拉的方向走去，沉重的篮子把她的肌肉都压得陷进去了。

她空空的胃里，饥饿感重新作起怪来。她大声说着："上帝作证，上帝作证，北方佬打不倒我。我要熬过这段日子，一切结束之后，我就再也不会饿肚子了。不，我的亲人们也不会。哪怕我不得不去偷去抢，去杀人去放火——上帝作证，我决不会再挨饿的。"

在这以后的岁月里，塔拉就像是鲁滨孙的荒岛。这里很宁静，与世隔绝。塔拉以外的世界离塔拉仅仅几英里远，但是塔拉和琼斯伯勒、费耶特维尔、拉夫乔伊之间却好像隔了上千英里的滚滚洪涛，连塔拉和邻居的种植园之间也是如此。那匹老马死后，他们唯一的交通工具也没有了，而要走过那数英里艰难的红土路，既没有时间，也没有力气。

有时候，为了填饱肚子以及不停地照顾三个生病的姑娘而劳累了一天后，思嘉发现自己会竖起耳朵倾听，看看有没有什么熟悉的声音——黑人小屋里黑人小孩的尖声大笑、嘉乐的雄马闪电般从牧场上飞奔而过的声音、马车轮子在车道上的嘎吱嘎吱声以及邻居们下午路过顺便进来聊天的欢快的谈话声。可她什么也听不到。路静静地往前延伸着，看上去荒凉一片，从来没有扬起的红土预示着有人来访。塔拉就像是翻卷着绿色山峦和红色田野的大海中的一座孤岛。

在这世界上，有的地方，一家人能够在自己家的屋顶下安安稳稳地吃饭睡觉；有的地方，姑娘们穿着翻新了三次的裙子，在快快乐乐地和男人调情，唱着："在这残酷的战争结束以后"，仅仅几个星期以前，她也是那么做的；有的地方还在打仗，炮声隆隆的，城镇被烧成灰烬，男人在散发着令人作呕的甜丝丝气味的医院里渐渐憔悴，直至死去；有的地方，穿着肮脏的家纺布制的衣服却没鞋穿的部队正在行军、打仗、睡觉、饿肚子，累得疲惫不堪的，再加上希望破灭时的厌烦感；有的地方，佐治亚的小山包都因为被北方佬征服而变成蓝色的，这些北方佬吃得饱，睡得好，骑的是健壮、喂饱了玉米的高头大马。

塔拉以外还在开战，还有另外一个世界。但在种植园里，战争和世界都不复存在，只在记忆中才会出现。在精疲力竭的时候，这些记忆就会浮现在脑海中，必须费点力气才能把它们从脑海中挥去。在完全没有东西吃和吃得不饱的肚子面前，世界已经渐渐远去，生活浓缩成两个互相关联的观念：

食物及怎么搞到食物。

食物！食物！为什么肚子的记忆比大脑强？思嘉可以排除令人伤心的事，但排除不了饥饿感。每天早晨，她半睡半醒地躺在床上，记忆还没有把战争和饥饿感带到她的大脑里时，她懒洋洋地蜷缩着身子，期望闻到煎咸肉和烤面包卷的味道。每天早晨，她用力用鼻子吸着，真的就闻到了食物的味道。这一用力，她也就完全清醒过来了。

塔拉的餐桌上有苹果、甘薯、花生和牛奶，可就连这简单的伙食也一直不够量。一天三次看到这些，她的记忆就会飘回过去的岁月中去，过去的岁月中的伙食、用蜡烛照明的餐桌和空气中也弥漫着香味的食物。

那时候，他们对食物多不在意呀，真是惊人的浪费！面包卷、玉米松饼、饼干和蛋奶烘饼、滴着的黄油，一餐里全都有。餐桌的一头放着火腿，另一头就放着炸鸡；一罐罐泛着油光、呈彩虹色的酒里满是羽衣甘蓝；光亮带花的瓷盘里，蹦豆堆得像小山一样；炸南瓜、炖秋葵荚和红萝卜浇上奶油汁，多得要用刀来切；还有三样甜点，这样每个人就可以挑着吃了，有巧克力多层蛋糕、香草牛奶冻和重油蛋糕，顶部都浇着甜甜的掼奶油。死亡和战争都没有使她流泪，但这些美味可口的饭食却有能耐使她热泪直流，有能耐把她一直疼痛的胃由饿得咕咕叫变成恶心想吐。对于她的胃口，嬷嬷老是哀叹，一个十九岁的年轻姑娘健康的胃口，现在已经被千辛万苦、永不停息的劳作增加了四倍，而这种劳作是她过去根本没见识过的。

在塔拉，胃口有麻烦的并非只有她一人，不管她转向哪里，看见的都是饥饿的面孔，黑人也有，白人也有。很快，患伤寒病的卡丽恩和苏埃伦也会进入康复期，胃口也会大得难以满足。小韦德已经老在令人厌烦地悲鸣着："韦德不喜欢甘薯。韦德饿。"

其他人也都在嘟哝着：

"思嘉小姐，除非我能多吃些，要不两个孩子我都没法喂奶了。"

"思嘉小姐，要是俺不能多吃点，俺就劈不动柴了。"

"乖乖，俺快要饿扁了。"

"女儿，我们非得一直吃甘薯吗？"

只有媚兰没有抱怨。媚兰的脸已经越来越消瘦，脸色也越来越苍白了，连睡梦中也会痛得直抽搐。

“我不饿，思嘉。把我的那份牛奶给迪尔西吧。她要给孩子喂奶，用得着。生病的人是从来都不会觉得饿的。”

她这也是出于好心，但这种吃苦耐劳的精神比其他人的唠叨、悲鸣声更使思嘉感到恼火。她可以用辛辣的讽刺口吻让他们住嘴——而且也确实这么做了，但在媚兰这种无私精神面前，她却一点办法也没有，毫无办法，而且怨恨满腹。嘉乐、黑奴们以及韦德现在都很依附媚兰，因为她即使很虚弱，但还是很善良，很有同情心，而这些日子里，思嘉这几样一点也不沾边。

特别是韦德，整天待在媚兰的房间里。韦德似乎有点不对劲，但到底什么地方不对劲，思嘉却没有时间去弄清楚。她听信了嬷嬷的话，认为孩子是长了蛔虫，便用埃伦过去给黑人小孩驱虫的干草药和树皮混合在一起熬汤给他打虫。但这种驱虫药反而使孩子的脸色更苍白了。这些日子里，思嘉几乎没把韦德当成人看待。他只不过是又一件令人操心的事，一张要喂食的嘴而已。总有一天，在目前这种非常时期过去之后，她会跟他玩，给他讲故事，教他一些基础知识。可现在，她既没有时间，也没有心情。由于在她最累、最烦心的时候他总是缠在她脚边，所以，她对他说话经常很严厉。

她快言快语地骂他，他眼里就会现出非常害怕的神情。这使她很不安，因为他害怕的时候看上去非常天真。她没有意识到，这个小男孩是和恐怖并肩生活着的，而这恐怖连大人也无法领会透彻。恐惧一直伴随着韦德，这恐惧使韦德的心灵都震颤了，晚上睡觉时也会尖叫着醒过来。一点突如其来的声响或是严厉的话语就会使他浑身颤抖，因为在他的意念里，这些声响和严厉的话语总是莫名其妙地和北方佬混杂在一起。他害怕北方佬，更甚于害怕普里西所说的鬼。

围城的炮火开始以前，他什么也不知道，只是幸福、安详、宁静地过着日子。虽然他妈妈没怎么管他，但他一无所知，只知道宠爱和和善的话语，直到那个晚上，他从睡梦中被拉起来，发现火焰冲天，震耳欲聋的爆炸声不断。那天晚上以及第二天，他头一次被妈妈甩了耳光，听到她提高了嗓门，对他说着严厉的话。桃树街那令人愉快的砖房里的生活，他所知道的唯一的生活，就在那个夜晚消失了，而他永远也无法从这种损失中回过神来。从亚特兰大逃出来的旅途中，他什么也不明白，只知道北方佬在后面追赶他。直到现在，他也还处在会被北方佬抓住并且被碎尸万段的恐惧当中。每次思嘉一提高嗓门申斥他,他就吓得软弱无助。小孩子那种模模糊糊的记忆就会把他带回她第一次那么做时的恐怖当中去。现在,北方佬与生气的声音已经在他脑海中永远地连在一起,他很怕他妈妈。

思嘉不禁注意到,孩子开始躲着她了。当那没完没了的事情偶尔让她有时间去想这件事的时候,她便感到很担心。可是,能想的时候极少。这比他整天缠在她身边还更糟,而他的避难所就是媚兰的床铺。在那里,他可以安静地玩她建议他玩的游戏或是听她讲故事,这使思嘉更觉得自己受了伤害。韦德很爱这个"姑姑",这个姑姑声音柔和,总是笑容满面,而且从来没说过这类话:"别出声,韦德!你把我头都搞晕了。"或是"看在上帝分上,别烦了,韦德!"

思嘉没有时间,也没有欲望去宠爱他,可看到媚兰这么做了,她又很妒忌。一天,她发现他在媚兰床上倒立,看到他倒在她身上,她便打了他一下。

"你难道不知道,姑姑病的时候不能在她这跳上跳下吗?好了,马上到院子里去玩,别再进来了。"

可媚兰伸出一只虚弱的胳膊,把哭着的孩子拉到身边。

"好了,好了,韦德。你不是存心要吵我的,对不对?他没有烦我,思嘉。就让他跟我待在一起吧。让我来顾着他。我病好以前,也只能做到这点了。不用管他,你手头的事已经让你忙得不可开交了。"

"别傻了,梅利,"思嘉暴躁地说,"你本该恢复得更好的,况且,让韦德摔在你肚子上,决没什么好处。我说,韦德,如果让我再看见你在姑姑的床上,我就打断你的腿。别吸鼻子了,你老是吸鼻子。做个小男子汉。"

韦德抽泣着跑到楼下躲起来了。媚兰咬着嘴唇,眼里溢出了泪水。嬷嬷站在过道里也看到了这一幕,愁眉苦脸地喘着粗气。可这些日子以来,谁也不敢对思嘉回嘴。他们都很害怕她的伶牙俐齿,大家都害怕在她身上出现的那个全新的"她"。

现在,思嘉在塔拉有了至高无上的统治权。和那些突然掌权的人一样,她个性里那种恃强欺弱的本能全都暴露无遗了。这并不是说她生性心肠不好,而是因为她也害怕,自信心不强,只好对人严厉相待,免得别人知道她的不足之处后不听她的话。再说,对人大喊大叫,知道他们害怕了,这里头也有某种快感。思嘉发现,这能松弛她那绷得太紧的神经。她并非没有意识到她的性情正在改变。有时候，她粗率无礼的命令会使波克拉长了下嘴唇，也会让嬷嬷低声抱怨："有些人在这些日子变得趾高气扬的了。"这种时候，她也会纳闷，她那良好的言谈举止都到哪儿去了。埃伦费了好大的劲灌输给她的所有礼数，所有温柔的性情，都已经在她身上迅速消失了，快得就像秋天里刮起的第一阵凉风，把树叶从树上全刮下来了。

埃伦一再说过："对下人要严格，但必须温柔，特别是对黑人。"但是，如果她对黑人温柔相待的话，他们就会整天坐在厨房里，没完没了地谈论过去的好日子，屋里使唤的黑人也会不愿意去干农活。

"要爱你的妹妹们，要爱护她们。要善待生病的人，"埃伦如是说，"对那些伤心、有麻烦的人要温柔体贴。"

她现在可没法去爱她的妹妹们。她们只是压在她肩膀上的沉重的负担而已。至于爱护她们，她难道没有给她们洗澡，给她们梳头，喂她们吃饭吗？甚至还不惜每天走几英里路去找蔬菜！她难道不是学会了挤牛奶？虽然说那只可怕的动物对她扬着牛角时，她的心总是跳到嗓子眼里。至于对人和气，那真是浪费时间。要是她对她们过分的好，她们就很可能会拖延卧床的时间，而她想让她们尽快离开病榻，这样就可以多四只手帮她的忙了。

她们正在慢慢康复，躺在床上骨瘦如柴的，虚弱得很。她们不省人事时，整个世界已经发生了剧变。北方佬来过，黑人们逃跑了，妈妈也去世了。这三件令人不可置信的事情发生了，她们的头脑根本无法接受。有时候，她们认为自己还处在神志不清醒的状态中，认为这些事情实际上根本没有发生过。当然，思嘉变了这么多，她不可能是真实的。当她伏在她们的床脚边，大略说着她希望她们病好后要做的事情时，她们呆呆地看着她，好像她是个怪物似的。她们现在不再有上百个黑奴来做这些工作了，对此她们根本不理解。而且，她们也理解不了，郝家的小姐居然也要做手工活了。

"可是，姐姐，"卡丽恩说，那张甜甜的孩子气的脸惊愕得都变黑了，"我不会劈柴！这会把我的手毁掉的！"

"看看我的手吧。"思嘉笑着回答，那笑容看上去令人害怕。她把她那起泡又起茧的手掌伸给她们看。

"你这样对宝贝和我说话，我觉得你太可恨了！"苏埃伦叫了起来，"我觉得你在撒谎，是在吓我们。要是妈妈在这，她不会让你这么跟我们说话的！劈柴，真是的！”

苏埃伦有点厌恶地看着她的姐姐，相信思嘉只是因为刻薄才说这些话的。苏埃伦差一点就没命了，她又没了妈妈，现在又孤单又害怕，需要人爱抚，需要人悉心照顾。可每天思嘉都从床脚那看过来，上翘的绿色眼睛里有一种新的可恶的光芒，一边评判着她们康复的情况，一边还谈论着铺床、准备食物、提水和劈柴这些事情。从谈论这些可怕的事情中，她好像能获得某种快感。

思嘉确实从中获得了快感。她吓唬黑奴，伤害妹妹们的感情，不单是因为她太忧虑、太紧张或是太劳累而没有别的办法，而是因为这能帮她忘记自己的痛苦，那就是，她妈妈告诉她的有关生活的一切，现在看来全都错了。

她妈妈教给她的一切，现在都毫无价值了。思嘉既心痛，又感到困惑不解。她没有想到，埃伦不可能预见到，她用以抚养教育她的女儿们的文明已经土崩瓦解；她也不可能预见到，她用心培训她的女儿们，让她们去占据的社会上的那些位置，现在也已经荡然无存。她从来没想到，埃伦只是把未来的年月看成是跟她自己的生活中那些宁静的年月一样的，而在那些年月中，什么事情都没有发生。她教她要和善慷慨，尊贵善良，谦虚真诚。女人们学会了这些课程，生活就会善待她们，埃伦就是这么说的。

思嘉绝望地想：“没有，她教给我的东西，没有一样对我有什么帮助！现在，善良对我又有什么好处呢？和气又有什么价值？我还不如像黑奴那样学会犁田和摘棉花还更好。噢，妈妈，你错了！”

她没有停下来去思考一下，埃伦那秩序井然的世界已经逝去，代之而起的是一个残酷的世界。在这个新世界里，每条标准、每种价值都已经变了。她只看到，或者说她认为她看到了，她妈妈错了。她迅速调整自己，好去适应这个她毫无准备去接受的新世界。

只有她对塔拉的感情还一如既往。每次她疲乏地走过田野，看到不规则地四处延伸的白色房子时，心里便涌起一股回家的温情和快感。每次从窗户看出去，看到绿色的牧场、红色的田地和盘根错节的沼泽丛林时，她的心里便有一种美感油然而生。微微起伏的山峦上那红得耀眼的泥土，那呈现出血红色、石榴红、砖粉色及朱砂红的美丽的红土，奇迹般地长出了绿色植物，枝头挂着白色的棉团。其他的一切都在变化，而对这片土地的爱是思嘉身上没有改变的一部分。世界上别的地方都找不到像这样的土地。

看着塔拉时,她就有点明白为什么会发生战争了。瑞德说,人们打仗是为了钱,可他错了。不,他们打仗是为了隆起的、被犁出一道道松软的垄沟的一亩亩土地,为了种植着粗短的牧草的绿色牧场,为了那些懒洋洋地流动着的黄色河流以及漠然耸立在木兰花丛中的白房子。这些才是唯一值得为之而战的东西——这些属于他们,而且也将属于他们的子孙的红土地,这些会为他们的儿子及孙子生长棉花的红土地。

妈妈和希礼已经走了,嘉乐因受惊过度衰老了。一夜之间,钱财、黑奴、安全和地位全消失了。现在,塔拉被践踏过的土地是她剩下的一切了。就像是发生在另一个世界里的事一样,她记起了和父亲就土地问题进行过的一次谈话,真不明白当时怎么就那么年轻,那么无知,没有理解他说的话。他当时说过,土地是世界上唯一值得为之奋斗的东西。

“它是这世间唯一永恒的东西……对每个哪怕只有一丁点爱尔兰血统的人来说,他们赖以生存的土地就像他们的母亲一样……它是唯一值得为之工作、为之奋斗——为之献身的东西。”

是的,塔拉是值得为之奋斗的,她问也不问就接受了应该为之奋斗这一点。谁也不能把塔拉从她手里夺走。谁也不能把她和她的家人弄得流离失所,靠亲戚的救济过活。她要保住塔拉,哪怕她要为此折断每个人的脊背也在所不惜。

# 第二十六章

思嘉从亚特兰大回到塔拉两个星期后，她脚上最大的一个水疱溃烂化脓，肿了起来，连鞋都不能穿了。她走不了，只能踮着脚尖跳着走路。她怒气冲冲地看着脚趾上的伤痛处，心里绝望极了。要是它像那些士兵的伤口一样生坏疽，又没有医生看视，她就会死，那怎么办呢？现在的生活虽然很艰难，她也还是不想放弃活下去的欲望。要是她死了，谁来管塔拉呢？

她刚回家时，曾经希望嘉乐原有的活力会重新恢复，希望他会指挥一切。可在这两星期中，这种希望也破灭了。她现在明白，不管她愿不愿意，她都得用她毫无经验的双手撑起这个种植园，养活它的所有成员，因为嘉乐还是安安静静地坐着，就像个还在梦中的人一样，性情很和善，可人在塔拉，心却不在塔拉，那神情令人觉得很可怕。她若一再征求他的意见，他唯一的回答就是："你认为怎么样最好就怎么做吧，女儿。"更糟的是，他会说："跟你妈妈商量一下吧，小姑娘。"

他永远也不会清醒过来，恢复原来的样子了。现在思嘉已经意识到这个事实，也就毫不伤感地接受了它——嘉乐至死也会等着埃伦，总是会倾听着有没有她的声音。他正处在边境线上某个朦朦胧胧的乡间，那里，时间已经静止，而埃伦总是在隔壁房间里。她死的时候，他生活的主心骨就已经被带走了，随之而去的还有他那有限的自信心、冒失之举及从没停息过的活力。郝嘉乐那狂风暴雨似的人生戏剧上演时，埃伦就是他的观众。现在幕布已经永远落下，脚灯已经暗淡下来，而观众也倏然不见了。目瞪口呆的老演员留在空荡荡的舞台上，等着别人提示他该做些什么。

那天早晨，屋里非常宁静，除了思嘉、韦德和三个生病的姑娘，其余的人都到沼泽地里去找老母猪了。连嘉乐也有了点活力，笨重地走过犁过的田野，一只手搭在波克的胳膊上，另一只手拿着一捆绳子。苏埃伦和卡丽恩哭着哭着睡着了，她们一想起埃伦就这样，一天至少哭两次，悲伤、虚弱的泪水顺着她们凹陷的面颊默默地流下来。媚兰那天还是头一次撑着起来靠在枕头上，身上盖着一条打着补丁的床单。两个孩子躺在她两边，她一只胳膊搂着那个机警、头发淡黄的孩子，另一只手温柔地抱着迪尔西的头发拳曲的黑孩子。韦德坐在床脚下，在听童话故事。

对思嘉来说，塔拉的宁静是无法容忍的，这会使她清清楚楚地想起从亚特兰大回家那天那漫长的旅途，想起那天她所经历的那种荒凉的乡间死一般的宁静。奶牛和牛犊一连好几小时都没发出一点声响。窗口没有吱吱喳喳叫的小鸟，连在沙沙作响的木兰树丛中住了好几代、总是嘈杂吵闹的反舌鸟一家，那天也没有歌唱了。她在卧室里拉了把低矮的椅子坐在敞开的窗户边，向外看着屋前的车道、路对过那草坪和空荡荡的绿色牧场。她坐在那，裙子拉到膝盖上面，手撑着下巴，支在窗台上。她身边放着一桶井水，她不时把起泡的脚放进水里，那刺痛感使她的脸都扭曲了。

她烦躁地把下巴埋进胳膊里。在她最需要力量的时候，这个脚趾却溃烂化脓了。那些傻瓜是决不可能逮住老母猪的。他们把一只只猪崽抓住就费了一星期的时间，而现在，两个星期都已经过去了，老母猪却还逍遥乡野。思嘉知道，如果她和他们一起在沼泽地里，她就会把裙子挽到膝盖上，手里拿着绳子，管保转眼间就能把老母猪给套住。

但是，就算老母猪被逮住——要是它被逮住的话，那又怎么样呢？母猪和猪崽都被吃光以后，那又怎么样呢？日子还得过下去，人们的肚子也还得填饱。冬天要来了，那时就没有食物了，连邻居果园里剩下的那些可怜兮兮的蔬菜也没有了。他们必须有干豌豆、高粱、玉米片、大米以及——以及——噢，要这么多东西。还要有第二年春天下种用的玉米和棉花，还有新衣服。这一切都从哪来呢？她用什么付账呢？

她曾私下里翻过嘉乐的口袋和他装现金的箱子，找到的只是一堆堆南部邦联的债券和三千元南部邦联的纸币。这只够给他们全部人买一顿像样的饭菜，她面带讥讽地想着，因为南部邦联的钱币几乎根本不值什么了。可就算她有钱,而且也能找到食物,她又怎么把它们拖回塔拉来呢?上帝为什么要让那匹老马死去呢?即便是瑞德偷来的那匹令人惋惜的老马,也会使他们在这世界上的情况大为改观的。噢,那些过去常常在路那边的牧场上腾空而起的健壮的骡子,那些漂亮的拉马车的马,她的小母马,姑娘们的小马,还有嘉乐那横冲直撞、把草皮也踢起来的高大的雄马——噢,有它们中的一匹就好了,哪怕是最执拗的一匹骡子也行啊!

但是,没有关系——等她的脚好了以后,她可以步行到琼斯伯勒去。这将会是她这一辈子走过的最远的路,但是她还是要走的。即使北方佬把整个城市全烧光了,她也一定能在城区找到某个人,他会告诉她该到哪儿去找食物。韦德瘦得皮包骨的脸蛋出现在她面前。他不喜欢甘薯,他一再重复着,他要鸡腿、鸭腿、米饭和肉汁。

前院的阳光忽然暗淡下来,她泪眼模糊,连树都看不清楚了。思嘉低下撑在胳膊上的头,拼命忍住不哭出来。现在,哭是一点用处也没有的。只有你身边有个男人,你又想从他身上捞到什么好处的时候,哭才有用。她蜷缩在那,用力眨着眼睛,不让眼泪掉下来。这时,一阵马蹄声使她吃了一惊。但她还是没抬起头来。这过去的两个星期中,她都在想象着有这种声音,想得太频繁了,就像她想听到了埃伦裙子的沙沙声一样。她的心跳加快了,这种时候,她老是会这样,她坚定地对自己说:“别傻了。”

可是,令人吃惊的是,马蹄声却自然而然慢了下来,变成了马走路的节奏,砾石路上传来了整齐的嘎吱嘎吱声。是马——塔尔顿家的人,方丹家的人!她飞快地抬起头来看着。原来是个北方部队的骑兵。

她本能地躲在窗帘后面,透过一褶一褶的看不太清楚的窗帘布,呆呆地窥视着,吃惊使她直从肺部喘出了一口大气。

他懒散地坐在马鞍上,是个敦实、面孔粗糙的人,黑色的胡须蓬乱地垂挂在扣子没有全扣上的蓝色上衣上。紧扣在头上的蓝色军帽下,紧靠在一起的小眼睛在炫目的阳光中眯缝着,冷静地从帽檐下扫视着整栋房子。他慢吞吞地下了马,把马缰抛到套马的柱子上。这时,思嘉的呼吸突然间平稳下来,同时又感到很痛苦,仿佛腹部被人猛击了一下。北方佬,臀部插着一枝长柄手枪的北方佬!而她独自一人留在房子里,只有三个生病的姑娘和孩子们跟她在一起!

他懒洋洋地沿着小路走来，手按在手枪套上，小而亮的眼睛左顾右盼的。这时，一连串混乱不堪的画面涌现在她脑海里，白蝶姑妈曾经低声嘀咕过北方佬会袭击没有自卫能力的妇女，割喉咙，在生命垂危的妇女头上放火烧房子，孩子们被刺刀刺死，就因为他们会哭闹。所有这些不可名状的恐怖场面都和"北方佬"这个词紧密联系在一起。

惊恐之中，她的第一个冲动就是躲到壁橱里，爬到床底下或是飞跑着奔下屋后的台阶，尖叫着跑到沼泽地里去，只要能逃开他就行。接着，她就听他小心翼翼地走上屋前的台阶，偷偷摸摸地走进过道。她知道，逃跑的路已经被切断了。她吓得全身发冷，动弹不得，听着他的脚步声在楼下从一个房间到另一个房间。他一个人也没有看到，于是脚步越来越大声，越来越大胆。现在他走进餐厅了，过一会就会走进厨房。

一想到厨房，思嘉顿时义愤填膺。她气愤极了，觉得心里像被刀割一样难受，在不可抗拒的义愤面前，恐惧也望而却步了。厨房！在厨房里，燃烧的炉火上放着两口锅，一口炖着满满的一锅苹果，另一口煮着辛辛苦苦从十二棵橡树和麦金托什家的果园里弄回来的蔬菜大杂烩——要给九个饥饿难当的人吃的晚饭，实际上几乎连两个人的量都不够。这过去的几个小时中，思嘉拼命忍着自己的食欲，想等其他人回来一起吃。一想到这个北方佬可能把他们本来就不够吃的晚饭吃掉，她不禁气愤得全身发抖。

见他们的鬼！他们像蝗虫一样突然从天而降，然后离开塔拉，让塔拉的人去慢慢地饿死。现在，他们又卷土重来了，要把那点可怜的残渣也偷吃掉。她空空的肚子在绞痛。上帝，可不能让这个北方佬再偷东西了！

她脱下破烂的鞋子，光着脚吧嗒吧嗒地迅速走到衣柜边，甚至连溃烂脚趾的疼痛也忘了。她悄悄地打开最上面一个抽屉，拿出那把她从亚特兰大带来的重型手枪，也就是查理佩带过却从未开过火的武器。墙上挂着的军刀下面挂着一个皮盒子。她在里面摸找着，拿出一颗子弹。此时还好手没有颤抖，她装好子弹。悄无声息地快步跑进楼上的过道，然后跑下楼梯，一只手撑着扶手让自己站稳，另一只手端着手枪紧靠在大腿上裙子的褶皱边。

"是谁在那?"一个带着鼻音的声音问道。她在楼梯中央停下脚步，耳朵里的血管突突直跳，几乎没有听见他说话。"停下，要不我要开枪了!"那个声音又说。

他站在餐厅的门边，紧张地蹲伏着身子，一只手举着枪，另一只手里拿着一个青龙木针线盒，里面有金顶针、金把剪刀和小小的顶部镶金的金刚砂橡树果。思嘉的腿一直凉到膝盖，可愤怒却使她的脸涨得通红。埃伦的针线盒居然到了他的手里。她真想叫出来："放下！把它放下，你这可恶——"可她喊不出来。她只能从楼梯扶手上呆呆地瞪着他，看着他的脸从极度紧张的神情渐渐变成半带轻蔑、半带讨好的微笑。

"这么说家里有人，"他说，把手枪塞回枪套里，走进过道，直挺挺地站在她下方，"就你一个人，小夫人？"

她闪电般地把武器架到扶手上，对准了那张大吃一惊、满面胡须的脸。还没等他的手摸到皮带，她便扣动了扳机。手枪往后的冲力使她感到头晕，爆炸声震耳欲聋，鼻腔里满是辛辣的烟味。那个人咚的一声往后倒在地上，四脚朝天直摔入了餐厅，摔得很重，连家具都被震动了。针线盒从他手里咔哒一声掉了下来，里面的东西撒了一地。思嘉几乎无意识地跑下楼梯，站在他上方，凝视着胡须上方脸没被打掉的残余部分。原来是鼻子的地方，现在只有一个血淋淋的凹坑，呆滞的眼睛已经被火药烧焦了。她正看着，两道鲜血慢慢地流到了发亮的地板上，一道是从他脸上流下来的，另一道是从他后脑流出来的。

是的，他死了。毫无疑问。她把他杀了。

烟雾缭绕上升，慢慢升到天花板上，红色的血流在她脚边渐渐变宽。有一刻，时间似乎静止了，她呆呆地站在那里。夏天的早晨，天气还是很热。在这一片寂静中，每一种毫不相关的声响和气味似乎都被放大了。她的心突突直跳，就像打鼓一样，还有微微有点刺耳的木兰树叶子的沙沙声，远处沼泽地里哀怨的鸟叫声，以及窗外鲜花那种甜丝丝的香味。

她杀了一个男人，总是小心翼翼、在围猎捕杀动物时决不出现在现场的她，猪被杀时那尖叫声以及罗网里被逮住的兔子的吱吱声都受不了的她。谋杀！她怏怏地想："我杀人了。噢，这不可能发生在我身上！"她的视线落在地上那只粗短而毛茸茸的手上，这只手离针线盒是那么近。突然间，她又充满活力了，一时非常兴奋，内心有一种嗜血的快感。她甚至可以把脚后跟伸进原来是他鼻子部位的那个裂开的伤口，让她光着的脚沾满温热的鲜血，体验那种美妙的快感。她已经为塔拉——也为埃伦报了仇。

楼上的过道里传来跌跌绊绊、匆匆忙忙的脚步声，接着稍停了一下，然后又响了起来，现在是虚弱、拖着脚步走的声音了，不时还有金属碰撞的当啷声。思嘉重新有了时间观念，回到现实中来。她抬起头，看见媚兰站在上面的楼梯口，只穿着她当做睡衣的那件破烂的无袖衬衫，无力的手臂上挂着查理那把重重的马刀。媚兰把楼下发生的一切全看在眼里——穿蓝色衣服的尸体伸开四肢躺在鲜红的血泊中，旁边放着那个针线盒。思嘉光着脚，脸色发灰，紧紧握着那把长柄手枪。

她们都没有吭声，她的眼睛和思嘉的对视了。她一贯柔和的脸上焕发出一种近似冷酷的傲气，笑容里露出了满意和狂喜的神情，这和思嘉心里那种澎湃的激情是一致的。

"哦——哦——她跟我一样！她理解我的感觉！"在那颇长的时间间隔中，思嘉心里想着，"她也可能会做出同样的事来的！"

她心里一动，抬起头看着那个弱小、连站都站不稳的姑娘。她一贯对她都是没有感情的，只有厌恶和轻蔑。现在，她极力抑制着对希礼的妻子的怨恨，心里涌起一股钦佩感和战友之情。在头脑非常明晰的一瞬间，不受任何微妙的感情影响，她似乎看到，在媚兰柔和的声音和温柔的眼睛背后，有一片薄薄的、闪着微光、坚不可破的钢铁利刃。她还感觉到，在媚兰静静流淌着的血液背后，仿佛有一支大军，那里飘着英勇的旗帜，奏着英勇的号角。

"思嘉！思嘉！"苏埃伦和卡丽恩微弱、害怕的声音在尖叫着，因为她们的房门关着，所以声音变得很低沉。韦德也在尖叫："姑姑！姑姑！"媚兰飞快地把手放在嘴唇上示意她别出声，然后把剑放在最上面一级楼梯上。她艰难地沿着楼上的过道走回去，打开了病室的房门。

"别害怕，姑娘们！"她开着玩笑，快乐的声音传了过来，"你们的大姐姐想把查理手枪上的锈擦掉，枪走火了，她自己都快吓死了！"……"好了，韩韦德，妈妈只是用你亲爱的爸爸的手枪开了一枪！等你更大一些，她会让你开枪的。"

"多冷静的撒谎家呀！"思嘉钦佩地想，"我的脑子动得可没那么快。可为什么要撒谎呢？他们都应该知道我干了些什么。"

她再次低头看着那具尸首。现在，她的愤怒和恐惧已经消失，但反感接踵而来，一反感便连双膝都发起抖来。媚兰又拖着病体来到楼梯口，开始走下楼来。她抓着楼梯扶手,牙齿咬着苍白的下嘴唇。

“回床上去,傻瓜,你会把自己的命送掉的!”思嘉叫着,但几乎衣不蔽体的媚兰艰难地走下楼梯,来到楼下的过道里。

“思嘉,”她低声耳语着,“我们得把他弄出去,把他埋了。也许他不是独自一人,如果他们在这找到他——”她扶住思嘉的手臂站稳。

“他一定只有一个人,”思嘉说,“我从楼上的窗户里没看见别的人。他一定是个逃兵。”

“即使他只有一个人,也不能让别人知道这事。黑奴们会讲出去,然后他们就会来把你抓走。思嘉,趁家里人还没有从沼泽地回来,我们得把他藏起来。”

被媚兰兴奋、急切的声音一刺激,她的脑筋也飞快地动起来,思嘉用心地想着。

“我可以把他埋在果园里棚架底下那个角落里——那里的土很松,波克就是在那把威士忌酒桶挖起来的。可我怎么把他弄到那里去呢?”

“我们俩各拉住他的一条腿,把他拖到那。”媚兰坚决地说。

思嘉的钦佩之情更深了,但心里颇为不甘愿。

“你连猫也拖不动。我来拖吧,”她粗鲁地说着,“你回床上去。你会把命送掉的。别帮我了,要不还得我亲自把你抱回楼上去。”

媚兰惨白的脸上露出一丝善解人意的微笑。“你太好了,思嘉。”她说着,轻轻地在思嘉面颊上吻了一下。思嘉吃了一惊,还没等她回过神来,媚兰又接着说:“如果你能把他拖出去,那我就在家里人回来之前,用拖把——把这乱七八糟的场面收拾收拾,思嘉——”

“什么事?”

“你觉得去翻一翻他的背包会不会不合适呢?他身上或许有吃的东西呢。”

“不会的。”思嘉说,自己没想到这点,她感到很恼火,“你去翻那背包,我去翻翻他的口袋。”

她厌恶地弯下身子,蹲在死人身边,解开他上衣还扣着的扣子,开始把他的口袋一个一个翻过去。

“亲爱的上帝,”她低声说道,拿出了一个包在破布里的鼓囊囊的钱包,

"媚兰——梅利,我觉得这里全是钱!"

媚兰什么也没说,却突然坐在地上,靠在墙上。

"你瞧,"她颤抖着身子说,"我觉得没什么力气了。"

思嘉撕开破布,颤抖着手打开皮夹。

"你看,梅利——你看!"

媚兰一看,眼睛都瞪大了。混杂在一起的是一堆钞票,北部联邦的美钞和南部邦联的纸币,其中还有一个十美元的金币和两个五美元的金币,还在闪着微光呢。

"现在别停下来数钱。"思嘉开始动手数钱时,媚兰这么说,"我们没时间了——"

"你有没有意识到,媚兰,这些钱就意味着我们有吃的了?"

"是的,是的,亲爱的。我知道的,可我们现在没有时间了。你再看看他的其他口袋,我来翻背包。"

思嘉很不情愿地放下钱包。她眼前又现出了光明的前景——实实在在的钱,北方佬的马,食物!毕竟还是有上帝的,而且他确确实实在给人提供谋生的手段,虽然这种方式是非常奇怪的。她两腿后曲,坐在自己的腿上,两眼盯着钱夹,满脸带笑。食物!媚兰从她手里夺过钱夹。

"快点!"她说。

裤袋里没什么东西,只有一截蜡烛头、一把大折刀、一块口嚼烟草和一小段麻绳。媚兰从背包里掏出一小包咖啡和硬饼干,她用鼻子闻闻咖啡,好像这是味道最好的香水似的,可她脸上的表情突然变了,她拿出了一张小女孩的照片。照片嵌在一个带有小粒珍珠的金边镜框里。一个石榴红胸针,两个宽边金手镯,还连着荡来荡去的金链子,一个金顶针,一个婴儿用的小银杯,一把绣花金剪子,一个钻石戒指和一副梨形钻石耳环。即使她们不内行的眼睛也看得出来,每个不下一克拉。

"小偷!"媚兰从一动不动的尸体那退回来,低声说着,"思嘉,他这些全都是偷来的!"

"当然,"思嘉说,"他到这来,希望再从我们这偷些东西。"

"你把他杀了,我很高兴。"媚兰说,温柔的眼睛也变冷酷了,"现在得快点,亲爱的,把他弄出去。"

思嘉身子前倾，拉住死人的靴子，往外拖着。他有多重呀，而她又突然间感到非常虚弱！要是她没法把他弄走呢？她转过身，背对着尸体，把他沉重的双腿一边一条夹在腋下，用尽全身力气向前拖着。尸体被拖动了，她继续往前拖。激动之中，她把脚痛全给忘了。可现在脚却猛然抽动了一下，痛得她不得不咬紧牙关，把身体的重心移到脚后跟上。她用力拖着，汗水从她额头上直往下滴。她沿着过道往外拖着尸体，一路上留下了一道红色的血印。

"如果路过院子他还一直流血，我们就没法隐瞒了。"思嘉喘着气说，"把你的衬衫给我，媚兰，我把他的头包起来。"

媚兰苍白的脸刷地红了。

"别傻了！我不会看你的。"思嘉说，"要是我穿着衬裙或是长裤，我也会脱下来用的。"

媚兰靠着墙往后蹲下，从头上脱下那件褴褛的亚麻布衬衫，默默地扔给思嘉，尽量用双臂遮着身体。

"谢天谢地，我才不会那么害羞。"思嘉心想，她用那件破衣服包着那被枪打烂的脸。她虽然没看见媚兰尴尬的痛苦神情，但却感觉到了。

她一瘸一拐，一点一点地往前拉着，沿着过道拖着尸体朝后面的游廊走去，中途还停下来用手背擦着额头上的汗水，朝后看看媚兰。媚兰靠着墙坐着，瘦弱的双膝抱在光溜溜的胸前。这种时候媚兰居然还会害羞，真是太傻了，思嘉烦躁地想。她总是婆婆妈妈的，这就是例子之一，而她这种婆婆妈妈的方式总是引起思嘉对她的鄙视。可紧接着，她心里又感到不好意思了。毕竟——毕竟媚兰刚生完孩子，这么快就从床上拖起病弱的身子，拿着武器来帮她，而对她来说，连拿一下那武器都是挺费劲的。那需要勇气，思嘉知道得很清楚，自己并没有这种勇气。在灾难降临到亚特兰大的那个可怕的晚上以及漫长的回家旅途中，已经显现出这种坚如钢铁、柔若绢丝的勇气是媚兰特有的个性。同样，这种不可捉摸、并不引人注目的勇气，是卫家所有人都拥有的。思嘉并不理解这种勇气，但是，虽然她很不情愿，但还是很赞赏这种勇气。

"回床上去吧。"她扭过头去，对她说，"你若不回去，会没命的。我把他埋掉后，再来把这乌七八糟的打扫干净。"

“我用一块破地毯来擦。”媚兰低声说着，一脸厌恶地看着那一摊血迹。

“那好吧，你送命去吧，看我会不会在乎！要是家里人在我完事以前回来，那就拦住他们，让他们待在房子里，告诉他们说，这匹马不知从哪儿跑来了。”

早晨的阳光中，媚兰坐在那直发抖。死尸被拖下游廊的台阶时，头砰砰作响，她不禁用手遮住耳朵，不想听这令人作呕的响声。

没有人问起马是哪儿来的。很明显，大家都认为这是一匹在最近的战役中走散的马，他们都很高兴得到它。那个北方佬躺在葡萄架下思嘉挖出的浅浅的坑里。支撑浓密的葡萄藤的柱子已经腐烂。那天晚上，思嘉用一把菜刀把它们砍倒，它们落下来，缠结在一起的藤蔓乱七八糟地盖住了墓穴。思嘉没有提议要重新把柱子立起来。就算黑奴们知道是怎么回事，他们也不敢吭声。

漫漫长夜里，她累得躺在床上睡不着时，那浅浅的坟墓里并没有鬼魂升起来纠缠她。想起这件事，她并不会感到恐惧或是后悔。她也不明白是怎么回事。她知道，即使一个月前，她也决不可能做出这种事情来。试想年轻漂亮的韩太太，脸上漾着酒窝，耳朵上挂着叮当作响的耳坠，总爱要一些孤弱无助的小花招，居然把一个男人的脸蛋打成了肉酱，然后把他埋在一个匆匆掘出来的洞里边！想起这件事会使那些认识她的人惊愕到什么程度，思嘉脸上露出了一丝冷酷的笑容。

“我再也不去想这件事了。”她下了决心，“事情已经结束，都过去了。况且，如果我不杀他，那我就太傻了。我想——我想，自从回家以后，我一定有点变了，要不我是不可能做出这种事来的。”

她并不会刻意想起这件事，但在她内心深处，每当她碰到令人不快的事或是难题时，这个念头就会从头脑里蹦出来，给她增添了力量：“我连人都杀过，所以肯定能把这事做好。”

她虽然已经意识到自己有点变了，但没想到自己变了那么多。在十二棵橡树的黑人果园里躺在地上时，她的心灵周围已经开始形成一层坚硬的外壳。现在，这层外壳已经慢慢地变得越来越硬了。

现在思嘉手头有了匹马，她可以亲自去看看邻居家都发生了什么事了。

自从她回家后，她不下千次绝望地想："我们是不是县里留下的唯一一户人家呢？有没有别的人没有被大火烧得无家可归的？他们是不是全逃到梅肯去了？"她脑海里清晰地记得被毁掉的十二棵橡树、麦金托什家及斯莱特里家的棚屋那一片废墟，所以，她几乎很害怕去发现真相。但是，哪怕是知道更糟的境况，那也比瞎猜测来得好。她决定先骑马到方丹家去，不是因为他们是最近的邻居，而是因为老方丹医生可能在家。媚兰需要医生。她恢复得不像正常应该的那样快，思嘉被她那一脸苍白、虚弱无力吓坏了。

这样，她的脚愈合后能穿便鞋的第一天，她就骑上那匹北方佬的马上路了。她一只脚套在已经弄短的马镫里，另一只腿弯着伏在近似偏座鞍的前桥边，然后穿过田野，向含羞草庄园飞奔而去，心里断然推测，庄园一定也被烧毁了。

使她吃惊和高兴的是，她看到那座黄色的房子还赫然耸立在含羞草树丛中，看上去跟过去没什么两样。房子是用拉毛水泥粉刷的，颜色已经退去了一些。方丹家三个妇人走出房子，高兴地叫着她的名字，亲吻着她表示欢迎。此时此刻，她全身洋溢着一种温馨的幸福感，这几乎使她的眼泪夺眶而出。

开始，她们真诚地互相问候，然后来到餐厅坐下。这时候思嘉感到心里一阵阵发凉。因为含羞草庄园远离大路，所以北方佬没有到过这里，因此，方丹家还有牲畜和粮食。但是，弥漫在塔拉周围以至整个乡间的那种奇怪的寂静同样笼罩着含羞草庄园。所有的黑奴都被北方佬要来这一消息吓坏了，几乎逃得精光，只剩下四个屋里使唤的女仆。这个地方一个男人也没有，只有萨莉的小男孩乔，他几乎还离不了尿布，根本算不上一个男人。孤零零地留在大房子里的有：已经七十多岁的方丹老太太，年过五十却还总被称为少奶奶的她的儿媳，还有刚刚才二十岁的萨莉。她们远离邻居，没人保护。可是，就算她们感到害怕，她们也没有在脸上表现出来。思嘉心想，这很可能是因为她们都太害怕那体弱如瓷器、意志却坚韧不拔的老奶奶的缘故，所以不敢把不安讲出来。思嘉自己也很怕这个老太太，因为她目光锐利，伶牙俐齿。过去，老奶奶这两点思嘉都曾领教过。

虽然这些女人没有血缘关系，而且年龄相差很大，但是，一种家属间共有的精神和经验却把她们紧密地联系在一起。三个人全穿着自家染的丧服，全都筋疲力尽，一脸忧伤，满心焦虑，辛酸痛苦。她们虽然没有因为这种辛酸痛苦而生气抱怨，但她们的微笑和表示欢迎的话却隐约露出了这一点。因为她们的黑奴跑了，钱也就没用了。萨莉的丈夫——乔，死在葛底斯堡。少奶奶也是个寡妇，因为小方丹医生在维克斯堡死于痢疾。另外两个小伙子，亚历克斯和托尼在弗吉尼亚的什么地方，谁也不知道他们是还在人世，还是已经见上帝去了。老方丹医生跟惠勒的骑兵部队走了。

"那个老傻瓜虽然尽力表现得年轻一点，可他已经七十三岁了，而且全身都有风湿病，就像猪全身都是跳蚤一样。"老奶奶说这话时，为自己的丈夫感到非常骄傲，炯炯有神的双眼和她尖刻的言语很不相符。

"亚特兰大最近发生的事，你们有没有什么消息？"她们舒舒服服地坐下来后，思嘉问道，"我们在塔拉，消息可是完全闭塞了。"

"这是定律，孩子。"老太太说。谈话由她主讲，这是她的习惯，"我们跟你们一样，陷于困境当中。除了舍曼最后占领了这个城市外，我们也一无所知。"

"这么说，他真的占领了。他现在在做些什么呢？现在在哪儿打仗？"

"我们三个孤零零的女人待在这乡下，好几个星期都没见过信件和报纸了，我们怎么会知道战争的情况呢？"老太太尖刻地说，"我们的一个黑奴和另一个黑奴聊天，而另外那个黑奴碰到一个到过琼斯伯勒的黑奴，除了他们说的消息，我们什么也没听说。他们说的是，北方佬正潜伏在亚特兰大休整，让他们的人马充分休息。可这到底是真是假，你跟我一样，可以自己好好判断一下。并不是说他们不需要休息，可那一仗打完后，我们已经让他们休息过了。"

"想想看，连你一直在塔拉，我们都不知道！"少奶奶插进来说，"噢，就怪我没有自己骑马去看看！可大多数黑人都跑了，这里要做的事情很多，我只是走不开。可我应该抽时间去的。我真不够朋友。当然，我们以为北方佬也把塔拉烧毁了，就像十二棵橡树和麦金托什家一样，也以为你们一家人全逃到梅肯去了。我们做梦也没想到你居然回家来了，思嘉。"

"哦，郝先生的黑奴经过这里时一脸恐惧。他们眼睛瞪得大大的，告诉我们说北方佬要放火烧塔拉。如此，我们还能知道别的情况吗？"老太太又打断别人的话说道。

“而且我们看得出来——”萨莉又开口说道。

“请你让我来告诉她这件事吧。”老太太暴躁地说，“他们说，北方佬在塔拉到处扎营，你们家的人都在收拾行装要到梅肯去。后来，就在那天晚上，我们看到塔拉方向的天空中火光冲天，持续了好几个小时。我们那些蠢笨的黑奴都吓坏了，全跑了。是什么东西被烧了？”

“我们所有的棉花——值十五万美元呢。”思嘉痛苦地说。

“感谢上帝，不是你们的房子。”老奶奶说，把下巴靠在手杖上，“你可以种更多的棉花，却不能种一所房子。顺便问一下，你们开始摘棉花了吗？”

“没有，”思嘉说，“现在大部分棉花都给毁了。我想，还长在田里的不会超过三包，是在偏远的河床边的田里。这到底能有什么用呢？我们家干农活的黑奴全走了，没人去摘棉花了。”

“我的天哪，‘我们家干农活的黑奴全走了，没人去摘棉花了’！”老奶奶模仿着她说话的语调，讥讽地看了思嘉一眼，“你自己漂亮的双手哪去啦，小姐？还有你妹妹们的呢？”

“我？摘棉花？”思嘉叫了一声，简直惊呆了，好像老奶奶建议她去犯什么令人反感的罪似的，“像个干农活的黑人一样？像那些白人穷鬼一样？像斯莱特里家的女人那样？”

“白人穷鬼，确实如此！哦，可不是吗？这代人都吃不了苦，小姐气十足的！我告诉你吧，小姐，我小的时候，爸爸破产了，我也只得用双手做普通的工作，也到田里去干活，直干到爸爸有足够的钱买更多的黑奴。我锄过地，也摘过棉花，要是不得已的话，我现在还能再去干一次。再说，我好像也非得这么做不可了。白人穷鬼，确实如此！”

“哦，可是方丹妈妈，”她的儿媳妇叫了起来，一边用眼睛暗示两个姑娘，要她们帮忙让老太太平静下来，“那是很久以前的事了，那是完全不同的年代，时代已经变了。”

“有普通的工作要做的时候，时代从来就没有变过。”目光犀利的老太太说，不让她们抚慰她，“思嘉，听你站在那说话，好像普通的劳动把好人也变成了白人穷鬼似的，我真替你妈妈感到害臊。‘亚当挖地、夏娃纺线的时候——’”

为了换个话题，思嘉赶紧问道：“塔尔顿家和卡尔福特家怎么样？他们的房子也被烧了？无家可归了？他们逃到梅肯去了吗？”

“北方佬没有到过塔尔顿家。他们像我们一样远离大路，可他们到过卡尔福特家，把他们的牲畜和家禽全偷走了，还让所有的黑奴跟他们一块跑了——”萨莉开口说道。

老奶奶又打断了她的话：

“哈！他们向所有的黑人荡妇许诺说，会给她们丝绸衣服和金耳环——他们就是这么说的。凯思琳·卡尔福特说，有些士兵让那些黑人傻瓜坐在他们的马鞍后边一块走了。哦，她们得到的只会是黄皮肤的孩子。北方佬的血统能否使他们这个种族进化一点，这我可不敢说。”

“噢，方丹妈妈！”

“别那么吃惊，脸别拉得这么长，简。我们全都结过婚了，不是吗？上帝知道，我们在这以前也见过黑人与白人的混血儿。”

“他们为什么没烧卡尔福特家的房子呢？”

“房子是被第二任卡尔福特太太和她的那个北方佬监工——希尔顿两个人的口音合力救下来的。”老太太说，她总是把那个原来的家庭教师称为“第二任卡尔福特太太”，虽然说第一个卡尔福特太太早在二十年前就已经死了。

“‘我们是北部联邦坚定的支持者。’”老太太模仿着北方口音，从又瘦又长的鼻子里发着鼻音，说出这句话，“凯思琳说，这两个人指天叫地地发誓，说卡尔福特全家都是北方佬。可卡尔福特先生死在荒野之中！雷福德死在葛底斯堡，凯德在弗吉尼亚的部队里！凯思琳感到很屈辱，她说她倒宁愿房子被烧掉。她说凯德回家时听说这事，会气炸了肺的。可这就是和北方佬女人结婚所得到的好处——没有自尊，一点也不体面，总是想着自己活命……他们怎么没有烧了塔拉呢，思嘉？”

思嘉沉默了一会才回答她。她知道下一个问题就会是：“你们一家人怎么样？你亲爱的妈妈呢？”她知道，要告诉她们埃伦死了，这她根本开不了口。她心里清楚，如果在这些充满同情心的人面前说出这些话，哪怕是自己想起这些话，她也会放声大哭，直哭到自己生起病来。她可千万不能哭。自从回家后，她还没有痛痛快快地哭过。她知道，一旦她放开感情的闸门，那她小心翼翼地紧紧卫护着的勇气就会一泻千里，一去不回。她慌乱地看着周围友好的面孔，心里深知，如果她不告诉她们埃伦去世的消息，方丹一家是决不会原谅她的。老太太对埃伦特别忠诚，而县里能让老奶奶看上眼的人压根就没几个。

"好了，说吧。"老奶奶目光锐利地看着她，"你难道不知道，小姐？"

"哦，你知道，我是仗打过以后才回家来的。"她赶紧回答，"北方佬那时已经全走了。爸爸——爸爸告诉我——他让他们别烧房子，因为苏埃伦和卡丽恩患伤寒病，病得太重了，她们动不了。"

"这可是我头一次听说北方佬做了件光彩的事。"老奶奶说，好像她听到侵略者做了好事反倒感到很遗憾，"姑娘们现在怎么样？"

"噢，她们好些了，好多了，差不多全好了，就是还很虚弱。"思嘉回答说。紧接着，她看到老太太马上就要问出她所担心的问题了，便想办法找些别的话题。

"我——我不知道你们能不能借些吃的给我们？北方佬像蝗虫一样，把我们的东西洗劫一空。可是，如果你们的粮食也不够的话，请跟我直说——"

"叫波克赶辆马车来，你们就可以把我们所有粮食的一半借走，大米、玉米、火腿，还有一些鸡。"老太太突然敏锐地看了思嘉一眼，说道。

"噢，那也太多了！真的，我——"

"别说了！我不想听。要不还做什么邻居？"

"你真是太好了，我不能——可我现在得走了。家里人会为我担心的。"

老奶奶突然站起来，拉住思嘉的手臂。

"你们俩先待在这。"她命令道，推着思嘉向屋后的游廊走去，"我得私下跟这孩子说句话。扶我下台阶，思嘉。"

少奶奶和萨莉说了再见，答应尽快来看他们。她们对老奶奶想对思嘉说的话都很好奇，可是除非她自己告诉她们，要不她们永远也不会知道。老太太就是难伺候，她们回去缝衣服时，少奶奶对萨莉嘀咕着。

思嘉手搭在马勒上站在那，心里感到很难受。

"好了，"老奶奶打量着她的脸，"塔拉出了什么事？你在隐瞒什么事？"

思嘉目不转睛地看着那双深邃的老眼，知道自己不用掉眼泪就可以告诉她实话了。在方丹老奶奶面前,未经她允许,谁也不许哭的。

“妈妈去世了。”她平淡地说。

抓住她手臂的手抓得更紧了,直捏到肉里去,黄色的眼睛上方布满皱纹的眼睑眨了几下。

“是北方佬杀了她吗?”

“她死于伤寒。死在——我回家的前一天。”

“别去想这事了。”老奶奶坚定地说,思嘉看到她吞了口唾沫,“你爸爸呢?”

“爸爸——爸爸全变了。”

“你这是什么意思?说下去。他病了吗?”

“是惊吓——他变得完全陌生了——他已经不是——”

“别跟我说他全变了。你是不是说,他的神经失常了?”

听到真相被直截了当说出来,这也是一种宽慰。老太太太好了,她没有表示同情,否则思嘉会哭出来的。

“是的,”她心情沉重地说,“他神经不正常了。他表现显得茫然失措,有时候好像都不记得妈妈已经死了。噢,老奶奶,看着他一小时一小时地坐着等她,还那么有耐心,我真受不了。他过去可是连孩子般的耐心都没有的。可他记起她已经走了时,情况还更糟。他静静地坐着,竖起耳朵倾听着有没有她的声音,不时地就会跳起来,跌跌撞撞地跑出房子,跑到墓地去。然后,他满脸是泪地拖着脚步走回来,一遍又一遍地说:‘思嘉,郝太太已经死了。你妈妈已经死了。’说得我都要尖叫出来了,而他却好像还认为我是第一次听说似的。有时候,夜深人静时,我听到他在叫她,就起身到他房里去,告诉他她在黑人小屋里照顾生病的黑人。他就大惊小怪的,说她总是去护理别人,把自己累得疲惫不堪的。把他弄回床上去可真不容易。他就像个孩子一样。噢,我真希望方丹医生在这!我知道他可以帮帮爸爸的!媚兰也需要医生。她生过孩子后不像正常恢复得那么好——”

“梅利——孩子?她跟你在一起吗?”

“是的。”

“梅利跟你在一起干什么?她怎么没在梅肯跟她的姑妈和亲戚在一起?尽管她是查理的妹妹,我从来就认为,你不是很喜欢她的。好了,把事情都跟我说说。”

“这话可就长了,老奶奶。你不想回屋子里去坐下来听吗?”

“我受得了,”老奶奶暴躁地说,“你如果在其他人面前说这些话,她们会一直叫个不停,搞得你自己很难受。好了,你说吧,我听着。”

思嘉开始吞吞吐吐地说起围城的事和媚兰当时的情况。可是,由于她是在一双目光从不飘忽不定的锐利的老眼跟前讲述这些事,她只好斟酌着词句,尽量用强烈、恐怖的词句。那一切全都重新浮现在她眼前:孩子出生那天热得令人难受的天气;因害怕而带来的痛苦;逃难及被瑞德丢在半路上。她说起了那天晚上那一片黑暗的荒野,那或许是朋友或许是敌人堆的红彤彤的营火,清晨的阳光中映入她眼帘的荒凉的烟囱,一路上见到的死人和死马,饥饿、孤寂及担心塔拉被烧毁的恐惧等等。

“我原以为,只要我能回家,回到妈妈身边,她就可以料理好一切,我也就可以卸下这些沉重的负担了。在回家的路上,我还想,最糟的事都已经发生在我头上了。可当我知道她已经离开人世时,我才知道真正最糟的事是什么。”

她垂下眼睛看着地上,等着老奶奶说话。可好一段时间里,有的只是沉默。她不禁想,老奶奶是不是理解不了她那令人绝望的困境呢?终于,苍老的声音说话了,语气非常和蔼,比思嘉听到她跟任何人说话的语气还更和蔼。

“孩子,一个女人要面对发生在她头上的最糟的事,那是很糟糕的,因为她面对过最糟的事后,她对任何事都不会真正感到害怕了。一个女人要是什么都不怕,那是很糟糕的事。你以为我不理解你告诉我的事——你所经历过的事?哦,我非常理解。我像你这么大的时候,遇上了印第安人克里克部落的起义,是紧接着米姆斯堡大屠杀之后发生的——是的,”她说着,声音似乎是从很远的地方传来的,“就跟你差不多大,因为那是五十多年前的事了。我设法跑到灌木丛里躲起来。我躺在那,看着我们的房子被烧了,还看见印第安人在剥我兄弟姐妹的头皮。我只能躺在那,祈祷着火光不会把我藏身的地方暴露出来。他们把妈妈拖出来,就在离我躺的地方大约二十英尺远处把她杀了,还揭了她的头皮。时不时还会有印第安人走过来,把他的斧头朝她的头上砍去。我——我是我妈妈最宠爱的女儿。我躺在那,把这全看在眼里。早晨,我出发到最近的拓居地去,那也在三十英里以外。我走了三天时间才到了那里,途中还穿过沼泽地和印第安人的营地。这以后,他们认为我疯了……我就是在那遇见方丹医生的。他照看我……啊,哦,我说过,那是五十年前的事了。自那以后,我就什么都不害怕了,什么人也不害怕了。因为我已经知道可能发生在我头上的最糟的事。这种无畏使我陷入了很多麻烦,失去了很多幸福。上帝本是要女人胆小、害怕的,而什么都不害怕的女人身上有某种不自然的东西……思嘉,一定要留着某些东西让自己感到害怕才好——甚至要像你留着某些东西去爱一样……"

她的声音越来越小,最后归于沉静。她站在那,眼睛似乎看到了半个世纪以前她感到害怕的那一天。思嘉不耐烦地挪动着。她原以为老奶奶会理解她,也许还会给她指一条路,告诉她如何去解决问题。可她和所有的老年人一样,却讲起了大家都还没出生以前的事,那些谁也不会感兴趣的事。思嘉真希望自己没有向她吐露秘密。

"好了,回家去吧,孩子,要不他们会为你担心的。"她突然说道,"今天下午就派波克赶着马车过来……别以为你可以卸下负担,因为你做不到。我知道的。"

秋末清爽宜人的气候一直延续到十一月,对塔拉那些人来说,那些温暖的日子真是明快宜人的日子。最糟的时候已经过去了。他们现在有了一匹马,可以用骑马代替走路。他们早餐有煎鸡蛋,晚餐有煎火腿,可以换换口味,不用老吃那千篇一律的甘薯、花生和晒干的苹果,而过节的时候,甚至还有烤鸡吃。老母猪最后终于被逮住了,它和它的一群猪崽被关在房子底下的地窖里,快活地用嘴乱拱,嗷嗷乱叫。有时候,它们叫得太大声了,屋里谁说话也听不见,可这声音是令人愉快的声音。这意味着天气转冷、杀猪的日子到来时,家里的白人有新鲜猪肉吃,黑人则有猪小肠吃。这也意味着大家在冬天有东西填肚子了。

思嘉到方丹家走的这一趟使她大受鼓舞,但实际上受到的鼓舞并不大,这她自己可没有意识到。知道她还有邻居,知道一些两家素有交往的朋友和古老的家族幸存了下来,单单这一点就把刚回塔拉那几周里压迫着她的那种可怕的失落感和孤独感都给赶跑了。方丹家和塔尔顿家的种植园正好不在部队经过的路上,他们都极为慷慨地和他们分享着所剩不多的东西。邻居帮邻居,这是县里的传统,而且,他们不接受思嘉的一分钱,只是对她说,如果情况相反,她也会为他们做同样的事的。第二年塔拉重新出产东西时,他们可以用食物来还给他们。

思嘉现在有食物给家里人填肚子了。她还有匹马,有从北方军的逃兵那里拿来的钱和首饰,可最需要的东西是新衣服。她知道,派波克到南边去买衣服,马有可能被北方军夺走,也可能被南方军夺走,这是很冒险的事。但是,至少她有钱,可以去买衣服,还有此行需要的马匹和马车,也许波克不会被抓住,此行可以成功呢。是的,最糟的阶段已经过去了。

每天早晨,思嘉起来后便不禁要感谢上帝,为那淡蓝色的天空和和煦的阳光,为每天到来的好天气。天气一好,需要寒衣那不可避免的时刻就被推迟了。日子一天天过去,她眼看着原来空空如也的黑奴小屋里,棉花越堆越多。如今,这里是种植园里唯一可以放东西的所在了。田里的棉花比她和波克原先估计的还更多,很可能会有四包,小屋很快就会装满的。

虽然方丹老奶奶尖刻地说过亲自去摘棉花的话,思嘉还是没打算亲自去干。她,郝家的大小姐,塔拉现在的女主人,居然要去干农活,那是不可想象的事。这样的话,她和头发缠结在一起的斯莱特里太太和艾米就没什么两样了。她原来打算让黑奴到田里去干农活,她和正在康复的姑娘们则留在家里料理家务。可是,黑奴的社会等级观念比她自已的还更根深蒂固。波克、嬷嬷和普里西对要去田里干活的主意表示强烈抗议。他们反复申明,他们是屋里使唤的黑奴,不是干农活的。特别是嬷嬷,言辞激烈地宣称,她连在院子里干活都从来没有干过。她出生在罗比亚尔的深宅大院里,不是出生在黑人小屋里,而且从小在老太太的卧室里长大,就在大床脚下打地铺睡觉。只有迪尔西什么也没说,眼睛一眨不眨地盯着普里西,看得她浑身不自在。

思嘉不听他们的抗议,把他们通通赶到棉花地里去。可嬷嬷和波克摘得非常慢,而且老是要悲伤恸哭,思嘉只好分派嬷嬷回厨房去煮饭,波克则到树林里和河里去设陷阱捕兔子、负鼠和鱼。摘棉花不符合波克的身份,可打猎和捕鱼却不会。

接着,思嘉就试着把她的妹妹和媚兰派到田里去,可那照样没起什么作用。媚兰倒是很乐意,她摘得又灵巧又快。但是,在炎热的阳光下摘了一个小时后,她就一声不响地晕倒了,不得不在床上躺了一星期。苏埃伦一脸不高兴,眼泪汪汪的,也假装晕过去。思嘉往她脸上泼了一葫芦水,她马上就苏醒过来,一边还像只猫一样乱吐。最后,她干脆拒绝下地。

“我再也不会像黑奴那样到田里干活了!你逼我也办不到。如果我们哪个朋友听说了怎么办?要是——要是肯尼迪先生知道了怎么办?噢,如果妈妈知道这件事——”

“你再提一次妈妈这两个字,苏埃伦,我就把你揍扁。”思嘉大叫道,“妈妈比这地方的任何一个黑奴工作都更辛苦。你是知道这点的,老端架子的小姐!”

“她没有!至少没有到田里干活。你休想逼我去。我要到爸爸那告你去,他不会让我去干的!”

“你敢用我们的事去烦爸爸!”思嘉大声叫道,既对她的妹妹义愤填膺,又为嘉乐感到担心。

“我来帮你吧,西西。”卡丽恩乖巧地插话说,“我干苏和我自己的两份活。她还没好,不能去晒太阳。”

思嘉感激地说:“谢谢你,小甜妹。”可她却担心地看着她的小妹妹。卡丽恩一贯就很娇嫩,脸色粉白,就像果园里被春风吹满地的落花一样。可现在的她脸色不再是粉白的,然而,在她那张恬美的脸上还是露出一种鲜花般的模样,有种善于体贴别人的神情。她苏醒过来,发现埃伦已经走了,思嘉又成了个悍妇。世界全变了,每一个新的日子到来,都有没完没了的劳动的命令。自那以后,她就一直沉默寡言的,目光还有点茫茫然的。卡丽恩柔弱的个性无法调整自己,无法使自己适应这些变化。她无法理解已经发生的事,就像个梦游的人一样生活在塔拉。人家吩咐她做什么,她就做什么。她看上去很脆弱,而且也确实很脆弱,但她心甘情愿,顺从听话且乐于助人。思嘉没有吩咐她做事情时,她手里总是拿着《玫瑰经》念珠,嘴里念念有词,在为妈妈和布伦特·塔尔顿祈祷。思嘉没有想到,卡丽恩心里已经深深地印上了布伦特的死,她的悲伤是无法愈合的。对思嘉来说,卡丽恩还是个“小妹妹”。她太小了,根本不该有什么严肃认真的恋爱。

思嘉站在一排排棉花丛中,头顶着烈日干活。不停地弯腰使她的背都快断了，而双手也被干燥的棉桃弄得很粗糙。她真希望自己有个既有苏埃伦的精力和力气又有卡丽恩的好性情的妹妹。因为卡丽恩摘得很努力，很用心。可是她干了一小时后，显而易见，还没有完全康复、干不了这种活的是她而不是苏埃伦。所以，思嘉也只好叫卡丽恩回屋里去了。

在一排排长长的棉花丛里，只剩下迪尔西和普里西还跟她在一起。普里西懒洋洋地摘着，摘一阵，休息一阵，还不停地抱怨脚酸了，背痛了，身体又不舒服了，完全累垮了等等，直到她妈妈折了根棉花梗，打得她直叫唤，那以后她才干得好一些了，还小心地躲着她妈妈，使她够不着她。

迪尔西不知疲倦、默默无言地干着，就像台机器一样。思嘉的背也在痛，手里拿着的棉花包一直往下拉，连肩膀也被拉得生疼。她心想，迪尔西的价值真可以用金子来衡量。

"迪尔西，"她说，"日子好过以后，我不会忘记你现在的表现的。你真是太好了。"

这个古铜色的女巨人既没有像其他黑人那样高兴得咧嘴而笑，也没有感到不自在。她把那张毫无表情的面孔转向思嘉，颇有尊严地说："谢谢，夫人。可嘉乐先生和埃伦小姐一直对我很好。嘉乐先生买下了我的普里西，使我不会伤心痛苦，我是不会忘记的。我有一部分印第安人血统，而印第安人是不会忘记曾经对他们好的人的。我真为普里西感到抱歉。她太没用了。看上去她全是黑人血统，像她爸爸一样。她爸爸也是非常轻浮的。"

尽管思嘉在要别人帮忙摘棉花这个问题上碰到困难，尽管她因亲自干这活而累得疲惫不堪，可当棉花渐渐从田里被搬进小屋时，思嘉的情绪也慢慢高涨起来。棉花能让人感到放心，稳定。塔拉是靠棉花富裕起来的，这甚至同整个南方富起来的方式没什么两样，而思嘉只有南方人的特点，这已经足以使她相信，塔拉和南方都会再次从红土地上崛起。

当然，她收成的这点棉花并不多，但这很重要。这可以换得一点南部邦联的纸币，而这点纸币就可以帮她省下那个北方佬的钱包里那些美钞和金币，以应付可能的紧急事件。明年春天，她会设法让南部邦联政府把大个子萨姆和其他被强征入伍的干农活的黑奴放回来。如果政府不放他们回来，她就用那个北方佬的钱从邻居家雇一些干农活的黑奴来。明年春天，她要一种再种……她挺直酸痛的脊背，望着秋天里变成褐色的田野，似乎看到了明年绿油油的庄稼在茁壮成长,一英亩连着一英亩的,一眼望不到边。

明年春天!也许到明年春天,战争已经结束,好年景又回来了。不管南部邦联赢了还是输了,时世都会好转的。什么都比不时受到战争双方的军队袭击这种危险来得好。战争结束后,种植园就可以实打实谋生了。噢,要是战争已经结束就好了!那时人们就可以种植庄稼,多少也有把握能有收成!

现在还是有希望的。战争不可能永远打下去。她有了点棉花,她有了吃的,她有了匹马,还有点珍藏着的秘而不宣的钱。是的,最糟的时候已经过去了!

## 第二十七章

时令进入十一月中旬。一天中午,他们围坐在餐桌前,吃着最后一道甜点心。那是嬷嬷用玉米粉和美洲越橘调制的,加上高粱糖浆后变成甜点。空气中有一股寒意,这是今年的第一股寒意了。波克站在思嘉的椅子后面,搓着双手高兴地问道:"是不是到杀猪的时候了,思嘉小姐?"

"你已经可以品尝那些猪小肠了,对不对?"思嘉笑着说,"哦,我也能够尝尝新鲜猪肉了。如果好天气再持续几天的话,我们就——"

媚兰的调羹刚伸到嘴边,这时打断了她的话。"听,亲爱的!有人来了!"

"有人在叫。"波克不安地说。

秋高气爽,空气清新,一阵马蹄声清晰地传了过来,非常急促,就像一个处于惊恐状态的人的心脏在怦怦乱跳。一个女人尖声大叫着:"思嘉!思嘉!"

围坐在桌前的人吓了一跳,面面相觑了片刻,然后才推开椅子,跳了起来。虽然那声音因恐惧而变得很尖利,但他们还是听出是萨莉·方丹的声音。一小时前,她到琼斯伯勒去经过塔拉,还进来聊了一会。现在,他们乱作一团地挤在前门门口,看见她骑着马像一阵风似的从车道上飞奔而来,马已经跑得热汗淋漓的了。她的头发飘散在脑后,帽带晃来晃去的。她发疯似的朝他们疾驰而来,手没有勒住马缰,而是往后朝她来的方向挥舞着。

"北方佬来了!我看见他们了!就在路上!北方佬——"

接着,她狠狠地一下下拉着马缰,使马嘴掉转了方向,正好在前面的台阶前把马止住，没有让它冲上台阶。马猛然掉转方向，跳了三跳就越过了边上的草坪。她骑着马跳过四英尺高的树篱，就好像是在打猎场上一样。他们听到沉重的马蹄声穿过后院，沿着黑人住的小屋之间那条窄小的路渐渐远去，知道她是从田野间抄近路回含羞草庄园去了。

有一会，他们站在那一动不动，就像瘫痪了一样。接着，苏埃伦和卡丽恩就抓着对方的手哭了起来。小韦德站在那像生了根似的，浑身发抖，连哭都哭不出来了。自从他那天晚上离开亚特兰大后，他就一直担心北方佬要来抓他。现在这事终于要发生了。

"北方佬?"嘉乐似懂非懂地说，"可北方佬已经到过这了。"

"圣母呀!"思嘉叫了起来，眼睛和媚兰惊恐的眼睛对视了一下。一瞬间，经历过的一切重新浮现在她脑海里：她在亚特兰大的最后那个晚上那种恐怖的情景，乡间到处被毁的家园，还有所有有关强奸、磨难、谋杀的传说。她好像又看见了站在大厅里手拿着埃伦的针线盒的北方士兵。她不禁想："我要死了。我就要死在这里了。我还以为我们都渡过一切难关了。我要死了。我再也受不了了。"

接着，她的目光落在已经套好并且上好鞍的马身上，它正等着波克赶着它到塔尔顿家去办事呢。她的马！她唯一的马！北方佬会把它连同奶牛和小牛一起抓走的。还有母猪和小猪——噢，他们花了多少时间才辛辛苦苦地把那母猪和它那灵活敏捷的小猪抓住啊！他们还会把方丹家给她的公鸡、正在孵蛋的母鸡及鸭子带走的。还有食品箱里的苹果和甘薯，以及面粉、大米和干豌豆、北方士兵钱包里的钱。他们会把一切都带走，留下他们，让他们活活饿死。

"不能让它们落到他们手里!"她大叫道。他们便全都一脸惊愕地望着她，担心这消息是不是使她的神经都垮了。"我不想挨饿！不能让它们落到他们手里!"

"什么事，思嘉？什么事?"

"马！奶牛！猪！他们不能得到它们！我不会让他们得到它们的!"

四个黑奴挤在门口，她飞快地转身面对着他们，看到他们的脸上呈现出一种特别的死灰色。

"沼泽地。"她很快地说道。

“什么沼泽地?”

“河边的沼泽地,你们这些笨蛋!把猪赶到沼泽地里去。你们全部人都去。快点。波克,你和普里西爬到房子底下的地窖去,把猪赶出来。苏埃伦、你和卡丽恩把篮子装满食物,能装多少就装多少,然后到树林里去。嬷嬷,把银器再藏到井里去。波克!波克,听我说,别那样傻站在那!你带爸爸走。别问我到哪儿去!哪儿都行!和波克一块走,爸爸。那才是好爸爸。”

即使在这种狂乱状态下,她还想到了时好时坏的嘉乐一看到穿蓝色上衣的人头脑会受什么刺激。她停了下来,搓着双手。小韦德拉着媚兰的裙子,他害怕的哭声更增加了她的慌乱。

“要我做些什么,思嘉?”在一片呜咽声、哭泣声和忙乱的脚步声中,媚兰的声音却很平静。虽然她脸色苍白,浑身发抖,但她声音里的平静却使思嘉冷静下来,使她意识到他们都在等着她下命令,发指示。

“奶牛和小牛,”她很快地说,“它们在旧牧场里。骑上马,把它们都赶到沼泽地里去。还有——”

还没等她说完,媚兰甩开韦德的手,奔下前面的台阶,向马跑去,一边跑一边还拉着宽大的裙子。有一瞬间,思嘉看到了她瘦弱的双腿、裙子和衬衣裤在摆动。一会儿工夫,媚兰已经坐上马鞍,两脚在马镫上方晃荡着。她拉紧缰绳,脚后跟在马肋上一夹,而后又突然勒住马缰,一脸恐怖,连脸都扭曲了。

“我的孩子!”她叫了起来,“噢,我的孩子!北方佬会杀了他的!把他抱给我!”

她手已抓住前桥,准备溜下马来,可思嘉厉声对她喊了起来。

“走吧!走吧!把奶牛带走!我来照看孩子!走吧,我叫你走!你以为我会让他们抓住希礼的孩子吗?走吧!”

媚兰绝望地往后看着,但两只后脚跟一直夹着马肚子。路上砾石飞溅开来,她沿着车道朝牧场奔去。

思嘉心想:“我从来没想到能看见韩梅利骑马呢!”然后她就跑进屋子。韦德跟在她身边哭泣着,想拉住她那飘动不停的裙子。她一步三级走上台阶,看见苏埃伦和卡丽恩手里挎着橡木篮子,向食品箱跑去。波克一点也不温和地拉着嘉乐的胳膊,朝后面的游廊走去。嘉乐嘟嘟哝哝抱怨着,像个孩子似的离开了。

她听到从后院传来嬷嬷刺耳的声音:"你,普里西!你到屋子底下去,把猪崽抱给我!你知道得很清楚,俺太胖了,从网里爬不进去。迪尔西,到这来,把这没用的孩子——"

"把猪崽关在房子底下,这样别人就偷不走了,我还以为这主意很好呢。"思嘉想着,跑进自己的房间,"为什么,噢,为什么我没有在沼泽地里给它们建个猪圈呢?"

她用力拉开衣橱顶部的抽屉,在衣服中乱抓着,直到把北方佬的钱包抓在手里。她原来把宝石戒指和钻石耳环藏在针线篮里,现在又匆匆忙忙地把它们拿出来,塞进钱包。可是藏在哪儿好呢?藏在床垫里?烟囱上?扔进井里?放在胸口?不,决不能藏在那!钱包的轮廓会透过紧身上衣显露出来,如果北方佬看见了,他们会把她的衣服脱光,搜她的身的。

"如果他们这么做,那我就死定了!"她漫无边际地想。

楼下一片忙乱,有奔来奔去的脚步声,也有嘤嘤的哭泣声。即使自己处于一片狂乱当中,思嘉还是希望媚兰能跟她在一起,声音平静的梅利,她打死北方佬士兵那天如此勇敢的梅利。一个梅利顶得上三个别的人。梅利——梅利说了什么?噢,是的,孩子!

思嘉把钱包紧紧抓在手里,跑过过道,到小博所在的房间。孩子正躺在低矮的摇篮里睡觉呢。她一把将他抱在手里。他醒了,挥舞着小拳头,半睡半醒地呀呀直叫。

她听到苏埃伦在大叫:"走吧,卡丽恩!走吧!我们拿的够多的了。噢,妹妹,快点!"后院里传来乱七八糟的尖叫声和猪愤怒的哼哼声。思嘉跑到窗前,看到嬷嬷腋下各夹着一只胡乱挣扎的小猪崽匆匆忙忙、大摇大摆地走过棉花田。她后面的是波克,也夹着两只猪崽,嘉乐被他推着走在前面。嘉乐笨拙地在垄沟里走着,挥着手杖。

思嘉身子伸出窗口,大叫道:"要把母猪带走,迪尔西!让普里西把它赶出来。你可以把它从田里赶过去。"

迪尔西仰头看着,古铜色的脸上一脸烦恼。她的围裙兜着的是一堆银餐具。她指着房子底下。

“母猪咬了普里西，把她堵在房子底下了。”

“好一头母猪。”思嘉心想。她冲回自己的房间，从藏匿的地方拿出她从北方佬士兵手里得到的手镯、胸针、小画像和杯子。可藏到哪儿去呢？她一手抱着博，一手拿着钱包、小件饰物和其他东西，真是狼狈极了。她于是把他放在床上。

离开她的胳膊，他就发出了一声悲鸣，她突然想出了一个好主意。还有什么藏匿点比婴儿的尿布里更好的呢？她麻利地把他翻过身来，掀起他的衣服，把钱包塞进尿布里，紧贴着屁股。被这么一塞，他叫得更大声了，她急忙把那三角形的尿布在乱踢乱动的两腿间绑紧。

“好了，”她想，出了口长气，“现在可以到沼泽地里去了！”

她用一只手搂着尖声哭叫的他，另一只手抓着首饰，冲到楼下的过道里。突然间，她飞快的脚步停了下来，吓得双膝直发软。这房子太静了！多么令人可怕的沉静呀！他们是不是全走了，只剩下她一个人？没有人等她吗？她原没打算让他们把她一人扔在这的呀。这种日子里，什么事都可能发生在一个孤零零的女人身上，而北方佬又要来了——

屋里响起了一个微弱的声音，她跳了起来，猛然转过身，看到蹲在楼梯扶手下的是她那被人遗忘的儿子。他的眼睛因害怕而瞪得大大的。他想说话，可喉咙里却发不出声音。

“起来，韦德，”她很快地命令道，“起来，跟我走。妈妈现在不能抱你了。”

他向她跑过去，像个受到惊吓的小动物似的，紧紧拉住她宽大的裙子，还把脸埋在其中。她能感觉到他的小手在裙褶中摸着找她的腿。她开始下楼梯，每走一步都被韦德的手拉扯着。她凶巴巴地说：“放开我，韦德！放开我，自己走！”可孩子却拉得更紧了。

她走到楼梯拐角的平台上时，楼下的全部东西都赫然跃入她的眼帘。所有亲切的、备受爱护的家具似乎都在低语：“再见！再见！”她喉咙都哽咽了。那间小办公室的门开着，埃伦曾在里面含辛茹苦地工作过。她甚至能瞥见那张旧办公桌的一角。餐厅里，椅子被推得东倒西歪的，食物还在盘子里呢。地板上铺着埃伦亲手染色和编织的小地毯，还有外婆罗比亚尔的旧画像，她领口低垂，半露酥胸，头发盘得高高的，鼻孔很深，脸上带着一种永恒不灭的讥笑，显示出她高贵的出身。一切都是她从小记忆中的一部分，一切在她心里都已深深扎下了根："再见！再见，郝思嘉！"

北方佬会把一切都烧掉的——一切！

这是她最后看一眼这个家了，除非她从树林或是沼泽地的隐蔽处也能看见烟雾缭绕的高高的烟囱、大火燃烧中的屋顶在倒塌。要不然的话，这就是最后一眼了。

"我不能离开你，"她想着，害怕得牙齿直打颤，"我不能离开你。爸爸不愿离开你。他告诉他们说，他们要烧就在他头顶上把你烧了。那么，他们也只好在我的头顶上把你烧了，因为我也同样不能离开你。现在你是我剩下的唯一的东西了。"

这么一决定，她的恐惧感就消失了一些，心里只有一种冷若冰霜的感觉，好像所有的希望和恐惧都已被冻结住了。她正站在那里，突然听到大路上传来一片马蹄声、马勒的叮当声、马刀在刀鞘里的格格声以及一个刺耳的声音在发着命令："下马！"她很快弯下身子，凑近身边的孩子，声音很急切，但温柔得出奇。

"放开我，韦德，乖孩子！你赶快跑下楼梯，从后院跑到沼泽地里去。嬷嬷会在那，梅利姑姑也在那。赶快跑，亲爱的，别害怕。"

她的口气一变，小男孩抬起头来。思嘉惊呆了，他眼里的神情就像是陷入陷阱中的小兔子一样。

"噢，圣母呀！"她祈祷着，"可别让他吓得晕过去！不——不能在北方佬面前。不能让他们知道我们害怕了。"由于孩子只是更紧地拉着她的裙子，她便洪亮地说："做个小男子汉，韦德。他们只是一群该死的北方佬！"

于是，她走下楼梯，迎上前去。

舍曼挥军横扫佐治亚，从亚特兰大继续进军到海边。他身后是被烧成一片废墟的亚特兰大，灰烬上还在冒烟，因为穿蓝军服的部队撤出城时，他们点燃了火把。他面前延伸着三百英里的土地，除了几个州里的民兵队员和城卫队的老人和大男孩之外，这些地方几乎没有任何抵抗能力。

这是良田肥沃的一个州，种植园星罗棋布，庇护着妇女、儿童和老人，还有黑奴。在宽达八十英里的地带，北方佬烧杀掳掠，无恶不作。数以千计的家园被烧毁,数以千计的家园回响着他们的脚步声。但对思嘉来说,看着穿蓝色军服的人涌进前面的过道,这可不是什么全国范围内发生的事,完全是个人性质的,是矛头直接指向她和她家的一个邪恶的举动。

她站在楼梯脚下,手里抱着婴儿,韦德紧紧靠在她身边,把头藏在她的裙子里面。北方佬蜂拥而入,粗鲁地推开她,跑上楼去,把家具拖到前面的游廊上,刺刀和刀往室内装修的部位乱捅,还挖开来看看有没有什么被藏在里面的值钱的东西。楼上,他们划破床垫和羽毛垫褥,直到过道里的空气中都满是羽毛味,羽毛轻轻地飘下来,直落在她的头上。她无可奈何地站在那,看着他们又抢又偷,把一切都给毁掉。虽然无能为力,可她内心却在冒火,心里残存的一点恐惧感也给赶跑了。

带队的中士是个弓形腿、灰白头发的小个子,嘴里叼着一根很粗的烟卷。他赶在他的手下之前走到思嘉面前,把痰往地上及她的裙子上随便乱吐,简短地说:

"把你手里的东西交给我吧,夫人。"

她已经忘了手里原来打算藏起来的小饰物。她露出一丝讥笑,希望这一丝讥笑能跟外婆罗比亚尔画像上那丝讥笑一样意味深长。她把小饰物扔到地上,接着便看到一幅贪婪抢夺的场景,她几乎是在欣赏着这一幕。

"麻烦你把戒指和耳环也摘下来。"

思嘉更紧地抱着婴儿,让他的脸朝下依偎在她怀里。他小脸涨得通红,叫了起来。思嘉摘下石榴红耳环,这曾是嘉乐送给埃伦的结婚礼物。然后又退下了蓝宝石钻戒,这是查理送给她的订婚戒指。

"别扔了。把它们给我。"中士说着,把手伸了过来,"那些杂种拿了够多的了。你还有别的没有?"他的目光锐利地扫过她的紧身上衣。

一瞬间,思嘉似乎都要晕过去了,她似乎已经感觉到有只粗糙的手伸进了她的胸部,直摸到她的吊袜带上。

"就这些了,可我认为,把受害者的衣服剥光是你们的习惯?"

"噢,我会照你的话去做的。"中士情绪极好,转过身去又吐了一口痰。思嘉把孩子重新抱好,哄着他,把手放在他身上藏钱包的包尿布的部位,不禁为媚兰有个婴儿而婴儿又还要用尿布而感谢上帝。

她可以听到从楼上传来靴子踩在楼板上的沉重的脚步声、家具被拖过地板时发出的尖锐刺耳的摩擦声、瓷器和镜子的破裂声,还有因没有发现贵重物品而叫骂的诅咒声。院子里传来大喊声:“把它们杀了! 别让它们跑了!”还有母鸡、鸭子和鹅的凄惨的叫声。她听到了一声痛苦的尖叫声,而突然的一声枪响便使叫声戛然而止了。她知道老母猪死了,一阵痛苦袭遍她的全身。该死的普里西! 她自己跑了,却把母猪扔下不管。要是小猪平安无事就好了! 要是家里人都已经安全地跑到沼泽地里去了就好了! 可她也不知道他们到底怎么样了。

她一声不响地站在过道里,任凭士兵们在她周围闹得天翻地覆,有的在喊叫,有的在骂街。韦德的手指惊恐地紧紧抓住她的裙子。他紧紧依偎着她,她感觉到他浑身都在发抖,可她也没有办法安慰他。她没有办法对北方佬说出什么话来,不管是恳求、抗议或是愤怒的话。自己的双膝还有力量支撑着她,脖子还强硬得能让她高昂着头,她只能为此而感到谢天谢地。她看着一伙胡子拉碴的士兵笨重地走下楼梯,手里满是偷来的各种各样的东西。就在这时,她看见查理的剑也被一个人拿在手里,她这才叫了起来。

那把剑是韦德的。这曾是他父亲用过的剑,也是他祖父用过的剑。他上次生日时,思嘉把这把剑送给他了。他们还好好庆贺了一番。媚兰大哭了一场,流着骄傲的泪水,同时又勾起了她那些令人伤心的记忆,她吻了他,说他也必须长成像他父亲和爷爷那样勇敢的人。韦德为这把剑感到很自豪。剑挂在桌子上方,他经常爬到桌上去拍一拍它。思嘉能忍受亲眼目睹自己的东西被她所仇视的、毫不宽容的手从屋里拿走,但这点却让她受不了——受不了她的小儿子引以为荣的东西被拿走。听到她的叫声,韦德从她裙子的保护中往外偷看着,哭得很厉害,但他还是找到了要说的话和勇气。他伸出一只手,大叫道:

“那是我的!”

“你不能把这拿走!”思嘉迅速说道,也伸出自己的手。

“我不能,嘿?”拿着剑的小战士说,厚颜无耻地对她咧嘴笑着,“哦,我当然能! 这是造反之剑!”

“这——不是。这是墨西哥战争时期的剑。你不能把它拿走。这是我的小儿子的。这曾是他爷爷用过的! 噢,上尉,”她叫着转身对着中士,“请让他把它还给我!”

中士听到自己的职位被提升了,感到很高兴。他向前走了一步。

"把剑给我看看,巴布。"他说。

小个子骑兵颇不情愿地把它递给他。"剑的柄是纯金的。"他说。

中士在手上把剑翻过来,把剑柄凑在阳光下读上面刻的字。

"'给威廉·R.韩',"他辨认着,"'为纪念他的勇敢豪侠。他的部下送。于比尤纳维斯塔。一八四七年。'"

"咳,夫人,"他说,"我自己也到过比尤纳维斯塔。"

"真的吗?"思嘉很冷淡地说。

"可不是?那可真是场恶战,我跟你说吧。在这场战争中,我还没看到像那次战争中的那种恶战呢。这么说,这把剑是这小孩的爷爷的啰?"

"是的。"

"好吧,那就给他吧。"中士说,他得到了首饰和小饰物,已经包在他手帕里,对此他已经感到够满意的了。

"可那柄是纯金的。"小个子骑兵坚持说。

"我们把这留给她,好让她记住我们。"中士咧嘴笑了。

思嘉拿过剑,连声"谢谢"也没说。这些小偷只是把她自己的东西还给她,她干吗要谢谢他们呢?她把剑紧靠在身边,小个子骑兵还在跟中士争执着,辩解着。

中士大发脾气,叫士兵到地狱去,不许回嘴。士兵最后却叫喊起来:"上帝,我得给这些造反的人留下点什么东西,好让他们记住我。"小个子士兵冲到房子后面去了,思嘉松了一口气。他们没说要烧房子。他们没有叫她离开,然后好烧房子。也许——也许——士兵们慢悠悠地从楼上和门外来到过道里。

"有什么东西?"中士问道。

"一头猪、几只鸡和鸭子。"

"一些玉米、几个甘薯和豆子。我们看到的那只骑马的野猫一定给他们通风报信了,完毕。"

"正规兵保罗·里维尔,嗯?"

"哦,这里没多少东西,中士。你已经得到赃物了。我们还是继续前进,赶在整个乡野都知道我们要来的消息以前行动吧。"

“黑奴小屋挖过了吗？他们通常都会把东西埋在那。”

“小屋里什么也没有，只有棉花。我们放火烧了。”

那一瞬间，思嘉似乎又回到了待在棉花田里那炎热而漫长的日子，又感觉到背上钻心的疼痛，肩膀上擦伤的白生生的肌肉。一切都徒劳无益了。棉花又被烧光了。

“你们没多少东西，真的是这样吗，夫人？”

“你们的部队过去来过这。”她冷淡地说。

“那倒不假。我们九月份到过这一带。”其中一个士兵说，手里把玩着什么东西，“我都忘了。”

思嘉看到，他拿着的是埃伦的金顶针。她经常看到埃伦做她那精美绝伦的针线活时把它套上脱下的，顶针还发出亮光，那是多常见的情景啊！看到它便使她想起了那根戴着它的纤细的手指，勾起了太多令人痛心的回忆。它现在却被一个陌生人起着老茧的脏手抓在手里，很快又会被送到北方去，戴在某个北方佬女人的手上，而那个女人戴着偷来的东西，却还感到很自豪。埃伦的顶针！

思嘉低下头，以免敌人看到她在哭。眼泪慢慢地滴落到孩子的头上。泪眼模糊中，她看见士兵们向门口走去，听到中士用粗哑的声音大声喊着口令。他们走了，塔拉安然无恙。可是，想起埃伦，她感到很痛苦，根本就高兴不起来，马刀的碰撞声和马蹄声并没有给她带来多少安慰。她站在那，突然感到又虚弱又无力，眼睁睁地看着他们沿着大路扬长而去，每个人都带着偷来的物品满载而归，衣服、毯子、画像、鸡鸭和母猪。

接着，她就闻到了烟味。她转过身，因为不再那么紧张，她便觉得虚弱无力的，连棉花也懒得去顾了。从餐厅开着的窗户望出去，她看到烟雾从黑奴小屋里慢慢散发出来。棉花就这样完了。税款和一部分他们指望靠它度过严冬的钱也完了。她只能眼睁睁地看着，根本无能为力。她见过棉花起火，知道要救火有多难，即使有很多人在尽力也无济于事。谢天谢地，小屋离房子很远！谢天谢地，今天没有刮风，不会把火星吹到塔拉的屋顶上来！

猛然间，她飞快地扭过身子，僵硬得就像根指针似的，眼睛惊恐地沿着过道盯视着，顺着通往厨房的有遮篷的通道看过去。厨房在冒烟！

她把孩子放在过道和厨房之间的某个地方，又在某个地方甩开韦德的拉扯,把他推到墙边去。她冲进烟雾弥漫的厨房,接着又踉踉跄跄地退了出来。她咳嗽着,被烟雾呛得眼泪直流。她再次猛扑进去,把裙子直拉到鼻尖上。

厨房里很暗,本来就只有一小扇窗户采光,现在浓烟弥漫,她更是什么也看不见,但她可以听到火焰的咝咝声和噼啪声。她一只手擦着眼睛,一边斜着眼凝视着,看到细长的火舌已经蔓延到厨房的地板,朝墙壁烧去。有人把敞开式的壁炉里燃烧着的木头散得满厨房都是,而像引火物一样干燥的松木地板也烧了起来,并且像水流一样蔓延开来。

她跑回餐厅,从地上抓起一块小地毯,往前猛冲,碰倒了两把椅子。

"我无法把火扑灭的——绝对不可能,绝对不可能!噢,上帝,要是有个人帮帮我就好了!塔拉要完了——要完了!噢,上帝!那个小个子小杂种说他得给我留些东西好让我记住他这就是他指的意思了!噢,要是我让他把剑拿走就好了!"

在过道里,她走过拿着剑躺在角落里的儿子身边。他双目紧闭,脸上有一种没精打采、超脱一切的神情。

"我的上帝!他已经死了!他们把他吓死了!"她痛苦地想着,但她冲过他身边,冲到装饮用水的水桶前面。水桶一贯是放在厨房门边的通道里的。

她把地毯的末端在水桶里浸湿,然后深吸一口气,再次冲进烟雾弥漫的房间,砰的一声把门带上。在一段似乎永无终结的时间里,她踉跄着,咳嗽着,用地毯扑打着在她前方迅速蔓延的火舌。她的长裙有两次都着了火,她用手把火拍灭了。她的发卡松开了,头发披散在肩上,她闻到头发烧焦的令人作呕的气味。火焰在她前方迅速往前直蹿,朝有遮篷的通道两边的墙壁蔓延开去,猛烈的火蛇扭动着,跳跃着。她已经精疲力竭,知道已经没有什么希望了。

接着,门吱呀一声开了,顺门而进的呼呼风声使火焰蹿得更高。门砰的一声又关上了,滚滚浓烟中,思嘉模模糊糊地看到媚兰在用脚踩着火焰,还用什么又黑又重的东西打着火苗。她看到她踉跄着脚步,听到她在咳嗽,有一瞬间,还瞥见她那面色苍白、棱角分明的脸,眼睛眯成了一条缝,挡着烟雾,看到她上下挥着地毯,身体前前后后摆动着。又是一段似乎没有止境的时间，她们肩并肩地扑打着，摆动着，思嘉看见火蛇在慢慢缩短。突然，媚兰转身面对着她，哭着用尽全身的力气捶打着她的肩膀。在旋转的烟雾和黑暗中，思嘉慢慢倒了下去。

睁开眼睛时，她发现自己躺在后面的游廊上。她的头舒服地枕在媚兰的腿上，午后的阳光照在她的脸上。她的手、脸和肩膀都被烧得疼痛难忍，像针扎似的。黑人小屋里的烟雾还在缭绕着上升，把小屋笼罩在滚滚浓烟中，棉花被烧焦的味道非常浓。思嘉看到还有小股烟雾从厨房飘出来，硬是挣扎着要站起来。

可她被推了回去，媚兰用平静的声音对她说："好好躺着吧，亲爱的。火已经扑灭了。"

她静静地躺了一会，双眼紧闭，宽慰地叹了口气，听到附近隐隐约约有婴儿咯咯咯的笑声和韦德令人宽慰的打嗝声。这么说，他没有死，感谢上帝！她睁开眼睛，凝视着媚兰的脸。她的鬈发被烫着了，脸也被烟熏黑了，但她的眼睛激动得发亮，她还在笑呢。

"你看上去像个黑人一样。"思嘉嘟哝着，头疲倦地靠在做枕头的软绵绵的腿上。

"而你看上去就像黑人剧团演出时，站在演员最后与对话者作巧辩的演员。"媚兰平静地回答。

"你干吗要打我呢？"

"亲爱的，因为你的后背着火了。我做梦都没想到你会晕过去。当然，上帝也知道，今天已经够你受的了，足以要了你的命……我一把牲畜安全地送到树林里就回来了。想到你独自一人和婴儿在一起，我都快急死了。北方佬——有没有伤害你？"

"如果你意思是指他们有没有强奸我的话，那倒没有。"思嘉说，呻吟着想坐起来。虽然媚兰的腿很柔软，可她躺在游廊上面却一点也不舒服。"可他们把一切都抢走了，一切。我们什么都没有了——哦，还有什么让你看上去这么快乐的呢？"

"我没有失去你，你也没有失去我，我们的孩子也平安无事，我们的头顶还有屋顶呢。"媚兰说，声音颇为轻快，"现在这是人们所能希望的一切了……天哪，可博尿湿了！我想北方佬甚至把他多余的尿布都偷走了。

他——思嘉,他尿布里到底是什么?”

她突然害怕地把一只手伸到孩子的背部,把钱包拿了出来。有片刻工夫,她看着它,好像从来没见过似的,然后开始大笑起来,发出一阵阵欢快的笑声,笑声里却没有歇斯底里的感觉。

“只有你才会想出这个主意。”她叫道,伸开双臂抱住思嘉的脖子,吻着她,“你是我的姐妹中受苦最多的了!”

思嘉让她拥抱着,因为她太累了,没法挣脱开。另一个原因是,这赞扬的话给她的精神带来了安慰,而且,在烟雾弥漫的黑漆漆的厨房里,她内心深处对她的小姑子产生了一种敬重感,一种更加亲近的战友之情。

“我得为她说句话,”她虽然不情愿,但还是这么想,“你需要的时候,她总会在你身边。”

# 第二十八章

寒冷的天气随着一场致命的霜冻骤然降临了。寒风从门槛下直往屋里灌,打得松动的窗玻璃发出单调的叮当声。光秃秃的树枝上,最后一批叶子也落光了,只有松树还披着衣装,黑黢黢冷飕飕的,映衬着灰白的天空。布满沟沟壑壑的红土路已经冻得硬邦邦的,而伴随着寒风吹遍佐治亚的便是饥饿。

思嘉痛苦地回想起和方丹老奶奶的谈话。现在想起来,那就像是好多年以前发生的事。两个月前的那天下午,她告诉老太太,说她已经知道了可能发生在她头上的最糟的事,而且这话是她发自内心的话。现在,那话听起来就像是小女生的夸大之词。舍曼的人第二次来到塔拉以前,她还小有资财,有些食物,也有点钱,有比她更幸运的邻居,还有些棉花,能挺过这个严冬,熬到春天。现在棉花没了,食物也没了,钱对她来说一点用处也没有,因为有钱也没地方买食物。而邻居们比她的境遇还糟。她至少还有奶牛和小牛、几头小猪崽和一匹马,而邻居们什么也没有,只有他们过去藏在树林里和埋在地下的少量食物。

费尔希尔庄园,塔尔顿一家的家,已被烧得只剩下地基。塔尔顿太太和四个女儿只好住在监工房里。拉夫乔伊附近的芒罗家,房子也被履为平地。含羞草庄园的边房也被烧了,而主房因为厚实的拉毛水泥墙抗火性能很好,加上方丹家太太们和黑奴们近乎疯狂地用湿毯子和被子做武器,这才把它给救下来。由于希尔顿,即那个北方佬监工的说情,卡尔福特家的房子再次幸免于难,可是那地方连一头牲畜、一只家禽、一穗玉米也没剩下。

塔拉，以至全县，面临的问题就是填肚子的问题。大多数家庭除了剩下一些甘薯作物、花生和他们在树林里能捕到的野味外，其余什么也没有。而有东西的时候，他们也都和更不幸的朋友共享所有，就像他们在更殷实的年月里一样。可是，没有东西分享的时候很快就到来了。

在塔拉，如果波克幸运的话，他们就能吃到兔子、负鼠和鲶鱼。其他时候就吃少量牛奶、山核桃、烤橡树果和甘薯。他们老在挨饿。对思嘉来说，不管眼睛转到哪一方，看到的都是伸出的双手和祈求的眼睛。看到这一切，她几乎都被逼疯了，因为她自己也和他们一样饿。

她吩咐把小牛杀了，因为那宝贵的牛奶被它喝掉太多了。那天晚上，每个人都吃了很多牛肉，以致大家都不舒服了。她知道，她可以杀掉一头小猪，可她一天推一天，希望还是先把它们养大再说。它们还太小。要是现在杀它们，那能吃的东西也太少了，而如果把它们再留一段时间的话，能吃的就更多了。夜里，她和媚兰商量，有没有可能派波克骑着马、带着美钞到别的地方去买吃的。可是又担心马会被抓住，波克的钱会被抢走，她们只好作罢。她们不知道北方佬在哪里。他们可能在上千里以外，也可能就在河对岸。有一次，绝望中的思嘉要亲自骑着马去找食物，可全家人都害怕北方佬，他们歇斯底里的叫声又使她放弃了出行的计划。

波克会到很远的地方去找吃的，有的时候整夜都没有回来。思嘉也不问他到哪儿去了。有时候，他会带着些野味回来，有时候是几穗玉米或是一袋干豌豆。有一次还带一只公鸡回家来，说是在树林里找到的。一家人津津有味地吃着，但心里有一种负疚感，他们知道得很清楚，这是波克偷来的，就像是干豌豆和玉米一样，同样是他偷来的。这以后不久的一天晚上，满屋子的人都睡下很久了，他敲着思嘉的房门，忸怩不安地露出了一条腿，上面散落着多处小小的枪伤。她给他包扎伤口时，他尴尬地解释说，他在费耶特维尔试图进到一个鸡棚去时被人发现了。思嘉没问是谁家的鸡棚，却轻轻拍了拍波克的肩膀，眼里溢出了泪水。黑奴们有时候让人很恼火，而且又笨又懒，可他们对主人的忠诚真是千金难买，一种与白人主子一条心的感情使他们冒着生命危险去尽量让桌子上有食物。

换了别的时候，波克的小偷小摸会是很严重的事，很可能会招致一顿鞭打。换了别的时候，她至少会迫不得已而严厉地训斥他一番。“你随时都得记住,亲爱的,”埃伦说过,“对上帝委托你照管的黑人,你对他们的身体和道德同样负有责任。你应该意识到,他们就像孩子一样,必须像孩子一样照看着他们,而且,你必须一直为他们树立一个好榜样。”

可是现在,思嘉把这一告诫忘到脑后去了。她在鼓励偷东西,而且可能是从比她还更惨的人那里偷东西,这已经不再是良心会不会安宁的问题。事实上,这件事的道德问题在她心里的分量极轻。她没有惩罚或是谴责他,只是为他被枪打伤感到很遗憾。

“你应该更小心点,波克。我们不想失去你。没有你,我们该怎么办呢?你真是太好了,忠诚可靠。我们再有钱的时候,我要给你买块大大的金表,刻上《圣经》上面的话,‘你做得很好,忠诚的好仆人。’”

被这么一表扬,波克喜笑颜开,小心翼翼地擦着包扎好的大腿。

“那听起来真是太好了,思嘉小姐。你认为什么时候会有钱呢?”

“我不知道,波克,但不管怎么样,总有一天我会有钱的。”她视而不见地瞥了他一眼,深情的目光非常严厉,看得他不安地蠕动着,“总有一天,在这场战争结束以后,我要有很多很多的钱。等我有了钱,我就再也不会挨饿受冻了。我们谁也不会挨饿受冻了。我们全都能穿上漂亮衣服,每天都能吃炸鸡,而且——”

这时,她停下不说了。塔拉最严格的规定就是,即便有可能,谁也不准谈起过去他们吃的好饭好菜,或者是他们现在吃的东西,这是她自己规定的,也是她自己严格执行的。

波克偷偷溜出了房间,她却还在情绪激动地盯着远处。在过去的日子里,可现在,那日子已经是埋在土里,一去不复返了,那时生活那么复杂,充满了错综复杂的问题。既要试图赢得希礼的爱,同时又要让一打其他的男朋友追在后面,让他们不高兴;还有些不让大人知道的、小小的不端行为;讥笑那些妒忌心强的姑娘,又要和她们和解;选择衣服的式样和面料,尝试着梳各种发型;噢,还有许许多多其他事情要作决定!现在的生活却简单得出奇。唯一重要的事就是有足够的食物使自己不致饿死,有足够的衣服使自己不致冻僵,还有头顶上漏雨漏得不是太厉害的屋顶。

就是在这些日子里,思嘉一而再,再而三地梦见那场纠缠了她好几年的梦魇。总是做同一场梦,梦的细节从来没有变过,但却一次比一次更可怕。

她很担心会再做这样的梦,这种恐惧甚至使她醒着的时候也不得安宁。她清楚地记得第一次做这个梦那天所发生的事。

阴雨连绵,一连下了好几天,屋子被穿堂风和潮气搞得冷飕飕的。壁炉里的木头很湿,烧得直冒烟,发出的热量却很少。早餐只喝了点牛奶,这以后什么也没吃,因为甘薯已经吃完了,波克的陷阱和钓竿又一无所获。如果他们要吃的,第二天就得杀一头小猪。挨饿的人拉长着脸,黑人也有,白人也有,全都盯着她,默默地要她给吃的。看来她非得冒着失去马的危险,派波克出去买东西了。使事情更糟的是,韦德又因喉咙痛发高烧病倒了,既没有医生给他看病,也没有药给他吃。

思嘉因照顾孩子又饿又累,便把他交给媚兰照顾,自己躺在床上小睡一会。她双脚冰凉,在床上辗转反侧,无法入睡,担心和绝望使她心情非常沉重。她一次又一次地想:"我该怎么办?我该到哪儿求助呢?这世界上难道就没有人可以帮我吗?"这世界上的安全感都上哪儿去了?为什么就没有人,没有个坚强、明智的男人来卸下我的负担呢?她不是生来就应该承受这一切的。她不知道该怎样去承受这一切。接着,她就进入了一种忧虑不安、似睡非睡的状态。

她置身于一片陌生的乡野,那里弥漫着缭绕上升的浓雾,雾太浓了,伸手不见五指。她脚下的地面摇摇晃晃的很不稳定。这是片鬼魂出没的土地,寂静得令人可怕,她却在其中迷路了,就像个在夜里吓得要死的迷途孩子一样。她又冷又饿,非常难受,又担心笼罩着她的浓雾中藏着什么东西,不禁想尖叫出来,可是想叫又叫不出来。浓雾中的东西伸出手指拉着她的裙子,把她拖向脚下摇摇晃晃震动不已的地下,那是悄没声息、无情无义的、鬼怪般的手。接着,她意识到,在她周围这伸手不见五指的黑暗中,某个地方有个藏身之处,能给她帮助,是个温暖的避难所。可那地方在哪里呢?在那些手抓住她,把她拖向那捉摸不定的地底下去之前,她能不能到达那个避难所呢?

她猛然间奔跑起来,像个疯子似的在浓雾中狂奔着,大喊着,尖叫着,伸出双臂在空中乱抓,可手到之处却只是空空如也的空气和潮湿的浓雾。避难所在哪里呢?它在回避她,可它确实存在,藏在某个地方。要是她能到达避难所,那该多好啊!只要她能到避难所,她就会安然无恙的!可是,她吓得双腿发软,饥饿又使她虚弱得不行。她绝望地大叫一声,醒来发现眼前浮现着媚兰那张担心忧虑的面孔。媚兰的手在摇着她,把她唤醒了。

每次一空着肚子去睡觉,她就一而再,再而三地做这个梦。经常做这个梦,使她害怕极了,尽管她拼命安慰自己,这样的梦里根本没什么可怕的,有关迷雾的梦里根本没什么东西让她怕到这种程度。什么也没有——可置身在那浓雾弥漫的乡野,这一想法就令她很害怕。她只好和媚兰一起睡。这样,当她呻吟着,抽动着,说明她又在做这个梦时,媚兰就会叫醒她。

在这种压力下,她变得脸色苍白,人也憔悴了。那张漂亮的圆脸不见了,颧骨突了出来,这更明显地衬出了她那上翘的绿色的双眸,使她看上去就像只四处觅食的饿猫一样。

"即使我没有做梦,大白天也已经像梦魇一样了。"她绝望地想,开始把她每天的配给省下来,到睡觉前再吃。

圣诞节之际,弗兰克·肯尼迪和军需部的一小队人马转悠到塔拉来。他们在为部队搜寻粮食和牲畜,可却徒劳无获。他们衣衫褴褛,看上去就像是暴徒一样,骑的马又瘸又拐,发出费劲的呻吟声。很明显,这些马的状态太差了,根本派不了更大的用场。就像这些动物一样,这些人也都是伤残军人,已经离开前线的作战部队。除了弗兰克,他们全都缺胳膊少腿的,有的少了一只眼睛,有的关节已经僵硬得动弹不得。他们大多数人穿的都是从被捕的北方佬那剥来的蓝色军服。塔拉的那些人还颇为恐慌了一会,以为舍曼的人马又回来了。

他们就待在种植园里过夜,睡在客厅里的地板上。好几个星期以来,他们一直在没有屋顶的露天宿营,躺在松针和硬邦邦的地板上。所以,此时他们伸展四肢躺在天鹅绒地毯上,觉得舒适极了。或是睡在比松针和硬邦邦的地板更软的东西上面。尽管他们胡子脏兮兮的,衣服也破烂不堪,但他们教养极好,高高兴兴地聊着家常,说着笑话,还会奉承别人。他们能在一座大房子里度过圣诞夜,周围是漂亮的小姐太太,就像很久很久以前的那些日子里习以为常的那样,为此他们很高兴。他们不愿正儿八经地去谈论战争,却信口胡诌一些谎话,使姑娘们大笑不已。这座被洗劫一空的房子第一次有了轻松愉快的气氛,也是许多日子以来第一丝节日的气氛。

“这跟我们过去开家庭晚会的时候差不多,对不对?”苏埃伦快活地对思嘉说。家里又来了个她自己的男朋友,苏埃伦的心都高兴得飞到天上去了。她的目光一直追随着弗兰克·肯尼迪,几乎一刻也没有离开过。思嘉很吃惊地发现,尽管苏埃伦自生病以来一直很瘦,但现在几乎是真的变漂亮了。她双颊绯红,眼睛里有一种亮闪闪的柔情。

“她确实应该关心他。”思嘉轻蔑地想,“我想,她要是能有个自己的丈夫,即使这个丈夫是会大惊小怪的老弗兰克也行,那她差不多才算是有人性的。”

卡丽恩也快活了一些,那天晚上,她的眼里也少了些梦游般的神情。她发现其中有个人认识布伦特·塔尔顿,而且在他被杀那天曾经跟他在一起,她答应晚饭后要和他作一番长谈。

吃晚饭的时候,媚兰也令大家吃惊不小。她硬是克服了自己的羞涩,几乎变成生气勃勃的人。她放声大笑着,开着玩笑,差不多是在和一个只有一只眼的士兵卖弄风情,但又不会太过分。士兵也迎合她,用勇敢过头的言谈举止回报她的努力。思嘉知道,这种努力既有精神上的,也有身体上的,因为媚兰在任何男人或是雄性动物面前都会很羞涩,很难受。再说,她的身体根本就还没有完全恢复。她硬说自己身体已经很好了,干的事情甚至比迪尔西还更多,但思嘉知道她病还没好。她拿东西时脸色就会发白,而且,用力后会颓然坐下,好像双腿支撑不了她的重量似的。可是今天晚上,她像苏埃伦和卡丽恩一样,尽量使士兵们的圣诞前夜过得愉快。唯独思嘉一人没有从客人们那里得到快乐。

嬷嬷把晚饭摆在士兵们面前,有干豌豆、炖干苹果和花生。士兵们把部队分给他们的食物——烤玉米饼和肋肉也拿了出来。他们声称,这是他们几个月以来吃到的最好的饭菜。思嘉看着他们吃,心里忐忑不安的。她不但吝惜他们吃的每一口饭,而且还提心吊胆的,生怕他们会发现波克前一天已经杀了一头小猪崽。它现在就挂在食品室里,她曾严厉地吩咐过家里人,谁要是对客人提到这小猪或是提起这小猪的同窝猪崽还在的话,她就活活把他的眼睛挖出来,因为其他猪崽还安然无事地关在沼泽地的猪圈里。这些饥饿的男人,一顿就可以把整头小猪吃完,要是他们知道那些活猪的话,他们就会把它们征用去给部队。她也为奶牛和马担惊受怕,希望它们还藏在沼泽地里，而不是绑在牧场边沿的树林里。如果军需部拿走了她的家养牲畜，塔拉很可能就过不了这个冬天。没有别的东西可以代替它们。至于部队要吃些什么，她倒不在乎。让部队去养活部队吧——要是它做得到的话。养活她自己一家人，这对她已经够艰难的了。

这些人从他们的背包里拿出一些“硬面包卷”来当点心，这是思嘉第一次看到南部邦联部队的这种食物，有关这种食物的笑话就像有关虱子的笑话一样多。它们是烧焦的面包卷，看上去像木头一样。士兵们怂恿她尝一尝。她尝了一口，发现熏黑的表层下面是没有咸味的玉米饼。士兵们把分到的玉米粉和水掺在一起，能弄到盐时再撒进一点盐，在面包卷外面涂上一层稠稠的面糊，再放到营火上烘烤。这种东西像冰糖一样硬，像木屑一样淡而无味。刚咬了一口，思嘉赶紧把它还给递给她的士兵，引发了一片笑声。她和媚兰的眼睛对视了，两人的表情显然都说明了同样的心思……“如果只有这种东西吃的话，他们还怎么把仗打下去？”

晚饭的气氛够活跃的了，连心不在焉地坐在餐桌首位的嘉乐也清醒了一些，从模糊的记忆中召回了一些主人的举止和一种捉摸不定的笑容。男人高谈阔论，女人面带微笑，说着好话——思嘉转身面对着弗兰克·肯尼迪，打算问他有关白蝶姑妈的消息。这时，他脸上的表情却使她忘记了自己想要问的话。

他的眼睛已经离开苏埃伦，在房间上下逡巡着，看看嘉乐孩子般充满困惑的眼睛，再看看没铺地毯的地板、毫无装饰的烛台、北方佬的刺刀刺过的凹陷的弹簧和破损的室内装潢、餐具柜上方破裂的镜子、那些强盗们没来之前墙上原先挂着画的那一块块没退色的方形痕迹、桌上不够吃的食物、姑娘们补得很得体但已老旧的衣裙以及韦德穿的用面粉袋做的折叠童装。

弗兰克想起了战前他曾经知道的塔拉，脸上现出一种受伤的神情，是一种深恶痛绝却又无可奈何的愤怒神情。他爱苏埃伦，喜欢她的姐姐妹妹，尊重嘉乐，对这种植园有一种真挚的喜爱之情。自从舍曼挥军横扫佐治亚州以来，弗兰克骑着马在全州各处收集粮草，看到了许多令人骇然的景象，可什么情景也没有塔拉现在的样子这样深深触动了他的心弦。他很想为郝家人做点什么，特别是为苏埃伦，可他却无能为力。思嘉跟他的眼睛对视时，他正不知不觉地带着遗憾摇着头，一脸络腮胡子在抖动，舌头顶着牙齿发出咯咯咯的声音。他看到她脸上漾着怒火,却又一脸骄傲的神情,尴尬得赶紧低头盯着自己的盘子。

姑娘们急于知道消息。自从亚特兰大沦陷后,也就是四个月前,邮电系统就已经瘫痪。她们完全不知道北方佬现在在哪里,南部邦联的部队战况如何,亚特兰大以及老朋友们现在怎么样了。弗兰克的工作使他可以在这一地区到处走动,所以就像是报纸一样,甚至比报纸还更好。因为,从梅肯以北一直到亚特兰大,他几乎和每个人都有亲戚关系或是都认识,而且他还能提供报纸往往撇开不提的个别人有趣的闲聊瞎扯。为了掩饰被思嘉看到的尴尬之情,他匆匆忙忙地讲了一大堆新闻。他告诉她们,舍曼的部队离开亚特兰大后,南方军重新占领了亚特兰大,可这个战利品却一钱不值,因为舍曼已经把它烧了个精光。

“可我以为,亚特兰大在我离开的那天晚上就已经被烧了。”思嘉大叫道,感到颇为困惑不解,“我以为是我们的人把它烧了!”

“噢,不,思嘉小姐!”弗兰克吃了一惊大喊起来,“只要城里有我们自己人,我们从来不烧,一座城镇也没烧过!你看到被烧的是仓库和供给以及兵工厂和弹药,我们不想让北方佬得到它们。可只有这些了。舍曼占领了这座城市时,房子和商店还好好的,你想有多漂亮就有多漂亮。他还让他的人马驻扎在里面呢。”

“可那里的人怎么样了呢?他——他有没有把他们全杀了?”

“他杀了一些——但不是用子弹杀的,”只有一只眼的士兵板着脸说。“他一进亚特兰大城就对市长说,城里的所有人都得迁出城去,每个活着的人都得走。可是有很多经受不了这种旅途的老人、不该移动的病人,还有一些太太小姐,她们——哦,也是不该移动的太太小姐们。在狂风暴雨中,他把他们全迁出去了,那是你所见过的最猛烈的一场暴风雨。成千上万的人哪,他们被扔在拉夫雷迪附近的树林里。舍曼叫人带话给胡德将军,要他来把他们领走。很多人因患肺炎死了,还有人受不了这种折磨也死了。”

“噢,可他为什么要那么做呢?他们又不会伤害他。”媚兰说。

“他说,他想让他的人马在城里休息。”弗兰克说,“他一直让他们在那休息到十二月中旬,然后把整座城市照得通亮,离开了。走的时候,他让人烧了整座城市,把什么都烧光了。”

“噢,肯定不会什么都烧光吧!”姑娘们沮丧地叫了起来。

她们所熟悉的那座忙碌的城市曾经人满为患,挤满了士兵,现在却面目全非,这太令人不可思议了。所有那些树荫下可爱的家园,所有大商店和高级旅馆——它们一定不会就此就了然不见踪影的!媚兰好像随时就会哭出声来,因为她就生在那座城市里,除此以外,根本不知道她还有别的家。思嘉的心也沉甸甸的,因为她已经爱上了它。在她心目中,亚特兰大的地位紧次于塔拉。

“哦,几乎什么都烧光了。”弗兰克被她们脸上的表情搞得很不是滋味,赶紧纠正说。他想使自己看上去高兴些,因为他不想让太太小姐们心情不好。心情不快的太太小姐们总会令他也感到很沮丧,感到无能为力。他不能把最糟的事情告诉她们,让她们从别人那去知道这些事好了。

他不能告诉她们部队开回亚特兰大的时候所看到的情景:一根根烟囱黑糊糊地耸立在一堆堆灰烬上,一堆堆烧了一半的垃圾和乱七八糟的砖头满街都是,老树被烧死了,寒风中烧焦的枝条横七竖八地倒在地上。他还记得,看到那幅情景时,他觉得有多恶心;看到这座城市的断壁残垣时,南方军又是如何不绝于耳地谩骂的。他希望太太小姐们永远也不会听说被劫墓地的恐怖情景,因为她们决不会从中回过神来的。韩查理和媚兰的父母亲都葬在那。墓地那一幕至今还会让弗兰克做噩梦。北方佬士兵们希望从死者身上找到陪葬的珠宝,所以挖开墓穴,掘开坟墓。他们劫掠了死人,从棺材里拿走了金银字牌、银制饰物和银手柄。棺材裂开了,尸骨被匆匆忙忙地扔在里面,暴露在露天,可怜极了。

弗兰克也不能告诉她们有关狗和猫的事。小姐太太们很珍视宠物。可是,在它们的主人被粗暴地赶出城去时,成千上万只动物无家可归,都快饿死了。那幅惨景使他惊愕的程度几乎不亚于墓地,因为弗兰克喜欢猫和狗。动物们惊吓过度,又冷又饿,野性十足,就像森林的野生动物一样,强的攻击弱的,弱的等着更弱的死去,好把它们吃掉。一片废墟的城市上空,鹫鹰在寒冷的空中飞来飞去。那姿态虽然优雅,却预示着不祥。

弗兰克在头脑中搜寻着能给人以安慰的信息,好让小姐太太们感觉舒服些。

“还有些房子没烧掉,”他说,“建在很大的地盘上的房子,和其他房子没有连在一起,也就没有着火。教堂和共济会堂都幸存下来了,还有几家商店。但是,商业区、铁路沿线和五角场——哦,小姐太太们,那个地方已经被履为平地了。"

"那,"思嘉心酸地说,"查理留给我的仓库,铁路边上的,也没了?"

"如果靠近铁路,那就没了,可是——"他突然笑了,他怎么没早点想到这个呢?"高兴一点嘛,太太们?你们白蝶姑妈的房子还在。虽然遭到点破坏,但还在。"

"噢,它怎么能逃脱厄运呢?"

"哦,它是砖制的,而且它的石板屋顶在亚特兰大几乎是独一无二的。我想,正是这点使火星不容易燃成火苗。再说,它是城北边最后一座房子,那边的火势并不会太大。当然,北方佬曾驻扎在里面,拆掉了好些东西。他们甚至把踏脚板和红木楼梯栏杆也用做柴火烧了,呸!但外形还很好。上星期在梅肯,我见到白蝶小姐的时候——"

"你见到她了?她怎么样?"

"很好,很好。我告诉她她的房子还在的时候,她下决心要马上回家,就是说——如果那个老黑鬼彼德肯让她回来的话。亚特兰大许多人都回来了,因为在梅肯,他们也是心神不安的。舍曼没有占领梅肯,但大家都担心威尔逊手下的侵略者很快就会到那,他比舍曼还更糟糕。"

"如果没有房子,他们还回来,这不是很傻吗!他们要住在哪儿呢?"

"思嘉小姐,他们住在帐篷、棚屋和木屋里。幸存的几所房子,挤了六七家人。他们还努力重建家园。得了,思嘉小姐,别说他们很傻。你跟我一样,是了解亚特兰大人的。他们是铁定心要住在这座城里的,差不多和查尔斯顿人铁了心要住在查尔斯顿一样。北方佬来了,放火烧了城市,这样就想把他们赶走,那是绝对办不到的。亚特兰大人——请你原谅,梅利小姐——对,亚特兰大就像骡子一样固执。我也不知道为什么,因为我总认为,那座城市是个非常有进取心又鲁莽冒失的地方。但我生来就是个乡下人,我不喜欢城市。我跟你们说吧,最先回来的人都是很精明的人。那些最后回来的人会连自己房子的一根木头、一块石头或是砖头都找不到,因为每个人都到全城各处去搜寻东西重建房子了。就在前天,我还看见梅里韦瑟太太和梅贝尔小姐,还有她们的老黑奴女仆推着独轮车出去找砖头。而米德太太对我说，她正在考虑，等米德医生回来帮她忙的时候，她要建座木屋呢。她说，她起初来到亚特兰大时住的也是木屋，当时亚特兰大还叫马撒斯维尔，再次住在木屋里，根本不会让她觉得麻烦。当然，她只是在开玩笑，但这你看得出来，他们的感觉是怎么样的。"

"我想，他们热情很高，"媚兰骄傲地说，"你不这样认为吗，思嘉？"

思嘉点点头，心里掠过一丝近乎冷酷的快感，同时，心目中早已接纳的城市也使她感到很自豪。正像弗兰克所说的，这是一个非常有进取心且鲁莽冒失的地方，这正是她喜欢它的原因。它不像那些历史更悠久的城市一样墨守成规，顽固不化，它还有一股轻率鲁莽的勃勃生机，这跟她自己正好相似。"我就像亚特兰大，"她心想，"要把我打倒，光是北方佬和放一次火是远远不够的。"

"如果白蝶姑妈要回亚特兰大，我们最好也回去，跟她住在一起，思嘉，"媚兰打断了她的思绪，这么说道，"她一个人会吓死的。"

"得了，我怎么能离开这里呢，梅利？"思嘉生气地问道，"如果你急着要走，你走好了。我不会拦你的。"

"噢，我不是这个意思，亲爱的。"媚兰叫道，苦恼得脸涨得通红，"我太没有头脑了！当然，你不能离开塔拉，而且——而且我猜想，彼德大叔和厨娘可以照顾好姑妈。"

"没什么会阻拦你的。"思嘉唐突地直说出来。

"你知道，我不会离开你的。"媚兰回答说，"我——我，没有你，我吓都会吓死。"

"你自己看着办吧。再说，你不能把我抓回亚特兰大去。他们一建好几座房子，舍曼就会回来重新放火把城市烧掉的。"

"他不会回来了。"弗兰克说，虽然他拼命想昂着头，但他的脸还是低了下去，"他继续横扫全州，到海边去了。萨凡纳这星期被占领了，他们说，北方佬正继续前进到南卡罗来纳。"

"萨凡纳被占领了！"

"是的。哦，小姐太太们，萨凡纳没有别的出路，只有沦陷了。虽然它把能找到的每一个人都用上了——每个能拖着脚走路的人都用上了，但要守住城市，人手还是不够。你们知道吗？北方佬向米利奇维尔进军时，他们把军事学院的学员全叫了出来，不管他们有多年轻，甚至打开州监狱，用犯人扩充兵力。是的，先生，他们把每个愿意去打仗的罪犯都放了，答应他们说，如果他们能活到战争结束，就给他们赦罪。看到那些小学员和小偷、杀人犯一起排在队列里，我真是有毛骨悚然的感觉。”

“他们把罪犯放了，让他们又来骚扰我们！”

“哦，思嘉小姐，你不要难过。他们离这里太远了，再说，他们也是好战士。我猜想，身为小偷也不能阻止他做个好士兵吧，对不对？”

“我觉得这挺好的。”媚兰轻声说道。

“哦，我倒不这样认为。”思嘉平淡地说，“乡间已经有够多小偷到处乱跑的了，一方面是因为北方佬和——”思嘉及时停下不说了，但先生们都笑了起来。

“一方面是因为北方佬和我们的军需部。”他们接下去把话说完，她不禁涨红了脸。

“可胡德将军的部队在哪儿呢？”媚兰赶紧插话，“他自然是可以保住萨凡纳的。”

“哦，媚兰小姐，”——弗兰克吃了一惊，带着责备的口吻说——“胡德将军根本没有到过那个地区。他一直在田纳西作战，想把北方佬从佐治亚赶出去。”

“他那小把戏可不是很有效！”思嘉讥讽地说，“他把该死的北方佬留下，让我们来对付，而我们什么也没有，只有小男生、罪犯和城卫队来保护我们。”

“女儿，”嘉乐说，坐直了身体，“你在骂人呢。你妈妈一定会伤心的。”

“他们就是该死的北方佬！”思嘉情绪激动地叫了起来，“我从来就不想叫他们别的什么。”

一提到埃伦，大家都觉得很不舒服，谈话突然中断了。媚兰又一次插话了。

“你在梅肯的时候，有没有看到英蒂和哈尼？她们——她们有没有听到希礼的消息？”

“哦，梅利小姐，你知道的，如果我有希礼的消息，我一定会直接从梅肯骑马到这来告诉你。”弗兰克用责备的口吻说，“没有，她们也没有什么消息，只是——好了，别为希礼烦心了，梅利。我知道，自你收到他的信，已经又过去很长时间了。可是，如果一个人在监狱里，你总不能指望收到他的信吧，对不对？况且，北方佬的监狱里还不会像我们的监狱里那么糟。毕竟北方佬有很多吃的，还有足够的药和毯子。他们不像我们——连自己吃的都不够，俘虏就更不必说了。"

"噢，北方佬是有很多吃的，"媚兰动了感情，痛苦地叫了起来，"可他们不会给俘虏东西吃的。你知道他们不会的，肯尼迪先生。你那么说只是为了让我心里好受一些。你知道的，我们的人在那被冻死，饿死，没有医生和药物，只是因为北方佬很恨我们！噢，要是我们能把每个北方佬都从地球上驱逐掉就好了！噢，我知道希礼——"

"别说了！"思嘉心都跳到了喉咙口，大叫道。只要没有人说过希礼死了，她心里就还有一线希望，希望他还活着。但是，如果听到别人说出这些话，她就会觉得，话说出口的那一刻他就会死去。

"好了，卫太太，别为你丈夫担心了。"只有一只眼的士兵安慰她说，"马纳萨斯第一次战役后我曾被俘过，后来被换回来了。我在监狱的时候，他们给我吃大鱼大肉，有炸鸡和热松饼——"

"我想，你是在撒谎。"媚兰淡淡地一笑，这是思嘉第一次看到她对男人显露出的一点活力，"你说呢？"

"我也这么想。"一只眼的士兵说着，笑着拍了一下大腿。

"如果你们都到客厅里来，我就给你们唱几首圣诞颂歌。"媚兰说，很高兴换了话题，"钢琴是北方佬拿不走的东西。是不是跑调跑得很厉害，苏埃伦？"

"太厉害了。"苏埃伦说，微笑着高兴地招呼弗兰克过来。

可是，他们都从餐厅里走出去时，弗兰克踯躅着走在后面，拉了拉思嘉的袖子。

"我能单独跟你说会话吗？"

有一会，她心里很害怕，担心他要问她有关牲畜的事，于是马上准备好一个极好的谎话。

房间里都没有人了，他们站在炉火旁边，弗兰克在其他人面前装出来的快乐一扫而光，她看到他看上去就像是个老人一样。他的脸干巴巴的，呈现出棕褐色,就像塔拉草坪上被风吹来吹去的落叶一样。姜黄色的胡子稀稀疏疏,参差不齐,已经有了缕缕灰白色。他漫不经心地捋着胡须,说话之前清了清喉咙,那样子显得颇为不安。

"我真为你妈妈感到难过,思嘉小姐。"

"请别谈这件事了。"

"还有你爸爸——他这样子是不是从——"

"是的——他——他已经不太正常了,这你看得出来。"

"她对他来说确实是太重要了。"

"噢,肯尼迪先生,我们还是别谈——"

"对不起,思嘉小姐,"他不安地把脚在地上挪来挪去,"其实,我是想向你爸爸提个请求,可现在,我看是没什么用了。"

"也许我能帮你,肯尼迪先生。你看——我现在是一家之主了。"

"哦,我——"弗兰克开口说着,又一次不安地捋着胡子,"其实——哦,思嘉小姐,我打算请求他让我娶苏埃伦小姐。"

"你是不是要告诉我,"思嘉惊奇地叫了起来,感到颇为有趣,"你至今还没有请求过爸爸让你娶苏埃伦?你已经追了她好几年了!"

他脸一下子红了,尴尬地张嘴笑着,大致像个害羞、胆怯的小男孩。

"哦,我——我原来不知道她会不会接受我。我比她大这么多,而且——有这么多年轻、英俊的小伙子围着塔拉转——"

"哼!"思嘉心想,"他们是围着我转,不是她!"

"而我还不知道她会不会接受我。我从来没问过她,但她应该知道我的感情。我——我原来想,我要征得郝先生的同意,把实话告诉他。思嘉小姐,我现在是身无分文了。我曾经很有钱,请你原谅我提起这一点。可是现在,我的马和我身上穿的衣服就是我所有的一切了。你知道,我参军的时候,我把大部分田地都卖了,把所有的钱都买了南部邦联的公债。你也知道,它们现在才值几个钱,比印刷它们的纸张还不值钱。不管怎么样,我现在也没有了,因为北方佬把我姐姐的房子烧掉时,它们也全被烧掉了。我知道,在我身无分文的时候向苏埃伦小姐求婚,那是太莽撞了,可是——哦,事情就是这样了。我开始想,我们也不知道这场战争结果到底会怎么样。对我来说确实像是世界末日。什么事我们也不能确定,而且——而且我想,如果我们订婚的话,这对我是莫大的安慰,也许对她也是。那就会是确定无疑的事了。在我能照顾好她以前,我不会和她结婚的,思嘉小姐,我也不知道什么时候我才能做到这一点。可是,要是真正的爱情能够为你分担一些生活的压力,你就可以肯定,苏埃伦如果别的方面不富有,在这点上是肯定能很富有的。"

他说最后那些话时还颇有点尊严,连感到有趣的思嘉也被打动了。她根本不明白,居然会有人爱苏埃伦。对她来说,她妹妹仿佛是个自私、成天抱怨的怪物,而且,她只能用"绝对执拗"这个词来形容她。

"哦,肯尼迪先生,"她和气地说,"行呀。我肯定能代替爸爸说话。他一直很看重你,而且,他一直希望苏埃伦能跟你结婚。"

"现在他也这样想吗?"弗兰克叫道,一脸高兴的神情。

"确实如此。"思嘉回答着。她想起嘉乐经常在饭桌上对着对面的苏埃伦粗暴地大喊:"现在怎么样了,小姐!你那热情的男朋友还没有提出那个问题呀?要不要我去问问他的打算呢?"想到这里,她不禁硬忍住不让自己笑出来。

"我今晚就跟她说。"他说着,脸都抽搐起来,抓住她的手摇着,"你真是太好了,思嘉小姐。"

"我会叫她去找你。"思嘉微笑着开始朝客厅走去。媚兰已经开始弹奏了。很遗憾,钢琴已经跑调,可有些和弦还挺动听。媚兰正提高嗓门领着其他人唱《听,报讯的天使在歌唱!》。

思嘉停下脚步。战争已经骚扰了他们两次,他们住在这惨遭蹂躏的乡间,几乎到了饿死的死亡线上,可他们却在唱着这首古老动听的圣诞歌,这似乎是不可能的。她突然转身面对着弗兰克。

"你说这对你来说就像是世界末日一样,那是什么意思?"

"我坦白说吧,"他慢吞吞地说,"可我不想让你用我所说的去惊吓其他小姐太太们。战争不会打太久了。没有新的兵力补充给部队,逃兵现象又越来越严重——严重得部队都不敢承认。你知道,士兵们知道自己的家人在挨饿时,离开家人的他们当然受不了,所以他们就回家去,尽力去养活他们。我也不能指责他们,但这削弱了部队的战斗力。而且,没有吃的,部队也无法战斗,而且确实是没什么吃的了。我知道这些,因为你知道,找食物是我的职责。自从我们重新占领亚特兰大后，我就一直在这一带到处周游，可连喂一只松鸦的食物都不够。由此向南直到萨凡纳的三百英里内都一样。人们在挨饿，铁路被掀翻，没有新的枪支，弹药也要用光了。根本就没有皮革做鞋子……所以，你知道，战争差不多就要结束了。"

南部邦联越来越没希望，这倒没使思嘉心情太沉重，使她心情更沉重的是他说的有关缺少食物的话。她一直打算派波克赶着马车，带着金币和美元出去，走遍乡间去搜寻粮食和做衣服的布料。可是，如果弗兰克说的是实话——

然而，梅肯还没有沦陷。梅肯一定还有食物。只要军需部的人没做什么坏事，等他们上路之后，她就派波克到梅肯去。虽然这珍贵的马可能被部队抓去，那也得冒这个险。她不得不要冒这个险了。

"好了，我们今晚还是不要谈不愉快的事吧，肯尼迪先生。"她说，"你去妈妈的小办公室坐坐，我会叫苏埃伦去找你。这样，你就可以——哦，这样你们就可以有点幽会的时间了。"

弗兰克脸红了，笑着悄悄溜出房间。思嘉目送着他离去。

"他现在不能跟她结婚，多可惜啊！"她心想，"要是那样，就能少一张嘴吃饭了。"

# 第二十九章

第二年四月，约翰斯顿将军在北卡罗来纳州投降。虽然后来他官复原职，可指挥权已经被破坏得支离破碎。随后战争也终于结束。但消息传到塔拉时已经是两个星期以后。在塔拉，每个人要做的事情都很多，没有工夫到处闲逛，打探小道消息。由于邻居们也跟他们一样忙碌，所以互相拜访也少了，消息也就传得很慢。

正是春耕的高峰期，波克从梅肯带回来棉花籽和果树籽，它们都被播撒到地里去了。这次出行，波克带了一马车衣物、种子、家禽、火腿、肋肉和粗粉，安然无事地回家来，他为此得意得不得了，尾巴都翘到天上去了。他一遍又一遍地讲述着他死里逃生的故事，讲述着回塔拉的路上经过的小路和羊肠小道，有人迹罕至的路、古旧的乡间小径，还有马走的小路。他在路上花了五星期时间。对思嘉来说，那真是令人揪心的五个星期。可他回来时，她并没有责骂他，因为他的旅途成功了，而且还把她给他的钱剩了这么多回来，这使她很高兴。精明的她怀疑，他之所以还剩下这么多钱，是因为他并没有用钱买那些家禽和大部分食物。一路上都有没人看守的鸡棚和近在咫尺的熏肉房，如果这样他还把她的钱花光的话，他一定会良心不安的。

他们现在既然有了点食物，塔拉的每个人就都忙着努力使生活恢复一些旧有的样子，尽量使生活自然一些。每一双手都有活干，太多了，多得干也干不完。去年已经枯萎的棉花梗要被拔掉，好下今年的种子，而执拗的马不习惯犁地，很不情愿地在田里磨磨蹭蹭着拖着脚步往前走。果园的草要拔，种上新的种子，还有柴要劈，还得着手更换家畜栏和被北方佬随意烧毁的长达数英里的栅栏。波克布下的捕兔子的陷阱,每两天就得光顾一次,河里的钓竿也得换鱼饵。铺床、扫地、煮饭、洗碗碟、喂猪和鸡,还要收鸡蛋。奶牛要挤奶,要牵到沼泽地附近的牧场去吃草,还得有专人看着它,免得被北方佬或是弗兰克·肯尼迪的人回来把它带走。连小韦德也有自己分内的事。每天早晨,他郑重其事地挎着个篮子,去捡小枝条和小木片回来生火。

县里最早从战场上回来的人是方丹家的小伙子们,投降的消息就是他们带回来的。还穿着靴子的亚历克斯走着回来,而光着双脚的托尼则骑着一匹没有上鞍的骡子。托尼一贯是设法把家中最好的东西弄到手的。经过四年日晒雨淋,他们的脸色比先前更加黝黑,身子也更精干,更结实了。战争间没刮掉的乱七八糟的黑胡须,使他们看上去就像是陌生人一样。

在回含羞草庄园的路上,由于他们急于回家,所以只在塔拉停留了一会儿,吻了吻姑娘们,给她们带来了投降的消息。一切都结束了,他们说。全部完结了,他们好像也不是很在乎,也不想多加谈论。他们想知道的只是含羞草庄园有没有被烧毁。从亚特兰大以南的一路上,他们经过了许多原来朋友的家,全都只剩下了一根又一根的烟囱,所以,他们也不指望自己的家能够幸免于难。他们听到好消息,欣慰地松了口气。思嘉告诉他们,萨莉怎样疯狂地骑着马来通报消息,她又是怎样灵巧地跳跃篱笆的。听到这些,他们都笑得直拍大腿。

"她是个勇气十足的姑娘。"托尼说,"她运气真是不好,乔已经死了。你们有没有嚼食的烟草,思嘉?"

"只有兔儿烟。爸爸把它放在玉米棒里抽。"

"我还没有穷酸到这个地步,"托尼说,"可我很可能也会落到这个地步的。"

"迪米蒂·芒罗好吗?"亚历克斯急切地问道,又有点不好意思。思嘉依稀记得,他一直很喜欢萨莉的妹妹。

"噢,她很好。她现在和她姑妈住在费耶特维尔。你知道吧,他们在拉夫乔伊的房子被烧毁了。她家其他人都在梅肯。"

"他的意思是——迪米蒂有没有嫁给城卫队的哪个上校?"托尼取笑他。亚历克斯转身对他怒目而视。

"她当然还没有嫁人。"思嘉说着,感到很有趣。

“她要是嫁人了或许还更好。”亚历克斯心情忧郁地说，“见鬼，怎么——对不起，思嘉。可一个人在他的所有黑奴都已经获得自由、牲畜又全没有了、口袋里一个子儿都没有的时候，怎么能向一个姑娘求婚呢？”

“你知道，那不会使迪米蒂烦恼的。”思嘉说。她大可以对迪米蒂表示友好，为她说一些好话，因为亚历克斯·方丹从来都不是她的男朋友之一。

“见鬼——哦，我再次请你原谅。我得先把骂人的毛病改掉，要不奶奶一定会狠狠鞭打我的。我不会叫任何一个姑娘和一个穷光蛋结婚的。她也许不会烦恼，但我会烦恼。”

思嘉还在前面的游廊和小伙子们说话，可一听到投降的消息，媚兰、苏埃伦和卡丽恩都默默地溜进屋里。小伙子们穿过塔拉后面的田野，抄近路回家了。思嘉回到屋里时便听到姑娘们的哭泣声，她们此时全都坐在埃伦小办公室里的沙发上。一切都结束了。她们曾经爱戴和憧憬过的光明美好的梦，那使她们的朋友、情人和丈夫为之奋斗的事业，也是使她们的家境变得一贫如洗的事业。她们原来还以为这事业永远不会失败，如今却永远地垮台了。

然而，思嘉却一滴眼泪也没有。刚刚听到这消息的那一刻，她只是想：“谢天谢地！现在奶牛不会被偷走了。现在马也安全了。现在我们可以把银器从井里拿出来，每个人都能使用刀叉了。现在我在乡间四处跑跑寻找食物，再也不用害怕了。”

这多令人宽慰呀！听到马蹄声，她再也不会吓一大跳了。原来她会在黑夜中惊醒过来，屏住呼吸倾听着，似乎听到了院子里有马嚼子的格格声、马蹄声和北方佬喊口令的粗哑的叫喊声，不知道这到底是现实还是梦境。现在她再也不会这样了。好中最好的事就是，塔拉安然无恙了！现在，她最可怕的梦魇永远也不会变成现实了。现在，她不用非得站在草坪上，看着烟从她钟爱的房子里冒出来，听着屋顶倒塌时火焰燃烧的声音了。

是的，事业已经灭亡了。但对她来说，战争似乎总是很愚蠢，还是和平更好。当南部邦联的红白相间、有七颗星的旗帜升上旗杆时，她从来就没有站在那，幻想那些异想天开的事。而听到《迪克西》这首歌时，也没有肃然起敬的感觉。她并不像其他人一样，只要事业成功，就能忍受一切。她度过了粮食匮乏的日子，强迫自己去履行护理伤员那令人恶心的职责，克服围城的恐惧以及最后几个月那饥饿难当的日子，她靠的可不是这股狂热劲。这一切现在都结束了，永远完结了。她才不会因此而哭泣呢。

都结束了！这场似乎没完没了的战争，这场不请自来、人们根本不想要的战争，把她的生活一分为二，给她的生活构筑了一道清晰明了的分水岭，她现在已经很难回忆起战前那一半生活中无忧无虑的日子了。她能无动于衷地回忆起过去那个漂亮的思嘉，她穿着摩洛哥皮制的纤巧的绿色舞鞋，裙子上的荷页边散发着薰衣草的香味，可她现在很怀疑自己和那个姑娘是不是同一个人。那时候的郝思嘉，全县的小伙子都拜倒在她的石榴裙下，上百个黑奴听她使唤，塔拉的财富像一堵墙似的立在她身后做她的后盾，溺爱她的父母总是迫不及待地满足她心里的每一个愿望。除了希礼的事以外，那个时候的思嘉从来都不知道什么愿望会是满足不了的。她备受宠爱，过着无忧无虑的生活。

在那长达四年的弯弯曲曲的漫长旅途上，不知从哪儿开始，那个带着小香囊、穿着绿舞鞋的姑娘已经悄然不见，出落成一个一双绿色的眸子炯炯有神的成熟女性，她精打细算，亲手做着许多原来仆人才做的事情。在这战争的残骸中，留给她的除了脚下不可摧毁的红土地外，别的什么也没有。

她站在过道里，听着姑娘们哭泣，思绪却翻腾开了。

"我们要种更多的棉花，比原来多得多。明天我就派波克到梅肯去多买些种子。现在北方佬不会放火烧了，我们的部队也不需要了。天哪！今年秋天，棉花的价格一定会涨到天上去的！"

她走进小办公室，顾不上沙发上哭泣的姑娘们，自个儿坐在写字台前，拿起一支鹅毛笔，计算着买更多的棉花种子需要多少花费，看看她剩下的现金够不够支出。

"战争已经结束了。"她心里想着，不禁喜上眉梢，猛地把鹅毛笔也扔下了。战争已经结束，希礼——如果希礼还活着，他就要回家来了！她不知道，正在哀悼失败的事业的媚兰是不是也想到了这一点。

"我们很快就能收到信——不，不是信。我们收不到信。可是很快——噢，不管怎么样，他总得让我们知道消息的！"

可是日子一天又一天，一星期又一个星期过去了，还是没有希礼的消息。南方的邮件服务很不稳定，在乡下地区根本就没有。偶尔会有个从亚特兰大路过这的人带来白蝶姑妈的字条,她眼泪汪汪地恳求姑娘们回去。但是从来就没有希礼的消息。

南方投降后,思嘉和苏埃伦就马的事一直存有芥蒂。现在北方佬不会带来危险了,苏埃伦便要去拜访邻居。她很寂寞,又没有了过去时日里那快乐的社交活动,只渴望能去看望朋友,就算不为别的,至少能让她确信,县里的其他地方跟塔拉一样糟。可是思嘉毫不松口。马是用来干活的,要用它把树林里的木头拖回来,用它犁地,还要让波克骑着出去找食物。星期天,它也就有权利在牧场上吃草休息。如果苏埃伦要去拜访人,她大可以走着去。

去年以前,苏埃伦这辈子还从来没有走过一百码远。所以,走路去拜访邻居决不是令她愉快的事。她于是待在家里唠唠叨叨,大吵大闹,一次又一次地说:"噢,要是妈妈在这就好了!"一听到这话,思嘉早就想打她的一巴掌终于出了手。她打得很重,打得她尖叫着扑到床上,整座房子里的人都吓坏了。自那以后,苏埃伦牢骚发得少了,至少思嘉在场的时候是这样。

思嘉说要让马休息,确实也是实话,但这只有一半是真的。投降后的第一个月,她在县里巡回绕了一周,拜访熟人朋友。老朋友和原有种植园的景象使她勇气大减,连她自己都不愿承认。

方丹家的境遇最好,这还得感谢萨莉拼命骑马报的信。可说他们家较为富裕,也只是相对于其他邻居近乎陷入绝境的情况来说是这样。方丹老奶奶那天领着大家救火,虽救下了房子,却患了心脏病。自那天起从来就没有完全康复过。老方丹医生截了一只胳膊,现在正在慢慢恢复。亚历克斯和托尼转而用双手笨拙地去犁地和握锄头柄。思嘉去拜访他们时,他们从栅栏上倾过身子和她握手,还笑话她那东倒西歪的马车。他们黑色的眼睛酸酸的,因为他们在笑她的同时,无疑也在笑自己。她向他们买玉米种,他们满口答应,接着就聊起了农场的事。他们有十二只鸡、两头牛、五头猪,还有他们从战场上带回来的骡子。其中的一头猪刚刚死了,他们担心其他的猪也会跟着死去。听到这两个从前的纨绔子弟这么正儿八经地谈论猪的事,思嘉也笑了。他们过去可是从来都没用严肃认真的态度看待过生活,只会关心哪种围巾式样是最流行的。这次连思嘉的笑也是苦笑了。

在含羞草庄园，大家都对她表示欢迎，坚持要把玉米种送给她，不收她的钱。当她把一张美钞放到桌上时，方丹家人急躁的性情发作了，他们冷淡地拒绝了她付的款。思嘉拿走玉米，暗地里悄悄地把一块钱纸币塞进萨莉手里。八个月前，思嘉刚回到塔拉时，萨莉曾经出来对她的来访表示欢迎。可是现在，萨莉看上去跟当时那个姑娘已经相去甚远了。那时候，她脸色苍白，一脸忧伤，但身上还有一种轻快的活力。可现在，活力已经荡然无存了，好像是投降一事把她的所有希望全带走了。

"思嘉，"她抓着纸币，低声说道，"这又有什么用呢？我们为什么要打仗？噢，我可怜的乔！噢，我可怜的孩子！"

"我也不知道我们为什么要打仗，我也不在乎，"思嘉说，"我也不感兴趣。我从来就没感兴趣过。战争是男人的事，不是女人的事。我现在感兴趣的事就是棉花能有好收成。你把这钱拿去，给小乔买件衣服。上帝知道，他非常需要衣服。尽管亚历克斯和托尼很客气，我还是不想像抢劫一样把你们的玉米抢走。"

小伙子们送她来到马车旁，扶她上了车。他们虽然衣衫褴褛，但动作优雅，很有气派，一脸方丹家特有的快活劲。但是，当她赶着车离开含羞草庄园时，看着他们这缺少衣装的样子，不禁浑身发起抖来。她已经厌倦了贫困和拮据。要是能认识富有而不用担忧下一顿饭从哪来的人，那是多么令人快乐的事啊！

凯德·卡尔福特回到了松花园的家中，过去那些快活的日子里，她经常在这古老的房子里跳舞。现在，思嘉踏上这古老房子的台阶时，却看到他脸上有着死神即将来临的迹象。他非常消瘦，躺在一把安乐椅里晒太阳，膝上盖着一条披巾，还在咳嗽。看到她，他不禁喜形于色。他说他只是轻微的感冒，引起了胸部不舒服，还尽力要起来迎接她。他是由于经常在雨中睡觉才患的感冒。但这很快就会好的，到时他就可以帮忙干活了。

听到声音，凯思琳·卡尔福特从屋里走了出来，视线越过她哥哥的头顶和思嘉的眼睛对视了。思嘉从那双眼里看到了洞察一切和万分痛苦的绝望神情。凯德也许不知道，但凯思琳知道。松花园看上去杂乱无章，杂草丛生，田地里已经长出了小松树。房子毫无生气，乱七八糟。凯思琳很瘦，脸拉得老长。

他们俩,连同他们的北方佬继母、四个同父异母的小妹妹、他们的监工希尔顿,还留在这所似乎寂静无声却又响着奇怪的回音的房子里。思嘉从来就不喜欢希尔顿,就像她不喜欢他们自己的监工乔纳斯·威尔克森一样。她现在就更讨厌他了,因为他就像个与她地位平等的人一样逍遥自在地走上前来迎接她。过去,他也有威尔克森所具有的那种屈从和傲慢兼而有之的神态,可是现在,卡尔福特先生和雷福德死在战中,凯德又在生病,他那屈从的神态便无影无踪了。第二任卡尔福特太太从来都不知道怎样迫使黑奴仆人尊敬她,也就更不能指望她从一个白人那里能得到尊重了。

"希尔顿先生太好了,还留在这里和我们一起度过这艰难时世。"卡尔福特太太不安地说,眼睛飞快地看了她丈夫和前妻生的女儿几眼,"非常好。我想你应该听说了,舍曼在这时,他是怎样两次救下我们的房子的。我敢肯定,我们又没有钱,凯德又不在,要是没有他,我真是不知道怎么办才好——"

凯德苍白的脸变得绯红,凯思琳紧抿着嘴,长长的睫毛遮住了她的眼睛。思嘉知道,他们因为受了北方佬监工的恩惠,心里感到很气愤,很苦恼,但又无可奈何。卡尔福特太太好像随时都会哭出来似的。不知怎的,她又犯了个大错。她老是犯大错。虽然她在佐治亚生活了二十年,可她还是摸不透这些南方人。她从来不知道该对她丈夫和前妻生的孩子们说些什么话,而不管她说了什么,做了什么,他们总是对她异乎寻常地客气。她默默地发誓,自己一定要回到北方去,回到自己人当中去,带上她的孩子,离开这些令人困惑不解的傲慢的外地人。

拜访过这些人之后,思嘉再也不想去塔尔顿家了。既然四个小伙子都不在了,房子又已被烧毁,他们只能挤在监工住的小屋里,她无法说服自己去拜访他们。可是苏埃伦和卡丽恩一再恳求,媚兰也说,不去拜访他们,不去对塔尔顿先生出征归来表示欢迎,那就连邻居情谊也没了。所以,她们就挑了一个星期天出发了。

这是最糟糕的一次拜访。

他们乘马车来到房子的废墟前,看见了比阿特丽斯·塔尔顿。她穿着一套已穿旧的女骑装,腋下夹着一把鞭柄,坐在围场边的栅栏上最高一根横杆上,心情忧郁、两眼茫然地盯着前方,不知在看什么。她身边坐着给她训练马的黑人小孩，他有着一双弓形腿，看上去也跟他的女主人一样闷闷不乐。曾经关满相互嬉戏的小马驹和温和的同种骡子的围场，如今空荡荡的，只剩下一匹骡子，那是塔尔顿先生在南方投降后骑回家来的。

“我敢发誓，现在，既然我那些亲爱的孩子已经不在了，我真不知道自己该怎么办。”塔尔顿太太说着，从栅栏上爬了下来。不知道的人也许会认为她指的是她四个已经死去的儿子，可从塔拉来的姑娘们都知道，她心里想的是她的马。“我所有漂亮的马全死了。噢，我可怜的内利！要是我还有内利也行！可这地方什么也没有，只有一匹该死的骡子。一匹该死的骡子。”她重复说着，愤愤然地看着骨瘦如柴的骡子，“想起我那些亲爱的纯种马，它们的围场里居然有匹骡子，这简直是一种侮辱。骡子是不光彩的、不合情理的杂种，养它们应该是非法的。”

吉姆·塔尔顿一脸胡子乱蓬蓬的，把他的面目完全给遮掩住了。他从监工的屋子里走出来欢迎并亲吻姑娘们。他的四个红头发的女儿穿着打补丁的衣服，在他后面鱼贯而出。一打黑褐色的猎狗一听到陌生的声音就狂吠着跑到门口，正好在姑娘们脚下绊来绊去。这全家人脸上都有一种刻意装出的快活神情。这更使思嘉骨子里感到了一丝凉意，甚至比含羞草庄园的辛酸和松花园死一般的沉寂还更使她心凉。

塔尔顿一家坚持要留姑娘们吃晚饭，说这些日子里，他们家没什么客人，他们很想听听外面的消息。思嘉不想在此逗留，因为这氛围使她感到很压抑。可是媚兰和她的两个妹妹急于想多待些时候，所以四个人还是留下来吃晚饭，多少吃了些招待她们的肋肉和干豌豆。

他们就不足量的伙食打趣着。谈到临时凑合着穿的衣服时，塔尔顿家的姑娘们乐得咯咯直笑，好像她们是在说最好笑的笑话似的。媚兰也加入了她们的行列，说到塔拉的艰苦时，她出乎意料的快活，淡化了那艰辛程度，这颇使思嘉感到吃惊。思嘉几乎开不了口。屋里没有了塔尔顿家四个真正的男子汉那吊而郎当、抽烟笑闹的场面，似乎显得太空荡了。而如果在她眼里都显得空荡荡的话，那在他们的邻居们面前展露一副笑脸的塔尔顿一家又会是什么感觉呢？

卡丽恩吃饭时没说什么话，但吃完饭后，她悄悄地溜到塔尔顿太太身边，跟她小声嘀咕着。塔尔顿太太的脸色都变了，暂时挂在嘴角的那丝微笑也消失了。她用手臂抱住卡丽恩苗条的腰肢,两人一起离开了房间。思嘉觉得,自己一刻也忍受不了房间里的气氛了,于是尾随着她们走了出来。她们沿着果园里的小径走去,思嘉看见她们是要到墓地去。哦,她现在也不能回屋里去了。这会显得太不礼貌。可卡丽恩拉着塔尔顿太太到小伙子们的墓地去,到底是什么用意呢,特别是在比阿特丽斯硬装出一副坚强面孔的时候?

雪松底下的墓地是举行葬礼的地方,那里用砖围着,有两块新的大理石石碑——非常新,雨水也还没来得及把红土溅到上面。

“我们上星期才买的。”塔尔顿太太骄傲地说,“塔尔顿先生到梅肯去,用马车运回家来了。”

墓碑!它们一定花了不少钱!思嘉突然间不像先前那样为塔尔顿一家感到难过了。食物现在这么珍贵,几乎是买都买不到,他们却把宝贵的钱浪费在墓碑上,这样的人根本不值得同情。每块墓碑上都刻着好几行字。刻的字越多,花的钱也就越多。这一家人一定是疯了!而把小伙子们的尸体运回家来也需要钱。但他们一直没找到博伊德的尸体,也没有有关他的任何线索。

在布伦特和斯图尔特的坟墓之间,有一块墓碑上刻着这样的字:“他们活着的时候既可爱又快乐,死了也永远不分离。”

另一块墓碑上刻着博伊德和汤姆的名字,还有些拉丁文,开头是“Dulce et——”①,可思嘉一个字都看不懂。还在费耶特维尔女子学院的时候,她就已经尽量对拉丁文避而远之了。

为墓碑花那么多钱!哦,他们真是傻瓜!她感到愤愤不平,就好像自己的钱被乱花了一样。

卡丽恩的眼里亮闪闪的,甚是奇怪。

“我觉得这很可爱。”她低声说道,手指着第一块墓碑。

卡丽恩居然会认为这很可爱。任何令人伤感的东西都能打动她。

“是的,”塔尔顿太太说,声音很轻柔,“我们都觉得这很合适——他们死的时间也差不多,斯图先走了,然后布伦特又举起了他掉在地上的战旗。”

---

① 全句应为Dulce et decorum est pro patria mori,意思是为祖国而死是愉快而光荣的。

姑娘们赶车回塔拉的时候，思嘉沉默了好一会，一边回忆着在不同的家庭里看到的一幕，一边极不情愿地想起县里辉煌的过去。大房子里宾客成群；钱多得不计其数；黑人住的小屋里挤满了黑奴；照管得很好的田地里，棉花丛绵延数里，甚是壮观。

“到明年，这些田里就会没什么松树了。”她心里想着，回头看看环绕着她们的树林，不禁不寒而栗，“没有了黑奴，我们就只能糊口而已。”在没有黑奴的情况下，谁也无法经营一个大种植园。很多农田根本没法耕种，田里就会重新长出树林来。没有人手来多种棉花，到时我们该怎么办呢？我们乡里人会怎么样呢？城里人不管怎样都能应付的。他们总是能应付的。可我们乡里人就只能倒退一百年，回到拓荒时期，住小木屋，只种几英亩地——仅够勉强糊口而已。

“不——”她坚强地想，“塔拉不会成为那个样子的。哪怕我要自己犁地，也不能让塔拉成为那个样子。这整个地区，整个州要是愿意，它们尽可以退而成为森林，可我不会让塔拉变成那样。我也不打算把我的钱浪费在墓碑上，也不会浪费时间为战争而哭泣。不管怎样，我们总能应付的。我知道，只要男人没有全部死光，我们就一定能设法应付。失去了黑人并不是最糟糕的事。最糟糕的是失去了男人，年轻男人。”她又一次想起了塔尔顿家的四个小伙子，乔·方丹、雷福德·卡尔福特以及芒罗兄弟，还有她在伤亡名单上看到的所有费耶特维尔和琼斯伯勒的小伙子们。“如果剩下足够多的男人，无论如何我们都能应付的，可是——”

另一个想法从她脑海里蹦了出来——要是她想再婚呢。当然，她不想再婚。结一次婚当然就已经足够了。再说，她唯一想要的男人就是希礼，即使他还活在人世，他也已经是有妇之夫了。可要是她必须结婚呢？谁会娶她？这想法太骇人听闻了。

“梅利，”她说，“南方的女孩子会怎么样呢？”

“你指的是什么？”

“就是我说的意思。她们会怎么样呢？没有人娶她们了。哦，梅利，所有的小伙子都死了，整个南方会有成千上万的女孩到死的时候都还是老处女的。”

“而且永远不会有孩子了。”媚兰加了一句。对她来说，这是最为重要的。

显然，对坐在马车后座上的苏埃伦来说，这想法已经不是什么新鲜事了，她突然放声大哭起来。自从圣诞节过后，她一直没有收到弗兰克·肯尼迪的信。她也不知道是不是因为没有邮件服务系统，还是说他只是在作弄她的感情，然后就把她忘了。或者说，他在战争的最后几天中牺牲了！后者当然比忘记她这点更受人欢迎，因为，爱虽然不在了，至少还有点尊严的，就像卡丽恩和卫英蒂一样，可对被抛弃的未婚妻来说，就毫无尊严可言了。

“噢，看在上帝分上，别哭了！”思嘉说。

“噢，你尽可以谈你的，”苏埃伦啜泣着，“因为你已经结过婚，又有了孩子，而且每个人都知道有人想要你。可你看看我！你居然这么刻薄，一再提起我是个老处女，而我却无可奈何。我觉得你真是太可恶了。”

“噢，住嘴！你知道我有多讨厌一直叫叫嚷嚷的人。你知道得很清楚，姜黄胡子的老先生还没死，他会回来娶你的。他不会有更好的想法了。可是，就我来说，我宁愿当老处女，也不愿嫁给他。”

马车后座上安静了一会，卡丽恩心不在焉地拍着她姐姐以示安慰，她的思绪已经飘到很远很远的地方去了，想着三年前布伦特·塔尔顿在她身边时一起骑马时的情景。她眼睛发亮，一副兴奋的神情。

“啊，”媚兰悲伤地说，“没有了我们这些优秀的小伙子，南方会成为什么样子呢？要是他们还活着，那南方又会是什么样子呀？我们可以继承他们的勇气、活力和头脑。思嘉，所有像我们这样有儿子的人都应该把他们抚养大，代替那些已经走了的人，抚养成像他们那样勇敢的人。”

“再也不会有像他们那样的男人了，”卡丽恩轻声说道，“没有人能代替他们的位置的。”

余下的路途上，她们谁也没说话，默默地赶着车回家了。

不久后的一天黄昏，凯思琳·卡尔福特骑马来到塔拉。她的女用马鞍上在一头思嘉所见过的最可怜的骡子上。这头骡子一瘸一拐，耳朵也一扇一扇的，而凯思琳看上去跟她骑的骡子一样可怜兮兮的。她的衣服是用方格花布做的，那式样从前只有家里的仆人才穿。太阳帽则用一根细绳牢牢地绑在下巴下。她骑到屋前的游廊边，但没有下马，正在看日落的思嘉和媚兰走下台阶迎上前去。凯思琳脸色苍白,就像思嘉去拜访他们那天凯德的脸色一样。她板着面孔,神情冷淡,仿佛一说话脸就会碎成碎片似的。可她后背挺直,向她们点头时,头还是扬得高高的。

思嘉突然想起卫家举行野餐会那天她和凯思琳一起议论白瑞德的情景。那天的凯思琳多漂亮,多水灵呀。她穿着蓝色玻璃纱宽摆长裙,腰带上装饰着芳香的玫瑰,黑色的天鹅绒便鞋在小脚踝处还镶有花边。而从现在直挺挺地端坐在骡子上的这个人身上,根本找不到那个姑娘的影子。

"我不下来了,谢谢,"她说,"我只是来告诉你们,我要结婚了。"

"是吗?"

"跟谁呀?"

"卡西,那太好了。"

"什么时候?"

"明天。"凯思琳不动声色地说,她声音里有些东西把她们脸上那急于想知道底细而露出的微笑都给赶跑了,"我来告诉你们,我明天就要结婚了,在琼斯伯勒——我也不想邀请你们来参加。"

她们默默地听着这些话,抬头看着她,感到困惑不解。后来媚兰说话了。

"是不是我们认识的人,亲爱的?"

"是的,"凯思琳简短地说,"是希尔顿先生。"

"希尔顿先生?"

"是的,希尔顿先生,我们的监工。"

思嘉连"噢!"都说不出来了,可是凯思琳突然看着媚兰,粗鲁地低声道:"你如果哭出声来,梅利,我会受不了的。我会死的!"

媚兰什么也没说。她拍着凯思琳从马镫上垂下来的脚,脚上穿的是蹩脚的家制布鞋。她低下了头。

"别拍我了! 这我也受不了。"

媚兰放开手,还是没有抬起头来。

"哦,我得走了。我只是来告诉你们一下。"那张似乎容易碎裂的白色面具又回到了她的脸上,她抓住马缰。

"凯德怎么样?"思嘉问,她已完全不知所措了,却还斟酌着词句好打破这令人难堪的沉默。

“他已不久于人世了。”凯思琳唐突地说，声音里不带任何感情色彩，“如果我办得到的话，他就可以在欣慰、安宁的氛围中去世，不用担心他走了以后谁会来照顾我。你们知道吧，我继母和她的孩子们明天就要到北方去，永远不回来了。哦，我得走了。”

媚兰抬起头，跟凯思琳坚定的目光对视了。媚兰的睫毛上挂着泪花，眼里满含理解的神情。在这双眼睛面前，凯思琳的嘴角一撇，现出了一丝微笑，就像是个坚强的孩子尽力在忍住不哭出来。思嘉一副茫然不解的神情，她还在领会凯思琳·卡尔福特要嫁给一个监工的含义呢——凯思琳，一个富有的种植园主的千金。凯思琳，除思嘉外，她在县里比任何一个姑娘都有更多男朋友。

凯思琳弯下身子，媚兰踮起脚尖。她们互相吻了吻。接着，凯思琳用力拉了拉马勒，老骡子便动身走了。

媚兰目送着她，眼泪顺着面颊流了下来。思嘉呆呆地看着，还是茫茫然的。

“梅利，她疯了吗？你知道，她不可能爱他的。”

“爱？噢，思嘉，这样可怕的事你连提都别提！噢，可怜的凯思琳！可怜的凯德！”

“见他妈的鬼！”思嘉叫了起来，开始不耐烦了。媚兰似乎总是比她自己更能控制局势，这点太令人懊恼了。对她来说，凯思琳的困境比一场灾难还更令人吃惊。和一个北方佬——白人穷鬼结婚，这当然不是什么值得高兴的事，可是，一个姑娘家毕竟不能独自一人生活在种植园里，她得有个丈夫来帮她管理。

“梅利，就像我前几天说的，姑娘们没什么人好嫁了，但她们总得跟什么人结婚。”

“噢，她们不一定非得结婚不可！做个老处女根本没什么不好意思的。看看白蝶姑妈。噢，我宁愿看着凯思琳去死！我知道凯德也宁愿看着她去死的。卡尔福特家完了。想想她——他们的孩子会是什么样子的。噢，思嘉，让波克马上去给马上好鞍，你骑马追上她，叫她来跟我们住好了！”

“上帝！”思嘉叫了起来，媚兰要让别人到塔拉来住的那种认真的态度，使她感到吃惊极了。思嘉当然不打算再养一张吃饭的嘴。她正想开口把这话说出来，媚兰那病恹恹的脸上有某种东西却使她把话吞了回去。

“她不会来的，梅利。”她改口说道，“你知道她不会来的。她太高傲了，她会认为这是施舍。”

“那倒也是，那倒也是！”媚兰心烦意乱地说，眼睛看着那团小小的红尘消失在路的尽头。

“你跟我在一起已经好几个月了，”思嘉看着她的小姑子，冷酷地想着，“而你从来没想到你也是在靠施舍过日子。我想，你永远也不会意识到这一点的。你是没被战争改变的人之一，还是像什么事都没发生过一样思考，一样行事——好像我们还是像大财主一样富有，食物多得我们都不知道该怎么办才好，有多少客人也没关系。我想，我这下半辈子都得背上你这个包袱了。可我还是不会接受凯思琳的。”

# 第三十章

和平到来后那个温暖的夏天，塔拉突然一改原来与世隔绝的状况。这以后一连好几个月，总是有骨瘦如柴、满脸胡子、衣衫褴褛、走痛了脚而且总是饥饿交加、步履艰难的人不断地爬上红色的小山坡，来到塔拉。他们坐在屋前阴凉的台阶上休息，要点吃的，还要求借宿一个晚上。他们都是正在归家途中的南方军。约翰斯顿的余部被用火车从北卡罗来纳运到亚特兰大，然后就被扔在那。他们从亚特兰大便开始了徒步旅程。约翰斯顿的人马过去之后，弗吉尼亚那些疲惫不堪的老兵又到了，接着是从西部部队来的人。他们偷搭朝南走的火车回家，而那家也许已经一片废墟，家里人也许也已经四散逃命或是离开人世。他们大多数人都是步行来的，只有几个幸运的人才骑着骨瘦如柴的马和骡子，投降的条款允许他们保留原来的坐骑。这是些瘦弱不堪的动物，连外行人也能一眼便看出，它们决到不了遥远的佛罗里达和佐治亚南部。

回家！回家！士兵们的心里只有这个念头。有些人一脸忧伤，默默无言，有些人则欢呼雀跃，对所受的苦颇不以为然。一切都结束了，他们正在回家，这个信念在支撑着他们。他们很少人会心怀怨恨，怨恨全被留给了他们的妻子和老人。他们打了一场漂亮仗，打败了，现在愿意平静地安顿下来，在他们曾经为之战斗过的旗帜下辛勤农耕。

回家！回家！他们无心谈别的事，无心谈打过的仗、受过的伤、被捕或是将来。以后，他们会再次作战，告诉孩子和孙子有关轰炸、突袭和进攻的事，还有挨饿、急行军和受伤的事，但不是现在。有的人缺胳膊断腿，有的人少了一只眼睛，许多人都伤痕累累的。如果他们能活到七十岁，这些伤疤在下雨的日子里一定会疼痛，可现在这些都是小事了。这以后，一切都会不一样的。

不管老的还是少的，健谈的还是沉默寡言的，富有的种植园主还是面色灰黄的穷苦白人，他们都有两点共同的东西，虱子和痢疾。南部邦联的士兵们对自己身上长着害虫的境况已经习以为常了，他们对此根本不以为然，连在小姐太太们面前也毫无顾忌地大抓起来。至于痢疾——小姐太太们都把它戏称为"血流"——从列兵到将军似乎没有一人能够幸免。过了四年半饥半饱的日子之后，过了四年配给的食物都是粗粮或是蔬菜或是腐烂了一半的食物之后，现在已在他们身上起作用了。每个在塔拉稍做停留的士兵，要不正在康复中，要不就正在受折磨。

"南方军中没有一个人的肠胃是正常的。"嬷嬷阴沉着脸说，她正在火炉上调制着黑霉根制的一种苦草药，热得汗流满面。这是过去埃伦用来解除这些痛苦的特效药。"俺认为，不是北方佬把我们的先生们给打败了，而是他们自己体内的病痛把他们给打倒了。没有哪个肠子里流着水的人还能打仗的。"

嬷嬷也不问他们的身体如何这类傻乎乎的问题，就一个一个给他们服药，而他们也都一个一个顺从地喝着她给的药，喝得扭鼻子歪脸的，也许还记起了远方其他一脸严厉的黑面孔和其他拿着舀药汤匙的毫不宽容的黑手。

在"成群结队的东西"这个问题上，嬷嬷同样坚定不移。长着虱子的士兵，谁也不能进塔拉。她把他们带到一丛浓密的灌木丛后面，让他们把军服脱光，给他们一盆水和碱性很强的肥皂，让他们洗澡。然后再给他们被子或是毯子包着一丝不挂的身子，她则在她那大大的洗锅里煮着他们的衣服。姑娘们极力争辩，说这样会让士兵们蒙羞受辱，但一点用也没有。嬷嬷回答说，如果姑娘们自己身上长了虱子，那才更是蒙羞受辱呢。

到了几乎每天都有士兵来的时候，对能不能让他们使用卧室，嬷嬷也提出了抗议。她总是担心会有她没注意到的虱子漏网。思嘉对此没有提出异议，她把铺着天鹅绒厚地毯的客厅变成了一个宿舍。士兵们被允许睡在埃伦小姐的地毯上，嬷嬷对这种亵渎同样大叫大嚷。但思嘉主意已定。他们总得有地方睡觉。投降后的几个月中，那层厚厚的软毛开始出现了磨损的痕迹，最后，厚实的编织线也从一块块斑痕中露了出来，而这些斑痕则是被脚后跟踩出来的，还有的是被靴刺粗心大意地搓出来的。

她们迫不及待地向每一个士兵打听希礼的下落。苏埃伦虽然昂着头一副不屑的样子，但她也总在打听肯尼迪先生的消息。可是没有一个士兵听说过他们，他们也不乐意谈论失踪的人。他们自己还活在人世，这就足够了。他们不会费心去想那成千上万躺在没有标记的坟墓里的士兵，那些永远回不了家的人。

每次失望之后，一家人都尽力给媚兰鼓劲。当然，希礼没有死在狱中。如果真是这样，就会有北方的牧师写信来通知此事了。当然，他正在回家的路上，可他的监狱太远了。哦，我的天，这旅途就是坐火车也要好几天，而如果希礼全靠走路，像这些人一样……他干吗不写信呢？哦，亲爱的，你知道邮件现在的状况——即使在邮路已经重新通畅的地方，也是很不稳定，时有时无的。可是要是——要是他在回家的路上死了呢？好了，媚兰，要是这样的话，肯定会有北方佬妇女写信告诉我们这件事的！……北方佬女人！呀！……梅利，有些北方佬女人挺好的。噢，对了，确实有！上帝造出一个国家，不可能里面没有好心的女人！思嘉，你记得吗？那次我们在萨拉托加确实碰到了一个好心的北方佬女人——思嘉，把这跟梅利说说！

“好心，那才怪呢！”思嘉回答说，“她居然问我，我们养了多少只猎狗追捕黑奴。我同意梅利的意见。我从来没见过好心的北方佬，男的也罢，女的也罢。可你别哭，梅利！希礼会回来的。路途那么远，也许——也许他没有靴子穿。”

紧接着，想到希礼光脚走路，思嘉真想哭出来。让别的士兵穿着破衣烂衫、一瘸一拐地走过去吧，让他们的脚包着麻袋片和地毯的碎布条吧，但希礼不能这样。他应该骑着一匹活蹦乱跳的马回家来，穿着高档的衣服和发亮的靴子，帽子上插着一根羽毛。一想到希礼会到跟这些士兵一样落魄，她就降到了最后一层地狱。

六月的一天下午，塔拉的每个人都聚在屋后的游廊里，心情迫切地看着波克动手切这个时令头一个半生半熟的西瓜。这时，他们听到了屋前的砾石车道上传来马蹄声。普里西慢吞吞地走到前门，剩下的那些人却在激烈地争论着，要是门口的人是个士兵的话，到底要不要把西瓜藏起来，留到晚饭时吃。

梅利和卡丽恩低声嘀咕着，这个士兵客人也应该分享一份，而思嘉有苏埃伦和嬷嬷支持，对波克直发嘘声，要他赶快把西瓜藏起来。

“别傻了，姑娘们！这西瓜连我们自己都不够吃，要是门口有两三个正在挨饿的士兵，我们就谁也别想尝上一口了。”思嘉说。

波克抱着那个小西瓜站在那，不知道最后该怎么办。这时他们听到普里西叫了起来。

“我的天！思嘉小姐！梅利小姐！快来呀！”

“是谁呀？”思嘉大叫着，一下就从台阶上跳起身来，冲过过道。梅利跟她肩并肩跑着，其他人鱼贯着跟在她后面。

“希礼！”她心想，“噢，也许——”

“是彼德大叔！白蝶小姐的彼德大叔！”

他们全都跑到前面的游廊里，看见白蝶姑妈家的那个个子高大、灰白头发的暴君正从一匹没有尾巴的小马上下来，马身上绑着一块被子料子。他那宽大的黑脸上既有看到老朋友的快乐神情，又有惯常有的尊严。结果，他的眉毛皱成一簇，嘴巴却张得老大，就像一只老得没有牙齿的猎狗的嘴巴一样。

大家都跑下台阶去迎接他，黑人也罢，白人也罢，全都和他握着手，问寒问暖。可梅利的声音比谁的都大。

“姑妈没生病吧，对不对？”

“没有。她身体还好，谢天谢地。”彼德大叔回答着，他先是严厉地看了梅利一眼，然后又看了看思嘉。她们马上就觉得自己心里有愧，可想不出为什么要有愧。“她身体还好，可就是对你们这两个年轻小姐很生气，说起这个，俺也一样！”

“哦，彼德大叔！到底——”

“你们都该好好谴责一下自己。白蝶小姐不是一直写信给你们，叫你们回家吗？你们写信告诉她，说你们在这个老农场上有很多事要做，不能回家来。俺不是还看见她一边写信一边哭吗？”

“可是，彼德大叔——”

“你们怎么能在白蝶小姐这么害怕的时候让她自己一个人住呢？你们和俺一样知道得很清楚，白蝶小姐从来没有自己一个人住过。自从她从梅肯回来后，她那穿着小鞋的双脚就一直抖个不停。她叫俺来跟你们说清楚，因为俺知道，她就是不明白你们为什么在她需要你们的时候不管她。”

“得了，别再说了！”嬷嬷尖刻地说，因为她听到塔拉被称为“老农场”，心里便不受用。她相信，一个在城里长大的无知的黑人是不知道农场和种植园之间的区别的。“难道我们就没有需要的时候吗？我们这里难道就不需要思嘉小姐和梅利小姐，而且非常需要她们？如果白蝶小姐需要，她干吗不叫她哥哥帮忙呢？”

彼德大叔畏缩地看了她一眼。

“我们已经好几年没有跟亨利先生联系了，现在再开始也已经太晚了。”他转身面对着姑娘们，可她们却尽力克制着不敢笑出来。“你们这些年轻小姐真该感到害臊才是，把白蝶小姐一个人孤零零地扔在那，她有一半朋友都已经死了，另外一半还在梅肯，亚特兰大还满是北方佬士兵和被解放的自由黑人穷鬼。”

两个姑娘拉长着脸，默默地听着对她们的训斥。但是，想到白蝶姑妈居然派彼德来批评她们，并且要把她们带回亚特兰大，这实在让她们忍禁不住。她们失声大笑起来，勾着对方的肩膀，好让自己不致摔倒。而看到这个轻视他们心爱的塔拉的人遭到反击，波克、迪尔西和嬷嬷自然而然也大笑不止。苏埃伦和卡丽恩也咯咯直笑，连嘉乐脸上也挂上了一丝不很明显的笑容。每个人都在笑，只有彼德除外，一会把重心移到这只脚上，一会又移到那只脚上，两只脚趾张开的大脚便不停地动来动去，心里的火气越来越大。

“你怎么啦，黑鬼？”嬷嬷咧嘴一笑，“你是不是太老了，保护不了你的女主人？”

彼德大发雷霆。

“太老！俺太老？不，夫人！俺当然可以保护白蝶小姐，就像过去一样。我们被围困的时候，俺不是保护着她到梅肯去了吗？北方佬来到梅肯的时候，她吓得要死，老是晕过去，俺不是也保护了她吗？难道俺不是用这匹小马把她送回亚特兰大，一直保护着她和她爸爸的银器吗？”彼德一边为自己辩护，一边挺直了身子，“俺不是在谈保护的事。俺是在说别人怎么看。”

“谁怎么看?”

“俺是在说,别人看到白蝶小姐一个人住会怎么看。人们对没出嫁的小姐自己一个人住总是会说三道四的。”彼德接着说。听话的人心里明白,在他的意念里,白蝶小姐还是个丰满迷人、年方二八的小姐,需要受到庇护,不能让别人对她说三道四的。“俺不能让别人对她指指点点。不,夫人……俺不能让她因为没人做伴就招房客进来住。俺确实这么对她说了。‘只要你还有亲人,你就不能这么做。’俺说。可现在她的亲人却不管她了。白蝶小姐还是个孩子——”

听到这里,思嘉和梅利笑得更厉害了,顺势一屁股坐在台阶上。最后,梅利擦去眼里笑出来的泪水。

“可怜的彼德大叔!很抱歉,我笑出来了。真正地、实实在在地抱歉。啊,请你一定要原谅我。思嘉小姐和我现在不能回家。也许到九月收完棉花后我会回去。姑妈把你一路派到这来就是为了让你用这匹骨瘦如柴的小马把我们带回家去的吗?”

听到这个问题,彼德的下颚一下子拉长了,布满皱纹的黑脸上一副又惭愧又吃惊的神情。紧接着,他突出的下嘴唇迅速恢复了原位,快得就像只乌龟迅速地把头缩回龟壳里去一样。

“梅利小姐,俺真的是老了。俺想,因为俺一时忘了她叫俺来是干什么的,而且这很重要。俺这有封给你的信。白蝶小姐不相信邮件系统,也不信任何人,只信任俺,要俺把信带到这——”

“一封信?给我的?谁来的?”

“哦,是——白蝶小姐。她对俺说:‘彼德,你小心些对梅利小姐说。’俺说——”

梅利从台阶上站起身来,手捂住了胸口。

“希礼!希礼!他死了!”

“没有!没有!”彼德大叫着,声音高得像在尖叫,在大吼,手在他褴褛的上衣胸袋里摸找着,“他还活着!这信是他来的。他正在回家的路上。他——上帝!扶住她,嬷嬷!让俺——”

“你干吗不扶住他,你这老傻瓜!”嬷嬷大吼着,尽力扶着媚兰瘦弱的身体,不让她倒在地上,“你这假惺惺的无尾黑猿!小心地说!你,波克,抬着她的脚。卡丽恩小姐,扶住她的头。我们把她抬到客厅的沙发上去。”

接着是一片嘈杂的声响。每个人都蜂拥在晕过去的媚兰身边,大家惊慌地叫着,匆匆忙忙地到屋里去拿水和枕头,只有思嘉没动。一会儿工夫,人行道上就只剩下思嘉和彼德大叔站在那了。一听到他的话,她就从台阶上跳起来了,现在就站在那像生了根似的,一动不动,眼睛直呆呆地看着这个手里无力地摇着那封信的老人。他那张苍老的黑脸看上去就像是孩子受到妈妈责备时的样子,可怜兮兮的,那副尊严已经了无踪影了。

有一瞬间,她既开不了口,也动不了身子,虽然她的心里在叫喊着:“他没死!他要回家了!”这个消息既没有使她感到快乐,也没有令她激动,只给她一种惊呆的麻木感。彼德大叔的声音似乎是从很遥远的地方传过来的,哀哀怨怨的,但又能给人安慰。

“梅肯的威利·伯尔先生是我们的亲戚,是他把信带给白蝶小姐的。威利先生和希礼先生关在同一所监狱里。威利先生有马,他回来得快。但希礼先生得走路,而且——”

思嘉一把从他手里夺过信。上面是白蝶小姐的笔迹,是写给梅利的,可她还是毫不犹豫地动手拆信。她撕开信封,白蝶小姐封在里面的信掉在地上。信封里有一张折叠的信纸,因为放在带信的人肮脏的口袋里已被弄得脏兮兮的,边缘已有折痕和破损的样子。上面是希礼的笔迹写的地址:佐治亚州亚特兰大或琼斯伯勒的十二棵橡树,乔治·卫希礼太太收,由韩白蝶小姐转。

她颤抖着手指展开信纸读了起来:

“亲爱的,我要回到你的身边——”

眼泪顺着面颊流了下来。她读不下去了,心潮澎湃的,觉得自己再也无法承受这种快乐了。她紧紧抓住信纸,冲上游廊的台阶,冲过过道,经过客厅,来到埃伦的办公室里。此时,住在塔拉的所有人你碍我的手我碍你的脚,全在忙乱地照看着不醒人事的媚兰。她关上门,把门反锁上,扑倒在下陷的旧沙发上,又是哭又是笑的,一边还亲吻着那封信。

“亲爱的,”她低声说着,“我要回家了,回到你的身边。”

常识告诉他们,除非希礼长了翅膀,要不他从伊利诺伊走到佐治亚,起码也要好几个星期甚至是好几个月的时间。可是,每当有士兵转到往塔拉的大路上来时,一颗颗心还是会狂跳不已。每个胡子拉碴、衣衫褴褛的人都可能是希礼。就算不是希礼的话,或许这个士兵会带来有关他的一些消息,或是从白蝶姑妈那捎来有关他的一封信。每次一听到脚步声,不管白人、黑人,他们全都冲到前面的游廊上。出现一个穿军服的人就足以把每个人从柴火堆、牧场或是棉花田里召过来。那封信到后的一个月中,各类活计几乎就没有进展。谁也不想在他到的时候不在家里,思嘉当然是最不想这样的一个。而因为她自己这么玩忽职守,也就不可能强行要其他人去做好分内的事。

然而,时间一星期一星期过去了,希礼还是没有回来,也没有他的消息,于是,塔拉又恢复了往日的生活节奏。渴望的心也只能忍受这么多渴望了。思嘉心里渐渐有了一丝恐惧,也许他在路上出事了。罗克艾兰离此太遥远了,而他出狱的时候可能已经很虚弱或是病魔缠身。他又身无分文,还得步行穿过那个南方军普遍遭到痛恨的国家。要是她知道他在哪里的话,她就可以寄钱给他,把她的每一分钱都寄给他。让全家人去挨饿好了,这样的话,他就可以坐火车快点回到家了。

“亲爱的,我要回家了,回到你的身边。”

在头一阵喜悦中,当她的眼睛看到这些字眼时,它们的意思只是:希礼要回家来了,回到她的身边。可现在,冷静、理智地想了想后,它们的意思却是:他要回到的是媚兰身边。这些日子里,媚兰在屋里走来走去时还会高兴地唱着歌。思嘉偶尔也会恶毒地想,媚兰在亚特兰大生孩子的时候,为什么不死掉呢?那样的话,一切就太完美了。接下来,间隔了一段时间后,她就可以体面地和希礼结婚,也给小博当个好继母。有这些念头的时候,她也不会赶快向上帝祈祷,告诉他说自己不是当真的。她再也不怕上帝了。

士兵们有的独自一人,有的三五成群结伴而来,有时一来就是几十人,他们总是饿着肚子。思嘉绝望地想,或许一次蝗虫灾害还比这更受人欢迎。她再次诅咒着富裕时期养成的好客习惯。根据这个习惯,任何一个路过的客人不论贵贱,都得让他住一个晚上,给他和马提供吃的,用家里的所有最盛情地款待他,然后才能让他继续上路,否则是绝对不行的。她知道,那个时代已经一去不复返了,可屋里其他人不明白,士兵们也不明白。每个士兵都受到热情欢迎，就像是他们等了很久才等到的客人一样。

士兵们去了一群，又来一拨，没完没了的，她的心也渐渐硬了起来。他们正在从塔拉这些人的嘴里抢食。他们吃的蔬菜是她在长长的田垄上累得腰酸背痛种出来的，吃的粮食是她跋涉了无数英里去买来的。现在很难买到食物，而北方佬士兵钱包里的钱不可能永远维持下去。现在只剩下几张美元和两块金币了。她为什么要给这群饥饿交加的人提供吃的呢？战争已经结束。他们再也不会挡在她和危险之间了。于是，她对波克下了命令，有士兵在家里的时候，要少摆出些吃的东西来。这个命令一直受到执行，直到她注意到媚兰吩咐波克只在她的盘子里放一点点东西，而把她的那一份匀给士兵们为止。自从博出生以来，媚兰的身子一直就很虚弱。

"你不能再这么做了，媚兰。"她责怪她说，"你已经有些病态。如果你不多吃点，你就会病倒在床上，我们还得照顾你。让这些人挨饿去好了。他们挺得住的。他们已经挺过了四年，让他们再挺些时日也无妨。"

媚兰转身面对着她，面部表情非常激动。那双安详的眼睛里，思嘉还是第一次看到这种神态。

"噢，思嘉，别怪我！让我这么做好了。你不知道这对我有多大好处。每次我把我的份额给了某个可怜的人，我就会想，也许北上的路上有某个地方，有个女人也把她吃的份额给了我的希礼，这就能帮助他回家来，回到我的身边来！"

"我的希礼。"

"亲爱的，我要回家了，回到你的身边。"

思嘉一言不发地背过身去。自那以后，媚兰注意到，有客人在的时候，桌子上的食物多了一些，虽然给他们吃的每一口饭，思嘉心里都是万分不情愿的。

有的士兵病得太重，无法继续赶路时，思嘉把他们放到床上去，心里非常不乐意。这样的病人经常很多。每个病人都意味着多一张嘴吃饭。还得有人照顾他，这又意味着扎篱笆、锄地、拔草和犁地这些活又少了一个人手。有个脸上刚刚长出淡黄色绒毛的小伙子被一个骑马到费耶特维尔去的士兵扔在屋前的游廊上。他在路边发现他时，他已经昏迷不醒了，于是把他横在马鞍上带到塔拉，也是最近的房子。姑娘们猜想，他一定是舍曼进攻米利奇维尔时从军校里被征入伍的军校学员,可是她们永远也不会知道真实情况了,因为他再也没有醒过来,搜了他的口袋也没有找到任何线索。

这是个挺英俊的男孩,显然还是个绅士,而往南去的路上,某个地方一定有个女人在眼望大路,翘首以盼,不知道他现在身在何处,什么时候才能回家,就像她和媚兰一样,满怀希望地注视着朝他们家人行道走来的每一个胡子拉碴的人。他们把军校学员埋在家庭墓地里,埋在郝家三个小男孩的旁边。波克给墓穴填土时,媚兰放声痛哭,心里想着不知道是不是也有陌生人在填土掩埋希礼那魁梧的身躯。

像这个不知名姓的士兵一样,威尔·本廷也是在不醒人事的情况下被横在战友的马鞍上送过来的士兵。威尔患了肺炎,病得很重,姑娘们把他放在床上时,真担心他很快也会加入墓地里那个男孩的行列。

他有一张佐治亚南部穷苦白人的脸,呈灰黄色,好像有瘴气一样。头发泛白,略带粉色,一双蓝色的眼睛显得无精打采的。即使在神智不清的时候,那双眼睛也显得很有耐心,很温和。他的一条腿从膝盖起就被截去了,残肢上安着一条削得很粗糙的木头假腿。显而易见,他是个穷苦白人,这是毫无疑问的,就像不久前刚埋葬的男孩一看就知是个种植园主的儿子一样。姑娘们是如何知道这一点的,她们也说不清楚。当然,威尔并不会比许许多多来到塔拉的优秀绅士更肮脏,头发更蓬乱,身上长更多的虱子。当然,他即使在神智不清的情况下,说话也不会比塔尔顿家的双胞胎更不符合语法规范。可是,她们靠本能知道,他跟她们不是同一阶层的人,就像她们可以从马的短鬃就知道是不是纯种马一样。然而,虽然知道这一点,她们还是尽力去救他。

他在北方佬的监狱里待了一年,身体很瘦弱,装着不合适的木头假腿长途跋涉,搞得他筋疲力尽,根本没什么力气可以和肺炎抗争。一连好几天,他躺在床上不断呻吟,拼命要爬起来再去打仗。但他一次也没有叫过妈妈、妻子、姐姐妹妹或是心上人的名字,这一点使卡丽恩很心焦。

“一个人总该有些亲人的,”她说,“可从他的话里听起来,他在这世界上好像一个亲人也没有。”

尽管他很瘦弱,可他的意志却很坚强。在众人精心护理下,他终于要康复了。这一天总算等到了,当他睁开淡蓝色的眼睛,完全看清楚周围的一切时,他看到卡丽恩坐在他身边念《玫瑰经》,早晨的阳光映照着她的头发,漂亮极了。

“这么说,你总算不是梦境里的人吧。”他说,声音单调而平缓,“希望我没有给你添太多的麻烦,小姐。”

他的康复期很长,他只是静静地躺着,望着窗外的木兰花,没给人添什么麻烦。卡丽恩很喜欢他,因为他默默无言的,性情温和又不会让人尴尬。在那些炎热而漫长的下午,她整个下午、整个下午坐在他身边,给他扇扇子,一句话也不用说。

这些日子里,卡丽恩已经很少说话了。她纤弱、幽灵般的身子走来走去,做着自己力所能及的事。她经常祈祷,每次思嘉不敲门走进她的房间,都发现她跪在床边祈祷。看到这,思嘉总是感到很恼火,因为她觉得祈祷的时代已经过去了。要是上帝亲眼看到他们所受的这种惩罚还认为这合适,那即使不祈祷,上帝也照样会做得很好。对思嘉来说,宗教一直就是可以讨价还价的事。她向上帝保证,她要做好事以换得上帝的恩惠。可在她看来,上帝一而再,再而三地违约。她觉得现在再也不欠他什么了。每当她看到卡丽恩跪在地上,而她本该利用这时间去午休或是缝补衣服的话,她就会觉得卡丽恩是在逃避她分内要做的事。

一天下午,威尔·本廷的身体已经允许他下床到椅子上坐一坐了,她便把这事对他说了。他用平淡的声音说出的话却颇让她吃惊:“随她去吧,思嘉小姐。这能给她安慰。”

“给她安慰?”

“是的,她在为你妈妈和他祈祷。”

“‘他’是谁?”

他的睫毛是沙色的,淡蓝色的眼睛注视着她,一点吃惊的样子也没有,似乎再也没有什么东西能使他吃惊或是激动了。也许他见过太多意外的事,所以再也不会感到吃惊了。对他来说,思嘉不知道她妹妹的心事,这似乎一点也不值得奇怪。跟他这么一个陌生人谈话,卡丽恩也能找到安慰,他觉得这再自然不过了。

“她的男朋友,那个好像是叫布伦特的男孩,在葛底斯堡牺牲了。”

“她的男朋友?”思嘉唐突地说,“根本不是她的男朋友!他和他兄弟都是我的男朋友。”

“是的,她也是这么告诉我的。好像县里大多数男孩都曾是你的男朋友。但你拒绝了他以后,他还是成了她的男朋友。因为他上次回家休假时,他们订婚了。她说,她唯一在乎的男孩就是他,所以,对她来说,为他祈祷就是一种安慰。”

“哦,见鬼!”思嘉说着,一枝小小的妒忌之箭射中了她。

她好奇地看着这个身材高挑的男人,他曲着瘦骨嶙峋的双肩,头发呈粉色,平静的眼睛一眨也不眨。这么说,他知道她家里的事,而她自己却从来就没有费心去了解一下。这就是为什么卡丽恩会发呆出神、老是祈祷的原因。哦,她心里的创伤会慢慢愈合的。很多很多姑娘的心上人死了,心里的创伤都会慢慢愈合的。是的,死了丈夫也是这样。查理死了,她当然已经慢慢淡忘了。她还知道亚特兰大有个姑娘,由于战争而做了三次寡妇,可她还是能够吸引男人。她这么跟威尔说了,可他摇了摇头。

“卡丽恩小姐不会。”他最后下了结论。

跟威尔谈话是很愉快的,因为他没什么话说,而且是个善解人意的听众。她把她的难处告诉他,除草呀,锄地呀,种植呀,还有喂肥猪呀,养牛呀什么的,他则给她提一些很好的建议,因为他在佐治亚南部也有个小农场和两个黑奴。他知道他的黑奴现在已经自由了,农场也已杂草丛生,松树苗长得到处都是。他的姐姐,也是他唯一的亲人,几年前和她丈夫搬到得克萨斯州去了,现在,他在世上就是孤身一人。然而,所有这些事都还没什么,最使他难过的是,他在弗吉尼亚失去了一条腿。

是的,在时世艰难之际,黑人抱怨满腹,苏埃伦唠唠叨叨,哭哭啼啼,嘉乐老是追问埃伦到哪去了,这样的日子里,威尔对思嘉来说,确实是个安慰。她可以把什么都告诉威尔。她甚至还把杀了北方佬士兵的事对他说了,还骄傲得容光焕发的。他则简短地评论说:“干得好!”

最后,全家人都会找到威尔的房间去,向他倾诉自己的烦恼——连嬷嬷也不例外,起先她还疏远他呢,因为他的地位跟他们不一样,而且只有两个黑奴。

当他能够在屋里蹒跚而行时,他就动手编橡树条篮子,修补被北方佬毁坏的家具。他削木头的技术很好,韦德总是缠着他,因为他会给他削玩具,这就是这个小男孩唯一的玩具了。有威尔在屋里,每个人出去干自己分内的活计时,把韦德和两个小婴儿放在家里都觉得很放心,因为他照顾他们可以和嬷嬷一样周到,而在哄孩子方面,只有梅利比他更在行。

"你对我真是太好了,思嘉小姐。"他说,"我只是个陌生人,对你们来说根本不算什么。我给你们添了一大堆麻烦,让你们为我担心忧虑。如果你们觉得没什么关系的话,我想待在这,帮你们干些活。我给你们添了麻烦,想用这来报答你们。我无法百分之百地报答你们,因为救命之恩是一个男人报答不完的。"

就这样,他长住下来了。渐渐地,塔拉的一大部分负担便悄悄地从思嘉肩上转到了威尔·本廷那瘦弱的双肩上。

已经是九月,该摘棉花了。初秋的下午和煦的阳光中,威尔·本廷坐在屋前的台阶上,坐在思嘉的脚边。他平淡的声音慢条斯理、滔滔不绝地说着在费耶特维尔附近的新轧棉厂轧棉的昂贵费用。但是,那天在费耶特维尔,他也知道了这个消息,如果他把马和马车借给轧棉厂老板用两个星期的话,他就可以节省四分之一的费用。这一买卖他没有马上拍板,要先跟思嘉商量后再作决定。

她看着这瘦高个靠在游廊的柱子上,嚼着一根稻草。毫无疑问,就像嬷嬷经常说的那样,威尔是上帝恩赐给他们的。思嘉也经常纳闷,要是没有他,那过去的那几个月,塔拉还真不知该怎么过。他的话从来就不是很多,也从来没有精力充沛的样子,对周围的事似乎从来也不怎么感兴趣,但他知道塔拉每个人的事。他还会干活,默默无闻、很有耐心、能力极强地干活。虽然他只有一条腿,但走起路来比波克还快。他还能支使波克干活,在思嘉看来,这真是件奇迹。奶牛腹痛或是马莫名其妙地病倒,似乎要永远离开他们的时候,威尔整晚整晚地和它们待在一起,居然又把它们给救活了。他是个精明的生意人,这点赢得了思嘉对他的尊重。他早上带着一蒲式耳或是两蒲式耳的苹果、地瓜或是其他蔬菜出去,回来时就能带来种子、布料、面粉和其他必需品。思嘉自己虽然也是个挺不错的生意人,但她知道,自己绝对换不到这些东西。

他不知不觉地就成了家里的一员，睡在嘉乐房间旁边一间小梳妆室的一张帆布床上。他从来不提离开塔拉的事，思嘉也小心翼翼的，决不开口去问他，担心他真的会离开他们。有时候，她也会想，如果他是个男子汉，而且又精明能干的话，他就会回家，就算他不再有家也不打紧。但即使有这种想法，她还是会虔诚地祷告，希望他能永远留下来。家里有个男人太方便了。

她也这么想过，卡丽恩只要有老鼠那样的理性，她就看得出来威尔很关心她。要是威尔对思嘉提出来要向卡丽恩求婚，她也会永远感激威尔的。当然，如果在战前，威尔决不可能成为门当户对的求婚者。他虽然不是白人穷鬼，但也根本不是种植园主这一阶层的人。他只是个普通的穷苦白人，一个小农场主，受的教育不高，极易犯语法错误和其他错误。对郝家已经习惯的绅士们该有的那一套更好的言谈举止，他却一无所知。事实上，思嘉曾经寻思过到底能不能把他称为绅士，最终决定还是不行。媚兰热情地为他辩护，说是像威尔这样好心、为别人考虑的人都是绅士家庭出身的。思嘉知道，自己若嫁给这样一个人，妈妈一定会气晕过去的。但因为生活所迫，思嘉已经被迫偏离了埃伦的教诲，离得太远了，她根本就不会担忧此事。男人现在剩下不多了，姑娘们得跟男人结婚，而塔拉也必须有个男人。可是，越来越沉溺于祈祷书中的卡丽恩离现实世界一天比一天远。她待威尔非常客气，仿佛他只是她的哥哥，对他也习以为常，就像对波克一样。

“如果卡丽恩对我为她做的事有一点感激之情的话，她就会和他结婚，不让他离开这儿。”思嘉愤愤不平地想，“可是不会的，她把时间全花在一个或许从来都没有对她认真过的傻小子身上。”

就这样，威尔在塔拉长住下来。究竟为什么，她也不知道。她发现，他跟她之间那种男人与男人之间做生意时采用的态度，既使她感到快乐，又使她能受益。他对神志不清的嘉乐不苟言笑，毕恭毕敬，可对思嘉来说，他已经变成家里真正的头儿。

她同意把马租出去的计划，尽管这就意味着全家暂时没有了交通工具。苏埃伦对此会特别伤心的。威尔到琼斯伯勒或是费耶特维尔去作交易的时候，她要是能跟他一块去，这就是她最大的快乐了。她把全家人最好的服饰集中在一起打扮自己，去拜访朋友，去听全县的飞短流长，觉得自己又是塔拉的郝小姐了。任何一个能离开种植园的机会苏埃伦从来都不会放弃。她虽然也在果园里除草,在家里铺床,但在那些不知情的人面前,她还可以装装样子。

"端架子小姐足有两个星期不能出去闲逛了。"思嘉心想,"我们得忍受她的唠叨和叫嚷了。"

媚兰抱着孩子来到游廊上,加入了他们的行列。她在地上铺开一块旧毯子,把小博放在上面爬。自从希礼来信之后,媚兰就一直很激动,成天容光焕发,高兴非凡,还哼着歌曲,内心却是望眼欲穿。但不管是高兴非凡还是情绪低落,她都太瘦了,脸色也太苍白了。她毫无怨言地做着自己分内的事,但她总是病恹恹的。老方丹医生诊断她得的是妇科病,他也同意米德医生的意见,说她本来不该生博的。他还很坦率地说,如果再生一个孩子,那就会要了她的命。

"我今天到费耶特维尔去的时候,"威尔说,"看到个非常漂亮的东西。我想你们这些太太小姐们兴许会感兴趣,所以我就带回家来了。"他在裤子的后袋里摸找着,拿出一个卡丽恩给他做的印花布钱包,钱包内层用的是树皮,使钱包能够撑直。他从里面掏出了一张南部邦联的纸币。

"如果你认为南部邦联的纸币很漂亮的话,我可不敢苟同。"思嘉唐突地说,因为一看到南部邦联的钱她就很生气,"目前爸爸的箱子里还有三千块呢。嬷嬷一直追着我要把它们拿出来,让她拿去糊阁楼墙壁上的破洞,好给她挡风。我想,我会让她这么做的,那好歹也能派点用场。"

"'专横的恺撒,死了就变成泥土。'"媚兰忧伤地笑着说,"别这么做,思嘉。留着给韦德吧。有一天他会为此感到自豪的。"

"哦,我可不知道什么专横的恺撒,"威尔耐心地说,"可我这东西跟你刚刚说的留给韦德一事有异曲同工之妙,梅利小姐。这是首诗歌,粘在这纸币后面。我知道思嘉小姐对诗不太在行,但我想她也许会对此感兴趣。"

他把纸币翻过来。纸币背面粘着一小条粗糙的棕色包装纸,写字的是淡淡的家制墨水。威尔清了清喉咙,慢慢地、吃力地读起来。

"题目是《一张南部邦联纸币背后的诗行》。"他说。

"现在,在上帝的土地上不再代表什么,
在土地下面的水底下也毫无价值——

可作为一个已经逝去的国家的象征，
留着它吧，亲爱的朋友，拿出来给别人看看。

“把它拿给那些愿意聆听
这小东西要讲述的故事的人们。
这是有关自由的故事，是因为爱国之梦而诞生
在摇篮中就已饱受暴风雨侵袭
且已经亡国的国家的故事。”

“噢，多美的诗句啊！多感人的诗句啊！”媚兰叫了起来，“思嘉，你不能把钱拿给嬷嬷糊阁楼的墙壁。这不单是纸张——就像这首诗里说的，这是‘一个已经逝去的国家的象征！’”

“噢，梅利，别这么伤感！纸张就是纸张，我们有的也不多。老听嬷嬷唠叨阁楼上的破洞，我真是烦透了。我希望韦德长大时，我会有很多美元给他，而不是南部邦联的垃圾。”

她们争论的时候，威尔一直在用那张纸币诱引小博在地毯上爬过来。他抬起头，手搭凉棚朝车道上看去。

“又有新伙伴了，”他说，在阳光中眯着眼，“又来了个士兵。”

思嘉顺着他的视线看去，看到了一幅熟悉的情景。雪松树下慢吞吞地走来一个胡子拉碴的男人，一个穿着蓝灰色混合的褴褛军服的男人。他疲惫地低着头，拖着脚步履艰难地走着。

“我还以为我们不用再跟士兵们打交道了，”她说，“我希望这个人不会太饿。”

“他会饿的。”威尔简短地说。

媚兰站了起来。

“我最好还是告诉迪尔西多摆一个盘子，”她说，“提醒嬷嬷不要突然间就把这个可怜人的衣服从背上脱下来——”

她突然停下不说了，思嘉转身看着她。媚兰瘦弱的手放到喉咙处，紧紧抓着，好像很痛苦地在撕扯着。思嘉看见她白色皮肤下的血管跳得很快。她的脸色更苍白了，棕色的眼睛瞪得老大。

“她要晕倒了。”思嘉想着，跳起身来，扶住她的手臂。

可是，媚兰一转眼就挣脱了她的手，跑下台阶。她沿着砾石小路飞奔着，轻盈得就像一只小鸟，双臂向前伸着，已退色的裙子在她身后一飘一飘的。接着，思嘉像被打了一闷棍似的突然明白了事实真相。那个人抬起一张长满脏兮兮的淡黄色胡子的脸，停在那一动不动，朝房子这边看过来，好像他已经累得一步也走不动了。看到这里，思嘉头昏目眩，往后靠在游廊上的一根柱子上。她的心怦怦直跳，接着又像是停止了跳动，紧接着又狂跳不已。梅利此时则断断续续地叫喊着，一头扑进那个脏兮兮的士兵怀里，他则低头把脸凑向她的脸。狂喜之中，思嘉向前跑了两步。威尔却拉住她的裙子，不让她跑上前去。

“别去搅和了。”他平静地说。

“放开我，你这个白痴！放开我！是希礼！”

他并没有放手。

“他毕竟是她的丈夫，对不对？”威尔平静地问道。思嘉欣喜若狂，但也无可奈何。她低头看着他，从那双安详而深邃的眼睛里，她看到了理解和同情。

Yilin Classics

# Gone with the Wind

[美国] 玛格丽特·米切尔 著
李美华 译

译林出版社

**图书在版编目（CIP）数据**

飘／（美）玛格丽特 · 米切尔（Margaret Mitchell）著；李美华译．—南京：译林出版社，2019.7（2024.9重印）
（经典译林）
ISBN 978-7-5447-7740-7

Ⅰ.①飘… Ⅱ.①玛… ②李… Ⅲ.①长篇小说－美国－现代 Ⅳ.①I712.45

中国版本图书馆 CIP 数据核字（2019）第 078927 号

**飘 ［美国］玛格丽特 · 米切尔 ／ 著　李美华 ／ 译**

责任编辑　韩继坤
装帧设计　陈天岷
责任印制　颜　亮

原文出版　The MacMillan Company, 1947
出版发行　译林出版社
地　　址　南京市湖南路 1 号 A 楼
邮　　箱　yilin@yilin.com
网　　址　www.yilin.com
市场热线　025-86633278
排　　版　南京展望文化发展有限公司
印　　刷　南京爱德印刷有限公司
开　　本　880 毫米 × 1240 毫米 1/32
印　　张　33.5
插　　页　8
版　　次　2019 年 7 月第 1 版
印　　次　2024 年 9 月第 16 次印刷
书　　号　ISBN 978-7-5447-7740-7
定　　价　88.00 元（上、下册）

# 第 四 部

## 第三十一章

一八六六年一月一个寒冷的下午，思嘉坐在办公室里给白蝶姑妈写信，第十次向她详细解释，为什么她、媚兰和希礼不能回亚特兰大去跟她一块住。她写得很不耐烦，因为她知道，白蝶姑妈读了开头几行就不会再往下读，接着就又会给她写信，哀叫着："可我一个人住很害怕！"

她的双手冷极了，只好停下先搓一搓，双脚更深地插入用来包脚的一块旧被单中去。她便鞋的后跟实际上已经全没了，是用毯子碎片补上去的。毯子使她的脚不用直接接触地面，但根本起不到保暖的作用。那天早晨，威尔带着马到琼斯伯勒去钉马掌了。思嘉心情郁郁地想，马可以钉马掌，而人的脚却像院子里的狗一样光着脚丫，看来确实是陷入困境了。

她重新拿起鹅毛笔写起信来，可听到威尔从后门进来的声音，便又把笔放下。她听到他那木头假腿在办公室外面的过道里走路的砰砰声，接着又停了下来。她等了一会，想等他进来，见他没有动静，便叫了他一声。他走了进来，耳朵冻得通红，粉色的头发乱蓬蓬的，站在那俯视着她，嘴角有一丝很幽默的淡淡的微笑。

"思嘉小姐，"他问道，"你还有多少现金？"

"你是不是为了我的钱要跟我结婚呢，威尔？"她反问道，感到有点恼火。

"不，夫人。可我就是想知道。"

她审视地盯着他看。威尔看上去一点也不严肃，可他一贯就是这样的。然而，她还是觉得，一定是出了什么事。

“我有十美元金币,”她说,“这是那个北方佬士兵留下的最后一笔钱了。”

“哦,夫人,那还不够。”

“不够干什么?”

“不够交税。”他回答着,走到壁炉边,弯下身子,把一双通红的手伸到火上烤着。

“税?”她重复着。“看在上帝分上,威尔!我们已经交过税了。”

“是的。可他们说你没交够。我今天到琼斯伯勒的时候听说的。”

“可是,威尔,我真的不明白。你指的是什么?”

“思嘉小姐,你的麻烦已经够多的了。我真的不想用更多的麻烦来烦扰你,可是,我非得告诉你不可。他们说,你要交的税比你交过的税要多得多。他们迅速提高塔拉的税款,提得像天价一样——比县里任何一个种植园还高,我敢肯定。”

“可我们已经交过一次税了,他们不能要我们再多交税的。”

“思嘉小姐,你不常到琼斯伯勒去,这我很高兴。这些日子里,那可不是太太小姐能去的地方。可你要是多去几趟,你就会知道,现在管事的是那些参加了共和党的南方佬、共和党人和只带着一个旅行袋就到南方来牟利的投机家。他们简直会让你气炸了肺。还有呢,黑鬼们还会把白人从人行道上推开——”

“可那跟我们的税有什么关系呢?”

“我马上要说到了,思嘉小姐。出于某种原因,那帮无赖提高了塔拉的税款,你会以为这是个年产一千包棉花的地方。我听说了以后,逗留在酒吧间想打听一下。偶然听到别人闲聊,我才知道,如果你交不出剩余的税款,有人想在县行政司法长官的拍卖会上便宜买走塔拉。而每个人都知道得很清楚,你是交不出税来的。我还不知道到底是谁想要这个地方。我打探不出来。可我想,那个优柔寡断的家伙,希尔顿,就是跟凯思琳结婚的那个人会知道,因为我试探着向他打听时,他似乎笑得很阴险。”

威尔在沙发上坐下,揉着他的残肢。天气冷的时候,残肢就会痛,而木头假腿填塞得不好,也很不舒服。思嘉狂乱地看着他。他敲响了塔拉的丧钟,可他的言谈举止却如此漫不经心。在县行政司法长官的拍卖会上出售?

那他们大家要到哪去呢？而塔拉从此就属于别人了！不，这是连想都不能想的事！

她一门子心思都放在如何使塔拉出产更多东西上，对外面的世界发展到什么样子就没有多加注意了。既然有威尔和希礼去料理可能要到琼斯伯勒和费耶特维尔去处理的事，她也就很少离开种植园。晚餐后威尔和希礼围坐在桌子边谈论开始重新建设的问题她也不太在意，就像战前那些日子里她对父亲有关战争的谈论置若罔闻一样。

噢，她当然知道那些加入了共和党的南方佬——这些南方人见有利可图就变成了共和党。还有那些只拿着一个旅行袋到南方来牟利的投机家，这些北方佬就像虫子一样，南方投降后，他们就用一个旅行袋装着他们在这世界上的所有家当到南方来了。她和自由人事务局也打过一些令人不愉快的交道。她也听说过，有些自由后的黑人变得相当蛮横无礼。这最后一件事尤其令她觉得令人不可置信，因为她这辈子还从来没见过一个蛮横无理的黑人呢。

但还有许多事情是威尔和希礼暗中商量好不让她知道的。战争这场灾祸过去之后，紧接着就是重新建设这一更大的灾难，但这两个男人达成一致意见，在家里讨论国内形势时，决不提那些令人更加惊恐的细节。当思嘉费心去听他们说话时，他们所说的大多数事情都从她的左耳朵进，右耳朵出了。

她听希礼说过，北方正把南方当成被征服的省份，而报复是征服者采用的主要政策。可对思嘉来说，这种说法根本没什么意义。政治是男人的事。她听威尔说过，他认为北方政府似乎并不打算让南方重新站起来。得了，思嘉心想，男人总是要有什么愚蠢的事去担心的。就她来说，北方佬没能动过她一根毫毛，这次他们也不会的。唯一要做的事情就是拼命干活，不管北方政府的事。毕竟，战争已经结束了。

思嘉并没有意识到，所有的游戏规则都已经变了，辛勤的劳动已经不再能得到公平的回报。现在，佐治亚实际上是在受军事管制。到处都驻扎着北方军，自由人事务局在控制一切，他们定的规章制度都是符合他们自己的利益的。

这个事务局是由联邦政府组建的，目的是为了满足悠闲懒散、无比激动的那些战前黑奴的需要。现在,它却把成千上万的黑人从种植园拉到村子和城里来了。他们闲着没事干,事务局供养着他们,还给他们洗脑,毒害他们的思想,要他们跟原来的主人作对。嘉乐原来的监工,乔纳斯·威尔克森就在负责地方事务局,而他的助手就是希尔顿,凯思琳·卡尔福特的丈夫。这两个人很卖力地到处散布谣言,说南方人和民主党人正在等待好机会,伺机把黑人重新变成黑奴,黑人们能逃脱这一厄运的唯一希望就是受到事务局和共和党的保护。

威尔克森和希尔顿又对他们说,不论从哪方面说,他们跟白人都是平等的。很快,白人和黑人通婚就会得到允许;他们原来的主人的地产也很快就会被分掉,每个黑人都能分到四十英亩土地和一匹骡子。他们告诉黑人,白人如何如何残酷地对待黑人,以此来煽动黑人。于是,在一个长期以来都以黑奴和奴隶主之间的友爱关系著称于世的地方,开始有了仇恨和疑问。

给事务局撑腰的是部队,部队发布了许多自相矛盾的命令来管理被征服者。动不动就会有人被抓起来,连冷落事务局的官员也会遭到逮捕。部队颁布命令,管理学校、环境卫生、衣服上得钉哪种扣子、日用品的出售和几乎所有的事情。威尔克森和希尔顿有权干预思嘉可能做的任何一桩买卖,可以给她出售或是交易的任何东西定价。

幸运的是,思嘉跟这两个人没什么联系,因为威尔劝过她,还是让他来处理交易之事,她则管理种植园。威尔用他那种温和的方式已经克服了好几个这类的困难,对她却一个字也没提。威尔和到南方来的北方投机商及其他北方佬都能相处很好——如果他必须这么做的话。可现在出现的困难太大了,他处理不了。应多交的税款和有可能会失去塔拉是思嘉非得知道的事情——而且必须马上知道。

她双眼炯炯有神地望着他。

"噢,去他妈的北方佬!"她叫了起来,"他们把我们打败了,没把那些流氓放出来就已经把我们变成了乞丐,难道这还不够吗?"

战争已经结束,和平已经宣布,可北方佬照样可以抢夺她的财产,他们还是可以让她饿肚子,他们还是可以把她赶出自己的家园。在过去艰难的几个月中,她一直在想,如果她能坚持到春天,那一切就会好起来的,她真是太傻了。一年来,她累得腰背都要断了。可威尔带来了这个毁灭性的消息,再压在她那快要断裂的脊背上，使满心的希望又得往后推，这真是不堪忍受的最后一击。

“噢，威尔，我还以为战争一结束，我们的麻烦就彻底完结了呢！”

“没有。”威尔抬起那张双颊凹陷、一脸乡土气的脸，久久地凝视着她，“我们的麻烦才刚刚开始呢。”

“他们要我们再交多少税款？”

“三百美元。”

她不禁目瞪口呆。三百美元！还不如说三百万美元得了。

“为什么——”她支支吾吾地说着，“为什么——为什么，那么，我们无论如何得凑足三百美元啰。”

“是的——一道彩虹，一个月亮，或是彩虹月亮都要。”

“噢，可是，威尔！他们不能把塔拉卖掉。为什么——”

他温和、暗淡的眼睛现出了仇恨和痛苦，这是思嘉没有料到的。

“噢，他们不能吗？哦，他们能，而且也会这么做，还很喜欢这么做！思嘉小姐，这国家已经下地狱去了，请原谅我这么说。那些到南方来牟利的北方投机家和战后加入共和党的南方佬都有选举权，我们这些民主党人却没有。这个州里，根据交税本上的记录，凡在六十五年中交过的税款超过两千美元的民主党人都没有选举权，这就把像你爸爸、塔尔顿先生、麦克雷一家和方丹家的男孩都排除在外了。战争中曾经当过上校或以上职位的人也不能选举。思嘉小姐，我敢打赌，这个州比南部邦联任何一个州的上校都多。曾在南部邦联政府机关任职的人也不能选举，而这又把从公证员到法官的所有人都排除在外了，现在树林里挤满了这些人。实际情况是，北方佬想出了那个实行大赦的誓言，于是，战前稍有点头脸的人都不能选举了。精明的人不行，有身份的人不行，富有的人也不行。

“嘿！我要是宣了他们那该死的誓，我就可以选举了。六十五年中，我根本没钱，我当然也不是上校或是什么出色的人物。可我不会去宣那种誓。说什么也不会的！如果北方佬行为端正，我早就宣誓对他们忠诚了，可现在我不会。我可以重新去做合众国的公民，但不能被重新融会进去。即使我再也不能选举，我也不会去宣那个誓——可是像希尔顿那个家伙那样的下贱人却能选举，乔纳斯·威尔克森那样的流氓和斯莱特里一家那样的白人穷鬼以及麦金托什一家那样没用的人,他们倒是都能选举了。他们现在还、在管事。如果他们想向你多收十二次税款,他们也办得到,就像黑鬼可以杀死白人而又不会被绞死或是——”他显得很尴尬,停下不说了。两个人都记起了拉夫乔伊附近一个独自住在偏僻农场里的白人女性的遭遇……“那些黑鬼对我们什么事都做得出来,而自由人事务局和部队会用枪给他们撑腰,我们又不能选举,一点办法都没有。”

“选举!”她大叫道,“选举!选举到底跟这些有什么关系呢,威尔?我们在谈的是交税的事……威尔,大家都知道塔拉是个很好的种植园。要是非做不可的话,我们可以把它抵押出去,以筹集足够的钱来交税。”

“思嘉小姐,你不是傻瓜,可有时候你说话就像个傻瓜似的。在这件事上,你拿这种植园去抵押给谁呢?谁有钱借给你?除了那些想把塔拉从你手里夺走的北方投机家之外,谁有钱借给你呢?哦,每个人都有土地。每个有土地的人都很穷。你无法把土地抵押出去的。”

“我还有从那个北方佬手里得到的钻石耳环。我们可以把它们卖掉。”

“思嘉小姐,这里谁还有钱买耳环呢?人们连买肋肉的钱都没有,更不用说这些华而不实的装饰品了。如果你有十美元金币,我敢发誓,这已经比大多数人都更有钱了。”

他们又陷入了沉默。思嘉觉得自己正在把头朝石墙上撞。这过去的一年中,撞石墙的次数已经太多了。

“我们该怎么办呢,思嘉小姐?”

“我不知道。”她闷闷不乐地说,觉得自己并不担心。这是不可逾越的一堵石墙,她突然觉得很累,连脊背都在痛。她为什么要劳作,奋斗,把自己弄得筋疲力尽呢?每次奋斗过后,失败似乎都等在那嘲笑她。

“我不知道,”她说,“可是,不要让爸爸知道。这会使他担心的。”

“我不会的。”

“你告诉别人了吗?”

“没有,我直接找你来了。”

是的,她心想,每个人有坏消息的时候总是直接来找她,而她对此厌烦透了。

“卫先生在哪里?也许他会有什么建议。”

威尔把温和的目光转向她,她觉得他好像什么都知道似的。从希礼回家的头一天起,她就有这种感觉了。

“他在果园里劈木条。我安顿马的时候听到了斧子的声音。可他不会比我们更有钱的。”

“要是我想跟他谈这件事,我就可以办到,不行吗?”她尖刻地说,接着便站起来,把脚踝上的被单一脚踢开了。

威尔并没有生气,继续在火炉边搓着双手。“最好把你的披巾带上,思嘉小姐。外面很冷。”

可她没带披巾就出去了,因为披巾还在楼上,而她必须见到希礼,把自己的麻烦摆在他面前。这种欲望太强了,连等都等不及。

如果她能碰到希礼是独自一人待着,那她就太幸运了!自从他回来后,她一次也没有跟他私下说过一句话。家里人总是围着他,媚兰也总是在他身边,时不时碰碰他的袖子,好让自己放心,证明他真的在那。看到这种代表她拥有他的幸福的手势,思嘉身上所有妒忌和恨意都被搅起来了,而在她认为希礼很可能已经死掉的那几个月中,这些情感本来是已经处于沉睡状态的。现在,她决定要单独见见他。这次谁也拦不住她,她得跟他单独谈谈。

果园里,果树枝条光秃秃的。她从枝条下走过果园,地上潮湿的草把她的双脚都弄湿了。希礼正在把从沼泽地拖来的圆木劈成木条,斧子的声音传到了她耳里。把被北方佬随手烧毁的栅栏换掉,这是件长期、艰苦的工作。每一件事都是长期、艰苦的工作,她消沉地想。她对此厌烦极了,既厌烦又生气,厌倦透了。要是希礼是她的丈夫而不是媚兰的,那到他身边去,把头靠在他的肩膀上大哭一场,把她的负担全推到他身上去,让他经过深思熟虑后拿出最好的办法来,那该多美呀。

她绕过一堆石榴树丛,树上光秃秃的细枝条在寒风中摇曳着。这时,她看见了希礼靠在斧子上,正用手背擦着额头上的汗水。他穿着他那灰胡桃色的裤子,裤子已经残破不全。衬衫是嘉乐的,在过去的好光景中,这件衬衫可是只有在去听审的日子里或是参加野餐会的时候才穿的。对现在穿着它的人来说,这件有褶边的衬衫显得太短了。他把上衣脱了,挂在一根树枝上，因为劳动使他全身发热。她向他走过去的时候，他正站在那休息。

一看到希礼衣衫褴褛的，手里还拿着斧子，她心里便涌起一股爱意，同时又对命运感到气愤不已。看着他穿得破破烂烂的在劳动，她真受不了。那就是她那殷勤有礼、纯洁无瑕的希礼。他的双手生来就不是用来劳动的，而他的身体是要穿绒面呢和上好的亚麻布衣服的。上帝原本打算让他坐在一所大房子里，跟愉快的人说说话，弹弹钢琴，写着听起来很动听的诗句，虽然这根本没什么实际意义。

看着自己的孩子围着用麻布袋做的围兜、姑娘们穿着褴褛的方格花布衣裙，她可以受得了。威尔比任何干农活的黑奴工作都更辛苦，她也受得了。但若是希礼，她就受不了了。他太娇生惯养了，不能干这些活。他对她来说太珍贵了，她宁愿自己去劈木头，也不愿看着他劈，让自己心里难过。

"有人说亚伯·林肯早年也劈过木条。"她向他走来时，他这么说道，"想想我能爬到多高的地位！"

她皱了皱眉头。对他们的艰苦境况，他总是说一些像这样轻轻松松的话。对她来说，它们都是极其严肃的事，有时候，她对他的话几乎感到很恼火。

她出其不意地把威尔的消息告诉了他，简明扼要，用的都是较短的词句。她一边说，一边就有了种欣慰的感觉。他一定会提供一些有益的建议的。可他却什么也没说，看到她浑身颤抖，他拿起自己的上衣，披在她肩上。

"哦，"她最后这么说道，"难道你不认为我们得到哪去弄钱吗？"

"是的，"他说，"可到哪儿去弄呢？"

"我在问你呢。"她说着，有点生气。把负担从自己身上卸掉的欣慰感一下就无影无踪了。就算他帮不上忙，他干吗不说些话安慰安慰她呢？哪怕只说"噢，我很抱歉"也好呀。

他笑了。

"从我回家后这几个月中，我只听说过一个人，就是白瑞德，只有他是确确实实有钱的。"他说。

白蝶姑妈上个星期给媚兰写信，说瑞德又回到亚特兰大了，他有辆马车、两匹好马，口袋里装满了美元。然而，她很明确地说，他的钱和东西来路不正。白蝶姑妈有个看法，那就是，瑞德设法把南部邦联国库里多达几百万的秘密资产卷跑了。亚特兰大大多数人也都有同感。

“我们别说他了。”思嘉唐突地说，“如果有卑劣小人的话，他就是一个。我们大家会怎么样呢？”

希礼放下斧子，眼睛望向别处。他的视线似乎延伸到了很遥远很遥远的乡间，她根本无法跟随他的视线。

“我正在想呢。”他说，“我不仅在想在塔拉的我们会怎么样，还在想南方的每一个人会怎么样。”

她突然很想厉声喊出来：“南方的每一个人都下地狱去吧！我们会怎么样呢？”可她硬忍住没说出来，因为那种厌倦感又回到她身上了，而且比以往任何时候都更强烈。希礼一点忙也帮不上。

“最后，一种文明被摧毁时会发生什么事，到时就会发生什么事了。有头脑、有勇气的人能渡过难关，而那些没有头脑和勇气的人就会被淘汰。至少，能亲眼目睹‘诸神黄昏’①，这虽然很不舒服，可也是很有趣的。”

“什么？”

“众神之黄昏。很不幸，我们南方人确实认为自己是神。”

“看在上帝分上，卫希礼！别站在那对我胡说八道的，将要被淘汰的是我们！”

她那近乎绝望的厌倦感似乎渗进他的脑海中了，把他的心思从神游中唤了回来。他温柔地拉起她的双手，把手掌翻过来，看着那些老茧。

“这是我见过的最漂亮的手。”他说着轻轻地吻了吻每个手掌，“它们漂亮，是因为它们很坚强，每一个老茧都是一枚勋章，思嘉，每一个水泡都是勇敢和无私的回报。它们是为了我们大家才变粗糙的，你父亲、妹妹、媚兰、孩子、黑人，还有我。亲爱的，我知道你在想什么。你是在想：‘这里站着个不切实际的傻瓜，活在人世的人已经面临危险，他却在谈着关于死去的神灵的废话。’对不对？”

她点了点头，希望他能永远这么握着她的手，可他却放开了。

“你来找我，希望我能帮你的忙。哦，我帮不了你。”

他看着斧子和那堆木头，眼里现出凄苦的神情。

---

① 原文为德语，德国神话中指世界诸神在与所谓恶势力斗争中遭毁灭。

"我的家没了,我想当然地认为我有钱,从来也没意识到我有钱,现在这些钱也全没了。在这世界上,我做什么都不合适,因为属于我的世界已经一去不复返。我帮不了你,思嘉,我只能尽量优雅地学会做个笨拙的农夫。可那不能帮你保住塔拉。你以为我靠你的施舍住在这,会没意识到局势的艰难吗——噢,是的,思嘉,你的施舍。你出于好心为我和我的家人所做的事,我一辈子也报答不完。现在,我这种感觉一天比一天更强烈,而我也一天比一天更明白,在处理发生在我们头上的事情这个问题上,我是多么无能——我每天都在逃避现实,而要面对新的现实时,这可鄙的行为就使我感到更加困难。你明白我的意思吗?"

她点点头,对他说的意思不太明白,但她却屏住气,把他的话一字一句都听到心里去。这是他头一次把他的所思所想对她讲出来,要不他一直都好像离她很远。这使她很激动,就像她马上要发现什么似的。

"这是一种灾难——这种不想面对赤裸裸的现实的心理。战争爆发以前,生活对我来说就像是一场皮影戏,是不真实的。我也喜欢生活的那种样子。我不喜欢事情的轮廓太分明。我喜欢它们柔和一些,模糊一些,朦朦胧胧的。"

他停下不说了,脸上现出一丝淡淡的微笑。寒风吹进他单薄的衬衫,他不禁微微有点发抖。

"换句话说,思嘉,我是个懦夫。"

他说的有关皮影戏和模糊不清的轮廓的话,她意会不出来是什么意思,但他最后那句话她是理解的。她知道,这话是不对的。他身上没有懦弱的特质。他那瘦长的身躯上每一条线条都体现了历代相传的勇敢和豪侠气度,而且思嘉打心眼里知道他的战斗履历。

"哦,不是这样的!懦夫在葛底斯堡会爬到大炮上给战友们鼓劲吗?将军自己会为一个懦夫亲自给媚兰写信吗?还有——"

"那不是勇气,"他厌烦地说,"打仗就像喝香槟酒一样。酒劲要在懦夫的头脑起作用,那是跟在英雄的头脑起作用一样快的。任何傻瓜在战场上都会很勇敢,因为他不勇敢就会送命。我是在说别的事。我这种懦弱甚至比我第一次听到炮声就落荒而逃还糟得多。"

他说得很慢,很吃力,好像说出这些话使他感到很痛苦。他似乎站得远远的，在伤心地审视着自己说过的话。要是别的男人这么说，思嘉会把这当成假惺惺的谦虚和企图讨份赞扬的行为，会因此而瞧不起他，对此说法不予理睬。可是希礼似乎是当真的，而他眼里的神情也使她不知其所以然——不是恐惧，也不是歉疚，而是一种不可避免、压倒一切的紧张神情。冬日的寒风扫过她的脚踝，她不禁又打了个寒噤，可是比起他的话在她心里引起的恐惧来，那寒风给她带来的寒意就显得弱多了。

"可是，希礼，你到底害怕什么呢？"

"噢，不知其名的东西。这些东西用话表达出来的话，听起来是很傻的。大多数是因为生活突然间变得太真实了，不得不要亲自去接触生活中一些极其浅显易懂的事实，必须太近地去接触了。这并不是说我介意在这泥泞中砍木头，可我确实在乎这代表的象征意义。我确实非常介意失去了我所钟爱的、已经逝去的美好生活。思嘉，战前的生活是美好的。它有其魅力，就像希腊艺术一样有其完美、完整、匀称之处。也许不是每个人对生活都有这种感觉的。我现在知道这一点了。可对我来说，住在十二棵橡树，生活确实是很美好的。我属于那种生活。我是那种生活的一部分。而现在那种生活已经一去不复返了。我在这新的生活中感到很不自在，也很害怕。现在，我终于明白，过去的生活只是我观看的一出皮影戏而已。我回避一切不会朦朦胧胧的东西，回避太过真实、太有活力的人和各种情形。我不愿它们闯入我的生活。我也试图回避你，思嘉。你太富有活力了，太真实了，而我很懦弱，宁愿要幻影和梦境。"

"可是——可是——梅利？"

"媚兰是最温柔的一个梦境了，是我梦境的一部分。如果战争没有爆发，我就会安安稳稳地过完这辈子，幸福地被安葬在十二棵橡树，心满意足地看着生活从我身边溜过去，永远也不要成为它的一部分。可是战争一来，真实的生活便冲我而来。我第一次参加战斗——那是在布尔河，你还记得吧——我看见我孩童时的伙伴被炸得粉身碎骨，听到垂死的战马在尖叫，看到被我打中的人弯腰曲背的，直吐鲜血，我也感受到了那种令人恶心的可怕的感觉。可那些还不是战争最可怕的一面，思嘉。战争最可怕的一面就是那些我非得与他们住在一起的人。

"我一辈子都回避着众人，把自己庇护起来。我小心谨慎地选择着仅有的几个朋友。可是战争让我明白,我只是自己创造了一个世界,里面的人都是我梦中的人。它教会了我人们的真实样子是怎么样的,但没有教会我该如何与他们同住。恐怕我永远都学不会了。现在,我知道,为了养活我的妻儿,我非得在满是人们的世界里跋涉前行,而我跟这些人却一点共同之处都没有。而你,思嘉,你不畏艰险,完全按照你自己的意愿生活着。可生活哪儿还有适合我的位置呢？我告诉你吧,我很害怕。”

他那低沉而有共鸣感的声音在继续说下去,悲悲凄凄的,其感情色彩是她无法理解的。思嘉这里一词那里一句地捕捉着词句,试图领会其中的意思。可这些词句却像野生的小鸟一样从她手里飞走了。某种东西在驱赶着他,残忍地刺激着他,但她不明白那个东西是什么。

“思嘉,我也不知道,我这种惨淡而凄凉的意识是什么时候开始有的,也就是说,是什么时候意识到我自己个人的皮影戏已经结束了。也许是在布尔河的战斗中,当我看到被我打死的第一个人倒在地上的头五分钟里。可我知道,它已经结束了,我再也不能当观众了。不,我猛然间发现自己也在银幕上,成了个演员,摆着姿势,打着徒劳无益的手势。我那小小的内心世界不见了,侵入其中的是思想跟我不一样、行为陌生得像西非霍屯督人似的人们。他们用沾满泥泞的脚践踏着我的世界,而当事情变得糟得无法忍受时,我连避难的地方都找不到。我还在狱中的时候,我曾想:‘战争结束的时候,我就可以回去过原有的生活,去做原来的梦,重新去观赏皮影戏了。’可是,思嘉,再也回不去了。而我们要面对的这些,比战争更糟,比入狱更惨——而对我来说,比死亡还更糟糕……所以,你瞧,思嘉,我因害怕而受到惩罚了。”

“可是,希礼,”她开口说道,似在一片迷茫不清的沼泽地中挣扎,“如果你害怕我们会挨饿的话,为什么——为什么——噢,希礼,我们总能设法对付过去的！我知道我们做得到!”

这一瞬间,他的视线又回到了她身上,那双灰色的眼睛又大又亮,眼里有种佩服的神情。可突然间,它们又游移到遥远的地方去了。她心里一沉,知道他想的不是挨饿的事。他俩总是像两个在用两种语言进行交谈的人。但是她太爱他了,每当他像现在这样抽身引退时,她感到就像是温暖的太阳正在徐徐下落,把她留在有阵阵寒意的晨露中一样。她很想抓住他的双肩,拥他入怀，让他明白她是有血有肉的身躯，而不是他书里读到的或是梦里梦见的什么东西。要是她能有与他合二为一的感觉就好了。自从很久很久以前的那一天，当他从欧洲回到家，站在塔拉的台阶上抬头对她微笑的那一刻起，她就在渴望着这种感觉了。

"挨饿确实难受。"他说，"我知道的，因为我挨过饿，但我并不怕这个。已经逝去的世界里的那种生活中，有一种慢悠悠的美好感觉。我害怕的是要面对这种感觉已经不再的现实。"

思嘉绝望地想，媚兰是会知道他所指的意思的。梅利和他总是在做这些蠢事，读诗看书、做梦幻想、欣赏月光和宇宙尘。他并不害怕她所害怕的东西，不是空肚子的痛苦，也不是冬日凛冽的寒风或是被赶出塔拉。他对之退避三舍的是她从来都不知道而且也无法想象的某些恐惧。因为在这一片废墟的世界里，除了挨饿受冻和失去家园外，到底还有什么好害怕的呢？

她还想到，如果她认真听他说的话，她就可能知道如何回答希礼了。

"噢！"她叫道，声音里有种失望之情，就像一个孩子打开了一个包装得很精美的包裹，却发现里面空无一物。听到她说话的语调，他惨淡地笑了笑，好像在道歉。

"原谅我，思嘉，说了这么些话。我无法让你理解，因为你不知道害怕的含义。你有颗猛如雄狮的心，完全缺乏想象力，我很妒忌你有这两种品质。对面对现实，你可以永远毫不在意，也永远不用像我一样逃避现实。"

"逃避！"

他所说的话中，似乎只有这个词是可以理解的。希礼像她一样，对这种奋争厌烦透了，也想逃避。她呼吸也急促起来。

"噢，希礼，"她大叫道，"你错了。我也很想逃避。我对这一切都厌倦极了！"

他不相信地耸了耸眉毛，她则热情而迫切地把一只手放在他的手臂上。

"听我说，"她很快地说着，话语接连不断地从她嘴里倾吐而出，"我对这一切厌倦极了，我跟你说吧。从骨子里感到厌倦，我再也不想忍受了。我奋力找食物、找钱，我拔草、锄地、摘棉花，甚至犁田，我一分钟也忍受不下去了。我告诉你吧，希礼，南方已经死了！它已经死了！北方佬、自由的黑鬼以及到南方来牟利的北方投机家已经把它给霸占了，给我们剩下的什么也没有。希礼,我们逃跑吧!”

他目光锐利地凝视着她,低下头看着她的脸。此时此刻,她的脸因激动已涨得绯红。

“是的,我们逃跑吧——离开这一切!为家里人劳作,我已经厌烦极了。有人会照顾他们的。总是有人会照顾那些没有能力照顾自己的人的。噢,希礼,我们逃跑吧,你和我。我们可以到墨西哥去——墨西哥军队需要军官,我们可以幸福地在那里生活。我会为你做任何事的,希礼。我什么都能为你做。你知道,你并不爱媚兰——”

他想开口说话,脸上一副饱经风霜的神情。但她滔滔不绝地说着,使他没有机会开口。

“你那一天告诉过我,你爱我胜过爱她——噢,你还记得那一天吧!我知道你没有变!我知道你还没有变!你刚刚还说过,她只是一个梦境——噢,希礼,我们走吧!我可以让你很幸福的。不管怎么样,”她刻毒地说,“媚兰不能——方丹医生说,她再也不能生孩子了,而我可以给你——”

他的手紧紧抓住她的肩膀,把她弄痛了。她停了下来,上气不接下气的。

“我们应该把十二棵橡树的那一天忘掉的。”

“你以为我忘得了吗?你忘了吗?你能不能实打实地告诉我说你不爱我?”

他喘了口大气,很快回答道:

“不,我不爱你。”

“你在撒谎。”

“就算是在撒谎,”希礼说着,声音死一般的平静,“这也没什么好商量的。”

“你是说——”

“就算我不喜欢媚兰和孩子,你以为我就能一走了之,扔下他们不管吗?让媚兰去伤心?让他俩去靠朋友的施舍过日子?思嘉,你疯了吗?你身上难道就没有点忠心吗?你不能离开你父亲和你妹妹。你对他们负有责任,就像我对媚兰和博负有责任一样,不管你厌烦不厌烦,他们在这里,你就得去忍受他们。”

“我可以离开他们——我讨厌他们——厌倦他们——”

他向她凑过身子，有一刻，她心里一动，以为他要拥抱她了。可他却只是拍着她的手臂，像安慰孩子似的说话了。

“我知道你讨厌，你厌倦。所以你才这么说。你在挑着三个男人肩负的重担。但我会帮你的——我不会总是这么笨拙的——”

“只有一种方式你能帮我，”她无精打采地说，“那就是带我离开这，到什么地方去，给我们一个新的开始，有个过幸福生活的机会。没什么东西可以把我们硬绑在这里的。”

“没有，”他平静地说，“没有——只有名誉。”

渴望受到挫败后，她看着他，好像头一次发现，他那像两弯月牙似的眼睫毛的颜色是成熟的麦子那种深深的金黄色，脖颈露了出来，头高昂着，那神态有多傲慢啊。而他那瘦长而挺直的身体一直透出世系家族的尊严，这股尊严甚至从他那怪异的破旧衣服中透了出来。她的目光和他的对视了，她的是一副坦白而直率的恳求神情，他的则飘忽不定的，就像灰色天空下的山峦湖泊一样。

从他的眼里，她看到了自己狂热的梦想破灭了，疯狂的妄想已成了泡影。

伤心和乏累袭遍了她的全身，她双手捧住头，失声痛哭着。他从来没见她哭过。他从来没想到像她那样勇气十足的人也会有眼泪，他心里顿时涌起了无限柔情和悔意。他快步走到她身边，猛然把她抱在怀里，轻轻地哄着她，安慰她，把她那有着一头乌黑头发的头靠在自己的胸口，低声说着：“亲爱的！我勇敢的可人儿——别哭了！你不能哭！”

他一碰到她，就感觉到她在自己的怀抱里蠕动着。他抱着的苗条的身躯里有种狂乱和不可思议的感觉，抬头看着他的绿色的双眸闪着一丝热烈而又充满柔情的亮光。突然间，萧瑟的寒冬似乎不见了。对希礼来说，就好像春天又重新回来了，那个在记忆深处已是半模糊半清晰的香气袭人的春天。在这春天里，绿色的枝叶沙沙作响，似在囔囔低语，那是个日子过得悠闲自在、慵懒倦怠、无忧无虑的春天。那时，年轻的欲望在他身体里跃跃欲试。自那以后，苦难的年月便悄悄地来了，又去了。他看到在他面前的芳唇红润而诱人，还在微微发抖，禁不住吻了下去。

她耳边萦绕着一种奇怪而低沉的声音，就像是海螺壳顶在耳边的声音一样。从这种声音中，她依稀听到自己的心狂跳的怦怦声。她的身体似乎已经融进了他的体内，时间似乎也静止了，进入了永恒的境界。他们站在那紧拥在一起，他饥渴地吮吸着她的嘴唇，好像永远也吻不够似的。

当他猛然放开她时，她感到自己站都站不稳了，只好抓住围栏，以免摔倒。她抬眼看着他，眼里洋溢着爱意和得意。

"你确实是爱我的！你确实是爱我的！你说呀——你说呀！"

他的双手还抓着她的双肩。她感到那双手在颤抖，而她很喜欢这种颤抖的感觉。她热切、动情地又向他靠过去，但他却把她推开，两眼凝视着她，眼里那种飘忽不定的神情一扫而光，表现出来的是挣扎和绝望的痛苦之情。

"别这样！"他说，"别这样！你再这样，我现在就会要你的，就在这。"

她热情地粲然一笑，顿时忘了现在是何时，自己又身处何地，什么都忘了，记忆里只有他的嘴吻着她的感觉。

他突然用力摇着她，直摇得她的头发散落在双肩上，就好像他被她气得要发疯似的——同时也像是被自己气疯了。

"我们不能这么做！"他说，"我告诉你吧，我们不能这么做！"

他要是再用力摇她的话，她的脖子就要被他摇断了。头发遮住了她的视线，而他又把她摇得头昏目眩的。她猛地一挣扎，从他手里挣脱出来，定定地看着他。他额头上渗着一颗颗小小的汗珠，拳头握成了爪子状，似乎非常痛苦。他直直地看着她，灰色的眼睛颇为深沉。

"全是我的错——不怪你。这再也不会发生了，因为我要带媚兰和孩子离开这里。"

"离开？"她痛苦地叫了起来，"噢，不！"

"是的，上帝作证！你以为发生了这种事以后，我还会待在这吗？这以后还可能会发生的——"

"可是，希礼，你不能走。你干吗要走呢？你爱我——"

"你要我说是吗？那好吧，我就说吧。我爱你。"

他突然恶狠狠地向她倾过身子。她不禁畏缩了一下，靠在围栏上。

"我爱你，你的勇气、你的固执、你的激情和你那彻头彻尾的无情无意。我爱你到底有多深？就在几分钟以前，我差点就毁了收留我和我一家的家庭的深情厚意,忘记了男人的妻子中最好的妻子——爱得差点就在这泥泞中要你,就像个——”

她思绪烦乱地挣扎着,心里阵阵绞痛,痛得浑身发冷,就像有一根冰柱穿心而过一样。她支支吾吾地说:“如果你那么觉得——而且又没有要我——那你就是不爱我。”

“我永远也没法使你明白。”

他们都陷入了沉默,互相凝视着。思嘉突然全身发冷,冷得发起抖来。她好像刚刚远行回来,又看到了现在的时令正是冬季,田野光秃秃的,只剩下一根根残茬,一片萧条肃杀的景象,她感到冷极了。她也看到希礼原有的那张孤傲的脸。她如此熟悉的脸也回到自己面前了,那张脸也像冬天一样,一副受到伤害、满是悔恨的萧瑟之情。

她本要转过身,把他扔在那,回到房里找个隐蔽处躲藏起来。可她太累了,动也动不了,连说话也像是一种劳作和乏累。

“什么也没有了,”她最后说道,“剩给我的什么也没有了。没什么可爱的。没什么可为之奋斗的。你要走了,塔拉也要被夺走了。”

他看了她好长一段时间,然后弯下身子从地上抓起一小把红土。

“不,还是剩下一些东西的。”他说,他原来那种鬼魂般的微笑又回到了他的脸上。那微笑在嘲笑着他自己,也在嘲笑着她。“你爱这东西胜过爱我,虽然你也许不知道。你还有塔拉。”

他拉起她柔软的手,把湿润的红土塞在她手里,然后抓着她的手指让她把土握住。他手里现在没有灼热感了,她的也没有。她看了一会红土,那红土对她根本没什么意义。她看着他,隐隐约约地意识到他的精神是健全的。这是她充满激情的双手无法使之崩溃的,也是任何一双手都无法使之崩溃的。

就算这种精神杀了他,他也永远不会离开媚兰。即使他至死都狂热地爱着思嘉,他也不会要她,而且会尽力跟她保持一定的距离。她永远也不能穿透那副盔甲。话语言辞、殷勤好客、忠诚和荣誉所代表的东西,他看得比她重。

泥土在她手里冰凉冰凉的,她再次看着它。

“是的,”她说,“我还有这个。”

起初,这话没什么含义,泥土就是红土而已。可是,不请而至的是围绕着塔拉的那片红色的海洋。这片红色的海洋有多珍贵呀,为了保住它,她又是怎样为之奋斗的,这一切思绪都纷纷涌进脑海——而她若想继续保住它,她又得多么艰苦地去奋斗。她又一次看着他,心里纳闷着那股炽烈的激情到底上哪儿去了。她可以尽力去想,但已经感觉不到了,于他是这样,于塔拉也是这样,因为她的所有情感都已经枯竭了。

“你没必要走。”她清楚明白地说,“我不会让你们全都饿死的,就因为我勾引了你。这种事再也不会发生了。”

她转过身,迈步穿过凹凸不平的田野朝房子走去,边走边把头发挽成一个发髻,盘在脖子上方。希礼注视着她,看到她边走边把那瘦小的双肩挺直。那个姿势也就深深地映入了他的心里,比她说过的任何话语的印象都来得深刻。

# 第三十二章

她走上屋前的台阶时,手里还抓着那团红土。她小心翼翼地避开后门,没有从那里进去,因为嬷嬷尖锐的眼睛肯定能看出,有什么事不对劲了。思嘉不想见到嬷嬷,也不想见到任何别的人。她觉得自己无论看见什么人,不论跟什么人说话,都会受不了的。她现在既没感到屈辱、失望,也没有感到痛苦,只是双膝发软,心里空荡荡的。她紧紧地攥着那把泥土,泥土从她握着的指缝里漏了出来。她像鹦鹉一样一遍又一遍地说:"我还有这个。是的,我还有这个。"

她现在什么也没有了,只有这片红色的土地,而几分钟以前,她居然还愿意把这片土地像扔掉一块破手帕一样扔掉。现在,这土地于她又很珍贵了,她心情阴郁地想,到底是什么狂热劲使她把这把土抓得这么紧呢?若是希礼听她的,她就会和他一起离开这,离开家人和朋友,连回头看一眼都不会。可是,即使在她心里空荡荡的时候她也知道,要离开这些亲切的红色山峦、长期被雨水冲刷的雨水沟以及这些黑色的瘦弱的松树,她还是会心碎欲裂的。她的思绪至死也会热切地回到它们身上。不能走,即使希礼能够填补她心灵里那份因塔拉被连根铲除所带来的空虚也不行。希礼有多明智呀,他太了解她了!他只是把一把湿润的泥土塞进她手里就让她恢复了理性。

她正在过道里准备把门关上,这时却听到了马蹄声。她转过身朝车道望去。什么时候不来,偏偏这时候有人来访,这真让人受不了。她要赶快躲进房间去,谎称自己头痛。

可是马车越来越近时,她却吃了一惊,停下了要逃跑的脚步。这是辆簇新的马车,漆得很亮,马具也很新,到处还点缀着擦得发亮的黄铜。肯定是陌生人。她认识的人中,没有人有钱买这么豪华簇新的马车。

她站在门边注视着,寒冷的穿堂风吹得她湿润的裙子在脚踝边不停地飘动。接着,马车在屋前停下了,乔纳斯·威尔克森走下车来。思嘉看到他们从前的监工坐着这么豪华的马车,穿着光彩夺目的厚大衣,惊讶极了。有好一会,她简直不相信自己的眼睛。威尔对她说过,自从乔纳斯在自由人事务局得到新的工作以后,他看上去相当发达。赚了很多钱,威尔说过,一边欺诈黑人,一边又欺诈政府,没收白人的棉花,硬说是南部邦联政府的棉花。当然,在这种艰难时世,他那些钱决不是通过正当途径得来的。

他现在却来到这里,步出一辆漂亮的马车,再牵着一个女人的手扶她走下车来,她的穿戴差点要了她的命。思嘉瞟了一眼,看到那衣服光彩靓丽,简直到了粗俗的地步,但她的眼睛还是急切地打量着她的全套衣装。她上次看到时髦的新衣服已经是很久以前的事了。哦! 那么说,今年的裙环没有那么宽了,她心想,眼睛继续顺着那红色的方格裙子看下去。她看到了黑色的天鹅绒宽外套,那上衣多短啊! 还有那顶精巧的帽子! 无边女帽一定是过时了,因为这顶帽子顶部是扁平的,是顶红色天鹅绒女帽,极为荒唐可笑,就像块僵硬的薄煎饼贴在那女人的头顶上。帽带不像无边女帽那样绑在下巴下,而是绑在帽子后面垂落下来的一大束发卷下。思嘉不禁注意到,那发卷和那女人的头发很不配,不论是颜色还是质地都不配。

那女人走下马车,朝房子这边看过来。思嘉看到她脸上涂着一层厚厚的粉,上面还有一种兔子般的神情。这种神情思嘉颇为熟悉。

"哦,是艾米·斯莱特里!"她叫了起来,由于太吃惊,这些话全是喊出来的。

"是的,是我。"艾米说,摇头晃脑讨好地笑着,开始迈步走上台阶。

艾米·斯莱特里! 这个亚麻色头发的臭婊子。她的私生子还是埃伦施的洗礼。就是这个艾米把伤寒传给了埃伦,而且要了她的命。这个穿着累赘、粗俗、下流的白人穷鬼,现在却登上塔拉的台阶,高昂着头微笑着,好像这是她的地方一样。思嘉想起埃伦,心里一动,空荡荡的头脑里又有了感觉,一种势不可当、杀气腾腾的愤怒感油然而生,像疟疾一样使她浑身发抖。

“别踏上那些台阶，你这白人穷鬼，你这臭婊子！”她大叫着，“给我从这滚出去！滚出去！”

艾米的下颚顿时垂了下去。她瞟了一眼垂首皱眉走上前来的乔纳斯。他虽然很生气，但尽力做出一副有涵养的样子来。

“你不能那么跟我的妻子说话。”他说。

“妻子？”思嘉说着，放声大笑起来，笑声中含着轻蔑，“你把她变成你的妻子可真是时候。你杀了我妈妈后，谁给你其他的小崽子施洗礼呢？”

艾米“噢！”了一声，飞快地退下台阶。可是乔纳斯粗鲁地抓住她的手臂，不让她朝马车跑去。

“我们到这来是来拜访你们的——友好的拜访，”他咆哮着，“而且要和老朋友们谈点事情——”

“朋友？”思嘉的声音就像是鞭子抽人似的，“我们和像你们这样的人什么时候做过朋友？斯莱特里一家靠我们的施舍过日子，却恩将仇报，杀了妈妈——还有你——你——因为艾米的杂种，爸爸才解雇你，这你是知道的。朋友？从这地方滚开，要不我就要叫本廷先生和卫先生了。”

听到这话，艾米挣脱了她丈夫的手，向马车逃去，连滚带爬地爬进马车，漆皮靴子一闪一闪的，靴子顶部是靓丽的红色，丝带也是红的。

现在，乔纳斯也和思嘉一样，气得发抖。他灰黄色的脸气得通红，就像只愤怒的公火鸡。

“你还是高高在上，有钱有势，对不对？哦，你的一切我都知道得清清楚楚。我知道，你连脚上穿的鞋子都没有。我知道你父亲变成了白痴——”

“从这滚出去！”

“噢，你唱这高调不能再唱多久了。我知道你破产了。我知道你连税都交不起。我到这来是想从你手里把塔拉买下来——给你一个好价钱。艾米渴望着能住在这里。可是，上帝，我现在一个子也不会给你了！到你为了交税非得把此地卖掉的时候，你这高傲自负的爱尔兰人才会知道，这里到底是谁在管事。到时我就买下这个地方，锁、牲畜、马呀、牛呀——家具，所有东西——我要住在里面。”

这么说，想要塔拉的是乔纳斯·威尔克森——乔纳斯和艾米想歪了，他们想住进这个家，以此来摆平过去受到的轻视。她的每根神经都充满了仇恨,就像那天她把手枪的枪筒指向那个北方佬胡子拉碴的脸上再扣动扳机一样。她真希望自己手里现在也拿着那支枪。

“不等你们跨过这门槛一步,我就先把这房子扒了,一块石头一块石头扒下来,把它烧了,把每一英亩田地都洒上盐巴。”她大叫着,“滚出去,我告诉你们!滚出去!”

乔纳斯瞪着她,想再说些什么,后来却转身朝马车走去。他爬上马车,坐在他那啜泣不已的妻子身边,掉转了马头。他们驾着车离去时,思嘉真想啐他们一口。她真的呸了一声。她也知道,这是派不了用场的孩子气的表现,但这使她感觉好多了。她真希望她这么做时能被他们看到。

那些该死的热爱黑鬼的家伙,居然胆敢到这来奚落她的贫穷!那只猎狗从来就没打算出价购买塔拉。他只是用这为借口,让自己和艾米在她眼前招摇炫耀。这些肮脏的、战后加入共和党的投机分子,这些卑鄙下流的穷苦白人,居然大放厥辞,说他们要住在塔拉!

紧接着,恐惧突然抓住了她的心,她的愤怒顿时化为乌有了。去他妈的!他们会到这来,住在这儿!她毫无办法,阻止不了他们购买塔拉,阻止不了他们强行抢走每一面镜子、每一张桌子和每一张床,抢走埃伦那些闪闪发亮的红木和青龙木家具,这些家具虽然被北方侵略者破坏得遍体鳞伤,但每一件对她来说都很珍贵。还有罗比亚尔家的家传银器。“我不会让他们得逞的。”思嘉疯狂地想着,“不,即使我得把这地方烧了,我也不会让他们得逞!艾米·斯莱特里决不可以踏上妈妈走过的每一寸地板!”

她关上门,靠在门上,心里害怕极了,比那天舍曼的部队来到屋里时还更害怕。那天,她最害怕的就是塔拉会在她头顶上被烧掉。可这次更糟——这些低劣卑贱的畜生们要住在这所房子里,向他们那些低劣卑贱的朋友们吹嘘,他们是如何把傲慢的郝家人赶出去的。也许他们还会把黑鬼们带到这来吃饭睡觉。威尔告诉过她,乔纳斯正闹得天翻地覆,要和黑鬼们平起平坐,跟他们一起进餐,到他们家里做客,坐在马车里一块兜风,还跟他们勾肩搭背。

一想到这种可能对塔拉造成的最致命的侮辱,她的心跳得就特别快,几乎使她连气都透不过来了。她尽力把心思放在面临的问题上,希望想出个办法来。可每次她集中思绪的时候,心里就会涌起新的愤怒和恐惧,使她浑身发抖。一定有什么办法摆脱困境的,一定有什么地方有个有钱人,她可以从他那借到钱。钱不可能干掉,被风吹走。总有人会有钱的。接着,希礼说笑的话重新浮现在她脑海里:

“只有一个人,白瑞德……有钱。”

白瑞德。她快步走进客厅,把门关上。百叶窗已经拉下来了,她置身于朦胧昏暗的光线中,冬日的暮色笼罩着她。没有人会想到到这来找她,她必须不受打扰,一个人好好想想。刚刚出现在她脑海里的主意再简单不过了,她真不知道自己过去怎么就没想到这一点。

“我要从瑞德那弄到钱。我可以把那些钻石耳环卖给他。或者从他那借钱,让他留着钻石耳环,直到我把钱还给他。”

此时此刻,她感到大为欣慰,不禁觉得自己虚弱极了。她可以交上税款,并且当面嘲笑乔纳斯·威尔克森。但是,与这令人高兴的想法几乎同时翩然而至的是,她也意识到了严酷的现状。

“我不是只有今年才需要税款,还有明年及我的有生之年。如果这次我交清了税款,他们下次就会把税款提得更高,直到把我赶走为止。如果我的棉花收成好,他们也会要我交税,让我一无所得,或者干脆就把棉花没收了,说是南部邦联的棉花。北方佬和那群流氓都跟他们勾结在一起,想对我怎么样都能得逞。我这一辈子,直到我死的那一天,我都会害怕他们会通过某种方式置我于死地。我这一辈子都会担惊受怕、尽力筹钱、劳作到死,而唯一的结果却是劳而无获、棉花被盗……去借三百美元来交税只是权宜之计。我想要的是永远摆脱困境——这样,我晚上去睡觉时就不用担心明天又会发生什么,下个月、明年又会发生什么了。”

她心绪平稳地继续想着。渐渐地,冷静的头脑里冒出了一个很符合逻辑的念头。她想起了瑞德,他黝黑的皮肤映衬出洁白的一闪一闪的牙齿,一双讥讽味十足的乌黑的眼睛注视着她。她回忆起在亚特兰大的那个炎热的晚上,当时围城已经接近尾声了,他坐在白蝶姑妈的游廊上,身子在夏夜里若隐若现,他说:“我想要你的感觉比想要任何女人的感觉都更强——我等你的时间比等任何女人的都更长。”此时此刻,她又一次感觉到了他的手放在她手臂上的灼热感。

“我要嫁给他,”她冷静地想,“那样我就再也不用为钱操心了。”

噢,多令人愉快的想法呀,比上天堂的希望还更美妙。再也不用为钱操心了,可以知道塔拉会安然无恙,家人不愁吃穿,她再也不用亲自去碰石墙,把自己撞得遍体鳞伤了!

她觉得很冷。下午发生的事使她的所有感情都枯竭了:先是关于交税的惊人的消息,接下来是希礼的事,最后是对乔纳斯·威尔克森那遏制不住、杀气腾腾的盛怒。不,她身上已经没有任何情感了。如果她感觉的能力还没有完全耗尽的话,她就会对脑海里形成的计划提出反对了,因为她恨瑞德,比恨世界上任何一个人都更盛。可是她已无法感觉了。她只会思考,而她的想法都是很实用的。

“那天晚上他把我们扔在路上时,我对他说了些很不好听的话,可我可以让他把这些统统忘掉。”她傲慢地想着,对自己的魅力还是信心十足,“跟他在一起的时候,我会装出一副害羞的样子来。我会让他觉得我一直是爱他的,那天晚上只是太沮丧、太害怕了。噢,男人太自负了,他们会相信任何奉承他们的话……我决不能让他猜到我们现在所处的困境,在逮住他以前决不能让他知道。噢,他不能知道!一旦他怀疑到我们有多穷,他就会知道,我要的是他的钱而不是他自己。可他毕竟无从知道,因为连白蝶姑妈也不知道这最糟的事。我跟他结婚后,他就不得不帮我了。他不能让他妻子的家人饿死的。”

他的妻子。白瑞德太太。一丝深藏在她冷静的思绪深处的反感蠢蠢欲动,可接着就被遏制住了。她想起她和查理度过的那令人尴尬、令人反感的短暂的蜜月,他摸索的双手、他笨拙的动作、他莫名其妙的情感——还有韩韦德。

“我现在不能想这些。和他结婚后再来想这些好了……”

跟他结婚以后。记忆又给她敲起了警钟。一阵凉意从脊柱顶部开始凉透了全身。她再次回忆起那天晚上在白蝶姑妈的游廊上的情景,她曾经问过他他是不是在向她求婚,他却可恨地大笑着,说:“亲爱的,我不是个适合结婚的男人。”

假设他现在还是个不适合结婚的男人呢?假设,他拒绝娶她呢,尽管她很有魅力,也很能诱惑人?假设——噢,这想法太可怕了!——假设他已经把她忘得一干二净,在追别的女人呢。

“我想要你的感觉比想要任何女人的感觉都更强……”

思嘉紧紧握着拳头，指甲直嵌进了手心。“如果他忘了我，我就让他重新记起我来。我要让他重新想要我。”

要是他不想娶她却又还想要她，那也有办法弄到钱。毕竟，他曾经叫她做他的情妇。

客厅里一片灰暗，她在和自己心中最有约束力的三根纽带进行着短兵相接的决定性的战斗——对埃伦的思念、宗教信仰的教义和她对希礼的爱。她知道，埃伦一定在天堂里。而即使对远在天堂的埃伦来说，她头脑中的想法也一定是很可怕的。她知道这种私通在道义上是有罪的。她还知道，像她这么爱希礼的话，她的计划就更是在加倍地出卖贞洁。

然而，这一切在她冷静得不近人情和被绝望驱使的思绪面前都甘拜下风了。埃伦已经死了，也许死了就能理解所有的事情了。宗教信仰禁止私通，要不然就要饱受地狱之火的折磨。但是，她想出这个办法只是为了挽救塔拉，不让一家人饿死。如果教会没有认识到这一点的话——哦，那就让教会去为这个问题操心好了。她可不干。至少现在不干。而希礼——希礼不想要她。不，他确实是想要她的。想起他那温暖的嘴唇印在她双唇上的感觉，她就肯定了这一点。可他决不会带她远走高飞。很奇怪，和希礼一起私奔倒不像是犯罪，可和瑞德——

在冬日下午阴沉沉的黄昏中，她已走到了漫漫长路的尽头，而这一旅程在亚特兰大沦陷的那一天就已经开始了。起脚踏上这条路时，她还是个饱受溺爱、自私自利、未经考验的姑娘，年轻气盛，感情柔和，极易被生活所迷惑。而现在在路的尽头，那个姑娘已经无影无踪了。忍饥受饿、辛勤劳作、恐惧紧张、战争和重建带来的恐惧，这一切已经带走了所有的温情、青春和柔情。围绕着她的身躯这一核心，已经形成了一个坚硬的外壳，而且，在没完没了的一个月又一个月中，这个外壳已经一点一点地越变越硬，一层一层地越来越厚。

但在这一天以前，一直有两个希望在支撑着她。她曾经希望，战争结束以后，生活会慢慢恢复本来的面目。她还希望过，希礼的归来会给生活带来些意义。现在，这两个希望都破灭了。乔纳斯·威尔克森出现在塔拉屋前的人行小径上，这使她意识到这一点，也使整个南方意识到这一点，那就是，战争是永远也不会结束的。最艰苦的恶战,最残忍的报复,这些都还只是战争的开始。而希礼也永远被比任何监狱都更厉害的话语囚禁住了。

和平并未降临到她头上,而希礼也让她失望了。两件事发生在同一天,外壳上的最后一道裂缝也被封死了,最后一层终于完成。方丹老太太曾经劝过她,不要变成一个看过最糟的事后就无所畏惧的女人。她现在偏偏就变成了这样。不怕生活,不怕妈妈,不怕失去爱,也不怕公众舆论。只有挨饿和她那挨饿的梦魇才会使她害怕。

既然她的心肠最后已经变得硬邦邦的,把她跟过去的日子和过去的思嘉有关的一切都已经隔绝开来,她便有了一种颇为奇怪的轻松感和自由感。她已经下定决心,感谢上帝,她并不害怕。她已经没什么可失去的了,她已经打定主意。

只要她能诱骗瑞德和她结婚,一切就完美无缺了。可要是她做不到呢——哦,那她同样也能弄到钱。那一瞬间,她不禁好奇地想,做别人的情妇到底要做些什么,好像这跟自己无关似的。瑞德会不会坚持要把她留在亚特兰大,就像人们说的他占有沃特琳那个女人那样呢?要是他要她留在亚特兰大的话,他就得付出大代价——得付足她不在塔拉所带来的损失。思嘉对男人的生活中不为人所知的那一面一无所知,根本不知道这个安排会牵扯到别的什么事。她还想到自己会不会生孩子。那显然是相当可怕的。

“我现在可不去想这些事。以后再想好了。”她把这令人不快的念头抛置脑后,以免动摇她的决心。今晚她就告诉家里人,她要到亚特兰大去,想办法借些钱。如果需要的话,就把农场抵押出去。他们需要知道的就这些了,等到那鬼日子来临,他们发现完全不是这么回事时再说吧。

有了要采取行动的想法后,她昂起头来,肩膀便相应往后仰。她知道,这件事做起来并不容易。过去是瑞德要讨她的欢心,有权利摆布他的是她。而现在她是个乞丐,乞丐是没有权利和别人提条件的。

“可我不能像个乞丐一样去见他。我得像个王后去施恩一样。他永远也不会知道的。”

她走到长长的穿衣镜前,端详着自己,头昂得高高的。从已经裂掉的镀金镜框里,她看到了一个陌生人。这一年中,她似乎是头一次成了真正的自己。每天早晨,她都会在镜子里对自己瞄上一眼,看看脸干净不干净,头发整齐不整齐,可她总是被别的事情催逼着,没有时间好好看一看自己。可瞧瞧这个陌生人!这个瘦骨伶仃、双颊凹陷的女人肯定不会是郝思嘉!郝思嘉的脸是漂亮迷人、风情万种、精神饱满的。她正凝视的这张脸却一点也不漂亮,没有半点铭刻在记忆中的迷人魅力。这张脸一脸苍白,绷得很紧,上翘的绿色眼睛上方,墨黑的眉毛突然翘起,令人颇感讶异,映衬着洁白的皮肤,就像受惊小鸟的翅膀似的,脸上的神情好像是被人穷追猛打、难以忍受的样子。

"我不够漂亮,逮不住他了!"她心想,一股绝望之情重新回到她身上,"我太瘦了——噢,我瘦得太可怕了!"

她拍拍自己的面颊,狂乱地摸着自己的锁骨,感觉到它们从紧身上衣里突了出来。她的乳房也太小了,几乎和媚兰的一样小。她得在胸部垫些褶边,好让它们看上去大一些,而过去,对要借助这些名堂的女孩子,她总是瞧不起她们的。褶边!这又使她想起另一件事。衣服。她看着自己的裙子,两手之间的裙摆上打着宽宽的补丁。瑞德喜欢穿着打扮很漂亮的女人,喜欢穿着打扮很时髦的女人。她想起了服丧期结束后首次露面时穿的镶着荷叶边的绿裙子,心里涌起了一股渴望之情。当时,她穿着这件裙子,配上他给她带来的有羽毛装饰的绿帽子,他当时对她说的赞赏言辞似乎还萦绕在耳边。她还记起了艾米·斯莱特里穿的那件红色的格子裙、装饰着丝带的红顶靴子和煎锅似的平帽子,妒忌心理使她更是恨得咬牙切齿的。它们虽然华丽俗气,但是又新又时髦,自然是很抢眼的。噢,她多想成为抢眼的人物啊!特别是抢瑞德的眼!如果看到她穿得破破烂烂,他就会知道塔拉的一切肯定乱套了。不能让他知道这些。

她多傻呀,以为凭着这骨瘦如柴的脖子、猫一般饥饿的眼睛和褴褛的衣裙到亚特兰大去就能够使他向她求婚呢!如果她在最漂亮、拥有最靓丽的服饰的时候都无法硬从他嘴里逼出求婚的话语,那现在的她又难看,衣服又破旧不堪,她怎能指望他会向她求婚呢?如果白蝶小姐说的话是真的,他就一定比亚特兰大任何一个人都更有钱,很可能还尽可从漂亮的女人中挑来挑去,好的也罢,坏的也罢。"得了,"她心里想着,感到很不服气,"我身上有一些大多数漂亮女人都没有的东西——那就是下的这个决心。要是我有一件漂亮裙子,哪怕是一件也行呀——"

塔拉一件漂亮裙子也没有,所有的裙子都至少改过两次,而且还缝补过。

"情况就是这样。"她心里想着,郁郁不乐地低头看着地板。她看着埃伦那像苔藓般绿色的天鹅绒地毯,因为无数的男人们曾经睡在上面,现在已是破旧不堪的了,这里被撕破一条,那里被弄脏一块,这情景更是使她沮丧极了,因为这使她意识到塔拉跟她自己一样,装饰已是破破烂烂的了。越来越暗的房间使她感到很压抑,她走到窗边,推起窗扉,打开百叶窗的插销,让冬日夕阳的最后一缕光亮照进房间来。她再关上窗户,把头靠在天鹅绒窗帘上,朝窗外看去,目光掠过萧瑟的牧场,直看到墓地那边黑漆漆的雪松那里去。

苔藓般碧绿的天鹅绒窗帘在她的面颊下软绵绵的,有种刺痛感,她像只猫似的把脸贴在窗帘上惬意地摩搓着。接着,她猛地抬起头看着它们。

转瞬间,她已经在沿着地板拖着一张大理石桌面的笨重桌子,它那生锈的小脚轮嘎吱作响,好像很不情愿离开原来的地方。她把桌子拖到窗下,拉起裙子,爬上桌子,踮起脚尖去够沉重的窗帘杆。她不太够得着,于是不耐烦地用力扯着。钉子从木头上被拉了出来,窗帘连同杆子一起哗啦一声全掉在地上。

就像是变法术一样,客厅的门开了,露出嬷嬷那张宽大的黑脸庞。她每条皱纹里都是强烈的好奇心和深深的怀疑神情。她不以为然地看着站在桌子上的思嘉,她正把裙子拉到膝盖处,准备往下跳。她脸上一副激动而得意的神态,嬷嬷突然间就对她产生了不信任的感觉。

"你要把埃伦小姐的窗帘拿去干什么?"她盘问道。

"你在门外偷听干什么?"思嘉反问着,敏捷地跳到地上,收着长长的一块厚重而沾满灰尘的天鹅绒窗帘布。

"这声音不用偷听也听得见的,"嬷嬷反驳道,已经准备好战斗了,"你不能打埃伦小姐的窗帘的主意,把窗帘杆也从木头上扯了下来,把它们扔在地上的灰尘中。埃伦小姐很看重这窗帘的,俺不想让你这样把它们弄得一团糟。"

思嘉绿色的双眸注视着嬷嬷,眼里那高兴劲儿像火一样。这双眼睛看上去倒像是过去的好时光中那个被宠坏的小女孩的眼睛。那时嬷嬷老是对着它们无可奈何地叹气。

“赶快跑到阁楼上去，把我那盒衣服样子拿来，嬷嬷。”她叫道，轻轻推了她一下，“我要做件新裙子。”

一听到要她拖着那两百磅重的身子到什么地方去，嬷嬷已经气极了，更不用说爬到阁楼上去了。同时，她渐渐也似乎怀疑到有什么可怕的事要发生了。她一把从思嘉手里抢过窗帘，抱在下垂的宽大的胸脯前面，好像它们是神圣的遗物一样。

“你要做新裙子也不能用埃伦小姐的窗帘布做。原来这就是你打的鬼主意啊。只要俺还有一口气，你就休想。”

刹那间，年轻的女主人脸上掠过了嬷嬷惯常称之为“顽固的人”的那种表情，可紧接着就变成了满脸的微笑，嬷嬷简直抗拒不了。但这并没有骗过这个老妇人。她知道，思嘉小姐用这个微笑只是为了说服她，而在这件事上，她打定主意不让自己被说服。

“嬷嬷，别这么小气。我要到亚特兰大去借钱，我得有件新裙子。”

“你不需要什么新裙子。别的小姐太太们也都没有新裙子。她们都穿旧的，而且感到很自豪。要是需要的话，埃伦小姐的孩子也没有理由不能穿破旧的衣服，而每个人都还是会尊敬她，就像她穿着绸缎一样。”

顽固的表情又回到她脸上来了。上帝，有趣的是，又长了些岁数的思嘉小姐越来越像嘉乐先生，越来越不像埃伦小姐了！

“好了，嬷嬷，你知道，白蝶姑妈写信告诉我们，范妮·埃尔辛小姐这个礼拜六要结婚，当然，我得去参加婚礼。那我就需要一件新裙子穿。”

“你身上的裙子会和范妮小姐的婚纱一样漂亮的。白蝶小姐也写道，埃尔辛一家现在很穷。”

“可我还是要有件新裙子！嬷嬷，你不知道我们有多需要钱。税款——”

“是的，俺知道有关税款的事，可是——”

“你真的知道？”

“哦，上帝给了俺两只耳朵，对不对？那是用来听话的。特别是威尔先生从来不把麻烦闷在心里。”

有没有什么嬷嬷没有偷听到的事呢？思嘉真不明白，这个庞大的身躯既然能把地板震得直摇晃，怎么在它的主人想偷听的时候就能这样神不知鬼不觉、鬼鬼祟祟地移动自如呢？

“哦，如果这些你都听到了，我想你也听到了乔纳斯·威尔克森和艾米——”

“不错。”嬷嬷眼里含着怒火。

“哦，别像只骡子似的，嬷嬷。你难道看不出来，我得到亚特兰大去弄些钱来交税吗？我得去弄些钱来。我必须这么做！”她把一只小拳头砸到另一只手上。“看在上帝分上，嬷嬷，他们会把我们全都赶到路上去，那时我们该到哪儿去呢？难道为了妈妈的窗帘这么一件小事，你就要和我争执，却让杀了妈妈的艾米·斯莱特里这个白人穷鬼硬搬进这所房子，睡在妈妈睡过的床上？”

嬷嬷把重心从一只脚移到另一只脚上，就像只烦躁不安的大象。她隐隐感觉到自己正在被她说服。

“不，俺才不想看到穷鬼们住进埃伦小姐的房子，也不想看到我们大家都被赶到路上去，可是——”她突然盯着思嘉，两眼含着责备，“你打算到谁那弄钱，居然必须穿新裙子去？”

“那个，”思嘉说着，却突然改了口，“是我自己的事。”

嬷嬷目光锐利地看着她，看那神情，仿佛是小时候的思嘉干了坏事，却试图用花言巧语来为自己找借口，但又没有成功。她似乎看透了她的心思，思嘉极不情愿地垂下眼睑，对自己打算采取的行动第一次感到了愧疚。

“所以你需要一件漂亮的新裙子，好穿着它去借钱。听起来，俺觉得那也不太对。你也没说上哪借钱。”

“我什么也不说。”思嘉气愤地说，“这是我自己的事。你要不要把窗帘给我，帮我做裙子？”

“好的。”嬷嬷轻轻地说，突然停止抵抗了。思嘉心里不禁满腹狐疑。“俺来帮你做。俺还想，我们得用窗帘的缎子衬料做件衬裙，再用窗帘的花边做裤子的褶边。”

她把天鹅绒窗帘递还给思嘉，脸上露出一丝狡黠的微笑。

“梅利小姐和你一块到亚特兰大去吗，思嘉小姐？”

"不,"思嘉厉声说道,开始意识到她要谈些什么了,"我自己去。"

"这是你的想法,"嬷嬷坚定地说,"可俺得跟你一块去,还有那件新裙子。是的,夫人,俺一路上都要一步步地跟着你。"

刹那间,思嘉眼里现出了这么一幅情景,她到亚特兰大去的一路上都有嬷嬷陪着,和瑞德说话也有嬷嬷在暗地里监视着,就像只守护冥府入口的大黑狗一样。想到这里,她又笑了,把一只手放在嬷嬷的手臂上。

"亲爱的嬷嬷,你要跟我一起去,帮我的忙,真是太好了。可这里的人没有你,他们到底该怎么办呢?你知道,你差不多是在掌管着塔拉所有的事务呢。"

"哇!"嬷嬷说,"跟俺说好话也没用的,思嘉小姐。自从俺把第一块尿布垫在你屁股上,俺就知道你了。俺说过了,俺要和你一起到亚特兰大去,俺就一定要去。那城里满是北方佬、自由的黑人及诸如此类的人,埃伦小姐知道你要一个人到那去的话,在坟墓里也会不安心的。"

"可我会住在白蝶姑妈家里。"思嘉心乱如麻,主动提出这个主意。

"白蝶小姐是个好人,她以为她什么都看得出来,可她不行。"嬷嬷说着,转过身去,用威严的口吻结束了谈话,然后走到过道里去了。木板在抖动,她则在叫着:

"普里西,孩子!快跑到楼上去,把思嘉小姐的衣服样子从阁楼上拿下来。想办法找把好剪子来,不要一找就找一整个晚上。"

"这简直太糟糕了。"思嘉沮丧地想着,"我马上就会有只猎狗跟在身后了。"

晚饭的杯盘碗盏收拾干净之后,思嘉和嬷嬷在餐桌上铺开衣服样子。苏埃伦和卡丽恩忙着把缎子衬料从窗帘上撕下来。媚兰则用一把干净的毛刷刷着天鹅绒,好把灰尘去掉。嘉乐、威尔和希礼坐在餐厅里吸烟,笑着注视着这群女人的忙活样。一种似乎是从思嘉身上散发出来的令人愉快的激动情绪也感染了所有的人,这是一种他们无法理解的激动。思嘉脸上泛着红晕,眼里闪着明快坚定的神采,还经常放声大笑。她的笑声使大家都感到很高兴,因为他们已经有好几个月没听她真正地笑过了。这特别使嘉乐感到很高兴。他的眼神不像平常那样飘忽呆滞,视线一直跟着她的身影在餐厅里移来移去，衣服沙沙作响。每次她一走近他，只要够得着，他就赞许地拍拍她。姑娘们都很激动，好像在为参加舞会作准备似的。她们撕着，剪着，用长针脚疏缝着，就像给自己做参加舞会穿的裙子一样。

思嘉要到亚特兰大去借钱，有必要的话，还要把塔拉抵押出去。可是抵押到底是怎么一回事呢？思嘉说，他们用明年的棉花收入就可以很容易地还清欠款，还能剩下一些钱。她说得很肯定，他们根本就不想细问。他们问她谁会借钱给他们时，她说："稍作停顿就能逮住爱管闲事的人。"她的样子如此调皮，他们全都大笑起来，开着玩笑说她的朋友肯定是个百万富翁。

"一定是白瑞德船长。"媚兰狡黠地说。他们全都知道思嘉非常恨他，说起他时都叫他"那个卑鄙小人白瑞德"，所以媚兰这一荒唐的说法引起了一片欢笑声。

可思嘉并没有为此而笑出来。笑着的希礼看到嬷嬷飞快地、谨慎地瞟了思嘉一眼，不禁止住了笑声。

苏埃伦此刻也被大家高涨的情绪感动了，突然变得大方起来，拿出她镶着爱尔兰花边的硬领。硬领虽然有点旧，但还是挺漂亮的。卡丽恩则坚持要思嘉穿着她的便鞋到亚特兰大去，因为她的便鞋比塔拉任何一双便鞋的状况都好。媚兰恳求嬷嬷留给她足够的天鹅绒碎布，好重新包一下她那顶帽子已磨损的帽檐。她还说，那只老公鸡除非马上跑到沼泽地里去，要不就要和它那漂亮的古铜色、青绿色的尾羽分手了。这又引发了一阵大笑。

思嘉望着那些忙这忙那的手指，听着他们的笑声，忍着内心的痛苦，轻蔑地看着他们。

"他们对真正要发生在我头上的事、要发生在他们头上的事或是发生在南方的事一点意识也没有。他们什么事也不管，还以为没有什么真正可怕的事会发生在他们头上，就因为他们是郝家人、卫家人和韩家人。连黑奴们也那么认为。噢，他们全都是傻瓜！他们永远也不会意识到的！他们还是一如既往地那么想，那么生活，什么也改变不了他们。梅利可以穿着破衣烂衫，去摘棉花，甚至帮我干掉一个男人，但这根本没有改变她。她还是那个生性害羞、教养良好的卫太太，一个完美的贵妇人！而希礼亲眼目睹死亡和战争、参战、蹲完监狱后再回到一无所有的家中来，他却还是同先前他有十二棵橡树作后盾时一样，还是个绅士。威尔是不一样的。他知道实际情况怎么样,可是威尔从来就没有多少东西可失去的。至于苏埃伦和卡丽恩——她们认为这一切都只是暂时的。她们不想改变自己去适应已经改变的境遇,因为她们认为一切都会很快过去的。她们认为上帝会创造奇迹,特别是为了她们而创造奇迹。可是上帝不会。这里唯一会被创造出来的奇迹就是我要在白瑞德身上创造的……他们不会改变。也许他们根本就不能改变。我是唯一已经改变的人——我要是能不变的话,也不会去变的。"

最后嬷嬷把先生们赶出餐厅,把门关上,这样才可以开始量体裁衣。波克扶嘉乐上楼去睡觉,希礼和威尔留在前面的过道里,映照在昏暗的灯光中。他们沉默了一会儿,威尔嚼着烟草,就像一个安安静静的反刍动物一样,但他那张温和的脸上却一点也不平静。

"这次去亚特兰大,"他最后慢吞吞地说,"我不喜欢。一点也不喜欢。"

希礼飞快地看了威尔一眼,马上又移开了视线。他什么也没说,可也在思忖着,威尔是不是也和他一样,被一种可怕的疑虑困扰着。但那是不可能的。威尔不知道下午在果园里发生的事,也不知道这事如何把思嘉赶到了绝望的边缘。提到白瑞德的名字的时候,威尔也不可能注意到嬷嬷的脸色。再说,威尔也不知道有关瑞德的钱或是他的坏名声的事。至少,希礼认为他可能不知道这些事。可是,自从回到塔拉,他也已经意识到,威尔像嬷嬷一样,不用别人告诉他,他就知道很多事,事情还没发生,他就已经感觉到了。空气中有一种不祥的气氛,到底是什么,希礼也不知道,可他没有能力救助思嘉,让她不用去。那天晚上,她一次也没有跟他的眼睛对视,而她对他表现出来的那种特别欢快的神情,令他感到很害怕。他对她的那种疑虑揪着他的心,可怕得难以用言语来形容。他不能去问她他这些疑虑是不是真的,他没有权利去这么侮辱她。他握紧了拳头。跟她有关的事,他全都没有权利干涉;今天下午,他已经把全部权利都丢失了,永远永远地丢失了。他帮不了她。谁也帮不了她。然而,当他看到嬷嬷及她把天鹅绒窗帘剪开时那种阴郁的坚定神情,他又有点高兴了。不管思嘉愿意不愿意,嬷嬷都会照看好思嘉的。

"这全都是我引起的,"他绝望地想着,"是我逼她这么做的。"

他想起了下午她转身离开他的时候挺直肩膀的样子,想起了她固执地昂着头的神态。他的心已经飞向她了,为自己的无可奈何而揪心,既对她感到很钦佩,又感到自己很痛苦。他明白,她所知道的语汇里不会有勇敢豪侠这个词。他也明白,如果他告诉她,说她是他所认识的人中最勇敢、最有豪侠气度的人,她肯定会茫然不解地盯着他看。他知道她是不会明白的,每当想到她的勇敢豪侠,他又把多少真正美好的品德归在她身上呀。他知道,她是以生活的本来面目去对待生活的,不管会有什么障碍,她都会用坚强的意志去面对它们,下定决心不服输,一直奋斗着,即使在看到失败已经不可避免的情况下,她也还是会勇往直前地奋斗到底。

可是,四年来,他也看到其他拒绝承认失败的人,高高兴兴地闯入注定要失败的灾难当中的男人,就因为他们又勇敢又有豪侠气度。而他们也同样被打败了。

在昏暗的过道里,他注视着威尔,心里却在想,他从来没见识过像郝思嘉这样的英勇行为。她居然要穿着用她妈妈的天鹅绒窗帘做的裙子,戴着用公鸡的尾部羽毛装饰的帽子去征服这个世界。

# 第三十三章

第二天下午,当思嘉和嬷嬷在亚特兰大步下火车时,寒风刺骨,呼啸而过,头顶飞逝而过的云朵则呈深灰的石板色。城市被烧毁后,车站一直没有重建,一片黑不溜秋的废墟标志着车站的旧址。她们在高出原址几码厚的灰烬和泥泞中下了车。思嘉身上的习惯还是根深蒂固的,仍然环顾左右寻找着彼德大叔和白蝶的马车。因为在战争年月里,每次她从塔拉回到亚特兰大,他们总是到这来接她的。接着她就对自己的心不在焉哼了一声,回过神来。彼德自然不会在那的,因为她没有事先通知白蝶姑妈说她要来,再说,她也记得老太太在上一封信里才哭哭啼啼地叙说过,南方投降后,彼德在梅肯弄来送她回亚特兰大的那匹老马已经死了。

她环顾着车站周围车辙道道、坑坑洼洼的空地,搜索着老朋友或是熟人的马车,也许他们可以让她们搭乘马车到白蝶姑妈的家里去。可她一个人也不认识,黑人也罢,白人也罢。如果白蝶给他们写的信里说的都是真话,那现在她的老朋友们很可能没有一个有马车了。时世如此艰难,要解决人的吃住已经很困难,更不用说动物了。这些日子里,白蝶的大多数朋友都跟她一样,只好走路了。

货车车厢旁有几辆运货马车在卸货,还有几辆溅满泥迹的轻便马车。赶车的都是些面貌粗鲁的陌生人,但只有两辆载人马车。一辆是有车篷的,另一辆是敞篷的,已经有一个穿戴很好的女人和一个北方军的军官坐上去了。看到那军服,思嘉不禁倒吸一口冷气。虽然白蝶信里说过,亚特兰大有驻军驻防,街上到处可见士兵,但是,第一眼看到蓝色军服还是使她吃了一惊,而且感到很害怕。战争已经结束,这个人不会追赶她、抢劫她、侮辱她了。但要把这点时刻铭记在心头,还是很不容易的。

车站周围相对空荡荡的情景,把她的思绪带回到一八六一年的那天早晨来到亚特兰大时的情景。当时她还是个年轻寡妇,身上裹着黑绉纱,心里则烦闷到极点。她记得,当时这个地方挤满运货马车、载人马车和救护车,闹哄哄的,车夫在骂街、叫嚷,人们大叫着和朋友打招呼。想起战争年月那轻松愉快的激动情绪,她不禁叹了口气。再想起要一路走到白蝶姑妈的家里去,她不禁又叹了口气。但她还是满心希望到了桃树街后,也许能碰上她认识的人,会把她们送到那里去。

她正站在那东张西望,一个脸色像马鞍一样的中年黑人把有篷马车赶到她身边,从车座上倾过身子问道:"要马车吗,夫人? 两角五分,到亚特兰大任何地方都行。"

嬷嬷瞪了他一眼,好像要吃了他似的。

"出租马车!"她嘟哝着,"黑鬼,你知道我们是谁吗?"

嬷嬷是个乡下黑奴,但她不是生来就是乡下黑奴的。她知道,如果没有家里的男性陪同,贞洁的女人是不会坐出租车辆的——特别是有篷马车。连有黑人奴仆在场也还是不符合传统习俗。她看到思嘉带着渴望的心情望着马车,不禁看了她一眼。

"我们走吧,离开这,思嘉小姐! 出租马车和自由黑鬼! 哦,这结合倒是不错。"

"我不是自由的黑人。"车夫生气地说,"俺是老塔尔博特小姐家的。这就是她的马车,俺赶马车是为了给我们挣钱的。"

"塔尔博特小姐是谁呀?"

"米利奇维尔的苏珊娜·塔尔博特小姐。老爷被杀之后,我们就搬到这来了。"

"你认识她吗,思嘉小姐?"

"不认识,"思嘉说着,感到很遗憾,"没几个米利奇维尔人我认识的。"

"那我们就走吧。"嬷嬷坚定地说,"赶你的车去吧,黑鬼。"

她拎起装着思嘉的新天鹅绒裙子、帽子和睡衣的旅行袋,把包着她自己的东西的印花大手帕夹在腋下,领着思嘉走过那片湿漉漉的灰烬。思嘉虽然很想坐马车,但没有和嬷嬷争执,她不想和嬷嬷有什么分歧。自从昨天下午嬷嬷发现她在扯窗帘开始,她的眼里就有了一种警觉的怀疑神色,思嘉不喜欢这种神色。要逃避她的陪同是很困难的,她也不想激起嬷嬷好斗的脾气,等到完全有必要时再说吧。

她们沿着窄小的人行道朝桃树街走去。思嘉心情郁郁,满怀悲伤,因为亚特兰大看上去完全是一副惨遭蹂躏的样子,和她记忆中的大相径庭。她们经过曾经是亚特兰大旅馆的地方,瑞德和亨利叔叔过去就住在这里。那漂亮的旅馆如今只剩下了一座躯壳,也就是一部分黑糊糊的墙垣。铁轨两边绵延达四分之一英里、存放军事物资的仓库也没有重建,在暗灰的天空下,它们那长方形的地基看上去颇为沉闷。两边没有了建筑物,车厢车库又不见了,铁轨似乎光秃秃地暴露无遗。在这片废墟中,还有查理留给她的遗产中属于她自己的仓库,现在已跟别的连在一起,辨不出来在哪里了。亨利叔叔已经替她交了去年的税。不知什么时候,她就得自己重新交税了。那是要另外考虑的问题了。

她们转过街角,上了桃树街。当她朝五角场看去时,吃惊得叫出声来。尽管弗兰克告诉过她有关整个城市被烧成平地的事,但她还从来没有亲眼目睹过完全彻底被毁灭的状况。在她的意念里,这个她如此钟爱的城市还是建筑物连绵不断,好房子比比皆是。可是现在,她面前的这条桃树街上,界标全都被拔去了,陌生得就像她从来没见过似的。在战争年月,她曾经在这条泥泞不堪的街上坐着马车来来去去不下千次;围城中头顶炮弹呼啸而过时,她也曾经低头垂首、胆战心惊地加快脚步沿街逃遁;在撤退那天,在酷热难当、匆匆忙忙、极度痛苦之中,她还最后看了一眼这条街。可如今看上去却如此陌生,她真想放声大哭。

舍曼的部队撤出被烧毁的城里、南方军再次回来之后,虽然也冒出了很多新的建筑,但五角场周围还是有很多宽敞的空地段。乱七八糟的垃圾、枯草和芦苇丛中,堆着一堆堆被烟雾熏黑的碎砖头。也有一些她记得的建筑还保留了下来,可是砖墙上已没了屋顶,无精打采的阳光直照进去,窗户开着大口,玻璃已不见踪影,烟囱孤零零地耸立着。时不时地,她会高兴地认出一家熟悉的商店。它们的一部分侥幸逃过了炮火的侵袭,现在已被修复,新的砖头那耀眼的红色和旧墙上那些煤尘形成了鲜明的对照。在新的商店前面和新的办公室窗口，她高兴地看到了一些她认识的人的名字，但更多看到的则是不熟悉的名字，特别是几十家陌生的医生、律师和棉花商的招牌。她曾经认识亚特兰大几乎所有的人，而现在看到这么多陌生的名字，这使她感到很沮丧。但看到沿街许多建筑物正在兴建当中，她心里这才更高兴了一些。

足有好几十幢，而且有几幢还是三层的楼房！到处都在建房子。她沿街望去，想尽力让自己的思绪适应亚特兰大的新面孔。这时，她听到的是欢快的锤击声和锯木声，注意到许多脚手架正在升起来，还看到男人肩上扛着砖斗装着的一斗斗砖头在往梯子上爬。她朝自己如此钟爱的街道尽眼望去，眼睛也有点湿润了。

"他们烧了你，"她心想，"他们还把你夷为平地。但他们没有击败你。他们也不能击败你。你一定会发展成像过去那么大，那么漂亮的！"

她沿着桃树街向前走着，后面跟着大摇大摆的嬷嬷。她发现人行道还是像战争进行到白热化阶段时那么拥挤。在这座正在复苏的城市，空气中还是弥漫着匆匆忙忙、吵吵嚷嚷的气氛，就像很久以前她第一次来拜访白蝶姑妈时那样，这种气氛曾经使她浑身热血沸腾。坑坑洼洼的街上一如过去那样，很多车辆在颠簸前行，只是没有了南方军的救护车。商店门前的木头遮篷前，照样有许多马和骡子拴在拴马架上。虽然人行道很拥挤，可她看到的面孔就和头顶的招牌一样陌生，有新到这来的人，还有许多面貌粗鲁的男人和衣着华丽而俗气的女人。街上到处都是游手好闲的黑人，好像把整条街都染黑了，有的靠在墙上，有的坐在街沿石上，好奇地看着过往的车辆，好像天真的小孩在看马戏团游行一样。

"是获得自由的乡下黑人。"嬷嬷从鼻子里哼了一声，"他们一辈子也没见过一部像样的马车，看上去也很无礼。"

他们看上去是很无礼，思嘉也同意这一点，因为他们正傲慢地盯着她看。但她看到蓝色军服，不禁又吃了一惊，也就把那些黑人给忘了。城里到处都是北方军的士兵，骑马的、步行的、坐着部队马车的、在街上游荡的，还有从酒吧里摇摇晃晃着走出来的。

"我永远也不会习惯他们的，"她想着便握紧了拳头，"永远不会！"她转过头喊着："快点，嬷嬷，我们快离开这人群吧。"

“这黑鬼在碍着俺的路呢，等俺一脚把他踢开吧。”嬷嬷大声回答着，把旅行袋向一个在她前面闲逛的惹人着恼的黑人身上甩去，打得他跳到一边，“俺不喜欢这个城市，思嘉小姐。这里全是北方佬和下贱的自由黑人。”

“不这么拥挤的地方就好多了。我们过了五角场，就不会这么糟了。”

泥泞的迪凯特街上铺着一块块滑溜溜的石头，搭成了一座桥，直延伸到桃树街上去，她们在这条路上择路而行。渐渐地，人群变得越来越稀疏了。她们到了韦尔塞教堂时，思嘉看着它，大声笑了出来，笑得既唐突又可怕。一八六四年的那一天，她跑去找米德医生时，就是在这里停下来喘口气的。嬷嬷的老眼带着狐疑和不解，飞快地寻找着她的视线，但她的好奇心却没有得到满足。思嘉心里带着轻蔑，正回忆着那天压在她心头的恐怖。她曾经害怕得汗毛直竖，害怕得全身发软，害怕北方佬，对博即将来到人世也感到害怕。现在回想起来，她真不明白自己当时怎么会那么害怕，就像小孩害怕大的声响一样。她曾经以为，北方佬、大火和失败是会发生在她头上的最糟糕的事，她多像个小孩呀！相对于埃伦的死和嘉乐的头脑不清醒，相对于挨饿受冻、艰苦劳作以及活生生地去经历那没有安全感的梦魇，这些都是多么微不足道的小事啊。她现在才发现，勇敢地面对入侵的敌军，那是多么容易的事。要面对威胁着塔拉的危险，那又是多么困难的事！不，除了贫穷，她再也不会害怕什么事了。

从桃树街上驶来一辆有篷马车，思嘉急忙退到街沿石边，想看看认识不认识坐车的人，因为白蝶姑妈的房子还在好几个街区以外。马车驶到跟她们平行时，她和嬷嬷探出身子，思嘉已是满脸挂笑。一眨眼工夫，一个女人的头出现在窗口。这时，思嘉几乎叫出声来——一头红得耀眼的红头发，上面戴着一顶很漂亮的毛皮帽。双方都认出了对方，思嘉不禁后退了一步。是贝尔·沃特琳。思嘉看到了那人厌恶地哼了一声，鼻孔也因发声而扩大了一些，然后她就把头缩回去了。很奇怪，贝尔居然是她看到的第一张熟悉的面孔。

“那是谁呀？”嬷嬷满腹狐疑地问道，“她认识你，但没有行礼致意。俺一辈子都没见过这种颜色的头发。连塔尔顿家的人也没有这种头发。看上去——哦，俺觉得看上去像是染的！”

“是染的。”思嘉暴躁地说，走得更快了。

“你认识染头发的女人？俺问你她是谁呢。”

“她是城里的坏女人。”思嘉简短地说，“我向你保证，我不认识她，你还是住嘴吧。”

“去他妈的！”嬷嬷气喘吁吁地说，她好奇心十足地目送着马车。自从二十多年前跟着埃伦离开萨凡纳以后，她就再也没见过一个职业妓女。她非常希望自己刚才能更近地好好看看贝尔。

“她穿戴很漂亮，还有辆漂亮的马车和车夫。”她囔囔低语着，“俺真不知道上帝是怎么想的，让坏女人这么发达，而我们好人却在挨饿受冻，还光着脚丫。”

“上帝几年前就不管我们了，”思嘉粗鲁地说，“可别告诉我听到我这么说，妈妈在坟墓里又会不安了。”

她想把贝尔看成是上等的、贞洁的女人，可办不到。如果她的计划成功，她和贝尔就没什么区别了，而且养她的也会是同一个男人。她虽然对自己的决定毫不后悔，但这事情的真正实质却使她感到很狼狈。“我现在不去想这个了。”她对自己这么说，同时加快了脚步。

她们经过原来米德家所在的地方，那里可怜兮兮地只剩下一段石台阶和一条人行小道。小道原来通向房子，现在那地方却是一块空地。原来怀廷的家变成了光秃秃的地面，连地基石和砖砌的烟囱都不见了，只能见到把它们运走时地上留下的马车辙。埃尔辛家的砖房倒是还在，屋顶已换过新的，还新建了二楼。邦内尔家修补得很难看，屋顶不是用木瓦盖的，而是用没加工过的木板铺的。但是，虽然外表破破烂烂，但还是尽力显出适于居住的样子来。可是，每所房子的窗户上都没有露出一张面孔，游廊上也没有人影，思嘉为此很高兴。她现在不想跟任何人说话。

接着，白蝶姑妈家那红砖墙的房子映入眼帘了。思嘉的心怦怦直跳。上帝太仁慈了，没有把它夷为平地，弄到不可修复的地步！彼德大叔正从前院出来，手里挎着个菜篮子。他看到思嘉和嬷嬷步履艰难地走过来，那张黑脸上顿时绽开了粲然的微笑，好像感到很不可思议的样子。

“我真愿意去吻吻这个黑人老傻瓜，我太高兴见到他了。”思嘉欢快地想。然后她便喊道：“跑去把姑妈晕倒时用的嗅瓶拿来，彼德！真的是我！”

当天晚上，白蝶姑妈的餐桌上免不了有玉米粥和干豌豆。思嘉一边吃，一边暗自发誓，等她重新有钱以后，这两道菜决不会再出现在她的餐桌上。而不管要付出多大代价，她都要使自己重新有钱，不只是刚刚够交塔拉税款的钱。无论如何，总有一天，她要有很多钱，哪怕是杀人得来的也行。

餐厅里昏黄的灯光下，她问起白蝶的经济状况。虽然她觉得毫无指望，但还是禁不住希望查理的家人能借给她所需要的钱。问题提得并不委婉，可是白蝶很高兴有个家里人说话，根本就没意识到这问题问得很冒失。她眼泪汪汪地详细诉说着自己的不幸。她也不知道她那些农场、城里的产业以及钱都上哪去了，只是一切都悄然而逝了。至少，她的哥哥亨利就是这么告诉她的。他没办法给她的房地产交税。除了她住的房子，什么都没了。白蝶没有停下来想过，这房子从来就不是她一个人的，而是媚兰和思嘉的共有财产。她的哥哥亨利也只交得起这所房子的税了。他每个月给她一点钱过活。虽然从他那拿钱很丢面子，但她也只好这么做了。

“亨利哥哥说，他的负担这么重，税又这么高，他也不知道如何使收支相抵。当然，他很可能是在撒谎，也许他手里有很多钱，只是不想给我太多罢了。”

思嘉知道，亨利叔叔没有撒谎。她从他那里收到的信不多，但信里谈到查理的财产，也说明了这一点。为了挽救这所房子和原来是仓库所在地的商业区的那块地，这个老律师正在英勇作战，好让韦德和思嘉在这一片残骸中还能剩下点东西。思嘉知道，为了帮她交税，他已经作出了很大的牺牲。

“当然，他是没有钱的。”思嘉不情愿地想，“好了，得把他和白蝶从我的名单里划掉，没别的人了，只剩下瑞德。我只得这么办了。我必须这么办。可我现在不能去想这些……我得设法让她谈起瑞德，这样，我就可以不动声色地建议她请他明天到家里来。”

她笑了笑，把白蝶姑妈胖胖的手掌握在自己手里。

“亲爱的姑妈，”她说，“我们别再谈像钱这样令人不快的事了。我们把这些事忘掉，说些更愉快的事。你得把有关我们老朋友的消息统统告诉我。梅里韦瑟太太现在如何？还有梅贝尔呢？我听说梅贝尔的小个子义勇兵安然无恙地回家来了。埃尔辛一家和米德医生及米德太太怎么样？”

话题一转，白蝶姑妈顿时来了精神，娃娃脸也不再泪流满面了。她详细报告了老邻居们的情况，他们在做什么，穿什么，吃什么，想什么。她特别惊恐地强调，在勒内·皮卡德从战场上回家以前，梅里韦瑟太太和梅贝尔靠烤馅饼卖给北方军所赚得的微薄收入为生。你想象一下吧！有时候，梅里韦瑟家的后院里会站着二三十个北方佬，等着买烤馅饼。现在勒内回家来了。他每天赶着一辆旧货车到北方佬的营地去，把蛋糕、馅饼和薄饼卖给士兵们。梅里韦瑟太太说，等她再多赚些钱，她要在商业区开一家面包店。白蝶也不想对此加以指责，但毕竟——至于她自己，白蝶说，她宁愿饿死也不会去和北方佬做生意。每见到一个士兵，她都可以对他表示不屑一顾，尽量显出有意冒犯他的样子，走到街对面去，虽然，她说，这在坏天气里很不方便。思嘉可以推断，对白蝶姑妈来说，虽然这样会把鞋子弄得泥迹斑斑的，但对南部邦联表示忠诚，再大的牺牲也不为过。

北方佬烧毁城市时，米德太太和米德医生连家都没了，他们既没有钱也没有那份心思去重建家园，因为菲尔和达西都已经死了。米德太太说，她再也不需要家了，因为，没有儿子和孙子的家，那还算什么家呢？他们非常寂寞，搬去和埃尔辛一家住在一起。埃尔辛已经把他们家被毁坏的部分修好。怀廷先生和怀廷太太在那也有个房间，邦内尔太太也在说要搬过去。如果她运气好，能把她的房子租给一个北方军军官和他一家的话，她就会这么做。

"可他们全部人在一起怎么挤得下呀？"思嘉叫道，"埃尔辛太太，还有范妮和休——"

"埃尔辛太太和范妮睡在客厅里，休则睡在阁楼上。"白蝶解释说，她知道所有朋友的家务安排，"亲爱的，我真的不想告诉你这个，可是——埃尔辛太太把他们叫做'付费的客人'，可是，"白蝶放低了声音，"他们其实什么也不是，只是寄宿者。埃尔辛太太在开供膳食的寄宿处！这不是很可怕吗？"

"我觉得这好极了。"思嘉唐突地说，"我只希望在过去的一年中，到塔拉来的是'付费的客人'而不是免费的客人，也许我们现在就不会这么穷了。"

"思嘉，你怎么能这么说话？塔拉殷勤好客却要收费，这种念头连你可怜的妈妈在坟墓中听到也会不安的！当然，埃尔辛太太只是迫不得已才这么做的，虽然她给人做针线活，范妮画瓷器，休挨户兜售柴火，但靠这些，他们还是无法做到收支相抵。你想想看，可爱的休居然被迫兜售柴火！而他原来是打算做个好律师的！我们的孩子们落魄到这种境况，我哭都哭不出来！”

思嘉想起了塔拉那一排排棉花，想起在黄铜般耀眼的天空下她弯腰侍弄着棉花时腰酸背痛的情景。她想起了她毫无经验、起着水泡的双手抓着犁把的感觉，也就觉得休·埃尔辛也不值得得到特别的同情。白蝶真是个天真的老傻瓜，尽管周围一片废墟，她却受到了很好的保护！

“如果他不喜欢沿街兜售柴火，他干吗不去开业当律师呢？难道亚特兰大就没有法律业务了吗？”

“噢，亲爱的，当然有！有很多法律业务。这些日子里，几乎每个人都在控告别人。一切都烧光了，分界线也没有了，谁也不知道自己的地界从哪开始，在哪结束。可是你控告也拿不到什么钱，因为谁也没钱。所以休还是坚持卖他的柴火……噢，我几乎忘了！我写信告诉你了吗？明天晚上范妮·埃尔辛要结婚了，当然，你必须去参加她的婚礼。埃尔辛太太要是知道你在城里，她一定会非常高兴的。我确实希望你除了这条裙子外，还有别的裙子。这并不是说这条裙子不好看，亲爱的，可是——哦，它看上去有点旧了。噢，你有条漂亮的裙子？我太高兴了，因为这是自沦陷以来举行的头一次真正的婚礼。婚礼后有糕点和酒供应，还有舞会，埃尔辛一家这么穷，我也不知道他们怎么花得起。”

“范妮为什么要结婚呢？我以为达拉斯·麦克卢尔在葛底斯堡战死以后——”

“亲爱的，这你不能怪范妮。不是每个人对死去的人都像你对可怜的查理那么忠贞的。我想想看。他叫什么名字呢？我从来都记不住名字——什么汤姆。他的妈妈我倒是很熟，我们一块上的拉格兰奇女子学院。她嫁给拉格兰奇的汤姆林森家，她娘家是——我想想看……珀金斯，帕金斯？帕金森！对了。斯帕特家的。很好的家世，可是也一样——哦，我知道不该说，可我不明白范妮怎么会让自己嫁给他！”

“他喝酒还是——”

“亲爱的，不是的！他的人品非常不错，可是，你要知道，他下身受过伤，是被爆炸的炮弹击中的，伤了他的腿——使它们——使它们，哦，我讨厌用这字眼,可是他两腿往外叉开了。这使他走路的时候非常难看——哦,看上去不是很好看。我也不明白她为什么要嫁给他。"

"姑娘家总是要嫁人的。"

"可她们确实可以不嫁的。"白蝶说着,有点生气了,"我就一辈子不结婚。"

"好了,亲爱的。我不是说你!大家都知道你过去有多受欢迎,现在也还是这样!哦,老法官卡尔顿过去就常常对你暗送秋波,直到我——"

"噢,思嘉,别说了!那个老傻瓜!"白蝶咯咯直笑,原先的好心情又回来了,"可是范妮毕竟很受欢迎,她本可以嫁个更好的。我相信她不爱这个汤姆什么的。我相信达拉斯·麦克卢尔死后,她再也不能从悲伤中恢复过来了。可她不像你,亲爱的。你对亲爱的查理一直很忠诚,虽然你要再结几十次婚也是不成问题的。梅利和我经常说你心里一直有他,虽然大家都说你只是个没心没肺的风骚女人。"

思嘉对这毫无机智可言的自信忽略不顾,巧妙地引着白蝶从一个朋友说到另一个朋友,但她一直很不耐烦,极想把话题引到瑞德身上。她刚到就这么直接问起他来,那是绝对不行的,这也许会使老太太往不该想的地方去想。如果瑞德拒绝跟她结婚,那有的是时间让白蝶心里去瞎猜疑呢。

白蝶很快活,滔滔不绝地唠叨着,就像个孩子,因为有个人听她说话而感到很高兴。亚特兰大的事现在正处于一个很可怕的紧要关头,她说,都是因为共和党的无耻行径。他们的所作所为是永远没有尽头的,而最糟的事莫过于他们硬往可怜的黑人头脑里灌输那些观念了。

"亲爱的,他们要让黑人选举呢!你听说过比这更傻的事吗?虽然——我也不知道——我现在想,彼德大叔比我知道的任何一个共和党人都更有理性,行为举止也更好,当然,彼德大叔教养很好,根本就不想去选举。要是黑人还没有变坏,单单这想法就会使他们感到很懊丧。他们中有些人简直是太傲慢无礼了。天黑后走在街上是很不安全的,即使是大白天,他们也会把夫人们从人行道上挤到泥泞中去。如果有先生敢抗议,他们就逮捕他,还有——亲爱的,我有没有告诉过你,白船长也入狱了?"

"白瑞德?"

即使这是个令人吃惊的消息,思嘉还是很感激白蝶姑妈。这样,她自己就不必把他的名字带进话题了。

“是的,是真的!”白蝶激动得双颊绯红,坐直了身体,“他此时此刻就在狱中,就是因为杀了个黑人,他们可能会绞死他! 你想想看,白船长居然要上绞架!”

有一刻,思嘉从肺部吐出一口长气,好像病人一样,她只能呆呆地望着这个胖胖的老太太,而老太太显然还为自己的话这么有感染力而感到很高兴。

“他们还没有确凿证据,但总有个人杀了这个侮辱了白人妇女的黑人。北方佬非常沮丧,因为最近有很多盛气凌人的黑人都被杀了。他们无法证明是白船长杀的,但他们想杀鸡给猴看,米德医生就是这么说的。医生说,如果他们把他绞死了,这会成为北方佬所做的唯一正直的事,可是,我也不知道……你想想,就在一个星期前,白船长还到这来,给我带来了你所见过的最可爱的鹌鹑作为礼物。他还问起你,说他担心在围城时得罪了你,你可能永远都不会原谅他了。”

“他在狱中要待多久呀?”

“谁知道。也许待到他们要绞死他为止吧。可是,也许他们终究也无法证实是他杀的。然而,只要他们要绞死人,北方佬似乎并不在乎人有没有罪。他们太沮丧了。”——白蝶神秘地降低了声音——“是有关三 K 党[①]的事。你们县里有没有三 K 党? 亲爱的,肯定有的,这我能肯定。只是希礼没把这些事告诉你们这些姑娘们。三 K 党人是不能说出去的。他们在夜里装扮成像鬼一样的人,骑着马夜访那些偷盗钱财、到南方来发财的北方佬以及盛气凌人的黑鬼们。有时候他们只是吓唬他们,警告他们,要他们离开亚特兰大。但如果他们不听,他们就鞭打他们,而且,”——白蝶低声说着——“有时候干脆就干掉他们,在他们身上放上一张三 K 党的卡片,把他们留在容易被北方佬发现的地方……北方佬对此大为生气,想要杀鸡儆猴……可是休·埃尔辛告诉我,他认为他们不会绞死白船长的,因为北方佬认为他确实知道钱藏在哪儿,只是不想说出来罢了。他们正试图让他说

① 内战后南方诸州白人组成的一个地下秘密恐怖组织,专门残害黑人,该组织宣称其宗旨是要恢复所谓的白人霸主地位。

出来。”

“钱?”

“你不知道吗? 我没写信告诉过你? 亲爱的,你在塔拉简直什么消息也不知道,对不对? 白船长回到城里来时,赶的马是一流的马,马车是上好的马车,口袋里装满了钱,而我们大家都总是有了上顿还不知道下顿饭从哪来呢,所以全城人都哇哇乱叫。过去总是对南部邦联恶言恶语的投机商这么有钱,而我们全都这么穷,这使得每个人都愤怒极了。大家都急于知道他的钱是怎样积攒起来的,可没有人有勇气问他——只有我敢去问他,而他只是笑着说:‘你可以肯定,不是以正当方式挣来的。’你知道的,要从他身上套出些有理性的话来有多难。”

“可是,他当然是通过偷闯封锁线赚的钱——”

“他当然是的,亲爱的,可只是其中的一部分。可这对那人真正得到的钱来说,不过是沧海一粟而已。每个人,包括北方佬都相信,他得到了南部邦联政府藏在哪儿的值几百上千万美元的黄金。”

“几百万——黄金?”

“哦,亲爱的,我们南部邦联的黄金都到哪儿去了? 有人把它们拿走了,而白船长就是其中的一个。北方佬原来以为戴维斯总统离开里士满的时候拿走了,但他们逮捕这个可怜的人时,他几乎一个子儿也没有。战争结束的时候,金库里什么钱也没有,大家都认为是一些偷闯封锁线的人拿走了,事后他们便不吱声了。”

“几百万——黄金! 可是他们怎么——”

“白船长不是把几千包的棉花运到英国和拿骚,要替南部邦联政府出售吗?”白蝶得意地问道,“不单是他自己的棉花,还有政府的棉花? 你也知道,战争期间,棉花在英国能赚多少钱! 你要什么价就能卖什么价! 他是个自由代理商,为政府做事,他要做的就是把棉花卖掉,用卖棉花所得的钱购买枪支,再为我们把枪支通过偷闯封锁线运进来。哦,封锁线卡得很紧时,他无法把枪支运进来了,而且购买枪支的钱还不足卖棉花的钱的千分之一,所以,显而易见,英国银行里有好几百万美元由白船长和其他偷闯封锁线的人存在那里的钱,等着封锁线更松的时候再用。你当然不会对我说,他们是以南部邦联政府的名义存的钱吧。他们是以他们自己的名字存的钱,而且现在钱还在那……南方投降后,大家都在议论这事,严厉地谴责偷闯封锁线的人。北方佬因为白船长杀了黑人而把他抓起来时,他们一定也听说了这些传言,因为他们一直缠着他,要他告诉他们钱在哪儿。你要知道,我们南部邦联的所有资金现在都属于北方佬了——至少北方佬是这么认为的。可是白船长说他什么也不知道……米德医生说,不管怎么样,他们也得绞死他。对一个小偷和投机商来说,绞刑已经是很不错的了——亲爱的,你看上去很奇怪！你快晕倒了吗？我说这些是不是让你感到不舒服了？我知道,他曾经是你的男朋友之一,可我认为你们很久以前就闹翻了。从个人角度来说,我对他从来就不满意,因为他是个坏蛋——"

"他不是我的朋友,"思嘉颇为费劲地说道,"围城时我和他吵了一架,那是你去梅肯之后。他——他在哪里?"

"在公共广场附近的消防站!"

"在消防站?"

白蝶姑妈脸上堆满了笑。

"是的,他在消防站。北方佬现在把那里当做部队的监狱了。广场上市政厅周围的小屋里全驻扎着北方佬,消防站就在沿街,白船长就在里边。思嘉,昨天我还听说了有关白船长的最为有趣的事。我忘了是谁告诉我的。你知道,他总是打扮得很漂亮的——真像个花花公子——他们一直把他关在消防站里,不让他洗澡。每天,他都在坚持说他要洗个澡,最后,他们带着他出了牢房,来到广场上。那里有个长长的饮马槽,全部部队都在同一槽水里洗澡的！他们对他说他可以在里面洗澡了,他却说他不洗了,说他宁愿保留他自己身上南方人的污垢,而不愿沾上北方佬的污垢——"

思嘉听着这欢快的声音滔滔不绝地说着,可她却一个字也听不进去。她头脑里只有两个念头,瑞德比她原先希望的更有钱,而他现在却在狱中。他已入狱和他可能被绞死这个事实多少改变了事情的表面局势,实际上使前景看上去更光明了。对瑞德要被绞死,她倒没什么感觉。她需要钱,要得很急,不顾一切,根本没有心思为他最后的命运犯愁。再说,她心里也多少同意米德医生的看法,认为绞刑对他已是相当不错的惩罚了。任何一个在夜里把一个女人扔在两支军队中间那进退两难的境地里,自己却去为一个大势已去的事业而战斗的男人,都该被判绞刑……如果她能够设法在他还在狱中的时候跟他结婚，那么，那几百万美元就会是她的，而一旦他被执行，就会是她一个人的了。如果结婚不可能的话，她也许可以答应他，在他被释放后再跟他结婚，通过这种方法从他那得到一笔贷款，或是通过答应——哦，答应什么事都行！如果他们绞死他的话，那她还钱的那一天就永远也不会到来。

有一刻，想到自己会被北方政府善意的干涉变成一个寡妇，她的想象力不禁纵横驰骋起来。几百万美元的黄金！她可以修复塔拉，雇用干农活的人手，种植一英里又一英里的棉花。她还可以穿漂亮的衣服，想吃什么就吃什么，苏埃伦和卡丽恩也可以。韦德也可以有营养食品吃，让他瘦削的双颊长胖些，还可以有温暖的冬衣，请个家庭教师教他，以后再去上大学。他就不会打着赤脚长大，无知得像个穷苦白人了。还可以请个好医生给爸爸看病，至于希礼——为了希礼，她什么不能做呢？

白蝶姑妈的独白突然中断了，她询问似的说："什么事，嬷嬷？"思嘉从梦想中回到现实中来，看到嬷嬷站在门口，两手放在围裙下，目光警觉而锐利。她不知道嬷嬷在那到底站了多久，她都听到了多少话，观察到哪些事情。从她老眼里的眼神来判断，很可能什么都让她看见了，什么都让她听到了。

"思嘉小姐看上去累了。俺认为最好还是让她去休息。"

"我累了。"思嘉说着站起身来，像个小孩似的无助地看着嬷嬷的眼睛，"我担心我患感冒了。白蝶姑妈，我明天如果卧床休息，不跟你去拜访朋友，你会介意吗？我什么时候都可以去拜访他们的，而且明天晚上我非常想去参加范妮的婚礼。如果我感冒越来越重，我就去不了了。卧床一天对我真是太好了。"

嬷嬷摸着思嘉的手，脸上换成了稍微有点担忧的神态。她看着她的脸。思嘉看上去当然不太好。她的思绪给她带来的激动情绪突然不见了。她脸色苍白，浑身都在发抖。

"你看上去不太好，亲爱的。你上床去，俺给你煮点黄樟茶，给你拿块热砖来，让你发发汗。"

"我真是没头没脑的！"丰满的老太太大叫着，从椅子上跳了起来，拍着思嘉的手臂，"只是没完没了地说，没有为你想想。亲爱的，你明天一整天都可以卧床休息。我们一起聊聊——噢,亲爱的,不行!我不能跟你在一起。我已经答应明天跟邦内尔太太坐坐。她得了流行性感冒,她的厨娘也得了。嬷嬷,我真高兴你在这里。你明天早晨得跟我一起去,帮帮我的忙。"

嬷嬷催着思嘉走上黑糊糊的楼梯,唠唠叨叨着手很冷、鞋子太薄这些小事。思嘉看起来非常温顺,也感到非常满意。如果她能够骗过嬷嬷,使她不起疑心,让她明天早晨出去,不在房子里,那一切就好办了。那时她就可以到北方佬的监狱去看瑞德。她上楼梯时,响起了微弱的雷声,她站在她记忆中如此深刻的楼梯平台上听着,觉得那声音听起来太像围城时的炮声了。她不禁发起抖来。对她来说,雷声永远意味着炮声和战争。

# 第三十四章

第二天早晨，太阳时隐时现，刺骨的寒风吹着乌云迅速从它面前掠过，把窗玻璃也打得劈啪直响，还在屋子周围微弱地呻吟着。思嘉简单地祈祷了一番，感谢上帝让前一天晚上的雨停了下来，因为她一直躺在那，清醒地听着雨声，知道雨声就意味着会把她的天鹅绒裙子和新帽子弄得一团糟。既然现在可以偶尔瞥见太阳转瞬即逝的面孔，她的情绪便又高涨起来。她在床上几乎躺都躺不住，但又要装出一副没精打采的样子，发出嘶哑的声音，还得等白蝶姑妈、嬷嬷和彼德大叔离开家门，上路到邦内尔太太家去。终于，前门砰的一声关上了，屋里只留下她一个人，只有厨娘还在厨房里咿咿呀呀地唱歌。她从床上一跃而起，从衣橱的挂钩上取下新衣服。

睡眠使她恢复了精力，并且给了她力量。她也从自己内心深处那坚硬的核心中汲取了勇气。这是有关和一个男人斗智的前景问题——跟任何男人——任何使她鼓起勇气、斗志昂扬的男人。经过几个月的战斗，经历了无数的挫折之后，知道自己最终要面对的是一个明确无误的对手，一个也许要通过自己的努力去征服的人，这给了她一种轻松愉快的感觉。

没人帮忙，穿起衣服来是很困难的，但她最终还是穿戴好了。把那顶插着颇为放荡的羽毛的帽子戴好之后，她跑进白蝶姑妈的房间，在长长的镜子前欣赏着自己。她看上去多漂亮呀！公鸡毛给了她一副精神抖擞的神态，淡绿色的天鹅绒帽子使她的眼睛亮得令人讶异，几乎就是祖母绿的颜色。而裙子又是举世无双的，富丽，漂亮，而又这么尊贵！又有了件漂亮的裙子，真是太棒了。知道自己看上去又漂亮又有挑逗性，感觉真好。她冲动地向前倾过身子,吻着镜子里自己的影子,接着又不禁为自己的犯傻哑然失笑。她拿起埃伦的佩兹利披巾,围在自己身上,但已退色的旧方格和苔藓般碧绿的裙子极不协调,使她看上去有点寒酸。她打开白蝶姑妈的衣橱,从里面拿出一件黑色的绒面呢斗篷。这是一件宽下摆的薄上衣,白蝶过去只有星期天才穿的。她把斗篷穿上。她再把从塔拉带来的钻石耳环穿进耳洞,摇着头观察一下效果如何。它们发出悦耳的叮当声,效果令人非常满意。她心想,和瑞德在一起的时候,一定要记得经常摇摇头。摇来荡去的耳环总是能吸引男人,而且能给一个姑娘带来精神饱满的状态。

多可惜呀,白蝶姑妈除了此时此刻戴在她胖胖的手上的那副手套外,再也没有别的了!没有戴手套,没有哪个女人能真正感觉到自己是个贵妇人。可自从思嘉离开亚特兰大后就再也没有戴过手套了。塔拉漫长的几个月中,艰苦的劳作使她的手也变粗了,现在根本就谈不上漂亮。哦,这已经无可救药了。她得把白蝶的海狸毛小皮手筒戴上,把她光无一物的手藏在里面。思嘉觉得这才使她最后达到了优雅的标准。现在,谁看到她也不至于会怀疑,在她的肩上居然担着贫穷和缺衣少食这两副担子。

要让瑞德不产生怀疑,这很重要。应该让他认为,驱使她这么做的动机没有别的,只有柔情。

她蹑手蹑脚地走下楼梯,出了屋子,厨娘还在厨房里肆无忌惮地大喊大叫着。她匆匆走过贝克街,避开所有邻居的视线。在常春藤街上一个有马车经过的街区,她坐在一座被烧毁的房子前,想等等看有没有过路的马车或是货车,好让她搭个便车。太阳从脚步匆匆的行云后时隐时现,把街道蒙上了一层不真实的亮度,一点温暖的感觉也没有。风吹拂着她裤子的花边。天气比她原先估计的还要冷。她把白蝶姑妈的薄斗篷围紧些,浑身却发起抖来,心里极不耐烦。她正准备起步穿过城里,朝还有挺长一段路的北方佬的营地走去,这时,一辆挺破旧的运货马车出现了。里面坐着一个老太太,嘴唇上满是吸鼻药,一顶褐色斜纹布做的太阳帽下是一张饱经风霜的脸,拉车的是懒洋洋的老骡子。她正朝市政厅的方向驶去,虽然同意让思嘉搭车,但很不情愿。显然,她的裙子、帽子和手筒都使她很反感。

"她以为我是个荡妇呢,"思嘉心想,"也许在这点上她猜对了!"

她们终于到了市中心广场,市政大厅宏伟、白色的圆形屋顶赫然耸立在眼前。她谢过车主,从运货马车上爬下来,目送着那乡下女人远去。她小心翼翼地环顾着四周,确定没人在看她后,便用手掐着自己的脸颊,好让它们看上去红润些,然后再咬了咬嘴唇,直咬到有刺痛感,好让嘴唇看上去也红润些。她重新整理了一下帽子,把头发往后拢好,再朝整个广场望去。两层的市政厅是红砖砌的,在火烧城市时幸存了下来。可是在灰暗的天空下,它看上去可怜兮兮,邋邋遢遢的。市政厅周围以及广场中央全是一排又一排的部队小屋,脏兮兮的,溅满了泥浆。到处都有北方军的士兵在闲来逛去。思嘉看着他们,打不定主意,原先的勇气已经渐渐退掉了一些。在这敌人的营地里,她如何才能四处去寻找瑞德的下落呢?

她朝沿街的消防站望去,看到那宽大的拱形门关得紧紧的,插上了重重的门插,有两个卫兵在建筑物两边走来走去。瑞德就在那里面。可她该对北方军的士兵说些什么呢?他们又会怎么跟她说呢?她挺直肩膀。如果她杀了一个北方佬都没有害怕的话,那只跟一个北方佬说说话又有什么好怕的呢?

她小心翼翼地走过满是泥泞的街上那供人踩着过的石头,一直往前走去,直到一个士兵把她拦住。士兵蓝色的军服上,连脖领处的扣子也扣得严严实实的挡着风。

"什么事,夫人?"他的口音是中西部带鼻音的怪腔怪调,但颇为礼貌,也很尊重。

"我想见里面的一个人——他是个囚犯。"

"哦,我不知道,"卫兵说,抓了抓头,"他们对探视者特别挑剔,而且——"他停下不说了,目光锐利地看着她的脸,"上帝,夫人!你别哭!你到邮局那边的司令部去问问那里的军官。我敢打赌,他们会让你去见他的。"

思嘉根本没有想哭的念头,她对他粲然一笑。他转身对另一个正在慢慢踱步的卫兵说:"嘿,比尔,过来一下。"

第二个卫兵把自己包在一件蓝色的大衣里,讨厌的黑色胡子从大衣里露了出来,他穿过泥泞向他们走来。

"你把这位夫人带到司令部去。"

思嘉谢过他,跟着卫兵走了。

“当心,不要在那些石头上崴了脚。”士兵说着拉住她的手,“你最好把裙子提起来一点,不要让它沾上泥浆。”

从胡子处发出的声音同样是带鼻音的土腔,但很和善,很悦耳,抓着她的手也很坚定,很尊重。哦,北方佬一点也不坏!

“夫人在这种天气出门,真是太冷了。”护送她的人说,“你从很远的地方来吗?”

“噢,是的,从城的另一边过来的。”她说,他声音里的善意使她感到很温暖。

“这可不是适合夫人出门的天气。”士兵嗔怪着说,“空气中到处散发着流感病毒。这里就是指挥部,夫人——什么事?”

“这所房子——这所房子就是你们的司令部?”思嘉抬起头看着这所漂亮的面对着广场的老房子,心里直想哭。战争期间,她曾到这所房子里参加了那么多次舞会。这里过去曾经是个快乐的场所,可现在——房子上方飘着一面硕大的美国国旗。

“什么事?”

“没什么——只是——只是——我过去认识住在这的人。”

“哦,那可太糟了。我猜想,即使他们自己看到这房子也会认不出来的,因为房子里面已经被破坏得面目全非了。好了,你进去吧,夫人,去问上尉。”

她走上台阶,抚摸着已经坏掉的白栏杆,推开了前门。过道里很暗,冷得像墓穴一样,一个冷得直发抖的卫兵靠在一扇关着的折叠门上。在过去的美好岁月中,那门后面是餐厅。

“我想见上尉。”她说。

他推开门,她走了进去,心跳得很快,脸上因窘迫和激动而满脸通红。室内有种因门窗紧闭而导致的气闷味,还混杂着烟火味、烟草味、皮革味、潮湿的毛料制服味和没有洗澡的体臭味。当时她的印象是,里面很混乱,墙上光秃秃的,墙纸已经被撕破,一排排蓝色上衣和帽边耷拉着的帽子挂在钉子上,一炉炉火烧得正旺,一张长长的桌子上放满了文件,还有一群穿着蓝色军服的军官,军服上安的是铜纽扣。

她深吸了口气,终于开了口。她不能让这些北方佬知道她心里害怕。

她必须看着他们，既要表现出自己最漂亮的神态，又要表现出最漠然的样子。

"上尉呢？"

"我就是个上尉。"一个胖胖的人说，他的紧身上衣上，扣子也没有扣好。

"我想见个囚犯，白瑞德船长。"

"又是白船长？他倒挺受欢迎的，那个家伙。"上尉笑了，从嘴上取下嚼食着的烟草，"你是他的亲戚，夫人？"

"是的——他的——他的妹妹。"

他又笑了。

"他有很多妹妹嘛，昨天刚来了一个。"

思嘉脸刷地红了。肯定是和瑞德姘居的一个婊子，很可能就是沃特琳那个女人。而这些北方佬以为她只不过是另外一个而已。这太不可容忍了。就算为了塔拉，她也不愿在此多待一秒钟，在此蒙受侮辱。她转身向门边走去，气愤地抓住门把。可是另外一个军官快步走到她身边。他很年轻，胡子剃得很干净，眼睛既活泼又善良。

"等一下，夫人。你不在这温暖的炉火边坐一会吗？我去看看我能做些什么。你叫什么名字？他不愿见那个——昨天来访的那位女士。"

他给她拉了一张椅子。她在椅子上坐下来，两眼瞪着狼狈的胖上尉，说出了她的名字。那个心眼挺好的年轻军官套上上衣，离开了房间，其他军官全凑到桌子的另一头低声嘀咕着，并在文件上写写画画。她高兴地把脚伸到火炉前，这才第一次意识到自己的脚到底有多冷。要是能早点想到把那只便鞋鞋跟上的洞用纸板堵上，那就好了。她真希望能够这样。过了一会儿，门外传来了低语声，她听到瑞德在大笑。门开了，一股穿堂风刮遍了整个房间，随即出现了瑞德的身影。他没戴帽子，肩上随随便便地披着一件长长的斗篷，全身脏兮兮的，胡子没刮，也没戴围巾。可是，尽管他衣着随便，却还有点逍遥自在的样子。看到她，他乌黑的眼里顿时现出了欢快的神情。

"思嘉！"

他把她的双手握在自己的手里。跟以往一样，他握紧的手里有某种热烈、有活力、激动人心的东西。她还没明白是怎么回事，他已经弯下身子吻着她的面颊,胡子刺得她痒痒的。他感觉到她吃了一惊,挪动着想离开他的身体,他便拥抱着她的双肩说:“我亲爱的小妹妹!”低头对她咧嘴笑着,好像在欣赏着她想挣脱他的爱抚却又无能为力的样子。让他占了这个便宜,她忍不住也对他报以回笑。他真是个无赖!入狱并没有改变他,一丁点也没有。

胖上尉嘴里叼着雪茄,含糊不清地对那个眼神欢快的军官说:

“这是最不符合规定的。他该在消防站里。你知道命令的。”

“噢,看在上帝分上,亨利!在那个牲口棚里,这位夫人会冻僵的。”

“噢,那好吧,那好吧!你该为此负责。”

“我向你们保证,先生们,”瑞德转过头对着他们这么说道,但双手还抓着思嘉的肩膀,“我的——妹妹没有带来什么锯子呀或是锉刀呀什么的想帮我逃跑。”

他们全都笑了。这时,思嘉迅速打量了一下周围。老天哪,难道她得在六个北方军官面前和瑞德说话吗?难道他是个很危险的囚犯,他们不允许他离开他们的视线?看到她忧虑的目光,那个好心的军官推开一扇门,门口两个列兵一见他进来就跳起来立正,军官对他们简单地低声说了些什么。他们便端起枪,走到过道里去了,走时还把门从身后带上。

“你们如果愿意的话,可以坐在这传令室里。”年轻的上尉说,“别想从那扇门逃跑。我们的人就在外面。”

“你瞧,我是个怎样的玩命之徒呀,思嘉。”瑞德说,“谢谢你,上尉。你真是太好了。”

他随意鞠了一躬,拉起思嘉的手臂,让她站起来,推着她进了昏暗的传令室。房间看上去是什么样子的,她绝对不会记得很清楚,只记得房间很小,很暗,一点也不暖和,残缺不全的墙上钉着一份份手写的文件,椅子上有牛皮坐垫,毛还附在上面呢。

瑞德从身后把门关上,快步走到她身边,向她弯下身子。知道他的意图后,她马上把头转开,可又从眼角挑逗似的看着他。

“我现在难道不能真正地吻你一下吗?”

“吻在额头上,像个好哥哥那样。”她假作正经地回答说。

“谢谢你,那就不用了。我宁愿等着,希望有更好的事降临。”他眼睛搜寻着她的嘴唇,在那上面逗留了一会,"可你来看我,真是太好了,思嘉!我被监禁后,你是第一个来看我的受人尊重的市民,而待在狱中会使一个人很珍视朋友的友情。你什么时候到城里来的?"

"昨天下午。"

"你今天早晨就出来啦?哦,亲爱的,你真是好得不得了。"他低头对她微笑着,脸上现出了真正高兴的表情。她在他脸上看到这种表情,这还是第一次。思嘉心里暗暗感到很激动,便也对他笑着,还故意低下头,好像很难为情似的。

"当然,我马上就出来了。白蝶姑妈昨晚把你的事告诉了我。我——我一晚上都睡不着,一直在想,这事太可怕了。瑞德,我很难过!"

"哦,是吗,思嘉!"

他的声音很柔和,可声音里却有种共鸣感。从他乌黑的眼睛里,她看不到一丝怀疑的神态,也看不到她如此熟悉的嘲讽意味。在他的目光直视之下,她再次垂下了眼睑,这回是真正的感到慌乱了。事情比她希望的进展得还更顺利。

"能再看到你,听你说像那样的话,我就是蹲监狱也是值得的。他们把你的名字告诉我时,我简直不相信自己的耳朵。你知道,我从来就没指望你会原谅我那晚在拉夫雷迪附近路上的爱国之举。可我认为,你这次来看我就意味着你已经原谅我了?"

即使过去了很长时间,但想起那个晚上,她还是能感觉到心里马上冒起了一股怒火,但她硬把怒火压回去,还摇着头,把耳环摇得荡来荡去的。

"不,我还没有原谅你。"她说着,撅着嘴。

"又一个希望破灭了,而且是在我主动去为国家出征,在富兰克林光着脚丫在冰天雪地里战斗,况且还经历了你所听说过的最最厉害的痢疾这个痛苦之后!"

"我不想听你讲你的——痛苦。"她说,虽然还撅着嘴,但向上斜行的眼角却在对他微笑着,"我现在还是觉得你那天晚上很可恨,我从来就不打算原谅你。你居然把我孤零零地扔在那,而那时什么事都可能发生在我头上!"

"可事实上,你什么事也没有。所以,你瞧,我对你的信心是对的。我知道你会平平安安到家的，上帝保佑，你在路上没有遇见北方佬！”

“瑞德，你到底为什么要干那种傻事呢——你明明知道我们会被打败，却在最后一刻还去应征入伍？你不是总说那些去参战并且战死的人是傻瓜的吗？”

“思嘉，饶了我吧！想起这一点我就无地自容。”

“哦，我很高兴知道，你为那么对待我感到羞耻了。”

“你弄错了。对不起，我得说把你抛在那，我的良心并未使我感到不安。可是说到入伍——我一想起穿着亮闪闪的靴子和洁白的亚麻布衬衫，手里拿着两支决斗用的手枪去参军——还有我的靴子穿破后在雪地里跋涉的那些又阴冷又漫长的路途，我还没有大衣，没有吃的……我根本不明白我为什么没有当逃兵。这是蠢之又蠢的蠢事了。可这是人血统里带来的。南方人从来就抵御不住要失败的事业的诱惑。可你别管我这么做的原因了。我已经得到原谅，这就够了。”

“你还没呢。我觉得你真是只猎犬。”可她却嗲声嗲气地说出那最后一个词，好像说的是“亲爱的”一样。

“别撒谎。你已经原谅我了。只是出于好心，年轻的太太们是不敢去面对北方佬的卫兵要求要见囚犯的，而且还打扮得花枝招展的，穿着天鹅绒裙子，插着羽毛头饰，戴着海狸毛手筒。思嘉，你看上去太漂亮了！谢天谢地，你不会穿得褴褛不堪，也没有穿着丧服！我对穿着邋邋遢遢的旧衣服及老穿着黑绉纱的女人真是烦透了。你看上去就像是巴黎大街上的时髦女郎。转过身去，让我好好看看你。”

这么说，他已经注意到她的衣服了。当然，瑞德就是瑞德，他一定会注意到这些的。她笑了，隐隐有些激动，踮着脚尖转了个圈，手臂张开，裙环往上旋转起来，露出了镶着花边的裤子。他乌黑的眼睛一眼便把她从头到脚看了个遍，哪个部位也没落下，还是过去那种把人看得觉得自己像是没穿衣服似的无礼的目光，这目光总是使她全身起鸡皮疙瘩。

“你看上去春风得意的，非常整洁得体，几乎让人想一口吞掉你。要不是外面有北方佬——可是你很安全的，亲爱的。坐下。我不会像上次见到你时那样占你便宜了。”他装着满心沮丧地摸了摸脸，“说实话，思嘉，你不觉得那天晚上你有点自私吗？想想我为你做的一切，冒着生命危险——偷了一匹马——那是怎样的马呀！又为捍卫我们光荣的事业去冲锋陷阵！可我那些痛苦换得的是什么呢？尖刻的话和脸上一记很重的耳光。"

她坐了下来。谈话没有按她所希望的方向进行。刚刚看到她的时候，他似乎非常和气，对她的到来打心眼里感到高兴。他几乎就像个堂堂正正的人，可她知道得清清楚楚的是他是个言行反常的卑鄙小人。

"你经历了痛苦，你是不是也总想要得到些什么呢?"

"哦，那当然！我是个自私透顶的怪物，你该知道这一点。对我付出的一切，我总是希望有回报的。"

这使她心里掠过了一丝凉意，可她还是振作精神，把耳环摇得叮当作响。

"哦，你真的不会这么坏的，瑞德。你只是爱炫耀罢了。"

"哎呀，你变了!"他说着，哈哈大笑起来，"是什么使你变成基督徒了呢？我一直从白蝶姑妈那里知道你的消息，可她并没告诉过我，你现在又增加了女性的柔情呢。再跟我说说你的事吧，思嘉。自从我上次见到你之后，你都做了些什么?"

过去，他曾激起了她对他的恼怒和敌意，这种感觉现在在她心里非常强烈，她真想骂粗话。可她却微笑着，脸上露出了深深的酒窝。他拉了一张椅子坐在她旁边。她倾过身子，轻轻地、漫不经心地把一只手放在他的手臂上。

"噢，我情况很好，谢谢，现在塔拉的一切也很好。当然，舍曼的军队打那经过以后，我们也过了一段可怕的日子，可他毕竟没把房子烧掉，黑人们把大多数牲口都赶到沼泽地里藏起来了。今年秋天，我们的收成很好，收了二十包棉花。当然，这跟塔拉的出产能力相比，根本就不算什么，可我们能干农活的人手也不多。当然，爸爸说，我们明年还能做得更好。可是瑞德，现在乡下可没劲啦！你想想看，没有了舞会和野餐会，大家老是谈论艰难的日子！老天，我真是烦透了！终于，上星期，我厌烦得再也忍受不下去了，爸爸说我得出来走走，好好玩一玩。所以我就上这来做些衣服，然后再到查尔斯顿去拜访我的姨妈。能再参加舞会真是太美了。"

"行了，"她自豪地想，"我毫不经意地把这些话说出来了！不是太富有，但也肯定不会太贫穷。"

“你穿着舞裙非常漂亮，亲爱的，你自己也明白的，真倒霉！我想，你去拜访人的真正原因是县里的情人都找遍了，要到更远的地方去找新的吧。”

思嘉想起了瑞德过去的几个月都是在国外度过的，只是最近才回到亚特兰大，为此她感到很感激。要不然的话，他决不会说出这么可笑的话来。她大略回顾了一下县里的情人们，衣衫褴褛、痛苦交加的方丹家的小伙子们，在贫困中挣扎的芒罗家的男孩们，还有忙于耕田种地、砍劈围栏、看护生病的牲口等等的琼斯伯勒和费耶特维尔的男朋友们，他们早就忘记了还存在舞会和令人愉快的调情这些东西了。可她却撇下这些记忆不管，羞答答地咯咯直笑，好像是在承认他的话是对的。

“噢，得了。”她抗议似的说。

“你是个没心没肺的人，思嘉，可是，那也许正是你魅力的一部分。”他像过去那样笑着，一边的嘴角往下撇，可她知道他是在奉承她，“因为，你当然知道，你拥有的魅力比法律所能允许的还多。虽然我是个没什么感觉的人，但连我也感觉到了。我经常纳闷，你身上到底是什么东西使我总是忘不了你，因为我认识很多比你漂亮得多也聪明得多的女人，恐怕从道德上来说也比你更正直，更善良。可是，不知怎么回事，我总是忘不了你。即使在投降后我在法国和英国的那几个月中，虽然没见到你，也没听说你的消息，还在许多漂亮太太的圈子里玩得如鱼得水，可我总是忘不了你，总是会想你到底在做什么。”

刹那间，她感到颇为气愤，他居然说有别的女人比她更漂亮、更聪明、更善良，可那瞬息间的怒火却又被快乐感给闷息了：他还记得她，记得她有魅力。这么说，他没忘记！那事情就简单多了。他行为举止又如此得体，几乎就像个绅士在这种情况下会表现的那样。现在，她要做的就是把这个话题引到他自己身上，这样，她就能告诉他，她也忘不了他，然后——

她轻轻抓了抓他的手臂，又露出酒窝。

“噢，瑞德，你怎么一直在取笑我这个乡下姑娘呀！我知道得很清楚，你那天晚上离开我以后就再也没想过我一次。你不能对我说，你周围有了那么多漂亮的法国和英国姑娘却还想着我的。可我一路到这来不是为了来听你谈有关我的傻事的。我来是——我来是——因为——”

“因为什么？”

“噢,瑞德,我真是为你感到太难过了！为你担惊受怕！他们什么时候才会把你从这可怕的地方放出来?”

他很快地把自己的手压在她的手上,紧紧地压在他的手臂上。

“你的难过会给你带来荣誉的。我什么时候能出去,这根本说不准。很可能要等他们把绳子放长一些。”

“绳子?”

“是的,我想,我要等到他们把绞索套在我脖子上的时候才能离开这个地方呢。”

“他们不会真的把你绞死吧?”

“如果他们能再找到一些对我不利的证据,他们就会。”

“噢,瑞德!”她叫了起来,手放到了胸口上。

“你会不会难过呢？如果你难过到一定的程度,我就把你的名字列入我的遗嘱。”

他乌黑的眼睛毫不经意地看着她笑着,捏了捏她的手。

他的遗嘱！她赶快垂下眼睑,担心会露出马脚,可动作还是不够快,因为他眼睛一亮,顿时好奇心十足。

“据北方佬看来,我必须有个很好的遗嘱。目前,我的资产似乎有相当可观的利润。我每天都被拉起来盘问一番,问我一些愚蠢透顶的问题。传言纷纷说,我携着南部邦联的秘密黄金逃跑了。”

“哦——那你有没有这么做呢?”

“多么富有启发性的问题呀！你和我一样清楚,南部邦联经营的是印刷厂,而不是造币厂。”

“那你的钱都是从哪来的？做投机生意？白蝶姑妈说——”

“你问的问题多富有探究性呀!”

他妈的！他当然有钱。她已经很激动,要娇嗔地跟他说话反倒变得很困难了。

“瑞德,你待在这,我感到很难过。你认为你有没有机会出去呢?”

“我的座右铭是‘Nihil desperandum’①。”

---

① 该句为拉丁文,意思是“天无绝人之路”。

“那是什么意思?”

“那意思就是‘也许’,我迷人的无知的美人。”

她眨巴着长长的眼睫毛看着他,又眨巴着垂下眼睑。

“噢,你太精明了,不会让他们把你绞死的! 我知道你一定会想出什么聪明的办法击败他们,从这里出去的! 当你真的——”

“当我真的?”他轻声问道,身子靠得更近了。

“哦,我——”她尽力装出茫然无措的样子,把脸憋得通红,神情极为漂亮。要憋红脸并不难,因为她气喘吁吁,心跳得像在打鼓一样。“瑞德,对不起,我——我那天晚上对你说的话——你知道的——在拉夫雷迪。我——噢,太害怕、太不安了,而你又是那么——那么——”她低头一看,看到他棕色的手把她的手握得更紧了,“而——我那时想,我永远永远都不会原谅你了! 可昨天白蝶姑妈告诉我,说你——说他们可能会绞死你时——我一下就懵了,我——我——”她抬起头看着他的眼睛,哀求似的飞快地看了他一眼,目光中融入了一种伤心欲碎的痛苦神情,“噢,瑞德,要是他们把你绞死了,那我也宁愿去死! 我真会受不了的! 你知道,我——”由于她再没看见他眼里那种火热的亮光,她的眼睑又眨巴着垂了下去。

“再过一会,我就会哭出来了。”她犹疑不定却又激动万分地想,“我要不要让自己哭出来呢? 那样是不是似乎更自然些?”

他赶忙说:“我的天,思嘉,你不是说你——”他的手紧紧握着她的,把她都弄疼了。

她紧紧地闭上眼睛,拼命想挤出眼泪来,但还记得微微仰起脸,好让他毫不费劲就能吻着她。好了,再过一会,他的嘴唇就会吻住她的嘴唇了。她突然记得非常清晰,他那嘴唇坚定而急切,曾经使她感到很虚弱。可他并没有吻她。失望莫名其妙地搅得她烦躁不安,她把眼睛张开一条缝,想偷看他一眼。他满头黑发的头朝她的手弯下去。她打量着,看到他拉起她的一只手吻着,然后又拉起一只,在自己的脸上放了一会。她期待的是粗暴的举止,所以,这个情人间才有的温柔手势使她吃了一惊。她猜测着他脸上的表情,可看不出来,因为他一直低着头。

她马上把眼睛垂下来,以免他突然抬起头,被他看见脸上的表情。她知道,她全身充盈着的得意感肯定一览无遗。再过一会,他就会向她求婚了——或者至少对她说他爱她，然后……她透过犹如面纱般的眼睫毛观察着他。他把她的手翻过来，手心朝上，也想去吻一下，突然间却倒吸了一口冷气。她往下一看，看到了自己的手掌。这一年中，她还是头一次看到自己的手是什么样子的，一种透心凉的担心突然抓住了她，心也就一直往下沉。这是个陌生人的手，不是郝思嘉那柔软、白皙、微凹、虚弱无助的手。这手因劳作而变得相当粗糙，被太阳晒成了棕色，还长着斑斑点点的雀斑。指甲断了，很不规则，手掌上还有厚实的老茧，大拇指上有一个还没全好的水泡。上个月炸猪油时留下的那块红色的伤疤很难看，发着微光。她恐惧地看着它，想都没想就赶快握紧了拳头。

他还是没把头抬起来。她也还看不见他的脸。他坚决地硬把她的拳头掰开，盯着那手掌，再抓起她的另一只手，默默地把她的两只手放在一起，低头看着它们。

“看着我。”他说，终于抬起头。他的声音很平静，“不要再装出假正经的样子来了。”

她老大不情愿地看着他的眼睛，一脸挑衅和不安的神情。他乌黑的眉毛耸了起来，两眼炯炯有神。

“你就这样在塔拉过得好好的，对不对？卖棉花结清账目还有赢余，可以去拜访客人。你到底在用手做什么——犁地吗？”

她想把手挣脱开，可他握得很紧，大拇指抚摸着她的老茧。

“这不是贵妇人的手。”他说，猛地把她的手放下，放在她的大腿上。

“噢，你闭嘴！”她大叫着。可以把自己的感觉说出来了，她在瞬息间感到特别欣慰。“我用手做什么关你什么事？”

“我真是傻瓜呀。”她狂乱地想着，“我本该借一副手套，或是把白蝶姑妈的手套偷出来的。可我没想到我的手看上去这么糟糕。他当然会注意到的。而现在我已经生气了，很可能把一切都给毁了。噢，正当他要声明向我求婚的紧要关头，却发生了这种事！”

“你的手当然不关我的事。”瑞德冷淡地说，懒洋洋地靠在椅子上，脸上很平静，一点表情也没有。

这么说，接下来他就很难对付了。哦，可是如果她想反败为胜，那就算她很不乐意，她也还得乖乖地忍着。也许，她若是花言巧语地跟他说——

“你这么说我可怜的手,我觉得你真是太失礼了。就因为昨天我去骑马没戴手套,把手弄粗了——”

“骑马,见鬼去吧!”他说,语调并没改变,“你一直在用手劳动,就像个黑鬼那样忙活着。你还有什么可说的?你干吗要对我撒谎,说塔拉的一切都很好呢?”

“哦,瑞德——”

“让我们实话实说吧。你来看我的真正目的到底是什么?我几乎被你卖弄风情的样子所打动,以为你真的有点关心我,为我感到很难过呢。”

“噢,对不起!确实——”

“不,你不会为我感到难过的。他们在绞架上把我吊得再高,你也不会在乎的。这在你脸上写得清清楚楚,就像艰苦的劳动在你的手上写得明明白白一样。你想从我这得到什么,而且你要得很急,所以表演了这一番把戏。你干吗不开门见山地说出来,告诉我到底是什么事?那样你得到的机会会大得多,因为,在女人身上,我唯一还看重的品德就是坦率。可是你没有这么做,却来这摇荡着你的耳环,撅着嘴,撒着娇,就像个婊子在勾引嫖客一样。”

他说最后那些话时,声音并没有提高,也没有以任何方式加重语气,但对思嘉来说,这无异于挨了鞭子。她想诱使他向她求婚的希望最终破灭了,这令她感到很绝望。如果他像其他男人可能会做的那样,觉得虚荣心受了伤害,大发雷霆地爆发一通,或是谴责她一番,她可能还能对付他。然而,他声音里那种死一般的平静把她吓坏了。下一步该怎么办,她一点主意也没有。虽然他是个囚犯,隔壁房间里又有北方佬,但她突然间还是明白了与白瑞德发生冲突是很危险的事。

“我想是我的记忆出了点差错。我应该记得你跟我是一样的,不是别有用心,绝不会去做什么事。好了,我来想想。你内心的打算到底是什么,韩太太?你不可能会错误地认为我会向你求婚吧?”

她的脸一直红到了脖子根,没有回答他的问题。

“可你不可能忘了我一再声明的话吧?我不是一个适合结婚的男人。”

看她不做声,他突然粗暴地说:

“你没忘记吧?回答我。”

“我没忘记。”她可怜兮兮地说。

“你真是个出色的赌徒，思嘉！”他揶揄道，“你想碰碰运气，以为我被关在这没法接触女性的地方，就会像鳟鱼扑向小虫似的向你猛扑过去。”

“你不就是这样的吗？”思嘉内心一腔怒火，“要不是我的手的话——”

“好了，我们把大部分事实都说出来了，就差你的原因了。看看你是不是能把实话告诉我，你为什么想引诱我跟你结婚。”

他的声音里有种温和的、几乎就是取笑人的意味，她便又鼓起勇气。也许并不是一切都无可挽回。当然，她把结婚的希望给毁了，可即使在她绝望的时候，她还是感到很高兴。这个硬心肠的男人身上有些东西使她感到很害怕，所以，事到如今，结婚的念头倒是令人觉得很可怕了。可是，如果她够聪明，利用他的同情心和过去的往事，或许她还能稳妥地从他那贷到一笔款。她装出一副孩子般的天真神情，似要抚慰他。

“噢，瑞德，你能帮我很多忙——如果你心好的话。”

“我最喜欢的就是好心好意了。”

“瑞德，看在我们过去友情的分上，我想请你帮个忙。”

“这么说，手上长着老茧的贵妇人终于说到她真正的使命啦。恐怕‘探访病人和囚犯’不是适合你的角色吧。你想要什么？钱吗？”

他率直的问话把一切希望都给毁了，再用迂回或是伤感的方式来引入正题，那根本是不可能的。

“别这么刻薄，瑞德。”她哄着他，“我确实想要些钱。我想让你借我三百美元。”

“终于说出实话来了。嘴上在谈情说爱，心里想着的是钱。多真诚的女性呀！你是不是要钱急用？”

“噢，是——哦，不是那么急，可我要用。”

“三百美元。那是一笔大数目。你要这钱做什么用？”

“给塔拉交税款。”

“这么说，你是想要借钱。哦，既然你这么像生意人，那我也要像生意人。用什么作附属担保？”

“什么？”

“附属担保。我投资的保障。当然，我是不想亏掉这些钱的。”他的声音平静得令人觉得很靠不住，几乎有点奉承讨好的意味，但她没有注意到。也许最终一切都会好的。

“我的耳环。”

“我对耳环可不感兴趣。”

“我把塔拉抵押给你。”

“可现在我要个农场干什么呢？”

“哦，你可以——你可以——这是个很不错的种植园。你不会吃亏的。我会用明年的棉花折还给你。”

“我也拿不准。”他往后斜靠在椅子上，把两手插进口袋里，“棉花价格在跌。时世这么艰难，钱太紧张了。”

“噢，瑞德，你在跟我开玩笑！你知道你有好几百万呢！”

他看着她时，眼里有种不怀好意、眉飞色舞的神情。

“这么说一切都很好，你要钱并不要急用。哦，我很高兴听到这话。我喜欢知道老朋友一切都好。”

“噢，瑞德，看在上帝分上……”她开始铤而走险，勇气和自制力都开始崩溃了。

“请你小声一点。你不想让北方佬听到你说什么吧，我希望如此。有没有人告诉过你，你的眼睛像猫眼——在黑暗中的猫的眼睛呢？”

“瑞德，别这样！我把一切都告诉你吧。我确实急需这笔钱。我——我说一切都很好，那是谎话。一切都乱套了。爸爸他——他——他已经不是个正常的人。自从妈妈死后，他就一直怪怪的，一点也帮不了我的忙。他就像个孩子一样。我们连一个干农活的人手也没有，没人摘棉花，而我们又有这么多人吃饭，总共是十三口人。还有税款——它们太高了。瑞德，我什么都告诉你。有一年多时间，我们都在忍饥受饿。噢，你不会知道的！你不可能知道！我们从来就吃不饱，醒着是饿，去睡时也是饿，那真是太可怕了。我们没有御寒的冬衣，孩子们总是在受冻，在生病——”

“那你漂亮的裙子是哪来的？”

“这是用妈妈的窗帘布做的。”她回答说，因为不顾一切，也顾不上用撒谎来掩饰这蒙羞的举动了，“我倒是可以忍饥受冻，可是现在——现在到南方来牟利的投机家又提高了我们的税款。而且要马上交钱。我除了一块五美元的金币外一个子儿也没有。我得有钱交税才行！你还不明白吗？如果我不交,我会——我们会失去塔拉,可我们不能失去它！我不能眼看着它落到别人手里!”

“你起先干吗不把这些告诉我,却要来捕猎我这颗敏感的心呢——一涉及到漂亮的小姐太太,我这颗心总是很脆弱的。哦不,思嘉,别哭。你什么招数都用上了,就是还没使出哭这一招,我觉得我会受不了的。发现你要的是我的钱而不是我迷人的自我,这种失望已经使我的感情受到了大大的伤害。”

她记得,他嘲弄似的语句经常会有一些毫不掩饰的实话——嘲笑他自己,也嘲笑别的人,她赶忙抬头看着他。他的感情真的受到伤害了吗？他真的很在乎她？他看到她的手掌时是不是正想要求婚的时候？还是说,他一直在逐渐把话题引到他曾提过两次的那种可恶的要求上去呢？如果他真的在乎她,她也许就能摆平他。可他乌黑的眼睛扫视着她,一点也不像看着情人的样子,而且,他还在轻轻发笑呢。

“我不喜欢你的附属担保。我不是种植园主。你还有什么可以用作担保的吗?”

哦,她终于要说到这点了。那就开始吧！她深吸了口气,平视着他的眼睛,她的理念全冲了出来,与她最害怕的事进行搏斗,于是,所有的娇嗔和媚态以及假作正经都随之消失了。

“我——我还有我自己。”

“什么?”

她下颚的线条紧绷着,变成了方下巴,眼睛变成了祖母绿的颜色。

“你还记得围城时那个晚上你在白蝶姑妈的游廊上说过的话吗？你说——你那时说你想要我。”

他随意地往后靠在椅子上,看着她一脸紧张的面孔,他自己黝黑的脸庞也是一脸不可理解的神色。他眼神里有一种飘忽不定的神情,但他什么也没说。

“你说——你说你想要别的女人从来没有像想要我这么强烈。如果你还想要我,你可以拥有我。瑞德,你怎么说,我就怎么做,可是,看在上帝分上,给我写个字据,把钱给我！我说话算话。我发誓。我不会反悔的。如果你愿意,我可以白纸黑字写下来。"

他奇怪地看着她,还是一脸不可理解的神情。她匆匆忙忙地说着,搞不清楚他是感到很有趣呢,还是感到很反感。他要是说些什么就好了,什么都行!她感到自己的脸在发烧。

"我必须马上拿到钱,瑞德。他们会把我们赶到大路上去,而原来爸爸那个该死的监工会成为那个地方的主人——"

"等一等。是什么使你认为我还想要你?是什么使你认为你值三百美元?大多数女人价值都没有那么高的。"

她脸一下红到脖子根,感到羞辱到了极点。

"你干吗要这么做?干吗不放弃农场,住到白蝶姑妈的房子里来?那房子的一半是你的。"

"上帝呀!"她大叫起来,"你是个傻瓜呀?我不能失去塔拉。这是家。我不能失去它。只要我还有一口气,我就不会放弃!"

"爱尔兰人,"他说,把椅子放平,把手从口袋里伸出来,"是最该死的种族。他们重视的很多东西都是错误的。比如说土地。每一英寸土地跟别的土地又有什么两样呢?好了,我直说了吧,思嘉。你来找我是带着生意来的。我给你三百美元,你就做我的情妇。"

"不错。"

既然最可恶的字眼已经出口,她感到多少有点释然,心里又重新燃起了希望之火。他方才说"我给你"时,眼里有种恶魔般的神色,仿佛有什么事使他感到非常有趣。

"然而,当我厚着脸皮向你提出同样的建议时,你却把我赶出了屋子。你还给了我好一顿臭骂,顺便还提到你不想要一群'小杂种'。不,我亲爱的,我不是在戳你的痛处。我只是对你那奇怪的头脑感到困惑不解罢了。你不会为了自己的快乐去这么做,可你为了免于饥饿,你却会去这么做。这又证明了我的观点,一切美德都是有价的。"

"噢,瑞德,你怎么越说越远了呢!如果你想侮辱我,你就继续说下去吧,可是得把钱给我。"

她现在已经松了一口气。以瑞德的脾气,他自然想尽量折磨她、侮辱她,好报复她过去对他的怠慢及她新近企图要的花招。哦,她可以忍受的。

她什么都能忍受。塔拉值得她去忍受这一切。刹那间,似乎已是仲夏的下午,天空一片蔚蓝,她慵懒地躺在草坪上浓密的苜蓿草上,看着天上翻卷的白云形成的一座座城堡状的建筑,闻着洁白花朵的芳香,耳边萦绕着蜜蜂欢快忙碌的嗡嗡叫声。夏天的下午寂然无声,远处徐徐上升的红土地上,运货马车的声音隐隐约约,由远而近。这值得付出一切,值得付出更多的东西。

她抬起头。

"你会给我钱吗?"

他看着她,好像颇为自得其乐似的,可说话的时候,声音里却有平和的冷酷意味。

"不,我不会。"他说。

那一刻,她的大脑简直转不过弯来,不知如何去理解他的话。

"即使我想给,我也不能给你。我身无分文。在亚特兰大也是一美元也没有。我是有些钱,没错,可不在这里。我也不想说在哪里,有多少钱。可是,如果我想法给你填写一张汇票的话,北方佬就会逮住我,就像鸭子扑在绿花金龟上一样,那样,我们俩就都别想拿到钱了。你说呢?"

她的脸一下变青了,甚是难看,鼻子上突然涌现了很多雀斑,嘴也歪了,像嘉乐那样,一副杀气腾腾的样子。她一跃而起,语无伦次地叫喊着,使隔壁房间里嘤嘤嗡嗡的声音也戛然而止。瑞德像豹子一样旋即走到她身边,厚重的手掌盖住她的嘴巴,手臂紧紧环抱着她的腰。她拼命挣扎着,想咬他的手,踢他的腿,把她的愤怒、绝望、痛恨、傲气全消的痛苦全都叫出来。她腰弯来弯去,身体扭来扭去,想尽一切办法,想挣脱他钢铁般有力的手臂,心都快要碎了,紧身胸衣勒得她连气也透不过来。他紧紧地抱着她,非常粗暴,把她都弄痛了,遮着她嘴巴的手残忍地拧着她的下颚。他棕褐色的皮肤变得苍白,眼睛里目光很严厉,很焦急。他把她托起来,完全离了地面,再一把把她放在胸前,坐在椅子上,随她坐在他腿上扭动着。

"亲爱的,看在上帝分上!别闹了!别出声!不要叫。你如果这么做,他们一会就会进来的。你冷静一点。你想让北方佬看到你这个样子吗?"

她根本就顾不上谁会看到她了,什么都顾不上了,只有一种强烈的愿望,只想宰了他。可她浑身晕乎乎的。她没法呼吸了;她被他闷得透不过气来;她的紧身胸衣就像是个迅速收紧的铁箍似的;他环抱着她的手臂使她既痛恨又气愤，只能无可奈何地浑身发抖。接着，他的声音越来越微弱，越来越模糊，他伏在她上方的脸在一团可恶的迷雾中旋转着。迷雾越来越浓，越来越浓，直至她再也看不见他——其他的一切也看不见了。

当她无力地挥动手臂，像在游泳一样乱动着苏醒过来时，她觉得连骨头都散架了，全身虚弱，露出一副茫然不解的神情。她躺在椅子上，帽子解掉了，瑞德在拍着她的手腕，他乌黑的眼睛焦急地巡视着她的脸庞。那个好心的上尉正往她的嘴里倒一杯白兰地，酒都洒在她脖子上了。其他军官帮不上忙，围在周围，摆着手低声耳语着。

"我——猜想，我刚才是晕过去了。"她说，她的声音超然物外，似乎从很遥远的地方传过来，她不禁吓了一跳。

"把这喝了。"瑞德说着，拿过杯子，凑到她的嘴唇上。现在她回忆起来了，无力地看着他。可她太累了，连想生气也没有力气。

"求你了，就算为了我吧。"

她喝了一大口，呛了一下，咳了起来，可他又把杯子推到她嘴边。她大口吞咽着，烈性酒突然烧得她的喉咙直冒火。

"我想她现在好些了，先生们。"瑞德说，"我太感谢你们了。知道我要被处决，这太让她受不了了。"

穿蓝色军服的那群人脚在地上磨来蹭去的，看上去很不好意思。他们有些人清了几下喉咙，便拖着脚步走了出去。那个年轻的上尉在门口停了一下。

"如果还要我帮什么忙——"

"不用了，谢谢。"

他走了出去，把门带上。

"再喝点。"瑞德说。

"不。"

"喝吧。"

她又喝了一口，全身开始暖和起来，颤抖的双腿慢慢有了点力气。她推开杯子想站起来，可他把她按回去了。

"把手拿开。我要走了。"

"还不行。再等一会。你还会晕倒的。"

“我宁愿晕倒在路上,也不愿跟你待在这里。”

“可我正好不想让你晕倒在路上。”

“让我走。我恨你。”

听到她的话,他脸上又现出了一丝淡淡的微笑。

“那话听起来更像是你说的。你应该感觉更好些了。”

她放松地在那躺了一会,想把愤怒的情绪调动起来帮自己的忙,让自己恢复原有的精力。可她太累了。她累得恨也恨不起来,什么事都顾不上了。失败像铅块一样压在她心头。她用所有的一切下了赌注,可却输得精光,连自尊也输掉了。她最后的希望破灭了,这就是这希望的死期。这是塔拉的末日,是他们所有人的末日。她紧闭双眼,躺了很长时间,只听得见他在她身边的粗重的喘息声。白兰地的灼热感慢慢流遍了她的全身,给了她一种似乎不真实的力气和温暖。当她最终睁开眼看着他的脸时,心里的怒火又冒了上来。她斜行的眉毛蹙在一起,成了皱眉头的样子,这时,瑞德往日那种微笑又回到了脸上。

“现在你好些了。我从你的皱眉看得出来。”

“我当然没事。白瑞德,你太可恨了。如果我真的见过无赖的话,你就是一个！我一开始说话,你就非常清楚我要说些什么,你也知道你不会给我钱。可你却让我一直说下去。你本来是可以饶了我——”

“饶了你？我就听不到那些话啦。那不行。我在这没什么娱乐活动。我还不知道什么时候有过这么高兴的事呢。”他突然笑了,是他的那种嘲弄式的笑。听到这笑声,她一跃而起,一把抓过帽子。

他突然抓住她的肩膀。

“还不行呢。你觉得可以说些有理性的话了吗?”

“让我走!”

“你已经没事了,我知道。那你告诉我,我是不是你能想到的唯一办法?”他两眼目光锐利而警觉,观察着她脸上的每一个变化。

“你是什么意思?”

“我是不是你想试试看的唯一的人选?”

“这与你有什么关系吗?”

“比你能意识到的关系还更大。你操纵的还有没有其他男人？告诉我！”

“没有。”

“不可思议。我真想象不出你会没有五六个备用的。肯定会有人接受你那有趣的建议的，我对此确信无疑。所以，我要给你一点忠告。”

“我不需要你的忠告。”

“无论如何我还是要给的。忠告是我目前能给你的唯一的东西了。听着，因为这是个好建议。你想从一个男人那得到什么东西时，不要像对我那样突然间就说出来。一定要尽量含蓄些，更富有诱惑力一些。这样效果会更好。你过去都知道的，要尽善尽美。可是，刚才你为了我的钱提供给我的——哦——附属担保时，你看上去就像钉子一样硬邦邦的。我在离我二十步远的决斗枪口上方见过像你那样的眼睛，那可不是令人愉快的情景。这不会在一个男人的心里引起丝毫的热情。根本就不是驾驭男人的方法，亲爱的。你正在把你早期受过的训练忘掉呢。”

“我不需要你来告诉我该怎么做。”她说，怏怏然地戴上帽子。她真不明白，绞索已经套到他脖子上了，又面对着她那悲惨的境地，他怎么还能这么冒冒失失地开玩笑。她没有注意到，他插在口袋里的双手已经握成了硬邦邦的拳头，好像是被自己的无能气成这个样子的。

“振作起来。”她绑着帽带时，他说道，“你可以来看我被绞死，那会使你感觉好得多。你我之间过去的所有旧账都能扯平了——连这笔账也能扯平。我会在遗嘱中提到你。”

“谢谢，可是他们会老不把你送上绞架，那样交税款就来不及了。”她说着，心里顿时生出了邪恶的意念，这跟他的正好配对。而且，她是认真的。

# 第三十五章

她走出那栋房子时，天正在下雨，天空阴沉沉的，一片油灰色。广场上的士兵都躲进小屋里去了，街上空荡荡的，不见一个人影。极目望去，看不到任何交通工具。她知道，这下她只好走完那段长路回家了。

她步履艰难地朝前走着，脸上因喝白兰地而出现的红晕已经渐渐退去。寒风吹得她浑身打着哆嗦，针尖般冰冷的雨点直打在她的脸上。雨水很快便穿透了白蝶姑妈薄薄的斗篷，使它又冷又湿，黏糊糊地叠在一起，粘在她身上。她知道，天鹅绒裙子肯定要完蛋了，而帽子上的尾毛则已耷拉下来，拖在后面，就像还长在塔拉场院里的它原来的主人身上时一样。人行道上的砖已经破损不堪，有的根本就不见了，一长段一长段的空在那。在这些地方，泥浆已没到脚踝处，她的便鞋陷在泥浆里，就像被胶水黏住一样，有时甚至还把鞋黏住，只把脚拔了出来。她每次弯下身子去把鞋拔出来的时候，裙边便落到泥浆上。碰到小水坑，她连避都不避，而是麻木地径直踩下去，身后拖着又湿又重的裙子。她可以感觉到衬裙和长裤凉冰冰的，缠绕在脚踝边。可是，她没有心思管这堆已是一团糟的服饰了，虽然她曾在它们身上下了这么大的赌注。她现在是又冷，又灰心，又绝望。

她大话已经说出去，现在如何回到塔拉去面对他们呢？她怎么能告诉他们，说他们全都得走——到别的地方去？她又怎么能离开那一切，那红色的田野，高高挺立的松树，黑色松软的河滩地以及雪松浓郁的树荫遮蔽下、埃伦长眠其中的静静的墓地呢？

她在滑溜溜的路上深一脚浅一脚地朝前走着，心里又燃起了对瑞德的怒火。他真是个恶棍！她希望他们真的会绞死他，这样，她就再也不用面对这个知道她曾蒙羞受辱的人了。当然，如果他愿意这么做，他是可以为她筹到钱的。噢，绞死他还算便宜他了！谢天谢地，她现在浑身湿透，头发凌乱，牙根打颤，可他看不到她了。她现在看上去一定非常难看，他看到她，不知又会怎么笑话她呢！

她走过一些黑人身边，他们转身对她无礼地笑着。她匆匆而过，在泥泞中一跌一滑，不时停下来把便鞋从泥泞中拔出来，搞得气喘吁吁的，他们就自顾自地放声大笑起来。他们怎么也敢笑呢，这些黑糊糊的猿人！他们怎么也敢对塔拉的郝思嘉咧嘴而笑呢！她真想把他们统统鞭笞一气，直打得他们后背流血。北方佬让他们自由了，真是魔鬼啊，居然让他们随心所欲地讥笑白人！

她沿着华盛顿街朝前走时，眼前的景象阴郁沉闷，一如她的心情。这里根本没有她在桃树街上见到过的喧闹和快活。曾经挺立在此的许多漂亮家园，如今已经重建的没有几所。时不时就会看见被烧成一片灰烬的地基和悲凄凄、黑糊糊的烟囱，现在，它们已被称为"舍曼的哨兵"，这一切看着令人沮丧。曾经通往房子的小路，如今已是杂草丛生——原有的草坪上覆盖了一层厚厚的枯草，而那马车停靠处的名字，她曾经如此熟悉，拴马柱再也不会知道缰绳的结是怎么回事了。凄风冷雨，泥泞满地，已经光秃秃的树木，一派寂寥、一片荒凉。她脚有多湿呀，而回家的路又还这么漫长！

她听到身后传来马蹄践踏泥浆的声音，便在窄窄的人行道上往里边再靠了靠，以免白蝶姑妈的斗篷会被溅上更多的泥浆。一匹马拉着一辆轻便马车从路上缓缓而来，她转过身看着，下决心要请求这人带上她一程，只要驾车的人是个白人就行。马车走到跟她平行时，雨水却模糊了她的视线，但她还是看到驾车的人从油布雨衣里探出头来窥视着，那雨衣从挡泥板直遮到他的下巴上。此人有点面熟，她走到路边，想看个究竟，这时，那人颇为尴尬地轻声咳了咳，接着便是一个口音很重的很熟悉的声音传了过来，口气显得非常高兴，也很惊奇："没错，真是思嘉小姐！"

"噢，肯尼迪先生！"她大叫起来，大步流星地走了过去，踩得泥浆飞溅。她身体靠在车轮上，根本顾不上会把斗篷弄得更脏了。"见到你真高兴，我一辈子也没像现在这样高兴过呢！"

听到她显然是发自内心的真心话，他高兴得脸都红了。他往马车的另外一边一连吐了几口烟草汁，敏捷地跳下马车。然后热情地握着她的手，拉起雨衣，扶她上了马车。

“思嘉小姐，你一个人在这地方干什么呀？你难道不知道这些日子很危险吗？看你全身都湿透了。喏，快把车毯包在脚上。”

他手忙脚乱地侍候着她，像只母鸡一样咯咯叫个不停，她则尽情享受着别人的关心和照顾。有个男人对她忙个不停，叫声不止，嗔怪责备她，那感觉可真好，就算是那个像穿裤子的老处女的弗兰克·肯尼迪也不错。受到瑞德残忍相待后，那就更是令人感到安慰。噢，在离家这么远的地方看到一个家乡人的面孔，那有多好呀！她注意到，他穿戴很好，马车也是新的。马看上去很年轻，喂养得也很好，可是，弗兰克看上去比实际年龄老多了，比那年圣诞夜他和手下人一起到塔拉时还显得老相。他身体瘦弱，脸色灰黄，黄色的眼睛水汪汪的，深陷进一层层松弛的肌肉里。他姜黄色的胡子比以前更显稀疏了，上面粘着一缕缕的烟草汁，乱蓬蓬的，好像他是用手指不停地去梳理似的。但他看上去很有生气，挺快活的，和思嘉随处可见的面孔上那种悲伤、忧虑和疲惫的神情形成了鲜明的对照。

“真高兴见到你。”弗兰克兴奋地说，“我不知道你也到城里来了。我上星期还见到白蝶小姐，她也没告诉我你要来。有没有——哦——别人——塔拉还有没有别人跟你一起来？”

他正在想苏埃伦，这个老傻瓜。

“没有。”她说着便把车毯更紧地裹在自己身上，还想把毯子拉到脖子上，“我一个人来的。我也没事先告诉白蝶姑妈。”

他对着马啧啧叫着，马便慢吞吞地往前走了起来，小心翼翼地在滑溜溜的路上择路而行。

“塔拉的家人都好吧？”

“噢，是的，还可以。”

她得想出些什么话题来谈，可找话题太难了。她心情沉重，满脑子都是失败的感觉，她只想躲在这温暖的毯子里，往后半躺着对自己说：“我现在不能想塔拉。我以后再想好了，等到不会这么伤心的时候再想。”如果她能引他开始谈论什么话题，让他在这回家的一路上都讲个不停，她就什么事都不用做,只要偶尔说声“多好呀”和“你当然是很聪明的”就行了。

“肯尼迪先生,见到你真令我吃惊呢。我知道我一直就是个坏女孩,没有跟老朋友保持联系,可我不知道你在亚特兰大。我想,好像是有人告诉过我你在玛丽埃塔呢。”

“我在玛丽埃塔做生意,很多生意。”他说,“我已经在亚特兰大定居了,苏埃伦小姐没有告诉你吗?她难道没有告诉你我开店的事?”

她依稀记得,苏埃伦曾叽叽喳喳地说起过弗兰克和他商店的事,但她对苏埃伦说的话从来就没在意过。知道弗兰克还活着,有朝一日会从她手里把这一负担卸走,这就足够了。

“没有,一个字也没说。”她说着谎话,“你开了间商店?你一定非常精明!”

听说苏埃伦没有公布这个消息,他好像有点受到伤害的样子,可一受到奉承,又眉开眼笑了。

“是的,我开了间商店,而且我认为是间相当不错的商店。人们都跟我说,我天生就是个商人。”他高兴地笑了。她一贯认为他那傻乎乎、咯咯咯的笑声很令人着恼。

“真是自负的老傻蛋。”她心里想。

“噢,你做什么都会成功的,肯尼迪先生。可你到底是怎么开始开店的呢?我前年圣诞节看到你时,你还说你在这世界上一个子都没有呢。”

他粗声粗气地清了清喉咙,用手捋着胡子,又露出了他那腼腆、局促不安的微笑。

“哦,那说来话可就长了,思嘉小姐。”

“感谢上帝!”她想,“也许这话题会让他一直说到到家的。”她接着大声说:“请你往下说吧!”

“你还记得我们上次到塔拉搜集供给时的事吧?哦,那以后不久,我就去服现役了。我指的是真的上前线去打仗。再也没有军需部让我待着了。军需部没什么必要存在了,思嘉小姐,因为我们几乎没法为部队找到任何东西,而我认为,一个手脚健全的人的位置应该在前线。哦,我和骑兵部队一起打了一段时间,直到我的肩上挨了一粒小小的子弹。”

他看上去很自豪。思嘉说:“多可怕呀!”

“噢，没这么严重，只是皮肉伤。”他说，表示不赞成她的话，“我被送到南方的一所医院去。当我差不多快好时，北方佬的近战兵来了。哎呀，哎呀，那时可真紧急呀！我们没得到什么警告，还能走的所有人都帮着把部队的贮藏品和医院的设备拖到铁轨边，好把它们转移走。我们刚刚装好一列火车，这时，北方佬从城的一头骑马打了进来，我们则尽快地从另一头开走了。哎呀，哎呀，那情景可真是令人辛酸哪，坐在火车顶上看着北方佬把我们不得不扔在车站的东西全烧掉。思嘉小姐，我们堆在铁轨边上的大约半英里远的东西全都被他们烧掉了。我们自己也只是侥幸脱身而已。”

“多可怕呀！”

“没错，就是这个话。可怕。我们的军队又回到了亚特兰大，所以我们的火车也开到了这里。哦，思嘉小姐，不久以后，战争就结束了——哦，有很多瓷器、吊床和席子及毯子都没人认领。我判断正确，认为它们都是属于北方佬的。我想，那也是投降条件规定的，对不对？”

“嗯。”思嘉心不在焉地说道。她现在有点暖和了，觉得有点昏昏欲睡。

“至今我也不知道我做得到底对不对。”他说，有点生气，“可是我是这么认为的，那些东西对北方佬没有半点好处。他们很可能会把它们全都烧了。而我们的人则为这些付了很好的价钱，我认为它们还是应当属于南部邦联。你明白我的意思吗？”

“嗯。”

“我很高兴你同意我的看法，思嘉小姐。从某种程度上说，这一直使我良心不安。许多人都告诉我：‘噢，把这忘了吧，弗兰克。’可我忘不了。如果我认为我做了不对的事，我会连头都抬不起来的。你觉得我做得对吗？”

“当然。”她说，不知道这个老傻瓜一直都在唠叨些什么，是在和他的良心搏斗呢。一个人到了弗兰克·肯尼迪这种年龄，他就必须学会不要为那些无足轻重的小事操心。可他总是惴惴不安，大惊小怪，婆婆妈妈。

“我很高兴听到你这么说。投降以后，我在这世界上只剩下大约十美元银币，其他什么都没有了。你知道的，他们对琼斯伯勒和我在那里的房子和商店都干了些什么。我简直不知道该怎么办。可我用那十美元给五角场边上的一家旧商店搭上了一个屋顶，把医院的医疗设备搬进去，开始出售它们。大家都需要床铺、瓷器和席子，我便便宜出售，因为我认为这些是我的东西,但也差不多等于是别人的东西。可我从中赚了些钱,再买更多的东西来卖,商店生意顺顺当当的挺好。我想,如果情况好转,我一定能赚大钱的。”

一听到“钱”字,她的思绪便回到他身上来了,思路非常清晰。

“你说你赚到钱了?”

她这么有兴趣,他显然越发得意了。除了苏埃伦,很少有太太或小姐对他感兴趣的,一般都只是用应有的礼貌敷衍他。现在有个像思嘉这样的过去的美女对他的话这么感兴趣,他简直受宠若惊。他让马放慢步子,以免他还没说完,她就到家了。

“我不是百万富翁,思嘉小姐,跟我过去拥有的钱财比起来,我现在简直就是小巫见大巫。可我今年赚了一千美元。当然,其中的五百美元用来进新货、维修商店和付租金了。可我还是净赚了五百,而且,形势肯定是会越来越好的,明年我就该赚两千美元了。我肯定也要用上这些钱的,因为,你知道,我还有一件要办的事情。”

一谈到钱,她的兴趣陡增。她欢快地眨着长长的睫毛,掩饰着眼里的神采,身子向他靠近了一些。

“那是什么意思呢,肯尼迪先生?”

他笑出声来,马鞭在马背上抽了一下。

“我想,我一直在谈生意,一定让你厌烦了吧,思嘉小姐。像你这样漂亮的小妇人是不需要知道生意的事的。”

这个老傻瓜。

“噢,我知道我对生意一窍不通,可我很感兴趣呢。请你跟我说说吧,我不明白的,你可以解释给我听嘛。”

“哦,我要做的另一件事就是锯木厂。”

“什么?”

“就是把木板锯开并且把它们刨平的工厂。我还没买下来,但我要买的。有个叫约翰逊的人有家这种工厂,在桃树街再往外的地方,他急于脱手。他急需一些现金,所以他想卖掉,自己再留下来为我经营,按星期付薪金。这一带这种工厂不多,思嘉小姐。大部分都被北方佬毁了。而每个拥有锯木厂的人就相当于拥有了一座金矿,因为现在的木材,你想要什么价钱，就可以卖什么价钱。北方佬在这里烧毁了那么多房子，现有的房子都不够住了，人们似乎都急于重建家园。他们没法弄到足够的木材，没法很快地弄到木材。现在人们又都拥入亚特兰大。有从乡下来的人，没有了黑鬼，他们已经无法经营农场；还有北方佬和到南方来求财的人，他们蜂拥来到这里，要把我们的骨髓榨得更干一些。我告诉你吧，亚特兰大很快就要变成大城市了。他们得有木材来建房子，所以我要买下这家锯木厂，只要——哦，只要别人欠我的一些账一收回来就买。到明年这个时候，在钱这个问题上，我一定就比较宽松了。我——我想，你应该知道我为什么这么急于赚钱，对不对？”

他脸红了，咯咯笑出声来。“他在想苏埃伦呢。”思嘉厌恶地想。

有一刻，她曾想开口向他借三百美元，可又不耐烦地打消了这个主意。他会尴尬万分，支支吾吾的，他会找借口，但他绝对不会借给她钱。他这钱赚得也很辛苦，为的是来年春天能够和苏埃伦结婚。如果他把钱借给她，那他的婚期又要无限期地推迟了。即使她在他的同情心上面做文章，要他对未来的家庭负责任，让他把钱借给她，她也知道苏埃伦是绝对不会答应的。苏埃伦越来越担心自己实际上已经变成老处女，她会竭尽全力不让自己的婚期推迟的。

那个成天唉声叹气、爱发牢骚的姑娘身上到底有什么东西使这个老傻瓜这么急着给她一个温暖的窝呢？苏埃伦不值得有个爱她的丈夫，不该享受商店和锯木厂赚来的钱。苏埃伦一旦有了一点钱，她就会摆出一副令人无法容忍的神气，决不会为塔拉花一个子。苏埃伦决不会！她会把自己置身其外，根本不管塔拉会不会因交不起税而落入别人手里，或者会被夷为平地，她只要她自己有漂亮衣服和“某某太太”的头衔就好了。

思嘉想到苏埃伦安全稳妥的将来，再想想自己和塔拉摇摆不定的命运，心里一团怒火油然而生，生活太不公平了。她飞快地把目光从马车转移到泥泞不堪的街上，以免肯尼迪会看到她脸上的表情。她所有的一切都要失去了，而苏——突然，她断然地作出了一个决定。

苏埃伦不该成为弗兰克的太太，不该拥有他的商店和锯木厂！

苏埃伦不配拥有它们。她要自己把它们弄到手。她想到塔拉，想起了乔纳斯·威尔克森站在门前的台阶下，像响尾蛇一样恶毒无比，于是，她抓住了她的生命之船倾覆时浮在水面上的最后一根稻草。瑞德负了她，现在，上帝却又把弗兰克带到她面前了。

“可是，我能俘虏他吗？”她握紧了拳头，眼光茫然地看着正在绵绵而下的雨。“我能不能让他把苏埃伦忘了，很快就向我求婚呢？如果我能够使瑞德都差点向我求婚，那我也一定能让弗兰克这么做！”她朝他望去，眼睑一眨一眨的。“当然，他一点也不英俊，”她平静地想着，“他牙齿也很糟糕，呼出的气味难闻极了，年纪也大得可以做我的父亲了。再说，他总是局促不安，胆小羞涩，本意虽好，但往往结果却不好。我真不知道男人身上还有什么该死的缺点他没摊上的。可是，他至少是个绅士，我相信跟他生活在一起，我能容忍得了，并且会比跟瑞德生活在一起更有耐心。我肯定能够轻而易举地控制他。不管怎么样，既然是乞丐，那就没有选择的权利了。”

他是苏埃伦的未婚夫这一点根本就不会使她良心不安。她心里的道德防线已经崩溃，这才使她来到亚特兰大去找瑞德。把她妹妹的未婚夫抢过来似乎只是小事一桩，根本不值得在这时候为之烦恼。

一旦燃起了新的希望之火，她的腰板也挺直了，完全忘了自己的脚还又湿又冷。她目不转睛地看着弗兰克，两眼微眯着，看得他有所察觉了，便飞快地垂下眼睑，想起了瑞德的话：“我曾在决斗枪口上方见过像你那样的眼睛……这不会在一个男人的心里引起丝毫的热情。”

“怎么回事，思嘉小姐？你受凉了？”

“是的，”她无助地回答说，“你不介意——”她不好意思地犹豫着，“要是我把手放到你大衣的口袋里，你会介意吗？天太冷了，我全身都湿透了。”

“哦——哦——当然不会的！你也没戴手套！哎呀，哎呀，你都快冻僵了，要烤烤火，我却还在慢慢悠悠地对你唠叨个不休，我真不是人呢。快点，萨莉！顺便问一下，思嘉小姐，我一直忙着说自己的事，还没问你在这种天气一个人在这干吗呢？”

“我到北方佬的总部去了。”她想都没想就脱口而出。

他沙色的睫毛吃惊地耸了起来。

“可是，思嘉小姐！那些士兵们——为什么——”

“玛利亚，上帝之母啊，让我想出个好借口来吧。”她赶紧祈祷。让弗兰克怀疑她曾经去看过瑞德，那是绝对不行的。弗兰克认为瑞德是恶棍中的恶棍,任何体面的妇女跟他说话都是不安全的。

“我去那——我去那是要看看——是不是有军官要买我做的刺绣品寄回去给他们的妻子。我刺绣的东西漂亮极了。”

他惊呆了,重重地靠坐在座位上,又是气愤不已,又是茫然不解。

“你到北方佬那去——可是思嘉小姐!你不该去的。为什么——为什么……你父亲肯定不知道这事!白蝶小姐肯定也——”

“噢,你要是告诉白蝶小姐,那我就死定了!”她真的急得大哭起来。要哭出来太容易了,因为她又冷又伤心,可是哭的效果却是惊人的。即使她突然间把衣服脱掉,弗兰克的窘态和无助也就只能到这个程度了。他舌头顶在牙齿后面发出声来,一连弄了好几次,嘴里叫着“哎呀!哎呀!”无可奈何地对她挥着手。他心头掠过一个大胆的想法,真想把她的头揽过来,让她伏在他的肩膀上,轻轻地拍着她,可他从来没对任何女性做过这种事,根本不知道该怎么去做。热情洋溢、漂亮可爱的郝思嘉在他的马车里哭开了。郝思嘉,那个最最傲慢的公主,居然想向北方佬兜售刺绣品。他心如火焚,快要融化了。

她继续哭着,不时地说上几句。他终于听明白了塔拉的状况很不好。郝先生还是“神情恍惚,不晓人事”,食物也不够那么多张嘴吃。所以,她只好到亚特兰大来为自己和她的儿子赚几个钱。弗兰克又用舌头发了一声,突然便发现她的头已经靠在他的肩膀上了。他不太明白那头是怎么靠上去的。他肯定没把那头揽过来,可她的头却靠在那了。思嘉正无助地靠在他瘦弱的胸口哭着呢。这于他是一种令人激动的、像小说中描写的那种感觉。他小心翼翼地轻轻拍着她的肩膀,起先有点战战兢兢。当她没有拒绝他时,他胆子变大了,拍得也更有力了。她真是个孤独无助、恬静可爱、女性味十足的小尤物啊。她居然想用针线活来赚钱,这多有勇气,可又多么傻气啊。可是,和北方佬打交道,那已经太令人无法容忍了。

“我不会告诉白蝶小姐的,可你得答应我,思嘉小姐,你再也不去做这种事了。一想到你父亲的女儿——”

她泪水模糊的绿色双眸无助地搜寻着他的目光。

“可是,肯尼迪先生,我总得做些什么事的。我得照顾我那可怜的小孩,现在没有人会照顾我们了。”

"你真是个勇敢的小妇人,"他说,"可我不能让你去做这种事。你们家的人会羞死的。"

"那我该怎么办呢?"那双游移不定的眼睛看着他,就好像她知道他是什么事都知道似的,她紧紧抓住他说的话意。

"哦,我现在也不知道。可我总会想出办法来的。"

"噢,我知道你会的!你这么精明——弗兰克。"

她过去从来没叫过他这个名字,这一叫,他听起来就特别的悦耳,夹杂着震惊和惊奇。这个可怜的姑娘很可能是太沮丧了,连失口了也不知道。他于是对她很是和善,保护她的心理也很强。如果他能为苏埃伦的姐姐做什么事,他一定会去做的。他拿出一块红色的印花大手帕递给她。她擦着自己的眼睛,开始露出心神不定的微笑。

"我真是个小傻瓜,"她道歉似的说,"请原谅。"

"你不是什么小傻瓜。你是个勇敢的小妇人,你肩上的负担太重了,你还试着去承受。恐怕白蝶小姐也帮不上你什么忙。我听说她所有的财产都失去了,亨利先生自己的境况也不好。我只希望自己有个能为你遮风蔽雨的家。可是,思嘉小姐,你只要记住这一点,苏埃伦和我结婚后,我们的屋檐下总有你待的地方,对韦德也一样。"

现在是时候了!圣人和天使肯定一直在守卫着她,给她送来这么一个天赐良机。她尽量装出吃惊的样子,似乎感到很不好意思,然后,张开嘴,好像欲言又止的样子,接着真的就戛然而止不说了。

"你可别告诉我,说你不知道这个春天我就要成为你的妹夫了。"他不安地说着诙谐话。可接着看到她的眼里又溢满了泪水,他不禁惊恐地问道:"怎么回事,苏埃伦小姐没有生病吧,对不对?"

"噢,不!没有!"

"一定是出了什么事。你一定要告诉我。"

"噢,我不能!我不知道!我以为她一定写信告诉你了——噢,多卑鄙呀!"

"思嘉小姐,什么事?"

"噢,弗兰克,我不是有意要泄露的,我以为你自然是知道的——我以为她写信告诉你了——"

"写信告诉我什么了?"他已经浑身发抖了。

"噢,对像你这样的好人做出这种事来!"

"她做什么啦?"

"她没写信告诉你吗?噢,我想她是羞愧得不好意思写信告诉你了。她应该感到羞愧难当的!噢,我居然有这么个卑鄙的妹妹!"

此时,弗兰克连话都问不出来了。他坐在那盯着她,脸色铁青,手里的马缰绳也放松了。

"她下个月就要跟托尼·方丹结婚了。噢,对不起,弗兰克。是我告诉你的,我很抱歉。她已经等得不耐烦了,她担心自己会成为老处女。"

弗兰克扶思嘉下马车时,嬷嬷正站在屋前的游廊上。显然,她站在那已经有一段时间了,因为她的头巾已经湿透,紧紧围在身上的旧披巾也湿一块、干一块的。那张满是皱纹的黑脸又是生气又是担忧,下嘴唇拉得比思嘉记忆中的任何时候都长。她偷看了弗兰克一眼,当她看到是谁时,马上换了副面孔——高兴和不解同时出现在她脸上,同时还有种近乎内疚的表情。她大摇大摆地走上前去,高兴地跟弗兰克打着招呼。他跟她握手时,她咧嘴笑着,还向他行了个屈膝礼。

"看到老乡当然感到高兴。"她说,"你好吗,弗兰克先生?哎呀,你看上去可不是又好又体面的嘛!要是俺知道思嘉小姐是跟你一道出去的,俺就不会这么担心了。俺就会知道她是有人照顾的。俺回到这发现她不见时,担心得就像没头的鸡一样。一想到她一个人在这满街都是自由黑鬼的城里到处乱跑,俺就担心得不得了。你为什么不告诉俺你要出去呢,宝贝?你会感冒的!"

思嘉狡黠地对弗兰克眨眨眼,尽管他被刚刚听到的坏消息搞得很痛苦,但他还是微笑着,知道她是要他保持沉默,她已经把他变成了一个欣然入伙的同谋。

"你赶快去给我拿些干衣服来,嬷嬷,"她说,"还要些热茶。"

"天哪,你的新衣服全给毁了。"嬷嬷嘟哝着,"俺得找时间把它烤干,把它刷干净,这样你今晚才能穿着它去参加婚礼。"

她进屋去了,思嘉凑近弗兰克,低声说道:"请你今晚一定要来我们这吃晚饭。我们太寂寞了。吃完饭我们要去参加婚礼。一定要送我们去！而且，请你千万不要跟白蝶姑妈提起——提起苏埃伦的事。这会令她很难过，让她知道我的妹妹——我真受不了。”

“噢，我不会的！我不会的！”弗兰克赶忙说，马上打消了这个念头。

“你今天对我真是太好了，给我帮了这么多忙。我又感到自己勇敢起来了。”她捏了捏他的手，跟他告别，眼睛里所有魅力都倾注到他身上。

嬷嬷还等在门里边，她茫然不解地看了她一眼，气喘吁吁地跟着她上了楼，来到她的卧室。她一言不发地帮她脱下湿衣服，搭在椅子上，然后侍候思嘉上床，帮她盖好被子。她端来了一杯热茶，还拿来了一块用法兰绒布包着的热砖，然后，她低头看着思嘉，用思嘉曾经听到过的近乎道歉的口吻对她说道：“宝贝，你为什么没告诉你自己的嬷嬷想做什么呢？那样的话，俺就不用一路奔波到亚特兰大来了。俺太老了，又很胖，经不起这番折腾呢。”

“你这话是什么意思呢？”

“亲爱的，你骗不了俺。俺了解你。刚才俺看见弗兰克先生的表情了，也看见你的表情了。俺就像一个牧师读《圣经》那样能读懂你的心思。俺还听到了你低声对他说的有关苏埃伦的事。如果俺早知道你要找的就是弗兰克先生的话，俺就待在家里不来了，那才是俺该待的地方。”

“哦，”思嘉唐突地叫了一声，蜷缩在毯子底下，知道这下要让嬷嬷不起疑是不可能的了，“你原来认为是谁呢？”

“孩子，俺不知道，但俺不喜欢昨天你脸上露出的表情。俺记得白蝶小姐曾经给梅利小姐写信说，那个恶棍白瑞德很有钱，俺还没把俺听到的忘记掉。可是，弗兰克先生虽然不是很漂亮，但好歹还是个绅士。”

思嘉目光锐利地看了她一眼，嬷嬷却平静地、带着一副无所不知的神情回看着她。

“哦，那你打算怎么办？去对苏埃伦告密？”

“俺要用俺所知道的一切办法帮助你去讨好弗兰克先生。”嬷嬷说，把毯子拉到思嘉的脖子下方，给她盖好。

思嘉静静地躺了一会，嬷嬷却在房间里忙来忙去。思嘉心里一阵欣慰，她们之间无须言语说明，不要求解释，也无须责备。嬷嬷理解她，保持沉默。在嬷嬷身上，思嘉找到了一个比她自己更坚定的现实主义者的形象。那双斑驳、明智的老眼看得很深,看得很清楚,就像母兽对她的幼崽一样有直觉,在爱子受到威胁的时候,一点也不会被良心吓住。思嘉是她的孩子,只要是她的孩子想要的,即使那是属于别人的东西,她也愿意帮助她得到它。苏埃伦和弗兰克·肯尼迪的关系,她连想都没想,只是在暗地里引发了一丝残忍的窃笑而已。思嘉遇到了麻烦,正在尽力而为,而思嘉是埃伦小姐的女儿。嬷嬷一刻也没有犹豫就跟她站到了同一条战线上。

思嘉感觉到了这种默默的支持。脚边的热砖使她全身温暖过来后,回家的路上那缕希望的微光便熊熊燃烧起来。这希望袭遍了她的全身,使她的心跳异常有力,血液在全身血管里奔流着。她又浑身是劲了,心里一阵躁动,使她真想大笑出来。还没被打败呢,她兴高采烈地想。

"把镜子递给我,嬷嬷。"她说。

"盖住肩膀,不要露出来。"嬷嬷命令着,把用手举着照的镜子递给她,厚厚的嘴唇挂着一丝微笑。

思嘉看着镜子中的自己。

"我看上去真像鬼一样苍白呢。"她说,"我的头发也像马尾巴一样凌乱不堪。"

"你看上去是不像原来那么漂亮。"

"哦……雨下得很大吗?"

"你知道的,正下大雨呢。"

"哦,那也一个样,你得替我到城中心跑一趟。"

"下这样的雨不行,俺去不了。"

"不行,你得去,要不我就自己去。"

"你要干什么,等等都不行?俺看你好像是今天也活不过去一样。"

"我需要,"思嘉一边仔细端详着镜子中的自己,一边说道,"一瓶科隆香水。你可以把我的头发洗干净,然后用科隆香水过一遍。再给我买一罐温脖种子膏,把头发弄顺。"

"俺不会用这种水给你洗头发,你也不能在你的头发上涂科隆香水,像那些坏女人一样。只要俺还有一口气,你就不能这么做。"

"噢,不行,我要的。你看看我的钱包,把那枚五美元的金币拿出来,到城中心去。而且——哦,嬷嬷,你到那时,还得给我买一盒胭脂。"

“那是什么?”嬷嬷满腹狐疑地问。

思嘉冷漠地看着她的眼睛,她根本感觉不到其中冷漠的成分。要想知道嬷嬷能被欺骗到什么程度,那是根本没门的事。

“这你别管。只要买来就行了。”

“俺不会买连它是什么都不知道的东西。”

“哦,你要是这么好奇,我就告诉你,那是香粉,涂脸用的。别站在那像只癞蛤蟆一样鼓着腮帮子了。去吧。”

“香粉!”嬷嬷突然喊出来,“涂脸用的!哦,你别以为你这么大了,俺就不能打你!俺从来没有这么反感过!你简直疯了!埃伦小姐此刻在坟墓里也不安生呢!涂脸,就像个——”

“你知道得很清楚,罗比亚尔外婆也涂脸的,而且——”

“是的,而且只穿一件衬裙,用水浆洗过,好让它挺直,这样才能露出她的腿型。但这并不说明你也能做那种事!老太太还年轻的那个年代,人们爱传播丑闻,可现在时代变了,他们——”

“看在上帝分上!”思嘉叫道,发起火来,把盖的毯子给掀掉了,“你可以直接回塔拉去!”

“除非俺自己想走,否则你就不能赶俺回去。俺是自由的,”嬷嬷情绪激动地说,“俺就要待在这里。躺回床上去。你现在就想得肺炎吗?把紧身胸衣脱下来!把它们脱下来,宝贝。好了,思嘉小姐,这种天气你哪儿也不能去。天哪!你可真像你爸爸!回到床上去——俺不能去买粉!要是每个人都知道这是给俺的孩子买的,那俺会羞死的!思嘉小姐,你这么可爱,这么漂亮,根本不需要用粉。宝贝,除了坏女人,谁也不会用那东西的。”

“哦,它们效果很好,对不对?”

“主啊,你听听看!乖乖,别说这种不好的话了!把湿袜子脱下来,宝贝。俺不能让你自己去买那东西。埃伦小姐会绞死俺的。回到床上去。俺去,俺去。也许俺能找到一家谁都不认识我们的商店。”

那天晚上在埃尔辛家,范妮如期结婚了。老利瓦伊和乐师们已经在调试乐器为舞会作准备。思嘉兴高采烈地环顾着周围的情景,又来参加一次真正的晚会,这真令人激动。她受到的热情欢迎也使她感到很高兴。当她挽着弗兰克的胳膊走进屋子时,大家都向她拥过来,高兴地叫着,说着欢迎之类的话。他们吻她,跟她握手,说他们非常非常想她,叫她再也不要回塔拉去了。男人们都很有风度,把她在别的时候千方百计让他们伤心的事全忘到了脑后,姑娘们也都忘了她曾经尽她所能诱使她们的男朋友离开她们。甚至连战争最后那些日子里对她非常冷淡的梅里韦瑟太太、怀廷太太、米德太太和其他老太太也都忘了她的轻浮之举以及对她看不惯的事,只记得她也在她们共同的失败中受了很多苦,只记得她是白蝶的侄媳妇和查理的寡妇。他们吻着她,眼里含着泪花,轻声谈到了她母亲的去世,最后还问起了她的父亲和妹妹们的情况。每个人都问到媚兰和希礼,问他们为什么没回亚特兰大来。

受到如此热情的欢迎,思嘉感到很高兴,可是隐隐感到有点不安,只得尽力掩饰着。这不安是因她穿的天鹅绒裙子引起的。裙子还是湿及膝盖,边上还斑斑点点的有污迹,虽然嬷嬷和厨娘热情百倍地用一个装着还冒着汽的水的水壶、一把干净的毛刷一再熨烫、刷洗,在火堆前一再烘烤也无济于事。思嘉担心会有人察觉到她曾在泥水中弄脏了衣服,意识到这是她唯一一件漂亮的裙子。可实际上其他客人穿的许多裙子看上去比她的差多了,这使她多少有点高兴。那些裙子很旧,而且有小心补过、熨过的痕迹。至少,她的衣服没有补丁,而且是新的,虽然有点湿——事实上,除了范妮穿的白色缎子婚纱,她的裙子便是晚会上唯一一件新裙子了。

想起白蝶姑妈曾经跟她说过埃尔辛家的经济状况,她为此感到很纳闷,买缎子婚纱的钱是从哪来的呢?还有买这些点心、饰物和雇请乐师的费用呢?这一定得花不少钱。很可能是借的,或者是埃尔辛整个家族捐款让范妮举行如此奢华的婚礼。在这种艰难时世举行这样的婚礼,对思嘉来说,这跟塔尔顿家小伙子们的墓碑一样,无异于一种奢侈。她此时感到有点恼火,一点同情心也没有,跟她站在塔尔顿家墓地里时的感觉一模一样。可以随心所欲地大把花钱的日子已经一去不复返了。往昔的日子早已逝去,这些人为什么还要坚持摆出一副过去的姿态来呢?

但她耸耸肩,把这暂时的烦恼给甩掉了。这不是花她的钱,再说,她也不想因为对别人的愚蠢感到恼火而毁了这一晚上的快乐时光。

她发现自己跟新郎很熟。他就是来自斯巴达的汤米·韦尔伯恩。一八六三年他肩部受伤的时候,她曾经护理过他。那时的他是个年轻英俊的小伙子,身高六英尺,放弃了学医,参加了骑兵部队。可现在的他看上去就像个小老头,臀部负伤使他的背弓得很厉害。他走起路来颇为吃力,就像白蝶说过的,两脚叉开,样子非常难看。可他似乎对自己的外表全然不知,或者说根本不在意,一副对谁也无所求的样子。他已经放弃了继续学医的一切希望,现在成了个包工头,手下有一队爱尔兰工人,正在建新旅馆。他这副模样怎么能做繁重的工作,思嘉对此感到很纳闷,但她什么也没问,意识到只要万不得已,几乎什么都是可能的。想到这点,她脸上露出一副苦相。

汤米、休·埃尔辛及小猴似的勒内·皮卡德站着跟她说话,人们正在把椅子和家具往后推到墙边,为舞会作准备。休倒是没怎么变,思嘉最后一次看到他是在一八六二年。他还是她记忆中那个又瘦又敏感的男孩,那绺淡棕色的头发垂到额头上,那双看似没有用的娇嫩的小手也还是原样没变。可是,自那次休假时和梅贝尔·梅里韦瑟结婚以来,勒内却变了很多。他乌黑的眼睛里还是有那种高卢人特有的亮光和克里奥尔人的生活热情,可是,虽然笑得轻松释然,他脸上还是有一种战争早期在他脸上看不到的艰辛感。他穿着引人注目的军装时笼罩在他身上的那种傲慢的优雅神态,如今更是荡然无存。

"脸颊红得像玫瑰,眼睛绿得像宝石!"他说着吻了吻思嘉的手,称赞她脸上现出的红晕,"还像我在义卖会上第一次看到你的时候一样漂亮。你还记得吗?我永远也不会忘记你是怎样把结婚戒指放到我的篮子里的。哈,那真是太勇敢了!可我从来没想到你会等这么长时间还不打算再次戴上结婚戒指!"

他的眼里闪着不怀好意的光芒,胳膊肘戏谑地直碰休的肋骨。

"我也决没想到你会赶起卖馅饼的马车来,勒内·皮卡德。"她说。虽然他下等的职业被当面指出来,可他不但没有为此感到不好意思,反而好像很高兴。他大笑着,拍打着休的后背。

"说得对!"他叫道,"岳母大人梅里韦瑟太太让我去做的。这是我这辈子做的第一个工作。我,勒内·皮卡德,原来是打算以养赛马和拉小提琴终了这一生的。现在,我赶起卖馅饼的马车来了,我喜欢干这!岳母大人能使一个男人做任何事。她应该去当将军,那我们就会打赢这场战争了,对不,汤米?”

“哦!”思嘉心想,“居然喜欢上赶卖馅饼的马车来了,而他家的人过去可是拥有密西西比河沿岸十英里的土地,并且在新奥尔良有所大房子的!”

“如果我们有岳母们服兵役的话,我们一星期就能打败北方佬。”汤米赞同地说,他的眼光逡巡着,寻找着刚刚成为他岳母的那个瘦长、不屈不挠的身影,“我们之所以坚持这么久,唯一的原因就是站在我们身后的太太们不肯放弃的缘故。”

“她们决不会放弃的。”休纠正他的话,笑容中露出骄傲的样子,但有点扭曲了,“今晚在这里的太太当中,没有一个投降的,不管她们的男性亲戚在阿波马托克斯表现得怎么样。那对她们的打击比对我们的厉害多了。至少,我们接受了战争作为抵偿。”

“而她们是接受仇恨作为抵偿的,”汤米接着把话说完,“对不对,思嘉?看着她们的男性亲属们命运不济,太太们的烦恼比我们的多多了。休本是要当法官的,勒内本要在众多欧洲人面前表演小提琴——”看到勒内作势要揍他,他躲避着,“我本是要当医生的,可现在——”

“给我们时间!”勒内叫道,“到时我就成了南方的馅饼王子了!我的挺不赖的休就是生火国王。你呢,我的汤米,你会拥有爱尔兰奴隶,而不是黑奴。那是怎样的变化呀——多有趣!你们做什么呢,思嘉小姐,还有梅利小姐?你们有没有挤牛奶,摘棉花?”

“真的没有!”思嘉冷淡地说,她真不明白勒内居然如此欢快地接受了那种艰辛的生活,“我们的黑奴干那些活。”

“梅利小姐,我听说她给她的儿子起名叫‘博勒加德’。你告诉她,我勒内表示同意,还要说,除了‘耶稣’之外,再也没有比这更好的名字了。”

虽然他在微笑,但提到路易斯安那州那个干劲冲天的英雄,他的眼睛里还是闪着骄傲的神采。

“哦,还有‘罗伯特·爱德华·李’,”汤米说,“我并不是要降低老博的声望,可我的第一个儿子要名叫‘鲍勃·李·韦尔伯恩’。”

勒内笑了,耸了耸肩。

“我再给你说个笑话,但这可是真实的事。你可以看看克里奥尔人是如何编派我们勇敢的博勒加德和你们的李将军的。在新奥尔良附近的火车上,有个弗吉尼亚人,是李将军的部下,他遇见了一个博勒加德部队里的克里奥尔人。弗吉尼亚人聊着,说着,说李将军如何做这,李将军如何做那。而那个克里奥尔人呢,看上去挺有礼貌,皱着眉头好像在回忆的样子,然后,他笑着说:'李将军!啊,对了!现在我知道了!李将军!就是博勒加德将军经常称赞的那个人!'"

思嘉想礼貌地加入他们欢笑的行列,可她不明白这故事有什么意义,只是觉得那个克里奥尔人跟查尔斯顿人和萨凡纳人一样自命不凡罢了。再说,她也一直认为希礼的儿子应该用博勒加德的名字命名。

乐师们经过初步调试、敲打之后,奏起了《老丹麦鼓手》。汤米转向她。

"跳舞吗,思嘉?我不能跟你跳,可是休或者勒内——"

"不,谢谢。我还在为我妈妈服丧,"思嘉赶快说道,"我就坐着好了。"

她用眼光找到弗兰克·肯尼迪,打手势把他从埃尔辛太太身边叫了过来。

"我要坐在那边那个凹室里,要是你能给我拿点点心来,我们就可以好好聊聊天了。"她这么对弗兰克说,其他三个男人便都走开了。

他匆匆忙忙地去给她取杯酒,拿块像纸一般薄的薄饼去了。思嘉在客厅尽头的凹室里坐了下来,小心地摆弄着裙子,好让最脏的斑点不要露出来。又看到这么多人,重新听到音乐,她很激动,这激动感已经把那天早晨和瑞德在一起时发生的丢脸的事全从脑袋瓜里给赶跑了。明天她还会想到瑞德的行为和她丢脸的事,那又会使她烦恼不安。她不知道,明天她能不能在弗兰克受伤、迷茫的心里留下什么印象。可今晚不。今晚她从头到脚都很有活力,每个感官都充满希望,两眼也炯炯有神。

她从凹室里向宽敞的客厅看过去,看着那些跳舞的人,想起了她战时刚到亚特兰大时这个大厅有多漂亮。那时,坚硬的木地板光亮得就像玻璃一样,头顶上的枝形吊灯上几百个棱镜接收了它上面的几十支蜡烛的每一缕光线,并把它们反射回来,再映照着它们,就像钻石、火焰和蓝宝石在房间里发出的光一样。墙上的旧画像显得又高贵又仁慈,用殷勤好客的柔和神情看着客人们。青龙木沙发很柔软,很诱人,其中的一张,也是最大的,就放在她现在坐着的凹室里最显眼的位置。那曾经是思嘉参加晚会时最喜欢的地方。从这一点往前延伸的就是令人愉悦的客厅和远处的餐厅。椭圆形的红木餐桌可以坐二十个人，还有靠墙静静放着的二十张凳脚细长的椅子，那个巨大的餐具柜和碗橱，里面放满了重重的银餐具，有七根支架的烛台、高脚杯、调味品瓶、细颈盛水瓶和亮晶晶的小玻璃杯。战争刚开始那两年，思嘉经常坐在那张沙发上，身边总是围着一些英俊的军官，听着小提琴、大提琴、手风琴和班卓琴声，耳边回响着从打过蜡、擦得发亮的地板上传来的令人激动的舞步窸窣声。

现在，那枝形吊灯还挂在那，黑不溜秋的。它已经被扭歪了，大部分棱镜已经打碎，好像是那些北方占领者刻意把漂亮的棱镜当做踩踏对象似的。现在，一盏煤油灯和几根蜡烛照着整个大厅，宽大的壁炉里熊熊燃烧的火焰成了主要的照明光源。闪烁不定的火光照出了阴暗、老旧的地板疤痕累累、四处龟裂的样子，根本无法恢复了。墙上已退色的墙纸上的方框证明，画像是曾经挂在那个位置的。石膏板上宽宽的裂缝令人想起了围城时曾经有颗炮弹在屋子顶上爆炸了，炸翻了部分屋顶和二楼地板的一部分。那张厚重的老红木餐桌上面放满了糕点和瓶子，还放在看上去空荡荡的餐厅里，但是已被划得一道一道的，曾经断过的桌腿露出了有人笨拙地修理过的痕迹。餐具柜、银餐具和细长的椅子已经了无踪影。遮盖着餐厅后墙的拱形法式窗户的锦缎帷幕已经不见了，只残余下带花边的窗帘，虽然还算干净，但显然是补过的。

在原来放着她如此喜欢的弧形沙发的地方，现在取而代之的是一张怎么说也不算舒服的硬板凳。她尽可能优雅地坐在上面，希望自己的裙子不会那么令她难堪，她可以穿着它去跳舞。能再次跳跳舞可真是太好了。可是，当然啰，在这与别处隔绝的凹室里，她和弗兰克可以做更多的事，比在那令人透不过气来的跳弗吉尼亚舞的人群中强多了。她可以入迷地听他说话，鼓励他做出更蠢的事来。

可是音乐确实使人跃跃欲试。她的便鞋随着老利瓦伊张开的大脚有节奏地、渴望地打着拍。他正用力地弹着一把刺耳的班卓琴，嘴里朝跳弗吉尼亚舞的人影喊叫着。舞步嗖嗖响，擦着地面，跳舞的人排成两行互相穿过来，舞过去，后退，旋转，用手臂搭成拱形。

“‘老丹麦鼓手喝醉了——’

（让你的舞伴转身！）
‘跌进了轻便马车，踢翻了马！’
（女士们轻轻地跳一步！）”

在塔拉过了几个月单调无聊、疲乏劳累的日子，现在重新聆听音乐和舞步的声音，真是太好了。看着熟悉、友好的面孔在微弱的光线下笑着，开着原来的玩笑，说着时髦用语，逗乐取笑，嘲笑挖苦，卖弄风情，感觉真是不错。这真是犹如死而复生，仿佛已经逝去的那五年好时光又回来了。如果她能闭上双眼，不去看那些穿旧的、重新改过的衣裙和打着补丁的靴子以及补过的便鞋，如果她不会回想起那些跳弗吉尼亚舞的人群中已经消失的小伙子们的面孔，或许她几乎都会认为什么事都没有发生过。可是，她一边看着餐厅里那些老先生们聚在那些瓶子周围，老太太们在墙边坐成一排，用没拿扇子的手遮挡着在说话，还有跳舞的年轻人摆动、跳步的身影，她突然间猛醒过来，一切全都变了，就像这些人全是熟悉的鬼魂一样。这种顿悟令她心凉，令她害怕。

他们看上去还是原样没变，然而，他们又已经是迥然不同的人。那是怎么回事呢？难道仅仅是因为他们又老了五岁吗？不，这是比时间的流逝更深一层的东西。他们身上缺了些什么，这个世界少了些什么。五年前，一种安全感温柔地笼罩着他们，他们自己甚至都没有意识到这一点。在这种安全感的保护下，他们生活得其乐融融。如今这种安全感已经逝去，随之而去的是旧日激动的情怀，旧日在角落里感觉到的那种兴奋、激动的感觉，他们旧有的生活方式中那种迷人的魅力。

她知道自己也变了，但不像他们变得那么多，这使她感到很困惑。她坐在那看着他们，感到自己在他们中间像个局外人似的，格格不入，孤单寂寞，好像是从另一个世界来的人，说的话他们听不懂，而她也听不懂他们说的话。接着她便意识到，这种感觉跟她与希礼之间的那种感觉是一样的。跟他，跟他那类人在一起——而他们又组成她的世界的绝大部分——她觉得自己缺少了某些东西，而这种东西连她自己也不明白到底是什么。

他们的面容没怎么变，言谈举止更是与过去毫无二致。可是，她似乎觉得这两样东西是她那些老朋友们唯一还保留的东西。他们身上还是萦绕着那不随岁月而改变的尊严、那种永恒的豪侠，这些东西会一直跟随他们，直到他们离开这个世界。可他们同样也会把没完没了的艰辛带进坟墓去，这种艰辛太沉重了，根本无法用言语来形容。他们话语柔和，感情强烈，疲惫不堪，他们虽然被打败了，但还是不知道什么是失败。他们被打垮了，但却还是坚定不移地挺直腰杆。他们被压垮了，孤独无助，是被征服的地方的公民。他们眼看自己心爱的州遭到敌人的践踏，无赖们对法律肆意嘲讽，原有的黑奴成了一种威胁，男人被剥夺了选举权，女人受到了侮辱。他们想起了坟墓。

原有世界的一切都改变了，只剩下原来的框架。原有的方法在继续被使用着，也必须被使用着，因为框架是他们剩下的全部东西了。他们紧紧抓住旧日时光中他们最为熟悉、最为热爱的东西，从从容容的举止，礼仪礼貌，人与人接触时令人愉快、无拘无束的态度，最为重要的是，男人对女人的保护。他们从中长大的传统确实如此，男人们殷勤有礼，温文尔雅，他们几乎成功地营造了一种可以让他们的女人远离艰辛、远离不适合女人亲眼目睹的所有事情的气氛。而这点，思嘉心想，正是荒唐到极点的事，因为，在过去的五年中，没有什么东西是女人们没看到，或是不知道的了，连最与尘世隔绝的女人都见识过了。她们护理过伤员，掩过死者不闭的眼睛，饱受战争、炮火的摧残和蹂躏，体验过恐惧、逃亡及饥饿。

然而，不管他们见过什么场景，干过而且还得继续干多么卑下的活计，他们还是淑女、太太和绅士，是逃亡中的王族——痛苦、孤独、索然无趣，但互相之间却非常友善，坚强得一如钻石，就像他们头顶上已经破损的枝形吊灯上零零落落的水晶灯一样，又亮又脆。往日的时光已经逝去，但这些人还像过去一样我行我素、魅力十足、从容不迫，下定决心不要像北方佬一样争先恐后、跌跌撞撞地去挣钱，下定决心不跟旧有生活方式的任何一个部分告别。

思嘉知道，自己也已经变了很多。要不，离开亚特兰大后，她就不会去做那些事情，现在也不会考虑去做她非常希望做的事。可是，他们的艰难和她的是有区别的，可这区别到底是什么呢，她现在也还说不清楚。或许就是，她是什么事都敢去做，而他们却有很多事情是死也不愿去做的。或许是因为他们在没有希望的情况下也还会笑对生活，优雅地行礼，让其从身边过去。可这是思嘉办不到的。

她不能忽视生活。日子必须过下去,可这生活太残酷、太不友善了,她连想用微笑来掩饰其苛刻的一面也办不到。思嘉从她的朋友们身上看不到任何恬美的东西、勇气和那些一无所获的骄傲。她只看到一种犯傻的倔强,他们看到了事实真相,可是却一笑置之,不愿直视它们。

她看着跳舞的人,弗吉尼亚舞曲使她激动得满脸通红,心里却在想,他们是否也像她一样受生活所迫,爱人死了,丈夫残废了,孩子们在挨饿,田地没有了,从前喜爱的屋顶下如今住着陌生人。然而,他们当然是被生活所迫的!她知道他们的境况,就像她知道自己的境况一样,只不过对自己的知道得更彻底一些罢了。他们失去的就是她失去的,他们的贫困也就是她的贫困,他们的问题也就是她的问题。可是,他们对它们的反应却截然不同。她在这大厅里看到的面孔不是真的面孔,它们是面具,是永远也脱落不了的非常出色的面具。

然而,如果残酷的境况也使他们受苦受难,就像她一样的话——而且他们确实也在受苦受难——他们又怎么能够营造出这种欢快的气氛,心情又怎能如此的轻松愉快呢?确实,他们为什么非得去试着这么做呢?他们真令她感到费解,而且隐隐地感到很恼火。她不可能像他们一样。她无法用一种漠不关心的释然态度去扫视这一片废墟的世界。她就像一只被追捕的狐狸一样,在拼命跑着,连心都快要蹦出来了,努力想在被猎狗追上以前跑到洞里去。

猛然间,她恨起这些人来了,因为他们都跟她不一样,因为他们能够用一种她永远无法做到也永远不想去做的态度承受着那些损失。她恨他们,这些面带微笑、脚步轻飘的陌生人,这些以他们已经失去的东西为荣的骄傲的傻瓜,好像还表现得因失去了那些东西而感到更骄傲似的。女人们表现得像上流社会的淑女贵妇一样,而她也知道,她们确实是那样的淑女贵妇,尽管她们每天都在做着卑下的仆人做的工作,不知道自己的下一件衣服从哪来。可她们还是淑女贵妇!她可感觉不到自己像个上流社会的贵妇人,尽管她穿着天鹅绒裙子,头发散发着幽香,尽管她的身世令她骄傲,曾经属于她的财富也令她感到自豪。与塔拉的红土地打交道,这种严酷的事实已经去除了她身上彬彬有礼的教养。她知道,除非她的餐桌上摆满了沉重的银餐具和水晶制品，而且丰盛的饭菜还在冒烟，除非她自己的马匹和马车安然放在马厩里，除非在塔拉摘棉花的手是黑的而不是白的，要不然的话，她永远也不会觉得自己像个贵妇人。

"啊！"她气愤地想，吸了一口气，"区别就在这里！即使她们没有钱，她们还是觉得像淑女贵妇一样，而我没有这种感觉。这些傻瓜似乎没有意识到，没有钱是不能成为淑女贵妇的！"

虽然发现了这一点，她还是隐隐觉得，她们虽然好像很傻，但她们的态度却是对的。埃伦肯定也会这么想的。这使她感到很不安。她知道自己应该跟这些人有同样的感觉，可她没有。她知道她应该跟她们一样，应该矢志不移地相信一个天生的淑女贵妇即使落入贫穷的境地也还是个淑女贵妇，可她现在无法使自己相信这一点。

从小到大，她听到了许多对北方佬的嘲笑之言，因为他们那故作彬彬有礼的教养是建立在钱财基础上的，而不是受家庭教育熏陶而来的。尽管这是左道邪说，可是此时此刻，她不禁想，虽然北方佬所有的事情都错了，但这一点却是对的。要做个淑女贵妇必须有钱。她知道，如果埃伦听到她的女儿说这种话，一定会晕过去。再贫穷也不会使埃伦感到耻辱。耻辱！是的，思嘉正是有这种感觉。她因为贫穷，不得不采取含羞蒙辱的手段，落入贫穷的境地，还得去干黑人才干的活。

她恼怒地耸耸肩。也许这些人是对的，而她却是错的。可是，还是一样，这些骄傲的傻瓜不会像她一样向前看，不会调动每一根神经，甚至冒着失去荣誉和好名声的危险去夺回失去的东西。他们许多人都认为，一心一意赚钱是有伤体面的事。时运不济，时世艰难。如果有人要战胜它，就要艰苦地去奋战。思嘉知道，家庭传统会迫使这些人中的许多人对这种奋争望而却步——因为去作这种奋争就是承认赚钱是其最终目的。他们全都认为，明目张胆地赚钱是粗俗到极点的事，哪怕是谈到钱都是这样。当然，还是有例外的。梅里韦瑟太太、她烤饼的行当以及勒内赶卖馅饼的马车都是例外。还有休·埃尔辛在砍柴挨家兜售，汤米在做承包商等等。而弗兰克居然有勇气开商店。可他们难道是什么普通人吗？种植园主在几英亩田里辛勤劳作，生活在贫困当中。律师和医生回去干自己的营生，等着也许永远也不会登门的客户。还有别的人呢，那些靠收入就过得逍遥自在的人呢？

他们又会怎么样?

可她不打算一辈子受穷。她不打算坐下来,耐心地等着发生奇迹,助她一臂之力。她要冲向生活,在生活中得到她能得到的。她父亲是从一个贫穷的移民孩子起步的,后来赢得了塔拉广阔的土地。他做过的事,他女儿也能办到。她不像这些人,把一切当筹码压在一场业已失去的事业上,而且还为失去了这事业感到自满自足、骄傲无比,就因为这事业值得牺牲一切。他们从过去当中获取勇气。而她却从未来获取勇气。目前,弗兰克·肯尼迪就是她的未来。至少他有商店,有现金。只要她能跟他结婚,把钱弄到手,她就可以让塔拉再维持一年。之后呢——弗兰克会买下锯木厂。她可以预见到,这个城市会以多快的速度重建,而在这种没什么竞争的时候开始木材生意的人,无异于拥有一座金矿。

在她的心灵深处,她还记得白瑞德在战争起初那两年就他从偷闯封锁线赚钱一事说的话。她那时没有费心去理解那话的意思,可现在,那些话的意思似乎特别清楚,她不知道是不是就因为她那时年轻,或是纯粹天真,所以没法欣赏那些话。

“从一种文明的废墟中所能赚的钱和从建立一种文明中所能赚的钱是可以画等号的。”

“这就是他预见到的废墟,”她心想,“他是对的。对不怕工作——或者说抓钱的人来说,还是有很多钱可赚的。”

她看到弗兰克正从大厅对面朝她走来,手里端着一杯黑莓酒和一个碟子,碟子里放着一小块蛋糕。她赶快露出一副笑脸。塔拉到底值不值得她去跟弗兰克结婚,这她连想都没去想。她只知道这是值得的,她决不会再去考虑这件事。

她小口小口地喝着酒,抬头对他微笑着,自己也知道,她的双颊比在跳舞的任何一个人都更红润,更迷人。她把裙子移开,让他坐在她身边,随意地摇着手帕,这样,科隆香水的那股甜美的幽香就能飘到他鼻子里了。她为科隆香水感到很自豪,因为大厅里没有别的女人有喷这种香水的,而且弗兰克也注意到了。他一放胆,便低声对她耳语,她脸色红润,香气袭人,就像一朵玫瑰花一样。

要是他不这么害羞就好了!他使她想起了胆小的棕色田兔。要是他有塔尔顿家的男孩那样的果敢和热情就好了,哪怕是白瑞德那样粗鲁的冒失无礼也行呀。可是,如果他具备那些素质,他很可能就会觉察出,在她那娴静地眨巴着的睫毛下,隐藏着的是一股孤注一掷、不顾一切的情绪。既然如此,他对女人了解得就不多,对她想达到的目的连怀疑一下都没有。那是她的运气,可这并没有使她对他更尊重一些。

# 第三十六章

两个星期以后，她便成了弗兰克·肯尼迪的新娘。他对她展开了旋风般的猛烈攻势，她红着脸告诉他，这使她连气也透不过来，再也无法抵挡他的热情了。

他根本不知道，那两个星期中，她深夜也在地上不停地走来走去，因他对她的暗示和鼓励反应很慢，这使她恨得咬牙切齿的，同时暗暗祈祷，希望苏埃伦在这种不合时宜的时候不会来信，以免被他收到后毁了她的计划。她暗暗感谢上帝，她妹妹在通信方面是最不高明的了，她很高兴收到来信，但不喜欢写信。可是，总是有这种可能性的，总是有的。在那漫漫长夜中，她穿着睡衣，身上紧紧围着埃伦那已经退色的披巾，轻手轻脚地在卧室里冰冷的地板上走来走去，边走心里边这么想。弗兰克还不知道，她收到了威尔的一封短信，说乔纳斯·威尔克森又到塔拉来了一次，发现她到亚特兰大去后，不禁大发雷霆，最后威尔和希礼把他赶走了。威尔的信把这样一个事实直灌进她的脑海里，她对此事知道得很清楚——离要付额外税款的日子越来越近了。她看着日子一天天过去，心里涌起了一股极强烈的绝望之情。她真希望她能够把计时的沙漏抓在手里，不让沙漏下去。

可是她把自己的情绪隐藏得很好，把角色扮演得如此出色，以致弗兰克什么也没有怀疑，只看到表面的东西——韩查理的漂亮、无助的寡妇，每天晚上在白蝶小姐的游廊上跟他打着招呼，他告诉她自己对商店的未来计划以及他把锯木厂买下来能赚多少钱时，她羡慕得连气也喘不过来。她那可贵的同情心，对他说的话感兴趣得眼睛都发亮的样子，对他来说无疑是一味安慰剂,因为他相信苏埃伦背叛了自己,给自己留下了创伤。他对苏埃伦的行为感到痛心,感到迷茫不解。作为中年单身汉,他知道自己不能吸引女人,他的虚荣心,作为中年单身汉的羞涩、敏感的虚荣心受到了深深的伤害。他不能写信给苏埃伦,指责她的不忠行为;他一想到这点就畏缩不前了。可他可以通过和思嘉谈论苏埃伦来慰藉自己的心。思嘉不用说一个有关苏埃伦不忠的字,她可以告诉他,她理解她的妹妹对他有多不好,而从一个真正欣赏他的女人那里,他又能得到多好的对待。

小巧玲珑的韩查理太太是个脸颊红润的漂亮女人。她想到自己悲哀的命运时便黯然神伤,唉声叹气,而当他开着小小的玩笑逗她乐时,又一片欢笑,高兴、可爱得就像小银铃在叮当作响一样。现在已经被嬷嬷洗得又干净又整齐的绿色裙子,把她苗条的身材和细小的腰身衬托得完美无缺,而总是从她的手帕和头发上散发出来的淡淡的幽香,又是多么令人着迷!让这么一个漂亮的小妇人在如此艰难的世界里既孤独又无助,而她甚至都不理解其中的艰辛,这真是一种耻辱。现在她没有丈夫,没有兄弟,连父亲也不能保护她。弗兰克觉得,对这么一个孤单单的女人来说,这个世界太残酷了。而对这个看法,思嘉默默地满心赞成。

他每天晚上都来拜访,因为白蝶家的气氛很欢快,有安慰人的作用。站在前门门口的嬷嬷,脸上总是挂着对上流社会的人才露出的微笑;白蝶请他喝掺了少量白兰地的咖啡,在他身边忙来忙去;思嘉则聚精会神地听着他说的每一句话。有时在下午,他出去做生意的时候就带着思嘉,坐在轻便马车里出去兜风。这种兜风真是令人愉快的事,因为她会问许多傻乎乎的问题——"女人就是这样。"他赞同地对自己说。他不禁笑话她对生意问题的无知,她也笑了,说:"哦,当然,你不能指望像我这样傻乎乎的小妇人能理解男人的事。"

在他老童男的生活中,她第一次使他觉得自己是个强健的男子汉,是上帝用比别的男人更高贵的模子造出来的,是专门造出来保护傻乎乎、孤独无助的女人的。

最后,他们站在一起举行婚礼了。她那双易于信任别人的小手握在他的手里,低垂的睫毛飞快地一眨一眨的,在她粉嫩的脸上不时留下了新月形的形状。可直到此时,他还是不明白这都是怎么一回事。他只知道,他平生第一次做了一件浪漫、激动人心的事。他，弗兰克·肯尼迪，已经使这个可爱的尤物大为激动，投入了他有力的双臂拥抱之下。这真是令人心醉的感觉。

他们的婚礼没有别的朋友或是亲戚参加。证婚人是从街上叫来的陌生人。思嘉坚持这么做，虽然他不太乐意，但还是让步了。他本来是想让他在琼斯伯勒的姐姐和姐夫来参加的。而在白蝶的客厅里举行婚宴，让快乐的朋友们举杯向新娘祝酒，对他来说也是极为高兴的事。可是思嘉不听，连让白蝶小姐在场也不干。

“就我们两个人就好了，弗兰克，”她捏了捏他的手臂，请求说，“就像私奔一样。我一直就想跑出去结婚！求你了，亲爱的，就算为了我好了！”

他的耳朵还听不惯这种亲昵的称呼呢，而当她望着他恳求他的时候，亮晶晶的眼泪已经在她淡绿色的眸子里打转了，正是这些才使他让步的。男人毕竟还是要对他的新娘作出某些让步的，特别是婚礼的事，因为女人对伤感的事情总是非常重视。

他还没弄明白是怎么回事，他就已经结完婚了。

弗兰克给了她三百美元，他被她那种可爱的催逼方式弄得有点茫然，起初还有点不情愿，因为，这就意味着他要马上买锯木厂的希望破灭了。可他不能眼睁睁地看着她的家人被赶出家园。看到她喜气洋洋的高兴劲，他的失望情绪很快就慢慢减弱了，而她对他的慷慨“表现出来”的那种浓浓的爱意，更是使他的失望情绪杳然无存。弗兰克从来没有过别的女人对他“表现”过爱意，于是他便觉得，这钱毕竟还是花得值得的。

思嘉马上派嬷嬷到塔拉去，任务有三：把钱交给威尔，宣布她的婚事以及把韦德带到亚特兰大来。两天后，她收到了威尔写来的一封短信，她拿在手里，反复读着，越读越高兴。威尔信中写道，税款已经交清，乔纳斯·威尔克森听到这个消息后，“大肆捣乱了一阵”，可到目前为止还没有构成什么威胁。威尔在信末祝她幸福快乐，这只是句简单的客套话，他什么也没有多说。她知道，威尔明白她做了些什么，她为什么要这么做，既不责怪她，也没有称赞她。“可是希礼会怎么想呢?”她狂乱地揣测着，“他现在会怎么看我呢？不久前在塔拉的果园里，我还那么唐突地对他说那些话呢。”

她还收到了苏埃伦的一封信，拼写错误很多，写得义愤填膺，骂话连篇，泪迹斑斑的，信里通篇尽是辱骂她人品的话，也说了不少真话，她是决不会忘记或是原谅写信人的。可是，就是苏埃伦的话也丝毫没有减少她因塔拉如今安然无恙而带来的快乐，至少塔拉现在已经排除了迫在眉睫的危险。

现在，她长期居住的家是亚特兰大而不是塔拉，要意识到这一点还真不容易。在她竭尽全力弄钱好交税款时，她的头脑里什么念头也没有，只有塔拉和威胁着它的不济命运。即使在结婚的那一刻，她也连想都没想到，她为挽救自己的家付出的代价便是要永远离开它。既然事情已经做了，她现在便意识到这一点了，心里涌起一股想家的情绪，赶也赶不走。可事情已经这样。她已经做了笔交易，她打算就这么做下去。弗兰克救了塔拉，她对此很感激，对他也就有了一股温情的爱意，同样也下了个温情的决心，要让他永远也不要因为跟她结婚而后悔。

亚特兰大的太太小姐们都知道她们邻居们的事，差不多就像她们知道自己家的事一样，可兴趣就比对自己的事大多了。她们全都知道，几年来弗兰克和苏埃伦之间彼此“心照不宣”。实际上，他还忸怩不安地说过他希望能在春天结婚。所以，在他宣布说他已经悄悄地跟思嘉结婚后，流言飞语、狐疑猜测铺天盖地而来，这就一点也不值得奇怪了。只要有可能，梅里韦瑟太太是决不会让她的好奇心长期得不到满足的。她直截了当地问他，他跟两姐妹中的一个订了婚，却又跟另一个结婚，这到底是什么意思。她向埃尔辛太太报告说，她辛苦一场，得到的答案却只是一副傻乎乎的表情。尽管梅里韦瑟太太精明能干，可就连她也不敢去问思嘉这个问题。这些日子里，思嘉好像很娴静，很甜蜜，可她的眼里有种高兴的得意劲，这使大家很不安。她是那么容易被激怒，所以谁也不敢去惹她。

她知道，整个亚特兰大城都在对她说三道四，但她一点也不在乎。毕竟，跟一个男人结婚也不是什么不道德的事。塔拉安全了，让人们去说吧。她的头脑还得计划很多事情。最重要的就是要如何得体地让弗兰克明白，要让他的店铺赢利多一些。乔纳斯·威尔克森让她受了一番惊吓之后，她便觉得，除非她和弗兰克能再赚些钱，要不她的心是决不会安宁的。即使不会有什么紧急情况发生，如果她要存够钱交明年的税款，弗兰克就得多赚些钱。再说，弗兰克说的有关锯木厂的事也深深地印在她的脑海里。弗兰克可以从锯木厂赚很多很多钱。木材卖的是天价,谁都可以赚钱的。她在暗暗发愁,因为弗兰克的钱不够,不能既交塔拉的税款,又买下锯木厂。她下定决心,无论如何要让他从商店的生意中多赚些钱,而且要马上行动,这样,他就能够在别人下手抢购以前把锯木厂买下来。她看得出来,这是桩不错的买卖。

要是她是个男的,就算她要把商店抵押出去来筹钱,她也要买下那个锯木厂。可是,在他们结婚的第二天,当她巧妙地对弗兰克暗示此事时,弗兰克笑着告诉她,不要用她那漂亮可爱、小巧玲珑的脑袋去烦这些生意上的事了。她居然知道抵押是怎么回事,这也使他感到很吃惊,起初他还只是觉得很好玩。可在他们新婚的日子里,那种好玩的感觉很快就消失了,代之而起的是惊奇。有一次,他不小心向她透露了"有些人"(他很小心,没有提到那些人的名字)还欠着他的钱,但现在没法还他。当然,他也不愿意逼那些老朋友和上流社会人士还钱。因为提到这件事,弗兰克感到很后悔,因为自此以后,她就一再询问这件事。她露出一副孩子般天真可爱的样子。她说,她只是好奇而已,想知道欠他钱的人都是些什么人,他们都欠了他多少钱。弗兰克对这事含糊其辞的。他不安地咳了咳,摆了摆手,一再重复着别折磨她那漂亮可爱、小巧玲珑的头脑之类的话。

可是,他终于开始意识到,这个漂亮可爱、小巧玲珑的头脑同样"精于算账",事实上比他自己的还更强。知道这一点使他很不安。当他发现她很快就能用心算把一长串数字加在一起,而他自己一旦超过三个数字就得用笔和纸时,真是觉得如五雷轰顶。分数对她也根本不成问题。他觉得,一个女人懂得分数,对生意的事这么清楚,那是很不恰当的。他相信,即使一个女人如此不幸,有了这种不像女人的理解力,她也应该装着没有才好。现在,他不喜欢和她谈论生意的事了,而在婚前,他却对此津津乐道。那时,他认为她完全不懂这些事,对她解释这些事是很愉快的。现在,他看出来,她理解得非常透彻。对女人的这种双重性,他感到自己也有了男人通常有的那种义愤。再者,发现了女人居然也很有头脑,他也有了男性常有的那种醒悟与失望。

思嘉在跟他结婚一事上耍了手腕,弗兰克是婚后过了多久才知道的,这谁也不知道。也许是在显然还是自由之身的托尼·方丹来亚特兰大做生意时,他才知道事实真相的。也许是他在琼斯伯勒的姐姐写信直接告诉他的,她说,她对他的婚事简直大吃一惊。他肯定不会从苏埃伦那里得到消息。她从来没给他写信,自然他也不能写信给她,向她解释。既然他已经结婚了,解释又有什么用呢?一想到苏埃伦永远也不知道事实真相,总是会认为是他丧失理性抛弃了她,他内心就觉得很不安。很可能其他人也都这么想,都在谴责他。这无疑使他陷入了极为尴尬的境地。而他又无法开脱责任,因为一个男人是不能到处去说自己被一个女人冲昏了头脑——而一个绅士也不能到处去张扬,说他的妻子用谎言骗了他,将他俘虏了。

思嘉是他的妻子,而妻子有权利得到她丈夫的忠诚相待。再说,他也无法使自己相信,她对自己一点感情也没有就这么漠然地跟他结婚了。男性的虚荣心不允许他让这种想法在他的头脑里停留太久。认为她是突然间爱上了他,于是宁愿对他撒谎以期得到他,这种想法比较令人愉快。可这也太令人困惑不解了。他知道,自己对一个年龄小自己一半、既漂亮又精明的女人来说,吸引力并不大。可是弗兰克是个绅士,他只把这种迷茫留给自己。思嘉是他的妻子,他不能问这些令人难堪的问题去侮辱她,毕竟这些都已经于事无补了。

弗兰克也不是特别想去弥补这些问题,因为他的婚姻看上去挺幸福的。思嘉是最迷人、最令人心醉的女人,他觉得她什么方面都很完美——就是太任性了。早在新婚之初,弗兰克就知道,只要她能我行我素,生活是很幸福的,可是她遭到对抗的时候——如果让她自行其事,她就像孩子一样高兴非凡,笑吟吟的,还会开些傻乎乎的小玩笑,坐在他的大腿上捋他的胡须,直到他发誓说他觉得自己年轻了二十岁。她有时会可爱得令人感到颇为出乎意料,而且非常体贴,晚上他回家来的时候,她会把他的拖鞋放在火上烤热,对他湿透的脚和没完没了的伤风感冒大惊小怪,还记得他总是很喜欢鸡内脏,喜欢在咖啡里加三茶匙糖。是的,和思嘉在一起生活是很温馨、很舒服的——只要她能自行其是。

结婚两个星期后,弗兰克患了流行性感冒,米德医生让他卧床休息。战争开始后的头一年,弗兰克因患肺炎住过两个月的院,自那以后就一直害怕会再得肺炎,所以,他很高兴躺下来,盖上三床被子,喝着嬷嬷和白蝶姑妈每隔一小时就给他端来的热乎乎的汤药,好让自己发汗。

病情一直不见好转,随着日子一天天过去,弗兰克越来越担心店里的生意。店铺由一个伙计负责,他每天晚上都到家里来汇报每天交易的情况,可是弗兰克还不满意。他一直为此事烦恼。思嘉一直就等着能有这么一个机会,她把一只冰凉的手放在他的额头上说:“好了,亲爱的,如果你再这么下去,我会愁死的。我要到商业区去,看看那里的情况怎么样。”

他无力地抗议着,但她笑着制止了他,就这么去了。在新婚后的三个星期中,她一直非常想看看他的账簿,弄清楚钱的问题是怎么回事。他居然卧床不起了,这运气真是太好了!

商店在五角场附近,新的屋顶映衬在老墙被熏黑的砖头上,显得熠熠生辉的。木头遮篷遮住了人行道,直伸到街道旁边,连着柱子的长长的铁栏杆上拴着马匹和骡子,它们的头在冰冷如雾的雨里低垂着,背上盖着破旧的毯子和被子。商店里面跟琼斯伯勒的布拉德商店几乎一样,只是火苗正旺的火红的炉子边上没有闲荡的人一口口不停地往沙箱里吐烟草汁。这商店比布拉德商店更大,但黑得多。木制遮篷挡住了冬日的大部分阳光,里面显得光线暗淡,黑魆魆的,只有一缕阳光从边墙上高高的蝇屎斑斑的小窗户上透进来。地上铺着泥泞的锯末,到处都是尘土。商店的前半部分还有点整齐的样子,高高的货架直伸到暗处,上面堆满了靓丽的布匹、瓷器、烹饪用具和精巧的小物品。可是商店后部,隔板后面,那就乱七八糟了。

这里没有铺地板,结实的泥土地面上乱七八糟地堆着各种各样杂乱无章的货物。在半明半暗中,她看到了一箱箱、一包包的货物、犁、马具、马鞍和便宜的松木棺材。二手家具,从便宜的桉树家具到红木和青龙木的都有,放在一片昏暗当中,华丽却已老旧的锦缎和马鬃毛的室内装潢发着微光,在暗淡不明的背景中显得极不协调。地上凌乱地放着瓷制便壶、碗和铺路用具,四周围的墙边放着高高的箱子,太黑了,她只得直接把灯举到箱子上面才看得见里面装着种子、钉子、螺栓和木匠工具。

“我还以为,像弗兰克这样容易大惊小怪的老处女般的男人会把东西整理得更整洁些呢。”她心想,用手帕擦着满是灰尘的双手,“这地方简直就是个猪圈。就这么开商店哪!只要他把这些东西上面的灰尘拂去,把它们摆在前面人们能看到的地方,那他的货物就卖得更快了。”

要是他的货物都堆成这种乱七八糟的样子,那他的账目又怎么可能不乱呢!

“我现在就要查查他的账本。”她想,于是端起灯,来到店堂里。伙计威利很不情愿地把那本大大的、表面脏兮兮的分类账本给了她。很明显,尽管他很年轻,他也和弗兰克持同样的观点,女人是不能参与生意事宜的。可思嘉厉声呵斥他,让他闭嘴,打发他去买饭去了。他走了以后,她感觉便好多了,因为他不赞同的态度使她很恼火。她在烧得正旺的火炉边一张底座是藤条的椅子上坐下来,一条腿盘在身子底下,把账本打开放在大腿上。正是吃午饭的时候,街上行人稀少。没有客人来买东西,她便独自一人待在店铺里了。

她慢慢地翻着账本,仔细地翻看着弗兰克写得又小又挤的一排排铜版字,有人名和钱数。果然不出她的所料,她看到了说明弗兰克缺乏生意头脑的最新证据,不禁皱起了眉头。至少被她很熟悉的一些人欠了五百美元,有些已经欠了好几个月了,在熟悉的名字中还有梅里韦瑟一家和埃尔辛一家。从弗兰克谈到“人们”欠他的钱时没说出来的话里,她还以为数目很小。可是居然是这个数!

“如果他们没钱付账,为什么还要一直买呢?”她恼怒地想,“如果他知道他们付不了钱,干吗还要一直卖东西给他们呢?如果他硬要他们付账,他们大多数人还是可以付得起的。埃尔辛一家既然能给范妮买缎子婚纱和举行隆重的婚礼,他们肯定就能付账。弗兰克心太软了,人们就利用了他。哦,要是他把这钱的一半收回来,他早就可以买下锯木厂了,而且很容易就能把我要交税款的钱匀出来。”

接着她又想到:“试想想让弗兰克去开办锯木厂!真见鬼!如果他把商店都开成了慈善机构,他还怎么能指望从锯木厂赚钱呢?行政司法长官一个月内就会把锯木厂收走的。哦,我若经营这家商店,肯定能经营得比他更好!就算我对木材生意一窍不通,我经营锯木厂肯定也比他强!”

这真是令人震惊的念头,女人和男人一样,可以料理生意上的事,甚至比男人料理得还要好。思嘉成长的环境有这么个传统,即男人无所不知,女人却不太聪明。对在这样的环境中长大的思嘉来说,这个念头无疑是个富有革命精神的想法。当然,她已经发现,这个看法总的说并不完全对,可这个令人愉快的假设还是深深印入她的脑海里了。过去她从来没有把这个绝棒的想法用话表达出来。她静静地坐着,腿上放着厚重的账本,嘴巴吃惊得微张开了些,心想在塔拉的那些歉收之年中,她做了一个男人所做的工作,而且做得很好。她自小受到这样的教育,相信单单女人是什么事也干不成的,然而在威尔来到塔拉以前,她却在没有男人帮助的情况下把种植园管理得很好。"哦,哦,"她心里犹犹豫豫地想,"我认为,没有男人帮助,女人照样什么事都干得成——只有生孩子例外。老天知道,只要有可能,没有一个正常的女人会要孩子的。"

她和男人一样能干,伴随这个想法而来的是突如其来的自豪感和想证实这一点的强烈的愿望,像男人一样给自己赚钱。属于她自己的钱,不用向任何男人要钱,也不依赖任何男人。

"我真希望自己能有钱买下那家锯木厂。"她大声地说,不禁叹了口气,"我一定能把它经营得红红火火的。而且我不会让别人赊账买走一块木板。"

她又叹了口气。她无处弄钱,所以这个想法是决不可能实现的。弗兰克只要收回这笔欠款买下锯木厂就行了。这钱是稳赚的,他买下锯木厂后,她一定能找到某些办法让他在经营锯木厂的时候比经营商店时的生意经更精一些。

她从账本后面撕下一页纸,开始把那些好几个月没付账的债务人抄下来。回家后她就要和弗兰克商讨这件事。她会让他明白,虽然这些人都是老朋友,虽然硬逼他们还钱会使他很难堪,但这些人还是必须付账。那很可能会使弗兰克不高兴,因为他很胆小,喜欢受到朋友们的欢迎。他脸皮薄,宁愿不要这钱也不愿像商人那样去收钱。

他很可能还会告诉她,没有人有钱还他。哦,或许那也是真的。贫穷对她来说并不是什么新闻了。可是几乎每个人都存有一些银器、首饰或是死守着一点点不动产呀什么的。弗兰克可以把这些代替现金收回来。

她都可以想象得出来,她给弗兰克出这个主意时他会如何唉声叹气。把他朋友们的首饰和财产夺走!"哦,"她耸耸肩,"他要怎么唉声叹气就由他去好了。我要告诉他,就算他愿意为了友谊当个穷光蛋,我还不愿意呢。弗兰克要是不鼓起一点勇气来,那他会一事无成的。可他必须做出点成绩来！他得赚钱,即使要由我来当这个家,我也得让他这么做。”

她正忙着写个不停,脸因手在用劲而绷得老紧,舌头咬在牙齿之间。这时,前门开了,一股强大的冷空气袭入店内。一个高大的男人走进昏暗的房间,步点轻轻的,像个印第安人一样。她抬头一看,原来是白瑞德。

他穿着华丽的新衣服,披着一件大衣,配着漂亮的斗篷,垂在他厚实的肩膀后面。他们的目光对视时,他摘下了高高的帽子,手按在胸口上,深深地鞠了一躬。他穿的衬衫洁净得毫无瑕疵,还打着皱褶。他棕色的脸膛映衬着他洁白的牙齿,亮得令人吃惊,而大胆的眼睛却肆无忌惮地打量着她。

“我亲爱的肯尼迪太太,”他边说边向她走来,“我最最亲爱的肯尼迪太太!”他突然快活地大笑起来。

起先她很惊讶,就像有个鬼魂闯进了商店似的,可紧接着,她就飞快地移动双脚,挺直脊背,冷冷地盯着他。

“你来这干什么?”

“我去拜访白蝶小姐,知道你结婚了,所以我赶紧到这来向你表示祝贺。”

她曾经在他手里受辱,想起这点,她不禁羞得满脸通红。

“我真不明白,你怎么还有脸来见我!”她叫了起来。

“正相反！是你怎么还有脸面对我?”

“噢,你这个最——”

“我们休战好不好?”他低头对她微笑着,笑得很灿烂,很开心,笑里带着无礼,但丝毫没有为自己的行为感到不好意思,也没有对她的行为表示责备之意。尽管她不乐意,但她也只好笑了,但那是一种极不舒服的苦笑。

“他们没有绞死你,太遗憾了!”

“恐怕其他人都跟你有同感。好了,思嘉,放松一点。你看上去就像是吞吃了一支枪上的推弹杆似的,这不合适。过了这么长时间,你一定有足够的时间从我的——哦——小小的玩笑中恢复过来了吧。”

“玩笑？哈！我永远也无法恢复的!”

“噢,不,你会的。你只是装出这一副愤怒的面孔来罢了,因为你认为这样才合适,才会被人尊敬。我可以坐下吗?”

“不行。”

他一屁股坐在她身边的一张椅子上,咧嘴笑了。

“我听说你连等我两星期都等不及。”他说,装着叹了口气,“女人真是喜怒无常啊!”

她没有答话,他便继续说下去:

“告诉我,思嘉,就像朋友与朋友之间的谈话一样——像老朋友和很亲密的朋友间的谈话一样——等到我出狱不是会更明智一些吗?和老弗兰克·肯尼迪结婚难道比跟我保持不正当的关系更有吸引力?”

跟以往一样,他的嘲讽燃起了她心中的怒火。对他的无礼,她真是又气又恼。

“别这么荒唐了。”

“你不在乎在这点上满足我的好奇心吧?这已经令我恼火了好一段时间了。你怎么就没有跟别的女人一样有那种厌恶、柔弱的心理,居然嫁给你根本不爱,甚至连好感都没有的男人?而且不是一个,而是两个。还是说,我得到的有关南方女性的柔弱方面的信息是错误的呢?”

“瑞德!”

“这个问题我自己也能回答。尽管从小我就有这么个漂亮的观点,女人是弱小、温柔、敏感的生灵,但我总是认为,女人有一种男人所不知道的硬性和耐力。然而,根据欧洲的礼仪准则,让丈夫和妻子互相爱慕,那毕竟是很糟糕的形式。确实是很糟糕的品位。我总认为,在那点上,欧洲人是对的。为方便起见而结婚,为了快乐才去爱。真是挺理性的体系,你说呢?你比我想象的还更接近欧洲。”

要是能对他大喊出来“我不是为方便而结婚的!”那该有多惬意呀。可是,不幸的是,瑞德击中了她的要害。如果因为自己无辜受到伤害而表示抗议的话,那只会让他说出更能讽刺人的话来。

“你说得倒是没完没了了!”她冷淡地说。由于急于改变话题,她便问道:“你是怎么从狱里出来的?”

“噢,那个呀!”他回答着,逍遥自在地做了个手势,“没什么麻烦的。他们是今天早晨放我出来的。我用很微妙的方式敲诈在华盛顿的一个朋友,他在联邦政府委员会中的地位相当高。他真是个杰出人物——是联邦的一个忠诚的爱国者,我过去常常从他那为南部邦联购买滑膛枪和有裙环的裙子。当我令人沮丧的处境通过适当的渠道引起了他的重视时，他便赶快利用了他的权势，我就这么被放了。权势就是一切，思嘉。你要是被捕了，千万记住这一点。权势就是一切，而有没有罪，那只是个学术问题。”

“我可以发誓你是有罪的。”

“不，既然我现在已经逃脱了罗网，我得很坦率地承认我跟该隐①一样有罪。我确实杀了那个黑鬼。他对一位女士傲慢无礼，那么，一位南方的绅士还能做些什么呢？我忏悔的时候，我还得承认，在一个酒吧里，我和一个北方佬的骑兵口角之后也对他动枪了。我并没有因这点小过失遭到指控，所以，也许因为这事，不知哪个倒霉蛋早就被绞死了。”

他谈起自己的谋杀案来还这么愉快，她连血液都凝固了。她嘴边坚持道义的义愤之词就要脱口而出了，可是突然想起了如今躺在塔拉葡萄架下的北方佬。他从来没有使她良心不安过，就像她用脚踩死过的一只蟑螂一样。她跟瑞德一样有罪，自然不能坐在审判席上审判他。

“再说，既然我好像是在坦白认罪的话，我还要告诉你，这你得绝对保密。（那就是说，你别告诉白蝶小姐！）我真的有钱，在利物浦的一家银行里稳稳地存着呢。”

“钱？”

“是的，就是北方佬非常好奇的那些钱。思嘉，我没有给你你所需要的钱，完全不是吝啬的缘故。如果我支取款项的话，他们就会由此追踪出来。那样的话，我很怀疑你还能不能拿到一分钱。我唯一的希望就是什么都不干。我知道钱是安然无恙的，即使最糟的事发生了，就算他们知道钱存在哪儿，想把它从我这夺走，我也会把在战争期间把子弹和兵工机械卖给我的每个北方爱国者的名字说出来。那将会是件丑闻，因为他们中有些人现在在华盛顿身居要职呢。实际上，正是我威胁说要告发他们，他们才让我出狱的。我——”

“你是不是说——你确实拥有南部邦联的金币？”

“不全是。老天在上，不是的！肯定有五十或者更多原来偷闯封锁线的人手里还有很大一笔钱存在拿骚、英国和加拿大。那些不如我们聪明的南

① 基督教《圣经》中亚当的长子，曾杀害他的弟弟亚伯。

部邦联的支持者们肯定会对我们非常反感。我得到了差不多五十万。你想想看,思嘉,五十万美元,要是你那暴躁的性情收敛一点,没有这么匆匆忙忙地再婚,那该多好呀!”

五十万美元。想到这么多的钱,她心里顿生一种几乎像生了病一般的痛苦。他嘲笑的话语从她头顶飘过,她连听都没听见。在这万般艰难、贫困交加的世界里,真难以相信还会有这么多钱。这么多的钱,有这么多的钱,而拥有这些钱的人不是她,而是对钱漫不经心而且不需要用钱的人。可在她和这个充满敌意的世界里,她只有一个卧病在床、上了年纪的丈夫和这个肮脏、鬼魂般的小店。像白瑞德这样的恶棍却有这么多钱,而负担如此之重的她却拥有这么少,这太不公平了。她恨他,他正穿着花花公子的华丽盛装坐在那奚落她呢。哦,她才不去称赞他的聪明才智,让他的傲气再没完没了地膨胀呢。她不怀好意地渴望着自己能想出尖刻的话来,杀杀他的傲气。

“我想,你大概认为私留南部邦联的钱很光彩吧。哦,可是这不光彩。这是彻头彻尾的偷盗,这点你也很清楚。我才不会让这使我良心不安呢。”

“哎呀!今天的葡萄可真酸啊!”他大叫着,脸部肌肉皱了起来,“那我是从谁那里偷来的呢?”

她不做声了,尽量想着到底是从谁那里偷来的。他毕竟只做了弗兰克所做的事,只不过弗兰克做的规模较小而已。

“有一半的钱确实是我自己的,”他继续说道,“是在一些诚实的联邦政府爱国者的帮助下正正当当地赚来的,他们背地里都愿意把联邦政府卖空呢——他们卖的物品利润是百分之百。有一部分是我在战争初期在棉花上做小小的投资赚来的,我买的时候,那些棉花很便宜,而在英国的棉纺厂棉花紧缺时,却卖了一美元一磅的价格。还有一部分是从食品投机生意中赚的。我为什么要让北方佬把我的劳动果实夺走呢?可是,余下的倒确实是属于南部邦联政府的。这些钱来自属于南部邦联政府的棉花。那时我想方设法闯过封锁线,在利物浦以天价卖了。他们信任我,把棉花交给我,让我用卖棉花的钱购买皮革、步枪和机械。我也很守信地收下了棉花,要去购买这些东西。我的任务是把金币存在英国银行里,以我个人的名义,这样我的信誉也会有保证。你记得的,封锁线严密时,我没法从南部邦联的任何一个港口弄出一条船来,而且一条船也进不去,这样,钱就一直留在英国。我还能做什么呢？像个傻瓜那样，把金币全部从英国取出来，想法送到威尔明顿去吗？再让北方佬夺走？封锁线越来越严密，那难道是我的错吗？我们的事业失败了，那难道是我的错吗？钱确实是属于南部邦联的。可是，现在南部邦联不存在了——虽然你是决不会知道的，只是听有些人在讲。那我要把钱交给谁呢？北方佬的政府？人们认为我是个贼，我真是恨死了。"

他从口袋里掏出一个皮盒子，抽出一根长长的雪茄烟，赞赏地闻了闻，同时假装焦急地看着她，好像在等着听她的下文似的。

"让他遭瘟吧，"她心想，"他总是比我先行一步。他的论调总有什么不对劲的地方，但我从来就说不出来那具体是些什么东西。"

"你可以，"她极有尊严地说，"把它们分给那些需要用钱的人。南部邦联是不存在了，但还有许许多多南部邦联的支持者及他们的家人正在死亡线上挣扎呢。"

他头往后一仰，粗鲁地大笑起来。

"你装出那种虚伪的姿态来的时候最有魅力，或者说是最可笑。"他叫了起来，乐得很坦然，"你得一直说真话，思嘉。你不能撒谎。爱尔兰人撒起谎来是世界上最蹩脚的了。好了，坦率一些吧。你对一直受到哀悼的业已灭亡的南部邦联一点也不在乎，对正在挨饿的南部邦联臣民的关心更是少得可怜。除非我先给你最大的份额，要不，我一提出要把所有的钱分送出去，你就会尖叫着抗议的。"

"我才不要你的钱呢。"她开口说道，尽量做出一副极有尊严的冷漠样子来。

"噢，真的吗！此时此刻，你的手心正痒痒得厉害呢。如果我掏出一个两角五分钱的硬币来给你看，你一定会扑上来抢的。"

"如果你到这来就是为了侮辱我，来笑话我没钱的话，那我就只好祝你今天好运了。"她反驳着，还试图把腿上厚重的账本移开，这样，她好站起来把话说得更有力些，给他留下更深的印象。可转瞬间，他已经站起身来低头望着她，笑着把她推回椅子上。

"你什么时候才会在听到真话的时候不再发脾气？揭别人的老底，你从来就不在乎，可一听到揭你的老底，你为什么就那么在乎呢？我不是在侮辱你。我认为，渴望得到东西是一种优良品德。"

她并不知道渴望得到东西指的是什么,可是,既然他赞扬这个,她便稍许平静下来。

“我并不是冲着你的贫穷而来的,而是来祝你白头偕老,幸福美满的。顺便问一下,苏埃伦妹妹对你抢夺她的未婚夫怎么看?”

“我什么?”

“你从她的鼻子底下把弗兰克给抢走了。”

“我没有——”

“哦,我们不用对措辞吹毛求疵了。她怎么说?”

“她什么也没说。”思嘉说。他两眼不禁眉飞色舞的,分明在指责她在说谎。

“她是多么无私呀!好了,我们现在来听听你的贫困吧。你既然不久前到监狱里去稍事走了一遭,那我就有权利知道。弗兰克难道没有你所希望的那么有钱吗?”

再也无法回避他的粗鲁无礼了。她要不就忍受这一点,要不就叫他滚。可现在她不想让他滚。他的话虽然刺人,但却很在理。他知道她做过的事,也知道她为什么要这么做,而且,他似乎并不因此而瞧不起她。再说,虽然他的问题不拐弯抹角,率直得令人难受,但似乎是在一种友好的兴趣驱使下问出来的。他是个她可以对之坦诚相告的人。这是一种安慰,因为她已经很长时间没有把真实的自己和自己的真正动机告诉任何人了。她一把自己的想法说出来,人家就会很惊讶。和瑞德谈话就相当于和一件物品在说话一样,那真有一种轻松感和舒服感,就像穿了一双太紧的鞋跳过舞后再换上一双旧鞋时有的那种舒服的感觉。

“你还没筹到交税款的钱吗?可别告诉我狼还蹲在塔拉门口。”他声音里的语气不一样了。

她抬起头迎视着他的黑眼睛,看到了一种令她惊讶的神情,起先还使她颇为困惑,紧接着却使她突然露出了笑容,是一种恬美、迷人的微笑。这些日子以来,这种笑已经很少出现在她脸上了。他真是违反常情的混蛋呀,可是他有时候却又特别的好!现在她明白了,他来访的真正原因不是为了来取笑她,而是要弄清楚她到底有没有搞到她孤注一掷想弄到的钱。她现在明白了,他不露痕迹地一出狱就匆匆忙忙地赶来见她,无非是想知道她是否还需要钱。如果她还需要的话,他就借给她。然而,他却要折磨她,侮辱她,而如果她猜出他的真正用意,他也绝对会否认。他真是令人无法理解。他是不是真的很在乎她,连他自己都不愿承认呢?还是说他还有别的动机?很可能是后者,她心想。可是谁说得清楚呢?他有时就会做出这种奇奇怪怪的事来。

"不,"她说,"狼再也不会蹲在门口了。我——我已经弄到钱了。"

"不过,肯定是通过了一番战斗的,我敢保证。你有没有设法控制自己的情绪,直到把结婚戒指戴到手上为止?"

他对她的行为做了精确的总结,她本想尽力不笑出来,但还是忍俊不住露出了酒窝。他重新坐了下来,舒舒服服地伸开那双长腿。

"哦,把你的贫困跟我说说吧。弗兰克,这个畜生,在有关他的前途方面,他是不是对你有误导?要是利用一个无助的女人,那他就真的该挨顿好打了。来吧,思嘉,把什么都告诉我。你不该对我隐瞒什么事。自然,我知道你最弱的一面。"

"噢,瑞德,你是最坏——哦,我也不知道是什么!不,他确实没有骗我,可是——"突然间,吐露自己的心声变成了一种快乐。"瑞德,如果弗兰克能把别人欠他的钱收回来,我就什么都不用担忧了。可是瑞德,有五十个人欠了他的钱,可他不愿逼他们。他脸皮太薄了。他说一个绅士不能对另一个绅士做这种事。也许,我们要在好几个月后才能把钱收回来,也许永远也收不回来了。"

"哦,那又怎么样?是不是他不把钱收回来,你们就连吃饭的钱都不够呢?"

"够是够,可是——哦,实际上,我马上就要用一小笔钱。"想到锯木厂,她的眼睛都发亮了。也许——

"干什么?要多交税?"

"那跟你有什么关系吗?"

"有,因为你正在准备影响我,要我贷款给你呢。噢,我知道所有的伎俩。我也会把钱借给你——不用附加,我亲爱的肯尼迪太太,不用附加你不久前向我提供的那个诱人的担保。当然,除非你自己坚持。"

"你是最粗俗的——"

“一点也不。我只是要让你安心而已。我知道你会因这点感到烦恼的。不会太烦恼,但有一点点。我也愿意借给你钱。可我真的想知道你要怎么花这笔钱。我相信我有这个权利。如果是用来给你买漂亮的衣服或者是马车,那就把钱拿走好了。但是,如果是用来给卫希礼买条新裤子的话,恐怕我就不会借给你了。”

她突然愤怒起来,情绪很激动,结结巴巴的,最后终于说出话来。

“卫希礼从来没从我这拿走一分钱!即使他要饿死了,我也没法使他从我这拿走一分钱!你不理解他,他有多尊贵,多高傲!当然,像你这样的人是不能理解他的——”

“我们还是不要开口骂人的好。我也能骂你几句,那是可以和任何你能想出来骂我的话媲美的。你忘了,我一直通过白蝶小姐了解你的情况,这个可爱的人可是对任何抱同情心的听众都会把她所知道的东西全盘托出的。我知道,希礼从罗克艾兰回来后一直住在塔拉。我知道,你甚至忍受了让他的妻子也待在那,那对你肯定是一种痛苦。”

“希礼是——”

“哦,是的,”他说着,随意摆了摆手,“希礼太崇高了,不是我这个凡人能理解得了的。可是,请别忘了,你和他在十二棵橡树发生那温情的一幕的时候,我饶有兴趣地亲眼目睹了全过程,成了见证人。某种东西告诉我,他自那以后一直没有变。你也没有变。如果我没记错的话,他那天并没有表现出是这么崇高的一个人。我觉得他现在表现出来的样子也并没有好多少。他为什么不把家人带走,离开塔拉,去找工作呢?为什么他不离开塔拉,不再在那里过日子?当然,这只是我胡思乱想。可是,如果是为了塔拉能帮忙养活他,我是一分钱都不打算借给你的。在男人们当中,对那些让女人来养活他们的男人,有个非常不雅的称呼。”

“你怎么能这么说话?他一直像个干农活的人一样在干活!”尽管她很愤怒,想起希礼劈栅栏板条的那件事,她还是非常心痛。

“而且,我敢说,已经够对不住他那金贵的身体了。和人粪畜粪打交道,他是个怎样的人呢——”

“他是——”

“噢,不错,我知道。我们就假定他尽了力,可我还是想象不出他能帮上多少忙。你决不能把希礼变成一个干农活的能手——或是做别的什么有用的事。他那种人纯粹是装饰品。好了,别生气了,先别管我那些有关那个高傲、尊贵的希礼的粗鲁言辞。很奇怪,连你这样又精明又讲实际的女人也会让这些幻想在头脑里持续这么久。你要多少钱,干什么用?"

她没有回答,他便重复了一遍:

"你要钱做什么?看看你能不能尽量把实话告诉我。要不撒个谎也行。实际上,那还更好,因为如果你撒谎的话,我肯定是能发现的,那你想想看,那会有多难堪。你随时都得记住这一点,思嘉,你的什么我都能忍受,但是撒谎不行——你不喜欢我,你爱发脾气,你所有那些泼妇般的做法我都能忍受,但是撒谎不行。好了,你要钱干什么?"

他攻击希礼,她感到非常气愤,她本想放弃一切,啐他一口,当着他那张满脸嘲弄意味的脸,傲慢地拒绝他要借钱给她的提议。有一刻,她几乎就想这么做了,但是,理智告诉她不能这么做,就像只冰冷的手一样把她拉了回来。她颇不情愿地把怒火硬吞回肚里,尽力装出一副尊贵的快乐神情。他往后靠在椅子上,把双腿伸到火炉边。

"这个世界上,若是有什么使我感到最乐不可支的事的话,"他说,"那就是看到你在有原则问题和像钱这样的实用问题相冲突的时候所作的思想斗争。当然,我知道,你身上实用主义的成分总是会占上风的,可我一直想观察你,看看你那天性中更好的一面是否有朝一日会赢得胜利。那一天来到的时候,我就要卷铺盖永远离开亚特兰大了。有很多女人天性中更好的一面总是会占上风的……好了,我们还是来谈生意吧。要多少钱,干什么用?"

"我还不太清楚需要多少钱,"她阴沉着脸说,"可我要买下一家锯木厂——我想,我能用便宜的价格得手。我还需要两辆运货马车和两匹骡子。我也要好骡子。还要一匹马和一辆轻便马车,供我自己使用。"

"锯木厂?"

"是的,如果你把钱借给我,我会把其中的一半利润分给你。"

"我要锯木厂到底有什么用呢?"

"赚钱啊!我们可以赚很多很多的钱。我付贷款的利息给你也行——我们想想看,什么样的利息合理?"

“百分之五十就很好。”

“百分之五十——噢，你是在开玩笑吧！别笑了，你这魔鬼。我是认真的。”

“我就是为这才笑的。我在纳闷，除了我之外，是不是还有别人能看穿你那张极富欺骗性而且非常可爱的脸蛋，知道那脸蛋背后的脑袋里想的是什么。”

“哦，谁会管这事？听着，瑞德，你看看，听起来这是不是桩好买卖。弗兰克对我说了这个有锯木厂的人，是桃树街外围的一家小锯木厂，这个人想卖掉。他急着等现金用，要便宜脱手。现在这里锯木厂不多，可人们重建家园那架势——哦，我们可以用天价卖木材。那个人会留下来，领工资继续经营锯木厂。弗兰克告诉我这些的。如果弗兰克自己有钱，他会买下锯木厂的。我猜想，他本来是打算用他给我交税款的钱买下来的。”

“可怜的弗兰克！要是你告诉他，你在他眼皮底下先下手，自己把锯木厂给买下来了，他会怎么说呢？在不损害你名誉的情况下，你又怎么解释我借钱给你这件事呢？”

思嘉一门子心思都在想着锯木厂能赚来的钱，根本没想到这一点。

“哦，我不告诉他得了。”

“他总会知道你不是捡来的吧。”

“那就告诉他吧——哦，对了，我就告诉他，我把钻石耳环卖给你了。我也要把它们给你的。那就当做我的抵押品——我的，你想叫什么就叫什么吧。”

“我不要你的耳环。”

“我也不想要它们。我不喜欢。不管怎么说，它们其实也不是我的东西。”

“那是谁的呢？”

她的思绪很快便回到那个炎热的中午，回到塔拉周围那种乡间的静寂当中，穿着蓝色衣服的死人四脚朝天躺在大厅里。

“它们是——一个死去的人留给我的。它们也就成了我的了。把它们拿走吧。我不想要它们。我宁愿用它们换钱。”

“上帝呀！”他不耐烦地叫了起来，“你难道除了钱就不会想点别的吗？”

"不会。"她坦率地回答说,绿色的眸子里放出坚定的目光直视着他,"如果你也经历过我所经历的事,你也不会的。我已经明白,钱是这世界上最最重要的东西,上帝作证,我再也不想让自己没有钱了。"

她想起了火热的太阳,她发晕的头和脚下松软红色的土壤,十二棵橡树的废墟后面,小屋里散发着的黑人的气味,还想起了她心里默念的迭句:"我再也不要挨饿了。我再也不要挨饿了。"

"总有一天我会有钱的,有很多钱,这样我就可以想吃什么就有什么了。那时,我的餐桌上就再也不会有玉米粥或是干豌豆。我要有很多漂亮的衣服,所有的都要丝绸料子——"

"所有的?"

"所有的。"她唐突地说,对他的暗示连脸都没有红一下,"我要有足够的钱,这样北方佬就再也不能从我手里把塔拉夺走了。我要给塔拉修一个新屋顶,一个新谷仓,有好骡子耕地,而且要种比你所见过的更多的棉花。韦德也不用去弄明白,没有他需要的东西将就着过是怎么回事。再也不会了!他会拥有这世界上所有的一切。而我家里所有的人,他们再也不会挨饿了。我是认真的。一字一句都是认真的。你不会理解的,你是一只自私自利的猎犬。从来没有投机家想把你赶出家门。你从来没有受过冻,没有穿过破衣烂衫,不用为避免饿死而不得不把背都累断掉!"

他平静地说:"我曾经在南方军队里待过八个月。我还不知道有哪个地方比在部队饿得更厉害的呢。"

"部队!呸!你从来就不用去摘棉花、给玉米锄草。你——别笑话我!"

她声音提高了,很刺耳,他的手于是盖在了她的手上。

"我不是在笑话你。我是在笑表面上的你跟实际上的你之间的区别。我还想起了我第一次见到你的情形,在卫家的野餐会上。你穿着绿色的裙子、绿色的舞鞋,你身边挤满了男人,而你则自以为是、踌躇满志。我敢打赌,那时你连一美元有几美分都不知道呢。当时你满脑子只有一个念头,就是要逮住希——"

她猛地把手从他手里挣脱出来。

"瑞德,如果我们还想继续交往下去,你就不要再谈卫希礼了。一谈到他，我们总是会吵架，因为你不理解他。”

“我觉得你是像理解一本书那样去理解他的。”瑞德满怀恶意地说，“不，思嘉，如果我要把钱借给你，我就有权利用我喜欢的任何措辞谈论卫希礼。我放弃就我的贷款收利息的权利，但不放弃谈论卫希礼的权利。还有好些有关那个年轻人的事我想知道呢。”

“我没必要和你谈论他的事。”她唐突地回答说。

“噢，可你有必要的！我掌握着扎钱袋的绳子呢，你知道。哪一天你有钱了，你也可以这样对别人……显然你还是很惦记他——”

“我没有。”

“噢，从你急于为他辩护这点上就看得很明显。你——”

“我无法忍受我的朋友受到嘲笑。”

“哦，这我们先搁下不提吧。他还喜欢你，还是说，罗克艾兰使他把这给忘了？或者说，他已经认识到他有一个多么难能可贵的妻子？”

一提到媚兰，思嘉呼吸都急促起来了，几乎控制不住自己，要把全部实情和盘托出，维系希礼和媚兰关系的只有面子了。她张开嘴想说，但又把话咽了回去。

“噢。这么说他还是不够理性，不能去欣赏卫太太？牢狱之苦并没有减轻他对你的激情？”

“我看没有必要讨论这个话题。”

“我希望能讨论。”瑞德说。他的声调很低沉，思嘉对此不甚了了，但不喜欢听到这种声调。“而且，老天作证，我乐意讨论，我也希望你能回答我的问题。这么说他还在爱着你？”

“哦，是又怎么样？”思嘉受了刺激，叫了起来，“我并不在乎跟你讨论他，因为你不理解他，也不理解他那种爱。你唯一知道的爱就是——哦，就是你跟沃特琳那样的女人之间那种不正当的爱。”

“噢，”瑞德轻声说道，“这么说我只有性欲？”

“哦，你自己知道，就是这么回事。”

“和我讨论这事，你稍许犹豫了一下，这我很欣赏。我肮脏的双手和嘴唇玷污了他纯洁的爱。”

“哦，是的——好像是这么回事。”

“我对这纯洁的爱很感兴趣——”

“别这么恶劣了，白瑞德。如果你这么卑鄙，认为我们之间曾经有过什么不是——”

“噢，我头脑里从来没有过这种想法，说实在的。这就是为什么我对这一切很感兴趣的原因。只是你们之间为什么曾经没有过什么不是呢?”

“如果你认为希礼会——”

“啊，这么说是希礼而不是你在为纯洁而战斗啰。说真的，思嘉，你不该这么轻易就泄露实情的。”

思嘉茫然不解、满腔气愤地看着他，他脸上却是一副平静、难以理解的神情。

“这事我们不要再谈下去了，我也不要你的钱了。就这样，你给我滚出去!”

“噢，不，你真的想要我的钱。我们既然已经谈了这么多了，干吗要停下来呢? 谈论这么纯洁的爱情，肯定没什么害处——又没有什么不对劲的地方。这么说，希礼是爱你的头脑、你的灵魂、你尊贵的个性?”

他的话使思嘉感到很痛苦。当然，希礼就是因为这些而爱她的。正是知道这一点，才使生活能够忍受，她身上这些美好的东西深深埋藏在她的心灵深处，只有希礼才看得见，被名誉问题捆绑住手脚的希礼，正是因为这些而远远地爱着他，她知道这一点。然而，这些美好的东西一被瑞德明说出来，似乎就不那么美好了，特别是用那涵盖着讽刺、假装平静的口吻说出来的时候。

“在这个玩世不恭的世界里，居然还存在这么一种爱。知道这一点，我孩童时期的理想都回到我脑海里了。”他继续说下去，“这么说，他对你的爱就没有任何肉欲的成分? 如果你长得很难看，没有你那洁白的肌肤，还会是一样的吗? 如果你没有那双绿色的双眸使男人感到很纳闷，不知道如果把你拥入怀中，你会作何反应? 还有你那对任何一个九十岁以下的男人都有吸引力的扭屁股的样子? 还有那两片嘴唇，它们——哦，我不能让我的肉欲强行迸发出来。希礼对这些什么都看不见? 或者说就算他看得见，他却一点也不动心?”

思嘉的思绪不由自主地回到那天在果园里的那一幕，希礼抱住她时，双臂在颤抖,他的嘴唇吻着她的嘴唇,好像永远不愿放开她似的。想起这些,她不禁满脸绯红。这也没有逃过瑞德的眼睛。

“这么说,”他说,他的声音里有种含糊不清的意味,几乎就像在生气一样,“我明白了。他只是因为你的头脑而爱你。”

他怎么敢用肮脏的手指撬开她的心扉,使她生活中那件美好而神圣的事变得如此邪恶?他正冷酷地、坚定地把她的最后一点秘密挖出来,而他想要的信息马上就要有了。

“是的,他是这样!”她叫了起来,把对希礼嘴唇的回忆硬压了回去。

“亲爱的,他甚至连你有头脑都不知道。如果吸引他的是你的头脑,他就没有必要尽力避开你了,因为他一定已经保持这种爱的——我们能不能称之为‘神圣’呢?他可以心安理得地休息,因为毕竟一个男人可以景仰一个女人的头脑和灵魂,同时又还做一个体面的绅士,而且忠实于自己的妻子。但是,若他又要保住卫家的名誉,同时又垂涎你的肉体,那要使两者和谐一致,那是很困难的。”

“你是用你那邪恶的心思来评判别人的心思!”

“噢,我可从来没有否认过对你有欲望,如果你指的是这个意思的话。然而,谢天谢地,我不会被名誉这种问题弄得很苦恼。我想要的东西,如果能办到的话,我就拿来,所以我既没有和天使较劲,也没有和魔鬼较劲。你为希礼设下的是怎样一个欢快的地狱呀!我几乎都要可怜他了。”

“我——我给他设下一个地狱?”

“是的,就是你!你就在那,对他是个无时不刻都存在的诱惑,但是和大多数他那样出身的人一样,他宁愿要像名誉这些东西而不要一点点爱。而且在我看来,这个可怜的家伙现在既没有爱又没有名誉来温暖他的心了!”

“他有爱!……我是说,他爱我!”

“真的吗?那就回答一下我这个问题,我们今天就谈到这为止。你可以把钱拿走,把它扔到阴沟去也不关我的事。”

瑞德站了起来,把抽了一半的雪茄扔到痰盂里。他的动作中有种不信教的人才有的那种自由和硬压制下的力量,这思嘉在亚特兰大沦陷那天晚上也曾经注意到,是某种不祥、有点可怕的东西。“如果他爱你,那他到底为什么会让你到亚特兰大来筹税款?我若要让一个我爱的女人做这事,我会——"

"他不知道！他根本不知道我——"

"你难道从来就没想过他是应该知道的？"他声音里有种几乎是硬压制着的凶暴，"要是他像你说的那样爱你，他就应该知道你孤注一掷的时候会做些什么事。他本该杀了你，而不该让你上这来——特别是找的不是别人，偏偏是我！天哪！"

"可他不知道！"

"如果没人告诉他他就猜不出来，那他永远也不会知道有关你和你头脑的任何事。"

他真是太不公平了！好像希礼是个能看透他人心思的人一样！好像希礼要是知道的话，他是能够阻止她似的！可是，她却突然意识到，希礼本来是可以阻止她的。在果园里，哪怕是他稍微暗示一下，说将来有一天情况会不一样的话，她就决不会想到去找瑞德。她上火车的时候，要是有句温情的话，哪怕是一个分别时的拥抱也会把她拉回去的。可他只是谈论名誉。然而——难道瑞德是对的吗？希礼是不是本来就应该知道她的心思的呢？她马上又把这不忠的想法从脑海里赶走了。当然，他没有怀疑什么。希礼绝对没有怀疑过她居然会想到去做这么不道德的事。希礼太高尚了，不会有这种想法。瑞德只是想破坏她的爱。他想把她最珍视的东西给毁灭掉。她不怀好意地想，将来有一天，等商店站稳脚跟，锯木厂生意红火，她有了钱以后，她要让白瑞德为他给她带来的痛苦和侮辱付出代价。

他站在她上方，往下看着她，有点顽皮的样子。他身上那种情绪不见了。

"这一切跟你又有什么关系呢？"她问，"这是我和希礼的事，与你无关。"

他耸了耸肩。

"就为这。我对你的忍耐力有种不受个人感情影响的深深的崇敬，思嘉，我不想看着你的精神在过多的磨难之下被碾碎。也就是塔拉。那本身就是个需要由男人来承担的工作。再加上你那生病的父亲，他永远都不可能帮你了。还有姑娘们和黑人们。而现在你又加进了一个丈夫，很可能还有白蝶小姐。即使没有希礼和他的家人要你照顾，你的负担也已经够重了。”

“他不要我照顾。他帮忙——”

“噢,看在上帝分上,”他不耐烦地说,“我们别再说这些了。他帮不了忙。他要你照顾,他还会要他们照顾,或是某个人的照顾,直到他死去为止。从我个人来说,把他作为话题来谈,我都烦透了……你要多少钱?”

她嘴里骂人的话就要冲口而出。他侮辱了她,把她从那些对她来说最珍贵的东西那拉了回来,并且加以践踏,经过了这么多事,他居然还以为她会要他的钱。

可是,她话还没出口,心里却已经对这些话好好忖度了一番。对他的提议嗤之以鼻,叫他滚出商店去,那该有多美呀!可是,只有真正有钱和真正毫无顾虑的人才能这么放肆地擅自行事。只要她还没有钱,只要是这样,她就必须忍受像这样的情景。可是在她有钱之后——哦,那想法多美妙、多温馨呀!——她有钱以后,她决不忍受她不喜欢的任何事,想要什么就要有什么,甚至可以对别人无礼相待,除非他们让她高兴。

“我要叫他们全都见鬼去。”她心想,“白瑞德就排在第一位!”

这想法使她颇为高兴,绿色的双眸神采飞扬的,嘴角也露出了似笑非笑的样子。瑞德也笑了。

“你是个漂亮的女人,思嘉,”他说,“特别是在你考虑如何捣蛋的时候。就为了看见你那个酒窝,我就会给你买十二三头骡子,只要你想要。”

前门开了,伙计走了进来。他正在用一根羽毛管牙签剔着牙齿。思嘉站了起来,把披巾在身上围好,在下巴上绑好帽带。她的决心已经下了。

“你今天下午有空吗?你现在能不能跟我走一趟?”她问道。

“上哪?”

“我想让你赶着马车跟我一起到锯木厂去。我答应过弗兰克,我自己一个人不离开城里的。”

“这样下着雨还去锯木厂?”

“是的,趁你还没改变主意,我现在就要把那锯木厂买下来。”

他放声大笑起来,搞得柜台后面的伙计吃了一惊,莫名其妙地看着他。

“你忘了你已经结过婚啦?肯尼迪太太被别人看到和那个道德败坏的白瑞德一起赶着车到城郊去,这可划不来,他可是亚特兰大最好的客厅都不欢迎的人物。你难道忘了你的名声啦?”

“名声,见鬼去吧! 在你还没改变主意以前,或者弗兰克发现我要买以前,我要把锯木厂买下来。别磨磨蹭蹭了,瑞德。这点雨算得了什么? 我们赶快走吧。”

锯木厂! 弗兰克每一想到这点就抱怨不停,直骂自己,说自己本不该向她提起这件事。她把耳环卖给白船长(偏偏是他而不是别人!),连跟自己的丈夫商量一下都没有,就把锯木厂买了下来,这已经够糟的了。更糟的是,她居然不肯把锯木厂交由他经营。那可真够糟的,好像她不信任他或是他的判断力似的。

弗兰克和他认识的所有男人一样,觉得妻子就必须由学识更深的丈夫来引导,必须全盘接受丈夫的意见而不能有自己的意见。他本是会让大多数女人自行其事的。女人是些有趣的小生灵,纵容她们小小的冲动决不会受什么伤害。他生性温和且温柔,他可不会拒绝自己的妻子太多的东西。满足某个柔弱的小人物愚蠢的念头,并且嗔怪她的傻劲和奢侈,他乐在其中。可是,思嘉决心做的事却是不可思议的。

那家锯木厂就是一个例子。当她甜甜地微笑着回答他的问题,说她打算亲自经营时,那是令他一辈子都感到震惊的事。“我自己去做木材生意。”她就是这么说的。那一刻给弗兰克带来的惊恐,他一辈子也忘不了。她自己去做生意! 真是不可思议。亚特兰大从来没有女人做生意。事实上,弗兰克从来没听说过什么地方居然有女人在做生意的。在这艰难时世,如果有女人如此不幸,不得不去赚些小钱贴补家用,那她们也是用相当女性化的方式去赚的——像梅里韦瑟太太那样烤馅饼;或者是给瓷器上画、做针线、招收房客,像埃尔辛太太和范妮那样;或者像米德太太那样去学校教书;或者像邦内尔太太那样给别人上音乐课。这些女士们都在赚钱,但她们全都待在家里,就像一个女人应该做的那样。可是,要让一个女人离开家庭的保护,到一个不容易混的男人世界里去闯荡,在生意上和男人竞争,和他们摩肩接踵的,去面对侮辱和闲话……特别是在她不是被迫而为之,却有一个能够供养她的丈夫的情况下!

弗兰克曾希望过,她只是在闹着玩或是跟他开玩笑,是个有试探意味的玩笑,可是他很快就发现,她所说的都是认真的。她确实是在经营锯木厂。她早晨起得比他还早,赶着车从桃树街出城去,经常在他把商店门锁好、回到白蝶姑妈家吃晚饭时才回来。那漫长的几英里路,只有并不赞成她的做法的彼德大叔在保护她,而树林里却满是自由的黑鬼和北方佬中的群氓。弗兰克不能跟她一块去,因为商店已经占用了他所有的时间。可是当他表示不满时,她唐突地说:"如果我不监视着那个狡猾的无赖约翰逊的话,他就会把我的木材偷去卖,把钱装进自己的腰包。在我找到一个人品好的人为我管理锯木厂以后,我就不用像现在这样经常到那去了。那时我就可以把时间花在城里卖木材上面。"

在城里卖木材!那是再糟不过的事了。她经常也会落下一天半天,没去锯木厂,挨家兜售木材。在那些日子里,弗兰克恨不得能躲在他的店铺后面黑魆魆的房间里,不敢出来见人。他的妻子在兜售木材!

人们说了她很多的闲话。很可能也在说他,他居然允许她去从事这么非女性化的行业。他要在柜台里面对他的顾客们,听他们说"刚刚我还看见肯尼迪太太在……",这使他很难堪。每个人都煞费苦心地告诉他她正在做什么事。每个人都在谈论在建新旅馆的地方发生了什么事。汤米·韦尔伯恩正在从一个男人手里买木材,这时思嘉坐着马车来了,她下了轻便马车,在铺地基的粗俗的爱尔兰泥水工中间,言简意赅地告诉汤米说他被骗了。她说,她的木材质量更好,价格也更便宜。为了证明这一点,她把头脑里的一系列数字很快地加起来,当场就给了他一个大约数字。她闯到一群陌生、粗鲁的工人当中去,这就已经够糟的了。然而,对一个女人来说,更糟的是,她居然能在大庭广众之中像那样进行运算。汤米接受了她的报价,给她下了订单,可思嘉并没有很快就温顺地离开,却还在那四处游荡,跟那些爱尔兰工人的工头约翰尼·加勒格,一个名声很坏、一脸沧桑、相貌古怪的矮个子谈话。城里有关这事的闲话一直延续了好几个星期。

更甚的是,她确实从锯木厂赚钱了,而一个为人妻的女人在这么一项男性化的活动中取得成功,没有一个男人会感觉对劲的。她也没有把钱或是其中的一部分交给他花在商店上。大多数都寄到塔拉去了。她给威尔·本廷没完没了地写信,告诉他该怎么花那些钱。此外,她还告诉弗兰克,如果塔拉的修复工作完成以后,她打算把钱用抵押借款的方式借出去。

"哎呀！哎呀！"弗兰克一想到这点便嘀咕不停。一个没有职业的女人居然知道什么是抵押。

这些天来，思嘉满脑子全是计划。对弗兰克来说，每一个计划似乎都比前一个更糟糕。她甚至谈到要在被舍曼烧毁的仓库旧址上建一所酒馆。弗兰克虽然不是滴酒不沾的人，但他坚决反对这个主张。拥有酒馆这种产业是个不好的行当，一个不幸的行当，这几乎就等于把房子租给别人开妓院了。到底为什么不好，他也无法向她解释，可对他无力的争辩，她却说："去你的！"

"酒馆业主一直就是好租户。亨利叔叔说过的，"她对他说，"他们总是会付房租的。你瞧，弗兰克，我可以用卖不出去的下等木料廉价盖起一所酒馆，然后租出去，可以收很高的租金。用租金和锯木厂的利润以及从抵押借款赚的钱，我就可以买下更多的锯木厂了。"

"亲爱的，你不需要更多的锯木厂！"弗兰克吃惊地叫了起来，"你要做的就是把你现有的那家卖掉。它正把你弄得筋疲力尽呢。你也知道，要在那里让自由的黑鬼干活有多麻烦——"

"自由的黑鬼当然是不中用的。"思嘉表示同意，对他要她卖掉锯木厂的暗示完全置之不理，"约翰逊先生说，他早晨来上班的时候，从来都不知道是否会有足够的工人干活。你决不能指望黑鬼的。他们干一两天活，然后便歇工休息，直到把工资花完，只是没有隔夜就辞工，这点上倒是全体工人都很相似的。对解放这个问题，我见得越多，就越觉得是有罪的。这只会把黑人给毁了。他们中成千上万的人都啥也不干，而我们能招来在锯木厂干活的则既懒惰又得过且过的，根本就不值得雇用。如果你骂他们，自由人事务局就会找到你头上，像鸭子扑在绿花金龟上一样，更不用说为了他们好而打他们几下了。"

"亲爱的，你没有让约翰逊先生打那些——"

"当然没有，"她不耐烦地回敬他，"我刚刚不是说了？我如果那么做的话，北方佬就会把我关进监狱去了。"

"我敢打赌，你爸爸这辈子从来没打过黑人一下。"弗兰克说。

"哦，只有一次。他骑马打猎打了一天，一个小马倌却没有给马刷洗一番，收拾干净。可是，弗兰克，那时是不一样的。自由的黑鬼得另当别论，好好揍他们一顿，对他们中好些人都很有好处呢。”

弗兰克不但为他的妻子的观点和计划感到很惊讶，而且为她结婚后短短几个月内的变化感到惊奇不已。他娶她为妻时，她是个温和、可爱、女性味十足的人。在求婚的那段很短的时间里，他还以为他从来都没见过一个对生活的反应如此具有女性味，而女性味又如此吸引人的人，无知、胆小、孤独无助。可是现在，她的反应却全是男性化的。尽管她的面颊绯红，酒窝盈盈，笑容很美，可她说话做事却像个男人。她的声音尖刻辛辣，坚定果断，转瞬间就可以拿定主意，没有一点女孩子的优柔寡断。她知道自己想要什么，而且像个男人一样走捷径，力求得到它，而不像女人那样经常采取隐蔽、迂回的路线。

这并不是说，弗兰克在此以前从来没见过威严的女性。亚特兰大和南方所有城市一样，也有接受亡夫遗产的遗孀，谁也不愿意去惹恼她们。在有支配欲方面，没有人能和肥胖的梅里韦瑟太太相比；在专横傲慢方面，则属虚弱的埃尔辛太太为首；而在达到自己的目的方面，那就没有人比满头银发、声音很甜的怀廷太太更有手段的了。可是，不管这些太太们用什么方法来达到自己的目的，它们总是女性使用的方法。不管她们有没有受到男人的引导，她们表明的观点都是顺从男人的意见的。她们出于礼貌，都得表现出她们都是由男人说的话引导的，而重要的也是这一点。可是引导思嘉的谁也不是，是她自己，她以男性的方式处理自己的事情，搞得全城人都在议论她。

“而且，”弗兰克痛苦地想，“因为我让她行事这么不像女人，很可能别人也在议论我呢。”

另外，还有那个白瑞德。他经常造访白蝶姑妈家，那是最丢脸的事了。弗兰克一直不喜欢他，即使在战前跟他有生意来往的时候也是如此。他经常因为自己把白瑞德带到十二棵橡树并且把他介绍给他的朋友们而痛骂自己。白瑞德在战争期间用那种冷血动物般的方式做投机生意，而且没有参军，他为此瞧不起他。瑞德在南部邦联的军队里待过八个月，这事只有思嘉一个人知道，因为他假装害怕地恳求过她，不要把他的“耻辱”泄露给任何人知道。弗兰克最鄙视他的一点是，他私藏南部邦联的黄金，而在同样的情况下，像海军总司令布洛克这样诚实的人以及其他人却把几千两黄金归还给联邦政府国库。可是,不管弗兰克喜欢还是不喜欢,白瑞德就是个常客。

表面上,他来看的是白蝶小姐,她的聪明才智也只能使她相信这一点,在他来访的时候端端架子。可是,弗兰克有种很不舒服的感觉,认为吸引他来访的不是白蝶小姐。虽然小韦德对大多数人都表现得很害羞,但却很喜欢他,甚至叫他"白瑞德叔叔",这使弗兰克很苦恼。而且,弗兰克情不自禁地就会想起来,战争期间,白瑞德曾经伴护过思嘉,那时对他们还议论纷纷的。他猜想,现在对他们的议论可能更糟了。弗兰克的朋友中,没有一个人有勇气对他提起这方面的事,虽然他们在锯木厂的问题上对思嘉的行为倒是有什么说什么。可是,他还是注意到,他和思嘉被邀请去吃饭和参加晚会的时候越来越少,来拜访他们的人也越来越少了。思嘉不喜欢她的大多数邻居,而她喜欢的人呢,由于锯木厂的事让她忙得不可开交,所以也没工夫去看他们,所以,没人来访或是她没去拜访人,对她倒没什么。可弗兰克却觉得特别难受。

从小到大,支配着弗兰克的一直就是这句话:"邻居们会怎么说?"他的妻子一再对礼节置之不理,他感到非常震惊,却又无能为力。他觉得大家都不喜欢思嘉,而他让她"失去女性特征",所以别人也会瞧不起他。根据他的观点,她做的很多事情都是作为丈夫的他不能让她去做的,但是,如果他禁止她去做这些事,跟她争辩或者甚至去批评她的话,那一场暴风雨就要在他头顶上爆发了。

"哎呀!哎呀!"他无可奈何地想,"她比我见过的任何女人都更容易发火,而一旦发起火来,又总是没完没了的!"

即使在一切都顺顺利利的时候,本来还在屋里走来走去、自顾自哼着小曲的撩人心弦、柔情脉脉的妻子,突然间也会变成一个迥然不同的人。他只要说:"亲爱的,要是我是你的话,我就——"暴风雨顷刻就会爆发。

她浓黑的眉毛马上就会耸起来,和她的鼻子形成一个尖尖的角度,而弗兰克却几乎是一见这架势就吓坏了。她的脾气就像鞑靼人的怒气,像只野猫。在这种时候,她似乎并不在乎说出什么话来,也不管这话有多伤人。每当这种时刻到来,屋子上空就笼罩着一团乌云。弗兰克早早就跑到店里去,待到很晚才回来。白蝶跌跌撞撞地奔进自己的卧室,像只气喘吁吁跑回自己的洞穴去的兔子一样。韦德和彼德大叔悄悄回到车房里,而厨娘则一直待在厨房里，拼命克制着自己，不敢大声唱赞美诗。只有嬷嬷泰然自若地忍受着思嘉的脾气，而许多年来，她已经训练有素，能够忍受郝嘉乐和他大发脾气的时候。

思嘉并不是存心动不动就发脾气的，她确实也想做弗兰克的好妻子，因为她喜欢他，非常感激他慷慨解囊，解救了塔拉。可是，他的确经常在考验她，使她的忍耐力到了极限，而且还用了这么多不尽相同的方式。

如果一个男人让她凌驾于他自己之上，那她是决不会尊重他的。而他在一些令人不快的境况下对她和其他人表现出来的胆小、犹豫的态度，也使她觉得无法容忍。可是，既然钱的一些问题已经解决，她还是可以忽视这一切，甚至会感到幸福，只是许多事情表明，弗兰克不是一个好商人，而他又不想让她也成为好商人，这不时地也会勾起她的无端烦恼。

果不出她所料，他不肯去收未付的欠款，要她一再敦促他才去做，可去收时又用一种非常抱歉、半心半意的态度。这件事最终让她得到证实，肯尼迪家族永远也只能赚到维持温饱的钱，除非她亲自去赚她打算要赚的钱。她现在终于明白，弗兰克的下半辈子就只会和他那间肮脏的小店厮守在一起，并因此而感到心满意足。他似乎没有意识到，在这艰难时世，只有钱才能抵御住新的灾难，而能给他们保障的东西是那么少，那多赚些钱又有多么重要。

在战前那些天顺人和的日子里，弗兰克可能是个成功的商人，可他现在却过时了，这令人感到很生气，她心里这么想。况且他还很固执，就想用旧的方式行事，而旧的方式和往昔的日子已经一去不复返了。这个新的艰难时世中需要进取心，而他则完全缺乏这一点。哦，她倒是挺有进取心的，而且打算去使用这种进取心，不管弗兰克喜欢还是不喜欢。他们需要钱，而她正在赚钱，而且赚得很辛苦。在她看来，她的计划已经初见成效，弗兰克能做的唯一的一件事便是，不要干预她的计划。

她没有经营锯木厂的经验，所以做起来并不容易，而且竞争比刚开始的时候激烈多了，为此，她晚上回到家时经常又累又担忧又烦躁。可弗兰克有时却会抱歉地咳嗽着说："亲爱的，我可不会这么做。"或是："亲爱的，如果我是你的话，我就不会那么做。"每当这种时候，她就只能克制自己，不让自己大发雷霆，可是，她经常都没法克制自己。如果他没有进取心去赚钱，那他干吗总是要找她的茬呢？而他喋喋不休地指责她的事又是那么不合理！像现在这种世道，她表现得不像个女人又有什么大不了的呢？特别是在她的锯木厂能赚到他们非常需要的钱的时候，她、家庭和塔拉，当然还有弗兰克都需要钱。虽然说锯木厂不是女人干的行当。

弗兰克想要的是休息和安宁。他煞费苦心为之服务的战争毁了他的健康，使他赔上了自己的财产，还把他变成了一个老人。对于这些，他一点也不后悔。打了四年的仗，他对生活没有他求，只要和平和友善，周围有可亲可爱的面孔和得到朋友们的认可。他很快便发现，家庭和睦是要有代价的，而这代价便是让思嘉自行其是，不管她想做什么。这样，由于他很累，他便依她的条件买来了和睦。有时候，在寒冷的暮色中，她微笑着推开前门，吻吻他的耳朵、鼻子或是其他不合适的地方，晚上在温暖的被窝里，他体验着她的头慵懒地伏在他肩上的感觉，他便会觉得这一切都是值得的。思嘉我行我素的时候，家庭生活是那么温馨。可是，他得到的和睦都是空的，只是表面现象而已，因为这是他付出了他认为在婚姻生活中应该有的一切作为代价买来的。

"一个女人应该把更多的注意力放在家庭和家人上，不要像个男人一样四处乱窜。"他想，"哦，如果她有个孩子——"

想到孩子，他笑了，于是他便经常想到孩子。思嘉已经毫无保留地表示，她不想要孩子，但是，孩子很多时候都是不请自到的。弗兰克知道，很多女人都说她们不想要孩子，可那都是傻话，是因为害怕。如果思嘉有了孩子，她就会爱他，和其他女人一样满足于待在家里照顾小孩。那时，她就不得不要卖掉锯木厂，他的问题也就迎刃而解了。所有的女人都需要孩子来使她们完完全全地感到快乐，何况弗兰克知道思嘉并不快乐。他虽然对女人所知甚少，但他还不至于这么盲目，连思嘉有的时候不快乐这一点都看不出来。

有时夜里醒来，他会听到埋在枕头里沉闷、轻轻的叨泣声。第一次发现的时候，他醒来时觉得连床铺都因她的哭泣而在摇动，他惊恐地问道："亲爱的，怎么回事？"回答他的却是一声感情强烈的驳斥："噢，不要管我！"

是的，一个孩子就会使她高兴起来，会使她的注意力得到转移，不用再和生意打交道。有时候，弗兰克会边叹气边想，他是抓了一只热带鸟，全身赤红,颜色像宝石一样,而他自己呢,只要有一只鹁鸪就配得上他了。实际上,鹁鸪还会好得多。

# 第三十七章

四月的一个暴风雨之夜，托尼·方丹骑着一匹汗沫直冒、累得半死的马从琼斯伯勒来敲他们的门，把她和弗兰克从睡梦中惊醒，心都提到嗓子眼里了。接着，思嘉又深切地体会了重建家园的所有含义，更加透彻地理解了威尔说"我们的麻烦还刚刚开始"时心里想的是什么，也明白了希礼在塔拉凉风飕飕的果园里说的那些凄凉的话是千真万确的："我们要面对的这些，比战争更糟——比入狱更惨——比死亡还更糟糕！"这种感觉在四个月中已经是第二次了。

第一次和重建问题面对面交锋，是在她得知在北方佬帮助下的乔纳斯·威尔克森要把她赶出塔拉的时候。但是，托尼的到来却以一种更加可怕的方式把那一切又重新带到她眼前。托尼摸着黑冒着倾盆大雨前来，而几分钟之后，他又要重新并且永远地消失在雨夜中。可是，在这短暂的间隙，他已经拉起了一幅新的恐怖画面的幕布，她觉得，要把这幕布重新降下来，那是毫无指望的。

那个暴风雨之夜，敲门的人匆匆忙忙、非常急迫地捶击着门时，她站在楼梯平台上，紧紧裹着晨衣，低头朝下面的过道望去，在托尼屈身把弗兰克手里的蜡烛吹灭以前，看到了他黝黑、冷漠的面孔。她摸黑匆匆走下楼梯，抓住他又冷又湿的手，听见他在低声说："他们在追捕我——要去得克萨斯州——我的马差不多累死了——我也差不多饿死了。希礼说你们——别点蜡烛！不要把黑人吵醒……只要我能做到，我可不想让你们卷入麻烦当中。"

厨房的百叶窗全放了下来，窗帘也都拉上了，他这才让别人点燃蜡烛。他用急迫、断断续续的句子和弗兰克交谈着，思嘉则忙里忙外，七凑八凑的，尽量给他弄出一顿饭来。

他没穿大衣，全身都湿透了，也没戴帽子，乌黑的头发贴在他小小的脑门上。可是，他大口大口地喝着她给他端来的威士忌时，方丹家小伙子那种欢快劲，还是能从他眉飞色舞的小眼睛里看得出来，虽然那天晚上那欢快劲是令人沮丧的。白蝶姑妈还在楼上鼾声大作，没受到惊扰，思嘉觉得，这真该感谢上帝。如果白蝶姑妈看到这个幽灵，她一定会昏倒的。

“一个他妈的杂——畜生。”托尼说着，手里举着杯子，伸过来让别人再给他倒一杯，“我一直死命地骑，要是我不赶快离开这里的话，那我就会被活活剥皮的，但这也值得。上帝作证，确实是这样！我要争取到得克萨斯去，躲藏在那。希礼在琼斯伯勒和我在一起，他叫我来这找你们。我得另外弄匹马，弗兰克，还要些钱。我的马都快要死了——一路到这都是死命跑着来的——今天，我就像个傻瓜一样不顾一切地离开家门，没穿大衣，没戴帽子，也没有一分钱。我们家里也没有多少钱。”

他大笑起来，像个饿鬼一样埋头吃起冷玉米饼和冷芜菁叶子来，叶子上厚厚的黄油已经凝结成白色的块状了。

“你可以把我的马拿去，”弗兰克平静地说，“我身上只有十美元，可是如果你能等到明天的话——”

“见鬼，我不能等！”托尼说，语气很重，但很欢快，“他们很可能正在追捕我。我那时并不怎么惊慌。要不是希礼把我从那拉走，让我骑上马的话，我还会傻乎乎地待在那，很可能现在已经被绞死了。好样的希礼。”

这么说，希礼也卷入了这个可怕的难题当中了。思嘉全身发冷，手按住了喉咙。北方佬现在是不是已经抓住希礼了？为什么，为什么弗兰克不问问这都是怎么一回事？为什么他这么冷漠地听着这一切，把这当成理所当然的事？她很想开口问一问这些问题。

“怎么——”她开口问道，“谁——”

“你父亲过去的监工——那个该死的——乔纳斯·威尔克森。”

“你是不是——他死了吗？”

“我的天，郝思嘉！”托尼抱怨地说，“如果我想宰了某人，你该不会认为我只用刀钝的那一面把他刮伤就心满意足了吧？不，上帝作证，我把他剁成碎片了。”

“太好了，”弗兰克漫不经心地说，“我从来就没喜欢过那个家伙。”

思嘉扫了他一眼。这不是那个她所知道的逆来顺受的弗兰克，不是她所知道的可以随意处置的那个心神不宁、老捋胡子的人。他身上有种干脆、冷漠的神态，遇到这种紧急情况，他说得恰到好处，一字不多。他是个男人，托尼也是个男人，而这种暴力行径是男人的事，女人是无法插足的。

“可是希礼——他是不是——”

“不。他想把他杀了，可我告诉他，这是我的权利，因为萨莉是我嫂子，他最终也觉得这有道理。他和我一起到了琼斯伯勒，以免威尔克森先把我逮住。可我认为老希礼不会因此而陷入麻烦的。我希望不会。有没有果酱配这玉米饼吃呢？你能不能帮我包点东西，好让我带走？”

“如果你不把事情的来龙去脉告诉我，我会尖叫起来的。”

“等我走了以后，你要叫就尽管叫好了。弗兰克去给马上鞍时，我会把事情告诉你。那个该死的——威尔克森已经惹了够多麻烦了。你也知道，有关税款的事他是怎么待你的。那只是他卑劣行为中的一件，最糟的是他煽动黑人的那种方式。要是有人能告诉我，我能活到可以光明正大地痛恨黑人的那一天，那该多好呀！去他娘的黑鬼。那些流氓告诉他们的任何事，他们全都相信，却把我们为他们做过的、使他们得以活下来的每一件事都忘得一干二净。现在北方佬还在讨论要让黑人选举。他们却不让我们选举。哦，他们现在把曾经在南方军队参战的每个人都排除在外，县里没有被禁止参加选举的民主党人已经没剩几个了。去他妈的，这是我们的州！它不属于北方佬！上帝作证，思嘉，这真无法忍受！也不能去忍受！我们得做些什么，即使这意味着再打一仗也行。我们很快就会有黑人法官、黑人立法者——从丛林里出来的黑类人猿——”

“求你了——快点，告诉我！你都做了些什么？”

“再给我来点玉米饼，然后再包起来。哦，到处都在传说，威尔克森在为黑人争取平等权利方面做得太过分了。噢，是的，他跟那些黑人傻瓜讲平等问题讲了一小时又一小时。他竟有脸——哦——”托尼无可奈何地支吾着，“说黑鬼有权利和——和——白人妇女。”

“噢，托尼，不会吧！”

“上帝作证，一点没错！你看上去对这感到厌恶，我一点也不觉得奇怪。可是见鬼，思嘉，这对你来说不可能是什么新闻。他们在亚特兰大也是这么跟他们说的。”

“我——我不知道。”

“哦，弗兰克可能不让你知道。不管怎么说，有了这些事以后，我们全都认为，我们得在夜里暗暗去找威尔克森，收拾收拾他。可是，不等我们——你记得那个黑人男青年尤斯蒂斯吗，就是我们从前的监工？”

“记得。”

“今天，萨莉在厨房弄晚饭时，他来到厨房门口——我不知道他对她说了些什么。我想我是永远也不会知道了。可是他确实说了些什么，她则尖叫起来。我跑进厨房，看到他醉得像条母狗——对不起，思嘉，说漏嘴了。”

“说下去。”

“我开枪打死了他，妈妈跑过来照顾萨莉时，我已骑上马动身到琼斯伯勒去找威尔克森了。他才是罪魁祸首。要不是他，那个该死的黑傻子决不会想到这的。途经塔拉的时候，我遇到了希礼，当然，他就跟我一块走了。他说要让他来干，因为威尔克森对塔拉做了那么多坏事。可我说不，该由我来做，因为萨莉是我嫂嫂，而我哥哥又已亡故。他便一边跟我走，一边跟我争辩。我们到了城里时，上帝作证，思嘉，你知道吗，我居然没有带手枪。我把枪忘在马厩里了。我是气疯了，居然忘记——”

他停了停，啃着硬硬的玉米饼，思嘉不禁浑身颤抖。远在这一幕开始以前，方丹家狂怒的脾性足以导致谋杀行为，这在县里早已是历史悠久的了。

“这样我就得用刀子对付他了。我在酒吧里找到他，把他带到角落里，希礼则拦着其他人。我动刀之前还告诉了他是为了什么。哦，我还没明白是怎么一回事，一切就已经结束了。”托尼一边回忆一边说，“我知道的第一件事，就是希礼让我骑上马，叫我来找你们。希礼真是紧要关头时需要的好人。他头脑很冷静。”

弗兰克走了进来，他手臂上搭着他的大衣，递给托尼。这是他唯一的一件厚外衣，可是思嘉没有表示反对。对这件事情，这件完全属于男人的事情，她似乎是置身事外的。

“可是托尼——你们家人需要你。当然,如果你回去解释一下——”

“弗兰克,你真是娶了一个傻瓜。”托尼说着咧嘴笑了,手忙脚乱地穿上大衣,“她还以为北方佬对一个阻止黑鬼们侮辱白人妇女的人会给予嘉奖呢。他们奖给我的将是军事法庭和一根绳子。吻我一下,思嘉。弗兰克不会介意的,我也许再也不能见到你了。得克萨斯离这远着呢。我也不敢写信让家里的人知道。我到这为止都是安然无恙的就行了。”

她让他吻了吻她,两个男人便步入暴风雨中,还在后面的游廊上站着谈了一会。接着她便听到了急速的马蹄踏溅雨水的声音,托尼走了。她把门打开一条缝,看见弗兰克把一匹喘着粗气、蹒跚迈步的马牵到放马车的房里去了。她重新把门关上,坐了下来,双膝都在发抖。

此时此刻她才明白,重建意味着什么,就好像整座房子被一群赤身裸体、只在下身缠了一块布遮羞的野人包围了一样。现在,许多她最近根本没花心思去想的事全都涌现在她的脑海里:她听到却不甚了了的谈话;她一走进房间,本来正在谈话的先生们话才说到一半,却突然停下不说了;还有当时她认为无关紧要的小事;弗兰克还提醒她,只有弱小的彼德大叔保护,不要驾车到锯木厂去,可她却不听等等。现在它们全都汇聚在一块,形成了一幅恐怖的画面。

站在最前面的是黑人,而在他们身后的却是北方佬的刺刀。她可能被杀死,也可能被强暴,而凶手很可能却什么事都没有。而任何一个为她报仇的人都将被北方佬绞死,不用经过法官和陪审团的审判就被绞死。对法律一窍不通、对案件情况毫不关心的北方军官全都可以提出申请,稍事审判后就把一根绳子套在南方人的脖子上。

“我们该怎么办呢?”她思忖着,双手痛苦地绞在一起,因孤独无助而感到很害怕,“托尼为了保护自己的女同胞,杀了一个醉鬼和一个卑鄙无耻的无赖,就因为这,那些魔鬼就要绞死他。我们对这些魔鬼又能怎么样呢?”

“这无法忍受!”托尼曾经喊出来,他是对的。这不能忍受。可是他们孤独无助,除了忍受又能怎么样呢?她不禁不寒而栗,平生头一次把人及事件和自己分开来看待,于是清清楚楚地看出来,害怕而无助的郝思嘉并不是这世界上唯一重要的人。南方各地还有成千上万像她一样的妇女同样感到害怕和孤独无助。还有成千上万业已在阿波马脱克斯放下武器的男人又重新拿起了武器。为了保护那些女人,时刻准备着,一接到通知,就会冒着抛头颅洒热血的危险去战斗。

托尼的脸上有某种东西在弗兰克的脸上也同样有其影子。最近,在亚特兰大的其他男人脸上,她也看到过这种表情。她曾经注意到这种表情,但没有费心去分析过。这种表情和投降后从战场上归来的男人脸上的表情是大不相同的,那是一种疲惫得无可奈何的表情。那些人除了回家,什么也顾不了。而现在,他们又重新关心某些事了,麻木的神经正在复苏,旧有的精神重新开始复燃。他们因痛苦而变得冷漠,变得残忍,他们又在乎起来了。像托尼一样,他们都在想:"这无法忍受!"

她见识过南方的男人,战争前,说话声音轻柔却很危险,在战争最后那几近绝望的几天当中则不顾后果,坚定强硬。可是,在刚才隔着烛光面面相对的那两张男人的脸上却有种迥然不同的东西,某种使她振作却又使她害怕的东西——一种无法用言语来形容的愤怒,一种什么也无法使之遏止的决心。

她生平头一回感到自己和周围的人之间有了某种亲密关系,觉得自己也是他们中的一员,分担着他们的恐惧,痛苦,也同样有他们那样的决心。不,这无法忍受!南方这么漂亮的一个地方,决不能不作抗争就拱手相让。这地方太令人珍爱了,不能任由北方佬肆意践踏。北方佬恨南方人,恨不得把他们碾成尘土而后快。南方还是个可爱的家园,不能把它交给被威士忌酒和自由思想灌得醉醺醺的无知的黑人。

想起托尼突然闯进家门以及匆匆忙忙离去,她觉得自己跟他好像是同宗同源的,因为她想起了她父亲之所以离开爱尔兰的那个古老的故事。他趁着夜色匆促离家,就因为一宗他和他的家人都认为根本不成其为谋杀案的案子。嘉乐的血液流淌在她的血管里,那是沸腾的血液。她还想起了枪杀那个来劫掠钱财的北方佬时那种灼热的快感。他们全都热血沸腾的,血液就在皮肤表层底下跃跃欲试,动辄就要喷涌而出,只不过受到和善、礼貌的外表掩饰罢了。他们所有的人,她认识的所有的人,连同眼神里老是有慵懒之情的希礼和婆婆妈妈的老弗兰克,骨子里都是一样的——如果需要,都会变成非常危险、非常凶暴的人物。连那个没良心的无赖白瑞德也因为一个黑鬼"对一个女士骄横跋扈"而宰了他。

弗兰克咳嗽着走了进来，身上还在滴水。她猛地跳起身来。

“噢，弗兰克，这种状况会持续多久呀？”

“只要北方佬像这样恨我们，就一直会持续下去，亲爱的。”

“难道就一点办法也没有了吗？”

弗兰克疲惫地举起一只手，撩了撩湿漉漉的胡须。“我们正在做事。”

“做什么？”

“干吗不等我们做出点成绩来的时候再谈这个呢？也许要好几年呢。也许——也许南方一直都会是这个样子。”

“噢，不可能！”

“亲爱的，上床来吧。你一定冻坏了。你在发抖呢。”

“这一切什么时候会结束呢？”

“我们全都能重新选举的时候，亲爱的。到每个为南方战斗过的人能够把选票投进投票箱，投票选举一个南方人和民主党人为止。”

“选票？”她绝望地叫了起来，“黑人都已经失去理智——北方佬毒害他们，让他们跟我们作对，这种时候，选票又有什么用呢？”

弗兰克继续以他那种耐心的方式对她解释着，可是选票可以解决麻烦，这个问题对她来说太复杂了，她明白不了。可她庆幸地想，乔纳斯·威尔克森对塔拉再也构不成威胁了，她还想起了托尼。

“噢，可怜的方丹一家！”她叫了起来，“只剩下亚历克斯了，而含羞草庄园又有那么多活要干。托尼干吗不理智些——在夜里去干这事？那时谁也不会知道是谁干的了。春耕时他能在家里帮忙，不是比在得克萨斯更好？”

弗兰克伸过一只胳膊搂着她。通常他这么做的时候都是小心翼翼的，好像时刻等着会被不耐烦地甩掉似的。可是今晚，他的眼神里有种心不在焉的神情，搂着她的腰的手臂也很用劲。

“现在有比春耕更重要的事，亲爱的。而吓唬黑人和教训帮北方佬的南方佬就是其中之一。只要还有像托尼这样的好样的小伙子活着，我想，我们就不用为南方担太多的心了。上床来吧。”

“可是，弗兰克——”

“只要我们团结一致，对北方佬寸步不让，我们总有一天会胜利的。你就别让你那漂亮的小脑袋为这担忧了，亲爱的。让你的男同胞们去担忧吧。

也许我们的有生之年不会实现,但那一天肯定会到来的。北方佬若看到他们连想削弱我们的力量都做不到的话,那他们一再跟我们纠缠不休,这也会使他们自己感到厌倦的。那时我们就会有个像样的世界作为我们的生活空间,并且在其中生儿育女了。”

她想到韦德以及她已经默默地藏在心里好几天的秘密。不行,她不能让她的孩子在这个乱世里成长。这是个充满恨意和不安定的社会;这是个充满痛苦,表面看似平静、实则动辄发生暴力事件的社会;这是个充满贫困、重负和毫无安全感的社会。她决不能让自己的孩子知道这一切都是怎么回事。她想要的是个安全、秩序良好的社会。她在这社会里可以向前看,知道在他们前面的前途是安全而光明的。在这个社会里,她的孩子们只会知道宽厚、温暖、吃好、穿好。

弗兰克认为,这可以通过选举来实现。选举?选举又有什么重要的呢?南方的好人再也不会有选举权了。这世界上只有一种东西是肯定能够保障人们安然度过命运能够带来的灾难的,那就是钱。她狂热地想,他们得有钱,很多很多的钱,能在灾难到来的时候确保他们安然无恙。

令他颇感突然的是,她告诉他,她已经怀孕了。

托尼逃走后的几个星期中,白蝶姑妈的房子一再遭到一队队北方军士兵的搜查。他们随时随意、不事先通知就闯进房子。他们蜂拥着搜查房间,问问题,开壁橱,乱捅放衣服的大篮子,还往床底下窥视。军事当局知道,曾经有人建议托尼到白蝶姑妈的家里来。他们肯定,他一定还藏在那里或是邻近地区的什么地方。

结果,白蝶姑妈慢慢就进入了彼德大叔称之为“紧张不安”的状态中,不知道什么时候就会有个军官或是一队士兵闯进她的房间来。弗兰克和思嘉都没有提到托尼的匆匆来访,所以,这个老太太即使想泄露秘密,也是什么也泄露不了的。她颤着声声明,说她这辈子只见过托尼·方丹一次,而那还是在一八六二年圣诞节的时候,这倒是完全诚实的说法。

“还有,”她会上气不接下气地对北方士兵加上一句,想尽力帮点忙,“他那时喝得醉醺醺的。”

怀孕初期的思嘉经常恶心想吐,非常难受。穿蓝色军服的北方佬侵扰了她的清净和自由,经常是见到喜欢的小玩意就顺手带走。她一方面极为痛恨他们,另一方面又担心托尼会招供,毁了他们大家。监狱里已经满是没什么来由就被捕的人。她知道,只要有一点点对他们不利的实情被证实,那不但是她和弗兰克,连无辜的白蝶也要去蹲监狱。

一段时间以来,华盛顿一直有股情绪在煽动政府把所有"叛方成员的财产"没收充公,以偿还联邦政府因战争欠下的债务。这股情绪一直使思嘉处于痛苦的担心当中。现在,不仅如此,亚特兰大的谣传也非常厉害,说是要没收违反军事法律的人的财产。思嘉不禁浑身哆嗦,担心她和弗兰克不但会失去自由,而且会失去房子、商店和锯木厂。即使他们的财产没有被军队侵吞,但是,如果她和弗兰克都进了监狱,这和失去财产就没什么两样了。因为,他们如果不在的话,谁又能料理他们的生意呢?

她恨托尼,是他给他们带来了这么多麻烦。他怎么能对朋友做这种事呢?而希礼又怎么能把托尼打发到他们这儿来?要是帮助人就意味着有北方佬像一群大黄蜂一样向她围拢过来,那她再也不帮任何人了。是的,她要把任何需要帮忙的人拒之门外。当然,希礼除外。托尼匆匆来访后有好几个星期之久,一听到外面的路上有什么声响,她就会从忧虑不安的睡梦中惊醒过来,担心有可能是希礼想潜逃,因为他帮过托尼,所以也要逃到得克萨斯去。她不知道他那里的情况怎么样,因为他们不敢把有关托尼子夜来访的事写信到塔拉去告诉他们。他们的信可能会被北方佬截住,给种植园带来麻烦。然而,好几个星期过去之后,他们都没有听到坏消息。于是,他们知道希礼已经没事了。最后,北方佬也不再来打扰他们了。

可是,连这一宽慰也没有使思嘉从恐惧状态中解放出来,那恐惧从托尼来敲他们的门那天就开始了。这种恐惧比围城时被炮弹吓得浑身发抖还更厉害,甚至比战争最后那些日子里舍曼的人带来的恐怖还厉害。托尼在狂风暴雨之夜的来访似乎已经毫不留情地把她蒙在眼睛上面的眼罩撕了开来,逼迫她去面对生活中那不安定的现实。

一八八六年春天,寒意逼人。思嘉环顾四周,意识到了面对她和整个南方的是什么境况。她可以定出计划,密谋策划,她可以比她从前的黑奴工作得更辛苦,她可以成功地克服所有的艰难困苦,她可以通过自己的决心来解决问题,尽管她早年的生活中根本没有受过这方面的训练。可是,尽管她辛勤劳作,作出牺牲,足智多谋,她花这么大的代价换取来的小小的成功一开始就随时都可能会被夺走。要是发生了这种事,她既没有合法权利,也没有合法的补救措施,只有托尼曾经说得很难听的那些军事法庭,那些拥有专横武断的权势的军事法庭。这个世道只有黑鬼才有权利和补救措施。北方佬让南方屈服了,他们打算永远保持这个样子。南方犹如被一只巨大、邪恶的手扳倾斜了,而那些从前有支配权的人,现在甚至比他们从前的黑奴还更孤弱无助。

佐治亚州有重兵驻防,而亚特兰大更是有重兵把守。在各个城市,北方部队的指挥官拥有绝对的权力,甚至对平民百姓有生杀大权,他们也在利用这种大权。他们可以以任何理由,或者根本没有理由就把公民关进监狱,侵夺他们的财产,让他们上绞架,他们也确实这么做了。他们用一些相互冲突的规定在各方面烦扰人们,削弱人们:做生意的经营方式,应该付给雇员的工资,在公共场合和私下场合应该说些什么,在报纸上又应该写些什么等等。他们规定人们应该怎么样、在什么时候、在什么地方倒垃圾,决定前南部邦联成员的女儿和妻子能唱什么歌,所以,唱《迪克西》或者《美丽的蓝旗》变成了一项犯罪行为,只比叛国罪略轻一点而已。他们规定,如若没有发那雷打不动的誓言,谁也不许从邮局里把信取走。有些情况下,他们甚至禁止发给新婚夫妇结婚证书,除非他们发那令人痛恨的誓言才行。

报纸的言论受到钳制,部队的不公正或者肆意蹂躏的行为根本没有激起公众的抗议。因为动辄被判入狱,所以任何人也不敢抗议。监狱里已经人满为患,都是些杰出的公民,他们就这样待在那,一点尽早审判的希望也没有。由陪审团审判及人身保护法实际上都已经被暂时取消。民事法庭还在勉强维持着行使职权,可它们行使职权也要看军方高不高兴。他们可以而且也确实在干预他们的裁决,以致那些不幸被捕的公民们几乎任由军事当局摆布。许多人都已经被捕了。只要怀疑某人有煽动反对政府的言论,怀疑某人同三 K 党有串通行为,或者有个黑鬼指控说有个白人对他骄横傲慢,这些就足以把一个公民投进监狱了。证据和证人已经不需要,单单指控就已足够。真该感谢自由人事务局的煽动,愿意指控的黑鬼总是能找到的。

黑人还没有选举权,可是北方已经决定他们应该选举,同样也决定他们的选举应该偏向北方。有了这个观点,那为黑人做什么事都不过分了。黑人想做什么,北方军队都支持他们。一个白人要想陷入麻烦的话,最保险的方法就是对一个黑人提出任何形式的指控。

从前的黑奴变成了天地万物的主宰。有了北方佬的帮助,最底层的和最无知的黑人成了最上等的人。他们中层次较高的人鄙视自由,却跟他们的白人主人一样处于极为不利的地位。成千上万屋里使唤的仆人曾经是黑奴中地位最高的,现在却和白人主人待在一起,做着在往昔的日子里下等黑人才干的手工活。许多忠诚的干农活的黑人也拒绝从新的自由中受益,可是,大多数麻烦都是成群的"毫无价值、已获自由的黑鬼们"造成的,而他们大多数都是干农活的黑人。

在原先蓄奴的日子里,这些地位低下的黑人遭到屋里和院子里使唤的黑奴的鄙视,认为他们是没什么用的人。正如埃伦过去做的那样,南方其他种植园的女主人都会给黑人小孩加以培训,采取淘汰的方法从中选出他们中最好的孩子,委以责任更大的岗位。那些被分派去田里的都是最不乐意或最没有学习能力的,也是最不积极、最不诚实、最不可信任、最居心不良和最残忍的。而现在,这个在黑人社会等级中最下等的阶层,正把南方人的生活弄得一塌糊涂。

有了那些在自由人事务局掌权的肆无忌惮、投机取巧的人的帮忙,又受到几近宗教般狂热的北方对南方的恨意的驱使,原先干农活的黑人突然发现自己的地位提高了,成了很有权势的人。他们的行为无异于那些智力低下的人的本能行为,就像猴子或小孩置身于很多珍贵之物当中,而这些东西的价值又是他们无法领会的,于是一旦被放松看管,他们就无法无天了——这若不是因为他们对毁灭幸灾乐祸,那就是因为他们愚昧无知。

在黑人当中,包括那些最愚笨的黑人,很少是因为邪恶使然的,而这很少的人即使在蓄奴的日子里通常也都是"没什么用的黑鬼"。可是,作为一个阶层的他们,心态就像小孩一样,容易听人使唤,长期以来就习惯听从命令。过去是他们的白人主人发布命令。现在,他们有了一群新的主人,就是事务局和到南方来牟利的投机家,而他们的命令就是:"你们和任何白人一样优秀,所以该表现出那种样子来。只要你们一有投共和党人的票的权利,你们就可以拥有白人的财产。现在差不多就已经是你们的了。如果你们能得手,你们就拿走好了!"

他们被这些花言巧语冲昏了头脑，自由便成了一次没完没了的野餐，每天都举行的野餐会，成了无所事事、偷盗扒窃的象征。乡村黑人拥进城市，使广大农村地区没有劳力种植庄稼。亚特兰大已经挤满了黑人，他们还几百几千地拥进来。由于受了那些新信条的教育，他们变得既懒惰又危险。他们挤在肮脏的小屋里，天花、伤寒和肺结核全都在他们当中肆意流行。在蓄奴时期，他们已经习惯生病时由女主人来照顾，现在他们全然不知道如何护理自己或是怎样医治自己的病。过去的日子里，他们都是依赖主人来照顾老人和婴儿的，现在，他们根本没有照顾老弱无助的人的责任心。而事务局更热衷的是政治问题，根本不会像种植园主人那样照顾他们。

被遗弃的黑人小孩像受惊的野兽一样，在城里到处乱跑，直到有好心的白人把他们领回自家的厨房去抚养。一些乡下黑人上了年纪，又遭子女遗弃，他们在喧闹忙乱的城里茫然失措，惊恐万状。他们坐在街沿石上，对过路的太太小姐们哀告着："夫人，求你了，太太，给俺在费耶特维尔的老主人写封信，告诉他俺在这吧。他会来把俺这老黑人带回家去的。上帝，俺已经受够这种自由了！"

铺天盖地而来的黑人使自由人事务局不知所措，虽然太迟了些，但他们还是意识到自己犯了一点错误，于是试图把他们送回到原先的主人那里去。他们告诉黑人说，如果他们回去，他们就是自由工人，受白纸黑字具体写明一天能得多少工资的合同保护。年老的黑人兴高采烈地回到种植园，给贫困交加的种植园主增加了前所未有的沉重负担，可他们却无心赶他们走。可是，年轻人却留在亚特兰大。他们不想成为任何意义上的工人，也不愿成为任何地方的工人。既然能把肚子填得饱饱的，那干吗还要干活呢？

黑人们平生头一回能够想喝多少威士忌就能喝上多少威士忌。在蓄奴的日子里，只有圣诞节的时候，每个人能够根据他们各自的才能喝上"一滴"，其他时候是从来没有尝上一口的。现在，他们不仅有自由人事务局的煽动分子和到南方来牟利的人在怂恿他们，加上威士忌本身的刺激作用，暴行也就成了不可避免的行为。不论是生命还是财产都受到他们的威胁，而没有法律保护的白人总是惊恐不安的。男人在大街上会受到醉醺醺的黑人侮辱，房子和谷仓一夜之间被毁于一旦，光天化日之下，马、牛和鸡也会被偷走，各种各样的犯罪行为都时有发生，而受到法律制裁的罪犯却没几个。

然而,跟白人妇女面临的危险相比,这些无耻行为和危险就根本不算什么了。许多女性被战争夺走了男性的保护,她们孤零零地住在边远地区和偏僻的路上。对妇女的暴行不胜枚举,南方的男人担心自己的妻子和女儿的安全,愤怒得全身发冷,浑身颤抖。这也使三 K 党人一夜之间便采取快速的行动。正是为了对付这个夜间活动的组织,北方的报纸叫嚷得最为嚣张,但却从来没有意识到为什么会有这个组织的成立,其悲剧性的必然结果到底是什么。北方政府要追踪三 K 党的每个成员,把他们绞死,因为他们在正常的法律程序和社会秩序被入侵者推翻的时候,居然敢把惩罚罪犯的权力掌握在自己手里。

这真是令人吃惊的一幕,半个国家用武力试图把黑人的统治强加在另一半人身上,而这些黑人中的许多人离那些从非洲丛林来的黑人仅仅才隔了一代。必须给他们选举权,却不能把选举权给他们原先的主人。必须压服南方,而剥夺白人的选举权就是压服南方的办法之一。大多数为南部邦联服过役、供过职或是给过它帮助和安慰的人都不能选举,没有权利选举他们的公务员,而且完全由陌生人来统治。许多人冷静地想想李将军的话和例子,也想发誓,想重新变成国家公民,把过去通通忘掉。可是政府又不允许他们这么做。而其他得到允许可以马上发誓的人又拒绝这么做。这个政府蓄意使他们的生活陷入了残酷暴行和含羞蒙辱之中,他们鄙视对这种政府效忠发誓的行为。

思嘉一再听到这些论调,到了最后,她觉得若再听到这一再重复的话,她可能都会尖叫起来了:"如果他们行为端正,一投降我就会发他们那该死的誓了。我可以回到联邦里去,但是,上帝作证,我再也不能是原来的样子了!"

在这些令人担忧的日日夜夜,思嘉害怕极了,身心全都垮了。无视法律的黑人和北方军的士兵每时每刻都存在,这种威胁使她内心惴惴不安,而财产充公的危险一直萦绕在她脑际,连在睡梦中也不安宁。她还担心会发生更恐怖的事。她自己、她的朋友们及至整个南方都陷入孤独无助的境地,这使她感到很沮丧。所以,这些日子里,她经常想起托尼 · 方丹情绪激昂地说过的话,这就一点也不值得奇怪了,那就是:

"上帝作证,思嘉,这真无法忍受! 也不能去忍受!"

尽管经历了战争、炮火和重建过程，亚特兰大又一次成了繁荣的城市。这个地方在很多方面都很像南部邦联成立之初那个充满活力的年轻城市。唯一的麻烦就是，街上挤满了士兵，但他们穿的制服不对劲，钱财掌握在不该由他们掌握的人们手里，黑人悠闲自在地过着日子，而他们原来的主人却生活窘迫、挣扎在死亡线上。

表面现象底下掩藏着的是悲惨境地和担心受怕，可全部的外部现象表明，这是一个迅速从废墟中重建起来的欣欣向荣的城市，是个喧闹忙乱、飞速前进的城市。亚特兰大似乎总是在匆匆前行当中，不管它处于何种状况之下。萨凡纳、查尔斯顿、奥古斯塔、里士满、新奥尔良却永远不会行迹匆匆。是教养不好和扬基化才使它如此步履匆匆的。而在这个时期，亚特兰大比以往任何时候教养都更不好，扬基化也更厉害，而在这方面将来也绝对不会比现在这个样子更好。"新来的人"从四面八方涌进来，街上从早到晚都拥挤不堪，吵吵闹闹。北方军军官太太和到南方来牟利的暴发户们锃亮的马车溅起的泥浆飞到了本城人破损的轻便马车上，原来市民庄重的住宅中间，也挤进了富有的外地人那富丽堂皇的新家。

战争显然确立了亚特兰大在南方事务中的重要地位。迄今为止，这个默默无闻的城市已是远近闻名。舍曼曾经为铁路线战斗了一整个夏天，并在那里杀了几千人。现在，铁路线重新复苏了城市生活，并且刺激着这种生活。亚特兰大重新成为相当广阔的范围内的地区活动中心，就像它在被毁灭以前一样，城市还在接受不断涌入的新市民，不管是受欢迎的也罢，不受欢迎的也罢。

大批涌入的北方投机家把亚特兰大变成他们的总部。他们在街上和南方最古老的家族的代表们推推攒攒的，而他们同样是新来乍到的人。原先住在乡下的家庭，在舍曼的部队进军时，家已被烧毁，没有黑人耕种棉花，再也没法谋生，他们也到亚特兰大来生活。每天都有从田纳西州和卡罗来纳州来定居的人。在那些地方，重建的魔爪甚至比佐治亚州还更厉害。许多曾经是北部联邦的雇佣军的爱尔兰人和德国人，被解雇后也在亚特兰大住了下来。经过四年战争，北方守备部队的家眷们都对南方充满了好奇，也来凑热闹，壮大了人口的队伍。各种各样的冒险家蜂拥而至，希望到这来发财,而从乡下来的黑人也不断拥进亚特兰大。

整个城市在吼叫——就像一个开拓时期的小村庄一样大开其门,根本没有努力去掩盖它的邪恶与罪恶。一夜之间,酒馆纷纷开业,一个街区会有两家,有时还有三家。夜幕一降临,街上到处都是醉汉,黑人也有,白人也有,从墙边踉踉跄跄晃到街沿石边,又从街沿石边晃回来。暴徒、扒手和妓女暗藏在黑灯瞎火的小巷里和幽暗的街上。赌馆盛行,规模宏大,几乎每个晚上都有人动枪动刀,恣意闹事。受人尊敬的市民们惊骇地发现,亚特兰大有个又大又繁荣的红灯区,甚至比战时的规模还更大,更欣欣向荣。整个晚上,从拉下的百叶窗里传出叮叮当当的钢琴声、吵吵嚷嚷的歌声和笑声,不时还被尖叫声和手枪声打断。住在这些房子里的人比战争期间的妓女还更大胆,恬不知耻地从窗户里探出头来招揽过往客人。每到星期天下午,这个地区的小姐乘坐漂亮的马车,沿着主要街道辘辘而行,她们穿着最华丽、最漂亮的衣服,在放下来的丝质窗帘后面呼吸着新鲜空气。

贝尔·沃特琳是这些太太小姐当中最臭名昭著的一个。她自己新开了一家妓院,这是一幢两层楼的大房子,相形之下,周围地区的房子看上去就像是破烂不堪的兔子窝一样。楼下有个长长的酒吧间,挺典雅的,还挂着油画。一个黑人乐队每天晚上都在那里演奏。传闻说楼上配备着坐垫豪华的上好家具、厚重的花边窗帘及镜框镀金的进口镜子。房子里住着的几十个年轻姑娘如果化妆得靓丽的话,非常清秀漂亮,也比其他妓院里的姑娘们更显安静。至少,警察很少光顾贝尔的房子。

这所房子是亚特兰大的老太太们诡诡秘秘地嘀咕的对象。牧师们则用有保留的话称之为罪恶的渊薮、该受耻笑的所在及丢人现眼的地方。每个人都知道,像贝尔这样的女人,自己不可能赚够钱来建这么奢华的场所。她必得有个支持她的人,而且是个很有钱的人。而白瑞德从来就没有为体面起见试图去隐瞒自己和她的关系,所以,很明显,那个支持她的人不可能是别人,只能是他。别人偶尔看到贝尔自己坐着轿式马车由一个放肆无礼的黄种黑人赶着出来时,她倒是一副成功富足的样子。她那由两匹枣红马拉着的马车驶过时,孩子们只要能躲开他们的妈妈,便都会跑过来窥视她,激动地低声叫着:“是她!是老贝尔!我看见她的红头发了!”

挤在被炮弹炸出一个个坑、用一根根老旧的木料和一块块烟火熏黑的砖头修补过的房子中间的，是到南方来求财的人和战争投机商们富丽堂皇的房子。它们高高耸立着，有复折式屋顶顶层间、三角墙和塔楼、彩色玻璃窗和宽大的草坪。夜复一夜，在这些新盖的房子里，窗户被煤气灯照得通明，音乐声和舞步声在空中飘荡。女人穿着笔挺、靓丽的丝绸衣裙，在穿着睡衣的男人的殷勤陪伴下，在长长的走廊上走来走去。香槟酒开瓶时，瓶塞砰砰作响。镶着花边的台布上，摆好了有七道菜的晚餐。酒浸的火腿、板鸭、肥鹅肝酱、应时和不应时的水果，全都丰盛地摆在桌上。

在老旧的房子破烂的门背后，住着的是贫困和饥饿的人们——他们的出身可是无比体面的，因此就越发的显得苦涩，而因为表面上傲慢地显露出对物质需求无所谓的样子，所以也就显得越发地穷酸。米德医生就能说出那些令人厌烦的故事来，说是那些家庭从大房子里被赶出来，到寄宿房子里去住，又从寄宿房子里出来，再搬到后街那些肮脏昏暗的房间里去住。他有太多患“心力衰弱”和“消耗病”的女病人。他知道，长期吃不饱才是真正的原因，而她们也知道他是知道这一点的。他可以确切地说出全家人都得结核病的家庭，而曾经只在穷苦白人家才发现过的糙皮病，现在也在亚特兰大最好的家庭里出现了。还有双腿瘦弱、患佝偻病的婴儿及没法哺育他们的妈妈。这个老医生一度还为每个他接生的孩子虔敬地感谢上帝。现在，他却认为生命并不是什么恩赐。对小婴儿来说，这是个艰辛的世界，有很多孩子刚出生没几个月就死了。

引人注目的大房子里是明亮的灯光和葡萄酒、小提琴和舞会、手镯和阔幅布，而一转过街角，却是长期的挨饿受冻。征服者们傲慢自大，冷酷无情，而被征服者们则只能忍受痛苦，仇恨满腔。

# 第三十八章

思嘉全都看在眼里，白天忍受着一切，晚上带到睡梦里，每时每刻都在担惊受怕，不知道接下来会发生什么事。她知道，因为托尼的事，她和弗兰克都已经被列入了北方佬的黑名单，灾难随时都可能降临到他们头上。但是，被重新推回到创业的起始阶段，现在的她是根本无法担负起这一损失的，跟以往任何时候相比都更不行——现在绝对不行，孩子马上就要出生，锯木厂刚刚开始赢利，塔拉还要依靠她的钱，要等到秋季棉花收成才有钱。噢，要是她失去一切怎么办！要是一切又得从头开始，而她只有那些微不足道的武器来对抗这个疯狂的世界，那怎么办！她得利用她那红润的嘴唇、绿色的双眸和精明却肤浅的脑袋去对付北方佬和北方佬代表的一切。她因害怕而萎靡不振的，觉得要是要她从头开始，那还不如自杀的好。

一八六六年春天，世界一片废墟、一片混乱，她一心一意地全身心投入到使锯木厂赢利这件事上。亚特兰大有钱。重建家园的浪潮给了她想要的机会，她知道，只要她不会被关进监狱，她就能赚钱。然而，她一再告诫自己，走路要从容、谨慎，受到侮辱要忍耐，对不公正的事也得服从，绝对不要得罪任何可能害她的人，黑人也罢，白人也罢。和其他人一样，她也恨透了那些傲慢无礼的自由黑人。每次经过黑人面前，听到他们侮辱性的言语和高声大笑，她都会感到义愤填膺。可是，她连轻蔑地看他们一眼都不看。她恨透了到南方来牟利的投机家和支持北方政府的南方佬。他们轻而易举就成了富人，而她却必须努力奋斗才行，可她什么也没说，也没有去谴责他们。亚特兰大没有人比她更讨厌北方佬的了，因为一看到蓝色的军服，她就会气得恶心想吐,可是即使自己一家人在一起时,她对此也一言不发。

“我可不能做多嘴的傻瓜。”她阴郁地想。让别人去为往昔的日子和永远不会回来的男人伤心哭泣吧。让别人为北方佬的统治和失去选举权怒火中烧吧。让别人因为说出自己的想法而去蹲监狱,因为是三K党成员而上绞架吧。(噢,这个名称多可怕呀,对思嘉来说,这几乎跟黑人一样可怕。)让别的女人因她们的丈夫是三K党成员而骄傲自豪吧。感谢上帝,弗兰克一直没有卷入其中!让别人对那些他们无可奈何的事去担忧、发怒、密谋策划吧。和严峻的现在和模糊不清的将来相比,过去的事又有什么大不了的?在面包、屋顶和能不入狱才是真正的大事的时候,选举权又有什么大不了的?求你了,上帝,让我一直到七月都没有麻烦就行了!

只要到七月就行!到那个月,思嘉知道,她就得被迫待在白蝶姑妈的房子里,深居简出,直到她的孩子降生为止。她这个样子在公共场合露面,已经有很多人在指责她了。有身份的太太怀孕的时候是决不会在人前露面的。弗兰克和白蝶已经在恳求她,不要让她自己——还有他们——陷入难堪境地,她也已经答应他们,七月份就停止工作。

只要到七月就行了!到七月份,她一定能把锯木厂打理好,放心地离开。到七月份,她一定已经有足够的钱,真要有什么不幸,至少也能给她一点点保护。要做的事情这么多,而能做事情的时间又这么少!她焦虑不安地尽力赚钱,赚更多的钱,真希望一天里能有更多的小时,她在一分一秒地数着用呢。

由于她对弗兰克抱怨不停,现在商店也做得更好了,他甚至还在收回一些旧账。但她把一切希望都寄托在锯木厂上。这些日子里,亚特兰大就像一棵大树,曾经被砍倒在地,现在却又重新生根发芽了,新发的芽更壮实,枝叶更茂密,树枝更是多得不计其数。建筑材料供不应求。木料、砖和石头的价格飞涨,思嘉便让锯木厂从拂晓到掌灯时分生产个不停。

每天,她都有一部分时间待在锯木厂,查询着一切,尽她最大的努力查明她觉得肯定在发生的偷窃事件。可是,大多数时间她都在城里兜来兜去,逐一访问建筑商、承包商和木匠,甚至去拜访她听说将来要建房子的陌生人,跟他们说好话,让他们答应从她那里买木材,而且只从她那里买木料。

很快,她便成了亚特兰大街上熟悉的一景。她在轻便马车里坐在那个颇有尊严、不以为然的老黑人车夫旁边，一块毛毯拉得高高的盖在身上，戴着露指长手套的小手交叉着放在腿上。白蝶姑妈给她做了一件漂亮的绿色短披风，掩饰了她怀孕的身材，还有一顶扁平的绿色帽子，跟她绿色的眼睛很相配。她因生意上的事去拜访人时，总是穿着这些合适的服饰。她双颊上涂着淡淡的胭脂，身上散发着淡淡的科隆香水的清香，只要她没有走下轻便马车来露出有孕之身，她就是一幅迷人的画面。而她也没什么必要走下车来，因为她只要笑一笑，示意一下，那些男人就会赶快跑到马车边，经常在雨中光着脑袋站在那里跟她谈生意。

她并不是看准从木材中赚钱的唯一的人，可她并不害怕竞争。她非常清醒，对自己的聪明才智非常自豪，自认自己跟他们中任何一个人一样能干。她是嘉乐的女儿，而遗传的精明的生意本能，现在应了她的需要而变得越发的出色。

起初，其他经销商都在笑她，带着善意的蔑视笑话女人经商这一点。可是，现在他们不笑了。看到她坐着马车经过时，他们都在默默地骂街。她是女人，这个事实常常帮了她的忙，因为她有时看上去那么孤独无助，一副哀求的样子，能把人的心都融化掉。她毫不费劲就可以默默地给人这样一种印象，她是个勇敢而又胆怯的太太，因残酷的现实所逼，不得已处于一种令人反感的境地。如果客户们不买她的木材，这个无助的小女人很可能就会饿死。但是，如果女性模样起不了作用，她也会像商人那样冷漠，只要能给她带来一个新的客户，她宁愿以比她的竞争对手更低的价格出售，让对手们不知所措。如果她认为自己不会被发现，她也会以次充好，把质量不好的木材当成好木材卖出去。对谩骂其他的木材经销商，她也不会于心不安。她会装出一副万分无奈、很不情愿道出令人不快的实情的样子，叹着气告诉可能成为客户的人说，她的竞争对手的木材价格太高了，木材已经腐烂，又满是节孔。总的说，很遗憾，质量很差。

思嘉第一次这么撒谎的时候，感到既窘迫又内疚——窘迫是因为谎言轻而易举、自然而然就溜到嘴边，内疚是因为脑海里闪现了这样的想法：妈妈会怎么说呢？

对一个说谎且在不择手段地做着营利生意的女儿，埃伦会说些什么，这已经是没什么好怀疑的事了。她会目瞪口呆，不可置信，说出些尽管很温柔但却使人有刺痛感的话来，会大谈名声、诚实、真理及对邻居们要有责任心等等。思嘉想象着妈妈脸上的表情，片刻之间也会感到有点畏缩不前。可接着妈妈的脸便淡去了，被一种在塔拉过的那段艰辛的日子里滋生出来的坚定、没有道德原则、贪婪的冲动力给抹去了。现在，生活不稳定，这股冲动就越发强烈。就这样，她越过了这块里程碑，就像她过去越过别的里程碑一样——当然不免叹气一番，埃伦是不会愿意让她成为这个样子的。她还耸了耸肩，重复着那句经久不衰、魅力永存的话："我以后再去想这些事。"

可是，她再也没有把埃伦和她的生意联系在一起思索过，对自己从其他木材经销商手里把生意抢过来所采用的方法，她再也没有后悔过。她知道，她就有关他们的事撒谎是绝对安全的。南方的骑士精神保护了她。南方的女士可以就有关绅士的事撒谎，而南方的绅士却不能就有关一位女士的事说假话，更不能把一位女士称为撒谎的人。其他木材经销商只能暗自发怒，在他们家里人面前慷慨陈词，说他们希望上帝能让肯尼迪太太变成个男人，哪怕只有五分钟也行。

有个在迪凯特街开了一家锯木厂的穷苦白人确实尝试过，想跟拥有自己独特武器的思嘉斗一斗，公开说她是个撒谎者和骗子。可是，这不但没有帮他的忙，反而害了他，因为每个人都感到非常震惊，连一个穷苦白人也敢对一个家世很好的女士说出这种令人震惊的话来，就算这个女士的行为没有丝毫的女性味，那也是绝对不行的。思嘉默默地、极有尊严地忍受着他的话，随着时间的推移，她把所有的注意力都转向了他和他的客户。她毫不留情地用比他低的价格出售木材，而且发货也发质量非常好的木材，以证明她的诚实，虽然这么做也使她心疼得暗暗抱怨。这样，那个人很快就破产了。接着，使弗兰克惊讶不已的是，她成功地以她自己愿付的价格把他的锯木厂买了下来。

得手以后，也就出现了一个伤脑筋的难题，那就是，要找一个信得过的人来管理它。她不想再找个像约翰逊先生那样的人。她知道，尽管她一直监视着他，他还是背着她在卖她的木材。她认为很容易就可以找到合适的人。难道不是每个人都穷得叮当响吗？不是满街都是人，有的原来还很富，现在却连工作也没有吗？弗兰克每天都要送些钱给一些原先的士兵，白蝶和厨娘每天也都要包些吃的给一些骨瘦如柴的乞丐。

可是，思嘉并不想要这种人，她自己也不知道是出于什么原因。“我不想要个过了一年还找不到事情做的人。”她心想，“如果他们还没适应和平时期的话，他们也适应不了我的。而且，他们看上去全都很卑劣，像是被打败的人。我不想要个被打败的人。我想要个又精明，精力又充沛的人，像伦尼或是汤米·韦尔伯恩、凯尔斯·怀廷或是西蒙斯家的男孩，或者——或者那家人中的任何一个。他们没有投降后士兵们脸上常有的那种‘我什么也不在乎’的神情。他们看上去似乎在乎很多很多事情。”

然而，西蒙斯家的男孩已经开了一座砖窑；凯尔斯·怀廷则在出售在他妈妈的厨房里配制的一种制剂，保证用过六次之后就能把黑人拳曲得最厉害的头发拉直。使她吃惊的是，他们都礼貌地笑着谢了她，但都拒绝了她的提议。她试了十几个其他的人，结果也都一样。她孤注一掷地提高了工资，但还是被拒绝了。梅里韦瑟太太的一个侄儿不礼貌地说，虽然他并不是特别喜欢拉板车，可那是他自己的板车，他宁愿靠自己的力量做出点成绩来，而不是靠思嘉的力量。

一天下午，思嘉把轻便马车停在勒内·皮卡德的馅饼车旁边，向勒内和跛脚的汤米·韦尔伯恩打着招呼，他正要搭他朋友的车一块回家。

“我说伦尼，你干吗不来为我工作呢？比起赶卖馅饼的马车来，管理一家锯木厂总是更令人尊重的吧。我觉得你真该为此感到害臊才是。”

“我，我对害臊已经无动于衷了。”勒内咧嘴笑了，“谁会受人尊重呢？我一辈子都受人尊重，直到战争放了我，让我像黑人一样自由为止。我再也没必要有尊严了，也不再厌倦了。自由得像小鸟一样！我喜欢我的馅饼车。我喜欢我的骡子。我喜欢那些买我丈母娘贝尔做的馅饼的亲爱、善良的北方佬。不，我的思嘉，我一定要成为馅饼王。这是我的命！像拿破仑一样，我认命了。”他演戏似的用力挥舞着马鞭。

“可你生来不是为了卖馅饼的，就像汤米生来不是为了和一群粗野的爱尔兰砖瓦工打交道一样。我的工作更——”

“我想，你生来就是为了经营锯木厂的吧。”汤米说着，嘴角抽动着，“不错，我还能看见小思嘉坐在妈妈膝上，口齿不清地读着功课：‘如果不好的木材能卖到好价钱，决不要卖好木材。’”

听到这话，勒内大笑起来，猴儿似的小眼睛高兴得眉飞色舞的，手用力敲打着汤米的驼背。

“别这么无礼，”思嘉冷冷地说，因为她听出汤米的话里那缕淡淡的幽默，“我当然不是生来就为了经营锯木厂的。”

“我不是有意要冒犯你的。可不管你生来是不是为了经营锯木厂的，你现在却真的是在经营锯木厂，而且经营得很好。哦，就我看来，我们现在没有一个人是在做我们原本打算做的事。可是我想，我们同样还是要过日子。要是因为生活没有像原先希望的一模一样就坐下来大哭特哭，那是可怜虫、可怜的民族。你为什么不找个有事业心的北方人为你工作呢，思嘉？树林里挤满了北方人，上帝都知道。”

“我不想要北方人。战后到南方来牟利的北方人会把所有不烫手或者没有钉牢的东西都偷走的。如果他们能成什么大器，他们就该待在他们自己的地方，而不是到这来啃我们的骨头。我想要个好人，出身好，精明、诚实、精力充沛，又——”

“别要求太高了。就你付的工钱，你找不到这样的人的。所有像你说的那样的人，除了伤残的，都已经找到事做了。他们也许与所任职务完全不相称，但他们都有事做了。那是他们自己的事。他们宁愿做自己的事，也不愿为一个女人干活。”

“男人真是没有多少理性，对不对？本质上，你们确实是这样的。”

“也许是没有，可是他们有傲气。”汤米严肃地说。

“傲气！傲气品尝起来味道可真不错，特别是在外壳易碎，你又在上面涂上调和蛋白的时候。”思嘉讥讽地说。

两个男人都笑了，但笑得有点勉强。思嘉似乎觉得，作为男性，他们结成了统一阵线来跟她作对。汤米说的是真的，她心里想，脑海里掠过了她试图邀请过以及她打算去邀请的男人。他们全都很忙，忙着做某些事，辛辛苦苦地工作着，在战前的日子里，他们连做梦也没想到他们会要如此辛苦地工作。也许他们不是在做他们想做的事，或者是最容易做的事，或者是做他们曾经受过训练要去做的事，可他们都在做事。时世太艰难了，男人没有选择。要是他们也为破灭的希望伤心过，而且向往已经逝去的生活方式，那除了他们自己，谁也不会知道。他们正在进行一场新的战争，这战争比原来那场还难打。他们又重新在关注生活了，在内战把他们的生活一分为二以前，那种紧迫感和强烈感曾经给他们的肌体注满活力。而现在,他们以同样的紧迫感和强烈感重新关注起生活来了。

“思嘉,”汤米局促不安地说,“冒犯了你,我真不想让你帮忙,可我还是要提出来。也许这对你也有点帮助。我的小舅子休·埃尔辛沿街兜售引火的木材,做得并不好。除了北方佬,大家都自己出去拾引火木头了。我知道,埃尔辛一家的日子现在非常难过。我——我尽了我最大的努力,可你知道,我要养范妮,我在斯巴达还有妈妈和两个守寡的姐姐要照顾。休是个好人,你也想要个好人,他家世也好,这你是知道的,他还很诚实。”

“可是——哦,休不怎么精明,要不然的话,他兜售引火木材就应该很成功了。”

汤米耸了耸肩。

“你看问题的方式太苛刻了,思嘉。”他说,“你再重新考虑一下休。你还可以再找下去,但能找到的人也许比他还糟。我认为,他的诚实和出于自愿可以弥补他不精明这点不足。”

思嘉没有答话,她不想太无礼。可是就她看来,就算有,也不会有多少品德可以比精明更宝贵的。

她在城里四处游说都没有成功,她又拒绝了许多胡搅蛮缠、急于找到工作的北方人,最后,还是决定采纳汤米的建议,让休·埃尔辛为她工作。在战争中,他曾是个精力充沛、足智多谋的军官,可是,两处重伤和四年的参战似乎把他的足智多谋全给耗尽了,让他像个小孩一样茫然无措地去面对和平时期的艰辛。这些日子里,当他沿街兜售柴火时,眼里有种丧家之犬的神情。他一点也不像她希望找到的那种人。

“他很笨,”她想,“他对生意一窍不通,我敢打赌,他连二加二都不会算。我很怀疑他学得会学不会。可是,至少他是个诚实的人,不会耍我。”

这些日子里,诚实在思嘉自己身上没什么用,可是,她越认为诚实在自己身上没什么价值,就把别人身上的诚实看得越重。

“很遗憾,约翰尼·加勒格和汤米·韦尔伯恩一起被绑在那个建筑工程上了。”她心想,“他正是我想要的那种人。他像钉子一样坚硬,又像蛇一样圆滑,可是,要是花了钱雇他,要求他诚实,他也会诚实的。我了解他,他也了解我,我们一起做生意会做得很好的。也许旅馆建好后,我可以把他请来。从现在起直到那时候,我还是得将就着用休和约翰逊。如果我让休去管新的锯木厂,让约翰逊管旧的那家,我就可以待在城里关照销售事宜,让他们去处理锯木和运送的事。在请到约翰尼以前,如果我一直待在城里,我还是得冒让约翰逊偷我木材的危险。要是他不是个窃贼,那该多好呀!我相信,我能用查理留给我的那块地的一半建家锯木场。要是我在另外一半地上开家酒馆,而弗兰克又不会大叫大嚷,那就好了!哦,我将来一赚够钱,我就把酒馆建起来,管他怎么大吵大闹都行。要是弗兰克的脸皮不这么薄就好了。噢,上帝,要是我不是什么时候都不生,偏偏在这时候要生小孩就好了!不久以后,我的肚子就会大得不好出门了。噢,上帝,要是我不要生小孩就好了!噢,上帝,要是该死的北方佬不来打扰我就好了!要是——"

要是!要是!要是!生活中有这么多"要是",什么也不确定,一点安全感也没有,总是要担心会失去一切,重新陷入挨饿受冻的境地。当然,弗兰克现在也多赚些钱了,可弗兰克总是感冒生病,经常得卧床休息好几天。假如他会变成废人呢!不,她不能指望弗兰克太多。她不应该指望任何事或是任何人,只能指望她自己,而她能挣的似乎又少得可怜。噢,要是北方佬又来把这一切都从她这抢走,她又该怎么办呢?要是!要是!要是!

她每个月赚的钱中,一半交给塔拉的威尔了,一部分拿去还瑞德的贷款,余下的她全都藏了起来。没有哪个守财奴像她那么经常数金币的了,也没有哪个守财奴比她更害怕失去这些钱的了。她不会把钱存在银行里,因为银行可能倒闭,或者北方佬可能会把钱没收。所以她把一些钱藏在身上,能藏多少就藏多少,塞在紧身胸衣里,把小捆的钞票藏在屋子里,藏在壁炉地面松动的砖块下面,放在她的装零碎物品的袋子里,夹在《圣经》书页中间。随着一星期一星期的过去,她的脾气变得越来越暴躁,因为,如果灾难降临,她积攒的每一美元就会成为可能失去的一美元。

弗兰克、白蝶和仆人们十分和气地忍受着她的大发脾气,把她的坏脾气归结于怀孕,从来就没有意识到真正的原因。弗兰克知道,怀孕的女人是要迁就的,所以他忍气吞声,对她经营锯木厂的事不再说什么,也不说像她这种时候,从来没有太太会像她这样在城里到处乱跑之类的话了。对他来说,她的行为一直使他颇为尴尬。可他认为,他还能再忍受一段时间。孩子出生后,他知道,她又会是他向她求婚时那个可爱、女人味十足的姑娘。可是,尽管他做了这么多事来抚慰她，她还是继续发脾气。他经常认为，她的行为就像是个着了魔的人一样。

似乎没有人明白，到底是什么使她着魔了，是什么使她像个疯女人一样。关在家里休息以前，她得把一应事情安排妥当。要尽可能赚更多的钱，以免狂风暴雨又降临到她头上；要用现金筑起一道堤坝，以防北方佬不断升高的仇恨浪潮的袭击，这全都成了一股激情。这些日子里，钱就是困扰、支配着她头脑的东西。不管什么时候想到孩子，她都会莫名其妙地生气，怨他来得不是时候。

"死亡、交税和生孩子！它们中不论哪一个，来的时候都是不合时宜的！"

思嘉开始经营锯木厂的时候，亚特兰大已经传得沸沸扬扬。可是，随着时间的推移，城里人都认定，她要做什么事，那是没法限制的。她精明的生意头脑已经令人相当吃惊了，特别是她可怜的妈妈又是罗比亚尔家族的成员，而且，在每个人都知道她已经怀孕的情况下，她还在街上到处乱跑，这肯定也是很不得体的。受人尊敬的白人妇女只要一怀疑自己怀上了孩子，她们就再也不出家门，连黑人也没几个出去的。梅里韦瑟太太非常气愤地宣称，从思嘉的行为来看，她很可能要把孩子生在街上，生在大庭广众之下。

然而，跟现在在城里满天飞的闲言碎语比起来，对她以前的行为的评判就显得微不足道了。思嘉不但和北方佬做起了生意，而且表现得真的很喜欢这么做！

梅里韦瑟太太和许多南方人也同样和从北方新来的人做买卖，可是，区别就在于，他们不喜欢这么做，而且明明白白地表现出来他们是不喜欢这么做的。而思嘉是喜欢的，或者说似乎很喜欢，而这也同样好不到哪儿去。事实上，她还和北方军的军官太太在他们家里喝茶！实际上，她什么都做了，就差没有邀请他们到自己的家里来了，而全城人都在猜测，要不是白蝶姑妈和弗兰克的话，她连这个也敢去做的。

思嘉知道全城人都在议论，但她并不在乎，也花不起那代价去在乎。她还在恨着北方佬，那恨意和北方佬要烧毁塔拉那天一样强烈，可是她把这恨意掩藏起来了。她知道，如果她要赚钱，她就必须从北方佬身上赚钱。她也明白,用微笑和好话去巴结他们,这是为她的锯木厂拉生意的最稳妥的方式。

总有一天,等到她很有钱,而她的钱又已经藏得很隐秘,连北方佬也找不到的时候,到那时,到那时,她就要明确地告诉他们,她对他们是怎么看的,告诉他们她如何恨他们,讨厌他们,鄙视他们。那样做的话,会有多快活呀!可是那一天到来以前,必须和他们友好相处,这是浅显易懂的常识。如果说这就是虚伪,那就让亚特兰大尽量去说闲话好了。

她发现,和北方军官交朋友就像开枪打蹲在地上的鸟一样容易。他们置身于敌对方的土地上,是孤独的流放者。在这个地方,受人尊敬的妇女经过他们身边时都提着裙子,闪到一边,好像要啐他们一口似的。他们非常渴望跟此地女性礼貌地交往。可只有妓女和黑人妇女才对他们好言相待。可是,尽管思嘉做了那么些事,但她显然是个贵妇人,而且是个出身名门的贵妇人,更何况她满脸的笑意和绿色眸子里欢快的眼神都使他们感到激动。

经常,当思嘉坐在轻便马车上跟他们说话,脸上现出酒窝时,她对他们的厌恶也会油然而生,这厌恶感如此强烈,她真恨不得当面咒骂他们。可是她竭力控制住自己,而且她还发现,让北方男人在她的手心里转并不比跟南方男人玩这种游戏时更费劲。只是这不是游戏而是无情的生意。她所扮演的角色是一个处于困境当中的有教养、很可爱的南方太太。她那种颇有尊严的拘谨神情使她能够把她的受害者抵挡在适当的距离之外,可是她的举止中还是有种亲切感,使北方军官的记忆中留下了肯尼迪太太的某种温情。

这种温情非常有好处——正如思嘉打算的那样。许多守备部队的军官不知道要在亚特兰大驻扎多久,已经派人把他们的妻子和家人都接了来。由于旅馆和供膳食的寄宿舍已经爆满,他们正在建造自己的小屋;他们也都很高兴从和蔼的肯尼迪太太那里买木材,她待他们比城里任何一个人都更好。到南方来牟利的北方佬和为联邦政府工作的南方佬也在用新赚到的钱建漂亮的家、商店和旅馆。他们也觉得,跟她做生意比跟从前的南部邦联士兵做生意更愉快,因为那些前士兵们虽然很客气,可这种客气比公开言明的仇恨更一本正经,更冷漠无情。

就这样,由于她既漂亮又迷人,有时又能表现出软弱无助和可怜兮兮的样子来,所以,他们都很乐意惠顾她的锯木厂和弗兰克的商店,认为他们应该帮助一个显然只有一个无能的丈夫供养她的有胆量的小妇人。思嘉看到生意越做越红火,觉得她不但用北方佬的钱保护着现在,而且在用这些北方佬朋友卫护着将来。

把和北方军官的关系保持在她所要求的水平,比她原先意料的要容易得多,因为他们好像全都很害怕南方的太太们。可是思嘉很快就发现,他们的妻子给她出了一个出乎她意料的难题。她并不希望和北方女人接触。她本来是很乐意避开她们的,可是她做不到,因为军官太太们打定主意要见她。她们对南方和南方的女人有着强烈的好奇心,而思嘉为她们提供了满足好奇心的第一个机会。亚特兰大的其他妇女不愿跟她们来往,连在教堂里也不向她们行礼致意,所以,如果思嘉因为生意的事要到她们家里去的话,她似乎就成了能满足人们所祈求的事物的人。经常,思嘉坐在轻便马车里,在一个北方军官的家门口和房子的男主人谈直柱和墙面板。这时,做妻子的就会出来加入他们谈话的行列,或者是坚持要她到屋里去喝杯茶。不管这个建议多么令人反感,思嘉还是很少拒绝的,因为她总是希望能有机会巧妙地建议她们到弗兰克的店里去买东西。可有很多时候,她的自制力都受到了严峻的考验,一则因为她们尽问些私人问题,二则因为她们对南方的所有事物表现出来的沾沾自喜、居高临下的态度。

北方的妇女们都接受了《汤姆叔叔的小屋》,把它当做仅次于《圣经》的启示录。她们全都想知道每个南方人为追踪逃跑黑奴而养的猎犬的事。当她告诉她们,她这辈子只见过一只猎犬,而且是一只温和的小狗,而不是凶猛的大驯犬时,她们没有一次会相信她的。她们想知道种植园主用来给他们的黑奴脸上做标记的可怕的烙铁以及他们把黑奴活活打死的九尾鞭。思嘉觉得,她们对黑奴当妾也有非常下流、缺乏教养的兴趣,她们反倒向她提供了许多证据。想起自从北方军在亚特兰大驻军之后黑白混血儿的数目急剧增加,她就特别讨厌这一点。

任何亚特兰大的女性对非得听这类盲从、无知的话都会气得要死,但思嘉尽量克制着自己。其中这么一个事实帮了她的忙,这不仅激起了她的愤怒,更激起了她对她们的鄙视。她们毕竟是北方佬,而谁也不指望北方佬能有什么更好的表现。所以,她们对她的州、人民及其道德欠考虑的侮辱在她脑海中一掠而过,从来没有留下太深的印象,只不过引起了她一丝掩饰得很好的讥笑，直到发生了一件事，使她气愤得厌恶至极。如果需要证明的话，这就让她明白了南方和北方之间的鸿沟到底有多宽，而要跨越这鸿沟又是多么的不可能。

一天下午，她和彼德大叔赶着车经过一所北方军官住的房子，里面有三家北方军官挤着住在一起。他们都买了思嘉的木材，在建自己的房子。她经过的时候，三个太太都站在阳台上。她们跟她招手，让她停下来。她们走出来，来到停靠马车的地方，口音很重地跟她打招呼。这总是使她觉得，几乎所有北方佬的东西都能原谅，就是口音不能原谅。

"你正是我要找的人，肯尼迪太太。"一个来自缅因州的高个、清瘦的女人说，"我想知道些有关这个愚昧无知的城市的事。"

思嘉暗自咽下了对亚特兰大的这一侮辱，心里则对之表示了它应该得到的蔑视。她露出了最甜美的笑容。

"我能告诉你什么呢？"

"我的保姆，我的布丽奇特回北方去了。她说她和'黑鬼'在一起（她就是这么叫他们的），在这城里一天也待不下去了。而孩子们正搞得我心烦意乱的！请你一定要告诉我，怎么样才能再找到一个保姆。我不知道到哪去找才好。"

"那倒不难。"思嘉说着便笑了，"如果你能找到一个刚从乡下来，还没有被自由人事务局宠坏的黑人，那你就找到了可能找到的最好的仆人。就站在你家门口，问每一个经过的黑人女人，我敢肯定——"

那三个女人气得大叫起来。

"你认为我会放心把我的孩子们交到一个黑鬼手里吗？"缅因州的那个女人叫了起来，"我想要个爱尔兰的好女孩。"

"恐怕你在亚特兰大找不到爱尔兰仆人。"思嘉回答说，口气很冷漠，"我自己从来没见过白人仆人，我自己家里也不会雇白人仆人。而且，"——她话里忍不住露出了一丝讽刺意味——"我向你们保证，黑人不是食人族，大可以信任的。"

"我的天，不！我家里可不能有黑人。什么馊主意！"

"他们一离开我的视线，我就没法信任他们了，至于让他们照顾我的孩子……"

思嘉想起了嬷嬷侍候过埃伦、她和韦德的那双温柔、布满皱纹的粗糙的手。这些外地人对黑人的手知道什么呢？他们怎么会知道她们的手有多珍贵，能给人多少安慰，她们又是如何哄孩子、拍孩子、抚弄孩子却又从来没有出过什么差错。她很唐突地笑了。

“让他们自由的是你们，你们居然有这种感觉，真是太奇怪了。”

“上帝！不是我，亲爱的。”缅因州的女人笑道，“我上个月到南方来以前，从来没见过黑人，我还巴不得永远都见不到他们呢。他们使我浑身起鸡皮疙瘩。我不相信他们，一个也不信……”

有好一会，思嘉已经意识到彼德大叔正呼吸急促、挺直身子坐着，两眼盯着马耳朵。当缅因州的女人突然停下不说，把他指给她的同伴们看时，她的注意力就更是硬被转移到他的身上。

“看看那个老黑鬼，嘴巴鼓得像个癞蛤蟆一样。”她咯咯笑着，“我敢打赌，他是你的一个老宠物，对不对？你们南方人不知道怎么对待黑鬼。你们宠他们宠得要死。”

彼德咽下了一口气，布满皱纹的额头上现出了深深的皱纹，可他还是目不斜视地往前看着。他这辈子还没有哪个白人用“黑鬼”这个字眼叫过他呢。别的黑人倒是叫过。可从来没有白人叫过，而且被说成是不可信任，是“老宠物”。他，彼德，这个多年来一直是韩家极有尊严的顶梁柱的人！

与其说是思嘉看到，还不如说是她感觉到那个黑色的下巴因为自尊心受到伤害而开始抖动起来，一阵难以忍受的愤怒袭遍了她的全身。这些女人贬低南方军队，谩骂杰夫·戴维斯及指责南方人谋杀黑奴给他们带来痛苦，她都总是平静地、鄙夷地听着。只要对她有利，她连对自己的品德和是否诚实的侮辱都会忍受的。可是，知道她们竟然用愚蠢的言辞伤害了一个忠诚的老黑人，这就像火药堆里划了一根火柴一样，使她怒火中烧。那一刻，她看着彼德别在皮带上的马枪，手痒痒的，很想把它拿在手里。真该把他们宰了，这些傲慢、无知、高傲的征服者。可是她咬紧牙关，直到下颚的肌肉拉得老长，提醒自己时机还没有成熟，还不到能把自己对北方佬是怎么看的真实想法告诉他们的时候。总有一天可以的。我的上帝，总有可以的时候！可是，不是现在。

“彼德大叔是我们家庭的一员。”她说，声音都在发抖，“下午好。我们走吧，彼德。”

彼德突然在马身上抽了一鞭，马惊恐地向前跳去。马车颠簸着前行时，思嘉还听到那个缅因州的女人用带北方口音的声音困惑不解地说：“她的家庭？你们不会认为她是指亲戚吧？他出奇的黑。”

“见她们的鬼！真应该让她们在地球上灭绝。如果我赚够了钱，我要在她们全部人的脸上都啐上一口！我要——”

她瞟了彼德一眼，看见一滴泪珠正从他鼻子上滚落下来。瞬息之间，一股温情及因他的受辱而感到的痛苦压倒了她，使她的眼睛也涩涩的。这就犹如有人毫无理性地对一个孩子残忍相待一样。这些女人伤害了彼德大叔——曾经和老韩上校经历过墨西哥战争的彼德，曾经把梅利和查理抚养成人并且照顾着无能、无知的白蝶，在她逃难的时候保护着她，投降后又弄到一匹马穿过饱受战争蹂躏的乡间把她从梅肯带回来的彼德。可她们却说她们不信任黑人！

“彼德，”她说着，把手放在他瘦弱的手臂上，声音都变了，“你居然哭了，我真为你感到害臊。你管她们干吗呢？她们只是该死的北方佬而已！”

“她们当着俺的面说话，就好像俺是只骡子，听不懂她们说话一样——好像俺是个非洲人，不知道她们在说些什么。”彼德说，用力吸了一下鼻子，“她们还叫俺黑鬼，而俺这辈子还从来没有白人叫过俺黑鬼呢，她们还叫俺老宠物，说黑鬼们不能信任！俺不能信任！哦，老上校临死前对俺说：‘你，彼德！你好好照顾我的孩子们。好好照顾你那年轻的白蝶小姐。’他说：‘因为，她不会比一只蚱蜢更有理性。’而这些年来，俺也确实好好照顾她了——”

“除了天使加百列①，谁也没法做得比你更好了。”思嘉安慰他说，“没有你，我们根本没法生活。”

“是的，真谢谢你，夫人。俺知道这一点，你也知道，可是他们北方佬不知道，也不想知道。他们干吗要卷到我们的事里来，思嘉小姐？他们不理解我们南方人。”

思嘉什么也没说，因为没有当着那些北方女人的面大发雷霆，她现在还

---

① 《圣经》中专门传递好消息的天使。

怒火中烧呢。

两人默默地赶车回家。彼德不再吸鼻子了，他的下嘴唇渐渐地越拉越长，到了令人惊骇的地步。最初的伤害渐渐消退之后，他的愤怒却在不断增加。

思嘉心想：该死的北方佬是多么奇怪的人呀！那些女人似乎认为，就因为彼德是黑人，他就没有耳朵听人说话，没有像她们一样柔弱的感情，跟她们一样也会被伤害。她们不知道，黑人应该平和相待，就像小孩一样，要指导他们，表扬他们，轻拍他们，批评他们。他们不理解黑人，也不理解黑人和他们前主人之间的关系。然而，他们却打了一场战争来解放他们，而一旦解放了他们，他们又不想跟他们有任何关系，只想利用他们来威胁南方人。他们不喜欢他们，不信任他们，不理解他们，可他们却不停地叫喊，说南方人不知道怎么跟他们相处。

不信任黑人！思嘉比大多数白人都更信任他们，跟要信任北方佬相比，她肯定更信任黑人。他们忠诚、永不疲倦、很有爱心，这些品德是任何压力都压不垮，任何金钱都买不来的。她想起了面对北方佬的入侵还忠诚地留在塔拉的几个黑奴，他们大可以逃跑或是参军，去过悠闲的生活。可是他们留了下来。她想起了棉花地里在她身边辛勤劳动的迪尔西，想起了为了家里人能有东西吃而冒着生命危险到临近鸡舍去搜罗东西的波克，想起了跟她一块到亚特兰大来以免她做错什么事的嬷嬷。她想起了邻居们的仆人，他们忠诚地站在他们的白人主人身边，在家里的男人上前线的时候保护着他们的女主人，在恐怖的战争中跟他们一起逃难，照顾伤病员，掩埋死者，安慰丧失了亲人的人，他们劳作、乞讨、偷盗，为的是让饭桌上有吃的。即使现在，虽然自由人事务局向他们许诺各种各样的奇迹，但他们还是紧紧地跟白人主人站在一起，比原先蓄奴时代还更加辛勤地劳作着。可是北方佬不理解这些事，也永远不会理解他们。

“可他们却解放了你们。”她大声说道。

“不，夫人！他们没有解放我们。俺才不让这些败类解放俺呢。”彼德气愤地说，“俺还是属于白蝶小姐。俺死的时候，她必须把俺埋在俺应该在的韩家的坟地里……俺要是告诉我的小姐你是怎样让北方佬的女人侮辱俺的，她一定会忧虑不安的。”

“我没有这么做!”思嘉大吃一惊,叫了起来。

“你有,思嘉小姐。”彼德说,下嘴唇拉得更长了,“痛苦的是,你和俺都跟北方佬打交道,所以他们就可以侮辱俺。如果你没有跟她们谈话,她们就没有机会把俺当骡子或是非洲人看待了。你也没有为俺说话。”

“我有!”思嘉说,这个指责刺痛了她,“难道我没有告诉她们你是我们家的一员吗?”

“那不是为俺说话。那是个事实,”彼德说,“思嘉小姐,你不该跟北方佬做生意。其他太太小姐都没有。你不能让白蝶小姐穿着她的小鞋去找这群败类吧。况且,她要是听到她们是怎么说俺的,她也不会喜欢去的。”

彼德的指责比弗兰克或是白蝶姑妈或是邻居们说的任何话都更伤她的心。她心烦意乱的,恨不得能狠狠地摇着这个老黑人,直把他没有牙齿的牙床摇得合上为止。彼德说的都是真话,但她不想听到这话从一个黑奴的嘴里说出来,而且是个家奴。自己在一个仆人心目中地位不高,这发生在一个南方人身上,是一件含羞蒙辱的事。

“一个老宠物!”彼德发着牢骚,“俺想,发生了这种事以后,白蝶小姐再也不会让俺给你赶车了。不会的,夫人!”

“白蝶姑妈会要你跟往常一样给我赶车的,”她严厉地说,“所以我们不用再说了。”

“俺背会痛的,”彼德愁眉苦脸地说,“就现在俺的背就很痛。俺几乎连坐都坐不住了。俺身体不好的时候,俺的小姐是不会要俺去赶车的……思嘉小姐,你在北方佬和白人穷鬼当中地位很高,而自己的人却对你不以为然,这对你没什么好处的。”

这是对她的处境最好的总结了。思嘉非常生气,却陷入了沉默当中。是的,征服者们是很赞赏她,但她的家人和邻居却对她不以为然。她知道全城人都在对她说三道四,而现在,连彼德都对她不以为然了,甚至到了不愿跟她一起在公共场合露面的地步。这是不堪忍受的最后一击了。

迄今为止,她一直不在乎公众舆论,不但不在乎,而且还有点蔑视它们。可是彼德的话使她心里燃起了一股强烈的怨恨感,逼得她不得不采取自卫行动。她突然讨厌起她的邻居来,甚至跟讨厌北方佬一样。

“他们为什么要在乎我做的事呢?”她思忖着,“他们一定认为我很乐意跟北方佬交往,而且像个干农活的黑奴一样在工作着呢。他们使我的工作难度更大了。可我不在乎他们怎么想。我不会让我自己在乎的。我现在还没有资本去计较这些。可是总有一天——总有一天——”

噢,总有一天!在她的世界里有了安全感之后,她会靠在椅子上坐着,交叉着双手,像埃伦过去那样做个贵妇人。她会像个贵妇人应该做的那样表现得孤独无助,需要保护,然后每个人就都会赞赏她了。噢,等她又有钱的时候,她会有多傲慢呀!那时候,她就会让自己像埃伦过去那样,又和气又温柔,对别人关心体贴,而且注意礼仪。她就不会日日夜夜担惊受怕了,生活会很宁静,很从容。她会有时间和自己的孩子们玩耍,听他们读功课。在温馨而漫长的下午,太太小姐们会登门拜访。在塔夫绸衬裙的窸窣声中和蒲葵扇有节奏的刺耳的呼呼声中,她给客人端茶送水,上可口的三明治、蛋糕,悠闲地聊着天打发时间。她还会善待那些遭受痛苦的不幸的人,拿着一篮篮的东西送给穷人,给病人端汤送果冻,而且用她漂亮的马车载那些更不幸的人出去“兜风”。她要做个真正意义上的南方贵妇人,就像她妈妈过去那样。那时,每个人都会像他们爱埃伦那样爱她,他们会说她有多无私,称她为“慷慨太太”。

她虽意识到自己实际上根本没有无私和乐善好施的想法,但她想到这些将来的事时,快乐劲并未因此而受到影响。她想要的只是拥有这些品德的名声。可是她头脑的网孔太宽、太粗了,无法过滤掉这些细微的差别。只要有一天她有了钱,大家都赞赏她就行了。

总有一天!但不是现在。尽管大家对她说三道四的,但现在不是时候。现在可没有时间来做贵妇人。

彼德说到做到。白蝶姑妈也确实焦急不安的,而彼德的背痛也在一夜之间就加重到再也不能赶马车了。这以后,思嘉自己一人赶着马车,刚开始从手掌上消失的老茧又重新出现了。

就这样,春天过去了,四月的冷雨渐渐变成了五月芳香扑鼻、绿意盎然的气候。几个星期来,工作、担忧和肚子越来越大造成的不便全挤到一起,老朋友们越来越冷淡,而她的家人对她越来越和气,越来越忧虑,也越来越使人受不了。而对使她不安的原因,他们也就越发地一无所知。在那些担心忧虑、艰难奋争的日子里，她的世界里只有一个可以信赖、善解人意的人，这个人就是白瑞德。很奇怪，所有的人当中，这个人偏偏是他。因为他像水银一样变来变去，又像是刚从地狱里冒出来的魔鬼一样充满恶意。可是，他同情她，这是从别人那里得不到的，也是她从来没有想到居然可以从他那里得到的。

他经常离开城里，神秘兮兮地到新奥尔良去，这他从来不作解释，可她敢肯定这一定和某个女人——或者某些女人有关系，这么想时心里还有点嫉妒。可是，自从彼德大叔拒绝为她赶车后，他两次旅行之间的间隔就越来越长，留在亚特兰大的时间也越来越多。

在城里的时候，他大多数时间都在少女时代酒馆或是贝尔·沃特琳的酒吧和较有钱的北方佬和投机家赌博。这使城里的人很讨厌他，甚至比讨厌他的朋友们还更厉害。他现在不到家里来了，很可能是顾及弗兰克和白蝶的情绪。思嘉有孕在身，这是一种很微妙的身体状况，如果有男人来访，他们一定会很愤怒的。可是，她几乎每一天都会碰巧遇到他。她独自一人赶车经过桃树街和锯木厂所在的迪卡特街时，他会一次次地骑着马来到她的轻便马车旁边。他总是会勒住马缰跟她说话，有时候会把马绑在她的马车后面，载着她去巡视。虽然她不愿承认，但这些日子以来，她是越来越容易感到疲劳了。所以，他握着马缰赶车时，她总是暗暗感激他。他总是还没到城里就离开她，可是亚特兰大全城人都知道他们的会面，这又在思嘉有失礼仪的举动那长长的单子上增加了可供闲话的话题。

她偶尔也会想，这些见面是不是还有不是纯粹碰巧的成分。随着一星期一星期的过去，随着城里黑人暴行越来越多，这些会面的次数也越来越多。可是，他为什么偏偏在她看上去形象这么不雅的时候来找她呢？他肯定不是对她有企图，就算他过去对她有过企图，她现在对这点也开始怀疑了。过了好几个月，他才开玩笑似的提起他们在北方佬的监狱里那令人懊恼的一幕。他从来不提希礼和她对他的爱，对“爱慕她”也没有说些粗俗、没有教养的话。她想，还是不要惹是生非的好，所以也不去问他他们到底为什么会经常见面。最后，她得出结论，因为他除了赌博以外没什么事好做，在亚特兰大又没几个好朋友，所以，找她不为别的，就为有个伴。

不管是什么原因，她发现有他为伴还是很愉快的。他听她抱怨失去的客户、坏债、约翰逊的欺骗行为和休的没有能耐。他对她的成功鼓掌祝贺，而弗兰克只会溺爱似的微笑，白蝶则只会像要晕过去那样直叫“哎呀呀！”她敢肯定，他经常给她拉生意，因为他跟所有有钱的北方佬和投机家关系都很密切，可他总是否认他在帮她的忙。她知道他是怎么样的人，也决不会信任他，但是每当看到他骑着高大的黑马从一条偏僻的路上拐过转角时，她总是会精神焕发、兴高采烈的。当他爬上马车，从她手里接过缰绳，对她说些不礼貌的话时，尽管她忧虑万千，身子越来越笨拙，她还是感到自己又年轻又快活又有吸引力。她和他几乎可以无话不谈，不用刻意隐藏她的动机和真实想法，而且从来不会像跟弗兰克说话那样会觉得没话可说——如果说真心话的话，连跟希礼也会这样。当然，和希礼说话的时候，因为名誉的缘故，有很多东西是不能说的，单单这些不能说的事情就有力量抑制其他的话。既然现在瑞德决定跟她友好相处，那么，虽然没法说明其中原因，有个像他这样的朋友还是很令人欣慰的。是很令人欣慰，因为这些日子里，她已经没几个朋友了。

“瑞德，”彼德大叔下了最后通牒后，她曾经脾气暴躁、非常唐突地问过他，“为什么城里人都这么卑鄙地对我，这么说我？在他们的议论中，我和到南方来牟利的投机家之间，很难说谁更坏！我只管我自己的事，又没做错什么——”

“如果说你没做错什么事的话，那是因为你还没有机会，也许是他们隐隐约约感觉到了。”

“噢，正经一点！他们使我很恼火。我所做的只不过是想赚点钱而已，而且——”

“你做的事和其他女人做的不一样，而且你已经小有成绩。正如我过去告诉你的，在任何社会里，这都是不可原谅的罪行。与众不同，那就该死！思嘉，你经营锯木厂成功了，这个事实就已经使每个不成功的男人无地自容了。记住，一个有良好家教的女人，她的位置是在家里，这个忙乱、残酷的世界里的任何事她都不应该知道。”

“可是，如果我待在家里的话，我就将无家可归了。”

“以此类推，你应该很有涵养地、骄傲地饿死才是。”

“噢，见他的鬼！可是你看看梅里韦瑟太太。她把馅饼卖给北方佬，而这比经营锯木厂糟多了。还有埃尔辛太太,她领针线活干,还收包膳食的房客。范妮给难看的瓷器上画,谁都不想要那瓷器,不过是为了帮她才去买的——”

“可你没说到这一点,我的乖乖。她们都没有成功,所以她们都不会伤害南方男人的自尊心。男人还是可以说:‘可怜可爱的小傻瓜,她们做得多艰苦呀!哦,我要让她们认为,她们帮了不少忙。’再说,你提到的这些女士都不喜欢干活。她们让大家都知道,只要有男人来把她们从这些不属于女人的负担中解脱出去,她们就不想再做了。这样,每个人都同情她们。可是,你显然很喜欢工作,而且,显然还不想让任何男人替你照管生意,所以,没有一个人会同情你。亚特兰大为此也决不会原谅你的。同情别人是多么令人愉快的事呀。”

“我希望你有时候还是正经点好。”

“你有没有听说过一个东方谚语‘尽管狗在狂吠,但是驼队还在前进’?让他们吠去吧,思嘉。我并不担心会有东西阻止你的驼队前进。”

“可是,他们为什么要在意我赚了点钱呢?”

“你不能什么都占了,思嘉。你要不就用你现在不符合贵妇人身份的方式去赚钱,走到哪里都受到别人的冷遇,要不就要没钱,显得有教养,那就会有很多朋友。你可以自己选择。”

“我不想当穷光蛋,”她马上说道,“可是——这选择是对的,是不是?”

“如果你最想要的是钱的话。”

“是的,我想要钱,比想要世界上任何东西都更想要。”

“这样,你就作了唯一的选择了。可是这是会附带损失的,就像你想要的大多数东西也都会附带损失一样。这就是寂寞。”

这话使她沉默了一会。当她停下来这么一想时,真的就觉得有点寂寞了——因为没有女伴而感到寂寞。在战争期间,她心情不好的时候,她还有埃伦可以探望。自从埃伦去世后,总是有媚兰,虽然除了在塔拉的辛勤劳动以外,她和媚兰没有任何共同的东西。而现在谁都没有了,因为白蝶姑妈除了她那些无关紧要的闲言碎语外,一点生活的概念也没有。

“我想——我想,”她结结巴巴地说,“只要跟女人有关的事,我总是很寂寞的,并不只是我的工作使亚特兰大的贵妇人不喜欢我。无论如何,她们就是不喜欢我。除了妈妈,没有女人喜欢过我,连我妹妹也是。我也不知道为什么,可是,甚至在战前,甚至在我和查理结婚以前,贵妇人们似乎对我做的任何事都持否定态度——"

"你忘了卫太太了。"瑞德说,他的眼睛不怀好意地在发光,"她总是完完全全站在你这一边的。我敢说,她什么事都会站在你这一边,只有谋杀除外。"

思嘉冷酷地想:"她连谋杀都站在我这一边呢。"她不禁轻蔑地笑了起来。

"噢,梅利!"她说道,接着又可怜兮兮地说,"梅利是唯一一个支持我的女人,这也不是因为我好,而是因为她连一只珍珠鸡的理性也没有。如果她有理性一些——"她有点慌乱地停下不说了。

"如果她有理性,她就会意识到某些事,而她是不能赞同的。"瑞德把她的话说完,"哦,当然,这些,你懂得比我多。"

"噢,去你的该死的记忆力和该死的粗鲁举止!"

"对你这没来由的无礼,我用沉默来表示不跟你计较,它也配得到这种对待。我们还是回到我们原先的话题来吧。对此你要下定决心。如果你要与众不同,你就要受到孤立,不但是你的同龄人要孤立你,而且连你的父辈和儿孙辈都要孤立你。他们永远不会理解你,不管你做什么事,他们都会感到很惊讶。可是你的祖父母很可能会因你而感到很骄傲,说:'有其父必有其女。'而你的孙子辈会妒忌地叹着气说:'奶奶一定是个老风流呢!'他们还会设法效仿你。"

思嘉乐得笑了出来。

"有时候,你真能说到点子上!就拿我的外婆罗比亚尔来说吧。我淘气的时候,妈妈老用她来压我。外婆冷冰冰地像根冰柱,对自己和别的任何人的举止都很严厉,可她自己结了三次婚,还让男人因为她进行了多场决斗。她涂口红,穿最最让人吃惊的低胸衣裙,而且没有——哦,哦——衣服下面穿得并不多。"

"而你非常非常崇拜她,尽管你尽力想做得像你妈妈一样!我们白家祖上也有位海盗。"

"是吗?是不是那种迫使俘虏在突出舷外的木板上行走,致使他们落到海里淹死的那种?”

“我敢说,如果那么做能赚钱的话,他是会让人们那么走的。不管怎么说,他赚了足够的钱,让我父亲变得相当富有。可是,家里人总是小心翼翼地称他为‘船长’。早在我出生以前,他就在一次酒馆斗殴中死了。不用说,他的死对他的孩子们来说是个解脱,因为这位老先生大多数时候都喝得烂醉如泥。他一喝醉就忘了他是个已经退休的船长,老回忆往事,使他的孩子们毛骨悚然。然而,我崇拜他,很想效仿他,比想效仿我父亲的欲望还强得多,因为父亲是个全身都有高贵习惯和虔诚格言的和气的绅士——你明白那是怎么回事。我敢肯定,你的孩子们不会赞成你,不会比现在的梅里韦瑟太太、埃尔辛太太和他们那伙人更赞成你,思嘉。你的孩子们很可能会是更柔弱、更谨小慎微的人,个性在困难时期形成的孩子们通常都那样。更糟的是,你,和其他妈妈一样,很可能决心永远也不让他们知道你所经历过的艰难。而这全都错了。艰难锻造人或者摧垮人。所以你还得等孙子辈来赞成你。”

“真不知道我们的孙辈会是怎么样的!”

“你是不是在用‘我们的’暗指你和我会有共同的孙辈?呸,肯尼迪太太!”

思嘉突然意识到自己失言了,脸刷地涨得通红。然而,比他开玩笑的话更使她害臊的是,她突然又一次意识到了自己越来越笨重的身子。他们俩都从来没有以任何方式对她现在的样子做过什么暗示。她跟他在一起的时候,她总是把毛毯盖到胳肢窝上,连天气暖和时也一样,用通常女性用来安慰自己的方式为自己开脱,以为这么盖着就一点也看不出来了。现在,她自己的样子,加上想到他可能会知道这一点,这使她大感羞辱。她突然间便气愤不已,心里感到难受极了。

“你给我滚下马车去,你这个思想龌龊的流氓。”她说着声音都发抖了。

“我不会这么做的。”他平静地回答说,“还没等你到家,天就会黑下来,下一条小溪附近刚刚形成一个黑人聚居地,他们住在帐篷和小棚屋里,我听说全都是些充满恶意的黑人。我真不明白你为什么要给那令人讨厌的三K党一个理由,让他们今天晚上就穿上夜行衣,骑马出门去。”

“滚出去!”她大叫着,用力拉着马缰绳,突然一阵恶心难受。他很快唤住马,递给她两块干净的手帕,灵巧地扶着她的头,让她凑到马车外边。下午的太阳透过新长的树叶,斜斜地照过来,好几次都形成了一种颇为病态的金绿色的圈圈。恶心感过去之后,她双手支撑着头,仅仅因为丢了面子就失声哭泣起来。不但是因为她在一个男人面前吐了——这本身就已经是个使女人受不了的令人恐怖的意外不幸——而且,这样的话,她怀孕这一令人感到耻辱的事实,现在就昭然若揭了。她觉得自己再也不能面对他了。在所有的人中,偏偏是在跟他在一起的时候发生这种事,跟对女人没有任何敬意的瑞德在一起的时候!她哭着,希望从他嘴里说出一些粗俗、打趣之类的话来,能让她永远不能忘怀。

"别傻了。"他平静地说,"如果你是因为羞辱而哭泣的话,那你就是个傻瓜。来吧,思嘉,别像个孩子一样。你一定知道的,我又不瞎,我早知道你怀孕了。"

她惊呆了,"噢"了一声,十指把发红的脸捂得更紧了。这些话本身就使她惊恐不已。弗兰克总是不好意思地把她怀孕称为"你现在的样子",嘉乐过去不得已要提到这种事时,会巧妙地说"要当妈妈了",而夫人们则斯文地把怀孕叫做"陷入窘态"。

"如果你认为我还不知道,那你就是个孩子了,就算你把那块热烘烘的毯子拉得很高,快要把你给闷死了也白搭。当然,我是知道的。你为什么认为我一直——"

他突然停下不说了,两人都沉默不语的。他抓起缰绳,对马唤了一声。他继续平静地说着话,听着他那悦耳的慢吞吞的声音,她情绪低落的脸上渐渐退去了一些红晕。

"我认为你不该这么吃惊的,思嘉。我还以为你是个有理性的人,可你让我失望了。你心里还可能有羞怯心理吗?作为一个绅士,恐怕我不该提到那点。我知道,怀孕的女人本该使我感到很难堪,可她们并没有。在这方面,我自己就不像个绅士。我发现,我还是可以像对待常人那样对待她们。要是能看地,能看天,能看宇宙间万事万物,就是不能看她们的腰身,这我是做不到的——不能看却又要偷偷摸摸地看她们几眼,我一直认为这才是最不礼貌的。我干吗要那么做呢?这是很正常的事。欧洲人就比我们有理性多了。他们对怀孕的妈妈满口称赞。我还不想建议我们也这么做,但这比我们尽量去忽略这一点倒是更有理性的事。这是很正常的事。女人应该为此感到骄傲,而不是像犯了罪一样躲在紧闭着的门背后不敢见人。"

"骄傲!"她叫了起来,声音都要卡住了,"骄傲——哦!"

"要有孩子了,你难道不骄傲吗?"

"噢,上帝,不!我——我不喜欢孩子!"

"你是指——弗兰克的孩子?"

"不——任何人的孩子。"

又说漏嘴了,她又一阵恶心。可他就好像没有注意到这一点似的,继续优哉游哉地说下去。

"那我跟你不一样。我喜欢孩子。"

"你喜欢孩子?"她叫道,抬起头,吃了一惊,连自己的难堪都忘记了。"你真是个撒谎的家伙!"

"我喜欢婴儿,也喜欢小孩子。在他们开始长大,有成年人的思维习惯和成年人撒谎、欺骗和龌龊的能力以前都喜欢。那对你来说也不是什么新闻了。你知道我非常喜欢韩韦德,尽管他本来不该是这个样子的。"

那倒是真的,思嘉心想,感到非常惊奇。他好像真的很喜欢跟韦德玩,还经常给他带礼物。

"我们既然已经把这可怕的话题讲出来,你也已经承认你在不远的将来就要生孩子,那我也有话要说,好几个星期以来,我就一直想说了——有两件事。头一件是,你一个人赶车回家是很危险的。你自己也知道。别人也一直在告诫你。如果你自己不在乎会不会被强奸,你也应该考虑到后果。因为你的固执,你可能陷入这样的境地,让你那些骁勇的同乡为了给你报仇而被迫去和几个黑人闹事,而那就会使北方佬来找他们,有人就很可能会被绞死。你有没有意识到,贵妇人们之所以不喜欢你,也许原因之一就是你的行为可能导致她们的儿子和丈夫掉脑袋?再说,如果三K党处理了更多的黑人,北方佬对亚特兰大就会控制得更紧,那相比较来说,舍曼的行为看上去就已经是很善良的了。我知道我在说些什么,因为我对北方佬非常熟悉。说来惭愧,他们把我当成他们的一员,我能听到他们的公开言论。他们有意剿灭三K党,即使这意味着重新烧毁整个城市,把所有十岁以上的男性都杀掉也在所不惜。那对你也有伤害的,思嘉,你可能会损失钱。草原上一旦火灾生成,那就说不准什么时候才会灭了。没收财产,提高税款,对受到怀疑的女人罚款——这些我都听到他们提出来了。三K——”

“你知道谁是三K党吗?汤米·韦尔伯恩或者休或者——”

他不耐烦地耸耸肩。

“我怎么知道呢?我是个叛徒、变节者、支持北方佬的南方佬。我会知道吗?可我确实知道某些人已经受到北方佬的怀疑,而他们只要走错一步,实际上就将被绞死。我知道,把你们的邻居们送上绞架,你可能不会后悔,但是,我真的相信,若失去你的锯木厂,你一定会感到遗憾的。从你脸上固执的表情看得出来。你不相信我,而我的话却是千真万确的。所以,我只能说,请把你的手枪随身带着——我在城里的时候,我会尽量来给你赶马车。”

“瑞德,你真的——是不是为了保护我你才——”

“是的,亲爱的,正是我那受到大肆宣传的骑士精神让我来保护你。”他乌黑的眼里又闪烁着讥笑的神情,脸上所有认真的神情却倏然不见了,“为什么呢?因为我深深地爱着你,肯尼迪太太。是的,我一直渴望着你,远远地崇敬你,可是我是个尊贵体面的人,像卫希礼一样,所以我一直瞒着你。哟,你是弗兰克的妻子,名誉不允许我把这告诉你。可是,现在我的名誉甚至也像卫先生有的时候那样不堪一击了,所以我把我秘密的情感告诉你,我的——”

“噢,看在上帝分上,别说了!”思嘉打断他,就像往常他使她看上去像个傲气的傻瓜时一样,感到很懊恼,同时也不喜欢把希礼和他的尊严变成他们接下来的话题,“你要告诉我的另一件事是什么?”

“什么!我把一颗正在热恋却欲破碎的心掏给你看的时候,你却改变了话题?哦,另一件事是这个。”他眼里的讥讽神情不见了,脸上又阴沉,又平静。

“我要你处理处理这匹马。它性子很倔,嘴巴硬得像铁一样。赶着它使你很累很辛苦,对不对?哦,如果它刻意要逃跑,你根本不可能阻止它。而如果你翻到沟里去,这会要了你和孩子的命。你应该尽可能弄个装有马勒的最重的马嚼子,或者让我用一匹嘴巴更敏感、脾气更温和的马跟它交换。”

她抬起头看着他茫然、平滑的脸,懊恼感顿时无影无踪,甚至像他们谈过她怀孕的话题后尴尬感顿时全消一样。几分钟前,他还很和气,在她恨不得自己死去的时候让她放宽心。现在他更和气了,而且对马还考虑得如此周到。她顿时对他心生感激,心里纳闷,他为什么不能一直都保持这个样子呢?

"马是很难赶。"她温顺地说,"有时候因为拉它,搞得我的手臂整夜都在疼。你觉得怎么样最好,你就怎么处置它好了,瑞德。"

他的眼睛又闪着不怀好意的光芒了。

"那听起来倒是很可爱,很女人味的,肯尼迪太太。一点也不像你往常那种颐指气使的样子。哦,只要方法得当,还是可以把你变成一条攀附在男人身上的葡萄藤的。"

她顿时怒容满面,脾气又来了。

"这次你一定得从马车里给我滚出去,要不我就用鞭子抽你。我真不明白,我为什么要忍受你——我为什么要尽量对你好。你没有好的行为举止。你没有道德。你啥也不是,只是个——哦,滚出去。我是认真的。"

可是,当他爬下马车,解开拴在马车后面的马,站在笼罩在暮色中的路上,挑逗似的对着她笑时,她一边赶马车上路,一边也忍俊不住地笑了起来。

不错,他很粗鲁,他很狡猾,跟他交往很不安全,你永远也不会知道,你在某一刻一不小心放在他手里的钝器,什么时候就会变成最锋利的刀锋。可他毕竟很刺激,就像——哦,就像一杯偷着喝的白兰地一样!

在这几个月中,思嘉学会了喝白兰地。下午很迟才回家时,或是被雨淋得浑身湿透时,长时间挤在马车里、浑身酸痛时,只有想到藏在衣柜最高的一个抽屉里的酒瓶子,才能够支撑着她。她把它锁在那,避开嬷嬷窥探的目光。米德医生没有想到这点,没有警告她,像她现在这个样子是不该喝酒的,因为他从来就没想到过,一个体面的女人会喝比斯卡珀农葡萄酒更烈的酒。当然,在婚宴上喝杯香槟酒或是患重感冒卧床休息时喝杯香甜热酒,那是可以的。诚然,不幸的喝酒的女人也不是没有,但她们给她们的家庭留下了永远无法去除的耻辱,就像发疯或是离婚或是和苏珊·B.安东尼持同样观点,认为女人必须有选举权的女人一样。但是,尽管医生对思嘉看不惯,但他从来没有怀疑过她居然会喝酒。

思嘉发现,晚饭前喝杯纯白兰地对她帮助很大,况且,她总是可以嚼食咖啡或是含科隆香膏来掩饰酒味。为什么人们对女人喝酒如此缺乏理性,而男人们什么时候想喝,就可以醉得东倒西歪呢?有时候,当弗兰克躺在她身边鼾声大作而她又没有睡意的时候,当她翻来覆去,因担心失去财产而揪心的时候,当她害怕北方佬,思念塔拉,想着希礼的时候,她认为,要不是白兰地的话,她一定会发疯的。而当一股愉快、温暖的暖流流遍她的血管的时候,她的烦恼也就开始渐渐远去了。三杯酒下肚后,她总是能对自己说:“等到明天我更能忍受的时候,我再来想这些事吧。”

可是,有一些夜晚,就连白兰地也无法遏止她心里的痛苦,比担心失去锯木厂还更强烈的痛苦,那就是渴望重新见到塔拉所带来的痛苦。亚特兰大嘈杂的声音、新建的建筑、陌生的面孔、挤满马匹、马车和忙忙碌碌的人群的窄小拥挤的街道,有时候简直要让她窒息。她爱亚特兰大,可是——噢,为了塔拉的恬静和安宁,为了它周围的红土地和黑森森的松树!噢,不管生活多么艰难,一定要回到塔拉去!到希礼身边,只要能看见他,听到他说话,只要知道他爱着她,她就有力量了!媚兰来的每封信都说他们全都很好,威尔来的每封短信都报告了有关犁地、种植、棉花生长的情况,而所有这些都使她一次又一次地向往着回家。

“我七月份就回家去。那以后,我在这什么事也干不了。我要回家去住几个月。”她想着,心里兴奋起来。她七月真的回家去了,但不是像她希望的那样回去的,因为七月刚开始,威尔就来了封短信,说是嘉乐去世了。

# 第三十九章

火车晚点了。七月的黄昏时间延续很长,天空呈深蓝色。思嘉在琼斯伯勒下车时,暮色已经笼罩着整个乡间。村子里还残存的商店和房子里闪烁着黄色的煤油灯光,可也并不是太多。主要街道上的建筑物之间,不时就会现出一块块空地,原先的房子已经被炮弹炸毁或是被大火烧毁了。屋顶被炮弹炸成窟窿、半边墙已经被炸毁的破房子直视着她,又寂静,又阴森。布拉德商行木制遮篷外面,拴着几匹上着鞍的马和骡子队。尘土飞扬的红土路上空荡荡的,毫无生气。唯一的声音是从街上较远处的酒馆里传来的喊叫声和充满醉意的狂笑声,在还很寂然的黄昏的天空中飘荡着。

车站在战争期间被烧毁了,此后就一直没有重建。车站所在地只有一个木头搭的遮篷,四面都没有东西遮风挡雨。思嘉在遮篷下走着,在一个显然是放在那当坐椅的空桶上坐了下来。她在街上前前后后打量着找威尔·本廷。威尔应该到这来接她的。他应该知道,接到他关于嘉乐去世的短信,她会坐最早能到达的火车前来。

她匆匆上路,小旅行包里只带了一件睡衣和一把牙刷,连换洗内衣都没带。她穿着从米德太太那里借来的紧身黑裙子,感到很不舒服,但她没有时间去为自己弄丧服了。米德太太现在很瘦,而思嘉的肚子却日见其大,所以这裙子穿起来就双倍的不舒服。即使在为嘉乐的死感到悲伤的时候,她也没忘记自己现在的模样,厌恶地低头看着自己的身体。她的腰身已经完全没有了,脸和脚踝都是浮肿的。在这以前,她对自己的样子并不怎么在乎,可是现在,一小时内,她就要见到希礼了,因此变得非常在乎。即使在这种心碎欲裂的时候，一想到自己怀着另一个男人的孩子却要面对希礼，她就不禁感到畏缩不前的。她爱他，他也爱她，而对她来说，这个不想要的孩子似乎成了对那份爱的不忠诚的行为。然而，令她更讨厌的是，让他看到她的腰身已经不再苗条，走路也不再轻快，而这又是她无法逃避的事。

她不耐烦地拍着自己的脚。威尔应该来接她的。当然，她也可以走到布拉德商行去打听一下，或者，如果发现他没法来的话，叫那里的什么人赶车送她到塔拉去。可她不想到布拉德商行去。今天是星期六晚上，很可能县里的一半男人都会在那。穿着这件非常不合身的黑裙子，她不想让别人看到她现在这副模样。这裙子非但没有掩饰她的肚子，反而使之更明显了。她也不想听到铺天盖地而来的人们对嘉乐的死所说的善意、同情的话。她不需要同情。她担心一有人对她提到他的名字，她就会大哭出来。她不想哭。她知道，她一旦哭起来，就会像那次埋在马的鬃毛里哭泣一样。在亚特兰大沦陷的那个可怕的夜晚，瑞德把她扔在城外黑漆漆的路上，可怕的眼泪把她的心都给撕碎了，却怎么也止不住。

不，她不能哭！她又感觉到嗓子眼里像被什么堵住了似的。听到这消息以后，她经常有这种感觉，可是哭一点用处也没有。哭只会使她心乱如麻，虚弱无力。为什么，噢，为什么威尔或是媚兰还有姑娘们没有写信告诉她嘉乐病了？她会坐头列火车到塔拉来照顾他的，如果需要的话，还会从亚特兰大带个医生来。笨蛋——全都是笨蛋！他们没有她就什么也干不成了吗？她不能同时在两个地方。仁慈的上帝知道，她在亚特兰大也是尽力在为他们工作。

她在桶上挪动着身子，威尔还是没来，她变得心神不宁，坐立不安的。他在哪儿呢？这时，她听到身后的铁轨上传来踩踏煤渣的声音，便转过身，看到亚历克斯·方丹正越过铁轨朝一辆运货马车走去，肩膀上还扛着一袋燕麦。

“天哪！可不是你吗，思嘉？”他叫了起来，扔下袋子，跑过来拉起她的手，沧桑、黝黑的小脸上写满了快乐，“见到你太高兴了。我看见威尔在铁匠铺里给马钉马掌呢。火车晚点了，他以为还有时间呢。要不要我去叫他？”

“好的，拜托了，亚历克斯。”她说，虽然心里很悲痛，但还是露出了笑意。又能看到一张县里老乡的面孔，感觉真不错。

“噢——哦——思嘉，”他尴尬地说，还拉着她的手，“对你父亲的事，我真的感到很遗憾。”

“谢谢。”她回答说，真希望他没说这句话。他的话把嘉乐健康红润的面孔和洪钟般的声音都带到她眼前来了。

“要是这能给你什么安慰的话，思嘉，我要说，我们这里的人都以他为荣呢。”亚历克斯继续说着，放下她的手，“他——哦，我们认为他死得像个战士一样，而且是为一个战士的事业而死的。”

哦，他到底指的是什么意思呢，她茫然不解地思忖着。战士？是不是有人枪杀了他？他是不是跟托尼一样，和哪个为联邦政府工作的南方人打起来啦？但她不该再听了。如果谈起他，她会哭的。可她不能哭，在稳稳当当地坐上威尔的运货马车，驶到没有陌生人可以看见她的乡野以前，她不能哭。威尔倒是没有关系的。他就像个兄长一样。

“亚历克斯，我不想谈这事。”她唐突地说。

“我一点也不怪你，思嘉。”亚历克斯说，黝黑的脸因生气而涨得通红，“要是我自己的妹妹，我就——哦，思嘉，我从来没对任何一位女士说过什么不是，但我私下认为，真该有人用生牛皮鞭把苏埃伦抽上一顿。”

他现在在说些什么蠢话呀，她感到纳闷不解。苏埃伦到底和这有什么关系呢？

“很遗憾，我要说，这里每个人对她都有这种感觉。威尔是唯一一个为她说话的人——当然，还有媚兰小姐，可她是个圣人，在她眼里，人人都是好人，而且——”

“我已经说了，我不想谈这事。”她冷淡地说，可是亚历克斯好像并不觉得受到冷落。他看上去好像是很理解她的粗鲁无礼似的，而这令人很恼火。她不想从一个外人嘴里听到有关她家里人的坏消息，不想让他知道她对发生了什么事都一无所知。威尔为什么没把详细情况告诉她呢？

她真希望亚历克斯没有这么坚定地看着她。她觉得他已经意识到她现在的样子，这使她很难堪。可是，黄昏中窥视着她的亚历克斯却在想，她的脸已经完全变了，他都不明白自己刚才是怎么认出她来的。也许是因为她要生孩子了。女人在这种时候确实看上去会像魔鬼一样。而且，当然喽，她一定会为郝先生感到很伤心。她曾经是他的至爱。可是，不，那变化比这大多了。她比他上次看到她时确实好多了。至少,现在的她看上去一天三餐吃饱是没问题的。她眼里那种被追猎的动物才有的神情也少了一些。现在,曾经满眼担忧、绝望的眼睛已经是很坚定的眼睛了。她身上有种支使别人、自信、果断的神情,连她笑的时候也是这样。可以断定,她在领着老弗兰克过着快乐的生活。是的,她变了。她还是很漂亮,当然,但是所有那些迷人、甜美的温柔已经从她脸上消失了,那种抬头看着男人时一眨一眨的神态也完全不见了。而这一点,全能的神知道得也不如他清楚。

哦,他们不全都变了吗?亚历克斯低头看着自己的粗布衣服,脸上又现出了往常那种饱经沧桑的皱纹。有时候晚上睡不着,想着他妈妈要怎么操持这个家,可怜的乔的小男孩怎么样才能受教育,他又该怎样去筹钱再买匹骡子,想着这些,他真希望战争继续打下去,希望战争永远打下去。那时候,他们不知道自己运气如何。部队里总是有东西吃,哪怕是只有玉米面包,总是有人发出命令,根本没有这种面对无法解决的问题的折磨人的感觉——除了被杀,部队里没什么可烦恼的。还有迪米蒂·芒罗。亚历克斯想跟她结婚,可是他知道,现在这么多人指望他供养,他是不能结婚的。他爱她爱了这么久,而现在,她脸上玫瑰色的红晕已经渐渐消失,眼里的欢快神采也不见了。要是托尼不用逃到得克萨斯州去就好了。这地方再有个男人,这世界也就会大不一样。他那可爱的、坏脾气的小弟弟,现在却身无分文地流落在西部。是的,他们全都变了。为什么不呢?他深深地叹了口气。

"你和弗兰克为托尼所做的一切,我还没谢你呢。"他说,"是你帮助他逃脱的,对不对?你真是太好了。我拐弯抹角地听说他在得克萨斯很安全。那时我不敢写信给你打听这事——可你或者弗兰克是不是借给他钱了?我想还——"

"噢,亚历克斯,请你别说了!现在不要说!"思嘉叫道。钱头一次在她眼里显得微不足道。

亚历克斯沉默了一会。

"我去帮你找威尔吧。"他说,"明天我们都会去参加葬礼。"他扛起那袋燕麦转身离去时,一辆摇摇晃晃的运货马车从边上一条街上驶了出来,嘎吱嘎吱直向他们走来。威尔坐在马车上,叫了起来:"对不起,我来晚了,思嘉。"

他笨拙地从马车上爬下来,跌跌撞撞地向她跑来,弯下身子吻着她的面颊。威尔从来没吻过她,称呼她时前面从来都没忘记过用“小姐”的,现在这么直呼其名,使她感到很惊奇,同时心里暖烘烘的,感到很快慰。他小心翼翼地抱起她,高过车轮,抱进马车。她低头一看,这还是她从亚特兰大逃出来时用的那辆摇摇晃晃的运货马车。这么长时间了,这马车怎么还不会散架呢?威尔一定是把每个部件都钉得结结实实的。看到它,想起那个夜晚,她感到有点恶心。就算她没有鞋穿,或是白蝶姑妈的饭桌上没有吃的,她也一定要让塔拉有辆新马车,把这辆烧掉。

威尔起先没说话,思嘉为此很感激他。他把破烂的草帽扔到运货马车的后座上,对马呼唤了一声,他们便上路了。威尔还跟以前一样,身材瘦长,瘦得很难看,粉红色的头发,温和的眼睛,耐心得就像耕畜一样。

他们离开了村子,转上了到塔拉的红土路。天边还残存着一丝淡淡的粉色,大朵大朵轻柔的云彩染上了金色和最淡的绿色。乡间静寂的暮色笼罩在他们身上,宁静得就像个祈祷的人一样。离开这里这么多个月,离开乡间清新的空气,离开耕种的土地和夏夜的恬静,她是怎么忍受过来的呢?她不禁在心里想着。潮湿的红土气息如此芳香、如此熟悉、如此友好,她真想跳下车去,捧一捧在手里。开着沟的红土路两边,缠结在一起垂挂下来的郁郁葱葱的忍冬芳香扑鼻,雨后的忍冬从来都是这样的,这是世界上最甜美的香味了。头顶上,一群家燕突然快速盘旋起来,不时会窜出一只受惊的兔子跑过路面,白色的尾巴一动一动的,就像绒鸭毛做的粉球一样。他们经过耕种的田地时,她高兴地看到,棉花长得很好,一丛丛绿色的棉花丛在红土地上茁壮成长。这一切多美呀!沼泽地里轻飘飘、灰蒙蒙的雾气,红土地和生长的棉花,斜坡上的田地里种着一排排弯弯曲曲的绿色棉丛,像一堵堵黑色的墙一样挺立在所有东西后面的黑松林。她怎么会在亚特兰大待了这么长时间呢?

“思嘉,在我告诉你郝先生的事以前——到家以前我要把一切都告诉你——有件事我要征求你的意见。我想,你现在是一家之主了。”

“什么事,威尔?”

他转过身,温和持重的眼光在她身上停留了一会。

“我只想让你同意我跟苏埃伦结婚。”

思嘉一把抓住座椅，吃惊得差点摔到后面去。和苏埃伦结婚！自从她把弗兰克·肯尼迪从苏埃伦手里夺过来后，她就再也没想过会有什么人要和苏埃伦结婚。谁会要苏埃伦呢？

“天哪，威尔！”

“这么说，我可以认为你不介意啰？”

“介意？不，可是——为什么呢，威尔，你真是要让我背过气去！你和苏埃伦结婚？威尔，我一直认为你喜欢卡丽恩。”

威尔两眼盯着马，挥了挥缰绳。他的姿势没变，但她觉得他微微叹了口气。

“也许是的。”他说。

“哦，那是她不要你啰？”

“我从来没问过她。”

“噢，威尔，你真是个傻瓜。问问她。她胜过两个苏埃伦。”

“思嘉，塔拉发生的事，很多你都不知道。这过去的几个月中，你没有给我们太多的关注。”

“我没有吗？”她生气了，“你以为我在亚特兰大干什么呢？坐着四轮马车到处跑，去参加舞会？我不是每个月都寄钱给你吗？我难道没有拿钱交税款、补屋顶、买新犁、买骡子？难道——”

“好了，别大发雷霆，发起爱尔兰人的脾气来。”他沉着地打断她的话，“如果说有谁知道你所做的一切的话，那就是我了，那相当于两个男人的工作。”

她稍稍得到抚慰，便问道：“哦，那好，你是什么意思？”

“哦，你让我们头顶上有屋顶，食品室里有食物，我并不否认这点。可是，你没花多少心思去思忖塔拉的每个人头脑里都在想什么。我并不是在怪你，思嘉。那是你的行为方式。对人们头脑里想什么，你从来都不感兴趣。可我想告诉你的是，我从来没问过卡丽恩，那是因为我知道这没有用。她一直像是我的小妹妹。我猜想，她跟我说话比跟世界上任何一个人说话都更坦率。可是，自从那个男孩死去以后，她一直没有恢复过来，而且永远也不会恢复过来了。现在，我最好还是告诉你，她打算到查尔斯顿的一所女修道院去。”

“你在开玩笑吧?”

“哦,我知道这会使你赶回家来。我只想请求你,思嘉,别跟她辩或是骂她、笑她。让她去吧。她现在就想要这样。她的心已经碎了。”

“可是,见鬼!很多很多人的心都碎过,她们并没有都跑到女修道院去。你看看我。我也失去过丈夫。”

“可是你的心没有碎。”威尔平静地说,他从马车底部捡起一根稻草,放在嘴里慢慢地嚼着。这话使她泄气了,就像她听到实话时总是表现的那样。不管这多不入耳,最基本的诚实心理迫使她不得不承认这是实话。她沉默了一会,尽力去使自己习惯卡丽恩去当修女这个念头。

“答应我,别跟她大吵大闹。”

“噢,哦,我答应。”接着,她似乎对他有了一种全新的理解,有些惊奇地看着他。威尔爱过卡丽恩,现在居然爱到为她说话、让她释然退隐的地步。可他却要跟苏埃伦结婚。

“哦,苏埃伦到底是怎么回事?你不喜欢她,对不对?”

“噢,喜欢的,在某种程度上我还是喜欢她的。”他说,从嘴里拿出稻草,仔细地瞧着,好像这很有趣似的,“苏埃伦并不像你想象的那么坏,思嘉。我想,我们会相处得很好的。苏埃伦唯一的麻烦就是,她需要个丈夫和几个孩子,而这正是每个女人都需要的。”

马车在车辙道道的路上颠簸前行,有好几分钟之久,两人都坐着没说话,可思嘉的思绪却一刻也没闲下来。一定有什么比表面现象更深的东西,某些更深层、更重要的东西,使温和、说话柔声细气的威尔要跟苏埃伦这样爱抱怨、爱唠叨的人结婚。

“你还没把真正的原因告诉我呢,威尔。如果我是一家之主,我有权利知道。”

“不错,”威尔说,“我想你是会理解的。我不能离开塔拉。这是我的家,思嘉,是我所知道的唯一的真正意义上的家。我爱这家里的每一块石头。我把它当成自己的家一样为它工作。一旦你为了什么东西付出过劳动,你就会渐渐爱上它。你明白我的意思吗?”

她明白他的意思,听到他说他也爱她最爱的东西,心里不禁对他涌起一股温情。

“我是这么想的。你爸爸走了以后,卡丽恩又要去当修女,这里就只剩下我和苏埃伦了。当然,不跟苏埃伦结婚,我就不能在塔拉继续生活下去。你知道人们会说什么闲话的。”

“可是——可是威尔,还有媚兰和希礼——”

听到希礼的名字,他转过身看着她,灰白的眼睛深不可测。过去的感觉又回来了,她觉得威尔知道她和希礼之间的所有事情,理解这一切,虽然没有指责她,但也没有赞同她。

“他们很快也要走了。”

“走?到哪去?塔拉是他们的家,正如是你的家一样。”

“不,这不是他们的家。正是这点在噬咬着希礼的心呢。这不是他的家,他觉得自己在此没法谋生。他是个很蹩脚的农夫,他自己也知道这一点。上帝知道,他尽了最大的努力,可他天生不是种地的,这你跟我一样知道得很清楚。要是让他砍柴,他很可能会把自己的脚都削掉。他在垄沟里连犁都扶不直,连小博都比他强。他不知道怎么使庄稼生长。这些事可以写满一本书。这不是他的错。他生来就不是这块料。他是个男人,却靠一个女人的施舍住在塔拉,又拿不出什么来回报,这使他很烦恼。”

“施舍?他是不是说过——”

“不,他一个字也没说过。你了解希礼的。可我能确切地把他的心思说出来。昨天晚上,我们为你爸爸守夜的时候,我告诉他说我向苏埃伦求婚了,她也已经答应。当时希礼说,这就让他放心了,因为一直待在塔拉,他觉得自己像条狗一样。他知道,郝先生一死,他和梅利就得一直待下去,就为了不让人们说我和苏埃伦的闲话。接着,他告诉我,说他打算离开塔拉去找工作。”

“工作?什么样的工作?到哪去找?”

“我也不知道到底他要去做什么,可他说要到北方去。他在纽约有个北方的朋友写信提到,要他到那里的银行去工作。”

“噢,不!”思嘉从心底发出呐喊。她这一喊,威尔又用原来那种神情看着她了。

“他要是真的到北方去,也许这里的一切会更好。”

“不!不!我认为不会这样。”

她的大脑急速运转起来。希礼不能到北方去！她可能再也见不到他了。自从有了果园里那命中注定的一幕后，她已经好几个月没见到他，没听到过他的声音，可是即使如此，她每天都想到他，为他在自己的屋檐下安然无恙而感到很高兴。她每每寄钱给威尔，就会很高兴这钱也会使希礼的生活过得容易些。当然，他不是一个好农夫。希礼是为更好的东西而被抚养教育出来的，她骄傲地想。他天生就是管人的，住在一所大房子里，骑好马，读诗歌，告诉黑奴们该做些什么。没有了大房子，没有了马匹，没有了黑奴，书也没剩下几本，这并没有改变什么。希礼天生不是犁地、劈木板条的。怪不得他要离开塔拉呢。

可她不能让他离开佐治亚。如果有必要，她要逼弗兰克在店里给他一份工作，让弗兰克把那个现在看柜台的男孩解雇掉。可是，不——希礼的位置不该是在柜台后面，就像他不该在犁耙后面一样。卫家的人看柜台！噢，绝对不行！一定要有什么——哦，当然是她的锯木厂！这一想法使她宽慰多了，脸上不禁露出了微笑。可他会接受她提供给他的工作吗？他还会不会认为这也是施舍呢？她应该好好筹措一下，让他认为他是在帮她的忙。她要把约翰逊解雇掉，让希礼负责那个旧的锯木厂，休则负责新的那一家。她要向希礼解释，弗兰克身体不好，店里的工作已经压得他够呛，没有办法帮她。她还要把她现在这样子当成另一个需要他帮忙的理由。

不管怎样，她要让他觉得，她这次没有他的帮助是不行的。她还要给他锯木厂一半的利润，只要他肯接受——只要能使他靠她近些，只要能看到他脸上漾出粲然的微笑，只要能有机会逮住他眼里一不留神露出的神情，说明他还在乎她，那什么事都行。可是，她告诫自己绝对、绝对不要再逼他说出爱她的话来，不要再千方百计让他扔掉那他比爱还更珍视的愚蠢的荣誉。不管怎么样，她得巧妙地把她这一新的决定告诉他。要不然的话，他会担心出现像过去那样的可怕的一幕，他可能就会拒绝。

“我可以在亚特兰大给他找点事做。”她说。

“哦，那是你和希礼的事。”威尔说着，又把稻草放回嘴里，“快跑，舍曼。好了，思嘉，在我把有关你爸爸的事告诉你以前，我还有件事要求你。我不想让你大骂苏埃伦。她做都做过了，就算你把她的头发全拔了，拔成秃顶也不能让郝先生死而复生。再说，她原先确实认为她的用心是好的。”

“我正想问你这事呢。这一切跟苏埃伦有什么关系？亚历克斯像说谜语一样，说她真该被鞭打一番。她做了些什么？”

“是的，邻里们都对她非常恼火。今天下午我在琼斯伯勒遇到的每个人都赌咒发誓的，说下次见到她要把她碎尸万段，可是他们也许慢慢会息怒的。好了，你答应我不要大骂她。郝先生的遗体还躺在客厅里，我不想有任何争吵。”

“他不想有任何争吵！”思嘉气愤地想，“他说话的样子就好像塔拉现在已经是他的一样！”

接着，她想起了嘉乐。他已经离开这个世界，躺在客厅里。她突然大哭起来，哭得很伤心，捂着脸不停地叨泣着。威尔搂着她，把她拉得靠他近些，让她舒服些，但什么也没说。

他们在暮色越来越浓的路上慢慢地颠簸着前行，她头靠在他肩膀上，帽子也歪斜着，嘉乐最后这两年的样子已经从她记忆中隐去了，那个盯着门口等着一个再也不会进门的女人的神志不清的老绅士已经不见。浮现在她脑海里的是那个生气勃勃、充满阳刚之气的老人，有着一头又长又密的鬈发，常常高兴得大喊大叫的。她想起了他那穿着靴子跺脚的声音，他那蹩脚的笑话和他的慷慨大方。她想起了孩提时代，他似乎就是世界上最出色的男人。就是这个貌似凶狠的父亲把她抱到马鞍前面，一起去跳栅栏。她淘气的时候，他会把她屁股翻过来揍她。她一哭，他也会哭，然后再求她饶命，好让她停下来。她想起了他从查尔斯顿和亚特兰大回家时买了很多很多礼物，而这些礼物从来都是不合适的，还想起他到琼斯伯勒去听审回家来、喝得小有醉意的那几个小时，醉意蒙眬中跳过栅栏，用拔高的快活的声音唱着《穿绿衣的人》。而在那些早晨，面对着埃伦时他又是多么的尴尬。

“你干吗没写信跟我说他病了呢？我一定会很快赶过来的——”

“他没生病，一分钟也没病过。哦，宝贝，把我的手帕拿去擦擦吧。我把一切都告诉你。”

她用他的大手帕擤了擤鼻子，因为她从亚特兰大出发时连一块手帕都没带，她重新靠在威尔的臂弯里。威尔真好！什么事都不会使他灰心丧气。

“哦，是这么回事，思嘉。你一直给我们寄钱来，希礼和我，哦，我们付了税款，买了骡子和种子和其他的一切，还买了几头猪和几只鸡。梅利小姐侍弄母鸡侍弄得好极了,是的,绝对的棒。她是个好女人,梅利小姐确实是。哦,就这样,我们给塔拉买了东西以后,就没什么钱买那些华而不实的小玩意了,可我们谁都没抱怨,只有苏埃伦不行。

"媚兰小姐和卡丽恩小姐都待在家里,她们穿着旧衣服,看上去还因此而觉得很骄傲。可是,你知道苏埃伦的,思嘉。她还不习惯将就着过。每次我带她去琼斯伯勒和费耶特维尔,她都得穿着旧衣服去,这常常使她难以忍受,特别是那些到南方来牟利的北方佬的太太们——那些女人总是穿金戴银地飘来飘去的。那些该死的管理自由人事务局的北方佬的妻子们,她们穿得有多漂亮呀!哦,县里的贵妇人穿着最差劲的衣服到城里去,就为了显示她们根本不在乎,而且穿着它们还感到很骄傲,这已经变成了一种荣誉了。可是,苏埃伦可不干。她还想要马和马车。她还明确指出来你都有一辆。"

"那不是专载人的马车,是辆破旧的轻便马车。"思嘉气愤地说。

"哦,不管是什么样的。我最好还是告诉你吧。苏埃伦对你和弗兰克·肯尼迪结婚一直耿耿于怀。我也不知道是不是该怪她。你知道,那就像是对妹妹使了卑鄙伎俩一样。"

思嘉从他肩上坐直身子,愤怒得就像一条随时准备进攻的响尾蛇一样。

"卑鄙伎俩,嘿?我真谢谢你还有点礼貌,威尔·本廷!他要我,不要她,关我什么事?"

"你是个精明的姑娘,思嘉,我确实认为,他选择了你,你从中帮了他的忙。姑娘们总是能做到这点的。可我猜想,你是用哄骗的方法使他就范的。你若想成为能够非常有吸引力的人,总是能做得到的。可是还是一样,他是苏埃伦的男朋友。你去亚特兰大前一个星期,她还收到他的一封信。他甜言蜜语说了好多,还说到等他再多赚些钱,他们就可以如何如何地结婚了。我知道这点,因为她把信给我看了。"

思嘉不说话了,她知道他说的是实话,她想不出什么可说的。在所有的人当中,她偏偏就没想到会由威尔坐在那审判她。再说,她对弗兰克撒的谎从来没有给她的良心造成太大的不安。如果一个女孩子留不住男朋友的话,她就活该失去他。

"好了,威尔,别这么刻薄了。"她说,"如果苏埃伦跟他结婚的话,你以为她会在塔拉或是我们身上花一个子儿吗?”

“我说你要是想刻意去吸引人,你总能做得到的。”威尔说,转身面对着她,无声地咧嘴笑了,“不,我认为,老弗兰克的钱我们就会一分都见不到了。可还是不能回避这个问题,如果你认为目的正当就可以不择手段的话,这还是卑鄙的伎俩。而且这不关我的事,我要去怨谁呢?可是结果还是一样,苏埃伦从此就像只大黄蜂一样。我想,她对老弗兰克也不是很关心,可这多少损伤了她的虚荣心。她一直在说你在亚特兰大穿得有多好,还有马车,而她却被埋没在塔拉。她确实很喜欢去拜访人,参加晚会,这你是知道的,还喜欢穿漂亮的衣服。我并不怪她。女人都这样。

“哦,大约一个月前,我带她去琼斯伯勒。我去办事时就让她自己去拜访人。我带她回家来的时候,她还像只小老鼠似的,可我看得出来,她太激动了,随时都会爆发的样子。我还以为她知道有人要开——还是听到什么有趣的传言了。我对她也就没怎么在意。大约有一星期时间,她都待在家里,神气活现的,但话倒不多。她去看凯思琳·卡尔福特小姐——思嘉,你一定会为凯思琳大哭一场的。可怜的姑娘,她嫁给了那个胆小怯懦的北方佬希尔顿,可还不如死了的好。你知道吗?他把那地方抵押出去,已经失去了,他们不得不要离开那里了。”

“不,我不知道,我也不想知道。我想知道有关爸爸的事。”

“哦,我就要说到那了。”威尔耐心地说,“她从那里回来后,说我们都错看希尔顿了。她叫他希尔顿先生,说他是个精明人,可我们只是笑话她。接着,她就在下午带你爸爸出去散步。很多次,我从田里回家来的时候,我都看见她跟他一起坐在围着墓地的墙上,激动地跟他说着话,摇着他的手。而老先生只是茫然不解地看着她,摇着头。你知道他一直都是那个样子的,思嘉。他好像越来越糊涂了,就像他连自己身在何处或者说我们是谁都不知道。有一次,我看见她指着你妈妈的坟墓,而老先生则开始大哭起来。当她满脸高兴、神情激动地走进屋来的时候,我跟她严肃地谈了一会。我说:‘苏埃伦小姐,你到底为什么要折磨你爸爸,跟他提起你妈妈呢?大多数时候,他都没有意识到她已经死了,而你却反复重提这件事。’她只是摇着头大笑,说:‘你别管闲事。总有一天你们全都会为我现在做的事高兴的。’媚兰小姐昨天晚上告诉我,苏埃伦曾经把她的计划告诉过她。但梅利小姐说她根本没有想到苏埃伦是认真的。她说她没告诉我们大家,因为这主意本身就使她感到很懊丧了。"

"什么主意?你是不是要说到点子上来了?我们现在离家里只有一半路了。我想知道跟爸爸有关的事。"

"我正想办法告诉你呢。"威尔说,"我们离家这么近了,我想我最好还是在这停下来,说完再走。"

他拉了拉马缰绳,马便停了下来,鼻子喷着气。他们正好停在标志着麦金托什家地产的长得过多的野山梅花篱笆旁边。从黑黢黢的树下望过去,思嘉只能依稀看出,只有高高的烟囱幽灵般地挺立在那一片寂静的废墟上。她真希望威尔没选这个地方停下来。

"哦,她的主意的要点就是,要让北方佬赔偿他们烧毁的棉花、赶走的牲口和拆毁的栅栏和谷仓。"

"北方佬?"

"你没有听说吗?北方政府在赔偿支持联邦的南方人被毁掉的财产。"

"我当然听说了,"思嘉说,"可那跟我们又有什么关系呢?"

"在苏埃伦看来,关系大着呢。那一天,我带她到琼斯伯勒去,她碰到了麦金托什太太。她们一路聊天的时候,苏埃伦注意到麦金托什太太穿的衣服很漂亮,便问起衣服的事。麦金托什太太于是大摆架子,说她丈夫是怎样对联邦政府提出赔偿要求的,说他们毁掉了一个忠诚的联邦政府支持者的财产,说他们从来没有给过南部邦联任何形式的援助和支持。"

"他们对谁都没有给过帮助和安慰。"思嘉尖刻地说,"苏格兰——爱尔兰混血!"

"哦,或许那是真的。我不认识他们。不管怎么说,政府给了他们,哦——我忘了几千美元了。然而却是相当可观的一笔钱。那使苏埃伦动心了。她一整个星期都在想这事,对我们却什么也没说,因为她知道我们只会笑话她。可她非得跟什么人说说不可,所以就去找了凯思琳小姐,而那个该死的白人穷鬼希尔顿又给她灌输了一大堆新主意。他指出,你爸爸连出生都不是在这个国家出生的,他也没有参战,也没有儿子可以参战,也没有在南部邦联的政府里供职。他说他们可以硬说郝先生是联邦政府的忠诚支持者。他给她灌输了这么多废话,于是,她回家就开始做郝先生的工作。思嘉，我用生命打赌，你爸爸有一半时间连她在说些什么都不知道。那就是她要利用的，他会宣誓效忠，自己却不知道。”

“爸爸会宣誓效忠！”思嘉大叫起来。

“哦，过去几个月里，他思想很脆弱。我想她正是利用了这一点。请注意，我们谁都没有对此事产生怀疑。我们知道她在打什么鬼主意，但我们不知道她在利用你死去的妈妈来指责他，说他本可以从北方佬那里得到十五万美元，却让他的女儿们穿得破破烂烂的。”

“十五万美元。”思嘉嘟哝着，她对宣誓的害怕心理慢慢消失了。

那是多大的一笔钱哪！而且只要签署对美国政府效忠的誓言，一份说明签署人一直都支持政府，从来没有给过它的敌人任何援助和支持的誓言，就能得到这笔钱。十五万美元！撒那么一个小小的谎言就能得到那么多钱！哦，她不能怪苏埃伦。老天在上！亚历克斯说要用生皮鞭抽她，指的是不是这个呢？县里的人说要宰了她，就为了这个？傻瓜，全都是傻瓜。有了那么多钱，她什么不能做呢！而这么一个小小的谎言算得了什么？你能从北方佬那里得到的一切毕竟都是合理的钱，不管你是怎样得到的。

“昨天，大约中午的时候，希礼和我正在劈木条。苏埃伦赶出这辆马车，让你爸爸坐上去，他们没跟任何人说一声就走了。梅利小姐知道这其中的原委，但她只是祈祷能有什么能改变苏埃伦，所以，她什么也没对我们任何人说。她只是不明白，苏埃伦怎么做得出这种事来。

“今天我才听说了发生的一切。那个胆小鬼希尔顿在城里其他支持联邦政府的南方佬和共和党人中有些影响，苏埃伦已经同意分给他一些钱——我不知道多少——只要他们对郝先生是个忠诚的联邦政府支持者一事睁只眼，闭只眼，在他是个爱尔兰人、没有参军作战等等上面做文章，在推荐信上面签字就成了。你爸爸只要发誓，在文件上面签名，然后文件就会被送往华盛顿。

“他们很快把誓言读完，他一句话也没说，事情进展很顺利，等到她要他签字时，这才出了问题。那时，老先生好像瞬息间恢复常态了，他摇了摇头。我认为他并不知道那到底是怎样回事，可他不喜欢那么做，而苏埃伦又总是以错误的方式惹恼他。哦，她已经陷入这么多麻烦了，那好像使她大为不安。她把他带出办公室，驾着马车在路上来回遛着，对他说你妈妈正从坟墓里向他大声喊叫呢，因为他本可以为孩子们提供钱财，可却让她们受罪。他们对我说，你爸爸坐在马车里，哭得像个孩子似的，就像他听到她的名字时一贯表现的那样。城里每个人都看到他们了，亚历克斯·方丹还走上前去，想看看是怎么回事，可是苏埃伦恶言恶语伤害他，叫他别管闲事。他气得简直都要疯了，便走开了。

“我也不知道她是怎么想到这主意的。下午，她拿了一瓶白兰地，把郝先生带回办公室，开始给他斟酒。思嘉，在塔拉，我们已经有一年没有烈性酒了，只有迪尔西做的一点黑莓酒和斯卡珀农葡萄酒，郝先生不习惯喝烈性酒了。他真的喝醉了，苏埃伦又是争辩又是怂恿的。过了几个小时后，他让步了，说可以，她想让他签什么，他就签什么。他们把誓言拿了出来，他拿起笔正要在纸上写字，苏埃伦又犯了个错误。她说：‘哦，好了，我想斯莱特里一家和麦金托什一家再也不会在我们面前摆架子了！’你知道吧，思嘉，斯莱特里一家为他们那被北方佬烧毁的小棚屋也索赔了一大笔钱。艾米的丈夫已经让华盛顿通过了赔偿申请。

“他们告诉我，苏埃伦说出这些名字时，你爸爸好像坐直了身子，挺直了肩膀，目光锐利地看着她。他再也不糊涂了，他说：‘斯莱特里一家和麦金托什一家签了像这样的东西吗？’苏埃伦紧张了，说是的，又说不是，结结巴巴的。于是他大声喊了起来：‘告诉我，那个该死的奥伦治党人和那个该死的白人穷鬼是不是也签了这个？’希尔顿那个家伙流利地说：‘是的，先生，他们签了，得到了一大堆钱，就像你马上要得到的一样。’

“接着，老先生像头公牛一样大吼一声。亚历克斯·方丹说，他在街上的酒馆里都听到了他的吼声。他用爱尔兰土腔很重的口音说着，就像一把涂黄油用的刀那样能伤人。‘你认为塔拉的一个姓郝的人会在该死的奥伦治党人和该死的白人穷鬼的肮脏交易中受骗上当吗？’他把文件一撕两半，对着苏埃伦的脸摔了过去，大叫着：‘你不是我的女儿！’一转眼就走出了办公室。

“亚历克斯说，他看见他来到街上，像头公牛一样冲出来的。他说，自从你妈妈死后，老先生头一次看上去就像过去的他一样，醉醺醺、摇摇晃晃地走着，用最高的嗓门在骂人。亚历克斯说，他从来没听到过骂得这么痛快的话。亚历克斯的马正好在那里，你爸爸连句对不起也没说就骑了上去，纵马而去，扬起了一片厚重的尘土，几乎能使你窒息，同时，说出来的每句话都是骂人的话。

“哦，大约黄昏的时候，希礼和我坐在屋前的台阶上，顺着路看去，心里非常担忧。梅利小姐在楼上躺在床上哭，什么也不告诉我们。突然间，我们听到路上传来了马蹄声，有人在大叫着，好像在猎狐一样。希礼说：‘那倒奇了！那声音听起来像是战前郝先生骑马去看我们时的声音。’

“接着，我们看到他在牧场尽头沿路而来。他一定在那里就跳过围栏了。他拼命顺着山坡往回骑，用最大的音量唱着歌，好像他在这世界上根本无所牵挂似的。我原来还不知道你爸爸的嗓子这么好。他在唱《低靠背车上的假腿人》，用帽子抽着马，马便疯也似的往前跑。他接近山顶时也没勒住马缰，我们看到他好像打算跳牧场的围栏。我们都一跃而起，怕得要死。接着他叫道：‘你瞧，埃伦！看我跳过这一道！’可是马在做出蹲坐姿势时在栅栏前停了下来，不肯跳，你爸爸便从它头顶上摔了下来。他没受什么苦，我们跑到他身边时，他就已经断气了。我想他的颈背断了。”

威尔等了一会，让她说话，见她没吭声，便抓起了马缰。“动身吧，舍曼。”他说，马便继续朝家里走去。

# 第四十章

那天晚上思嘉睡得很少。天亮了，太阳已经挂在东边小山上那黑色的松树林上，她才从凌乱的床上爬起来，坐在窗边一条凳子上，用胳膊撑着乏力的脑袋，从塔拉的场院和果园直望到棉花地里去。一切都是那么清新，露珠点点，一片静谧，郁郁葱葱。看到那棉花田，她那悲伤的心灵得到了某种程度上的安慰。尽管它的主人已经去世，但日出时分的塔拉看上去仍然惹人喜爱，不但管理得挺好，而且还很安宁。低矮的木头鸡棚上涂着泥巴，以防老鼠和鼬鼠，而且刷得白而干净，木制马厩也一样。果园里种着一长排一长排的玉米、黄得发亮的南瓜、菜豆和芜菁甘蓝，草除得很干净，周围还用橡木条整洁地围了起来。果园里的林下灌木已经除去，一长排一长排的树底下只长着雏菊。太阳映衬出绿树丛中若隐若现、微微发亮的苹果和生着一层绒毛的粉色桃子。再过去，蔓延着一排排曲线形的棉花，在清晨金色的阳光照射下一片宁静，一片碧绿。成群的鸡鸭正大摇大摆地向田里走去，因为，棉花丛下犁过的松软泥土里可以找到上佳的虫子和刺蛾。

对侍弄这一切的威尔，思嘉心里充满了爱慕及感激之情。虽然她对希礼很忠诚，但这也无法使她认为这一片安乐之景是他的功劳，因为塔拉的兴盛不是一个种植园贵族干出来的，而是一个热爱土地、不知疲劳的"小农夫"耕耘出来的。这是个"只有两匹马"的农场，而不是过去日子里那种满牧场皆是骡子和好马、棉花和玉米地一眼望不到边的贵族气派的种植园。可是，那里的一切皆是好的，而在时世好转的时候，那些休耕地还可以重新开垦，休耕过后还会变得更加肥沃。

威尔不单单是耕种几英亩土地，他还严格控制了佐治亚种植园主的两个敌人——松树幼苗和黑刺莓丛。它们没有偷偷摸摸地占领果园、牧场、棉花地和草坪，只是死皮赖脸地挺立在塔拉的入口边上，而州里其他数不清的种植园情况则恰恰相反。

一想到塔拉差一点就回归荒野，思嘉的心好像都要停止跳动了。她和威尔干得可真漂亮。他们抵挡住了北方佬、到南方来牟利的投机家以及大自然的侵犯。而且，最好的是，威尔已经告诉她，秋天棉花收成之后，她就不必再寄钱来了——除非其他的投机家觊觎塔拉，税款猛涨。思嘉知道，没有她的帮助，威尔的日子会很不好过，可她敬慕且尊重他的独立观点。只要他还处于受雇帮手的位置，他就会接受她的钱，可现在他就要成为她的妹夫和房子的主人了，他打算靠自己的努力。是的，威尔真是上帝的恩赐。

前一天晚上，波克就把墓穴挖好了，就在埃伦的墓旁边。他站在那堆湿润的红土后面，手里拿着铁锹，很快又要把土铲回原地去。思嘉站在他身后，站在一棵枝叶低矮、有很多节瘤的血松下面班驳的树荫下。六月清早炎热的阳光散落在她身上，她尽力不去看她前面的那道红色的深沟。吉姆·塔尔顿、小休·芒罗、亚历克斯·方丹和老麦克雷的小孙子用两根橡木棒扛着嘉乐的棺材慢慢地、别扭地走过来。在他们后面，恭敬地跟着一群由邻居和朋友们组成的散乱的人群，穿得破破烂烂的，全都默然无声。他们穿过果园，沿着阳光洒落的小路越走越近。这时，波克把头垂到铁锹柄的顶端，大哭起来。思嘉漫不经心地看到，几个月前她去亚特兰大时，他头上鬈发乌黑发亮的，如今已经花白一片，她不禁吃了一惊。

她心情怏怏地感谢上帝，让她把所有的眼泪都在前一天晚上哭干了，所以，现在的她可以笔直地站在那，一滴眼泪也不落。她肩膀后头站着的是苏埃伦，她的哭声使她恼火得难以忍受，得紧握拳头才不致转过身去，在她那浮肿的脸上甩上一耳光。不管她有意还是无意，她都是她父亲的死因，而她本该在充满敌意的邻居面前得体地控制住自己，不让自己哭出来才是。那天早晨，没有一个人跟她说话，也没有人同情地看她一眼。他们默默地吻过思嘉，跟她握手，跟卡丽恩甚至是波克嘟哝着说些安慰话，可却无视苏埃伦的存在，就好像她不在那似的。

对他们来说，她所做的比谋杀父亲还糟糕。她试图把他引入对南方不忠的歧途。而对那个冷酷严厉、紧密连结在一起的社会来说，这就好像是她试图要背叛他们所有人的荣誉一样。县里展示在世人面前的坚固的统一战线已经被她瓦解了。她想尽办法想从北方政府那里拿到钱，这一行动已经使她和到南方来牟利的投机家和南方佬结了盟，而他们是比北方士兵还更可恨的敌人。她是个忠于南部邦联的世家的成员，是个种植园家庭的成员，却走到敌人那边去了，而她这么做，就给全县的每个家庭脸上都抹了黑。

送葬的人满腔愤怒，悲伤地垂着头，特别是三个人——老麦克雷，自从多年前嘉乐从萨凡纳来到内地起，他就一直是他的老朋友了，还有因为他是埃伦的丈夫而喜爱他的方丹老太太，以及塔尔顿太太，她对他比对其他邻居都亲近，因为，就像她通常说的，他是县里唯一一个能够区分种马和阉马的男人。

葬礼前，在嘉乐尸体停放的昏暗的客厅里，希礼和威尔看到这三个人阴沉的脸，心里有点不安，他们便退到埃伦的办公室去稍作商量。

“他们有些人要指责苏埃伦。”威尔生硬地说，把稻草咬成了两段，“他们认为他们有理由说些什么。也许他们是有理由。这没有我说话的地方。可是，希礼，不管他们对还是错，我们作为家里的男人，都得对此表示不满，那就会有麻烦了。难道就没有人能阻止老麦克雷，就因为他聋得什么也听不见，容不得别人让他别开口吗？而且，你也知道，在这上帝造出来的世界上，谁也阻拦不了方丹老太太把她的想法说出来。至于塔尔顿太太——你看到没有，每次她看苏埃伦时，她那黄褐色的眼睛都滴溜溜乱转？她的耳朵已经竖了起来，几乎等都等不及了。如果他们说话了，我们就得接受挑战，而塔拉跟邻里关系就算没有不和，麻烦也已经够多的了。”

希礼忧心忡忡地叹了口气。他比威尔更理解邻居们的脾性。他还记得，有一半的争吵，还有战前的某些枪击事件，都是由县里的这一习俗引起的：要对着离世的邻居的棺材说几句话。一般说，那些话都是热情洋溢的赞美之词，但有时候也不是。有些时候，原本是最尊重的言辞却会被死者那些神经过分紧张的亲属误解，几乎等不及最后几锹土填在棺材上面，麻烦就已经开始了。

由于没有牧师到场，于是由希礼借助卡丽恩的祈祷书主持仪式，因为他们婉言谢绝了琼斯伯勒和费耶特维尔的卫理公会和浸礼会的牧师帮忙。作为天主教徒,卡丽恩比她的姐姐们还更虔诚。思嘉疏忽了,没有从亚特兰大带个牧师来,这使卡丽恩非常沮丧。别人暗示她说,牧师来为威尔和苏埃伦举行婚礼时,也可以为嘉乐举行宗教仪式,这才使她稍许安心一点。正是她反对邻近的新教牧师来举行仪式,所以这事才落到希礼手里。她在她的祈祷书上划了些段落让他读。希礼靠在那张旧书桌上,他知道,防止产生麻烦的责任就落到了他的肩上。他也知道县里人那一触即发的脾气,所以不知所措,不知怎么去举行仪式才好。

"没办法了,威尔。"他说,一头发亮的头发也抓乱了,"我不能把方丹老太太打倒,也不能把老麦克雷打倒,我也不能用手捂住塔尔顿太太的嘴,不让她说话。就算他们最温和地说,也会说苏埃伦是个谋杀犯,是个叛徒,若不是她,郝先生就还活在人世。对死者说话,真是该死的的习俗。这太残忍了。"

"你瞧,希礼,"威尔慢吞吞地说,"不管他们怎么想,我不打算让任何人说苏埃伦的不是。你看我的好了。你读完祷文,祈祷过之后,你就说:'有没有谁要说些什么。'你就马上看着我,这样我就可以先说话了。"

可是,思嘉看着抬棺材的人进入墓地狭窄的入口时那么费劲,根本就没想到葬礼之后会有麻烦。她心情沉重地想,安葬嘉乐,她也正在把能把她和往昔那些幸福而无忧无虑的日子联系在一起的最后一条纽带安葬入土。

终于,抬棺木的人把棺材放了下来,放在墓穴旁边。他们站在那,把发痛的手指一会握拳,一会又松开。希礼、媚兰和威尔一个接一个走进墓地,站在郝家的姑娘们身后。可以挤进来的较亲近的邻里全站在他们身后,其他的则站在砖墙外面。思嘉其实是第一次见到他们,这群人数目之多,既使她惊奇,又使她感动。交通如此不便,还有这么多人来,他们真是太好了。那里站着五六十个人,有些人是从很远的地方来的,她真不知道他们是怎么及时听到这消息赶到这来的。他们中有来自琼斯伯勒、费耶特维尔、拉夫乔伊的家庭,和他们一起来的有些黑人仆人。还有很多来自河对岸的小农场主和丛林里的穷苦白人以及一些零零散散居住在沼泽地里的居民。沼泽地的人身材高大,留着稀疏的胡子,穿着家纺布做的衣服,头上戴着浣熊皮帽,步枪随意地挂在臂弯里,嘴里含着烟草块,站在那一动不动。他们的妻子跟他们在一起，没穿鞋的脚陷入了松软的红土当中，下嘴唇全是鼻烟。遮阳帽下边的脸是灰黄色的，看上去像患了疟疾，但很干净，透着亮光，而她们新近熨过的白棉布则泛着淀粉浆的光亮。

附近的邻居全数站在那。方丹老太太干瘦干瘦的，满脸皱纹，脸色蜡黄，就像一只换了羽毛的老鸟一样。她靠在手杖上。站在她身后的是萨莉·芒罗·方丹和方丹少奶奶。她们低声请求着，拉着老太太的裙子，试图让她坐在砖墙上，但却一点用也没有。老太太的丈夫，那位老医生，却不在那里。他两个月前就已经去世了，而她那老眼里大部分意在伤人的快乐光芒也不见了。凯思琳·卡尔福特·希尔顿独自一人站着，自己的丈夫也在这出悲剧中起了推波助澜的作用，她站的位置正好适合她的身份，她已经退色的遮阳帽遮住了低垂的脸。思嘉惊奇地发现，她那细棉布裙子居然有油脂斑点，手上也生了雀斑，而且很不干净，指甲下面甚至还有黑色的东西。现在的凯思琳一点有身份的人的样子也没有了。她仿佛是个穷苦白人，甚至比穷苦白人还更差。她看上去脸色苍白、胸无大志、不修边幅、无足轻重。

“就算她还没有擦鼻烟，她很快也会这么做的。”思嘉惊恐地想，“上帝！多么落魄潦倒啊！”

她意识到，有身份的人和穷苦白人之间的区别非常小，不禁浑身一震，赶紧把目光从凯思琳身上移开。

“要不是我精明机智，我也成为那样的人了。”她想。她意识到，投降以后，自己和凯思琳是从同一基点开始的——白手起家，只有头脑好使。想到这点，骄傲感顿时充斥了她的全身。

“我干得还不错。”她心想，扬起下巴，露出了微笑。

可是，她看到塔尔顿太太反感的目光正注视着她，刚露出一半的微笑便收了回来。塔尔顿太太的眼睛因为流眼泪已经布满了血丝。她责备似的看了思嘉一眼后，又把目光定在苏埃伦身上，那眼神异常愤怒，预示着不祥。她和她丈夫身后站着塔尔顿家的四个姑娘，她们红色的鬈发在这种庄重的场合显得颇不合适，黄褐色的眼睛看上去还是像生气勃勃的年轻动物的眼睛一样，充满活力，却危机四伏。

希礼手里拿着卡丽恩破破烂烂的祈祷书，向前迈了一步。脚步声停了下来，人们摘掉帽子，双臂交叉着放在胸前，裙子的窸窣声也静了下来。他低头站了一会，金色的头发闪着太阳光的光芒。人群陷入深深的沉默当中，沉默得连木兰树叶中那低吟的呼呼风声都清楚地传到他们耳里，而远处叫声不绝于耳的反舌鸟听起来也吵得令人难以忍受，而且很悲哀。希礼开始读祷文，所有的人都低垂着头，听着他那洪亮且控制得很优美的声音朗朗读出简短而尊贵的词句。

“噢！”思嘉想着，喉咙哽咽了，“他的声音多美呀！要是得有人为爸爸做这事，我很高兴这人是希礼。我宁愿让他做，而不要牧师。我宁愿爸爸经由他自己的一个同乡来安葬，而不要由一个陌生人来做这事。”

当希礼读到卡丽恩为他划出来的有关炼狱的祷告时，他突然把祈祷书合上了。只有卡丽恩注意到这里被省略了，他开始读上帝的祷告时，她不解地抬头看了他一眼。希礼知道，在场的人中，有一半的人从来没听说过炼狱，而如果他含沙射影地说，哪怕是在祷文当中，说像郝先生这样的好人没有直接升天堂，那些听说过炼狱的人肯定会认为这是有意冒犯。所以，考虑到众人的观点，他就跳过了所有提及炼狱的祷文。众人加入了读《主祷文》①的行列，可是当他开始《万福玛丽亚》时，他们的声音慢慢消失，变成了难堪的沉默。他们从来没听过这段祈祷词。郝家的姑娘们、媚兰和塔拉的仆人们应声回答：“为我们祈祷吧，现在以及在我们离世的时候，阿门。”他们却都在偷偷地面面相觑。

接着，希礼抬起头，站了一会，拿不定主意该怎么办。邻居们都选择了较轻松的姿势，准备听长篇大论的讲话，他们的眼睛期待地望着希礼。他们都在等着他继续举行仪式，因为他们谁也没有意识到他已经结束了天主教的祈祷词。县里的葬礼时间通常都很长。主持葬礼的浸礼会和卫理公会的牧师们都没有固定的祈祷词，而是按具体的情况即兴演讲，在所有送葬的人泪流满面及死者的亲属悲痛得大哭出来以前，他们很少会停下来的。如果这些简短的祈祷文就是为他们爱戴的朋友举行的仪式，那邻居们就会震惊愕然，愤愤不平，义愤填膺，没有人比希礼更清楚这一点的了。这件事将会成为饭桌上的谈资达几个星期之久，而县里人便会认为，郝家的姑娘们对她们的父亲没有表示应有的尊敬。

---

① 《主祷文》，又叫《天主经》，基督教最常见的一篇祈祷经文。

于是,他飞快地、满含歉意地看了卡丽恩一眼,然后再次低下头,凭记忆背诵着他在十二棵橡树经常为死去的黑奴们读的圣公会葬礼词。

“我是耶稣复活,是生命……谁……若信我,就永远不会死。”

他没有全部记起来,于是慢慢地说着,偶尔还沉默一会,等着词句再现在脑海里。可是,这种经过斟酌的词句使他的话更加有感染力,原先没掉眼泪的送葬人,现在都纷纷掏出手帕。他们全都是坚定的浸礼会教徒和卫理公会教徒,他们认为这也是天主教仪式的程序,马上就从原先认为天主教仪式冷酷无情的观点中转变过来。思嘉和苏埃伦也同样不懂,但认为这些话能给人安慰,而且很美。只有媚兰和卡丽恩意识到,一个虔诚的爱尔兰天主教徒是被英国国教的祈祷词送入安息状态的。卡丽恩很悲痛,希礼的变节又伤害了她,不禁目瞪口呆。

读完以后,希礼睁开他那悲伤的灰色大眼睛看着众人。停了一会,他的眼光和威尔的对视了,他说:“在场的有没有谁要说什么?”

塔尔顿太太不安地动了动,可是不等她行动,威尔脚步沉重地向前迈了一步,站在棺材头的前面,开始说话了。

“朋友们,”他用平淡、无力的声音说道,“也许你们会认为我太不自量力了,敢头一个说话——我大约一年前才刚刚认识郝先生,而你们已经认识他达二十年之久或者更长时间了。但这就是我的理由:要是他再多活一个月左右的话,我就有权利叫他爸爸了。”

人群中泛起了一股诧异的涟漪。他们教养都很好,没有低声议论,但他们交换着支撑重心的双脚,看着低着头的卡丽恩。大家都知道他在暗恋着她。看到大家都把目光集中在卡丽恩身上,威尔继续说下去,就好像他没有注意到似的。

“亚特兰大的牧师一到,我就要和苏埃伦小姐结婚了。我想,也许这就给了我第一个说话的权利。”

他最后这句话却被人群中发出的一阵微弱的嘀咕声盖掉了,那就像蜜蜂发出来的声音一样,是一种愤怒的声音。声音里有愤怒,也有失望。大家都喜欢威尔,大家都因为他为塔拉所做出的一切而尊敬他。大家都知道他爱的是卡丽恩,所以,他要和在这一带受鄙视的人结婚,这个消息使他们很反感。好样的老威尔居然要和那个差劲、卑鄙的小人苏埃伦结婚!

有一刻,气氛极为紧张。塔尔顿太太的目光开始锐利起来,嘴唇的形状也说明她正不出声地说着什么。沉默当中,听得见麦克雷老人高昂的声音,要他的孙子告诉他威尔说了些什么话。威尔面对着他们大家,脸上还是很温和,但他淡蓝色的眼睛里有某种神情,公然跟他们对抗着,不让他们说他未来的妻子一句坏话。一方面是他们对威尔诚心的爱,另一方面是他们对苏埃伦的蔑视。那一瞬间,他们的感情在这两者之间举棋不定。最终威尔胜利了。他又继续说下去,好像他那停顿是很自然的。

“我不像你们,不是在郝先生的鼎盛时期认识他的。我认识的是个有点恍惚的好心的老先生。可从你们大家嘴里,我听说了他过去是个怎样的人。我要说明这一点。他是个爱尔兰斗士,一位南方的绅士,跟任何一个南部邦联的支持者一样非常忠诚。你再也得不出比那更精炼的说法了。我们也不可能看到更多像他那样的人了,因为养育他的那个时代像他一样,已经一去不复返。他来自外国,可是,我们今天在此安葬的人,比我们所有送他的人都更像个佐治亚人。他过着和我们一样的生活,热爱我们的土地,说到点子上,他是为我们的事业而死的,就像士兵们所做的那样。他是我们的一员,既有我们的优点和缺点,也有我们的力量和弱点。他有我们的优点就在于,一旦他下定决心,那就什么也阻止不了他,而穿着皮鞋的什么人他也都不怕。不管什么外部力量都是不能打败他的。

“英国政府要绞死他的时候,他不会害怕。他只是匆匆地突然离家,远走他乡。当他来到这个国家身无分文的时候,他还是一点都不害怕。他去干活,赚了钱。在这个地方还有点像蛮荒之地,在印第安人刚刚离去的时候,他也不畏来侍弄这片土地。他从荒野当中辟出了一个种植园。战争来了,他的钱财也慢慢消耗殆尽,但他不怕重新变穷。北方佬来到塔拉,很可能会烧死他或是杀掉他时,他一点也没有畏怯,也没有被打败。他还是站稳了脚步,屹立在他的土地上。那就是我为什么说他有我们的优点的原因。不论什么外部力量,都不能打败我们。

“可他还有我们的弱点,因为他可以从内部被打败。我意思是说,整个世界做不到的事,他自己的内心能做到。当郝太太去世的时候,他的心也已经死了,他也就被打败了。而我们看到的在这周围走动的人其实并不是他。”

威尔顿了顿，眼睛静静地扫视着那群人的面孔。他们站在炎热的太阳下，好像被施了魔法固定在地上一样，不管他们对苏埃伦有多气愤，那全都已忘到脑后去了。威尔看了思嘉一会，眼神稍微有点畏怯，就好像他心里在微笑着对她表示安慰似的。思嘉一直在试图忍住涌出来的眼泪，此时确实也觉得得到了安慰。威尔谈的都是众人皆知的事，没有长篇大论地谈在另一个更美好的世界里的团圆之事，让她的意志服从上帝安排等等。而思嘉总是能从众人皆知的事中找到力量和安慰。

“我不想让你们任何一个人因为他那样垮掉了而小看他。你们所有人都和我一样喜欢他。我们也有同样的缺点和弱点。有生命的东西，不管是什么都没有办法打败我们，就像不能打败他一样，北方佬不能，到南方来牟利的投机家不能，艰难时世不能，高额税款不能，甚至是饥饿与死亡也不能。可是，我们心里的那个弱点，在关键时刻就会打败我们。并不是说一定要失去你所爱的什么人，像郝先生那样，才能打败你。每个人的主发条都是不一样的。而我要说明这一点——那些生活的发条已经断掉的人，死了还比活着来得好。这年头，这世界上已经没有他们的位置了，而他们死了反倒更幸福……我说现在你们大家都没有理由为郝先生悲伤，原因就在于此。悲伤的时间应该回到舍曼来到这以及他失去郝太太的时候。既然他的肉体已经和他的心灵会合了，那我也看不出我们有什么理由为他悲伤，除非我们都，该死的，相当自私。我这么说，是因为我爱他，就像他是我自己的爸爸一样……如果你们不介意，那就不用再说什么话了。全家人都已经心碎了，听不下去，这对他们也不仁不义。”

威尔停下不说了，转向塔尔顿太太，用更低的声音说：“我想，你是不是可以把思嘉送回屋里去，夫人？她在太阳下站了这么久，不合适。方丹老太太看上去也累了，我没有冒犯的意思。”

悼文突然转到自己身上，思嘉吃了一惊，窘得脸都红了，因为大家都把目光转到了她身上。威尔为什么要让她已经很明显的怀孕之身引起大家的注意呢？她难为情、气愤地看了他一眼，可是威尔平和的眼神把她的气愤给压了下去。

“求你了，”他的眼神在说，“我知道我在做些什么。”

他已经是家里的一员了，思嘉也不想去搅和，于是无奈地转向塔尔顿太太。正如威尔所希望的,那位夫人突然也把思绪从苏埃伦身上转到了生养问题上来,不管是动物还是人类,这问题总是令她着迷的。于是,她挽起了思嘉的手臂。

“进屋去吧,亲爱的。”

她的脸上现出了善良、专注的神情。思嘉忍受着痛苦,让她领着她穿过人群,他们给她让出了一条窄窄的小路。她走过的时候,响起了一阵同情的嘀咕声,几只手伸出来安慰似的拍了拍她。当她走到方丹老太太面前时,老太太伸出一只瘦骨嶙峋的手,说:“扶我一下,孩子。”接着又严厉地看了萨莉和少奶奶一眼:“不,你们别来。我不需要你们。”

她们慢慢地穿过人群,沿着树荫下的小路向房子走去,人群在她们走过之后又聚拢了。塔尔顿太太的手架在思嘉的胳膊肘下面,又急切又有力,思嘉每走一步都几乎被架空起来。

“哦,威尔为什么要那么做?”她们离开了人群,走到他们听不到她们说话的地方时,思嘉愤怒地说,“他实际上是在说:‘看看她吧!她马上就要生孩子了!’”

“哦,你确实是,对不对?”塔尔顿太太说,“威尔做得对。你站在炎热的太阳下,那是很傻的。你可能会晕过去,或是流产。”

“威尔并没有为她会不会流产操心。”老太太说,费劲地走过前院向台阶走去,有点上气不接下气的,她脸上有一丝严肃而知晓一切的微笑,“威尔很聪明。他不想要你、比阿特丽斯或是我在坟墓边上。他害怕我们会说话,而他知道,这是唯一可以摆脱我们的方式……还有别的原因。他不想让思嘉听到泥土落到棺材上的声音。他是对的。记住,思嘉,只要你没听到那个声音,死去的人对你来说就没有死。可是一旦你听到了……哦,那是世界上最后的最可怕的声音……上台阶了,帮我一把吧,孩子。你也帮帮我,比阿特丽斯。思嘉不再需要你的胳膊了,就像她不需要拐杖一样,而我也精神不太好,正如威尔所说的……威尔知道,你是你父亲的至爱,你的感觉已经够糟了,他不想让你感觉再糟下去。他认为,对你的妹妹们来说,倒不是这么糟。苏埃伦有她的耻辱在支撑着她,而卡丽恩有她的上帝。可你没什么可以支撑你的,你有吗,孩子?”

“没有。”思嘉回答说,扶着老太太走上台阶,这尖利、苍老的声音道出了事实真相，她对此感到有点惊奇，“我从来都没有能支撑我的东西——除了妈妈。”

“可是，你失去她以后，你发现可以自个活下去，对不对？哦，有些人就不行。你爸爸就是其中的一个。威尔是对的。你不必悲伤。没有埃伦，他没法过下去，死了反倒更幸福。就像我一样，等和老医生在一起，我也会更幸福的。”

她这么说着，不要别人的任何同情，另外两个人也没有给她同情。她欢快、自然地说着，似乎她的丈夫还活着，就在琼斯伯勒，坐马车一会就可以去跟他在一起。老太太年事太高，见过太多的事，根本不害怕死亡。

“可是——你也能自个活下去的。”思嘉说。

老太太明亮的眼睛像小鸟似的看了她一眼。

“是的，可有时是太不舒服，太不舒服了。”

“你瞧，老奶奶，”塔尔顿太太打断她，“你不能这么跟思嘉说话。她已经够难受的了。她赶到这来，穿着那么紧的衣服，人又伤心，天又热，你不跟她说这么悲伤、痛苦的话，就那些就已经能使她流产了。”

“见他的鬼！”思嘉恼怒地叫道，“我不会难受！我也不是那些病恹恹的会流产的傻瓜！”

“你也说不准的。”塔尔顿太太好像无所不知地说，“我看到一头公牛用角抵伤我们一个黑奴的时候，我的第一个孩子就流产了——你记得我那匹红色的母马内利吗？哦，她是你见过的最健康的母马了，可是她紧张不安、十分敏感，如果我没看着她，她就会——”

“比阿特丽斯，别说了。”老奶奶说，“我敢打赌，思嘉不会流产的。我们就坐在过道里这凉快的地方吧。这有一股很舒服的穿堂风。哦，比阿特丽斯，如果厨房里有，你去给我们拿杯脱脂乳来，或者到食品室去看看有没有酒。我能对付着喝一杯。我们就坐在这，等他们来向我们告别。”

“思嘉得上床休息。”塔尔顿太太坚持说，打量着思嘉，眼神里露出能把孕妇的最后一分钟都揣度得清清楚楚的专家的样子。

“去吧。”老太太说，用手杖稍稍捅了捅她。塔尔顿太太向厨房走去，把帽子随意扔到餐具柜上，双手捋着潮湿的红头发。

思嘉往后躺在椅子上，解开了紧身胸衣最上面的两个扣子。过道里的天花板很高,很凉爽,也很昏暗。晒过太阳后,吹着从后院直吹到前院的风向不定的穿堂风,使人感到很清新。她从过道往嘉乐曾经停放尸体的大厅里望去,尽力把思绪从他身上移开,把视线投向挂在壁炉上方的外婆罗比亚尔的画像。那幅满是刺刀刀痕、头发高高盘起、胸脯半隐半露、神情傲慢无比的画像像往常一样,总能起到使她兴奋的作用。

"我真不知道,这两种情况到底是哪一种给比阿特丽斯的打击更大,是失去她的儿子们呢,还是失去她的马。"方丹老太太说,"她对吉姆和女儿们从来就不太在意,你知道。她就是威尔刚才谈到的那种人。她的主发条已经断了。有时候我都想,她是不是会走你爸爸的路。除非她看着马或是人在她面前生育,否则她是不会幸福的。而她的女儿们一个也没有结婚,在这县里也没什么希望能找到丈夫,这样,那就没什么事情能占据她的心思了。要是她内心不是这样的女人,那她就太普通了……威尔说要和苏埃伦结婚,是真的吗?"

"是的。"思嘉说,目不转睛地看着老太太。天哪,她还能记起她被方丹老太太几乎吓死的那个时候!哦,她现在已经长大了,如果她要插手塔拉的事,她还是愿意叫她见鬼去的。

"他可以找个更好的。"老太太直言不讳地说。

"真的吗?"思嘉傲慢地问道。

"你别那么高傲自大了,小姐。"老太太讥讽地说,"我不会攻击你那宝贝妹妹的,我若还待在墓地里,我可能会。我的意思是说,这一带男人这么少,威尔可以在很多姑娘中挑一个结婚。比如比阿特丽斯的四只野猫,芒罗家的姑娘们,还有麦克雷——"

"他要和苏埃伦结婚,就这么回事。"

"她能得到他,真是她的造化。"

"得到他是塔拉的造化。"

"你爱这个地方,对不对?"

"是的。"

"你爱得这么深,只要有个男人关照塔拉,连你妹妹和比自己地位低下的人结婚也不在乎了?"

"地位?"思嘉说着,这想法不禁使她吃了一惊,"地位?现在,只要姑娘能找到个能照顾她的丈夫，那地位又有什么关系呢？”

“这是个有争议的问题。”老太太说，“有些人会说你是在谈论众所周知的事。其他人则会说你在放低横杆，而那横杆本来是一寸也不该放低的。威尔确实不是够资格的人选，而你的一些邻居却是。”

她目光锐利的老眼看到了外婆罗比亚尔的画像。

思嘉想到了威尔，他又瘦又高，棱角不分明，性情温和，总是咬着根稻草，整个外表造成一种没有精力的假相，就像那些白人穷鬼一样。他祖上没有一长串有万贯家财、地位显赫、血统高贵的祖先。威尔家第一个踏上佐治亚土地的甚至可能是奥格尔索普①的债务人或是无工资的仆人。威尔没上过大学。事实上，他所受的全部教育就是在丛林学校里上过的四年学。他诚实，忠心，有耐心，也很勤劳，但他确实不够资格。毫无疑问，用罗比亚尔的标准来衡量，苏埃伦已经屈尊下嫁了。

“这么说，你赞成威尔成为你家的一员了？”

“是的。”思嘉情绪激动地说。只要老太太一说出一句谴责的话来，她就随时准备予以还击。

“你可以吻我一下。”老太太颇为令人吃惊地说，露出了赞成别人的最舒心的微笑，“我从来没有一个时候比现在更喜欢你，思嘉。你总是像个山核桃一样坚硬，甚至小的时候也一样，除了我自己，我不喜欢性格强硬的女性。可我确实喜欢你遇到事情时的处事方式。你不会对无可奈何的事大惊小怪，哪怕这样做会使你不舒服也不在乎。你像个好猎手一样，把栅栏围得整洁而干净。”

思嘉不能全然理解，她笑了笑，听话地在她伸过来的面颊上吻了一下。又听到赞许的话，真是令人愉快，虽然说她对那些话不怎么理解。

“对你让苏埃伦和穷苦白人结婚，这里会有很多人说闲话的——尽管大家都喜欢威尔。他们一边会说他是个好人，一边又会说郝家的姑娘下嫁地位比她低的人有多可怕。你可别让这些事烦你。”

“我从来没有为人们的闲话操心过。”

---

① 英国将军、下院议员（1722—1754），创建北美殖民地（1733）并任首任总督（1733—1743），击退西班牙军对佐治亚的进攻（1742）。

“我也是这么听说的。”老人的声音里有一丝讽刺意味，“哦，别为大伙说的话烦恼。很可能这会是桩很成功的婚姻。当然，威尔会一直都有穷苦白人的样子，婚姻不会使他的语法取得丝毫进步。即使他赚了很多钱，他也决不会像你爸爸那样，给塔拉增添任何光彩。穷苦白人没什么光彩。可是威尔内心是个绅士。他有绅士的本能。只有一个天生的绅士才会像他刚才在墓地那样准确地触及我们内心不对劲的地方。全世界都不能打败我们，可我们因为太渴望得到我们还没有得到的东西——或者说记得太多东西，从而打败我们自己。是的，和苏埃伦在一起，和塔拉在一起，威尔会做得很好的。”

“这么说，你同意我让他跟她结婚啦？”

“上帝，不！”老人的声音里露出疲乏而凄苦的感觉，但很有活力，“同意穷苦白人和名门世家通婚？呸！我会同意让劣等马和纯种马交配吗？噢，穷苦白人是很好，很实在，很诚实，可是——”

“可你说过，你认为这会是很成功的婚姻！”思嘉茫然不解地叫了起来。

“噢，我认为苏埃伦和威尔结婚挺好——就因为那件事，跟谁结婚都好，因为她太需要丈夫了。她还能在别的什么地方找到丈夫吗？你又还能在别的什么地方为塔拉找到这么好的一个管理者？可那并不意味着我比你更喜欢这种情形。”

“可是，我确实喜欢的。”思嘉心想，试图理解这个老太太的意思，“我很高兴威尔要跟她结婚。她干吗要认为我会介意呢？她在想当然地认为我会像她那样介意呢。”

她感到困惑不解的，也有点不好意思。人们把他们自己拥有的情感和动机加在她身上，认为她也跟他们有同感时，她总是有这种感觉。

老太太摇着她的蒲葵叶扇子，欢快地继续说道：“我和你一样不赞成这桩婚事，可我很现实，你也一样。一有什么令人不快但又无可奈何的事时，我认为，大喊大叫和到处游荡都没有什么意义。那不是对待生活风波的办法。我知道这点是因为，我的家庭和老医生的家庭经历的生活波折比我们分内该承受的还要多。而要说我们家的人有什么座右铭的话，那就是：‘别大喊大叫——笑着等待时机。’我们这种方式，就是笑着等待时机，已经战胜了一大堆事情，使自己活了下来，我们已经成了设法生存的专家。我们非得这样不可。我们总是把赌注下到了错误的马匹上。和胡格诺派教徒[1]一起逃离了法国,和英国查理一世时代的保王党成员一起逃出英国,和漂亮的查理王子一起逃出苏格兰,被黑鬼们赶出海地,现在又被北方佬打败了。可是我们总是在几年以后就又跃居有身份的地位。你知道这是为什么吗?”

她的头侧向一边,思嘉心想,她看上去就像只狡猾的老鹦鹉。

“不,我不知道,我敢肯定。”她礼貌地回答说。可她从心底里感到厌烦了,甚至像老太太向她喋喋不休地祖露希腊起义的往事时一样厌烦。

“哦,原因就在于此。我们对不可避免的事低头认输。我们不是麦子,我们是荞麦!暴风雨到来的时候,它可以把成熟的麦子刮倒,因为麦子是干的,不能顺着风弯曲。可是,成熟的荞麦里面有汁液,可以弯曲。暴风雨一过,它又会挺起身来,几乎就像过去一样挺直,一样强健。我们不是一个脖颈僵硬的部族,我们是强风吹刮时强有力的树木,因为我们知道,做树木是有好处的。有麻烦的时候,我们连争也不争便向不可避免的事低头,而且继续干活,微笑着等待时机。我们和较弱小的人合作,从他们那获得我们能够得到的东西。而当我们强大起来的时候,我们就一脚把那些我们踏着他们的肩膀爬上来的人踢开。我的孩子,这就是生存的秘密。”停了一会,她又说:“我把它传给你了。”

老太太咯咯咯地笑了起来,好像也被自己的话逗乐了,尽管这些话很恶毒。她那样子好像希望思嘉会对她的话作些评论。可是思嘉不太听得懂她的话,想不出什么话来说。

“绝对不,”老太太继续说下去,“我们的人被刮倒了,但是很快就又重新站了起来,对离这不远的很多人,我说都说不完。你瞧瞧凯思琳·卡尔福特。你可以看出她都成什么样子了。穷苦白人!比她的丈夫地位还要低得多。看看麦克雷家,被打倒在地上,孤独无助,不知道该怎么办,什么事都不知道该怎么办,连试都不去试一下。他们把时间都花在哼哼唧唧地诉说往昔的岁月上了。看看——哦,看看这县里的几乎每一个人,只有我的亚历克斯、我的萨莉、你、吉姆·塔尔顿、他的四个姑娘和其他一些人除外。其余的人都已经败落了,因为他们身体里面没有活力,因为他们没有勇气重新站起

① 16—17世纪法国基督教新教徒,多数属加尔文宗。

来。那些人除了钱和黑奴外,别的什么也没有,从来都没有。而现在钱和黑奴都没有了,那些人的下一代就将成为穷苦白人了。"

"你忘了卫家了。"

"不,我没有忘记他们。看到希礼成了寄人篱下的客人,我只是认为我很礼貌,不便提起他们。既然你提到了他们的名字——那我们就看看吧!英蒂,从我所听到的来看,她已经是个干枯的老处女了,因为斯图尔特·塔尔顿已经战死,她没有作出一点努力去把他忘掉,去想法再找过一个男人,而是摆出了一副寡妇的样子。当然,她老了,但如果她愿意,她还是可以找个世家的鳏夫。而可怜的哈尼过去总是痴迷于男人,跟珍珠鸡一样傻乎乎的没什么头脑。至于希礼,你瞧瞧他!"

"希礼是个相当不错的人。"思嘉急切地说。

"我从来没说过他不是,可他就像是只四脚朝天的海龟一样无助。如果卫家能够渡过这艰难时世的难关,那使他们渡过的是梅利,而不是希礼。"

"梅利!上帝,老奶奶!你在说什么呀?我和梅利一起住得够久的了,知道她病恹恹的,又胆小,连对鹅说声'嘘'的勇气也没有。"

"可是,为什么每个人都要对鹅说'嘘'呢?那对我来说总是在浪费时间。她可能不会对鹅说'嘘',但她会对世界或是北方政府或是任何别的威胁到她心爱的希礼或是儿子或是淑女风范的东西说'嘘'。她的方式跟你的不一样,思嘉,也跟我的不一样。那种方式是你妈妈会采取的方式,如果她还活着的话。梅利使我想起了你妈妈年轻的时候……也许她能使卫家渡过难关。"

"噢,梅利是个好心的小傻瓜。可你对希礼太不公平了。他是——"

"噢,不!希礼生来就只是为了读书的。那不能使一个男人摆脱困境。我们现在全都陷入困境了。从我所听到的来看,我知道,他是县里最差劲的犁田手!你只要把他和我的亚历克斯比一比就行了!战前,亚历克斯是世界上最没用的花花公子,他的心思只在新领带、一醉方休、枪击别人和追好不到哪里去的女孩子上面。可你看看他现在!他学会了干农活,因为他非得这么做不可。要不他就已经饿死了,我们也全都饿死了。现在他种出了全县最好的棉花——是的,小姐!那比塔拉的棉花好多了!——他还知道怎么去侍弄猪和鸡。哈!尽管他脾气不好,但他是个好小伙。他知道如何去等待时机，随着变化的形势而变化，当所有的重建灾难结束之后，你会看到，我的亚历克斯会和他父亲和他祖父一样富有。可是希礼——"

思嘉对瞧不起希礼的话感到很不自在。

"我觉得这一切听起来都像是废话。"她冷淡地说。

"哦，不是的，"老太太说，锐利的目光盯着她，"因为这正是自从你到亚特兰大去以后走的路。噢，对了！我们听说过你在那里的胡闹，虽然我们被埋没在这乡间。你也已经随着变换的时代改变了。我们听说了你是怎样巴结那些北方佬、白人败类和新近才富起来的投机家的，目的就是要从他们身上赚钱。从我所能听到的来看，你表面上却是一副老实样。哦，去干吧。我说，把你能从他们身上赚到的每一分钱都赚到手。可是，在你赚够了钱以后，就要当面一脚把他们踢开，因为他们对你不再有用了。一定要那么做，而且要做得恰如其分，因为跟在你屁股后面的败类会毁了你。"

思嘉看着她，眉毛蹙了起来，尽力去理解她说的话。这些话的意思还是不大明朗，而且她还在为希礼被称做四脚朝天的海龟而生气呢。

"我想你错看希礼了。"她唐突地说。

"思嘉，你太不精明了。"

"那是你的观点。"思嘉粗鲁地说，真希望能去揍老太太们的嘴巴。

"噢，你对美元美分倒是挺精的。那是男人精明的方式。可你一点也没有女人那种精明。对人，你说的话并不精明。"

思嘉的眼里开始冒火，双手拳头一握一握的。

"我让你感觉生气了吧，对不对？"老太太微笑着问道，"哦，我是有意这么做的。"

"噢，确实这样，对吗？可为什么呢，请你告诉我？"

"我有很好、很多的理由。"

老太太靠回椅子上。思嘉突然意识到，她看上去很累，而且老得令人不可置信。交叉着放在扇子上的瘦骨伶仃的双手又蜡黄又苍白，就像死人的手一样。思嘉心里闪过了一个念头，愤怒也从心里消失了。她凑过身子去，把她的一只手拉在自己手里。

"你是个非常可爱的老骗子。"她说，"这些胡言乱语，你一个字也不是当真的。你说这些是要把我的注意力从我爸爸身上引开，对吗？"

“别跟我耍小聪明了!”老太太生气地说,把她的手甩开,“那也是原因之一,另一个原因就是,我告诉你的全都是实话,你只是太傻了,不明白这一点罢了。”

可是她笑了笑,听出了她话里的讽刺意味。思嘉的心里因希礼而感到的气愤不见了。知道老太太不是当真的,这感觉真好。

“还是得谢谢你。你跟我说话,真是好极了——我很高兴知道,在威尔和苏埃伦这件事上,你是站在我这一边的,即使——即使有很多别的人反对。”

塔尔顿太太从过道那头走了过来,端着两杯脱脂乳。她什么家务事都干不好,杯子里的脱脂乳溢了出来。

“我走到冷藏室才拿到的。”她说,“赶快喝了吧,因为他们正从墓地回来呢。思嘉,你真的要让苏埃伦和威尔结婚吗?不是说他配不上她,而是因为,你知道的,他是个穷苦白人,而且——”

思嘉的眼光和老太太的对视了。那双老眼里有丝不怀好意的光芒跟她自己眼里的完全一致。

# 第四十一章

最后一声再见已经说完，最后的车轮声和马蹄声也已经消失。思嘉走进埃伦的办公室，从写字台的格眼里发黄的文件中拿出一个闪闪发亮的东西。那是她前一天晚上藏在那里的。听到波克在餐厅摆桌子准备午饭时吸鼻子的声音，她便叫了他一声。他来到她身边，黑色的脸上一副孤苦伶仃的神情，就像是一只没有主人的丧家犬一样。

“波克，”她严肃地说，“你要再哭一次，我也会——我也会哭的。你得停下来，不要再哭了。”

“好的。俺试过，可俺每试一次，俺就想起嘉乐老爷，俺就——”

“哦，那就别想。别人的话，不管谁的眼泪我都受得了，就受不了你的。好了，”她温柔地顿了顿，“你明白吗？我受不了你的眼泪，因为我知道你有多爱他。吸吸鼻子，波克。我要送你一件礼物。”

波克大声地吸着鼻子，眼里闪过了一丝感兴趣的神情，可那更多的是礼貌，而不是兴趣。

“你记得那天晚上你因为去偷别人的鸡舍被人用枪打伤的事吗？”

“上帝，思嘉小姐！俺从来没有——”

“哦，你有的，已经过去这么久，别再对我撒谎了。你记得我说过，因为你那么忠心，我要给你块表吗？”

“是的，俺记得。俺想你早忘了。”

“不，我没忘，表就在这。”

她递给他一块大而重的金表，上面有很多装饰，垂着一根有饰物印记的表链。

“上帝呀,思嘉小姐!”波克叫了起来,“这是嘉乐老爷的表! 俺见过他看那表看了不下一百万次呢!”

“是的,是爸爸的表,波克,我要把它给你。拿去吧。”

“噢,不!”波克惊恐地往后退着,“那是白人绅士的表,而且是嘉乐老爷的。你怎么能说要把它给俺呢,思嘉小姐? 按理这表应该属于小韦德。”

“它属于你。韦德跟爸爸有什么关系呢? 他生病、虚弱的时候,韦德照顾过他吗? 他给他洗过澡、穿过衣服、剃过胡须吗? 北方佬来的时候,他是不是守在他身边呢? 他为他偷过东西吗? 别傻了,波克。如果有人应该得到这块表,那就是你了,我知道爸爸会同意的。拿去吧。”

她抓起那只黑色的手,把表放进他的掌心。波克恭敬地盯着它看,脸上慢慢绽开了笑容。

“给俺,真的吗,思嘉小姐?”

“是的,是真的。”

“哦——谢谢,夫人。”

“要不要我拿到亚特兰大去刻一些字上去?”

“刻字是什么意思?”波克的声音里满腹狐疑。

“意思就是在表背面刻上字,像——像‘给波克,郝家’——行,就刻‘忠心的好仆人’。”

“不用——谢谢,夫人。不用麻烦刻字了。”波克退了一步,紧紧抓着表。

她的嘴角浮起了一丝笑意。

“怎么回事,波克? 你不信任我,不让我拿回来?”

“不。俺信任你——只是,哦,你可能会改变主意。”

“我不会的。”

“哦,你一定会卖了它。俺想这很值钱。”

“你以为我会把爸爸的表卖掉吗?”

“是的——如果你需要钱的话。”

“就为这你就该打,波克。我打算把表拿回来了。”

“不,你不能!”波克那天悲伤过度的脸上第一次浮上了一丝笑意,“俺知道你的——思嘉小姐——"

"怎么,波克?"

"如果你对待白人有像对待黑人一半的好,俺想,世上的人就会对你更好了。"

"世人对我够好的了。"她说,"好了,去把希礼先生找来,告诉他我要在这见他,就现在。"

希礼坐在埃伦的小写字椅上,他瘦长的身体使那纤巧的家具显得很矮小。思嘉此时正提出要分给他锯木厂一半的利润。他眼睛一次也没看她,也没说一句话打断她的话。他坐在那,低头看着自己的手,慢慢地翻过来,先是查看着手掌,然后再看手背,就好像是他从来没看过似的。虽然要干重活,它们还是很修长,看上去很敏感,对一个农夫的手来说,还是算保护得特别好的。

他低着头,沉默不语,这使她有点不安,于是就加倍地努力,想使锯木厂听起来更吸引人一些。她还把她的所有微笑和使眼色的魅力全用上了,可都无济于事,因为他连眼睛都没有往上看。要是他能看看她就好了!她没有提起威尔告诉她的有关希礼决心到北方去的消息,自以为要让他同意她的计划是没有任何障碍的,她就凭这种感觉在说话。他还是不说话。最后,她的话也慢慢变成了沉默。他瘦削的肩膀挺直,透出一股坚定,这使她很惊讶。他肯定不会拒绝的!他到底有什么理由拒绝呢?

"希礼。"她重新开始说话,又顿了顿。她原来没打算用她怀孕这一点来作为理由说服希礼,哪怕是让希礼看到她这么臃肿,这么丑陋,她也是不愿意的。可是,由于其他的劝说都没有什么效果,她决定把怀孕和无助作为最后一张牌打出去。

"你得到亚特兰大来。我现在确实非常需要你的帮助,因为我顾不了锯木厂。可能还要几个月我才——因为——你知道——哦,因为……"

"请你别说了!"他粗声粗气地说,"上帝,思嘉!"

他站起身来,突然走到窗户边,背对着她站着,看着场院里一队鸭子在那走来走去。

"那是不是——那是不是就是你不看我的原因?"她悲伤地说,"我知道我看上去——"

他猛地转过身来，灰色的眼睛聚精会神地直视着她，使她不自觉地把手放到了喉咙边。

“你那该死的容貌！”他突然很粗暴地说，“你知道，在我眼里，你总是很漂亮的。”

幸福感流遍了她的全身，她眼睛都湿润了。

“你这么说真是太好了！因为我很不好意思让你看见我——”

“你不好意思？你为什么要不好意思？我才是应该不好意思的人。我也确实感到不好意思。要不是我很笨的话，你就不会陷入这种困境了。你决不会嫁给弗兰克的。去年冬天，我本来就不该让你离开塔拉。噢，我那时真是个傻瓜！我应该知道你——知道你在孤注一掷，孤注一掷得连——我本该——我本该——”他的脸变得像发狂了一样。

思嘉的心狂乱地跳着。他是在后悔没有跟她一起私奔！

“我们成了乞丐的时候，你收留了我们。至少，我可以到路上去抢劫，或是去杀人，好给你筹到税款。噢，我一直都把事情搅得一团糟！”

失望使她的心都收紧了，有些幸福感便离她而去，因为这些不是她希望听到的话。

“我还是会走的。”她厌烦地说，“我不能让你去做那样的事。不管怎么说，现在都已经做了。”

“是的，现在都已经做了。”他慢慢地、痛苦地说，“你不会让我做不光彩的事，可你自己却把自己卖给你不爱的男人——还给他生孩子。这样我和我的家人就不致饿死。你庇护了我的无能，你真是太好了。”

他说话的尖刻意味显露出他内心深处一道没有愈合的白生生的伤口，他的话使她眼里露出了羞辱的神色。他很快就看在眼里，脸上换上了温柔的表情。

“你不会认为我在怪你吧？亲爱的上帝，思嘉！不。你是我知道的最勇敢的女性。我是在怪我自己。”

他转过身，重新往窗外看去，展示在她眼前的肩膀不再挺得那么平了。思嘉一声不响地等了好一会，希望他能够说出更多的让她可以铭记在心的话。她已经很长时间没有见到他了。她一直靠回忆往事过日子，直到往事也变得越来越模糊。她知道他还爱她。这一点很明显，从他的每一条皱纹、说的每一个痛苦、自责的字眼以及他对她怀着弗兰克的孩子的不满都可以看得出来。她很渴望能听到他亲口说出来,渴望自己能说出一些能激发他承认的话来,可是她不敢。她想起了去年冬天在果园里她曾经答应过的话,那就是,她绝对不再让自己去烦他。她伤心地意识到,如果希礼留在她身边,她就必须遵守诺言。只要她因爱和渴望大哭一场,只要她使个恳请他拥抱的眼色,那问题就彻底解决了。希礼肯定会到纽约去。可他不能走。

"噢,希礼,别怪你自己了!这怎么能是你的错呢?你到亚特兰大来帮我好不好?"

"不行。"

"可是,希礼,"她的声音开始因为痛苦、失望而哽咽起来,"可是我得靠你。我太需要你了。弗兰克帮不了我。店里的事就够他忙的了。如果你不来,我不知道我要到哪去请人!亚特兰大每个精明的人都在忙自己的事,其他的人又这么没有能力——"

"没用的,思嘉。"

"你意思是说,你宁愿到纽约去和北方佬生活在一起,也不愿到亚特兰大来?"

"谁告诉你这个的?"他转过身面对着她,因为有点恼火额头也皱了起来。

"威尔。"

"不错,我已经决定到北方去。战前跟我一起到欧洲大陆观光旅行的一个老朋友给我提供了一个在他父亲的银行里工作的职位。这样更好,思嘉。我帮不上你的忙。我对木材生意一窍不通。"

"可你对银行工作知道得更少,那会更辛苦的!而且,我知道,对你没有经验这一点,我比北方佬更能体谅你!"

他皱了皱眉头,她便知道自己又说错话了。他又转过身,看着窗外。

"我不要别人体谅我。我想靠我自己的能力自立起来。到现在为止,我对自己的生活都做了些什么?该是我干点事业的时候了——要不就会因为我自己的过错沉沦下去。我靠你的资助生活已经太久了。"

"可我要给你锯木厂的一半利润,希礼!你可以自立的,因为——你知道,这会是你自己的生意。"

“结果还是一样。我不是把这一半买下来。我是作为礼物接受下来。而我已经接受了你太多礼物了,思嘉——吃的,住的,连我自己、媚兰和孩子的衣服都有。可没给你任何回报。”

“噢,你有的! 威尔不能没有——”

“现在,我劈木材已经劈得很好了。”

“噢,希礼!”她绝望地叫了起来,他声音里的嘲弄意味使她满眼含泪,“我走了以后,你出什么事啦? 你说话这么强硬,尖刻! 你过去是不习惯这种样子的。”

“出什么事? 非常出色的一件事,思嘉。我一直在思考。在你离开这以前,我相信我一直没有真正地去思考过,从投降以后到你走之前都没有。我一直处于一种假死状态中,只要我有东西吃,有床睡觉就够了。可是你肩负一个男人的负担到亚特兰大去以后,我觉得自己根本就不算个男人——不算,真的,连女人都不如。这种想法是非常难以忍受的,而我不打算再忍受下去了。从战争中走出来时,也有其他人所剩下的东西比我还更少的,可看看现在的他们。所以我要到纽约去。”

“可是——我不理解! 如果你要的只是工作,那亚特兰大和纽约不是一样的? 而且我的锯木厂——”

“不,思嘉。这是我最后的机会了。我要去北方。如果我到亚特兰大去为你工作,我就永远完了。”

“完了——完了——完了。”这个词像丧钟一样在她心里叮当作响,可怕极了。她的眼睛飞快地搜寻着他的眼睛,可是它们大而灰,水晶般清澈透明。它们在看穿她,越过她,看到她看不见、无法理解的某种命运上去。

“完了? 你意思是说——你做了什么事亚特兰大的北方佬因此要抓你,对不对? 我是说,有关帮助托尼逃跑的事或是——或是——噢,希礼,你不是三 K 党吧,对不对?”

他茫然的眼神很快便又回到她身上,略微笑了笑,可眼睛却毫无笑意。

“我倒是忘了你是很讲求实际的。不,我怕的不是北方佬。我意思是说,如果我到亚特兰大去,再从你那得到帮助,我就永远把自立的希望给断送了。”

“噢,”她马上宽慰地叹了口气,“要是只有这原因,那就好了!”

“是的，”他又笑了，一种比原先还更冷冰冰的微笑，“只有这个原因。只是我男人的傲气，我的自尊，如果你要这么说的话，是我不朽的灵魂。”

“可是，”她迅速换了一种方法，“你可以慢慢地把锯木厂从我手里买走，那就成了你自己的了，然后——”

“思嘉，”他凶巴巴地打断她，“我告诉你吧，不行就是不行！还有别的原因。”

“什么原因？”

“在这世界上，你比任何人都更知道我的原因。”

“噢——什么？可是——那没事的。”她马上向他保证，“你知道，去年冬天，在果园里，我答应过的，我会信守诺言——”

“那你比我对自己更有信心。我可不能指望我自己能信守这种诺言。我本不该说的，可我要让你明白。思嘉，我再也不谈这个了。这已经定下来了。威尔和苏埃伦结婚后，我就到纽约去。”

他那大而狂暴的眼睛有一瞬间和她的视线对视了，接着他便很快地走到房间对过去。他的手拉住了门把。思嘉痛苦地望着他。谈话已经结束了，而输掉的是她。由于紧张以及过去的悲哀，加上现在的失望，这一切突然使她感到很虚弱。她的神经突然崩溃了，不禁尖叫起来：“噢，希礼！”她猛然躺倒在下陷的沙发上，放声大哭起来。

她听到他举棋不定的脚步声离开了门边，他那无助的声音在她头顶上一遍又一遍地叫着她的名字。一阵急速的脚步声从厨房里直向过道走来，媚兰闯进房间，两眼惊恐地睁得老大。

“思嘉……孩子没有……？”

思嘉把头埋在满是灰尘的沙发坐垫上，又尖叫起来。

“希礼——他太小气了！真是该死的小气——这么可恶！”

“噢，希礼，你对她都做了些什么？”媚兰猛地在沙发边蹲下，把思嘉抱在怀里，“你都说了些什么？你怎么能这样？你会使婴儿早产的！好了，亲爱的，把你的头靠在媚兰肩上吧！怎么回事？”

“希礼——他太——他太固执，太可恶了！”

“希礼，你真让我感到吃惊！你让她这么难过，像她现在的样子，而郝先生才刚刚入土！”

“别对他大呼小叫的!”思嘉说的话颇不合逻辑。她突然从媚兰肩上抬起头来,挺粗的黑发从发网里散落下来,脸上流满了一道道泪水。“他有权利按自己的意愿行事!”

“媚兰,”希礼说,脸色煞白,“我来解释吧。思嘉很好心,给了我一个位置,到亚特兰大去在她的一家锯木厂里当经理——”

“经理!”思嘉愤怒地叫道,“我给他一半利润,而他——”

“而我告诉她,我已经安排好,我们要到北方去。可她——”

“噢,”思嘉叫道,又开始哭起来,“我一再告诉他,我有多需要他——我很难找到人管理锯木厂——我又要生孩子——可他拒绝了,不肯来!现在——现在,我不得不要把锯木厂卖了。我知道卖不到好价钱,我会亏本,我想,也许我们都会挨饿的。可他不在乎。他太自私了!”

她重新把头埋进媚兰那瘦弱的肩膀上去,随着一线希望在她心里燃起,一部分真正的痛苦也离她而去了。她可以感觉到,忠实的媚兰会是她的帮手,可以感觉到媚兰非常愤怒,就因为有人使思嘉哭了,哪怕是她深爱的丈夫也不行。媚兰像只坚定的小鸽子一样向希礼飞去,平生第一次指责起他来。

“希礼,你怎么能拒绝她呢?而且在她为我们做了这么多事以后!你让我们显得多么忘恩负义呀!她现在又这么无助,怀着孩子——你真是没有风度!我们需要帮助的时候,她帮了我们。现在她需要你的时候,你却拒绝了她!”

思嘉偷眼看着希礼,看到他盯着媚兰充满怒意的黑色眼睛时,脸上又是惊奇又是举棋不定的神态。思嘉也因为媚兰对他的指责感到很惊奇,因为她知道,媚兰认为她丈夫是无可指摘的,根本不用妻子责备,而且认为他的决定是仅次于上帝的决定。

“媚兰……”他开口说道,无可奈何地挥着双手。

“希礼,你有什么好犹豫的?想想她为我们——为我所做的一切!要不是她,博出生的时候,我早死在亚特兰大了!而她——是的,她为了保护我们,还杀了一个北方佬。你知道这点吗?她为我们杀了一个男人。你和威尔回家来以前,她劳动,像黑奴那样干活,就为了我们嘴里有东西吃。我一想到她犁地,摘棉花,我就——噢,亲爱的!”她捧起思嘉的头,忠诚地狂吻着思嘉散落下来的头发，“而现在她头一次叫我们为她做点事——”

“你没必要告诉我她为我们做了些什么。”

“希礼，你想想！除了帮她的忙，你再想想，到亚特兰大和我们自己的人生活在一起，不用跟北方佬住在一起，这对我们意味着什么！那里有姑妈、亨利叔叔和我们所有的朋友，博也可以有很多玩伴，可以去上学。如果我们到北方去，我们就不能让他去上学，和北方佬的孩子搅在一起，班上还有黑人小孩！我们就得请个家庭教师，而我不明白我们怎么能请得起——”

“媚兰，”希礼说，他的声音极其平静，“你真的这么想去亚特兰大吗？我们谈起到纽约去时，你从来都没说过。你从来没提起过——”

“噢，我们谈起到纽约去时，我以为亚特兰大没有什么你能做的事，再说，我没有权利说什么。跟着丈夫走是做妻子的职责。可是，既然思嘉需要我们，有个只有你能胜任的位置，我们就可以回家了！回家！”她声音里有种狂喜的口气，紧紧抱着思嘉，“我又能看见五角场、桃树街和——和——噢，我多想它们呀！也许我们还能有个自己的小家！我不在乎有多小，有多破，可是——是我们自己的家！”

她的眼里闪着热情而幸福的光芒。那两个人目不转睛地看着她，希礼是一副惊呆的奇怪的表情，思嘉则是吃惊混杂着不好意思的神态。她从来没想到媚兰这么想亚特兰大，这么向往着回去，向往着有个她自己的家。她在塔拉似乎感到很满足，所以，她居然也会想家，这让思嘉感到颇为愕然。

“噢，思嘉，你为我们安排这一切，你真是太好了！你知道我有多想家！”

媚兰习惯把一些值得敬重的动机加在她头上，但是，如若那动机其实是根本不值得敬重的话，思嘉就会感到不安，感到不好意思。现在跟以往一样，她突然间既无法面对希礼的眼睛，也无法面对媚兰的眼睛。

“我们可以给自己安个属于我们自己的家。你有没有意识到，我们结婚都五年了，却从来没有过自己的家？”

“你可以跟我们一起住在白蝶姑妈家。那就是你的家。”思嘉嘟哝着说，手里把玩着一个枕头，垂下眼睛，掩饰着眼里得意的目光，心里暗暗觉得，形势在朝着有利于她的方向好转。

“不用，可还是得谢谢你，亲爱的。那样我们会住得很挤的。我们会给自己找所房子——噢，希礼，你千万要说行！”

“思嘉，”希礼用毫无感情色彩的声音说，“看着我。”

她吃了一惊，抬起头，看到了一双痛苦、疲惫而无奈的灰眼睛。

“思嘉，我会到亚特兰大去……我斗不过你们俩。”

他转过身走出房间。她心里一些胜利感被一种令人烦恼不已的担心给削减了。他说话时，眼里的神情跟他说如果他到亚特兰大去，那他就将永远完了时一模一样。

苏埃伦和威尔完婚了，卡丽恩也到查尔斯顿的女修道院里去了。希礼、媚兰和博来到亚特兰大，把迪尔西也带来煮饭，带孩子。普里西和波克还留在塔拉，等到威尔找到别的黑人帮他种地之后，他们也会到城里来。

希礼为他家找的房子是座小砖房，在常春藤街上，也正好在白蝶姑妈的房子正后面，两家的后院连在一起，只用一道参差不齐、长得过分茂密的水蜡树篱隔开。就因为这个原因，媚兰才特意选中了它。回到亚特兰大的第一天早晨，她一会笑，一会哭，拥抱着思嘉和白蝶姑妈，说她已经和她所爱的人分开这么久，现在住得离他们再近也不过分。

房子原来是两层的，可是围城时，楼上被炮弹炸毁了，而主人投降后回到这里时又没有钱重建。他把一楼的剩余部分铺上一层平平的屋顶就算了，这使这座房子看起来就像小孩用鞋盒做的玩具房子一样，又低矮又不相称。房子地基离地面很高，是建在一个很大的地下室上面的，在通往房子的又长又宽的台阶映衬下，看上去显得有点可笑。但是，屋前的台阶旁有两棵很漂亮的橡树，能给这地方遮阳，布满灰尘的木兰花开着星星点点的白花，把房子的扁平、挤压感冲淡了一些。草坪又宽又绿，种着浓密的红花草，边上是浓密、缠结在一起的水蜡树篱，交织着气味芳香的忍冬藤。草丛中，玫瑰枝从被压伤的梗上这里一丛、那里一簇地冒出来，粉白色的百日红盛开着花朵，就好像它们头顶上没有发生过战争，北方佬的马也没有嚼食过它们的枝条似的。

思嘉觉得，这是她见过的最难看的住房。可是，对媚兰来说，就是堂皇的十二棵橡树也没有它漂亮。这是家，而她、希礼和博最终可以栖息在自己的屋檐下了。

卫英蒂从梅肯回来了,她和哈尼自一八六四年起就住在那里。现在,她来和她哥哥住在一起,使这所小房子更加拥挤。可是希礼和媚兰欢迎她来。时代变了,也没什么钱,但南方生活中那种乐意为贫苦或者没结婚的女性亲戚提供住宿的做法并没有改变。

英蒂说,哈尼已经结婚了,嫁的是地位比她低的一个从密西西比州来梅肯定居的西部粗人。他红色的脸膛,声音很大,成天乐呵呵的。英蒂不赞成这桩婚事,因为不赞成,所以在她妹夫的家里也过得不快乐。希礼现在有自己的家了,这个消息她自然很欢迎,所以,她让自己搬离了她不喜爱的环境,也让自己不用再看到妹妹那令人难过的情景。她跟了一个配不上她的人,竟然还傻呵呵地过得很快乐。

家里其他人暗地里都认为,老是咯咯直笑、头脑简单的哈尼比人们所希望的过得还好,他们都对她能逮住一个男人暗暗称奇。她丈夫是个绅士,而且是个小有资产的人;可是对出生在佐治亚、在弗吉尼亚的传统中长大的英蒂来说,从东部海岸以外任何地方来的人都是乡巴佬和野蛮人。没有她在身边,哈尼的丈夫很可能也跟她离开他一样高兴,因为,现在的英蒂已经不那么容易相处了。

现在,老处女的样子在她身上非常明显。她已经二十五岁,看上去与实际年龄也相符,所以,她再也没有必要做出迷人状了。她没有睫毛的暗淡的眼睛直接地、毫不退让地看着这个世界,薄薄的嘴唇老是神气活现地紧抿着。现在,她身上有了种尊贵、骄傲的神态,奇怪的是,比起在十二棵橡树时她那种女孩子的坚定、可爱劲,这种神态反倒更适合她。她的姿态几乎就像是个寡妇的姿态。大家都知道,如果斯图尔特没有在葛底斯堡战死,他是会娶她的。所以,虽然她没有结婚,但也曾经是有人要的女人。人们也就给了她这样的女人应有的尊重。

在这所常春藤街上的小房子里,六个房间很快就摆上了从弗兰克的店里搬来的几件最便宜的松木和橡木家具。因为希礼一个子儿也没有,不得不赊账购买,所以,除了最便宜的,其他的他一概拒绝,而且只买非有不可的东西。这使喜欢希礼的弗兰克很难堪,也使思嘉很苦恼。她和弗兰克两个人都愿意无偿地把店里最好的红木家具和镂花紫檀木家具送给希礼,可是卫家人硬是拒绝了。他们的家很难看,又简单得令人痛苦,思嘉讨厌看到希礼住在没有铺地毯、没有挂窗帘的屋里。可他却好像没有注意到他置身的环境似的，而结婚后第一次有了自己的家的媚兰还很高兴，实际上，她还为这地方感到很骄傲。如果朋友们发现思嘉没有帷帘、没有地毯、没有坐垫、没有适当数量的椅子、茶杯和汤匙，她肯定会因丢脸而感到很痛苦。可是，媚兰在她的房子里尽主人之谊，就好像奢华的窗帘和锦缎沙发是她的一样。

尽管媚兰显然很快乐，但她身体不好。小博使她付出了失去健康的代价，而自他出生以来在塔拉干的辛苦的农活，更是使她元气大伤。她太瘦了，小小的骨架好像随时都会穿透她的皮肤露出来。当她和她的孩子一起在后院里嬉耍时，从远处看，她就像个小女孩一样，因为她的腰身细得令人难以相信，而实际上也没有什么身材。她胸部扁平，臀也像小博的一样平，她没有在紧身胸衣的胸部缝上褶裥或者在胸衣后背缝上衬垫，因为她既不会以此为荣，也没有这种智慧（思嘉这么认为），所以，她的瘦弱就更加明显。和她的身体一样，她的脸也太瘦太苍白，柔软光洁的眉毛弯弯的，像蝴蝶的触须那样娇嫩，衬在她过分苍白的皮肤上，显得太黑了。在她小小的脸上，她的眼睛大得反而变不漂亮了，下面乌黑的瞳仁使它们看上去很大，可是眼里的神情自她无忧无虑的孩提时代起就是这样的，一点也没有改变。在它们那恬美的平静眼神里，战争、不断的痛苦和艰辛的劳作都显得软弱无力了。它们是一个幸福女人的眼睛，一个暴风雨尽管猛刮猛下却侵袭不到她平静的内心的女人。

她怎么能够保持那样的眼神呢，思嘉心里想，嫉妒地看着她。她知道，有时候，她自己的眼睛有那种饿猫的眼神。瑞德有一次是怎么说媚兰的眼睛来着——有种像蜡烛那样的愚蠢神情？噢，是的，像是在一个浑浊的世界里的两件善事。是的，它们像是蜡烛，已经把所有的风都挡在外面了。重新回家，回到她的朋友们当中，那蜡烛便放射出两道幸福而柔和的光亮。

小房子里总是有很多人。媚兰从孩提时代起就是众人喜欢的人物，整个城市的人都蜂拥来欢迎她的归来。每个人都带了礼物到房子里来，小摆设、画、一把银汤匙、亚麻布枕套、餐巾、碎呢地毯及小物件，这些都是他们从舍曼手里抢救下来的，而现在却都赌咒发誓，说这些东西对他们没有用了。

曾和她的父亲一起在墨西哥并肩作战的老人也来看她，带了客人来见“老韩上校的可爱的女儿”。她妈妈的老朋友们也都围着她，因为媚兰对比她年长的人非常尊重,这令上了年纪的女人感到特别的受用,因为,这些年月里,年轻人似乎把自己该有的优雅举止全忘光了。她的同龄人,年轻的太太、妈妈和寡妇,也都喜欢她,因为她也经受了她们所经受过的一切,却没有怨愤,总是同情地听她们诉说。年轻人也来了,而年轻人总是那么做的,仅仅因为他们在她家过得很愉快,而且能在那里见到他们想见的朋友。

在媚兰乖巧、谦逊的个性周围,很快便形成了一个由老老少少组成的集团,代表了亚特兰大南北战争前社交团体剩下的精英。所有人都囊中羞涩,出身却都很显赫,是最顽固的死硬派。这就好像亚特兰大的社交团体在被战争搅散、摧毁之后,被死亡削弱之后,被变化弄得茫然无措之后,在她身上又找到了可以重新形成不屈不挠的核心似的。

媚兰很年轻,但她身上有老社交圈的幸存者们所珍视的品质,贫困和贫困中的傲气、毫无怨言的勇气、快乐、热情、善良,更重要的是,一如既往地忠诚旧有的传统。媚兰不愿改变自己,甚至拒绝承认在这变化不定的世界里有要变化的理由。在她的屋顶下,往昔的日子似乎又回来了。当时,一股高消费的生活浪潮席卷了到南方来牟利的投机家和新近富起来的共和党人近乎疯狂的生活。可人们鼓起勇气,对这股浪潮嗤之以鼻,鄙屑的态度跟过去相比是有过之而无不及。

他们看着她那张年轻的面庞,在那上面看到了对往昔岁月不可动摇的忠诚。此时,他们便可以暂时忘记他们的阶层中使他们愤怒、害怕和伤心的叛徒。而这种人有很多。他们都是出身很好的男人,被贫困逼得走投无路,便走到敌人阵营里去了,成了共和党人,从征服者那里接受提供给他们的位置,好让家人不用靠施舍过日子。还有些原来的年轻战士,他们没有勇气面对必须积敛钱财的漫长岁月。这些年轻人跟在白瑞德身后,在形形色色令人憎恶的赚钱计划中和投机家们手拉手、肩并肩地一道前行。

这些叛徒中,最糟的一群是亚特兰大一些最显赫的家族的千金们。这些姑娘是在投降后才渐渐成熟起来的,对于战争她们只有孩提时代的记忆,不像比她们年长的人那样有切身体会,也就少了那份痛苦感。她们既没有失去丈夫,也没有失去情人。她们对过去的财富和辉煌没有多少印象——而北方军的军官们是这么英俊,穿得这么漂亮,又是这么无忧无虑。他们开的舞会如此风光,赶的马车如此漂亮,而且他们也仰慕南方的姑娘的!他们像对待皇后那样对待她们，又非常小心，不会去伤害她们敏感的自尊心，毕竟——为什么不跟他们交往呢？

他们比城里本地的青年迷人多了。本地青年穿得破破烂烂，还一本正经的，整天辛勤劳作，没有多少时间娱乐。所以，出现了不少使亚特兰大许多家庭伤心透顶的跟北方军官私奔的事例。有在街上对自己的妹妹视而不见、不跟她说话的哥哥，也有从来不提起女儿名字的父母亲。想起这些悲剧，那些把“决不投降”当成座右铭的人心里便有一丝冰凉彻骨的恐惧——可一看到媚兰那温柔而不屈的脸，这种恐惧便烟消云散了。正如上了年纪的女人们所说的，她是城里年轻姑娘中出色、有益的楷模。由于她不会炫耀她的美德，所以，年轻姑娘们也不讨厌她。

媚兰从来都没有意识到，自己正在变成一个新的社交圈的领头人。她只是认为，人们来看她，要她参加他们小小的针线圈子、舞会俱乐部和音乐协会，这挺好的。亚特兰大总是音乐不断，喜欢动听的音乐，尽管南方的姐妹城市讥笑地评论说这个城市缺乏文化品位。而现在，随着时世越发艰难、越发紧张，这种兴趣又复苏了，而且越发的热情洋溢。他们听音乐的时候，更容易忘记街上那些无礼的黑面孔和守备部队的蓝制服。

发现自己成了新近形成的星期六夜晚音乐圈的头时，媚兰感到有点不好意思。对能提升到这个位置，她能找到的唯一原因就是，她可以用钢琴给每个人伴奏，连不善于辨别音高却要唱二重唱的两位麦克卢尔小姐也不例外。

实际上，媚兰凭借外交手腕已经设法把妇女竖琴团、男子合唱俱乐部、少女曼陀铃队及吉他协会和星期六夜晚音乐圈合并起来了，所以，现在亚特兰大有了值得一听的音乐。事实上，很多人都说，这个圈子演奏的《波希米亚姑娘》比纽约和新奥尔良的专业表演还要出色得多。正是在她设法把妇女竖琴团结合进来以后，梅里韦瑟太太对米德太太和怀廷太太说，她们应该让媚兰来做圈子的头。梅里韦瑟太太宣称，如果她能和竖琴团的人合得来，她就可以跟任何人都合得来。这个女人在循道宗教会教堂为唱诗班弹风琴，而作为一个风琴演奏者，她根本看不起竖琴和竖琴演奏者。

媚兰还当了两个团体的秘书，一个是美化光荣的死难者之墓协会，另一个是为南部邦联的孤儿寡母组建的针线圈。这项荣誉是在这两个协会开了一次联合会议之后落在她头上的。双方曾经威胁说要以武力解决问题，并且要一生一世断交。开会时，有人提出了这么一个问题：有些北方军的坟墓就在南部邦联士兵的墓地旁边，究竟要不要把那些墓地上的杂草也除去。那些看上去崎岖不平的埋着北方佬的小土堆，把女士们为美化自己的死难者作的努力全都给毁了。紧身胸衣下面的胸膛里早已燃烧着的怒火很快便变成熊熊烈焰，两个团体闹翻了，充满敌意地怒视着对方。针线圈的人赞成除掉杂草，而美化协会的女士们则坚决反对。

米德太太代表后一个团体发表看法，她说："给北方佬的坟墓去除杂草？只要给我两分钱，我就会把所有的北方佬挖起来，把他们统统扔到城里的垃圾堆去！"

听到这些毫不含糊的话，两个团体的成员纷纷站起来，每个女士都在发表自己的观点，却没有一个人在听别人说话。会议是在梅里韦瑟太太的客厅里开的，而梅里韦瑟老爷爷已经被赶到厨房里去了。他后来报告说，那声音听起来就像是富兰克林战役①的开战大炮一样。他接着还说，他认为富兰克林战场虽然昏天黑地的，但身临战场还比在女士们的集会上更安全。

媚兰不知怎的挤到了激动的人群中间，又不知怎的使她那通常非常柔和的声音让那乱七八糟的人群都听见了。在一群愤怒的人面前说话，她的心都害怕得跳到了嗓子眼里，声音也发抖了，但她还是大声说着："太太小姐们！请你们别吵了！"喧闹声渐渐停了下来。

"我想说——我意思是说，我想过很长时间了——我们不但要拔掉杂草，而且要种上鲜花——我——我不在乎你们怎么想，可我每次去给我亲爱的查理的坟墓送花时，我总是在他附近一个不知名姓的北方军的坟墓上也放上一些。那墓地——那墓地看上去孤苦伶仃的！"

群情又一次激愤起来，人们大声说着话，而这次，两个组织的人的声音合二为一了。

"在北方佬的坟墓上！噢，梅利，你怎么能这样！""他们杀了查理！""他们还差点要了你的命！""哦，博出生的时候，北方佬原来很可能杀了他的！"

---

① 南部邦联军队在从亚特兰大撤出后，于1864年11月30日在田纳西州的富兰克林与北方军遭遇，结果南部邦联损失了多名将军，有近6000人伤亡。

"他们还想放火烧了塔拉,把你赶走!"

媚兰抓住椅子的靠背,她从来没见识过这样一片不赞成的声浪,几乎都要垮了。

"噢,女士们!"她大声恳求着,"请你们让我说完!我知道,在这件事上我没有发言权,因为除了查理,我所爱的人中没有别的人被杀害了。我也知道他葬在什么地方,感谢上帝!可是今天,我们当中还有许多人还不知道她们的儿子、丈夫和兄弟都埋在什么地方——"

她哽咽了,客厅里出现了死一般的沉寂。

米德太太怒火中烧的眼睛变暗淡了。葛底斯堡战役后,她长途跋涉到那里去,想把达西的尸体运回来,可是没有人能告诉她他埋在哪里,只知道埋在被敌人占领的乡间某个匆匆挖就的沟里面。阿伦太太的嘴唇也发抖了。她的丈夫和兄弟曾经参加过摩根指挥的挺进俄亥俄河的进军,而那次进军是注定没有好结果的。她听到的有关他们的最后消息就是,北方军的骑兵部队向他们发起猛攻时,他们倒在河岸上了。她不知道他们埋在哪里。阿利森太太的儿子死在北方的战俘营,而她是穷人中的穷人,无法把他的尸体运回家来。还有其他在伤亡名单上出现的名字,"失踪——被认为已经死亡",她们只在那些话里知道了亲人的最后消息,而她们曾经亲眼目送着他们行军离去。

她们都转向媚兰,眼里似乎在说:"你为什么要重新揭开这些伤疤呢?这些伤痕是永远也不能愈合的——这一道伤痕就是:不知道他们到底在哪里。"

媚兰的声音在宁静的客厅里汇集起力量。

"他们的坟墓在北方佬的国家的某个地方,就像北方佬的坟墓在我们这里一样。噢,要是知道有些北方妇女说要把他们挖起来——那有多可怕呀。"

米德太太发出了一个小声、可怕的声音。

"可是,要是知道有些好心的北方女人——那有多好呀。一定有一些好心的北方妇女的。我不在乎人们会说什么,她们不可能全都很坏的!要是知道她们把我们的人的坟墓上的杂草拔掉,给他们送鲜花,即使他们也曾经是她们的敌人,那有多好呀。如果查理死在北方,要是知道有人——那我会得到安慰的。我不在乎你们会怎么看我，”她的声音又哽咽了，“我会退出两个协会，我会——我要拔掉我能找到的每个北方战士坟墓上面的杂草，我也要种鲜花——而且——我敢面对每个要阻止我的人！”

说完最后几句极富挑战性的话，媚兰放声大哭，跌跌撞撞地向门边走去。

一小时后，梅里韦瑟老爷爷坐在少女时代酒馆里，这里只有男性，所以他安全地向亨利叔叔汇报，说媚兰这一番话后，每个人都哭了，大家都去拥抱媚兰，结果以皆大欢喜的结局告终，媚兰被选为两个组织的秘书。

“她们便要去拔草。倒霉的是，多利说我也很高兴帮忙做这事，因为我没有多少别的事可干。我对北方佬并没有什么敌意。我想梅利小姐是对的，而其余那些雌野猫才是错的。可是我现在这把年纪，腰还会痛，竟然要去拔草！”

媚兰还是孤儿之家的负责人之一，还帮忙为刚刚成立的年轻人图书协会筹集书本。连每月业余演出一次戏剧的戏剧协会也吵着要她参加。她太羞怯了，不敢出现在煤油灯做的脚灯后面，但她可以用麻袋做演出服，如果那是唯一能弄到的布料的话。正是她在莎士比亚剧阅读圈投下决定性的一票，说吟游诗人的作品应该跟狄更斯和布尔沃—利顿①的作品有所调剂，使阅读多样化，而不像圈里一个年轻人所说的是拜伦勋爵的作品。媚兰私下里还担心，在圈子里，他是个非常放荡的单身汉。

深夏时节的晚上，她那光线暗淡的小家总是挤满了客人。椅子从来就不够坐，女士们经常坐在屋前游廊的台阶上，围在她们周围的男人则坐在扶手、装货箱或者下面的草坪上。有时候，思嘉看到客人们坐在草地上喝茶——卫家能够招待得起的唯一一样点心，她真感到纳闷，为什么媚兰能把自己的贫穷这么毫不羞耻地展露在大家面前。在思嘉有能耐把白蝶姑妈的房子装点得像战前一样，并且能给她的客人招待好酒和冰镇薄荷酒及烤火腿和冰冻鹿腰腿肉以前，她是决不会打算在家招待客人的——特别是来媚兰家的那些杰出的客人。

---

① 1803—1873，英国下院议员、殖民大臣（1858）、小说家和剧作家，主要作品有历史小说《庞贝末日》和剧本《黎塞留》等，称号1st Baron Lytton。

约翰·B. 戈登将军是佐治亚的大英雄,他经常带着家眷到那里去。瑞安神父是南部邦联的诗人牧师,每次经过亚特兰大总要到那里去拜访。他用他的智慧增添了聚会的魅力,而且不用人们怎么催促就经常背诵起他的《李的战剑》或者不朽之作《战败的战旗》来,而这总是会引起女士们伤心落泪。原南部邦联的副总统亚历克斯·斯蒂芬斯,每次在城里总要来访。一听说他在媚兰家里,屋里就挤满了人。人们坐在这个身体虚弱但声音洪亮的伤残人周围,一坐就是好几个小时,沉迷在他的魅力当中。通常还有十来个孩子在场,他们在父母亲的臂弯里打着盹,因为那时早已过了他们通常上床睡觉的时间。每个家庭都不愿失去让他们的孩子若干年后可以炫耀的机会,说他们曾被伟大的副总统亲吻过,或者和那个曾经指挥过这场事业的人握过手。每个到城里来的要人都会找到卫家去,还经常在那儿过夜。这使那所屋顶平平的小房子更挤了。英蒂不得已睡在做博的儿童室的那个小房间的床垫上,迪尔西则快步穿过后院的树篱到白蝶姑妈的厨娘那借早餐用的鸡蛋。可是媚兰还是和蔼有礼地招待他们,就好像她家是富丽堂皇的大厦似的。

不,媚兰从来没有意识到,人们聚集在她周围,就像聚集在一个曾经用过的、备受爱戴的准则周围一样。所以,有一天米德医生对她说出那番话来时,她才感到又是吃惊又是难堪。那天晚上在她家,米德医生出色地朗读了《麦克白》①的片段,在那里待了一个愉快的晚上后,他吻了吻她的手,用他曾经演说过我们光荣的事业的声音说道:

"我亲爱的梅利小姐,能来你家里总是一种特权,一种快乐,因为你——还有像你这样的女士——是我们大家的心脏,是我们剩下的一切。他们夺走了我们男人的花季和我们年轻姑娘的笑声。他们破坏了我们的健康,根除了我们原有的生活,破坏了我们的习惯。他们毁掉了我们的繁荣,让我们倒退了五十年。我们的孩子们本该在学校读书,我们的老人本该在阳光下睡大觉,可他们却在老人和孩子的肩上加上了沉重的负担。可是我们会重建起来的,因为我们有像你这样的心脏做基础。只要我们有了它们,北方佬想要其余的东西,全都给他们好了!"

---

① 莎士比亚四大悲剧之一。

思嘉的肚子越来越大，大得连白蝶姑妈宽大的黑披巾也遮掩不住了，她这才经常和弗兰克一起溜过后院的树篱，加入到在媚兰的游廊上举行的夏夜聚会中去。思嘉总是坐在远离灯火的地方，藏在能保护她的阴影中。在那里，她不但不会引人注目，而且能看着希礼的脸，满足自己心里的需要，又不会被别人察觉到。

吸引她到这房子里来的只有希礼一人，因为那些谈话经常既无聊又使她伤心。它们总是一个模式——先是艰难时世，再是政治形势，接着，免不了的就是战争。女士们抱怨什么东西都很贵，向先生们发问，他们是否认为好的世道还会回来。无所不知的先生们则总是说，肯定会回来的，只是时间问题，艰难时世是暂时的。女士们知道先生们在撒谎，而先生们也知道女士们知道他们在撒谎。可他们还是愉快地撒着谎，女士们也就假装着相信他们。其实，每个人都知道，艰难的世道会一直延续下去。

艰难时世的话题谈过之后，女士们便谈到黑鬼们越来越无礼，对到南方来发财的北方佬感到的义愤及北方士兵在每个角落游来荡去给她们带来的耻辱。先生们是不是认为，北方佬会把佐治亚州的重建工作做完？先生们安慰她们说，他们认为重建工作马上就会完成——那就是，一等民主党人重新获得选举权就成。女士们很会体谅人，不去问他们这会是在什么时候。谈完政治以后，关于战争的谈话开始了。

不论在什么地方，只要有两个前南部邦联的支持者凑在一起，谈话的内容永远只有一个。而有十二个或更多人聚在一起时，那就一定能预先知道他们的结论，那就是，战争必须激烈地重打一次。而谈话中“假如”这个词总是最为突出。

“假如英国承认了我们——”“假如杰夫·戴维斯征用了全部的棉花，在封锁线收紧以前把它们运到英国——”“假如朗斯特里特在葛底斯堡听从了命令——”“假如杰布·斯图尔特在马斯·鲍勃需要的时候没有出去袭击敌人——”“假如我们没有失去石墙杰克逊——”“假如维克斯堡没有沦陷——”“假如我们能再坚持一年——”而且总是这些话：“假如我们没有让胡德代替约翰斯顿——”或者“假如他们在多尔顿让胡德指挥而不是让约翰斯顿指挥——”

假如！假如！在寂静的黑夜中，带着往日的激动，他们慢吞吞、软绵绵的谈话声会越来越快——步兵、骑兵、炮兵，回忆着生活处于鼎盛时期的那些岁月。在这凄凉的日落后的冬夜，他们却在回忆着仲夏日的炎热情景。

"他们别的什么也不谈，"思嘉心想，"什么也不谈，只谈战争。总是战争。他们以后也是什么也不谈，只谈战争的。不，他们到死都会这样的。"

她看了看周围，看到小男孩躺在他们父亲的臂弯里，呼吸急促，眼睛发亮，听着子夜突袭以及骑兵勇猛的冲锋和战旗插在敌人低矮的防护墙上的故事。他们似乎听到了鼓声、号声和反叛者的叫声，看到了雨中腿脚发酸的人斜扛着破烂的战旗走了过去。

"这些孩子也决不会谈论别的事情的。他们会认为，和北方佬打仗，然后瞎着眼跛着脚回家来——或者根本就不再回家来，是非常光彩、非常光荣的事。他们全都愿意记住战争，谈论战争。可我不愿意。我连想都不愿去想。要是我做得到的话，我宁愿永远把它忘了——噢，要是我做得到就好了！"

媚兰谈起了塔拉的事时，思嘉听得鸡皮疙瘩都起来了。她把思嘉说成了英雄，说她如何面对入侵者，救下了查理的剑，吹嘘说思嘉是怎么扑灭大火的。对这些往事，思嘉没有感到一丝的快乐和自豪。她根本不愿去想起这些事。

"噢，他们为什么就忘不了？他们为什么不能向前看，而不是往后看？去打那场战争，我们全都是傻瓜。我们越早忘记它越好。"

可是谁也不愿忘记，好像没有一个人乐意去忘记，只有她除外。所以，到思嘉确确实实可以告诉媚兰，说她不好意思再出现在众人面前，连在黑暗中也不行时，她自己倒是很高兴的。媚兰马上就对这种理由表示理解，她对生孩子的一切事宜都非常敏感。媚兰也很想再生个孩子，但米德医生和方丹医生都说过，再生一个小孩就会要了她的命。所以，并不完全认命的媚兰大部分时间都和思嘉待在一起，通过他人怀孕来感受一种怀孕的感觉。思嘉很不想要这个即将出生的孩子，对它感到很恼火，觉得它来得不是时候。对她来说，媚兰这种态度似乎是感情用事、蠢笨到极点。可是她虽然也觉得有点负疚，但还是很高兴，因为，医生的命令使希礼不再可能和他妻子之间有真正亲密的行为。

思嘉现在经常见到希礼,但她从来没有单独见过他。每天晚上从锯木厂回家的路上,他都到家里来汇报白天的工作,可是弗兰克和白蝶通常都在场,更糟的是,还有媚兰和英蒂。她只能问些生意上的问题,提些建议,然后说:“你来真是太好了。晚安。”

要是她没有怀孕就好了!那样的话,这就是个天赐良机。每天早晨,她都可以跟他赶着马车到锯木厂去,穿过那片孤零零的树林,避开窥探的眼睛。在那里,他们尽可以想象着自己又回到了战前县里那种不紧不慢的岁月里去。

不,她不能让他说一个有关爱的字,连试一下都不行!她无论如何也不能提到爱。她已经对自己发过誓,她决不会再那么做的。可是,如果她再次单独跟他在一起,也许他就会卸下那副冷淡、客套的面具。自从来到亚特兰大以后,他就一直戴着这副面具。也许他会重新变成原来的他,变成野餐会以前她所知道的那个希礼,他们之间从来没说过一个有关爱的字眼的那个希礼。如果他们成不了情人,他们也能重新成为朋友,她可以用他的友情来温暖她那颗冰冷、孤独的心。

“要是我能赶快把这孩子生下来,那就好了,”她不耐烦地想,“那我就可以每天和他一起赶着车出去,我们可以说话——”

使她在怀孕期间感到痛苦、无奈和不耐烦的还不单单是想跟他在一起的愿望。锯木厂需要她。自从她不再亲临管理,把它们交给休和希礼管理后,锯木厂就一直在亏钱。

尽管休干得很努力,但他还是没有能力。他是个差劲的生意人,而当工人的老板就更差劲。任何人跟他做生意都可以把价格砍下来。如果有个狡猾的承包商故意说木材质量不好,不值得要那个价,休就会觉得,一个绅士所能做的就只有赔礼道歉,把价格降下来。当她听说他卖一千英尺地板材所接受的价格时,她气得放声大哭。那是锯木厂出产的最好的地板材,他实际上等于把它们白白送人了!他也管不了工人。黑鬼们坚持要按天付工钱,而他们经常用工钱去买酒,喝得烂醉,第二天早晨就不能来上班。在这种时候,休就被迫去找新的工人,锯木厂就推迟开工。有了这些困难,休会一连好几天没到城里来推销木材。

看到利润从休的手指缝里漏掉,思嘉对自己的无能为力和他的蠢笨都要发狂了。等孩子一生下来,她能回去工作,她就要把休解雇掉,雇别人来干。谁都可以做得比他更好。她也决不再和自由的黑鬼们瞎胡闹了。自由的黑鬼们老是停下不干,谁能把工作做好呢?

"弗兰克,"在和休就工人流失问题进行了一场暴风雨般的谈话之后,她这么说道,"我差不多已经下定决心要租用囚犯到锯木厂干活。不久前,我和约翰尼·加勒格,也就是汤米·韦尔伯恩的工头,谈起我们很难让黑人好好干活这件麻烦事,他问我为什么不雇些囚犯来干。我觉得这听起来确实是个好主意。他说,我几乎不用花什么钱就可以把他们转租出来,给他们吃便宜透顶的东西就行了。他还说,我想要他们怎么干,就让他们怎么干,自由人事务局不会像大黄蜂一样向我涌来,通过法律形式来干预与他们毫无关系的事情。等约翰尼·加勒格和汤米的合同期一满,我就雇他来管理休那个锯木厂。谁要是能让他管理的那群野蛮的爱尔兰人好好干活,他就可以让囚犯们干得更好。"

囚犯!弗兰克连话也说不出来了。租用囚犯是思嘉提过的疯狂计划中最糟的一个,甚至比她想建个酒馆的想法还更糟。

至少,弗兰克和他身在其中的那个保守圈子里的人会觉得更糟糕。这种租用囚犯的新制度是因为战后州里太穷才采用的。由于无力供养这些囚犯,州里正把他们租给那些需要大量劳力的人,铁路的修建、松脂行业、森林里和木材厂。当弗兰克和他那群去教堂做礼拜的缄口不言的朋友意识到这个制度的必要性时,他们也就只好对此表示遗憾了。他们中许多人连蓄奴制的存在都不信奉,也就会认为这比以往的蓄奴制还要糟得多。

而思嘉却想要租用囚犯!弗兰克知道,要是她真这么做了,那他就再也抬不起头来了。这比她自己拥有和经营锯木厂或者她做过的任何事都要糟得多。他过去表示反对时总是这样问她:"人们会怎么说呢?"可是这个——这比害怕公众舆论还更严重。他觉得这和卖身没什么两样,是用身体的某个部位来作交易,而他如果让她这么做了,那他心里就会觉得像犯了罪一样。

认定这是不对的以后,弗兰克鼓足勇气,不许思嘉去做这种事。他的言辞很强硬,这使她大吃一惊,尔后便陷入了沉默。最后,为了让他平静下来,她温顺地说,她不是当真的。她只是对休和自由的黑鬼们太恼火了,所以发了脾气。可她暗地里还在想这事,渴望能这么做。囚犯劳工可以给她解决一个最棘手的问题,可要是弗兰克坚持他的立场——

她叹了口气。要是其中一家锯木厂能赚钱,她也能忍受的。可是希礼管理的锯木厂跟休的比,也好不到哪里去。

起先,思嘉既吃惊又失望,希礼居然没有马上管起事来,让锯木厂跟她管理时比能双倍地赢利。他那么精明,又读过那么多书,他却不能取得极大的成功,大把大把地赚钱,这一点理由也没有。可他并不比休更成功。他的经验不足,他的失误,他对生意完全缺乏判断力,以及他对熟人来买木材有所顾忌,这些跟休通通都是一样的。

思嘉对他的爱马上为他找到了借口,她没有用同样的观点来看待这两个人。休是笨得不可救药,而希礼只是对生意还不熟悉。还有个想法也自动浮现在她脑海里,希礼决不能像她那样在头脑里进行估算,然后就给出一个合理的价格。有时候,她还会纳闷,不知他到底有没有学会如何区分厚板材和底木。因为他是个绅士,而且他自己是值得信赖的,所以他相信每个来人。有好几次,要不是她巧妙地从中干涉,他就已经把她的钱亏掉了。而如果他喜欢某个人——而且他好像喜欢的人还特别多!——他就赊账卖给他木材,连想都不想去查一查,看他们在银行里是不是有存款或是有财产。在这方面,他和弗兰克一样糟糕。

可是,他肯定能学会的!他在学习期间,她对他的错误总有一种母性的溺爱和耐心。每天晚上,当他疲惫不堪、垂头丧气地到她家来的时候,她都毫不厌倦地给他提些机敏的、帮助性的建议。然而,尽管她一再鼓励他,而且很高兴,他的眼里还是有种奇怪的呆滞神情。她对此无法理解,而这也使她感到很害怕。他变了,和过去那个男人太不一样了。要是她能单独跟他在一起就好了,或许她就能发现那到底是为什么。

这种状况使她经常失眠。她为希礼担心,既是因为她知道他不快乐,也是因为她知道他的不快乐对他成为一个好的木材经销商没有一点好处。把她的锯木厂交到两个像休和希礼这样生意经不精的男人手里,这真是一种痛苦。在这无可奈何的几个月中,她这么辛苦地工作着,这么精心地计划着,现在看到她的竞争对手们把她最好的客户都抢走了,她的心都要碎了。噢,要是她能回去工作就好了!她会手把手地教希礼,然后他就一定能学会。约翰尼·加勒格可以管理另一家锯木厂,她则管销售,然后,一切就会好起来。至于休呢,如果他还想为她干活,他可以赶马车送货。那是他最拿手的。

当然,尽管加勒格很精明,但看上去就像个无耻之徒,可是——她还能请谁呢?为什么其他既精明又诚实的男人这么犟,不愿为她干活?只要她能找到他们中的一个代替休为她工作,她就不用这么担心了,可是——

汤米·韦尔伯恩尽管背部伤残,但他现在是城里最忙的承包商,而且赚钱赚得就像在印钞票一样,人们就是这么说的。梅里韦瑟太太和勒内的生意也很兴隆,已经在城中心开了一家面包店。勒内以真正的法国人节俭的美德在经营着面包店。而梅里韦瑟老爷爷也很高兴从那烟囱边上的角落逃出来,赶起了勒内从前的馅饼车。西蒙斯家两兄弟忙着运作他们的砖窑,工人一天三班倒。而凯尔斯·怀廷则用拉直头发这一行当在赚钱,因为他告诉黑鬼们说,如果他们头发拳曲,他们就不会被准许去投共和党人的票。

她认识的所有精明的年轻小伙子情况都一样,医生、律师、店主。战争结束时,他们曾经被一种漠然的态度紧紧抓住,可是现在,那种态度已经完全消失了。他们忙着为自己聚敛钱财,没有时间来帮她聚敛了。那些不忙的人全都是休这一类型的人——或者希礼这类人。

想要做生意,又要生孩子,这是多糟糕的事情呀!

"我再也不生孩子了。"她坚定了自己的决心,"我不要像其他女人那样,每年都生个小孩。上帝,那就意味着我在一年中有六个月要离开锯木厂!而我现在已经明白,我是一天也离不开它们的。我只想告诉弗兰克,我再也不要别的孩子了。"

弗兰克想要个大家庭,可她能够控制弗兰克。她已经下定决心。这是她生的最后一个小孩。锯木厂比这重要多了。

# 第四十二章

思嘉生下的是个女孩,一个光头的小家伙,难看得就像一只没有毛发的猴子。滑稽的是,她非常像弗兰克。除了溺爱的父亲,谁也看不出她有什么漂亮的地方,可是邻居们都很仁爱,说所有难看的婴儿最后都会出落成漂亮的姑娘。她取名叫埃拉·洛雷纳,埃拉是跟她的外婆埃伦取的,而叫洛雷纳是因为那是当时为女孩取的最时髦的名字,甚至像罗伯特·E. 李和石墙杰克逊是很流行的男孩名一样,而亚伯拉罕·林肯和解放则是时髦的黑人小孩的名字。

她出生在星期三。那时,一股狂热的担心热潮正席卷着亚特兰大。气氛很紧张,一副随时会有灾难降临的样子。一个吹嘘说强奸了女人的黑人确实被捕了,但不等他受审,三 K 党人就袭击了监狱,悄悄把他给绞死了。三 K 党人这么做,是为了让那个还不知姓名的受害者不用出庭作证。她的父亲和哥哥宁愿用枪把她打死,也不愿她抛头露面,把自己的耻辱再张扬出去,所以,用私刑杀了这个黑人,对城里人来说,似乎是很明智的解决办法,实际上还是唯一可行的体面的解决办法。可是军事当局气坏了。他们搞不明白,这个姑娘有什么理由对公开作证这么在意。

士兵们到处抓人,发誓说,即使要把亚特兰大的每个白种男人抓进监狱,他们也要剿灭三 K 党。黑人又是害怕又是赌气,低声抱怨说要用火烧房子的方式以牙还牙。城里到处都在传言,如果罪犯被查出来,北方佬要把他们全都绞死。还有传言说,黑人正在联合起来,要用暴动反抗白人。城里人都紧锁门户,关严窗子,躲在家里,没有人保护男人都不敢把女眷和孩子留在家里,连出去做事都不敢了。

筋疲力尽的思嘉躺在床上,无力地、默默地在感谢上帝。希礼很理性,不会去参加三 K 党,而弗兰克也太老了,且精神不好。要是知道北方佬随时都可能迅速行动,把他们逮捕,那多可怕呀!为什么三 K 党中那些精神错乱的年轻傻瓜们不安安静静地待着,非要把北方佬惹得这么恼火呢?很可能那姑娘根本就没被强奸过,她只是被吓傻了,而因为她,就可能有很多男人要丢掉自己的性命。

大家的神经非常紧张,就好像眼看着一根导火索慢慢地朝一管炸药烧过去一样。在这种紧张气氛中,思嘉迅速恢复了体力。她那种健康的活力曾经支撑她度过了在塔拉的艰难岁月,它现在照样对她非常有利。生下埃拉·洛雷纳不到两个星期的时间里,她已经能坐起来,并对自己闲置在家感到很恼火。三个星期后,她起身下床,声称要去看看锯木厂。由于休和希礼两人整天都提心吊胆的,不肯离开他们的家,锯木厂已经停产了。

接着便遇到了打击。

刚做了父亲的弗兰克满心自豪,他鼓起勇气,禁止思嘉在情势这么危险的时候离家外出。要是他没有把她的马和马车放在出租行,吩咐说除了他自己外,不能交给任何人的话,他的命令也就一点也不会令她担忧,她就可以不管它们自行其是了。使事情更糟的是,在她卧床休息的时候,他和嬷嬷耐心地搜查了整幢房子,把她藏起来的钱都给拿走了。弗兰克用自己的名义把钱存进了银行。所以,她现在连要雇辆马车也办不到。

思嘉对弗兰克和嬷嬷两人都感到很愤怒,接着就退而去哀求他们。最后,有一天早晨,她像个受到阻挠的狂怒的孩子一样放声大哭起来。可是,尽管她很痛苦,她听到的只是:“好了,宝贝!你还是个应该休息的孩子。”还有:“思嘉小姐,你如果不停止哭闹,你的奶就会发酸,孩子就会患急腹痛,她会送命的。”

狂怒之下,思嘉冲过后院,来到媚兰家。在那里,她用最大的音量声称,她要走路到锯木厂去,她要在亚特兰大到处向人诉说,她嫁了一个怎样的小人,她不想被人当成一个淘气、没有头脑的孩子一样看待。她要带上一把手枪,谁要是威胁她,她就杀了谁。她已经枪杀过一个男人,她也会,是的,也会再枪杀一个的。她会——

连自家屋前的游廊都害怕走出去的媚兰,被这些威胁的话吓呆了。

“噢,你不该自个儿去冒险!如果你出了什么事,我宁愿去死!噢,别——”

“我要!我要!我要走——”

媚兰看着她,看得出,这不是一个因为生孩子身体还很虚弱的女人在发歇斯底里症。思嘉脸上有着那种百折不挠、勇往直前的决心,就像媚兰经常看到郝嘉乐下定了决心时脸上表现出来的神情一样。她双手搂住思嘉的腰,紧紧地抱着她。

“都是我的错,我没有你勇敢,一直要希礼在家陪我,他本该去锯木厂的。噢,亲爱的!我真没用!亲爱的,我会告诉希礼,说我一点也不害怕,我会到你家跟你和白蝶姑妈待在一起,这样他就可以回去工作了,而且——”

思嘉认为,希礼一个人是不能应付厂里的局势的,虽然连她自己也不愿承认这一点。她大声叫喊着:“你不会那么做的!如果希礼每时每刻都在为你们担心,他去工作又有什么用?每个人都这么可恨!连彼德大叔都不肯跟我出去!可我不在乎!我自己去。我要一路一步一步走着去,到某个地方去找一群黑人——”

“噢,不!你不能这么做!你会遇上可怕的事的。他们说,迪凯特路上的贫民窟挤满了卑鄙的黑人,而你非得经过那里不可。我想想看——亲爱的,答应我,你今天千万别干什么。我来想想办法。答应我,你回家去,躺下休息。你看上去满脸病容。答应我。”

因为生气已经让她筋疲力尽,别的事也做不了,思嘉也就绷着脸答应了,回到自己家去。家里人谁想来劝她,她都桀骜不驯地拒绝了。

那天下午,一个陌生人脚步笨重地从媚兰的树篱那边走过来,走过白蝶的后院。显然,他是嬷嬷和迪尔西称之为“梅利小姐从街上捡回来的那些下等人,就住在她的地下室里”的人中的一个。

媚兰的地下室里有三个房间,原先是用人房,其中一个是酒窖。现在,迪尔西住着一个房间,另外两个不断地有悲惨不堪、衣衫褴褛的过往流浪汉住在里边。只有媚兰知道他们是什么时候来的,或者要到什么地方去,也只有她知道她是从哪把他们带到这来的。也许黑人说得对,她真的是从街上把他们捡回来的。可是,正如大人物和想接近大人物的人被吸引到她小小的客厅里来一样,这些不幸的人也同样来到她的地下室。他们在那里有饭吃,有床睡,上路时还带着一包包的食物。通常,住在那些房间里的是较粗鲁、没有文化的原南部邦联士兵,无家可归的男人,没有家室、在乡间游荡着希望找到工作的男人。

经常也有棕色皮肤、形容憔悴的乡下女人带着一群头发蓬乱、不言不语的孩子在那过夜。她们是因战争而成为寡妇的女人,农场已经没有了,只好四处寻找走散失踪的亲戚。有时候,邻里们会因外国人的出现而感到很吃惊,他们不怎么会说英语,或者根本就不会说英语,是被南方很容易发财致富这一动人心魄的故事吸引到南方来的。有一次,还有个共和党人在那里睡过。至少嬷嬷坚持说他是共和党人,她说她能闻出一个共和党人来,就像马能闻出响尾蛇来一样;可是谁也不相信嬷嬷的话,因为,即使是媚兰的施舍,也应该有一定限度。至少每个人都希望这样。

"是的,"思嘉心想,她坐在边上的游廊上,把婴儿放在腿上,十一月苍白的阳光照射着她,"他是媚兰的一条瘸腿狗。他真的是瘸的!"

那个人正从后院脚步笨重地走过来,他像威尔·本廷一样有只木制假腿,人瘦高瘦高的,已经上了年纪,留着光头,脏兮兮的,泛着略带粉红色的微光,灰白的胡子非常长,都可以塞进皮带里了。从他刻板、有皱纹的面孔来判断,他应该已经过了六十岁。但他的身体没有因年龄大而松弛的肌肉,身材细长,粗俗难看,但是,即使有那条木制假腿,他还能动得跟蛇一样快。

他登上台阶,朝她走来,还没说出话来,口气里甚至就已经露出低地人不常见的鼻音和颤动小舌的"r"音。思嘉知道他是山里人了。尽管他衣服又脏又破,但像大多数山地人一样,虽然默然无语,但身上透出一种很强的自尊,决不允许别人有一点失礼行为,也决不能容忍一点愚蠢之事。他的胡子沾上了斑斑点点的烟草汁,而嘴里嚼着的一大团烟叶使他的脸都变形了。他鼻子窄小而多皱,眉毛浓密,还拳曲着,好像是巫婆的发卷。繁茂的头发从耳际冒出来,仿佛是毛发丛生的猞猁耳朵一样。眉毛下方是凹陷的眼窝,一道疤痕从那一直延伸到脸颊,穿过胡子形成了一条斜线。另一只眼睛苍白而冷漠,是只一眨不眨、冷酷无情的眼睛。他裤腰上的皮带上公然别着一把重型手枪,破靴子的顶部露出一把单刃猎刀的刀柄。

他冷冷地回视着思嘉盯着他看的目光,说话之前,朝扶手的横杆外面吐了口唾沫。他的一只眼里带着鄙视的神情,不是鄙视她个人,而是鄙视所有女人。

“卫太太让我来替你干活。”他唐突地说,说得很不流利,就像他不习惯说话似的,说得很慢,几乎是很费劲地在说,“我的名字叫阿奇。”

“对不起,可我没有活让你干,阿奇先生。”

“阿奇是我的姓。”

“请原谅。你的名是什么?”

他又吐了口唾沫。“我想那是我的事,”他说,“叫我阿奇就行了。”

“我可不在乎你的名叫什么!我没什么可让你干的。”

“我想你有。你要像个傻瓜一样自己一人到处乱跑。卫太太为此感到很苦恼,她叫我过来跟你一道赶马车出去。”

“真的吗?”思嘉叫了起来,既对这个人的无礼感到气愤,也对梅利的多管闲事感到恼火。

他的独眼带着一种冷漠的敌意迎视着她。“是的。一个女人在她的男同胞们尽力去照顾她的时候就不能再去烦他们。如果你一定要出去,我来给你赶车。我恨黑人——也恨北方佬。”

他把烟草团从嘴里的一边换到另一边,不等她发出邀请,就在最上面的一级台阶上坐了下来。“并不是说我喜欢帮女人赶车,可是卫太太对我很好,让我睡在她的地下室,是她要我来给你赶马车的。”

“可是——”思嘉无可奈何地开口说道,然后她便停了下来,看着他。过了一会,她笑了。她不喜欢这个上了年纪的亡命之徒,但他的出现能使问题简单化。有了他在身边,她可以到城里去,到锯木厂去,还可以去拜访客户。没有人会怀疑她跟他在一起会不安全,而他的相貌就足以把人们想说闲话的嘴堵上。

“就这么定了,”她说,“也就是说,如果我丈夫同意的话。”

跟阿奇私下谈过以后,弗兰克勉强同意了,带话到租车行放出了马和轻便马车。做了母亲并没有像他所希望的那样改变思嘉,这使他很伤心,也很失望。可是,如果她决心要回去经营她那该死的锯木厂,那阿奇就是个上帝赐给她的保镖。

就这样,思嘉和阿奇的合作关系开始了。起先亚特兰大人还是吃了一惊。阿奇和思嘉在一起显得非常奇怪，装着木制假腿、又凶又脏的老头直挺挺地从挡泥板上方露出身子来，而年轻漂亮、穿戴整洁的女人则紧锁眉头，心不在焉。在亚特兰大城里及其附近，人们在任何时候、任何地方都能看到他们。他们很少说话，很显然互相都不喜欢对方，但又被互相的需要绑在一起。他是为了钱，她则是为了得到保护。城里的夫人们说，至少这比跟那个白瑞德肆无忌惮地乱跑要来得好。他们觉得很奇怪，这些日子里瑞德都到哪儿去了，因为三个月前他就突然离开城里，谁也不知道他在哪里，连思嘉也不知道。

阿奇是个沉默寡言的人，除非别人跟他说话，要不他从来不说话，而且通常都是嘟哝着跟别人搭腔。每天早晨，他从媚兰的地下室过来，坐在白蝶房子前面的台阶上，口水吐个不停，直到思嘉出来，彼德也从马厩里把马车牵出来为止。彼德大叔很怕他，那程度仅次于怕魔鬼或者三K党，连嬷嬷都默默地、小心地避开他。除了他的手枪和猎刀外，他又增加了另一把手枪，而他的名声在黑人当中广为流传。他一次也没有把手枪拔出来过，连把手放在皮带上也没有，品德端正的效果就已经够用了。只要阿奇能听得到的地方，黑人连笑都不敢笑。

有一次，思嘉好奇地问他为什么那么恨黑人。他的回答使她吃了一惊，因为他回答所有的问题一般都是："我想，那是我的事。"

"我恨他们，就像所有的山里人恨他们一样。我们从来都没有喜欢过他们，也从来没有拥有过任何黑人。引起战争的正是他们黑人。我为此恨他们。"

"可你也参战了。"

"我想，那是男人的特权。我也恨北方佬，比我恨黑人还更甚，就像我恨爱说话的女人一样。"

像这样坦率的无礼行为使思嘉暗地里气得发狂，很想摆脱他。可是没有他，她又怎么能行呢？其他还有什么方法能让她得到这样的自由呢？他又粗鲁又肮脏，偶尔还有难闻的气味，但他很尽忠职守。他赶车送她去锯木厂，再送她回来，送她去拜访客户。她谈话和吩咐事情的时候，他则吐着口水，眼睛盯着空地。如果她爬下马车，他也跟着她爬下来，尾随其后。她和粗鲁的工人、黑人或者是北方士兵在一起时，他经常站在离她胳膊肘仅一步之遥的地方。

很快,亚特兰大就习惯了看见思嘉和她的保镖在一起。由于习惯了,太太小姐们便渐渐地对她的行动自由感到妒忌了。自从三 K 党用私刑处死了那个黑人以来,太太小姐们几乎都闭门不出,连到城里去买东西都不敢,除非五六个人一块走。她们天生都是爱社交的,所以变得焦躁不安的,却又要忍气吞声,于是开始求思嘉把阿奇暂借给她们用一下。她不需要用他的时候,她也就很大方地让其他女士用用他。

阿奇很快就成了亚特兰大的知名人物,太太小姐们争着要使用他的空余时间。很少有哪个早晨没有孩子或是黑仆在吃早饭的时候拿着一张字条来找她,字条上写着:“如果你今天下午不用阿奇,请你让我用一下。我要坐马车到墓地去献花。”“我要到女帽店去。”“我想要让阿奇载内利姑妈去兜兜风。”“我得到彼德大街去访客,可爷爷身体不太舒服,不能载我去。阿奇能不能——”

他全都去送她们,少女、夫人还有寡妇,他对她们所有人都表现出一成不变、坚定不移的蔑视态度。很明显,除了媚兰,他不喜欢任何女人,对女人不会比对黑人和北方佬好到哪里去。起先,太太小姐们都被他的无礼吓了一跳,可是最后都习惯了。除了断断续续吐烟草汁的声音外,他一般都很沉默,她们也就自然而然地把他看成像他赶的马差不多的东西,忘了他的存在。事实上,梅里韦瑟太太把她侄女分娩的事详详细细讲给米德太太听的时候,她根本就没想起阿奇就坐在马车的前座上。

只有这种时候才可能发生这种情况。战前,他是连太太们的厨房都进不去的。她们会把食物从后门递给他,然后让他去做分内的事。可是现在,只要有他在场她们就放心了,所以对他很欢迎。他粗鲁,不识字,又脏,但他是矗立在太太小姐们和重建带来的恐怖之间的一道防波堤。他既不是朋友,也不是仆人。他是受雇的保镖,在妇女们的丈夫白天出去工作或者夜晚不在家的时候,他保护着她们。

思嘉似乎觉得,自从阿奇来为她干活后,弗兰克晚上就经常出门。他说店里的账应该结了,现在生意已经很兴隆,工作时间内没什么时间料理这事。还有生病的朋友要去陪一陪。然后还有民主党组织,他们每星期三晚上聚会一次,想办法如何重新获得选举权,而弗兰克一次聚会也没落下。思嘉心想，除了争论约翰·B.戈登将军跟除了李将军以外的其他任何一个将军相比所拥有的优点以及重打这场战争以外，这个组织也不会做什么别的事了。她当然可以看得出来，在重获选举权方面没有任何进展。可是，弗兰克显然对那些聚会乐在其中，因为那些夜里，他整晚都没有回来。

希礼也有时去坐着陪病人，同样也参加民主党人的聚会，经常跟弗兰克一起在同样的夜里出去。在那些夜晚，阿奇便护送着白蝶、思嘉、韦德和小埃拉从后院来到媚兰的房子，两家人就在一起过夜。女士们做针线的时候，阿奇便伸直四肢躺在客厅的沙发上，睡得鼾声大作。每打一下呼噜，他灰白的胡子便飘动一下。没有人邀请他在沙发上躺下，因为这是屋里最好的一件家具。所以，他每次在上面躺下，把靴子放在漂亮的沙发垫上的时候，女士们都要暗地里抱怨一番。可是，谁也没有勇气对他提出抗议。特别是他说过下面这些话以后就更是如此。他说，很幸运的是，他能够很容易就入睡，要不然，女人们像一群珍珠鸡一样叽叽喳喳的声音肯定会把他逼疯的。

有时候思嘉会想，阿奇到底是从哪里来的呢，在到梅利的地下室来住以前，他的生活是怎么样的呢。可是她什么也没问。他那只有一只严厉的独眼的脸上，某种神情打消了人们的好奇心。她所知道的就是，他的口音证明他是靠北的山区人，他曾经参战过，投降前不久失去了一条腿和一只眼睛。从对休·埃尔辛说的一通气话中，她才知道了阿奇过去的真实情况。

一天早晨，老人送她去休管的锯木厂。她发现那里已经停工，黑人不知去向，休垂头丧气地坐在一棵树下。那天早晨，他的工人没有露面，他正不知干什么才好。思嘉气得都要疯了，又不忍把气撒到休身上，因为她刚刚接到一个要大量木材的订单——一个很急的订单。她花了力气、用了魅力、讨价还价才把订单弄到手，可现在锯木厂却悄无声息了。

“送我到另一家锯木厂去。”她吩咐阿奇，“是的，我知道这要花很长时间，我们没法吃饭了，可我付钱给你是干什么的呢？我得让卫先生把他手头的事停下来，给我生产出这批木材来。他的工人很可能也停工了。都十万火急了！我从来没见过像休·埃尔辛这样的笨蛋！一等那个约翰尼·加勒格完成他正在建的那些商店，我就把休解雇掉。加勒格曾经在北方佬的部队待过，可我在乎这干什么？他会工作。我还没见过有懒惰的爱尔兰人呢。我也不用自由的黑鬼了。你是不能指望他们的。我要雇用加勒格，再租些囚犯来干活。他会让他们好好干活的。他会——”

阿奇转过身,眼里满是恶意。他说话的时候,嘶哑的声音里有种冷冷的愤怒。

“你雇用囚犯的那一天,就是我停止为你干活的那一天。”他说。

思嘉吃了一惊。“天哪,为什么?”

“我知道租用囚犯的事。我称它为谋杀囚犯。把他们像骡子一样买过来,对他们还不如对骡子那样,鞭打他们,让他们饿肚子,杀掉他们。谁在乎呢?州里不管。它有租钱收就可以了。租用囚犯的人也不管,他们要的只是给他们吃得差差的,能让他们干多少活就尽量让他们干多少活。见鬼,夫人。我从来就对女人没什么好感,现在更没有了。”

“这跟你有什么关系吗?”

“我想是这样,”阿奇简短地说,过了一会,又说,“我当了差不多四十年的囚犯。”

思嘉倒吸了一口冷气,刹那间不禁身体后仰,靠到了靠垫上。这么说,这就是阿奇这个谜的谜底了,他不愿意说出他的姓,不愿说出他的出生地,也不愿谈起他过去生活的一点一滴,这也是他说话不流利以及他冷冷地痛恨这个世界的原因。四十年!他肯定年轻时就入狱了。四十年!为什么——他一定是被判无期徒刑,而无期徒刑犯是——

“是不是——谋杀?”

“是的,”阿奇简短地回答,挥了挥缰绳,“是我妻子。”

思嘉的眼皮惊恐得眨个不停。

胡子下的嘴巴似乎在动,好像在阴险地笑她的恐惧似的。“我不会杀你的,夫人,要是你就是为这个感到不安的话。杀女人只有一个原因。”

“你杀了你的妻子!”

“她跟我弟弟上床了。他跑了。杀了她,我一点也不觉得遗憾。放荡的女人该杀。法律没有权力因为这个把人送到监狱去,可我被送进去了。”

“可是——你怎么出来的?你逃出来的吗?你被赦免了吗?”

“你可以把它叫做赦免。”他灰白浓密的眉毛蹙在一起,好像把话连在一起很费劲似的。

“早在一八六四年舍曼的军队到来以前,我就在米利奇维尔监狱,一直在那待了四十年。监狱长把我们所有的囚犯集中在一块,他说北方佬来了,烧杀抢掠的。如果还有什么使我比痛恨黑人或者女人更痛恨他们的,那就是北方佬了。”

“为什么呢?你是不是——你有认识的北方佬吗?”

“没有。可我听说过他们。我听说他们从来都是爱管闲事的。我恨那些爱管闲事的人。他们到佐治亚来解放我们的黑奴、烧毁我们的房子、杀害我们的牲口干什么呢?哦,监狱长说部队非常需要士兵,我们要是参军了,战争结束后我们就自由了——要是我们还活着的话。可是,我们这些无期徒刑犯——我们这些杀人犯,监狱长说部队不要我们。我们要被送到另外一所监狱去。可我说我跟其他的无期徒刑犯不一样。我进监狱只是因为我妻子,而她是该死的。我要去跟北方佬打仗。监狱长看到我的立场,偷偷把我编到其他囚犯里面。”

他停了停,嘟哝了一声。

“呜。那真是太有趣了。他们因为我杀了人把我关进了监狱,却又让我手里扛着枪从里面出来,赦免了我,让我去杀更多的人。手里端着一把步枪,重新变成个自由人,那真是太好了。我们从米利奇维尔来的人打得很好,杀了很多人,我们也有很多人被杀了。我还不知道有谁当逃兵的。投降以后,我们自由了。我丢了这条腿和这只眼睛。可我不后悔。”

“噢。”思嘉无力地说道。

思嘉试图回忆起她所听说过的有关释放米利奇维尔监狱囚犯的事。为了阻挡舍曼那如潮而至的部队,南方作了孤注一掷的挣扎。那就是挣扎时发生的事。一八六四年圣诞节,弗兰克曾经提到过。他说了些什么呢?可她对那个时候的事情记忆太混乱了。她又一次感受到那些日子里那无限的恐惧,听到了围城时的枪炮声,看到了从一长串运货马车上滴落到红土路上的鲜血,看到了城卫队出征离去,像菲尔·米德那样年龄不大的军校学员和孩子,像亨利叔叔和梅里韦瑟老爷爷那样的老人。囚犯们也出发了,战死在南部邦联即将灭亡之际,冻死在田纳西最后一场战役的雪和冻雨中。

有一瞬间,她心里想,这个州夺走了这个老人生命里的四十年,他却为这么一个州打仗,那有多愚蠢呀。因为一桩对他来说根本不是犯罪的罪责,佐治亚夺走了他的青年时代和中年时期,而他却为佐治亚无偿地献出了自己的一条腿和一只眼睛。瑞德在战争开始阶段说过的尖刻的话又浮现在她脑海里。她记得他说过,他决不会为一个把他变成一个弃儿的社会而战。可是紧急情况一来,他就去为那同一个社会战斗了,正如阿奇做过的那样。她似乎觉得,所有南方的男人,不管地位高低,全都是多愁善感的傻瓜。对自己的生命不关心,反倒对那些毫无意义的话更关心。

她看着阿奇皱纹密布的老手、他的两支手枪和猎刀,恐惧又像针一样在扎着她。还有没有像阿奇这样的过去的囚犯逍遥法外呢?谋杀犯、亡命之徒、盗窃犯等等,还有没有以南部邦联的名义被赦免了罪责的囚犯呢?哦,街上的每个陌生人都可能是谋杀犯!如果弗兰克知道阿奇的真实身份,那麻烦就大了。或者说,如果白蝶姑妈——可白蝶吓都会吓死的。至于媚兰——思嘉几乎都希望自己可以把阿奇的真实情况告诉媚兰。她是活该,谁叫她捡回这些白人穷鬼,然后把他们塞给她的朋友和亲戚呢。

"我——我很高兴你告诉了我,阿奇。我——我不会告诉任何人的。如果让卫太太和其他太太们知道了,她们会吓一大跳的。"

"呜。卫太太知道了。她让我睡在她的地下室的头一天晚上,我就告诉她了。你以为我会让一个好心的太太在什么也不知道的情况下就同意我住进她的房子里去吗?"

"圣人保佑我们吧!"思嘉惊呆了,叫了起来。

媚兰知道这个人是杀人犯,而且是个杀女人的杀人犯,可她没有把他赶出家门。她还把自己的儿子、姑妈和嫂嫂及她的所有朋友托付给他。而她,最胆小的女性,跟他单独待在家里居然一点也不害怕。

"对一个女人来说,卫太太非常理性。她知道我是对的。她知道骗子一直在说谎,小偷一直在偷东西,但人们一辈子只会做一次谋杀犯。她还认为,任何为南部邦联打过仗的人都已经洗刷了他们所做的坏事。虽然说我并不认为杀了我妻子是什么坏事……我告诉你,你租用囚犯的那一天,就是我辞工不干的那一天。"

思嘉没有回答,但她在想:

"你越早辞工对我越好。一个谋杀犯!"

梅利怎么会这么——这么——哦,媚兰收留这个老恶棍,却又不告诉她的朋友们他曾经是个犯人,这种行为真是没什么话好说的。这么说,在军队服过役就洗清了过去的罪责！媚兰把那和洗礼混在一起了！那么，梅利对南部邦联、它的老兵以及与他们有关的一切都想得太天真了。思嘉默默地诅咒北方佬，在他们的罪行簿上又给他们加上了一笔。他们应该为一个女人被迫让一个谋杀犯在身边保护她的事负责。

在黄昏的凉意中，思嘉和阿奇一起赶车回家。这时，她看到少女时代酒馆的外面有很多上了鞍的马匹、轻便马车和运货马车。希礼骑在马上，脸上有种机警的紧张神情；西蒙斯兄弟俩从他们的轻便马车上探出身来，做着表示强调的手势；休·埃尔辛棕色的发卷垂到了眼睛上面，在摆着手。梅里韦瑟老爷爷的馅饼车也在这堆人马的中间。思嘉走近些时，看到汤米·韦尔伯恩和亨利叔叔都跟他挤在一起。

“我希望，”思嘉不安地想，“亨利叔叔不会坐着那个奇怪的玩意儿回家。被人看到他坐在里面，他该感到耻辱才是。他自己又不是没有马。他这么做就是为了和老爷爷一起，每天晚上到酒馆去。”

当她走到人群前面时，尽管她不太敏感，还是感觉到了他们紧张的样子。她的心一下就被恐惧抓住了。

“噢！”她想，“我希望没有别的人又遭到强奸！只要三K党再用私刑处死一个黑人，北方佬就会把我们通通都给干掉的！”她对阿奇说：“停一下。出事了。”

“你不能在一家酒馆前面停车。”阿奇说。

“你听我的。停下来。晚上好，诸位。希礼——亨利叔叔——出什么事了？你们看上去全都——”

人群转身面对着她，摘下帽子对她微笑着，可他们眼里有种极其激动的神情。

“好事和坏事，”亨利叔叔厉声说道，“就看你怎么看了。我想，立法机关不可能作出别的选择。”

立法机关？思嘉宽慰地想。她对立法机关一点也不感兴趣，觉得它的所作所为对她根本没有影响。使她害怕的是北方士兵横冲直撞的那幅景象。

“立法机关现在怎么样了？”

“他们断然拒绝了认可修正案的事。”梅里韦瑟老爷爷说，声音里带着骄傲，“让北方佬瞧瞧吧。”

“见鬼，他们要为此付出代价的——我请你原谅，思嘉。”希礼说。

“噢，修正案？”思嘉问道，尽力做出知道这事的样子来。

她不懂政治，她也很少浪费时间去想政治的事。不久前认可了第十三条修正案，也许是第十六条，可是认可是什么意思，她一点概念也没有。男人对这些事总是会很激动。她脸上露出了不理解的神情，希礼笑了。

“是让黑人投票选举的修正案，”他解释说，“这被递交到立法机关去，但他们拒绝正式批准这一项。”

“他们多傻呀！你知道，北方佬是要强迫我们接受的！”

“我说他们会付出代价，也就是这个意思。”希礼说。

“我为立法机关感到无比骄傲，为他们的勇气感到骄傲！”亨利叔叔大声叫道，“如果我们不愿意，北方佬是不能强迫我们接受的。”

“他们可以的，也会这么做的。”希礼的声音很平静，但眼里却带着担忧，“那会使我们更加艰苦。”

“噢，希礼，绝对不会的！情况不会比现在更艰苦了！”

“会的，情况会变得更糟，甚至比现在还糟。假设我们有了由黑人组成的立法机关呢？有了由黑人组成的政府机构呢？假设我们会有比现在这个军事管制还要糟的管理机构呢？”

思嘉头脑里明白一些了，不禁害怕得眼睛都瞪大了。

“我一直在尽力思考，想想出怎么样对佐治亚来说才是最好的，对我们大家来说才是最好的。”希礼的脸都扭曲了，“像立法机关一样，为这事去争，引起北方佬对我们不满，然后把全部北方军队都调来对付我们，然后不管我们愿不愿意，强迫我们让黑人选举，这是不是最明智的？或者说——尽可能吞下我们的自尊，优雅地忍受一下，尽可能轻而易举地让这事过去。这最终的结果都会一样。我们没有办法。我们非得服下他们决心要给我们吃的药。也许我们最好还是不要反抗就吃下去。”

思嘉几乎没有听进他的话，它们的意思当然是她无法理解的。她知道，像往常一样，希礼是从事情的两方面来看问题的，而她却只能看到一面——甩在北方佬脸上的这记耳光对她会有什么影响。

“要变成激进分子，投共和党的票吗，希礼?”梅里韦瑟老爷爷嘲笑道，话说得很难听。

一阵紧张的沉默。思嘉看到阿奇的手迅速移到了手枪上面，接着便停了下来。阿奇认为，而且经常说，老爷爷是夸夸其谈的人。阿奇不想让他侮辱媚兰小姐的丈夫，即使媚兰小姐的丈夫在说傻话也不行。

希礼眼里的复杂神情突然不见了，火气腾地升了起来。可不等他开口，亨利叔叔就向老爷爷进攻了。

“你这天——你这该死——对不起，思嘉——老爷爷，你这头公驴，别对希礼说那样的话!”

“不用你为他说话，希礼自己可以照顾好自己的。”老爷爷冷冷地说，“他说的话就像个支持北方佬的南方佬似的。忍受，见鬼去吧！对不起，思嘉。”

“我不相信脱离联邦是可行的，”希礼说，气得连声音都发抖了，“可是佐治亚退出时，我也跟着她退出了。我也不相信战争是对的，但我还是去参战了。我也不相信把北方佬惹得比现在更加愤怒是对的。可是如果立法机关决定要这么做，我当然会支持立法机关。我——”

“阿奇，”亨利叔叔突然说，“送思嘉小姐回家去。这地方对她不合适。政治毕竟不是女人搞的，一会就要吵起来了。走吧，阿奇。晚安，思嘉。”

他们沿着桃树街向前走时，思嘉的心因为害怕，也跳得特别快。立法机关的这一愚蠢行为对她的安全有没有什么影响？这会不会激怒北方佬，使她失去锯木厂呢?

“哦，夫人，”阿奇嘟哝着说，“我听说过有兔子向斗牛狗脸上吐唾沫的，可我至今没看见过一只。立法机关的人为了他们——还有我们将得到的好处，最好还是喊着‘快点，为了杰夫·戴维斯和南部邦联’吧。爱黑人的北方佬已经下定决心要把黑人变成我们的老板。可你得佩服立法机关里的人的精神!”

“佩服他们？见鬼！佩服他们？他们真该被枪决！这会使北方佬向我们猛扑过来，就像鸭子扑在绿花金龟上面一样。他们为什么不能正式批——正式弄——不管他们想干什么，为什么不让北方佬平静下来，而要激起他们的愤怒呢？他们要让我们服输，若是以后反正也要服输的，那还不如现在服输的好。”

阿奇的一只眼睛冷冷地盯着她。

“不打就服输？女人的自尊心还不如羊的多。”

思嘉租用了十个囚犯,每家锯木厂五个。阿奇按他威胁过的话照办了,拒绝跟她再有任何关系。尽管媚兰一再请求,弗兰克也答应要给他增加工资,可是怎么说他也不肯重新执缰赶车了。他愿意护送媚兰、白蝶、英蒂和她们的朋友到城里各处去,就是不愿送思嘉。如果思嘉也在车上,他连其他夫人也不肯送。有这个亡命之徒如此评判她,那是非常尴尬的,而知道她的家人和朋友都站在老人那一边,那就令她更尴尬了。

弗兰克曾经请求过她不要走这一步。希礼起先也不肯管囚犯们干活,但虽然不情愿,最终还是被说服了。她又是流泪又是哀求,答应世道好一些时就重新雇用自由黑人干活。这样,希礼才答应了。邻居们直言他们不赞成的意见,使得弗兰克、白蝶和媚兰都几乎抬不起头来。连彼德和嬷嬷都说,要囚犯干活运气不好,不会有什么好下场。大家都说,利用别人的痛苦和不幸是错误的。

“可你们不反对用黑奴干活!”思嘉义愤填膺地叫道。

啊,那是不一样的。黑奴们根本不会痛苦,不会不幸。黑奴在蓄奴制的时候比现在自由的时候还更富裕,要是她不信的话,看看周围就知道了！可是,正如往常一样,反对只能更加坚定了思嘉的决心。她把休从锯木厂经理的位置上换了下来,让他赶送木材的马车,把雇用约翰尼·加勒格的最后细节都商定了。

她所知道的人中,他好像是唯一一个赞成用囚犯的人。他微微点了点他那子弹头似的头,说这是很精明的举措。思嘉看着这个原来的赛马骑师,两条短腿呈弓形稳稳地站着,侏儒似的脸硬邦邦的,一副生意人的样子,心想:“让他骑自己的马的人肯定是不在乎自己的马的。我不会让他靠近我的马,至少要让他离开十英尺以外才行。”

可对让他带囚犯干活,她却很信任他,一点也不会觉得良心不安。

“那我对囚犯们可以我行我素啰?”他问,眼神冷漠得像黑色的玛瑙一样。

“你爱怎么样都行。我要的只是,你要让锯木厂不停地生产,在我需要的时候交出货来,我要多少就能交多少。”

“我是你雇的人了。”约翰尼简短地说,“我会告诉韦尔伯恩我要辞工了。”

他走进那群石匠、木匠和小工中间时,思嘉大感欣慰,精神又来了。约翰尼真的是她需要的人。他既强壮又严厉,也不会胡说八道。“损人利己、追逐名利的卑鄙爱尔兰人。”弗兰克曾经鄙夷地这么说他。可正是因为这点,思嘉才看好他。她知道,一个下定决心要达到某个目的的爱尔兰人是个值得雇用的有用之人,不管他个人的性格如何。她还觉得,跟与她同阶层的许多男人相比,她跟他还更接近一些,因为约翰尼知道钱的价值。

接管锯木厂的头一个星期,他就不负她寄予他的厚望,因为他用五个囚犯生产出来的木材比休用十个自由黑人生产出来的木材还多。不仅如此,他给了思嘉更多闲暇的时间,自她前一年来到亚特兰大以来,她还从来没有过这么多空闲时间呢。他不喜欢她待在锯木厂,而且坦率地对她说了。

“你去管出售的事,让我管生产的事好了。”他唐突地说,“一个囚犯营不是一个夫人能待的地方。如果没有别的人告诉你这点,约翰尼·加勒格现在就告诉你。我在向你交木材,对不对?哦,我可不想像卫先生那样一直被纠缠着。他需要纠缠,我不需要。”

这样,思嘉虽然颇不情愿,但也只好不去光顾约翰尼的锯木厂了。她担心,她如果去得太频繁,他就会辞工,那就惨了。他说希礼需要纠缠这话刺痛了她,因为,虽然她不愿承认,但这确实是真的。希礼用囚犯工作不会比用自由黑人干活好到哪里去,虽然他也说不清楚那到底是怎么回事。此外,他看上去好像对让囚犯劳动感到很耻辱似的,这些日子以来,他和她之间已经没有什么话可说了。

思嘉对他身上的变化很担忧。他聪明的脑袋上,现在已经有了灰白的头发,肩膀也累得垂了下去。他还很少笑。他不再是那个多年以前使她想入非非的温文有礼的希礼了。他看上去像个被几乎无法忍受的痛苦默默噬咬着的人一样,嘴角严厉地紧抿着。这使她感到很困惑,也使她感到很伤心。她真想用力把他的头扳到自己的肩膀上,捋着那正在变白的头发,大哭着说:“告诉我,你这是怎么啦!有什么事,由我来处理好了!我要帮你处理!”

可是他那一本正经、超然物外的神态却使她对他保持了一定的距离。

## 第四十三章

十二月里的一天，太阳暖烘烘的，几乎像是小阳春一样，这种天气是很少见的。白蝶姑妈的院子里，干枯的红树叶还挂在橡树上，行将枯萎的小草还残留着一丝淡黄的绿意。思嘉手里抱着婴儿，走到边上的游廊上，在太阳光照射下的一把摇椅上坐了下来。她穿着一件绿色印花薄布做的新裙子，镶着好几码长的黑色荷叶边，戴着一顶白蝶给她做的家里戴的花边新帽子。裙子和帽子对她都很合适，她也知道这一点，为此感到很高兴。挺长的一段时间里，自己显得那么寒酸，现在重新显得很漂亮，这有多好呀！

她坐在那摇着孩子，自顾自低声哼唱着，这时，她听到从边上一条街上传来一阵马蹄声。她好奇地透过游廊上干枯的葡萄藤望出去，看到了白瑞德正朝房子走过来。

他离开亚特兰大已经有好几个月了，从嘉乐去世后就一直不在这，而早在埃拉·洛雷纳出生之前他就走了。她想过他，可现在却非常希望能有什么办法避开不见他。事实上，一看到他那黝黑的脸庞，她心里就有了一种带着负疚的慌乱感。有关希礼的问题一直使她良心不安，而她不想和瑞德讨论这一点，可她知道他是会逼她讨论的，不管她有多不情愿也白搭。

他在门口勒住马缰，轻巧地跳到地上。她边不安地看着他，边想，他看上去真像韦德总是缠着要她大声读给他听的图画书上的插图。

“他需要的只是耳环和嘴里咬着一把短弯刀。”她心想，“管他是不是海盗，只要我做得到，他今天就别想割了我的喉咙。”

他走到人行小路上来时，她跟他打着招呼，脸上堆上了最可爱的笑容。

她正好穿着新衣服,戴着合适的帽子,看上去很漂亮,她真是太幸运了!从他迅速瞟着她的眼神看来,她知道,他也认为她很漂亮。

“刚生的孩子!哦,思嘉,这真是奇迹!”他大笑起来,倾下身把毯子从埃拉·洛雷纳丑陋的小脸上推开。

“别傻了,”她说着,脸都红了,“你好吗,瑞德?你离开很长时间了。”

“是的。让我抱抱孩子,思嘉。噢,我知道怎么抱孩子的。我有很多奇怪的才能呢。哦,他绝对像弗兰克。只是没有胡须,但等他长大,那就等着瞧吧。”

“我希望不会。她是个女孩。”

“女孩?那就更好了。男孩真是令人讨厌。别再生男孩了,思嘉。”

她的话已经到了舌尖,很想尖刻地回答他,说她再也不打算生孩子了,男孩也罢,女孩也罢。但她适时打住了,脸上微笑着,头脑里飞快地寻找着话题,好把她害怕的话题往后推。

“你旅途很愉快吧,瑞德?这次你上哪去了?”

“噢——古巴——新奥尔良——其他地方。哦,思嘉,把孩子抱去吧。她嘴里开始溢出东西来了,我不好拿手帕。她是个不错的孩子,我敢肯定,可她正把我的衬衫胸口弄湿呢。”

她重新把孩子抱过来,放在腿上。瑞德懒洋洋地坐在栏杆上,从银制烟盒里掏出一根雪茄。

“你老是去新奥尔良。”她说着,露出了一点不悦的神情,“你从来都不说去那干什么。”

“我是个勤勤恳恳工作的人,思嘉,也许是生意上的事要我到那去。”

“勤勤恳恳工作!你!”她不礼貌地笑了起来,“你一辈子都不干活的。你太懒惰了。你所做的只是给投机家的偷盗生意提供资金,然后分得一半的利润,还有贿赂北方佬的官员,让你参与那些掠夺我们这些纳税人的计划。”

他头朝后一仰,大笑起来。

“你多希望你也有足够的钱来贿赂那些官员呀,那样的话,你也就可以这么做了!”

“这个主意——”她开始恼火了。

“但是，也许有一天你会赚到足够的钱，去大规模地参与贿赂活动。也许你可以从那些你租用的囚犯身上发财。”

“噢，”她说，有点仓皇失措的，“你怎么这么快就知道我用的人了？”

“我是昨天晚上到的，晚上待在少女时代酒馆，那里可以听到全城的消息。这是闲聊的交换中心，比女士们的针线圈子还更好。大家都告诉我你租用了囚犯，让那个流氓加勒格负责，让他们干到死为止。”

“那不是实话。”她生气地说，“他不会让他们干到死的。我会关照这一点。”

“你会吗？”

“我当然会！你怎么对这些事也含沙射影的？”

“噢，真的要请你原谅，肯尼迪太太！我知道你的动机总是无可指责的。然而，要是我见过冷漠的小恶霸的话，约翰尼·加勒格就是一个。最好还是看着他点，要不然督察员来的时候，你可就麻烦了。”

“你管你自己的事去吧，我会管好我自己的事的。”她气愤地说，“我不想再谈囚犯了。在他们的问题上，每个人都那么可恶。我的工人是我自己的事——你还没告诉我你去新奥尔良干什么呢。你这么经常到那去，大家都说——”她停下不说了。她没打算说这么多的。

“他们说什么啦？”

“哦——你在那有相好。说你就要结婚了。是不是真的呢，瑞德？”

她对这已经心存好奇很久了，所以忍不住非问这个直截了当的问题不可。一想到瑞德要结婚，她便感到一种奇怪的因妒忌而生的痛苦，虽然为什么会那样，她自己也不甚了了。

他温和的眼睛突然警觉起来，目光跟她对视着，没有移开，直到她双颊浮上了一片淡淡的红晕。

“这跟你有很大的关系吗？”

“哦，我讨厌失去你的友情。”她一本正经地说，努力做出不感兴趣的样子来，同时俯下身去，把毯子往埃拉·洛雷纳的头上拉了一下。

他突然笑了，笑得很唐突，说：“看着我，思嘉。”

她不情愿地抬起头，脸更红了。

“你可以告诉你那些好奇的朋友们，如果我要结婚，那是因为我没法用别的办法得到我想要的女人。我还从来没碰到过那么坏的女人，我很想要的坏女人，使我想跟她结婚的坏女人。”

此时此刻，她真的是感到慌乱不已，窘迫不安了，因为她想起了在围城期间的那个晚上他说的话，也是在这个游廊上：“我不是一个适合结婚的男人”，还很随意地暗示过要她做他的情妇——也想起了他在监狱里时那个可怕的日子，这些回忆使她感到很羞耻。他审视着她的眼睛时，脸上慢慢浮上了一丝不怀好意的微笑。

“可是，既然你问了这么直截了当的问题，我还是满足一下你粗俗的好奇心吧。使我到新奥尔良去的不是什么相好，而是一个孩子，一个小男孩。

“一个小男孩！”这个意想不到的消息使她吃了一惊，连慌乱也一扫而光了。

“是的，他是我合法的被监护人，我要对他负责。他在新奥尔良上学。我经常去那里看他。”

“还送他礼物？”这么说，她心想，他就是这样知道韦德喜欢什么样的礼物的！

“是的。”他简短地说，颇为不情愿。

“哦，我从来都不知道呢！他漂亮吗？”

“太漂亮了，对他自己可没什么好处。”

“他是个听话的小孩吗？”

“不。他完全是个捣蛋鬼。我真希望他没来到这个世界上。男孩是挺麻烦的东西。你还有什么别的想知道的吗？”

“哦，如果你不想告诉我别的事，我也就没有了。”她傲慢地说，虽然心里极想知道更多的情况，“可我真看不出来你能当监护人。”她笑了，希望他会仓皇失措。

“不，我认为你确实会看不出来。你的眼光太有限了。”

他不再说什么，默默地抽了一会雪茄。她试图想出一些跟他的话同样粗鲁的话来，但什么也想不出来。

“你若不把这些告诉别人的话，我会很感激你的，”他最后说，“虽然我认为，叫一个女人不要把话传出去是不可能的事。”

“我会保密的。”她说，自尊心受到了伤害。

“你会吗？知道有关朋友的一些意想不到的事，感觉真不错。好了，别再撅着嘴了，思嘉。对不起，我太无礼了，可你老打听，活该。笑一笑，快活一会，要不我就要开始不愉快的话题了。”

“噢，天哪！”她想，“现在他要谈到希礼和锯木厂了！”她赶紧露出微笑，现出酒窝来转移他的注意力，“你还到哪儿去过，瑞德？你不会一直待在新奥尔良吧，对不对？”

“没有，上个月我在查尔斯顿。我父亲去世了。”

“噢，对不起。”

“没必要道歉。我肯定，他对他自己的死一点也不觉得遗憾，而他死了，我肯定也一丁点都不会感到遗憾。”

“瑞德，怎么说这么可怕的话！”

“如果我不遗憾却又要假装遗憾的话，那才更可怕呢，对不对？我们之间从来就没有什么爱。我都不记得老先生曾经有过什么时候是赞成我的。我太像他的父亲了，而他从心里不欣赏他的父亲。我长大以后，他对我的不赞同变成了全然的不喜欢。我承认，我也没做什么事去改变这一点。父亲要我做的事以及要我做什么样的人，全都是无聊的事。最后，他把我赶出家门，让我浪迹社会，一分钱也不给我，也没给我训练过什么，只是个查尔斯顿的绅士、一个好射手和一个出色的扑克玩家。而我没有饿死，却出色地发挥我玩扑克的本事，用赌博使我自己过着像帝王一般的生活。他似乎把这当成是对他的公开侮辱。一个白家的人成为赌徒，他因此被深深地冒犯了，以致我第一次回家时，他不准我妈妈见我。战争期间，我偷闯封锁线把货物运出查尔斯顿时，妈妈必须说假话，偷偷来看我。自然，这不会增加我对他的爱。”

“噢，这些我全不知道！”

“他就是所谓的旧派的老好先生，也就是无知、愚钝、无法忍受的人。除了像那些旧派的老先生们那样思考问题外，他不能顺着别的思路考虑问题。他跟我断绝关系，把我当成死了一样看待，大家都很佩服他。‘如果你的右眼冒犯了你，就把它挖出来。’我正是他的右眼，他的大儿子，他就带着报复心理把我挖出来了。”

他笑了笑，眼睛因为有趣的回忆而变得很严厉。

“哦,所有这些我都能原谅他,但我不能原谅他自战争结束以来对妈妈和妹妹所做的事。他们几乎一直是穷困潦倒的。种植园里的房子被烧毁了,稻田重新变成了沼泽地。因为要交税,城里的房子也没有了,他们就住在两间连给黑人住也不合适的房子里。我给妈妈寄过钱,可父亲都把钱退回来了——不干净的钱,你知道!——我好几次都到查尔斯顿去给他们钱,偷偷地给我妹妹。可父亲总能发现,跟她大吵大闹,搞得她都不想活了,可怜的姑娘!而钱又回到我这来了。我不知道他们是怎么过日子的……不,我其实是知道的。我弟弟也尽量帮助他们,虽然他也帮不了多少忙,他也不肯要我的钱——投机商的钱是不吉利的钱,你明白的!还有他们的朋友的施舍。你姨妈尤拉莉人很好。她是妈妈最好的朋友之一,你知道。她一直送给他们衣服和——上帝!我妈妈靠施舍过日子!”

这是少有的几次她看到他摘下面具的时候,他的脸很严肃,既有对他父亲的真正的恨,也有因他妈妈而感到的痛苦。

“尤拉莉姨妈!可是,上帝,瑞德,除了我送她的东西,她也没多少东西的!”

“啊,这么说,来源就在这了!亲爱的,你吹嘘这件事当面羞辱我,多没教养啊。你应该让我偿还你!”

“很乐意接受。”思嘉说着,突然咧嘴笑了。他也对她回笑着。

“啊,思嘉,一想到钱,你的眼睛都发亮了!你敢肯定,除了爱尔兰血统,你没有苏格兰或是犹太人血统吗?”

“别讨厌了!尤拉莉姨妈的事,我不是有意当面羞辱你的。可是说真的,她认为我是钱做的。她总是写信给我,要更多的东西。天知道,不用养活所有的查尔斯顿人,我手头要养活的已经够多了。你父亲是怎么死的?”

“是适合上流社会身份的饿死,我想是这样——也希望是这样。这于他很合适。他宁愿让妈妈和罗斯玛丽跟他一起饿死。现在他既然死了,我就可以帮她们了。我已经在炮台那给她们买了房子,还有仆人照顾她们。可是,当然啰,她们不能让别人知道钱是从我这拿的。”

“为什么不能呢?”

“亲爱的,你当然是知道查尔斯顿的!你去过那里。我家虽然贫穷,但他们也要维持一种地位。而如果别人知道这后面有赌博的钱、做投机生意的钱和到南方来牟利的投机家的钱的话,他们就没法维持了。不,她们放出话来,说父亲留下了一笔巨额人寿保险——他可以使自己沦为乞丐,让自己饿死,但他一直坚持付保险费。这样,他死了以后,她们就有保障了。所以,他就被看成是比过去还更伟大的老派绅士……事实上,是为自己的家庭牺牲的烈士。要是知道尽管他付出了努力,但妈妈和罗斯玛丽现在还是过得很舒服,我希望躺在坟墓里的他会辗转不安的……从某种程度上说,他死是因为他想要死——很高兴去死,对此我很遗憾。"

"为什么?"

"噢,在李投降的时候,他其实就已经死了。你知道那种人。他绝对不能调整自己,适应新的时世,只会把时间花在谈论过去的好日子上面。"

"瑞德,是不是所有的老人都那样?"她想起了嘉乐以及威尔说的有关嘉乐的那些话。

"上帝,不是的!看看你的亨利叔叔和那只老野猫梅里韦瑟先生,就举两个例子。当他们和城卫队一起出征时,他们过上了一种愉快而更有生气的新生活。我好像觉得,自那以后,他们变得更加年轻,活得更有滋味了。今天早晨,我碰到梅里韦瑟老人,他正赶着勒内的馅饼车,一边还像部队的赶驴人一样对马破口大骂呢。他告诉我说,自从他离开家出来,离开他媳妇的悉心照顾,赶起了马车,他觉得自己年轻了十岁。而你的亨利叔叔热衷于在法庭上及其他地方跟北方佬斗,为寡妇和孤儿辩护——恐怕是免费的——使他们免受到南方来牟利的投机家的欺压。要不是战争,他老早就该退休去侍候他的风湿病去了。他们又感到年轻了,那是因为他们又有用了,觉得别人需要他们了。他们喜欢这种给了老年人机会的新世道。可是,还有很多人,年轻人,是像我父亲和你父亲那么想的。他们调整不了,也不去作调整,而这就把我要跟你讨论的不愉快的话题引出来了,思嘉。"

他突然改变了话题,这使她仓皇失措。她结结巴巴地说:"什么——什么——"心里却在抱怨:"噢,上帝!现在终于来了。不知道我能不能把他驳倒?"

"我既然了解你,就不该指望你会说真话,顾及名誉或者做公平交易。可我却愚蠢地信任了你。"

"我不知道你指的是什么。"

“我想你是知道的。不管怎么说,你看上去很内疚。刚才我在来拜访你的路上经过常春藤路的时候,从一道树篱后面跟我打招呼的不是别人,正是卫希礼太太!当然,我停下来跟她聊了一会。”

“真的吗?”

“是的,我们谈得很愉快。她告诉我,她一直想让我知道,她认为我为南部邦联而奋斗,哪怕是在最后时刻,也是非常勇敢的。”

“噢,见她的鬼!梅利是个傻瓜。因为你那天晚上表现得如此有英雄气概,她本来都可能已经死了。”

“我想,她会认为她为正义的事业献出了生命的。我问她在亚特兰大干什么时,她对我不知道此事感到非常奇怪,跟我说他们现在就住在这里,说你太好了,让希礼成了你的锯木厂的合作伙伴。”

“哦,那又怎么样?”思嘉唐突地问道。

“我借钱给你买那锯木厂时,我有个约定,你也同意了,那就是,它不能被用来支持卫希礼。”

“你真是太无礼了。我已经把钱还给你了,锯木厂是我的,我怎么做,那是我自己的事。”

“你不会在意告诉我,你是怎么赚到钱来还我的贷款的吧?”

“我当然是靠卖木材赚的。”

“你是靠我借给你的钱起家才赚到钱的。你就是这个意思。我的钱被用来支持希礼了。你是个没有廉耻的女人。如果你现在还没有还清我的贷款,我就很乐意要求你还清;如果你做不到,我就公开拍卖你。”

他声音很低,但眼里含着气愤。

思嘉马上把战火引到敌人的阵地上去。

“你为什么这么恨希礼?我想你是妒忌他了。”

话一出口,她就恨不得咬掉自己的舌头,因为他头往后一仰,大笑起来,直笑得她羞愧得满脸通红。

“除了不光彩又加上自负了。”他说,“你永远也不会忘记你是县里的美人,对吗?你以为你永远是那个穿着皮鞋的最俊俏的小姑娘,以为你碰到的每个男人都想得到你的爱。”

“我没有,全都没有!”她愤怒地说,“可我不明白你为什么这么恨希礼,而那是我能想出来的唯一的解释。”

“哦,想想别的吧,漂亮、迷人的姑娘,因为那解释是错误的。至于恨希礼——我不恨他,就像我也不喜欢他一样。事实上,我对他及他那类人唯一的感觉只有可怜。”

“可怜?”

“是的,还有一点瞧不起。好了,你可以气得像只公火鸡那样胀鼓鼓的,对我说,他能顶一千个像我这样的无赖,我不该斗胆如此放肆,可怜他或者瞧不起他。你生完气后,我再告诉你我是什么意思,如果你感兴趣的话。”

“哦,我才不感兴趣呢。”

“那我也还是要告诉你,因为我受不了让你误会我妒忌他,让你飘飘然的。我可怜他是因为他该死但却没有死。我瞧不起他是因为他的世界已经一去不复返,他现在不知道自己该干些什么。”

他说的观点似曾相识。她依稀记得听过类似的话,但她想不起来是什么时候、在哪里听到的。她也没有尽力去想,因为她现在非常生气。

“照你这么说,南方所有体面的男人都该死啰!”

“照他们那样,我想希礼那种人宁愿去死。死后有整洁的石头立在他们身上,上面写着:‘这里躺着的是为南方而死的南部邦联战士’或者‘Dulce et decorum est——’或者其他时髦的墓志铭。”

“我不明白为什么!”

“除非用白纸黑字写得有一英尺那么大,把它凑到你的鼻子底下,要不然你永远都看不见的,对不对?如果他们死了,他们的烦恼也就烟消云散了,不用面对那些问题,面对那些无法解决的问题。再说,他们的家庭一代接一代都会为他们感到无比荣耀。我还听说过死者是幸福的。你认为卫希礼幸福吗?”

“哦,当然——”她开口说道,但接着便想起希礼的眼神,便打住了。

“他幸福吗?休·埃尔辛或者米德医生幸福吗?比我父亲和你父亲更幸福吗?”

“哦,也许不如他们幸福,因为他们的钱全都没了。”

他放声大笑起来。

“不是因为钱没了,我的宝贝。我告诉你吧,是他们的世界没了——他们在其中被抚养成人的世界。他们就像离了水的鱼儿或者是长了翅膀的猫一样。他们被培养成某种特定的人,去做特定的事,去占有特定的职位。而当李将军来到阿波马托克斯的时候,那些人、事和职位全都永远地消失了。噢,思嘉,别这么傻!卫希礼的家没了,种植园因为交不起税也被没收了,许多挺不错的绅士二十个人才值一分钱呢。在这种时候,卫希礼还能干什么呢?他能用头脑或者双手劳动吗?我敢打赌,自从他接管你的锯木厂以来,你已经大把大把地在亏钱了。"

"我没有!"

"多棒哪!哪个星期天晚上你有空的时候,我能不能看看你的账本呢?"

"你可以见鬼去,马上就去。你现在就可以走了,跟我没有任何关系。"

"我的宝贝,我去见过魔鬼的,他是个非常愚蠢的家伙。我不会再去了,即使为了你也不去……你急用的时候拿了我的钱,你也用了。我们曾经就钱该怎么用有过约定,可你违约了。请记住,我心爱的小骗子,总有一天你会要向我借更多的钱。你会想让我用令人不可置信的低息贷款给你,好去买更多的锯木厂、更多的骡子和建更多的酒馆。那你就别想得到了。"

"我需要钱的时候,我可以从银行贷款,谢谢你了。"她冷淡地说,可心里却怒火满腔。

"你会吗?你去试试看好了。我在银行拥有很多股份。"

"真的吗?"

"是的,我对某些诚实的企业也很感兴趣。"

"还有其他银行——"

"很多银行都有。如果我办得到的话,你想从任何一家银行得到一分钱,也会有很大麻烦的。如果你需要钱,你可以到投机家的高利贷者那去借。"

"我很乐意去找他们。"

"当你知道他们的高利息时,你就不会很乐意去了。我的美人,在生意界,用不正当的手段是要受惩罚的。你本该对我老实一点的。"

"你是个好人,对不对?这么富有,这么有势力,却偏偏跟落魄的人过不去,像希礼和我!"

"别把你自己列入他那个行列去。你并不落魄。什么也没法使你落魄。可他落魄了,除非有什么精力充沛的人在他有生之年在他背后引导他,保护他,要不他会一直落魄下去。我不想让我的钱用来给这样的一个人牟利。"

"可你并不在乎帮助我,而我也曾落魄过,而且——"

"你是个挺不错的值得冒险的人,亲爱的,一个有趣的值得冒险的人。为什么呢?因为你没有倒在你的男性亲戚身上,为过去的日子而哭泣。你摆脱了那阴影,拼命赚钱,现在你的财富已经坚实地积累起来了,其基础就是从一个死人的钱包里偷来的钱和从南部邦联偷来的钱。你头上已经有了谋杀、偷别人的丈夫、试图私通、撒谎、做生意狡诈以及经不起仔细审查的奸诈行为等等。全都是令人钦佩的东西。它们表明你是个精力充沛、有决心的人,并且是项挺不错的有风险的投资项目。帮助那些自助的人是很令人愉快的。我可以一张便条也不要就把一万美元借给那个罗马老太太,梅里韦瑟太太。她是用一个馅饼篮起家的,可你看看现在的她!开家面包店,雇了六七个人,老爷爷还兴高采烈地赶着送货马车,而那个懒洋洋的小个子克里奥尔人勒内,也在勤勤恳恳地工作,而且很喜欢干……还有那个可怜的魔鬼,汤米·韦尔伯恩,只有半个人的身体却在干两个人的活,而且干得很好,或者——哦,我不想再说下去让你心烦了。"

"你确实使我心烦了。你使我都心烦意乱了。"思嘉冷冷地说,希望能激怒他,把他的注意力从希礼这个总是不幸的话题上移开。可他只是唐突地笑了起来,没有迎战她。

"像他们那样的人是值得帮助的。可是卫希礼——呸!像我们这样乱七八糟的社会里,他那种人根本没有用,也没有价值。世界发生天翻地覆的变化时,他那种人总是首先要灭亡的。为什么不呢?他们不该活下去,因为他们不奋斗——也不知道怎么去奋斗。这世界变得乱七八糟的,这也不是第一次,也不会是最后一次。这种情况过去发生过,也还会再次发生。一旦发生了,每个人就会失去所有的一切,而每个人都是平等的。接着,他们全都一无所有,要白手起家。也就是,只有他们精明的头脑和双手的力量。可是,有一些人像希礼一样,既不精明,又没有力量,或者说即使有,却又顾虑重重地不去用它们。这样,他们便垮了,也应该垮掉。这是自然规律,而没有了他们,这个世界境况会更好。可是,总有为数不多的一些人能吃苦耐劳,能渡过难关。给他们时间的话,他们又会回到从前的境况,回到世界还井然有序的时候的样子。"

"你也穷过!你刚刚还说,你父亲把你赶出去时,你身无分文!"思嘉气愤地说,"我还以为你会理解、同情希礼呢!"

"我确实理解他,"瑞德说,"可要是我同情他的话,那就该死了。投降以后,希礼拥有的比我被赶出去时多多了。至少,他有朋友收留他,而我是个被社会摒弃的人。可希礼做了些什么呢?"

"如果你把他和你自己,你这自高自大的人相比,为什么——他不像你,感谢上帝!他不像你那样,跟投机家、南方佬和北方佬一起赚钱,弄脏自己的手。他是按良心办事的,是个高贵的人!"

"可是他虽有良心,虽然很高贵,却要接受一个女人的帮助和钱。"

"那他还有什么别的法子呢?"

"为什么要由我来说呢?我只知道我自己做过的事,在我被赶出去时以及现在的事,我都知道。我只知道其他人都做了些什么。我们在一个被毁灭的文明中找到了机会,我们充分利用了这个机会。有些人用的是诚实的方法,有些人用的是见不得人的手段,而我们还在充分利用机会。可是,这个世界里,像希礼那样的人虽有同样的机会,却没有抓住它们。他们只是太不精明了,思嘉,只有精明的人才配活下去。"

她几乎没有听进他说的话,因为她现在想起了几分钟前他刚刚开始说话时取笑她的那一幕来了。她想起了刮过塔拉果园的寒冷的风,希礼站在一堆木条旁边,眼睛越过她看到了远处去。他说过——说了什么呢?一些听起来像是渎神的话,一些可笑陌生的名词,还谈到世界末日。那时她还不明白他说的是什么,可现在在慌乱之中她却明白了,一经明白,随之而来的便是一种难受的、令人厌烦的感觉。

"哦,希礼说过——"

"什么?"

"在塔拉的时候,他有一次说起了——哦——诸神的黄昏,谈起了世界末日,还有一些诸如此类的傻话。"

"啊,众神的毁灭!"瑞德很感兴趣,目光变得犀利起来,"还有什么?"

"噢,我记不清了。我当时没怎么在意。可是——是的——某些关于强者胜弱者汰的话。”

“啊,这么说他是知道的。那他就更难办了。大多数人都不知道,也永远不会知道。他们一辈子都会在纳闷,失去的那些令人陶醉的事都到哪里去了。他们只会在骄傲而无能的沉默中承受痛苦。可是他明白。他知道自己被淘汰了。”

“噢,他没有被淘汰!只要我还有一口气,他就不会被淘汰。”

他默默地看着她,棕色的面庞非常平和。

“思嘉,你是怎么设法让他同意到亚特兰大来接管锯木厂的?他有没有奋力挣扎,要拒绝你呢?”

她马上想起了嘉乐的葬礼之后她和希礼在一起的那一幕,但没把这讲出来。

“哦,当然没有。”她气愤地回答说,“我向他解释说我需要他的帮助,因为我不信任那个管理锯木厂的无赖,而弗兰克又太忙了,不能帮我,我又马上要——哦,就是埃拉·洛雷纳,你知道的。他很高兴能帮我。”

“利用要当妈妈作为借口,真是太棒了!你就是这样用哄骗的手法说服他的吧。哦,你现在已经让他在你需要的地方为你干活了,可怜的家伙,被义务绑在你身上,就像你那些囚犯们被锁链绑住了一样。我希望你从希礼和囚犯身上都能得到快乐。但是,就像我刚开始讨论时说的,你再也无法从我这拿走一分钱了,为任何一个你那不是贵妇做派的小计划都不行,你这口是心非的女人。”

她很痛苦,既感到气愤又感到失望。她已经盘算了一段时间,想向瑞德再借些钱,在城中心买块地,在那里开家锯木厂。

“没有你的钱,我照样能行。”她大声叫道,“我现在不用自由的黑人了,约翰尼·加勒格管的工厂在给我赚钱呢,大把大把地赚呢。我还有些钱在作抵押,从和黑人做买卖中,我们的店铺也在赚现金。”

“是的,我听说了。你欺骗孤儿寡母和无知的人,你真聪明啊!如果你要偷的话,思嘉,为什么不从富人和强者手里去偷,却从穷人、弱者手里偷呢?从罗宾汉一直到现在,从富人和强者手里偷钱都是被认为是很道德的呢。”

“因为,”思嘉唐突地说,“从穷人那里——偷——就用你用的词吧——

比较容易,也比较安全。"

他无声地笑了,肩膀都在抖动。

"你真是个诚实的挺不赖的无赖,思嘉!"

无赖!奇怪,这个字眼该刺痛她才对。她不是无赖,她激动地告诉自己。至少,那不是她想要的东西。她想要做个伟大的贵妇人。有一刻,她的思绪迅速回到了往昔的岁月。她似乎看到了她妈妈,走动时裙子的窸窣声非常悦耳,香囊里散发出幽香,她的一双小手不知疲倦地忙着为别人服务,她受人爱戴、尊重、怀念。突然,她心里感到一阵难受。

"如果你想要折磨我的话,"她厌烦地说,"那是没用的。我知道,这些日子里,我没有像——像我应该的那样按良心办事,不像我被教育的那样善良,令人愉快。可我没办法,瑞德。说实话,我做不到。不这样的话,我还能怎么办呢?那个北方佬来到塔拉的时候,如果我——对他温和相待,那我、韦德、塔拉和我们所有的人会发生什么事情呢?我本该温和的——可我现在连想都不愿想了。当乔纳斯·威尔克森要抢走我的家园的时候,假如我——很善良,按良心办事,那我们大家现在都会在哪儿呢?如果我很温柔,头脑简单,不督促弗兰克去讨旧账,我们就会——噢,得了。也许我是个无赖,但我不会永远做个无赖,瑞德。可是,在过去的几年中——即使是现在——不这样我还能怎样呢?不这样我又能如何行动呢?我已经觉得,自己就像是在暴风雨中划着一只负荷很重的小船。想尽力不让船沉下去已经够不容易的了,所以我无心去考虑那些无关紧要的事,那些我可以轻易放弃、不会惦念的东西,像优雅的行为举止和——哦,诸如此类的东西。我太害怕我的船会被淹没掉了,所以,我把那些似乎是最不重要的东西都扔到船外去了。"

"傲气、名誉、真理、道德和善良。"他流利地列举了这么些东西,"你是对的,思嘉。船要沉的时候,这些都是不重要的。可你看看你周围的朋友,他们要不就完好无损地把货物安全地运上岸,要不就让所有的旗帜照样飘扬着,心满意足地沉下去。"

"他们是一群傻瓜。"她唐突地说,"干什么都会有时间的。等我有了足够的钱,我也会像你喜欢的那么好。我会装出一副老实样。那时我就能做个正经人了。"

“你能做个正经人——可你也不会去做了。要救被扔掉的货物是很困难的,即使收回来了,通常也都被损害得无法复原了。我担心,当你有条件去捞回你从船上扔掉的名誉、道德和善良时,你会发现它们都已经因泡在海里而变形了,恐怕已经不是什么贵重和稀奇的东西了……”

他突然站了起来,抓起帽子。

“你要走了?”

“是的。你不感到欣慰吗?我要让你去面对你还剩下的那点良心。”

他停了下来,低头看着孩子,伸出一只手指让孩子抓着。

“我想弗兰克一定自豪得不得了?”

“噢,当然。”

“我想,已经为这孩子定下了一大堆计划?”

“噢,哦,你知道,在自己孩子的问题上,男人表现得有多傻。”

“那么,你告诉他,”瑞德说,又突然停下了,脸上现出一种奇怪的神情,“告诉他,如果他想看着他为这孩子定下的计划实现的话,晚上他最好还是经常待在家里,不要像他现在这样经常离开家。”

“你是什么意思?”

“就是我说的意思。让他待在家里。”

“噢,你这卑鄙的家伙!你在拐弯抹角地说可怜的弗兰克会——”

“噢,上帝!”瑞德纵声大笑,“我不是说他会跟女人鬼混!弗兰克!噢,上帝!”

他走下台阶时还在大笑。

# 第四十四章

三月的一天下午，天在刮风，气候很冷，思嘉赶着车沿着迪凯特路朝约翰尼·加勒格管理的锯木厂驶去。她把毛毯拉得高高的盖在身上，手臂放在毯子外面。这些日子里，单独驾车是非常危险的，她也深知这一点，比以往任何时候都更危险，因为现在黑人已经完全失控了。正如希礼所预言的，立法机关拒绝正式通过修正案后，他们已付出沉重的代价。这次表示不妥协的拒绝就像在愤怒的北方政府脸上狠狠地甩了一巴掌一样。很快，报复行为就接踵而来了。北方政府已经下决心强行在州里让黑人选举，为了达到这一目的，佐治亚被宣布为反叛之州，被置于严厉的军事管制之下。佐治亚已经失去了作为一个州而存在的权利，和佛罗里达和亚拉巴马一起，它成了“第三号军事管制区”，由一个联邦政府的将军统治。

如果说在这以前的生活是不安全的、令人恐怖的话，那现在就加倍地严重了。一年前似乎是很严厉的军事管辖条例，跟波普将军①制定的相比，那就算是温和的了。面临着黑人的管辖，未来似乎暗淡无光，毫无希望，痛苦之中的州无助地在受罪、在扭曲。至于黑人们，他们头脑里已经意识到他们新近被赋予的重要性，知道另外有北方军队在给他们撑腰后，他们的暴行也越来越多。谁也无法远远地躲着他们，不受他们的威胁。

在这种疯狂、可怕的时期，思嘉非常害怕——虽然非常害怕，但决心也

① 指约翰·波普将军（1822—1892），内战期间北方军将领之一。战后为联邦政府派往南方进行军事管制的官员之一。

更大了。她还是单独一人去巡视锯木厂，把弗兰克的手枪塞在轻便马车的垫子下。她默默地诅咒立法机关把这种更大的灾难带到他们所有人头上。这又有什么好处呢，这一漂亮、勇敢的姿态，这个每个人都称之为英勇的姿态？这只是使事情更糟罢了。

她驶近那条通往河谷里那些光秃秃的树木的小路了。河谷正是贫民窟所在地，她不禁对马唤了一声，让它加快步伐。每次经过这一肮脏、污秽、集中了废弃的军用帐篷和板皮小屋的地方时，她总是感到很不安。在亚特兰大城里及附近地区，这地方是最臭名昭著的，因为这肮脏的环境中住着无家可归的黑人、黑人妓女，还散居着一些最下等的穷苦白人。据传言，这里是黑人避难及白人罪犯的藏匿之所。北方士兵要搜寻他们通缉的人时，这里总是首选之地。这里发生的枪杀和砍杀事件如此频繁，以致当局很少费心去调查，一般都让贫民窟本地的人去解决他们自己的邪恶事件。在密林深处，有家酒厂在生产便宜的玉米威士忌。晚上，河谷里的小屋总是回荡着醉汉的呼喊声和叫骂声。

连北方佬也承认这是个瘟疫区，应该被铲除，可是他们没有在这方面采取任何措施。亚特兰大和迪凯特两地的居民来往必得经过这条路，所以人们怨声载道。男人经过贫民窟时，手枪皮套上的手枪是松开的，而正派的女人则从来就不愿从这里经过，即使在她们的男人保护下也不愿意，因为沿路通常都有喝醉的黑人妓女坐在边上，说着侮辱人、骂人的粗话。

只要有阿奇在身边，思嘉根本不把贫民窟放在心上，因为即使连最无礼的黑人妇女也不敢在他面前放声大笑。可是，自从她被迫独自一人赶车以来，一直都有讨厌的、令人恼怒的事发生。每次她经过的时候，那些黑人妓女似乎都想证明自己的身份。她毫无办法，只有不理她们，心中怒火中烧。她连向邻居和家人诉苦，以此来获得安慰都不行，因为邻居们肯定会得意地说："哦，你还能指望别的吗？"而她的家人又会开始大惊小怪地要阻止她。但她根本不打算停下来，不打算放弃巡视锯木厂。

谢天谢地，今天路边一个衣衫不整的女人也没有！经过那条通往贫民窟的小路时，她厌恶地看着河谷里那些低矮的棚屋。在下午斜射的太阳光中，那些棚屋显得相当沉闷。凉风飕飕刮过，她经过的时候，一阵混杂着焚烧木头的烟味、炸猪肉的味道及没人照管的厕所味扑鼻而来。她把脸转到另一边，灵巧地在马背上拂了拂缰绳，让马快步跑过去，转过路的拐角处。

就在她刚想欣慰地喘口气时，突然而至的恐惧却使她的心都跳到了嗓子眼里，因为一个身材高大的黑人从一棵高大的橡树背后不言不语地悄悄闪身而出。她很害怕，但还没有神志失常。转瞬间，马车停了下来，她已经把弗兰克的手枪拿在手里。

"你想干什么？"她尽力用严厉的声音叫道。身材高大的黑人马上躲到树后，回答的声音带着害怕心理。

"上帝，思嘉小姐，别打大个子萨姆！"

大个子萨姆！她一下子根本不明白他说的话。大个子萨姆，塔拉的工头，她最后一次看到他还是在围城的时候。到底……

"从那走出来，让我看看你是不是真的是萨姆！"

他磨磨蹭蹭地从藏身的地方慢慢地走出来。他衣衫褴褛，个子高大，光着脚，穿着粗斜棉布裤子，上穿一件蓝色的联邦军军服，那军服太短太紧了，穿在他那大块头的身子上挺不合身。看到确实是大个子萨姆时，她把手枪再塞回垫子下，高兴地笑了起来。

"噢，萨姆！见到你真是太高兴了！"

萨姆飞奔到马车边，眼睛高兴得直转悠，洁白的牙齿露了出来。他用两只大得像火腿一样的黑手把她伸出来的手紧紧握住，西瓜般粉色的舌头溜了出来，全身摆动着，那因高兴而扭曲了的姿势，活像只大驯犬在蹦蹦跳跳的，又滑稽又有趣。

"上帝，又看到家里人真令人高兴！"他叫道，紧紧握着她的手，她感到骨头都要散架了，"你现在怎么变得这么凶，还带着枪，思嘉小姐？"

"现在有这么多暴徒，萨姆，我非得带枪不可。你这个有身份的黑人到底在贫民窟这样肮脏的地方干什么？你为什么没去城里找我？"

"上帝，思嘉小姐，俺没有住在贫民窟。俺只是要在这里躲一阵子。俺不会无缘无故住在那个地方的。俺一辈子也没有见过这么没用的黑人。俺也不知道你在亚特兰大。俺以为你在塔拉呢。俺正想，一找到机会就回塔拉去。"

"你是不是从围城开始就一直住在亚特兰大呢？"

"没有呢，夫人！俺一直在游荡不定！"他放开了她的手，她痛苦地松了松手指，看看骨头是不是还完好无损，“记得我们上次什么时候见面的吗？”

思嘉想起了围城开始前一天，当她和瑞德坐在马车里时，看到一队黑人在尘土飞扬的街上唱着《走吧，摩西》，朝壕沟进发，大个子萨姆就排在最前面。她点了点头。

“哦，俺像只狗一样挖工事，装沙袋，一直到南部邦联的军队撤出亚特兰大。那个叫俺负责的上尉先生被打死了，也就没有人告诉大个子萨姆该做些什么了，所以俺就躺在灌木丛中。俺想俺该想办法回家，回到塔拉去，可是俺听说塔拉周围的乡间全都被烧毁了。再说，俺也没办法回去，俺也害怕巡逻的人会把俺抓住，因为俺没有通行证。后来北方佬来了，一个北方的先生，他是个上校，他就像阳光一样照亮了俺，他让俺照料他的马和靴子。

“是的，夫人！俺应该觉得很自豪，像波克一样做了贴身仆人，而俺原来只是个干农活的。俺没有告诉上校俺是个干农活的，他——哦，思嘉小姐，北方佬都是些无知的人！他不知道其中的差别！所以俺就跟了他。舍曼将军去萨凡纳时，俺也跟他去了。上帝，思嘉小姐，俺从来没见过俺看到的对待萨凡纳的那么可怕的行为！又偷又烧的——他们烧了塔拉了吗，思嘉小姐？”

“他们放了火，但被我们扑灭了。”

“哦，听到这俺很高兴。塔拉是俺的家，俺正打算回到那里去。战争结束的时候，上校对俺说：‘你，萨姆！你跟俺回北方去。俺付高工资给你。’哦，像所有黑人一样，俺也想在回家之前试试那自由，于是俺就和上校一起到北方去了。是的，我们到了华盛顿、纽约，然后到了上校住的波士顿。是的，夫人，俺是个在旅行的黑人！思嘉小姐，有很多马和马车在北方佬的街上行驶，你可以任意挥舞着棍子！俺一直害怕会被车撞倒！”

“你喜欢在北方吗，萨姆？”

萨姆搔着像羊毛一样的头发。

“俺喜欢——俺又不喜欢。上校是个好人，他理解黑人。可是他的太太，她就不一样了。他的太太，她第一次见到俺的时候叫俺‘先生’。是的，她是那么叫的，而她这么叫时，俺差点摔倒在路上。上校叫她叫俺‘萨姆’，然后她就这么叫了。可是所有的北方佬头一次见到俺时都叫俺‘郝先生’。他们还叫俺跟他们一起坐下来，好像俺跟他们是一样的。哦，俺从来没跟白人一起坐过,也太老了,学不会了。他们对俺就好像是俺是跟他们一样好的,思嘉小姐,可是在他们心里,他们不喜欢俺——他们不喜欢黑人。他们还怕俺,因为俺块头这么大。他们还一直问俺有关追俺的猎犬和俺挨打的事。上帝,思嘉小姐,俺从来没挨过打!你知道嘉乐先生不让任何人打像我这样贵重的黑人!

"当俺告诉他们埃伦小姐对黑人有多好,俺患肺炎的时候,她照顾了我整整一星期时,他们不相信俺。思嘉小姐,俺想埃伦小姐,想塔拉,俺告诉他们的时候装出一副再也忍受不了的样子。有一天晚上,俺溜出来,要回家去。俺乘上货车一路到了亚特兰大。重新看到埃伦小姐和嘉乐先生,俺一定非常高兴的。俺不要什么自由。俺要有人经常给俺吃好的,告诉俺要做什么,不要做什么,俺生病的时候照顾俺。要是俺又得了肺炎呢?那个北方佬的太太会照顾俺吗?不会的,夫人!她会叫俺'郝先生',但她不会护理俺。可是埃伦小姐,她会护理俺,在俺生病的时候——怎么啦,思嘉小姐?"

"爸爸和妈妈两人都已经去世了,萨姆。"

"去世?你在跟俺开玩笑吧,思嘉小姐?你不能这样对待俺!"

"我不是在开玩笑。是真的。妈妈是在舍曼的部队来到塔拉的时候去世的,而爸爸——他是去年六月份走的。噢,萨姆,别哭。求你了!你如果哭了,我也会哭的。萨姆,别哭!我会受不了的。我们现在别谈这个了。我另找时候再告诉你一切好了……苏埃伦小姐还在塔拉,她和一个很好的人,威尔·本廷先生结婚了。卡丽恩小姐呢,她在一所——"思嘉顿了顿,她永远也无法向这个正在哭泣的巨人解释清楚修道院是什么东西,"她现在住在查尔斯顿了。可是波克和普里西还在塔拉……好了,萨姆,擦擦鼻涕吧。你真的想回家吗?"

"是的,可是已经不会是像俺想的和埃伦小姐在一起时那样了——"

"萨姆,你觉得待在亚特兰大给我工作怎么样?我需要个车夫,现在到处都是凶恶的人,我非常需要一个车夫。"

"是的。你应该这样。俺正想说,你这样独自一人到处乱跑是不行的,思嘉小姐。你不知道现在有些黑人有多凶,特别是那些住在贫民窟的人。这对你不安全的。俺到贫民窟才两天,但俺听他们谈起过你。昨天你经过的时候,那些可恶的黑人娼妇对着你大喊大叫,俺认出了你,可你的马车跑得太快了,俺赶不上你。可俺应该把那些黑人的皮剥掉!俺应该那么做的。你没注意到今天他们一个都不见了吗?”

“我注意到了,我真的很感谢你,萨姆。哦,做我的马车夫怎么样?”

“思嘉小姐,谢谢你,夫人,可是俺想俺最好还是回到塔拉去。”

大个子萨姆低下头,光脚丫漫无目的地在路上划着道道。他一副不安的神态,鬼鬼祟祟的。

“得了,怎么样?我会付给你高工资的。你得跟我待在一起。”

那张黑脸显得很愚蠢,像小孩的脸一样,很容易让人看出心思来。他抬起头看着她,有种恐惧的神情。他走近些,从轻便马车边上倾过身子,低声说道:“思嘉小姐,俺必须离开亚特兰大。俺要到塔拉去,那样他们就找不到俺了。俺——俺杀了个人。”

“一个黑人?”

“不是,是白人。是个北方士兵,他们正在抓俺。这就是俺在贫民窟的原因。”

“怎么回事呢?”

“他喝醉了,说了些俺听不下去的话,俺就用手勒住了他的脖子——俺并不是有意要杀死他的,思嘉小姐,可俺的手太有力气了,还没等俺明白是怎么回事,他已经死了。俺太害怕了,不知道该怎么办才好!所以俺躲到这里来了,昨天俺看见你时,俺就说:‘感谢上帝!那是思嘉小姐!她会照顾俺的。她不会让北方佬把俺抓走的。她会送俺回塔拉去的。’”

“你说他们在追捕你?他们知道是你干的了?”

“是的,俺块头这么大,他们不会认错人的。俺想,俺是亚特兰大块头最大的黑人了。他们昨天晚上已经来找过俺了,但一个黑人女孩把我藏在树林里的一个洞穴里,他们就走了。”

思嘉坐在那,皱着眉头想了一会。她一点也不为萨姆犯了谋杀罪而感到惊恐或者难受,可却为不能留下他来当车夫而感到很失望。像萨姆这样大个子的黑人和阿奇一样,会是个挺不错的保镖。哦,不管怎样,她得把他安全地送到塔拉去,因为当局不能抓住他,这是理所当然的事。他这样的黑人太有价值了,不该被绞死。哦,他是塔拉拥有过的最好的工头!思嘉头脑里根本没有他已经自由的概念。他还属于她,像波克、嬷嬷、彼德、厨娘和普里西一样。他还是他们家的一员，正因如此，所以要受到保护。

“我今晚就送你到塔拉去。”她最后说道，“好了，萨姆，我要到沿路的一个地方去，但我太阳下山前一定会回到这儿。我回来的时候，你就在这等我。别告诉任何人你要到哪儿去。如果你有顶帽子，就戴上把脸遮起来。”

“俺没有帽子。”

“哦，这是二十五美分。你从贫民窟哪个黑人手里买一顶帽子，再到这跟我见面。”

“好的。”又一次有人告诉他该做些什么，他顿感欣慰，脸上神采飞扬。

思嘉边往前赶车，边思考着。威尔肯定会欢迎塔拉有个干农活的好手的。波克从来就不是干农活的能手，也永远不会是个干农活的能手。有了萨姆，波克就可以到亚特兰大来跟迪尔西团圆，这是嘉乐去世的时候她答应过的。

她到达锯木厂的时候，太阳已经要下山了，这比她通常待在外面的时候都更晚了。约翰尼·加勒格站在那间小棚屋的门口，那是这家小锯木厂做厨房用的。思嘉分配给约翰尼锯木厂的五个囚犯中，有四个正在一间侧面扁平的棚屋前面，坐在一根圆木上。那棚屋就是他们的住处。他们的囚服非常脏，发出难闻的汗臭，疲乏不堪地走动时，脚踝间的脚镣叮当作响。他们身上有种漠然、绝望的神情。他们是群瘦弱不堪、身体不健康的人，思嘉目光锐利地斜着眼看着他们，可她不久以前租用他们的时候，他们还是挺强健的。她从轻便马车上下来时，他们甚至连眼睛都没有抬起来看一看，但约翰尼却转向她，漫不经心地脱下帽子。他向她打招呼的时候，那张棕色的小脸硬邦邦的，犹如坚果一般。

“我不喜欢那些人的样子。”她冲口而出，“他们看上去身体不好。还有一个呢？”

“说是病了，”约翰尼简短地说，“他在宿舍里。”

“他得了什么病？”

“多半是懒惰。”

“我去看看他。”

“别去。他很可能一丝不挂。我会去打理他。他明天就会来干活了。”

思嘉犹豫了，她看见其中一个囚犯抬起无精打采的头，恨恨地瞪了约翰尼一眼,然后又低头看着地面。

“你有没有打这些人呢?”

“好了,肯尼迪太太,请你原谅,到底是谁在管这家锯木厂?你让我负责,叫我来经营。你说过我可以不受干扰、自主经营的。你对我没什么可抱怨的吧,对不?跟埃尔辛先生相比,我难道不是为你多赚了一倍的钱吗?”

“是的,你是在为我赚钱。”思嘉说,可她不禁打了一个寒噤,就像一只鹅在她坟上走动一样①。

这个有着丑陋的棚屋的锯木厂一定有点邪门,那是休·埃尔辛在这里的时候所没有的。这里的凄清、孤立感使她浑身发冷。这些囚犯远离一切,任由约翰尼·加勒格摆布。如果他刻意要鞭打他们或是虐待他们,她很可能连知道都不知道。囚犯们也不敢向她抱怨,因为担心她走后会遭到更大的惩罚。

“这些人看上去很瘦。你有没有让他们吃饱?上帝知道,我在他们吃的东西上花的钱够多的了,可以把他们养得跟猪一样肥。上个月,单单面粉和猪肉就花了我三十美元。你晚饭给他们吃什么?”

她走到煮饭的棚屋边,往里面看去。一个肥胖的穆拉托②女人正俯身在一个生锈的旧炉子上面忙着。看到思嘉时,她微微行了个屈膝礼,然后又继续在锅里搅动着,里面正煮着豇豆。思嘉知道约翰尼正和她同居,但觉得最好还是睁只眼闭只眼的好。她看到除了豇豆和一盘纯玉米面包之外,没有准备别的食物。

“你没有别的东西给他们吃吗?”

“没有。”

“这些豇豆里没放些咸猪肉吗?”

“没有。”

“豆里也没有熬汤用的咸肉?可是,没有咸肉豇豆是不好吃的。那样就没有营养了。为什么没有咸肉呢?”

“约翰尼先生说,放咸肉进去没有用。”

---

① 旧时对突然感到寒噤时一种迷信的解释方法。

② 指黑人与白人的第一代混血儿或有黑白两种血统的人。

“你要放咸肉进去。哪儿是放食品的?”

黑人女人一脸害怕,眼睛朝一个充当食品柜的小壁橱看去,思嘉猛地把门推开。地上放着一桶已打开的玉米面粉,一小袋面粉,一磅咖啡,一点糖,一罐一加仑的芦黍糖浆和两只火腿。放在架子上的一只火腿最近刚煮过,但只切下来一两片。思嘉愤怒地转向约翰尼·加勒格,跟他冷漠、生气的目光对视着。

“我上星期送来的五袋白面粉哪去啦?还有那袋糖和咖啡呢?我还送来了五只火腿、十磅咸猪肉,还有上帝知道的多少蒲式耳的番薯和爱尔兰土豆。哦,它们都上哪儿去啦?即使你一天给这些人吃五餐,也不可能一星期就把它们用完的。你把它们卖了!你就是这么做的,你这个小偷!把我好好的供应给卖了,把钱塞进自己的腰包,却让这些人吃豇豆和玉米面包。难怪他们看上去那么瘦。给我让开。”

她怒气冲冲地经过他身边,走到门口。

“你,最后那个——是的,是你!上这来!”

那个人站起来,笨拙地朝她走来,他的脚镣叮当响着。她看到他的裸露的脚踝已经被脚镣擦伤了,红红的,露出了白生生的肉。

“你上次吃火腿是在什么时候?”

那个人低头看着地板。

“说!”

那个人还是一声不响地站着,一副凄苦可怜的样子。最后,他抬起头,乞求似的看着思嘉的脸,然后又垂下了眼睛。

“不敢说,嗯?哦,到那放食品的厨子去,把那块火腿从架子上拿下来。丽贝卡,把你的刀子给他。把它拿出去,和那些人分着吃了。丽贝卡,给这些人准备些饼干和咖啡。再给他们足够的芦黍糖浆。现在就开始,我就可以看着他们吃了。”

“那是约翰尼先生私人的面粉和咖啡。”丽贝卡害怕地嘟哝着。

“约翰尼先生的,算了吧!我想那还是他私人的火腿呢。照我说的办。快点。约翰尼·加勒格,跟我到马车这边来。”

她大步流星地走过乱七八糟的场院,爬上马车,生气地看着那些人在撕扯着火腿,狼吞虎咽地往嘴里塞但心里很受用。看那样子,就好像是他们害怕火腿随时都会被拿走似的。

“你真是个少见的无赖!”约翰尼站在车轮边时,她怒不可遏地冲他叫道。他的帽子推到了脑后,露出了下垂的眉毛。“你把我供应的东西的价钱列出来。以后我要每天给你带东西来,不能每月订购了。那样你就骗不了我了。”

“以后我就不在这了。”约翰尼·加勒格说。

“你是说你要辞职!”

思嘉那时话到嘴边,很想喊出来:“你走吧,那可真要谢天谢地了!”可是谨慎用它那只冰凉的手止住了她。如果约翰尼辞职,那她该怎么办呢?他生产的木材比休生产的多了一倍。而现在手头又有一份大宗的订单,是她经营过的最大的一宗,而且是急用的订单。她得把那批木材运到亚特兰大。如果约翰尼辞职的话,她还能找谁来管理锯木厂呢?

“是的,我要辞职。你让我全权负责这里,告诉我说,你要我做的只是尽我的所能生产出更多的木材。你那时没有告诉我该如何去管理业务,我现在也不打算让你开始这么做。我是怎么生产出木材的跟你无关。你不能指责我没有履行协议。我给你赚了钱,我得到了我的工资——也从中得到了好处。而你却到这来干涉我,质问我,在那些人面前破坏我的威信。以后你还怎么让我管教他们?那些人偶尔被打一次又有什么关系?懒惰的贱人就该受到更糟的待遇。他们没吃饱、没吃好又有什么关系?他们不配吃比这更好的东西。要不你管你的事,我管我的事,要不我今晚就辞职。”

他那硬邦邦的小脸比过去更加固执,思嘉不知该怎么办才好。如果他今晚辞职,那她该怎么办呢?她不能整个晚上待在这里看管那些囚犯!

她进退两难的心理在眼神里显露出来了,因为约翰尼的表情有了些微改变,脸上不那么硬邦邦的了。他说话的时候,声音里有种轻松、高兴的口气。

“天越来越黑了,肯尼迪太太,你最好还是回家去吧。我们不会因为这么一件小事就闹翻的,对不对?假如你从我下个月的工资里扣去十美元,我们就扯平了。”

思嘉的眼睛颇不情愿地看着那几个在吞吃火腿的可怜的人。她想起了那个躺在寒风飕飕的棚屋里的病人。她应该解雇约翰尼·加勒格。他是个小偷，是个残忍的人。她不在那里的时候，根本不知道他对囚犯们都做了些什么。可是，从另一方面来说，他又很精明，上帝知道，她需要个精明的人。哦，她现在还不能跟他分手。他在为她赚钱。她只要关照好，让那些囚犯以后能得到适当的份额就行了。

“我要从你的工资中扣除二十美元。”她简短地说，“我早晨再回来跟你谈这件事。”

她拉起缰绳。但她知道不会再谈了。她知道，这件事就这么了结了。她还知道，约翰尼也知道这一点。

她赶着车沿着小路向迪凯特路驶去时，良心在跟她赚钱的欲望打着架。她知道，她无权把人的生命任由一个硬心肠的小个子去摆布。如果他导致了其中一个人死亡的话，她就会跟他一样有罪，因为她在知道他的残忍行为后还让他负责管理这些人。可是，从另一方面来说——哦，从另一方面来说，人们也不该成为囚犯的。如果他们犯了法，被抓了起来，那他们是罪有应得。这多少给她的良心带来了些许慰藉，可是她一边走，那些囚犯那麻木的瘦脸还一直浮现在她脑海里。

“噢，我以后再想他们的事好了。”她作出了决定，硬是把这想法推进脑海里那个木制房间，把门关了起来。

她来到贫民窟上面那个拐角时，太阳已经完全下山了，周围的树林已是漆黑一片。没有了太阳，黄昏的空气中袭来一股寒冷入骨的凉意。冷风吹着黑漆漆的树林，吹得光秃秃的树枝咿呀作响，枯死的树叶也窸窣有声。她自己一人从来没有这么晚出来过，所以心里很不安，真希望自己现在待在家里。

哪里也看不到大个子萨姆的身影。她勒住马缰等他时，很为他担心，害怕他不见了是因为北方佬已经把他逮住了。接着，她听到了从贫民窟方向传来了脚步声，嘴里不禁欣慰地叹了口气。萨姆让她久等了，她一定要好好训斥他一番。

可是，来到拐角处的人不是萨姆。

一个是衣衫褴褛的大个子白人，另一个是矮墩墩的黑人，肩膀和胸部都像是个大猩猩。她迅速把马缰绳在马背上挥了挥，手抓起了手枪。马开始小步跑起来,可那个白人一挥手,它便突然被挡住了。

"夫人,"他说,"能不能给我二十五美分? 我饿坏了。"

"快滚开,"她回答说,尽可能使声音保持不变,"我没有钱。快走!"

那个人飞快地抓住了马笼头。

"抓住她!"他对黑人叫道,"她的钱很可能藏在胸罩里!"

对思嘉来说接下来发生的事简直就像一场梦魇,这来得太快了。她迅速举起手枪,本能告诉她不能打白人,因为担心会打中马。黑人向马车跑过来时,他那张黑脸上眼睛斜睨着,整张脸扭曲着,露齿而笑。她近距离平平地朝他开了枪。到底有没有射中他,她也不知道,可紧接着,一只手紧紧扭着她手里的枪,把枪夺走了,她的手腕几乎都要被扭断了。黑人就在她身边,近得她都可以闻到他身上的恶臭味。他正试图把她拉到马车边上来。她用空着的一只手疯狂地反抗着,抓着他的脸,接着,她感觉到他的手卡住了她的脖子,随着一声撕裂声,她的紧身胸衣从脖颈到腰部被撕开了。然后,那只黑手便在她双乳之间摸来摸去。从来没有过的恐惧感和厌恶感袭遍了她的全身,她像个发疯的女人一样尖叫起来。

"让她住嘴! 把她拖出来!"那个白人说,于是,那只黑手在思嘉脸上摸索着找她的嘴巴。她用尽力气狠狠地咬了他一口,然后又尖叫起来。在尖叫声中,她听到那个白人男人在骂着,知道黑漆漆的路上还有第三个人。大个子萨姆向黑人进攻时,那只黑手离开了她的嘴巴,黑人跳开了。

"快跑,思嘉小姐!"萨姆一边大叫着,一边跟黑人扭打着。思嘉浑身发抖,尖叫着抓起缰绳和鞭子,同时向马背上方甩了一下。马向前一跃跑了起来,她觉得车轮碾过了什么软绵绵的东西,一个还在反抗的东西。那是那个白人男人躺在路上,萨姆把他给打倒了。

她害怕得都要疯了,一再鞭打着马,马朝前跑着,马车摇摇晃晃的。恐惧当中,她还是感觉到身后的跑步声,她厉声对马呼唤着,让它跑得更快一些。如果那个黑猿人再把她抓住,不等他的手碰到她,她就会死过去的。

身后传来了喊声:"思嘉小姐! 停下!"

她没有松手,颤惊惊地回头一看,看到了大个子萨姆在她身后沿路跑着,他的长腿像紧张作业的活塞一样。他赶上来时,她勒住了缰绳,他翻身跃上了马车,高大的他把她挤到一边去了。汗水和血水一齐从他脸上流下

来,他喘着气说:

“你受伤了吗?他们有没有伤着你?”

她说不出话来,但是看到他的眼睛看了她一眼又马上转到别处去的样子,她意识到她的紧身胸衣一直开到腰部,胸部和背部都露了出来。她用颤抖的手把两头拽到一起,低下头,吓得哭了起来。

“把缰绳给俺。”萨姆说着抓过她手里的缰绳,“马儿,快跑!”

马鞭响过,吃了一惊的马猛地往前一跃,差点把马车掀翻到沟里去。

“俺希望俺没有把那个黑狒狒宰了。但俺没有停下来察看。”他上气不接下气地说,“可是,要是他伤了你,思嘉小姐,我就回去搞清楚,再要他的命。”

“没有——没有——快点赶车吧。”她抽泣着说。

# 第四十五章

那天晚上，弗兰克护送她、白蝶姑妈和孩子们到媚兰的家里去，然后就跟希礼一起骑着马沿街走了。因为愤怒和所受的伤害，思嘉本想大发雷霆。他什么时候不去，偏偏在今天晚上出去参加政治聚会？政治聚会！就在她受到攻击的同一天晚上，在任何事都可能已经发生在她身上的时候！他太没有人情味，太自私了。可是那时候，萨姆把哭哭啼啼的她送进屋子，她的紧身胸衣也直裂到腰际，从那时起，他一直就以令人无法忍受的平静心情接受了所有这一切。她哭着诉说发生在她身上的事时，他一次也没有捋胡须，只是温柔地问："亲爱的，你有没有受伤——还是只是被吓着了？"

愤怒夹杂着眼泪，使她连话都答不出来。萨姆主动回答说，她只是被吓着了。

"还没等他们再脱她的衣服，我就赶到那里了。"

"你是个好小伙子，萨姆，我不会忘记你所做的事的。如果我能为你做点什么的话——"

"可以的，你可以送我回塔拉，尽快。北方佬在追捕我呢。"

弗兰克还是平静地听着这些话，没有问什么问题。他的样子看上去很像那天晚上托尼来敲门时候的样子，似乎这完全是男人的事，是件要用最少的言语和感情来处理的事情。

"你去坐在马车里。今晚我就让彼德大叔送你到拉夫雷迪去。你可以藏在那里的树林里直到天亮，再坐火车到琼斯伯勒。这样会更安全些……好了，亲爱的，别哭了。一切都过去了，你没有真正受到伤害。白蝶小姐，我能不能用一下你的嗅盐？嬷嬷，给思嘉小姐拿杯酒来。”

思嘉再次泪如泉涌，这次流下的是愤怒的泪水了。她要的是安慰、愤慨和扬言要报复的话。她甚至宁愿他向她大发雷霆，说这正是他警告过她会发生的事——怎么样都行，就不要他这么漫不经心地接受这一切，把她遭受的危险当成一件无足轻重的小事。他很好，很温柔，当然，但是心不在焉的，好像他头脑里有些比这重要得多的事。

而那重要的事，结果却是次无关紧要的政治聚会。

他告诉她换好衣服，作好准备，让他送她到媚兰家去过那个晚上时，她几乎不相信自己的耳朵。他应该知道，她的这次经历有多痛苦；他应该知道，她不想到媚兰家去过夜，她疲惫的身体和受了刺激的神经非常需要温暖的床铺和毯子，帮助她松弛一下——有块热砖把她的脚趾暖得有刺痛感，有杯香甜的热酒安抚安抚她的恐惧心理。如果他真的爱她，那在这样一个夜晚，那是什么也无法迫使他离开她身边的。他应该留在家里，握着她的手，一遍又一遍地告诉她，万一她出了什么事的话，那他宁愿去死。他今晚回来后跟她单独在一起的时候，她一定要把这话告诉他。

媚兰的小客厅看上去很宁静，就跟往常弗兰克和希礼出去、女眷们凑在一起做针线时一样。炉火映照下，客厅里很温暖，很明快。桌上的油灯给四颗梳着平滑的头发、埋头做针线的脑袋罩上了一层静谧的黄色微光。四条裙子微微飘动着，八只小脚优雅地放在低低的坐垫上。从开着的门外传来儿童室里韦德、埃拉和博平静的呼吸声。阿奇坐在炉火边的一条凳子上，背对着壁炉，双颊因嚼食烟草而胀得鼓鼓的，他在用心地削一块木头。这个浑身肮脏、头发蓬乱的老人和四个穿戴整洁、过分讲究的女人之间的对比非常强烈。他就像是只花白毛发、邪恶的老看门狗，而她们则像四只小猫。

媚兰温柔的声音里带着气愤，不停地讲着最近女士竖琴团里大动肝火的事。由于在下一次演奏会的问题上和男士合唱团的意见不一致，那天下午，女士们来见过媚兰，宣布她们打算彻底退出音乐圈。媚兰施展了她的全套外交手腕才把她们劝住，让她们推迟作出这一决定。

过度烦躁的思嘉差点尖叫出来：“噢，去他的女士竖琴团！”她要谈谈她那可怕的经历。她极想详详细细地把它讲出来，这样，通过吓唬别人，她就可以缓解自己的害怕心理了。她很想告诉他们，当时的她有多勇敢，就为了用自己说话的声音让自己相信,自己当时确实是很勇敢的。可是她每次挑起这个话题,媚兰都巧妙地把谈话引到别的无关紧要的话题上去。这使思嘉恼火得差点受不了。他们跟弗兰克一样可恶极了。

她刚刚逃离这么一场可怕的劫数,他们怎么能这么平静,这么无动于衷呢?他们不让她用谈论那件事来宽慰自己,甚至连起码的客套也没有。

下午的事使她大为震惊,这甚至连她自己也不愿承认。每次一想起暮色中从穿过森林的那条路上偷偷窥视着她的那张恶毒的黑脸,她就不禁浑身发抖。她一想起那只在她胸部摸索的黑手及要不是大个子萨姆赶到,不知还会发生什么事时,她便低下头,紧紧闭上眼睛。她默默地坐在那宁静的房间里,尽量做着针线,听着媚兰说话。可她坐得越久,神经就越紧张。她觉得自己随时都会实实在在地听到神经崩裂的声音,就像班卓琴弦断掉的声音一样。

阿奇削木头的举动使她很恼火,她对他皱起了眉头。他居然坐在那削起木头来了,突然间,这事也显得奇怪起来。由他保护她们的晚上,他通常都是平躺在沙发上,睡得鼾声大作,长胡子随着呼吸在空中一动一动。更奇怪的是,媚兰和英蒂都没有提醒他在地上铺张纸张,好放削下来的木屑。他已经把壁炉边的地毯弄得一团糟,但她们都好像没注意到似的。

她正看着他时,阿奇突然转身对着火炉,用力朝火炉里吐了好几口烟草汁,英蒂、媚兰和白蝶都跳了起来,就像炸弹爆炸了一样。

“你有必要吐得这么大声吗?”英蒂叫道,声音里夹杂着紧张的恼怒情绪。思嘉吃惊地看着她,因为英蒂一直是沉默寡言的。

阿奇回望了她一眼。

“我想我是有必要的。”他冷淡地回答着,又吐了一口。媚兰微微皱了皱眉头,看了英蒂一眼。

“亲爱的爸爸不嚼食烟草,我一直感到很高兴。”白蝶开口说道。媚兰的眉头却皱得更紧了,她转身面对着她,用一种思嘉从来没听过的尖刻语气说道:

“噢,别说了,姑妈!你太缺心眼了。”

“噢,亲爱的,”白蝶把针线活往腿上一放,因为受到伤害,嘴巴瘪了起来,“我说,我不知道今晚你们这都是怎么啦。你和英蒂这么神经质,这么生气。”

没有人答话。媚兰连为自己脾气不好向她道歉都没有，有点抵触地又重新做起针线来。

“你的针脚这么粗，一针足有一英寸长，”白蝶有点得意地说道，“你最终非得把它们全部拆掉。你到底怎么啦？”

可是媚兰还是不做声。

她们是不是真的有什么事呢？思嘉感到很纳闷。她是不是全副身心都集中在自己的恐惧上面，以致都没注意到呢？是的，除了媚兰尽力使这个晚上和他们曾在一起度过的五十个晚上中任何一个晚上一样之外，这气氛中还是有点不一样的东西，一种不可能是由下午发生的惊吓和震惊引起的紧张感。思嘉偷眼看着她的伙伴们，和英蒂的目光对视了。这使她很不舒服，因为英蒂的目光是一种盯得较久、跟她较量似的目光，那冷漠的目光里有种比恨还强、比蔑视还更侮辱人的东西。

“好像她认为所发生的事该怪我似的。”思嘉气愤地想。

英蒂把目光从她身上移开，转向阿奇。她脸上对他的不满一扫而光，用忧虑的、探询的目光看了他一眼。可他没有回视她。然而，他却看着思嘉，用英蒂看她时的那种冷漠的目光盯着她。

房间里一片沉默，令人生厌。媚兰没有重拾话题。沉默中，思嘉听到了外面越刮越紧的风声。最令人不舒服的一个晚上心里突然之间就这样开始了。现在她才开始感觉到空气中的紧张气氛，禁不住在纳闷，这一整个晚上是不是都有这种紧张气氛——而她是因为太沮丧了，所以才没注意到。阿奇的脸上有种警觉神情，似乎在时刻等待着什么，他那两只周围都是蓬乱的头发的老耳朵竖得就好像猞猁一样。媚兰和英蒂身上都有一种极度压抑着的不安感。每次一听到路上的马蹄声，一听到呼啸的风声中光秃秃的树枝的摇晃声，一听到干枯的树叶翻卷着滚过草坪的杂乱声，她们就从针线活上抬起头来。每次火炉里燃烧的木头轻轻的断裂声都会使她们吓一跳，就好像那是鬼鬼祟祟的脚步声似的。

一定是出了什么事，思嘉却不知道是什么。有什么事正在进行当中，而思嘉却不知道到底是什么。她看了一眼白蝶胖乎乎的天真的面庞，嘴还在撅着，这告诉她，这位老太太也和她一样蒙在鼓里。可是阿奇、媚兰和英蒂是知道的。沉默当中,她几乎都能感觉到英蒂和媚兰的思绪正像关在笼子里的松鼠一样疯狂地上蹿下跳。他们知道什么,正在等着什么,尽管他们尽力使一切看上去都像往常一模一样。思嘉也染上了他们内心的不安,这使她比先前更加不安。她笨拙地做着针线,一不小心,针刺进了大拇指,她又痛又恼地低声尖叫了一声。他们全都跳了起来。她挤着手指,直到一滴鲜红的鲜血冒了出来。

"我忐忑不安的,缝不下去了。"她说道,把正在缝补的衣服扔到地上,"我心烦意乱的都要叫出来了。我要回家去睡觉。弗兰克是知道的,他不该出去。他一个劲说呀说的,要保护妇女不受黑人和投机家的伤害,可到了要他保护的时候,他人到哪儿去了呢? 在家照顾我? 不,其实他正和其他许多男人一起在闲荡,啥也没做,只是一味地说呀——"

她锐利的目光在英蒂的脸上定住了,活也停了下来。英蒂呼吸很急促,苍白的没有睫毛的眼睛死死地盯着思嘉,冷漠到极点。

"如果这不会使你太痛苦的话,英蒂,"她讥讽地说,"如果你能告诉我你为什么整个晚上都这么死盯着我,那我会非常感激你的。是我的脸变成了绿色的还是怎么的?"

"告诉你我可不会痛苦。我很乐意这么做。"英蒂说,眼睛在闪闪发光,"我讨厌你低估了肯尼迪先生这样的好人,如果你知道——"

"英蒂!"媚兰警告地说,两手紧抓着正在做针线的衣服。

"我想,我比你更了解我的丈夫。"思嘉说,马上要吵起来了,而且这是她和英蒂之间第一次公开争吵,这使她精神大增,连不安也倏然不见了。媚兰的眼睛盯着英蒂,英蒂不甘心地闭上嘴巴。可是刚一闭上,她马上又开口了,声音非常冷漠,带着恨意。

"你真使我恶心,郝思嘉,还谈什么受保护! 你根本不在乎受保护! 如果你在乎的话,你决不会像你这几个月所做的那样抛头露面,打扮得花枝招展的在城里到处乱跑,在陌生的男人面前炫耀自己,希望他们都会崇拜你! 今天下午发生的事是你罪有应得,如果正义得到伸张的话,你的下场还会更惨。"

"噢,英蒂,别说了!"媚兰叫了起来。

"让她说,"思嘉叫道,"我乐在其中。我一直就知道她很恨我,可她是个虚伪透顶的人,不敢承认而已。要是她认为有人崇拜她的话,她会光着身子在街上从早走到晚的。"

英蒂已经站了起来,瘦弱的身体因受了侮辱而浑身颤抖。

"我确实恨你,"她说得很清楚,但声音发抖,"可是使我没吭声的不是虚伪,而是你不能理解的东西,连一点——一点通常的礼貌也没有,通常的好教养也没有。我们正是意识到,如果我们大家不拧成一股绳,把我们自己的小小的记恨掩埋起来,我们是不可能指望能打败北方佬的。可你——你——你却尽你所能来诋毁正派人的声望——给一个好丈夫制造侮辱,带来羞辱,给了北方佬和下等人笑话我们的权利,让他们侮辱我们,说我们缺乏贵族的风范。北方佬不知道,你不是我们中的一员,你从来都不是。北方佬的理性还没有到能知道你根本没有贵族风范的地步。当你赶车经过树林,把你置于受攻击的境地的时候,你已经在黑人和卑鄙的白人穷鬼的路上设置了诱惑,把城里所有行为端正的女人都置于受攻击的境地了。你还把我们男同胞的生命置于危险之中,因为他们已经——"

"我的上帝,英蒂!"媚兰叫了起来,即使在盛怒之中,听到媚兰无奈地叫出了上帝,思嘉还是惊呆了,"你别往下说了!她不知道,她——你别说了!你答应过——"

"噢,姑娘们!"白蝶小姐抗议着,嘴唇在抖动。

"我不知道什么?"思嘉也站了起来。英蒂的眼睛闪着冷漠的光芒,思嘉非常气愤地面对着英蒂以及带着一副恳求神情的媚兰。

"一群珍珠鸡!"阿奇突然说道,声音里带着鄙夷的口气。不等有人训斥他,他那头发灰白的头猛地抬了起来,并迅速站起身来。"有人从小路上走过来了。不是卫先生。别再饶舌了。"

他的声音里有种男性的威严,女人们突然都站住不吱声了。他脚步笨重地走过房间,走到门边时,她们脸上的气愤神情已经不见了。

"谁呀?"来人还没敲门,他就开口问道。

"白船长。让我进去吧。"

媚兰迅速走过去,搞得她的裙环都大幅度摆动起来,裤子直到膝盖都露了出来。不等阿奇把手放到门把上,她就把门猛地打开了。白瑞德站在门口,黑色的阔边毡帽低低地扣在眼睛上方,狂风刮着他的斗篷,使斗篷都折了起来。他这次破例没有了他那种优雅的举止,既没有脱下帽子致意,也没有跟房间里任何一个人说话。他的眼睛只看着媚兰,没打招呼就突然说话了。

"他们上哪儿去啦?快告诉我。这是生死攸关的事。"

思嘉和白蝶吃了一惊,茫然不解地面面相觑,英蒂像只瘦巴巴的老猫似的飞奔到媚兰身边。

"什么也别告诉他。"她很快地叫道,"他是个奸细,是个支持北方佬的南方佬!"

瑞德连赏给她一个目光也没有。

"快点,卫太太!也许还有时间。"

媚兰好像被吓瘫了,只是呆呆地盯着他的脸。

"到底是——"思嘉开口说道。

"闭上你的嘴,"阿奇唐突地说道,"梅利小姐,你也别说。从这滚出去,你这该死的南方佬。"

"不,阿奇,别这样!"媚兰叫道,一只手摇着放到了瑞德的手臂上,好像要保护他不受阿奇的进攻似的,"发生了什么事?你怎么——你怎么知道的?"

瑞德黝黑的脸上有不耐烦的神情,但又尽力保持礼貌,两种感情色彩在斗争着。

"上帝,卫太太,他们从一开始就一直受到怀疑——只是他们都太聪明了——直到今天晚上!我怎么知道的?今天晚上我和两个喝醉的北方军上尉玩牌,他们泄露出来的。北方佬知道今天晚上会有麻烦,他们已经作好了准备。那些傻瓜已经陷入圈套了。"

那一刻,媚兰好像挨了一记重击似的,身子摇晃了一下,瑞德的手臂赶紧搂住她的腰,扶她站稳。

"别告诉他!他是想让你落入圈套!"英蒂叫着,眼睛亮闪闪地看着瑞德,"你没听他说他今晚一直跟北方军军官在一起吗?"

瑞德还是不看她。他的眼睛依然坚持盯着媚兰苍白的面庞。

"告诉我。他们到哪去了?他们有没有会合的地点?"

尽管思嘉很害怕,一切又都蒙在鼓里,她还是觉得她从来没见过比瑞德的脸更茫然、更无表情的脸了，可是媚兰显然看到了别的东西，某些使她信任他的东西。她离开扶她的手臂，挺直了细小的身躯，声音颤抖但却平静地说：

“贫民窟附近的迪凯特路。他们在老沙利文那个种植园的地下室会合——那个被烧毁了一半的。”

“谢谢。我马上骑马过去。有北方佬来的时候，你们就说你们什么也不知道。”

他走得很快，黑色的斗篷融入了黑夜中，要不是听到石子飞溅的声音和马全速奔驰的声音，他们几乎都没意识到他到这来过。

“北方佬要来这？”白蝶大声叫道，两只小脚已经在动个不停。她颓然坐在沙发上，吓得连哭都哭不出来了。

“到底是怎么回事？他是什么意思？如果你们不告诉我，我会发疯的！”思嘉把手放在媚兰身上，用力摇着她，就好像可以用武力从她身上摇出一个答案来似的。

“意思？这意思就是说，你很可能会成为希礼和肯尼迪先生的死因！”虽然又害怕又痛苦，但英蒂的声音里还是有种得意的意味，“别再摇梅利了。她要晕倒了。”

“不，我不会的。”媚兰低声说道，抓住了一把椅子的椅背。

“我的上帝，我的上帝！我不明白！杀死希礼？求你们了，你们谁告诉我——”

阿奇打断了思嘉的话，声音听上去就像生锈的链在动一样。

“坐下，”他简短地命令道，“再去做针线。就像什么也没发生过一样，继续做下去。说不定北方佬从太阳下山开始就一直在监视这所房子呢。坐下，我说，快做针线。”

她们浑身颤抖地照他的话做了，连白蝶也拿起一只袜子，用颤抖的手抓着，眼睛却像个吓坏的孩子，睁得大大的看着大家，想弄明白是怎么回事。

“希礼在哪里？他出什么事啦，梅利？”思嘉大声问道。

“你丈夫在哪里？你对他不感兴趣吗？”英蒂惨白的眼睛闪闪发光，闪着失去理智般的邪恶神情，手里在补着的一块破毛巾一会被她团起来，一会又被她弄平。

"英蒂,请你别说了!"媚兰用足力气说道,可她惨白、哆嗦着的面庞和痛苦的眼神表明,她的心里很紧张,"思嘉,也许我们该早点告诉你,可是——可是——你下午受了那么大的惊吓,我们——弗兰克认为——而你对三K党又总是那么直言不讳的——"

"三K——"

起先,思嘉说这词的时候就好像她从来没听说过也全然不明白那意思似的,接着她才说道:

"三K党!"她几乎是尖叫出来的,"希礼不是三K党! 弗兰克也不可能是的! 噢,他答应过我的!"

"肯尼迪先生当然是三K党,希礼也是,我们认识的所有男人都是,"英蒂叫道,"他们是男人,对不对? 是白种男人和南方人。你本来应该为他感到自豪才是,而不是让他偷偷摸摸的,好像是什么见不得人的事一样——"

"你们一直都知道,我却不——"

"我们担心这会使你不开心。"媚兰伤心地说。

"这么说,我们认为他们在开政治聚会的时候,他们却去参加三K党的聚会? 噢,他答应过我的! 现在,北方佬就会来没收我的锯木厂和商店,把他扔进监狱去了——噢,白瑞德是什么意思?"

英蒂的眼睛瞪得大大的,害怕地看着媚兰。思嘉站了起来,猛地把针线活掷到地上。

"如果你们不告诉我,我就自己到城里去弄明白。我要问我见到的每一个人,直到我找到——"

"坐下,"阿奇眼睛盯着她,说道,"我来告诉你吧。由于你今天下午到处闲逛,因你自己的过错陷入了麻烦,卫先生和肯尼迪先生及其他人今天晚上都去杀那个该死的黑鬼和那个该死的白人去了,就是说,如果他们能逮住他们的话,他们还要把整个贫民窟来个大扫荡。如果那个南方佬说的是实话,北方士兵已经起了疑心或者通过什么方式听到了风声,他们就已经派部队在那等候他们了。我们的人就会落入圈套。而如果白瑞德说的不是实话,那他就是个奸细,他会去向北方佬告发他们,他们也同样会被杀害。但是如果他把他们告发了,那我就要杀了他,就算是我这辈子最后做的一件事也罢。如果他们没有被杀掉,他们就得逃离这里,到得克萨斯州去藏起来,也许永远也回不来了。这全是你的过错,你的双手沾满了鲜血。”

媚兰看着思嘉脸上慢慢明白的表情,恐惧已从思嘉脸上一扫而光,代之而起的是气愤,接踵而来的便又是恐惧了。她站起来,把手放在思嘉的肩膀上。

“你再说一句这样的话,你就给我出去,阿奇。”她严厉地说,“这不是她的错。她只是做了——做了她觉得她该做的事。而你的男同胞们也做了他们觉得他们该做的事。人们是应该做他们该做的事的。我们大家想的不一样,行动也不一样,而——而用我们自己的标准来衡量别人,那是不对的。你和英蒂怎么能说这种话呢,就在她的丈夫和我的丈夫可能——可能——”

“听!”阿奇轻声打断她,“坐下,夫人。有马蹄声。”

媚兰跌坐在椅子上,拿起希礼的一件衬衫,低头忙活起来,却不自觉地把褶边撕成了布条。

马朝房子跑过来,马蹄声越来越大,有马嚼子的丁零当啷声、皮带拉紧的声音及人说话的声音。马蹄声在房子前面停了下来,一个声音高出了别的声响在叫着口令,他们听到脚步声从边上的场院里一直往屋后的游廊上去了。他们感到有上千只不怀好意的眼睛穿过前面没遮没拦的窗户在看着他们。四个女人心里都很害怕,但都埋头忙着做针线。思嘉在心里喊叫着:“我杀了希礼了!我杀了他了!”在那狂乱的一刻,她甚至都没有想到,她也可能连弗兰克也杀了。她的脑海里除了希礼的形象外,一片空白,只想着希礼躺在北方佬骑兵的铁蹄下,金色的头发沾满了鲜血。

急促的敲门声传来时,她抬头看着媚兰,看到那张紧张的小脸上有了一种新的表情,一种和刚才她在白瑞德脸上看到的一样的表情,那种玩牌的人手里只有两张两点的纸牌却虚张声势要吓退对手时的泰然自若、面无表情的神情。

“阿奇,开门。”她平静地说。

阿奇把小刀插进靴子顶部,松开了皮带上的手枪,然后笨重地走到门边,猛地把门打开。白蝶看到门口围着一个北方军上尉和一小队穿蓝色军服的人,不禁小声地叫了一声,就像耗子感到捕鼠器正在压下来时一样。可是其他人却一言不发。思嘉看到那个军官是她认识的,心里感到了一丝安慰。他是汤姆·贾弗里上尉,是瑞德的朋友。她卖过木材给他建房子。她知道他是个绅士。也许,正因为他是绅士,他就不会把他们都拉去坐牢了。他马上就认出她来了,于是摘下帽子,有点尴尬地行了个礼。

"晚上好,肯尼迪太太。你们中谁是卫太太?"

"我是卫太太。"媚兰回答着,站了起来,尽管她很矮小,但举止还是很端庄,"我凭什么要受到如此的打扰?"

上尉的眼睛滴溜溜地满房间乱转,在每张脸上都停留了一会,目光从他们脸上又迅速移到了桌子上和帽架上,好像在找有没有男主人的踪迹似的。

"烦请卫先生和肯尼迪先生跟我说话。"

"他们不在。"媚兰说,轻柔的话里有种冷意。

"你敢肯定吗?"

"对卫太太的话,你就不必怀疑了。"阿奇说着,胡子都竖起来了。

"对不起,卫太太。我不是有意冒犯你的。如果你说真话,我就不搜查房子了。"

"我说的是真话。可是,如果你想要搜查的话,那就搜查好了。他们在市区肯尼迪先生的商店里开会。"

"他们不在商店。今晚也没有会开。"上尉严厉地回答说,"我们会在外面一直等到他们回来。"

他微微鞠了一躬,走了出去,随手把门带上。屋里的人听到了一声尖锐的命令声,但被风声盖住了:"包围整座房子。每扇窗户和每个门都要有一个人。"接着是一阵脚步声。思嘉看到胡子拉碴的脸从窗户外窥视着他们,硬是把恐惧感压了下去。媚兰坐了下来,一只没有颤抖的手伸到桌上抓起一本书。那是本破破烂烂的《悲惨世界》,那本令南部邦联士兵们着迷的书。他们就着营房里的灯火读过了,苦中作乐地把它叫做"李的悲惨世界"。她翻到中间,用清楚、单调的声音开始读起来。

"做针线。"阿奇用粗粗的声音低声命令道。三个女人被媚兰冷淡的声音搞得很不安,但还是拿起针线活埋头做了起来。

媚兰到底在那一圈监视的目光中读了多久,思嘉永远也不会知道,但似乎是过了好几个小时。媚兰读的,她一个字也没听进去。现在,除了想希礼之外,她也想到了弗兰克。这么说,这就是为什么今晚表面上看起来很平静的原因了！他答应过她决不跟三K党沾边的。噢，这正是她担心会落到他们头上的麻烦。过去这一年的所有努力算是白废了。她在风雨中、寒风中的奋斗、担心和辛劳全都白搭了。谁会想到毫无生气的老弗兰克会让自己和三K党那些头脑发热的人混在一起呢？此时此刻，他也许已经死了。就算他没死，但被北方佬抓住了，也会被绞死。还有希礼！

她的指甲紧紧顶在手掌上，直到四个月牙形的红亮点现了出来。希礼正处在会被绞死的危险当中，媚兰怎么还能够如此平静地读书呢？就在他可能已经死了的时候？可是，在那读着冉阿让的悲惨境遇的轻柔、冷静的声音里，有某种东西使她不致跳起来尖叫出来。

她的思绪回到了托尼·方丹来找他们的那个晚上。他被人追捕着，筋疲力尽，身无分文。如果他没到他们的家里来，接受他们给他的钱和一匹精力充沛的马的话，他早就已经被绞死了。如果弗兰克和希礼此时此刻还没死，他们也跟托尼的处境一样，恐怕还更糟。房子被士兵们包围了，他们不能回家来拿钱和衣服，否则就会被抓住。很可能沿街所有的房子都同样被北方佬监视起来了，所以他们也不能向朋友们求助。就在此时此刻，他们很可能正在黑夜中疯狂地骑马朝得克萨斯逃去。

可是瑞德——也许瑞德已经及时找到了他们。瑞德口袋里总是有很多现金的。也许他会借给他们足够的钱，帮他们渡过难关。可是这就奇怪了。瑞德为什么要为希礼的安全操心呢？他肯定不喜欢他，他肯定瞧不起他。那为什么——可是这个难解的谜又被新涌起的一股为希礼和弗兰克担心的恐惧心理给压了下去。

"噢，全是我的错！"她自顾自地悲叹着，"英蒂和阿奇说得对，都是我的错。可我从来没想到他们两人会这么傻，会去参加三K党！我也从来没想到自己会真的出什么事！可我也没有别的法子。梅利说得对，人们必须去做他们该做的事，而我必须让锯木厂经营下去！我得有钱！可现在我很可能会失去它们了，不管怎么说，都是我的错！"

过了很长时间，媚兰的声音结巴了，越来越小声，最后陷入了沉默。她转身对着窗户，向外望着，就好像那里没有北方军的士兵从玻璃后面回望着她一样。其他的人都抬起头，被她那聆听的姿势吸引住了，也凝神听了起来。

外面传来了马蹄声和歌声，因为窗户紧闭，门也关着，那声响变得闷声闷气的，还被风吹散了，但还是听得出来。那是所有歌曲中最令人痛恨、本身也最可恶的歌曲，是有关舍曼的军队的歌——《进军佐治亚》——在唱歌的是白瑞德。

他还没唱完头几句，另外两个声音、喝醉酒后的声音，就骂起他来了，愤怒、愚蠢的声音，结结巴巴的，话音全混在一起。前面的游廊上传来贾弗里上尉厉声呵斥的声音，还有急促的脚步声。可是，这些声音还没传过来，女士们就已经惊得面面相觑了。因为在忠告瑞德的喝醉的人的声音是希礼和休·埃尔辛的。

屋前的小路上声音越来越大，有贾弗里上尉简短的问话声，休尖锐、傻乎乎的笑声，瑞德深沉、烦躁的叫声和希礼奇怪、不真实的喊声："真见鬼！真见鬼！"

"那不可能是希礼！"思嘉狂乱地想着，"他从来不会喝醉的！还有瑞德——怎么回事，瑞德喝醉的时候是越来越安静的——从来不像这样大喊大叫！"

媚兰站了起来，阿奇也跟着她站了起来。他们听到了上尉尖锐的声音："这两个人被捕了。"阿奇的手握紧了手枪柄。

"不，"媚兰坚定地嘀咕着，"不。让我来吧。"

她脸上的表情跟那次在塔拉时思嘉看到的一模一样。那天，媚兰站在最高一级楼梯上，往下看着死去的北方士兵，沉重的马刀使她无力的手腕都垂了下去——一个温柔而羞涩的人因为环境所迫不得不变成了一只谨慎却又凶猛的母老虎。她用力把门打开。

"把他扶进来，白船长，"她用清晰却带着怨恨的声音说道，"我想你又把他灌醉了。把他扶进来。"

漆黑的人行小路上，夜风呼啸，北方军的上尉说："对不起，卫太太，你丈夫和埃尔辛先生被捕了。"

"被捕？凭什么？就因为喝醉酒？如果亚特兰大每一个人都因为喝醉酒而被捕的话，那北方守备部队的所有人都要不停地进监狱了。哦，把他扶进来，白船长——就是说，如果你自己也能走的话。"

思嘉的脑筋转得没那么快，有一瞬间，她都没明白过来。她知道，瑞德和希礼都没有喝醉，也知道媚兰是知道他们没有喝醉的。然而，通常情况下都很温柔、很有教养的媚兰却站在那里，像个泼妇似的尖叫着，说他们两个人都醉得走不了了，而且还是在北方佬面前。

传来了短暂的低声争执的声音，还夹杂着咒骂声，接着便是踉踉跄跄的脚步声登上了台阶。希礼出现在门口，他脸色煞白，头耷拉着，金色的头发乱七八糟的，高高的身体从脖子到膝盖都被瑞德黑色的斗篷包裹着。休·埃尔辛和瑞德自己的脚步也不稳，他们一边一个搀着他。很明显，若是没有他们的帮助，他就会摔倒在地上了。他们身后跟着北方军的上尉，他的脸上是一副又怀疑又觉得有趣的神情。他站在开着的门边，他的手下却从他的肩膀上好奇地往里窥视着，寒风也刮进了屋里。

思嘉害怕极了，却又感到困惑不解。她看看媚兰，再看看垂着头的希礼，接着便多少明白了一些。她正想叫出来："可他不可能喝醉的！"却咬着嘴唇把话咽了回去。她意识到自己正看着一出戏在表演着，是一出决定生死的戏。她知道，自己不是戏里的演员，白蝶姑妈也不是，但其他的人都是，就像一出经常排练的戏剧里的演员一样，在互相提示着。她只明白其中的一半，但也足够让自己保持沉默了。

"把他扶到椅子上坐下。"媚兰愤怒地叫道，"你，白船长，你马上给我离开这房子！你又把他灌成这个样子，你怎么还有脸上这儿来！"

两个男人把希礼扶到一张摇椅上坐下，摇摇晃晃的瑞德扶住椅子的靠背，好让自己站稳，声音里带着痛苦对上尉说：

"这就是我得到的感谢，对不对？就为了不让警察把他逮住，把他送回家来，而他却又叫又闹的，还想用手指抓我！"

"还有你，休·埃尔辛，我真为你感到害臊！你可怜的妈妈会怎么说呢？居然喝醉了，跟一个——一个像白船长这样的喜欢北方佬的南方佬在一起！噢，卫先生，你怎么能做这种事？"

"梅利，我还没有这么醉呢。"希礼嘟哝着，说着身子朝前一倾，便脸朝下趴在桌子上，头埋在手臂里。

"阿奇，把他扶到房间去，让他躺下——就像过去一样。"媚兰命令着，"白蝶姑妈，请你跑过去把床铺好，哦，哦，"她突然放声大哭，"噢，他怎么能这样？他答应过的！"

阿奇已经把手臂放在希礼的肩膀下搀起了他，又害怕又犹豫的白蝶也站了起来。这时上尉插话了。

“别碰他。他被捕了。中士！”

中士端着枪走进房间，瑞德显然还在尽力让自己站稳，他把一只手放在上尉的手臂上，非常费劲地把目光集中在他身上。

“汤姆，你凭什么逮捕他？他还不是太醉。我见过他醉得比这还厉害的时候呢。”

“喝醉，见鬼去吧。”上尉叫道，“他躺在街边的沟里也跟我没关系。我不是警察。他和埃尔辛先生被捕是因为参与了三K党今晚袭击贫民窟的事。有个黑人和白人被杀了。卫先生是其中的头。”

“今晚？”瑞德大笑起来。他笑得太厉害了，就势在沙发上坐了下来，把头埋在手里。“今晚不会，汤姆。”他能说出话来时，便这样说道，“这两个人今晚一直跟我在一起——从他们被认为是在开会的八点钟开始就跟我在一起了。”

“跟你在一起，瑞德？可是——”上尉的眉头皱了起来，他犹豫不决地看着鼾声大作的希礼和正在哭泣的他的太太，“可是——你们在哪儿呢？”

“我不想说。”瑞德带着醉意狡黠地瞟了媚兰一眼。

“你最好还是说出来吧！”

“我们到游廊上去，我会告诉你我们在哪里。”

“你现在就告诉我。”

“不能在太太们面前说。如果夫人们离开这个房间——”

“我不走，”媚兰叫道，生气地用手帕擦着眼泪，“我有权利知道。我丈夫去哪里了？”

“在贝尔·沃特琳的妓院里。”瑞德说，看上去很窘迫，“他在那，休、弗兰克·肯尼迪和米德医生，还有——他们全都在那，开个晚会，很盛大的晚会，香槟酒，姑娘们——”

“在——在贝尔·沃特琳那里？”

媚兰的声音越来越高，痛苦极了，搞得大家都害怕地看着她。她手抓着胸部，还不等阿奇扶住她，她已经晕倒了。接着一片骚乱，阿奇扶起她，英蒂跑去厨房拿水，白蝶和思嘉给她扇着扇子，拍着她的手腕，休·埃尔辛则一遍遍地叫着:“瞧你干的好事！瞧你干的好事！”

“现在全城人都会知道了。”瑞德说着,发着脾气,“我希望你该满足了,汤姆。明天,亚特兰大的太太们没有一位会跟她的丈夫说话了。”

“瑞德,我也不想——”虽然冷风从门口吹进来,吹着他的后背,但上尉却热汗淋淋的,“我说！你能不能发誓他们都在——哦——在贝尔那里?”

“见鬼,当然能。”瑞德咆哮着,“如果你不相信我,你自己去问贝尔好了。好了,让我把卫太太抱到她的房间去吧。让我来吧,阿奇。是的,我抱得动她。白蝶小姐,你拿盏灯走在前面。”

他轻而易举地从阿奇手里接过媚兰瘦弱的身躯。

“你扶卫先生到床上去,阿奇。从今晚开始,我再也不想看他一眼或是碰他一下了。”

白蝶的手直发颤,灯倒成了威胁房子安全的东西,可她还是举着灯,一路小跑着走在前面,朝黑漆漆的卧室走去。阿奇嘟哝着把手臂放在希礼腋下,架起了他。

“可是——我得逮捕这些人!”

瑞德在昏暗的过道里转过身来。

“那就早晨再来逮捕他们吧。他们这样子逃不掉的——我过去从来不知道在妓院里喝醉也是犯法的。上帝,汤姆,有五十个证人可以证明他们是在贝尔的妓院里。”

“总是有五十个证人能证明一个南方人在某个地方,可实际上他却根本不在那里。”上尉发着脾气说,“你跟我来吧,埃尔辛先生。我要假释卫先生,以谁的名义担保——”

“我是卫先生的妹妹,要他出庭时我会应诉的。”英蒂冷冷地说,“好了,请你离开好不好?这一晚上你已经给了我们够多麻烦了。”

“我非常非常的抱歉。”上尉尴尬地行了个礼,“我只希望他们能证明他们是在哦——哦——沃特琳小姐——太太的妓院里。你能不能告诉你哥哥,明天早晨他必须到宪兵法庭的执法官那里接受讯问?”

英蒂冷冷地回了一礼,手放到门把上,默默地暗示他,他若马上离开倒是很受欢迎的。上尉和中士退了出去,休·埃尔辛跟他们一起走了,她在他们身后砰的一声关上了门。她连看也没看思嘉一眼,迅速把每扇窗户的百叶窗拉了下来。思嘉双膝发抖,她抓着希礼刚才坐过的椅子,好让自己站稳。她往下一看,看到了一片黑糊糊的湿渍,比她的手还大,就在椅子后背上的靠垫上。她困惑不解地把手放在上面,使她大为惊恐的是,她的手上出现了一片粘粘的红湿块。

"英蒂,"她低声说道,"英蒂,希礼——他受伤了。"

"你这傻瓜!你以为他真的喝醉啦?"

英蒂扯下最后一扇百叶窗,开始向卧室奔去。思嘉紧紧跟在她后面,心都跳到了嗓子眼里。瑞德高大的身躯挡住了门口,但是,从他的肩膀上方看过去,思嘉看见希礼脸色苍白、一动不动地躺在床上。媚兰正在用刺绣用的剪刀麻利地剪开他那被鲜血浸透的衬衫,对一个刚刚才晕过去的人来说,那动作麻利得令人称奇。阿奇拿着灯,举得低低的,靠近床边用作照明,他节节疤疤的手指放在希礼的手腕上。

"他死了吗?"两个姑娘同时叫道。

"不,只是因为失血而晕了过去。子弹打穿了他的肩膀。"瑞德说。

"你为什么把他带到这来,你这傻瓜?"英蒂叫道,"让我到他那去!让我过去!你干吗要把他带到这来让人逮捕?"

"他太虚弱了,走不了。没有别的地方让他去了,卫小姐。再说——你想让他像托尼·方丹一样做个背井离乡的人吗?你想让你的十几个邻居都在得克萨斯州隐姓埋名度过余生?有个机会我们可以让他们所有人都蒙混过关,只要贝尔——"

"让我过去!"

"不,卫小姐。你有事做的。你要去叫个医生来——不是米德医生。他也牵扯到这件事里去了,此时此刻也许正在向北方佬作解释呢。去找别的医生。你害怕晚上独自一人出去吗?"

"不怕,"英蒂说,苍白的眼睛闪着光,"我不怕。"她抓起媚兰挂在过道里一个挂钩上的带风帽的斗篷。"我去找老迪安医生。"她的声音里没有了激动情绪,在尽力平静下来,"对不起,我叫你奸细,叫你傻瓜。我那时不明白。你为希礼做了这么多,我非常感谢你——可是我还是瞧不起你。"

"我很赞赏你的坦率——为此我谢谢你。"瑞德鞠了一躬,嘴唇向下撇着,露出挺有趣的微笑,"好了,赶快走吧,从后门走。你回来的时候,如果看到周围有士兵的迹象,就别进这房子里来。”

英蒂痛苦地、飞快地又看了希礼一眼,穿上斗篷,轻快地走过过道,来到后门,悄悄地消失在黑夜当中。

思嘉睁大眼睛从瑞德的肩上望过去,看到希礼睁开眼睛时,她感到自己的心再次狂跳起来。媚兰从脸盆架上拿下一块折叠着的毛巾,把它按在希礼往外流血的肩膀上。他虚弱地、安慰似的对着她的脸微笑了一下。思嘉觉得瑞德那深邃的目光在坚定地看着她,意识到自己的心情在脸上是一览无遗了,可她并不在乎。希礼正在流血,也许正在死去,而正是爱着他的她撕开了他肩膀上的那个伤口。她真想跑到床边蹲下来,把他抱在怀里,可她双膝发抖,进不了房间。她一手捂住嘴巴,看着媚兰把一块新洗过的毛巾包在他的肩膀上,用力按着它,好像她可以把血按回他身体里去似的。可是毛巾却像着了魔似的变红了。

一个人流了这么多血,怎么可能还活着呢?可是,谢天谢地,他嘴唇上没有血迹——噢,那些红色的泡沫,那是死亡的先兆。在过去那可怕的日子里,在桃树街进行的战斗中,那些伤员死在白蝶姑妈的草坪上时,嘴边就是血淋淋的。

“打起精神来。”瑞德说,他的声音里有种坚定但微微有点嘲弄的意味,“他不会死的。好了,去帮着卫太太举着灯吧。我要阿奇去办事。”

阿奇从灯上方看着瑞德。

“我不会听从你的命令的。”他唐突地说,把嘴里的烟草从一边换到另一边去嚼着。

“你就照他吩咐的去办吧。”媚兰严厉地说,“马上去做。白船长吩咐的每件事都得办。思嘉,拿着灯。”

思嘉走上前去,端着灯,用两只手举着,以免失手把灯摔了。希礼的眼睛又闭上了。他裸露的胸部隆起时很慢,下去时却很快,红色的鲜血从媚兰匆忙动作着的纤细的手指间渗了出来。她依稀听见阿奇脚步沉重地走进房间,来到瑞德身边,听见瑞德说得很快的低语声。她一门子心思全扑在希礼身上,瑞德那半是低语的声音里,她只听见这几个字:“骑上我的马……拴在外面……要骑得飞快。”

阿奇嘟哝着问了些问题。思嘉听到瑞德回答说:“老沙利文种植园。你会找到被塞在最大的烟囱里的罩袍。把它们烧了。”

“唔。”阿奇嘟哝着。

“还有——地下室里有两个人。尽可能把他们绑在马上，把他们送到贝尔妓院后面的那块空地上——就是她的妓院和铁轨之间的那块空地。千万要小心。如果被人看见了，你和我们大家通通都会被绞死。把他们放在那块空地上，再把手枪放在他们旁边——放在他们手里。喏，把我的拿去吧。”

思嘉往房间对过看过去，看到瑞德从外衣后下摆里面掏出两支左轮手枪。阿奇接过去，插进了自己的皮带里。

“每支手枪都给它打掉一发子弹，应该看上去像是普通的枪击事件。你明白了吗？”

阿奇点点头，似乎他已经完全明白了，他那冷漠的眼里现出了一丝很勉强的尊敬神情。可是思嘉却如坠五里云雾当中。过去的半小时就像一场梦魇一样。她觉得一切都模糊不清的，再也不会清楚地展现在她面前了。然而，瑞德好像完全控制着这令人茫然不解的局势，这多少还是个安慰。

阿奇转过身要走了，接着又突然转过身来，一只独眼疑问地看着瑞德的脸。

“他？”

“是的。”阿奇嘟哝着，往地上吐了口唾沫。

“真见鬼。”他说着，脚步沉重地沿着过道往后门走去。

最后那低声交谈的话使思嘉心里重新升起了恐惧和怀疑，就像寒冷彻骨、一直在冒的气泡。气泡破掉时——

“弗兰克在哪？”她大声叫道。

瑞德很快从房间对过走到床边，高大的身躯像只猫一样轻巧、无声地晃动着。

“一切都很及时。”他说着，微微笑了笑，“端稳灯，思嘉。你不想把卫先生烧死吧。梅利小姐——”

媚兰抬起头，就像一个优秀的小兵等着听候命令一样。气氛那么紧张，她根本没有意识到瑞德第一次叫了她的小名，那是只有家里人和老朋友才那么叫的。

“请原谅，我是说，卫太太……”

“噢,白船长,别叫我原谅你了！如果你叫我‘梅利’,把小姐去掉,我会感到很荣幸的！我觉得你就像是我的——我的哥哥或者是——或者是我的表哥一样。你太好了,又这么聪明！我怎么谢你都谢不够呢。”

“谢谢。”瑞德说,那一刻,他看上去几乎可以说是很尴尬的,“我不该这么冒昧的,可是梅利小姐,”他的声音里带着歉意,“真对不起,我不得不要说卫先生是在贝尔·沃特琳的妓院里。对不起,我把他和其他人都卷进这样的——这样的——可我骑马离开这里的时候,我非得想出个办法来,而这是我想到的唯一一个办法。我知道我的话会被接受,因为我在北方军的军官中有很多朋友。他们态度不太明朗,但对我很是尊敬,几乎把我看成了他们中的一员,因为他们知道我——我们能不能把它叫做‘不受欢迎’呢？——在我的同胞当中不受欢迎。你知道,今晚较早些的时候,我在贝尔的酒吧里玩牌。有一打北方军的士兵可以为此作证。而贝尔和她的姑娘们也会很乐意脸色发紫地撒谎,说卫先生和其他人整个晚上都在——楼上。北方佬会相信她们的。北方佬就是那么怪。他们决不会想到那种——职业的女人也能够非常忠诚或者说非常爱国。亚特兰大任何一个上流社会的贵妇人说今晚本该在开会的她们的丈夫在别的地方,北方佬都不会相信她们的话,可他们会相信那些妓女的话。我想,在一个支持北方政府的南方佬和十几个妓女的名誉担保下,我们可能有机会逃脱惩罚。”

说最后那些话时,他脸上有种讥讽似的微笑,但是,媚兰抬起头,脸上带着感激之情看着他时,他的笑容就渐渐消失了。

“白船长,你太机智了！今晚就算你说他们在地狱,我也不在乎,只要能救他们就行！因为我知道,每个跟此有关的人都知道,我的丈夫从来不会到那种可怕的地方去！”

“哦——”瑞德尴尬地说,“事实上,他今晚到过贝尔那里。”

媚兰冷冷地站了起来。

“你永远无法使我相信这种谎言！”

“求你了,梅利小姐！请让我解释一下！我今晚到了老沙利文种植园时,发现希礼受伤了,跟他在一起的有休·埃尔辛、米德医生和梅里韦瑟老爷爷——”

“那位老先生不会去的！”思嘉叫道。

"男人再老也会当傻瓜。还有你的亨利叔叔——"

"噢,发发慈悲吧!"白蝶姑妈叫了起来。

"和部队冲突后,其他人都散了,而团结一致的那群人都来到沙利文那地方,把罩袍藏在烟囱里,来看看希礼伤得有多重。要不是他受伤,他们现在就已经出发到得克萨斯州去了——全部都去——可是他骑马骑不远,他们不愿扔下他。他们实际上在那地方,却又要证明他们不在,这就成了很有必要的事,所以我就带着他们从后门到贝尔的妓院去了。"

"噢——我明白了。我为我的鲁莽向你道歉,白船长。我现在明白了,是有必要把他们带到那儿去,可是——噢,白船长,人们一定已经看见你们进去了!"

"谁也没看见我们。我们是从朝铁路那边开的一扇秘密的后门进去的。那里很暗,而且总是锁着。"

"那你们怎样——"

"我有钥匙。"瑞德简短地说,他的眼睛和媚兰的平视着。

那话里的意思狠狠地打击着媚兰。她尴尬极了,手摸着绷带,直到绷带完全从手里滑落下去。

"我不是有意要询问的——"她闷着声音说,苍白的脸刷地红了,赶紧把毛巾按回伤口上去。

"很遗憾,我居然得告诉一个贵妇人这种事情。"

"这么说都是真的!"思嘉心想,很奇怪,她居然感到很痛苦,"这么说,他真的和那个可怕的女人沃特琳同居!他真的是她的妓院的老板!"

"我见了贝尔,把事情向她作了解释。我们把今晚出去的男人的名单给了她,她和她的姑娘们会证明他们今晚全都在她的妓院里。后来出来的时候,我们就弄得更加的明显。她叫了两个在她那地方维持秩序的亡命之徒把我们从楼上拉到楼下,边拉边打,从妓院里拉出来,扔到街上,就像是在那地方撒野、争吵的醉鬼一样。"

他回忆着,咧嘴笑了。"米德医生喝醉的样子装得不像,连在那个地方他都觉得自尊心受到了伤害。但你们的亨利叔叔和梅里韦瑟老人却表演得非常出色。戏剧舞台没有上演这出剧,真是失去了两个伟大的演员了。他们好像对这事乐在其中。由于梅里韦瑟先生对自己的角色很用心,恐怕你们的亨利叔叔的一只眼睛被打青了。他——"

后门猛地被打开了,英蒂走了进来,跟在后面的是老迪安医生。他长长的白发很乱,用旧的皮袋子从斗篷下面鼓了出来。他微微点了点头,但没对在场的人说一句话,很快便从希礼的肩膀上拿起绷带。

"比肺的部位高了很多。"他说,"如果没有打碎锁骨的话,就不严重了。给我拿很多毛巾来,女士们,如果有的话,还要棉花,再拿一点白兰地来。"

瑞德从思嘉手里接过灯,把它放在桌子上。媚兰和英蒂马上忙活开了,按医生的吩咐行事。

"你在这什么也做不了。到客厅的壁炉边来吧。"他抓住她的手臂,把她推离房间。他的动作和声音里都有种不常见的柔情。"你今天过得太糟了,对不对?"

她任由自己被带到前面的客厅里来,虽然站在火炉边的地毯上,但她还是浑身发抖。她心里怀疑的泡沫现在胀得更大了。这已超过了怀疑,几乎成了确定无疑的事,而且是件可怕的确定无疑的事。她抬头看着瑞德一动不动的脸,一下子却说不出话来。后来才问道:

"弗兰克也在——贝尔·沃特琳那里?"

"不。"

瑞德的声音非常生硬。

"阿奇正把他搬到贝尔的妓院附近那块空地去。他死了。头部被打穿了。"

## 第四十六章

那天晚上,城北角没几家人能睡上一夜安稳觉,因为有关三 K 党的灾难性的消息和瑞德的战略,迅速经由一双悄悄前进的脚步传了开去。那是英蒂的身影从一家后院转到另一家后院,急切地在厨房门口低声说着,然后又消失在风声呼呼的黑夜当中。一路上,她留下的是害怕和渺茫的希望。

从外面看,一座座房子都黑灯瞎火,悄无声息,似乎都在沉睡当中,可是在屋内,人们却激动地一直嘀咕到天亮。不但是那些参与了晚上的袭击行动的人,而且连三 K 党的每个成员都准备好随时潜逃。桃树街沿路,几乎每一个马厩里的马都已经在黑暗中上好鞍整装待发,枪套里装好了手枪,马褡裢里装满了食物。制止了大批人逃亡的是英蒂嘀咕的信息:"白船长说不要跑。路上都加警戒了。他已经跟那个贱人沃特琳安排好了——"在黑漆漆的房间里,男人们嘀咕着:"可我为什么要相信那个该死的南方佬白瑞德呢?这可能是个圈套!"女人们的声音则哀求着:"别走!如果他救了希礼和休,他就可以救每一个人。如果英蒂和媚兰都相信他——"他们半信半疑地留了下来,因为他们也没有别的阳光大道可走了。

那晚较早的时候,士兵们敲开了十几户人家的门,那些说不出来或是不肯说他们那天晚上在哪里的人都被带走关了起来。在监狱里度过那个晚上的人中有勒内·皮卡德、梅里韦瑟太太的一个侄儿、西蒙斯兄弟俩和安迪·邦内尔的几个。他们也参加了这次注定没好结果的突袭,但枪杀事件发生后,他们就和其他人分开了。他们拼命骑马奔回家,还没等他们知道瑞德的计划他们就被捕了。幸运的是,审问的时候,他们全都回答说,那天晚上他们在哪里是他们自己的事，不关该死的北方佬的事。他们被关了起来，等早晨再作审问。梅里韦瑟老人和亨利叔叔都毫无廉耻地宣称，他们那天晚上在贝尔·沃特琳的妓院里。贾弗里上尉恼怒地说他们太老了，不能去做那种事时，他们居然要跟他干仗。

贝尔·沃特琳自己去应了贾弗里上尉的传唤，不等他说出自己的差事，她便大叫着说妓院今晚已经关门了。一伙爱争吵的醉鬼在晚上较早的时候来到了妓院，互相打斗起来，把这地方都闹翻天了，把她最好的镜子也打碎了，年轻姑娘们都大受惊吓，所以晚上一切生意都搁下不做了。但是，如果贾弗里上尉想喝一杯的话，酒吧倒是还开着的——

贾弗里上尉敏感地意识到他的手下人都在笑，感到无可奈何，觉得自己是在跟一团迷雾斗。他生气地说，他既不要年轻姑娘，也不想喝酒，问贝尔是否知道那些来搞破坏的客人的名字。噢，知道的，贝尔认识他们。他们是她这里的常客。他们每个星期三晚上都来，把自己叫做“星期三民主人士”，虽然说他们说的是什么意思，她既不知道，也不想知道。如果他们不赔偿楼上的过道里被打破的镜子的话，她就要跟他们打官司了。她开的是家体面的妓院，而且——噢，他们的名字？贝尔毫不犹豫地说出了十二个受到怀疑的人的名字。贾弗里上尉尖酸地笑了。

“这些该死的谋反者组织太有效了，就跟我们的特务机关一样，”他说，“你和你的姑娘们明天都要在军事法庭上出庭。”

“军事法庭会不会让他们赔我的镜子？”

“让你的镜子见鬼去吧！让白瑞德赔你的镜子好了。他是那地方的老板，不是吗？”

不到天亮，城里每个支持前南部邦联的家庭都知道了一切。没人告诉他们家里的黑人雇工，但他们也都知晓了一切，黑人传递消息的秘密途径是白人无法理解的。每个人都知道了突袭的详细情况，弗兰克和瘸腿的汤米·韦尔伯恩的死讯以及希礼在把弗兰克的尸体弄走时受了伤。

女士们知道思嘉的丈夫死了，她已经知道了一切，却不能承认，也不能从认领遗体中得到一点点可怜的安慰。她们本来很痛恨她在这出悲剧中所扮演的角色，现在也缓和一些了。到了早晨，亮光昭示了尸体的身份。当局通知了她，她还得表现出什么也不知道的样子。弗兰克和汤米冰凉的手里拿着手枪，直挺挺地躺在一块空地的枯草丛中。北方佬会说，他们是为了贝尔妓院里的一个姑娘吵起来的，那是喝醉的人经常发生的事。大家对范妮，即汤米的妻子都很同情。她刚刚才生了孩子，可是谁也不敢在黑夜里悄悄地溜过去看她、安慰她，因为一小队北方士兵包围了她的房子，在等着汤米回来。而另一队则包围了白蝶姑妈的房子，在等着弗兰克回来。

不到天亮，有关白天要进行军事审讯的消息点点滴滴传了开来。城里人因为一整夜没睡，又在焦急地等待消息，眼圈都发黑了。他们知道，他们中一些最出类拔萃的公民是否安全，决定于三个因素——卫希礼要能够站起来，在军事委员会面前出庭，就好像他没遭受什么大的痛苦，只是宿醉后有点头痛而已；贝尔·沃特琳的证词，说这些人整个晚上都在她的妓院里；还有白瑞德要证明他也跟他们在一起。

全城人都因这后两个人而感到极度的痛苦！贝尔·沃特琳！是她救了她们的男人的命，她们都该感谢她！这真是令人无法忍受！过去，夫人们在过马路的时候一看到贝尔走过来就端出一副耀武扬威的样子来；现在，她们都在纳闷，不知她是否记得她们做过的事，是否因为害怕而发抖过。因贝尔帮忙而捡了条命回来，男人们感到的耻辱要比女人们的小一些，因为他们许多人都认为她是个好人。可是，他们还活着，还能享受自由，这还得感谢白瑞德，一个投机家和帮北方佬的南方佬，这一点倒是刺痛了他们。贝尔和瑞德，一个是城里最淫荡的女人，一个是城里最受人痛恨的男人。可他们都得感谢他们俩。

另一个刺得他们气得要死却又无济于事的念头就是，他们知道北方佬和到南方来牟利的投机家们肯定要笑话他们了。噢，他们会怎样耻笑他们呀！城里十二个最优秀的公民，结果是贝尔·沃特琳的妓院的常客！其中两个为了一个下贱的小姑娘还互相打斗致死；其他的人因为喝得烂醉，连贝尔都忍受不了，于是被赶了出来；有一些还被捕了，因为他们拒绝承认他们在那里，而大家都知道他们确实是在那里！

亚特兰大人担心北方佬会笑话他们，这倒是想对了。北方佬长期以来一直生活在南方人冷漠、蔑视的目光之下，感到特别局促不安，现在他们简直是兴高采烈的。军官们叫醒同事，详细告诉了他们这个消息。一大清早，丈夫们弄醒他们的太太，把能体面地告诉她们的全都告诉了她们。女人们赶紧穿好衣服，敲开邻居家的门，传递着这个消息。北方佬的太太们因此高兴极了。她们笑着笑着，直笑得眼泪也从面颊上滚落下来。这就是你们南方人的侠义行为和豪侠风度！既然大家都知道她们的丈夫在被认为在开政治会议的时候却在别的地方度过那段时间，也许那些高昂着头、对她们所有的表示友好的举动都置之不理的女人不会再这么神气活现的了。政治会议！哦，多可笑呀！

然而，虽然她们在笑话她们，但对思嘉和发生在她身上的悲剧还是表示了遗憾之情。毕竟思嘉是个贵妇人，也是亚特兰大仅有的几个对北方佬较好的贵妇人之一。因为她的丈夫不能或是不愿很好地供养她，所以她必须自己去工作，这个事实已经赢得了她们的同情。即使她的丈夫是个不尽人意的丈夫，可是，这个可怜的妻子居然发现他对她不忠诚，这也是非常可怕的事。而在发现他不忠诚的同时又发现他已经死了，这就加倍的可怕了。有个无能的丈夫毕竟也比没有丈夫来得好，于是，北方佬的太太们作出决定，她们应该对思嘉特别的好。可是其他的人，米德太太、梅里韦瑟太太、埃尔辛太太、汤米·韦尔伯恩的寡妇，特别是卫希礼太太，每次看到她们，她们就要当面嘲笑她们了。这能教会她们，她们应该懂一点礼貌。

那天晚上，城北角那些黑漆漆的房间里进行的窃窃低语，其话题都是一样的。亚特兰大的太太们都情绪激动地告诉她们的丈夫，说她们一点也不在乎北方佬会怎么想。可是在内心，她们都觉得，她们宁愿受印第安人的夹道鞭打，也不愿忍受北方佬的耻笑。她们都不能把她们的丈夫究竟在哪里的真相告诉北方佬，这真是一种痛苦。

瑞德要了手腕，把自己和其他人推到这种境地中去，米德医生为此感到很气愤，觉得自己的自尊心受到了伤害。他对米德太太说，要不是会连累大家，他宁愿承认自己所干的事而被绞死，也不愿说他是在贝尔的妓院里。

“这对你也是侮辱，米德太太。”他怒气冲冲地说。

“可是每个人都知道你不在那，因为——因为——”

“北方佬可不知道。如果我们要留下这条命，他们就必须相信这一点。他们就会笑话我们。一想到有人会相信并且会笑话我们，我就很生气。这也让你蒙受了侮辱，因为——因为，亲爱的，我总是对你很忠诚的。”

“我知道，”黑暗中，米德太太笑了，一只瘦瘦的手悄悄放到医生的手里,“可我宁愿那是真的,也不愿你遇到任何危险。”

“米德太太,你知道你在说些什么吗?”医生叫了起来。他的太太那么现实,而且是不容置疑的,这使他感到非常吃惊。

“是的,我知道。我已经失去了达西,又失去了菲尔,你是我拥有的一切了。我宁愿你一辈子在那地方,也不愿失去你。”

“你是因害怕而心不在焉了!自己都不明白自己在说些什么。”

“你这老傻瓜!”米德太太温柔地说,把头靠在他的袖子上。

米德医生气得不吱声了,他拍着她的面颊,接着却又爆发了。“还得欠那个姓白的小子的人情债!跟那相比,绞死就轻松多了。不,不但我这条命得感激他,我还得对他以礼相待。他的傲慢无礼是无与伦比的,他在牟取暴利时那些厚颜无耻的行径真会使我气炸了肺。我这条命还得感激一个从来没参过军的男人——”

“梅利说,他在亚特兰大沦陷后入伍了。”

“那是谎言。梅利小姐会相信任何一个花言巧语的无赖。我不明白的是,他为什么要做这一切——去管这麻烦事。我真不愿说,可是——哦,他和肯尼迪太太之间一直有些传言。这过去的一年中,我经常看见他们一起出外兜风回来,太经常了。他一定是因为她才这么做的。”

“如果是为了思嘉,他会连根手指头都不动的。他会很高兴看到弗兰克·肯尼迪被绞死。我想是因为梅利——”

“米德太太,你不是在暗示说那两个人之间有什么事吧!”

“噢,别傻了!战争中,他尽力安排希礼用交换俘虏的方式换回来。从那时起,她就一直很喜欢他了。我还得为他说句话,他跟她在一起的时候,从来就不会露出那种令人讨厌的微笑来。他只是尽可能令人愉快,替别人着想——真的是变了一个人。从他对梅利的举止来看,你可以看得出来,如果他想要那么做的话,他是可以表现得很体面的。现在,他到底为什么要这么做,我的意见是——”她停顿了一下,“医生,你不会喜欢我的看法的。”

“这整件事我都不喜欢!”

“哦,我认为,他这么做,一部分是因为梅利的缘故,但大部分则是因为他认为,这就跟我们大家都开了一个天大的玩笑。我们一直这么痛恨他,而且明显地表露了出来,现在他让我们大家陷入了窘境:你们所有人的选择只能是,要不就说你们都在沃特琳的妓院里,在北方佬面前使你们自己和你们的太太蒙羞受辱——要不就说真话,然后被绞死。他也知道,我们大家都会欠他和他的——情妇的人情债,而我们几乎都宁愿被绞死而不愿欠他们的人情债。噢,我敢打赌,他乐在其中呢。"

医生嘀咕着:"在那地方,他带我们上楼时,看上去他确实觉得挺有趣的。"

"医生,"米德太太犹豫了一下,"那里看上去怎么样?"

"你在说什么,米德太太?"

"她的妓院。看上去怎么样?有没有雕花玻璃吊灯?还有红色的豪华窗帘和几十面镀金大穿衣镜?那些姑娘们——她们是不是都没穿衣服?"

"上帝!"医生叫了起来,犹如五雷轰顶,因为他从来没意识到,一个正派的女人对她那些不贞洁的姐妹们会如此好奇,"你怎么能问这么厚颜无耻的问题?你简直不是原来的你了。我要去给你配点镇静剂。"

"我不需要镇静剂。我想知道。噢,亲爱的,这是我知道妓院是什么样子的唯一机会,而你却这么小气,不肯告诉我!"

"我什么也没注意到。我向你保证,知道自己在那样的地方,我都难堪死了,哪里还会去注意我周围的环境?"医生一本正经地说。发现他妻子居然有这么个出乎他意料的特点,他感到很难过,甚至比他因这一整个晚上发生的事而难过的心情还更甚。"如果你现在能饶了我的话,我想睡一觉了。"

"哦,睡你的吧。"她回答着,口气里带着失望。医生倾过身子去脱靴子时,她的声音又兴高采烈地从黑暗中传了过来:"我猜想,多利一定已经从梅里韦瑟老人那里知道了一切,她会告诉我的。"

"上帝呀,米德太太!你是不是有意要让我知道,上流社会的女人互相之间也在谈论这种事——"

"噢,睡觉吧。"米德太太说。

第二天,天下起了雨夹雪。可是当冬日的曙光降临时,雨夹雪就不再下了,转而刮起了寒风。媚兰穿着斗篷,茫然不解地跟在一个黑人车夫的后面,在她家屋前的小路上走着,黑人神秘地要她到等在她家外面的一辆轿式马车上去。她走到马车边时,门开了,她看见昏暗的马车里坐着一个女人。

媚兰凑近了一些,往里张望着,问道:“谁呀? 为什么不进屋呢? 天这么冷——”

“请进来吧,跟我坐会儿,卫太太。”一个似曾相识的声音传了过来,是从马车深处传来的,声音有点不好意思的感觉。

“噢,你是——沃特琳小姐——太太!”媚兰叫了起来。“我真的很想见你! 你一定要进屋来。”

“我不能那么做,卫太太。”贝尔·沃特琳的声音听上去有点受宠若惊,“你进来,我们坐会儿。”

媚兰上了马车,车夫随手关上了车门。她坐在贝尔身边,去拉她的手。

“你今天做的,我怎么谢你都谢不过来呢? 我们大家都不知道怎么谢你才好!”

“卫太太,今天早晨你不该叫人送那字条给我。这并不是说你的字条不会使我感到很骄傲,而是因为北方佬可能把字条截走。至于说你要来拜访我,谢谢我——哦,卫太太,你真是疯了! 居然会这么想! 天一黑我就赶到这来,就是要告诉你不该这么想。哦,我——我,你——这一点也不合适。”

“我去拜访一个救了我丈夫性命的好心女人,这难道不合适吗?”

“噢,哪有这回事,卫太太! 你明白我的意思的!”

媚兰沉默了一会,被她话里的意思弄得很窘。这个穿着很庄重、坐在黑暗的马车里的漂亮女人似乎不像她想象中的坏女人,即妓院老鸨的样子,谈吐也不傻。听起来她像个——哦,有点普通、土气,但人好,心肠也好。

“你今天在军事法庭上的表现真是太好了,沃特琳太太! 你和其他——你的——年轻姑娘们确实救了我们丈夫的性命。”

“卫先生才棒呢。我真不明白他为什么能站起来说自己的事,看上去也不像他过去那么冷淡了。昨晚我看到他的时候,他流血流得像头猪似的。他没事吧,卫太太?”

“没事,谢谢。医生说只是皮肉伤,虽然他确实失了很多血。今天早晨,他是——哦,他喝了点白兰地,精神还是挺好的,要不他决不会有力气那么顺利地过了这一关。但救了他们的是你,沃特琳太太。你气得像要疯了一样,讲起你那些被打破的镜子,那时你听上去太令人信服了。”

“谢谢,夫人。可是我——我觉得白船长做得也好极了。”贝尔说,听上去有点不好意思,却感到很骄傲。

“噢,他当然做得好极了!”媚兰温情地叫道,“北方佬也没办法,只好相信他的证词。这整件事,他处理得非常明智。我怎么谢他都不为过呢——你也是!你真是太好、太善良了!”

“真是太感谢你了,卫太太。能这么做,我感到很荣幸。我——我说卫先生是我那地方的常客我希望这不会使你太难堪。他从来没来过,你知道的——”

“是的,我知道。不会的,这一点也不会使我难堪。我真是太感谢你了。”

“我敢打赌,其他的夫人是不会感谢我的,”贝尔突然怨恨地说,“她们也不会感谢白船长。我敢打赌,她们会因此而更恨他。我敢打赌,你是唯一一个对我说谢谢的人。我敢打赌,她们在街上看见我时,连正眼也不会瞧我一眼的。可我不在乎。即使她们的丈夫通通被绞死了,我也不会在乎的。可对卫先生我是在乎的。你知道,战争中你是怎么对我的,我永远也不会忘记,就是有关给医院捐款的事。这城里没有一个夫人像你对我那么好,而我是不会忘记人家对我的好处的。我还想到,如果卫先生被绞死了,你就变成了寡妇,还要抚养一个儿子——他是个乖孩子,我是说你的儿子,卫太太。我自己也有个儿子,所以我——”

“噢,你有吗?他住在——哦——”

“噢,不!他不在亚特兰大。他从来没在这待过。他去上学了。我上次见到他还是在他小的时候,以后就没见过他了。我——哦,不管怎么说,白船长要我为那些先生们去撒谎时,我想知道那些人都是些什么人,当我听到卫先生也是其中的一个时,我就毫不犹豫地答应了。我对我的姑娘们说,我说:‘如果你们不故意说你们整个晚上都跟卫先生在一起的话,我就把你们狠狠地揍一顿。’”

“噢!”媚兰说,贝尔不假思索地提起她的“姑娘们”,这使她感到更加难堪,“噢,那是——哦——你真好——她们也是。”

“这是你本该得到的,”贝尔热情地说,“可我为其他任何人都不会这么做的。如果是那个肯尼迪太太的丈夫,那我连一根手指头也不动的,不管白船长说什么也没用。”

“为什么?”

“哦,卫太太,干我这种营生的人知道很多很多事情。那些上流社会的夫人们如果知道我们对她们有多了解,她们一定会大吃一惊。她不是个好人,卫太太。她杀了她自己的丈夫和那个人挺好的韦尔伯恩,这跟她用枪打死他们没什么两样。全是她引起的。她在亚特兰大到处招摇,诱惑黑人和白人穷鬼。哦,我的姑娘中没有一个——”

“你不该说我嫂嫂的坏话。”媚兰冷淡地坐直了身体。

贝尔急切地把一只手放在媚兰的手臂上表示和解,紧接着又马上收了回来。

“请别使我寒心了,卫太太。你对我这么好、这么和气之后又对我这样,我会受不了的。我忘了你有多喜欢她了,我为我说过的话道歉。可怜的肯尼迪先生死了,我也感到很遗憾。他是个好人。我经常到他那给我的房子买东西,他总是对我很和气。可是肯尼迪太太——哦,她跟你可不是同一类人,卫太太。她是个很冷酷的女人,我止不住就会这么想……他们什么时候给肯尼迪先生举行葬礼?”

“明天早晨。你真是冤枉肯尼迪太太了。哦,此时此刻,她正伤心欲绝呢。”

“也许是的。”贝尔显然不相信地说,“哦,我得走了。如果我再待在这,我担心会有人认出这辆马车来,那对你没什么好处。卫太太,你如果在街上遇见我,你——你不必跟我说话。我会理解的。”

“跟你说话,我会感到很自豪的。欠你的人情,我也感到很自豪。我希望——我希望我们还能再见面。”

“不,”贝尔说,“那不合适。晚安。”

## 第四十七章

思嘉坐在卧室里，在嬷嬷给她端上来的晚餐盘里挑挑拣拣的，耳际萦绕着夜里咆哮的风声。房子静得可怕，甚至比几个小时前弗兰克还躺在客厅里时还要静。那时还有踮着脚尖的走路声、放低嗓门的说话声、低沉的敲门声、邻居们急匆匆进来低声安慰的话语，还有从琼斯伯勒赶来参加葬礼的弗兰克的姐姐不时的叨泣声。

可是现在，房子被寂静包围着。虽然她的房门开着，但她听不见从楼下传来的任何声响。自从弗兰克的尸体抬回来以后，韦德和埃拉就被送到媚兰家里去了。她真想听到那男孩的脚步声和埃拉的咯咯笑声。厨房里也休战了，她没有听到彼德、嬷嬷和厨娘吵架的声音。连在楼下书房里的白蝶姑妈也考虑到思嘉的悲痛，没有摇动她那咿呀直叫的摇椅。

没有人来打扰她，大家都相信，她希望独自待着，独自伤心，可是思嘉最不愿意的事就是独自一人待着。如果只是悲痛在陪伴着她的话，她还能忍受，就像她过去忍受其他悲痛一样。弗兰克死了，那种失去亲人的感觉已经使她惊呆了，可是，不仅如此，还夹杂着突然醒悟过来的后怕、后悔和痛苦。平生第一次，她为自己所做过的事感到后悔了，后悔之中还有一种迷信的恐惧向她袭来，使她不禁斜眼一次又一次地打量着她和弗兰克一起睡过的那张床。

是她杀了弗兰克。是她杀了他，就像是她亲手扣动了扳机一样。他曾经请求过她，叫她不要独自一人到处乱跑，可她没有听他的。而现在，因为她的固执，他死了。上帝会为此惩罚她的。可是，沉重地压在她的良心上的还有另外一件事,那比导致他的死还更沉重,更可怕——这件事从来都没有使她烦恼过,直到她看着他躺在棺材里的那张脸时,她才感觉到了。那张指责过她的宁静的脸有种无可奈何、非常哀怜的神情。她跟他结了婚,而他真正爱的却是苏埃伦,上帝一定会因此而惩罚她的。她必须缩在被告席上,那次从北方佬的营房回来时,她坐在他的轻便马车上对他撒了谎。她必须对此作出交代。

现在,她要争辩说,结果能够证明方法的正确性,说她是不得已才欺骗他,说太多人的命运都得靠她,所以她没办法考虑他的或是苏埃伦的权利和幸福,说这些通通都毫无用处了。真相已经大白,她则退缩着不敢去面对它。她冷漠地跟他结了婚,冷漠地利用了他。在过去的六个月中,她把他搞得很不快乐,而她本来是可以让他很幸福的。上帝会因为她没有对他更好些而惩罚她——会因为她的横行霸道、脾气不好、大发雷霆、挖苦的言语,为她对他的朋友不友好、用开锯木厂、建酒馆以及租用囚犯来让他含羞蒙辱而惩罚她。

她使他很不幸福,她自己也知道这一点,可他还是像个绅士那样忍受了一切。她做过的唯一一件给过他真正幸福的事就是为他生了埃拉。而她也知道,如果她能避免怀上埃拉的话,埃拉是决不会来到这世界上的。

她颤抖着,害怕极了,真希望弗兰克还活着,这样她就可以对他好,对他很好,以弥补所有这一切。噢,要是上帝没有这么暴怒,没有这样报仇心切就好了!噢,要是时间不要这么一分一秒地过得这么慢,这房子不会这么静就好了!要是她不是独自一人待着,那有多好!

要是媚兰跟她在一起就好了。媚兰可以使她那害怕的心理平静下来。可是媚兰却在她自己的家中,在照顾希礼。思嘉一瞬间真想把白蝶姑妈叫上来,让她站在她自己和她的良心之间,但她又拿不定主意了。白蝶很可能会使事情更糟,因为她是很真心地在为弗兰克服丧。他曾经更像是她的同代人,而不是思嘉的同代人,她对他也很忠心。白蝶需要"家里有个男人",而他则完美无缺地满足了她的需要,因为他会给她带小礼物,聊些没有害处的闲话,说笑话,讲故事,晚上她给他补袜子的时候,他则给她读报纸,给她解释白天的话题等等。她总是为他忙里忙外,给他做特色菜。他不知多少次患了感冒,她都悉心照料他。现在,她想他想得厉害,一遍又一遍地用手帕擦着红肿的眼睛说:“要是他没有跟三 K 党出去就好了!”

要是有人能安慰她,能使她害怕的心理平静下来就好了。她心里感到寒冷,感到不适,因此心情很沉重。如果有人能把这些乱作一团的恐惧感向她解释一下,那该多好呀! 要是希礼——可她畏缩了,不敢再想下去。她几乎也杀了希礼,就像她杀了弗兰克一样。如果希礼知道了她如何向弗兰克撒谎才得到他这一真相,知道她一直对弗兰克有多自私,那他可能就再也不会爱她了。希礼是这么高贵,这么真诚,这么善良,他看问题如此正确,又是如此的清楚。如果他知道全部真相,他会理解的。噢,是的,他一定会完全理解的! 可他再也不会爱她了。这么说,他决不能知道真相,因为他必须一直爱着她。如果她的力量的秘密源泉,他的爱,离她而去了,她还怎么活呢? 可是,把头靠在他的肩膀上,哭上一场,把她那有罪的心理负担卸掉,那是多大的安慰呀!

死人的感觉重重地笼罩着这宁静的房子,压在她的寂寞感上,没有人帮忙,她觉得自己再也忍受不了了。于是,她小心翼翼地站起来,把门虚掩上,然后在衣橱最下面的那个放内衣的抽屉里摸索着。她拿出了她藏在白蝶姑妈的“昏厥瓶”里以备晕倒时用的白兰地,把瓶子举到灯下。瓶里的酒已经喝掉一半了。从昨晚开始,她肯定没有喝掉那么多的! 她大大方方地倒了不少到她喝水的杯子里,大口喝了下去。天亮以前,她得把瓶子放回酒柜里,再灌满水。葬礼举行前,扛棺木的人要喝酒,嬷嬷已经找过这瓶酒了。由于嬷嬷、厨娘和彼德之间互相猜疑,厨房里已经有了一触即发之势。

白兰地燃起了非常强烈的快感。你需要这种感觉时,那是什么也比不上白兰地的。事实上,不管什么时候,白兰地几乎都是很好的东西,比淡而无味的葡萄酒强多了。到底为什么女人就只适合喝葡萄酒,而不能喝烈性酒? 葬礼上,梅里韦瑟太太和米德太太很显然闻出了她的酒气,她看到她们互相交换了一下得意的眼神。那两只老猫!

她又倒了一杯。今晚她即使真的有点喝醉了也没关系,她很快就要去睡觉了,而在嬷嬷上来给她脱衣服以前,她可以先用科隆香水漱口。她真希望自己能够像嘉乐过去在听审日时那样,醉得那么彻底,那么无所顾忌。那样,或许她就可以忘掉弗兰克那张凹陷的脸,那张指责她毁了他的生活、后来又杀了他的脸。

她在纳闷,是不是城里所有的人都认为是她杀了他。葬礼上,那些人自然是对她很冷淡的。在同情的话语里加了些许温情进去的唯一的人,是她跟她们做过生意的北方佬的军官太太们。哦,她不在乎城里人怎么说她。跟她得在上帝面前作交代比,那似乎显得太微不足道了!

想到这里,她又喝了一口。呛人的白兰地喝到嘴里,她不禁打了一个寒噤。她现在觉得很温暖了,可是她还是无法把弗兰克从她脑海里赶走。男人说,酒能使人们忘掉一切,他们真是傻瓜!除非她喝得失去知觉,要不她还是看得见弗兰克那张脸,就像他最后那次请求她不要独自一人出去时那样,带着胆怯、责备和歉疚的意味。

有人在重重地、沉闷地敲着前门,寂静的房子里回响着敲门声。她听到白蝶姑妈摇摇摆摆的脚步声走过过道,把门打开了。传来了打招呼的声音和听不清楚的嘀咕声。有邻居来谈葬礼的事了,或者送牛奶冻来了。白蝶会喜欢的。从和来吊唁的来访者谈话当中,她也能得到快乐,一种颇为重要、忧郁的快乐。

她漫不经心地想,这人是谁呢?这时,一个男人洪亮而慢吞吞的声音盖过了白蝶服丧时刻意使用的低语声,她知道这声音是谁的了。她顿时高兴起来,心里一阵欣慰。是瑞德。从他告诉他弗兰克的死讯那时起,她一直没再见到他,现在她打心里知道,他就是那个今晚能帮她的人。

“我想她是会见我的。”瑞德的声音传到她的耳朵里。

“可她现在已经躺下休息了,白船长,她不想见任何人。可怜的孩子,她完全被打倒了。她——”

“我想她会见我的。请告诉她我明天就要离开这了,要去一段时间。这很重要。”

“可是——”白蝶姑妈颤着声音说。

思嘉跑到过道里,双膝居然有点不稳,她为此感到很奇怪。她从扶手上探出身去。

“我马上就下来,瑞德。”她大叫着。

她瞥见了白蝶姑妈那张朝上看的胖乎乎的脸蛋,眼睛像猫头鹰一样又是吃惊又有不赞成的成分。“哦,就在我丈夫举行葬礼的这一天,我的行为还最不检点,这又会闹得满城风雨了。”思嘉一边想,一边赶紧跑回自己的房间,开始梳起头发来。她把黑色的紧身上衣的扣子直扣到下巴上,把领子翻下来,用白蝶的服丧胸针别住。“我看上去不是很漂亮,”她心里想着,向镜子凑过去,“脸色太苍白,太害怕了。”有一刻,她的手伸向了她藏口红的带锁的箱子,但还是决定不去开它。如果看到她脸色红润、容光焕发地走下楼去,可怜的白蝶一定会确确实实地感到难过的。她拿起科隆香水,喝了一大口,细心地漱着口,然后再吐到污水缸里。

她匆匆忙忙走下楼梯,朝两个还站在过道里的人走去。白蝶被思嘉的行为搞得很不高兴,忘了叫瑞德坐下了。他穿着黑衣服,显得端庄而稳重。他的衬衣裤镶有褶边,浆得硬硬的,举止完全符合习俗所要求的那种老朋友来拜访失去亲人的人、对其表示慰问时的样子。实际上,瑞德的丧服是如此得体,几近滑稽了,可是白蝶没有看出来。他得体地为打扰了思嘉向她表示道歉,说他急着要在离开这里以前把事情处理完结,所以,很遗憾,没有来参加葬礼。

“他到这来到底要干什么?”思嘉寻思着,“他说的根本不是他的本意。”

“我不想这时候来打扰你,但我有件事要跟你商量,等不及了。是肯尼迪先生和我在计划的事——”

“我不知道你和肯尼迪先生还有生意来往。”白蝶姑妈说,弗兰克居然也有她不知道的活动,她几乎要发怒了。

“肯尼迪先生是个兴趣广泛的人。”瑞德带着敬意说道,“我们进客厅去好吗?”

“不!”思嘉叫道,眼睛瞄着关着的折叠门。她似乎还能看见那房间里的棺材。她只希望自己永远也不用再进那个房间。白蝶马上明白了其中的意味,虽然不是很乐意这么想。

“到书房去吧。我要——我要上楼去拿针线活了。我的天,这过去的一星期,我已经全把这给搁下了。我宣布——”

她走上楼去,还回头责备地看了一眼,但思嘉和瑞德都没看见。他闪在一旁,让她先走进书房,然后他也走了进去。

“你和弗兰克有什么生意?”她唐突地问道。

他走近她,低声说:“什么也没有。我只是想让白蝶小姐走开罢了。”他顿了顿,向她倾过身来。“味道不错,思嘉。”

“什么?”

“科隆香水。”

“我真的不知道你是什么意思。”

“我敢肯定你是知道的。你一直在喝酒,喝了不少。”

“哦,喝了又怎么样?这关你什么事?”

“真是有礼貌的人,连在极度悲痛的时候也还是一样。别一个人喝酒,思嘉。人们总是会发现的,这会毁了你的名声。再说,这不好,独自一人喝酒是不好的。怎么回事,亲爱的?”

他领她来到红木沙发前,她默默地坐了下来。

“我可以把门关上吗?”

她知道,如果嬷嬷看到门是关着的,她就会觉得很丢脸,一连好几天都会告诫她,对她发牢骚。可是,如果嬷嬷听到这有关喝酒的谈话,那就会更糟,特别是白兰地酒瓶不见的时候。她点了点头,瑞德便把推拉门关上了。他回来坐在她身边时,乌黑的眼睛警觉地搜寻着她的脸。在他散发出来的活力面前,死人棺材渐渐淡去了,房间再次变得令人愉快,温暖得像家一样,玫瑰色的灯光非常温馨。

“怎么回事,亲爱的?”

世界上没有一个人能像瑞德那么亲切地说出这个愚蠢的爱称来,即使在他开玩笑的时候也是这样,可他现在看上去并不像在开玩笑。她抬起痛苦的眼睛看着他的脸,不知怎的,竟从上面那毫无表情的神秘莫测当中找到了安慰。她也不知道为什么会这样,因为他是这么一个不可预测、冷酷无情的人。也许是因为,正如他经常说的,他们太相像了吧。有时候,她会想,除了瑞德,所有她认识的人都像是陌生人一样。

“你不能告诉我吗?”他拉起她的手,奇怪,竟然非常的温柔,“这不单是因为老弗兰克离开了你,对吗?你需要钱吗?”

“钱?上帝,不!噢,瑞德,我太害怕了。”

“别傻了,思嘉,生活中你从来没怕过什么的。”

“噢,瑞德,我害怕!”

不等她开口,那些话已经滔滔不绝地急着往外冒了。她可以告诉他。她什么话都可以告诉瑞德。他自己一直都这么坏,所以他不会坐在那审判她。全世界充斥着连为了拯救他们的灵魂也不愿撒谎、宁愿饿死也不愿做件不光彩的事的人,在这种时候,知道一个人又坏又可耻,而且是个骗子和撒谎的人,这感觉真好!

“我害怕我会死,会下地狱。”

他要是笑话她,她真会死的,就在那时候死去。可他没有笑。

“你很健康——而且,也许压根就没有什么地狱。”

“噢,但还是有的,瑞德!你知道是有的!”

“我知道是有,但就在这地球上,而不是我们死了以后。我们死后什么也没有,思嘉。你现在正在地狱里呢。”

“噢,瑞德,那是对上帝的亵渎!”

“但却是唯一能安慰人的话。告诉我,你为什么会下地狱呢?”

他现在在取笑她了。她看得见他眼里的光亮,但她不在乎。他的手感觉起来很温暖,很有力地抓着他的手,真是令人感到很安慰。

“瑞德,我不该和弗兰克结婚。这婚结错了。他是苏埃伦的男朋友。他爱的是她,不是我。可我对他撒谎,告诉他说她要跟托尼·方丹结婚了。噢,我怎么能做那样的事?”

“啊,原来是这么回事!我老是感到纳闷呢。”

“接着我又使他这么难受。我逼他做了各种各样他不想做的事,像叫人们还债,而他们其实是没有办法还的。我经营锯木厂、建酒馆、租用囚犯,这全都使他很伤心。他几乎没脸抬起头来。瑞德,是我杀了他。是的,是我干的!我不知道他也参加了三K党。我做梦也不会想到他也有那样的勇气。可我本该知道的。是我杀了他。”

“‘伟大的海神尼普顿的所有的海洋会不会洗清我手里的鲜血呢?’”

“什么?”

“没什么。说下去。”

“说下去?没有了。还不够吗?我嫁给了他,使他很不幸福,然后杀了他。噢,我的上帝!我真不明白我是怎么做下这样的事的!我对他撒谎,然后跟他结了婚。我那么做的时候似乎是很合理的,可现在我发现这真是天大的错误。瑞德,做了这一切的人似乎不是我。我对他很自私,可我其实并不自私。我所受的家教不是那样的。妈妈——”她停下了,吞了口唾液。一整天她都不去想埃伦,可她再也排遣不掉她的身影了。

“我经常在想她到底是怎么样的。我觉得你好像像你的父亲。”

“妈妈是——噢,瑞德,我头一次觉得,她死了我反倒很高兴,这样她就看不到我了。她没有教育我要自私的。她对每个人都很善良,都很好。她宁愿我饿死也不愿我做这种事的。我很想在各个方面都能像她,可我一点也不像她。我从来没想到这一点——总是有很多别的事要去想——可我很想象她那样。我不想像爸爸。我爱他,但他——太——太粗心大意了。瑞德,有时我真的在尽力对人好,对弗兰克友善,可接着,那场噩梦就又会回到我脑海里,吓得我只想冲出去把钱从人们手里夺过来,不管这钱是不是我的。”

眼泪不经意地从她脸上流下来,她紧紧抓着他的手,指甲都嵌进他的肉里去了。

“什么噩梦?”他的声音又平静又能安慰人。

“噢——我忘了你是不知道这梦的。哦,我一想对人好,并告诉我自己说钱并不是一切时,我睡觉时就会梦见我又回到了塔拉,就在妈妈死后,在北方佬来犯之后。瑞德,你无法想象的——我一想到这就会浑身发冷。我可以看见一切是怎么被烧毁的,一切又是那么寂然无声,连吃的东西也没有。噢,瑞德,在梦中,我又在挨饿了。”

“说下去。”

“我在挨饿。每个人,爸爸、姑娘们,还有黑人们都在挨饿,他们一再重复着:‘我们饿。’而我又肚子空空的,真令人心痛,令人害怕。我心里一直在说:‘如果我能够摆脱这种日子,我决不会,决不会再挨饿。’然后梦就变成了一团灰色的迷雾。我在奔跑着,在迷雾中奔跑着,跑得那么快,心都要迸裂了。有东西在追着我,我连气都喘不过来了。我一直在想,如果我能到那,我就安全了。可我不知道自己要到哪里去。接着我就会醒过来,吓得全身发冷,害怕我又会挨饿。我从梦中醒过来的时候,我就会觉得,这世界上所有的钱都不够使我摆脱再次挨饿的恐惧心理。而弗兰克总是那么拐弯抹角、慢慢吞吞,他使我都要发疯了,我就会发脾气。他不理解的,我猜想,我也无法使他理解。我一直想,总有一天我会对他作出补偿的,在我们有了钱,我不会担心会挨饿的时候。可是他死了,一切都为时过晚了。噢,我那么做的时候似乎都是非常对的,可全都错了。如果我能重新来过,我一定会以不同的方式去做。"

"别说了。"他说,掰开她发疯似的抓得紧紧的手,从口袋里掏出一块干净的手帕,"擦擦脸。你这样把自己扯成碎片也是没有用的。"

她接过手帕,擦着她湿漉漉的面颊,心里慢慢得到了一点宽慰,就好像她已经把自己的一部分负担移到了他宽大的肩膀上一样。他看上去那么能干,那么平静,连他微微抿着的嘴巴都很令人觉得有安慰感,好像这证明了她没有必要这么痛苦和慌乱似的。

"现在好些了吗?那就让我们来把它搞个水落石出吧。你说如果让你重新做一遍,你就会用不同的方式去做。可是,你会吗?想想看,就现在。你会吗?"

"哦——"

"不,你还会做同样的事。你有别的选择吗?"

"没有。"

"那你有什么好后悔的呢?"

"我太自私了,而他现在已经死了。"

"如果他没有死,你就还会自私。就我的理解,你和弗兰克结婚,欺负他并且不经意间造成了他的死亡,你并没有真正为此感到后悔。你后悔是因为你害怕下地狱。对不对?"

"哦——听起来全都混在一块了。"

"你的种族就是相当混杂的人种。你现在正处于一个小偷的位置,他被当场抓住了,但并不为偷东西而感到后悔,却因为要进监狱而感到非常非常的后悔。"

"小偷——"

"噢,别这么缺乏想象力了!换句话说,如果你没有将被罚入永恒的炼狱之火中受罪这个傻念头的话,你会认为你彻底摆脱了弗兰克。"

"噢,瑞德!"

"噢,好了!你在忏悔,你最好还是承认事实真相,把它当成一个正派体面的谎言吧。你如果提出——我们能不能这么说——和那个价值三百美元却比生命还昂贵的宝石分手的时候,你的——哦——良心会不会很不安呢?”

此刻,她脑袋里的白兰地已经开始作用了。她觉得头昏眼花的,有点不顾后果了。跟他撒谎有什么用呢?他好像总是能看透我的心思。

“我那时确实没有想太多上帝——或者地狱的事。而我想的时候——哦,我只是认为上帝是会理解的。”

“可你在为什么嫁给弗兰克这一点上却不相信上帝有理解力?”

“瑞德,你知道你不相信有上帝,你怎么还这么说上帝呢?”

“可你相信有个愤怒的上帝,那才是目前重要的事。上帝为什么不该理解呢?你现在还拥有塔拉,没有让到南方来牟利的投机家住在那里,你对此感到后悔吗?你不会挨饿了,不会穿得破破烂烂的,你后悔了吗?”

“噢,没有!”

“哦,那你除了和弗兰克结婚还有别的选择吗?”

“没有。”

“他不一定非得跟你结婚的,对不对?男人们都是自由的。他不一定非得让你逼迫他去做他不想做的事情,对不对?”

“哦——”

“思嘉,干吗要为这烦恼呢?如果你能重新来过一遍,你还是会被迫撒谎,而他也还是会跟你结婚的。你还是会让自己陷入危险当中,而他也非得去报复不可。如果他和你妹妹苏埃伦结婚,她也可能不会导致他的死,但她很可能会使他加倍的不幸福,比你还更糟。结果不会有什么不同。”

“但我本可以对他更好些。”

“你本可以——如果你是别的人的话。可你天生就是欺负那些愿意让你欺负的人的。强者生来就是欺负人的,而弱者生来就是要服输的。都是弗兰克的错,没有用马鞭抽你……我真对你感到吃惊,思嘉,生活了这么久才萌发出良心来,像你这样的机会主义者不该有的。”

“什么是机会——你是怎么说的?”

“就是一个利用机会的人。”

“那有错吗?”

“那一直都被当成是不光彩的事——特别是那些有同样的机会却没有抓住它们的人。”

“噢，瑞德，你是在开玩笑，我还以为你是好心好意呢！”

“我是好心好意——为了我自己。思嘉，亲爱的，你喝醉了。那就是你现在的问题。”

“你敢——”

“是的，我敢。你马上就要被难听地叫做‘哭泣的醉人’了，所以我要换个话题，告诉你一些你会感兴趣的消息，让你高兴起来。事实上，这才是我今晚到这来的原因，在我离开之前告诉你我的消息。”

“你要到哪里去？”

“到英国去，而且可能要去好几个月。忘了你的良心吧，思嘉。我不想再跟你讨论你的灵魂安宁问题了。你不想听听我的消息吗？”

“可是——”她无力地说着，然后便停下了。后悔的心境已经被白兰地抚平了，瑞德的话虽带嘲笑但却令人感到安慰，在这两者之间，弗兰克那个脸色苍白的幽灵慢慢退去，成了模糊的影像。也许瑞德是对的。也许上帝会理解。她渐渐回过神来，使她把那念头从心头排遣掉，作出如下决定：“明天我再把这一切好好想想吧。”

“你有什么消息？”她费劲地说，用他的手帕揩了揩鼻子，把开始散落下来的头发拢到脑后。

“我的消息是，”他低头对她咧嘴一笑，回答说，“我还是比想要任何女人都更想要你。现在，既然弗兰克死了，我想，你会有兴趣知道这一点。”

思嘉猛地把手从他手里抽回来，跳起身来。

“我——你真是世界上最没教养的男人，什么时候不来，偏偏在这时候来，带着你那肮脏的——我应该知道你这人是死不悔改的。弗兰克还尸骨未寒！如果你稍懂点情理——请你离开这——”

“请你千万要小声点，不然你马上就会把白蝶小姐引到这里来了。”他说着，但没站起来，却伸手抓住了她的两个拳头，“恐怕你没明白我的意思。”

“没明白你的意思？我什么都明白。”她想把手从他手里抽回来，“放开我，滚出去。我从来没听说过这么恶心的事。我——”

“别出声，”他说，“我在向你求婚。如果我跪下了，你是不是就会相信呢？”

她呼吸急促地叫了声"噢",一屁股地坐到沙发上。

她目不转睛地盯着他,嘴巴张着,是不是白兰地在她头脑里作怪呢?她不知不觉想起了他说过的话:"亲爱的,我不是一个适合结婚的男人。"要不就是她喝醉了,要不就是他疯了。可他看上去不像发疯的样子。他很平静,就好像他是在谈论天气似的,他平缓、慢吞吞的声音没有加重语气,却缓缓流进她的耳朵里。

"我一直盘算着要得到你,思嘉,从我在十二棵橡树那天看到你摔花瓶、骂粗话而证明你不是个贵妇人那时就开始了。我一直打算要得到你,不管通过什么方式。可是因为你和弗兰克都有了些钱,我知道,用我那些令人关注的贷款和担保的提议是决不会把你推到我这边来的。所以,我看我非得跟你结婚不可了。"

"白瑞德,这是不是你邪恶的玩笑中的一个呢?"

"我向你袒露心迹,你却表示怀疑!不,思嘉,我这是很得体地在说明我的真实想法。我承认,在这种时候说是最不得体的,我这么做是缺乏教养,但我有非常好的理由。我明天就要离开这里,要去很长时间,可我担心,如果等到我回来,你又已经跟哪个有点小钱的人结婚了。所以,我就想,为什么就不能是我和我的钱呢?真的,思嘉,我不能一辈子等着,就为了在你一个丈夫去世、另一个丈夫还没有出现以前试图把你逮住。"

他是认真的。这一点毫无疑问。意识到这一点,她不禁嘴里发干。她吞了口唾沫,审视着他的眼睛,想找到什么线索。他的眼里满是笑意,但还有别的东西深藏在眼睛深处,那是她从来没见过的,那是一种光芒,而想通过任何方式去分析这种光芒都是不可能的。他舒舒服服、漫不经心地坐在那,但她感觉到,他正像只猫守着一个老鼠洞那样警觉地注视着她。他平静的外表下有种硬克制住的力量,这感觉使她不禁缩回身子,感到有点害怕。

他确实是在向她求婚,他是在做令人不可置信的事。她曾经算计过,如果他向她求婚的话,她就要折磨他。她也曾经算计过,如果他说出那些话来,她就要羞辱他,让他知道她的厉害,不怀好意地从中取乐。现在,他说出来了,可那些计划连在她头脑里闪一下都没有,因为他还像过去一样,并不在她的控制之中。事实上,他手举着鞭子,完全控制了整个局势,她则像个姑娘家第一次有别人求婚时那样惊慌失措,只会脸红和嗫嚅。

“我——我再也不结婚了。”

“噢,不,你会的。你天生就是要嫁人的。为什么就不嫁给我呢?”

“可是瑞德,我——我并不爱你。”

“那不该是什么障碍。我想,在你另外两桩婚姻中,爱也并不是很重要的。”

“噢,你怎么能这样说?你知道我喜欢弗兰克的!”

他没说话。

“我喜欢的!我喜欢的!”

“哦,我们不争论这个了。我不在的时候,你会不会考虑我的提议?”

“瑞德,我不喜欢让事情拖着不解决。我还是现在告诉你吧。我很快就要回塔拉去了,卫英蒂会来和白蝶姑妈住在一起。我要回家长时间休养一阵,而且——我——我再也不想结婚了。”

“荒唐透顶。为什么?”

“噢,哦——别管为什么了。我只是不喜欢婚后的生活。”

“可是,我可怜的孩子,你从来就没有真正结过婚。你怎么会知道呢?我承认你运气不好——一次结婚是因为出于怨恨,另一次是为了钱。你有没有想过为了——就为了婚姻的乐趣而结婚呢?”

“乐趣!说话别像个傻瓜似的。结婚没有任何乐趣。”

“没有?为什么没有?”

她多少平静了些,随之而来的是白兰地引起的纯然的坦率。

“对男人来说有乐趣——只有上帝才知道为什么。我从来就不明白。可是女人从婚姻中得到的就是些吃的东西、一大堆活和不得不忍受男人的愚蠢——还有一年生一个孩子。”

他大笑起来,笑声在寂静中回响着,思嘉听到了厨房门开的声音。

“别出声了!嬷嬷的耳朵像只猞猁,而且这么笑也是不得体的——刚刚才——别笑了。你知道这是真的。乐趣!见你的鬼!”

“我说你运气不好吧。你刚刚说的正好证明了这一点。你嫁过一个小男孩,又嫁了一个老头子。在这交易中,我敢打赌你妈妈曾经跟你说过,女人应该忍受‘这些事情’,因为做母亲也能弥补一些快乐。哦,那全都错了。为什么不嫁给一个名声不好但对女人有一套的年轻小伙子呢?那会很有趣的。”

“你真是又粗鲁又自负，我想这谈话已经太过分了。这是——这是相当粗俗的。”

“也相当令人愉快，对不对？我敢打赌，你从来没有和一个男人讨论过婚姻关系，连查理和弗兰克也没有。”

她对着他沉下脸来。瑞德知道太多了。她真不明白他是从哪知道这么多关于女人的事的。这很不得体。

“别皱眉头了。定个日子吧，思嘉。为了你的名声，我不催你马上结婚。我们等一段时间，好让这事显得得体一些。顺便问一下，就是要显得得体要多长时间？”

“我还没说我要嫁给你呢。在这种时候，连谈起这种事都是不得体的。”

“我已经告诉过你我为什么要谈了。我明天就要走了，我是个感情炽烈的情人，再也控制不住我的感情了。可也许我的求婚也太突然了。”

他突然从沙发上溜到地上，双膝跪下，一只手优雅地放在胸口。他这动作使她大吃一惊。只听他很快地说道：

“请原谅，我狂热的感情让你吃惊了，我亲爱的思嘉——我是说，我亲爱的肯尼迪太太。一段时间以来，在我心中，跟你的友情已经进一步发展成为一种更深的感情，一种更美、更纯、更神圣的感情，这你不可能没有注意到。我怎么敢对你说出来呢？啊！是爱使我变得这么大胆的！”

“快起来，”她恳求着，“你看上去真像个傻瓜，要是嬷嬷进来看到你怎么办？”

“第一次看到我这么有绅士风度，她一定会惊讶不已，感到不可思议。”瑞德说着轻轻地站了起来，“来吧，思嘉，你已经不是孩子了，不是用得体或诸如此类的愚蠢的借口来搪塞我的学校女生了。答应我，等我回来后就跟我结婚，要不，我当着上帝的面说，我就不去了。我要待在这，每天晚上在你的窗户底下弹吉他，用我的最大音量给你唱歌，让你最后妥协。这样，为了保持你的名声，你就只好嫁给我了。”

“瑞德，理智一些好不好。我不想跟任何人结婚。”

“不想？你没告诉我真正的原因。不可能是女孩子的羞怯心理在作怪。

到底是为什么？”

突然，她想起了希礼，好像看到他活灵活现地站在她身边，金色的头发，慵懒的眼睛，非常有尊严，他跟瑞德是截然不同的人。他才是她不想再结婚的真正原因，尽管她对瑞德并不反感，有时候还真的很喜欢他。她属于希礼，永远永远属于他。她从来没有属于查理或是弗兰克，也永远不可能属于瑞德。她身上的每个部位，她做的几乎每一件事，每一个追求的目标，以及已经得到的每件东西，全都属于希礼，她是因为爱他才做的。希礼和塔拉，她属于他们。她给过查理和弗兰克的每个微笑、每次大笑、每个吻，全都是给希礼的，即使他从来没有拥有过，也永远不会去拥有，那也是一样的。她内心深处，还藏着把自己留给他的想法，虽然她知道他是永远也不会接受她的。

她不知道自己脸上的表情已经变了，回忆给她脸上蒙上了一层瑞德从来没有见过的柔情。他看着那斜行的绿色眼睛，大得有如迷雾一般，还有她嘴唇那弯弯的柔和的曲线，那一刻，他连呼吸都停止了。接着，他的嘴巴用力往一边一撇，极不耐烦地骂了一声：

“郝思嘉，你是个傻瓜！”

不等她把思绪从遥远的地方收回来，他的双臂已经抱住了她，抱得那么坚定，那么紧，就像很久以前去塔拉的那条黑漆漆的路上抱她时那样。她再次感到一股极强的无奈感，渐渐地只好顺从他，一股波涛似的热流使她四肢无力。卫希礼那安静的面孔渐渐模糊了，然后什么也没有了。她的头靠在他的手臂上，他把她的头往后仰，吻着她，起先很轻柔，然后迅速加力，使她紧紧抓着他，好像他是这头昏目眩、摇晃不定的世界里唯一的实物似的。他急迫的嘴巴分开了她颤抖的嘴唇，把狂热的战栗送到了她的每根神经中去，从她的感官中唤起了一种感觉，而她自己从来都不知道自己还有这种感觉能力。她还没产生眩晕的感觉，便知道自己已经在回吻他了。

“停下——求你了，我要晕过去了！”她低声说着，无力地想把头扭开。他把她的头紧紧按在他的肩膀上，一阵晕乎当中，她瞥见了他的脸。他眼睛睁得大大的，发出奇怪的光芒，而他手臂上的战栗使她感到很害怕。

“我要让你晕过去。我会使你晕过去的。你过了这么多年才有了这种感觉。你知道的任何傻瓜都不会像这样吻你——对不对？你心爱的查理没有，弗兰克也没有，你那蠢笨的希礼——”

“求你了——”

“我就说你那蠢笨的希礼。绅士们全都——他们懂什么女人？他们懂你的什么？可我懂你。”

他的嘴唇又吻住了她的，她没有挣扎便投降了，连把头扭开的力气都没有了，甚至就没想过要扭开。她的心狂跳不已，使她全身战栗，对他的力量感到害怕以及神经麻木、虚弱无力的感觉袭遍了她的全身。他想干什么？他再不停下来，她就要晕过去了。要是他停下——要是他永远不停下来就好了。

“快说好的！”他的嘴巴悬在她的嘴上方，眼睛离她太近了，它们看上去非常大，填满了整个世界，“说好的，去你的，否则——”

她想都没想就嗫嚅着“好的”。这似乎就是因为他需要这个字眼，她也就毫无选择地说了出来。可是，就在她说这个字眼的时候，她的心情突然就平静下来了，头也不晕了，连白兰地造成的晕乎感也减弱了。她根本无意答应跟他结婚，可她却答应了。她几乎都不知道这一切都是怎么一回事，可她并不后悔。现在，她说“好的”似乎是很自然的事——几乎就像是由于神的干预，有只比她更有力的手在掌握着她的事，为她解决着问题。

她说完后，他急切地吸了口气，又低下头，好像要再去吻她。她闭上了眼睛，头朝后仰着。可他却没有吻她，她微微有点失望。像这样被别人吻，这使她感到有点不可思议，然而，其中却有令人激动的东西。

他静静地坐了一会儿，把她的头靠在他的肩膀上，好像很费劲才止住了手臂的战栗。他让自己离开她一点，低头看着她。她睁开眼睛，发现他脸上那令人害怕的光芒已经不见了。可不知怎的，她不敢跟他的目光对视，在一阵令人激动的慌乱当中，她垂下了眼睑。

他开口说话的时候，声音非常平静。

“你是认真的吗？你不想改变主意吧？”

“不想。”

“这不单是因为我——那词组怎么说来着？——用我的——哦——热情‘让你神魂颠倒’？”

她没有回答，因为她不知道怎么说才好，也不敢正视他的眼睛。他把一只手放在她的下巴上,托起她的脸。

“我曾经告诉过你,你的一切我都能够忍受,只有谎言我忍受不了。现在我就要你说实话。你为什么要说‘好的’?”

她还是不知道说什么才好,可是,稍微镇静一些后,她装做害羞地垂下眼睛,嘴角一撇,莞尔一笑。

“看着我。是不是因为我的钱?”

“哦,瑞德!这是什么问题呀?”

“看着我,别想用甜言蜜语搪塞我。我不是查理或弗兰克,也不是县里那些会被你眨动的眼睑蒙骗住的男孩。是不是因为我的钱?”

“哦——是的,这是原因之一。”

“原因之一?”

他好像并没有着恼。他迅速吸了口气,她的话使他眼里现出了一种急迫的神情,他尽力把那种急迫神情抹去。但她太慌乱了,没看到他眼里的这种急迫神情。

“哦,”她无可奈何地支吾着,“钱确实有用,你知道的,瑞德。只有上帝知道,弗兰克留下的并不太多。可是——哦,瑞德,我们确实在挣钱,你知道。你是我见过的唯一一个听得进女人说实话的男人,有个不会认为我是傻瓜、不希望我说假话的人做丈夫,那是很不错的——而且——哦,我喜欢你。”

“喜欢我?”

“哦,”她苦恼地说,“如果我说我爱你爱得都要疯了,那我就是在说谎,再说,你也会知道的。”

“有时候,我真觉得你说实话也说得太过分了,我的宝贝。你难道不觉得,即使是谎言,你说‘我爱你,瑞德’会更合适,就算你不是真心的?”

他指的是什么呢,她感到很纳闷,愈发感到困惑不解了。他看上去又奇怪,又急切,既像受到伤害,又好像在嘲笑别人。他从她手里抽出手,深深地插进裤袋里,她看到他握紧了拳头。

“就算这会让我失去一个丈夫,我也要说真话。”她阴郁地想着,像往常他诱惑她时一样,她热血沸腾了。

“瑞德,那就是撒谎了,我们干吗要来这愚蠢的一套呢?我喜欢你,就像我说过的那样。你知道是怎么回事的。你曾经对我说过,你不爱我,可我们有很多共同点。两个无赖,你说的——"

"噢,上帝!"他迅速低声嘀咕着,把头扭开了,"掉进自己设的陷阱里去了!"

"你说什么?"

"没什么。"他看着她笑了,可并不显得很快乐,"定个日子吧,亲爱的。"他又笑了起来,弯下身子吻她的双手。看到他激动情绪已经过去,平静的心情显然又回来了,她感到很欣慰,于是她也笑了。

他把弄着她的手,过了一会,抬起头对着她笑了。

"你看小说的时候有没有读到过那老套数,就是对爱毫无兴趣的妻子最后爱上了她自己的丈夫?"

"你知道我不看小说的。"她说着,尽力让自己的口气也能跟他的玩笑口吻扯平,接着又说下去,"再说,你曾经说过,丈夫和妻子爱来爱去是最糟糕的方式。"

"我曾经还说过上帝诅咒许许多多的事。"他突然反驳道,站了起来。

"别骂人了。"

"你要习惯这一点,也要学会骂人。你得习惯我的所有坏习惯。这也是——喜欢我和把你那漂亮的爪子伸到我的钱上面的代价之一。"

"噢,别因为我没有撒谎,没有使你感到很骄傲就这么大发雷霆。你也不爱我,对不对? 那我为什么要爱你呢?"

"不,亲爱的,我不爱你,就像你也不爱我一样,即使我爱你,你也是我最不愿意告诉的人。上帝会帮助那个真正爱你的男人的。你会让他心碎的,亲爱的,你这残忍、能毁灭人的小猫,这么粗心又这么自信,连爪子也不费心去缩回去一下。"

他猛然拉她站起来,再次吻着她,可是这次他的嘴唇给她的感觉不一样了,因为他好像不在乎是不是会伤着她——似乎故意要伤害她、侮辱她。他的嘴唇滑到她的脖子处,最后紧紧印在她塔夫绸衣服下的乳房上,吻得很用力,吻得很久,他的呼吸使她的皮肤都有了灼热感。她两手挣扎着,愤怒、羞赧地把他推开了。

"你不该这样! 你怎么敢这样!"

“你的心跳得像只兔子似的。”他嘲弄地说，“我认为，如果纯粹是喜欢，那也未免太快了，就算我想入非非吧。请息怒。你只是在做出这副处女的样子来罢了。告诉我，从英国回来，我该给你带些什么。戒指？你喜欢怎么样的？”

那一瞬间，她对他最后说的话很感兴趣，但作为一个女人，又想继续跟他生气，表示愤怒，她在两者之间犹豫了一会。

“噢——钻戒——瑞德，一定要买个大的。”

“这样你就可以在你那些贫困的朋友们面前炫耀，说‘瞧瞧我有什么！’了。好吧，你会有个大钻戒的，大得让你那些比较不幸的朋友们只好从这句话里得到安慰，那就是压低嗓子说：‘戴这么大的钻戒，真是太俗气了。’”

他突然朝房间对过走去，她茫然不解地跟在他身后，来到紧闭的门边。

“怎么啦？你要去哪里？”

“到我的房间去收拾行李。”

“噢，可是——”

“可是什么？”

“没什么。我希望你旅途愉快。”

“谢谢。”

他打开门，走进过道。思嘉尾随在他身后，有点不知所措，也有点失望，因为以这样的方式告终有点令人扫兴。他套上外衣，拿起手套和帽子。

“我会给你写信的。如果你改变主意，你要让我知道。”

“你不——”

“哦？”他好像很不耐烦，想马上离开。

“你不跟我吻别一下？”她低声说着，小心提防着不让屋里其他人听见。

“你不觉得你这个晚上得到的吻已经够多了吗？”他反驳着，低头对她笑着，“想想一个正派、家教很好的年轻女人——哦，我跟你说过，这会很有趣的，对不对？”

“噢，你真是难对付！”她气愤地叫道，一点也不在乎嬷嬷是否会听到了，“你从此不回来我也不在乎。”

她转过身，朝楼梯冲去，希望他那温暖的手能拉住她的手臂，制止她。可是他只是打开前门。一股冷风直灌进屋来。

“可我会回来的。”他说完便走了出去,把她一个人扔在最下面的一级楼梯上,呆呆地看着关上的门。

瑞德从英国带回来的戒指确实很大,大得连思嘉都不好意思戴了。她喜欢艳丽、昂贵的首饰,但她有种不安的感觉,觉得大家都在说这戒指太俗气,而这确实也是实话。中间的钻石是颗四克拉重的钻石,周围是几颗绿宝石。戒指大得都够到了她手指的指关节了,使她的手好像被重物往下拉一样。思嘉怀疑,瑞德曾费尽心机去订购这个戒指,而且,纯粹是出于卑鄙的心理,使订的戒指尽可能地豪华。

瑞德回到亚特兰大让她把戒指戴在手上以前,她跟谁都没讲过她的打算,连她家的人都没说,而当她宣布她订婚时,立刻引起了轩然大波,尖刻的闲话说得沸沸扬扬的。自从三K党事件发生后,瑞德和思嘉就成了城里最不受欢迎的公民,只有北方佬和到南方来牟利的投机家们不这么认为。很久很久以前的那一天,当思嘉抛掉了为韩查理穿的丧服那天起,大家对思嘉就持不赞成的态度了。而因为在锯木厂这件事上,她的行为不像女人的行为,她怀孕的时候毫无廉耻地到处招摇以及其他许多事情,他们对她的反感已经越来越厉害。可是当她导致了弗兰克和汤米的死亡而且危及了其他十二个人的生命时,他们的不喜欢就已经变成了公开的谴责。

至于瑞德,自从他在战争中做投机生意以来,他对城里人对他的恨意就一直乐在其中,自那以后又和共和党人混在一起,这当然没有使他自己多赢得一些同胞们的喜爱。可是,让人觉得奇怪的是,他救了亚特兰大最出色的一些人的性命,这个事实正是他激起亚特兰大的贵妇人对他仇恨满腔的原因。

这并不是说,她们因为她们的男人还活着而感到遗憾,而是因为,她们自己的男人的命虽保住了,但这却要归功于像瑞德这样的人,利用这么令人难堪的伎俩,她们为此感到非常非常的不满。一连好几个月,她们痛苦地生活在北方佬的嘲笑和蔑视当中。贵妇人们觉得,而且公开这么说,如果瑞德真的把三K党的利益放在心上的话,他就会设法用更加得体的方式来处理这件事。她们说,他是故意把贝尔·沃特琳扯进来,好把城里的体面人士置于这种耻辱的境地的。所以,他虽救了这些人的命,还是不配得到感谢,而他过去的罪过也不配得到原谅。

这些女人动辄有菩萨心肠,悲伤起来也很柔弱,紧张局势下也能不屈不挠,但对触犯了她们那不成文的法典里一点小小的法规的叛逆者,她们则会像泼妇一样对其毫不宽容。这部法典很简单,崇敬南部邦联,尊敬老兵,忠于旧的形式,对贫穷感到骄傲,对朋友慷慨相助和永远痛恨北方佬。思嘉和瑞德一起触犯了当地礼教习俗中的每一条法规。

出于得体和感激,那些被瑞德救下命来的男人试图让他们的女人闭上嘴巴,但他们并没有成功。在他们宣布要结婚以前,这两个人虽非常不受欢迎,但人们还能对他们以一本正经的方式以礼相待,可现在连那点冷淡的礼貌也不可能了。他们订婚的消息无异于炸弹爆炸,出乎意料,震撼大地,全城人都感到很震惊,连举止最温和的女人也都在热切地发表自己的看法。弗兰克才死了一年,而且是她把他害死的,她却又要结婚了!而且是和那个拥有一家妓院、参与北方佬和投机家们各种各样无异于偷盗行为的计划的姓白的家伙!他们两人要是分开,那还可以忍受,可是思嘉和瑞德竟恬不知耻地要结合在一起,这太令人无法容忍了。真是臭名昭著,这两人都一样!他们真该被赶出城去!

本来,亚特兰大人对这两个人多少还能容忍一些,可是,他们订婚的消息宣布的时候,正是瑞德跟投机家和支持北方政府的南方佬那些密友们在令人尊重的公民们眼里比过去任何时候都更加可恶的时候。当城里人听到他们订婚的消息时,公众对北方佬和他们的同盟的感觉正处于白热化阶段,因为佐治亚抵抗北方政府规定的堡垒刚刚坍塌。四年前舍曼从多尔顿往南进军时就已开始的旷日持久的战争最终达到了高潮,佐治亚州蒙受的耻辱已经达到了极限。

已经重建了三年,而这三年都是在恐怖主义统治下过去的。每个人都认为,现在的条件比以往任何时候都更差。可是现在,佐治亚州刚刚发现,重建最糟糕的阶段才刚刚开始。

三年来,联邦政府一直试图把格格不入的观点和格格不入的规则强加在佐治亚州身上,在部队强行执行命令的情况下,很大程度上也已经获得了成功,可只有军事力量维护这个新的政体。整个州在北方佬的统治下,但这个州并不愿意。佐治亚的领导人物一直在为能依照自己的观点来自治的权利斗争着。北方佬一直在努力强迫他们低头认输,让他们接受华盛顿的命令,把这些命令当做自己州里的法律。但他们一直在对此加以抵制。

从官方意义上说,佐治亚政府从来没有屈服过,可是这种斗争徒劳无益,永远是输掉的斗争。这场斗争永远赢不了,但至少推迟了不可避免的一切到来的时间。南方许多州的政府里已经出现了这种现象:目不识丁的黑人在公职上居高位,还制定出由黑人和投机家们控制的立法。可是,佐治亚由于一直固执地加以反对,所以至今还算逃避了这一最终会丢脸的现象。三年中的大部分时间里,州政府大厦还掌握在白人和民主党人手里。由于到处都是北方军,州政府官员们什么也做不了,只有抗议和反抗。他们的力量有名无实,但他们至少还能够把州政府保留在佐治亚本地人手里。现在,连这最后的堡垒也崩塌了。

就像四年前约翰斯顿和他的部下被一步步从多尔顿赶到亚特兰大时一样,佐治亚州的民主党人也从一八六五年起就被一点点地赶回去了。联邦政府对州里的事务及其公众生活的控制渐渐越来越严。部队一拨一拨地调过来,军事法令也越来越多,使得当地政府越来越无能。最后,佐治亚成了军事统治的州,不管州里同意不同意,黑人都被公开授予了选举权。

思嘉和瑞德宣布订婚的前一个星期,举行了选举州长的活动。南方民主党推选了佐治亚最受爱戴、最受尊敬的约翰·B.戈登为候选人。跟他竞争的是个共和党人,叫布洛克。选举进行了三天,而不是一天。一火车一火车的黑人从一个城市冲到另一个城市,沿路在每个区进行投票。当然,布洛克获胜了。

如果说舍曼占领了佐治亚已经给人们带来了痛苦,那州政府被投机家、北方佬和黑人们占领就更加剧了人们的痛苦,那痛苦的程度是这个州从未见识过的。亚特兰大和佐治亚沸腾了,发怒了。

而白瑞德却是那个可恨的布洛克的朋友之一。

对不是在她鼻子底下发生的事,思嘉通常都是置若罔闻的。她几乎都不知道举行过这么一次选举。瑞德没有参加选举,他和北方佬的关系也和过去没什么两样。可是瑞德是支持北方政府的南方佬,而且是布洛克的朋友,这个事实依然存在。婚礼一旦举行,思嘉也会变成支持北方政府的南方佬。亚特兰大决不能容忍敌人阵营里的任何人,对其决不会心慈手软。订婚的消息传来时,全城人都只记得这两个人干过的坏事,好事却一件也不记得了。

思嘉知道城里人都很震惊,但她没有意识到公众对此事的感觉到了什么程度。直到有一天,梅里韦瑟太太在她教会圈里的人们怂恿下,承担起为了思嘉好而去跟她谈话的责任,这时的思嘉才意识到了。

"因为你自己亲爱的妈妈已经去世,而白蝶小姐又不是已婚妇女,不适合来——哦——哦,跟你谈这种话题,我觉得我应该警告你,思嘉。一个良好家庭出身的女人是不能跟白船长那样的人结婚的。他是个——"

"他设法救了梅里韦瑟老爷爷和你侄儿的命呢。"

梅里韦瑟太太气鼓鼓的。不到一个小时前,她刚和老爷爷谈过话,谈得很恼火。老人说,如果她对白瑞德不心存一点感激的话,那她也不要把他的命看得那么值钱了,哪怕白瑞德是个南方佬和无赖也一样。

"他那么做只是在跟我们大家闹恶作剧,思嘉,在北方佬面前让我们难堪。"梅里韦瑟太太继续说道,"你跟我一样清楚,这个人是个流氓。他一直就是,而现在更是恶劣得令人说不出口。他不是那种体面人能接受的人。"

"不是?那就奇怪了,梅里韦瑟太太。在战争期间,他可是经常出现在你的客厅里的。他还送给梅贝尔白色的缎子结婚礼服呢,对不对?还是说我记错了?"

"战争中情况是不一样的,上等人和许多男人都有来往,即使他们不太——那全是为了事业的缘故,是合适的。你肯定不想和一个没参过军却嘲笑那些参军的人的男人结婚吧?"

"他也参过军。他在部队待了八个月。他参加过最后一次战役,在富兰克林打过仗,约翰斯顿将军投降的时候,他就跟他在一起。"

"我没听说过,"梅里韦瑟太太说,她看上去也不相信这一点,"可他没有受伤。"她得意地又加了一句。

"很多人都没有受过伤。"

"每个有身份的人都受过伤。我不知道谁没受过伤。"

思嘉被激怒了。

"那我认为,你认识的所有人都是傻瓜,他们不知道在瓢泼大雨——枪林弹雨中该怎么样保护自己。好了,我实话对你说吧,梅里韦瑟太太,你可以把这话带给你那些爱管闲事的朋友。我要嫁给白瑞德，即使他打仗时是参加北方佬那一边，我也不在乎。”

这个知名的夫人走了出去，帽子都因气愤而戴歪了。这时，思嘉知道，她现在有了个公开的敌人，而不仅仅是个不赞成她的朋友。可她不在乎。梅里韦瑟太太不论说什么还是做什么都没办法伤害她。别人说什么她都不在乎——只有嬷嬷除外。

白蝶听到这消息时昏了过去，思嘉忍受了这一点。她还看到希礼在向她表示祝福时看上去突然就显老了，而且还回避着她的目光。即使这样，她还是使自己坚强起来。读着波琳姨妈和尤拉莉姨妈从查尔斯顿的来信，她感到既好笑又好气。她们都对这消息惊恐万分，不同意这桩婚事，告诉她说，这不但会毁了她自己的社会地位，而且会危及到她们的。媚兰忧虑地紧皱着眉头，忠诚地说：“当然，白船长比大多数人都好得多，他人好，又聪明，看他救希礼的办法就知道了。他毕竟还为南部邦联战斗过。可是，思嘉，你难道不觉得，你最好不要这么匆匆忙忙就作出决定吗？”听到这话，她甚至还笑出声来。

不，她并不在乎别人说什么，但嬷嬷除外。嬷嬷的话是使她最生气也给了她最大伤害的话。

“俺看到你做了许多会伤害埃伦小姐的事，如果她知道的话。这也使俺非常伤心。可这件事是最糟糕的。嫁给那个败类！是的，俺说他是败类！不要告诉俺说他出身名门。那也没什么不一样。出身高贵的败类跟出身低贱的败类是一样的，他就是败类！是的，思嘉小姐，俺看到你虽然不爱查理却把他从哈尼小姐手里抢走了。俺还看到你从你自己妹妹的手里夺走了弗兰克。你做了一大堆事情我都没吭声，像卖木材时以次充好，说其他卖木材的先生的坏话，一个人独自到处乱跑，让你自己置于自由黑人的威胁当中，把弗兰克先生的命也搭上了，还不给囚犯吃饱，好让他们活下去。俺一直没吭声，即使埃伦小姐在那片乐土中向俺呼喊：‘嬷嬷，嬷嬷！你没看好我的孩子！’是的，俺忍受了所有的一切，可俺不会忍受这件事，思嘉小姐。你不能嫁给败类。只要俺还有一口气，你就办不到。”

“我高兴嫁给谁就嫁给谁。”思嘉冷冷地说，“我想你是忘了自己的身份了，嬷嬷。”

“也忘了合适的时候了！如果俺不跟你说这些话，谁来跟你说呢？”

“我已经考虑过了，嬷嬷。我已经决定，你最好还是回塔拉去。我会给你些钱和——”

嬷嬷顿时一脸都是自尊。

“俺是自由的，思嘉小姐。你不能打发俺到任何俺不想去的地方去。俺要是回塔拉，你也得跟着俺回去。俺不能离开埃伦小姐的孩子，无论如何也不能使俺走的。俺也不会让埃伦小姐的外孙、外孙女给一个败类继父抚养。俺就在这，俺就要待在这！”

“我不会让你待在我的房子里对白船长不礼貌的。我要跟他结婚，没什么好说的了。”

“能说的还多着呢。”嬷嬷慢吞吞地反驳说，她模糊不清的老眼里闪烁着战斗的光芒。

“俺从来不想对埃伦小姐的血脉说三道四。可是，思嘉小姐，你听俺说。你只是匹套上马具的骡子而已。你可以刨光骡子脚，让它的毛发发亮，把它的马具全配上黄铜，把它拴在一辆漂亮的马车上。可是它还是一匹骡子。它骗不了任何人。你也还是一样。你有丝绸衣服、锯木厂、商店和钱，你让自己表现出好马的气派来，可你还是骡子。你也骗不了任何人。而那个姓白的小子，他出身很好，装饰得像匹赛马一样，但他也是套上了马具的骡子，跟你一样。”

嬷嬷低头偷看着她的女主人。思嘉无言以对，因受了侮辱而浑身颤抖。

“你如果说要嫁给他，你就嫁给他好了，因为你跟你爸爸一样固执。可是记住这点，思嘉小姐，俺不会离开你的。俺要待在这，看着这事怎么收场。”

不等思嘉回答，嬷嬷便转过身，离开了她，要是她说了“等着瞧吧！”她的口气绝对是很不吉祥的。

他们在新奥尔良度蜜月的时候，思嘉把嬷嬷的话告诉了瑞德。使她吃惊和气愤的是，他对嬷嬷说的有关骡子套上马具的话哈哈大笑。

“我从来没听过一个深刻的真理被如此简洁地表达出来。”他说，“嬷嬷是个精明的老家伙，我所知道的人中，我想赢得他们的尊重和友好的人没有几个，但嬷嬷却是仅有的几个之一。可是，作为一匹骡子，我想我是得不到她的尊重和友好了。婚礼结束后，凭着一股当新郎官的热情，我想给她十美元的金币，可她连这都拒绝了。我见过的人没几个看到现金不动心的。可她正视着我，谢了我，然后说她不是自由的黑人，她不需要我的钱。"

"她干吗要这么跟我过不去呢？为什么每个人都像珍珠鸡一样对我咯咯直叫？我要嫁给谁，要嫁几次，这都是我自己的事。我总是自管自的事的。为什么其他人不管好他们自己的事就得了呢？"

"我的宝贝，这个世界上几乎什么事都能原谅，就是不能原谅自管自事的人。可你为什么要像只被烫伤的猫一样高声大叫呢？你说你并不在乎别人怎么说你，这句话你说得够频繁的了。为什么不证明一下？你知道，你在小事上一直都是把自己置于被公开指责的境地的，那在这件大事上，你不可能指望能逃脱闲话。你知道，如果你嫁了像我这样的恶棍，就会有人说闲话。如果我是个出身低贱、穷困潦倒的恶棍，人们也不会这么气愤的。可是一个富有、事业发达的恶棍——当然，那是不可原谅的。"

"我真希望你有时候能够正经一些！"

"我是正经的。不敬上帝的人像绿色的月桂树一样枝繁叶茂时，敬畏上帝的人总是很恼火的。振作起来吧，思嘉，你不是告诉过我，你想要很多钱的主要原因是，有了很多钱就可以叫每个人见鬼去吗？现在你的机会到了。"

"可你才是我想要让他见鬼去的最主要的一个人。"思嘉说着，笑了起来。

"你还想叫我见鬼去吗？"

"哦，不像过去那么经常了。"

"你怎么想，就怎么叫吧，只要能使你快活。"

"这并不会使我特别高兴。"思嘉说着，低下头漫不经心地吻了吻他。他乌黑的眼睛闪着光，迅速在她脸上巡视着，在她眼里寻找着什么，但没有找到，他也唐突地笑了。

"把亚特兰大忘掉。把那群老猫忘掉。我带你来新奥尔良是要来寻开心的，我有意要让你开心。"

# 第 五 部

## 第四十八章

她确实很开心,自从战前那个春天开始,任何时候都没有比现在更开心。新奥尔良是个令人向往的怪地方,思嘉尽情享受着其中的快乐,就像个刚刚被赦免的无期徒刑犯一样。到南方来牟利的投机家们劫掠着整个城市,许多诚实的人被赶出家门,不知道下一顿饭从哪里来,有个黑人还坐上了副州长的交椅。可是,瑞德给她看的新奥尔良则是她见过的最快乐的地方。她遇到的人似乎都是想要多少钱就有多少钱,一点忧虑挂念都没有。瑞德把她介绍给好几十个女人,全都是着装靓丽的漂亮女人。她们的手细皮嫩肉的,没有一点辛勤劳作过的痕迹。她们对什么都感到好笑,从来不谈愚蠢严肃的事情或是艰难时世。还有她遇见的男人——他们多令人激动呀!他们跟亚特兰大的男人又是多么的不一样——为了能跟她跳舞,瞧他们争来争去那劲头。他们还大肆恭维她,好像她还是年轻貌美的美人一样。

这些男人都有瑞德脸上那种坚定、不顾后果的神情。他们的眼睛总是很机警,好像因为太经常跟危险打交道,对什么都已经不太在乎了。他们好像既没有过去,也没有未来。思嘉在谈话时问起他们在来新奥尔良之前在哪里时,他们都礼貌地拒绝回答她的问题。那本身就令人觉得很奇怪,因为在亚特兰大,每个令人尊敬的新来者都会忙不迭地向人们展示他们的证件,自豪地把他的家和家庭告诉别人,追溯着遍及整个南方的亲戚网,那迷宫般的亲戚网挺折磨人的。

可是这些男人都是不苟言笑的人,说话很小心地斟酌着词句。有时候,瑞德跟他们在一起,思嘉在隔壁房间,她会听到笑声、听不懂的谈话的片言只语、斗嘴的话及令人感到困惑的名字——实行封锁的日子里的古巴和拿骚、淘金热和强夺采矿权、军火走私和在议会中使用阻挠手段、尼加拉瓜和威廉·沃克以及他是怎样在特拉西洛撞死在一堵墙上的。有一次,她突然走进房间,他们则立马结束了谈话。他们正在谈论昆特里尔[1]的游击队员发生了什么事,她还听到了弗兰克和杰西·詹姆斯的名字。

但是他们的举止都很端庄,衣服裁剪都很合身,很漂亮。显然,他们都很崇拜她。所以,对思嘉来说,他们刻意地只把握现在的生活也就没什么关系了。真正重要的是,他们是瑞德的朋友,拥有宽大的房子和漂亮的马车,他们还载着她和瑞德去兜风,邀请他们吃晚饭,以他们的名义举办舞会。思嘉非常喜欢他们。她把这告诉瑞德时,瑞德觉得挺有趣。

"我原来就认为你会喜欢他们的。"他说着大笑起来。

"为什么不呢?"她疑心又来了。他每次一笑,她总是会起疑心。

"他们全都是二流的庸碌之辈,害群之马,是无赖。他们全都是冒险家或者到南方来牟利才变成贵族的。像你亲爱的丈夫一样,他们的钱全都是通过做食品投机生意或者是从含糊不清的政府契约或是经不起调查的见不得人的方式中赚来的。"

"我不相信。你是在开玩笑。他们是最正派的人……"

"城里最正派的人都在挨饿,"瑞德说,"挺文雅地住在简陋的窝棚里,我很怀疑,在那些窝棚里我会不会受欢迎。你知道,亲爱的,战争期间我曾在这实施过一些邪恶的计划,而这些人的记忆力简直是好得不得了!思嘉,你一直就是我的快乐。你总是不出差错地找出错误的人、错误的事。"

"可是他们是你的朋友!"

"噢,可我喜欢无赖。我很年轻的时候是在河上的小船里当赌徒度过的,我能理解像那样的人。可他们是怎么样的人,我并不是看不清楚的。而你却——"他又笑了——"你对人没有直觉,分不清卑贱之人和伟大之人。有时候,我会想,你接触过的唯一尊贵的贵妇人只有你妈妈和梅利小姐,而她们两个人好像都没有给你留下什么印象。"

---

① 1837—1865 年间,美国南北战争时期一支南方军游击队的队长,曾在堪萨斯州的劳伦斯自由州要塞杀害了 150 多名百姓,后在袭击肯塔基时重伤殒命。

“梅利！为什么，她普通得就像只穿旧的鞋子，她的衣服看上去总是破破烂烂的，从来就不会为自己说上两句话！”

“别嫉妒了，夫人。漂亮并不能使人成为贵妇人，衣服也不能使人成为贵妇人。”

“噢，不能吗！你等着瞧，白瑞德，我会证明给你看的。既然我已经——我们已经有钱了，我要成为你见过的最尊贵的贵妇人！”

“我会兴味十足地等着瞧的。”他说。

跟她遇见的人相比，更令她激动的还是瑞德买给她的衣服。他亲自指点选择颜色、布料和样式。现在裙环已经过时了，新的样式很是娇媚可爱，短裙从前面被拉到后面，呈褶裥隆起，褶裥上有一圈圈的花、蝴蝶结和瀑布状的花边。她想起了战争年月最朴素的裙环，看着这些新裙子不可避免地显示出她的肚子外形来，不禁感到有点不好意思。还有那些可爱的小帽子，其实一点也不像帽子，只是斜扣在一只眼睛上方的扁平的小饰物，垂挂着水果和花朵、晃动的羽毛和飘动的缎带！（她买了一些假发卷来加大从这些小帽子后面隆起来的印第安式直发的发髻。要是瑞德没那么傻，没有把它们烧了该多好！）还有修女们做的精致的内衣！那有多漂亮呀，而她又有那么多套！用上好的亚麻布做的紧身内衣、睡衣和衬裙，镶着鲜艳的绣花，打着很小的褶。还有瑞德给她买的缎子舞鞋！它们的后跟足有三英寸高，上面有大大的亮闪闪的扣形饰物。还有长统丝袜，足有一打，没有一双是顶部有棉布的！多富有呀！

她胡乱给家里人买着礼物。给韦德买了个圣伯纳德毛皮小狗，他一直就很想要一个；给博买了只玩具波斯猫；给小埃拉的是珊瑚手镯；给白蝶姑妈买了个有月长石坠子的重重的项链；给媚兰和希礼买了套《莎士比亚全集》；给彼德大叔买了个精美的徽章，还有一顶高高的丝绸车夫帽，配着一把刷子；给迪尔西和厨娘买了衣料；还给在塔拉的每个人买了贵重的礼物。

“可你给嬷嬷买了什么呢?”瑞德问道。在他们的旅馆房间里，他眼睛看着堆在床上的一大堆礼物，把小狗和小猫拿到更衣室去了。

“什么也没有。她太可恶了。她把我们叫做骡子，我干吗还要给她买礼物?”

“你为什么对听到真话这么反感呢，亲爱的？你应该给嬷嬷带件礼物。

你如果没买,她会心碎的——而像她那样的心太珍贵了,不能碎掉。"

"我不会给她带礼物的。她不配。"

"那就我给她买好了。我记得,我的嬷嬷老是说,她上天堂的时候,她想要件硬硬的塔夫绸裙子,硬得可以自己立住,沙沙发响,那上帝就会认为它是天使的翅膀做的。我要给嬷嬷买些红色的塔夫绸,做件漂亮的裙子。"

"她不会接受你的礼物的。她宁愿死也不愿穿上它。"

"我毫不怀疑。但我还是要表示一下。"

新奥尔良的商店物品丰富,令人激动,跟瑞德上街购物真如历险一般。和他一起吃饭也是历险,而且比购物还更令人兴奋,因为他知道点什么菜,菜又该怎么做。新奥尔良的葡萄酒、甜酒和香槟酒都是新口味的,使只熟悉家制黑莓酒、斯卡珀农葡萄酒和白蝶姑妈昏厥时用的白兰地的她感到很兴奋。可是,噢,看瑞德点的菜!新奥尔良最好的东西就是吃的。想起她在塔拉过的那些挨饿的苦日子和不久前过的拮据日子,思嘉觉得,面对这些丰盛的菜肴,她怎么吃都吃不够。秋葵炒克里奥耳虾,酒阉鸽子和牡蛎拌沾满奶油汁的脆馅饼,蘑菇炒杂碎及火鸡肝,用沾过油的纸张和酸橙巧妙烘烤出来的鱼。她的胃口从来都很好,因为,每当她一想起在塔拉时老吃的落花生、干豌豆和番薯,她就觉得有股动力在驱使着她大口大口地再次大吃起这些克里奥耳菜肴来。

"你吃的样子就好像每餐饭都是你的最后一顿饭似的。"瑞德说,"别把盘子也刮得干干净净的,思嘉。我肯定厨房里还有更多的食品。你只要向服务员点就行了。如果你还这么贪吃,你就会像古巴太太一样胖,然后我就要跟你离婚了。"

可是她只是对着他伸伸舌头,又叫了一份油酥点心,涂着厚厚的巧克力,上面还有调和蛋白。

你想花多少钱就花多少钱,不用一分一分地数着花,觉得应该把这钱留起来付税款或是买骡子,这有多开心呀。而跟又快乐又富有,不像亚特兰大人那样装出高贵的样子其实却一贫如洗的人相处,又有多快乐呀。穿着窸窣作响的衣裙,显出你的腰身,露出你的脖颈和手臂,还露出不只是一点点的胸部,而且知道男人们欣赏你,多么愉快呀。你想吃什么就吃什么,没有苛评挑剔的人说你没有贵妇人的样子,多愉悦呢。只要你高兴,你可以喝所有的香槟酒,多令人高兴呀。她头一次喝醉的时候,第二天早晨一起来便感到很不好意思,好像有头痛欲裂的感觉,想起来都觉后怕。她记得自己坐在敞篷马车里,沿着新奥尔良的街道一路唱着《美丽的蓝旗》回到旅馆。她连喝得微醉的贵妇人都没见过,她见过的唯一喝醉的女人是亚特兰大沦陷那天沃特琳那个贱人。她几乎不知道如何去面对瑞德,她的耻辱感太强烈了。可是,这件事似乎只让他觉得很有趣。她做的每件事似乎都使他感到很有趣,就好像她是只在嬉戏的小猫一样。

跟他一块出去是很令人激动的,因为他太英俊了。不知怎的,她过去从来没注意过他的外貌,而在亚特兰大,每个人关注的都是他的缺点,没有工夫去谈论他的相貌。可是在新奥尔良这里,她可以看得出来,其他女人的目光是怎样追随着他的,而当他低头吻她们的手时,她们又有多激动。意识到其他女人也被她的丈夫所吸引,也许还在妒忌她呢,这使她突然觉得,被别人看见她伴在他身边,她感到非常自豪。

"哦,我们是漂亮英俊的一对。"思嘉高兴地想。

是的,正如瑞德所预言的,婚姻是可以很有趣的。不但很有趣,而且她还正在学会很多东西。那本身就是很奇怪的事,因为思嘉过去曾经认为生活不能教给她任何东西。现在,她感到自己就像个孩子一样,几乎每天都有新的发现。

首先,她意识到,和瑞德的婚姻跟和查理或是弗兰克的婚姻非常不一样。他们两人曾经尊重她,怕她发脾气。他们恳求她的宠爱,而如果她高兴的话,她就给他们。瑞德却不怕她,而且,她还经常认为他不太尊重她。他想做什么就做什么,如果她不喜欢的话,他就对着她笑。她并不爱他,但他无疑是个能一起生活的令人激动的人。他身上最令人激动的事就是,即使在他发泄感情的时候,他似乎也总是在克制着自己,就好像给自己套上了一副马嚼铁。而他发泄感情时,有时有点残酷,有时又令人感到既有趣又不安。

"我猜想,这是因为他没有真正爱我的缘故。"她心想,对这种状况感到很满意,"他若是完全放开了,我就会恨他的。"可是,一想到也有这种可能,她的好奇心又令人激动地被撩拨起来。

跟瑞德住在一起,她知道了许多有关他的事情,而这些事情她原来是不知道的。而她过去还以为她很了解他呢。她知道了他的声音此时可以像猫的毛发一样轻柔,过一会就可能又干脆又急促地赌咒发誓。他会显然很真诚、很赞赏地说起他到过的一些奇怪的地方发生的有关勇气、名誉、美德和爱的故事,而接下来又会用最愤世嫉俗的口吻讲起不堪入耳的故事来。她知道,没有男人会对他们的妻子讲这种故事的,可是它们很有趣,引起了她身上某些粗俗之外的共鸣。他此刻可以是个很有激情,差不多还是很温柔的情人,几乎马上又可以变成个讥笑人的魔鬼,把她的脾气那管火药的盖子用力掀掉,把它点燃,然后享受着那爆炸声。她知道,他的赞扬总是两面的,他最温柔的话语坦率得令人怀疑。事实上,在新奥尔良的那两个星期中,有关他的什么事她都知道了,就是不知道他真正是个怎样的人。

有几个早晨,他把女仆打发走了,亲自把早餐盘端到她面前,喂她吃饭,好像她是个孩子似的,还从她手里接过头梳,梳着她那乌黑的长发,直梳得头发发出清脆的劈啪声。可是有的早晨,他会扯掉盖在她身上的所有被子床单,挠着她赤裸的脚,粗鲁地把她从睡梦中弄醒。有时候,他会极有尊严、饶有趣味地听她详细地讲她的事,对她的聪慧点头表示赞赏,有的时候则把她那些结局未定的生意称做捡垃圾、公路上的拦路抢劫和敲诈勒索。他带她去看戏,又低声对她说,上帝很可能不赞成这种娱乐,使她很不安;带她去教堂,然后又悄悄地跟她讲一些有趣的淫秽之事。她一笑,他又指责她不该笑。他鼓励她把心里想的都说出来,鼓励她轻浮大胆。她从他那里学会讽刺的话、挖苦的词组,还学会了把它们用在别人头上,从中得到乐趣。可他可以用幽默来调和他的邪恶,她却没有这种幽默感,也没有他那种在讥笑别人的同时也讥笑自己的微笑。

他使她尽情地玩,她几乎都忘了是怎么玩的了。生活一直很严肃,很苦涩。他知道怎么玩,也把她卷入了他玩的圈子里。可他从来都不会像个小男孩那样玩;他是个成熟的男人,不管他做什么,她都永远忘不了。她无法凭她的女性优越感从高处往下看他,也不能对那些心理上还是孩子的小丑般的男人微笑,而女人却总是那样微笑的。

每次想到这点,她就会感到有点不安。如果觉得自己比瑞德更出色,那一定是令人很愉快的事。对她认识的所有男人,她都可以用一句半带蔑视的话来把他们打发掉——“真是个孩子!”她父亲,有着挑逗人的爱意和精心策划的恶作剧的塔尔顿孪生兄弟，经常要小孩子脾气、留着长发的方丹家的小个子小伙子，查理，弗兰克，战争期间向她求爱的全部男人——每个人，事实上只有希礼除外。只有希礼和瑞德是她没法理解的，没法控制的，因为他们都是成熟的男人，他们身上都没有孩子气的成分。

她不了解瑞德，也不愿麻烦自己去了解他，虽然在有些事情上，他会不时地使她感到很困惑。其中就有他有时候看着她的那种样子，他还以为她不知道他在看她呢。她迅速转过身，经常会看到他在看她，眼里有警觉、急切、等待的神情。

"你为什么要那样看着我呢？"有一次，她恼火地问他，"像只猫盯着老鼠洞似的！"

可他脸上的表情很快就变了，只是对着她笑。她很快就把这给忘了，再也不动脑筋去想想为什么，也不去想任何跟瑞德有关的事。他太不可意料了，不好去为他烦心，而且生活又这么快乐——只有她想到希礼的时候除外。

经常，瑞德使她忙忙碌碌的，没有时间去想希礼。白天，希礼几乎从来没在她脑海里闪现过，可是在她跳舞跳得很累或是因喝太多香槟酒而头晕的晚上——那时她就会想起希礼来。经常，当她懒洋洋地躺在瑞德的臂弯里，月光如洗，照在床上，此时她就会想，要是如此亲近地枕着的是希礼的手臂，那该有多好呀，要是是希礼把她乌黑的头发散落在自己的脸上，缠在他的脖子上，那又有多好呀。

有一次，她想起这些，不禁叹了口气，扭头看着窗户。过了一会，她感到自己脖颈下有力的手臂变得像铁一样硬，寂静中传来瑞德的声音："愿上帝永远把你这小骗子罚到地狱里去！"

他起床穿上衣服，尽管她大吃一惊，抗议着，质问着，他还是离开了房间。第二天早晨，她在房间里吃早餐的时候，他回来了，头发凌乱，衣冠不整，喝得醉醺醺的，语气最为尖酸刻薄，既没有为他的离去找什么借口，也没有说一说他不在时的情况。

思嘉什么也没问，对他很冷淡，就像个受了伤害的妻子一样。她吃完饭后，在他布满血丝的眼睛注视下穿好衣服，上街购物去了。她回来的时候，他已经走了，直到吃晚饭的时候才回来。

这是顿沉默的晚餐，思嘉的怒气在慢慢聚敛着，因为这是她在新奥尔良吃的最后一顿晚餐，她想开怀大吃龙虾。但在他的注视下，她是没法尽情享用的。尽管如此，她还是吃了一只很大的，还喝了很多香槟酒。也许正是这些事情掺在一起使她那天晚上又做了那场旧梦，因为，醒来的时候，她直冒冷汗，断断续续地哭着。她梦见了自己又回到了塔拉，塔拉一片荒芜。妈妈死了，随她而去的是世界上所有的力量和智慧。这世界上没有一个人是她能够向他求助的，没有一个人是她可以依靠的。有个可怕的东西在追赶着她，她跑呀跑呀，直到心都要碎了。她在一团浓浓的迷雾中奔跑着，大叫着，茫然地寻找着她周围的迷雾中那个没有名字、她不知道的安全的避难所。

她醒来的时候，瑞德倾过身子来，他一言不发地把她像个孩子一样抱起来，紧紧搂着她。他坚硬的肌肉安慰着她，那不成句的嗫嚅声抚慰着她，直到她的哭声停止。

“噢，瑞德，我又冷又饿又累，可我找不到它。我在迷雾中跑着，我一直跑着，但我找不到它。”

“找不到什么，亲爱的？”

“我不知道。我也希望我能知道。”

“是不是又做那个旧梦了？”

“噢，是的！”

他轻柔地把她放回床上，在黑暗中摸索着，点燃了一根蜡烛。在烛光中，他那张脸轮廓分明，眼睛布满血丝，看上去像石头一样令人难以捉摸。他的衬衫直敞到腰际，露出长满乌黑而浓密的胸毛的棕色胸脯。因为害怕，思嘉还在发抖，心里却在想那胸脯有多强健、多顽强呀。她低声说道：“抱紧我，瑞德。”

“亲爱的！”他迅速说道，抱起她坐在一张大椅子上，把她的身体紧紧贴在胸前。

“噢，瑞德，挨饿太可怕了。”

“吃了一顿有七道菜的晚餐，包括那只大龙虾之后，再梦见挨饿肯定是很可怕的。”他微笑着，可是眼睛很慈祥。

“噢，瑞德，我只是跑呀跑的寻找着，可不知道我自己在寻找什么。它总是藏在迷雾当中。我知道，如果我能知道，我就会永远安全，永远不会再受冻挨饿。”

“你寻找的是人还是物?”

“我不知道。我从来没想过。瑞德,你觉得我会梦见我能安全到达那里吗?”

“不会,”他说,把她散落下来的头发弄平,“是我就不会。梦不会那么做的。可我确实认为,如果你习惯了每天的生活中有安全感,吃得好穿得暖,你就会停止做那个梦。思嘉,我要好好照顾你,让你有安全感。”

“瑞德,你真是太好了。”

“谢谢你从你的饭桌上赐给我的残羹剩饭,富豪太太。思嘉,我要你每天早晨醒来时就对自己说:‘只要瑞德在这,只要美国政府存在,我就不可能再次挨饿,什么东西也碰不了我。’”

“美国政府?”她边问边坐了起来,吃了一惊,脸颊上还挂着泪水。

“前南部邦联的钱现在已经变成了一个诚实的女人。我把大多数钱都投在政府公债上了。”

“见鬼!”思嘉叫了起来,在他的大腿上坐直身子,把她此刻的恐惧都给忘掉了,“你意思是不是要告诉我,你把钱借给北方佬了?”

“相当大的一部分。”

“我不管是不是全部!你必须马上把它们卖了。想想北方佬在用你的钱!”

“那我该把那些钱怎么办呢?”他微笑着问道,注意到她的眼睛已经不再因害怕而睁得大大的了。

“哦——哦,到五角场去买地产。我敢打赌,凭你的钱,你可以把五角场全部买下来。”

“谢谢,可我不想要五角场。既然投机家掌权的政府已经真正控制了佐治亚,那就说不准会发生什么事情了。现在,从东南西北各个方向都有贪婪的人向佐治亚蜂拥而来。我不会把任何东西放在那些人够得着的地方。我是在跟他们玩游戏呢,你要知道,就像一个出色的南方佬应该做的那样,可我不信任他们。我没有把钱花在地产上。我选择了公债。你可以把它们藏起来。可你要把地产藏起来就不那么容易了。”

“你认为——”她开口说道,想到锯木厂和商店,她脸都变白了。

“我不知道。可是，别看上去这么害怕，思嘉。我们迷人的新州长是我的好朋友。只是现在的时世太不稳定了，我不想把我的很多钱投在地产上。”

他把她从一条腿换到另一条腿上，身子后倾，伸手拿了根雪茄点燃。她坐在那，没穿袜子的双脚晃荡着，看着他棕色的胸脯上肌肉一起一伏的，恐惧感已经被忘到九霄云外去了。

“说到地产这个问题，思嘉，”他说，“我要建所房子。你可以胁迫弗兰克住在白蝶小姐的房子里，可不能胁迫我。我相信，我无法忍受她一天三次在说大话。再说，我相信，在我住到神圣的韩家屋顶下之前，彼德大叔就会把我暗杀掉的。白蝶小姐可以叫卫英蒂跟她一起住，那就可以远离魔鬼了。我们回到亚特兰大的时候，我们要先住在国民大酒店的新婚套房里，直到我们的房子建好为止。我们离开亚特兰大前，我已经在为买不买桃树街上那块大块的地商讨价钱了，就是那块靠近莱登家的。你知道我指的那块地吗？”

“噢，瑞德，太可爱了！我真的很想要有自己的房子。一所大房子。”

“这么说，我们终于有意见一致的地方了。建所白色的灰泥房，像这里的克里奥尔式的房子一样有锻铁装饰的怎么样？”

“噢，不，瑞德。不要像这些新奥尔良的房子一样旧式的。我知道我想要的是怎么样的。它应该是最新式的，因为我看到过这种房子的一幅画，在——让我想想——是在我看的《哈珀周报》上。是模仿瑞士小别墅盖的。”

“瑞士什么？”

“小别墅。”

“你拼读出来。”

她照办了。

“噢。”他说着捋了捋胡子。

“那太漂亮了。有座高高的复折式屋顶顶层间，顶部还有尖木桩栅栏，还有座末端用漂亮的木瓦搭盖的塔。塔的窗户安红色和蓝色的玻璃。看上去非常时髦。”

“我想，入口处的栏杆上还有犬牙交错的图案？”

“对了。”

“门廊顶上有木制涡卷装饰垂挂下来?”

“是的。你一定见过那样的房子。”

“我见过——但不是在瑞士。瑞士人是很有智慧的民族,对建筑上的美是非常敏感的。你真的想要座那样的房子?”

“噢,是的!”

“我曾经还希望跟我在一起会使你的品位更高一些。为什么不要座克里奥耳式的或是有六根白色柱子的殖民地式的呢?”

“我跟你说吧,我不想要看上去又讨厌又老式的房子。里面呢,我们用红色的墙纸,所有的折叠门上都用红色天鹅绒做门帘,噢,摆很多贵重的红木家具,铺豪华的厚地毯,还有——噢,瑞德,每个人看到我们的房子时都会眼红的!”

“要让大家都嫉妒,这真的很有必要吗?哦,如果你喜欢的话,那就让他们眼红好了。可是,思嘉,你有没有想到过,大家都这么穷的时候,你把房子装修成这么奢华,那并不太好?”

“我就要那样。”她固执地说,“我要让每个对我不好的人都感觉不好。我们还要举办大型的招待会,让全城人都希望他们没有说过那些可恶的话。”

“可是谁会来参加我们的招待会呢?”

“哦,每个人,当然。”

“我对此表示怀疑。老卫兵们死也不会投降的。”

“噢,瑞德,你怎么这样没完没了的!如果你有钱,人们总是会喜欢你的。”

“南方人可不会。投机家的钱要进入最好的客厅里,这比要骆驼穿过针眼还要难。至于支持北方的南方佬——也就是你和我,亲爱的——人们不对我们吐唾沫,我们就应该感到很幸运了。可是,如果你愿意试一试,我会支持你的,亲爱的,我肯定能从你的战役中得到莫大的享受。说到钱的问题,让我把这点跟你说清楚。建房子和买装饰品,你要多少现金都可以。如果你喜欢珠宝,你也可以买,但要由我来挑选。你的品位太差了,我的宝贝。你想给韦德和埃拉买什么就买什么。如果威尔·本廷的棉花不好卖,我也愿意插手帮助在克莱顿县的那头你这么喜欢的白大象。那已经够好了,对不对?"

"当然。你很慷慨。"

"可是听仔细了。一分钱也不能用在商店里和你那锯木厂上面。"

"噢。"思嘉说着,沉下了脸。整个度蜜月的过程中,她都在盘算着如何向他提起她需要一千美元再买五十码地扩大锯木场的事。

"我还以为你老是吹嘘自己宽宏大量,不会在乎别人对我做生意的事说三道四呢,可你和其他男人没什么两样——害怕别人说在家里是我说了算。"

"在白家,谁在家里说了算,人们从来就没有怀疑过。"瑞德慢吞吞地说,"我不在乎那些傻瓜们说什么。事实上,我教养不好,会为有个精明的妻子而感到骄傲的。我要你继续经营商店和锯木厂。它们是你的孩子们的。韦德长大的时候,他会觉得,由继父抚养感觉不好,那时他就可以接管锯木厂了。可是我的钱一分也不能用在这些生意上面。"

"为什么?"

"因为我不想捐助卫希礼。"

"你又要开始那个话题了吗?"

"不。可你问我原因,我现在说出来了。还有一件事。别以为你在账目上能跟我做手脚,说你的衣服花了多少多少钱,家用花了多少多少钱,以便你能把钱用来给希礼买更多的骡子或者另外一家锯木厂。我打算察看你的账目和开支,我知道什么东西花了多少钱。噢,别像受了侮辱似的。你应该这么做。我不会让你有过多的钱。实际上,只要和塔拉或者希礼有关的事,我就不会给你钱。我不在乎塔拉。可我要反对希礼。我拴着你的缰绳并没有拉紧,我的宝贝。可别忘了我还拿着勒马的皮带,脚上还有马刺。"

## 第四十九章

埃尔辛太太朝过道里探出头去。媚兰的脚步声渐渐往厨房里去了,厨房里传来盘子和银器叮叮当当的声音,预示着茶点马上要端过来。听到这里,埃尔辛太太转过身来,对在客厅里坐成一圈的太太们低声嘀咕着,她们的针线篮都放在她们的大腿上。

"从我个人来说,我不打算去拜访思嘉,现在不去,以后也不去,"她说,脸上那种冷冰冰的优雅举止比往常更冷漠了。

为南部邦联的孤儿寡母举办的针线圈的其他成员急切地放下手里的针线活,把她们的摇椅搬近一些。所有的太太心里都很想谈论思嘉和瑞德的事,但媚兰在场使她们不敢开口。就在前一天,这对新人从新奥尔良回来了,住在国民大酒店的新婚套房里。

"休说,白船长救了他的命,出于礼貌,我应该去拜访。"埃尔辛太太继续说道,"可怜的范妮也站在他那一边,说她也要去。我对她说:'范妮,要不是思嘉,汤米此刻还活在人世呢。去拜访的话,对他就是一种侮辱。'范妮没办法,只好说:'妈妈,我不是去拜访思嘉。我是去拜访白船长。他已经尽力救汤米了,没有成功,那不是他的错。'"

"年轻人多傻呀!"梅里韦瑟太太说,"拜访,哼!"就思嘉和瑞德结婚的问题,她向思嘉提过建议,但遭到思嘉的断然拒绝。想起这事,她那厚实的胸脯气得鼓鼓的。"我的梅贝尔跟你的范妮一样傻。她说她和勒内要去拜访,因为白船长使勒内逃脱了被绞死的命运。我说,如果思嘉没有到处招摇,勒内的生命决不会有危险。梅里韦瑟老爷爷已打定主意要去拜访,他说起来就好像白船长是他所喜爱的人一样,说即使我对那个流氓不感激,他也还是对他心存感激的。我发誓,自从老爷爷到过那个贱人沃特琳的妓院以后,他的举止就非常丢脸了。拜访,哼!我肯定不会去的。思嘉嫁给这样的人,已经把自己变成不法之徒。在战争期间做投机生意,在我们挨饿的时候,还从我们的嘴里赚钱,那时候他就已经够坏的了。可现在,他又跟投机家和南方佬同流合污,还是——确实是——那个可恶的恶棍,布洛克州长的朋友——拜访,哼!"

邦内尔太太叹了口气。她是个丰满、皮肤呈棕色的像只鷦鷯一样的女人,有张看似兴高采烈的脸。

"他们出于礼貌,只会去拜访一次的,多利。我不知道是不是该怪他们。我听说,那天晚上出去的所有男人都打算去拜访,我也认为他们应该去。不知怎的,我很难相信思嘉是她妈妈生下来的。在萨凡纳,我和埃伦·罗比亚尔一起上的学,那时,没有比她更可爱的女孩了,她对我也很好。要是她父亲没有反对她嫁给她的表哥菲利普·罗比亚尔就好了!那男孩其实也没什么不好的地方——年轻的男人都应过放荡生活的。可是埃伦却要逃避,嫁给了郝老先生,生了像思嘉这样的女儿。可是,真的,我觉得看在埃伦的分上,我也该去拜访一次。"

"如此多愁善感,真是够荒唐的!"梅里韦瑟太太大声地哼了一声,"基蒂·邦内尔,你要去拜访一个丈夫死了才一年就再婚的女人吗?一个——"

"而且她其实就是杀害肯尼迪先生的凶手。"英蒂打断她的话。她的声音冷冷的,但是又尖酸又刻薄。每次一想到思嘉,她就连礼貌也顾不上了,因为这总是令她想起斯图尔特·塔尔顿来。"我一直认为,在肯尼迪先生被杀以前,她和那姓白的就不干不净的,比大多数人怀疑的都更暧昧。"

夫人们对她的话都吃了一惊,一个处女居然提起这样的事来。可是,不等她们缓过气来,媚兰已经站在门口了。她们都专心致志地在闲聊,没有听到她轻盈的脚步声。现在,在女主人面前,她们就像是学校在讲话的女生被老师逮住了一样。吃惊之余,媚兰脸上表情的变化更是使她们感到惊恐。她真的是动了肝火,脸涨得通红,温柔的眼睛里冒着火,鼻翼一动一动的。谁也没见过媚兰生过气。在场的夫人中没有一个人认为她会生气。她们全都很喜欢她,可是她们都认为她是年轻的女人中最恬静、最柔顺的人,对长辈恭顺从命,但却没有主见。

“你怎么能这样,英蒂?”她颤抖着声音低声质问道,“你的嫉妒心会把你带到哪儿呢? 真不害臊!”

英蒂的脸刷地白了,但她的头还是昂得高高的。

“我不收回我的话。”她简洁地说。可她的心里却怒火中烧。

“嫉妒,我会吗?”她心想。想起斯图尔特、哈尼和查理,她不是很有理由嫉妒思嘉吗? 她不是很有理由恨她吗? 特别是现在,她怀疑思嘉有点把希礼也缠到她的网里去了。她心想:“有关希礼和你那宝贝思嘉的事,我能告诉你的还多着呢。”英蒂非常矛盾,她既想用沉默来包庇希礼,又想把她的怀疑告诉媚兰和全世界的人,好把希礼解救出来。那样就能迫使思嘉对希礼松手。可是时候还没到,她没有具体的证据,只是怀疑而已。

“我不收回我的话。”她又说了一遍。

“那么,你就不能再住在我家里了,为此我感到很幸运。”媚兰说,话说得非常冷漠。

英蒂跳了起来,灰黄的脸蛋涨得通红。

“媚兰,你——我的嫂嫂——你不会为了那个放荡女人跟我吵架吧——”

“思嘉也是我的嫂嫂。”媚兰说,好像不认识英蒂似的两眼平视着她,“她比任何亲姐妹对我还更好。如果你对她给我的好处如此健忘的话,我可不会。围城的整个过程中,她都跟我待在一起,而她本来是可以回家的。那时连白蝶姑妈都跑到梅肯去了。北方佬就要进亚特兰大的时候,她给我的孩子接生。她还带上我和博,经过可怕的旅途到了塔拉,而她本可以任由我躺在这里的一家医院里,让北方佬把我抓住的。她照顾我,供养我,即使她累了饿了也在所不惜。因为我又病又弱,我睡上了塔拉最好的床垫。我能走的时候,唯一一双鞋就穿在我的脚上。你可以忘记她为我做的那些事情,英蒂,可我忘不了。希礼回家来的时候,又生病又气馁,没有家,口袋里也没有一分钱,她像个妹妹一样收留了他。我们觉得非得上北方去不可的时候,要离开佐治亚,这令我们的心都要碎了。思嘉又插手帮我们的忙,让希礼经营她的锯木厂。白船长还好心救了希礼的命。当然希礼没对他提出这个要求! 我心存感激,感激思嘉和白船长。可是你呢,英蒂! 你怎么能忘记思嘉对我和希礼的好处？你怎么能把你哥哥的命看得这么不值钱，诋毁他的救命恩人？就算你给白船长和思嘉下跪都不算过分。”

“好了，梅利，”梅里韦瑟太太赶紧开口说话，因为她已经恢复镇静了，“你不能那样跟英蒂说话。”

“我也听到了你说思嘉的话。”媚兰大声说道，猛然转身面对着这个健壮的老太太，神情就像个在决斗的人，刚刚把剑从一个被打倒的对手那里抽回来，又急切地向下一个对手刺去，“还有你，埃尔辛太太。你那小肚鸡肠里对她是怎么看的，我并不在乎，因为那是你自己的事。可是，你在我的家里，在我能听见的地方说她，那就是我的事了。可是，你怎么就能想出这么可怕的话来，更不用说说出来了？你们丈夫的命就那么不值钱，你们宁愿他们死也不愿他们活着？你们对救了他们的命，并且是冒着自己的生命危险救了他们的命的人就一点感激之情都没有？如果真相大白，北方佬很容易把他也看成是三K党的一员！他们可能就已经把他绞死了。可是为了你们的丈夫，他甘愿自己去冒险。为了你的公公，梅里韦瑟太太，还有你的女婿和两个侄儿。还有你的弟弟，邦内尔太太。还有你的儿子和女婿，埃尔辛太太。忘恩负义的人，你们就是忘恩负义的人！我要求你们所有人道歉。”

埃尔辛太太站了起来，把针线塞进针线盒，嘴巴紧抿着。

“要是有人对我说过你是如此没有教养的话，梅利——不，我不会道歉的。英蒂是对的。思嘉是个轻浮、放荡的臭婊子。我忘不了战争期间她是怎么卖弄风情的。我也忘不了她有了点小钱后又是如何像个白人穷鬼那样显派的——”

“你不能忘记的是，”媚兰插了进来，双手握着拳头放在两肋上，“因为休不够精明，不能经营她的锯木厂，所以她把他降级了。”

“梅利！”一大堆声音哀鸣着。

埃尔辛太太的头扬了起来，开始朝门口走去。她手拉着门把时，又停了下来，转过身。

“梅利，”她说，声音变软了，“亲爱的，这使我心都碎了。我是你妈妈最好的朋友。你出生的时候，我还帮过米德医生的忙，我把你当成我的亲生女儿一样爱你。要是这是什么重要的事，那听你这么说话也不会那么费劲。可是，对一个像郝思嘉那样丢你的脸同时也丢我们大家的脸的女人——”

埃尔辛太太前面的几句话已经使媚兰眼里溢出了泪水，可是老太太说完时，她的脸比先前更坚定了。

“我请大家弄明白，”她说，“你们谁要是不去拜访思嘉，那也永远永远不要来拜访我。”

响起了一大片嘟哝声，太太们站起身来，慌作一团。埃尔辛太太把针线盒扔到地上，回到房间里，假刘海都弄歪了。

“我不接受！”她大声叫了起来，“我不接受！你已经神志失常了，梅利，我不怪你。你还是我的朋友，我也还是你的朋友，我不想让这事插在我们之间。”

她哭了起来，不知怎的，梅利已经被她抱在怀里了。她也在哭，可是抽泣中的她还是宣布，她说的每个字都是认真的。其他有几个夫人也放声大哭，梅里韦瑟太太用手帕捂着嘴大声哭着，把埃尔辛和媚兰都搂在怀里。白蝶姑妈一直呆呆地看着这一切，突然晕倒在地上。她真正昏厥的时候并不多，这是其中的一次。在眼泪、慌乱、亲吻和忙着拿嗅盐和白兰地的过程中，只有一张脸是平静的，只有一对眼睛是没流眼泪的。卫英蒂悄悄走了出去，谁也没看见她。

几个小时后，梅里韦瑟老爷爷在少女时代酒馆见到了亨利叔叔，把那天早晨发生的事讲给他听，他是从梅里韦瑟太太那里听来的。他津津乐道地讲着，因为他很高兴居然有人有勇气把他那难对付的儿媳给降服了。当然，他从来就没有过这种勇气。

“哦，那群傻瓜最后决定要怎么办呢？”亨利叔叔急躁地问道。

“我也不太清楚，”老爷爷说，“可我觉得，梅利在这个回合中占了上风。我敢打赌，她们全都会去拜访的，至少会去一次。人们挺尊重你那个侄女的，亨利。”

“梅利是个傻瓜，夫人们是对的。思嘉是个精明的荡妇。我真不明白查理为什么要娶她，”亨利叔叔闷闷不乐地说，“可是，从某种程度上说，梅利也没错。有人被白船长救过性命的那些家庭应该去拜访，这才算尽到礼数了。你说起这个，我对瑞德倒不怎么反感。他那天晚上搭救我们的性命的时候，表现得就像个男人。像苍耳的刺果一样粘在我后面的是思嘉。她真是精明过头了。哦，我得去拜访的。不管思嘉是不是南方佬，毕竟她通过联姻已经成了我的侄媳妇。我打算下午就去。”

“我跟你一块去,亨利。听说我去,多利一定会非常恼火的。等我再多喝一杯再说。”

“不,我们要让白船长招待我们喝一杯。我要为他说句话,他一直就是个很不错的酒徒。”

瑞德说过,老卫兵是决不会投降的,他真是说对了。他知道,没几个人会来拜访他们,而且,他们的拜访都显得很没有诚意。他也知道为什么有那几个人会来拜访。先是那些家里的男人参加了那次注定要失败的三K党袭击行动的家庭来访了。可是自那以后,显然来得越来越少了。他们也没有邀请白瑞德一家到他们的家里去做客。

瑞德说,要不是害怕伤害媚兰的话,他们根本就不会来的。他从哪得到这个想法的,思嘉也不知道,但她不接受这种想法,觉得它应该遭到蔑视。媚兰对埃尔辛太太和梅里韦瑟太太这样的人会有影响,这可能吗?她们不再来访并没使她过多地忧虑;实际上,她们没来几乎没有引起她的注意,因为她的套房里挤满了另一种客人。“新来的人”,长期在亚特兰大定居下来的亚特兰大人没有用更不礼貌的词语称呼他们的时候,就是这么叫他们的。

很多“新来的人”住在国民大酒店。他们像瑞德和思嘉一样,也在等着房子建好再搬走。他们很快活,很富有,很像瑞德在新奥尔良的朋友,穿得很雅致,钱花得很大方,他们的履历则是模糊不清的。所有的人都是共和党人,都是“到亚特兰大来做与州政府有关的生意的”。至于是什么生意,思嘉不知道,也不想费心去知道。

瑞德本来是可以确切告诉她是什么生意的——那是虫子在死去的动物身上做的同样的生意。他们从很远的地方就闻到了死亡的气息,一点也不出差错地被吸引到这来,拼命大吃起来。由佐治亚人自己掌管的政府已经灭亡了,州里无可奈何,任由这些冒险家们蜂拥而入。

瑞德那些南方佬和投机家朋友的太太们倒是大批来访。她卖木材给他们建房子的那些“新来的人”也一样。瑞德说过,既然跟他们做生意,就该接受他们,接受了他们以后,她发现,他们都是令人愉快的同伴。他们穿着漂亮的衣服,从来也不讲有关战争和艰难时世的事,谈话只局限于时尚、流言和惠斯特纸牌游戏。思嘉过去从来没玩过纸牌,她兴致勃勃地开始玩起来,很快便成了行家里手。

只要她在酒店,她的套房里就会有一大帮玩惠斯特纸牌的人。可是这些日子里,她很少待在酒店,因为她正忙于建自己的新房子,没有工夫去顾来访的客人。这些日子以来,她不太在乎有没有客人来访。她要把她的社交活动推迟到她的房子建好的那一天,那时她就已经成了亚特兰大最大的房子的女主人,城里最精心安排的招待活动的女主人。

在那气候温暖、白天颇长的日子里,她看着自己用红色的石头和灰色的木瓦建的房子在庄严地越升越高,超过了桃树街所有的房子。她忘了商店和锯木厂的事,把时间全都花在那块地面上,跟木匠争辩着,跟砖瓦匠争吵着,还烦扰折磨着承包商。随着墙面迅速升起,她不禁得意地想,房子建好以后,跟城里其他房子相比,那会是最大最好看的房子。甚至还会比附近的詹姆士家还更壮观,虽然那里刚刚被买下来做布洛克州长的办公府邸。

州长大楼的栏杆和屋檐上有大胆的锯齿状图案,然而,思嘉房子上面那错综复杂的涡卷装饰使他的房子相形见绌。大楼里有间舞厅,但和思嘉房子包括了三楼全部楼面的大厅比起来,那看上去就像张台球桌一样小。实际上,她房子里的每样东西都比州长大楼里的多,在这点上,也比城里的其他房子多,有更多的顶塔、角楼、塔楼、阳台、避雷针,还有多得多的装着彩色玻璃的窗户。

游廊围绕着整座房子,房子四面有四级台阶通往游廊。场院很大,绿油油的一片,散落放着农村风味的铁制长椅,一座铁制花园凉亭,用时髦话来说,是座"观景凉亭",有人已经使思嘉确信,这纯粹是哥特式的,还有两尊铁制塑像,一尊是匹公马,另一尊是条大驯犬,跟设得兰矮种马一样大。新房子又大又壮观,还带有那种时髦的幽暗。韦德和埃拉被房子弄得有点眼花缭乱的,对他们来说,那两匹金属动物倒是唯一令人高兴的东西。

房子里面的装修正是思嘉想要的。墙面到墙面之间铺着厚厚的红地毯,门帘是用红色的天鹅绒做的,上光的黑胡桃木家具是簇新的,只要有一英寸空着的地方就都刻上了花纹,垫的是光滑的马毛。太太们坐在上面就得非常小心,以免滑出来。墙上到处都是镶着金边的镜子和长长的大穿衣镜——瑞德懒洋洋地说,多得跟贝尔·沃特琳的妓院一样,还点缀着钢凹版印刷品,嵌在重重的镜框里,有一些足有八英尺长,是思嘉特意从纽约订的货。墙面贴着富丽的深色墙纸,天花板很高,房子总是光线暗淡,因为窗户上挂了过多的杏色长毛绒帷幕,把大部分太阳光都给挡在外面了。

总之,这是所足以使人惊叹不已的房子。思嘉脚踏在松软的地毯上,全身埋在垫着厚厚羽毛的床上,想起了塔拉冰冷的地板和用稻草塞的褥套,心里便感到很满足。她认为,这是她所见过的房子中最漂亮、装修最雅致的。可是,瑞德却说,这简直就像噩梦中的情景一样。但是,如果这能使她快乐,那她尽可以这么做。

“就算没有人告诉一个陌生人我们的情况,他也会知道这所房子是用来路不正的钱造的。”他说,“你知道吧,思嘉,来路不正的钱决不会花在好事上,这所房子就是这句格言的证明。这正是投机家才会建的房子。”

但是,思嘉的心里充斥着骄傲感和幸福感,满脑子都是他们搬进这房子住下来后要举行招待活动的计划。所以,她只是顽皮地拎着他的耳朵,说:“见你的鬼!你怎么老是唠唠叨叨的!”

到现在为止,她已经知道,瑞德喜欢煞她的威风。如果她认真听他说讥讽的话,那么,只要他做得到,他就要破坏她的快乐。如果她跟他认真,她就会被迫跟他吵架。她不想刻意跟他较劲,因为她总会成为他的手下败将。所以,她几乎不听他说的任何话。非听不可时,她就把它当成是玩笑。至少她暂时是尽力这么去做的。

在度蜜月以及住在国民大酒店的大部分日子里,他们都过得非常愉快。可是他们一搬进新房子及思嘉周围围满了新朋友后,他们之间就突然开始了激烈的争吵。那都是些简短的争吵,持续的时间并不长,因为跟瑞德不可能一直吵下去。他会冷淡地对她愤怒的话置若罔闻,等着机会在她毫无防备的时候讽刺她。她在吵架,瑞德却没有。他只是明确地说出对她自己、她的行为、她的房子和她的新朋友的看法。他的一些意见使她再也不能置之不理,不能仅仅把它们当成笑话而已。

例如,当她决定把“肯尼迪综合商店”这一名称改成更有启发性的店名时,她叫他想个有“商场”这个词的店名来。瑞德建议叫“买者自行小心商场”,还向她保证,说这会是最适合店里所卖货品种类的名字。她觉得这名字挺气派,甚至要把这招牌上漆挂上。这时,卫希礼尴尬地把它真正的意思翻了出来:货物出门,概不退换。对她的气愤,瑞德则哈哈大笑。

还有他对嬷嬷的态度。嬷嬷认为瑞德是匹上了马具的骡子。她坚持这种立场,一点也没有让步。她对瑞德很客气,但很冷淡。她总是叫他“白船长”,而不叫“瑞德先生”。瑞德送给她那件红裙子时,她连行个屈膝礼都不肯,也从来不穿那条裙子。只要她做得到,她就不让埃拉和韦德跟瑞德在一起,尽管韦德很喜欢瑞德叔叔,瑞德显然也很喜欢这个男孩。可是,瑞德不但没有打发她走或者无礼、严厉地对待她,反而最敬重她,对她比对思嘉新近认识的任何一位太太都更彬彬有礼。实际上,比他对思嘉本人还更有礼。他总是要先征得嬷嬷的同意才带韦德出去骑马,在给埃拉买娃娃以前也去跟嬷嬷商量。可嬷嬷对他并没有以礼相待。

思嘉觉得,瑞德既然成了屋里的家长,他就应该对嬷嬷严厉一点。可是瑞德只是笑着说,嬷嬷才是屋里真正的家长。

他冷冷地说,到共和党的统治在佐治亚失势,民主党又重新掌权的时候,他就准备对不起她几年了。这使思嘉很恼火。

“民主党有了自己的州长和立法机构之后,你所有新结交的粗俗的共和党朋友都会被一扫而光,会被送回到被告席上或者原先他们所在的垃圾堆去。你就会孤零零地被扔在树枝的末端,既没有民主党的朋友,又没有共和党的朋友。哦,别想明天的事了。”

思嘉笑了,笑得有点合情合理。因为那时布洛克还稳当当地坐着州长的交椅,立法机关里有二十七个黑人,佐治亚有好几千民主党人被剥夺了选举权。

“民主党永远也不会再得势了。他们做的所有事情无非是使北方佬越来越生气,把他们得势的日期越推越远。他们能做的就是说大话,还有晚上到处乱跑,去暗杀人。”

“他们会再得势的。我了解南方人。我了解佐治亚人。他们是些顽固不化、鲁莽急躁的人。如果他们要再打一场战争才能得势的话,他们也会再去干的。如果他们必须像北方佬那样,把黑人的选票给买过来,他们也会去买的。如果他们必须像北方佬那样让一万个死人也投票的话,佐治亚每个墓地里的死人也都会来参加投票了。在我们的好朋友鲁弗斯·布洛克的有力统治下,事情变得这么糟糕,佐治亚就要起来推翻他了。”

“瑞德,别用这么难听的话!”思嘉叫道,“照你这么说,好像我不高兴看到民主党人得势似的!你知道不是这样的!我会很高兴看到他们重新得势,我也会很高兴。你以为我喜欢看到这些士兵们到处闲逛吗?他们会使我想起——你以为我会喜欢吗——哦,我也是佐治亚人!我也想看到民主党人得势。可是他们不会了,永远不会了。即使他们可以,那又怎么能影响我的朋友们呢?他们还是会有钱,对不对?”

“要是他们把钱留着的话。可是,以他们现在花钱的速度,我很怀疑他们五年以后还会不会有钱。来得容易,去得也容易。他们的钱对他们没有任何好处。就像我的钱不会给你带来任何好处一样。钱并没有把你变成一匹马,对不对,我漂亮的骡子?”

这最后一句话引发的争吵持续了好几天。思嘉一连生了四天的气,不言不语的,显然是要他道歉。可是瑞德却到新奥尔良去了,还带上了韦德,尽管嬷嬷不让他带走也没用。他一直待到思嘉的气消了以后才回来。可是,对没有挫败他的锐气,她心里还是有种刺痛感。

他从新奥尔良回来的时候,既冷淡又满不在乎。她尽量吞下了自己的怒气,把它推到脑后去,以后再去想。她现在不想去为任何令人不快的事烦心。她要快乐,因为她满脑子全是在新家举办首场晚会的事。这将会是场大型的夜晚招待会,有棕榈树,还有一个乐队,所有的游廊都要用帆布围起来,还有一想到就使她馋得流口水的点心。她打算把她在亚特兰大认识的所有人都邀请来参加,所有的老朋友和她从新奥尔良度蜜月回来后认识的迷人的新朋友都在被邀之列。开晚会的激动心情很大程度上驱除了对瑞德伤人的话的记忆。由于在筹备接待会,她很快乐,这么多年来,她从来没有这么快乐过。

噢,有钱多开心呀!尽可以开晚会,从来就不用去数花销!可以尽情地买昂贵的家具、衣服和食品,从来就不用考虑付账的事!能够给查尔斯顿的波琳姨妈和尤拉莉姨妈,还有塔拉的威尔,寄去数额巨大的支票,这多棒呀!噢,说钱不是一切的人都是些嫉妒的傻瓜!瑞德说钱对她没有什么好处,这多不合情理呀!

思嘉给她所有的朋友和熟人都发了请柬,老朋友也罢,新朋友也罢,连那些她不喜欢的人都邀请了。连到国民大酒店来拜访她的时候几乎是很无礼的梅里韦瑟太太和缺乏性感的埃尔辛太太也没有被她排除在外。她也邀请了米德太太和怀廷太太,她知道她们不喜欢她,她也知道,由于她们没有合适的衣服穿到这种讲究的场合来,她们会感到很难堪。思嘉的乔迁宴,或者用时髦的话把这种晚会称为"社交集会",一半是招待会,一半是舞会,是亚特兰大举办过的策划最精心的晚会。

那天晚上,屋里和帆布围着的游廊上挤满了宾客。他们喝着她的香槟潘趣酒,吃着她的小馅饼和上了奶油的牡蛎,和着乐队奏的乐曲跳舞。乐队被一堵棕榈树和橡胶植物组成的墙小心地隔开了。可是,到场的除了媚兰和希礼、白蝶姑妈和亨利叔叔、米德医生和米德太太以及梅里韦瑟老爷爷外,瑞德称之为"老卫兵"的其他人一个也没来。

许多老卫兵虽然颇不情愿,本来还是决定来参加"社交集会"的。有的接受了邀请是因为媚兰的态度,其他的则是因为他们觉得欠瑞德的情,因为他救了他们的命和他们的亲戚的命。可是,晚会前两天,亚特兰大城里有传闻说,布洛克州长也在被邀之列。老卫兵们用一大叠卡表示了他们的不满,说很抱歉,他们不能接受思嘉善意的邀请。而州长一走进思嘉的房子,那几个老朋友虽不好意思但还是很坚定地告辞离开了。

思嘉对这些冷落感到茫然不解,气愤不已,对她来说,晚会已经完全给毁了。她那典雅的"社交集会"!她计划得如此精心,可来的老朋友这么少,素有怨恨的敌人一个也没有来看看这有多棒!清晨,最后一位客人走了以后,她真想大哭一场,大肆发泄一下。可是,她害怕瑞德会放声大笑,担心即使他不说出来,从他那欢呼雀跃的乌黑的眼睛也可以看出"我告诉过你的"这样的话来。所以,她把自己的愤怒往肚子里咽,装出一副无所谓的样子来。但装出来的样子却一点也不优雅。

第二天早晨,只对着媚兰的时候,她才爆发出来。

"你侮辱了我,梅利,你也让希礼和其他人侮辱了我!你知道的,要不是你拉他们,他们是不会这么早回家去的。噢,我看透你了!就在我把布洛克州长带过来要介绍给你的时候,你却像只兔子一样跑了!"

"我原来不相信——我无法相信他真的会到场,"媚兰不高兴地回答说,"虽然每个人都在说——"

“每个人？这么说每个人都在对我胡说八道、乱嚼舌根了，对不对？”思嘉愤愤不平地叫了起来，“你是不是要告诉我，如果你知道州长会来的话，你也就不来了？”

“不是，”媚兰低声说道，眼睛看着地板，“亲爱的，我本不该去的。”

“见你的鬼！这么说，你本来是要和其他人一样侮辱我的！”

“噢，你行行好！”梅利叫了起来，真的感到苦恼了，“我不是有意要伤害你的。你是我的嫂嫂，亲爱的，我的查理的寡妇，而我——”

她小心翼翼地把一只手放在思嘉的手臂上，可是思嘉把它给甩开了，心里非常希望自己也能像嘉乐发脾气时那样大喊大叫。可是媚兰能够面对她的发怒。她直视着思嘉冒火的绿色双眸，瘦弱的肩膀挺直了。跟她孩子气的脸蛋和身材不相符的是，她身上现出了一种尊严。

“对不起，让你受伤害了，亲爱的。可我不能见布洛克州长或其他任何共和党人和支持北方政府的南方佬。我不会见他们的，在你家里不会，在其他人的家里也不会。不，我不会的，即使我得——即使我得”——媚兰斟酌着她能想到的最难听的词句——“即使我不得不显得粗鲁也不会的。”

“你是在指责我的朋友？”

“不，亲爱的。可是他们是你的朋友，不是我的朋友。”

“你是不是在怪我把州长请到我家来了？”

被逼到走投无路了，媚兰还是坚定地看着思嘉的眼睛。

“亲爱的，你所做的事，你总是有正当的理由才这么做的。我爱你，信任你，我可不会指责你。只要我能听见的地方，我就不允许任何人指责你。可是，噢，思嘉！”突然，话从她嘴里汩汩流出，说得很快，很热切，低低的声音里有种不可动摇的恨意。“你能忘记这些人对我们都做了些什么吗？你能忘记亲爱的查理已经死去，希礼的健康已经被毁，十二棵橡树已经被烧了吗？噢，思嘉，你忘不了那个手里拿着你妈妈的针线盒、被你用枪打死的可怕的人吧！你忘不了舍曼的部下到了塔拉，他们是怎么连我们的内衣都抢走的！还想把那地方烧掉，还动过我父亲的剑。噢，思嘉，你邀请来参加晚会的正是这些曾经抢过我们、折磨过我们、让我们饿肚子的人！正是那些让黑人骑在我们头上统治我们的人，他们现在也在掠夺我们，不让我们的男人选举！我忘不了。我永远也忘不了。我不会让我的博忘记，我还要教我的孙子孙女恨这些人——还有我的孙子的孙子,如果我能活那么长命的话！思嘉,你怎么能忘记呢?"

媚兰停下来喘气了。思嘉盯着她,被媚兰声音里那种颤抖的强烈口吻惊得连气都消了。

"你以为我是傻瓜呀?"她不耐烦地质问道,"我当然记得了！可是那全都过去了,梅利。我们现在应该尽量利用机会,我正在试图这么做呢。如果我们处理得当,布洛克州长和一些较好的共和党人能帮我们的大忙。"

"共和党没有好人的。"媚兰平淡地说,"我也不要他们的帮助。我不打算好好利用机会——如果是北方佬给的机会的话。"

"上帝,梅利,为什么要这么生气呢?"

"噢!"媚兰叫道,看上去好像良心受到了谴责,"我怎么这么没完没了的！思嘉,我不是有意要伤害你的感情或是指责你的。每个人想的都不一样,每个人都有权利坚持他自己的想法。好了,亲爱的,我爱你,你也知道我爱你的。你不论做什么,我对你的爱都不会改变。你也还爱我,对不对?我没有使你恨我吧,是不?思嘉,如果我们之间产生了什么隔阂,我会受不了的——毕竟我们都一起挺过来了！你说行吧。"

"见鬼,梅利,你干吗大惊小怪的?"思嘉勉强地说,可她没有把悄悄放在她腰部的手甩掉。

"好了,我们又和好了。"梅利高兴地说,可她接着又轻声说道,"我要我们还像过去一样互相来往,亲爱的。只要让我知道共和党人和南方的叛徒啥时来看你就行了,我可以在那些日子里待在家里。"

"不管你来不来,对我来说都是无关紧要的。"思嘉说,戴上帽子,一气之下回家去了。看到媚兰脸上受伤害的表情,她那受挫的虚荣心多少得到了一点满足。

开过第一次晚会后接下来的几个星期,思嘉很难装出一副对公众舆论一点也无所谓的样子来。除了媚兰、白蝶、亨利和希礼外,如果没有别的老朋友来拜访她,也没接到他们的请柬去参加他们那些简朴的招待会,她真的感到很困惑,很伤心。她难道没有煞费苦心地去和他们和解,让这些人明白,她并不因为他们说她的闲话、背后说她坏话就记恨他们吗?他们当然知道，她和他们一样不喜欢布洛克州长，可是对他好点是很有利的。一群白痴！如果大家都对共和党人好一点的话，佐治亚就能很快摆脱所处的困境了。

她没有意识到，就这一次，已经把她和过去的日子及老朋友们相联系的那根脆弱的纽带给剪断了。甚至连媚兰的影响也没法修复那根已断的丝线。而茫然不解、伤心欲碎但却还忠于她的媚兰也没有作出努力去修复它。即使思嘉想回到过去的生活方式中去，回到老朋友们那里去，现在也没有可行的回头路可走了。全城人的面孔都像花岗岩一样硬邦邦地对着她。包围着布洛克政体的那层仇恨同样也包围着她。这仇恨中火气不大、怒意也不多，但非常冷漠，毫不相容。思嘉已经和敌人站在一起，那不管她的出身和亲戚网络怎么样，她现在也已经属于变节者、爱黑人的人、叛徒和共和党人——是个支持北方政府的南方佬。

思嘉痛不欲生地过了一阵，原来是假装不在乎，后来就变成真的不在乎了。她从来就不会对人们的异常行为担忧太久，也不会因为一次行动的失败就沮丧太久。很快，她就不再在乎梅里韦瑟一家、埃尔辛一家、怀廷一家、邦内尔一家、米德一家及其他人对她怎么看了。至少，媚兰还会来访，还会把希礼带来，希礼才是最重要的人。亚特兰大还有其他人会来参加她的晚会，其他比那些褊狭顽固的老母鸡跟她更情投意合的人。每次她想让屋里挤满人的时候，她总能做得到，而且这些人比不赞成她的那些一本正经、严谨刻板的人有趣得多，穿戴也漂亮得多。

这些人是新近才来到亚特兰大的人。有一些是瑞德的熟人；有一些是在那些神秘的事中与他有来往的人，他把那些事说成是“纯粹生意上的事，我的宝贝”；有一些是思嘉住在国民大酒店时认识的一对对夫妇；还有一些是布洛克州长任命的官员。

她现在与之交往的人是群成分杂乱的人。其中，有盖勒特夫妇，他们在不同的州都住过，数目足有一打，但显然都因为诈骗行为被发觉而匆匆离开了每一个州；有康宁顿夫妇，在一个遥远的州里，他们跟自由人事务局的关系使他们赚了大钱，牺牲的则是那些他们本该保护的无知黑人的利益；迪尔一家，他们卖过“纸板”鞋给南部邦联政府，直至战争的最后一年，他们不得不待在欧洲；亨登一家，他们在很多城市的警察局都有备案在录，然而在州里的合同项目上却经常都是成功的竞标人；卡拉汉一家，他们靠赌博起家，现在却用州里的钱就实际上不存在的铁路下更大的赌注；弗莱厄蒂一家，他们在一八六一年以一分钱一磅的价格把盐买了下来，然后在盐价涨到五十美分一磅的一八六三年出售，大赚了一笔；还有巴特一家，在战争期间，他们在北方一个大都市里拥有最大的妓院，现在正活跃在投机家中的一流圈子里。

现在，这样的人是思嘉的亲密朋友了。可是，参加她的更大型招待会的那些人中还包括其他一些有文化、有教养的人，许多人家庭出身都是非常出色的。除了投机家之流，许许多多的人们从北方拥进亚特兰大，他们是被处于重建和发展阶段的这个城市里那接连不断的商机吸引过来的。富有的北方家庭把他们年轻的儿子送到南方来，到这新的边疆来发展，而北方军官退役后也在他们曾经艰苦奋战后才占领的城市永久定居下来。起先，在一个城市里人生地不熟的，他们也很乐意接受邀请去参加富有、好客的白太太举办的奢侈的招待会，可他们很快也离开了她的群体。他们都是正派人，只要稍微懂一点投机家和投机家们的统治，他们就已经跟佐治亚当地人一样，变得对投机家们很反感了。很多人变成了民主党人，甚至比南方人还更南方人。

思嘉的圈子里，其他那些与社会格格不入的人留了下来。那只不过是因为他们在其他地方不受欢迎罢了。他们倒是更喜欢老卫兵们那些安静的客厅，可是老卫兵们一个也不愿接受他们。这些人中就有那些从北方来的满脑子都想提高黑人地位的女教师，还有出身良好的民主党家庭、投降后却变成了共和党人的南方佬。

很难说常住公民更恨哪一种人，是来自北方的不切实际、一本正经的女教师呢，还是支持北方政府的南方佬，可是分量很可能是落在后一种人身上。对于那些一本正经的北方女教师，这么一句话就可以把她们给摒弃了：“噢，你能指望热爱黑人的北方佬做什么呢？当然他们都认为黑人和他们一样好！”可是对那些为了个人利益而变成共和党人的佐治亚人，那是什么借口也没有的。

“挨饿对我们来说没什么。对你们来说应该也是没什么的。”老卫兵们就是这么觉得的。许多前南部邦联的士兵知道，男人们看着自己的家里人缺吃少穿,担心得都会发起疯来,所以,自己原来的战友为了家里人有吃的而改变了政治立场,他们倒是更能容忍。可是老卫兵们的女人却不然,而女人则是社会宝座后面那股毫不宽容、不可动摇的势力。在她们心里,失败的事业现在比其在鼎盛时期还更强大,更宝贵。它现在已经是个物神了。有关它的什么东西都很神圣:为它战死的男人们的坟墓、战场、破烂的战旗、她们的过道里交叉挂着的马刀、从前线寄回来的已经退色的信件、老兵们。这些女人决不去帮忙、安慰和留宿过去的敌人,而现在的思嘉已经被列为敌人了。

在这个因政治局势的迫切要求而聚集在一起的乱七八糟的群体中,只有一样东西是共通的。那就是钱。战前,由于他们中大多数人都从来没有一次性拥有过二十五美元,所以现在便毫无节制,那花钱的大方程度是亚特兰大人从来没有见过的。

由于政治上是共和党人在掌权,全城步入了一个浪费、炫耀的时代。优雅的服饰只是把底下的邪恶和粗俗薄薄地遮盖了一层。从来没有一个时候的贫富分化像现在这么明显。那些居于最顶层的根本不为那些更不幸的人考虑。当然,只有黑人除外。他们得有最好的东西、最好的学校、最好的房子、最好的衣服和最好的娱乐,因为他们是政治上有势力的阶层,每个黑人的选票都是算数的。可是,至于新近才变贫穷的亚特兰大人,他们可以饿肚子,摔倒在街上,但这与刚刚暴富起来的共和党人毫不相干。

在这股庸俗的浪涛之巅,思嘉在得意地漂荡着。一个新婚不久的新娘,高档的穿着更是使她显得漂亮而有风度,又有瑞德的钱做她的坚实后盾。这是个适合她的年代,粗俗、炫目、引人注目,到处都是打扮过分花枝招展的女人、装修过分豪华的房子、太多的珠宝首饰、太多的马匹、太多的食物和太多的威士忌。思嘉偶尔停下来想这件事的时候,她知道,用埃伦严格的标准来衡量的话,她新结交的朋友当中,没有一个可以被称为是贵妇人的。可是,自从很久很久以前的那一天,她站在塔拉的客厅里决定去做瑞德情妇的那一刻起,她已经有很多很多次有违埃伦的这些标准了,而她现在也不会经常感到自己受到良心的谴责。

也许,从严格意义上来说,这些新朋友都不是贵妇人和绅士。但是,像瑞德在新奥尔良的朋友一样,他们太有趣了!比她早年在亚特兰大的那些温顺、上教堂、读莎士比亚作品的朋友有趣多了。除了她度蜜月那段短短的插曲,她已经很长时间没有快活过,也没有过什么安全感了。现在安全了,她就要跳舞,玩乐,欢闹,大吃东西,猛喝好酒,用丝绸和缎子打扮自己,睡在松软的羽毛铺就的床上,坐在上好的垫子上。所有这些事她都做了。有趣的是,瑞德竟能容忍她。在他这种容忍的纵容下,现在又摆脱了孩子的束缚,甚至丢掉了贫穷那点最后的恐惧感,她便让自己沉浸在经常梦想能有的奢侈生活当中——高兴做什么就做什么,而那些人如果不喜欢,就叫他们见鬼去。

她身上有种令人愉悦的狂喜心情,而这种心情是那些面对井然有序的社会生活却受到过挫败的人所特有的——赌徒、骗子、彬彬有礼的女冒险家,所有那些用自己的智慧取得成功的人。她想说什么就说什么,想做什么就做什么,几乎在转瞬之间,她的傲慢无礼的行为就已经数不胜数了。

对她新结交的共和党朋友和南方佬朋友,她毫不犹豫就会表现出一副傲慢的样子来。但是,她表现得最粗鲁、最无礼的还是对守备部队的北方军官和他们的家庭。在拥入亚特兰大的形形色色的人当中,她唯独拒绝接受或者说容忍军人。她甚至不厌其烦地故意对他们表现出无礼的举止来。她无法忘记蓝色的军服意味着什么。在这方面,媚兰并不是孤身一人独自奋战的。对思嘉来说,这种军服和那些金色的扣子永远意味着围城的恐惧、逃难的恐怖、烧杀掳掠、塔拉的一贫如洗和辛苦的劳作。既然现在她已经很富有,有了州长和许多超凡出众的共和党人的友谊,而且已经很安全,那她就可以无礼地对待她看到的任何一个穿蓝色军服的人。而她也正是这么做的。

有一次,瑞德懒洋洋地对她指出来,说那些聚集在他们的屋顶下的大多数男性客人不久前也穿着同样的蓝色军服。可她反驳说,一个北方佬除非穿着蓝色军服,要不就不像北方佬了。对此瑞德回答说:“能自圆其说,你真是个宝贝。”说完耸了耸肩。

思嘉恨他们穿的那种明亮、刺眼的蓝色军服,对冷落他们更是乐在其中,因为这使他们感到茫然不解。守备部队军官的家人们有权利感到茫然不解,因为他们大多数人都是性情温和、家教很好的人。在敌对方的土地上,他们感到很寂寞。他们被迫卫护着那群乌合之众的统治,感到有点耻辱，于是都急着想回到北方的家乡去——无疑，跟思嘉交往的那些人相比，他们是更好的阶层。自然，军官们的太太都感到困惑不解，为什么漂亮的白太太要把像布里奇特·弗莱厄蒂这样普通的红头发女人当成知己，却不厌其烦地去鄙视她们。

可是，即使被思嘉当成知己的夫人们也得忍受她身上的很多东西，但她们很乐意这么做。对她们来说，她不但代表着财富和雅致，而且代表着旧的体制，有着其古老的名称、古老的家庭和古老的传统，而她们则热切地希望自己能够成为圈子里的一员。她们向往的古老的家庭也许已经把思嘉剔除出来，但这些新贵的夫人们并不知道这一点。她们只知道思嘉的父亲曾经是个黑奴主，她母亲是萨凡纳罗比亚尔家的大家闺秀，而她的丈夫则是查尔斯顿的白瑞德。而这些对她们来说已经足够了。她是她们想进入的那个旧社会的敲门砖。那个社会里的人鄙视她们，从来不回访她们，在教堂里也只是很冷淡地对她们致意。实际上，她还不只是敲门砖，对刚刚从默默无闻的境况中光鲜起来的她们来说，她就是那个社会。她们自己是假冒的贵妇人，也就看不透思嘉那些虚假的矫饰做作，不会比思嘉更看得透自己。她们以她自己本身的价值接受了她，忍受了她的专横、她的架子、她的风度、她的脾气、她的傲慢、她不加掩饰的粗鲁和对她们的缺点的坦率直言。

她们刚刚从一无所有的处境中脱身出来，对自己的把握也不大，所以更是加倍地想表现得有教养，不敢发脾气，也不敢善意地进行反驳，以免自己会被认为没有贵妇人的样子。哪怕花一切代价，她们也得表现出贵妇人的样子来。她们装出极为典雅、极为谦虚、极为天真的样子。听她们讲话，人们会认为她们没有腿、没有天生的本能或者对这个邪恶的世界连起码的常识都没有。谁也没有想到，那个红头发的布里奇特·弗莱厄蒂，那个有着连太阳也晒不黑的白皙皮肤、说话时的土腔使人恨不得用涂黄油用的刀来把它切割掉的女人，竟然会偷走她父亲藏起来的钱财，跑到纽约一家旅馆里当服务员。再看看西尔维亚·康宁顿（从前是萨迪·贝尔）和玛米·巴特那种娇弱的忧郁状。谁也不会怀疑，前者是在她父亲在鲍尔里街开的酒馆里长大的，人手忙不过来的时候还在酒馆帮过忙；后者据说就是她丈夫开的妓院里的妓女。她们现在可都已经是娇嫩的、受到保护的人了。

虽然那些男人赚到了钱，但他们学起新的生活方式来更困难，也许还对新贵的要求更没有耐心。他们在思嘉的晚会上大喝特喝,喝得过多了,所以,在招待会之后,经常会有一个或者更多的客人意想不到地要留下来过夜。他们喝酒不像思嘉还是女孩子时认识的那些人。他们会变得视线迷糊,愚笨不堪,丑陋无比或者淫秽下流。此外,不管她在显眼的地方放了多少痰盂,第二天早晨,地毯上总是现出烟草汁落下的污迹。

她瞧不起这些人,但她又从他们身上得到享受。因为她能从中得到享受,所以她让家里挤满了这些人。正因为她瞧不起他们,所以他们一把她惹恼,她就经常叫他们见鬼去。可是他们忍受了这一切。

他们甚至也忍受了瑞德。瑞德更是个难侍候的主,因为瑞德看透了他们,他们也知道这一点。即使是在他的家里,他也会毫不犹豫地抢白他们,总是抢白得他们没话可答。对自己是怎样发达的,他一点也不感到羞耻。他也自认为他们也不会对自己的起家之道感到丢脸。他很少放过一个对某些事情发表意见的机会,而这些事情通常都是被大家认为是为礼貌起见最好不必提起的事情。

喝潘趣酒的时候,谁也不知道他什么时候就会亲切友善地说:"拉尔夫,要是我有点头脑的话,我就不会去做偷闯封锁线的事,而是跟你一样,去通过卖金矿股票给孤儿寡母来赚钱。这安全多了。""哦,比尔,我看见你又有了一批新的共轭马。又在为实际不存在的铁路再发行几千美元公债了吧?好家伙,干得好!""恭喜恭喜,阿莫斯,又拿到那个州里的合同了。你得买通那么多人,真是太糟了。"

女士们则觉得他粗俗得令人厌恶,令人难以容忍。男人们背后都说他是头猪,是个杂种。亚特兰大新来的人不会比原来那些人更喜欢瑞德。他也没有作出些微努力去跟这些人和解,就像他没有和过去那些人和解一样。他我行我素,逗乐取笑,瞧不起人,对他周围那些人的意见无动于衷,对人礼貌相待,但连他的礼貌本身也成了一种公开的侮辱。对思嘉来说,他还是个神秘人物,只是有关这个神秘人物的事,她已经不再去费心思了。她已经确信,从来没有什么东西使他高兴过,而且永远也不会有什么东西会使他高兴;她相信,他要不就是很想要什么而又没有得到,要不就是从来就不想要过什么,所以对什么都不在乎。他笑话她做的每一件事,鼓励她奢侈浪费,无礼待人,对她的虚伪横加取笑——而且为她付账。

# 第五十章

即使在他们最亲密的时刻，瑞德也没有偏离他那平静、沉着的态度。可是思嘉一直都有那种原有的感觉，那就是，他总在偷偷地看她。她知道，她如果突然间转过头去的话，她一定会惊奇地在他的眼里看到那种沉思默想的等待神情。那是一种她无法理解的、耐心得几乎会令人害怕的神情。

跟他住在一起，有时候他会是个令人感觉很舒服的人，尽管他有不让人在他面前说假话、使用托词或是说大话这个令人遗憾的习惯。他听她讲商店、锯木厂和酒馆的事，讲囚犯和供他们吃用的花费，还会给她提些精明的建议。他对她喜欢的舞会和晚会有使不完的劲，还有没完没了的粗俗的故事。在少有的几个夜晚，当桌子被清干净，白兰地和咖啡送到他们面前时，他就讲些故事供她享用。她发现，他会给她任何她想要的东西。只要她直截了当地发问，他也会回答她的任何问题。可她要是想通过间接的方式、暗示和女性的勾引方式来得到什么东西的话，他就会拒绝她。他有个令人窘迫的习惯，那就是看透她，并且粗鲁地放声大笑。

想起他一贯对她的那种娴熟的冷漠态度，思嘉虽然并不真正感到好奇，但还是经常会想，他到底为什么要跟她结婚。男人结婚是为了爱，为了有个家和孩子或者是为了钱，可她知道，他跟她结婚并不是为了这些东西。他肯定不爱她。他把她可爱的家说成是建筑业上的恐怖之作，说他宁愿住在一家管理很好的旅馆里，也不愿住在家里。他一次也没有像查理和弗兰克那样暗示过要孩子的事。有一次，她正跟他调情，她便问他，他为什么要娶她。他眼里带着取乐的神情回答说："我娶你是为了把你当成宠物，亲爱的。"这使她大为光火。

不，他跟她结婚不是出于男人娶女人的那些通常的原因。他娶她只是因为他想要她，但又没法通过别的方式得到她。他向她求婚的那天晚上，他已经承认了。他想要她，就像他想要贝尔·沃特琳一样。这可不是令人愉快的想法。实际上，这是种公然的侮辱。但她耸耸肩，把这不快给抖掉了，就像她已经学会用耸肩把所有不快之事去掉一样。他们作了笔交易，而她对自己这一方感到很满意。她希望他也同样满意，但她并不太在乎他到底满意不满意。

可是，一天下午，当她就消化不良向米德医生咨询时，她知道了一个她无法用耸肩去除的令人不快的事实。黄昏时，她怒气冲天地闯进卧室，告诉瑞德说她又怀孕了。此时，她眼里真的满是仇恨。

她说话的时候，他穿着一件丝绸晨衣正懒洋洋地吞云吐雾呢。他目光锐利地看着她的脸，可是他什么也没说，只是默默地看着她。但他等着听她下文时那样子有种紧张感，她反倒不知说什么好了。她又气愤又绝望，别的什么话都想不出来了。

"你知道我不想再要孩子的！我从来就不想要孩子的。每次我的事情一顺手，我就得生小孩了。噢，别坐在那笑了！你也不想要的。噢，圣母啊！"

要是他真的是在等她说话的话，这些并不是他想要听的话。他的脸有点绷了起来，眼睛毫无表情。

"噢，为什么不把孩子给梅利小姐呢？你不是对我说过她被引错了路，总想再要个孩子吗？"

"噢，我真想杀了你！我不想要，我告诉你，我不想要！"

"不想要？请继续说下去。"

"噢，有药可救的。我已经不是过去那个愚蠢的乡下傻瓜了。得了，我知道一个女人如果不想要孩子，那她是可以不用要的！有药——"

他站了起来，抓住了她的手腕。他脸上有种坚定、非常恐惧的神情。

"思嘉，你这傻瓜，跟我说实话！你没干什么吧？"

"没有，我还没有，但我要去干的。你以为我会再次毁了我的身材吗，就在我刚刚苗条起来，而且很开心的时候——"

"你从哪听来这个主意的？谁告诉你有药可治的？"

"玛米·巴特——她——"

"妓院里的女人才会知道这些伎俩。那个女人再也不准踏进这房子一步，你明白了吗？这毕竟是我的房子，我是这的主人。我不准你跟她说话。"

"我高兴怎么样就怎么样。放开我，你干吗要在乎呢？"

"你有一个孩子还是有二十个孩子，我并不在乎。可要是你死了，我是在乎的。"

"死？我？"

"是的，死。我想，玛米·巴特并没告诉你，一个女人那么做的时候要冒什么风险吧？"

"没有，"思嘉不甘愿地说，"她只说那会把事情了结掉。"

"上帝，我要杀了她！"瑞德叫道，他的脸都气得发黑了。他低头看着思嘉泪流满面的脸，脸上的怒气已退去一些，但还是硬邦邦地紧绷着脸。突然，他双手把她抱起来，坐在椅子上，紧紧抱着她，就好像担心她会从他那里逃开似的。

"听着，我的宝贝，我不会让你亲手把自己的命送掉的。你听到了吗？上帝，我跟你一样，也不想要孩子，可我能抚养他们。我不想再听你说这种傻话。如果你敢试着去——思嘉，我看过一个姑娘就是那样死的。她还只是个——哦，可她是个漂亮的好姑娘。那样死起来也不容易的。我——"

"哦，瑞德！"她叫了起来，他动情的声音惊得她连自己的苦恼也忘了，她从来没见他这么动过感情，"哪里——谁——"

"在新奥尔良——噢，是多年以前的事了。我那时还年轻，还很敏感的时候。"他突然低下头，把嘴唇埋在她的头发里，"你要把孩子生下来，思嘉，哪怕在接下来的九个月中我必须把你和我的手腕用手铐铐在一起，也要把孩子生下来。"

她在他腿上坐直身子，坦率而好奇地盯着他的脸。在她的注视下，那张脸突然又变得平静而又毫无表情，好像是被魔法抚平了似的。他的眉毛耸了起来，嘴角却往下撇。

"你对我这么在乎吗？"她问道，垂下了眼睑。

他平视着她，好像在揣度那问话后面藏着多少调情意味似的。看到她

问的是真心话,他便随意地回答着:

"哦,是的。你知道,我在你身上已经投了一大笔钱,我可不愿意蚀本。"

媚兰从思嘉的房间走出来。虽然紧张得筋疲力尽,但思嘉的女儿出生了,这使她高兴得流下了眼泪。瑞德紧张地站在过道里,周围满是烟头,把漂亮的地毯都烧出了一个个洞。

"你现在可以进去了,白船长。"她不好意思地说。

瑞德快步从她身边走过去,进了房间。米德医生还没把门关上,媚兰瞥见他低头看着嬷嬷腿上抱着的赤身裸体的小孩。她一屁股坐在一张椅子上,无意间看到了这么温情的一幕,她的脸都窘得发红了。

"啊!"她心想,"多甜蜜呀!可怜的白船长有多担心!这期间,他一杯酒也没喝!他真是太好了!许多先生等到他们的孩子出生时都已经喝得烂醉了。恐怕他也很想喝酒。我要不要大胆向他建议呢?不,那样我就太鲁莽了。"

她在椅子上欣慰地坐了下来。这些日子里,她的背老是痛,现在觉得就好像要拦腰折断了一样。噢,思嘉生小孩的时候,有白船长等在门边,她多幸运啊!博出生的那可怕的日子里,要是希礼跟她在一起,那她的痛苦就会减少一半。要是紧闭着的门里边那个小女孩是她的而不是思嘉的,那该多好啊!"噢,我怎么这么可恶呢。"她内疚地想,"我在觊觎她的孩子,而思嘉一直对我那么好。原谅我吧,上帝,我不是真的想要思嘉的孩子,可是——可是我真想自己要个孩子!"

她把一块靠垫推到疼痛的背部靠着,热切地想着能有个自己的女儿。可是,米德医生在这问题上从来就没有改变立场。虽然她很愿意冒着生命危险再生个小孩,希礼却连听都不愿听。女儿。希礼会多爱一个女儿呀!

女儿!行行好!她惊恐地坐了起来。"我还没有告诉白船长说是个女孩!他当然是希望生男孩的。噢,多可怕呀!"

媚兰知道,对一个女人来说,生男生女都一样受欢迎。可是,对一个男人来说,特别是对白船长这样执拗的男人来说,生女儿无异于受了打击,是有损他男子汉的尊严的。噢,真是谢天谢地,上帝让她生的唯一的一个孩子是个男孩！她知道，如果她是那个可怕的白船长的妻子，那她宁愿在生小孩的时候死去，也不愿给他生个头胎女婴，而且对此还会心生感激呢。

可是，嬷嬷却笑盈盈地从房间里大摇大摆地走了出来，这使她心里大感宽慰——这同时也使她感到很纳闷，白船长到底是个怎么样的人呢。

“俺刚才在给孩子洗澡的时候，”嬷嬷说，“俺向瑞德先生道歉，说生的不是男孩。可是，上帝，梅利小姐，你知道他怎么说吗？他说：‘住嘴，嬷嬷！谁想要男孩呀？男孩才不好玩呢。那可是麻烦事。女孩才好玩呢。给我一打男孩，我也不会放弃这个女孩的。’然后，他就想从俺手里把小孩抱过去。她还赤身裸体呢。俺就拍着他的手腕说：‘规矩点，瑞德先生！俺要等着你的儿子出生，听到你高兴得大喊大叫，俺就放声大笑。’他笑着摇了摇头，说：‘嬷嬷，你是个傻瓜。男孩对谁都没什么用。我不就是个证明吗？’是的，梅利小姐，他表现得就像个绅士一样。”嬷嬷说完了，一副慈祥的样子。媚兰不是没有注意到，瑞德的行为在嬷嬷眼里早已弥补了他的过失。“也许俺对瑞德先生有点误解了。今天对俺来说真是令人快乐的一天，梅利小姐。俺已经给罗比亚尔家的三代人换过尿布了，无疑这真是令人高兴的日子。”

“噢，是的，确实是令人高兴的日子，嬷嬷！最高兴的日子就是孩子降生的时候！”

可对这屋里的一个人来说，那并不是令人高兴的一天。韦德痛苦地在餐厅里闲荡着。他遭到了呵斥，大部分时间都没人理他。那天一大早，嬷嬷就突然把他叫醒，匆匆忙忙给他穿好衣服，把他和埃拉送到白蝶姑妈的家里去吃早餐。他得到的唯一解释是，他妈妈病了，他玩耍时的声响会使她不高兴。白蝶姑妈的家里也乱作一团，因为思嘉生病的消息使这老太太卧床了。厨娘在照顾她，彼德给孩子们做的早餐量很少。上午的时间慢慢过去，韦德心里开始害怕起来。要是妈妈死了呢？其他男孩子的妈妈中也有已经死掉的。他见过灵车从房里搬出来，听过他的小朋友们哭泣的声音。要是妈妈会死呢？韦德很爱他妈妈，几乎和他怕她一样。一想到她会被装在黑色的灵车里被黑色的马拉走，马笼头上还插着羽毛，他小小的心就在发痛，连气都喘不过来。

中午的时候，彼德还在厨房里忙着。韦德偷偷溜出前门，飞快地奔回家。他那双短短的小腿能让他跑多快，他就跑得有多快。恐惧的心理使他加快了速度。瑞德叔叔或是梅利姑妈或是嬷嬷一定会告诉他真相的。可是,瑞德叔叔和梅利姑妈都不见人影,嬷嬷和迪尔西拿着毛巾、端着盛着热水的脸盆,在后面的楼梯上上上下下,没有注意到他在前面的过道里。偶尔门开时,他还能听到楼上米德医生简短的说话声。有一次,他听到了他妈妈的呻吟声,他便哭得直打嗝。他知道她就要死了。那只蜂蜜色的花猫躺在前面过道里的窗台上晒太阳。为了寻求安慰,他主动跟它表示友好。可是,上了年纪的汤姆一被打扰,反而感到很不安。它摇着尾巴,发出了轻轻的叫声。

终于,嬷嬷从前面的楼梯上下来了。她的围裙皱皱巴巴、斑斑点点的,头巾也歪了,一看到他便沉下脸来。嬷嬷一直都是韦德的支柱,所以她一皱眉头,他就不禁浑身发抖。

"你真是俺见过的最坏的男孩。"她说,"俺不是把你送到白蝶小姐那去了吗？回到那里去!"

"妈妈是不是要——她会死吗?"

"你真是俺见过的最麻烦的孩子！死？见鬼,不！上帝,男孩子真是令人麻烦。俺真不明白上帝为什么要让人们生男孩。好了,离开这里吧。"

可是韦德没有走。他退到过道里的门帘后面,她的话使他半信半疑的。说男孩子麻烦的话刺痛了他,因为他总是尽力做个好孩子的。半小时后,梅利姑妈匆匆走下楼梯来,虽然她脸色苍白,劳累不堪,但却自顾自在微笑。她在门帘阴影中看到他那张愁眉苦脸的样子时,不禁吃了一惊。通常,梅利姑妈会把在这世界上所有的时间都给他。她从来不会像妈妈那样经常说:"现在别烦我了。我赶时间。"或是:"走开,韦德。我很忙。"

可是今天早晨,她却说:"韦德,你怎么这么顽皮。为什么不待在白蝶姑婆家里?"

"妈妈是不是会死呢?"

"上帝呀,不,韦德！别像个傻孩子一样。"接着,她又温和地说,"米德医生刚刚给她接生了一个漂亮的小婴儿,一个能跟你玩的可爱的小妹妹。如果你乖,今晚你就能见到她。好了,出去玩吧,别出声。"

韦德偷偷溜进静静的餐厅,他那小小的不安全的世界已经摇摇欲坠了。在这阳光明媚的日子里,大人们的行为都这么奇怪,难道就没有一个地方可让这个担忧的七岁小男孩待着吗？他坐在凹室里的窗台上。阳光中，一个箱子里长着一棵象耳果。他从树上摘下一个果子，一点一点地咬着。那味道太辣了，刺得他直流眼泪，他便开始哭起来。妈妈很可能要死了，可谁也没注意他。大家却为一个刚出生的婴儿忙里忙外的——一个女婴。韦德对婴儿没什么兴趣，对女孩就更没兴趣了。他熟悉的小女孩只有埃拉一个，而迄今为止，她还没有做出什么事来赢得他的尊敬和喜欢呢。

过了好一会，米德医生和瑞德叔叔下楼来了，站在过道里低声说着什么。医生出去，门也被关上以后，瑞德叔叔迅速走进餐厅，从饮料瓶里给自己倒了一大杯饮料，这时他才看见韦德。韦德向后退缩着，以为又要对他说他很顽皮，应该回到白蝶姑婆的家里去这类话。可是，瑞德叔叔没有这么做，反而笑了。韦德从来没见他那么笑过，也没见他像现在这么高兴过。受到这笑的鼓舞，他从窗台上跳下来，向他跑去。

“你又有个妹妹了。”瑞德说着，用力抱着他，“上帝，是你见过的最漂亮的小孩！好了，告诉我，你干吗哭呢？”

“妈妈——”

“你妈妈正在吃丰盛的午餐呢，鸡、米饭、肉汁和咖啡。过一会我们就要给她做冰淇淋了。如果你想吃，你可以吃两盘。我还要让你见见你妹妹。”

一旦感到宽慰，韦德反倒觉得虚弱极了。他想对新妹妹礼貌些，但做不到。每个人都对这个女孩这么感兴趣。谁也不会再关心他了，连梅利姑妈和瑞德叔叔也不会了。

“瑞德叔叔，”他开口说道，“人们是不是更喜欢女孩，更不喜欢男孩？”

瑞德放下杯子，目光锐利地看着那张小脸，眼神里马上露出明白的表情来。

“不，我不能说他们是这样的。”他严肃地回答说，就好像已经认真思考过这问题了，“只是女孩子比男孩子讨厌多了，人们一般都是更担心讨厌的人，而不很担心不讨厌的人。”

“嬷嬷刚才还说，男孩子很讨厌呢。”

“哦，嬷嬷心情不好。她不是当真的。”

“瑞德叔叔，你难道不想要个小男孩，反而想要个小女孩吗？”韦德充满希望地问。

“不。”瑞德马上回答道。看到小男孩的脸沉了下去，他又继续说道：“哦，我已经有了一个男孩，干吗还要一个呢？”

“你有了？”韦德叫道，听到这消息，他嘴巴都张开了，“他在哪？”

“就在这里。”瑞德回答说，把孩子抱起来，放到膝上，“你这个男孩对我来说已经足够了，儿子。”

那一刻，知道自己有人要，这种安全感和幸福感太强烈了，他差点又要哭起来。他喉咙哽咽着，把头埋在瑞德的马夹上。

“你是我的儿子，对不对？”

“你能做——哦，两个男人的儿子吗？”韦德问道，他对他那个从来没见过的父亲的忠诚和对这个如此善解人意的男人的爱在互相斗争着。

“可以的，”瑞德肯定地说，“就像你可以做你妈妈的儿子，同时也做梅利姑妈的儿子一样。”

韦德琢磨着这话。他明白了，不好意思地笑着要挣脱瑞德的手臂。

“你了解小男孩，对吗，瑞德叔叔？”

瑞德黝黑的脸又露出了原来硬邦邦的线条，嘴唇抿着。

“是的，”他痛苦地说，“我了解小男孩。”

那一瞬间，恐惧又回到了韦德身上。恐惧，还有一种突如其来的嫉妒感。瑞德叔叔不是在想着他，而是在想着别人。

“你没有别的小男孩吧，对不对？”

瑞德把他放到地上。

“我要去喝一杯，你也是。韦德，你第一次喝酒，为你的新妹妹干杯。”

“你没有其他的——”韦德又说道。接着，他看到瑞德伸手去拿葡萄酒瓶。自己参与了这种大人的典礼，那股激动劲使他分心了。

“噢，我不能喝，瑞德叔叔！我答应过梅利姑妈，我要等到大学毕业才喝酒的。如果我不喝，她会给我一块表。”

“你若没喝，我则会给你一条表链——就是现在我戴的这一条，如果你想要的话。”瑞德说，他又笑了，“梅利姑妈是对的。可她说的是烈性酒，不是葡萄酒。你应该像个绅士那样学会喝葡萄酒，儿子，什么时候也不会比现在更适合学习了。”

他熟练地把葡萄酒用饮料瓶里的水把它冲淡，直到酒呈粉红色为止，然后把杯子递给韦德。就在这时，嬷嬷走进了餐厅。她已经换上了她星期天才穿的最好的黑色服装，围裙和头巾也换了，一副干净利落的样子。她大摇大摆地走动时，晃动着身子，裙子发出丝绸掀动的低低的窸窣声。她脸上忧虑的表情已经一扫而光，几乎已经没有牙齿的牙床笑得全露了出来。

“生日礼物，瑞德先生！”她说。

韦德杯子举到嘴边，又停了下来。他知道，嬷嬷从来就没喜欢过自己的继父。他只听过她叫他“白船长”，没有听她叫过他别的什么。她对他的态度极有尊严，但很冷淡。可她却在这里又笑又走地叫他“瑞德先生！”真是乱七八糟的一天！

“你最好还是喝朗姆酒，而不是葡萄酒。”瑞德说，伸手到酒柜里拿出一瓶大肚瓶的酒，“她是个漂亮的小女孩，对不对，嬷嬷？”

“她当然漂亮。”嬷嬷回答说，接过酒杯时，咂了咂嘴。

“你见过比她更漂亮的吗？”

“哦，当然，思嘉小姐出生的时候也差不多有这么漂亮，但还是不如她。”

“再喝一杯吧，嬷嬷。”嬷嬷听到他的声音挺严厉，但他眼里在发光。“我听到的那种窸窸窣窣的声音是什么？”

“上帝，瑞德先生，就是我红色的丝绸裙子！”嬷嬷咯咯咯地笑着，转着身子，庞大的身躯都摇晃起来了。

“就是你的裙子！我不信。那声音听起来就像是晒干的树叶摩擦的声音。让我看看。把裙子拉起来。”

“瑞德先生，你真坏！好的，噢，上帝！”

嬷嬷小声尖叫了一声，然后往后退了一码远，不好意思地把她的裙子往上拉起了几英寸，露出了她那红色的塔夫绸衬裙。

“你等了太长时间，现在才穿上这件裙子。”瑞德嘟哝着说，可他乌黑的眼睛笑意盎然，欢呼雀跃。

“是——的，是很久。”

接着，瑞德就说了些韦德不明白的话。

“不再是套着马具的骡子了？”

“瑞德先生，思嘉小姐太坏了，怎么把这告诉你了！你不会为此记恨俺这个老黑人吧?”

“不。我不会记恨的。我只是想知道而已。再喝一杯,嬷嬷。把整瓶都喝了吧。喝吧,韦德!给我们祝酒。”

“为小妹妹。”韦德大声说道,一口把酒喝了下去。他被呛了一下,又是咳嗽又是打嗝的,另外两个人则大笑着给他拍着背。

从他女儿降生的那一刻起,瑞德的行为便使所有墨守成规的人都感到困惑不已了。他推翻了许多人们对他业已固定的看法,而这些看法不论是城里人还是思嘉都是不愿意改变的。谁会想到,偏偏是他会这么厚颜无耻,对当了父亲公开表示自己感到很自豪?特别是他的头生孩子是个女孩而不是男孩,这本身就是令人难堪的。

做父亲的新鲜感并没有慢慢消失。这引起了一些女人的暗暗妒忌,因为她们的丈夫早在孩子受洗以前就已经把孩子当成是理所当然的事了。他会在街上把人强行拦住,把他孩子那令人惊讶的成长情况详细讲给别人听,连虚伪但是礼貌地在前面加上这么一句也没有,即:“我知道大家都认为自己的孩子很聪明,可是——”他认为他的女儿非常出色,较小的孩子根本比不上她,他也不在乎谁会知道这一点。新来的保姆让孩子吸吮一小块肥猪肉,使小孩第一次得了急腹痛时,瑞德的行径使老练的父亲和母亲笑掉了大牙。他心急火燎地叫来了米德医生和另外两个医生,好不容易才控制住自己,没有用马鞭把那不幸的保姆抽上一顿。保姆被辞掉了。这以后,保姆就像走马灯似的换个不停,每个至多待了一个星期。没有一个能够符合瑞德订下的苛刻的要求,没有一个能使他满意。

保姆走马灯似的来来去去,嬷嬷同样也感到很不高兴,因为她对每个陌生的黑人都感到很妒忌,不明白为什么她就不能照顾婴儿,同时也兼顾韦德和埃拉。可是,嬷嬷已经现出老态,风湿病又使她那笨重的脚步慢了下来。瑞德缺乏勇气把这些原因作为另雇保姆的理由说出来。于是,他告诉她,像他这种地位的男人不能只有一个保姆,这在面子上过不去。他要另外雇两个人来做家务活,让她当主管嬷嬷。这嬷嬷倒是很理解。更多的仆人不但能给瑞德的地位带来名誉,也能给她带来声望。但她坚定地告诉他,她的保育室里不能有任何废物似的自由黑人。所以,瑞德派人去塔拉接来了普里西。他知道她的缺点,但她毕竟是个家里使唤的黑人。彼德大叔也介绍了一个名叫洛的侄孙女,她曾是白蝶小姐的堂亲——伯尔家的仆人。

早在思嘉能够下床走动以前,她就已经注意到瑞德对婴儿的那股投入劲。他在客人面前对孩子表现出来的那种自豪感颇使她感到恼火和难堪。男人爱自己的孩子没什么错,可是,她觉得这么表露自己的爱有点不像个男人。他应该和其他男人一样,表现出不屑一顾、漫不经心的样子来。

“你真是在犯傻,”她生气地说,“我真不明白是为什么。”

“不明白?哦,你不会明白的。原因就是,她是第一个完完全全属于我的人。”

“她也属于我!”

“不,你已经有了另外两个孩子了。她是我的。”

“见你的鬼!”思嘉说,“是我生的孩子,对不对?再说,亲爱的,我也属于你。”

瑞德从孩子长着乌黑头发的头顶上方看着她,古怪地笑了。

“真的吗,亲爱的?”

这时,媚兰走了进来。这才结束了他们那些日子里动不动就发生的虽然简短但火药味很浓的争吵。思嘉把怒火吞回肚里,看着媚兰把孩子抱了过去。大家同意把孩子起名叫尤金妮亚·维多利亚。可是,那天下午,媚兰无意中给了她一个一直被叫的名字,甚至就像是“白蝶”这个名字把人们对萨拉·简这个名字的记忆全抹掉了一样。

瑞德向孩子倾过身子,说:“她的眼睛会是青绿色的。”

“其实不,”媚兰气愤地说,忘了思嘉的眼睛差不多就是那种颜色的了,“它们会是蓝色的,就像郝先生的眼睛,跟——跟美丽的蓝旗一样蓝。”

“白邦妮。”瑞德大笑起来,从她手里抱过孩子,更仔细地看着那对小眼睛。自此邦妮也就成了她的名字,连她的父母亲都没有意识到,她本来要被叫的名字曾经是两个王后的名字。

# 第五十一章

思嘉终于能出门时，她叫洛给她系紧身胸衣的带子，能系多紧就系多紧。然后，她把卷尺放在腰部量了一下。二十英寸！她不禁大声叫了出来。那就是生孩子毁的身材！她的腰竟然跟白蝶姑妈的一样粗，跟嬷嬷的一样粗。

"再把带子拉紧点，洛。看看你能不能绑到十八英寸半，要不我什么衣服都穿不进去了。"

"会把绳子拉断的。"洛说，"你的腰粗了，思嘉小姐，没办法的。"

"必须有办法。"思嘉狠狠地撕着衣服的线缝，放宽需要的尺寸，心里却在想着，"我再也不能要孩子了。"

当然，邦妮很漂亮，是她的骄傲，瑞德又很爱这个孩子，可是她不能再生孩子了。到底要如何做到这一点，她现在也不知道，因为她不能像她过去控制弗兰克那样控制瑞德。瑞德不怕她。瑞德对邦妮表现得如此傻乎乎的，所以很可能很难对付，明年他很可能又会要个男孩，尽管他说她要是给他生了个儿子，他会把孩子给溺死掉。哦，不管是男孩还是女孩，她都不给他生了。一个女人生了三个孩子，已经够多的了。

洛把撕开的线缝重新缝好，把衣服熨平整之后，让思嘉穿上衣服，给她扣上扣子。然后，她叫来了马车，思嘉便出发到锯木厂去。一路上，她的情绪好了起来，把腰部线条的事都给忘了，因为她就要到锯木厂去见希礼，跟他对账了。如果她幸运的话，还能够单独跟他在一起。邦妮出生前很久，她就一直没有见过他。她肚子大得很明显的时候，她一点也不想见他。而她很想每天都能见到他，哪怕是总有别人在场也行。她生孩子不能外出的时候，她也会想着木材生意中重要的事和活动。当然，她现在不必工作了。她轻而易举地就可以把锯木厂卖掉，把钱拿去替韦德和埃拉投资。可是，那就意味着她更难见到希礼了，除非在很多人在场的正式的社交场合。而能在希礼身边工作，那是她最大的快乐。

她来到锯木厂的时候，饶有兴趣地看到木材堆得很高，许多客户正站在那跟休·埃尔辛交谈着。黑人车夫正在给六队骡车或马车装车。“六队，”她心想，心里充满了自豪感，“而这一切全是我自己干出来的！”

希礼出现在小办公室的门口。又看到她，他很高兴，眼里全是喜悦之情。他伸出手，牵着她下了马车，好像她是个王后似的把她送进了办公室。

可是，她看着锯木厂的账本，把它和约翰尼·加勒格的账目相比时，她的高兴劲就被冲淡了许多。希礼只能勉强维持开销，而约翰尼则赚了一大笔钱。她看着那两张纸，克制着自己，什么也没说，但希礼从她脸上看透了她的心思。

“思嘉，对不起。我能说的就是，我希望你能让我雇用自由的黑人，而不用囚犯。我相信，那样我就能做得更好了。”

“黑人！哦，他们的工资就会使我们破产。囚犯非常便宜。如果约翰尼能够使他们赚这么多——”

希礼的眼睛从她肩膀上看过去，看着什么东西。他眼里高兴的神采不见了，而那种东西思嘉是看不见的。

“我不能像约翰尼·加勒格那样监督囚犯干活。我不能逼着人干活。”

“见鬼！约翰尼创造了奇迹。希礼，你就是心肠太软了。你应该让他们多干活。约翰尼告诉我，每次装病的人不想干活，他就对你说他病了，你就给他放一天假。上帝，希礼！那可不是赚钱的方式。只要不是断腿的，任何有病的只要挨一两顿打就会好的——”

“思嘉！思嘉！别说了！我受不了你那样说话。”希礼大声叫了起来，他的眼睛又回到她身上，眼里狂暴的神情使她突然停了下来，“你难道没有意识到他们也是人吗——他们有些人有病，吃不饱，很痛苦，而且——噢，我亲爱的，我真受不了他居然用他的方法把你变得这么残忍，你原来总是很可爱——”

“谁把我变残忍了?”

“我必须说,我虽然没有权利,可我还是要说。你的——白瑞德。他动过的东西都是下过毒的。尽管你很勇敢,他已经把曾经可爱、慷慨、温柔的你给逮住了,他已经使你——心肠变硬了。因为跟他接触,你已经被他变残忍了。”

“噢。”思嘉喘了口气,一边感到很内疚,一边又感到很高兴。希礼这么关心她,还认为她很可爱。谢天谢地,他认为她这么吝啬应该怪瑞德。当然,瑞德跟这毫无关系,应该怪她自己。然而,再给瑞德抹一道黑,毕竟对他也构不成什么伤害。

“如果是这世界上任何别的男人,我都不会这么在乎——可偏偏是白瑞德!我见过他对你都做了些什么。你自己没有意识到,他已经把你的思想扭曲了,引到了他自己走的那条难以忍受的路上去了。噢,是的,我知道我本不该说这些的——他救过我的命,我很感激他。但我向上帝祈祷过,什么男人都行,就不能是他!我是没有权利跟你说这些的,就像——”

“噢,希礼,你有的——别的人谁都没有。”

“我告诉你吧,我受不了了。看到你的优雅言行都被他变粗鲁了,知道你的美丽、你的魅力掌握在他这样的人手里,一个——我一想起他在碰你,我就——”

“他就要吻我了!”思嘉心醉神迷地想,“这可不是我的错!”她快步向他走过去。可是他却突然向后退去,似乎意识到自己说得太多了——说了他不打算说出来的话。

“我诚心诚意地向你道歉,思嘉。我——我在含沙射影地说你的丈夫不是个绅士,而我的话却证明了我自己也不是。谁也没有权利在一个妻子面前批评她的丈夫。我没有别的理由,只是——只是——”他结结巴巴的,连脸都变形了。她屏住呼吸在等待着。

“我什么理由也没有。”

坐马车回家的一路上,思嘉思绪万千。什么理由也没有,只是——只是他爱她!一想到她躺在瑞德的臂弯里,他就愤愤不平,她觉得这太不可能了。噢,她能理解的。要不是知道他和媚兰的关系必然是兄妹关系,那她的生活一定是很痛苦的。而瑞德的拥抱使她变粗鲁了,变残忍了!噢,如果希礼这么想的话,那没有那些拥抱,她也照样会好好的。她心想,虽然他们都跟别人结了婚,但是在身体上互相忠诚对方,那是多甜蜜、多浪漫的事呀。这想法占据了她的头脑,使她从中获得了快乐。而且,那还有实用的一面,那就意味着她不要再生小孩了。

到家后,她遣退了马车,希礼的话使她感到的兴奋渐渐退去。她面临着一个问题,那就是要告诉瑞德,她想要独立的卧室以及与此有关的事。这很困难。再说,她怎么能跟希礼说她已经不跟瑞德同床了呢?就因为他的希望?如果没人知道,那这种牺牲还有什么用处呢?这是多令人害羞、令人棘手的事呀,真是沉重的负担!如果她能坦率地和希礼交谈,就像和瑞德那样,那该有多好!哦,没问题。不管怎样,她会把真相暗示给希礼知道的。

她上了楼,推开婴儿室的门,看到瑞德坐在邦妮的小床边。埃拉坐在他腿上,韦德在对着他翻口袋。瑞德喜欢孩子,而且对他们很宠爱,真是件幸事!有些继父对妻子和前夫生的孩子真是太不好了。

"我想和你谈谈。"她说完就到他们的卧室去了。最好还是在她不想再要孩子的决心还很坚定而希礼的爱又能给她力量的时候把这事了结掉。

"瑞德,"他顺手带上卧室的门时,她说道,"我已经决定不再要孩子了。"

就算她突如其来的话使他吃了一惊,他也没有表露出来。他懒洋洋地走到一张椅子前,坐了下来,靠在椅子背上。

"我的宝贝,我在邦妮出生前就告诉过你,你不论是只有一个小孩,还是有二十个小孩,对我来说都是无关紧要的。"

他如此巧妙地避开这个问题,真是太不合人意了。孩子会不会出生和他们最终来到世上是有关系的,他好像并不在乎这一点。

"我认为三个足够了。我不想每年生一个。"

"三个似乎是够了。"

"你知道得很清楚——"她开口说道,窘得双颊都绯红了,"你知道我的意思吗?"

"我知道。你有没有意识到,你拒绝了我因结婚就该有的权利,我是可以跟你离婚的?"

"居然这么想,你真是太卑劣了。"她大声说道,事情没有像她计划的那样进展顺利,她感到很不安,“如果你有点侠士风度,你就会——你就会像——那么好。哦,你看看卫希礼。媚兰不能再生小孩,他就——”

“真是个小绅士,希礼。”瑞德说,他的眼睛里开始露出一种奇怪的神情,“请你继续说下去吧。”

思嘉卡住了,因为她的话已经说完,再没有别的好说了。她希望能够温和地解决这么重要的一个问题。特别是和像瑞德这样的猪猡解决这问题,现在她明白了,这是多么愚蠢的事。

“你今天下午到锯木厂的办公室去了,对不对?”

“那和这事有什么关系?”

“你喜欢狗,对不对,思嘉?你喜欢它们在狗窝里还是去占马槽?”

她不明白这个典故,心里的愤怒和失望倒是越来越厉害。

他轻巧地站起来,走到她身边,托着她的下巴,猛地把她的脸托起来面对着他。

“你真是个孩子!你已经跟三个男人生活过,却还是一点也不了解男人的天性。你好像把他们看成是经历过生活变化的老太太。”

他把玩着她的下巴,然后把手放掉,低下头,冷冷地、久久地注视着她,一边乌黑的眉毛耸了起来。

“思嘉,请你明白这一点。如果你和你的床铺对我还有魅力,那是任何锁和恳求都不能把我挡在门外的。我对我做的事也不会感到丝毫的羞耻,因为我跟你作了笔交易——我现在还在继续这笔交易,而你现在却在破坏它。留着你那贞洁的床铺吧,亲爱的。”

“你是不是要告诉我,”思嘉气愤地叫道,“你并不在乎——”

“你已经讨厌我了,对不对?哦,男人比女人更容易产生厌烦感。保住你的贞洁吧,思嘉。这不会给我造成任何痛苦。没关系的。”他耸了耸肩,咧嘴笑了,“很幸运的是,这世界上到处都是床铺——而大多数床铺上都有女人。”

“你是说你真的这么——”

“我亲爱的天真妞!当然。我在此以前还没有迷途太久,真是奇迹。我从来不把忠诚当成一种美德。”

“我每天晚上都把门锁上!”

“何必这么麻烦呢？如果我想要你，什么门也挡不住我。”

他转过身，好像话题已经谈完，离开了房间。思嘉听到他又回到婴儿室，在那受到了孩子们的欢迎。她颓然坐下。她达到了目的，这是她想要的，也是希礼想要的。可是她并不快乐。她的虚荣心被刺痛了，想到瑞德把这看得这么轻，想到他不想要她了，把她和其他床上的其他女人相提并论，她感到很屈辱。

她希望自己能想出一种巧妙的方式来告诉希礼，她和瑞德已经不是实际意义上的夫妻了。可是她知道，她现在办不到。现在一切似乎都一团糟了，她半心半意地希望她什么也没有说。她会失去和瑞德在床上进行的有趣的长谈，看不到他雪茄在黑暗中一闪一闪的光亮。她梦见自己在寒冷的迷雾中奔跑，然后从梦中惊醒过来时，她将失去瑞德臂膀的安慰了。

她突然感到很难过，便把头靠在椅子扶手上，哭了起来。

## 第五十二章

一天下午，天正下着雨。邦妮刚刚过了一岁生日。韦德在起居室里没精打采地闲荡着，偶尔还跑到窗户前，把鼻子贴在滴着水的窗玻璃上。他身体细长，瘦巴巴的。对一个八岁的孩子来说，显得瘦小了一些。他静得几乎就是个羞怯的孩子，除非别人跟他说话，要不他就一言不发。他感到很无聊，显然不知道玩什么好了，因为埃拉正在角落里忙着玩她的娃娃。思嘉在她的写字台前一边加着一长串的数字，一边自言自语。瑞德躺在地板上，抓着表带晃动着手表，正好让邦妮够不着。

韦德拿了几本书，却让它们一本一本砰然出声地掉落在地上，还深深地叹了口气。思嘉烦躁地转向他。

"上帝，韦德！出去玩吧。"

"我不能出去。在下雨呢。"

"是吗？我没注意到。哦，那就找些事做吧。你使我很不安，心烦意乱的。去告诉波克，让他套上马车，送你去跟博玩。"

"他不在家。"韦德叹着气说，"他去参加拉乌尔·皮卡德的生日会去了。"

拉乌尔是梅贝尔和勒内·皮卡德的小儿子——一个讨厌的顽皮孩子，思嘉心想，他更像个猿人，而不像小孩。

"哦，你可以去找任何你想找的人。去告诉波克吧。"

"没人在家，"韦德回答说，"每个人都去参加生日会去了。"

显然，没说出来的话就是"除了我——每个人"，可是思嘉的心思还在账本上,没有注意到。

瑞德坐了起来,说:“你干吗不去参加生日会呢,儿子?”

韦德往他那蹭近了些,一只脚在地上摩擦着,看上去很不高兴。

“我没有接到邀请,先生。”

瑞德把表递给邦妮,让她紧紧地抓着。然后轻轻站了起来。

“把那些该死的数字放一边去,思嘉。韦德为什么没有接到邀请去参加生日会?”

“看在上帝分上,瑞德!现在别烦我了。希礼把这些账目弄得一团糟——噢,那个生日会?哦,韦德没有被邀请也没什么好奇怪的。即使他被邀请,我也不会让他去。别忘了拉乌尔是梅里韦瑟太太的孙子,而梅里韦瑟太太是宁愿要个自由黑人出现在她神圣的客厅里,也不愿看到我们中的一个出现在那里的。”

瑞德默默地看着韦德的脸,看到他缩了一下。

“到这来吧,儿子。”他说,把男孩拉到他身边,“你想去参加那个生日会吗?”

“不,先生。”韦德勇敢地说,但他的眼睛垂了下去。

“晦。告诉我,韦德,你有没有去参加小乔·怀廷的生日会或者是弗兰克·邦内尔的,或者——哦,你那些玩伴中任何一个人的?”

“没有,先生。很多生日会我都没有接到邀请。”

“韦德,你在撒谎!”思嘉叫了起来,转过身,“你上星期参加了三次,巴特家的孩子的和盖勒特家的,还有亨登家的。”

“就像你的朋友们,全是些套上马具的上等骡子。”瑞德说,他的声音不高,慢吞吞的,“你在那些生日会上玩得高兴吗?说吧。”

“不,先生。”

“为什么不高兴呢?”

“我——我不知道,先生。嬷嬷——嬷嬷说他们都是白人败类。”

“我此刻真想剥嬷嬷的皮!”思嘉大喊着,跳起身来,“至于你,韦德,这么说妈妈的朋友——”

“孩子在说实话,嬷嬷说的也是实话。”瑞德说,“可是,当然了,即使你路上碰到,你也决不会知道真相的……别心烦了,儿子。你如果不想去,那你不必去参加了。好了,"他从口袋里掏出一张钞票来,"叫波克套上马,送你到市中心去。给自己买些糖果——买很多,多得能让你吃到肚子痛为止。"

韦德笑了,把钱装到口袋里,不安地看着他的妈妈,等着她同意。可是她眉头紧皱,看着瑞德。他已经从地上抱起邦妮,把她抱在怀里,好像是她的摇篮,她的小脸蛋紧贴着他的面颊。她看不见他的脸,但他的眼里有种近乎害怕的神情——害怕和自责的神情。

韦德在他继父慷慨大方的行为鼓励下,羞怯地走近他。

"瑞德叔叔,我能问你个问题吗?"

"当然可以。"瑞德把邦妮的头靠自己近些,表情忧虑,心不在焉,"什么问题,韦德?"

"瑞德叔叔,你——你在战争中打仗了吗?"

瑞德的视线机警地回到面前,目光非常锐利,可他的声音却很随意。

"你为什么要问这个呢,儿子?"

"哦,乔·怀廷说你没有打仗,弗兰克·邦内尔也是这么说的。"

"啊,"瑞德说,"你怎么跟他们说的呢?"

韦德看上去很不快活。

"我——我说——我对他们说,我不知道。"然后又脱口而出,"可我不在乎,我还打了他们。你参加战争了吗,瑞德叔叔?"

"参加了,"瑞德说,言辞突然变得很激烈,"我参加了战争。我在部队过了八个月。我从拉夫乔伊一直打到田纳西的富兰克林。约翰斯顿投降的时候,我就跟他在一起。"

韦德骄傲得身子直晃,可是思嘉却放声大笑。

"我还以为你为自己的军旅生涯感到很羞耻呢。"她说,"你不是告诉我要保密的吗?"

"别说了,"他简短地说,"这使你满意了吧,韦德?"

"噢,是的,先生!我知道你会参加战争的。我知道你不像他们说的那么怕死。可是——你怎么没跟其他小男孩的父亲在一起呢?"

"因为其他小男孩的父亲都是傻瓜,他们得参加步兵。我是西点军校毕业的,所以我参加的是炮兵。是在正规的炮兵部队,不是城卫队。参加炮兵是需要很多智慧的，韦德。”

“我打赌是这样，”韦德说，脸上神采飞扬的，“你受伤了吗，瑞德叔叔？”

瑞德犹豫了。

“告诉他你得痢疾的事吧。”思嘉讥讽地说。

瑞德小心地把婴儿放在地上，把皮带系着的衬衫和内衣拉了出来。

“过来吧，韦德，我让你看看我受伤的地方。”

韦德激动地走上前来，注视着瑞德手指的地方。一道突起的长长的疤痕横卧在他棕色的胸脯上，向下直延伸到他那肌肉发达的腹部。这是在加利福尼亚的金矿场用刀打架留下的纪念品，可是韦德并不知道。他幸福地喘着粗气。

“我想，你跟我的父亲一样勇敢，瑞德叔叔。”

“差不多，但不太一样。”瑞德说，把衬衫塞回到皮带里，“好了，去吧，把你那一美元花掉，把那些说我没有参军的男孩打得灵魂出窍去吧。”

韦德手舞足蹈、高高兴兴地走了出去，一边还叫着波克。瑞德又抱起了孩子。

“好了，为什么要撒这么多谎，我勇敢的士兵老弟？”思嘉问。

“一个男孩子应该为他的父亲——或者是继父感到骄傲。我不能让他在别的小畜生面前感到丢脸。孩子真是残忍的生灵。”

“噢，见鬼！”

“我从来没想过，这对韦德会意味着什么，”瑞德慢吞吞地说，“我从来没想过他会有多痛苦。邦妮可不能那样。”

“怎么样？”

“你以为我会让邦妮为自己的父亲感到丢脸吗？在她九岁十岁的时候，被排除在聚会的邀请行列之外？你以为我会让她像韦德这样受辱，而那不是她的过错，而是你我的过错？”

“噢，小孩子的聚会！”

“小孩子的聚会会发展成年轻姑娘首次进入社交界的晚会。你以为我会让我的女儿远离亚特兰大所有体面的事而长大成人吗？我不会因为她在这里或是查尔斯顿或是萨凡纳或是新奥尔良不被接受，就送她到北方去读书，去逗留。我也不想看着她被迫嫁给一个北方佬或是外国人，就因为没有体面的南方家庭愿意要她——因为她妈妈是个傻瓜，她父亲是个无赖。"

韦德已经回到门边，饶有兴趣却困惑不解地听着这些话。

"邦妮可以和博结婚，瑞德叔叔。"

瑞德转过身面对着小男孩时，脸上生气的样子已经不见了。他显然慎重地考虑了他的话，就像他跟孩子打交道时总是表现的那样。

"那倒不假，韦德。邦妮可以和博结婚，可是谁跟你结婚呢？"

"噢，我才不跟谁结婚呢。"韦德自信地说，沉浸在跟一个大人进行的男人与男人之间的对话中。他本来只有跟从来不指责他而一味鼓励他的梅利才会这么说话的。"我要上哈佛大学，做个律师，像我父亲一样。然后我就像他那样当个勇敢的战士。"

"我真希望梅利能闭嘴。"思嘉叫了起来，"韦德，你不要去上哈佛。那是北方佬的学校，我不会让你上北方佬的学校的。你要上佐治亚大学，毕业以后，你就帮我经营这店铺。至于你父亲是个勇敢的战士——"

"别说了。"瑞德厉声说道，他看到了韦德说起他从来没见过面的父亲时眼里洋溢着的那种光彩，"你长大后就做个像你父亲那样勇敢的人，韦德。尽力像他那样，因为他是个英雄，不要听别人的胡说。他跟你妈妈结了婚，对不对？哦，那就是英雄最好的证明了。我会关照你进哈佛，成为一个律师的。好了，去吧，叫波克送你去市中心。"

"你让我自己管我自己的孩子，那我就要谢谢你了。"韦德听话地一蹦一跳出去时，思嘉大声说道。

"你是个该死的不称职的家长。你把埃拉和韦德的任何机会都给毁了，可我不许你那样对邦妮。邦妮要成为个小公主，全世界的人都会喜欢她。没有什么她不能去的地方。仁慈的上帝，你以为我会让她和挤满这屋子的乌合之众一起长大，跟这群人交往？"

"对你来说，他们已经是够好的了——"

"这种该死的场合对你来说也是再好不过了，我的宝贝。可是对邦妮不行。你以为我会让她嫁给你现在跟他们一起消磨时间的逃亡者中的一个吗？损人利己、追名逐利的爱尔兰人，北方佬，白人败类，到南方来谋财的暴发户——我的带有白家血统和罗比亚尔血脉的邦妮——"

"郝家——"

“郝家也许在爱尔兰曾经是王侯，但你的父亲却什么也不是，只是个拼命追求利益的精明的爱尔兰佬。你也并没有比他强到哪儿去——然而，我也有错。我不顾一切地过日子，对我做的事情从来都没在意过，因为对我来说，什么东西都是不重要的。可是，邦妮是重要的。上帝，我多傻呀！邦妮在查尔斯顿不会被接受，不管我妈妈或是你的尤拉莉姨妈还是波琳姨妈怎么努力也白搭——显然，她在这也不会被接受，除非我们马上行动采取措施——”

“噢，瑞德，你把这看得那么重，你太可笑了。我们有了钱——”

“让我们的钱见鬼去吧！我们所有的钱都买不来我想给她的东西。我宁愿邦妮在皮卡德家简陋的房子里或者在埃尔辛太太摇摇欲坠的谷仓里啃干面包，也不愿她在共和党成立的庆典上当美女。思嘉，你是个傻瓜。几年前你就应该为你的孩子们在社交中保证获得一个位子的——可是你没有。你连你自己的位子也没有费心去保住。指望你这么迟才去改善你的方式，那就是奢望了。你太急着赚钱，太喜欢欺侮人了。”

“我觉得这一切都是小题大做。”思嘉冷冷地说。她把纸张翻得沙沙作响，暗示着对她来说，讨论已经要结束了。

“我们只有卫太太帮我们的忙了，可你还千方百计疏远她，侮辱她。噢，别跟我说她没钱、她的衣服破破烂烂这些话。她是亚特兰大优秀事物的灵魂和核心。为了她，真该感谢上帝。她可以帮我在这方面做点事。”

“你要做什么？”

“做？我要去陶冶全城老卫兵中每一个母夜叉，特别是梅里韦瑟太太、埃尔辛太太、怀廷太太和米德太太。哪怕是要我俯伏在地，爬到恨我的每一只肥胖的老猫那去，我也会这么做。在她们的冷漠中，我会逆来顺受，并且对我过去的不良行为忏悔。我要为她们那该死的慈善机构捐款，要去她们那该死的教堂。我要承认并且吹嘘我在南部邦联军队服役的事。到了一筹莫展的时候，我还会参加他们那该死的三K党——虽然仁慈的上帝几乎是不会把这么沉重的惩罚加在我肩上的。我还会毫不犹豫地提醒那些我救过他们性命的人，说他们还欠我一桩人情债。而你，夫人，你则要行善，不要在背后拆我的台，不能取消这些人赎回抵押品的权利，不能卖给他们腐烂的木材，也不能用其他方式侮辱他们。布洛克州长再也不能迈进这房子一步。

你听到了没有？还有你现在与他们交往的那群优雅的小偷也一样。如果你不顾我的请求而邀请了他们，你就会陷入家里没有男主人的尴尬境地。如果他们来到这房子里，我就把时间花在贝尔·沃特琳的妓院里，告诉每个有心听我说话的人，说我不愿意和他们一起待在同一座屋顶下。”

思嘉一直被他的话搞得很痛苦，这时却唐突地大笑起来。

“这么说，内河船上的赌徒和投机家打算变成令人尊敬的人啦！哦，你重新赢得尊敬的第一个举措最好是把贝尔·沃特琳的妓院卖掉。”

这是个没有根据的瞎猜。她从来就不是很有把握是否是瑞德拥有那所妓院。他却突然大笑起来，好像看透了她的心思。

“谢谢你的建议。”

瑞德要打回受人尊敬的行列中去，就算他尝试过，他也不可能选择一个比现在更困难的时期了。从来没有一个时候，共和党和支持北方政府的南方佬这两个名称会比现在更令人憎恨，以后也决不会有什么时候比现在更令人憎恨的，因为现在，这个阶段投机家政体的腐败行为已经达到了巅峰状态。而自从投降以来，瑞德的名字从来就是和北方佬、共和党以及支持北方政府的南方佬联系在一起的，怎么样也摆脱不了。

一八六六年，亚特兰大人曾经愤愤不平但又无可奈何地想过，没有什么能比他们那时受严厉的军法统治更糟糕的事了。可是现在，在布洛克的统治下，他们知道还有比那更糟的事。真该感谢黑人的投票，共和党和他们的联盟地位稳固，他们残酷地对待无权无势的人，却还在叫嚣说他们是少数派。

有人在黑人当中散布谣言，说《圣经》中只提到两个团体，共和党和罪人。没有黑人想参加完全由罪人组成的团体，所以他们都赶紧参加了共和党。他们的新主人让他们一次又一次地投票，把一贫如洗的白人和支持北方政府的南方佬选去担任要职，甚至还选了黑人。这些黑人坐在立法机构里，大多数时候都在吃落花生或者是把不习惯穿鞋的脚穿上新鞋，再脱掉，以此来放松他们的脚。他们没几个人能读能写的。他们刚从棉花地或者甘蔗林里来，可却有权利投票决定税款、公债和他们的共和党朋友需要的庞大开支。他们还投票选举他们。纳税人愤愤不平地交税，州政权则摇摇欲坠，因为纳税人知道,投票决定用于一些公共事业的钱大部分都进了私人的腰包。

紧紧围着州政府大厦的是一大群推销商、投机家、寻求承包项目的承包商和其他希望从狂欢纵欲的花销中得利的人。许多人都毫无廉耻地成了富人。他们毫不费劲就可以从州里拿到钱来兴建从来都没有兴建过的铁路,购买从来也没有买来的小车和火车机车,建从来也没有存在过的大楼,这些东西通通都只有在推销商的头脑里才存在过。

公债发行已达几百上千万。它们中大部分都是非法的、欺骗性的,但它们照样发行。州财政部长是个共和党,但也是个诚实的人。他反对非法发行公债,拒绝在上面签字,但他和其他力图制止滥发公债行为的人都无能为力,挡不住这股滚滚而来的浪潮。

州属铁路曾经是州里的资产,可现在却成了负担,债务高达上百万。这已经不是铁路。而是一个巨大的无底坑,猪猡才可以在里面大吃大喝,翻身打滚。许多官员都是因为政治原因被选中的,却根本不管他们知道不知道铁路经营的知识,而且工作人员比实际需要的多了两倍。共和党人来来往往可以免费,一车厢一车厢的黑人高高兴兴地在州里免费到处旅行,在同一场选举中一次又一次地投票。

州属公路的经营不当尤其激怒了纳税人,因为要从公路的赢利中拿钱出来建免费的学校。可是公路没有赢利,只有债务,所以也就没有免费的学校。很少人有钱送孩子去收费学校,这样也就有了一代没有学知识长大的孩子,而他们又会给接下来的年月播下无知的种子。

可是,除了他们对浪费、经营不当和贪污受贿等行为的愤怒之外,人们最感不满的是,州长会到北方政府那里,从不利于他们的角度汇报他们的事。佐治亚反对腐败的呼声很高的时候,州长赶快赶到北方去,在国会上陈述白人对黑人的愤怒以及佐治亚在准备再次暴动,说需要在州里实行严厉的军事管制。佐治亚人没有谁想和黑人过不去,他们总是尽力避免麻烦。谁也不想再打一场战争,谁也不想要也不需要刺刀下的统治。所有佐治亚人想要的就是让州里平安无事,恢复元气。可是,在州长后来已为人所知的"诽谤工厂"的操纵下,北方政府只看到一个企图反叛的州,一个需要重压的州,于是重压也就压下来了。

对那些卡着佐治亚脖子的人来说,这是个令人激动的狂欢节。他们大肆掠夺,居高位的人公开偷盗,想来都令人齿寒。总的说来,州里充满冷漠的愤世嫉俗的感觉。抗议和作出的努力根本没有用处,因为州政府有美国军队的赞同和支持。

亚特兰大诅咒布洛克这个名字以及支持他的南方佬和共和党人,诅咒与他们有联系的每一个人。而瑞德是和他们有联系的,他一直就在他们的阵营里,每个人都这么说,他们每个计划都有他的份。可是现在,他在漂流了一会后又转身逆流而上,开始与急流奋争着,要费劲地游回来了。

他慢慢地、微妙地进行着自己的战役,不用那种豹子一夜之间就想改变斑点的方法,以免引起亚特兰大人的怀疑。他回避了他那些态度暧昧的老朋友,不再与北方军官、南方叛徒和共和党人在一起。他参加民主党的集会,引人注目地去投民主党人的票。他放弃了赌注很高的游戏,相对来说也没有饮酒过量。如果他真有去贝尔·沃特琳的妓院的话,他也是晚上偷偷去的,就像其他较为令人尊敬的城里人一样,不会在下午把他的马拴在她的门口,向人显示他就在里面。

在做礼拜的时候,他牵着韦德的手拖后走进新教圣公会教堂,教堂里的会众差点从椅子上摔到地上。教堂会众们既对瑞德的出现感到震惊,也对韦德的出现感到讶异,因为这个男孩是被认为是天主教徒的。至少思嘉是个天主教徒。或者说,人们认为她是天主教徒。可她已经好几年没跨进教堂一步了,因为宗教在她身上已经不见,就像埃伦很多教诲在她身上已经不见了一样。每个人都认为她忽略了对儿子的宗教教育,也就更认为瑞德是想改变一下这种状况,尽管他带孩子来的是圣公会教堂,而不是天主教教堂。

瑞德若是有意管住自己的舌头,不让他那乌黑的眼睛里现出不怀好意、眉飞色舞的神色的话,他是可以做到举止很正经、很迷人的。他已经有好几年没有刻意这么做了,可他现在这么做了,端出了一副正经、迷人的样子来,即使他穿上了颜色更为素净的马夹也是如此。从那些欠了他的救命之情的人那里,他并不难得到实实在在的友情。过去瑞德把他们对他的感激看成是件无足挂齿的事,若非如此,他们早就要表示感谢了。现在,休·埃尔辛、勒内、西蒙斯两兄弟、安迪·邦内尔和其他人看到他和蔼可亲的,都畏畏缩缩地走上前去,不好意思地感谢他的救命之恩。

“没什么,”他会这么客气地说,“如果你们处在我的位置,一定也会这么做的。”

他慷慨地捐款给圣公会教堂作为维修教堂的资金,还捐了一大笔钱给美化我们光荣的牺牲者的坟墓协会,但还没有大到俗气的地步。他特意找埃尔辛太太帮他捐这笔钱,不好意思地恳求她为他的捐献保守秘密。其实他知道得很清楚,这更会刺激她去传播消息。埃尔辛太太不愿意收下这钱——“投机家的钱”——可是协会非常需要钱。

“我真不明白,为什么偏偏是你来捐钱。”她尖酸地说。

瑞德用合适的持重样子告诉她,他是被过去的战友感动了才捐的款。他们都比他更勇敢,但却比他更不幸,所以现在都躺在没有标记的坟墓里了。听到这里,埃尔辛太太那贵族架势的下巴都拉长了。多利·梅里韦瑟曾经告诉过她,说思嘉说过白瑞德也参过军,可是,她当然不会相信。谁也不会相信的。

“你在部队待过?你的部队番号是什么——你的团队?”

瑞德把它们说了出来。

“噢,炮兵!我知道的每个人不是在骑兵部队就是在步兵部队。这么说,那就说明了——”她停下不说了,不知所措的,想从他的眼里看出那种不怀好意的神采来。可是他只是低着头,把玩着他的表链。

“我原来是喜欢步兵的,”他说,完全绕过了她暗指的意思,“可是,当他们发现我曾经是西点军校的学生时——虽然我没有读毕业,埃尔辛太太,因为孩子气的胡闹——他们就让我进了炮兵,正规的炮兵,不是民兵。在最后那次战役中,他们需要有专门知识的人。你知道损失有多惨重吗?那么多炮兵都死了。在炮兵部队,我真的很寂寞,一个认识的人也没有。整个服役期间,我相信,我没遇上一个亚特兰大去的人。”

“哦!”埃尔辛太太茫然不解地说。如果他参过军,那她就错了。她就他的胆小行为说过很多尖刻的话。想起这些,她感到很内疚。“哦!你为什么没有把你服役的事告诉任何人呢?你这么做好像是为此感到害臊似的。”

瑞德平视着她的眼睛,脸上一点表情也没有。

“埃尔辛太太,”他诚恳地说,“请相信我,为南部邦联服过役比我做过的任何事或是将要做的任何事都令我感到更骄傲。我觉得——我觉得——”

“哦,那你为什么要保密呢?”

“我不好意思说出来,因为——因为我过去的一些行为。”

埃尔辛太太详详细细地把这次捐款和这次谈话报告给梅里韦瑟太太听。

“多利,我向你保证,他说他不好意思说的时候,眼泪都在眼眶里打转了!是的,眼泪!我自己也差点哭了。”

“胡说八道!”梅里韦瑟太太不相信这些,大叫起来,“我不相信眼泪会在他的眼眶里打转,就像我不相信他参过军一样。我很快就能查清楚的。如果他真是在炮兵部队,我就能查出真相,因为卡尔顿上校就曾经是炮兵的指挥官,他娶了我祖父的一个妹妹的女儿。我可以写信问他。”

她写信给卡尔顿上校。使她惊讶的是,她收到的答复非常肯定地赞扬了瑞德的服役。天生的炮兵、勇敢的战士、毫无怨言的绅士、谦虚的人,连封给他的职位都不接受。

“哦!”梅里韦瑟太太说,把信给埃尔辛太太看,“这真能使我感到万分的惊奇!也许我们都错看他了,还称他是没有当过兵的无赖。思嘉和媚兰说他在城里陷落那天参了军,也许我们都应该相信这事的。可是,他照样还是个支持北方佬的南方佬和流氓,我不喜欢他!”

“不管怎么说,”埃尔辛太太说,还是拿不定主意,“不管怎么说,我认为他还不至于这么坏。一个为南部邦联打过仗的人不可能太坏的。坏的是思嘉。你知道吗,多利,我真的认为他——哦,他为思嘉感到耻辱。可是作为绅士,又不好说出来。”

“耻辱!呸!他们都是一个模子里造出来的。你是从哪里得来这个傻乎乎的念头的?”

“这并不傻。”埃尔辛太太气愤地说,“昨天,下着那么大的雨,他还用马车载着三个孩子,连那个婴儿也在,在桃树街上上下下溜达,还让我搭他的车回家。我那时说:‘白船长,在这种下雨天你把孩子们带出来,你疯了吗?’他什么也没说,只是看上去很尴尬。可是嬷嬷说话了,她说:‘家里挤满了白人败类,让孩子们在外面比在家里更健康!’”

“他怎么说?”

“他能说什么?他只是对嬷嬷皱了皱眉头,便让它过去了。你知道,思嘉昨天下午和所有那些凡俗女人在一起开大型的惠斯特牌晚会呢。我想,他不想让她们亲吻婴儿。”

“哦!”梅里韦瑟太太说,有点动摇了,但还是很固执。可是接下来的一个星期,她也屈服了。

现在,瑞德在银行里有张办公桌。他坐在那办公桌前做什么,银行里的职员也感到茫然不解,谁也不知道。可是他拥有的股份太多了,他们对他待在那里也不敢表示抗议。过了一段时间,他们也忘了他们曾经反对过他了,因为他很安静,而且举止很得体,确实也懂一些银行和投资的知识。不管怎么说,他一整天都坐在那里,竭力表现出勤勤恳恳的样子来,因为他希望能和他那些有工作而且工作得很努力的受人尊敬的城里同胞一样。

梅里韦瑟太太想扩大她那越做越大的面包店。她试过用她的房子作担保从银行贷款两千美元。可她被拒绝了,因为她的房子已经抵押过两次。这个结实的老太太从银行里怒气冲冲地往外走时,瑞德拦住了她,知道了事情的原委后,忧心忡忡地说:“可是一定是出了什么错,梅里韦瑟太太。一定是出了大错。若说什么人都得为担保犯愁的话,唯独你是不应该的。哦,只要有你的话担保,我就会借钱给你!任何像你这样起家的夫人都是世界上最好的保险。银行要把钱借给像你这样的人。好了,请你在我的椅子上坐一会,我去给你打点一下。”

他回来的时候,温和地笑着,说真的像他想的那样弄错了。那两千美元就在那等着她,她什么时候想去取都行。好了,有关她房子的事——她能不能在那签个字?

梅里韦瑟太太既感到生气又觉得受了侮辱,为自己居然要接受一个她不喜欢、不信任的人的帮忙而愤恨不已,谢他的时候也就没什么诚意。

但他没有注意到这一点。送她到门口的时候,他说:“梅里韦瑟太太,我对你的学识一直都是极为敬重的,不知道你能不能告诉我一件事?”

她点了点头,帽子上的羽毛装饰几乎动都没有动一下。

“你的梅贝尔小时候吮大拇指的时候,你是怎么办的?”

“什么?”

“我的邦妮吮她的大拇指。我无法使她改掉这毛病。”

“你必须让她改掉，”梅里韦瑟太太强有力地说道，“这会毁掉她的嘴型的。”

“我知道！我知道！而她的嘴巴又挺漂亮的。可我不知道该怎么办。”

“哦，思嘉应该知道的，”梅里韦瑟太太唐突地说，“她已经有过两个孩子了。”

瑞德低头看着鞋子，叹了口气。

“我试过把她的指甲涂上肥皂。”他说，没有搭理她说的有关思嘉的话。

“肥皂！呸！肥皂一点也不好。我在梅贝尔的大拇指上涂了奎宁，我告诉你吧，白船长，她很快就不吮那大拇指了。”

“奎宁！我绝对想不到去用这个！我真是太感谢你了，梅里韦瑟太太。这事正使我担心呢。”

他对她笑了笑，一副很快乐、很感激的样子，这使梅里韦瑟太太站在那犹豫了好一会。可是，她跟他说再见时，自己也笑了。她不愿告诉埃尔辛太太说她错看了这个男人，但她是个诚实的人，她说，一个爱自己的孩子的男人总有好的一面的。多可惜呀，思嘉居然对这么漂亮的女孩邦妮没有兴趣！一个男人想自己亲自来抚养一个小姑娘，那真有点令人同情！瑞德知道得很清楚，这种状况会引起同情，即使这会玷污思嘉的名誉，他也不在乎。

从孩子会走路起，他就经常带着她，坐马车或者让她坐在他的马鞍前面。下午从银行回家以后，他就带着她沿着桃树街散步，牵着她的手，把自己宽大的步子慢下来，好让她蹒跚的步子跟上他，并耐心地回答她成百上千个问题。黄昏时，人们总是待在院子里或是游廊上。由于邦妮很友好，很漂亮，有着一头乌黑的鬈发和亮亮的蓝眼睛，很少有人能硬忍住不跟她说话。瑞德在这些谈话中从来不乱说，只是站在旁边，充分显露出做父亲的骄傲感和满足感，因为他的女儿引起了别人的注意。

亚特兰大的记忆是很久远的，而且疑心很重，要改变起来非常慢。时世很艰难，对一个和布洛克和他那伙人有关系的人，人们的感觉是非常不好。邦妮结合了思嘉和瑞德最好的优点，她是瑞德插进亚特兰大那堵冷漠的墙的小敲门砖。

邦妮长得很快，她是郝嘉乐的外孙女，这一点一天比一天更明显。她短短的腿很结实,爱尔兰人的蓝色眼睛大大的,还有个方方的小下巴,显出我行我素的决心。她有着嘉乐暴躁的脾气,会通过尖叫发泄出来。但是一旦愿望得到满足,便很快就会忘记掉。而只要她的父亲在她身边,她的愿望总是很快就能得到满足。尽管嬷嬷和思嘉一再反对,他总是很溺爱她,因为她任何方面都使他感到很得意,只有一点除外。那就是她怕黑的毛病。

到她两岁的时候,她很乐意到育婴室去和韦德和埃拉一起睡。然后,没什么明显的原因,嬷嬷一拿着油灯大摇大摆地走出房间,她就开始大哭起来。从这发展成深夜醒过来,恐惧地尖叫着,把另外两个小孩也给吵醒了,惊动了房子里的每个人。有一次,米德医生也被叫来了,他诊断说只是做噩梦时,瑞德对他很不礼貌。从她嘴里能得到的只有一个字:“黑。”

思嘉对孩子总是很恼火,主张用揍的方式来解决。她不会用在婴儿室点灯的方式来迁就她,因为这样的话,韦德和埃拉就睡不着了。瑞德也很担忧,但很温和,试图从女儿嘴里得到更多的信息。他冷冷地说,如果要揍的话他会亲自动手,而且是对思嘉动手。

事情的结局是,邦妮从婴儿室被移到了瑞德现在自己一个人睡的房间。她的小床被放在他的大床旁边,桌子上放着一盏加了灯罩的油灯,一整夜都点着。这件事被传出去时,整座城市都说得沸沸扬扬的。不管怎么说,一个小女孩睡在她父亲的房间里,这有点不合适,虽然女孩还只有两岁。闲言碎语在两方面使思嘉深受其苦。首先,这明白无误地证明了她和她的丈夫是分房睡觉的,这本身已经是够令人吃惊的事了。第二,每个人都认为,如果孩子害怕自己睡,她睡的地方应该是和妈妈在一起。思嘉觉得,向别人解释说自己在点着灯的房间睡不着,或者说瑞德不许孩子跟她睡,这都是不合适的。

“除非她尖叫,要不你决不会醒。而她一尖叫,你很可能就会甩她耳光。”他唐突地说。

他那么重视邦妮晚上怕黑的恐惧心理,这使思嘉很生气,但她认为,她最终可以使这事情恢复正常,让孩子回到婴儿室去睡觉。所有孩子都怕黑,唯一治疗的方式就是要坚决。瑞德在这件事情上不合常理,使她看上去好像是个不称职的妈妈,就是为了报复她不让他进她房间这一行为。

那天晚上她告诉他她不想再要孩子了。从那以后,他再也没进过她的房间,连她的门把都没有动过一下。从那以后,晚饭时,他不在的时候多,在的时候少,直到邦妮的害怕心理开始,他才又开始待在家里。有时候,他彻夜未归。思嘉在紧锁着门的房间里睡不着,听着钟的滴答声,清晨那几个小时简直是数着一分一秒度过的,心里在寻思他到底在哪儿。她想起了他的话:“还有别的床,亲爱的!”虽然这想法使她感到很痛苦,但她也无可奈何。她说什么都会促成这么一幅情景,他肯定会说起她锁掉的门,很可能还会因此联系到希礼。是的,他愚蠢地要邦妮睡在点着灯的房间里——他自己的点着灯的房间里——只是他报复她的一种卑劣手段。

直到一个可怕的夜晚,她才意识到他对邦妮的愚蠢行为重视到什么程度,意识到他对这孩子有多用心。一家人都不会忘记那个晚上。

那天,瑞德见到一个从前和他一起偷闯封锁线的人,两人有很多话要说。他们到哪去聊天喝酒,思嘉不知道,但她当然是怀疑他们去了贝尔·沃特琳的妓院。他下午没有回来带邦妮去散步,晚饭也没有回来吃。邦妮一整个下午都从窗户里不耐烦地往外看,急着要给她的父亲看一堆乱七八糟的甲虫和蟑螂。最后,虽然她又哭又闹的,但还是被洛哄上床去睡了。

不是洛忘了点灯,就是灯油燃尽了。谁也不知道到底发生了什么事。可是,当瑞德喝得有点醉意回家来的时候,整座房子已经闹翻了天。他虽然还在马厩里,邦妮的尖叫声就已传到了他耳朵里。她在黑暗中醒过来叫他,他却不在。充斥着她小小的心灵、出现在她想象中的所有不知名的恐惧包围着她。思嘉和仆人的安慰及拿来的亮灯都没法使她安静下来,瑞德一步三级迈上楼梯,就像个见到死神的人一样。

当他最后把她抱在怀里,从她的抽泣声中听懂了唯一的一个字“黑”时,他对思嘉和黑人们大发雷霆。

“谁把灯吹灭的?谁把她单独一个人留在黑暗当中的?普里西,我要剥你的皮,你——”

“见鬼,瑞德先生!不是俺!是洛!”

“看在上帝分上,瑞德先生,俺——”

“住嘴。你知道我的吩咐的。上帝,我要——滚出去。别再回来了。思嘉,给她一些钱,在我下楼以前让她走。好了,每个人都出去,每个人!”

黑人们飞也似的逃跑了,不幸的洛捂着围裙在哭。可是思嘉留了下来。

看到她心爱的孩子在瑞德手里慢慢静了下来，而在她手里时却尖叫得可怜兮兮的，这太令人难以忍受了。看到那双小手臂搂着他的脖子，听着她用哽咽的声音说着使她害怕的东西，而她，思嘉，从她嘴里却什么连贯的话也掏不出来，这太令人难以忍受了。

“这么说，它坐在你的胸口，”瑞德轻声说道，“它个子很大吗？”

“噢，是的！大得很可怕。还有爪子。”

“啊，还有爪子。哦，好了。我肯定会一整个晚上坐着。如果它来了，我就开枪把它打死。”瑞德的声音听上去很对此感兴趣，而且能安慰人，邦妮的哭声渐渐止住了。她详细地叙述着闯入她梦中的怪物，声音哽咽得不再那么厉害了，她说的话只有他能听得懂。瑞德讨论着这个话题，好像那是事实，思嘉心里恼火极了。

“看在上帝分上，瑞德——”

可他做了个手势让她安静。邦妮最后睡着了以后，他把她放在床上，给她盖好床单。

“我要把那黑人的皮活活剥下来，”他平静地说，“这也是你的错。你为什么没有到这来看看灯是不是还点着？”

“别傻了，瑞德，”她低声说道，“她这样都是你溺爱她的缘故。很多孩子都怕黑，可他们都会克服的。韦德曾经也怕过，可我并不纵容他。只要你让她叫上一两个晚上——”

“让她叫？”那一刻，思嘉都以为他要揍她了，“要不你就是个傻瓜，要不你就是我见过的最没有人性的女人。”

“我不想让她在不安和胆怯当中长大。”

“胆怯？见鬼！她骨子里一块胆怯的骨头也没有！可你没有想象力，当然，你不会感受到那些有想象力的人的痛苦——特别是一个小孩。如果某种有爪子和角的东西坐在你的胸部，你会被它吓得灵魂出窍的，对不对？见鬼，你肯定会的！请你千万要记住，夫人，我可见过你像只被烫伤的猫一样号啕大哭着醒过来，就因为你梦见自己在迷雾中奔跑。而且就在不久前！”

思嘉语塞了，因为她从来就不喜欢想起那个梦。再说，想起瑞德也曾像他安慰邦妮那样安慰过她，这也使她感到很尴尬。于是，她马上改弦易辙，展开了另一种攻势。

“你是在纵容她,而且——”

“我还打算继续纵容她。如果我这么做的话,她长大一些就会不害怕了,会把这忘掉。”

“那么,”思嘉讥讽地说,“如果你打算当保姆,你晚上应该尽量回家来,而且不要喝醉,改换一下生活方式。”

“如果我高兴的话,我会早点回来,但会醉得像个狗娘养的一样。”

自那以后,他真的就早点回来了,早在邦妮要上床睡觉以前就到家。他坐在她身边,抓着她的手,直到她睡着,松开她的手为止。到那时候,他把灯点得亮亮的,让门半开着。这样,万一她醒过来害怕了,他也听得见她的声音。做完这一切,他才蹑手蹑脚地下了楼。他再也不让她怕暗的事再次发生。全家人都对灯是否还亮着特别敏感,思嘉、嬷嬷、普里西和波克都会经常蹑手蹑脚地上楼去,看看灯是不是还点着。

他也不再喝醉了回家,但那决不是思嘉的功劳。他喝酒喝得很多已经有好几个月之久了,虽然他从来没有真正醉过。可是,有一天晚上,他呼出的气中威士忌的味道特别重。他抱起邦妮,让她坐在他肩膀上,问她:“吻你的心肝宝贝一下好吗?”

她皱了皱往上翘的小鼻子,挣扎着要下来。

“不,”她坦率地说,“讨厌。”

“我怎么啦?”

“气味讨厌。希礼叔叔的气味不会讨厌。”

“哦,我真该死,”他悲哀地说,把她放到地上,“我根本没想到在我自己的家里会有个禁酒运动的鼓吹者!”

然而,自那以后,他控制自己,只在晚饭后喝一杯葡萄酒,邦妮总是被允许去喝杯子里的最后几滴酒,所以一点也不认为葡萄酒的气味讨厌。结果,开始使他那轮廓分明的脸变模糊的浮肿样子慢慢消失了,他乌黑的眼睛下方,眼圈也不会那么黑,那么明显了。由于邦妮喜欢骑在他的马鞍前面,他更经常地待在室外,黝黑的脸晒得更黑,使他比以往看上去更加黝黑。他看上去更健康了,更常笑了,又像战争初期那个曾经使亚特兰大人怦然心动、令人着迷的偷闯封锁线的年轻人了。

从来没有喜欢过他的人,现在看到他的马鞍前面坐着个小孩的身影骑马经过时，都会对他报以微笑。在这以前，有些女人相信，没有一个女人跟他在一起是安全的，现在，这些女人也开始在街上停下来跟他说话，称赞邦妮。连那些最严厉的老太太们也觉得，一个像他那样会谈论孩子的疾病和难题的男人，不可能是绝对的坏男人。

# 第五十三章

那天是希礼的生日。媚兰准备晚上给他来个惊喜,为他举办一个招待会。每个人都知道招待会的事,只有希礼蒙在鼓里。连韦德和小博都知道了,大人要他们发誓要保密,这使他们骄傲得不得了。亚特兰大每个好人都受到邀请,而且都会来。戈登将军一家已经愉快地接受了邀请。要是亚历山大·斯蒂芬斯时好时坏的健康状况允许的话,他也会来。连南部邦联中爱肇事的鲍勃·图姆斯也在被邀之列。

一整个上午,思嘉和媚兰、英蒂和白蝶姑妈一起,在那座小房子里忙里忙外,指挥黑人挂刚洗过的窗帘,擦拭银器,给地板上蜡,烧煮,搅拌,品尝点心。思嘉从来没见过媚兰这么激动、这么开心过。

"你知道,亲爱的,希礼已经很久没有开过生日会了,自从——自从,你记得十二棵橡树的那次野餐会吗?就是我们听说林肯先生号召人们参加志愿兵的那一天?哦,从那天开始,他就没有开过生日晚会了。何况他工作这么辛苦,晚上回家来的时候那么劳累,他真的不会记起今天是他的生日的。晚饭后大家成群结队地进来时,他难道不会惊喜吗!"

"草坪上的灯笼你怎么处理呢?卫先生回来吃晚饭的时候,难道不会看见?"阿奇生气地问道。

他一整个上午都坐在那看着这一切准备活动,对此挺感兴趣,但却不愿承认。他从来没有在幕后参与过城里人举办的大型晚会,这是一种新的体验。他坦率地说,女人们在房子里跑来跑去,就好像房子着火了一样,就因为她们聚在一起,所以什么都无法把他拉离现场。埃尔辛太太和范妮做的彩纸灯笼,因为这次晚会还特意画上了画,他对这特别感兴趣,因为他过去从来没见过"这种新玩意"。它们就藏在他睡的地下室里,他已经仔细端详过了。

"仁慈的上帝!我还没想到这个呢!"媚兰叫了起来,"阿奇,你提到这,真是太幸运了。噢,哦!我该怎么办呢?它们必须用绳子挂在灌木丛上和树枝上,里面放上小蜡烛,客人到的时候就必须点燃的。思嘉,我们吃晚饭的时候,你能不能叫波克过来把蜡烛点起来?"

"卫太太,你比大多数女人都更有理性,但你太容易激动了。"阿奇说,"至于那个傻瓜波克,可不能让他碰那些新玩意,他立刻就会让它们全着火的。它们——太漂亮了。"他承认道,"你和卫先生吃晚饭的时候,我会帮你挂起来的。"

"噢,阿奇,你真是太好了!"媚兰孩子气的眼睛带着感激和依赖地看着他,"没有你,我真不知道该怎么办。你能不能现在就去把蜡烛放到灯笼里呢?这样我们就可以把这事处理掉了?"

"哦,也许我可以的。"阿奇粗声粗气地说着,脚步沉重地朝地下室的台阶走去。

"要杀死一只猫,除了把它溺死在黄油里,还有别的方法的。"那个胡子拉碴的老人脚步沉重地走下台阶时,媚兰咯咯笑着说,"我一直就在盘算着让阿奇去挂那些灯笼,可你知道他是怎样的人。如果你叫他去做,他是什么事都不做的。现在,我们好一会都可以不让他在这碍事了。黑人都很怕他,有他在周围,他们什么都不会做,连呼吸都要缩着脖子呢。"

"梅利,我才不会让那个老亡命之徒到我家里去呢。"思嘉生气地说。她恨阿奇,就像他也恨她一样,他们互相之间几乎不说话。有她在场的地方,只有媚兰的房子他才待得住。即使在媚兰的家里,他也总是面带怀疑、轻蔑地冷冷瞪着她。"他会给你惹麻烦的,记住我的话。"

"噢,如果你说他好话,做出你很依赖他的样子,他是不会有什么害处的。他对希礼和博都很尽心尽力。有他在周围,我总是感到很安全。"

"你意思是说他对你这么尽心尽力了,梅利。"英蒂说,她嗔爱地看着她的嫂嫂,那张冷淡的脸上浮上了一丝淡淡的温情的笑意,"我相信,自从那个老恶棍的妻子——哦——自从他妻子死后,你是他爱上的第一个人了。我想,他真的很想有人侮辱你,这样他就可以杀了他们,以示对你的尊敬。”

“发发慈悲吧!你怎么这样唠叨个没完呢,英蒂!”媚兰脸刷地红了,“他认为我是个可怕的傻瓜,这你是知道的。”

“哦,我不觉得,这个气味难闻的老乡巴佬怎么看有什么要紧的。”思嘉唐突地说。阿奇在囚犯一事上对她的评判总是会激怒她。“我现在得走了。我要去准备晚饭,然后到商店去给雇员们发工钱,再到锯木厂去,付工钱给司机和休·埃尔辛。”

“噢,你要去锯木厂吗?”媚兰问,“希礼下午迟些时候要去锯木厂见休。你能不能把他留在那,直到五点钟,办得到吗?如果他回来早了,他一定会在我们做蛋糕或是什么的时候把我们当场逮住,那时他就一点也不会感到意外了。”

思嘉心里暗自发笑,心情又好了起来。

“好的,我会拖住他。”她说。

她这么说的时候,英蒂苍白、没有睫毛的眼睛跟她的对视了,目光似乎能洞察一切。“我一谈到希礼,她总是用这种奇怪的目光看着我。”思嘉心想。

“哦,把他拖住,到五点以后,能拖多久就拖多久。”媚兰说,“那以后,英蒂会赶着马车去接他回来……思嘉,你今晚一定要早点来。我不想让你错过招待会的每一分钟。”

思嘉赶车回家的时候,心里闷闷不乐地想:“她不想让我错过招待会的每一分钟,呃?哦,那么,她为什么不邀请我和她、英蒂和白蝶姑妈一起接待客人呢?”

一般说来,在梅利微不足道的晚会上招待不招待客人,思嘉是不会在乎的。可是,这次是媚兰举办过的最大型的晚会,而且又是希礼的生日晚会,思嘉很想站在希礼身边,和他一起接待客人。可是,她也知道自己为什么没有被邀请去接待客人。即使她还不知道这一点,瑞德对这件事的评价也已经够坦率的了。

“在所有出色的前南部邦联的拥护者和民主党人都到那里去的时候却有个支持北方政府的南方佬在那接待他们?你这观点真是太可爱了,就像他们是蠢人一样。只是因为梅利小姐对你很忠诚,你才被邀请的。”

那天下午要去商店和锯木厂的时候,思嘉比往常更为用心地打扮自己,穿的是一件淡绿色的闪光塔夫绸新裙子,在灯光下看上去就像淡紫色的,戴的是淡绿色的新帽子,深绿色的羽毛圈在周围。要是瑞德让她把刘海剪短,烫一下,梳在前额上就好了,那这帽子看上去会漂亮得多!可是瑞德已经声称,如果她把刘海剪短的话,他就要给她理个光头。而这些日子以来,他的行为非常粗暴,他真的会这么做的。

这是个令人愉悦的下午,虽然有太阳,但不会太热,虽然阳光明媚,但又不刺眼。和风吹过桃树街,树叶窸窣作响,思嘉帽子上的羽毛也被吹得跳起舞来。她的心也欢欣鼓舞的,每当要去见希礼的时候,她总是会这样。如果她早点把钱付给司机和休·埃尔辛的话,也许他们就会回家,把她和希礼单独留在锯木厂中间的四方形的小办公室里。这些日子里,单独见希礼的机会是太少太少了。想想看,媚兰居然叫她把他拖住!那太有趣了!

她到商店的时候,心里高兴极了。她甚至连问问当天的生意怎么样都没有,就把工钱付给了威利和其他站柜台的小伙子。这天是星期六,对商店来说,是一星期中最忙碌的日子,因为这天所有的农夫都会到城里来买东西。可她什么问题也没问。

在到锯木厂去的路上,她停下来十几次,和坐在豪华马车里的北方投机商的妻子们说话——但还不如她的豪华,她高兴地想——还和许多男人说话。他们在红尘滚滚的街上走过,手里拿着帽子,站在那恭维她。这是个美丽的下午,她非常高兴,看上去也很漂亮,而她的进展又是如此之好。因为这些耽搁,她比预定的时间更迟到达锯木厂,发现休和司机们都坐在一堆低低的木材上在等她。

"希礼在这吗?"

"在,他在办公室里。"休说,看到她兴高采烈、眉飞色舞的眼睛,往常那种忧虑的表情也从他脸上一扫而光,"他正在试图——我意思是说,他在查账本。"

"噢,他今天没必要费这心思的。"她说,然后,她放低声音,"梅利派我到这来拖住他,直到他们把房子准备好,开今晚的招待会。"

休笑了,因为他也要去参加招待会。他喜欢参加晚会,思嘉今天下午看来也很喜欢的。她把钱付给了卡车司机和休,然后贸然离开他们,朝办公室走去。她的样子显然说明,她并不在乎有没有人陪她去。希礼站在门边迎接她,他站在下午的阳光下,头发闪闪发亮,嘴上挂着一丝笑意,几乎是在咧着嘴笑了。

“哦,思嘉,这时候你到这来干什么?你为什么不到我家去帮媚兰准备惊喜晚会呢?”

“哎呀,卫希礼!”她气愤地叫了起来,“你本来是一点也不该知道的。如果你不感到吃惊,梅利会很失望的。”

“噢,我不会泄露的。我会是全亚特兰大最吃惊的人。”希礼说着,眼睛里满是笑意。

“好了,谁这么缺德,把这告诉你了?”

“实际上,梅利邀请的每个人都告诉我了。戈登将军是第一个。他说,女人要举办惊喜晚会的时候,往往就是在男人决定要在屋里擦拭、清洁枪支的那些晚上。这是他的经验。然后,梅里韦瑟老爷爷也警告我。他说,梅里韦瑟太太曾经给他开过一次惊喜晚会,而她却成了那里最吃惊的人,因为老爷爷一直在偷偷地用一瓶威士忌在治疗风湿病,他喝醉了,连床都下不了——噢,每个有人为他举办过惊喜晚会的男人都对我说了。”

“这些缺德鬼!”思嘉叫了起来,但她也只好笑了。

他那样笑的时候,看上去就像过去那个她知道的在十二棵橡树的希礼一样。而这些日子里,他笑的时候是太少了。空气这么轻柔,阳光这么柔和,希礼的脸这么欢快,他说的话又是这么毫无顾忌,她的心幸福地跳个不停。她满腔喜悦,由于高兴,连胸部都痛了起来,痛得就像高兴的热泪因没有流出来而在她心里成了个负担似的。突然间,她觉得自己又回到了十六岁的时候,既高兴,又激动,连气都喘不过来了。她有种很狂热的冲动,想一把抓下帽子,把它扔到空中去,大叫着“万岁!”可接着又想,要是她这么做的话,希礼不知会有多吃惊,于是她突然大笑起来,笑得眼里都溢出了泪水。他也大笑起来,笑得头直往后仰,仿佛他从笑中得到了很多乐趣。他心想,她那高兴劲是因为把梅利的秘密泄露出来的男人间那种友好的合谋而引起的。

“进来吧,思嘉。我在看账本。”

她走进小房间,屋里被下午的阳光照得明晃晃的。她在卷盖式的办公桌前面的椅子上坐下来。希礼跟在她后面,也在这张粗糙的桌子一角坐了下来,修长的双腿随意晃荡着。

"噢,今天下午,我们别跟账本打交道了,希礼!我就不能被打扰。我戴上新帽子的时候,所有我知道的数字似乎都从我头脑里消失了。"

"在帽子和那人一样漂亮的时候,数字就消失得无影无踪了。"他说,"思嘉,你一直都在越变越漂亮!"

他从桌上滑下来,笑了,拉起她的手,让手伸展开,好让他看她的裙子。"你真漂亮!我相信你永远也不会老!"

他的接触使她意识到,她一直在希望有这种事发生,虽然她自己一直没有察觉到这一点。这一整个幸福的下午,她一直在希望着能感受他手的温暖、他眼里的柔情、说明他在乎她的一句话。自从那个寒冷的冬日,他们在塔拉的果园里见过面后,这是第一次只有他们俩单独在一起的时候。他们的手第一次不是因为正式握手而碰到一起,虽然那漫长的岁月里,她一直都渴望着能有进一步的接触。可是现在——

他的手接触到她,她居然没有激动的感觉,这有多奇怪呀!过去,他一走近,她就会浑身发抖。现在的她却只感觉到一种颇为奇怪的友好和满足的温情。没有一股暖流从他的手里传到她的手里。被他的手抓着,她的心静如止水,很幸福,但很平静。这使她感到很困惑,有点仓皇失措。他还是她的希礼,还是她那聪明、罩着光环的心上人,她爱他胜过爱她自己的生命。那为什么又——

但她把这想法推到脑后去了。她跟他在一起,他握着她的手在笑着,完全是出于友情。虽然没有紧张感,没有触电感,但这已经够了。她想起他们之间有那么多没有明说的话,却还能如此相处,这似乎真是奇迹呢。他眼睛望住了她的,清澈而明亮,笑的方式正是她喜欢的过去的那种方式,那种笑的样子就好像他们之间从来没发生过别的事,只有令人高兴的事似的。现在,他的眼睛和她的眼睛之间没有什么障碍,没有使人困惑的疏远感。她大笑起来。

"噢,希礼,我越来越老,越来越憔悴了。"

"啊,那只是表面的!不,思嘉,即使你到了六十岁,对我来说,你还是一样的。我永远都会记得你在我们最后一次野餐会上的样子,坐在一棵橡树下，周围围着十几个男孩。我甚至还能说出你那天的打扮。你穿着一件白底起绿色碎花的裙子，肩上披着白色的镶边披巾。你还穿着小巧的绿色舞鞋，镶着黑色的花边，戴着一顶大大的麦秆草帽，系着长长的绿色飘带。我心里牢牢记住了那件裙子，因为我在监狱里以及情况很不好的时候，我就会把记忆中的事挖出来，像看照片一样一张一张地过一遍，把每个细节都回忆起来——"

他突然停下不说了，脸上那急迫的神情慢慢退去。他轻轻地把她的手放下，她则坐在那等着，等着他的下文。

"自那天以来，我们都走了很长很长的路，我们俩都是，对不对，思嘉？我们走过的路是我们从来都没有意料到要去走的。你很快、很直接就走了过来，而我走得很慢、很勉强。"

他重新在桌子上坐下，看着她，一丝淡淡的微笑又回到了他的脸上。可是这已经不是几分钟前使他如此快乐的微笑了。这是一丝惨笑。

"是的，你走得很快，把我绑在你的马车轮子上拖着走。思嘉，有时候，我有种不受个人感情影响的好奇，那就是想知道，要是没有你的话，我到底会发生什么事。"

思嘉很快便从他自己的角度为他辩护。她行动之所以这么快捷，是因为她脑海里浮现出了瑞德针对这同一个问题所说的那些话。

"可我从来没为你做过什么，希礼。没有我，你还是会一样的。总有一天，你会成为富有的人，成为你打算要做的伟人。"

"不，思嘉，伟大的种子从来就没有在我身上存在过。我认为，要是没有你的话，我早已默默无闻，被人忘却了——就像可怜的凯思琳·卡尔福特和这么多曾经有着伟大的姓氏和古老的姓氏的人一样。"

"噢，希礼，别这么说。听上去你好像很伤感。"

"不，我并不伤感。再也不伤感了。我曾经——曾经伤感过。可现在，我只是——"

他停下不说了。突然间，她明白了他的心思。当希礼的眼睛清澈明亮、心不在焉地越过她，看到别的地方去的时候，这还是她头一次明白他在想什么。在她心里被爱的烈火燃烧着的时候，他的心思对她是关闭的。而现在，在他们之间存在着平静的友谊的时候，她却能够稍微走进他的思想中去，能够稍许理解他了。他不再伤感了。南方投降后,他曾经伤感过,在她恳求他到亚特兰大来的时候,也伤感过。可现在,他只是顺其自然而已。

“我不喜欢听你那么说,希礼。”她急切地说,“你这么说就像瑞德一样。他对那种事以及他称之为适者生存的理论唠叨个没完,直到我厌烦得都要尖叫出来为止。”

希礼笑了。

“你有没有想过,思嘉,瑞德和我本质上是差不多的?”

“噢,不!你这么优秀,这么尊贵,而他——”她停下不说了,感到很慌乱。

“可是,我们是差不多的。我们来自同一种人,以同样的方式被抚养成人,受到培养去思考同样的事。在路上的某个地方,我们拐上了不同的岔道。我们思考的还是差不多的事情,但我们的行动却不一样。例如,我们两人都不相信战争,可我应征入伍了,他却一直不卷入其中,直到战争快结束的时候才去参战。我们两人都知道,战争全都是错误的。我们两人都知道,这场战争是不会胜利的。我愿意为一场不会胜利的战争而战斗。他却不愿。有时候,我会想,他才是对的,然后,再次——”

“噢,希礼,你什么时候才会不再从正反两面来看问题呢?”她问道。但她不像过去那样,说的时候并没有不耐烦的神情。“从两个方面看问题,谁也达不到目的的。”

“这话倒没错,可是——思嘉,那你要达到什么目的呢?我经常在纳闷。你瞧,我从来就不想达到什么目的。我只想做个真正的自己。”

她想达到什么目的呢?那真是个愚蠢的问题。钱和安全,当然。然而——她在寻思着。她有钱,而且在一个不安全的世界里,她也有人们所希望得到的安全感。可是,她现在一思考,又觉得它们都还不够。她现在一思考,它们并没有使她特别的快乐,虽然它们已经使她少受折磨,对未来也更不会感到害怕。“如果我既有钱又有安全感,还有你,那就是我想要达到的目的了。”她心里想着,渴望地看着他。可她没把这些话说出来,担心会破坏他们之间的那种吸引力,担心他的心会向她关闭。

“你只想做你自己?”她放声大笑,有点同情的意味,“最使我烦心的事一直就是不想做我自己!至于说我要达到什么目的,哦,我想我已经达到目的了。我想要富有,安全,而且——”

“可是思嘉,你有没有想过,我并不在乎我富有不富有?”

不,她从来就没想到过有人会不想富有。

“那么,你想要什么呢?”

“我现在也不知道。我曾经知道过,可现在都忘了一半了。大多数时候是想一人独处,不受我不喜欢的人折磨,被迫做我不想做的事。也许——我想过去的日子再回来,可是它们永远也不会回来了。对那些日子的回忆和在我耳边坍塌的世界把我弄得焦虑不安。”

思嘉固执地撅着嘴。并不是说她不知道他的意思。他的声调就让她想起了其他日子,那是别的任何东西都做不到的。这使她突然感到很伤心,因为她也记起来了。可是,那天在十二棵橡树的果园里,她被弄得病恹恹,惨兮兮的。她说过:“我决不往后看。”从那天起,她就已经别转脸,不看过去了。

“我更喜欢现在的日子。”她说,但她说这话时并没有看他的眼睛,“现在,总是有令人激动的事发生,有晚会和诸如此类的事。一切都有其闪光之处。过去的日子太无聊了。”(噢,慵懒的日子和温暖、静谧的乡间的曙光与暮色!小屋里传来的大声却很轻柔的大笑声!那时生活所具有的万般温馨以及知道所有的明天会带来什么的令人感到安慰的感觉!我怎能否认你们呢?)

“我更喜欢现在的日子。”她说着,声音却在发抖。

他从桌上滑下来,轻声笑着,表示不相信。他把手放在她的下巴上,托起她的面孔,让她面对着他。

“啊,思嘉,你真是个蹩脚的撒谎者!是的,现在的生活有其闪光之处——可以勉强这么说。这正是不对劲的地方。往昔的日子没有闪光之处,但有一种魅力、美感和慢节奏的魔力。”

她的思绪被扯成两半,不禁垂下了眼睛。他的声音、他手的接触,她早已经把通往它们的门上了锁,可现在,这些却又在轻轻地把那些门开启开来。在那些门后面,就是往昔日子的美妙之处。她心里不禁涌起一股对它们的向往之情,很伤感,又很迫切。可是她知道,不管那里有什么美妙之处,都只会停留在那里。在这些痛苦记忆的重压下,谁也不能够朝前迈步。

他托着她下巴的手放了下来，把她的一只手放在自己的两只手里，轻柔地握着。

“你还记得吗。”他说——她心里响起了一阵警告的铃声：别往后看！别往后看！

可她很快便对此置之不管了，一股幸福的浪潮卷着她冲向前去。她终于理解他了，他们的思想终于有共通之处了。这种时候太珍贵，不能失去的，不管这以后会有什么痛苦。

“你还记得吗？”他说，在他声音的魔力驱使下，小办公室的光秃秃的墙壁渐渐退去，那些年月也退置一边。在早已逝去的春天里，他们又一起在乡间的骑马小路上纵马前行。他说话的时候，握着她的手的手也越握越紧。他的声音里显露出那已经忘了一半的旧时感伤歌曲的魔力。她似乎可以听见他们在山茱萸树下骑马去参加塔尔顿家的野餐会时马勒的叮当声，听见了她自己无忧无虑的大笑声，看见太阳给他的头发镀上了一层银光，注意到他骑在马上的那种高傲、随意的优雅姿态。他的声音里带有音乐，那是小提琴和班卓琴弹奏的乐曲，他们曾在那白色的大房子里伴着那音乐跳舞，可现在这全都没有了。在秋日凉爽的月夜，从遥远的黑漆漆的沼泽地里，还会传来负鼠狗的叫声和盛蛋奶酒的碗散发出的香味，圣诞节时还有冬青树做成花环装饰着，还有黑人脸上和白人脸上的微笑。老朋友们也都成群结队地回来了，就好像这么多年来他们都没有死去似的：双腿修长、头发火红、爱搞恶作剧的斯图尔特和布伦特，和年轻的马匹一样野性十足的汤姆和博伊德，眼睛乌黑、热情如火的乔·方丹，行动无精打采却也有其优雅之处的凯德和雷福德·卡尔福特。还有卫约翰，因喝白兰地而满脸通红的嘉乐，说话悄声细语、香气袭人的埃伦。这一切。就存在着一种安全感，知道明天只会带来跟今天已经带来的同样的快乐。

他的声音消失了，他们久久地互相凝视着。在他们之间，是他们毫不经意地曾经共同享有过的青春岁月，阳光灿烂、已经逝去的岁月。

“现在，我明白你为什么不快乐了。”她忧伤地想，“我过去从来就没有明白过，我过去也从来不明白自己为什么也不快乐。可是——哦，我们说话就像老年人在说话一样！”她非常吃惊，沮丧地想着。“老年人总是往回看到五十年前去。可我们还不老！只是这期间发生了这么多事。一切都变了很多,就好像是五十年前的事一样。可我们还不老!”

然而,当她看着希礼时,发现他已经不再年轻,不再光彩夺目了。他低着头,心不在焉地看着她的手。此时,她的手还握在他的手里。她看到他曾经发亮的头发已经灰白,就像月光洒在静水上一样,一片银白。不知怎的,自从那个四月的下午开始,那靓丽的美感已经消失,也从她心里消失了,那种令人悲伤的甜丝丝的回忆却如同胆汁一般苦不堪言。

“我不该让他使我往后看的。”她绝望地想,“我说决不往后看时,我是对的。这太令人伤心了,它会在你心里撕扯着,直到你什么事也干不了,只会回顾过去。希礼不对劲的地方就在这。他再也不能朝前看了。他看不到现在,他害怕未来,所以他就往后看。我过去从来不理解。我过去从来不理解希礼。噢,希礼,我亲爱的,你不该往后看!那有什么好处呢?我不该让你诱使我去谈论过去的日子。你往后寻找幸福时,只会带来这种痛苦,这种心碎欲裂的感觉,这种不满足的感觉。”

她站起身来,她的手还握在他的手里。她必须离开。她不能待在这,回忆着过去的日子,看着他现在那张又疲倦、又伤心、又苍白的脸。

“自那些日子以来,我们都走了很长的路,希礼。”她说,努力让自己的声音不会发抖,拼命抑制住喉咙里的哽咽感,“我们那时有很好的打算,对不对?”然后,她又冲动地说:“噢,希礼,一切都没有像我们期望的那样成为事实!”

“从来没有,”他说,“生活并没有义务要把我们所期望得到的东西给我们。我们接受了我们得到的,而且为没有变得更糟而感到很感激。”

想起自那些日子以来走过的路,她的心突然隐隐作痛,烦闷不已。她记忆的脑海中浮现出喜欢有男朋友和漂亮衣服的郝思嘉,一旦有时间,她还在打算,总有一天要成为像埃伦那样的贵妇人。

没有任何要流泪的先兆,她眼里却已经溢满了泪水,泪水顺着面颊慢慢地滚落下来。她站在那无言地看着他,就像一个受到伤害的茫然的小女孩。他什么话也没说,默默地轻柔地把她揽在怀里,把她的头按在他的肩膀上,倾下身子,把自己的面颊贴在她的脸上。她靠着他,全身松软下来,双手环抱着他的身体。他的拥抱给了她安慰,帮她止住了突如其来的泪水。啊,在他怀里的感觉真好,没有激情,没有紧张感,只是作为一个亲爱的朋友偎在他怀里。只有希礼才能与她共享她的回忆和她的青春,才知道她的起点和现在,只有他才能理解她。

她听到了外面的脚步声,但没有多加注意,以为是司机们在回家的脚步声。她站了一会,听着希礼的心脏缓慢的跳动声。接着,他突然从她怀里挣脱出来。他如此粗暴使她感到很困惑。她抬起头看着他的脸,但他却不在看她。他的目光越过她的肩膀,朝门边看去。

她转过身,看到英蒂站在那,脸色惨白,暗淡的眼睛冒着火;还有阿奇,恶毒得就像只独眼鹦鹉一样。站在他们身后的是埃尔辛太太。

她根本不记得自己是怎么走出办公室的。可是,在希礼的命令下,她转瞬之间就迅速离开了,把希礼和阿奇留在那小房间里。他们在声色俱厉地说话,英蒂和埃尔辛太太则站在外面背对着她。羞辱和恐惧使她飞快地朝家里奔去,满脑子全是留着家长式胡子的阿奇变成了《旧约》中描写的复仇天使的形象。

屋里空荡荡的,整座房子沐浴在四月落日的余晖中。所有的仆人都去参加一个葬礼去了,而孩子们又都在媚兰的后院里玩。媚兰——

媚兰!一想到媚兰,她不禁周身发冷。她一边上楼朝自己的房间走去,一边想着。媚兰会听说这件事的。英蒂已经说了,她会告诉她的。噢,就因为能告诉她,英蒂因此就会感到很自豪。只要这么做能伤害思嘉,她就不会在乎她这么做会不会败坏希礼的名声,不在乎她会不会伤害媚兰!埃尔辛太太也会讲的,虽然只有英蒂和阿奇才在锯木厂办公室的门里边,她当时站在他们身后,实际上什么也没看到。可是,她还是会讲的。到吃晚饭时,这消息就会传遍全城。到明天吃早餐时,每个人,连黑人们都会知道了。在今晚的晚会上,女人们会聚在角落里,小心翼翼、不怀好意、兴高采烈地嘀咕着这件事。白太太思嘉从她那高贵、非凡的地位跌落下来了!这件事还会越传越离奇。连想制止都没有办法。传闻不会仅仅局限于事实真相,也就是她哭泣的时候,希礼只是用双臂搂着她而已。夜幕还未降临,人们就会说她犯了通奸罪。而这本来是这么单纯、这么甜蜜的事!思嘉狂乱地想:“如果那年圣诞节他休假回来我跟他吻别的时候被发现了——如果在塔拉的果园里我恳求他跟我私奔的时候被发现了——噢,如果我们是在真正有过失的任何时候被发现了,那也不至于这么糟!可是现在!现在!在我像个朋友一样依偎在他怀里的时候——”

可是,没有人会相信的。没有一个朋友会支持她。没有一个声音会说:“我不相信她会做什么出格的事。”她早已把老朋友都激怒了。现在,在他们中间,找不到任何一个声援者。她的新朋友默默地忍受着她傲慢无礼的行为和言语,巴不得有个机会来谩骂她。不,每个人都会相信有关她的事,尽管希礼这样的好人被卷入这种肮脏的事,他们也许会为此感到遗憾。像往常一样,他们会把过错全都推到女人身上,对男人的罪过却耸耸肩置之不理。而在这件事上,他们是对的,是她依偎在他怀里。

噢,她可以忍受会伤感情的言语行为,可以忍受冷落冒犯,可以忍受别人偷偷窃笑,可以忍受城里人说的任何话,如果她非得忍受的话——可是,媚兰却会让她受不了!噢,媚兰会让她受不了的!她也不知道自己为什么对媚兰会知道这件事这么在乎,对任何人都没有像对媚兰这样这么在乎。她太害怕了,过去的负疚感又压在她的心上,太沉重了,她连试图去理解都做不到。英蒂会告诉媚兰,说她发现希礼和思嘉在调情。想到媚兰眼里会出现的样子,思嘉不禁放声大哭。媚兰知道后会做些什么呢?离开希礼?为了维护尊严,她还能有别的选择吗?“而我和希礼又将怎么办呢?”她狂乱地想着,泪水顺着面颊流了下来,“噢,希礼会因羞辱而死,而且会因为我给他带来了这一切而恨我。”突然,她心里掠过一丝难以忍受的恐惧,泪水也戛然而止了。瑞德会怎么样?他会做些什么?

也许他永远也不会知道。那句老话是怎么说的,那句挖苦的话?“当丈夫的总是最后一个知道的。”也许没有人会告诉他的。要告诉瑞德这样的消息,那得有个很有勇气的人才行,因为瑞德可是有先开枪打人然后才问原因的名声的。求你了,上帝,别让谁这么有勇气,把这件事情告诉他!可是,她记得锯木厂办公室里阿奇的那张脸,那双冷漠、暗淡的眼睛,残忍无情,痛恨她及天底下所有的女人。阿奇既不怕上帝,也不怕人,他痛恨放荡的女人。他已经够痛恨她们的了,已经杀了一个女人。而且他也说了,他要告诉瑞德。即使希礼会尽最大的努力劝说他,他还是会告诉他的。除非希礼杀了他,要不阿奇就会告诉瑞德,他觉得,作为基督徒,他有责任这么做。

她脱下衣服,躺在床上,脑袋瓜在天旋地转。要是她能够把门锁上,永远、永远待在这安全的地方,再也不用见任何人,那该有多好啊。也许瑞德今晚还不会发现。她可以说她头痛,不想去参加招待会。等到早晨,她就可以想出一些借口了,一些能站得住脚的开脱之词。

"我现在不能想这事,"她绝望地想,把脸埋在枕头里,"我现在不能想这事。等我受得了的时候再想吧。"

夜幕降临了,她听到仆人们已经回来。在她看来,他们走来走去准备晚饭时似乎也很安静。或者说,是她那负疚的良心才使她有这种感觉呢?嬷嬷曾经来敲过门,但思嘉把她打发走了,说她不想吃晚饭。时间悄悄地过去了,她终于听到瑞德上楼的声音。他走到楼上的过道时,她非常紧张,聚精会神地准备跟他见面。但他走过去,回自己的房间去了。她松了一口气。他还没听说这事,感谢上帝,她的要求虽然不友好,但他还是很尊重她,从来没有再进过她的房间。因为,如果他现在看见她,她的脸就会把她的秘密暴露无遗。她必须鼓足勇气,告诉他她觉得不舒服,不能去参加招待会。哦,她还有足够的时间来使自己平静下来。真的有时间吗?自从下午那可怕的一刻开始,时间似乎都静止不动了。她听到瑞德在自己的房间里徘徊了好长时间,偶尔还跟波克说会话。可她还是找不到足够的勇气去叫他。她在黑暗中躺在床上,浑身发抖。

过了好长时间,他敲了敲门,她尽力控制着自己的声音说道:"进来。"

"我真的被邀请到这圣室里来了吗?"他边问边开了门。房间里很暗,她看不见他的脸。从他的声音里,她什么也听不出来。他走了进来,把门关上。

"你准备好参加招待会了吗?"

"很抱歉,我头痛。"她的声音听上去很自然,这有多奇怪啊!为这一片黑暗,真该感谢上帝!"我觉得我去不了。你去吧,瑞德,你跟媚兰说,我很抱歉。"

停了好一会,他才在黑暗中用慢吞吞、带嘲讽的声音说道:

"你真是个怯懦、胆小的小娼妇。"

他知道了!她躺在床上颤抖着,一句话也说不出来。她听到他在黑暗中摸索着,划燃一根火柴,房间里顿时一片光明。他走到床边,低头看着她。她看到他穿着晚礼服。

“起来,”他说道,声音里没有任何感情色彩,“我们要去参加招待会。你得快点。”

“噢,瑞德,我不能去。你看——”

“我看得出来。起床。”

“瑞德,阿奇敢——”

“阿奇当然敢。阿奇是个勇敢的人。”

“你真该为他撒谎而杀了他——”

“我有个奇怪的行事方式,不会为人们说真话而杀了他们。现在没有时间争论了。起床。”

她坐了起来,把晨衣裹紧一些,眼睛搜寻着他的脸。那张脸黝黑黝黑的,毫无表情。

“我不去,瑞德。我不能去,等到这——误会消除了再说。”

“如果你今晚不露面,那你的有生之年就再也别想在这城里露面了。我可能还能忍受妻子的放荡行为,但我容忍不了一个胆小鬼。你今晚一定要去,即使从亚历克斯·斯蒂芬斯开始的每个人都要用刀砍了你,即使卫太太叫我们离开她的房子,那也得去。”

“瑞德,让我解释一下。”

“我不想听。没有时间了。穿上衣服。”

“他们误会了——英蒂和埃尔辛太太,还有阿奇。他们都恨我。英蒂这么恨我,她甚至会说有关自己的哥哥的假话,好让我看上去很坏。只要你让我解释一下——”

“噢,圣母,”她痛苦地想,“要是他说:‘请你解释吧!’那我要说些什么?我怎么解释呢?”

“他们会对每个人说谎的。我今晚不能去。”

“你一定要去,”他说,“就算我要拧着你的脖子拉着你走,一路上每走一步就在你那一直很迷人的屁股上踹上一脚,你也得去。”

他一把把她拉起来,目光非常冷漠。他抓起她的胸衣,向她扔过去。

“把它们穿上。我来给你系带子。噢,是的,我完全知道怎么系带子。不,我不会叫嬷嬷来帮你,让你把门锁上,像个胆小鬼一样躲在这里。”

“我不是胆小鬼,”她大叫着,恐惧感被刺得无影无踪,“我——”

“噢,饶了我吧,不要给我讲你如何打死北方佬,如何面对舍曼的部队的传奇故事。你是个胆小鬼——还有些别的称呼呢。即使不是为你自己考虑,为邦妮的缘故,你今晚也得去。你怎么能再毁掉她的机会?穿上胸衣,快点。”

她迅速脱下晨衣,只穿着内衣站在那。要是他能看看她,看到她只穿着内衣看上去有多漂亮,也许他脸上那骇人的表情就会不见了。毕竟他已经很久很久没看见她穿着内衣的形象了。可是他并没有看她。他在她的壁橱那迅速翻找着她的衣服。他翻找着,拉出了她那件绿玉色的波纹绸新裙子。这裙子胸口开得很低,后部有个很大的撑架,撑架上是一大束粉色天鹅绒做的玫瑰花。

“穿这件。”他说,把裙子扔到床上,朝她走过来,“今晚不能穿朴素、稳重的鸽灰色和丁香色的衣服。你的旗帜必须钉在桅杆上,因为就算你过去没有把它撞倒,现在显然也已经把它撞倒了。还要涂上很厚的口红。我敢肯定,一个女人若跟自以为讲道德的人通奸,她的脸色看上去也不及你这样一半的苍白。转过身。”

他两手抓起胸衣的带子,用力猛拉,她不禁大叫起来。这不适当的动作使她感到既害怕,又羞辱,又尴尬。

“弄痛你了,是不是?”他唐突地笑了起来,她还是看不清他的脸。“很遗憾,这带子没系在你的脖子上。”

媚兰的家里每个房间都亮着灯,街上,离得很远就能听到音乐声。他们在屋前停下时,许多人已经乐在其中,那欢快、激动的声音弥漫开来。屋里挤满了客人,里面挤不下,已经被挤到外面的游廊上,还有许多人坐在场院里的长凳上,场院里挂着暗淡的灯笼。

“我不能进去——我不能去,”思嘉坐在马车里,心里想着,紧紧抓着揉成一团的手帕,“我不能。我不进去。我要跳下马车跑掉,跑到某个地方去,跑回塔拉的家里去。为什么瑞德要强迫我到这来?人们会怎么样呢?媚兰会做些什么呢?她看上去会怎么样?噢,我没法面对她。我要跑掉。”

就好像看透了她的心思似的,瑞德的手紧紧抓着她的手臂,好像都要把它抓破,留下伤痕了,这出自一个粗心的陌生人的粗鲁之手。

“我从来不知道爱尔兰人也会是胆小鬼。你那大吹特吹的勇气都到哪儿去了?”

“瑞德,求你了,让我回家去解释。”

“你有永恒的时间解释,却只有一个晚上在竞技场当殉难者。下来吧,亲爱的,让我看着狮子们把你活活吞了。下来。”

她不知道自己是怎么走过人行小路的,她挽着的手臂像花岗岩一样又硬又稳,这传给了她些微的勇气。上帝,她能够面对他们,而且,她要去面对他们。他们都是些什么人?只不过是嫉妒她的一群喵喵乱叫、爪子乱抓的猫罢了。她得让他们知道,她并不在乎他们怎么想。只有媚兰除外——只有媚兰除外。

他们走到门廊边,瑞德手里拿着帽子,左右点头忙着行礼,他的声音冷静而轻柔。他们走进房间时,音乐停了下来,对困惑不解的她来说,人群似乎就像大海里的浪潮一样向她涌来,然后又退去,声音也越来越小,渐渐远去。是不是每个人都要砍了她呢?哦,去他妈的,让他们砍好了!她扬起下巴,面露笑容,眼角也眯了起来。

不等她转身张口对站在最靠近门边的人说话,有人便穿过拥挤的人群向她走来了。思嘉心里奇怪地咯噔了一下。接着,媚兰便迈着小脚从小路上匆匆走来,赶过来到门口迎接思嘉,赶在任何人跟她说话之前来跟她说话。她窄小的肩膀挺得很平,小小的下颚愤愤不平地绷着,那样子就好像为了思嘉,她宁愿不要别的所有客人似的。她走到她身边,一只手臂环住了她的腰。

“多漂亮的裙子呀,亲爱的。”她那清晰的声音小声说道,“你是不是天使呀?英蒂今晚不能来帮我。你能不能帮我招待客人呢?”

# 第五十四章

再次安全地待在自己的房间里以后，思嘉扑倒在床上，根本顾不了波纹绸裙子、撑架和玫瑰花。有一阵子，她只能静静地躺在那，想着自己站在媚兰和希礼中间迎接客人的情景。多可怕呀！她宁愿再次面对舍曼的部队，也不愿再去做那种事！过了一会，她从床上爬起来，不安地在房间里踱着步，边走边脱掉衣服。

紧张感回到她身上来了，她开始浑身发抖。发夹从她的手指间滑落，叮当作响地掉在地上。她想把头发弄成通常那种有上百个发卷的样子时，头梳背戳到太阳穴上，弄得生疼。她蹑手蹑脚地走到门边不下十几次，想听听楼下的声音。可是，底下的过道里寂然无声，就像个黑漆漆、静悄悄的黑洞一样。

晚会结束后，瑞德让她单独坐马车回家，她不禁感谢上帝暂时解救了她。他还没有回家来。谢天谢地，他还没有回家来。她今晚感到又耻辱，又害怕，浑身发抖，她没法面对他。可是他在哪儿呢？很可能是在那个贱人那里。思嘉头一次为有贝尔·沃特琳这么一个人而感到高兴。除了这个家，还有其他地方收留瑞德，让他那激愤的、非常危险的情绪平息下来，她为此感到很高兴。可那是不对劲的，居然为自己的丈夫在一个妓女的家里而感到高兴，可是她也无能为力了。如果他死了，那也就意味着她今晚不必见他，她差不多也会感到高兴的。

明天——哦，明天又是新的一天了。到了明天，她就会想出一些借口，想出一些反驳的话，想出某种反倒使瑞德觉得内疚的方法来。到了明天，有关这个可怕的夜晚的记忆就不会这么强烈地使她浑身发抖了。到了明天，她就不会被希礼的那张脸、他受损的傲气和他的耻辱感纠缠着了——这是由她引起的耻辱，他几乎没扮演什么角色，却要蒙受耻辱。他现在是不是恨她了呢？她那亲爱的、尊贵的希礼，就因为她使他蒙受了耻辱？他现在当然会恨她——媚兰愤愤不平地挺直瘦弱的双肩，走过光滑的地面，把手臂挽在思嘉的手臂下，面对着那群奇怪、邪恶和隐隐有敌对情绪的人时，她声音里毫无保留的信任感已经救了他们俩。一整个可怕的晚上，媚兰一直让思嘉站在她身边，她使这一丑闻化为了泡影，这方法有多巧妙呀！人们有点冷淡，又有点茫然不解，但他们都还很有礼貌。

噢，这所有的耻辱都被媚兰的裙子遮盖起来了，这使她不会受那些恨她的人的攻击，而他们本来是可能用他们的低声嘀咕把她撕成碎片的！她受到了媚兰盲目的信任的保护，不是别人，偏偏是媚兰！

想到这点，思嘉打了个寒战，浑身颤抖不已。她必须喝一杯，在她能够躺下，希望能睡着以前喝上几杯。她在睡衣外面罩上一件晨衣，急匆匆地走到黑漆漆的过道上，寂静中，她那没有鞋帮的拖鞋发出了很响的声音。还没往房门紧闭的餐厅那望上一眼，她已经下了一半楼梯了。她看到从餐厅的门缝底下露出一小缕亮光来。她的心在那一刻似乎都停止了跳动。她回家的时候，那灯是不是一直就在点着，只是因为她太沮丧了，所以才没有注意到？还是说瑞德最终还是回家来了？他可以从厨房门悄悄地进来。如果瑞德在家，那她就要蹑手蹑脚地回到床上去，白兰地也不喝了，虽然她急需喝上一口。那样，她就不必面对他了。一旦回到自己的房间，她就会很安全，因为她可以把门锁上。

她倾下身子，想把拖鞋脱掉，这样她就可以不发出声响就悄悄地奔回房间去。这时，餐厅的门突然开了，瑞德站在那，身后的蜡烛光映出了他的身影。他看上去块头很大，比她任何时候看过的他块头都更大。一个可怕的身影站在那里，脸部轮廓看不清楚，人影也不太稳定。

"请加入我的行列吧，白太太。"他说，声音有点浑厚。

他喝醉了，而且也已经表现出来。过去从来没见过他露出喝醉过的模样，不管他喝了多少。她拿不定主意，停顿一下，什么也没说。他的手臂挥了一下，做了个下命令的手势。

"到这来,你这该死的!"他粗鲁地说。

"他一定喝得很醉了。"她心想,心怦怦怦地跳得飞快。通常情况下,他喝得越多,举止就显得越有教养。他更会讥笑挖苦人,说的话讽刺意味也更强,但伴之而来的举止却总是很审慎的——而且是太审慎了。

"我决不能让他知道我害怕面对他。"她心想,把晨衣往脖子那拉紧了一些,高昂着头走下楼梯,鞋跟啪嗒啪嗒地发出很响的声音。

他闪到一边,给她行了一个礼,让她走进餐厅,那种嘲弄的意味使她心里直发毛。她看到他没穿上衣,领带的两头垂挂在敞开的领口两边,衬衫从领口一直到胸部都没扣上,露出了浓密乌黑的胸毛。他头发凌乱,两眼布满血丝,眯缝着。桌上点着一根蜡烛,一小束亮光在天花板很高的房间里映照出巨型的影子,使那巨大的餐具柜和碗柜看上去就像蹲伏在那一动不动的野兽一样。桌子上的银制盘子里放着细颈瓶,上面盖着雕花玻璃塞子,周围放着杯子。

"坐下。"他简短地说,跟着她走进餐厅。

现在,一种新的恐惧攫住了她的心,跟这恐惧相比,面对他的那种惊恐就似乎是没什么大不了的事了。他看着她,说着话,那神情、那举止就像是个陌生人一样。这个瑞德的举止是最没教养的,是个她从来没见过的瑞德。在任何时候,甚至在最亲密的时刻,他最多也只是表现得无动于衷而已。连生气的时候,他也是温文尔雅、讽刺挖苦的,而威士忌通常又使这些特点更加突出。起初,这使她很不安,曾经试图把他这种无动于衷捣毁掉,但她很快就接受了,把它当成一种很合宜的事。几年来,她一直认为,对他来说,那是什么事都不重要的,他把生活中的任何事情,包括她在内,都当成一种具有讽刺意味的玩笑。可是,她在桌子对面面对着他坐在那里时,她意识到,终究还是有某些东西对他来说是很重要的,非常非常重要,这不禁使她的心直往下沉。

"你没有理由不戴睡帽,哪怕我在家再没有教养也一样。"他说,"要不要我给你倒杯酒?"

"我不想喝酒。"她硬邦邦地回答说,"我听到有声响,就来——"

"你什么也没听到。如果你认为我在家,你是绝对不会下来的。我一直坐在这,听到你在楼上走来走去。你一定很想喝一杯。喝吧。"

“我不想——”

他抓起酒瓶，倒了一杯，手都端不稳了。

“喝吧。”他说，把杯子塞进她手里，“你浑身都在发抖。噢，别端架子了。我知道你暗地里一直在喝酒，我还知道你能喝多少。一段时间以来，我一直打算告诉你，别那么刻意地装腔作势，想喝就公开喝得了。你以为你若爱喝白兰地的话，我会在乎吗？”

她接过湿漉漉的杯子，暗暗诅咒着他。他看得透她的心思，就像看一本书一样。他总是能看透她的心思，而他是这世界上唯一一个她想对之隐瞒真实想法的人。

“我说，喝吧。”

她端起杯子，手臂猛地一抬，酒就已经入了肚，手腕却是僵直不动的。嘉乐过去喝纯威士忌的时候就是这么喝的。不等她想到这看上去有多熟练，有多不得体，酒就已经下了肚。他也注意到了这喝酒的姿势，嘴角都拉了下去。

“坐下，我们可以就刚刚参加过的讲究的招待会来一番令人愉快的家庭讨论了。”

“你喝醉了，”她冷冷地说，“我要去睡了。”

“我喝醉了，而且今晚我还打算喝得更醉一些。可是，你是不能去睡的——现在还不能去。坐下吧。”

他的声音还有往常那慢吞吞的意味，但从他的话里，她可以感觉到凶暴正尽力要爆发出来，这凶暴将会很残酷，就像皮鞭被折断时那样。她犹豫不决的，不知怎么办才好。他却已经来到她的身边，手抓住她的胳膊，把她都弄痛了。他只轻轻地一拧她的胳膊，她便颓然坐了下去，痛得低声叫了出来。现在，她害怕极了，她这辈子还从来没有这么害怕过。他朝她倾过身子时，她看到他黝黑的脸红通通的，眼里还闪着那令人害怕的光芒。他那深邃的眼里有某种东西是她从来都不知道，从来都不理解的，那是比怒气更深层的东西，比痛苦更强烈的东西。这种东西驱使着他，使他的两眼就像两个燃烧着的火红的煤球一样。他低头看着她，看了很久，看得她那挑战性的目光游移不定，继而垂下了眼睑。然后，他跌坐在她对面的一张椅子上，又给自己倒了一杯酒。她思绪急速地运转着，试图筑起一道防御的战线。可是，直到他开口,她也不知道自己要说些什么,因为她不知道他具体要指责她的是些什么事。

他慢慢地啜饮着,从杯子上方看着她。她绷紧神经,尽力想让自己不发抖。有好一阵,他的表情都没有变,但最后却放声大笑起来,眼睛还是没有离开她。听到这笑声,她根本没法使自己不发抖。

“这真是很有趣的喜剧,就是今天晚上,对不对?”

她没有吭声,穿着宽松拖鞋的脚弯着脚趾,努力想控制住自己发抖的身子。

“令人愉快的喜剧,一个人物也没有缺席。居民们聚集在一块,要向有罪过的女人扔石头,含冤的丈夫还像个绅士应该做的那样支持自己的妻子,含冤的妻子带着基督徒的精神迈步进场,还在那精神上罩上了她那毫无污点的名声的外衣。而情人——”

“请你别说了。”

“我要说。今晚我要说。这太有趣了。而那个情人看上去就像个该死的傻瓜似的,恨不得自己死了才好。亲爱的,身边站着你所恨的人,为你遮盖你的罪过,你感觉怎么样?坐下。”

她坐了下来。

“就是这样,你也不会更喜欢她的,我想。你在纳闷,她是不是知道你和希礼的全部事情——在纳闷她要是知道了,为什么还要这么做——她这么做是不是为了维护自己的面子。你还在想,她这么做真是个傻瓜,就算她保住了你的脸面也一样,可是——”

“我不想听——”

“不,你应该听。我要把这些告诉你,让你少担点心。梅利小姐是个傻瓜,但不是你认为的那一种。很明显,有人把这事告诉她了,但她不相信。即使她亲眼看见了,她也不会相信。她身上的节操太多了,根本想不到她所爱的人也会做出什么不名誉的事来。我不知道卫希礼对她撒了什么谎——但是,任何蹩脚的谎言都能奏效的,因为她爱希礼,也爱你。我敢肯定,我虽然不明白她为什么爱你,但我看得出来,她很爱你。让这爱成为压在你心头的十字架之一吧。”

“如果你没喝这么醉,不会如此侮辱人,我就对你解释一切。”思嘉说,身上恢复了某些尊严，“可是现在——”

“我对你的解释不感兴趣。对事实真相，我知道得比你更清楚。看在上帝分上，你要是从那椅子上再站起来一次——

“我发现，比今晚的喜剧更有趣的是，你这么贞洁，因为我有许多罪恶而拒绝给我床第之欢，可你心里却一直对卫希礼怀有欲望。‘心里怀有欲望。’真是不赖的词句，对不对？那本书里有很多好词好句的，对不对？”

“什么书？什么书？”她不知所措，毫无关联的思绪在驰骋着，眼睛狂乱地环视着房间各处。她注意到，在昏暗的灯光下，那大型的银器有多笨重，而房间各个角落又黑得多么可怕。

“我被拒之门外，是因为我那粗俗的情欲太旺盛了，配不上你的高雅——因为你不想再要孩子。那使我感觉有多糟呀，我的心肝！那对我伤害有多深！所以我就出去寻找令人快慰的安慰，让你自个高雅去。而你却把那些时间花在追逐长期以来痛苦不堪的卫希礼上。去他妈的，是什么使他痛苦呢？有他那心思，他不可能对他的妻子忠诚，也不可能从肉体上对他的妻子不忠诚。他干吗不下定决心呢？你不会反对怀上他的孩子吧，对不对——然后再假冒成是我的？”

她大叫一声，跳起身来，他则从他的座位上冲上前来，放声大笑，是那种使她周身血液发冷的轻柔的笑声。他用棕色的大手把她按回椅子上坐下，俯身在她上方。

“注意看看我的手，亲爱的。”他说，在她面前屈伸着双手，“我毫不费劲就可以用这双手把你撕成碎片，如果这能把希礼从你的头脑里赶走，我是会这么做的。可是，这么做赶不走他。所以，我想，我还是用这种方法来把他从你脑海里永远赶跑吧。我要把手放在你的头上，就这样，一边一只。我要把你的头颅像个核桃一样放在中间用力猛击，这样才能把他赶跑。”

他的手已经放到了她的头上，手指插在她的头发里面，用力按着，把她的脸抬起来面对着他的脸。她看到的是一个陌生人，一个醉醺醺的、说话慢吞吞的陌生人。她从来就不缺乏非凡的勇气，面对着危险的时候，那勇气便倏然间回到了她的血管里，使她热血沸腾，腰杆挺直，眼睛也眯缝起来。

“你这醉鬼、傻瓜，”她说，“把手从我身上拿开。”

使她感到吃惊的是，他真的这么做了，然后坐在桌子的一角，又给自己倒了一杯酒。

“我一直就很佩服你的精神，亲爱的。现在更是如此，在你被逼入死角的时候。”

她把晨衣紧紧裹在身上。噢，要是她能回到自己的房间，把那结实的门锁上，自己一人待着，那该有多好呀。不管怎么样，她应该避开他，胁迫他，使他屈服，这个她过去从来没有见过的瑞德。她虽然腿还在发抖，但还是从容地站起来，把臀部的晨衣裹紧一些，把脸上的头发往后一甩。

“我没有被逼入死角，”她厉声说道，“你永远也无法把我逼入死角，白瑞德，也吓不倒我。你啥也不是，只是一个醉醺醺的畜生。你和坏女人厮混了这么久，除了怎么坏以外，你什么也不理解。你无法理解希礼和我。你一直生活在泥泞污垢当中，别的什么也不知道。你在妒忌你无法理解的某些东西。晚安。”

她满不在乎地站起来，朝门口走去，可他的一阵大笑却使她停下了脚步。她转过身，他摇摇晃晃地朝她走来。看在上帝分上，要是他能停下他那可怕的笑声就好了！这一切当中，有什么好笑的呢？他朝她走来时，她朝门口退去，却发现自己退到了墙边。他把手重重地放在她的身上，把她的肩膀按在墙上。

“不要笑。”

“我笑是因为我可怜你。”

“可怜——可怜我？还是可怜可怜你自己吧。”

“是的，上帝在上，我可怜你，亲爱的，我漂亮的小傻瓜。这话伤害你了，对不对？你受不了笑，也受不了可怜，对不对？”

他停下不笑了，沉重地靠在她的肩膀上，弄得她的肩膀生疼。他的脸变了，朝她凑得很近，嘴里呼出的浓郁的威士忌味不由得使她把头扭开。

“嫉妒，我会吗？”他说，“为什么不呢？噢，是的，我嫉妒卫希礼。为什么不呢？噢，别想说什么话来作解释了。我知道，从肉体上说，你没做什么对不起我的事。那就是你想要说的吗？噢，我一直都知道这一点。这些年来都知道。我怎么知道的？噢，哦，我了解卫希礼和他那一类人。我知道他很高贵，是个绅士。而这点，亲爱的，对你——或者说对我，就不能那么说了。我们不是绅士，我们并不高贵，是吗？那就是为什么我们像绿色的月桂树一样枝繁叶茂的缘故。”

“放开我。我不想站在这让你侮辱。”

“我并没有侮辱你。我是在赞扬你身体这方面的贞洁。这一点也骗不了我。你以为男人都是傻瓜,思嘉。低估你的对手的力量和才智,那是绝对不划算的。而我不是傻瓜。你躺在我的怀里,却把我当成卫希礼,你没想到我是知道这一点的吧?”

她的下颚拉了下来,恐惧和吃惊清楚明白地写在她的脸上。

“那真是乐事,实际上还相当怪异,就像是床上有三个人,而本来是只应该有两个人的。”他轻轻地摇着她的肩膀,打着嗝,嘲弄似的微笑着。

“噢,是的,你一直没有做对不起我的事,因为希礼没有要你。可是,见鬼,我不该因为你的身体而妒忌他的。我知道身体是多么的微不足道——特别是女人的身体。可是,我确实因为你的心,因为你的铁石心肠、肆无忌惮,因为你那珍贵而固执的思想妒忌他。他不想要你的思想,这个傻瓜,而我不想要你的身体。我可以低价买到女人。可我真的想要你的思想和你的心,而我又永远都得不到它们,就像你永远得不到希礼的思想一样。这就是我为什么可怜你的原因。”

即使在她害怕、茫然的时候,他的讥笑也刺痛了她。

“可怜——我?”

“是的,可怜你,因为你真像个孩子,思嘉。一个哭着要月亮的孩子。一个孩子,就算他得到了月亮,他又能把它怎么样呢?而你和希礼又能怎么样呢?是的,我可怜你——看到你用双手把幸福扔掉,却伸出双手去追逐绝对不会使你幸福的东西,所以,我可怜你。我可怜你是因为你是一个傻瓜,你不知道,除非同类人结成夫妻,要不然是不可能会有幸福的。如果我死了,梅利小姐也死了,你能得到你那心爱的、尊贵的情人,你以为你跟他在一起就会幸福吗?见鬼,不会的!你永远也不会懂他,不会知道他在想什么,永远不会理解他,就像你不理解音乐、诗歌和书或者任何不是美元和美分的东西一样。而我们,我心里亲爱的妻子,如果你能给我们一半的机会,我们就可以非常美满幸福,因为我们太相像了。我们俩都是无赖,思嘉,而我们一旦想要什么,那没有什么是我们得不到的。我们本来是可以很幸福的,因为我爱你,我也了解你,思嘉,从骨子里了解你。我了解你的方式是希礼决不可能知道的。而如若他真的知道的话，那他是会鄙视你的……可是，你却不，你却把一辈子的精力都放在追逐一个你永远也无法理解的男人身上。而我，亲爱的，将会继续追逐妓女。我敢说，我们比大多数夫妻都相处得更好。”

他突然放开她，摇摇晃晃地朝酒瓶走回去。有好一会，思嘉站在那像生了根似的，思绪纷繁复杂，在她的脑海里迅速地跳进跳出，可她却没法抓住哪一点，以便能好好想想。瑞德说过他爱她。他是当真的吗？还是说他是在说醉话呢？或者说，这也是他那些可怕的玩笑之一？而希礼——月亮——哭着要月亮。她迅速跑进黑暗的过道，仿佛被魔鬼追逐着一般。噢，要是她能够回到自己的房间就好了！她的踝关节一扭，拖鞋脱落了一半。当她停下来疯狂地踢蹬着要松开拖鞋时，黑暗中，瑞德已经像个印第安人一样轻捷地跑到她身边。他呼出来的热气喷到她脸上，双手粗鲁地伸到她的身体上，伸到她的晨衣底下，触到了她的肌肤。

“你在追他，却把我赶到城里去。上帝作证，今晚上可是只会有两个人在床上的时候。”

他一把把她抱起来，使她离开了地面，开始上楼梯。她的头被紧紧压在他的胸口，耳朵可以听到他的心脏在有力地跳动着。他弄痛了她，她叫了起来，闷声闷气的，很害怕。他在一片漆黑的楼梯上往上走着，走着走着，而她害怕得都要发疯了。他是个疯狂的陌生人，而周围一片黑暗，是她一无所知的全然的黑暗，比躺在坟墓里还更漆黑的黑暗。他就像死神一样，抱着她离开今生这个世界，抱得她全身发痛。她被他的身体压得难受，不禁尖叫起来。在楼梯平台上，他突然停了下来，在怀里猛地把她转过来，俯下身，粗野地、完全投入地吻着她。这使她头脑里的一切都消失得无影无踪，只知道自己正在沉入一片黑暗当中，只感觉到他的嘴唇印到了她的嘴唇上。他浑身发抖，似乎他正站在强劲的狂风中一样，嘴唇从她的嘴上往下游移到了她的身体上。晨衣滑落了，他的嘴唇吻着了她柔软的肌肤。他嘴里念念有词的，但她听不见他在说什么，他的嘴唇喷发出她从来没有感觉过的情感。她成了黑暗，他也成了黑暗，在这以前什么也没有存在过，只有黑暗和他吻在她身上的嘴唇。她想说话，但他的嘴唇再次吻住了她的嘴唇。突然，她兴奋异常，一阵战栗，这是她从来不曾有过的：快乐、害怕、疯狂、激动，她向太过有力的双臂、太过炽热的双唇、脚步太过匆促的命运屈服了。在她的生活中，她头一次碰到了比她更强的人，比她更强的东西，是一个她既不能欺负也不能摧毁的人，一个在蹂躏她、摧毁她的人。不知怎的，她的双臂便环住了他的脖子，她的嘴唇在他的唇下颤抖着，他们又一次在上升，升到黑暗当中去，升到温柔、旋转、被密封起来的黑暗当中去。

第二天早晨她醒来的时候，他已经走了。要不是她身边皱巴巴的凌乱不堪的枕头，她一定会认为前一天晚上发生的事只是一场荒诞、愚蠢的梦而已。想起那事，她脸刷地红了，把床单往上拉到脖子底下，躺在那沐浴着阳光，试图把脑海里纷乱的印象理理清。

首先浮现在眼前的是两件事。她和瑞德已经一起生活了好几年，跟他一起睡，一起吃，和他吵架，为他生孩子——然而，她却不了解他。那个抱着她走上黑漆漆的楼梯的人是个陌生人，她连做梦也没梦见过他。而现在，虽然她尽力想让自己去恨他，尽力要显得很气愤，但她却做不到。在一个狂乱、疯狂的夜晚，他已经使她威风扫地，使她受到伤害，而且野蛮地要了她，而她却为此而欣喜若狂。

噢，她应该感到耻辱，应该不敢去回忆那个炽热、黑暗的漩涡！一个贵妇人，一个真正的贵妇人，有了这么一个夜晚，那是再也抬不起头来的。可是，比耻辱更强烈的感觉，却是销魂的记忆，是被征服的心醉神迷的记忆。在她的生活中，她头一次觉得有了活力，觉得有了势不可当、质朴自然的激情，就像她逃离亚特兰大的那个夜晚经历过的恐惧一样，而且还感到有种令人目眩的甜蜜感，就像她枪杀了那个北方佬时感到的冷酷的仇恨一样。

瑞德爱她！至少，他说过他爱她。她现在又怎么能怀疑这一点呢？这是多么奇怪，多么令人不解，又是多么的令人不可置信呀。他爱她，这个她如此冷冰冰地跟他一起生活的野蛮的陌生人会爱她。这一明示，她的感觉如何是怎么样的，这连她自己也不太确定。但现在想起这一点，她不禁大笑起来。他爱她，这么说，她终于得到他了。最初，她曾经想诱使他爱上她，这样，她就可以在他那傲慢无礼的黑发脑袋上方挥舞着鞭子。她几乎都把这最初的欲望忘掉了，可现在，这种念头又回来了，这使她感到很满足。一整个晚上，他把她置于他的摆布之下，可是现在，她知道他那副盔甲的弱点了。

从现在开始,无论在哪里,只要她需要他,她就可以得到他。她在他的讥笑下已经痛苦了很长时间,但现在她掌握了他,只要她有心竖起一个铁箍,她就可以让他跳进去。

当她想到要再跟他见面,要在清醒的白天面对着他时,周身不禁涌起了一股不安、尴尬的激动感,伴之而来的却又是一阵令人激动的快乐感。

"我像个新娘一样感到很不安呢,"她心里想,"居然是因为瑞德而感到不安!"想到这,她不禁傻乎乎地咯咯直笑。

可是,午饭时瑞德没有露面,晚饭桌上也没有出现。一个晚上过去了,那是一个漫漫的长夜,她一直没合眼,醒着直到天亮,老是竖着耳朵倾听着钥匙插进锁孔的声音。可是,他没有回来。第二天又过去了,还是没有传来他的消息。她既失望又担心,都要发狂了。她从银行经过,但他不在那里。她到店里去,对每个人都很尖刻,因为每次门一开,有顾客进来的时候,她都很紧张地抬起头来,希望会是瑞德。她到锯木厂去,折磨着休,直到他躲到一堆木材后面去。可是,瑞德并没有到那里去找她。

她不能屈尊去问朋友们,是不是看到过他。她也不能询问仆人们有关他的消息。可是,她觉得他们知道一些她不知道的事。黑人们总是什么都知道的。那两天,嬷嬷非同寻常的沉默。她从眼角瞟着思嘉,但什么也没说。第二个晚上又过去之后,思嘉下定决心要去报警。也许他出事了;也许他的马把他掀翻了,他正躺在哪道沟里无人相助呢;也许——噢,可怕的想法——也许他已经死了。

第二天早晨,她已经吃过早饭,正在房间里戴帽子。这时,她听见楼梯上传来轻快的脚步声。她稍带感激地颓然坐在床上,这时,瑞德走进房间。他刚刚理过发,刮过胡子,并且按摩推拿过,也没有喝醉,很清醒,但他的眼睛布满血丝,脸因酗酒而显得有点浮肿。他轻率地朝她一挥手,说道:"噢,你好。"

一个男人不作任何解释就走了两天,他怎么能说"噢,你好"?他们度过了那么一个夜晚,脑海里还有那记忆,怎么能这么无动于衷?他不能的,除非——除非——那个可怕的想法跃进她的脑海里。除非这种夜晚对他来说是很平常的事。有好一会,她连话也讲不出来,原先想好要对他展示的所有漂亮的手势和微笑都全忘了。他甚至没有走过来给她一个随随便便的吻,而是站在那看着她,咧嘴笑着,手里拿着一根点燃的香烟。

“你——你上哪儿去啦?”

“别对我说你不知道！我还以为全城人此时都已经知道了。也许他们全都知道了,只有你还不知道。你知道那句老话:‘最后一个发现的是做妻子的。’”

“你是什么意思?”

“我还以为,警察拜访过贝尔那里后,就是前——”

“贝尔那——那个——那个女人！你一直和——”

“当然。我还能到哪去呢？我希望你没有为我担心。”

“你从我这里走后却去——噢!”

“得了,得了,思嘉！别扮演受骗的妻子的角色了。你一定早就知道贝尔的事了。”

“你从我这里走后却到她那去,在——在——”

“噢,那个呀。”他满不在乎地打了个手势,“我会忘了我的举止的。我为我们上次见面时的行为道歉。我喝得很醉了,这你想必也是知道的,而你的魅力又太让我心动了——要不要我一一指出来呢?”

她突然很想哭出来,很想躺倒在床上,没完没了地哭个不停。他没有变,什么都没变,而她却是个傻瓜,一个蠢笨、自负、傻里傻气的傻瓜,还认为他爱她呢。这一切只不过是他喝醉酒后令人厌恶的玩笑之一。他在喝醉的时候抱着她,要了她,这和他在贝尔的妓院里要了任何一个女人没什么两样。而现在他又回来了,在侮辱她,挖苦她。他对她来说,真是可望而不可及。她把眼泪暗自往肚里吞,重新打起精神。决不能,决不能让他知道她是怎么想的。要是让他知道了,不知他会怎么笑话她呢！哦,决不能让他知道。她马上抬起头来看着他,看到他眼里那种一如既往、令人困惑不解、警觉戒备似的光芒——锐利、急切,就好像他在等着听她的下文似的,希望它们是——他在希望什么呢？希望她干蠢事,让自己出丑,使自己放声大哭,给他一些笑料？她才不干呢！她那斜行的眉毛蹙在一起,冷冷地皱着眉头。

“我当然早已怀疑你和那个婊子的关系。”

“只是怀疑吗？你干吗不问我,好满足你的好奇心呢？我本来应该告诉你的。自从你和卫希礼决定我们必须分房睡那天起,我就一直跟她同居。”

“你居然有胆量站在那对我,对你的妻子吹牛皮,说——”

“噢,饶了我吧,不要冲我发你那有德行的怒火好了。只要我付账,你对我做的事从来就没有在乎过。你也知道,最近我并不是天使。至于说你是我的妻子——从邦妮出生以来,你一直就不是什么好妻子,对不对?你是一笔不合算的投资,思嘉。贝尔还更好一些。”

“投资?你是说你给她——?”

“‘在事业上给她撑起来’倒是正确的说法,我是这么认为的。贝尔是个精明的女人。我想看着她发展,而她所需要的只是自己开家妓院的钱。你应该知道,一个女人如果有了点现金,她会创造出什么奇迹。瞧瞧你自己吧。”

“你把我和——相比?”

“哦,你们俩都是精明的女人,两人都成功了。贝尔比你略占些优势,当然,因为她是个心善、脾气好的人——”

“你能不能从这房间滚出去?”

他懒洋洋地朝门口走去,一边的眉毛戏弄似的耸了起来。他怎么能这样侮辱她,她愤怒、痛苦地想。他不厌其烦地伤害她,羞辱她。想到自己是如何渴望他回家来,而他却一直在妓院里跟警察吵架,她简直痛苦极了。

“从这间房里滚出去,再也别进来。我过去曾经告诉过你一次,你的绅士派头还不够,可你无法理解。从今往后,我要把门锁上。”

“别费心了。”

“我要锁。有了你那天晚上的所作所为之后——喝得那么醉,那么令人厌恶——”

“得了,亲爱的!不会令人厌恶,绝对不会!”

“滚出去。”

“别担心。我要走的。我保证以后决不再打扰你。这是最后一次。我刚刚还在想,如果我的无耻行径太过分了,让你受不了,我会让你离婚。只要把邦妮给我,我就不会有异议。”

“我不会考虑用离婚来使家庭蒙受耻辱。”

“如果梅利小姐死了,你会马上让它蒙受耻辱的,对不对?想到你会多么迅速地和我离婚,我头都转起来了。”

“你走不走?”

“走,我马上走。我回家来是要告诉你,我要到查尔斯顿和新奥尔良去,还有——噢,很长的旅程。我今天就走。”

“噢!”

“而且,我要带邦妮一起去。叫那愚蠢的普里西收拾收拾她那些没用的东西。我也要带她去。”

“你决不能把我的孩子从这家里带走。”

“她也是我的孩子,白太太。你肯定不会在乎我带她到查尔斯顿去看她的奶奶吧?”

“她的奶奶,算了吧!你以为我会让你把那孩子从这带走,而你却每个晚上都喝得烂醉,很可能还会把她带到像贝尔那样的地方去吗——”

他猛地把香烟一掷,香烟在地毯上冒着烟,发出刺鼻的气味,烧焦的羊毛味朝他们扑鼻而来。转瞬间,他已经走过房间,来到她的身边,脸都气得发黑了。

“如果你是个男人,我真会为此扭断你的脖子。既然你不是,那我所能说的只是,闭上你那张臭嘴。你以为我不爱邦妮吗?你以为我会带她到——我的女儿!上帝,你真是个傻瓜!至于你,别端出你那当妈妈的尽责样子来了,哦,一只猫当妈妈也当得比你好!你为孩子们做过什么呢?韦德和埃拉怕你怕得要死,如果不是媚兰,他们连什么是爱和慈爱都不会知道。可是邦妮,我的邦妮!你以为我照顾她不会比你照顾她照顾得更好?你以为我会让你蹂躏她,摧毁她的意志,就像你已经摧毁了韦德和埃拉的一样?见鬼,决不能!给她收拾一下,让她一小时后准备好跟我走。要不,我警告你,那天晚上发生的事跟将要发生的事比起来,那就只会是小菜一碟了。我一直都在想,用赶马车的鞭子抽你一顿,那对你的好处是很大的。”

不等她说话,他已经转过身,快步走出房间。她听见他走过过道,到孩子们的游戏室去,开了门。传来了一阵高兴、说得很快的孩子气的声音。她听到邦妮的声音盖过了埃拉的。

“爸爸,你到哪去了?”

“去找张兔子皮把我的小邦妮包起来。吻吻你最心爱的人吧,邦妮——还有你,埃拉。”

## 第五十五章

"亲爱的,我不想要你作任何解释,我什么解释都不要听。"媚兰坚定地说,轻轻地把一只小手放在思嘉的嘴唇上,不让她说出话。思嘉正感到为难,不知怎么说才好。"在我们之间,没必要解释的。你连有这个想法都是对你自己、希礼和我的侮辱。哦,我们三个曾经——曾经像战士一样在这个世界里一起奋战了那么多年。你若以为在我们之间闲言碎语能插得进来,那我就真要为你感到害臊了。你以为我会相信你和我的希礼——哦,什么念头!你难道没有意识到,在这世界上,我比任何人都更了解你吗?你以为我把你为希礼、博和我做的所有那些美好、无私的事都给忘了吗——所有的一切,从救下我的性命到不让我们饿死!你几乎是赤着双脚走在垄沟里,走在那个北方佬的马后面,两手都起了泡——这样才使孩子和我能有吃的——你以为我脑海里还有这些记忆的时候,却会去相信关于你的这么可怕的流言吗?什么话我都不要听你说,郝思嘉。一个字也不要。"

"可是——"思嘉嗫嚅着,停下不说了。

一个小时前,瑞德和邦妮及普里西离城出发了。思嘉本来就又羞又气,现在又加上了一重孤寂感。她对希礼的负疚感又给她心里增加了负担,还有媚兰的保护,这一切都使她受不了。要是媚兰相信了英蒂和阿奇的话,在招待会上不理她,哪怕是很冷淡地跟她打招呼,那她也就可以把头抬得高高的,用自己武器库里的每一样武器进行还击。她本来是要落入名誉扫地的境地的,可是现在,媚兰站在她和那境地中间,像一片薄薄的、发亮的刀片一样横在那,眼里闪着信任和战斗的光芒。想起这些,她似乎什么诚实之事都无法做了，只能乖乖地承认了事。是的，把一切都不假思索地说出来，从塔拉那个遥远的日子开始，从塔拉那沐浴在阳光下的游廊上开始。

此时的她受到了良心的谴责，这良心虽然长期以来受到压制，但还是能抬起头来谴责她，是活跃的天主教徒的良心。“忏悔你的罪过，在歉疚和悔恨中为你的罪过赎罪。”这话埃伦对她说过不下一百次，而在这一危机当中，埃伦的宗教教育又回来了，紧紧抓着她的心。她会忏悔的——是的，忏悔一切，每一个眼神，每一句话，那不多的几次拥抱——然后，上帝就会减轻她的痛苦，让她的心得到宁静。至于赎罪，那将会看到如此可怕的一幕，媚兰的脸将从深情的爱和信任向令人不可置信的恐怖和厌恶转化。噢，一辈子都得记得媚兰的这张脸，知道媚兰知道了她气量狭小、吝啬小气、对双方都不忠诚、虚情假意，这个赎罪代价可太大了，她痛苦地寻思着。

过去，她曾经一度想过，要当着媚兰的面，嘲弄似的把事实真相全抖出来，看着她那愚蠢的天堂颓然坍塌。那时，她觉得这真是令人陶醉的事，是值得她付出一切代价的举动。可是现在，一切在一夜之间就发生了天翻地覆的变化，她急切地想要某种东西。为什么会这样，她也不知道。她头脑里有两种矛盾的念头在斗争着，使她的思绪乱成一团，根本理不出个头绪来。她只知道，现在，她非常非常想保住媚兰对她的那些高度评价，就像她曾经很想让她妈妈认为她谦虚、善良、心灵纯洁一样。她只知道，她并不在乎世人怎么看她，或者希礼和瑞德怎么看她，但媚兰不能认为她是别的人，只能认为她是她一贯认为的那种人。

她害怕告诉媚兰真相，她诚实的本能虽然不多，但其中的一种却冒出头来，这种本能不让她在一个为她战斗的女人面前以虚假的面目出现。所以，那天早晨，瑞德和邦妮一离开家，她就匆匆忙忙地来找媚兰。

可是，她刚结结巴巴地说出这些话：“梅利，那天的事我得解释一下——”媚兰就迫不及待地制止了她。思嘉面带愧色地凝视着那双闪着爱意和气愤之光的乌黑的眼睛，心不禁往下一沉，知道忏悔之后接踵而来的安宁和平静永远都与她无缘了。媚兰的头一句话就使这一行动永远地流产了。思嘉拥有的成熟情感不多，可是，其中之一就使她意识到，从她自己痛苦的心灵上卸下心理负担，那是最最自私的行为。她当然可以这样卸下自己的负担，但却会把这负担加在一个无辜的、信任别人的人心上。因为媚兰在捍卫着她,她欠了媚兰一笔债,而这笔债只能用沉默来还。让媚兰知道她的丈夫对她不忠,而她深爱的朋友却是这不忠行为的另一方,让她知道这么一个不受欢迎的事实,毁掉她的生活,这种还债方式太残忍了!

“我不能告诉她。”她痛苦地想,“绝对不能,哪怕我的良心把我折磨死也不能。”她纷乱地记起了瑞德的醉话:“她根本想不到她所爱的人也会做出什么不名誉的事来……让这爱成为压在你心头的十字架之一吧。”

是的,这会成为她的十字架,直到她死去为止。这会使她心里默默地忍受这种痛苦,戴着耻辱的刑具,在未来的岁月中,看到媚兰的每一个眼神,每一个手势,都让她感觉到这个十字架在折磨着她,使她永远要抑制住冲动,不能喊出来:“别这么善良!别卫护我!我不配!”

“要是你不是这么一个傻瓜,这么一个可爱、信任人、头脑简单的傻瓜,我就不会这么难处理了。”她绝望地想,“我背负过许许多多令人厌烦的负担,但这个却是我背负过的最沉重、最折磨人的一个。”

媚兰坐在她对面的一张矮椅子上,面对着她,双脚坚定地放在一张软垫凳上。软垫凳很高,使得她的膝盖像孩子似的翘了起来。如果不是气愤到忘掉礼仪的地步,她是绝对不会摆出这种姿势来的。她手里拿着一根编织线,闪闪发光的针前后穿梭着,那愤怒的样子,就好像她是在决斗中挥舞着一把利剑似的。

要是思嘉如此愤怒的话,她就会跺着双脚,像嘉乐在他最得意的日子里那样大叫大嚷,叫上帝来为人类那些该诅咒的欺骗及奸诈行为作证,还说出一些使人毛骨悚然、威胁说要报复的话来。可是,媚兰只有从那发亮的针和朝鼻子方向稍稍低垂的眉毛上才表明她内心的怒火正在翻江倒海。她的声音很冷静,话也说得比往常更加快捷干脆。可是,她嗫嚅着硬挤出来的话对很少发表看法、从来不说一句不友好的话的媚兰来说,却像是完全与她无关似的。思嘉突然意识到,卫家和韩家能够承受跟郝家同样的甚至是程度更加厉害的愤怒。

“我已经非常讨厌听别人批评你,亲爱的。”媚兰说,“这已经是不堪忍受的最后一击了,我一定要做些什么。会发生这一切,全都是因为人们嫉妒你,因为你这么精明,这么成功。你的成功之处,连很多男人都会失败的。哦,我那么说,别跟我生气,亲爱的。我并不是说你不像个女人,没有女人味，像很多人说你的那样。因为你不会。人们只是不理解你，他们受不了女人能够精明能干。可是你的精明和成功并没有给人们这样的权利，居然说你和希礼——老天在上！”

最后这一声轻柔但语气强烈的呐喊要是经由男人的嘴喊出来，那就是意思再明显不过的亵渎性的语言了。思嘉盯视着她，这一句前所未闻的喊叫使她大为惊恐。

“他们到我这来跟我说他们编造的肮脏的谎言——阿奇、英蒂、埃尔辛太太！他们怎么敢这样？当然，埃尔辛太太没有来这。不，真的，她没有勇气。可她一直都是恨你的，亲爱的，因为你比范妮更有魅力。你降了休在锯木厂的经理之职，她对此也很恼怒。可你给他降职是对的。他只是个微不足道、什么也做不了、毫无用处的人！”媚兰就这么快刀斩乱麻似的抛弃了她儿时的玩伴和少女时代的男朋友，“至于阿奇，那只能怪我自己。我不该收留这个老无赖。每个人都这么对我说，可我不听。他不喜欢你，亲爱的，因为囚犯的事。可是，他居然来指责你，他算老几呢？一个谋杀犯，还是个谋杀妇女的罪犯！我为他做了这么多，而他却来告诉我——如果希礼杀了他，我也一点也不会感到难过的。哦，我可以告诉你，我让他碰了一鼻子灰，让他收拾行李走人了。他已经离开城里了。

“至于英蒂，这个卑鄙的人！亲爱的，我第一次看到你们俩在一起，我就已经注意到，她很妒忌你，而且恨你，因为你漂亮多了，又有那么多男朋友。因为斯图尔特·塔尔顿的事，她更是记恨你。她一直为斯图尔特感到非常忧伤，以致——哦，我不爱这么说希礼的妹妹，可是我认为她想的那么多，头脑都要出问题了！没有别的什么可以解释她的行为了……我对她说了，再也别迈进这家门一步。如果我听到她说这种肮脏的含沙射影的话，我就要——我就要公开称她是撒谎的人！”

媚兰停下不说了，愤怒突然从她脸上一扫而光，继而罩上了一脸的悲伤。媚兰有佐治亚人特别突出的对宗族极为忠诚的情感，想到同是一家人却在争吵，这使她的心都碎了。她犹豫了一会。但思嘉是最亲近的。在她的心里，思嘉是排在第一号的，于是她继续忠诚地说下去：

“她一直嫉妒你，因为我最爱你，亲爱的。她再也不会到这房子里来了，而有她在的地方，我也决不会迈上那里一步。希礼同意我的看法，可是，这无异于撕碎了他的心,他自己的妹妹居然说这种——"

一提到希礼的名字,思嘉过度紧张的神经崩溃了,她不禁放声大哭起来。难道她永远都不能停止刺伤他的心吗?她唯一的想法是要使他幸福、安全,可每一次似乎都只会伤害他。她把他的生活弄得一团糟,损了他的傲气和自尊,破坏了他内心的宁静,破坏了建立在正直基础上的平静。而现在,她又离间了他和他如此深爱的妹妹的关系。为了维护她自己的名声,保住他妻子的幸福,英蒂成了牺牲品,被迫成了个撒谎、处于半疯癫状态、嫉妒心十足的老处女——而英蒂心里存有的每一个怀疑、说的每一句指责的话都是对的。每次希礼凝视着英蒂的眼睛的时候,他都会看到那里闪烁着说了真话的光芒,真话、指责、冷冷的蔑视,这一切全是卫家人的特点。

明白了希礼是如何把荣誉凌驾于生命之上的以后,思嘉知道,他一定很痛苦。他像思嘉一样,被迫躲在媚兰的裙子后面寻求保护。当思嘉意识到有必要这么做,而且知道他站错立场主要还要怪她自己的时候,她还是——还是——作为一个女人,如果希礼用枪打死阿奇,对媚兰和世人承认一切,那她会更加敬重希礼。她也知道,她这么想很不公平,但她太痛苦了,没法去顾及这些微妙之处。瑞德一些奚落、蔑视的话又在她的脑海里浮现出来。她也搞不清楚,在这次乱七八糟的事情上,希礼是否真的表现得很有男子汉气概。自从她爱上他的那一天起就一直笼罩着他的光圈,头一次开始令人难以察觉地慢慢退去。围绕着她的羞辱和负疚也扩展到他的身上。她决心尽力把这一想法排遣掉,可这却只是使她哭得更伤心。

"别哭了!别哭了!"媚兰大叫着,扔下编织的东西,跃身坐到沙发上,把思嘉的头靠在自己的肩膀上,"我真不该说这些,让你这么伤心。我知道你一定感到很可怕,我们再也不提它了。不,互相都不提,跟任何人也都不提。就好像这从来没发生过一样。可是,"她平静但带着怨恨说道,"我要让英蒂和埃尔辛太太看看是怎么回事。她们不必认为,她们可以散布有关我丈夫和我嫂嫂的谣言。我要去摆平这件事,让她们两人在亚特兰大抬不起头来。任何相信她们或是接受她们的人都是我的敌人。"

思嘉悲哀地想着未来漫长的岁月,知道这场争端是因自己而起的,而这将在今后几代人中导致城里的舆论和家庭的分裂。

媚兰说到做到。她再也没有对思嘉或是希礼提起这一话题，也再没有跟任何人就这件事谈论过。她对之采取了一种冷冷的漠然态度，哪怕谁敢暗示性地提到这件事，那种漠然也会马上变成冷冰冰的礼节。在惊喜晚会开完后的几个星期里，也就是瑞德神秘地不见踪影以及全城人狂热地说着闲话、激动地斗来斗去的时候，她对诋毁思嘉的人一概不予接待，不管他们是她的老朋友，还是有血缘关系的亲戚。她什么也不说，只是采取了坚决的行动。

她像苍耳一样黏附在思嘉身边。她要思嘉每天早晨都像往常一样到商店和锯木厂去，而且她还跟她一起去。她坚持要思嘉下午的时候出去兜风，虽然思嘉并不怎么想让自己暴露在城里人那急切、好奇的目光之下。媚兰还在马车里坐在她的身边，带着她去做正规的下午出访，柔情地强迫她走进一些客厅，而那些客厅却是思嘉已经有两年多都没有在里面坐过一会的。媚兰的脸上带着“爱屋及乌”的强烈的表情，跟震惊不已的女主人们交谈着。

在这样的下午，她要思嘉早早地来，等到最后一批来访者走了才让她走，这样就剥夺了太太们聚在一起津津有味地讨论和猜测的机会，这一点已经引起了隐隐约约的义愤。这些来访对思嘉来说特别的痛苦，但她不敢拒绝跟媚兰一起去。坐在成群的女人当中，而她们暗地里却在纳闷她是不是真的跟人私通，她很不喜欢跟她们在一起。她知道，要不是她们喜欢媚兰，不想失去她的友谊，她们是连话都不会跟她说的，这一点也使她感到很厌恶。可是思嘉知道，一旦她们接纳了她，从此以后就再也不能不理她了。

思嘉所得到的关注中，有这么一个特点，那就是，不管是对她的卫护还是对她的指责，很少人是把它们建立在她个人正直诚实的品行上的。“对她，我指望的不多。”这是普遍的态度。思嘉树了太多的敌人，现在没多少声援者了。她的言语和行动在太多人的心里激起了怨恨，他们都不会去在乎这次丑闻会不会对她造成什么伤害。可是每个人都非常关心有没有伤害媚兰或者英蒂，关心围绕着她们的这场风暴，但不关心思嘉。大家关注的是这个问题——“英蒂撒谎了吗？”

那些站在媚兰这一边的人得意地指出这么一个事实，媚兰这些日子里一直都跟思嘉在一起。一个有着媚兰这样崇高的信念的女人会卫护一个有罪的女人吗？尤其是一个跟自己的丈夫有染的女人？不，绝对不会！英蒂只是个痛恨思嘉的疯狂的老处女，她撒了有关思嘉的谎言，再引诱阿奇和埃尔辛太太去相信她的谎言。

可是，英蒂的拥护者问道，如果思嘉是冤枉的，那白船长到哪去了呢？他为什么不在这，站在他妻子的身边，支持她，给她力量？这是个无法回答的问题。随着一星期一星期的过去，有传闻说思嘉怀孕了，亲英蒂派于是满意地点着头。这不可能是白船长的孩子，他们说。他们之间的不和早就已经是公开的事。城里也早就在传说他们早已分房睡觉了。

于是，闲话迅速流传着，把城里的舆论分成了两半，也把韩家、卫家、伯尔家、惠特曼家和温菲尔德家这一十分融洽的大宗族分成了两半。每个与这家庭有关的人都被迫要决定站在哪一边，不能采取中立的态度。冷静、有尊严的媚兰和尖酸刻薄的英蒂都在关注这件事。但是，不管亲戚们站在哪一边，他们都对思嘉居然成了他们的家庭分裂的原因而感到十分怨恨。他们都觉得她不配成为这样的人。而不管他们站在哪一边，亲戚们打心里感到遗憾，英蒂居然充当了外扬家丑的角色，使希礼卷入这么丢脸的丑闻。可是，既然她已经说了，很多人又蜂拥前来卫护她，站在她这一边谴责思嘉，即使其他爱媚兰的人支持媚兰和思嘉也白搭。

一半的亚特兰大人都是或者说声称是媚兰和英蒂的亲戚。表亲、表亲的表亲、因婚姻而结成的表亲以及关系亲密的亲戚，其分支盘根错节，错综复杂，除非是一个佐治亚本地人，要不谁也没法拆散他们。他们一直就是个氏族部落，在紧张时期，盾牌就互相交叠在一起，形成一个没法攻破的方阵，不管他们对宗族里某个人的行为私下的意见是怎么样的。白蝶姑妈对亨利叔叔发起了游击战争，这在家庭中成了引人发笑的笑柄已达好几年之久。除了这一点外，这家族中令人愉悦的关系还从来没有过公开的不和。他们都是性情温和、说话柔声细气、举止矜持、少言寡语的人，连亚特兰大大多数家庭经常有的哪怕是最温和的争吵，在这个家族也是没有出现过的。

然而，他们现在却一分为二。城里人倒被赋予了一种特权，可以见识第五层和第六层的表亲在亚特兰大有史以来最令人震惊的丑闻中到底要站在哪一边。这给没有关系的另一半城里人造成了很大的困难，使他们的机敏和宽容都变紧张了，因为英蒂和媚兰的不和造成了几乎每一个社会组织的破裂。剧团、南部邦联寡母孤儿针线圈、美化光荣的死难者坟墓协会、周六晚间乐队、妇女跳舞协会、年轻人图书协会，全都卷进去了。四个教堂连同它们的妇女援助与传教协会也是这样。必须费很大的劲才能避免把属于敌对派别的人安排在同一个组织里。

在通常在家的下午，从四点到六点，亚特兰大的妇女们都很痛苦，担心在英蒂和她忠诚的支持者们在她们的客厅里落坐的同时，媚兰和思嘉会前来拜访。

在所有的家庭成员中，可怜的白蝶姑妈受的苦最多。白蝶什么也不想，只希望能在她的亲戚们的爱当中舒舒服服地过日子。在这件事情上，她会很高兴既和野兔一起逃跑，又跟猎狗们一道追逐野兔。可是，不管是野兔还是猎狗都不允许她这么做。

英蒂和白蝶姑妈住在一起，如果白蝶站在媚兰这一边，这也正是她想要做的，那英蒂就会离开她。而如果英蒂离开她，那可怜的白蝶到时该怎么办呢？她不能一个人独自生活。她非得有个人跟她住在一块不可，要不她就不得不要锁上门，去和思嘉一起过。白蝶姑妈隐隐觉得，白船长不会在乎这一点。要不她就得去和媚兰住，睡在博的婴儿室那个窄小的地方。

白蝶并不特别喜欢英蒂，因为英蒂老是用她那冷冰冰的、固执倔强的方式和急躁易怒的劝说威胁她。但她使白蝶能够舒舒服服地住在自己家里，而白蝶总是对个人舒服问题的考虑多一些，道德问题少一些。这样，英蒂就一直留了下来。

可是，她还在房子里，这便使白蝶姑妈成了风暴中心，因为思嘉和媚兰都把这当成是她站在英蒂那一边了。只要英蒂还在白蝶的屋顶下住着，思嘉便草率地拒绝再给白蝶的房子送钱。希礼每个星期都给英蒂钱，可是每个星期英蒂都傲慢、一言不发地还给他，这使老太太又是吃惊又是遗憾。要不是亨利叔叔的干预，这所红砖房里的财政问题就会陷入很悲惨的境地，而从亨利叔叔那拿钱又使白蝶感到很丢面子。

白蝶爱媚兰，除了她自己，她爱媚兰胜过爱这世界上的任何人。而现在，梅利的行为举止就像是个冷漠、礼貌的陌生人。尽管她实际上就住在白蝶的后院，却一次也没有越过那篱笆，而过去的她是一天跑进跑出十几趟的。白蝶去拜访她，哭着表白她的爱和衷心，但媚兰总是拒绝讨论这些事，从来也没有回访过她。

白蝶知道得很清楚，她欠了思嘉人情债——几乎可以说，她的整个生活都是思嘉给的。自然，在战后那些暗无天日的日子里，白蝶面临着两者必居其一的选择，要不跟亨利哥哥和好，要不就会饿死。思嘉帮她管家，供她吃，供她穿，使她能够在亚特兰大的上流社会抬起头来。自从思嘉结了婚，搬到自己的房子去住以后，她自己就成了慷慨解囊的人。而那个令人可怕又令人着迷的白船长——在他和思嘉来访过后，白蝶经常在螺行托脚小桌上发现塞满纸币的崭新的钱包或者被偷偷地塞进她的针线盒的包着金币的花边手帕。瑞德总是发誓说，他对这些东西一无所知，而且以一种非常没有教养的方式指责她有个暗恋她的人，通常是指留着胡子的梅里韦瑟老爷爷。

是的，白蝶应该感激媚兰给她的爱，感激思嘉给她的经济保障，而对英蒂，她该感激她什么呢？什么也没有，英蒂在她家只是没有打乱她快乐的生活，使她不用自己作决定而已。这一切令人太痛苦了，而且太不雅了。一辈子从来没有自己作过决定的白蝶，只是让事情顺其自然，结果，大多数时候只好在泪眼迷蒙中度过，人们根本没法安慰她。

最后，有些人完全相信了思嘉是无辜的，这不是因为她自身的品德，而是因为媚兰相信这一点。还有一些人对此保留意见，但他们对思嘉挺客气，而且还拜访她，因为他们爱媚兰，也希望能保住她对他们的爱。英蒂的支持者们冷淡地行礼致意，很少人会公开不理她。最后提到的这些人使人尴尬，使人气愤，但思嘉明白，要不是媚兰的卫护和她行动快捷，全城人都会跟她翻脸，而她就会成为被摒弃的人了。

## 第五十六章

瑞德已经走了三个月了。这期间,思嘉一直没有他的任何消息。她既不知道他在哪里,也不知道他要走多久。其实,她根本就不知道他到底还会不会回来。在这段日子里,她高昂着头去料理她的生意,但心情却很沉重。她感觉身体不太舒服,但是被媚兰逼着每天都到店里去,而且,表面上还得对锯木厂保持兴趣。可是,商店头一次对她失去了吸引力。虽然生意比上一年增加了两倍,财源滚滚而来,可她却对此毫无兴趣,对雇员们又尖刻又爱发脾气。约翰尼·加勒格的锯木厂生意欣荣,厂里的木材很容易脱手,可是约翰尼无论说什么或做什么都没法使她高兴起来。跟她一样,约翰尼也是爱尔兰人,他最后对她的抱怨大发雷霆,对她好一番指责,终于说道:"我双手都为你工作,夫人,愿克伦威尔诅咒你。"然后威胁说要辞职。她只好极为谦卑地向他道歉,平息他的怒火。

她从来没到希礼的锯木厂去。她认为他会在锯木厂的办公室时,她也不到那里去。她知道,他在躲着她,她在媚兰没法拒绝的邀请下不停地在他家里出现。她知道,这对他来说是一种折磨。他们从来没有单独说过话,而她很想盘问他,想得都快要疯了。她想知道他现在是不是在恨她,想知道他到底是怎么告诉媚兰的。可是,他和她虽近在咫尺,他却默默地恳求她不要说话。看到他那张苍老的脸因悔恨而显得很憔悴,这又加重了她的心理负荷,而他的锯木厂每个星期都在亏钱,这又是一个刺激她要说话的原因,但她却不敢开口。

在目前这种情况下,他却无能为力,这一点使她又恼又恨。她也不知道他能做些什么来改善这一状况，但她觉得他应该做点什么。如果是瑞德，他就会采取行动了。瑞德总是会做些什么的，即使这事是不对的事。她在这一点上还是很尊敬他的，虽然她很不情愿。

现在，她对瑞德的头一阵雷霆之怒发过之后，他对她的侮辱也消失之后，她开始思念他了。日子一天天过去，她却没有他的任何消息，她便越发地思念他。他留下的既有狂喜又有气愤，既有伤心欲碎，也有受到伤害的自尊心。在一大片乱七八糟的感觉中，沮丧像只黑兀鹫一样冒出头来，坐在她的肩膀上。她想他，想他那轻率地讲述秘闻轶事的样子，而这些秘闻轶事曾经使她哈哈大笑。还有他那讥讽似的咧嘴而笑，那能把麻烦降到合适的程度，甚至想他那刺得她气愤不已的奚落言语。她最想他的还是能有他当听众，好让自己有个倾诉的对象。在这方面，瑞德是非常令人满意的。她可以毫不羞愧而且无比自豪地述说她是怎样盘剥别人的，而他则会拍手叫好。而如果她跟别的人哪怕是提起这些来，他们都会吓一大跳的。

他和邦妮不在，她感到很寂寞。她想孩子，比她原先认为她可能会想的都更厉害。想起瑞德最后对她气势汹汹地说出来的话，那些有关韦德和埃拉的难听话，有些时候，在她感到空虚的时候，她便试图让他们来填补那份空白。可这一点用也没有。瑞德的话和孩子们的反应使她看到了一个令人惊讶、令人烦恼的真相。两个孩子还在婴儿时期时，她因为太忙，太注重钱的事，也太尖刻，太容易生气，所以没有赢得他们的信任或者爱。现在，要不就是太迟了，要不就是她没有耐心或者智慧，不能深入到他们那幼小却不坦率的心灵深处去。

埃拉！意识到埃拉是个傻里傻气的孩子，这使思嘉很恼火。但毫无疑问，她确实是这样的孩子。她没法把她那小脑袋持续集中在某件事上，她的注意力持续的时间不会比一只鸟停留在一根细树枝上的时间更久。即使在思嘉尽力给她讲故事的时候，埃拉也会像小孩那样开小差，会用一些跟故事本身没有任何联系的问题来打断她，而且，不等思嘉嘴里说出解释的话来，她早已忘了所问的问题了。至于韦德——也许瑞德是对的。或许他怕她。这很奇怪，也使她很伤心。为什么她自己的儿子，她唯一的儿子要怕她呢？她试图拉他出来说话的时候，他用那双长得很像查理的温柔、棕色的眼睛望着她，局促不安的，脚底下磨蹭着不愿意走。可是和媚兰在一起，他就说个不停,还把口袋里的所有东西都翻出来让她看,从钓鱼用的虫子到老旧的绳子都有。

媚兰对付小孩就是有一套。这是无法否认的事实。在亚特兰大,她自己的小博是表现最好、最可爱的男孩。思嘉跟他比跟她自己的儿子相处得还更好,因为对大人的事,小博一点意识也没有。每次看到她,他就爬到她的大腿上。他是个白肤金发碧眼的男孩,他有多漂亮呀,就像希礼一样!要是韦德像博一样,那多好呀——当然,媚兰之所以能让他这样,是因为她只有一个孩子,她也不必像思嘉这么操心,这样工作。至少,思嘉试图用这种方式来开脱自己,可是,诚实的品德迫使她承认,媚兰爱孩子,她本来是愿意生一打孩子的。而那从博的边缘漫出来的爱便倾注到韦德和邻居的孩子们身上。

思嘉永远也不会忘记那次令她感到震惊的情景。她赶着马车经过媚兰的房子去接韦德。走到前面的小路上时,她听到了儿子的声音,在模仿着南方士兵的战斗呐喊声,非常清晰——而韦德在家时却总是像老鼠一样安静。当他助手的是博,发出小男子汉的尖叫声。她走进客厅时,发现他们手拿木头制的剑,正在沙发边厮杀呢。她走进去时,他们已经不好意思地停了下来。媚兰从她蹲伏的沙发后面站了起来,边笑边抓着发夹,整理着凌乱的发卷。

"是葛底斯堡战役。"她解释说,"我是北方佬,自然是我失败了。这是李将军。"她指着博说,"这是皮克特将军。"她把一只手臂搭在韦德的肩膀上。

是的,媚兰对小孩有一套,这是思嘉永远也无法理解的。

"至少,"她想,"邦妮爱我,喜欢跟我玩。"可是诚实的品德又使她不得不承认,邦妮说到底还是更喜欢瑞德,更不喜欢她。而且,她也许再也见不到邦妮了。据她所知,瑞德可能在波斯或是埃及,而且打算永远待在那里。

米德医生告诉她她怀孕时,她不禁目瞪口呆,因为她原来是预料医生会诊断她患肝胆病和神经过度紧张的。接着,她的思绪便回到了那个狂乱的夜晚。想起这些,她的脸都红了。这么说,因为那些极度销魂的时刻,一个孩子就要降生了——虽然那销魂的记忆被紧接着发生的事给冲淡了。她头一次为自己要生孩子了而感到很高兴。要是这是个男孩就好了!一个很出色的男孩,不会像韦德一样,是个毫无生气的小东西。她该会怎样关心他呀!她现在有闲暇来专心照顾孩子了,而且又有钱为他铺平道路,那她将会多么幸福呀!她一冲动,很想给瑞德写信,由他在查尔斯顿的妈妈转交给他,告诉他这个消息。天哪,他现在必须回家来了!要是他待到孩子出世以后呢!那她就永远没法解释了!可是,如果她写信给他的话,他就会认为她想他回家,他一定会觉得很有趣。决不能让他认为她想他或是需要他。

最初,她是从查尔斯顿的波琳姨妈的来信中知道瑞德的消息的,他似乎在那看他的妈妈。听到这消息,她很高兴自己抑制住了那股冲动。知道他还在美国,这多令人欣慰呀,虽然波琳姨妈的信令人十分生气。瑞德带邦妮去看她和尤拉莉姨妈了,信里满是赞誉之辞。

"这么个小美人!长大后肯定是个美女。可是,我猜想,任何向她求爱的男人都将要和白船长争辩一番,因为,我从来没见过这么慈爱的父亲。亲爱的,现在我得承认,在我见到白船长以前,我觉得你和他的婚姻是一桩门不当户不对的可怕的婚姻,因为查尔斯顿没有一个人听说过关于他的什么好话,大家都为他的家庭感到遗憾,这是当然的。实际上,尤拉莉和我曾经拿不定主意,不知道要不要接待他——可是,那个可爱的孩子毕竟是我们的外甥女的女儿。他来的时候,我们都吃了一惊,但很高兴,非常非常的高兴,而且意识到,听信流言飞语与基督徒的身份是多么的不符。因为他非常可人,还很英俊,我们这么认为,又庄重又有礼貌,对你又这么忠诚,对孩子又这么慈爱。

"现在,亲爱的,我得写信告诉你我们听到的一些事情——尤拉莉和我一开始听到这个都感到恶心。当然,我们听说了你在肯尼迪先生留给你的商店里所做的事。我们听到一些闲话,当然,我们拒绝相信这种事。我们认为,在战后那些可怕的日子里,出于当时的情况,那也许是很有必要的。可是现在,在你这一方面已经没有必要了,因为我知道白船长的境况非常宽裕,再说,他完全能够为你管理你所拥有的任何生意和产业。我们必须知道这些闲话的真相,被迫去问白船长这些直截了当的问题,这使我们大家都感到尤其痛苦。

"他吞吞吐吐地告诉我们,你每天早晨都待在商店里,不让别人管账。他还承认,你对一家锯木厂或者说几家锯木厂有点兴趣(对此我们没有逼他说出来,这对我们来说还是新闻的信息已经使我们非常难过了),这样你就必须自己一人独自赶着马车出去,或者由一个恶棍陪同前往。白船长肯定地对我们说,他是个谋杀犯。我们看得出来,这使他心都要碎了。我们觉得,他一定是个最最宽容的丈夫——事实上,是个宽容得过分的丈夫。思嘉,不能再这么下去了。你妈妈已经不在人世,不能教导你,我得代她行使这一职责。想想看,你的孩子长大后知道你在做生意时,他们会有什么感觉!他们如果知道你让自己受粗鲁的男人们的侮辱,冒着危险让别人对你随随便便地说三道四,为的是去照管锯木厂,他们会多丢面子?这么不像女人——"

信还没读完,思嘉就厌恶地把它扔到地上去了。她似乎看见了波琳姨妈和尤拉莉姨妈坐在炮台那破损的房子里对她进行审判,而她们几乎没有什么财产。要不是她,思嘉,每个月寄钱寄物给她们,她们就得挨饿。不像女人?上帝在上,如果不是她不像个女人那样工作,那波琳和尤拉莉姨妈此时此刻很可能就上无片瓦了。该死的瑞德,居然告诉她们有关商店、管账及锯木厂的事!吞吞吐吐,他真的是这样的吗?她知道得很清楚,他很热衷于利用骗术使自己在老太太们面前成为一个庄重、礼貌、可人的人,一个慈爱的丈夫和父亲。他一定很爱用她打点商店、锯木厂和酒馆的那些描述来表示对她们的崇敬。他真是个魔鬼!为什么这些有悖常情的事却能使他乐在其中呢?

可是,连这愤怒很快也退而成为无动于衷了。最近已经失去了这么多生活热情,要是她能够重新经历希礼给她带来的激动和光彩就好了——要是瑞德能够回家来,让她放声大笑就好了。

他们没有事先通报一声就回家来了。他们回来的最初迹象就是行李搬到前面门厅地上放下来的声音以及邦妮的叫声:"妈妈!"

思嘉从自己的房间里冲到楼梯口,看见她的女儿尽力迈着她那短短的小腿爬着楼梯。一只乖巧、有条纹的小猫被她抱在胸前。

"奶奶把它送给我了。"她激动地叫道,揪住它的后颈,把猫伸了过来。

思嘉一把抱起她,亲着她,很庆幸这孩子的在场使她避免了和瑞德的首次单独见面。从邦妮的肩膀上看过去,她看见他在下面的过道里,在付费给车夫。他抬头看见她,动作夸张地摘下帽子,同时行了个礼。跟他乌黑的眼睛对视时,她的心跳个不停。不管他是怎样的人,不管他做过什么事,他最终还是回来了,她为此感到很高兴。

“嬷嬷在哪里?”邦妮问道,在思嘉怀里扭动着。她不太情愿地把孩子放了下来。

要用合适的随意态度跟瑞德打招呼,还要告诉他关于怀了孩子的事,这比她原先预料的还要困难得多!他走上楼来,她看着他的脸,那张黝黑、冷淡的脸,如此无动于衷,如此面无表情。不,她要等等,不能现在就告诉他。她不能马上就告诉他。然而,像这样的消息应该最先让丈夫知道的,因为丈夫听到这种消息总是会很高兴。可是,她认为他可不会因此而感到高兴。

她站在楼梯平台上,身子靠在扶手上,心想不知道他会不会吻她。然而,他没有。他只是说:“你看上去脸色很苍白,白太太。是不是口红没有了?”

一句表示想她的话都没有,哪怕是虚情假意的也行。而当着嬷嬷的面,他至少也该吻吻她的。嬷嬷行了个屈膝礼之后,领着邦妮沿着过道到婴儿室去了。他在平台上站在她身边,漠然地审视着她。

“这种苍白可能不可能意味着你一直在想我?”他问道,虽然他的嘴唇在笑,但眼睛却没有笑意。

他的态度就是这样。他又要跟过去一样可恶了。突然,她怀着的孩子又变成了令人憎恶的负担,而不是她高兴怀上的孩子,而这个站在她面前的男人,漠然地站在那,宽大的巴拿马草帽放在臀部,他就是她的死敌,是她所有烦恼的根源。她回答时眼里带着恶意,那恶意是清楚明白的,决不会被人误解,别人也不会看不出来,笑意从他的脸上消失了。

“如果我脸色苍白,那都是你的错。不是因为我想你,你这自负的家伙。而是因为——”噢,她没有打算要用这种方式告诉他的,可是火辣辣的言辞已溜到嘴边,于是,她冲他脱口而出,顾不上仆人们能不能听见,“是因为我怀上孩子了!”

他倒猛吸了一口冷气,眼睛飞快地打量了她一下。他迅速朝她迈了一步,似乎要把一只手臂放在她的身上,但她扭身躲开他。在她充满恨意的眼神注视下,他的脸绷了起来。

“真的呀！”他冷冷地说，“哦，谁是幸福的父亲呢？希礼？”

她抓住楼梯端柱，直到雕在上面的狮子像的耳朵刺着她的手掌，使她突然感到疼痛。就连她这个这么了解他的人也没想到他会这么侮辱她。当然，他是在开玩笑，但是有些玩笑也未免太大了，不该开的。她真想把尖利的指甲向他的眼睛抓去，把那缕奇怪的光芒从他眼里除去。

“去你妈的！”她开口骂道，气得直感到恶心，声音也发抖了，“你——你知道孩子是你的。我不会比你更想要这个孩子。没有——没有女人会想要像你这样的无赖的孩子。我真希望——噢，上帝，我真希望这不是你的孩子，是任何人的孩子都行！”

她看到他浮肿的脸变了脸色，气愤和她无法分析的某种情感使他的脸好像被刺了一样抽动着。

“好极了！”她想，极度气愤中有了种快感，“好极了！我现在伤着他了！”

可是，他脸上又恢复了过去那种无动于衷的面具，手捋着一边的胡子。

“振作起来吧，”他说，转过身背朝着她，上楼去了，“也许你会流产的。”

有一刻，她头昏目眩，心想生孩子到底有什么意义：使她心力交瘁的恶心反应，单调乏味的等待，身材变粗变壮，还有阵痛的那几个小时。那是没有一个男人会知道的事。而他居然敢开玩笑。她要用手抓他。除了看到他那黝黑的脸上流出血来，要不什么也没法减轻她心里的痛苦。她向他扑过去，迅速得就像只猫一样。他吃了一惊，轻捷地往旁边跨了一步，举起手臂来阻拦她。她正站在刚刚上过蜡的最上面一级楼梯的边上，她伸出手去打他伸出来的手臂，身体的全部重量都在手臂后面。这么做时，她失去了平衡。她慌乱地去抓楼梯端柱，但没抓住。她仰面朝天摔下楼去，落地时肋骨感到一阵钻心般的疼痛。她恍恍惚惚地没法使自己停下来，于是一直滚到了楼梯底下。

这是思嘉头一次真正地病倒了，只有她生孩子的时候除外，而不知怎的，那些时候根本就算不上什么。那时她还不会像现在这样孤苦伶仃，担心害怕，而且软弱无力，周身疼痛，茫然无措。她知道，自己比他们告诉她的病得更重，他们不敢把真相告诉她而已。她隐隐觉得自己可能要死了。她一呼吸,摔断的肋骨便刺得她生疼,擦伤的脸和头也很痛。整个身体都交给了魔鬼,它们用火热的钳子夹她,用钝的刀子锯她,离开她的时间很短,这使她耗尽体力,在它们回来以前没法控制自己。不,生孩子不是这样的。韦德、埃拉和邦妮出生两个小时后,她就胃口大开,大吃特吃。可是现在,除了凉水,其他东西连想到都会使她隐隐有点想吐。

生个孩子有多容易呀,而不要个孩子却这么痛苦!太奇怪了,即使在疼痛的时候,知道她不会生下这个孩子了,这也还是使她感到一阵剧痛。更奇怪的是,这本来应该是她自己真正想要的第一个孩子。她试图想想为什么想要这个孩子,但她太疲乏了。她的大脑已经太疲乏,什么也想不了,只是害怕会死。死神就在房间里,而她却没有力气面对它,把它打回去,她很害怕。她需要有个够强壮的人站在她身边,抓着她的手,打退死神,直到她的力量重新恢复,能够自己战斗为止。

疼痛已经把愤怒给吞噬了,她想要瑞德。可他不在那,她拉不下面子来让人去叫他。

她对他的最后记忆,是他在楼梯底下把她抱起来时脸上的表情。他的脸色苍白,毫无表情,有的只是令人惊骇的恐惧感,他哑着嗓子叫着嬷嬷。接着,她依稀记得自己被送到楼上,然后大脑便漆黑一片。接下来便是疼痛,更剧烈的疼痛,房间里乱哄哄的,白蝶姑妈的叨泣声,米德医生生硬的命令声,楼梯上匆忙的脚步声以及楼上的过道里踮着脚走路的声音。接着,死亡和恐惧的意识就像一道使人双目失明的闪电一样突如其来,这使她突然想尖叫出一个名字来,但那尖叫却只变成了嗫嚅。

可是,那声可怜的嗫嚅声马上就有了反应,床边的黑暗中传来了她叫的那个人柔和的声音,像是在唱催眠曲似的回答说:"我在这呢,亲爱的。我一直都在这。"

媚兰轻轻地拉起她的手,静静地把它放到自己冰凉的脸蛋上。这时,死神和恐惧慢慢退去。思嘉想转过来看着她的脸,但她做不到。梅利正在生孩子,而北方佬就要来了。城里着火了,她必须赶快走,赶快走。可是梅利在生孩子,她不能赶快走。她必须留下来,等着孩子生下来,而且必须坚强,因为梅利需要她的力量。梅利是这么痛苦——火热的钳子在烫着她,还有钝的刀子,阵痛一阵一阵地来临。她必须抓住梅利的手。

可是，米德毕竟还是在那，他已经来了，虽然在火车站的士兵们确实很需要他，因为她听到他说："在说胡话。白船长在哪里？"

那天晚上很暗，接着又有了亮光，有时是她正在生孩子，有时候又是媚兰在哭，可是梅利一直都在那，她双手冰凉，没有做些徒劳无益、焦急不安的手势，也没有像白蝶姑妈那样一直哭泣。思嘉每次睁开眼睛，她便说："梅利？"那声音便回答她。通常，她开口低声说"瑞德——我要瑞德"的时候，便像做梦一样记起了瑞德是不想要她的，记起了瑞德的脸黝黑黝黑的，就像印第安人的脸一样，嘲讽地讥笑着，露出了洁白的牙齿。她想要他，但他不想要她。

有一次，她说："梅利？"嬷嬷的声音回答她："是我，孩子。"嬷嬷把一块冰凉的布放在她的额头上，她烦躁地一再叫着"梅利——媚兰"，可是好长时间媚兰都没来。因为媚兰正坐在瑞德的床沿，而瑞德喝得酩酊大醉，呜咽着。他伸开四肢坐在地上哭着，头靠在她的膝上。

每次她从思嘉的房间里出来，她都能看见他。他坐在自己的床上，门大开着，注视着过道对面的房间门。房间很不整洁，到处扔着烟头，放着盘子，盘子里的食物连动都没动过。床上乱七八糟的，一点也不整洁。他坐在上面，胡子没刮，人也突然消瘦了很多，还没完没了地吸烟。他看到她的时候，从来都没问什么。她总是在门口站一会，把消息告诉他："很抱歉，她的情况更糟了。"或是："不，她还没有叫你。你知道，她在说胡话。"或者："你不能放弃希望，白船长。我去给你泡杯热咖啡，拿些吃的来。这样你会生病的"。

她非常同情他，总是为此感到很心痛，虽然她几乎总是又累又想睡，没有太多的感觉。人们怎么能对他说那么刻薄的话——说他没心没肺，邪恶透顶，对思嘉又不忠诚？而她看得出来，他就在她的眼皮底下消瘦下去，还能看到他脸上的痛苦。虽然她很累，每次她告诉他病室里的最新消息时，她总是试图比往常更亲切一些。他看上去就像个该诅咒的灵魂在等着受审一样——像一个突然被置于敌对世界里的孩子一样。可是，对媚兰来说，每个人都像个孩子。

可是，最后，当媚兰高兴地到他的门口去告诉他思嘉更好一些时，对她看到的事她一点思想准备也没有。床边的桌子上有瓶已经喝了一半的威士忌，整个房间都散发着酒味。他抬起头来，那双明亮而呆滞的眼睛看着她。

虽然他尽力咬紧牙关,但下颚的肌肉还是不停地发抖。

“她死了吗?”

“噢,不。她好多了。”

他说了声“噢,上帝”便把头埋在手里。她看到他宽大的肩膀抖动着,好像是非常不安而周身发冷似的。她同情地注视着他,可她的同情却变成了惊恐,因为她看到他哭了。媚兰从来没见过一个男人哭,而在所有的男人当中,偏偏就看到了瑞德哭,这个温文尔雅、爱嘲弄人、对自己永远有信心的人。

他发出的那种绝望、哽咽的声音使她感到很害怕。她恐惧地想,他喝醉了,而媚兰是很怕喝醉的人的。可是,当他抬起头,她瞥见了他的眼睛时,她却迅速走进房间,转身轻轻地关上门,向他走去。她从来没见过男人哭,但她安抚过很多流泪的孩子。她把一只手轻柔地放在他的肩膀上时,他的双臂突然抱住了她的裙子。不等她明白是怎么回事,她已经坐在床上,而他却坐在地上,他的头埋在她的腿上,双臂和双手狂乱地抱着她,把她都弄痛了。

她轻轻地捋着他的头发,说道:“好了! 好了!”她安慰着他:“好了! 她会好起来的。”

听到她的话,他抓她抓得更紧了,开始很快地说起话来。他声音嘶哑,说个不停,就好像对着一座永远不会泄露秘密的坟墓说话似的。他有生以来第一次在说实话,毫不宽容地把自己的心里话全都对媚兰说出来。媚兰起先都完全懵了,但她完全像个妈妈一样。他断断续续地说着,把头埋在她的腿上,拉着她裙子的褶皱部分。有时候,他的话含糊不清、闷声闷气,有时候又非常清晰地传到她的耳朵里,是忏悔、谦卑、刺耳、痛苦的话。她从来没听到过这些话,连一个女人都没提过。这些秘密的话使谦逊的她热血直往脸上涌,不禁因他低着头而感到很庆幸。

她拍着他的头,就像她拍着小博的头一样,说道:“别哭了! 白船长! 你不该告诉我这些事的! 你精神状态不好。别哭了!”可是他继续说着,话语汩汩流出,像汹涌澎湃的洪流一样。他抓着她的裙子,就像这是他生活的希望一样。

他为一些事情谴责着自己,而这些事都是她根本不明白的;他嘟哝着说出贝尔·沃特琳的名字;接着,他疯狂地摇着她,大叫着:“我杀了思嘉,我已经杀了她。你不理解的。她不想要这个孩子，而且——”

“你必须停下来！你精神状态不好！不想要孩子？哦，每个女人都想要——”

“不！不！你想要孩子。但她不想要。不想要我的孩子——”

“你不能再说下去了！”

“你不理解的。她不想要孩子，可我让她怀孕了。这个——这个孩子——全都是我的错，我真该死。我们一直没有在一起睡——”

“别说了，白船长！这不合适——”

“我喝醉了，不清醒。我想要伤害她——因为她已经伤害了我。我想要——而我真的这么做了——但她不想要我。她从来都没想要过我。她从来都没有，而我想试试——我试得太厉害了——”

“噢，求你别说了！”

“我一直不知道这个孩子的事，直到那天——她摔倒的时候才知道。她不知道我在哪里，不能写信告诉我——可即使她知道，她也不会写信告诉我的。我跟你说吧——我告诉你，要是我知道的话——我就会直接回家来了——不管她想不想要我回家……”

“噢，是的！我知道你会的！”

“上帝，这几个星期里我都要疯了，又疯又醉！她告诉我的时候，就在那楼梯上——我做了什么？我说了什么？我大笑着说：‘振作起来吧。也许你会流产的。’而她——”

媚兰突然间脸色苍白，她低头看着在她的腿上扭动着的黑色、痛苦的头颅，眼睛都恐怖地睁大了。下午的阳光从开着的窗户照进来，她好像头一次发现他那双棕色、有力的手有多大，手背上黑色的汗毛长得又有多厚。她不由自主地把手从那头、手里抽出来。它们的破坏力似乎如此之大，又是如此的无情，然而，蜷伏在她的裙子里的他，又是这么的伤心，这么的无助。

是不是他已经听说并且相信了有关思嘉和希礼之间那荒谬的谎言，感到嫉妒了，这可能吗？确实，他在谣传发生后马上就离城而去了，可是——不，不可能是这样的。白船长总是出其不意就走的。他不可能相信那些闲言碎语。他太敏感了。如果那是这些麻烦的原因，他早就会试图去杀死希礼了吧？或者，至少，会要求他作出解释？

不,不可能。只能是他喝醉了,神经过分紧张,思绪太烦乱了,就像一个神志失常的人,在不停地说着幻想中的话语。男人也和女人一样承受不了压力。一定有些什么东西使他心烦意乱了,也许是和思嘉口角了一番,他把它给夸大了。也许他说的一些可怕的事是真的。可是这一切又都不可能是真的。噢,至少那最后一件事不是真的,肯定不是!没有一个男人会对自己深爱的女人说这种话,而他是这么热诚地爱着思嘉。媚兰从来没看过邪恶之事,从来没看过残忍之事,现在第一次看到了,却发现它们非常令人难以置信。他喝醉了,身体也不舒服。不舒服的孩子是应该哄着的。

"好了!好了!"她轻声说着,"别哭了,好了。我理解你。"

他猛地抬起头来,用充血的眼睛看着她,用力甩掉她的手。

"不,上帝在上,你不明白!你无法明白的!你是——你是太好了,不会明白的。你不相信我,可这一切都是真的,我真是猪狗不如。你知道我为什么要这么做吗?我疯了,我是妒忌得发疯了。她从来就没在乎过我,而我以为我可以使她在乎我。可是她从来不。她不爱我。她从来没有爱过我。她爱——"

他那热切、醉眼蒙眬的眼睛跟她的目光对视了,不由得停了下来,嘴巴张着,似乎第一次意识到他在跟谁说话。她的脸色惨白,但她的两眼视线平稳,目光柔和,满是同情和不相信的神情。她的眼里显然很安详,淡棕色的瞳人深处那种率真神情似乎在他脸上猛掴了一巴掌,把他大脑里的一些酒精也给打掉了,不禁停下刚说了一半、脱口而出的狂言乱语。他的声音越来越小,变成了嗫嚅声,眼睛垂了下来,从她身上移开,嘴唇快速抖动着,尽力使自己神志清醒过来。

"我真是个无赖,"他含糊不清地说着,头无力地又垂到她的腿上,"可是我不是那么坏的无赖。如果我真的告诉你,你不会相信我的,对不对?你人太好了,不会相信的。我过去从来不知道有什么真正的好人。你不会相信我的,对不对?"

"不,我会相信你,"媚兰安慰地说,又开始捋着他的头发,"她会好起来的。好了,白船长!别哭了!她会好起来的。"

# 第五十七章

一个月后，瑞德送上火车到琼斯伯勒去的是一个脸色苍白、身体瘦弱的女人。韦德和埃拉要跟她一块去。他们的妈妈脸色还很苍白，在她面前，他们默默无语，局促不安。他们依偎在普里西身边，因为，虽然他们还是孩子，但心里也明白，在他们的妈妈和他们的继父之间气氛很冷漠，很没有人情味，其间有某种令人害怕的东西。

虽然思嘉还很虚弱，但她还是要回塔拉的家中去。她觉得，如果她在亚特兰大再待上一天，再让她那心力交瘁的头脑缠绕着一拨又一拨徒劳无益的思绪，想着自己所处的乱七八糟的处境，她就会窒息而死。她身体不好，身心疲惫，就像个在梦魇中的孩子在乡间迷路了一样，站在那里，没有熟悉的路标来指引她该往哪儿走。

就像她曾在入侵的军队到来之前逃离了亚特兰大一样，她现在又在逃离这个城市了。她用过去卫护自己不受这个世界伤害的方法，把所有的忧虑都推至脑后："我现在不去想这些。如果我想的话，我会受不了的。我明天到塔拉的时候再想吧。明天就是另外一天了。"只要她能回到家里那种宁静的环境和绿色的棉花地里去，那她所有的烦恼似乎就能离她而去，不管怎样，她就能够把她那纷乱不堪、支离破碎的思绪熔铸成某种她可以赖以生存的东西。

瑞德目送着火车远去，直到火车从他的视线里消失，他的脸上有种满腹狐疑的痛苦神情，看上去很不愉快。他叹了口气，把马车打发走，自己骑上马，沿着常春藤街冲媚兰的房子骑去。

这是个温暖的早晨，媚兰正坐在藤蔓遮蔽的游廊上，针线篮里袜子堆得老高。她看见瑞德翻身下马，把马缰绳扔到了放在人行小路上的铸铁黑人小男孩的手臂上，不禁惊慌失措。自从那个可怕的日子以来，也就是思嘉病得很重而他却这么——这么烂醉如泥的日子过后，她一直没有单独见过他。媚兰连想到烂醉这个词都感到很厌恶。在思嘉康复期间，她只是很随意地跟他说话，而在说话的时候，她发现，要跟他双目对视挺困难的。然而，在那些时候，他一直是他原先那个温和的人，不论是眼神还是说的话，都从来没有显露出他们之间曾经发生过的那一幕。希礼曾经告诉过她，男人经常是不记得喝醉的时候说过的话和做过的事的，而媚兰诚心祈祷着白船长对那次的记忆力也不奏效。她觉得，她宁愿死也不愿知道他还记得他那脱口而出的话。他从小路上走上前来时，羞怯和尴尬袭遍了她的周身，脸颊不禁涨得通红。可是，也许他来只是来问问博今天是不是可以跟邦妮玩。他肯定不会有那种不好的念头，不会是来谢谢她那天为他做的事的吧！

她站起身来迎接他，像往常一样，她惊奇地注意到，他虽然块头很大，但走起路来却很轻巧。

“思嘉走啦？”

“是的。塔拉对她会有好处的。”他说着笑了，“有时候我会想，她就像大力士安泰①一样，每次接触到大地母亲，就会变得更强壮。思嘉离开那片她所爱的红土太长时间是不行的。看到棉花在生长比米德医生给她开的任何补药都更管用。”

“你不想坐下来吗？”媚兰说，手在发抖。他的块头这么大，这么具有男性的魅力，而特别具有男性魅力的男人总是会使她心慌意乱。他们似乎散发出一股力量和活力，使她觉得自己更加矮小，更加虚弱。他看上去肤色黝黑，令人觉得可怕，肩膀上发达的肌肉在白色的亚麻布上衣里面鼓胀出来，那样子使她很害怕。她曾经看过这力量降低了其力度，这傲慢无礼也变得谦卑有礼，这似乎是不可能的。而她居然曾经把那颗长着黑发的脑袋放在膝上！

“噢，天哪！”她苦恼地想着，脸又红了。

---

① 希腊神话中地神之子，打仗时只要身体不离地面就能百战百胜。

“梅利小姐，”他柔声说道，“我的出现是不是打扰了你？你是不是宁愿我离开呢？请你坦率地告诉我吧。”

“噢！”她心想，“他确实还记得！他也知道我有多难受！”

她抬头看着他，带着恳求的神情。突然间，她的尴尬和慌乱慢慢退去了。他的眼睛这么平静，这么慈祥，这么善解人意。她不禁纳闷自己怎么可能这么傻，竟会感到慌乱。他的脸看上去很疲惫，她吃惊地想，那不单是有一点点难过。她怎么会认为他没有教养，会挑起双方都宁愿忘记的话题呢？

“可怜的人，他太担心思嘉了。”她心想，尽力挤出一丝微笑。她说：“请坐，白船长。”

他重重地坐了下来，注视着她，她则拿起织补的东西。

“梅利小姐，我是来请你帮个大忙的。”他微笑着，嘴角往下抿着，“请你在一桩骗术中帮忙，我知道你是不会想干的。”

“一桩——骗术？”

“是的。真的，我是来跟你谈生意的。”

“噢，天哪。那你最好还是去见卫先生吧。我对生意一窍不通。我不像思嘉那么精明。”

“恐怕思嘉是太过精明了，对她自己没什么好处，”他说，“那正是我要跟你谈的。你知道她身体有多——多不好。她从塔拉回来后，她又会重新跟店铺里的锤子呀钳子呀打交道，还有那些锯木厂，我真心希望什么时候那些东西能够爆炸掉。我担心她的身体，梅利小姐。”

“是的，她工作太过量了。你应该让她停下来，好好照顾好自己。”

他大笑起来。

“你知道她有多固执的。我都没试过跟她争辩。她就像个任性的孩子一样。她不让我帮她——她不会让任何人帮她。我曾经试过让她卖掉锯木厂的股份，但她不干。而现在，梅利小姐，我要谈生意的事了。我知道，思嘉会把她在锯木厂剩余的股份卖给卫先生，其他的谁她也不会卖。我想让卫先生把她的股份全买走。”

“噢，我的天！那倒是不错，可是——”媚兰停下不说了，咬着嘴唇。她不能对一个外人提到钱的事。总之，除了希礼从锯木厂挣的钱外，她和他似乎从来就没有过宽裕的钱。他们存下的钱很少，这使她很忧虑。她也不知道钱都到哪儿去了。希礼给了她足够的钱维持家用,可是至于额外的开支,他们经常都很拮据。当然,她要付给医生很多医药费,而希礼从纽约订购的书和家具也要花钱。他们还供给睡在他们的地下室里无家可归的人吃的和穿的。希礼还从来都不想拒绝借钱给在南部邦联部队待过的人。还有——"

"梅利小姐,我会借钱给你。"瑞德说。

"你真好,可是我们可能永远也还不了。"

"我不想要你们还。别生我的气,梅利小姐!请听我说完。知道思嘉不用每天从锯木厂赶到锯木厂,把自己弄得筋疲力尽,那就是对我最好的回报了。店铺就够她忙活、让她快乐的了……你明白了吗?"

"哦——明白的——"媚兰说,拿不定主意。

"你想让你的儿子有匹小马,对不对?还想让他上大学,上哈佛,到欧洲大陆观光旅行,对吗?"

"噢,当然。"媚兰叫了起来,兴高采烈的,一提到博,她总是这样,"我想让他拥有一切,可是——哦,现在每个人都这么穷,以致——"

"总有一天,卫先生可以从锯木厂赚一大堆钱。"瑞德说,"我想看到博能拥有他应该得到的一切好处。"

"噢,白船长,你真是个诡计多端的家伙!"她大声说道,笑了,"迎合当妈妈的自豪感!我能像读懂一本书那样看透你。"

"我希望你不会。"瑞德说,他的眼里头一次有了神采,"你让我借钱给你了吧?"

"但这骗术怎么才能达到目的呢?"

"我们俩必须是同谋,欺骗思嘉和卫先生两个人。"

"噢,天哪!我办不到!"

"如果让思嘉知道我在背后搞她的鬼,哪怕是为了她好——哦,你知道她的脾气的。我担心卫先生也会拒绝我借钱给他。所以,他们两人都不能知道钱是从哪来的。"

"噢,可我相信,卫先生要是了解这件事的话,他不会拒绝的。他是这么喜欢思嘉。"

"是的,我相信他喜欢她,"瑞德平静地说,"可是还是一样,他会拒绝的。你知道,卫家所有的人都很高傲。"

"噢,天哪!"媚兰痛苦地叫了起来,"我希望——真的,白船长,我不能欺骗我的丈夫。"

"连为了帮思嘉也不吗?"瑞德看上去好像受到了伤害,"而她是那么喜欢你!"

眼泪在媚兰的眼眶里打转。

"你知道,为了她,我会做这世界上的任何事。我永远、永远也无法偿还她为我做的一半。这你是知道的。"

"是的,"他简短地说,"我知道她为你做的一切。你难道不能告诉卫先生,说这钱是某个亲戚遗嘱里留给你的?"

"噢,白船长,我的亲戚全都不名一文!"

"那么,如果我通过邮寄把钱汇给卫先生,不让他知道是谁寄的,你能不能关照好,要把这钱用在买锯木厂上,而不会——哦,不会给那些穷困潦倒的前南部邦联战士?"

起先,听到他最后那些话,她看上去好像受到了伤害一样,似乎这话是在暗中批评希礼。但他如此善解人意地微笑着,她不由得也笑了。

"我当然会。"

"这么说就这么定了?这是我们之间的秘密?"

"可对我丈夫,我是从来没有什么秘密的!"

"这我相信,梅利小姐。"

她看着他,心想自己对他的看法一直都是挺正确的,而那么多人对他的看法却都是错误的。人们都说他又残忍,又爱讥讽人,举止不端,甚至还不诚实。尽管许多最好的人现在都承认他们错了。哦!她从一开始就知道他是个好人。她从他那里得到的从来就是最善意的对待、关心和体贴、全然的尊重和善解人意!而且,他多爱思嘉呀!他采取这种迂回的方式来卸掉她肩负的重担之一,他这人多好呀!

她一冲动,便说道:"思嘉有你这个对她这么好的丈夫,真是太幸运了!"

"你这么认为吗?要是她听到的话,恐怕她会不同意你的看法的。再说,我也想对你好,梅利小姐。我给你的比我给思嘉的还要多。"

“我?”她问道,感到困惑不解的,“噢,你是指博。”

他拿起帽子,站了起来。他在那站了一会,低头看着那张普通、心形的脸,看着她那额前的 V 形发尖和严肃乌黑的眼睛。这么一张不谙世故的脸,一张对生活没有任何防御措施的脸。

“不,不是博。我正在努力给你一些比博还要多的东西,要是你想象得出来的话。”

“不,我想象不出来,”她说着,又茫然不解了,“在这世界上,没有什么东西对我来说比博更宝贵的了,除了希——卫先生。”

瑞德什么也没说,低头看着她,黝黑的脸很平静。

“你想为我做些事,你真是太好了,白船长。可是,真的,我很幸运。我在这世界上拥有了任何女人可能想要的东西。”

“那好极了,”瑞德说,突然一脸阴郁,“而我打算要关照好,让你能保住它们。”

思嘉从塔拉回来的时候,那种病态的苍白已经从她脸上消失了。她的双颊又圆了起来,还微微带点粉色,绿色的双眸重新神采飞扬、闪闪发亮。瑞德和邦妮去车站接她、韦德和埃拉的时候,她第一次大笑起来,而她已经有好几个星期没这么笑过了——笑的时候既感到不安,又感到很有趣。瑞德的帽子边上有两根不规则地弯曲着的火鸡毛,而邦妮则穿着一件令人颇为伤心的破裙子,那是她星期天穿的连衣裙。她脸上对角画着两道靛蓝色的线条,头发上插着一根有她的身高一半长的孔雀毛。显然,到要接火车的时间时,扮演印第安人的游戏正进行到一半,这从瑞德脸上无可奈何的揶揄似的表情以及嬷嬷沉着脸一脸气愤的样子就可以很清楚地看得出来。邦妮不肯把装束卸掉,连去接她妈妈也不。

思嘉说:“好个衣衫褴褛的小叫花子!”她吻了吻孩子,一边脸侧过去让瑞德吻。车站有很多人,要不她是决不会让他亲吻的。虽然她为邦妮的样子感到很尴尬,但她不能不注意到,人群中的每个人都在微笑着看那父女俩的样子。那笑不是嘲笑,而是真的感到有趣的笑,是善意的笑。每个人都知道,思嘉最小的孩子把她的父亲指使得团团转,而整个亚特兰大城的人都觉得这很有趣,对此表示很赞赏。在重新赢得公众的正面评价方面,瑞德对孩子深深的爱起了很大的作用。

回家的路上，思嘉心里装满了县里的新闻。炎热、干燥的气候使棉花生长很快，你几乎都听得见棉花在往上蹿。但威尔说，今年秋天的棉花价格会很低。苏埃伦又怀孕了——她费劲地说出这些话，好让孩子们不会明白其意思——在咬苏埃伦的大女儿这点上，埃拉表现出了少有的锐气。然而，思嘉说，小苏西也活该被埃拉咬，她简直跟她妈妈是一个模子印出来的。可是苏埃伦非常生气，她们又大吵了一架，就像过去那些日子里一样。韦德杀了条食鱼腹蛇，他自己一个人杀死的。兰达和卡米拉·塔尔顿在教书，这不是开玩笑吗？塔尔顿家可是没有一个人能拼写出猫这个词的！贝齐·塔尔顿嫁给了一个从拉夫乔伊来的独臂胖子，他们和赫蒂及吉姆·塔尔顿在费尔希尔种棉花，长势非常好。塔尔顿太太有匹传种骡子和一匹小马，她幸福得就像成了百万富翁似的。原来的卡尔福特家现在住着黑人！他们人很多，而且他们确实拥有了那所房子！他们是在县治安官的拍卖会上买下来的。那地方已经破损不堪，看到真会使你哭出声来。谁也不知道凯思琳和她那无赖丈夫去了哪里。亚历克斯要跟萨莉结婚了，就是他哥哥的遗孀！想想看，他们在同一个屋顶下生活了那么多年！大家都说这是为方便起见而结合的，因为自从老太太和少奶奶都死了以后，他们两人独自住在那，人们已经开始说闲话了。而这使迪米蒂·芒罗的心都要碎了。但这也是她活该。如果她机智一些的话，她老早就可以另找一个男人，那就不用等亚历克斯攒够钱来娶她了。

思嘉欢快地说个不停，但县里还有很多事她没有说出来，那些事想起来就令人伤心。她曾经和威尔环游县里各地，尽量不去想这几千英亩肥沃的土地被绿色的棉花覆盖的那些日子。现在，一个个种植园又重新变成了林地，寂静的废墟周围和过去的棉花地里悄无声息地长满了阴郁的金雀花莎草、低矮橡树及矮小的松树。过去耕种上百英亩土地的地方，现在却只耕种一英亩土地。这无异于走过了一片死神统领的土地。

“这一带五十年内也不会恢复过来——就算真能恢复的话，”威尔说，“塔拉是县里最好的农场了。这得感谢你和我，思嘉。可是只是个农场，一个有两匹骡子的农场，而不是种植园。方丹家那地方仅次于塔拉，然后是塔尔顿家。他们收入的钱不多，但他们在维持着，而且他们很有勇气。可是余下的大多数人,余下的农场——"

不,思嘉不愿想起县里荒芜一片的情景。回想起亚特兰大的忙乱和繁荣景象来,这似乎就令人更加伤心。

"这里有没有发生什么事?"他们终于到家,坐在前面的游廊上时,她问道。回家的一路上,她都在快言快语,不停地说着,担心会出现冷场。自从那天摔下楼梯,她就没有和瑞德单独说过一句话,而现在她也一点也不急着和他单独在一起。她不知道他对她有什么感觉。在她那痛苦的康复期,他一直非常好,但这种好是个冷淡的陌生人表现出来的好。他预想到了她的所需,不让孩子打扰她,照管店铺和锯木厂,可是他从来没说过:"我很抱歉。"哦,也许他并不难过。也许他还在认为,没有生下来的孩子不是他的。她怎么能猜得透那张满不在乎、一脸黝黑的脸后面真正的心思呢?可是,他表现出一种非常礼貌的性情。在他们婚后的生活中,他头一次有了一种想望,想让生活风平浪静地过下去,就好像他们之间什么不愉快都没发生过那样——就好像,思嘉颇不高兴地想,就好像他们之间从来没发生过什么事一样。哦,如果他想要的就是这个,她也可以扮演好自己的角色的。

"一切都好吧?"她又重复问道,"店铺里的墙面板换新的了吗?你有没有把骡子换掉?看在上帝分上,瑞德,把那些羽毛从你帽子上拿掉吧。你看上去就像个傻瓜一样,你很可能还会忘了把它们拿掉就戴着它们到城里去。"

"不行。"邦妮说,拿起了她父亲的帽子,保护着它。

"这里一切都很好。"瑞德回答说,"邦妮和我过得很快乐。我认为,自从你走后,她的头发就再也没有梳过。别吸吮羽毛,宝贝,它们可能很脏呢。是的,墙面板都装好了,骡子也做了笔好买卖。不,真的没什么新闻。一切都很单调。"

接着,他好像过后才想起似的说道:"尊贵的希礼昨晚到这来过。他想知道我是不是认为你能把你的锯木厂和你在他的锯木厂拥有的那部分股份卖给他。"

思嘉一直在摇着一把火鸡尾毛做的扇子给自己扇凉,这时突然停了下来。

"卖?希礼到底从哪弄的钱?你知道,他们从来都是穷得叮当响的。他赚得有多快,媚兰就花得有多快。”

瑞德耸了耸肩。“我原来还一直以为她是个勤俭节约的人呢。你似乎对卫家内部的细节知道得很清楚,我可不知道。”

这种刺激好像又陷入了瑞德一贯的做派,思嘉又生起气来。

“去吧,亲爱的,”她对邦妮说,“妈妈要跟爸爸说话。”

“不。”邦妮断然地说,爬到了瑞德的腿上。

思嘉对孩子皱了皱眉头,邦妮也对她皱了皱眉头,那神情太像郝嘉乐了,思嘉几乎都要笑出声来。

“让她待着吧。”瑞德宽容地说,“至于他从哪弄的钱,好像是别人寄给他的。在罗克艾兰的时候,那人得了天花,希礼一直照顾他,直到他痊愈。这使我重新相信了人性,知道感激之情还是存在的。”

“是谁呢?是不是我们知道的什么人?”

“信没有署名,是从华盛顿寄来的。希礼也茫然不解,不知道是谁寄的。可是,希礼有无私的性情,到处做了很多好事,你不能指望他能把他们所有的人都记住。”

思嘉若是对希礼得到的意外之财没有感到这么吃惊的话,她很可能就接受这一挑战了,虽然在塔拉的时候,她已经决定,决不允许自己再和瑞德就希礼的事进行争吵。在这件事情上,她太拿不稳自己该站在哪一边了。跟这两个男人打交道,自己的立场该怎么站,在她把这点弄清楚以前,她也不在乎畅所欲言。

“他想把我的股份全买过去?”

“是的。可是当然,我对他说了,你不会卖的。”

“我希望你能让我自己管我自己的事。”

“噢,你知道的,你是离不开锯木厂的。我对他说,他跟我一样,知道你不能不管别人的闲事,而如果你都卖给他了,那你就不能告诉他该如何照管自己的生意了。”

“在他面前,你居然敢那么说我?”

“为什么不呢?说的没错,对不对?我相信他完全同意我的看法,可是,当然,他太有绅士风度了,不会直接说出来。”

“这是谎言!我会卖给他!”思嘉生气地大叫起来。

在那一刻以前,她还丝毫没有离开锯木厂的念头。她有好几个理由要留住它们,而钱是最无足轻重的理由了。在过去的几年中,她随时都可以卖掉它们,得到一大笔钱,可是她拒绝了所有想购买的人。她所做过的一切,锯木厂即是最确实的见证,她是在没有别人帮助而且有重重困难的情况下做起来的,她为它们感到无比自豪,也为自己感到无比自豪。最重要的是,她不想卖掉它们,因为它们是公开和希礼接触的唯一途径。如果锯木厂不受她控制了,她就很少时候能看到希礼了,很可能还永远不能单独见他了。而她必须单独见他。她不能再这样下去了,老是寻思着他现在对她的感情如何,寻思着自媚兰举办晚会的那个可怕的晚上以后,他的所有的爱是不是都消失了。在做生意当中,她可以找到很多适宜的时候和他说话,不会让别人看出来是她在刻意找他说话。而只要时间允许,她知道自己能够在他心里重新赢得她已经失去的位置。可是,如果她卖了锯木厂——

不,她不想卖。可是,瑞德却把她的底细如此真实、这么坦率地抖给希礼,她便马上下了决心。希礼应该拥有锯木厂,而且价钱很低廉,要让他意识到思嘉有多慷慨。

"我要卖!"她非常气愤地大叫着,"好了,你觉得怎么样?"

瑞德的眼里闪过了一丝隐隐得意的神色,他弯下身子帮邦妮系鞋带。

"我觉得你会后悔的。"他说。

她已经为自己匆忙出口的话感到后悔了。她要是不是对瑞德说这话,而是对任何别的人说,她可能都会不好意思地收回刚才的话。她为什么要冲口说出那些话呢?她怒气冲冲地皱着眉头望着瑞德,看到他也正用他贯有的犀利、像猫盯着老鼠洞那样的目光看着她。看到她皱着眉头时,他却突然间笑了,露出了洁白的牙齿。思嘉觉得,他好像是在诱使她陷入这种境地的,但又不太确定。

"你跟这事有没有关系?"她厉声问道。

"我?"他的眉毛耸了起来,一副又是嘲弄又是吃惊的神情,"你应该更了解我才是。如果我办得到,我决不会周游世界到处做好事。"

那天晚上,她把锯木厂及她所有的股权都卖给了希礼。她并没有因此而亏钱,因为希礼拒绝接受她最初要的低价,以别人向她出过的最高价成交。她在文件上签了名,锯木厂已经易手,成了不可挽回的事实。媚兰把两小杯酒递给希礼和瑞德,庆祝这笔生意成交,思嘉却觉得有种凄苦的失落感,就好像卖了自己的孩子似的。

锯木厂曾经是她的所爱,她的骄傲,是她紧紧抓在自己的一双小手里的果实。她从一家小锯木厂开始创业的时候,正是在那些黑暗的日子里。那时的亚特兰大还只是刚刚开始从废墟和灰烬中挣扎出来,而她也正面临着生活必需品匮乏的境况。她为之奋斗过,计划过,它们面临过被北方佬没收的危险,但她使它们度过了那些黑暗的日子,而那时正是资金紧缺、精明的男人都纷纷破产的时候。现在,亚特兰大的伤疤已经快要痊愈,到处建筑物拔地而起,每天都有新来的人拥进城来,而她已经有了两家生意欣荣的锯木厂,有两个放木材的场院,十几辆骡车,还有囚徒劳工,可以成本很低地做生意。跟它们说再见无异于对她生活的一个部分永远关上了一扇门,生活中一个艰苦、严峻的部分,但却是一个她会带着得意之情回忆起来的部分。

她开创了这一事业,而现在她把它卖了,她心里便有了种压力。要是没有她运筹帷幄的话,希礼会把这一切——她为了创业所做的一切都丢光的,这是毋庸置疑的事。希礼信任任何人,几乎还不知道截面为 2 英寸 ×4 英寸的木材是从截面为 6 英寸 ×8 英寸的木材加工而成的。而现在,她再也不能让他从自己的建议里受益了——这全都是因为瑞德对他说她喜欢在一切事情上指手画脚的缘故。

“噢,该死的瑞德!”她心里想。她看着他时,渐渐便对这一念头深信不疑:他是这一切的幕后操纵者。究竟是怎么回事,为什么会这样,她也不知道。他正跟希礼说话,而他的话使她高声斥责起他们来。

“我想你会马上把囚犯辞退。”他说。

把囚犯辞退?为什么应该有辞退他们的主意呢?瑞德完全清楚,锯木厂的大部分利润都是从工资低廉的囚犯身上得来的。为什么瑞德对希礼将来的行动说得这么肯定?他对他到底知道些什么?

“是的,他们要马上回去。”希礼回答说,回避着思嘉目瞪口呆的目光。

“你是不是疯了?”她大叫道,“租约上的钱你就全白扔了。再说,你能雇到怎么样的劳力呢?”

“我要用自由黑人。”希礼说。

“自由黑人！见鬼！你知道他们的工资要花多少钱吗？况且，你随时都会有北方佬来找你麻烦，看看你是不是一天三顿都给他们吃鸡肉，让他们盖鸭绒被睡觉。如果你给一个懒惰的黑人抽上几鞭子，让他们动作快点，你就会听到北方佬一直从这里号叫到多尔顿去，最后你就得去蹲监狱了。我说，囚犯是唯一——”

媚兰低头看着自己放在腿上的绞在一起的手。希礼看上去也很不高兴，但毫不退让。他沉默了一会。然后，他的视线瞟了瑞德一眼，好像从瑞德的眼神里找到了理解和鼓励似的——这一瞥并没有逃过思嘉的眼睛。

“我不想让囚犯干活，思嘉。”他平静地说。

“哦，先生！”她几乎背过气去，“为什么不？你是不是害怕人们会议论你，就像他们议论我一样？”

希礼抬起头。

“只要我做得对，我并不怕人们说什么。而我从来都觉得用囚徒干活是不对的。”

“可是为什么——”

“我不能从强加给其他人的劳动和别人的痛苦中赚钱。”

“可你过去拥有黑奴！”

“他们并不痛苦。再说，即使战争没有解放他们，父亲死后，我也会放他们自由的。可这是不一样的，思嘉。体制受到了太多的滥用和践踏。也许你不知道这一点，但我知道。我知道得很清楚，约翰尼·加勒格在他的木材场至少杀了一个人。也许更多——谁会关心一下囚犯呢？他说，那人是因为想逃跑才被杀的。可是，我从其他地方听来的消息可不是这样的。我还知道，他还让病得没法干活的人干活。姑且把这叫做迷信行为吧，可我不相信，从别人的痛苦中赚来的钱会使人觉得幸福。”

“见鬼！你是说——天哪，希礼，你没有把华莱士牧师大人有关不干净的钱的叫嚣想都没想就接受下来了吧？”

“我不用接受。早在他就此事布道以前，我就相信这一点了。”

“这么说，你一定认为我所有的钱都是不干净的了。”思嘉大叫起来，开始生气了，“就因为我雇囚犯干活，还拥有酒馆产业，还有——”她猛地停下了。卫家夫妇两人看上去都很尴尬，瑞德则满脸是笑。“见他的鬼，”思嘉疯狂地想，“他又在认为我管别人的闲事了，希礼也是这样。我真想把他们俩的头一起敲破掉！”她硬忍住自己的怒气，尽力做出一副极有尊严的冷漠神情来，但不是很成功。

“当然，这于我无关紧要。”她说。

“思嘉，别以为我是在指责你！我不是的。只是我们看问题的方式不一样，对你来说是很好的东西，对我来说就不一定好。”

她突然希望他们能单独待在一起，热切地希望瑞德和媚兰远在天涯海角，这样她就可以大叫出来：“可我也很想用你看问题的方式看问题！告诉我你是什么意思，这样，我就能理解你，并且像你一样了！”

可是，有媚兰在场，她正因这令人烦恼的情景而浑身发抖呢。还有瑞德，他懒洋洋地躺在那，对着她咧嘴笑着。她只能尽可能像德行受到冒犯的人那样冷淡地说：“我肯定这是你自己的事，希礼，我决不会告诉你该如何经营它。可是，我必须说，我不理解你的态度，也不理解你说的话。”

噢，要是他们单独在一起的话，她就不会被迫对他说出这么冷漠的话来，这些使他不高兴的话！

“我得罪了你，思嘉，我不是有意的。你应该相信我，原谅我。我说的话里并没有令人费解的东西。我只是相信，从某些方式赚来的钱很少会带来幸福的。”

“可你错了！”她大叫道，再也控制不住自己了，“你看看我！你知道我的钱是怎么来的。你知道我赚到钱以前，情况是怎么样的！你记得在塔拉的那个冬天，那时天气很冷，我们把毯子剪下来做鞋子穿。吃的也不够。我们常常感到纳闷，不知道我们能不能给博和韦德受教育。你记得——”

“我记得，”希礼无力地说，“可我宁愿忘了。”

“哦，你不能说那时我们有谁是幸福的吧，对不对？可你看看现在的我们！你有了个不错的家，还有光明的前途。有没有谁的房子、衣服和马匹比我的更漂亮的？没有一个人饭桌上的饭菜比我的更丰盛，开的招待会比我的更派头，而我们的孩子们要什么有什么。哦，我是怎么赚的钱，使这一切成为可能的呢？从木头上赚的？不，先生！是囚犯和酒馆的租金收入，还有——”

“别忘了还谋杀了那个北方佬，”瑞德柔声说道，“其实是他让你起步的。"

思嘉猛地转身面对着他,气愤之词就要脱口而出。

"而那钱使你很幸福,很幸福,对不对,亲爱的?"他问道,声音很悦耳,但不怀好意。

突然,思嘉的话说不出来了。她张着嘴,视线迅速移到其他三个人身上。媚兰窘得都快要哭了,希礼突然变得郁郁寡欢,默默无言,而瑞德则饶有兴趣地从雪茄烟上面望着她,一副很没有人情味的样子。她很想叫出来:"那当然,这使我很幸福!"

可是,不知怎的,她没有说出口。

## 第五十八章

思嘉生完病后的日子里，她注意到瑞德有了某种变化。她并不确定自己是不是喜欢这种变化。他不会喝醉，人很安静，一副心事重重的样子。他现在也更经常在家吃晚饭了，对仆人也更和气，对韦德和埃拉也倾注了更多的爱。他从来不提他们过去的事，愉快的也罢，其他的也罢。而且，她提起这些话题时，他还默默地对此公然表示对抗。思嘉维持着自己的宁静，因为这样更容易做到互相不打扰。表面上，日子平平稳稳地过着。他在她康复期间就已经开始表现出来的那种冷淡的客气，现在还在继续着。他也不会细声细气地对她说些尖刻伤人的话，或是用讥讽的话刺她。她现在已经意识到，过去他虽然用恶意的评论激怒她，激得她激烈地反驳他，但他这么做都是因为他在乎她所做的事，在乎她所说的话。现在，她却感到很纳闷，不知道他对她的事情是不是还很在乎。他很有礼貌，但漠不关心的，而她很思念他过去对她的关心，虽然他总是在跟她作对。她还思念过去争吵、反驳的日子。

对她来说，现在的他是个令人愉快的人，几乎就像是她是个陌生人一样；可是，他曾经追随着她的目光，现在都追随着邦妮了，就好像他生活的急流已经转向，流到一个狭窄的渠道里去了。有时候思嘉会想，要是他把滥用到邦妮身上的注意力和温情的一半给了她，生活就会不一样了。人们会说："白船长多爱那个孩子呀！"这种时候，还真难笑出来。可是，如果她不笑的话，人们就会觉得很奇怪。哪怕是对她自己，思嘉也不愿意承认她在嫉妒一个小女孩，特别是这个小女孩又是她最喜欢的孩子。思嘉总是想让自己在周围人的心目中排在第一位。可是现在，很明显，瑞德和邦妮在对方的心目中总是排在第一位的。

有很多晚上瑞德出去后，回来时都很晚，但他回家时总是很清醒。她经常听到他在过道里经过她紧闭的房间门口时自顾自地吹着口哨。有时候，有些男人跟他一起在很迟的时候一起到家里来。他们坐在餐厅里，边喝酒边说话。他们已经不是他们结婚的头一年跟他一起喝酒的人了。现在，受到他邀请到家里来的人已经没有富有的投机商，没有支持北方政府的南方佬，也没有共和党人。思嘉蹑手蹑脚地走到楼上过道里的楼梯扶手边倾听着，使她惊奇的是，经常听到勒内・皮卡德、休・埃尔辛、西蒙斯兄弟俩及安迪・邦内尔的声音。而梅里韦瑟老爷爷和亨利叔叔总是在那的。有一次，令人震惊不已的是，她居然听到了米德医生的口音。而这些人曾经一度认为，就算把瑞德绞死也太便宜他了！

在她的头脑里，这群人总是和弗兰克的死联系在一起的。而瑞德这些日子里老是很晚才睡，这使她更经常想起三K党进行突袭以前的那些日子，而弗兰克就在那次突袭中丧了命。她惊恐地想起了瑞德说过的话，为了赢得尊重，他甚至会参加该死的三K党，虽然他希望上帝不会把这么重的悔过行为压在他的肩上。要是瑞德，像弗兰克一样——

一天晚上，他又比往常在外头待得更迟时，她再也承受不了那种紧张感了。听到他的钥匙在锁孔里发出嘎嘎声，她飞快地披上一件晨衣，走到楼上用煤油灯照明的过道里，在最上面的楼梯口迎住了他。看到她站在那，他心不在焉、心事重重的表情变成了吃惊的神情。

“瑞德，我必须知道！我得知道你是不是——是不是三K党——那是不是就是你在外面待得这么晚的原因？你是不是属于——”

在闪烁的煤油灯下，他漫不经心地看着她，然后笑了。

“你太落后于时代了，”他说，“亚特兰大现在没有三K党了。很可能在佐治亚都没有了。你一直是从你那些南方佬和投机商朋友嘴里听说三K党的暴行的吧。”

“没有三K党？你是不是故意说谎来哄我呢？”

“亲爱的，我什么时候想哄过你呢？不，现在没有三K党了。我们确定，这是有百害而无一利的，因为这使北方佬动不动就采取行动，这对布洛克州长阁下的政权更加有利。他知道,只要他能让联邦政府和北方报纸相信佐治亚到处都是暴乱,每一丛灌木丛后面都藏着一个三 K 党人,他就能保住他的权力。为了保住权力,他一直在拼命杜撰根本不存在的三 K 党施暴的故事,说忠诚的共和党人大拇指被绑住吊起来,诚实的黑人因为强奸而被私刑处死。但他是在朝一个并不存在的靶子射击,他自己也知道这一点。谢谢你的担心,但自我不做南方佬而变成了个谦卑的民主党人后不久,就再也没有积极的三 K 党分子了。"

他说的有关布洛克州长的大多数话都从她的左耳进右耳出了,因为她的心思主要都被不再有三 K 党这一令她宽慰的事占据了。瑞德不会像弗兰克那样被杀死;她不会失去她的商店或者他的钱。可是,他话里的一个词浮现在她脑海里。他说的是"我们",自自然然地把自己和那些他过去称之为"老卫兵"的人联系在一起了。

"瑞德,"她突然问道,"你和三 K 党的解散有没有关系?"

他久久地凝视着她,眼里开始现出眉飞色舞的神色。

"亲爱的,确实有关系。卫希礼和我要负主要责任。"

"希礼——和你?"

"是的,还是那句老话,但却是千真万确的,政治会造成奇怪的盟友。希礼和我都不像盟友那样互相关心对方,可是——希礼从来没相信过三 K 党,因为他反对任何形式的暴力行为。我从来都没相信过,因为这纯粹是该死的蠢事,不是我们用来得到想要的东西的方式。这是会使北方佬来找我们麻烦,直到末日来临的一种方式。在希礼和我之间,我们坚信,性子急躁的人观察、等待、干活,会比夜行衣和灼热的十字架给我们带来更多的好处。"

"你不是说那些小伙子实际上听从了你的建议,而你——"

"而我是个投机商?一个南方佬?一个和北方佬同流合污的人?你忘了,白太太,我现在是个立场坚定的民主党人,要为从强盗手里把我们可爱的州夺回来流尽最后一滴血!我的建议是好建议,他们就采纳了。我在其他政治问题上的建议同样很好。现在在立法机构,我们民主党人已经占了大多数,对不对?很快,亲爱的,我们就可以把我们一些共和党好朋友送进监狱去了。这些日子里,他们强取豪夺有点太过分了,有点太公开了。"

“你要帮忙送他们进监狱？哦，他们曾经是你的朋友！他们让你参与那笔铁路公债的生意，你从中赚了好几千呢！”

瑞德突然咧嘴笑了，是他惯有的那种讥讽似的笑。

“噢，我对他们没有恶意。可是我现在站在另外一边了。如果我能帮忙把他们送到他们该去的地方，我是会这么做的。那对我的信誉会起多大的作用啊！我正好知道这些事中的一些内幕很有价值，而立法机构那时正好开始细查这件事——从现在的情况来看，那也不会远了。他们还要调查州长，如果做得到的话，他们也会送他进监狱。最好告诉你的好朋友盖勒特一家和亨登一家，一经提醒就随时准备离开城里。因为，如果他们能够逮住州长，他们也就能逮住他们。”

多年以来，思嘉都看到共和党人在北方军队的支持下在佐治亚掌权，这已经是太多年以前就形成的局势。这使她没法相信瑞德无足轻重的话。州长的地位太稳固了，任何立法机构都奈何他不得，更不用说送他进监狱了。

“你都在说些什么呀。”她说。

“如果他不进监狱，至少他不会重新当选。下次我们要有个民主党人当州长了，要改变一下。”

“我想，你也会跟这有关？”她讥讽地问道。

“我的宝贝，我会的。我现在已经跟这有关了。这就是我晚上在外头待得这么晚的原因。我过去拿着一把铁锹在淘金热中奋力工作。我现在比以往任何时候工作都更努力，努力在组织选举中帮忙。而且——我知道这会伤害你，白太太，可我还是为这组织捐了很多钱。你记得吗？多年以前，你对我说过，我留着南部邦联的黄金是不诚实的。我终于同意你的看法了，南部邦联的黄金正被用来让支持南部邦联的人夺回权力。”

“你是在把钱往老鼠洞里扔！”

“什么！你把民主党叫做老鼠洞？”他的眼睛在嘲笑着她，然后又平静下来，毫无表情的，“选举中谁会获胜，这对我真的一点也不重要。重要的是每个人都知道我为之做过事情，我为之花了钱。而这会被人们记住，在以后若干年中，这对邦妮都会有好处。”

“你虔诚地说你的心变了，这几乎使我感到很害怕。但是，我看，你对民主党之事不会比对其他事情更真心。”

“心并不是完完全全地变了，只是表面变化而已。你可以把豹子身上的斑点擦掉，这是可以做到的，但它还是只豹子，结果还是一样的。”

邦妮被过道里的声音吵醒了。她睡意迷蒙、专横霸道地叫道：“爸爸！”瑞德抬脚从思嘉身边走过去。

“瑞德，等一等。我还有些别的事要告诉你。你不该再带邦妮去参加下午的政治集会了。这看上去不好。一个小女孩到这种地方去！而这会使你看上去很傻。我做梦都没想到你会带她去，直到亨利叔叔对我提起这事，他以为我知道呢——”

他猛地转身面对着她，一脸严峻的样子。

“一个小女孩的父亲跟朋友们说话的时候，她坐在她父亲的腿上，你怎么就能看出不妥来？你可以认为这看上去很傻，但这并不傻。多年以后，人们都还会记得，我帮忙把共和党赶出这个州时，邦妮就坐在我的腿上。多年以后，人们都还会记得——”他脸上的严峻神情不见了，眼里闪着一丝邪恶。“你知道吗？当人们问她她最爱谁时，她说的是‘爸爸和民住（主）当（党）人’，而问她最恨谁时，她说‘南方佬’。谢天谢地，人们会记得这些话的。”

思嘉的声音因愤怒而拔高了。“我想，你还告诉她我是个南方佬了吧！”

“爸爸！”孩子的声音又在叫，现在有点生气了。瑞德还在笑，沿着过道到他女儿的房间去了。

那年十月，布洛克州长辞了职，灰溜溜地逃离了佐治亚州。在他当政期间，公共资金使用不当，浪费和腐败达到的程度如此厉害，以致政权之大厦不堪自己的重负正在坍塌。连他自己的党派也分裂了，公众则怒火满腔。现在，民主党人在立法机构里占了大多数，而那只意味着一件事。知道自己要受到调查后，他害怕遭控告，所以忙不迭地逃跑了。他匆匆忙忙、偷偷摸摸地撤走，安排好在他安全抵达北方以前，辞职之事不让公众知道。

他逃跑一星期后，这事被公之于众。亚特兰大狂欢不已，激动极了。人们挤到街上，先生们放声大笑，互相握手表示祝贺。女士们则互相亲吻，放声大哭。每个人都开庆祝会，而消防署被喜气洋洋的小男孩堆的篝火引起的火灾弄得忙乎乎的。

差不多脱离险境了！重建差不多结束了！诚然，代理州长也是个共和党人。但选举将在十二月份举行，每个人的头脑里都对将会产生的结果毫不怀疑。选举来临的时候，尽管共和党人作出疯狂的努力，佐治亚还是会重新有个民主党人当州长的。

那时还有一种狂喜和激动，但和布洛克州长逃跑时抓住了城里人的那种不太一样。这是一种更加清醒、发自内心的喜悦，是一种深深的感激之情。牧师们虔诚地感谢上帝把这个州又交回到他们手里时，教堂里挤满了人。这其中还有自豪感，夹杂着得意和喜悦，为佐治亚又回到自己人的手里而感到自豪，尽管华盛顿政府能为所欲为，尽管有部队、投机商、南方佬和当地的共和党人。

国会曾经七次通过毁灭性的法案，要使这个州保留其被征服省份的身份；军队曾经三次撤消民法；黑人们曾在立法机构里闹着玩；贪心不足的外地人把政府管理得一塌糊涂，却用公共资金喂肥了自己。佐治亚一直无可奈何，饱受折磨和虐待，像被锤子钉死了一样。可是现在，尽管发生了这么多事，佐治亚重新属于自己了，而且是通过自己人的努力实现的。

共和党人的突然被推翻并没有给每个人都带来快乐。南方佬、投机商和共和党人的阵营里一片恐慌。盖勒特一家和亨登一家显然在公众知道布洛克辞职之前就已经得到通知说布洛克已经走了，所以也突然离开了城里，消失在茫茫人海中，而他们也正是从那茫茫人海中来的。其他留在城里的投机商和南方佬还拿不定主意，同时又感到很害怕，所以，他们聚到一起寻求安慰，不知道立法机构的调查会把与他们自己的私事有关的什么事弄得真相大白。他们现在不再傲慢无礼了。他们目瞪口呆，茫然无措，担心害怕。来拜访思嘉的太太们一再说道：

“可是，谁会想到事情会变成这样呢？我们还以为州长势力很大呢。我们还以为他会待在这儿呢。我们还以为——”

尽管瑞德警告过事情会朝这个方向发展，但事情的变化同样也让思嘉感到茫然不解。这并不是说她对布洛克的离去和民主党重新执政感到遗憾。北方佬的统治最后被推翻了，她也隐隐地感到很高兴，虽然没有人会相信这一点。重建初期的那些日子里，她是怎么奋斗的，她至今还记忆犹新，还有她担心北方军和投机商会没收她的钱财的事。她记得自己的孤立无助，因孤立无助而感到的恐慌，还有她对北方佬把这一使人感到屈辱的体制强加在南方人头上的恨意，而她从来也没有停止对他们的恨意。可是，为了充分利用机会，为了得到彻底的安全感，她和征服者们走到一起去了。不管她多么不喜欢他们，她还是跟他们混在一起，和自己原来的老朋友断绝了来往，改变了旧有的生活方式。而现在，征服者的势力已经到了穷途末路之时。她曾经把赌注压在布洛克政权能够持续下去这一点上，但她输了。

她回顾着自己所经历过的一切，想起一八七一年的圣诞节——这十几年中在这个州度过的最幸福快乐的圣诞节时，心里颇为不安。她不禁看到，曾经在亚特兰大被诅咒得最厉害的瑞德，现在却成了最受欢迎的人之一，因为他放弃了自己共和党的异端邪说，把自己的时间、金钱、劳动和思想都投入到帮助佐治亚回归的斗争中去。他骑马从街上走过，微笑着触着他的帽子时，坐在他马鞍前面的穿着蓝色衣服的孩子就是邦妮，每个人都对他们回笑着，充满爱意地看着那个小孩，还热情地谈论着。而她，思嘉——

# 第五十九章

邦妮野性越来越足，需要有只强硬的手来加以管教，这在任何人的头脑里都是毫无疑问的事。可是，这么多人都很爱她，没有一个人有心去试用那应有的严厉管教方式。她第一次不受约束是在她跟着父亲去旅行的那几个月。她和瑞德在新奥尔良和查尔斯顿时，她得到允许，想待到多晚就待到多晚，在剧院里、餐馆里以及牌桌上睡在他的怀里。自那以后，不强迫她，她是不会和听话的埃拉在同一时间去睡觉的。她和瑞德旅行的时候，他让她穿她选中的任何一件衣服。从那时开始，嬷嬷试图给她穿麻纱连衣裙和围涎而不让她穿蓝色的塔夫绸和花边衣领时，她就会大发脾气。

这个孩子离家去旅行，后来思嘉又生了病，回到塔拉，这期间似乎是没有办法赢回失去的阵地了。随着邦妮一天天长大，思嘉试图管教管教她，想让她不要变得太固执，太任性，不要让她被宠坏，但并没获得多大的成功。瑞德总是站在孩子那一边，不管她的要求有多愚蠢，她的行为有多无礼。他鼓励她说话，把她当成大人对待，表面上还很正经地听取她的意见，假装着依她的建议行事。结果，只要她高兴，邦妮就会打断长辈的话，还跟她的父亲顶嘴，大煞他的气焰。他只是笑笑，连思嘉要打小女孩的手以示训诫都不让。

“要是她不是这么个可爱、招人喜欢的孩子，她是不可能这样的。”思嘉后悔地想，意识到自己有个和自己的意志力差不多的孩子了，“她喜欢瑞德。要是他愿意，他是能使她表现好一点的。”

可是，瑞德没有表现出要使邦妮表现好的意愿。不管她做什么，全都是对的。而如果她想要月亮,她也是可以得到的,只要他能够为她摘下来。她的美、她的鬈发、她的酒窝、她优雅的小手势,他对这一切全都感到无比的自豪。他爱她的直言不讳、她高涨的情绪、她表示对他的爱时那种奇特有趣、令人心醉的方式。尽管她被宠坏了,又固执又任性,但她是个可爱的孩子,他根本无心去约束她。他是她的上帝,她那小小的世界的中心,而这对他来说太珍贵了,因去训斥她而冒失去这一切的危险,这不值得。

她像个影子似的黏着他。在他还想睡的时候,她却老早就把他叫醒。在饭桌上,她坐在他旁边,一会从他的盘子里吃东西,一会从自己的盘子里吃东西。在马上,她坐在他前面。除了瑞德,她不让任何人帮她脱衣服,也不让任何人把她放在他的床旁边的小床上去睡觉。

看到她的小女儿支配她父亲的那双铁腕,思嘉既感到有趣,又有所触动。谁会想到,偏偏是瑞德把当父亲这么当回事呢?可是,有时候,思嘉心里也会掠过一丝妒忌。因为,年仅四岁的邦妮居然比她更理解瑞德,也比她更能把瑞德支使得团团转。

邦妮四岁的时候,嬷嬷开始抱怨,一个女孩子"双脚分开坐在她爸爸前面,衣服飘起来"不合适。瑞德认真地听着,嬷嬷所有有关合适地管教女孩子的言论,他都是这么听着的。结果是买了一匹棕色的设得兰矮种小马,它的鬃毛和尾巴又长又柔软,上了小小的女用马鞍,还带有银色的饰物。表面上,这匹小马是属于三个孩子的,瑞德还给韦德也买了个马鞍。可是,韦德还是更喜欢他的圣伯纳德狗,而埃拉则什么动物都害怕。所以小马成了邦妮自己一个人的,被叫做"白先生"。在这不愿与人分享的快乐中,邦妮的唯一不足之处是她再也不能像她父亲一样双脚分开骑在马上了。但他向她解释了坐在马鞍上有多难,甚至比双脚分开骑马更难时,她便满足了,并且学得很快。对她漂亮的坐姿和灵巧的双手,瑞德感到骄傲极了。

"等到她再长大些,可以去打猎的时候,我们再等着瞧,"他夸耀着,"跑马场上就谁也比不上她了。到时我要带她去弗吉尼亚。那里正是真正的打猎进行的地方。还有肯塔基州,他们欣赏好骑手。"

到要给她做骑马服的时候,像往常一样,她自行选择颜色,而且还是跟往常一样,她选择了蓝色。

"可是,亲爱的!不能是那种蓝色的天鹅绒!蓝色的天鹅绒是做适合我的晚礼服的,"思嘉大笑着,"上好的黑色绒面呢正是小女孩穿的。"她看到那两道细细的黑色眉毛皱到了一起:"看在上帝分上,瑞德,告诉她这有多不合适,而且又很容易弄脏。"

"噢,让她用蓝色的天鹅绒吧。如果弄脏了,我们可以再给她做一件。"瑞德随随便便地说。

这样,邦妮便有了蓝色的天鹅绒骑马服,配着一件短裙,裙翼直盖到小马的肋上,还有一顶黑色的帽子,上面插着一根红色的羽毛,因为梅利姑妈有关杰布·斯图尔特的羽毛的故事吸引了她的想象力。在阳光灿烂、空气明晰的日子里,人们可以看到他们俩沿着桃树街骑马而行。瑞德抓着他那高大的黑马的缰绳,好和肥胖的小马的步伐一致。有时候,他们在安静的路上飞奔而行,冲散了鸡群、狗群和孩子群。邦妮用她的短马鞭抽打着白先生,缠结在一起的鬈发迎风飘着。瑞德一手紧紧地拉着马,好让她觉得白先生赢了比赛。

最后确信她的坐姿和手的动作已经过关,而且完全不会感到害怕时,瑞德决定,该是让她学习让马跳过低矮障碍物的时候了,只要白先生的短腿能跳过就行。为了达到这一目的,他在后院建了道跳栏,而且花钱请彼德大叔的一个叫沃什的小侄儿来教白先生跳跃,一天二十五美分。他从离地面两英寸高的横杆开始,渐渐增加到一英尺的高度。

这一安排受到与此最有关系的三方的反对:沃什、白先生和邦妮。沃什其实很怕马,诱使他一天几十次使固执的小马跳过横杆的只是那笔优厚的报酬;白先生呢,虽然镇定地让小小的女主人拉着自己的尾巴,马蹄还得受到不停的查看,但它觉得,小马的缔造者并没有蓄意要让它肥胖的身体跳过横杆;而不愿看到任何别的人骑在自己的小马上的邦妮,边看着白先生学习,边在一旁不耐烦地跳来跳去。

瑞德终于确定,小马已经知道自己该做的事,可以放心地让邦妮骑在它上面了。这时,孩子的激动心情真是无法用言语来形容。她第一次骑马跳障碍跳得非常成功,自那以后,和她父亲一起到室外骑马对她就已经没有吸引力了。思嘉对他们父女俩的骄傲心理和热诚心情放声大笑。然而,她认为,一旦新奇感过去,邦妮的注意力就会转移到别的东西上面,而邻居们也就可以更安心了。可是,这一运动并没有失去其吸引力。后院尽头那个凉亭到跳栏之间已经现出了一道痕迹，一整个早晨，后院里都回响着激动的叫声。一八四九年做过横越大陆旅行的梅里韦瑟老爷爷说，那叫声听起来就像是阿帕切族人成功地剥下敌人的带发头皮后的叫声。

第一个星期过后，邦妮恳求要增加高度，离地面一英尺半的高度。

“到你六岁的时候再说吧。”瑞德说，“到时你长得更大了，可以跳得更高。我还要给你买匹更大的马。白先生的腿不够长。”

“它们够长的。我跳过了梅利姑妈的玫瑰花丛，它们很高呢！”

“不，你得等些时候。”瑞德说，头一次显得很坚定。可是，在她的不断纠缠、乱发脾气面前，他的坚定渐渐消失了。

“噢，好吧。”一天早晨，他大笑着说，把那道窄窄的横杆往上挪高了一些，“如果你摔下来了，可别哭鼻子，也别怪我哦！”

“妈妈！”邦妮尖叫着，转头朝上看着思嘉的卧室，“妈妈！看着我！爸爸说我可以跳了！”

思嘉正在梳头发，她走到窗口，朝下对那激动的小小的身影微笑着。她穿着脏兮兮的蓝色骑马服，显得非常滑稽。

“我真的要另外给她做套骑马服，”她心想，“虽然老天才知道，我怎样才能使她放弃那套脏兮兮的。”

“妈妈，你看着！”

“我在看着呢，亲爱的。”思嘉微笑着说。

瑞德把孩子抱起来，把她放在马背上时，她那挺直的后背和头摆着的那种骄傲的姿势不禁使思嘉心里的自豪感油然而生。她叫了起来：

“你太漂亮了，宝贝！”

“你也是。”邦妮也大方地说，脚后跟在白先生的肋骨上踢了一下，便在后院朝着凉亭飞奔而去。

“妈妈，看着我跳过这一道！”她大叫着，挥动着鞭子。

看着我跳过这一道！

思嘉的记忆深处敲响了一阵警钟。这些话里有某种不详的预兆。那是什么呢？她为什么不记得了呢？她低头看着自己的小女儿，她正那么轻巧地骑在飞奔的小马上。她的心里掠过了一股寒意，眉头不禁皱了起来。邦妮向前冲去，她那拳曲的黑色发卷飘动着，蓝色的眼睛闪闪发亮。

“它们像爸爸的眼睛，”思嘉想，“爱尔兰人的蓝眼睛，而她什么地方都像他。”

一想起嘉乐，她刚才一直在找寻的记忆迅速浮现在她眼前，就像夏天那令人心跳都会停止的闪电那样明晰，一瞬间就把整个乡野照得透亮，亮得很不自然。她似乎听见了爱尔兰口音的声音在唱歌，听到急促的马蹄声沿着塔拉的牧场飞奔而来，听到那不顾危险的声音，就像她孩子的声音一样：“埃伦！看着我跳过这一道！”

“不！”她大叫起来，“不！噢，邦妮，停下！”

就在她从窗口探出身子的时候，传来了一声木头断裂的可怕的声音，还有瑞德嘶哑的叫喊声。蓝色的天鹅绒和飞奔的马蹄混作一团，摔到地上。接着，白先生忙乱地从地上爬起来，带着空空的马鞍一路小跑着跑开了。

邦妮死后的第三天晚上，嬷嬷大摇大摆、慢吞吞地走上媚兰家厨房的台阶。她从头到脚都穿着黑衣服，脚上穿着大号的男鞋，鞋子被割破了，好让她的脚趾自由些。她的头上包着黑色的头巾，模糊的老眼布满血丝，周边红肿。如大山般的身体上，每一条线条都哭诉着她的悲痛。她的脸上皱纹密布，像一只无尾猿那样伤心而茫然，可是，她的下颚却显得很坚定。

她对迪尔西低声说了几句话，迪尔西友好地点点头，就好像一贯不和的她们之间有了停战协定一样。迪尔西放下手里端着的晚餐盘，穿过餐具室到餐厅去了。只一会工夫，媚兰就出现在厨房里，手里拿着餐巾，脸上一副愁容。

“思嘉小姐不——”

“思嘉小姐挺得住，就像往常一样。”嬷嬷沉痛地说，“俺不是有意要打扰你吃饭的，梅利小姐。俺可以等到你吃完饭，再告诉你俺来这的目的。”

“晚饭可以等会再吃。”媚兰说，“迪尔西，侍候其他人吃晚饭。嬷嬷，跟我来。”

嬷嬷大摇大摆地跟在她身后，沿着过道从餐厅门口走过。希礼正坐在餐桌首席，他自己的小博坐在他旁边，思嘉的两个孩子坐在对面，汤匙发出了很大的叮当声。餐厅里充斥着韦德和埃拉快乐的声音。和梅利姑妈一起待这么长时间，对他们来说无异于一次野餐。梅利姑妈总是很慈祥，现在的她更是如此。他们的小妹妹死了,这对他们的影响并不大。邦妮从小马上摔下来,妈妈哭了很长时间,梅利姑妈则把他们带回家,让他们在后院里跟博一起玩,而且,想什么时候吃茶点都行。

媚兰领路来到摆满了书的小起居室,把门关上,做手势让嬷嬷到沙发那去。

"我一吃过晚饭就过去。"她说,"白船长的妈妈来了,我想,葬礼明天早晨就会举行。"

"葬礼。正是这事。"嬷嬷说,"梅利小姐,我们麻烦可大了,俺就是来找你帮忙的。俺心情很沉重,亲爱的,心情很沉重。"

"思嘉小姐垮了吗?"媚兰担心地问,"自从邦妮——以后,我几乎都没看见她。她一直待在房间里,而白船长一直外出——"

突然,眼泪顺着嬷嬷黑黑的面颊流了下来。媚兰坐在她身边,拍着她的手臂。过了一会,嬷嬷拉起裙子边擦干了泪水。

"你得来帮助我们,梅利小姐。俺已经尽了力了,但没什么结果。"

"思嘉小姐——"

嬷嬷坐直了身子。

"梅利小姐,你跟俺一样了解思嘉小姐的。那孩子要承受什么,上帝就会给她力量去承受什么。这事确实使她心都要碎了,但她是承受得了的。俺来是为了瑞德先生。"

"我也很想见他,可是每次我去那儿,他要不就进城去了,要不就把自己锁在房间里和——思嘉看上去就像鬼魂一样不说话——快告诉我,嬷嬷。你知道的,只要我做得到,我一定会帮忙的。"

嬷嬷用手背揩着鼻子。

"俺说思嘉小姐能够承受得了上帝要她承受的,因为她已经承受了很多了。可是,瑞德先生——梅利小姐,他从来没有承受过他不想承受的任何事情,什么事情他都没有承受过。就是为了他,俺才来找你的。"

"可是——"

"梅利小姐,你得跟俺回家一趟,就在今天晚上。"嬷嬷的声音里有种很急迫的感觉,"也许瑞德先生会听你的。他一贯很尊重你的意见的。"

"噢,嬷嬷,什么呀?你指的是什么呢?"

嬷嬷挺直了肩膀。

“梅利小姐,瑞德先生确实——确实失去理智了。他不让我们把小小姐埋掉。”

“失去理智?噢,嬷嬷,不会的!”

“俺没有说谎。这绝对是真话。他不让我们把孩子埋掉。他自己亲口告诉俺的,就在一小时以前。”

“可是他不能——他不是——”

“所以俺才说他失去理智呢。”

“可是为什么——”

“梅利小姐,俺把一切都告诉你吧。俺不该告诉任何人的,可是你是我们家的一员,而你又是俺能够告诉的唯一的人。俺就把一切都告诉你吧。你知道他有多爱那个孩子。俺从来没见过有哪个男人这么爱孩子的,白人也罢,黑人也罢。米德医生说孩子的脖子折断时,他看上去好像都要疯了。他抓起枪,径直走出去把小马杀了。上帝,俺想他也想把自己杀了。思嘉小姐晕了过去,俺都不知怎么办才好。屋里屋外站满了邻居,瑞德先生只是一直抱着孩子,连俺要给孩子受伤的小脸擦洗一下都不让。思嘉小姐醒来的时候,俺想,谢天谢地!这下他们可以互相安慰一下对方了。”

眼泪再次流下来,可这次嬷嬷连擦都不擦。

“可是她醒来的时候,她走进他抱着邦妮坐的房间,她说:‘把你杀死的孩子还给我。’”

“噢,不!她不能这样!”

“没错。她就是这么说的。她说:‘是你杀了她。’俺为瑞德先生感到很难过,于是大哭起来,因为他看上去就像一只猎狗一样。俺便说:‘把那孩子给她的嬷嬷吧。俺不想这些事情在这个孩子的面前发生。’俺从他手里抱过孩子,抱到她的房间,给她洗脸。俺听到他们在说话,他们说的话使俺的血液都要变冷了。思嘉小姐叫他谋杀犯,因为他让她跳那么高的高度;他则说思嘉小姐从来不关心邦妮小姐,也不关心她的其他孩子……”

“别说了,嬷嬷!别对我再说别的了。由你来告诉我这些是不合适的!”媚兰大叫着,她尽力不去想嬷嬷的话描绘出来的画面。

“俺知道俺不该告诉你,可是俺的心装得满满的,不知道什么不该说。

然后，他亲自送她到殡仪馆，然后再带她回来，他把她抱进他的房间，放在她的床上。当思嘉小姐说该把她放在客厅的棺材里时，俺以为瑞德先生都要揍她了。他说，语气很冷淡：‘她该放在我的房间里。’他转向我，他说：‘嬷嬷，你好好看着，让她好好待在这，直到我回来。’接着，他骑上马离开了家，直到太阳快下山的时候才回来。他到家时，俺看出他喝醉了，醉得很厉害，但他还是像往常一样没有醉倒。他冲进房子，连跟思嘉小姐、白蝶小姐或是其他来访的太太们说句话也没有。他冲上楼梯，推开他的房间门，然后大声叫着俺。俺尽可能快地跑过去时，他正站在床边，房间里很暗，俺几乎都看不见他，因为百叶窗都拉下来了。

“他非常凶地对俺说：‘打开百叶窗。这里太暗了。’俺把百叶窗打开，他看着俺，上帝，梅利小姐，俺脚都快站不稳了，因为他看上去很奇怪。然后他说：‘拿灯来。拿很多灯来。让它们一直亮着。不要拉上窗帘和百叶窗。你难道不知道邦妮小姐怕黑吗？’”

媚兰恐惧的眼睛跟嬷嬷的对视了，嬷嬷预示不详地点点头。

“他就是这么说的。‘邦妮小姐怕黑。’”

嬷嬷浑身发抖。

“俺拿了一打蜡烛来时，他说：‘出去！’然后他锁上门，坐在里面和小小姐在一起。他一直不给思嘉小姐开门，即使她敲着门朝他大喊也没用。这样已经过了两天了。他不让说任何有关葬礼的事。早晨，他把房门锁上，骑上马到城里去。太阳落山时回来，再把自己锁在房间里。他不吃不喝，也不要睡觉。现在他的妈妈，白老太太从查尔斯顿来参加葬礼了，苏埃伦小姐和威尔先生也从塔拉来了，可是瑞德先生跟他们谁都不说话。噢，梅利小姐，这太可怕了！情况还会更糟，人们已经在说闲话了。”

“接着，就是今晚的事了。”嬷嬷停了停，又用手擦了擦鼻子，“今天晚上，他回家时，思嘉小姐在楼上过道里碰到他，她跟着他进了房间。她说：‘葬礼定在明天早晨举行。’他说：‘你举行吧，我明天就杀了你。’”

“噢，他一定是失去理智了！”

“是的。接着，他们说得比较小声。俺听不见他们说的所有的话，只听到他说邦妮小姐怕黑，而坟墓里特别的黑。过了一会，思嘉小姐说：‘为了满足你的骄傲心理，你杀了她，现在又这么一意孤行，你真是个好人。’他说：

'你难道就没有仁慈之心吗?'她说:'不,我也失去这个孩子了。自从邦妮被杀以后,你的行事方式使我腻烦透了。你一直喝得醉醺醺的。如果你以为我不知道你这些天一直在跟谁过,那你就是个傻瓜。我知道你一直在那个女人的妓院里,那个贝尔·沃特琳。'"

"噢,嬷嬷,不!"

"是的。她就是这么说的。梅利小姐,这是真的。有些事情,黑人比白人知道得还要快。俺知道他就是跟她过的,但俺什么也没说。他也不否认。他说:'是的,我是在那,你也不必生气,因为你什么也没有给我。跟这地狱似的房子相比,妓院是避难的天堂。而贝尔有颗世界上最善良的心,她不会把责任都推到我身上,说是我杀了我的孩子。'"

"噢。"媚兰叫了起来,心里受到了狠狠的一击。

她自己的生活太快乐,受到太好的保护,周围又都是爱她的人,到处都是善良之心,所以,嬷嬷告诉她的话几乎是她无法理解、无法相信的。然而,她脑海里现出了一则记忆,那个画面是她匆匆忙忙间从记忆深处挖出来的,就像她从记忆中挖出另外一个裸体的人的念头一样。那天瑞德把头埋在她的大腿上哭泣的时候,他也提到了贝尔·沃特琳。可是他爱的是思嘉。那天她不可能弄错的。当然,思嘉也爱他。他们之间到底发生了什么事?丈夫和妻子怎么会用如此锋利的刀子互相切割对方呢?

嬷嬷又心情沉重地继续讲下去。

"过了一会,思嘉小姐走出房间,脸色苍白得就像白床单一样,但她的下颚很坚定。她看到俺站在那,她说:'葬礼明天举行,嬷嬷。'她像个鬼魂似的走过俺身边。俺转过身,因为思嘉小姐说什么是什么,她是认真的。而瑞德先生也是说什么是什么,他也是认真的。而他说,如果她那么做,他就杀了她。俺真的不知道怎么办才好,梅利小姐,因为俺不能因为什么事而感到内疚,这使俺心里很难过。梅利小姐,俺害怕极了,就像小小姐怕暗一样。"

"噢,可是嬷嬷,没关系的——现在没关系。"

"不,有的。这就是麻烦的全部了。俺想,俺最好还是告诉瑞德先生,哪怕他杀了俺也得说,因为这一直压在俺的心头。于是俺不等他锁上门,很快就溜了进去。俺说:'瑞德先生,俺是来忏悔的。'他猛地转身面对着俺,像个发疯的人一样,说:'出去!'上帝在上,俺从来没有这么害怕过!但俺还是说:‘求你了,瑞德先生,让俺跟你说吧。这都要把俺杀了。俺害怕,就像小小姐怕暗一样。’接着,梅利小姐,俺把头低下来,等着他来打俺。可他什么也没说。俺说:‘俺不是有意要伤害你。可是,瑞德先生,孩子没有感觉了,她什么都不怕了。她过去总是在每个人都上床睡觉以后溜下床,光着脚在房子里乱跑。这使俺很担心,因为俺怕她会伤了自己。所以俺就告诉她,黑暗中有鬼和妖怪。’

“然后——梅利小姐,你知道他做了什么吗?他的脸变得非常温和,他走到俺身边,把手放在俺的手臂上。这是他第一次这么做。他说:‘她这么勇敢,是吗?除了黑暗,她什么也不怕。’俺放声大哭时,他说:‘好了,嬷嬷。’他拍着我说:‘好了,嬷嬷,别这么一直哭。我很高兴你告诉我。我知道你爱邦妮小姐,因为你爱她,这就没关系了。重要的是心。’哦,他那么慈祥,俺心情好起来了,所以俺斗胆说:‘瑞德先生,那葬礼怎么办?’他马上转向俺,像个疯子一样,眼睛闪闪发亮的。他说:‘上帝,我还以为别人都没法理解,就你能理解呢!你以为我会把我的孩子放到黑暗当中?而她是最怕黑暗的?此时此刻,我就能听到她过去在黑暗中醒过来时经常尖叫的声音。我不想让她害怕。’梅利小姐,于是俺便知道他失去理智了。他喝醉了,需要睡觉,需要吃些东西,可都没有。他发疯了。他把俺推出门去,说:‘给我从这里滚出去!’

“俺下了楼,一直在想着他说不能举行葬礼的事,而思嘉小姐说明天早晨要举行,他就说他要开枪。屋里所有的人和邻居们已经在谈论这事了,就像一群珍珠鸡。俺想到了你,梅利小姐。你得来帮我们。”

“噢,嬷嬷,我不能插手的!”

“如果你不能,那谁还能插手呢?”

“可是,我能做些什么呢,嬷嬷?”

“梅利小姐,俺也不知道。可是你可以做点什么的。你可以和瑞德先生谈谈,也许他会听你的。他很尊敬你,梅利小姐。也许你不知道这一点,但他确实尊重你。俺经常听他这么说的,你是他所知道的唯一一个贵妇人。”

“可是——”

媚兰站了起来,感到很困惑。想到要面对瑞德,她心里感到很害怕。想到要和一个嬷嬷描述过的痛苦得发疯的人争辩,她不禁全身发冷。想到要走进那间照得通明的房间，那里还躺着她如此深爱的小女孩，她的心都要碎了。她能做些什么呢？面对瑞德，她能说些什么话来减轻他的痛苦，使他恢复理智呢？有一会，她犹豫不决地站在那，她儿子尖声大笑的声音从紧闭的房门传进来。要是他死了呢，这想法像一把冰冷的刀一样在割着她的心。假设她的博躺在楼上，小小的身体既冰凉又一动不动，他欢快的笑声已经停止了呢。

“噢。”她大声叫道，害怕极了。在意念里，她把他紧紧地拥抱在胸前。她知道瑞德的感觉。如果博死了，她怎么能把他埋掉，让他独自跟风、跟雨、跟黑暗在一起呢？

“噢！可怜、可怜的白船长！”她叫道，“我马上就去见他。”

她快步走回餐厅，低声跟希礼说了几句话，还紧紧地抱了抱小儿子，极为动情地吻了吻他的鬈发，搞得他都吃了一惊。

她没戴帽子就离开家门，手里还紧紧抓着餐巾。她走得很快，嬷嬷的老腿很难跟上她。到了思嘉家前面的过道时，她微微向聚在书房里的那群人点了点头，对惊恐万状的白蝶姑妈、威严的白老太太、威尔和苏埃伦都点了点头。她飞快地上了楼梯，嬷嬷气喘吁吁地跟在她后面。有一刻，她在思嘉紧闭的房门前稍停顿了一下，可是嬷嬷嘘着声说：“不，别敲。”

媚兰现在的脚步慢了许多，她沿着过道在瑞德的房门口停下来。她犹豫着站了一会，就好像她很想逃跑似的。接着，她给自己鼓了鼓劲，像个小战士要开赴战场一样，敲了敲门，轻声叫道：“请让我进去，白船长。我是卫太太。我要看看邦妮。”

门很快就开了，嬷嬷退回过道里的阴影中，看到在燃烧着的烛光中，瑞德的身影又大又暗。他踉跄着脚步，嬷嬷都闻得到他呼出的威士忌味。他低头看了梅利一会，然后，拉住她的手臂，把她拉进了房间，门又被关上了。

嬷嬷悄悄地蹭到门边的一张椅子边，疲乏地一屁股坐了下去，椅子不够大，她不匀称的身体都坐不下了。她静静地坐着，默默地哭泣着，祈祷着。她不时地拉起裙子边来擦眼睛，还尽可能竖起耳朵，可她听不见房间里的说话声，只有一阵断断续续的蜂鸣声。

过了一段时间，好像是永无止境的一段时间，门咿呀一声开了，梅利的脸露了出来，又苍白又严肃。

“给我拿一壶咖啡来，快点，还要些三明治。”

受到魔鬼驱使的时候，嬷嬷的动作可以快得像个轻巧的十六岁黑人姑娘一样，而她想进瑞德的房间那好奇心更是使她加快了动作。可是，当梅利只是把门开了一条缝，把食盘拿进去时，她的希望便变成了失望。嬷嬷把机灵的耳朵竖了很长时间，但她只分辨得出银器碰着瓷器的声音，还有媚兰抑制着的低声说话声。接着，她听见重重的身体躺到床上的声音，紧接着，便传来了靴子落地的声音。过了一会，媚兰出现在门口。尽管嬷嬷尽力看着，但她还是不能越过媚兰看到房间里的情况。媚兰看上去很累，眼睫毛上还挂着泪花，但她的脸又重新平静下来了。

“去告诉思嘉小姐，白船长同意明天上午举行葬礼。”她低声说道。

“感谢上帝！”嬷嬷冲口而出，“到底怎么——”

“别这么大声嚷嚷的，他要睡着了。嬷嬷，告诉思嘉小姐，我一整个晚上都会在这。你给我拿些咖啡来，拿到这儿来。”

“拿到这房间来？”

“是的，我答应过白船长，如果他去睡，我就一整个晚上守在邦妮旁边。现在就去告诉思嘉小姐，好让她不要担心。”

嬷嬷抬腿朝过道走去，她的体重压得地板直摇晃。她宽慰的心在歌唱：“感谢上帝！感谢上帝！”她若有所思地在思嘉的门口停了一会，脑子里一片感激和好奇之情。

“没有俺在场，梅利小姐到底是怎么做的？天使在帮她呢，俺想。俺要告诉思嘉小姐，明天要举行葬礼。俺想，俺最好把梅利小姐给小小姐守夜的事按下不说。思嘉小姐是不会喜欢这点的。”

# 第六十章

这世界出毛病了。这是一种令人感到阴郁可怕的毛病。它像一层穿不透的黑色迷雾一般笼罩着一切,悄悄地缠绕在思嘉周围。这种不对劲甚至比邦妮的死还更深奥,因为到了现在,起初那无法忍受的痛苦已经退而成为无可奈何地接受女儿的死亡了。然而,这种灾难即将来临的怪异感觉一直存在着,就好像某种被盖住的黑漆漆的东西就站在她的肩膀旁边,好像她脚底下的地面一经她踏上就会变成流沙似的。

她过去从来没有过这种恐惧感。在她这一生中,她的双脚从来都是稳稳当当地立足在众人皆知的事物当中。她唯一担心过的事全都是她能看见的事,受伤、挨饿、贫穷和失去希礼的爱。不善分析的她现在也试图去分析,当然不会成功。她失去了她最心爱的孩子,可是不管怎么样,她还是能够承受这种痛苦的,就像她已经承受了其他能把人压垮的损失一样。她还有健康的身体,她想要多少钱,就能有多少钱;她还有希礼,虽然这些日子以来,她见到他的时候是越来越少了。连媚兰那注定要倒霉的惊喜晚会那天开始就在他们俩之间形成的那种紧张感都没有使她太担忧,因为她知道这都会过去的。不,她的恐惧不是痛苦、挨饿和失去爱。那些担心从来没有像这种不对劲的感觉这样沉重地压在她身上——很奇怪,这种摧残性的恐惧很像是在她原来梦魇里所知道的那重浓重、游动的迷雾,她在雾中带着欲碎的心拼命跑着,像一个迷路的孩子在寻找被藏起来不让她知道的避难所一样。

她还记得,瑞德总是能够大笑一番,使她的恐惧跑得无影无踪。她还记得从他宽大的褐色胸脯上和有力的双臂中获得的安慰。于是,她两眼专注地望着他。几个星期以来,她还是头一次真正地看着他。她看到的变化使她大为震惊。这个男人不会再笑了,他也再也不会安慰她了。

邦妮死后有一段时间,她一直都在生他的气。她的头脑被自己的痛苦占得满满的,除了在仆人们面前礼貌地说说话之外,她根本没法做别的事情。她一直忙于沉湎在对邦妮小脚急促的脚步声和她明快的笑声的回忆中,没有想到他可能也在回忆,那痛苦的程度甚至比她的还更强烈。这几个星期中,他们碰到了就客气地说话,就像在没有人情味的旅馆中碰到的陌生人一样,住在同一个屋檐下,在同一张桌子上吃饭,但从来没有互相交流过各自的思想。

现在,她既然感到又害怕又寂寞,那么,只要她做得到,她早就跨越这一障碍了。可是,她却发现,他们虽然近在咫尺,他却拒她于千里之外,就好像他希望除了表面上的东西外,不想跟她谈什么深层的东西。现在,她的气已经慢慢消了。她想对他说,她不再认为他对邦妮的死是有罪的了。她想在他的怀里大哭一场,对他说她同样对孩子的骑术感到很自豪,而且过度沉溺于她的甜言蜜语当中。现在,她很乐意放下架子,承认自己对他的指责只是一时太过悲痛引起的,希望能用伤害他来减轻自己所受的伤害。可是,似乎从来都没有合适的机会。他乌黑的眼睛毫无表情地看着她,使她没有机会开口。而道歉之词一旦没有及时说出口,就变得越来越难说,最后便成了办不到的事了。

她心里在纳闷这是怎么回事。瑞德是她的丈夫,他们之间有着那种割不断的联系。他们曾经睡在同一张床上,还生下了一个可爱的孩子,一起看着孩子过早地被送到黑暗当中去。她只能从那个孩子的父亲的怀抱里、在交流记忆中的事和痛苦中寻求安慰。这些虽然一开始会令人伤心,但对伤口的愈合是有好处的。可是现在,他们之间横着障碍,她宁愿扑到一个完全陌生的人怀里。

他很少在家。他们确确实实坐在一起吃晚饭时,他通常都是喝醉的。他不像过去那样喝酒了。过去,随着酒意的加重,他的举止会变得越来越优雅,说些有趣、恶意的事情,使她不由自主地放声大笑。现在,他只是默默地、阴郁地喝着,随着夜越来越深,他会喝得烂醉如泥。有时候,在凌晨时分,她会听到他骑马回到后院的声音,敲着仆人的房门,这样,波克就可以帮他走上后楼梯,侍候他上床睡觉。侍候他上床睡觉!过去的瑞德可是从来都是把别人着着实实地灌倒在桌子底下,然后把他们弄上床去睡觉的。

现在的他不修边幅,而过去的他总是打扮得很整洁。现在,连波克要让他晚饭前换件内衣裤,也得气愤地跟他争上老半天。威士忌会残留在他脸上,那长长的下颚的线条,如今由于下巴病态地肿胀而模糊不清了,布满血丝的眼睛也肿肿的。他高大的个子以及鼓胀的肌肉看上去软塌而松垂,腰也开始变粗了。

他经常不回家,或是传话回来说要在外面过夜。当然,他可能是在酒馆楼上的某个房间里醉得鼾声大作。但思嘉总是认为,这些时候,他是在贝尔·沃特琳的妓院里度过的。有一次,她在一家商店里看到贝尔,现在的她已经是个粗俗、肥胖的女人了,她的大部分芳容已经不见。可是,尽管她化着妆,穿着俗艳的衣服,但她胸部丰满,看上去几乎像是个当妈妈的。贝尔没有像其他放荡女人面对贵妇人时那样垂下眼睛或是挑战似的瞪着眼睛,而是迎视着她的目光,带着同情,目不转睛地在她的脸上逡巡着,看得思嘉一阵脸红。

可是,她现在不能指责他了,不能对他大发雷霆,要求他对她忠诚或者试图去羞辱他,就像她曾经指责他对邦妮的死负有责任、想去向他道歉却没法做到一样。她被一种茫然的漠然之情、一种她不理解的不幸福感、一种比她所知道的任何东西都更深层的不幸福感抓住了心。她很寂寞,而她从来都不记得曾经有过这种寂寞感。也许,她直到现在才有时间来感觉到寂寞吧。她既寂寞又害怕,没有一个人是她可以向之寻求帮助的,除了媚兰,别的什么人都没有了。因为现在,连她的主要支柱嬷嬷,也都回了塔拉。永远地走了。

嬷嬷没有为自己的离去作解释。她向思嘉要火车费回家时,疲倦的老眼忧伤地看着她。思嘉哭着恳求她留下,嬷嬷只是回答说:“这就像埃伦小姐对俺说的:‘嬷嬷,回家吧。你的工作已经完成了。’所以俺要回家。”

听了她们的对话,瑞德给了嬷嬷钱,拍着她的手臂。

“你是对的,嬷嬷。埃伦小姐是对的。你在这的工作完成了。回家吧。如果你需要什么,告诉我一下。”思嘉气愤地又一直请求时,他说:“住嘴,你这傻瓜!让她走!为什么任何人都必须待在这屋子里——现在?”

他说话的时候眼里有种凶光，思嘉回避着他，感到很害怕。

"米德医生，你觉得他可能——可能失去理智吗？"她后来问，那是她自己孤独无助的感觉驱使她这么做的。

"不，"医生说，"可是他喝酒喝得太厉害了。如果他继续这么下去，他会把命都搭上的。他爱孩子，思嘉，我猜想，他喝酒是为了忘掉她。好了，我给你的建议是，小姐，尽快给他再生个孩子。"

"哈！"思嘉离开他的办公室时，痛苦地想。说当然比做容易得多。要是他们能把瑞德眼睛里的那种神情去掉，把她心里那个痛苦的空间填补起来，她是很高兴再生个孩子的，再生几个孩子也无妨。一个有瑞德那黝黑的英俊外表的男孩和另外一个女孩。噢，再生个女孩，又漂亮，又愉快，又任性，笑盈盈的，不像头脑简单的埃拉。为什么，噢，如果上帝要拿走一个孩子，他为什么不拿走埃拉呢？邦妮已经走了，埃拉对她也没有带来什么安慰。可是瑞德似乎不想要别的孩子了。至少他从来不到她的卧室来，虽然现在门从来就没上锁，经常大开着，好像在对他发出邀请。他似乎并不在意。现在，除了威士忌和那个邋邋遢遢的红头发女人，他似乎对什么都不在乎了。

有些时候，过去的他本来是会采用快活地奚落人的方式的，现在却变得非常尖刻。而过去有些时候，他曾经用幽默来使自己的攻击变得更柔和，现在的他却变得很残忍。过去，他和他的女儿在一起的那种迷人举止曾经赢得邻居中许多出身良好的太太们的好感。邦妮死后，她们都急于对他表示善意。她们在街上拦住他，对他表示同情，隔着她们的篱笆跟他说话，说她们能理解。可是现在，他那良好举止的原因——邦妮已经走了，那些举止也就消失了。他会唐突地、粗鲁地打断太太们的话和她们好心的慰问。

可是，奇怪的是，太太们并没有因此而生气。她们表示理解，或者说认为她们能理解。黄昏时，在骑马回家的路上，他醉得几乎都在马鞍上坐不稳了，对那些跟他说话的人也都绷着脸，但太太们会说："可怜的人！"尔后她们会加倍努力地表示善意和温情。她们为他感到很难过：他心都碎了，回到家又只好面对思嘉，得不到更多的安慰。

每个人都知道她又冷酷又没心没肺。她从邦妮的死中似乎很轻易就恢复过来，大家都觉得很震惊，从来没意识到或是费心去意识一下在那表面的恢复后面所做的努力。瑞德得到城里人最温情的同情,而他既不知道也不在乎。思嘉得到的是城里人的讨厌,而她这次破例很欢迎老朋友能对她表示同情。

现在,她的老朋友一个都不来家里了,只有白蝶姑妈、媚兰和希礼除外。只有新朋友坐着亮光闪闪的马车前来拜访,急于告诉她他们对她的同情,急切地想用谈论别的新朋友的方式转移她的注意力。可是,她对这些新朋友一点都不感兴趣。所有这些"新人"、陌生人、每一个人!他们都不了解她。他们也永远不会了解她。他们一点也不知道,在她达到目前在桃树街的大房子里这个安全显赫的地位以前,她的生活是怎么样的。他们无心谈论在他们拥有硬挺的锦缎和由漂亮的马队拉的维多利亚马车之前,他们的生活是怎么样的。他们不知道她的奋斗,她的贫困,以及为建这所大房子、值得拥有的漂亮衣服、银器和晚会而做出的一切。他们不知道,他们也不在乎,这些只有上帝才知道从哪来的人似乎总是生活在事情的表面,他们连对战争、饥饿和打仗的共同记忆都没有,他们没有深入到同样的红土里的共同的根。

现在,寂寞的时候,她还是喜欢和这些人一起轻松地度过下午的时光,梅贝尔、范妮、埃尔辛太太或是怀廷太太,甚至那个难对付的老斗士梅里韦瑟太太,或者邦内尔太太或者——或者她的任何一个老朋友和邻居。因为她们知道。她们知道战争、恐怖和战火,看到过她们亲爱的亲人过早去世;她们曾经挨过饿,受过冻,曾经与狼同居一室。她们还从废墟中重新赢得了财富。

梅贝尔曾经掩埋过一个婴儿,那是在舍曼到来之前疯狂的逃难中死去的。跟她一起回忆这些,那会是一种安慰。有范妮在场也是一种慰藉,因为她和范妮两人在军法统治的暗无天日的日子里曾经失去过丈夫。想想亚特兰大沦陷的那天埃尔辛老太太把马赶过五角场时的那张脸,从军需部夺来的战利品从她的马车上被震了出来,那和埃尔辛太太一起笑一笑也会是苦中作乐。和梅里韦瑟太太比比讲故事的本领也是令人愉快之事。现在,她的面包店的收入使她感到很安全了,她会很高兴地说:"你记得投降过后那时的情况有多糟吗?你记得我们连下一双鞋从哪里来都不知道的时候吗?看看现在的我们!"

是的，那真令人愉快。现在，她终于明白了，为什么两个前支持南部邦联的人碰到一起时，他们会津津有味、非常骄傲、颇为怀旧地谈起战争。那些日子是考验他们的心的日子，但他们都挺过来了。他们是老战士了。她也是个老战士，可她却没有一个密友可以与之重新打一遍那些战斗。噢，重新和与她同类型的人在一起，那些曾经经历过同样的事情、知道他们受过什么伤害的人——而你个人身上，相当大的一部分即是他们！

可是，不知怎的，这些人都悄悄走掉了。她意识到，这都是她自己的错。她从来都没有在乎过，直到现在——现在邦妮已经死了，而她既寂寞又害怕。她往发亮的餐桌对过望过去时，看到的是一个皮肤黝黑、呆板迟钝的陌生人正在她的眼皮底下渐渐崩溃。

# 第六十一章

瑞德的急电到时，思嘉正在玛丽埃塔。十分后就有一趟火车开往亚特兰大，她搭乘这趟火车，什么行李也没带，只带了她的收口网格包，把韦德和埃拉留在旅馆跟普里西在一起。

离亚特兰大只有区区二十英里，可是火车在潮湿的早秋下午没完没了地爬行着，在每个路口都停下来让旅客上车。思嘉被瑞德的电报搞得恐慌极了，疯也似的希望火车能快点到达。每停一次，她几乎都要尖叫出来。一路上，火车吃力地驶过稍稍有点变黄、令人有点厌烦的森林，经过还被弯弯曲曲的胸墙弄得满目疮夷的红土山冈，经过旧的炮台和长满杂草的弹坑，沿着约翰斯顿的部队曾经从此艰难地撤退过的路径行驶着。他们撤退时，每退一步都得打上一阵。乘务员报的每个车站、每个岔路口都是某场战斗的名字，或是小规模战斗的地点。它们曾经会引起思嘉可怕的回忆，可现在的她根本没去想这些。

瑞德的电报是这么说的：

“卫太太病重。速回家。”

火车在亚特兰大进站时已是黄昏，一阵迷蒙的小雨笼罩着整个城市。街上的汽油灯昏暗地照着，在水汽中照出一抹抹黄色的光束。瑞德连同马车在车站等她。看到他那张脸，她觉得这比他的电报还更令她害怕。她从来没有看见过这张脸如此面无表情。

“她还没有——”她大声问道。

“没有。她还活着。”瑞德扶她坐上马车，“到卫太太家，尽快。”他吩咐车夫。

“她怎么啦？我不知道她病了。上星期她看上去还好好的。她出了什么事吗？噢，瑞德，不会像你——那么严重吧。”

“她快死了。”瑞德说，声音也和他的脸一样毫无感情，“她要见你。”

“梅利不会死的！噢，梅利不会的！她出了什么事了？”

“她流产了。”

“流——产，可是，瑞德，她——”思嘉语无伦次的。他的宣称令她恐惧，这个消息使她都要窒息了。

“你不知道她怀孕了？”

她连摇头都不会了。

“啊，哦。我想你也不知道。我认为她谁都不会告诉的。她想用这消息使大家都吃一惊。可是我知道。”

“你知道？可是她肯定没有告诉你！”

“她不必非得告诉我，我也知道。她一直——很快乐，这过去的两个月都是这样，我知道这不可能是别的事。”

“可是，瑞德，医生说，她如果再要孩子，那会要了她的命的！”

“这已经要了她的命了。”瑞德说。又对车夫说：“看在上帝分上，你不能快点吗？”

“可是，瑞德，她不可能死的！我——我没有，我——”

“她没有你的力量。她从来都没有过力量。她从来都是什么都没有的，只有一颗心。”

马车在那座小平房前停了下来，瑞德手伸向她，扶她下了马车。她浑身发抖，害怕极了。突然，一阵孤独寂寞感袭上她的心头，她不由得抓住了他的手臂。

“你也进来吗，瑞德？”

“不。”他说，回到马车上去了。

她飞快地跃上屋前的台阶，走过游廊，猛地推开了门。在黄色的灯光下，有希礼、白蝶姑妈和英蒂。思嘉心想：“英蒂到这来干什么？媚兰告诉过她，叫她再也不要踏进这屋子一步的。”看到她，这三个人站了起来，白蝶姑妈咬着颤抖的嘴唇想让它们不再颤抖。英蒂盯着她，痛苦到极点，已经没有恨意了。希礼看上去像个梦游的人一样,无精打采的。他走向她,把手放在她的手臂上,像个梦游的人说话一样。

"她要见你,"他说,"她要见你。"

"我现在能见她吗?"她转身面向媚兰紧闭的房门。

"不行。现在米德医生在里面。我很高兴你来了,思嘉。"

"我是尽快赶来的。"思嘉脱下帽子和斗篷,"火车——她还没有真的——告诉我,她好些了,对不对,希礼?跟我说说!别这副模样!她还没有真的——"

"她一直要见你。"希礼说着,眼睛跟她的对视了。在他的眼里,她看到问题的答案了。一瞬间,她的心脏都停止了跳动,接着是一阵奇怪的恐惧感,比担忧更强烈,也比痛苦更强烈,这感觉开始在她心里狂跳着。"这不可能是真的。"她狂乱地想,尽力把恐惧感推至脑后,"医生也会出错的。我认为这不会是真的。我不能让自己认为这是真的。要是我这么认为的话,我会尖叫出来的。我得想想别的事。"

"我不信!"她疯狂地喊着,看着那三张拉长的脸,好像在向意见跟她相左的人挑战似的,"媚兰为什么没告诉我?如果我知道的话,我就不会去玛丽埃塔了!"

希礼的眼睛清醒过来了,一副痛苦的神情。

"她谁也没告诉,思嘉,特别是没有告诉你。她担心如果你知道的话,你会骂她的。她想等到三个——等到她认为安全、确定的时候,然后再给你们大家一个惊喜,笑话医生的说法错得有多离谱。她很快乐。你知道她对孩子的感觉的——她多想要个小女孩呀。本来一切都好好的,直到——接着,没有任何原因就——"

媚兰的房门悄悄地开了,米德医生走到过道里,随手带上门。他站了一会,灰白的胡子直垂到胸前。他看着突然僵在那的四个人,目光最后落在思嘉身上。他朝她走来,她看到他的眼里非常痛苦,还有不喜欢和蔑视之情,她那害怕的心里顿时一阵内疚。

"这么说,你终于还是到了。"他说。

不等她回答,希礼就要朝紧闭的房门走去。

"你还不能去。"医生说,"她要和思嘉说话。"

“医生，”英蒂说，一只手放在他的袖子上，虽然她的声音单调沉闷，但恳求的成分超过了话本身的含义，“让我看她一眼吧。我从今天早晨起就在这了，一直等着，可是她——让我看她一眼吧，我要对她说——必须对她说——就——某些事，我错了。”

她说话的时候既不看希礼也不看思嘉，但米德医生只是把冷冷的目光定在思嘉身上。

“我会安排的，英蒂，”他简短地说，“可是你得向我保证一点，你不能为了告诉她你错了而让她把力气用完。她知道你错了，而听到你道歉只会令她不安。”

白蝶说话了，小心翼翼地：“求你了，米德医生——”

“白蝶小姐，你知道你会尖叫起来晕过去的。”

白蝶站直了她那结实的小个子，回视着医生的目光。她的眼里已经没有了眼泪，而每一条曲线都显示着尊严。

“哦，好吧，亲爱的，等一会。”医生说，友善一些了，“来吧，思嘉。”

他们轻手轻脚地沿着过道走到紧闭的房门口，医生把手放在思嘉肩膀上，用力按了按。

“我说，小姐，”他简短地低声说道，“不要歇斯底里的。你也不能做临终前的忏悔，否则，上帝作证，我会扭断你的脖子的！别用你那无辜的目光看着我。你知道我的意思。梅利小姐随时都可能去世，你不能告诉她一些有关希礼的事来减轻你自己良心上的负担。我从来没伤害过妇女，可是如果你现在说什么——你就得对我作出交代。”

不等她回答，他就推开了门，把她推进房间，在她身后把门关上。用便宜的黑胡桃木装修的小房间半明半暗，灯光用一张报纸挡着。这个房间又小又整洁，就像小女生的房间一样，窄小的低背床，朴素的网状窗帘环在一起，拉至窗边，地上铺着干净、退色的碎呢地毯，这和思嘉自己那豪华的卧室太不一样了。在她房间里，有高大的雕花家具、粉红色的锦缎窗帘和玫瑰花点缀其间的地毯。

媚兰躺在床上。在床罩里面，她又干又扁，像个小女孩一样。她的脸两边各有一条黑色的小辫，闭着的双眼凹陷，眼圈是紫色的。一看到她，思嘉不禁呆若木鸡，身子靠在门上。尽管房间里很昏暗，但思嘉还是能看出媚兰脸色蜡黄。生命的鲜血已经被抽干了,鼻子上已经发皱。在这以前,思嘉还希望米德医生弄错了。可是现在,她明白了。在战争中的医院里,她见过太多面孔有这种发皱的样子,不会不知道这绝对是不祥之兆。

媚兰快要死了,可是有一会,思嘉的大脑都不愿接受这个信息。媚兰不可能死的。她也会死,这是不可能的。思嘉这么需要她,上帝不会让她死的。她过去从来没有意识到她需要媚兰。可是现在,事实摆在面前,一直深入到她灵魂的最深处。她一直依赖媚兰,甚至像她依赖自己一样,而她却从来都不知道这一点。现在,媚兰要死了,思嘉知道,没有她,自己是过不下去的。此时此刻,当她蹑手蹑脚地走过房间,朝那安静的身影走过去时,她的心里一阵慌乱。她知道,媚兰曾是她的宝剑和盾牌,曾是她的安慰和她的力量。

“我必须留住她!我不能让她走!”她想,在床边蹲了下来,裙子发出一阵窸窣声。她赶紧抓住放在床罩上的软弱无力的手,那冰凉的手再次使她大为惊恐。

“是我,梅利。”她说。

媚兰的眼睛睁开一条缝,接着,好像看到真的是思嘉,她已经满意了,又把眼睛闭上了。过了一会,她深吸了口气,低声说道:

“答应我好吗?”

“噢,什么事都行!”

“博——好好照顾他。”

思嘉只能一个劲地点头,喉咙里哽得难受。她轻轻按了按她握着的手表示答应。

“我把他交给你了。”她脸上露出一丝难以察觉的微笑,“我把他交给你了,过去也有过一次——记得吗?——在他出生之前。”

她还记得吗?她难道会把那次忘掉?在她记忆中,那情景如此清晰,就好像那可怕的日子又回来了,她可以感觉到那个九月的中午令人窒息的灼热,记得她对北方佬的害怕心理,能听到撤退的军队的脚步声,记得媚兰的声音在恳求她,如果她死了,要她收下她的孩子——也记得她那天曾经恨透了媚兰,希望她会死去。

“是我杀了她。”她心想,迷信使她非常痛苦,“我这么经常希望她死去,上帝听见了我的希望，现在正在惩罚我呢。”

“噢，梅利，别这么说！你知道你会挺过去的——”

“不。答应我。”

思嘉喘着粗气。

“你知道我会答应的。我会像待我的亲生儿子一样待他。”

“大学呢？”媚兰微弱、平淡的声音问道。

“噢，会的！大学，哈佛，欧洲，任何他想去的地方——还有——还有——小马——音乐课——噢，求你了，梅利，一定要试试！一定要努力！”

又是一阵沉默，在媚兰的脸上，有那种拼命使劲才说出话来的迹象。

“希礼，”她说，“希礼和你——”她的声音颤抖着，陷入了沉默。

一提到希礼的名字，思嘉的心都停止跳动了，内心像花岗岩一般冰凉。媚兰一直都知道。思嘉低下头，靠在床罩上，喉咙里一阵哽咽，却哭不出来，像被一只残忍的手扼住了一样。媚兰知道。思嘉现在已经不会感到羞耻了，也没有任何感觉了，有的只是万般的悔恨，这么多年来，她一直都在伤害这个温柔的人。媚兰已经知道了——然而，她却一直都还是她忠诚的朋友。噢，要是她能重新回到过去的日子就好了！她决不会让自己的眼睛和希礼的眼睛对视！

“噢，上帝，”她马上祈祷着，“求你了，让她活下去吧！我会补偿她的。我会对她很好的。我有生之年决不会再跟希礼说话，只要你能让她好起来！”

“希礼。”媚兰虚弱地说，伸出手指摸着了思嘉低垂的头。她的大拇指和食指拉着思嘉的头发，还不如一个婴儿有力。思嘉知道那是什么意思，知道媚兰要她抬起头来。可是她不能，不能看着媚兰的眼睛，从那里一切都无所遁形。

“希礼。”媚兰又低声嗫嚅着，思嘉心里一阵紧缩。最后审判日到来时，当她面对着上帝并从他的眼里看到对她的审判时，那也不会像现在这么糟。她的灵魂在畏缩着，但还是抬起了头。

她看到的还是原来那双慈爱的乌黑的眼睛，由于死神临近，眼睛凹陷而慵懒，原来那张温柔的嘴在疲乏地和疼痛搏斗着，挣扎着呼吸。那上面没有指责，没有控诉，也没有害怕——只有担心找不到力量来说话的忧虑之情。

那一刻，思嘉呆若木鸡，连感觉欣慰都不会了。接着，她更紧地抓着媚兰的手，对上帝的感激之情像股洪流袭遍了她的全身。从她孩提时代到现在，她头一次在作谦卑、无私的祈祷。

"谢谢你，上帝。我知道我不配，可还是要谢谢你没有让她知道。"

"希礼怎么样，梅利?"

"你会——关照他?"

"噢，是的。"

"他这么经常——感冒。"

停了一会。

"关照——他的生意——你明白吗?"

"是的，我明白。我会的。"

她又使了使劲。

"希礼是——不现实的。"

只有死才会逼媚兰说出这种不忠的话来。

"关照他，思嘉——可是——决不能让他知道。"

"我会关照他，也会关照他的生意，我决不会让他知道的。我会只是给他提提建议。"

媚兰尽力挤出一丝微笑，可是那是满意的微笑，她的眼睛又跟思嘉的对视了。她们的目光缔结了一份协议，保护卫希礼不受这个太严酷的世界的伤害，这种责任已经从一个女人身上转到另外一个女人身上，而且，决不能让希礼知道，免得他男性的自豪感受到伤害。

现在，那挣扎的神情已经从那张疲倦的脸上消失了，就像是思嘉答应后，她已经放心了一样。

"你是这么精明——这么勇敢——总是对我这么好——"

听到这些话，思嘉喉咙一哽咽，再也止不住哭声。她用手捂住嘴巴。现在，她要像个孩子一样放声痛哭了："我是个魔鬼！我错待你了！我从来没为你做过什么！我全是为了希礼才做的。"

她突然站起身来，咬着大拇指以让自己平静下来。瑞德的话又浮现在她脑海里。"她爱你。让这爱成为你的十字架吧。"哦，现在这十字架更沉重了。她曾经不择手段，试图把希礼从她身边夺走，这真是糟透了。可是现在，盲目信任了她一辈子的媚兰在临死的时候还对她给予同样的爱和信任。不，她不能说。她甚至连再说一遍“努力活下去”都不行。她必须让她轻轻松松地走，没有挣扎，没有眼泪，没有悲伤。

门被轻轻推开了，米德医生站在门槛上，着急地对她打着手势。思嘉俯向床边，硬把眼泪咽回去，拉着媚兰的手，把它放在自己的面颊上。

“晚安。”她说，她的声音更稳定了，比她原来以为能稳定的程度都更稳定。

“答应我——”那声音低声说道，现在已经非常弱了。

“什么我都答应，亲爱的。”

“白船长——好好待他。他是——这么爱你。”

“瑞德？”思嘉心里想着，感到很茫然，这话是什么意思，她一点也不明白。

“好的，我会的。”她机械地说着，在那手上轻轻吻了一下，把它放回床上。

“告诉小姐们马上进来。”她经过门口时，医生低声说道。

透过泪水迷蒙的眼睛，她看到英蒂和白蝶跟着医生进了房间，她们把裙环托到腰际，以免发出窸窣声。门在他们身后关上了，屋子里很静。希礼不知跑哪儿去了。思嘉把头靠在墙壁上，像个躲在角落里的顽皮孩子一样，用手揉着发痛的喉咙。

在关着的门里面，媚兰就要走了，而随她而去的是这么多年来思嘉没有意识到却是她赖以支撑的力量。为什么，哦，为什么她在这以前没有意识到她有多爱媚兰，又是多么需要媚兰呢？可是，谁又想到个子小小的普普通通的媚兰却是一座力量之塔？在陌生人面前羞涩得会流出眼泪来的媚兰，胆怯得不敢提高声音说出自己的观点，害怕遭到老太太们反对的媚兰，连对鹅发嘘声都缺乏勇气的媚兰？然而——

思嘉的思绪回到多年以前，回到塔拉那个炎热的中午，灰蒙蒙的烟雾在那个穿蓝色制服的尸体上方萦绕时，媚兰手里拿着查理的配剑站在最上面的楼梯口。思嘉还记得她当时的想法：“多可笑呀！梅利连那剑都举不起！”可是现在，她知道，只要有必要，媚兰是会冲下楼梯，杀死那个北方佬的——要不就让自己被杀死。

是的,那天,媚兰的小手里拿着一把剑就在那,随时准备为她而战。而现在,思嘉回首这些往事的时候,她意识到,媚兰一直手里拿着剑站在她的身边,像她自己的影子一样不引人注目,但却爱着她,带着盲目的忠诚为她而战,跟北方佬、大火、饥饿、贫困、公众舆论,甚至跟她有血缘关系、她深爱着的亲戚作战。

思嘉意识到,横在她和这个世界之间的那把闪着寒光的剑已经永远插入剑鞘了。她觉得自己的勇气和自信也在逐渐消失。

"梅利是我拥有的唯一一个女性朋友,"她可怜兮兮地想,"是除了真正爱我的妈妈以外唯一的女性。她也像妈妈一样。每个认识她的人都粘伏在她裙子边上。"

突然,躺在门里面的好像就是埃伦,正在第二次离开这个世界。猛然间,她好像又站在塔拉的土地上,周围一片无垠的世界,她感到孤独无助,因为她知道,没有那个虚弱、温情、好心的人坚强的力量做后盾,她是不能面对生活的。

她站在过道里,犹豫不决,担心害怕。起居室里闪烁的火光在她周围的墙上映出了高高的、暗淡的影子。屋子寂然无声,那寂静像冰凉的雨水一样直渗入她的肌肤。希礼!希礼在哪里?

她朝起居室走去,像个浑身发冷的动物寻找着火一样去找他,但他不在那。她必须找到他。她发现了媚兰的力量以及她对之的依赖,但一经发现就失去了,但还有希礼,还有坚强、明智、令人宽慰的希礼。在希礼身上和他的爱上面,就有能够支撑她的柔弱的力量。战胜她的恐惧的勇气以及平息她的悲伤的释然。

"他一定在他自己的房间里。"她想,便蹑手蹑脚地沿着过道走到他的门边,轻轻地敲了敲门。没有人答应,于是,她把门推开。希礼站在梳妆台前面,在看着媚兰补过的一双手套。他先拿起其中的一只,端详着,就像他从来没见过似的。然后,他轻轻地把它放下,似乎这是由玻璃做的,然后,再拿起另外一只。

她用颤抖的声音叫道:"希礼!"他慢慢转过身来望着她。他灰色的眼睛里那慵懒、超然的神情不见了,眼睛睁得大大的,露出了原来的真相。在他的眼里,她看出了和自己一样的恐惧,比她自己的无可奈何还更孤独无助的神情,还有更加深层的茫然无措,这是她从来都不曾见过的。看到他的脸,她在过道里感觉到的紧抓着她的心的恐惧感更厉害了。她向他走去。

“我很害怕,”她说,“噢,希礼,抱着我。我太害怕了!”

他没有朝她走来,可是紧盯着她,手里紧紧抓着那只手套。她把一只手放在他的胳膊上,低声说道:“怎么啦?”

他的眼睛急切地搜寻着她的,绝望地找寻着、找寻着什么东西,但他没找到。最后,他说话了,而那声音都不像是他自己的。

“我刚刚还想要见你呢。”他说,“我刚刚还想跑去找你——像个需要安慰的孩子那样跑去找你——而我却发现一个感到更害怕的孩子朝我跑来。”

“你不会的——你不可能害怕的,”她大声叫着,“什么也没把你吓倒过。可是我——你总是这么坚强——”

“如果我曾经坚强过,那是因为她在我身后。”他说,他的声音哽咽了,低头看着手套,抚平那些手指的部位,“而且——而且——我曾经拥有过的所有力量都跟她一块走了。”

他低沉的声音中有种狂乱而绝望的意味。她的手不禁从他的手臂上垂了下去,往后退了一步。两人陷入了沉默,深深的沉默。在沉默中,她觉得自己有生以来第一次真正理解了他。

“哦——”她慢慢地说,“哦,希礼,你爱她,对不对?”

他用尽力气才说出话来。

“她是我拥有过的唯一一个梦,是活生生的梦,能呼吸、有活力的梦,而且是在现实面前不会死的梦。”

“梦!”她心想,过去有过的恼怒心理又蠢蠢欲动了,“总是跟他一起做梦!从来没有切合实际的事!”

她心情沉重,有点痛苦,说道:“你一直就是个傻瓜,希礼。你为什么就看不出来她比我更有价值一百万倍?”

“思嘉,别说了!要是你知道了我是怎么过来的,自从医生——”

“你是怎么过来的!你难道以为我——噢,希礼,你应该知道的,多年前就应该知道,你爱的是她,不是我!你为什么没有意识到呢?那一切就会完全不一样了，所以——噢，你本来早该意识到的，不该用你那些关于名誉和牺牲的言论把我悬在空中！如果你告诉了我，多年以前，我就会——那很可能会要了我的命，但不管怎么样，我还是会挺得住的。可你一直等到现在，等到媚兰要死的时候才发现这一真相，而现在做什么都太晚了。噢，希礼，男人是被认为应该知道这些事的——女人则不然！你本来应该看得清清楚楚，你一直爱的都是她，想要我只是像——像瑞德想要沃特琳那个女人一样！"

听了她的话，他脸部的肌肉在抽搐着，但眼睛还是盯着她的眼睛，乞求着宁静和安慰。他脸上的每一条线条都在承认她的话是真的。他低垂的双肩表明他的自责比她给他的还更严厉。他一言不发地站在她面前，紧紧抓着那只手套，好像这是只善解人意的手一样。她说完话后，接着陷入了一阵沉默。沉默中，她的怒气渐渐退去，代之以同情，还夹杂着轻蔑。她的良心在谴责着她。她是在踢着一个被打败的、毫无防护能力的男人——而她已经答应媚兰她会关照他。

"我刚刚答应过她，现在却对他说这些刻薄、伤人的话，而我是根本没有必要说这些的，任何人都是没有必要说这些话的。他知道真相了，而这正在要他的命呢。"她沮丧地想，"他还没长大，他还是个孩子，就像我一样，而他因为害怕失去她已经病恹恹的了。梅利知道这是怎么回事——梅利比我更懂他。那就是为什么她一口气就说出要我照顾他和博的原因。希礼怎么能受得了这个？我能承受得了。我什么都能承受得了。我已经不得不忍受了这么多。可是他不行——没有她，他什么都受不了的。"

"原谅我，亲爱的。"她温柔地说，伸出了双臂，"我知道你一定饱受痛苦。可是记住，她什么也不知道——她连怀疑都没怀疑过——上帝对我们太好了。"

他飞快地向她走来，双手盲目地抱住了她。她踮起脚尖，把自己温暖的面颊安慰性地贴到他的面颊上，一只手把他后面的头发弄平。

"别哭，亲爱的。她要你勇敢点。过一会她就要见你，你应该勇敢。她不能看见你一直在哭。这会使她不安的。"

他紧紧抱着她，使她连气都快喘不过来了，他哽咽的声音在她耳边回响着。

“我该怎么办？没有她，我——我过不下去的！”

“我也过不下去的。”她心想，想到没有媚兰要过的将来那些漫长的岁月，她不禁浑身想发起抖来。可是很奇怪，她心里一紧，居然控制住了自己。希礼依靠的是她，媚兰依靠的是她。就像从前那次一样，那是在塔拉，在一个月夜，她喝醉了，筋疲力尽的，她曾经想过：“负荷是给有坚强的双肩来承受的人承受的。”哦，她的肩膀是坚强的，而希礼的不是。她挺直肩膀以承受负荷，她平静地吻了吻他湿漉漉的面颊，没有感觉，没有发热，没有渴望和激情，有的只是冷冷的柔情。

“我们会有办法的——不管怎么样。”她说。

门猛地被用力从过道那面拉开了，米德医生尖锐、十万火急地叫道：

“希礼！快！”

“我的上帝！她走了！”思嘉想，“希礼还没时间跟她告别！可是也许——”

“快点！”她大声叫道，推了他一把，因为他还目瞪口呆地站在那，“快点！”

她拉开门，示意他出去。她的话使他清醒过来，他跑到过道里，手里还紧紧抓着那只手套。她听到一阵急促的脚步声，然后是关门的声音。

她又说了声“我的上帝！”慢吞吞地走到床边，坐在上面，用双手抱住头。突然间，她感到很疲倦，比这辈子任何时候都更疲倦。随着关门声的响起，她一直在其约束下劳作的那种紧张感，那曾经给过她力量的紧张感，突然间中断了。她不论身体还是情感上都感到枯竭了，被排空了。现在的她既没有悲伤或是悔恨的感觉，也没有害怕或惊奇的感觉。她很累，她的大脑就像壁炉架上的钟一样，在单调地、机械地、一分一秒地走着。

在这单调之中，一个想法冒了出来。希礼不爱她，从来就没有真正爱过她，而知道这一点并不会使她感到很伤心。这本来应该使她伤心的。她应该感到孤苦伶仃，伤心欲碎，随时对自己的命运尖叫出来。她这么长时间以来一直依靠他的爱。这支撑着她走过了这么多黑暗的地方。然而，这就是真相。他并不爱她，而她并不在乎。她不在乎是因为她不爱他。她不爱他，所以，他不论做什么、说什么，都不会伤害她。

她在床上躺了下来，疲倦地把头躺到枕头上。试图与这想法抗争是没有用的，对自己说："可是我真的爱他。我爱他爱了很多年了。爱不可能在一瞬间就变成无动于衷的。"说这些话也是没有用的。

然而，这是会变的，而且已经变了。

"他从来就没有真正存在过，只在我的想象中存在过。"她不耐烦地想，"我爱我自己想象出来的某些东西，某些像现在的梅利一样毫无生气的东西。我做了一套漂亮的衣服，而且爱上了它。当希礼骑着马走过来，这么英俊、这么与众不同时，我就把那套衣服罩在他的身上，让他穿上，不管这于他合适不合适，而我还不愿看清楚他的真面目。我一直都在爱那套衣服——根本就不是爱他。"

现在，她可以回忆多年以前的往事了，看到自己穿着绿色的麻纱花裙子，站在塔拉的阳光下，为那个年轻的骑手激动不已。他金色的头发亮闪闪的，就像银色的钢盔一样。她现在可以看得很清楚了，他只是个孩子气的幻象而已，而她是个被宠坏的孩子，曾经用花言巧语从嘉乐那里得到过浅绿色的耳环，而她对希礼的想望其实不会比她想要耳环的欲望更重要。因为，她一旦拥有了耳环后，它们就失去了它们的价值，就像其他任何东西一样，一旦成了她的，就会失去其价值，只有钱除外。而他呢，如果在那些遥远的年月里最初那几年，她能对他的求婚表示拒绝，满足了她的虚荣心，他的身价也会下跌的。如果她曾经把他摆布得滴溜溜转，看到他跟其他小伙子一样变得激情澎湃、胡搅蛮缠、嫉妒心十足、郁郁不乐、一味恳求，那如果她碰到另外一个面貌一新的男人的话，她曾经有过的狂乱的痴心也会消失的，就像在阳光下迷雾被一阵清风轻而易举地吹散一样。

"我一直都是个傻瓜呢，"她心酸地想，"而现在，我得为此付出代价了。我经常希望的事现在发生了。我曾经希望媚兰死掉，这样我就能拥有他。而现在她真的死了，我可以拥有他了，可又不想要他了。他那该死的荣誉感会使他来问我要不要跟瑞德离婚，跟他结婚。跟他结婚？我不会随随便便要他的！可是，还是一样，我这辈子余下的时间里还是要把他缠在身边。只要我还活着，我就得关照他，不让他饿死，不让人们伤害他的感情。他就像是另外一个孩子，粘在我的裙子边。我失去了我的情人，但多了个孩子。如果我没有答应梅利，我就——那就算我再也不见他，我也不会在乎的。"

# 第六十二章

她听到外面有低声耳语的声音，便走到门边，看到一脸惊恐的黑人站在后面的过道里。迪尔西抱着睡着的博，手臂被他的重量压得直往下垂，彼德大叔在哭，厨娘用围裙擦着湿漉漉的宽脸盘。三个人都看着她，默默地在问她，他们现在该做些什么。她从过道看过去，看到了起居室里，看到英蒂和白蝶姑妈站在那不言不语的，握着对方的手。英蒂这次破例没有了那种固执的神情。像黑人们一样，她们也哀求似的看着她，希望她能作出指示。她走进起居室时，两个女人朝她围拢来。

“噢，思嘉，该——”白蝶姑妈开口说道，她那孩子似的肥嘟嘟的嘴巴在颤抖。

“别跟我说话，要不我会尖叫起来的。”思嘉说。过度紧张的神经使她的声音变得很尖刻，她的双手紧紧抓着肋部。一想到现在要谈起媚兰，要不可避免地作出一个人死后的一应安排，她的喉咙又收紧了。“你们谁的话我都不要听。”

听到她话里威严的意味，她们不说了，脸上露出无可奈何、受了伤害的表情。“我不能在她们面前哭出来。”她想，“我现在不能失去控制，要不她们也会开始哭起来的，接着黑人也会尖叫起来，那我们就全会疯的。我必须振作起来。我要做的事情这么多。要去见殡仪员，安排葬礼，把房子弄得干干净净，而且待在这和那些会伏在我肩膀上哭泣的人说话。希礼是做不了这些事的，白蝶和英蒂也做不了。必须由我来做。噢，多沉重的负担呀！总是有沉重的负担，而且总是有别人加进来的负担！”

她看了看英蒂和白蝶那两张茫然、受了伤害似的脸孔，心头涌起一股痛悔之情。媚兰是不愿让她对爱她的那些人刻薄相待的。

“对不起，我发火了。”她说，说得很费劲，“这都是因为我——我发火了，对不起，姑妈。我要到游廊上去独自待一会。我必须自己一个人待着。然后我再回来，我们就——”

她拍了拍白蝶姑妈，快步走到前门边。她知道，如果她再在这房间里待上一分钟，她就会控制不住自己的。她必须一个人独自待着。她还要哭出来，要不她的心都要碎了。

她走到黑漆漆的游廊上，随手关上门。一阵夜晚潮湿、清凉的空气向她迎面袭来。雨已经停了，听不到雨声，只有偶尔从屋檐上滴落下来的水滴声。整个世界笼罩着一层浓浓的雾气，微微有点凉意的雾气，从那雾气中似乎能闻到死亡之年的气味。街道对过的所有房子都是黑糊糊的，只有一家除外，窗户上映出灯光，照到街上，和浓雾无力地抗争着，灯光中现出了金色的颗粒。整个世界似乎都被一层灰色烟雾织成的一动不动的毯子给遮盖住了，整个世界也就一片寂静。

她把头靠在游廊上的一根立柱上，准备大哭一场，可是却没有眼泪。这个灾难太深重了，已经令人流不出眼泪来。她浑身发抖，头脑里还萦绕着她的生活中似乎坚不可摧的两座城堡坍塌崩溃的情景，震耳欲聋的，在她的耳边成了粉末灰尘。她站了一会，试图重新凝聚起她过去的那种魔力：“我明天再想这一切好了，到时我就更能忍受了。”可是，这种魔力现在已经失去效力。她非得想想两件事不可，就现在——媚兰以及她到底有多爱媚兰，有多需要媚兰；希礼以及她固执、盲目地不愿去看清他的本来面目。而她也知道，这些思绪会使她受到伤害，明天以及她这辈子的所有明天都一样。

“我现在不能再回那里去跟他们说话了。”她想，“我今晚不能面对希礼，不能安慰他了。今晚不行！明天早晨，我会一早就过来，做我必须做的事，说我必须说的安慰话。可是今晚不行。我做不到。我要回家。”

家离这只有五个街区远。她不愿等殷殷哭泣的彼德套好马车，不愿等米德医生送她回家。她受不了其中一个的眼泪，也受不了另一个无声的谴责。她没穿大衣、没戴帽子就迅速走下屋前的台阶，走到雾气弥漫的黑夜中去。她转过拐角，开始爬那道长长的山坡，朝桃树街走去，走在一个寂静潮湿的世界里，连她的脚步声也像梦境中一样毫无声息。

往山坡上走去时，她的心收紧了，似乎填满了流不出来的眼泪。一种不真实的感觉向她袭来，她觉得自己曾经置身于这同一个昏暗、寒冷的地方，在差不多同样的境况下——不止一次，而是有过很多次。“这有多傻呀。”她不安地想，加快了步子。她的神经在跟她开玩笑呢。可是这感觉就是挥之不去，鬼鬼祟祟地潜伏在她的脑海里。她心神不定地朝周围偷看了一眼，那感觉却更深了，很神秘，但又很熟悉。她猛地抬起头，就像只动物嗅到危险一样。“这只不过是因为我累坏了，”她试图安慰自己，“而今天晚上又是这么异常、雾气弥漫的。我过去从来没有见过这么浓的雾，除了——除了！”

紧接着她就明白了，心里便一阵恐惧。她现在明白了。在上百次的梦魇中，她曾经在像这样的浓雾里奔跑着，跑过上百个没有标志物的乡野，到处都是浓雾弥漫，寒冷彻骨，到处都满是要抓人的鬼怪和影子。她到底是又在做梦呢，还是她的梦境成了现实呢？

有一瞬间，现实从她身边隐去，她感到茫然失措的。过去梦魇里的感觉袭遍她的周身，比过去强烈多了，她的心跳也不由得快了起来。她又一次站在死亡和寂静当中，甚至就像她曾经站在塔拉的土地上一样。世界上所有重要的东西都没有了，生活就在一片废墟当中，恐慌像一阵冷风一样呼啸着从她的心里吹过。恐惧就在迷雾当中，也就是迷雾本身，它抓住了她的心。她开始奔跑起来。就像她曾在梦中奔跑过上百次一样，她现在也跑起来了，在她不知道身在何处的地方盲目地奔跑着，无名的恐惧在驱赶着她，到灰蒙蒙的迷雾中去寻找在某个地方能找到的安全感。

她沿着昏暗的街道向前跑去，头低垂着，心却在狂跳不已，夜晚的空气粘湿了她的嘴唇，头顶的树木却在威胁着她。在这潮湿、寂静的荒野中，一定有个避难所的！她气喘吁吁，飞快地跑上长长的山坡，湿湿的裙子缠在脚踝边，冰冰凉的，她的肺好像都要炸了，紧束着的胸衣压迫着她的肋骨，直压到她的心里去。

这时，在她眼前出现了一盏灯的灯光，然后是一排灯的灯光。虽然影影绰绰，闪闪烁烁，但却是真实的灯光。在她的梦魇中，从来没有过灯光，只有灰蒙蒙的浓雾。她的大脑马上抓住那些灯光。灯光意味着安全感、人和现实。刹那间，她停下不跑了，专注地瞪着那排煤气灯的灯光。这给她的大脑发出了信号,这里是亚特兰大的桃树街,不是睡梦中那个满是鬼怪的灰暗的世界。

她喘着粗气,在一个马车停靠处一屁股坐了下来,凝聚着自己的勇气,好像它们是从她手里快速滑过去的绳索一样。

"我跑得——跑得像个疯子似的!"她心想,不禁浑身发抖,但恐惧感慢慢减少了。她狂跳的心脏使她很难受。"可我在往哪儿跑呢?"

现在,她的呼吸比较均匀了。她两手叉腰坐在那,往桃树街望去。小山的顶部就是她的家,看过去好像那里的每个窗口都有灯光,好像在向迷雾挑战,看它是不是能把它们的光亮给弄昏暗。家!这是真实的!她感激地、渴望地看着远处的房子朦胧的轮廓,心里有了某种平静的感觉。

家!那就是她想去的地方。那就是她朝之奔跑的地方。回家,到瑞德身边去!

意识到这一点后,好像全身的枷锁都从她身上退去了。随之而去的是在梦中困扰着她的那种恐惧感,而自从那个晚上她跌跌撞撞地回到塔拉去寻找自己的世界以来,这种恐惧感就已经存在了。在到塔拉去的路的尽头,她曾经发现,安全感没有了,所有的力量、所有的智慧、所有充满爱意的柔情、所有的理解全都不见了——而所有那些集中体现在埃伦身上的东西,一直是她少女时代的支柱。从那天晚上开始,虽然她在物质上赢得了安全感,可在她的梦境中,她还是个吓坏的孩子,在寻找着已经失去的世界里已经失去的安全感。

现在,她知道她在梦中寻找的避难所了,知道这个在迷雾中一直藏而不露的温暖安全的地方了。它不是希礼——噢,从来就不是希礼!从他那里得到的温暖只能像沼泽中的光亮一样,而从他那里得到的安全感更是像置身于流沙中一样。那是瑞德——能用有力的双臂抱着她的瑞德,有宽阔的胸脯能让她的头枕在上面的瑞德。他讥讽的笑声能使她用适当的角度看待自己的事情。他还完全能理解她,因为他也像她一样,能够以事情的本来面目去看问题,不会被名誉、牺牲或者人性中崇高的信念这些不切实际的观念所阻碍。他爱她!她为什么从来没有意识到他爱她呢,尽管他老是反其道而行之地奚落她?媚兰看出了这一点,用她最后一口气说:"好好待他。"

"噢,"她想,"希礼还不是唯一一个笨得看不清真相的人。我本该看出来的。”

这么多年来，她一直对瑞德那堵爱的石墙置之不理，把它当成是理所当然的事，就像她把媚兰的爱看成理所当然的事一样，还自以为她所有的力量都来源于她自身。今晚早些时候，她已经意识到，媚兰一直在她身边，跟她一起和生活进行艰苦卓绝的战斗。像那时一样，她现在也明白了，瑞德一直默默地站在她的身后爱着她，理解她，随时准备帮助她。在义卖会上，瑞德看出她眼里露出不耐烦的神色，让她在跳里尔舞时领舞，瑞德帮助她解除了服丧的束缚；亚特兰大沦陷那天，瑞德护送她在大火和爆炸声中逃难；瑞德借钱给她开始创业；晚上她从梦中吓得大哭起来的时候，也是瑞德在安慰她——哦，一个男人若不是爱一个女人爱得发狂，他是不会做这些事的！

树上的露水滴落到她身上，但她居然没有感觉到。浓雾环绕着她，但她根本不予注意。因为，当她想起瑞德那黝黑的面庞，洁白的牙齿和乌黑、警觉的眼睛时，心里不禁掠过一丝战栗。

“我爱他。”她心想，像往常一样，她并不怎么惊奇就接受了这个事实，就像一个小孩接受一件礼物一样，“我不知道我爱上他已经有多久了，但这是真的。要不是有希礼，那很久以前我就已经意识到了。我一直没法看清这个世界，因为希礼一直在挡着道。”

她爱他，爱他的无赖劲，爱他的粗鄙气，既肆无忌惮，又没有荣誉感——至少没有希礼眼里的那种荣誉感。“去他的希礼的荣誉感！”她想，“希礼的荣誉感一直使我感到很屈辱。是的，虽然他明知他家人是希望他跟媚兰结婚的，但他还一直来看我。这屈辱感从那时候就开始了。瑞德从来就没有让我屈辱过，连媚兰开招待会的那个可怕的晚上也没有，而他本来是应该扭断我的脖子的。即使在亚特兰大沦陷那天把我扔在路上的时候也没有，他知道我会安然无事的。他知道，不管怎么样，我是会挺过去的。在北方佬的军营里时，他表现得好像我若从他那拿了钱，我就得偿还他，可就在那时候，他也没有让我屈辱过。他不会要我的。他只是在考验我。他一直都在爱着我，可我却对他这么刻薄。我一再伤害他，可他太傲气了，没有表现出来。而邦妮死的时候——噢，我怎么能那样？”

她直挺挺地站起来，看着山顶上的房子。半小时以前，她曾经以为自己在这世界上什么都没有了，除了钱以外，使生活令人向往的一切都没有——

埃伦、嘉乐、邦妮、嬷嬷、媚兰和希礼。她非得失去这所有的一切才能意识到她爱的是瑞德——爱他是因为他既坚强有力,又肆无忌惮,既充满激情,又注重现实,正如她自己一样。

“我要把一切都告诉他,”她想,“他会理解的。他总是能理解的。我要告诉他,我一直就是个傻瓜,告诉他我有多爱他,我要为所有的一切对他做出补偿。”

突然间,她又感到坚强起来,快乐起来。她再也不怕黑暗或浓雾了,她心里在歌唱,知道自己再也不会害怕它们了。未来的生活中,不管有什么样的迷雾缠绕着她,她都会知道自己的避难所在哪里。她脚步轻快地沿着街道向家里走去,而那些街区似乎却老是走不到尽头。太远、太远了。她把裙子提到膝盖处,又轻盈地跑起来。可是,这次不是逃离恐惧。她跑是因为瑞德的手臂在街道尽头等着她。

# 第六十三章

前门微微开启着。她上气不接下气地一路小跑跑进过道，在彩虹型的玻璃枝形吊灯下面停了一会。尽管灯很亮，但房里却很静，不是那种大家都在睡觉时的安详的宁静，而是一种微微有点不祥的令人警觉、使人疲乏的沉寂。她扫了一眼，瑞德不在客厅里，也不在书房里，她的心不禁直往下沉。假如他出去了呢——出去和贝尔在一起，或者说不管去哪里，他都不会回来吃晚饭了，要在外面过夜。他已经在外面度过许许多多这样的夜晚了。这一点倒是她没有料到的。

她正想上楼去找他，却看到餐厅的门关着。看到那扇关着的门，她心里因为不好意思而稍稍收紧了。她想起这过去的一整个夏天，有许多晚上，瑞德就独自坐在那不停地喝酒，直到喝醉为止，然后波克就来敦促他上床睡觉去。那都是她的错，但她要改变这一切。从现在开始，一切都会与过去不一样了——可是，求你了，上帝，今晚可别让他喝得太醉了。如果他醉得太厉害，他就不会相信我，反而会笑话我，那会使我伤心欲碎的。

她悄悄地把餐厅的门拉开一条缝，向里窥视着。他坐在桌前，靠在椅子上，面前放着一瓶满满的酒，瓶塞还好好的，杯子也没有用过。谢天谢地，他还清醒呢！她拉开门，控制住自己，不让自己朝他跑去。可是，他抬头看到她时，他眼神里的某种东西使她一动不动地站在门槛上，嘴里的话再也说不出来了。

他乌黑的眼睛坚定地看着她，一副疲惫的神情，眼里没有了那种欢呼雀跃的神采。虽然她的头发披落在肩膀上，胸脯上气不接下气急促地喘息着，泥浆泼溅的裙子提到了膝盖处,可他的脸并没有因吃惊或是疑问而改变了表情,嘴唇也没有讥讽地撅起来。他整个人陷在椅子中坐着,衣服皱巴巴、不整洁地拢在正在越变越粗的腰部。他身上的每根线条都在宣布,一个健康的体魄正在垮掉,一张轮廓分明的脸正在变粗变俗。他的轮廓曾经像硬币上的人像那样清晰,可是现在,喝酒和放荡已经在他身上起了作用,那头像已经不是一个刚铸造出来的金币上那年轻的不信教的王子,而是用了很久以后已经贬值的铜币上面那衰败、疲倦的恺撒的头像。她手捂着胸口站在那时,他抬头看着她,目光很平静,几乎是一种很善意的眼神。这使她感到很害怕。

“过来坐下吧。”他说,“她死了?”

她点点头,犹犹豫豫地朝他走去。看到他脸上这种新有的表情,她脑海里升起了一股一切难以预料的感觉。他没有站起来,而是用脚把一张椅子往后推了一下,她便一屁股坐了下去。她曾希望他不要这么快就谈到媚兰。她现在不想谈她,不想再经历前面一个小时刚经历过的痛苦。她这辈子余下的时间都可以用来谈媚兰。可是现在,受一种强烈的欲望所驱使,她很想大喊出来:“我爱你。”对她来说,似乎只有这个晚上、这个时候才能告诉瑞德她心里的真正想法。可是,他脸上的某种表情阻止了她。突然间,她觉得在媚兰尸骨未寒的时候谈论爱,那是羞于启齿的。

“哦,上帝让她安息了,”他心情沉重地说,“她是我知道的唯一一个完完全全的好人。”

“噢,瑞德!”她痛苦地叫着,因为他的话把媚兰为她做过的所有好事都活生生地带到她面前,“你为什么不跟我一块进去?那太可怕了——而我是这么需要你!”

“我受不了的。”他简单地说,接着便是沉默。过了一会,他费劲地轻声说道:“一个伟大的女性。”

他阴郁的目光越过她,眼里的表情跟亚特兰大沦陷那个晚上她在火光中看到的眼神是一模一样的,也就是他告诉她说他要去参加正在撤退的部队时的一样——是一个完全了解自己的男人对自己感到的吃惊神情,发现自己身上还有意想不到的忠诚之心和情感,而发现这一点又使他自己觉得有点可笑。

他郁郁寡欢的目光从她肩膀上看过去,好像看到媚兰正一声不响地从房间里走过,走到门边去了。他脸上那种告别的神情里没有悲痛,没有痛苦,有的只是对自己的满腹狐疑与好奇,一种辛酸的自孩提时代起就已经尘封起来的情感的波动。他又说了一遍:"一个伟大的女性。"

思嘉打了个寒噤,心里的光亮随之隐去,那股促使她用如飞的脚步奔回家来的怡人的暖意以及灼热的光彩倏然不见了。瑞德对他在这世界上唯一尊重的人说告别的话时,她对他心里想的只是半懂不懂的。一阵可怕的失落感袭遍了她的全身,这失落感已经不再是个人的了,她又有了孤立凄凉的感觉。她不能完全明白或者去分析他的感觉,但她也近乎于被低声作响的裙子拂过一样,轻柔地给了她最后一次爱抚。通过瑞德的眼睛,她看到的不是一个女人在擦身而过,而是一个传说——温柔、谦逊但有钢铁般的脊柱的女性,南方在战争中以之为基础建起了自己的房屋,而被打败以后又回到了她们骄傲、有爱心的臂膀当中。

他的目光回到了她身上,声音变了,又轻柔又冷漠。

"这么说她已经死了。这让你更好办了,对不对?"

"噢,你怎么能这么说?"她被刺痛了,叫了起来,眼泪不禁夺眶而出,"你知道我有多爱她的!"

"不,我不能说我知道。考虑到你对穷苦白人的感觉,最出乎意料的是,你最终还是欣赏她了,这倒是能使你得到赞扬的。"

"你怎么能这么说?我当然欣赏她!而你不能。你不像我那么了解她!你无法理解她——她有多好——"

"真的吗?也许不是的。"

"她会想到所有的人,就没想到她自己——哦,她临终的话还是关于你的。"

他转身面对着她,眼里露出了一丝真情。

"她说了什么?"

"噢,现在不能告诉你,瑞德。"

"告诉我。"

他的声音冷冷的,但放在她手腕上的手却把她弄得很痛。她不想说,这不是她打算引入谈她的爱这个话题的方式,但他的手说明,他很迫切地想知道那些话。

“她说——她说——‘好好待白船长。他这么爱你。’”

他目不转睛地瞪着她,放开了她的手腕。接着,他的眼睑垂了下去,脸上毫无表情,一脸沉郁。突然,他抬起头来,走到窗边,拉开窗帘,专注地看着外面,好像外面除了迷蒙的迷雾之外,还有什么东西好看似的。

“她说什么别的话了吗?”他问道,但头没转过来。

“她叫我照顾小博,我说我会的,我待他会像待我的亲生儿子一样。”

“还有什么?”

“她说——希礼——她叫我也要关照希礼。”

他沉默了一会,然后轻声笑了。

“有了原配妻子的允许之后就更方便了,对不对?”

“你是什么意思?”

他转过身。即使她一片慌乱,但他脸上没有讥讽的神情,这还是使她大吃一惊。而且,他脸上显露出来的兴趣不会比一个在看一出一点趣味也没有的喜剧最后一幕演出时脸上的兴趣更大。

“我想我的意思已经够清楚了。梅利小姐已经死了。你当然就有了所有要跟我离婚的证据,而你的好名声也剩下不多了,离婚不会伤害你的。你也没有信仰了,所以教堂也无所谓了。那么——希礼和梦想在梅利小姐的祝福下都变成现实了。”

“离婚?”她大叫起来,“不!不!”那一刻,她语无伦次,猛地跳起身来,跑过去抓住了他的手臂,“噢,你全弄错了!完全错了。我不想离婚——我——”她停下了,因为她找不到什么话来说了。

他把手放在她的下巴上,默默地把她的脸托起来,对着灯光,全神贯注地盯着她的眼睛看了一会。她往上看着他,心里的想法在眼里一览无遗,她嘴唇颤抖着想说话。可是什么话也说不出来,因为她试图从他的脸上找到某些与她的心情相符的情感,找到一些跳跃着的希望、快乐的光亮。他肯定知道的,就现在!她疯狂地搜寻着他的眼睛,可是,从里面找到的只是如此经常地使她感到困惑不解的那种平静、阴郁的茫然之情。他放下她的下巴,转过身,走回椅子边,又伸开四肢疲倦地靠在上面,下巴抵着了胸脯,眼睛从乌黑的眉毛下方往上看着她,一副冷淡的狐疑神情。

她跟着他走回到椅子边，双手绞在一起，站在他面前。

“你错了。”她开始说着，搜寻着词句，“瑞德，就在今晚，我知道以后，我是一路跑着回家来告诉你的。噢，亲爱的，我——”

“你累了，”他说，还在注视着她，“你最好还是上床睡觉去。”

“可我必须告诉你！”

“思嘉，”他心情沉重地说，“我不想听——什么都不想听。”

“可你还不知道我要说什么！”

“我的宝贝，这全都明明白白写在你的脸上。某些事、某些人已经使你意识到那个不幸的卫先生是死海里的水果，太大了，连你都咬不动。而那同样的东西突然把我的魅力摆在你面前，有了一种新鲜的、吸引人的光亮。”他微微叹了口气，“说这些没有用了。”

她吃了一惊，倒吸了一口冷气。当然，他总是能轻而易举地看透她的心思。在这以前，她对此一直很恼火。可是现在，她对自己如此被看穿也感到震惊，但震惊过后，她的心绪又好了起来，感到很高兴，很宽慰。他知道的，他理解的，那她的任务也就变得轻松多了，这真是令人不可思议。说这些没用！当然，他为自己长期受到她的忽视而感到很不痛快；当然，他对她突然的转变感到满腹狐疑。她得用柔情来努力说服他，用洪流般的爱使他坚信不疑，做这种事多令人开心呀！

“亲爱的，我要把一切都告诉你。”她说，把手放在他坐的椅子的扶手上，向他倾下身子，“我一直都错了，我真是个蠢笨的傻瓜——”

“思嘉，别再说这个了。不要在我面前显出谦卑的样子来，我受不了的。给我们留点尊严，留点节制，好在我们的婚姻之外有点记忆。饶了我们这最后一次吧。”

她猛地站直了身子。饶了我们这最后一次？他说“最后一次”是什么意思？最后？这是他们的第一次，是他们的开始。

“可是我要告诉你，”她开始快速地说着，好像害怕他会把手放在她的嘴巴上不让她说似的，“噢，瑞德，我是这么爱你，亲爱的！我一定早在多年以前就已经爱上你了，可我是个傻瓜，我居然不知道这一点。瑞德，你一定得相信我！”

他看着站在面前的她，那一刻，那久久的凝视直看到她思想的深处去。

她在他眼里看到了相信的神情，但对此兴趣并不大。噢，他是不是要显示他的刻薄呢，偏偏在这一次？为了折磨她，以其人之道还治其人之身？

“噢，我相信你，”他最后说道，“可是卫希礼怎么办？”

“希礼？”她说，做了个不耐烦的手势。“我——我认为这么多年来我并没有在乎他。那是——哦，那是从我还是个小女孩时就有的一种习惯。瑞德，如果我早知道真正的他是怎么样的，那我连想去在乎他都不会的。他是一个无能为力、毫无生气的人，尽管他谈的都是真理和荣誉以及——”

“不，”瑞德说，“如果你必须看清他，那就不要带有偏见。他确实是个绅士，只是他不属于这个世界。他试图用已经逝去的那个世界的规则在这个世界里苦苦挣扎，但却没有获得成功。”

“噢，瑞德，我们别谈他了！现在，他还有什么关系呢？你难道不会感到高兴，知道——我是说，既然我——”

他疲倦的目光跟她的对视了。她不禁窘得语无伦次，羞涩得像一个女孩子第一次跟男朋友在一起时一样。要是他能帮帮她，让她更容易些说出来，那该多好呀！要是他能伸出双臂，这样她就可以感激地扑到他怀里，把头枕在他胸口上，那有多好呀。她的嘴唇吻在他的嘴唇上，这比她那语无伦次的话能让他知道得更清楚。可是，她抬头看着他时，她意识到，他没有伸开双臂抱她并不是为了以示刻薄。他好像已经筋疲力尽，仿佛她说的什么话都是无关紧要的。

“高兴？”他说，“过去你要是说这些话，我肯定会感谢上帝，吃斋节食。可是，现在，这已经不重要了。”

“不重要？你在说什么呀？这当然很重要！瑞德，你是在乎的，对不对？你必须在乎的。梅利说你会的。”

“噢，就她所知道的，她是对的。可是，思嘉，你难道从来没有想到过，即使最永恒的爱也是会枯竭的？”

她看着他，什么话也说不出来，嘴巴张成了O的形状。

“我的爱已经枯竭了。”他继续说道，“和卫希礼抗争，和使你像只斗牛狗一样对自己想要的东西坚持不懈地去争取的那种疯狂的倔强劲抗争……我的爱已经枯竭了。”

“可是爱是不会枯竭的！”

“你对希礼的爱不会枯竭。”

“可我从来没有真正爱过希礼!”

“那你肯定也为这爱制了一副赝品——一直到今天晚上。思嘉,我不是在责备你,不是在谴责你,也不是在呵斥你。那已经过去了。所以,不要对我为此辩护,也不用对我解释了。如果你能尽量听我说几分钟,不打断我的话,我就可以解释清楚我的意思了。虽然,上帝知道,我也没必要解释的。这真相已经非常清楚。”

她坐了下来,刺眼的光线照在她毫无血色、茫然不解的脸上。她凝视着这如此熟悉的眼睛——但理解的却很少——听着他平静的声音说着起初什么意思也不明了的话。这是他头一次以这种方式跟她谈话,这是一个人与另一个人之间的对话,就像别的人那样,没有无礼的言行举止,没有讥讽嘲笑,也没有令人费解的哑谜。

“你难道从来都没有意识到,我很爱你,把一个男人所能给予一个女人的爱全都给了你?在我最终得到你以前,我已经爱了你很多年了?战争期间,我离开了,试图把你忘掉,可是我做不到,我总是不得不又回来。战后,我冒着被捕的危险,就为了回来找你。我非常在乎你,我甚至认为,如果肯尼迪不死去的话,我可能都会把他杀了。还好他死了。我爱你,可我不能让你知道。你对那些爱你的人都很残忍,思嘉。你接受了他们的爱,却把这当成鞭子悬在他们头顶。”

这些话中,只有他爱她这个事实还有点意义。他声音里那丝微弱的感情不禁使她周身渐渐涌起了高兴和激动之情。她坐在那,屏住呼吸,倾听着,等待着。

“我知道,我跟你结婚时,你并不爱我。我知道希礼的事,这你是知道的。可是,我很傻,我居然认为我是可以使你在乎的。你要笑就笑吧,可我想照顾你,爱你,给你想要的一切。我要跟你结婚,保护你,什么能使你高兴,我就放松缰绳,让你纵情驰骋——就像我对邦妮那样。你曾经奋斗过,思嘉。没有人比我更知道你所经历过的一切,而我想让你停止战斗,让我来为你去战斗。我要你去玩,像个孩子一样——因为你原来就是个孩子,一个勇敢、被吓坏的、任性的孩子。我认为你还是个孩子。除了孩子,谁也不可能这么固执任性,这么麻木不仁。”

他的声音很平静，很疲乏，可是声音里有些东西勾起了思嘉的记忆这个魔鬼。她过去曾经听过这样的声音，是在她的生活中遇到其他某个危机的时候。那是什么时候的事呢？一个面对着自己和他那毫无感觉、毫不退缩、毫无希望的世界的男人的声音。

哦——哦——那是希礼那个冬日在塔拉那寒风彻骨的果园里的声音，在谈论着生活和皮影戏。那声音既疲乏又平静，其中的不可改变性比任何令人绝望的辛酸痛苦所能表现出来的都还更强烈。正如希礼那时的声音曾经使她对不明白的事情充满恐惧，从而浑身发冷一样，现在瑞德的声音也使她的心直往下沉。他的声音，他的神态，比他的话更使她感到不安，使她意识到自己几分钟前的那种高兴的激动之情来得还不是时候。一定出了什么错了，是错得非常离谱的错。这到底是什么，她也不知道，但她拼命倾听着，眼睛盯着他褐色的面庞，希望听到能消除她的恐惧的话。

“很明显，我们是天生的一对。显然，在你认识的人中，我是唯一一个在知道了真正的你以后还能爱着你的人——你像我一样冷酷、贪婪、肆无忌惮。我爱你，我也抓住了机会。我以为希礼会从你的心里消失的。可是，”他耸了耸肩，“我试了我所知道的所有办法，但没有一个奏效的。而我又是这么爱你，思嘉。如果你能让我那么做，我本来是会用一个男人所能爱一个女人的那种温情亲切地去爱你的。可我不能让你知道，因为我知道你会认为我很脆弱，再试图用我对你的爱来对付我。而且总是——总是有希礼。这使我都要疯了。我不能每天晚上在餐桌上坐在你的对面，明知你希望坐在我的位置上的是希礼。我也不能在晚上拥抱着你，却知道——哦，现在都不重要了。我很奇怪，现在，怎么还会感到难过。就是这使我去找了贝尔。跟一个全心全意爱着你、把你当成一个很好的绅士来尊重的女人在一起，能获得某种安慰，非常自私的安慰——哪怕她是个丁字不识的妓女也行。这满足了我的虚荣心。你从来都没有使我感到安慰过，亲爱的。”

“噢，瑞德……”她开口说道，一提到贝尔的名字，她就感到非常痛苦。可他摆摆手要她安静，继续说下去。

“然后，是我把你抱上楼的那个晚上——我以为——我希望——我希望太多了，第二天早晨我都不敢面对你，担心我错了，你其实不爱我。我是这么担心你会笑我，所以我马上就走了，喝得醉醺醺的。我回来的时候，摇摇晃晃的。如果你走上前来迎接我,给我一些暗示,我认为我一定会吻你的脚的。可是你却没有。"

"噢,可是瑞德,我那时真的想要你,可你那么可恶!我真的想要你的!我想——是的,那一定是我第一次知道我在乎你的时候。希礼——从那以后,我从来就没有因希礼而高兴过,可你那么可恶,我——"

"噢,哦,"他说,"我们好像是互相误解了,对不对?可现在都不重要了。我只是在告诉你而已,所以你对这一切也不必感到惊奇了。你生病了,而且全都是我的过错。我站在你的房门外,希望你会叫我,可你没有。接着我就知道我是个多傻的傻瓜了,于是一切都结束了。"

他停下不说了,目光越过她,看到了比她更远的地方,甚至像希礼经常表现的那样,看到她没法看见的某些东西。而她只能无言地盯着他那张沉思的面孔。

"接着,就是邦妮的事,我明白,毕竟一切都结束了。我喜欢把邦妮看成你,又成了个小女孩,战争和贫穷还没有给你造成痛苦以前的那个小女孩。她太像你,那么执拗任性,那么勇敢无畏,那么高兴快乐,浑身充满活力和生气。我可以把她当宝贝,宠着她——就像我想把你当宝贝宠着你那样。可她又不像你——她爱我。我可以把你不想要的爱给她,这真是件幸事……她走的时候,也带走了一切。"

突然间,她真为他感到难过,着着实实地难过,这甚至抹去了她自己的痛苦,抹去了她对他的话意味着什么的恐惧。她不带蔑视心理为别人感到难过,这在她的生活中还是第一次,就因为她能够理解另外一个人,这也同样是第一次。她能够理解他的精明,就像她自己的一样。他那固执的傲气使他不承认自己的爱,就因为担心受到拒绝。

"啊,亲爱的,"她说着走上前来,希望他会伸出双臂把她拥入双膝之间,"亲爱的,我很抱歉,但我会补偿你一切的!我们可以很幸福,因为我们都知道事实真相了,而且——瑞德——看着我,瑞德!可以——可以再有孩子的——不像邦妮,而是——"

"谢谢你,不必了。"瑞德说,就好像他是在拒绝一块面包一样,"我不会用我的心来冒第三次险。"

"瑞德,别说这种话!噢,我说什么才能使你明白呢?我已经告诉过你我很抱歉,我——"

"亲爱的,你真是个孩子。你以为你说了'我很抱歉'后,这几年来的失误和伤害就都能弥补过来了,可以从脑海里被刷掉,所有从旧的伤口渗出来的毒素就都可以抹去了……把我的手帕拿去吧,思嘉。在你生活的任何危机时刻,我从来都不知道你曾经有用过一块手帕。"

她接过手帕,吸了吸鼻子,又坐了下来。很明显,他不打算拥抱她。而说的这一切爱她的话其实没有任何意义,这一点也开始明了起来。这是很久很久以前发生的故事,而他正回顾着这个故事,就好像这从来没发生在他身上一样,这太可怕了。他用一种近乎友善的表情看着她,眼里则是沉思的神情。

"你多大了,亲爱的?你从来都不告诉我。"

"二十八。"她沮丧地回答着,因手帕捂着嘴,声音显得沉沉的。

"这年龄还不算大。对曾经赢得整个世界而后又失去自己的灵魂的你来说,这还是个年轻的年龄,对不对?别看上去这么害怕。我并不是指因为你跟希礼的事,地狱之火就会到来。我只是打个比方。自从我认识你开始,你就一直想要两样东西,一样是希礼,另一样是足够富有,可以告诉世人都见鬼去。哦,你已经够富有了,你也已经对世界厉声宣布过了,而且你也得到希礼了,只要你要他。可是这一切现在似乎都不够了。"

她是很害怕,但不是想到地狱之火时的害怕。她在想:"可是瑞德才是我的灵魂,而我正在失去他。而如果我失去他的话,那其他的一切都不重要了。不,朋友不重要了,钱也不重要了,还有——任何东西都不重要了。只要我能拥有他,我并不在乎再受穷一次。不,我不会在乎再挨饿受冻的。可他不可能是指——噢,他不可能的!"

她擦干泪水,绝望地说:

"瑞德,如果你曾经那么爱我,那应该给我留下些什么的!"

"在所有的东西中,我发现只剩下两样东西了,而这是你最恨的两样东西——同情和一种奇怪的善良的感觉。"

同情!善良!"噢,我的天!"她绝望地想。除了同情和善良,其他什么都行。每当她同情别人或是对别人表示善良之心时,总是带着轻蔑的。他是不是也对她有轻蔑之感了呢?除了这些,什么都可以。哪怕是战争中那愤世嫉俗的冷漠之情，或者是那天晚上他抱她上楼时那种醉醺醺的疯狂劲，亦或是他硬邦邦的手指在抓伤她的身体，或者是他慢吞吞说出来的带讥讽的话，而她现在已经意识到，那话里是藏着痛苦的爱的。什么东西都行，就是不要明明白白写在他脸上的这种不带个人感情的善良。

“那——那你意思是说，我把一切都毁了——你再也不爱我了？”

“没错。”

“可是——”她固执地说，就像个孩子一样，还觉得说出了想要得到的东西，就是为了要得到那个东西一样，“可是我爱你！”

“那是你的不幸。”

她马上抬起头来，想看看那些话里是不是有开玩笑的成分，可是什么也没有。他只是在说明一个事实。可是，这个事实她还是不愿相信——不能相信。她向上斜行的眼睛里燃烧着一团绝望、固执的火，下颚突然变硬的线条从柔软的面颊上突兀出来，那活脱脱是嘉乐的下颚。

“别傻了，瑞德！我可以使——”

他一只手恐怖地挥了挥，有点嘲弄的样子，黑色的眉毛耸了起来，形成了过去那两道讥讽似的月牙形。

“别看上去这么坚定，思嘉！你吓着我了。我明白，你打算把你那狂风暴雨般的感情从希礼身上转移到我身上，而我为我的自由和我宁静的心态感到担心。不，思嘉，我不会像不幸的希礼那样被别人追求着。再说，我也要走了。”

不等她咬住牙齿使自己的下颚平静下来，下颚已经抖起来了。走？不，什么都行，就是不能走！没有了他，日子还怎么能过下去呢？每个人都从她身边走开了，每个重要的人，除了瑞德。他不能走。可她怎么才能阻止他呢？在他冷酷的意志、兴味索然的话面前，她一点力量也没有了。

“我要走了。我本来打算在你从玛丽埃塔回来后就告诉你的。”

“你要抛弃我？”

“别像个受到忽视、像戏里演的妻子那样，思嘉。那角色于你不合适。那么，我能不能认为，你不想离婚，或者连分居都不想？哦，那好，我会经常回来，不让别人说闲话。”

“让闲话见鬼去吧！”她恶狠狠地说，“我要的是你。把我一起带上！”

"不。"他说,声音里有种不容改变的意味。那一刻,她差一点就要像个孩子一样大哭大闹起来。她本来可以躺倒在地上,诅咒着,尖叫着,跺着脚跟。可是,还残留的一点自尊和常识使她动弹不得。她想:"如果我这么做了,他只会笑话我,或者只是看着我。我不能声嘶力竭地大喊大叫,我不能恳求,我不能做任何事去冒险,以让他对我表示轻蔑。他应该尊重我,即使——即使他不爱我。"

她扬起下巴,尽力平静地问:

"你要到哪去?"

他回答时,眼里有一丝欣赏的神情。

"也许去英国——或者去巴黎。也许去查尔斯顿,尽力跟我家的人达成和解。"

"可你恨他们!我曾听到过你经常笑话他们——"

他耸耸肩。

"我还在笑话他们——可我流浪已经到尽头了,思嘉。我已经四十五岁——这个年龄是一个人开始珍惜他年轻的时候轻易抛弃的某些东西的年龄了,宗族观念、名誉和安全感,还有根,深入到——噢,不!我并不是在公开认错,我不是在为我做过的一切感到后悔。我曾经快活到极点——快活到极点,我都感到发腻了,现在我想要些不一样的东西。不,我从来都没打算改变我的本性。可是,我需要我过去知道的事物的外部假象,那种完全乏味的尊重——其他人的尊重,宝贝,不是我自己的——善良的人们过着平静的生活那种尊严,已经逝去的日子里那令人快慰的优雅成分。我在那些日子里生活时,没意识到生活中那种不紧不慢的魅力——"

思嘉又一次回到了塔拉狂风呼啸的果园里,瑞德的眼神和希礼的眼神是一模一样的。希礼的话还清晰地萦绕在她耳边,就好像说话的是他,而不是瑞德。那些话的只言片语又回到她的脑海里,她像鹦鹉一样引用着那里的话:"它有其魅力——就像希腊艺术一样有其完美、完整、匀称之处。"

瑞德厉声说道:"你为什么要说这些?那正是我的意思。"

"这是——是希礼曾经说过的话,有关过去的岁月的。"

他耸了耸肩,眼里的神采又不见了。

"还是希礼。"他说,一时沉默下来。

“思嘉，等你四十五岁的时候，也许你就会明白我说的，然后，也许你也会对模仿绅士风度、虚假的举止和廉价的感情感到厌倦。但我还是对此表示怀疑。我想，更吸引你的总是金子的光亮，而不是金子本身。不管怎么说，我都等不到能见到的那一天了。我也没有欲望去等待。我对这并不感兴趣。我要到老城镇和老乡村去打猎，那里一定还残留着一些过去时代的遗迹。我很多愁善感，亚特兰大对我来说太新了，太新了。”

“不要说了。”她突然说。她几乎没听进他说的任何话。她的大脑肯定没有听进这些话。可她知道，她再也不能坚强地忍受他那没有爱的声音了。

他顿了顿，探询地看着她。

“哦，你明白我的意思了，对不对？”他问道，站了起来。

她对他伸出双手，手心朝上，做出那古老的求助的手势。她的心迹又一次写在她的脸上。

“不，”她叫道，“我知道的只是，你不爱我，你要走了！噢，亲爱的，如果你走了，我该怎么办呢？”

那一瞬间，他犹豫了，好像在考虑着最终说个善意的谎言是不是比说出事实真相更善良一些。接着，他耸了耸肩。

“思嘉，我从来就不是这样的人，能够耐心地捡起碎片，把它们用胶水粘在一起，然后告诉我自己，修复过的跟新的一样好。打破的就是打破的——我宁愿去回忆它还完好无损的时候的样子，而不愿去修好它，然后在我的有生之年看着那破碎的地方。也许，如果我年轻一些的话——”他叹了口气，“可是，我太老了，不相信像清白的历史这类多愁善感的事，而后一切重新开始。我太老了，不能承担不断说谎的负担，而这个负担是因生活在彬彬有礼的理想幻灭的时候伴随而来的。我不能既跟你生活在一起，又对你撒谎，我自然也不能对自己说谎话。我现在连对你也不能说谎了。我希望我还能在乎你做的事，或是你到哪里去，可我做不到了。”

他微微吐了口气，轻轻地、温和地说：

“亲爱的，我不说诅咒的话。”

她默默地看着他走上楼梯，觉得自己都要被喉咙里的痛苦勒死了。随着他的脚步声在楼上的过道里渐渐消失，这世界上最后一件重要的东西也已随之而去。她现在知道,无论什么情感的召唤和理由都无法把那个冷静的头脑从其定论中拉转过来了。她现在知道,他说的每个字都是认真的,虽然其中一些话是轻描淡写地说出来的。她之所以知道,是因为她从他身上感觉到了一些有力、顽强、无法平息的东西——这一切品质,她曾经在希礼身上寻找过,但她从来就没有找到。

她从来都不理解她爱过的两个男人,所以她失去了他们。现在,她依稀觉得,如果她过去了解希礼,她决不会爱上他;而如果她过去了解瑞德,她决不会失去他。她孤苦伶仃地想,在这世界上,自己到底有没有真正了解过什么人。

现在,她的头脑里有了一种颇受欢迎的麻木感。从漫长的经历中,她知道这种麻木感马上就会变成剧痛,甚至像肌肉受到切割一样,在受到医生的手术刀的惊吓以后,在痛苦开始以前暂时失去知觉的麻木感。

"我现在不能想这个。"她阴郁地想,使起过去那个护身符来,"如果我现在去想失去他的事,我会发疯的。我明天再去想好了。"

"可是,"她的心在呐喊,把护身符抛在一边,开始感到一阵痛楚,"我不能让他走!一定有什么办法的!"

"我现在不能去想这个。"她又说道,说得很大声,试图把她的痛苦推到脑后去,也试图寻找一道防波堤来拦住那越升越高的痛苦的浪潮,"我要——哦,我明天要回塔拉的家中去。"她的精神稍稍好了一些。

她曾经在恐惧和失败中回到塔拉去。在它的保护墙下,她重新站了起来,强大起来,准备好重新去赢得胜利。她曾经做过的事,不管怎么样——求你了,上帝,她一定能再次去做的!怎么做,她还不知道。她现在也不想考虑这一点。她需要有个呼吸的地方让她去伤心,有个安静的场所让她去舔愈伤口,有个让她规划自己的战役的避难所。她想到塔拉,就好像有只温柔、冰冷的手拂过她的心田一样。她似乎看见了那所白色的房子在正在变红的秋叶中闪着光亮对她表示欢迎,似乎感觉到乡间黄昏中那悄然无声的灌木垂到她的头顶,像在为她祝福,感觉到露珠滴落到一英亩一英亩点缀着星星点点羊毛似的白棉花的绿色棉花丛上,看到红土那自然的红色以及绵延的小山上那漂亮的暗黑色的松树林。

她隐隐觉得得到了一些安慰,那画面使她坚强了一些,一些伤痛和狂乱的痛悔感从脑海的顶部被推到了脑后。有一会，她站在那，回忆着一些细小的东西——通向塔拉、两旁种着翠绿雪松的林荫道、长着栀子花丛的河岸，紧挨着白色墙体的那一片鲜绿、飘动的白色窗帘。嬷嬷也会在那。突然，她想要嬷嬷想得要命，就像她小时候想要她那样。她需要她那宽大的胸脯，好让她把头枕在其中，要她那皱纹密布的黑手捋着她的头发。嬷嬷，那是联系着过去岁月的最后一根纽带了。

她家的人是不知道什么是失败的，哪怕是失败已经在面对面盯着他们也白搭，这股精神使她扬起了下巴。她能够重新得到瑞德。她知道她做得到。还从来没有过她得不到的男人，只要她下定决心要得到他。

“我明天再想这事好了，到塔拉去想。那时我就承受得了了。明天，我要想个办法重新得到他。毕竟，明天又是另外一天了。”

# 经典译林

Yilin Classics

| 书名 | 单价 | 书名 | 单价 |
| --- | --- | --- | --- |
| 癌症楼 | 78.00 元 | 艾青诗集 | 35.00 元 |
| 爱的教育 | 39.00 元 | 爱丽丝漫游奇境 | 29.00 元 |
| 安娜·卡列尼娜 | 65.00 元 | 安徒生童话选集 | 42.00 元 |
| 傲慢与偏见 | 36.00 元 | 奥德赛 | 92.00 元 |
| 八十天环游地球 | 32.00 元 | 巴黎圣母院 | 42.00 元 |
| 白洋淀纪事 | 39.00 元 | 百万英镑 | 35.00 元 |
| 包法利夫人 | 38.00 元 | 悲惨世界（上、下） | 98.00 元 |
| 背影 | 28.00 元 | 被侮辱与被损害的人 | 39.00 元 |
| 边城 | 36.00 元 | 变色龙：契诃夫中短篇小说集 | 39.00 元 |
| 彼得·潘 | 35.00 元 | 变形记 城堡 | 38.00 元 |
| 草叶集：惠特曼诗选 | 39.00 元 | 茶馆 | 32.00 元 |
| 茶花女 | 35.00 元 | 查拉图斯特拉如是说 | 38.00 元 |
| 沉思录 | 29.00 元 | 城南旧事 | 29.00 元 |
| 吹牛大王历险记（插图版） | 35.00 元 | 大卫·科波菲尔（上、下） | 79.00 元 |
| 当代英雄 | 45.00 元 | 稻草人 | 29.00 元 |
| 地心游记 | 32.00 元 | 飞鸟集·新月集：泰戈尔诗选 | 39.00 元 |
| 飞向太空港 | 39.00 元 | 福尔摩斯探案集 | 58.00 元 |
| 复活 | 42.00 元 | 傅雷家书 | 49.00 元 |
| 富兰克林自传 | 36.00 元 | 钢铁是怎样炼成的 | 39.00 元 |
| 高老头 | 39.00 元 | 格列佛游记 | 35.00 元 |

| 书名 | 单价 | 书名 | 单价 |
| --- | --- | --- | --- |
| 格林童话全集 | 49.00 元 | 给青年的十二封信 | 38.00 元 |
| 古希腊悲剧喜剧集（上、下） | 118.00 元 | 海底两万里 | 38.00 元 |
| 红楼梦 | 69.00 元 | 红与黑 | 49.00 元 |
| 呼兰河传 | 35.00 元 | 呼啸山庄 | 39.00 元 |
| 基督山伯爵（上、下） | 108.00 元 | 纪伯伦散文诗经典 | 42.00 元 |
| 寂静的春天 | 35.00 元 | 假如给我三天光明 | 32.00 元 |
| 简·爱 | 39.00 元 | 金银岛 | 35.00 元 |
| 经典常谈 | 29.00 元 | 荆棘鸟 | 45.00 元 |
| 静静的顿河 | 128.00 元 | 镜花缘 | 49.00 元 |
| 局外人·鼠疫 | 38.00 元 | 菊与刀 | 35.00 元 |
| 克雷洛夫寓言 | 32.00 元 | 宽容 | 32.00 元 |
| 昆虫记 | 39.00 元 | 老人与海 | 32.00 元 |
| 理想国 | 45.00 元 | 聊斋志异 | 55.00 元 |
| 了不起的盖茨比 | 38.00 元 | 列那狐的故事 | 39.00 元 |
| 猎人笔记 | 38.00 元 | 林肯传 | 39.00 元 |
| 柳林风声 | 36.00 元 | 鲁滨逊漂流记 | 39.00 元 |
| 鲁迅杂文选集 | 36.00 元 | 绿野仙踪 | 32.00 元 |
| 绿山墙的安妮 | 36.00 元 | 论人类不平等的起源和基础 | 35.00 元 |
| 罗马神话 | 16.80 元 | 罗生门 | 39.00 元 |
| 骆驼祥子 | 32.00 元 | 美丽新世界 | 35.00 元 |
| 秘密花园 | 36.00 元 | 名人传 | 39.00 元 |
| 木偶奇遇记 | 35.00 元 | 拿破仑传 | 49.00 元 |
| 呐喊 | 29.00 元 | 牛虻 | 38.00 元 |
| 欧·亨利短篇小说选 | 36.00 元 | 欧也妮·葛朗台 | 32.00 元 |

| 书名 | 单价 | 书名 | 单价 |
|---|---|---|---|
| 彷徨 | 32.00 元 | 培根随笔全集 | 38.00 元 |
| 飘（上、下） | 88.00 元 | 普希金诗选 | 42.00 元 |
| 骑鹅旅行记 | 36.00 元 | 乞力马扎罗的雪 | 39.80 元 |
| 热爱生命·海狼 | 38.00 元 | 人间草木：汪曾祺散文精选 | 49.00 元 |
| 伊索寓言：555 则 | 36.00 元 | 人性的弱点 | 39.00 元 |
| 人类群星闪耀时 | 36.00 元 | 儒林外史 | 42.00 元 |
| 日瓦戈医生 | 68.00 元 | 三国演义 | 59.00 元 |
| 三个火枪手 | 59.00 元 | 莎士比亚喜剧悲剧集 | 49.00 元 |
| 沙乡年鉴 | 42.00 元 | 神秘岛 | 48.00 元 |
| 少年维特的烦恼 | 28.00 元 | 十日谈 | 68.00 元 |
| 神曲（共三册） | 128.00 元 | 双城记 | 45.00 元 |
| 世说新语（上、下） | 89.00 元 | 受戒：汪曾祺小说精选 | 46.00 元 |
| 四世同堂（上、下） | 78.00 元 | 水浒传 | 69.00 元 |
| 苔丝 | 39.00 元 | 宋词三百首 | 39.00 元 |
| 谈美书简 | 36.00 元 | 谈美 | 35.00 元 |
| 汤姆叔叔的小屋 | 45.00 元 | 汤姆·索亚历险记 | 32.00 元 |
| 堂吉诃德 | 78.00 元 | 唐诗三百首 | 39.00 元 |
| 童年 | 38.00 元 | 天方夜谭 | 42.00 元 |
| 瓦尔登湖 | 36.00 元 | 童年·在人间·我的大学 | 49.00 元 |
| 乌合之众 | 35.00 元 | 我是猫 | 39.00 元 |
| 雾都孤儿 | 44.00 元 | 物种起源 | 42.00 元 |
| 西游记 | 62.00 元 | 西顿野生动物故事集 | 38.00 元 |
| 悉达多 | 32.00 元 | 希腊古典神话 | 49.00 元 |
| 乡土中国 | 36.00 元 | 小妇人 | 45.00 元 |

| 书名 | 单价 | 书名 | 单价 |
| --- | --- | --- | --- |
| 小王子 | 29.00 元 | 星星离我们有多远 | 35.00 元 |
| 喧哗与骚动 | 58.00 元 | 雪国　古都 | 39.00 元 |
| 羊脂球 | 38.00 元 | 一九八四 | 36.00 元 |
| 一间自己的房间 | 36.00 元 | 伊利亚特 | 82.00 元 |
| 尤利西斯 | 58.00 元 | 月亮和六便士 | 45.00 元 |
| 约翰·克利斯朵夫（上、下） | 98.00 元 | 朝花夕拾 | 22.00 元 |
| 战争论 | 45.00 元 | 战争与和平（上、下） | 108.00 元 |
| 子夜 | 49.00 元 | 中国民间故事 | 39.00 元 |
| 罪与罚 | 66.00 元 | 最后一课 | 36.00 元 |